VIKTOR VAVITCH

Boris Jitkov (1882-1938) est né dans une famille juive éclairée des environs de Novgorod. Ingénieur chimiste et marin au long cours, il commence à écrire à l'âge de quarante ans. Il est passé à la postérité en Russie grâce à ses ouvrages pour la jeunesse. *Viktor Vavitch* est son grand œuvre.

BORIS JITKOV

Viktor Vavitch

ROMAN PRÉFACÉ ET TRADUIT DU RUSSE
PAR ANNE COLDEFY-FAUCARD ET JACQUES CATTEAU

*Ouvrage publié et traduit avec le concours
du Centre national du livre*

CALMANN-LÉVY

Titre original :

ВИКТОР ВАВИЧ
(VIKTOR VAVIČ)

PRINCIPAUX PERSONNAGES

En province

Famille Vavitch
Vsevolod Ivanovitch, le père, arpenteur à la retraite
Glafira Sergueïevna, la mère, malade
Viktor Vsevolodovitch, le fils, policier
Taïnka Vsevolodovna, la fille

Famille Sorokine
Agrafena Petrovna (Grounia), la fiancée de Viktor
Piotr Savvitch, son père, gardien de prison

Israëlson
Ilia Solomonovitch, flûtiste

Dans la grande ville de N.

Famille Tiktine
Andreï Stepanovitch, le père, directeur de banque, membre de la douma municipale
Anna Grigorievna, la mère
Nadejda Andreïevna (Nadia, Nadienka), la fille
Alexandre Andreïevitch (Sanka), le fils, étudiant en chimie

Rjevskaïa
  Tatiana Alexandrovna (Tania), fille de l'avocat Rjevski,
    amie de Nadejda Tiktina
Podgorny
  Aliochka, camarade d'université de Sanka
Bachkine
  Semion Petrovitch, connaissance des enfants Tiktine

LE ROMAN CONDAMNÉ

> *L'art est une méthode pour rame-*
> *ner à la surface ce qui se cache au*
> *plus profond de l'auteur et, peut-*
> *être, de son peuple et de son époque…*
> *On a peine à comprendre d'où naît*
> *le rythme qui déverse les mots et les*
> *images, pareils à ces gros cailloux qui*
> *émergent du sable.*
>
> Boris Jitkov.

Il y a du géologique dans cette métaphore énoncée par le romancier et reprise par Lydia Tchoukovskaïa dans ses Mémoires. Elle illustre non seulement l'art de Boris Jitkov mais aussi, de façon prémonitoire, l'histoire étonnante de son grand roman *Viktor Vavitch* qui, longtemps recouvert par les sables de l'oubli, a resurgi, crevant la surface du sol tel un bloc erratique insolite, à la fin du XXe siècle, en 1999.

Boris Jitkov (1882-1938) appartient à la catégorie des écrivains soviétiques apparemment sans histoire et respectés. Il naît dans le nord de la Russie, près de Novgorod, dans une famille juive de l'intelligentsia. Son père enseigne les mathématiques et sa mère, musicienne, est une ancienne élève du célèbre Anton Rubinstein. Il héritera du premier sa passion des sciences, son étonnante pédagogie de vulgarisateur et, de la seconde, son amour du violon et de la musique. Bientôt, la famille s'installe à Odessa où le jeune Boris fréquente une école privée française, puis le lycée. Il s'y lie d'amitié avec le futur écrivain Korneï Tchoukovski et – ce qui est occulté parce que l'homme sent le soufre pour les biographes officiels – avec Vladimir Jabotinski, le futur leader de l'Organisation sioniste mondiale. À son instar, il arme, en 1905, un groupe de défense contre les pogromes et fabrique des bombes, ce qu'il évoquera plus tard dans ses nouvelles pour la jeunesse et dans son roman.

Le jeune homme se passionne pour tout, violon, photographie – son œil est un objectif redoutable –, navigation – il construit lui-même son voilier –, poésie. Ses amis s'émerveillent de son extraordinaire don de conteur. Il étudie les mathématiques et la chimie à l'université de Novorossïsk, puis la construction navale à l'Institut polytechnique de Saint-Pétersbourg (dans le roman, Viktor hait les étudiants de cet établissement réputé, qui ont du succès auprès des filles). Diplômes d'ingénieur et de navigateur au long cours en poche, il sillonne les mers, découvre l'Inde, le Japon, l'Afrique, l'Europe. Pendant la Première Guerre mondiale, il est chargé de réceptionner les moteurs anglais pour l'aviation et les sous-marins russes. La révolution d'Octobre survenue, il enseigne les mathématiques et le dessin industriel dans les universités ouvrières. Homme de science et de technique comme son futur ami, le constructeur de brise-glace et écrivain Evgueni Zamiatine, homme d'expérience et de courage, Boris Jitkov est encore, au début des années 1920, un bourlingueur au vécu intense, « l'Éternel Colomb », comme on le surnomme.

À quarante ans passés, il n'a pas encore publié. À la recherche d'un poste dans l'industrie, il retrouve à Petrograd, en 1923, son ami d'enfance Korneï Tchoukovski qui le convainc de se lancer dans le métier littéraire. Son premier recueil, *Sur l'eau*, en 1924, est un succès. Samuel Marchak, proche de Gorki, l'encourage. Tchoukovski écrit dans son *Journal* que l'ascension de Jitkov est « vertigineuse ». Celui-ci est désormais l'un des grands de la littérature pour la jeunesse aux côtés de Marchak, Gaïdar, Tchoukovski mais aussi des *oberiouty* (les absurdistes) A. Vvedenski, N. Zabolotski, D. Kharms. Jusqu'à sa mort d'un cancer du poumon, à Moscou en 1938, il collabore aux revues *Le Moineau, Le Nouveau Robinson, Le Serin, Le Hérisson, Le Pionnier* et donne deux cents nouvelles et récits où des héros dominent leur peur ainsi que les éléments. Il enchante la jeunesse soviétique, imaginant vers la fin de sa vie une audacieuse encyclopédie destinée à répondre au sempiternel « pourquoi ? » des enfants. Aujourd'hui ses recueils continuent d'être publiés. Leurs titres parlent d'eux-mêmes : *Récits sur la vaillance, Récits sur les animaux, Récits de mer, Ce que j'ai vu…*

Tel est le portrait officiel et convenu que Lydia Tchoukovskaïa, pourtant une familière de l'écrivain qui avait pour elle une affection paternelle, brosse dans son essai critique et biographique de 1955, un fascicule de cent dix pages sobrement intitulé *Boris Jitkov*. Staline est mort depuis deux ans, mais le Dégel n'a pas encore fait fondre la chape de glace. Prudemment, la biographe n'a pipé mot de l'autre Jitkov, l'auteur du roman *Viktor Vavitch*, le grand-œuvre composé entre 1929 et 1934 qui ressuscitait l'année 1905.

On savait déjà, dans les années 1930, que ce roman s'écrivait ; dans son *Journal* de 1931, Tchoukovski évoque la publication de certains chapitres qui, effectivement, verront le jour en 1932 dans une revue de Leningrad.

Une édition séparée du premier puis du deuxième livre avait même suivi. Boris Jitkov ne cessait d'y faire allusion. Le dramaturge Evgueni Schwartz relate dans ses Mémoires : « Boris travaillait fébrilement et inlassablement à son *Vavitch*. À peine avait-il achevé une partie qu'il la lisait à voix haute à ses amis, souvent au téléphone. Une fois, il fit venir [Nikolaï] Oleïnikov pour qu'il entende un nouveau chapitre. Comme d'habitude il ne put y tenir et alla le chercher à l'arrêt du tramway. Dans la rue il lui glissa les feuilles manuscrites pliées en deux et lui enjoignit : "Lis ! Moi, je vais te guider !" » Suit une période d'incertitude : en 1934 Jitkov déménage à Moscou, où il demeurera jusqu'à sa mort, en cette année 1938 que Tchoukovski, terrorisé par les « Purges », évite soigneusement dans son *Journal*. Au demeurant, il se montre peu loquace pour les années suivantes.

Il faut croire que le manuscrit s'était cependant ouvert une brèche à travers les chevaux de frise de la censure puisque le roman en trois livres *Viktor Vavitch* reçoit son visa et est autorisé à la publication le 14 mars 1941. Le tirage à l'imprimerie Vorovski de Moscou est modeste pour le pays mais non confidentiel : dix mille. L'éditeur, prudent, sollicite l'ultime autorisation de l'Union des écrivains dont le secrétaire général est le faible et servile Alexandre Fadéïev. Avec le flair infaillible du limier, ce dernier décèle les atteintes à la vulgate stalinienne et, d'une plume rageuse, condamne l'enfant posthume de Boris Jitkov, roman « inconvenant » et « inutile ». Feignant de reconnaître le talent de l'auteur, « un homme extrêmement doué » dont les observations sont « superbes »... quoique lacunaires, il pointe ce qui, dans l'œuvre, s'écarte de la ligne du réalisme socialiste. Pourquoi avoir choisi un antihéros, ce Vavitch, « carriériste stupide, âme servile, pitoyable, horrible » ? La littérature soviétique ne prise pas les héros négatifs, tel celui de

L'Envie de Iouri Olécha. La description « des autorités de police, de l'Okhrana et de la délation » n'a pas l'heur de plaire : sans doute n'aime-t-on pas entendre rappeler certaine parenté entre les méthodes de torture et de chantage ! L'argument le plus important de Fadeïev est idéologique : « L'auteur n'affiche pas de position claire vis-à-vis des partis prérévolutionnaires clandestins. Il ne comprend pas les sociaux-démocrates. Il idéalise les socialistes-révolutionnaires et les anarchistes. » Là gît le péché de Jitkov : sa trahison du marxisme-léninisme. Pourtant, tous les historiens en conviennent aujourd'hui, c'est le romancier qui dit la vérité : les bolcheviks ne furent pas les artisans de la révolution de 1905. À cet argumentaire politique, peut-être faut-il ajouter le recul instinctif devant l'audacieuse écriture de Jitkov qui se souvient trop du *Pétersbourg* d'Andreï Biély, des récits de province d'Evgueni Zamiatine, de *L'Année nue* de Boris Pilniak, des nouvelles et romans des Frères de Sérapion. N'est-elle pas celle d'une avant-garde défunte et condamnée ? Nous y reviendrons… Quoi qu'il en soit, le couperet tombe et l'édition est envoyée au pilon. On n'a pas même le temps d'en parler en cet été 1941. À l'aigre bise venue du Kremlin vient s'adjoindre l'énorme tempête de l'invasion de la Russie par les hordes hitlériennes, à la fin de juin. Le roman mort-né tombe dans l'oubli, enseveli sous les sables conjugués de la terreur et de la guerre. La marque d'infamie, la flétrissure apposée par Fadeïev doit être forte : en 1955, la paix revenue, Lydia Tchoukovskaïa n'a pas un mot dans son essai sur Jitkov pour au moins rappeler l'existence de ce que l'écrivain considérait comme l'œuvre de sa vie. Mais les manuscrits ne brûlent pas, la formule de Boulgakov est encore plus vraie pour les livres pilonnés ! Un exemplaire de *Viktor Vavitch* échoue malgré tout à la Bibliothèque Lénine et une douzaine d'autres sont sauvés par l'imprimeur, comme Lydia Tchoukovskaïa, la chroniqueuse de l'histoire, le rapporte dans ses Mémoires.

Avec le Dégel, à la fin des années 1950, s'amorce la lente remontée des cailloux les plus gros à la surface des sables lessivés par le stalinisme. Cependant, il faut attendre la perestroïka et la chute du communisme pour que la voie royale de la littérature russe se matérialise : dans le désordre, les poètes Volochine, Mandelstam, Tsvetaïeva, Akhmatova, les prosateurs Biély, Pilniak, Babel, Zamiatine, Platonov, Pasternak, Dombrovski, Chalamov, Soljénitsyne et tant d'autres, tels Bounine l'émigré ou Vassili Grossman, l'écrivain officiel dont le brûlot *Vie et Destin*, refusé par la censure, évoque, par ses tribulations éditoriales, le roman de Boris Jitkov. Celui-ci manque à l'appel. Au demeurant, il n'a jamais passé pour un martyr et a quitté ce bas monde avec l'aura d'un écrivain adulé par la jeunesse.

On l'a dit, c'est seulement à la veille de notre XXIᵉ siècle que *Viktor Vavitch* est republié, quasi confidentiellement, à trois mille exemplaires par les éditions moscovites Nezavissimaïa Gazeta (Le Journal indépendant). L'œuvre ressuscitée est saluée comme une révélation par la critique : ce serait le « dernier grand roman russe ». L'enthousiasme établit des parallèles trop généreux, mais significatifs, avec *Guerre et Paix* de Léon Tolstoï, *Le Don paisible* de Cholokhov, *Le Docteur Jivago* de Pasternak, *Vie et Destin* de Vassili Grossman. *Viktor Vavitch*, en effet, convoque la Grande Histoire, la fait revivre à travers les destinées d'au moins deux familles, les Vavitch et les Tiktine, sans s'interdire de grands mouvements de foules, à l'instar de l'épopée. Mais l'écriture est si originale, si éloignée des normes classiques, que le roman demeure inclassable. En quelques jours, le tirage est épuisé. Aucune réédition ne suit, sans doute en raison des aléas du livre en Russie. On a même l'étrange sentiment que ce roman méconnu, à la différence de son auteur, est apparu trop tard, tel le roulement ultime d'un orage passé et honni dans le ciel d'une nouvelle Russie blasée. Et pourtant c'est un chef-d'œuvre.

Boris Jitkov a puisé au fond de lui-même la matière des événements et des sentiments de l'année exaltante et tragique de 1905. Il avait alors vingt-trois ans et s'était engagé dans la résistance aux forces antisémites, avait participé à la grève insurrectionnelle aux côtés des étudiants et des ouvriers. Pour reprendre son expression, dans son roman il ramène à la surface ce moi celé qu'il répartit entre ses héros : son savoir-faire technique, chimique et sa connaissance de la mentalité ouvrière, son expérience de la fabrication des bombes à la nitroglycérine, sa bravoure qui n'est que peur surmontée lorsqu'il fait le coup de feu contre les pogromistes de l'Union du Peuple russe. Acteur anonyme de ce qui faillit devenir une révolution menée par les ouvriers, les anarchistes et les socialistes-révolutionnaires, Jitkov greffe aussi des événements intimes ultérieurs. Par exemple, dans le roman, Taïnka Vavitch perd la raison de trop aimer le flûtiste juif Israëlson. Serait-ce un écho de l'amour fou que nourrissait la femme de Jitkov à son égard, au point de sombrer dans la démence et d'être internée ?

Comme le *Pétersbourg* d'Andreï Biély, *Viktor Vavitch* met en scène l'année 1905, la première révolution russe ; elle n'est la « répétition générale » de la suivante que dans la pensée idéocratique de Lénine. Les deux romans, qui ne couvrent pas les mêmes périodes – le premier déborde jusqu'en 1909, le second commence en 1903 –, n'observent pas la stricte chronologie. Ce sont plutôt de puissants résonateurs, faisant entendre les craquements de l'édifice ébranlé, les cris de haine et de souffrance, les sifflements de la provocation, les halètements de la peur, les murmures des complots et, au final, les déflagrations des bombes omniprésentes. La fresque sonore de Biély est plus lyrique, eschatologique : l'auteur pouvait-il deviner en 1913 que la révolution était pour demain ? Celle de Jitkov qui, lui, avait vécu les événements de 1905 et de 1917, est plus brutale, discordante, moins poétique, plus concrète. Cette divergence s'accentue dans le choix des espaces romanesques. Au théâtre d'ombres, à l'architecture esthétique du Saint-Pétersbourg de Biély, Boris Jitkov préfère le dépouillement de la ville sans nom mais emblématique, la sobriété modeste d'une topographie et d'une toponymie typiquement russes. L'action de *Viktor Vavitch* se déroule dans deux lieux : une petite ville provinciale où habitent les Vavitch et la grande ville de N., ainsi que la tradition littéraire russe et gogolienne a coutume de dire. Celle-ci ressemble étrangement à la capitale de l'Empire, avec ses administrations, ses commissariats de police, ses escadrons de cosaques, sa police politique (l'Okhrana), ses gouverneurs, ses édiles (la douma) et surtout sa banlieue ouvrière, ses manufactures, ses universités, ses étudiants, ses quartiers juifs. Un composé d'Odessa et de Saint-Pétersbourg, de Moscou, peut-être, avec ses barricades de la Presnia en décembre 1905. Jitkov se refuse à nommer la ville où vivent les Tiktine et leurs amis mais les séquences urbaines sont d'une précision, d'une puissance hallucinantes. Il renonce aussi à dater, sauf pour le Manifeste impérial du 17 octobre. Cependant, l'historien de 1905 peut retrouver, transposé, le déroulement de cette année-là. Il n'a pas droit au fameux prologue, le Dimanche sanglant du 9 janvier à Saint-Pétersbourg, qui marque la rupture définitive entre le tsar et le peuple, puisque la convention romanesque l'interdit. En revanche, d'extraordinaires scènes de manifestants chargés par les cosaques reprennent le même drame en gros plan et en panoramique. Après l'exposition, lente et minutieuse mise en place des protagonistes, et la décision du jeune Viktor Vavitch d'entrer dans la police, Boris Jitkov lance le film : l'agitation ouvrière avec ses rituels, tel le brouettage des cadres patronaux, le désordre et les discussions dans les ateliers, les colères du prolétariat qui échappent aux directives des partis ; les grandes grèves, dès janvier, engendrées par l'indignation et le besoin de reconnaissance ; les émeutes, les violences policières ; en parallèle, les discours des membres de l'intelligentsia : édiles comme Tiktine, statisticiens des zemstvos, étudiants comme Sanka, Aliochka ; les menées sourdes de l'Okhrana et la manipulation des faibles, tel Bachkine ; la grande grève générale de fin septembre qui paralyse aussi les transports, le télégraphe et l'électricité ; le Manifeste impérial du 17 octobre qui semble promettre une monarchie constitutionnelle et octroyer les vraies libertés ; l'enthousiasme et la joie qui s'emparent de tout un peuple ; puis, dans les quinze jours qui suivent, le retournement inattendu, la réaction violente de l'extrême droite, de l'Union du Peuple russe, un ramas de *lumpen* et de droit commun, les pogromes meurtriers à travers la Russie, plus de six cent quatre-vingt-dix, et trois mille victimes, dont plus de huit cents à Odessa où était Jitkov. Les groupes juifs d'autodéfense réagissent, arme au poing, les barricades sont érigées mais vite prises d'assaut, les émeutiers exécutés ou, au mieux, déportés. Les révolutionnaires marxistes plongent dans la clandestinité (Nadienka) ; les anarchistes et les socialistes-révolutionnaires (Aliochka) braquent les banques pour la cause… Le roman se clôt symboliquement par l'exécution sommaire de l'ignoble « héros », Viktor Vavitch, et par l'explosion d'une bombe terroriste que l'indicateur Bachkine jette sur un tortionnaire de la police, le terrible Gratchek. Une lueur d'espoir dans ce noir bilan de défaite : Tania qui, au printemps de 1906, rejoint Sanka, relégué à Viatka.

Boris Pasternak était un expert de la révolution de 1905. Il en fit la chronique en vers dans, précisément, « L'Année 1905 » et « L'Enseigne de vaisseau Schmidt », deux grands poèmes des années 1920. Plus tard, il l'évoquera encore dans les premiers chapitres du *Docteur Jivago*. Poète et romancier, il sait que les passions, l'émotion première, la chaleur du sang, les rêves sont les pulsations de l'Histoire. Pour cette raison probablement, il confie à Lydia Tchoukovskaïa que *Viktor Vavitch* de Jitkov est le meilleur roman russe sur la révolution de cette année-là. À travers la violence parfois inouïe des événements, Pasternak perçoit la flamme des sentiments, de l'idéal ou, au contraire, le feu de la haine, qui anime les héros de Jitkov. La haine fouailleuse et sadique des bourreaux, l'idéalisme utopiste des étudiants, tels Aliochka et Sanka, la saine colère de l'ouvrier Philippe, la duplicité fantasque de Bachkine, toutes ces motivations des hommes emportés dans l'Histoire sont amplement contrebalancées par les amours qui naissent et, parfois, se défont. Il y a les couples d'antan, décidément touchants : le vieil arpenteur Vavitch et sa femme malade ; Tiktine, le libéral édile pérorant, et Anna Grigorievna (elle porte le doux nom de la seconde femme de Dostoïevski), simple et aimante, rêveuse invétérée. Il y a surtout les jeunes : la charmante et naïve Taïnka Vavitch, entichée de son musicien juif, une idylle à la Chagall qui s'achève dans la folie ; Viktor Vavitch, l'antihéros qui pourtant aime en tremblant sa Grounia, avant que de la tromper ; Nadienka, la fille des Tiktine, bas-bleu social-démocrate qui découvre l'amour entre les bras de Philippe, l'ouvrier rude et viril ; enfin Tania, fille de l'avocat Rjevski, beauté gainée de soie, manieuse de browning à l'occasion, que courtise Sanka Tiktine, l'étudiant chimiste en mal d'héroïsme, engagé dans la Révolution plus pour dompter sa peur que par conviction. Cette dernière histoire d'amour souligne encore l'irrationnel et la force de vie qui, à l'intérieur de la Grande Histoire, façonnent les destins, qu'ils soient flamboyants ou, au contraire, pitoyables et fangeux, tels ceux de Viktor Vavitch et de Bachkine dont on ne saura jamais s'ils ne sont que les victimes de l'écume des jours mauvais ou de belles canailles par vocation. Vies et destins, pourrait-on dire du roman de Jitkov, lequel, de ce point de vue, s'inscrirait dans la tradition classique du « grand roman russe » épique, qui va de *Guerre et Paix* à *Vie et Destin* de Vassili Grossman. « S'inscrirait… » Le conditionnel s'impose, car pour la composition et l'écriture *Viktor Vavitch* échappe à cette classification. Là est le paradoxe de Jitkov et l'originalité profonde de ce roman qui mobilise dans une synthèse étonnamment moderne tous les organes des sens.

Un tourbillon de couleurs, de sons, de mouvements, d'odeurs emporte le lecteur du roman de Boris Jitkov et l'abandonne, pantelant, à la dernière page. De la même façon, en 1905, un tourbillon d'événements emportait la Russie, la laissant désorientée, disloquée, perdue pour longtemps.

Viktor Vavitch est assurément le « roman de 1905 », le roman d'une révolution manquée, annonciatrice de bouleversements plus terribles encore. Il s'achève sur un échec, tandis que s'ouvre en Russie ce que le poète Alexandre Blok appellera le *Bezvréménié*, l'« absence de temps », période durant laquelle rien ne semble devoir se passer, période d'amertume et de désespoir qui prendra fin, en août 1914, avec le premier conflit mondial.

Elle n'est pas gaie, la fin du roman de Boris Jitkov : les morts, les blessés de l'âme et du corps y sont nombreux, la chape de plomb de la contre-révolution et de la répression s'est abattue sur le pays ; seule la dernière phrase, très courte, semble une fragile lueur d'espoir.

Mais s'agit-il bien d'une fin ? Et *Viktor Vavitch* est-il vraiment un roman ? Sans doute, si l'on entend par « roman » le déroulement d'un destin individuel : le nom d'un des héros – que l'on suit de la jeunesse à la mort – donne son titre à l'œuvre et ce personnage est entouré de toute une galerie de figures féminines et masculines, sur le modèle des grands romans du XIXᵉ siècle. Toutefois la psychologie des personnages n'est manifestement pas qui retient Boris Jitkov, et les destins esquissés sont presque tous avortés. Car nous ne sommes plus au XIXᵉ siècle, mais des années plus tard, dans une Union soviétique qui ne ressemble plus guère à la Russie. Aussi, pour donner à voir un moment crucial de sa propre Histoire et de celle de son pays, Boris Jitkov recourt-il à ce qui ressemble à une « chronique filmée ».

L'écriture de Boris Jitkov reprend effectivement tous les procédés du cinéma : innombrables cadres et séquences (le texte se compose de cent cinquante-cinq petits chapitres) ; « caméra-œil » qui, indifférente, semble enregistrer jusqu'au moindre détail, sans effectuer de sélection ni établir de hiérarchie : au lecteur-spectateur, auquel est ici dévolu, en quelque sorte, le rôle de monteur, de reconstituer l'ensemble du film, de donner, s'il le souhaite, une logique, une cohérence à une multitude d'événements ou d'incidents pris sur le vif. Au lecteur, aussi, de compléter, d'expliciter la pensée des personnages et de l'auteur. Boris Jitkov, quant à lui, s'en tient à l'allusion, à la suggestion. L'instant T montré dans chaque cadre paraît, comme dans la vie, fermé sur lui-même, limité à lui-même, sans cause ni conséquence, il n'est pas une composante d'un grand « vecteur temps » que l'auteur maîtriserait de bout en bout. Cette relation particulière que l'écriture de Boris Jitkov entretient avec le temps a comme imposé aux traducteurs d'écrire la version française du livre au présent (alors que l'original russe est au passé). Ce choix, qui s'est fait presque sans hésitation, tient à la double et paradoxale fonction du présent français : il dynamise l'action et le récit, tout en fixant chaque instant dans une éternité plus définitive encore que celle d'un cliché photographique. Toujours comme dans un film – comme dans la vie –, le rythme change constamment dans *Viktor Vavitch* : brusques accélérations, séquences qui s'étirent en longueur, ruptures, gros plans si insistants que l'image devient floue ; l'objet filmé perd ses proportions naturelles, devient difforme, grotesque : ainsi un visage se transforme-t-il en trogne braillarde.

Les arrêts sur image et les plans fixes sont également fréquents. Le film, alors, se fait succession de tableaux – des natures mortes aux portraits –, retrouvant toutes les caractéristiques de la peinture du début du XXe siècle, particulièrement les couleurs et les foisonnements vacillants des tableaux de Lioubov Popova ou d'Alexandra Exter.

Vision fugitive d'une jambe de cheval cosaque, au cœur d'une manifestation : un quart de seconde, tout s'assourdit, se fige. Dans la tête du lecteur-spectateur défilent, à la vitesse de l'éclair, des dizaines de scènes de batailles… Mais pas question de s'appesantir ! Déjà, l'action repart, le film, un instant stoppé, se déroule de nouveau, la bande-son, qui semblait rompue, donne soudain à plein.

Une sonatine charmante accompagne ici le tableau d'une « jeune femme à sa toilette ». Là, dans un cabaret des faubourgs, une « machine à musique » déverse à flots son bastringue. Ailleurs, une Tsigane chante de sa voix rauque une romance un peu sirupeuse, mais tellement nostalgique ! Ailleurs encore, retentissent les accents de *La Marseillaise ouvrière*, tandis que les manifestants affrontent la police.

Puis les sons, à l'instar des images, se déforment, se font discordants. C'est alors l'insoutenable tohu-bohu de la révolution et de la contre-révolution, mêlant cris de colère ou de douleur, pleurs de joie et rires de désespoir, ordres militaires éructés, tirs saccadés ou espacés, vacarme des explosions, grondement des incendies, bris de vitres… Les couleurs, ici, sont indissociables des sons, et le lecteur-spectateur-auditeur se retrouve projeté dans une œuvre de Scriabine.

Tout s'apaise de nouveau, le temps d'un dialogue. Le décor est celui d'une scène de théâtre. Des répliques en suspens, parfois inachevées, des regards en résille, surtout, des gestes décomposés. Les corps et les mots de la conversation viennent compléter la psychologie en filigrane des personnages, tandis que les objets, vivants, animés, éprouvent sentiments et sensations, et les expriment : une rose se recroqueville sous l'effet d'une brûlure ; dans une boutique, un tissu se tapit pour guetter la jeune fille qui l'achètera peut-être… On se croirait dans un conte, dans ces contes russes en tout cas qui ont inspiré les plus grands écrivains, à commencer par Nicolas Gogol, au point que la phrase de Boris Jitkov recèle parfois d'étranges assonances.

Les mots, chez Boris Jitkov, « s'abattent et roulent sur le sol ». Les mots hurlent, tempêtent, chuchotent, plus pesants et plus denses que ceux qui les prononcent. L'écrivain ne triche pas avec les mots, il en sait trop l'impact, il en sait trop la force. Il leur donne libre cours, et le lecteur-auditeur les voit, les entend s'agencer, tour à tour doux et sentimentaux, durs et obscènes, violents, sadiques, beaux, élevés, terribles dans certaines scènes, comme celles des pogromes dont on cherchera en vain des équivalents aussi francs dans la littérature russe. Des mots sans faux-semblant, tels quels, nus, ce qui a conduit les traducteurs à faire délibérément, eux aussi, le choix de l'oralité et du dialogue : le livre a été traduit à deux et à haute voix.

Le « dernier grand roman russe », a-t-on dit de *Viktor Vavitch*. Le dernier, en tout cas, à offrir cette écriture qui place la langue et la poésie au-dessus de tout, à l'instar des œuvres d'un Gogol ou d'un Biély ; le dernier représentant de ce début du XXᵉ siècle où les créateurs, tel Zamiatine, aspiraient à réaliser la « synthèse des arts ». Un livre d'emblée condamné, aussi, parce que écrit intempestivement, au moment où triomphait le « réalisme socialiste ».

Anne COLDEFY-FAUCARD et Jacques CATTEAU.

LIVRE I

Mise en joue

Jour de soleil inondant la ville. Midi, les rues désertes pantellent.

Voici que, dans la cour des Vavitch, le vent remue la paille, puis renonce : flemme. Le chiot geint d'ennui, la gueule entre les pattes. Qu'il en bouge une et la poussière s'élève. Flemme de voler, flemme de retomber, elle reste en suspens, or qui dort, clignant au soleil.

Le silence est tel chez les Vavitch que, de la maison, on entend les chevaux mastiquer dans l'écurie, comme des machines : « Cronch, cronch. »

Soudain, crissement du perron et des bottes, apparaît, crâne, le jeune Vavitch. Engagé volontaire, deuxième catégorie. Petites moustaches, toutes douces, noiraudes. On resserre le ceinturon : pour qui donc, dans cette cour vide ? Bottes fortes cirées, les siennes, pas celles de l'armée, sobres, pas pour la galerie. Des bottes patelines. Pas militaires, mais pas de quoi se payer sa tête. Son fusil, il le tient à l'oblique, aussi allègrement qu'une badine. Impeccablement briqué. Alerte chez les canards, qui se sauvent en claudiquant et cancanent de dépit. Viktor Vavitch, lui, du pied gauche, depuis le jardinet, marche au pas d'exercice vers la palissade.

« Ann-deux ! »

Il marque la cadence, a l'air intrépide et zélé. À croire que ses chefs le regardent et qu'il plaît.

« Vingt-neuf, trente ! »

À la palissade, Viktor s'arrête. Tire de sa poche un papier soigneusement plié : la cible. Une cible d'officier, avec des cercles, noire au centre. Il la punaise sur le bois. Demi-tour ! Il fait habilement claquer les tiges de ses bottes. Un bruit net :

« Tchac ! »

Une pause, il tend l'oreille et, derechef :

« Tchac ! »

À la fenêtre, le vieux tousse un coup. Viktor est gêné. D'habitude, il dort à cette heure-là !

Viktor retend sa botte et grommelle :

« Ça vous bat les mollets que c'en est une honte ! »

Et il retourne d'un pas normal vers le jardinet.

Le vieux Vavitch est à la fenêtre, sa vieille veste d'arpenteur jetée par-dessus sa chemise de nuit. Ses gros doigts roulent une grosse cigarette, comme s'il avait un doigt de plus. Il lance en douce des coups d'œil à son fils.

Viktor s'immobilise, tiraille de nouveau la tige de sa botte, méchamment, comme un chiot par l'oreille.

« Ah, le cochon, il m'a roulé… Et ça se dit bottier ! »

Il braque un œil sur la fenêtre. Déjà, le père a tourné le dos et gagne la salle à manger en traînant ses savates. Il allume une cigarette, tire une bouffée, lâche entre ses moustaches, en même temps que la fumée :

« Et ces bottes qui claquent… enfin !

— Des claque-faim ? se réjouit Taïnka. Des musiciens ambulants ? »

Dans un crissement d'indienne empesée, elle passe à la porte sa tête blonde, sa frimousse tachetée de son au petit nez pointu.

« La claque ! Elles font la claque, les bottes de notre galapiat ! Ne t'en mêle pas, ajoute-t-il quand sa fille fonce à la fenêtre. Laisse-le ! »

Et il ressent comme une chaleur du côté de l'estomac, car son fils est peut-être un imbécile, mais il est beau. Beau et fringant.

À voix haute, pourtant, il se tance pour ces sentiments :

« Nous, à l'époque, on lisait dans *L'Arpenteur*… Ah, comment s'appelle-t-il ? On en parle encore dans une chanson. » Et l'air lui en revient. « "Buvons à celui qui…" Et on buvait. Et y avait de l'idée. C'était pas : "Ann-deux !" L'imbécile ! »

Viktor jette par en dessous un coup d'œil inquiet aux fenêtres. Personne. Il marque le pas, redresse sa casquette. Soudain renfrogné, il dit :

« Allez au diable ! »

Et il se remet à compter trente pas, de la cible à la maison. Il se fige, l'arme au pied. « Un ! » Il écarte habilement la jambe gauche, prend la position.

« Un pas de côté ! » murmure-t-il pour lui-même. Puis, geste bref et souple : « Reposez armes ! » Claquement de bottes. Il a envie de regarder derrière lui. « Je m'en fiche ! Je fais ce que j'ai à faire. Chacun fait ce qu'il a à faire. Ann ! » Le fusil vient de lui-même se loger avec précision à l'aisselle et s'immobilise. Viktor vise. Il se voit de l'extérieur. Ah, l'engagé volontaire ! Quel tableau ! Comme la casquette repose crânement sur sa tête ! Il colle sa joue au fusil. Il ne voit pas encore la cible ni le guidon, il n'a d'yeux que pour le jeune héros engagé volontaire.

Grattement derrière la palissade, deux têtes rasées surgissent l'une après l'autre : les gamins dévorent Vavitch des yeux et se figent, oubliant de mâcher leur poire, la bouche pleine de jus acide.

« Oh ! làlà ! Quand il va tirer ! » se disent-ils chacun.

Or, Vavitch ne tire pas. Il met en joue, fait claquer le chien, d'un brusque mouvement de tête s'écarte de la crosse et reprend la position. De nouveau il met en joue, vise soigneusement en retenant son souffle, et se répète mentalement : « Comme sur des roulettes ! » Il oriente avec précision le guidon vers la cible. Se fige. Les gamins, eux aussi, retiennent leur souffle.

Clic du chien et tous trois respirent.

Les engagés volontaires ont le droit de participer aux tirs des officiers. Vavitch les battra tous, ces pékins de première catégorie.

« Des collégiens ! » se dit-il.

Et il enfonce plus fermement la crosse dans son épaule.

Ensuite : l'insigne de tireur d'élite. Il le sent déjà solidement accroché sur sa poitrine. En bronze. Une cible comme celle-là et deux fusils croisés.

Il a battu les officiers qui n'en mènent pas large. Ils lui serrent la main, gênés par la hargne et l'envie. Lui fait mine de rien. Au garde-à-vous, les talons joints.

« Mes braves !

— Heureux de faire de notre mieux[1] ! »

C'est un héros, mais il se conduit en soldat du rang. Les autres lui en veulent d'autant plus.

Ah, quel tableau !

Contrariétés

Viktor Vavitch n'aime pas l'été. En été, il est toujours contrarié. L'été, les étudiants débarquent, surtout les Ponts-et-Chaussées en tunique blanche : tuniques d'officier, avec leurs cataplasmes d'épaulettes. À monogramme, pensez ! La ronde des ronds-de-cuir de Sa Majesté ! (Les technos, eux, sont plus rustauds.) Mais ceux-là avec leurs sous-pieds ! Et les demoiselles qui font exprès de parler fort avec eux, tout en jouant de la prunelle pour s'assurer qu'on les regarde : c'est tellement

---

1. Réponse réglementaire d'une unité de soldats que l'on félicite ou incite à l'action. (Toutes les notes sont des traducteurs.)

agréable ! Alors, exprès, très fort, à propos des acteurs et des professeurs :

« Oui, je connais, Kouzmine-Karavaïev ! J'ai lu. Admirable ! »

Et l'étudiant s'écarte, s'efface, claque joliment des talons sur le trottoir.

Eux, bah, qu'ils aillent se faire pendre ! Mais les demoiselles qui, l'hiver, avaient dansé avec Viktor – quels billets elles lui faisaient porter (il les cachait tous dans une petite boîte en fer-blanc et les relisait) ! –, ces mêmes demoiselles de l'hiver allaient maintenant avec les junkers[1] et, effarouchées, lui répondaient d'un signe de tête hâtif quand il les saluait. Les junkers rendaient le salut, chacun y mettant sa touche, surtout les cavaliers. Vavitch, chaque fois, s'en faisait le serment :

« Quand je serai officier, je ne les raterai pas, ces canailles ! Le premier salopiot qui me salue de travers : "Mô-ôssieur le junker, venez un peu ici !" En lui faisant signe du doigt. L'air vachard. »

Et Viktor fait signe du doigt. « Y aurait là la demoiselle, elle se détournerait, et lui, je lui flanquerais dans les dents : "Qu'est-ce que votre geste était censé signifier, Monsieur le cavalier Courbettes ?" Il deviendrait tout rouge, alors moi : "Un pe-etit effort ! Plus haut, le coude !" »

Étudiants et junkers, il est vrai, traînaient dans le coin un mois tout au plus, mais Vavitch le savait : les filles en restaient tourneboulées jusqu'à la Noël.

Viktor était en rogne et, pour cacher son dépit, il prenait un air affairé quand il rentrait en ville, après les manœuvres. À croire qu'il repartait en campagne dès le lendemain, qu'il devait boucler sa malle et liquider les tâches importantes dont on l'avait chargé.

---

1. Élèves officiers.

« Vous êtes là à sautiller, mais moi, j'ai à faire. »

Et, l'air soucieux, d'attaquer d'un bon pas la rue principale.

Vavitch marche vers la prison. Plus il approche, plus il accélère la cadence, plus il roule des épaules, émoustillé, le corps tout sourires. Un sourire irrépressible. Et de faire de larges bonds au-dessus des petits cailloux !

Arrivé au jardin du gardien, devant le portillon, il donne un coup de mouchoir à ses bottes pour en chasser la poussière.

Le gardien Sorokine est veuf et vit avec sa fille de vingt ans, Grounia.

Le gardien

Piotr Savvitch Sorokine est un homme solide à la tête rasée, ronde comme une boule. De loin : moustaches grises de morse et sourcils noirs. On ne lui voit pas les yeux, ils sont enfoncés creux et regardent comme de dessous un toit. Sa redingote d'uniforme l'enserre solidement, on la dirait passée sur son corps nu : une statue de guerrier. Jamais il ne quitte son sabre, même à table ; il le porte sans le remarquer plus qu'une montre ou un bracelet.

Vavitch ne veut pas montrer qu'à chaque permission il accourt chez les Sorokine pour Grounia. C'est pourquoi, quand il trouve Piotr Savvitch seul dans la salle à manger, il ne pipe mot à son sujet. Il claque des talons et salue d'une simple inclinaison de la tête, à la militaire. Ils prennent place à la table. Le vieil homme reste silencieux et lisse la nappe du plat de la main. Au bord pour commencer, puis plus largement, plus loin. Vavitch ne sait que dire et demande enfin :

« Vous m'autorisez à fumer ? »

Piotr Savvitch interrompt son geste et mesure Vavitch du regard : c'est pour savoir s'il plaisante ou s'il est sérieux. Il tarde à répondre :

« Mais oui, allez-y. »

Et sa manche repart sur la nappe.

Le gardien Sorokine ne connaît que deux façons de parler : on est sérieux ou on blague. Quand il considère que c'est pour de bon, il regarde, attentif et circonspect : pour ne rien oublier si c'est important et, plus encore, pour s'assurer qu'il n'y a pas de coup fourré. Un regard méfiant. Qu'un détenu, par manque d'habitude, se laisse aller à bavarder, qu'il dise même la vérité, un simple coup d'œil direct à Sorokine et voici qu'au milieu d'un mot il se met à bafouiller et perd contenance. Sorokine, lui, garde le silence, ses yeux pèsent, là-bas, au fond, sous l'auvent des sourcils. Le détenu se recroqueville, il voudrait disparaître, mais n'ose bouger. Une chose est sûre pour Sorokine : pendant le service, c'est toujours du sérieux. Là, à la table, il ignore de quoi il retourne et met du temps à décider si c'est du lard ou du cochon. Une fois convaincu que c'est pour de rire, il se métamorphose : sa physionomie morose se plisse en un sourire et, soudain, apparaît un imbécile heureux. Alors il est persuadé que tout est drôle, sans distinction, il se tord les boyaux de rire, à en pleurer, à en attraper une suée. Et, même si la conversation reprend un tour sérieux, il continue de se bidonner.

On lui explique :

« Le typhus abdominal ! De la panse, quoi ! »

Lui ne veut rien comprendre :

« De la panse… Oh, j'en peux plus !… Qu'est-ce qu'il me dit ?… De la panse ! »

Et il se tape sur le ventre. De nouveau il se tord de rire, comme s'il voulait rattraper tout un mois d'austérité.

Le voici donc à la table, qui, méfiant, la mine austère, vrille Vavitch du regard. Celui-ci allume longuement sa cigarette pour gagner du temps. Un coup d'œil du vieux, Vavitch se détend comme un ressort et se jette sur le cendrier. Puis il reprend sagement sa place, en songeant : « De quoi parler ? » Rien ne lui vient à l'esprit. Le vieux se renverse soudain sur le dossier de sa chaise, et Vavitch tressaille : il semble que le gardien veuille lui dire quelque chose. Viktor se penche courtoisement pour l'écouter.

Le gardien le vrille du regard.

« Non, non, ça ne fait rien. Fumez… »

Un silence. Un soupir. Puis, il ajoute :

« … jeune homme. »

Et Grounia qui ne se montre pas. Vavitch se demande : « Elle n'est pas là ou quoi ? » Il faut pourtant se lancer. Alors :

« Eh bien, Piotr Savvitch, tout est calme chez vous, pas d'ennuis ?

— Chez nous ? répète le vieil homme en lui jetant un coup d'œil méfiant. Pourquoi cette question ? Non, il ne s'est rien passé d'extraordinaire, ajoute-t-il en triturant les franges de la nappe, les yeux rivés à ses genoux. Juste deux qui ont voulu s'évader, lâche-t-il sourdement, en soupirant.

— Qui donc ? s'enquiert Viktor, nerveux, comme s'il était sur une poudrière, et il braque sur Piotr Savvitch un regard respectueux.

— Des imbéciles », répond le gardien.

La tempe appuyée sur son sabre, il jette un coup d'œil par la fenêtre.

« En creusant ? risque Viktor.

— Non, en cassant. Du beau boulot, je dois dire. N'empêche qu'on les a coincés.

— Et la sanction qui les attend ? »

Le gardien lorgne Vavitch qui baisse les yeux et fait soigneusement tomber la cendre de sa cigarette. Soudain, le vieux rugit avec force, comme déchaîné :

« On leur a cassé la gueule, et au cachot ! À quoi bon les juger ? Moi, je ne cherche pas de poux aux imbéciles. »

C'est alors que sur le perron de derrière résonnent des pas. Viktor les reconnaît : « Elle est là, elle est là ! » Il fait tout pour cacher sa joie, mais rougit. Il entend claquer derrière lui les souliers de Grounia et perçoit ses mouvements dans son dos. Tintement de la bassine. À présent, elle doit s'essuyer les mains. La voici qui s'approche de la porte. Il ne se lève pas avant qu'elle n'ait franchi le seuil.

Grounia

Grounia est grande, forte, et sa robe d'intérieur, ouverte, ample, la fait paraître plus grosse encore. Elle sécrète sa propre atmosphère, comme si autour d'elle s'étendait, sur une sajène[1], une sorte de chaleur moite qui emmitoufle aussitôt Vavitch. Elle a le sourire ample et béat, à croire qu'elle vient de manger quelque chose de bon et s'empresse de le raconter à tous.

« Vous vous êtes carapaté ? » demande-t-elle en riant.

Elle lui tend une main replète. La main est fraîche, un peu humide.

« Ma foi non, je suis en permission.

— Non signée, je parie ! Vous mentez ? »

Et elle fixe si joyeusement Viktor que l'envie le prend de mentir et de faire comme s'il n'avait pas de permission.

---

1. Ancienne mesure de longueur équivalant à 2,13 m.

« Mets donc le couvert, Agrafena[1] », bougonne le vieux.

Grounia se dirige vers la porte.

« Puis-je vous aider ? »

Et Vavitch claque des talons. Il ne peut rester là, il a peur de quitter cette atmosphère chaude que répand Grounia, comme on craint de sortir des couvertures pour poser le pied sur le plancher froid. À la cuisine, Grounia le charge d'assiettes.

Elle compte : « Une ! »

Puis, à Vavitch, en riant : « Deux ! »

Nouvel éclat de rire.

Avant de passer à table, le gardien se lève et va vers l'icône. Il rectifie son baudrier. Devant l'image sainte, il se tient planté comme devant les autorités et, dans un marmonnement sonore, débite sa prière, qu'il arrange à sa manière :

« Les yeux de tous se tournent vers Toi, Seigneur, avec espoir. Dans le besoin Tu nous donnes le pain. »

Suivi de :

« Quant à moi, je fais ce que j'ai à faire, parce que cela est nécessaire. »

Grounia et Viktor sont debout près de leurs chaises. Grounia regarde la soupe fumante, tandis que Viktor, imitant le gardien, se signe dévotement.

Aux repas, le gardien tourne le dos aux fenêtres, à la prison, pour, pendant une demi-heure, ne pas avoir devant les yeux le bâtiment de brique avec ses barreaux. Le reste du temps, il ne cesse de surveiller : la fenêtre, la cour de la prison. En se répétant : « Le surveillant doit surveiller, donc, je surveille. »

Même aux repas, le dos tourné, il sent (immanquablement) la noire tristesse des détenus s'évertuer à rompre

---

1. Grounia est un des diminutifs d'Agrafena (Agrippine).

les murs de la prison, peser sur la brique comme l'eau sur la digue. Et il lui semble que là, à table, il retient encore la muraille.

Grounia tend la première assiette à son père.

Le gardien prend le carafon décoré, se sert et en offre à Vavitch.

Viktor, chaque fois, ne sait s'il doit boire ou non.

« On vide d'abord un godet, et après c'est par baquets ! » se dit-il. D'un autre côté, ne pas boire... Il craint de paraître une femmelette.

Le gardien, chaque fois, lui demande d'un air étonné :

« Eh bien, vous ne lui faites pas honneur ? »

... avant de s'en jeter un. Vavitch s'empresse de saisir son verre et, dans sa hâte, oublie de croquer un morceau.

Le gardien mange à la va-vite, comme à la gare, et engloutit de grosses tranches de pain, le nez dans son assiette.

Grounia mange gaiement, à croire que, toute la journée, elle n'a fait qu'attendre son assiettée de soupe aux choux. Elle lui sourit, à sa soupe et, en joyeux présent, distribue à tous une grande cuillerée de crème fraîche.

« Oh, que j'aime la crème ! » dit-elle, et elle le dit comme on parle d'une amie.

Vavitch songe, souriant : « Comme c'est bien d'aimer la crème fraîche ! » Et il l'aime, cette crème, de tout son cœur. Il sent la proximité, là, sur la table, du coude dénudé de la jeune femme, une bouffée l'envahit de cette vie chaude qui coule dans l'ample corps de Grounia. Alors, il plisse les yeux, comme ébloui par le soleil, étire langoureusement ses épaules sous sa vareuse blanche.

Après le second petit verre, Piotr Savvitch ordonne à Grounia :

« Débarrasse ! »

Le gardien redoute la vodka et, chaque fois que Grounia range la carafe dans le buffet, elle garde les yeux baissés.

Le doigt

Piotr Savvitch prend son thé sur le divan, face aux fenêtres. Il n'est pas encore à l'affût, se contente de jeter un œil. Il a envie de prolonger le répit du déjeuner et d'engager une conversation pour rire. Il aspire bruyamment son thé dans la soucoupe[1], sèche ses moustaches d'un coup de langue et, s'adressant gaiement à Vavitch :

« Bientôt général ? »

Vavitch le prend mal. Ça le retourne à l'intérieur. « Il se paie ma tête ou quoi ? » Il rougit et lâche :

« Bah, l'armée… Ça n'est pas dans mes intentions… »

Mais Piotr Savvitch a décidé de rigoler.

« Les ordres, alors ? Chez les moines, c'est ça ? »

Et le gardien se ride, s'apprête à éclater de rire, gonflant le ventre.

Grounia pouffe.

Vavitch n'y tient plus. Il se lève. Se rassied. Se relève, tout raide. Le vieux, interloqué, sidéré, se dit : « Qu'est-ce qui se passe ? Pourquoi ça n'a pas marché ? »

Viktor est cramoisi.

« Monsieur… Piotr Savvitch… », commence-t-il.

Sa voix se brise, il déglutit et reprend :

---

1. Il était de coutume en Russie, notamment chez les marchands, de verser le thé de la tasse dans la soucoupe pour le refroidir avant de le boire.

« Monsieur… »

Grounia, les yeux écarquillés, le regarde avec sollicitude.

Vavitch tire sur sa vareuse.

« Qu'est-ce que ça a de drôle ?

— Restez assis », chuchote Grounia.

Déjà, Viktor a les larmes aux yeux.

« Ce n'est pas parce que je ne me destine pas à la carrière militaire… que je suis… pour autant… un vaurien ! »

Aussitôt les yeux du gardien se retirent sous leur toit, rideau des moustaches et des sourcils.

« Excusez, dit-il d'une voix sourde, comme venue du ventre. Je ne voulais pas vous vexer. Au contraire, même… » Puis, déférent : « Pourquoi l'aurais-je fait ? J'avais cru comprendre… vous-même aviez parlé… des junkers. Si vous avez changé d'avis, je m'en réjouis, ma foi !

— Rasseyez-vous », lance Grounia d'une voix forte.

Vavitch ne bouge pas.

« Assis ! » reprend-elle en le tirant par la manche.

Il se retourne vers elle, la bouffée chaude et langoureuse le pénètre. Il se rassied. Il a envie de pleurer. Il regarde la nappe, retient sa respiration pour ne pas laisser échapper un sanglot.

Piotr Savvitch, sur son divan, se rapproche de lui et, d'une voix sourde :

« Pardonnez-moi, j'avais des doutes. Dans quoi alliez-vous vous engager ? On sait ce que c'est… Trois ans chez les junkers pour commencer… » Le gardien replie un doigt[1], un gros pouce de soldat. « Ensuite, as-pi-rant, en capote de troupier, avec une solde de dix-huit roubles, et trois ans encore comme ça, hein ? »

---

1. À la différence des Français, les Russes comptent en repliant tour à tour les doigts.

Grounia s'assied près d'eux, étalant sur la table ses seins opulents, et regarde, apeurée, tantôt son père, tantôt Vavitch.

Alors, Vavitch comprend, de toutes ses tripes, que tout, tout est fini. Envolés les galons, envolée la cocarde d'officier. Le vieux est trop content qu'il reste dans le civil. Et Viktor pantelle. À croire qu'une chose froide, humide, au fond de lui, pendouille et clapote.

« Si telles sont vos intentions, jeune homme… cher monsieur Vavitch… » Le gardien pose sa main sur la manche de Viktor. Il garde son pouce replié, comme si ce n'était pas terminé et qu'il fût trop tôt pour le déplier. « Si telles sont vos intentions, je suis même prêt à vous apporter mon concours… pour la police, par exemple. »

Vavitch, cramoisi, a les yeux rivés au plancher et respire par saccades, tel un lapin.

« On en reparlera », ajoute le gardien de sa voix basse et sourde. Tout à coup, il sursaute : « Qu'est-ce que c'est que ça ? » braille-t-il en regardant par la fenêtre. Il bondit, rajuste son baudrier, ouvre d'un coup sec le vasistas et tonne dans toute la cour : « Où est-ce que vous jetez vos ordures, canailles ? Ah, maudits ! » Il se saisit de sa casquette et sort en courant.

Viktor se lève.

« J'y vais », veut-il dire, mais ça coince.

Pourtant, Grounia a compris.

« Qu'y a-t-il donc ? »

Elle le regarde, effrayée.

« C'est l'heure, il est temps », répond Vavitch en jetant un coup d'œil à la pendule. Il voudrait lui dire l'heure mais, il a beau regarder, il ne comprend pas ce qu'indiquent les aiguilles.

« Et le thé ? »

Grounia pose sa main sur son épaule. C'est la première fois. Vavitch se rassied. Il avale une gorgée de thé, et ce thé, soudain, le vexe, comme s'il était un petit garçon auquel on donnait de l'eau sucrée. Il se sent amer, les larmes lui serrent la gorge. Il prend son chapeau et presse plusieurs fois machinalement la main de Grounia. Avant d'atteindre le portillon, à deux reprises, il lui redit brusquement adieu.

Il quitte presque en courant la maison du gardien, ses pieds martelant la terre. Par des chemins détournés, il rejoint la route du camp. Il marche, les yeux rivés au sol, et voit toujours devant lui le gros doigt paysan du gardien : comme il l'a courbé ! Comme il l'a contraint à se plier !

Le lendemain, Vavitch annonce au commandant de compagnie qu'il ne prendra pas part au concours de tir des officiers.

Quant à lui, il s'en fait le serment : il ne mettra plus les pieds chez les Sorokine.

Et il reste seul sous sa tente.

« Je n'irai pas ! Je n'irai pas ! » répète-t-il en tapant chaque fois du pied. Pour bien enfoncer le clou.

La flûte

Un rayon rouge se couche sur le vieux clocher et s'y endort, adossé. Au-dessus de la ville, souffle léger, un soir d'été qui s'est fait attendre.

Assise à la fenêtre, Taïnka ourle des mouchoirs. Elle attend que le livreur de pains de glace cesse sa ritournelle, car on n'entend pas la flûte. C'est qu'à deux maisons de là chante une flûte. Elle ruisselle comme l'eau, en trilles et roulades. La voici qui s'élance vers les hauteurs où elle frémit, palpite de son aile frêle. Taïnka sent l'air se raréfier, l'aiguille s'immobilise entre ses doigts. Que la flûte redescende, a-ah! Taïnka retrouve son souffle. Elle ne connaît ni n'a vu le flûtiste. Elle guette parfois, à la fenêtre : peut-être quelqu'un va-t-il passer, un objet long sous le bras, sur le chemin du théâtre. Taïnka ignore qu'une flûte est démontable et que le petit Juif noiraud, avec son étui court, n'est autre que le flûtiste qui, par les fenêtres, inonde la rue de sa musique. L'étui est minuscule. Taïnka pense que c'est une trousse. Papa a la même, avec des compas.

Taïnka croit qu'il est grand, qu'il a des yeux rêveurs et de longs cheveux. Sans doute l'a-t-il remarquée, il sait qui elle est et veut peut-être faire sa connaissance, mais l'occasion ne se présente pas. C'est qu'il est timide. Et maintenant il joue exprès pour elle, pour qu'elle comprenne. Pourquoi ne se déguise-t-il pas en musicien des rues et ne vient-il pas dans leur cour ? Il se posterait sous les fenêtres et jouerait ? Elle saurait tout de suite que c'est lui. La flûte ronronne brusquement sur des notes basses, s'élance de nouveau et, à mi-hauteur, en soupirs doux, langoureux, aborde la chute. Tombent, tombent quelques gouttes de lumière. Et c'est le gazouillement du trille. Un semis d'argent se répand, s'épand. Taïnka incline sa jolie tête. Debout au milieu de la pièce, son père exhale, au rythme de la flûte, de délicates bouffées de fumée.

« Le bon Dieu leur en a donné du talent, à ces youpins... à ces Juifs ! »

La flûte, cependant, s'exalte, impossible de la calmer, une fois déchaînée elle court, toujours plus rapide, plus ardente.

« Il est... juif ? demande Taïnka de son ton le plus neutre.

— Bien sûr ! Tu l'as vu, non ? Petit, noiraud. Israël-son, Israïlevitch, un nom comme ça. »

Vsevolod Ivanovitch s'aperçoit soudain que la corniche du dressoir pend, de guingois. Il entreprend de la réajuster. Il appuie du plat de la main. La corniche retombe en oscillant. Vsevolod Ivanovitch recommence, encore et encore, pour qu'elle tienne enfin. Peine perdue ! La voilà qui rependouille.

« Il va falloir s'outiller, bon sang ! » bougonne-t-il et il sort en traînant les pieds.

« Qu'est-ce que ça peut faire qu'il soit juif ? se dit Taïnka. Un pauvre Juif aux yeux noirs, mélancoliques. Et qu'il soit petit, ça ne fait rien non plus. Simplement, ce serait mieux s'il s'appelait Israëlson plutôt qu'Israïlevitch. » Et elle se souvient des cours d'instruction religieuse et du père qui leur a parlé d'Israël. « Il paraît qu'il était tout velu. Non, ça, c'était Ésaü ! » Et que le velu soit Ésaü, Taïnka en est drôlement contente.

La flûte se tait. Taïnka guette toujours. Le dernier motif, broderie nostalgique, ne la quitte pas. Tout en travaillant, elle jette de fréquents coups d'œil à la palissade d'en face, aux merisiers. Il va forcément passer.

Son père entre, un petit marteau dans sa main de vieillard.

« Tu vas t'user les yeux », lance-t-il.

Taïnka rougit : « Comment sait-il ? »

« Arrête de broder, te dis-je, on n'y voit rien », marmonne-t-il.

Il embrasse la pièce du regard.

« Il n'y a pas un clou dans cette maison. Je l'ai répété cent fois ! »

Il repart en traînant les pieds. Taïnka l'entend lâcher son marteau et chasser les moineaux en tapant dans ses mains. Et de vitupérer dans le jardinet :

« Pschitt, pschitt ! Maudite engeance ! »

Le couchant s'éteint, une lumière sans ombre règne sur la rue. Il semble à Taïnka que le vent va chasser cette lumière et qu'on ne verra plus rien. Qu'elle ne le verra pas passer. Des pas retentissent sur les trottoirs de bois. « C'est de notre côté ! » Taïnka se penche sur son ouvrage. Le livreur de pains de glace, son cuveau sur la tête, arrive en tortillant du croupion. Elle baisse les yeux. Et, quand les pas sont tout proches, elle risque un regard.

Taïnka se renfrogne. Elle lance au bonhomme un coup d'œil peu amène. C'est alors que des pas précipités, inégaux résonnent le long de la clôture. Taïnka n'a pas le temps d'effacer la grimace de son visage que le « petit noiraud » est déjà passé. On dirait qu'il marche en avançant toujours le même pied. Taïnka remarque le melon qui tressaute sur ses cheveux, bouclés, souples.

« Comme lorsqu'on est sur notre divan », songe Taïnka à propos des cheveux. Mais elle décrète aussitôt que c'est très bien, que les autres n'en ont pas de tels, il n'y a que lui. Elle a aussi remarqué le nez abrupt et la courte moustache noire, raide comme le poil d'une brosse à dents.

« Israël ! » se dit-elle, accompagnant mentalement le flûtiste et voulant à toute force rattacher les trémolos de la flûte à ce noiraud d'Israël.

« Et si ce n'était pas celui-là ? » pense-t-elle.

La joie l'envahit.

Mais elle se reprend sur-le-champ, redoublant d'amour pour lui parce qu'elle a douté et s'est presque réjouie.

Le roi de trèfle

La nuit tombée, la vieille cesse enfin de gémir. À peine consciente, elle garde ses yeux mi-clos fixés sur la prunelle verte de la veilleuse. De l'icône enchâssée, le Sauveur regarde avec tristesse et sa main levée semble moins une bénédiction qu'une injonction : chut !

Taïnka sort à pas feutrés de la chambre. Dans la salle à manger, la pendule fait entendre son tic-tac prudent, le temps passe comme sur la pointe des pieds. La lampe a une mine chagrine sous sa cloche torve, une tache trouble tremblote, morne, dans le samovar.

Taïnka s'assied et, par la fenêtre obscure, jette un coup d'œil dans la cour nocturne. Là-bas, la nuit roule sa vague. Soupir du fond du cœur : enfin seule ! Doigts qui furètent dans les plis de la jupe. Regard à la dérobée, et elle tire précautionneusement de sa poche un jeu de cartes.

Le silence et l'obscurité sont si grands au-dehors que la fenêtre semble non pas ouverte mais voilée de ténèbres.

Quelle est donc sa couleur ? Le trèfle, bien sûr, le trèfle. Taïnka regarde le vieux roi un peu niais et, bien qu'il ne ressemble nullement à cet Israël noir et hérissé, elle le sait : c'est lui. Elle le contemple tel un portrait bien-aimé. Elle a envie de l'embrasser. Nouveau coup d'œil à la dérobée : elle balaie avec soin les miettes de la nappe et y dépose délicatement le roi. Il gît, mystérieux, inaccessible, sans un regard pour elle. Taïnka bat le jeu, ses doigts s'emmêlent, les vieilles cartes se contorsionnent. Un frisson court entre ses omoplates quand elle en tire une de la main gauche et la ramène vers elle. La dame de cœur se retrouve à gauche. Calme, la poitrine opulente. Pour la première fois, Taïnka la voit comme si elle était vivante. La figure la contemple, moqueuse, on dirait que ses seins soulèvent le corsage bien ajusté. Les neuf, les six défilent. La dame de trèfle est en bas. Effrontée, contente d'elle. Qui est-elle ? Taïnka la fixe avec insistance, elle veut savoir.

Rois, valets.

Ils forment une couronne qui enserre Israël et le roi de carreau arbore un profil assuré et joyeux. Un pouvoir implacable, leur pouvoir, celui des cartes, garrotte Israël. Les yeux de Taïnka courent en quête d'amis qui, dans cette Cour de carton, daigneraient lui accorder un regard et qu'elle puisse implorer. Le valet de trèfle, tendu, la hache en main, attend. Grave. Équitable, aussi. Tous les espoirs de Taïnka reposent sur lui. Les cartes vivent, respirent, les dix, touffus, ruissellent devant ses yeux.

Le chien se gratte sous la fenêtre, sa chaîne tinte. Taïnka sursaute. Aussitôt, tel un fil lumineux, s'étire un son. Pur, clair. Lente, furtive, la flûte s'élève, degré par degré, gravissant un escalier de cristal. Tout se fait soudain comme transparent. Paisibles couleurs posées sur le verre. Elle marche en compagnie d'Israël. Elle est une princesse. Israël la mène par l'escalier de cristal. Suave mystère. Taïnka respire au rythme de la flûte, elle voudrait se blottir contre la mélodie et fermer les yeux, joue contre joue. Mais la flûte les entraîne toujours plus haut. Un tournant : Israël la conduit doucement par la main, avec respect et grâce, telle une reine. Et elle franchit en cadence les degrés de cristal. Le bonheur la rend si belle : ingénue, jolie, prête au sacrifice. Aurait-elle imaginé que l'on pût ainsi, aussi fortement et majestueusement, désirer mourir ? Et peu importait qu'un sang éclatant, écarlate, s'écoulât au son de la musique sur les marches de cristal, jusqu'à la fin, jusqu'à l'expiration de la dernière note.

Taïnka va à la fenêtre, grimpe sur une chaise, se hisse sur le rebord. Elle pose un pied léger et nu sur la terrasse. Elle suit la cadence dans l'obscurité, en descendant l'escalier de bois familier, et respire profondément. Elle n'entend pas le loquet grincer et sort dans la rue. Les merisiers d'en face bruissent. Le flûtiste est dans sa mezzanine plongée dans les ténèbres, les yeux plissés, il souffle dans sa flûte. La douceur de la nuit l'alanguit, lui-même ne sait plus ce qu'il joue. Il vagabonde parmi les sons et cherche. Il cherche à en perdre haleine, et périsse son âme avec son dernier souffle ! Il ne peut abandonner sa flûte, il lui semble de nouveau qu'elle chante toute seule, tandis que lui ne fait que penser. Ou peut-être ne joue-t-elle pas, peut-être est-ce lui qui respire, peut-être les sons voguent-ils comme en rêve.

Taïnka prend appui sur la clôture, à l'endroit du portillon, le crochet cliquette soudain et, de l'autre côté de la palissade, un chiot effrayé se déchaîne. La mélodie s'interrompt. Le flûtiste met le nez à la fenêtre et crie d'en haut :

« Tais-toi ! Y a quelqu'un ? Vous, là ! Qu'est-ce que vous voulez ? »

Taïnka détale, frappant le sol de ses pieds nus.

« Non mais dites donc ! » lance le flûtiste.

Nadienka

Sur le chaud trottoir de pierre, dans une ville autre, une ville de pierre, longeant les maisons qui ardent, Andreï Stepanovitch Tiktine rentre du service. Il transpire dans son manteau gris à pèlerine, ses gros doigts collent à la serviette de cuir. À l'entour – et d'en haut, semble-t-il – les vibrations des voitures sur le pavé de granit vrillent, broient l'air. Comme si un cailloutis brûlant, pris de transes, grondait dans les airs et l'empêchait de réfléchir, de ramasser les fils de l'idée essentielle, d'en resserrer le nœud.

Andreï Stepanovitch a même oublié de quelle pensée il s'agit. Il s'arrête près d'une vitrine pour se la rappeler et aperçoit dans la vitre poussiéreuse sa figure rouge et sa barbe blanche. Il fronce les sourcils, son visage se fait intelligent, mais les vibrations, le vacarme accablant rejaillissent au-dessus de sa tête et il oublie pourquoi il se tient devant cette charcuterie.

« À la maison, ça me reviendra à la maison ! » Et Andreï Stepanovitch emporte chez lui ses sourcils froncés, s'efforçant de ne pas laisser échapper sa pensée. Dans la fraîcheur de l'escalier, soudain, tout se met en place dans sa tête.

Andreï Stepanovitch se fige un instant.

« C'est ça, c'est ça ! dit-il à voix haute. Nadia ! »

Il se remet à monter et il lui semble que la pensée se forme, marche après marche, et que lorsqu'il arrivera à la porte, tout sera résolu. La solution viendra tranquillement, il saura ce qu'il doit dire à Nadia à propos des cours.

« Trouver des arguments et peser sereinement, ensemble, le pour et le contre. » À peine cette pensée l'a-t-elle effleuré qu'il a la sensation de tenir sa fille tout entière sur ses genoux, sa Nadiouchka[1] : déjà son genou s'engourdit, il ne veut pas bouger, de ses petits doigts elle tourne si gentiment les pages ; sur le bureau, sous la lampe, *La Vie des peuples d'Europe*, et son corps dégage une si douce chaleur, et elle s'y entend si bien, à douze ans, à raconter et poser des questions ! Voici qu'Anna Grigorievna l'appelle pour se coucher, mais Nadienka lui jette un coup d'œil en coin pour qu'il dise à sa mère – et Tiktine le dit :

« *Attendez, je vous en prie* !* »

Il voudrait couvrir de baisers ses menottes, pareilles à des jouets vivants. Elle a aujourd'hui vingt-deux ans. Et hier seulement, pour la première fois, Nadienka n'a rien

---

1. Nadia, Nadienka, Nadiouchka : diminutifs affectueux du prénom Nadejda.

* Les termes en italiques signalés par un astérisque sont en français dans le texte original.

répondu à son père, elle s'est contentée de le regarder en plissant légèrement les yeux, le visage comme étranger, puis, sans un mot, elle s'est mise à manger sa soupe. Il ne parlait, pourtant, que des causes… Des causes de quoi, déjà ? Ah oui, de la famine en Russie ! Tiktine arrive devant sa porte, il insère une clé plate dans la fente étroite et veut passer discrètement dans son cabinet de travail : sa femme l'y attend… L'important, c'est de la regarder droit dans les yeux et surtout, naturellement, la regarder bien en face, car, s'il ne le fait pas clairement, ce sera entériner ce qui s'est passé hier. Or, Tiktine en est incapable, et quant à accepter ce qui a eu lieu la veille… D'un saut, le petit corps chaud quitterait à jamais ses genoux et il craint justement que cette chaleur à laquelle il est accoutumé ne s'évanouisse, là, maintenant.

Sans hâte, Andreï Stepanovitch se débarrasse de son manteau, en songeant : « Que je suis bête ! J'aurais dû tout de suite demander sans ambages à quoi rimait cette mine. Simplement, comme à une gamine. » Il entre dans la salle à manger d'un pas assuré. « Le dire simplement et, en cas de problème, s'arrêter aussitôt et lancer… » Mais la chaise de Nadienka est vide. Sanka, son fils, n'est pas là non plus. Andreï Stepanovitch jette un coup d'œil à sa femme par-dessus la table.

« Ils sont où ? s'enquiert-il en montrant de la tête les couverts des absents.

— Comment le saurais-je ? » soupire Anna Grigorievna.

Tiktine jette un nouveau regard et il lui semble soudain que sa femme sait quelque chose à propos de Nadia et qu'elle fait même partie du complot : des secrets de bonnes femmes. Il termine sa soupe sans un mot, puis demande d'un ton irrité :

« Une histoire d'amour ? » Il sait bien qu'il n'y en a pas, ce n'est encore jamais arrivé à Nadienka. Il sait aussi que cela tracasse Anna Grigorievna. « Une histoire d'amour, hein ? »

Anna Grigorievna le regarde, indignée ; Tiktine, de dépit, fronce les sourcils.

« Qu'on m'apporte mon thé dans mon cabinet ! »

Et il jette sa serviette sur la chaise.

« J'ai gaffé, je crois », se désole Tiktine dans son bureau. Il feuillette le dernier numéro de *Questions de philosophie et de psychologie*. Mais ses yeux n'accrochent pas les lettres et les lignes ne prennent ni vie ni sens sur le papier. Andreï Stepanovitch mordille le bout de son coupe-papier de bois et laisse les pages du livre intactes.

Un jeune homme bien

« Et puis, si c'est une histoire d'amour, il n'y a pas de quoi faire la fine bouche », songe Anna Grigorievna qui rumine des paroles amères, presque à voix haute... Elle sait pourtant qu'Andreï Stepanovitch s'attendrirait, fondrait s'il apprenait que Nadienka se mariait effectivement. Anna Grigorievna sait quelle belle fête ce serait pour Andreï Stepanovitch, quels mots d'esprit savants et lourds il concocterait, de peur de paraître sentimental. Simplement, le fiancé devrait être au moins chargé de conférences, avec lorgnon, bibliothèque, publications, sourire intelligent et front haut. Andreï Stepanovitch deviserait avec lui et testerait sur lui sa propre érudition.

« Une histoire d'amour, si seulement... »

Anna Grigorievna se perd de nouveau dans ses réflexions à propos de Nadienka.

Elle ne cesse, à présent, de penser à elle. Elle ne s'aperçoit pas que tout son temps est pris par elle. Elle égrène ses pensées, comme le moine son chapelet, et ferme le cercle.

« Non, il y a quelque chose qui cloche », se dit Anna Grigorievna. Ce qui cloche, c'est que Nadienka n'est pas ce qu'elle a été, elle. Pour elle, cela s'est fait tout seul. Tout. En riant.

Un rire incitateur. Anna Grigorievna se rappelle qu'elle s'était dit : « Quel rire j'ai aujourd'hui ! » Puis, seule dans la pièce, elle avait fait un nouvel essai, couronné de succès : un rire venu du fond du cœur, tel un appel, la joie claironnante d'une jeune cavale dans un champ. C'était venu tout seul, à son insu, et les hommes en tressaillaient, ils s'efforçaient de plaisanter, de se montrer à leur avantage. Et, quand ils manquaient leur coup, ils perdaient pied devant elle… Elle, Anna Grigorievna, cela ne lui coûtait rien. Une chose sonore palpitait alors en elle, et elle savait que chacun avait envie de l'effleurer afin de faire vibrer cette corde joyeuse.

Elle revoit le traîneau, la perspective de l'Île de pierre, l'étudiant de l'institut de technologie. Quelle volupté, quelle angoisse, et elle savait à ce moment-là que cette angoisse qui lui coupait le souffle venait d'elle. Elle-même ne comprenait pas : comment était-il possible qu'ils ignorent tous deux où les conduirait cette promenade en équipage finnois pour « trinte kapecks[1] ». Anna Grigorievna était promesse, promesse de lointains, d'exploit et – la foi précipitait son souffle – elle croyait fermement que l'exploit s'accomplirait. Elle s'en faisait le serment à mots retenus, souriait en son for intérieur,

---

1. Pour la mi-carême, des cochers finnois venaient à Saint-Pétersbourg proposer des promenades en traîneaux décorés de rubans et de grelots.

et tout allait de soi, l'emportait, elle n'avait qu'à s'abandonner à cet envol.

Lanternes, course endiablée, sonnailles des grelots, tout était pour elle, et le cocher finnois ivre, les factionnaires gelés étaient là tout exprès pour que l'étudiant échange avec eux quelque amusant propos et leur demande des allumettes. L'île Élaguine est silencieuse, blanche, douce, inconnue. Du ciel, quelqu'un saupoudre de la neige et orne d'étincelles triomphales le large col de fourrure d'Anna. En elle palpite quelque chose de chaud, précieux, essentiel. Et l'étudiant se serre contre Anna Grigorievna, il veille sur cette chose précieuse, essentielle, comme sur sa vie. Anitchka[1] regarde l'étudiant dans les yeux, sans un mot, fixement, un regard qui va de soi. L'étudiant se serre plus fort, plus douillettement contre la pelisse d'Anitchka.

N'y avait-il rien eu d'autre ? N'avaient-ils point parlé de choses intelligentes ? Anna Grigorievna se rappelle que ce même étudiant, lors d'une soirée chez une amie, s'était déchaîné dans le feu de la dispute, traitant Hegel d'imbécile. Anna Grigorievna avait pris la défense du philosophe et le jeune homme avait crié :

« Alors, vous ne valez pas mieux ! »

Tous avaient éclaté de rire. Et l'étudiant, et Anna Grigorievna. Longtemps après, on l'avait surnommée « Hegel ». Tout était gai, tout bougeait, filait, et Anna Grigorievna était prise dans le flot. Tout allait de soi, c'était bien, comme il se devait.

Mais Nadienka… Nadienka, elle, semble restée près de la rive, agrippée aux racines et aux buissons. Anna Grigorievna est malheureuse pour sa fille, à en pleurer, elle voudrait la faire lâcher prise et la pousser là-bas, au beau milieu, en plein mitan, où tout chante et tourbillonne gaiement. Ou bien la vie a-t-elle changé ?

---

1. Un des diminutifs affectueux d'Anna.

Elle voudrait aller trouver Nadienka et lui expliquer comme il faut. S'asseoir l'une à côté de l'autre et parler pour de bon. Une fois, elle s'était résolue à aller dans sa chambre. Là, elle l'avait vue en train de lire et avait demandé d'une voix lasse :

« Tu as préparé tes mouchoirs ? Demain, c'est jour de lessive. »

Son ton était si amer que Nadienka, étonnée, s'était arrachée à son livre.

« Non, se dit Anna Grigorievna, rien, rien n'y fera. » Il lui semble que sa fille est née infirme et que son seul rôle de mère est aujourd'hui de la plaindre. Les livres qu'Andreï Stepanovitch choisissait parfois pour Nadia chavirent amèrement l'âme de la vieille femme. Les voici en piles régulières sur la table. Jamais Anna Grigorievna ne les a regardés. Les yeux humides, elle rejoint sa chambre. Personne à qui raconter son chagrin.

Gros de conséquence

Depuis ce fameux déjeuner où Nadienka a regardé son père en plissant les yeux sans rien lui répondre, Andreï Stepanovitch est amèrement vexé. Anna Grigorievna, elle, se fait un sang d'encre. Une joie craintive l'envahit. « Et si... si seulement... », n'ose-t-elle s'avouer. C'est que Nadienka a changé, elle n'est plus la même. Cela cache quelque chose. Aurait-elle triomphé ? D'où son port de reine. Qui donc, qui a su apprécier sa Nadienka ? Qui en est amoureux ? Et pourquoi montre-t-elle tant de hargne ? De la fierté, certes, mais pas de gaieté. Alors, c'est tout ce qu'elle aura récolté ?

Anna Grigorievna ne pose pas de questions, elle n'ose souffler mot devant Nadienka, de peur de chasser, dirait-on, cet air de triomphe. La vieille femme revit, prend des airs importants pour servir le thé et se montre fort peu diserte avec Andreï Stepanovitch, à croire qu'elle et Nadienka partagent un grave secret de femmes.

Qu'Andreï Stepanovitch demande alors : « Sais-tu, Anna Grigorievna, si on a apporté le numéro de juin de *Richesse russe*[1] ? », et elle élude d'un mouvement de la tête :

« Ma foi, je n'en sais rien ! Vraiment rien ! Peut-être que oui. »

Puis, se tournant vers Nadienka, elle lui dit d'une autre voix :

« Tu as vu, Nadia, on est venu pour les essayages. C'est resté sur le divan. »

Andreï Stepanovitch pêche une nouvelle dans le journal : une nouvelle politique, de poids, emberlificotée. Il la lit tout haut, d'un ton appuyé, insistant. Puis il a pour sa fille et sa femme un coup d'œil significatif : qu'est-ce que vous dites de ça, hein ?

Nadienka se borne à secouer la tête à son intention, en tournant sa cuiller dans son verre.

Elle sait que ces inquiétudes – « Kleigels ou Trepov[2] ? » – ne prêtent qu'à sourire. Les gens comme son père sont là, telles des écrevisses sous leur souche, à remuer doctement leurs moustaches : « Ils ne vireront au rouge qu'une fois plongés dans le chaudron de la révolution » – Nadienka a retenu ce qu'un étudiant avait dit.

Sans un mot, Anna Grigorievna jette un coup d'œil à son mari, en songeant : « Il n'a jamais rien compris,

1. Revue mensuelle littéraire et politique du mouvement populiste (*narodniki*), qui paraît de 1876 à 1918.
2. Nikolaï Vassilievitch Kleigels, général-gouverneur de Saint-Pétersbourg de 1895 à 1904. Dmitri Fiodorovitch Trepov, général-gouverneur de Moscou, puis de Saint-Pétersbourg, à partir de janvier 1905.

il est insensible comme tous les hommes. Et celui de Nadienka n'est sûrement pas mieux. »

Andreï Stepanovitch fait une pause, il attend les répliques. Anna Grigorievna le regarde bien en face, d'un air presque provocateur, se détourne et replace le couvre-théière en forme de coq.

Andreï Stepanovitch est si perplexe qu'il en retire son pince-nez. Puis il le remet en place et, baissant le ton, lâche d'une voix de basse dans son journal :

« Il me semble à moi que c'est très, très... heu... significatif et même... dirais-je, gros de conséquence ! Très gros ! »

Ensuite, définitivement vexé, il s'absorbe dans son journal, dans les « Lettres de Paris », le sourcil important. Ces lettres ne sont que stupides billevesées que jamais Tiktine n'a lues auparavant ; de rage, il s'y met aujourd'hui. Il ne comprend rien, ne cesse de se demander : « À quoi rime cette obstruction ? », sans s'abaisser néanmoins à poser des questions. Et pourtant, il a mal.

Valia

Nadienka rejoint directement sa chambre, sans se dévêtir. Elle passe sans regarder, mais ne croise personne. Elle ferme à clé, pose sur le sol un paquet rigide enveloppé dans un journal, fait la grimace, secoue la main : la ficelle lui a scié les doigts.

Avec passion, vénération, Nadienka s'accroupit au-dessus du paquet, elle est écarlate, a le souffle court.

Aujourd'hui, pour la première fois, on l'a appelée carrément « camarade Valia », pour la première fois on lui a confié une « mission » : cacher ces tracts chez elle. Des brochures sur un papier fin d'importation. Et il lui a dit – son nom, elle ne le connaît pas – d'une voix sourde, presque en chuchotant :

« Les camarades ont pris des risques… Ils les ont passés à la frontière… Maintenant qu'on les a, ne faites pas tout capoter. »

Nadienka triture le nœud de la solide ficelle, en furetant mentalement dans tous les coins de l'appartement. Mais il lui semble que ce fin papier gris, où qu'elle le fourre, transparaîtra derrière la commode, les parois de l'armoire, les coussins du divan. Elle parcourt la pièce des yeux et, dans la partie inférieure de la grande glace, elle s'aperçoit, à croupetons sur le parquet : un visage rouge et de grands yeux bleus qui regardent. Dans son cadre en noyer démodé, la glace du trumeau est vieille, c'est celle de sa grand-mère. Nadienka se souvient de ces mêmes yeux effrayés, les siens, lorsque, étendue sur le divan face au miroir, elle s'imaginait morte.

Et tout resurgit. En un clin d'œil, limpide et mystérieux, comme cela avait été.

Nadienka a douze ans. Elle est seule à la maison. Elle fait le tour de l'appartement : personne. Dans la journée, elle n'a pas peur de rester seule. Au contraire, c'est bien. Personne ne vous voit. On peut faire les choses les plus secrètes. Nadienka chasse le chat de la pièce – il ne faut pas qu'il voie lui non plus – et s'enferme à clé. Elle regarde dans la glace. La vieille glace de grand-mère. Sombre, poussiéreuse. On dirait que la poussière est à l'intérieur : pas moyen de la faire partir.

Nadienka se hâte afin de ne pas être dérangée ni surprise. Ses mains tremblent, elle a le souffle court tandis qu'elle dispose l'oreiller blanc sur le divan, sur le dessus en dentelles. Elle enlève d'un coup le ruban de sa maigre tresse pour libérer rapidement ses cheveux, dégrafe son petit col et le replie en triangle pour former un décolleté. Elle s'allonge sur le divan, jauge l'effet produit, puis apprête sa chevelure sur l'oreiller afin que celle-ci repose en boucles attendrissantes. Elle ferme les yeux et, à travers ses paupières, jette un regard dans le miroir.

« "Elle était si charmante et la voilà morte", diront-ils, songe Nadienka. Ils entreront dans la chambre sur la pointe des pieds et se figeront, pleins de vénération, au-dessus du divan. »

« Ne faites pas de bruit !… Dire que nous n'avons pas remarqué qu'elle… »

Nadienka se compose le plus touchant, le plus mignon des visages. Mais la voici qui bondit : elle a oublié la rose dans le petit vase de la salle à manger. Elle glisse la tige humide et piquante dans son décolleté : on sait bien que les morts n'ont pas mal. Elle regarde dans le miroir. L'envie la prend, soudain, de poser le palmier à côté. Elle s'accroupit, entoure de ses bras frêles le pot trop lourd, le serre contre sa poitrine : la rose la pique douloureusement. Cela lui redonne de la force. Elle se hâte, tremblante comme quelqu'un qui commet un vol pour la première fois, place le palmier à son chevet et gît, avec la rose froissée.

Cette fois, tout est parfait. Nadienka se tourne légèrement de profil : c'est plus joli ainsi, et se fige.

« Chut ! On dirait qu'elle dort. »

On se presse à présent presque en foule dans la pièce. Tous la contemplent. Katia, son amie, est là aussi. Elle l'envie, la Katia, d'être admirée par tout le monde ! Nadienka a un soupir de fierté. Puis elle se pétrifie, ne bronche plus, ferme complètement les yeux. Elle sent, braqués sur elle, des regards par centaines qui lui chatouillent les joues. Elle y expose son visage comme au soleil, respire par à-coups. Les joues en feu, toute rouge, elle se raidit autant qu'elle peut sur le divan.

« Nadienka, mon ange, ma petite chérie ! dit maman à son tour. Ma toute belle ! »

Nadienka en éprouve fierté et pitié. Des larmes mouillent ses cils. Elle n'ouvre pas les yeux, demeure figée. Elle ne sait plus, maintenant, ce qu'ils disent. C'est si bien qu'elle ne peut inventer les mots, ils disent tant de choses que sa pensée ne suit pas. La chambre est pleine à craquer. Qu'il en vienne plus, plus ! Nadienka suffoque. Encore plus !

Un coup de sonnette.

Nadienka bondit, apeurée.

L'oreiller, la rose, le palmier ! Le palmier d'abord, bien sûr. Et tant pis s'il est de travers. C'est au troisième coup de sonnette seulement que Nadienka demande de ce côté de la porte :

« Qui est là ? »

Matriona :

« Eh oui, on a peur d'ouvrir ! C'est que mademoiselle est toute seule à la maison. Voyez-moi ça, vous êtes toute rouge ! »

Là, au bas du miroir, derrière la console – légèrement décalée –, elle aperçoit une fente étroite : il faudra y glisser les feuillets un à un, comme dans une boîte aux lettres. Nadienka se redresse et examine l'orifice.

Les oranges

Andreï Stepanovitch a gardé le souvenir d'un incident stupide. Pas même un incident, d'ailleurs, juste une prise de bec. C'était au temps de ses études. Lors d'une soirée à la maison, il avait pris une orange sur le plateau et, dans un rond de jambe très réussi, l'avait offerte, sur trois doigts, à une étudiante, un beau brin de fille. Soudain, au moment où, le sourire aux lèvres, celle-ci se penchait pour la recevoir, un des invités, hirsute, en chemise sale sous le veston, avait aboyé de derrière sa barbe en broussaille :

« Et quoi encore ? Comment osez-vous… comment osons-nous, ici, manger des oranges, quand, là-bas, là-bas… » Il avait brandi un doigt sec et tremblant vers la fenêtre. « Quand, là-bas, le peuple meurt de faim ! De faim-aim ! » avait-il crié comme à un sourd dans l'oreille d'Andreï Stepanovitch. Il avait les yeux brillants. Ses lunettes bancales tressautaient sur son nez.

Un instant, tous s'étaient tus. Toujours incliné, l'orange sur ses trois doigts, Andreï Stepanovitch s'était tourné vers le binoclard.

« Prenez donc cette orange et nourrissez-en, je vous en prie, le gouvernement[1] d'Oufa. »

Le binoclard n'avait pas pris l'orange, mais l'étudiante non plus, et Andreï Stepanovitch Tiktine l'avait reposée sur le plateau. Depuis ce jour, il doit se forcer pour manger des oranges, il sent qu'il les évite. Et, chaque fois qu'il en voit, il s'efforce de chasser cette réminiscence.

Il se répète :

« Soigner les maux de la société par l'ascétisme personnel est du tolstoïsme et revient à s'en laver les mains. Une vertu à la Ponce Pilate. »

Cette orange, elle ne lui est jamais sortie de la tête et, de temps à autre, il renouvelle son argumentation. Le soir, dans son lit, après avoir reçu des gens intelligents, il ordonne ses idées. Bien, bien des choses parlent avec éclat, avec intelligence contre l'orange, et cependant, au-

---

1. Unité administrative de la Russie impériale, équivalant à une province.

dessous, au plus profond, grattent les ongles de la faim. Tous les arguments défavorables à l'orange remontent à la surface et s'alignent pour la revue.

Le soir dans son lit, Andreï Stepanovitch laisse tomber son journal, il met les mains derrière la nuque et contemple la moulure du plafond. Le voici qui, du haut de sa tribune, formule les idées qu'il a glanées dans la journée. Des pensées avec des angles, parfois biscornues, qui ne s'emboîtent pas. Andreï Stepanovitch réfléchit, reformule et frotte les pensées les unes aux autres. Il les tourne et les retourne, les assemble comme de grandes dalles de pierre, jusqu'à ce qu'elles forment un pavement compact.

Andreï Stepanovitch s'assure encore qu'il n'y a pas de faille. Rigoureusement, scrupuleusement. Alors seulement il éteint la lumière et se tourne sur le côté. Tel un enfant, il met sa lourde patte sous sa joue, et sa tête, pareille à l'écolier qui retrouve la liberté, l'emporte vers de joyeuses friponneries. Il imagine qu'il vogue dans un confortable esquif tapissé de velours, qui file tout seul, mû par un mécanisme merveilleux. La barque descend un fleuve tranquille, emportant Andreï Stepanovitch vers quelque bonheur. Il est un bon petit garçon. Tous sont ravis, et lui aussi. Jamais Andreï Stepanovitch n'atteint ces lieux idylliques, il s'endort en chemin, coinçant sous sa joue son épaisse barbe grisonnante.

Nadienka perçoit des voix en provenance du cabinet de travail, de nombreuses voix d'hommes, épaisses, et une, honnie, alentie, nasillarde, requérant l'attention. Elle entre dans la salle à manger pour mieux entendre et s'attarde à chercher un verre dans le buffet. De nouveau, la voix haïe assène distinctement :

« Oui, du point de vue paysan, nous sommes tous des fainéants, des parasites. Et moi, en tant que juge, je suis même un nuisible : de moi émanent les files de détenus. »

Alors, la basse d'Andreï Stepanovitch :

« Mais nous, est-ce que nous sommes responsables de tout cela ? Oui ou non ? Allez, répondez-moi donc sur ce point ! »

Nadienka cesse de faire tinter les verres.

« Responsables devant quoi ? nasille tranquillement le juge. Devant la culture ou devant le peuple ?

— Devant nous-mêmes ! » rugit Andreï Stepanovitch et on l'entend taper hargneusement de la main sur la table.

Un instant de silence, Nadienka, son verre à la main, retient son souffle.

« C'est de l'auto-imputation ? » nasonne moqueusement la voix.

Soudain, un bourdonnement de ruche, intense, précipité. Nadia entend qu'on déplace un fauteuil, elle entreprend de verser de l'eau de la carafe. Ne lui parviennent plus que des bribes :

« Des Romains, alors ? Le renforcement de l'esclavage ?

— Et le résultat ? Le résultat ? »

La basse paternelle, insistante, en émoi, tente de dominer les autres voix. Dans chacune d'elles retentissent les trompettes de l'angoisse.

« Quoi donc ? Qui donc ? lance une voix éraillée, malade. Rester assis, les bras croisés, attendre ? »

Nadia a le cœur qui bat. « C'est maintenant, maintenant qu'il faut lui balancer la vérité en pleine figure, à ce juge ! » Sa respiration se bloque : là, dans le cabinet de travail, ce sont tous des gens importants, de grandes personnes, les hôtes, les amis de son père, que Nadienka est habituée à respecter et à craindre. Et elle repousse l'instant. Elle entre prudemment dans le bureau. La lumière tombante de l'abat-jour éclaire le bas enfumé de la pièce : tapis, pantalons, pieds de fauteuils. Nadienka s'assied sur l'accoudoir du divan, elle sait qu'on ne voit pas son visage dans l'obscurité.

En hâte, elle répète intérieurement ce qu'elle leur dira : juste trois ou quatre mots, une phrase courte qui les sciera, les cisaillera par son détachement, mais qui mettra dans le mille et les anéantira ; puis elle tournera les talons et sortira. Eux, stupéfiés, interloqués, en resteront bouche bée. Et elle écoute le brouhaha de voix, guettant l'instant, haletante d'émotion.

« Quand, selon vous, sera-t-il trop tard ? Quand ? » s'écrie Andreï Stepanovitch.

Une pause. Impossible de voir à qui il s'adresse. C'est alors que d'un angle, la voix égale, désinvolte, honnie par Nadienka, commence méthodiquement :

« Si je ne m'abuse, on craint ici qu'il ne soit trop tard lorsque le peuple s'en prendra directement aux fainéants, c'est-à-dire à la culture, pour autant que je comprenne.

— Oui, répond Andreï Stepanovitch, s'adressant au silence. Alors, ce sera l'émeute à la Pougatchev[1] ! »

Le silence trouble s'élève en volutes.

« Vous redoutez Pougatchev, c'est-à-dire tout simplement le peuple… »

Nadienka s'effraie de sa voix : ce n'est pas la sienne, mais elle est ferme. Andreï Stepanovitch lève brusquement les yeux dans sa direction, plein d'alarme et d'effroi. Toutes les têtes se tournent et se figent. Nadienka ne les voit pas, mais elle sait qu'on la regarde. Un instant, elle songe : « En rester là, ne rien ajouter. » Elle a peur, soudain. Sa voix, cependant, jaillit, enchaîne :

---

1. Chef d'une révolte populaire qui, de septembre 1773 à septembre 1774, fit vaciller le trône de Catherine II. Il est le symbole du déchaînement incontrôlable des « forces élémentaires », redouté même par les libéraux russes.

« Le peuple, les masses, le prolétariat qui n'a rien à perdre ni à craindre et contre lequel sont pointés baïonnettes et fusils… »

Nadienka voit à présent que l'ironie lui fait défaut : c'est son autre voix qui parle, et pas comme elle l'avait prévu.

« Le peuple, lui, prépare l'insurrection armée, les ouvriers s'organisent en parti, en parti ouvrier, et ceux qui en ont peur, ceux-là soutiennent la bourgeoisie, le bureaucratisme tsariste et les nagaïkas[1]. »

Nadienka sent que la voix en a terminé, ne reste qu'une respiration haletante, saccadée, que l'on entend dans le silence. À présent, elle risque de fondre en larmes, au lieu de tourner fièrement les talons. Le sang lui est monté au visage. Nadienka écarte les bras, relève sa jupe comme si elle craignait de s'accrocher et, dans un brusque demi-tour, se précipite vers la porte. Elle traverse la salle à manger, la tête basse, les larmes aux yeux.

« Nadienka, qu'est-il arrivé ? »

Anna Grigorievna l'arrête dans le couloir. Mais Nadienka, d'un pas rapide, rejoint l'obscurité de sa chambre et plonge son visage dans l'oreiller.

Anna Grigorievna trottine jusqu'au cabinet de travail pour éclaircir ce qui s'est passé, ce qui a pu offenser sa fille.

Après le discours de Nadienka, le cabinet, un instant, semble vide. Un instant chacun se sent seul dans la pièce.

Le claquement d'un porte-cigarettes fait sauter le bouchon du silence. Tapotements énergiques d'une cigarette contre le couvercle.

« B-b-on-on… », dit, d'un ton traînant, Andreï Stepanovitch.

---

1. Cravaches des cosaques chargés de la répression.

Il incline sa grosse tête, étalant sa barbe sur sa poitrine.

« Bon, bon, bon », lui fait écho le médecin qui se dégourdit les jambes en arpentant le tapis.

Anna Grigorievna se tient, muette, sur le pas de la porte et, ne comprenant rien, sourit à tout hasard.

« Un meeting ouvrier ! » profère le juge en rejetant bruyamment la fumée de sa cigarette.

Andreï Stepanovitch veut conclure, mais cela ne vient pas.

« Allons prendre le thé », propose affablement Anna Grigorievna depuis le seuil.

Tous se lèvent aussitôt. La nappe éclatante, le samovar étincelant éblouissent les invités.

« Sacrée leçon qu'on a reçue de votre fille ! » dit le juge, dans un sourire flatteur, à Anna Grigorievna.

Nadienka, elle, entend toujours résonner sa voix et ignore ce qui en a résulté. Mais il y a forcément eu un résultat qui interdit tout retour en arrière. Un retour vers quoi ? Nadienka ne savait pas où elle était jusqu'ici. Et, maintenant, tout lui est égal.

Le vent

La première semaine, Viktor redoute d'aller en ville, où il serait tenté de retourner chez les Sorokine. Il reste vautré sur son lit de camp ou déambule entre les tentes. Le samedi, à quatre reprises, il nettoie et graisse ses bottes. Dans la soirée, il se rase de nouveau. Le temps lui pèse. Il rêve. « Si je pouvais tomber malade… Je serais à l'hôpital. Autant dire en prison. Ou bien, manquement à la discipline et… refus de permission. Chiche que je sabote l'instruction de la compagnie, que je pousse ma section à… et hop ! arrêts de rigueur… À cause d'*Elle*. »

Voilà qui lui plaît : aux arrêts à cause d'elle ! Et qu'elle n'en sache jamais rien… Ou plutôt si, qu'elle l'apprenne, mais pas par lui ! En plus, il pourra fulminer tout son soûl qu'on l'a trahi.

Au matin, Viktor se dit :

« J'ai bien le droit de rendre visite à ma mère malade, non ? Le pauvre gars, sa mère est souffrante… »

« Ma parole, c'est ridicule », se répond Vavitch à voix haute.

Il redonne un bon coup de brosse à ses bottes fortes, vérifie d'un geste qu'il est rasé de près et va résolument chercher son titre de permission chez l'officier de jour.

En route pour la ville, tantôt il force l'allure, tantôt se reprend et adopte un pas cadencé, celui du « brave fantassin », songe-t-il.

Il marche en brave fantassin, solennel et triste, c'est l'infanterie qui marche à la mort. « Il faut savoir mourir », Vavitch l'a lu quelque part. En brave fantassin, il parvient à la Barrière de Moscou et, là, il fonce. Il se contraint à passer chez lui en tournant rue Avraamovskaïa et, au coin, il se commande : « À droite, droite ! », comme à l'exercice. Il avance avec difficulté, on dirait qu'il va contre le vent qui souffle… vers la prison. Il va, courbé, posant fermement un pied après l'autre sur le trottoir.

Taïnka l'accueille sur le perron.

« Elle dort, elle vient de s'endormir, chuchote-t-elle.

— Alors, je n'entre pas, se hâte de répondre Viktor. Ça ne fait rien, je repasserai. »

À croire que Taïnka lui interdit l'entrée.

Viktor repart, le vent dans le dos cette fois, freinant des quatre fers pour ne pas courir.

Il est tôt, l'office religieux n'est pas terminé, Vavitch sait que le gardien est maintenant à l'église de la prison, devant la foule grise des détenus, et qu'il se signe scrupuleusement face à l'iconostase. Grounia, elle, est chez elle.

« Non, je n'irai pas, je me le suis juré. »

Et Viktor reprend son pas cadencé de brave fantassin. Il se transporte au jardin public, puis, à l'entrée, tel le navire commandé par le gouvernail, s'oblige à virer de bord.

Des nounous avec des enfants sont assises en rang d'oignons sur un banc et grignotent des graines de tournesol. Derrière, leurs jupes à fronces multicolores bouffent comme des ballons. Les enfants s'égaillent dans les allées. Les nounous délaissent un instant leurs graines de tournesol et, plissant les yeux au soleil, suivent du regard le brave soldat. Ah, le beau militaire ! Et de décréter aussitôt : un monsieur !

Vavitch traverse le jardin et s'assied sur un banc, à l'autre bout. Une minute plus tard, il se relève, décide de faire quelques pas. Mais ses jambes l'entraînent vers la sortie. Viktor se force à se rasseoir.

Résolument, il se dit : « Après tout, on peut rester là un moment à réfléchir. Ça arrive que les gens restent à réfléchir, à réfléchir jusqu'au soir. Et, le soir… il est trop tard pour y aller. Alors, on rentre chez soi. »

Viktor, la mine froncée, s'efforce de penser. Mais rien ne lui vient.

« Penser à quoi ? Je ne sais pas, c'est là le malheur ! » se désole-t-il.

Il aperçoit tout à coup dans l'allée une nouvelle recrue de sa section. Le soldat tente une approche prudente des jupes colorées qui flambent au soleil.

Viktor bondit.

« Garpenko ! » crie Vavitch.

Le soldat sursaute, regarde autour de lui. Alors Viktor, l'air vachard, lui fait signe du doigt.

« Viens un peu ici, mon gaillard ! »

Le soldat s'approche et salue.

Le jardin public est interdit aux simples soldats.

« Qu'est-ce que tu fabriques par ici ? Rectifie la position ! Tu ne sais pas te tenir. »

Le soldat, en sueur, devient tout rouge et, manifestement, se prépare au pire.

« Mes excuses, monsieur le chef de section », souffle-t-il.

Viktor, cependant, le regarde en se demandant ce qu'il doit faire.

Soudain, il tire de sa poche une cible pliée, en déchire un morceau. S'appuyant sur le banc, il griffonne quelques mots avec un bout de crayon.

« Écoute voir : file à la prison avec ce billet.

— Pardon, monsieur le barine, mais pour quoi ? » dit dans un murmure la nouvelle recrue au bord des larmes.

Les nounous quittent leur banc, se postent dans l'allée et regardent ce que le barine veut au soldat.

Drôlement sévère…

« Repos ! lance Vavitch. C'est un ordre de ton chef de section. Va à la prison, imbécile, et remets ce billet à la fille du gardien… »

Le soldat respire.

« Et ne demande personne d'autre. Je te donnerai dix kopecks.

— À vos ordres, monsieur le barine ! braille le soldat qui veut aussitôt tourner les talons.

— Attends ! » Viktor explique en détail à Garpenko comment parvenir jusqu'à Grounia. « Et que ça saute ! »

Le soldat part au galop. Quant à Vavitch, il prend une autre allée, loin des nounous.

Il se fait superstitieux. « Si je croise un capitaine, c'est que Garpenko réussira… Et s'il le portait, ce billet, directement au gardien lui-même? Des imbéciles, ces nouvelles recrues! À tous les coups, il va le filer à Piotr Savvitch. Le scandale! »

Vavitch veut se lancer à la poursuite du soldat. Vite, un fiacre! Mais il essaie aussitôt de se rassurer.

« C'est égal. J'ai décidé de ne plus y aller. Advienne que pourra. »

Et il chuchote une prière :

« Mon Dieu, mon Dieu, Seigneur Jésus, mon petit Jésus, faites que ça marche… »

Le papillon

Grounia dispose un linge propre sur l'icône. Elle recule pour s'assurer qu'il n'est pas de travers.

Soudain, elle voit par la fenêtre un soldat franchir le portillon. Il tient la main gauche en avant et entre ses doigts palpite un billet, comme s'il avait attrapé un papillon et le portait à Grounia. Elle court à sa rencontre. Garpenko et Grounia sont hors d'haleine, tous deux sourient.

Tandis que Grounia déchiffre l'écriture griffue, Garpenko a déjà claqué le portillon. Grounia se reprend.

« Soldat, soldat, reviens! Il est au jardin public? »

Le soldat acquiesce.

Grounia lui déverse toute la menue monnaie qu'on lui a rendue au marché. Elle la fourre dans la main rétive qu'elle referme.

Puis elle relit le billet.

Dans le silence du jardin, à vous je pense.
Votre Viktor.

Grounia ne retient que « jardin » et « Viktor ».

Du soldat elle apprend de quel jardin il s'agit. Elle ne sait qu'une chose : elle doit y aller sur-le-champ. Grounia attrape des bas soigneusement pliés dans la commode, elle examine en hâte son corsage immaculé : n'y a-t-il pas quelque accroc ? Elle sait qu'il souffre et qu'elle doit faire vite, très vite. Elle s'habille rapidement, saisit son ombrelle rose. Elle halète, la bouche ouverte, les lèvres sèches.

En chemin, elle réveille un fiacre et, sans demander le prix, se rend au jardin. Déjà la voiture cahote sur le pavé, le cocher, tout en agitant son fouet de corde, psalmodie rêveusement :

« Y en a bien pour un rouble. Un rouble, en v'là une aubaine qui tombe du ciel !

— Fouette, fouette, cocher ! » le presse Grounia.

Arrivée au jardin, elle saute de l'équipage, fourre sans regarder deux pièces de vingt kopecks dans la main rugueuse.

« Ah, misère de Dieu ! » lance le cocher en secouant la tête. Et il lui crie : « Faut-il attendre ? »

Dans le jardin seulement, Grounia s'avise d'ouvrir son ombrelle.

Ballon rose et vibrant, l'ombrelle s'embrase au soleil.

Vavitch voit aussitôt la flamme rose à travers les buissons, il rectifie sa tenue, se redresse, ne sait s'il doit aller à sa rencontre : il craint qu'elle ne s'enfuie. Tendu, il se pétrifie et reste là, le sourire crispé.

Grounia marche, travaillant des coudes comme si elle ramait, fendait l'air, et le champignon rose bat la cadence au-dessus. Il est midi. Les cloches sonnent et Vavitch regarde Grounia quitter le soleil pour plonger dans l'ombre. Elle se hâte à la rescousse, à croire que Vavitch est blessé et gît, gémissant, dans l'allée.

Sans pouvoir dire un mot, Viktor la salue, lignifié.

Grounia veut le couvrir de son ombrelle et l'emmener pour toujours quelque part au loin, l'asseoir sur ses genoux, le prendre dans ses bras.

« C'est bien, dit-elle, le souffle raccourci, c'est bien, je suis arrivée à temps. »

Viktor est muet, tous les mots qu'il a imaginés pendant son attente, desséchés, calcinés, lui restent en travers du gosier.

Grounia attend, elle sait, elle sait qu'il va se remettre, qu'il va de nouveau se gorger de sève, et elle l'entraîne dans les profondeurs du jardin.

« Le petit soldat, le billet, il le tenait comme un papillon par ses petites ailes », ne cesse-t-elle de répéter.

Routes

Grounia fait asseoir Vavitch sur un banc. Ici, l'allée s'élargit et les buissons de lilas poudreux forment un abri. Derrière les buissons, derrière la grille du jardin, des gamins jouent avec des jetons qu'ils font claquer, se disputent et jurent. Mais ni Vavitch ni Grounia ne les entendent. Grounia est assise près de Viktor, le protégeant discrètement de son ombrelle. Elle le sent se remettre, se dégeler.

« J'ai planté là le repas, dit-elle, le regard fixé au sol. S'il est brûlé, nous préparerons autre chose. »

Viktor tressaille : il comprend que ce « nous », c'est Grounia et lui. Une brûlure l'envahit et il a un peu peur.

Grounia se tait. Ils sont assis tout près l'un de l'autre et entendent un torrent bouillonner dans leur tête. Pas des pensées, du bruit. Comme s'ils roulaient, dévalaient une route. Et leurs chemins se rejoignent de plus en plus.

Ils ne peuvent arrêter ce flot impétueux qui, à présent, les rapproche tant que Vavitch croit entendre le tumulte résonner en Grounia. Ils ne vont plus côte à côte, mais ensemble. Alors Grounia a un profond soupir de soulagement. Elle plonge son regard dans celui, intense, de Viktor. Lui, semble fixer une route qui dévale la montagne. Grounia détourne les yeux et demande :

« C'est d'accord ? » Soudain elle s'effraie, rougit et ajoute : « Cet été ? »

Un éclat humide se met à briller dans les yeux de Vavitch, il bat des paupières et dit doucement :

« Surtout que… surtout… Agrafena Petrovna… » Une vague de chaleur inonde sa poitrine. « Je ne pensais nullement à… »

Il la regarde de tous ses yeux. Sous son ombrelle, Grounia est rose, et rose le corsage qu'elle porte, tel un pétale, rose la fine chaînette d'or à son cou, qui se perd dans l'échancrure triangulaire de sa gorge. Viktor, soudain, a envie de s'agripper, s'enraciner – alors, la vie serait forte et belle ! C'est ainsi qu'enfant il tétait le suc printanier au sein blanc du bouleau et ses lèvres ne pouvaient s'en détacher.

« Moi qui croyais… », commence Grounia et elle s'interrompt dans un sourire qui n'en finit pas.

Vavitch comprend : elle croyait qu'il ne l'aimait plus. À cet instant, rouge d'effort, une fillette s'extrait des buissons. Gambettes nues, socquettes aux pieds, elle clopine maladroitement, tirant sur le sable un lapin en peluche.

Grounia se lève d'un bond, l'ombrelle vole en arrière… Elle s'accroupit près de la petite, l'entoure de ses bras pleins et brûlants, la serre contre elle et se met à la couvrir de baisers, à la folie, aux larmes. Elle halète, étouffe l'enfant sans remarquer qu'elle pleure.

Viktor écarquille les yeux, il sent venir les larmes, lève la main et, de toute sa force, abat son poing sur le banc.

Grounia se retourne et jette à Vavitch un regard brouillé. La nounou court, pataude, vers l'enfant, un petit râteau à la main, une poupée sous le bras.

Vavitch se lève, tend à Grounia son ombrelle. Sa main tremble un peu.

Dans l'allée principale, il croise un intendant à la retraite et le gratifie d'un garde-à-vous impeccable et joyeux. Rien ne l'y oblige, c'est un cadeau.

Grondement

Le soir est brûlant, étouffant. L'air noir semble injecté d'une épaisse chaleur.

Chez les Sorokine, Vavitch est à table, il porte une chemise blanche immaculée et des pattes d'épaule toutes neuves, bordées d'un fin liseré. Le travail de Grounia. Le gardien trône à sa place de maître de maison. Renversé contre le dossier, le sabre entre les genoux, il écoute avec ferveur les propos du commissaire de police.

Le commissaire est grand, son cou est long et rouge. C'est un ancien officier de la Garde. Le gardien le respecte : il est de la police de Saint-Pétersbourg, de la capitale, ça, Sorokine le voit comme si c'était écrit en lettres strictes sur papier officiel.

Vavitch sait que le commissaire a quitté son régiment de la Garde sur un scandale et il se dit toujours que c'est un lieutenant raté. Mais aujourd'hui Vavitch le regarde passer avec prestance sa serviette sur ses moustaches teintes, puis la jeter crânement sur ses genoux. Il le regarde, intimidé.

« Permettez, permettez, mon cher Viktor… Vikentievitch, si je ne m'abuse…

— Vsevolodovitch », corrige Grounia.

Le gardien l'épingle du regard. Elle baisse les yeux et remplit le verre du commissaire.

« Permettez, mon cher, reprend celui-ci. Tenez, vous êtes militaire… Je l'ai été moi-même, savez-vous ? Vous dites : la défense de la patrie… »

Viktor n'a pas encore ouvert la bouche, mais il acquiesce, désorienté.

« Je vous demande bien pardon… » Le commissaire vide d'un trait son verre et plante sa fourchette dans les champignons marinés. « Je vous demande bien pardon, mais la police, que fait-elle, la police ? À votre avis, que fait-elle ? »

Le commissaire balaie d'un geste sa serviette et, les mains plaquées sur ses genoux, fixe Vavitch.

Viktor cille, sans baisser les yeux.

« La police, elle, est toujours à son poste ! Toujours en action. Perpétuellement au combat. Moi, si je puis me permettre… » Le commissaire se lève, désignant sa poitrine. « Tenez, à l'instant même ! Qu'on crie dans la rue, et j'y suis ! » D'un geste large, il montre la fenêtre. « Sans réfléchir, sans me poser de questions. Vous autres, votre dernière guerre, elle remonte à quand ? »

Le commissaire plisse les yeux et tend l'oreille vers Vavitch.

Viktor remue les lèvres sans émettre un son.

« À un quart de siècle[1], mon petit monsieur ! »

Le commissaire se rassied avec fracas sur sa chaise. Grounia remplit son verre.

Le commissaire boit, s'empourpre du visage et de la nuque. Son menton rasé, carré, luit de sueur, comme laqué.

« La nuit, vous faites gentiment dodo ? Pourquoi ? On baisse les stores et baste ? Vous ne voyez pas ce qui se

_____

1. Il s'agit de la guerre russo-turque (1877-1878).

passe dehors. » Il désigne de son pouce la rue derrière lui. « Là-bas, sur le pavé ! Il gèle à pierrrre fendre ! Oui, monsieur ! Là-bas, le sergent de ville fait le planton. Oui, oui, ceux que vous tournez en dérision en les appelant "pharaons[1]". » Il fouaille méchamment Vavitch du regard. « Il fait le planton toute la nuit, la barbe collée au capuchon par le gel ! Et pour peu qu'à un comptoir il se jette un petit verre dans le gosier, vous voilà tout de suite à brailler : c'est un pot-de-vin ! Seulement, qu'on vous bouscule dans une rue sombre, et vous mugissez en sacrant : sergent de ville ! Qu'on pique une pomme au marché : sergent de ville ! Qu'un cheval tombe : sergent de ville ! Et pourquoi, alors, vous ne criez pas : "Pharaon !", je vous le demande ? »

Le commissaire, sourcils froncés, fixe Vavitch qui rougit.

« Pourquoi donc, je vous le demande ? »

Le gardien, la tête rejetée en arrière, toise Vavitch durement comme si ce dernier était un prévenu. Grounia vient à la rescousse avec le carafon de vodka et jette en tapinois un coup d'œil à Viktor.

« Oui, bien sûr, il y en a qui n'ont pas conscience… », hésite Viktor. Et, allumant une cigarette, il s'enveloppe de fumée.

« Pas conscience ? Et ceux qui braillent : pots-de-vin ! pots-de-vin ! » Le commissaire se lève. « Qui sont-ils ? » Il se renfrogne tellement que Viktor prend peur. « Des étudiants ? Mais une fois ingénieur, votre étudiant, il l'écorche du tonnerre de Dieu, l'entrepreneur, il ne lui laisse pas sa chemise, rugit le commissaire. Et les arpenteurs, hein ? Comment ils vous redécoupent par inadvertance les terres en friche, non ? Arrêtez ! Et au Conseil

_____

1. Sobriquet des sergents de ville sous le régime tsariste.

d'Empire[1] ? » Le commissaire force sa voix qui s'éraille. Le gardien se crispe sur sa chaise. « Oui, oui ! crie le commissaire, s'en prenant, cette fois, au gardien. Pour le tracé des routes : des villes, des villes entiè-è-ères qu'on a laissées de côté ! Des provinces ! Et si un sergent de ville crève de froid à son poste… C'est facile d'en parler, bien au chaud dans un fauteuil. C'est l'histoire du cochon sous le chêne[2]. Tenez, supprimez la police un seul jour. Que dis-je, un jour ? Une heure ! Et vous verrez le résultat… Vous jetterez les hauts cris, mon petit monsieur ! »

Tous regardent leurs pieds sans un mot. Le commissaire se rassied.

« À mon avis, fait soudain Grounia, ceux qui n'aiment pas la police…

— Les voleurs, les voleurs, je vous l'assure, les voleurs surtout ne l'aiment pas », coupe le commissaire.

Grounia rapproche le pot de caviar.

« C'est que, voyez-vous…, lance gaiement le commissaire en tartinant le caviar, c'est que… plus la société est instruite, je dirais même, plus elle est élevée, plus elle respecte les gardiens de l'ordre public. Prenez l'Angleterre : le *policeman* y est à la première place. Là-bas, l'inspecteur de police, le simple inspecteur de quartier, appartient au meilleur monde. Et ses émoluments, bien sûr, sont des plus convenables : en livres !

— En livres ? » s'étonne Sorokine.

Le commissaire est en sueur, ses cheveux coupés en brosse sont à présent collés et pointent en petites cornes

---

1. Organe consultatif créé en 1810 et qui deviendra, à partir de 1906, la Chambre haute sous l'appellation de Conseil d'État.
2. Allusion à la fable de I. A. Krylov, « Le Cochon sous le chêne » (1821-1823), dans laquelle un porc est prêt à détruire un chêne, sans comprendre que c'est de lui qu'il tire sa subsistance.

sur son crâne. Dehors, la nuit suffoque. L'orage mûrit. Tous sentent un noir silence peser dans leur dos.

Sans mot dire, Grounia rassemble les hors-d'œuvre démantelés, défaits. Le gardien s'éponge le front avec un mouchoir à liseré bleu.

Vavitch continue de jeter des regards craintifs au commissaire.

Grounia apporte de la cuisine un long plat où repose un sandre en gelée.

« Mangez », murmure le gardien en indiquant du menton le poisson. Mais tous restent immobiles, perdus dans leurs pensées.

Soudain, un grondement lointain ébranle vigoureusement le ciel.

Tous tressaillent, comme si arrivait aux portes celui, gai et joyeux, qu'on attendait.

« Aie pitié de nous ! dit le gardien en se signant, mais joyeusement.

— Eh bien, à la jeunesse dévouée à l'ordre public ! lance le commissaire, qui, prenant le carafon des mains de Grounia, sert lui-même Vavitch. En signe de bienvenue ! »

Vavitch sourit. Grounia jette à Viktor un regard heureux.

« Exécution, exécution ! » commande le gardien, brandissant sa dextre.

Valse

Sanka Tiktine aime les bals. Sanka est bon danseur et joue les gandins. Il s'est fait faire un habit chez le meilleur tailleur, en y « mettant le paquet ». Le col en est bleu ciel, et non bleu sombre comme chez les étudiants, l'habit un peu trop long, à peine. Sanka danse inlassablement, avec ivresse, mais en mesure, rigoureusement. Il ne remarque pas ce que font ses pieds tout comme l'orateur, ses gestes. En dansant, Sanka, sans le vouloir, montre tout à la fois ardeur et déférence, gaieté familière et dédaigneuse retenue.

Quand Sanka se prépare pour un bal, c'est avec fébrilité. Il a l'impression que quelque chose de joyeux, de décisif doit arriver, il se sent tout émoustillé, tandis qu'il enfourne des mouchoirs immaculés dans ses poches.

Les bals s'ouvrent toujours par un concert, avec de longs entractes, dans l'attente des artistes qui font des manières, arrivent en retard. Sanka, excité, se morfond dans les couloirs et l'escalier, fumant cigarette sur cigarette. Il entend confusément le baryton, dans la salle, égrener sans hâte, délicatement, ses dernières notes.

On applaudit. Il semble qu'un bis se prépare.

Soudain, on repousse les chaises, la salle s'ouvre toute grande, dans un bruit joyeux, vibrant. Sanka y perçoit, ainsi que dans les gazouillis des jeunes filles, la même attente qui lui emplit et lui dilate la poitrine.

Les serviteurs, en longues livrées à galons, dégagent les chaises, lançant dans le brouhaha : « Attention, atten-tion ! »

Les demoiselles en robes de bal quittent les lavabos et, d'un rapide coup d'œil, vérifient discrètement qu'elles n'ont pas fait tomber de poudre sur leur gorge. Elles courotent jusqu'à la salle, tricotant élégamment des gambettes, à la recherche de leur maman. Tous se préparent : l'essentiel, ce pour quoi ils sont venus, se sont apprêtés comme pour une parade ou un tournoi, va maintenant commencer.

Les cavaliers enfilent leurs gants blancs. Les soldats, l'air affairé, s'installent avec leurs cuivres dans la galerie.

Sanka entre dans la salle. Les rives de l'immense parquet quadrangulaire ondulent de mousselines roses, blanches, azur.

Le haut plafond est piqueté d'ampoules électriques, logées dans des carrés de chêne poli. L'air est encore pur, les lampes sont lumineuses et claires. C'est l'aube du bal.

Sanka est au nombre des ordonnateurs. La rosette sur sa poitrine lui donne le droit d'inviter, sans se présenter, n'importe quelle dame. Il embrasse du regard les rives lointaines du parquet.

L'étudiant qui dirige l'orchestre lève une main blanche et dans la salle, telle une brise par la fenêtre ouverte, coule la musique. Les cuivres ronronnent en sourdine et la valse, en vagues régulières, se met à tanguer. Sanka a l'impression que la salle entière tangue aussi, épousant l'harmonie serpentine, que la valse emplit tout, que tous ne pensent et ne vivent que par elle.

La « demoiselle de bal » Varia, de celles qui vont danser sans leur maman, lui sourit de loin. Sanka s'approche, faisant glisser ses escarpins sur le parquet. Il lui semble que toute la rive de mousseline se balance au rythme de la valse. La demoiselle qu'il connaît oscille aussi. Mais Sanka ne va pas jusqu'à Varia. Il remarque que le chef d'orchestre a déjà ouvert le bal et qu'il vogue avec une dame courtaude et replète, respectueusement penché sur elle. Trois couples s'élancent à leur tour et Sanka sait que toute la salle va s'ébranler, que ce sera la presse, la bousculade. Or, il voudrait effectuer au moins un tour dans le cercle encore libre, dégagé.

Une demoiselle blonde, presque une enfant, est assise, les yeux rivés à ses souliers. Sanka s'arrête et la salue d'un claquement de talons. Elle se lève et, sans le regarder encore, pose une main sur son épaule. Une main gantée de blanc, délicatement, sur son habit vert. Sanka prend la mesure et la demoiselle le suit, légère.

Elle s'embrouille quelque peu en tournant autour de son cavalier. Ils ne forment pas un couple, ce sont deux danseurs l'un à côté de l'autre. Sanka enlace plus fermement sa taille souple, la serre de plus près. D'un geste fort et sûr, il fait tourner sa dame et, de plus en plus, tous deux prennent le rythme, tournoyant, dévorant l'espace, comme si Sanka emportait sa demoiselle dans un lointain et voluptueux voyage. Il sent que la main gantée de blanc s'appuie, plus confiante, sur son épaule, on croirait qu'il aide à franchir un gué périlleux. La taille s'abandonne plus librement et souplement à son bras, s'en remettant enfin à lui.

Les musiciens entament la deuxième figure et la valse éclate, énergique, les cuivres sonnent. Sanka fait virevolter sa dame qui, la tête légèrement rejetée en arrière, cède à son impétueux élan.

Les yeux mi-clos, embrumés, enivrés, elle jette un regard à Sanka.

Les voici seuls dans la salle, Sanka ne voit plus les rives tumultueuses, il ne voit pas que toute la salle s'est levée et s'est mise à tourner. Il se penche vers sa dame dont les boucles lui chatouillent la joue. Il ne voit pas, mais sent les autres couples fondre sur eux et, adroitement, offrant son dos, il la préserve des heurts. Elle est à présent sienne, il la serre de plus près et elle obéit à son étreinte.

Au deuxième tour, elle a les yeux grands ouverts et Sanka remarque qu'elle le détaille, comme si elle venait de le voir tel qu'il est. Ils avancent avec régularité, tricotant mécaniquement des jambes, étroitement enlacés, on dirait un attelage à quatre pattes. Ils sont maintenant rodés, paisibles et sûrs, à croire qu'ils ont passé la moitié de leur vie ensemble. De nouveau il tente de l'attirer à lui, accélère le mouvement, et elle s'abandonne; c'est ainsi qu'on s'abandonne à un souvenir, une habitude. Sanka jette un coup d'œil à la ronde pour mesurer s'ils sont loin de l'endroit où elle a laissé, à côté de maman, son éventail sur la chaise.

Il doit en finir en deux tours avec ce roman et il évalue des yeux la distance. Il s'en moque bien, à présent, elle peut même ouvrir la bouche ; pour abréger ce moment gênant, ennuyeux (comme d'être tassé contre une grosse dame dans un fiacre), il demande :

« Pourquoi ne portez-vous pas de boucles d'oreilles ? Cela vous irait si bien ! »

Au premier son de sa voix, elle a dressé l'oreille, mais, à cette question, elle se détourne à la recherche de sa place.

« *Merci**! » dit-elle et, titubant légèrement d'avoir tant tourné, elle se rassied. Au salut de Sanka, maman répond en secouant son triple menton, faisant rouler ses plis de graisse.

« Ce n'est pas *cela*, songe Sanka en louvoyant vers les portes. *Cela* doit vous transpercer, suavement, mortellement. »

Aliochka

Sanka veut encore tirer deux bouffées et jeter sa cigarette. À cet instant, apparaît sur le palier un jeune homme en redingote, un bras soutenu par une écharpe noire, le visage boutonneux :

« Ah, Tiktine ! Alors, on danse pour le plus grand bonheur des crève-la-faim de Samara ? »

Il plisse ses petits yeux et tord ses grosses lèvres.

Sanka lui jette un regard mauvais, balance sa cigarette dans un coin et fait un pas vers la porte.

« Après tout, pourquoi pas ? poursuit le jeune homme qui prend aussitôt un air sérieux et finaud. C'est agréable, non ? Rien qu'à regarder : les demoiselles… qui font comme ça avec leurs petites épaules. »

Et il mime comment elles bougent leurs épaules. Puis il plisse de nouveau les yeux.

« Oh, ça va ! réplique Sanka. Pourquoi diable, Bachkine… »

Il veut lancer une pique, il ne trouve pas et enrage. Bachkine ajoute exprès, d'une voix forcée et dépitée de bonne femme :

« Je danse, moi aussi, voyons ! C'est même hygiénique, je vous assure ! Seulement, avec mon bras… »

Et il le lui met presque sous le nez.

Sanka voit bien que Bachkine a envie qu'on l'interroge sur ce bras et, exprès, il s'en abstient.

La valse, cependant, ralentit et s'interrompt. On entend le brouhaha de la foule. Les portes s'ouvrent avec fracas. Sur les marches de l'escalier apparaissent des cavaliers, rouges, suants, s'éventant avec leur mouchoir. Ils allument des cigarettes.

Bachkine s'appuie sur la balustrade, prenant une pose affectée, gauche : vous voilà tous à jouer les gandins, tandis que moi, pauvre de moi, avec mon bras… On s'approche de lui, il répond de la main gauche aux salutations.

« Qu'est-ce qui vous est arrivé ? »

Sanka l'entend raconter l'affaire avec une fougue toute littéraire.

L'affaire est la suivante : Bachkine ne courtisait nullement certaine dame… Seulement, le mari, Dieu sait pourquoi, s'était pris de jalousie. Un gros mari qui était abonné à *Niva*[1] et jouait aux échecs… Après tout, on a le droit de jouer aux échecs ! Bachkine n'a rien contre.

---

1. *Niva* (« champ », « guéret »), hebdomadaire illustré pour la lecture en famille. Paraît de 1870 à 1918. Renommé pour ses suppléments littéraires gratuits à partir de 1891.

Tous les abonnés à *Niva* jouent forcément aux dames ou aux échecs…

Déjà, on ne l'écoute plus, d'autres s'approchent. Sanka remarque que l'histoire enfle démesurément. Ce n'était pas Bachkine qui courtisait la dame, mais un autre, qui avait la même taille et aussi un bras en écharpe… Ou plutôt, le monsieur en question avait maintenant un bras en écharpe. Le gauche, pas le droit. Et l'écharpe était marron. Enfin, tirant sur le jaune.

Il jette un regard à Sanka et s'empresse de prendre une mine rusée, en lui faisant presque un clin d'œil.

Dans la salle, l'orchestre attaque un *pas de quatre** et la foule se presse vers les portes.

« Tout ça, c'est exprès. Parole, ça m'intéresse de voir les réactions ! Ensuite, je note. J'ai déjà toute une statistique. Venez me voir, un de ces jours… Si, si, venez ! »

Et il reprend son sérieux.

« Passez devant moi, passez, avec mon bras, je ne peux pas. Merci, vous me protégez ! Vous êtes bien aimable. Vraiment, venez me voir, nous parlerons de tout cela ! » serine Bachkine à l'oreille de Sanka.

À ce moment, quelqu'un tire violemment Sanka par la manche. Il se retourne.

Aliochka Podgorny, le naturaliste, qui dépasse la foule d'une demi-tête, s'est frayé un chemin vers lui et l'entreprend.

« Je voudrais te dire un mot. »

Aliochka Podgorny est le fils d'un chef de police de district et Sanka le sait risque-tout. Au laboratoire de chimie, il fabrique des feux d'artifice, ça pète, ça explose, ça amuse ses camarades et effraie l'assistant. Sanka se demande quelle pitrerie il a concoctée pour le bal.

Dans le large couloir, Podgorny prend Sanka par le bras.

« Voilà le problème, Tiktine : pendant que je suis ici, chez moi y a les archanges. Ça t'étonne ? Une perquisition, quoi ! Je le flairais depuis longtemps et on vient de me le confirmer. Ils sont là-bas, ils m'attendent.

— Alors ? demande Sanka, alarmé.

— Est-ce que je pourrais passer la nuit chez toi ? Me planquer ? D'ici, ils ne pourront pas me prendre en filature lorsque le public sortira en masse. Hein, qu'est-ce t'en dis ? »

Bachkine, l'air soucieux, passe rapidement devant eux. De sa main gauche, il soutient son bras droit. Il se retourne et, avec un signe de tête amical :

« C'est entendu, nous en parlerons… »

Il se faufile par la porte et s'envole plus loin.

« Si c'est pas possible, reprend Podgorny, te tracasse pas, je tiendrai jusqu'au matin en me baladant.

— Sois pas idiot, tu peux débarquer chez nous, répond Sanka.

— Bon, je t'attendrai au buffet. »

Aliochka part devant. Sanka contemple son large dos, son épaisse crinière, son allure : ferme, gaillarde, celle d'un maître qui arpente ses terres.

Sanka esquisse machinalement un pas et songe à Podgorny. Le père est dans la police et on perquisitionne chez le fils.

Sur la gueule

Par deux fois, Sanka se précipite en bas, au buffet. Aliochka est attablé et boit du vin rouge. À côté de lui, deux bouteilles vides.

Le bal tire à sa fin. Par deux fois, Sanka a dû raccompagner en bas des camarades éméchés. Au buffet, des étudiants géorgiens en tunique caucasienne dansent une lezguinka. Ils piquettent, de leurs bottes hautes et souples, de petits pas légers et parcimonieux. Une zourna glapit.

« Convulsions des membres inférieurs », braille d'une voix avinée un étudiant en médecine.

Mais les dames font cercle autour des danseurs et de leurs gants battent la mesure, entrouvrant leurs bouches ardentes. Et, lorsqu'un Géorgien tire son poignard, toutes poussent des « ah ! » sonores. L'homme plante d'un coup sec le poignard dans le parquet. L'arme vibre et le danseur tricote des pieds tout près de la lame.

« Oh ! làlà ! » s'écrient les dames.

Le tambourin résonne de plus belle. Aliochka se fraie un chemin jusqu'à Sanka.

« Partons, y en a assez, c'est l'heure. »

Il sent le vin.

On se bouscule dans le vestibule, des mains s'agitent, brandissant des jetons de vestiaire, tous hurlent à qui mieux mieux. Les cavaliers rapportent héroïquement des brassées de rotondes et de manteaux qu'ils tendent à leurs dames. Quelqu'un s'est fait subtiliser ses caoutchoucs et mugit, furieux : « C'est une honte, messieurs ! »

« C'est le moment ou jamais », dit Aliochka.

Et il fend la foule en direction du vestiaire. Il écarte les gens en ramant à grands gestes, comme s'il s'extirpait d'un épais fourré.

Dehors, il fait frais et humide. Sanka, la capote ouverte, aspire profondément l'air de la nuit. La redingote, trempée de sueur, lui colle au dos.

« Trouvons un endroit plus calme, murmure Podgorny. On verra mieux si on a un flic au train. »

Ils traversent la rue et s'engagent dans une plus petite. Des pas. Des pas derrière eux. Rapides, alertes.

« Arrêtons-nous, laissons-le passer », propose Aliochka.

L'individu les rattrape.

« Non, ce n'est pas un flic », chuchote Podgorny.

Mais, déjà, Sanka l'a identifié. C'est Bachkine, qui avance à larges enjambées bruyantes. Il n'a plus le bras en écharpe, il a enfilé les manches de son manteau et mis les mains dans les poches.

« Je voulais faire quelques pas avec vous. J'aime marcher la nuit. D'ailleurs, nous autres, Russes, aimons cela. Pas vrai ? Pourquoi ne me présentez-vous pas ?

— Bonjour ! »

Aliochka tend la main. Il retient celle de Bachkine dans la sienne. Il tente de percer l'obscurité pour le détailler.

« Semion Bachkine, lance l'autre d'une voix efféminée. De la compagnie Singer je suis client et à ma femme j'ai acheté une petite machine à tempérament.

— Allons-y, dit Sanka, l'air mécontent.

— Vous remarquez que je me sers librement de mon bras, à présent ? » clame Bachkine dans toute la rue, comme devant une foule.

Et il agite, fait tournoyer stupidement sa main en l'air. Puis, s'adressant soudain à Podgorny :

« Dites-moi, dans votre enfance, vous n'aimiez pas feuilleter en douce des livres d'obstétrique ?

— On en grille une ? » propose Aliochka en s'arrêtant.

Bachkine fait trois pas et attend.

Grattant des allumettes, Aliochka déclare d'une voix rauque :

« Écoute, je lui fous sur la gueule ? Je peux ?

— Laisse tomber, murmure Sanka. Mon Dieu, il n'en vaut pas la peine. Si je le lui demande, il s'en ira.

— D'accord, répond Aliochka à voix haute.

— J'ai entendu », déclare Bachkine lorsqu'ils arrivent à sa hauteur.

Son ton est sérieux, avec des accents amicaux et, cette fois, sincères.

« J'ai entendu que vous vouliez me foutre sur la gueule. C'est vrai, non ? Je l'ai entendu.

— En effet », réplique Aliochka en lui jetant un regard.

Bachkine le fixe dans les yeux, le transperce.

« Vous sentez le vin. Pourtant, vous n'êtes pas soûl ? Pas le moins du monde ?

— Pas le moins du moins », répond Aliochka avec un sourire.

Ses pas sonnent sur le trottoir. À côté, les caoutchoucs de Bachkine jabotent à contretemps.

« Je crois même que vous êtes un brave type. Non, non, cela n'a rien d'un compliment. Je me demande toujours avec intérêt comment on peut… Pour moi c'est absolument inconcevable, comme d'avaler du verre… Incompréhensible… Comment peut-on casser la figure à quelqu'un ? Dites-moi, vous m'auriez vraiment frappé ? »

Et il approche de sa joue son poing ganté.

« Si, si, cela m'intéresse pour de bon… beaucoup. Une fois, tenez, j'ai vu un sergent de ville marteler le visage d'un ivrogne qu'il voulait faire monter dans un fiacre. C'était comme de tasser un oreiller dans une valise. Et vous, c'est comment ? »

Bachkine marche, légèrement tourné vers Aliochka, en continuant à le fixer dans les yeux.

« Car, si vous vouliez me frapper, ce n'était pas pour vous en repentir ensuite ? Non, non, bien sûr. Donc, vous sentiez que vous en aviez le droit.

— Vous voulez dire : quel droit ai-je de…

— Pas du tout ! En vérité j'envie ceux qui ont le droit de juger et de châtier. Comme s'ils étaient prophètes et connaissaient la vérité. Vous ne doutiez pas un seul instant que vous feriez bien en me foutant sur la gueule. Si, si, je vous assure. Et je me console en pensant que, chez ces gens-là, cela ne vient pas d'en haut, mais de…

— De leur médiocrité, souffle Aliochka d'un ton rêveur.

— C'est ça, c'est ça, s'empresse d'approuver Bachkine.

— Nous, on prend à droite, coupe Sanka.

— Écoutez, poursuit Bachkine en tendant la main à Podgorny. Nous devons sans faute nous revoir. C'est très important pour moi. »

Il serre et secoue la main d'Aliochka.

« Adieu, toi, mon frère », lance-t-il familièrement à Sanka et, sans lui tendre la main, il tourne le coin de la rue.

On boirait bien un coup

« Écoute, c'est quoi, ce diable de…, demande Aliochka en s'arrêtant.

— Ben, t'as vu ? C'est toujours pareil. À chaque fois. Mais qui est-il ? Va savoir ! Il s'est pointé au bal, un bras en écharpe afin que tous l'interrogent. Demain, c'est sûr, il se mettra à claudiquer. Et il a appris l'hébreu, à mon avis, pour les mêmes raisons.

— Pourtant, il n'est pas juif ? s'étonne Aliochka.

— Ben, non… Et il ne m'a pas serré la main.

— C'est l'histoire du cassage de gueule. Il s'est vengé sur toi.

— Va savoir… Laissons tomber. »

Sanka jette sa cigarette et boutonne son manteau.

Ils se traînent sur le trottoir humide. Sans un mot.

Aliochka demande soudain :

« Ça se passe bien avec ton concierge ? Imagine qu'il ne me laisse pas entrer…

— J'ai la clé de la grande porte. Tu sais, je n'arrête pas de me dire que c'est chaque fois pareil… On attend, on attend plus, toujours plus… Je parle du bal… Quelque chose doit arriver, là, de tellement, tellement… Ça paraît tout proche, ça va grandissant. Et la marche finale retentit. Terminé. Rien… Foutu.

— Qu'est-ce que tu veux donc ? demande joyeusement Aliochka en se retournant.

— Tu comprends, je me dis que toute la vie est comme ça. Bon sang, on s'essouffle à courir, à la poursuite de… Surtout, on attend que quelque chose se produise tant qu'on existe. En un mot, que les nues s'ouvrent. On finit par avoir l'impression que c'est là, à deux doigts. Alors on se démène, on essaie d'entretenir la flamme. Et, tout à coup, retentit la marche. On crève comme ça, la gueule ouverte. Une duperie. Ça te fait jamais ça, à toi ?

— Nn-oon, répond Aliochka, rêveur. Moi, j'attends autre chose. Une opportunité, en quelque sorte. Comment te dire ?…

— Une rencontre ? interroge Sanka qui accélère aussitôt le pas.

— Non, non ! Bon Dieu, comment expliquer ça simplement ? Imagine que tu as un revolver dans la poche. Et une seule balle, pour toute ta vie. Tu peux la tirer quand tu veux. Mais faut pas que tu rates ton coup.

— Et puis ?

— C'est tout. Le moment venu, le feu te consumera. Puisse, alors, ton sang frémir pour le plus important et le plus précieux ! Tout s'illuminera d'une flamme éclatante, tout deviendra clair. Reste à savoir quand pour ne pas le manquer… et aussi avoir la patience de le voir arriver.

— Hum ! Donc, tu attends malgré tout ? dit Sanka après un instant.

— Pressons, frère, pressons, répond Aliochka en accélérant le pas. On boirait bien un coup, maintenant…

— Sûr… Un bon coup. »

Devant la maison, Sanka cherche la clé dans ses poches. Aliochka jette un regard à l'entour. Impeccable : personne.

Des petites araignées

Dans la chambre de Sanka, Aliochka va tout de suite à la fenêtre.

« Ça donne dans une cour ? Celle des voisins ? Et, bien sûr, le châssis est calfeutré. Dommage.

— Ben quoi ? demande Sanka qui comprend aussitôt. On peut ouvrir. »

Aliochka tourne l'espagnolette et, prenant appui du genou sur le rebord, tire. La colle encore fraîche se met à goutter en vers gras qui s'écrasent sur l'appui.

Dans un tremblement de vitres, le châssis cède.

Calme, méthodique, Aliochka ouvre le second[1], il racle soigneusement la saleté et la jette au loin dans la cour des voisins.

« On est au premier, dit-il. C'est chouette. La corniche… Je me suspendrai à la corniche, ça ne fera pas de bruit. »

Il examine la cour et referme la fenêtre.

---

1. En raison du climat, les maisons russes comportent des fenêtres à double châssis que, l'hiver venu, on calfeutre.

Ces précautions plaisent à Sanka : c'est du sérieux, on ne joue pas.

« Je ne pense pas qu'ils viendront ici, dit-il.

— C'est peu probable, répond gaiement Aliochka. Mais, au cas où… »

Il enlève son manteau, le pose sur le lit et ouvre sa redingote. La crosse plate d'un revolver dépasse de sa ceinture.

Sanka aimerait savoir pourquoi Aliochka se promène avec une arme et à quoi rime cette perquisition, mais il ne pose pas de questions. Il aurait l'air d'un gamin interrogeant un grand, un monsieur. Et puis, ce serait gênant : il lui donne asile et en échange il réclamerait des confidences ?

Sanka sort à pas de loup de la chambre et dans l'obscurité fait dégringoler une chaise. Aliochka a pris place au bureau ; l'air rêveur, il tapote un crayon sur les taches d'encre du drap vert.

Sanka revient avec une bouteille de madère et des verres qu'il emplit. Ils trinquent en silence.

Concentré, le sourcil haussé, Aliochka a les yeux rivés au plancher. Sanka a l'impression d'entendre ses pensées se heurter, mais il ne parvient pas à les saisir.

« Vraiment, je ne peux pas… », dit enfin Aliochka comme en aparté, et il secoue la tête.

Sanka garde le silence, craignant de troubler son ami, et vide son verre à petites gorgées.

« Les salauds…, commence Aliochka. Parce que l'homme ne peut rien… On lui savate la gueule… On lui en met plein les gencives…

— À qui ? demande doucement Sanka, comme s'il avait peur de le réveiller.

— À qui tu veux ! » Aliochka se rejette en arrière et vide la moitié de son verre. « Toi ou moi, s'il le faut. Eh oui ! Et tous attendent tranquillement leur tour. Tant que c'est pas eux, ils ferment leur gueule, mais quand ça leur tombe dessus, là, ils gueulent. »

Aliochka finit son verre avec humeur. Sanka le lui remplit prudemment. Podgorny est éméché.

« Tu comprends, reprend-il en fixant Sanka droit dans les yeux, comme s'il s'agrippait à lui du regard pour ne pas tituber, pour ne pas déraper dans ses pensées. Tu comprends, tu aimes une femme, tu l'épouses, un mariage d'amour, et voilà des enfants. Les tiens, les enfants de l'amour… Vas-y, verse, c'est égal… Et, à sept ou huit ans, tes gosses, ils se retrouvent à la fabrique, à la manufacture de tabac. Des comme ça, j'en ai vu. Tout pâles, de grands yeux mangés, rouges, et leurs menottes qui travaillent, tu dirais des petites araignées. Ils crèvent devant toi comme des chiots, et toi tu peux toujours te taper la tête contre les murs… Qu'est-ce que tu ferais, hein ? »

Il pose la question comme s'il fallait agir immédiatement, répondre sur-le-champ. Il attend, son verre encore à moitié rempli à la main.

Sanka ne sait que dire, il se borne à le fixer. Cela lui est pénible, mais il aurait honte de détourner les yeux.

« Il faudrait tous les réduire en charpie », fait Aliochka, les sourcils froncés.

Pour toute réponse, Sanka se renfrogne à son tour, cette fois il détourne les yeux et, furieux, contemple le plancher.

« À présent, au poste, ils vont leur mettre, à coups de botte, la tronche en bouillie, leur tenir les bras, leur cogner la gueule avec ce qui leur tombera sous la main. Et ils s'en donneront, les fumiers, la trogne convulsée de plaisir. Jusqu'à plus soif. »

Sanka a l'impression que Podgorny lui en veut de quelque chose. Il est mal à l'aise de ne pas avoir dit tout de suite ce qu'il ferait. Lui reviennent soudain les conversations si intelligentes qui se déroulaient dans le bureau d'Andreï Stepanovitch. Il essaie de répondre :

« Ça ne vient pas d'un coup… L'opinion doit mûrir…
De l'organisation, de la propagande parmi… »

Il sent qu'il ne dit pas ce qu'il faut et s'arrête court.

« Mais non ! coupe Aliochka d'une voix forte, presque
en criant. Imagine seulement qu'on t'embarque, maintenant… » Il pointe un doigt comme s'il transperçait
l'air. « … et que, là-bas, ils commencent à te dérouiller.
Alors ? Laisse tomber ! Tu serais le premier à te dire :
qu'est-ce qu'ils ont, ces salauds, ceux qui sont en liberté,
à attendre les bras ballants, au lieu de venir à mon
secours ? Tu nous maudirais tous, comme des ordures,
des pleutres, comme la dernière des racailles. Et tu pen-
serais : "Ah, si j'étais libre, j'ouvrirais grand les yeux et je
bondirais comme un fauve…" Parce que tout le monde,
ton Bachkine par exemple, est là à badauder et ne pense
qu'à son petit lit… ou… attend la saint-glinglin. Ton
gars, là, je le balancerais volontiers entre les pattes des
sergents de ville. »

Aliochka reprend son souffle et, soudain, a un sourire
gêné. Il se ressaisit, se renverse dans le gosier son verre…
vide.

Sanka songe en le regardant : « Dire que son père est
dans la police… »

Aliochka intercepte son coup d'œil et comprend.

« Mon père aussi est une belle ordure, c'est égal…
Bah, au diable tout ça ! Allons nous coucher. Je dormirai
tout habillé. »

La crosse

Aliochka dort à la renverse sur le divan, un bras retom-
bant sur le sol. Sanka avance une chaise et y pose délicatement la lourde main.

« En effet, en effet… », marmonne Aliochka dans son sommeil. Et il sourit avec délectation.

Podgorny dort, s'abandonnant, se confiant au sommeil, comme dorment à la midi les faucheurs, à l'ombre d'un arbre.

« Il dort efficacement », se dit Sanka.

Dans sa tête résonne encore, lointaine, la musique du bal, avec son piétinement, son tempo insistant. Aliochka, Bachkine. Ce dernier, surtout. Bachkine ne lui sort pas de la tête, il le revoit sans cesse là-bas, dans la petite rue, tourner et retourner absurdement sa main, à croire qu'il veut se déboîter l'articulation ; aussitôt, quelque part sur un banc de bois, se querellent des enfants avec de grands yeux rouges, nus comme à l'étuve. Les enfants tournent, eux aussi, leurs petites mains blanches et remuent les doigts. Tous, de bas en haut, lancent des regards étonnés. Tout à côté, le père se tape la tête contre les murs, sans parvenir à se la fracasser. Mais les enfants ne le voient pas et remuent inlassablement leurs petits doigts.

Sanka tressaille sur sa chaise, secoue le rêve. La pendule de la salle à manger sonne six heures de sa basse tranquille. Sanka allume une cigarette, jette un coup d'œil à Aliochka : sur le fond blanc de la chemise tranche le carré noir de la crosse du revolver. Sanka imagine Aliochka serrant fortement cette crosse et criblant de balles les corps, les transperçant, comme, tout à l'heure, il a percé l'air d'un doigt furieux. Alors font irruption, déferlent les capotes noires, et lui… Sanka imagine Aliochka seul, haletant, suffoquant. Ils vont s'emparer de lui, ils le foulent de leurs talons… Les mains de Sanka tremblent, ses yeux s'écarquillent, ses mâchoires se serrent. Puis, le reflux… À présent, ce n'est plus Aliochka, c'est lui, Sanka, qu'ils cernent, déjà les trognes des sergents de ville se convulsent de plaisir, ils

vont lui cogner la gueule… Ils lui tiennent les bras…
Sanka essaie de se dégager, de la tête, des épaules… Et,
tout haut, en sifflant, il lâche :

« Salauds ! »

Il se lève. Il voudrait prendre le browning à la ceinture
d'Aliochka, pour au moins le tenir un peu et serrer dans
sa main la crosse noire. Il empoigne le presse-papiers
froid, en verre, et l'étreint si fort que des marques lui
restent sur la paume.

Là-bas, dans la cuisine, on a claqué une porte avec
précaution : c'est Marfa qui rentre du marché. Sanka
reprend sa respiration et se met à arpenter le tapis.

Mal aux dents

Pressé de s'éloigner de ses amis, Bachkine ne prend
pas garde aux flaques. Il est content de leur avoir rivé
leur clou et redoute à présent qu'ils ne lui lancent une
réplique par-derrière. Il tourne à la première rue qui se
présente.

Les gens qui ont des droits le font rager, lui ne se sent
aucun droit. Il ralentit le pas et, à haute voix :

« L'habituelle inclination pour la bêtise. La nullité éri-
gée en morgue. La nul-li-té, crie-t-il à la cantonade. Des
natures tout d'une pièce, enrage-t-il, des béliers au crâne
dur qui chargent les passants, les clôtures et les réverbères. Pour eux, tout est étonnamment clair ! »

Bachkine met sa pensée en mots, comme s'il prononçait
un discours devant une foule et voulait lui démontrer que
les natures tout d'une pièce, ce sont des idiots, à commencer par ce robuste escogriffe qui s'apprêtait à lui flanquer
sur la gueule. Et, de grâce, qu'il n'aille pas se vanter de
son entièreté ! Car il n'y a pas plus entier que les ânes !

« Des idiots, des idiots patentés ! » s'exclame Bach-kine.

Il s'efforce de parler avec calme et autorité. Il ajuste sa basse et arrondit les *o*.

« Idio-o-ots ! »

Un instant plus tard, Bachkine se dit que cet étudiant n'aurait pas osé seulement songer à lui taper sur la gueule, si lui, Bachkine, était un athlète. Des muscles ronds comme des pastèques qui roulent dans les manches. Il faut faire de la gymnastique.

Bachkine s'arrête, lance les bras de côté comme au cours de gymnastique du collège.

« Une, deux. En avant, sur les côtés… Demain, j'achète des haltères et je m'y mets. »

Il repart à régulières et larges enjambées. Il sent la fatigue d'une nuit blanche. « Non, pas d'haltères, se dit-il. Simplement raconter aux autres qu'il fait de la gymnastique et lève deux pouds[1]. »

Au portail, il fouille sa poche à la recherche d'une pièce de dix kopecks et sonne brièvement. Il doit recommencer plusieurs fois.

« Il va être furieux, le concierge, furieux, pense Bach-kine. Après tout, je pouvais avoir des choses importantes à faire la nuit ! Je pouvais veiller un malade. En quoi ça regarde les concierges, dites-moi un peu ! »

Et d'ajouter à haute voix :

« Dites-moi un peu, je vous prie. »

Bachkine relève la tête et bombe le torse. Dans la cour, une porte claque et de lourdes bottes se traînent.

Par l'œilleton, Bachkine voit arriver le concierge en tenue de nuit, la tête recouverte d'une peau de mouton déchirée.

Bachkine lui plaque les dix kopecks dans la main.

« Dites-moi, c'est vrai que vous avez mal aux dents ?

---

1. Ancienne mesure de poids équivalant à 16,38 kg.

— Tais-toi donc, engeance du diable, grommelle le concierge en tournant péniblement la clé.

— C'est drôle, j'ai l'impression que vous avez mal aux dents, reprend Bachkine en s'éloignant. C'est terriblement douloureux », ajoute-t-il en s'engouffrant dans le trou noir de l'escalier.

Derrière, les lourdes bottes se traînent sur les pavés.

L'album

Bachkine loge chez une veuve de fonctionnaire, une vieille poussiéreuse. Elle n'ouvre jamais les fenêtres, passe son temps à vadrouiller dans sa chambre, à transbahuter ses frusques du coffre à la commode, de la commode à la vieille malle, à remuer des papiers. La poussière rampe en brouillard trouble à travers l'appartement confiné. Le couloir humide sent le gros gris, la naphtaline, il dégage l'odeur triste des vieilles choses. On dirait que la logeuse se prépare, chaque jour, à partir en voyage. Le soir, elle est fatiguée et, quand Bachkine réclame le samovar, elle reprend péniblement son souffle, répondant invariablement :

« Attendez donc un peu… Je ne peux pas tout laisser en plan… »

Et de tasser de nouveau dans le coffre ses vieilleries chancies.

La vieille a trois serrures à ses portes et Bachkine trois clés compliquées.

Chez lui, dans sa chambre exiguë et malpropre, Bachkine allume la lumière et s'installe à son secrétaire. Il ouvre précautionneusement le tiroir, cherche à tâtons, retire une enveloppe sur laquelle est écrit en gros caractères :

« Confisqué à Kolia, le 27/02. »

96

Bachkine baisse le store, jette un coup d'œil vers la porte et sort délicatement une carte postale de l'enveloppe. C'est la photographie d'une femme nue : elle ne porte que des bottes de cavalier avec des éperons et un arrogant képi sur ses cheveux. Elle sourit, une longue cigarette à la bouche.

Bachkine prend une grosse loupe et se met à détailler la carte postale, tantôt l'éloignant, tantôt la rapprochant.

Ses lèvres épaisses s'entrouvrent, sa respiration se fait saccadée, parcimonieuse.

Il examine les photographies l'une après l'autre ; la loupe tremble dans sa main.

Ces cartes, il les a commandées à partir d'une annonce : « L'album des beautés à la mode de Paris », « poste restante », sous un nom d'emprunt. Sur l'enveloppe, il a noté qu'il les avait confisquées à Kolia.

« Si jamais je me retrouvais à l'hôpital et que quelqu'un fouille ici ? Ou qu'on vienne perquisitionner ?… »

Kolia est l'élève de Bachkine. Des Kolia, on en trouve à la pelle, Bachkine sait ce qu'il faut lui dire au cas où.

Un bruit sourd derrière la cloison, c'est la vieille qui bouge. Bachkine ratisse en vitesse ses cartes postales et les flanque dans le tiroir. Il tend l'oreille, le cœur battant la chamade.

« Et puis quoi ? se dit-il. Est-ce qu'il y a de quoi fouetter un chat ? Les autres, là, les éminents, le vieux Tiktine, par exemple, suffirait de fouiller et on en trouverait de bien pires. Ça vous prend des airs de "reproche incarné[1]", ça

---

1. Citation empruntée au poème de Nikolaï Nekrassov « La Chasse à l'ours », écrit dans les années 1850 pour caractériser le type du libéral idéaliste. La citation est reprise par Fiodor Dostoïevski au début des *Démons* pour railler son personnage de libéral idéaliste, Stepane Verkhovenski : « Tel un reproche incarné, / (…) / Tu te dressais devant ta patrie, / Libéral idéaliste. »

vous joue les âmes radieuses[1] mais, la nuit, sans doute, en catimini, ça en fait d'autres... Regarde-moi cette face de prophète ! »

Bachkine jette un coup d'œil insolent et provocant au portrait punaisé au-dessus de son lit.

« Il n'y a pas de grand homme pour son valet de chambre, murmure-t-il, parce que... parce que lui seul connaît vraiment son maître. Et ça les dépite, les grands hommes. Ter-ri-ble-ment. »

Bachkine farfouille dans son secrétaire et en tire le cahier dans lequel il consigne ses pensées. Et d'écrire :

« Les grands hommes se dépitent de ce que leurs valets les connaissent trop bien. »

Il souligne deux fois « se dépitent ».

Bachkine rassemble les cartes postales et entreprend de les glisser soigneusement dans l'enveloppe. Il les passe souvent en revue, mais remarque pour la première fois qu'une des beautés ressemble à un professeur de travaux d'aiguille qu'il connaît. Bachkine est gêné qu'elle soit nue. Maintenant, il pense à elle : qu'elle vieillit ; que sa vie de femme est finie ; qu'elle se met de la poudre bon marché et fait elle-même ses petits cols. Il l'imagine, le matin, en train de négocier avec son miroir, il se figure sa douleur à l'idée que rien ne lui rendra sa beauté et que nul ne convoitera ce qui reste de ses appas. Ou par pitié, à la rigueur. Il sait combien elle tente de se consoler et qu'en revanche c'est une travailleuse. Les larmes lui viennent aux yeux, tant il voudrait qu'elle soit heureuse ; et non amère. Il sent une goutte tiède rouler sur sa joue. Aussitôt, il se tourne vers le miroir, s'efforçant

---

1. Allusion à la parodie « Une âme radieuse » de Fiodor Dostoïevski, dans son roman *Les Démons*, IIe partie, chapitre VI, à partir de la poésie de Nikolaï Ogariev consacrée au nihiliste Serguéï Netchaïev, fondateur de la « Vindicte du peuple ».

de retenir l'expression de son visage. Une expression de tristesse, de bonté.

« Y a pas à dire, je suis un type bien », songe Bachkine et il commence à se déshabiller.

Au-dehors, c'est déjà l'aube. Une aube trouble, qui peine.

Le copeau d'acier

Philippe Vassiliev est tourneur sur métaux. Un assez bon tourneur, qui mérite bien ses trois roubles et demi. Le contremaître dit de lui :

« L'a beau être jeune, il s'intéresse drôlement à l'ouvrage. »

Vassiliev sait que le contremaître fait son éloge et il veut, il veut absolument l'entendre lui-même le lui dire en face, qu'il est le meilleur tourneur de l'usine.

Le contremaître est un moustachu, sombre, massif, père de famille nombreuse. Avare de paroles. Il arpente l'atelier en mâchonnant ses lèvres, les mains derrière le dos, et observe tout. Les gars le sentent derrière eux et, sans même se retourner, ils se penchent encore plus sur leur travail.

Qu'un ouvrier rende son ouvrage, l'Ignatovitch[1] le jauge du regard, comme il y passerait la main, puis, sans même jeter un coup d'œil à l'homme, se mâchonne les lèvres et lâche : « Ça va. » L'ouvrier respire. Mais, si l'Ignatovitch le regarde, l'autre n'a qu'à bien se tenir, c'est comme si le

---

1. Ignatovitch est un patronyme formé sur le prénom Ignate. L'emploi, en russe, du seul patronyme est une forme à la fois respectueuse et familière.

contremaître hurlait dans toute l'usine : « T'es qu'un imbécile, un abruti ! » Et l'ouvrier de reprendre sa pièce, pressé de la faire disparaître, y compris à ses propres yeux.

C'est donc l'Ignatovitch que Vassiliev veut acculer à prodiguer les compliments.

Tous savent que l'Ignatovitch aime les chants liturgiques et chante lui-même dans le chœur de l'église Saint-Pierre-et-Saint-Paul. Et qu'après la messe il s'offre un peu de bon temps. Principalement au restaurant *L'Éléphant*. Toute la semaine, Vassiliev se donne de la peine. Il ne cesse de façonner au tour, avec ses lames qu'il ménage et qu'il cache. À croire qu'il prépare une exposition. Ça lui réussit. Parce qu'il a la « main » et la précision dans le sang. En un clin d'œil, il dégauchit grossièrement la pièce, serrant au plus près la cote, il y court d'une seule traite, là où d'autres iraient au pas.

Les courroies claquent dans l'atelier à côté, au montage, les marteaux sonores clabaudent. Philippe n'entend rien. Ce sont des bruits familiers et, penché sur son tour, il est seul, dans le silence. À sa gauche, le murmure régulier des pignons du harnais. Il reste des fractions de millimètres, un dernier copeau d'acier, puis la mise au net dans l'eau savonneuse. Vassiliev pousse sans regarder le levier de bois au-dessus de sa tête, place la courroie sur la poulie folle. Les pignons se taisent, et s'instaure pour Philippe un profond silence. Il sort sa boîte à outils, noire d'huile comme de sueur noire, en tire sa fidèle lame. Plissant les yeux, il en examine le fil, étincelant, peaufiné, et entreprend de la fixer, sourcils froncés, concentré.

Il ajuste la lame, s'arrêtant presque de respirer, jurant à mi-voix. Voilà, ça y est ! Il retient son souffle, tel le tireur à l'instant d'appuyer sur la détente. Paré ! Vassiliev, sans plus regarder, serre les boulons à l'aide de sa clé carrée, fort, à mort. Un copeau d'acier va se détacher, aussi fin qu'un ruban de papier, laissant apparaître une surface brillante, lustrée, comme polie, et ça doit tomber pile.

Mais s'il a passé la cote finale ? Alors, fini la gloriole, la honte s'abattra sur lui, et ça... ça, on ne le lui pardonnera pas. C'est qu'il a drôlement fait le mariole. Il en prendra plein la figure, il en entendra parler pendant un an.

Vassiliev pousse le levier au-dessus de sa tête et le harnais commence à murmurer délicatement.

En ruban large et souple, le copeau se détache de la lame, s'enroule en cornet étincelant et glisse du tour. Vassiliev regarde fixement, sans quitter son ouvrage des yeux, comme s'il devait surveiller le copeau : à présent, tout roule en dehors de sa volonté, comme la boule de billard que l'on vient de frapper.

Vassiliev s'inquiète parce qu'il travaille toujours en prenant des risques, en allant aux extrêmes.

Il ne voit pas ses camarades passer devant lui, échanger des clins d'œil en regardant son visage tendu – bigre, il en met un coup ! – et la silhouette massive de l'Ignatovitch, les mains dans le dos. Philippe le renifle de loin, le sent, là, à côté. L'Ignatovitch lui jette un regard oblique et lâche :

« Quoi, déjà le deuxième ? »

Vassiliev est flatté, mais l'autre se borne à hocher la tête comme si c'était normal ; en plus, voyez, il a à faire et il pousse plus loin.

« Çui-là, l'a le feu au train ! »

Vassiliev vérifie. Il jauge, le cœur battant, tel un joueur qui découvre une carte.

« Au petit poil ! Juste ce qu'il faut ! »

Philippe soupire gaiement, prend un air insouciant, jette un coup d'œil à ses voisins.

« Ceux-là, des bricoleurs à la manque ! »

Et il voudrait que l'Ignatovitch lui dise carrément, face à face, qu'il est un as de la précision et le premier tourneur de l'usine.

Le dimanche, Vassiliev recompte sa paie. Il serre trois roubles et demi dans son mouchoir rouge à liseré blanc ; le reste de son argent est enfoui au fond de son pot à tabac. Il enfile une chemise propre et sa vareuse avec sa rangée de coquillages en guise de boutons. Il regarde ses pieds chaussés de neuf.

« Les salauds, toujours les coutures de travers ! Du travail, ça ? » grommelle-t-il en se penchant pour redresser du doigt le fil.

Vassiliev a une chambre chez sa sœur qui est veuve.

« Annouchka, range un peu et, pour l'amour de Dieu, n'allume pas cette veilleuse, qu'elle aille au diable ! Elle empeste, on dirait la cuisine. »

Vassiliev redoute qu'un de ses camarades vienne à passer, qu'il aperçoive la veilleuse et ricane aussitôt :

« T'es croyant ? T'as la frousse du bon Dieu ? »

Alors, il lui faudra trouver une excuse, comme quoi c'est sa sœur, une histoire de bonne femme ! Dans ces cas-là Vassiliev sacre à tout va : « Bon Dieu de bon Dieu, et engeance de... » en jetant des coups d'œil à ses camarades.

Philippe frotte de la manche sa casquette à visière rigide, souffle à l'intérieur et l'ajuste sur ses cheveux. Ses semelles neuves crissent légèrement dans la Deuxième Rue du Faubourg, il tourne et se dirige vers l'église Saint-Pierre-et-Saint-Paul.

Le soleil est haut dans le ciel, tout est calme, tout a un air de fête et la rue déserte se chauffe paisiblement. L'église est pimpante, l'intérieur en est avenant. Une iconostase bleu et or, des vitraux naïfs. Ils sèment des taches de couleurs pures sur les foulards blancs des femmes et l'encens chatoie, nuage multicolore, solennel et recueilli.

Vassiliev vérifie d'un coup d'œil que personne ne le voit et se glisse prestement dans la galerie. Le soleil tombe par les fenêtres en rais obliques et colorés, les coiffures apprêtées des dimanches, les foulards brillent et, là devant, les plumes d'un chapeau oscillent au-dessus de la foule. Austère, digne, l'assemblée attend l'hymne des chérubins. Silence grave, en suspens. On entend à peine le maître de chapelle donner le ton et un doux accord entre dans l'église en un souffle frais.

Les gens reprennent leur respiration, des mains se joignent.

Vassiliev tente de reconnaître dans le chœur la voix d'Ignatovitch ; c'est sa basse, sans doute, qui lance : « O-o-o… » Mais le chant prend son envol, de plus en plus ample, et Philippe n'essaie plus de repérer la voix d'Ignatovitch, il écoute, regarde les cierges, l'iconostase en fête, les veilleuses d'icônes telles des larmes. Il en vient presque à se signer à l'instar de son voisin. Déjà, il lève la main, se reprend et arrange ses cheveux. Puis, mentalement, il s'efforce de se trouver une parade contre Dieu.

« Tu parles d'un Dieu ! se dit-il avec force et même hargne. S'il y avait un Dieu, il verrait les horreurs qu'on commet sur la terre entière. Des innocents périssent, et lui, il s'en fiche. Il peut tout et ne fait rien. Un Dieu comme ça, il est plus que temps de lui donner son compte. » Et Philippe a un ricanement en voyant les visages recueillis de ses voisins : « Ça vous met un cierge à deux kopecks en pensant racheter pour deux roubles de péchés. Gare à tes poches, mon gars ! »

Le chœur se tait, seule une note basse et dense reste suspendue. Philippe la reconnaît : « C'est l'Ignatovitch qui en met un coup ! »

La note est juste, ronde, égale.

La célébration terminée, la foule se porte en avant vers l'ambon où un prêtre chenu lui tend la croix. Le chœur retentit, triomphal.

Philippe ne quitte pas des yeux la petite porte qui mène des galeries du chœur au narthex. Déferlement des chanteurs. Et voici l'Ignatovitch, en manteau trois-quarts et chemise brodée. Il parle au maître de chapelle, petit, fluet, qui porte un bouc. Ils n'ont pas l'air d'accord. Ils sortent, affairés, sans se signer et Philippe entend le maître de chapelle crier à l'Ignatovitch :

« Mais qu'est-ce que j'y peux ? Le diacre s'emballe, il vous casse les oreilles, les sopranos s'égosillent, et vous, comme si de rien n'était… »

Ils restent longtemps plantés, tête nue, sur les marches de l'église et la foule des paroissiens déferle autour de la silhouette massive de l'Ignatovitch, elle soulève, arrache le maître de chapelle que le flot emporte. L'Ignatovitch le retient par la manche.

Enfin, ils mettent leur chapka et marchent côte à côte vers les portes de l'enceinte.

Sans hâte, Vassiliev les dépasse. À leur hauteur, il soulève sa casquette.

« Mes respects, Piotr Ignatovitch. »

Et quand l'Ignatovitch lui jette un coup d'œil, il ajoute pour enfoncer le clou :

« Bon dimanche.

— Ah, salut, répond l'Ignatovitch en le regardant, étonné. Qu'est-ce que tu fabriques là ?

— Je suis venu écouter.

— Et puis, c'est pas mal non plus de faire ses dévotions. »

Là, Philippe émet un son inarticulé et passe devant.

Il marchande longuement des graines de tournesol à un étal et voit les deux hommes se diriger, devinez où ? Vers *L'Éléphant*.

Ils marchent lentement, discutent de leurs histoires de chorale, l'Ignatovitch serre l'autre de si près que celui-ci ne cesse de descendre du trottoir.

Vassiliev les dépasse pour entrer le premier à *L'Élé-phant*… qu'ils n'aillent pas se figurer qu'il s'accroche à eux.

Le restaurant *L'Éléphant* occupe deux niveaux. Au rez-de-chaussée, il y a le bar, les appareils, des tables recouvertes de toile cirée déchirée. Humidité étouffante, feulement de l'orgue, voix forcées à se rompre, bruits de vaisselle. Tout y est bon marché, tout y est ivrognerie. Mais le haut est calme.

Là, près du mur, il y a la musique, on la met en route pour cinq kopecks et elle joue, rêveuse, mélodieuse, telle l'eau qui goutte dans une coupe sonore. C'est une sorte de grande boîte comme les orgues de barbarie pour les enfants. Sur les tables, des nappes, de petits palmiers en papier; aux murs, des tableaux tendus de mousseline rose contre les mouches.

Lorsque Philippe monte à l'étage, l'endroit est encore désert. Au fond de la salle, à une table encombrée d'assiettes, est assis un garçon qui, à l'aide d'un canif, sculpte minutieusement un marmouset sur un bâton. Le grondement d'un appareil et le brouhaha des voix parviennent à peine du rez-de-chaussée.

Vassiliev s'installe posément à une table, regarde autour de lui et appelle le serveur.

« D'suite ! » répond celui-ci en faisant mine de se lever et en se hâtant d'achever son ouvrage. Il secoue les copeaux de son tablier, puis, d'un pas dégagé, de l'air digne du garçon d'auberge, s'approche de Vassiliev.

« Remonte voir la machine, dit Philippe.

— La musique, corrige l'autre avec pédanterie. C'est cinq kopecks, monsieur est au courant ? Quel air voulez-vous ? »

Il passe la main sur une table voisine et fourre un feuillet sale sous le nez de Philippe.

« La liste. On peut choisir par numéro.

— Tiens, envoie le 5, commande Vassiliev au hasard. Et une bouteille de Kalinkine. »

Le serveur met l'appareil en marche : s'égrène tristement un air de *La Traviata*.

Soudain, d'en bas, éclate le vrombissement d'une machine, des voix épaisses, beuglantes, font irruption, une porte claque : le maître de chapelle et l'Ignatovitch montent l'escalier, en poursuivant leur discussion.

L'Ignatovitch aperçoit Philippe, secoue la tête à son intention et bougonne, railleur :

« C'est quoi, cette marche funèbre que tu as choisie ? Il fallait mettre le numéro 2. »

« Il a mordu à l'hameçon », se dit Philippe.

L'Ignatovitch régale le maître de chapelle. Mais ce dernier, visiblement, se hâte et le contremaître s'empresse de remplir de bière le verre à moitié vidé. Le maître de chapelle trinque à tout bout de champ et regarde l'heure.

Philippe a commandé une demi-douzaine de bières et deux *vobla*[1] : il prend un risque, le contremaître peut partir avec le maître de chapelle.

Mais ce dernier s'apprête à décaniller, seul. Il tire, l'air affairé, sa montre de son gilet de tussor, en répétant :

« Donc, mercredi, pour la répétition, soyez à l'heure… Mercredi, donc, pour la répétition du soir. Mes humbles remerciements. »

Il trottine vers la sortie et ses pas mollassons frappent les marches.

« Sa femme a du caractère, plaisante l'Ignatovitch en adressant un clin d'œil au garçon.

— Y en a comme ça, lance Philippe de sa table et il se tourne vers l'Ignatovitch.

— T'es marié, toi ? demande le contremaître, tout sourires, comme jamais Philippe ne l'a vu à l'usine.

---

1. Poisson de la Caspienne que l'on mange, séché, pour accompagner la bière.

« — Célibataire, Dieu merci !

— À ce que je vois, t'as de quoi tenir un siège. »

L'Ignatovitch indique du menton les six pots alignés sur la table de Philippe.

« Donnez-moi un coup de main, Piotr Ignatovitch. »

Vassiliev se lève à demi pour approcher une seconde chaise.

« Allons, ça ne se refuse pas… Au moins un verre. Tiens ! »

L'Ignatovitch file au garçon un billet de trois roubles et, se dandinant et soufflant, traverse la salle.

« Célibataire, tu dis ? reprend-il avec un sourire onctueux. Coureur, alors ? ajoute-t-il en plissant malicieusement les yeux.

— Là aussi, je me défends.

— Là aussi ? Dans quoi encore ? »

L'Ignatovitch boit une gorgée de bière et attend une réponse plaisante, en gardant son sourire.

« Dans ma partie, comme tourneur, à l'atelier. »

Et il fixe l'Ignatovitch droit dans les yeux, parfaitement à l'aise, presque avec défi.

Aussitôt le sourire de l'Ignatovitch s'efface. Il fait de nouveau grise mine, comme à l'atelier.

« J'ai été trop vite, trop vite en besogne, songe Philippe avec effroi. Je suis allé trop loin, j'ai gâché l'affaire. »

L'Ignatovitch regarde le *vobla*, finit son verre, le repose en le tapant contre la table.

« Pourquoi tu dis ça ? Tu cherches une augmentation ? C'est pas comme ça que ça marche, mon vieux ! »

Il se tourne sur sa chaise vers le garçon.

« Alors, la monnaie ? Tu dors, ou quoi ? »

L'Ignatovitch se lève et se dirige vers le serveur. Philippe le suit du regard. Les gens commencent à arriver et, dans la salle de billard, les boules cognent, précises.

« On a raison de dire que ces contremaîtres sont tous des salauds, songe Philippe. On a beau se décarcasser, lui, tout ce qu'il pense, c'est qu'on veut une augmentation… Pour ce que j'en ai à foutre, de son augmentation ! »

La musique achève son tour en un touchant tintinnabulement.

« J'ai gâché l'affaire ! J'ai été trop loin », dit Philippe en frappant douloureusement du poing le bord de la table. D'effroi, les bouteilles poussent un « oh ! » sonore.

Une bonne femme

« Je sers, ou quoi ? » crie Annouchka.

Philippe claque la porte.

« Elle me casse les pieds, avec son déjeuner ! »

Dans l'obscurité, il marche sur un caoutchouc et l'envoie si bien promener qu'il va s'échouer mollement contre la porte, à l'autre bout du couloir. Et Vassiliev se laisse tomber sur la banquette, sans se dévêtir.

Annouchka entre, pieds nus, et se fige près de la table dressée.

« Tu déjeunes ou pas ?

— Va te faire voir, avec tes déjeuners ! » grogne Vassiliev par-dessous sa casquette.

D'un geste offensé, Annouchka ratisse les assiettes, les emporte d'une seule brassée et franchit de biais la porte.

« On a raison : des parasites des masses laborieuses… », murmure Philippe, à propos des contremaîtres, bien sûr, mais d'Annouchka aussi, un peu. Il a constamment devant les yeux le large dos de l'Ignatovitch, il le revoit se lever et filer vers la sortie.

« Il est comme nous au départ, seulement, avec ses cinquante roubles de plus, il est le chien de garde du patron. Vaut pas plus cher qu'un pharaon. Mais attendez, attendez… Vous allez tous déguster, mes agneaux ! » dit Philippe.

Il lance sa casquette sur la table et allume une cigarette.

Le soir tombe, Philippe jette un manteau sur ses épaules, prend au clou son chapeau noir acheté l'année précédente et s'en va. Annouchka est assise sur le banc près du portail, elle grignote des graines de tournesol, en balançant une jambe et sans le regarder.

« Pour ce soir, sors le grand samovar : j'aurai de la visite », dit-il.

Sans se retourner, Annouchka se contente de lever les yeux au ciel.

« T'as compris ? »

Et Philippe s'éloigne à grands pas.

Il va en ville, où les réverbères à gaz sont déjà allumés. La rue de Moscou monte, éclairée d'une double rangée de lanternes. Et sur la cité palpite la brumeuse lueur des rues illuminées. C'est l'heure où l'on commence à s'amuser et les jeunes gars suivent par deux les petites amies, les conversations se nouent par-dessus les têtes, de biais, on pouffe de rire, les plaisanteries volent. Les ménagères sont sur les bancs devant leurs portes, elles regardent les petits couples, ricanent en se balançant.

D'un pas énergique, Philippe fraie son chemin vers la ville, là-bas, où déjà s'apaise le fracas des fiacres. La fièvre des affaires est retombée. À l'arrêt, on prend d'assaut l'omnibus pour la banlieue. Pétulantes demoiselles à bibis, employés de bureau en goguette, armés de cannes laquées, le chapeau de travers, pareil à un gâteau. Ils se ressemblent tant que Philippe se dit : « Comment font-elles, ces rigolardes, pour reconnaître leurs scribouillards ? »

Le cocher fouette ses chevaux. Le véhicule, entassement vivant de grappes humaines, s'ébranle. La foule des laissés-pour-compte fait de ses ombrelles des signes à ceux qui partent. Il y a de plus en plus de monde. Philippe s'insère dans cette masse. Il allume une cigarette sous l'auvent de l'arrêt.

Un deuxième omnibus part dans les cris et le brouhaha.

« Salut ! »

Un jeune homme portant casquette et veston sur une chemise noire s'approche de Philippe.

« Y a longtemps que t'es là ?

— C'est le deuxième omnibus. »

Philippe jette son mégot.

Ils quittent la foule et, sans hâte, vont sur le trottoir.

« Dmitri est parti, dit à mi-voix l'homme à la casquette. Il a fallu le mettre au vert. On vous envoie quelqu'un d'autre. On a une camarade…

— Une bonne femme, c'est ça ? »

Philippe en a un mouvement de recul.

« C'est pas solide, ça, Foma.

— Pas solide ? Arrête ! C'est pas le genre, tu sais… Et puis, si elle fait pas l'affaire, on changera. Les gars viendront à la réunion ?

— Pour ça, sois tranquille. Ça ira au poil ! Mais, elle, ta bonne femme, elle est sûre ? »

Philippe jette un coup d'œil à Foma et, après une pause :

« Parce que, avec moi, tu sais, faut que ça soit impeccable. Regarde, ça fait sept mois qu'on y travaille… » Il lui glisse à l'oreille : « … et pas un pépin ! Eh oui, mon vieux ! »

Philippe relève le menton.

« On prend à droite, lance Foma. Elle attend dans le petit square comme pour un rendez-vous. Une fille qui a de l'instruction… »

Le square est dans la pénombre. Les arbres paisibles se reposent et semblent contempler les cieux. Sur les bancs, les gens forment des masses noires, des pieds raclent le sable. Le bourdonnement poisseux des voix, chuchotement puissant, coule sur la terre, tandis qu'au ciel, flamboyantes, regardent de grosses étoiles.

Foma suit une allée, longeant les buissons taillés sévèrement, et dévisage les gens sur les bancs.

Il se fige soudain. Serrée par ses voisins, une femme est assise, coiffée d'un fichu de dentelle.

« Ah, b'jour ! lance gaiement Foma en agitant sa casquette. Vous prendrez bien un peu l'air avec nous ? »

Nadienka se lève.

« Faites connaissance. »

Nadienka tend la main à Philippe.

Philippe se hâte d'amener la femme à la lumière des réverbères pour voir de quoi elle a l'air.

« N'allez pas si vite », dit Nadienka.

Sa voix plaît tout de suite à Philippe. Douce et ferme. Philippe ralentit l'allure. Le jeune homme à la casquette reste en retrait et se fond dans la foule.

Terrain vague

Ils regagnent la rue. Les vitrines des cafés déversent leur lumière, les passants filent, ombres fugitives. Au moindre réverbère, Philippe dévisage Nadienka.

« Elle est pas épaisse », se dit-il.

Nadienka est gênée par ses coups d'œil, et tantôt elle regarde ses pieds, tantôt détourne la tête, ne sachant quelle contenance prendre : un air sérieux, soucieux, d'institutrice, ou bien avenant, de bonne camarade ? Philippe attend, Nadienka reste muette. Il y a beau temps qu'ils auraient dû engager la conversation et tous deux ont compris que le moment était passé. Nadienka marche, elle ne cesse de tourner la tête.

« Elle fait la fière », songe Philippe.

La lumière vive des vitrines tombe sur elle, l'enveloppant des pieds à la tête. Et Philippe voit qu'elle rougit, que ses joues s'empourprent.

Il comprend soudain.

« Je la mets mal à l'aise. »

Il demande avec sympathie :

« Vous n'étiez jamais venue par ici, c'est ça ?

— Ici, non », répond Nadienka sans le regarder.

Elle le dit comme si elle avait déjà été ailleurs pour des affaires du même genre. Elle ne veut pas qu'on sache que c'est la première fois.

« Dans notre faubourg, on est bien, on est entre nous, les gars des usines. Seulement, question conscience politique, ça va pas chercher loin, lance Philippe avec importance. Des gens tout à fait ignorants, on peut dire. »

Nadienka acquiesce sans un mot et se rappelle où elle a dissimulé ses notes statistiques.

« L'essentiel, ce sont les chiffres, pense-t-elle. Les chiffres, c'est ce qui est le plus convaincant. »

« Vous allez leur parler de quoi, aujourd'hui ? »

Philippe se sent comme un imprésario accompagnant l'artiste en tournée et l'interrogeant sur le programme. Il ne mise pas vraiment sur Nadienka.

« J'ai songé aux impôts indirects et, en général, au système fiscal russe. Au fait que les impôts sont, pour l'essentiel… On prend à droite ? »

Il n'y a plus de rue, le dernier réverbère est loin derrière. Devant Nadienka, c'est l'obscurité et, là-haut, les étoiles clignent et scintillent.

« On va traverser ce terrain vague, dit sourdement Philippe. Je fais ça pour m'assurer qu'on ne nous file pas. Un de ces rigolos, vous savez ? Dans le noir, il aura peur de nous perdre, il nous courra après et on l'entendra. »

Vassiliev s'enfonce dans l'obscurité. Nadienka est terrifiée, seule avec cet inconnu. On ne sait jamais.

« N'hésitez pas, suivez-moi pas à pas, au son », lance la voix dans la nuit.

Nadienka se secoue et se met en route à grandes enjambées, foulant un sol inégal et mou. Ils font en silence une centaine de pas. Vassiliev se fige, Nadienka aussi. Son cœur bat la chamade : que va-t-il entreprendre ? « Quelle idiote d'être venue ici ! » se dit-elle.

Elle a l'impression que l'ouvrier s'est jeté à terre et, peut-être même, qu'il rampe. Elle fait un bond de côté.

« Chut ! souffle Philippe, agacé. Bon, y a personne, la voie est dégagée, ajoute-t-il à voix haute. Maintenant, on peut parler. Allons-y. »

Et il reprend les devants. Nadienka respire.

« Pour ce qui est des impôts, faut expliquer, bien sûr, où est l'embrouille. Seulement, camarade, c'est pour ceux qui en ont là-dedans ! Avec mes gars, faut être plus simple, faut leur parler de ce qui les touche de près. Par exemple, de ceux qui les dirigent, je veux dire, qui nous dirigent, nous, les ouvriers.

— Du rôle de l'intelligentsia libérale ? demande Nadienka, qui respire toujours péniblement.

— Que non ! réplique Philippe avec dépit. Ça non plus, ils ne le comprennent pas. Tenez, parlez plutôt des contremaîtres ! Les contremaîtres ! Vous connaissez ? Y a de beaux salauds, sauf votre respect ! Y a pas plus fumiers pour l'ouvrier. Y a pas pire. »

Philippe marche devant. Il ne voit pas Nadienka, il entend à peine ses pas, menus, incertains, et il lui est facile de parler librement dans l'obscurité, comme s'il était seul.

« On vous colle sur le dos un de ces épouvantails, on lui file cinquante roubles, et il est là dans l'atelier à vous zyeuter. Au moindre accroc, il vous rogne votre paie ou vous flanque à la porte, terminé ! Ils vous pompent comme des araignées. »

Nadienka trottine derrière, en trébuchant sur les mottes. Elle craint de perdre Philippe dans l'obscurité.

« Les impôts, c'est quoi ? poursuit la voix, devant. C'est pour ceux qui ont déjà… toutes ces histoires d'impôts, de lock-out et j'en passe… Faut commencer de plus près, commencer par ces salopards… qui vous bouffent tout crus. Pis que des verrats… Avec leurs mains derrière le dos…

— Moi, j'avais prévu…, dit Nadienka, essoufflée, tandis que Philippe fonce, rageur. Aujourd'hui, je parlerai de… et, si j'ai le temps, j'évoquerai aussi le… le rôle… que… »

Toute la semaine, Nadienka a réuni des documents sur les impôts indirects. Le papier où elle a noté des chiffres à millions est caché dans sa jupe. Quant aux contremaîtres, elle n'y connaît rien, absolument rien. Et pourquoi lui donne-t-il des directives ?

« Une bonne femme ! » murmure Philippe, furieux.

Il se tourne vers elle dans l'obscurité.

Ils sont au bout du terrain vague et l'on voit les fenêtres éclairées du faubourg.

Se rire du sort

Viktor est en visite chez le commissaire de police. La famille de ce dernier est à la campagne et l'appartement est célibataire : tout y est empoussiéré, négligé.

Dans le cabinet de travail, sur le rebord de la fenêtre, des assiettes contenant des reliefs de repas. Sur le bureau, un petit tas rebondi : du tabac sur une feuille de journal. Le commissaire, la tunique ouverte, arpente le tapis sale et ne cesse de se rouler des cigarettes. Vavitch l'écoute, assis sur un divan de cuir.

« L'essentiel ? interroge le commissaire. Dites-moi ce qui est l'essentiel. »

Il tire une bouffée, s'arrête devant Vavitch, les jambes écartées, la main gauche glissée sous la bretelle. Il lâche sa fumée vers le plafond.

« Il faut que vous le sachiez : l'essentiel, c'est l'allure. L'allure, c'est l'essentiel ! »

Le commissaire reprend sa déambulation.

« La police, c'est l'image de la ville. Prenez n'importe quelle ville : qu'est-ce qui vous saute aux yeux ? Le sergent de ville. Si vous voyez une espèce de minable, tout tordu… »

Le commissaire se recroqueville et fait une grimace sénile.

« Dites-moi, c'est quoi ? Une ville ? Une décharge et pas une ville. Pétaouchnock ! Alors que, si vous voyez un beau gaillard… »

Le commissaire se redresse.

« … bien sanglé dans son uniforme… »

La main du commissaire glisse de son épaule à son ventre.

« … la mine farouche et fière… O-oh ! penserez-vous. Sûr, c'est sûr, vous vous direz : "O-oh !" Prenez n'importe quel cliché. Qui est au premier plan, qui ? Je ne sais pas, une vue de ville, celle que vous voudrez… Le sergent de ville ! Il peut se trouver des citoyens, ceux que vous voudrez, ce sont de simples badauds. Mais si vous avez, au premier plan, une vieille ganache, une queue de hareng minable au côté droit, alors là, excusez-moi, excusez… »

Le commissaire agite les mains et se détourne, comme si Vavitch s'apprêtait à objecter.

« Bon. Vous êtes policier. Et vous êtes à votre poste au coin de la rue. Comment vous tenez-vous ? Levez-vous, levez-vous, montrez ! Laissez cette cigarette. »

Et le commissaire tire Vavitch par la manche.

Vavitch se lève. À la militaire.

« Pas comme ça, c'est stupide. »

Le commissaire a une exclamation et un geste de dédain.

« Regardez plutôt. »

Il prend la pose, la jambe gauche en avant, le menton légèrement levé, le pouce de la main droite glissé dans la ceinture de son pantalon, la main gauche maintenant le fourreau d'un sabre invisible.

Il garde la pose.

« Voilà un policier ! » dit-il.

Il fait un pas en arrière et indique l'endroit où, un instant plus tôt, il campait le personnage.

« Vous avez vu le tableau, mon cher ? Allez, à votre tour ! »

Viktor en pleurerait et, malgré tout, il se lève. Avec réticence, il prend la pose.

« Le regard ! C'est ça qui compte ! Se montrer toujours prêt et se rire du sort. Par ailleurs, mon petit vieux, la tenue…, poursuit le commissaire, tandis que Vavitch, tout rouge, se rassied. Soyez toujours tiré à quatre épingles, sur votre trente et un, pas le moindre grain de poussière, pas la moindre petite tache. Qu'on vous donne le quartier le plus moche, un quelconque Faubourg des Cochers, et vous êtes du dernier chic. Vos bottes fortes : un miroir ! Beau comme un cornette ! Que vos chefs viennent à passer, soyez tranquille, ils diront : "Oui, il mérite mieux que ce quartier." »

Le commissaire triture son tabac sur la table et allume une cigarette.

« Des tuniques blanches comme neige, comme frottées à la craie. Et la casquette, au bout de trois mois, on peut la jeter aux orties ! Rappelez-vous : vous êtes l'image de la ville ! Une visite ? Une réception ? Qui est de gala ? Notre galant ! Or, vous avez la prestance. Vous avez la prestance ! »

Vavitch a maintenant envie de se lever, la jambe gauche en avant, le doigt dans la ceinture du pantalon, l'air de se rire du sort.

« Et rappelez-vous bien ce que je vous dis, jeune homme ! Les deux grandes qualités, les deux maîtres mots sont : fermeté et courtoisie. »

Le commissaire tourne brusquement les talons et va à la fenêtre.

Viktor tire de timides bouffées de sa cigarette. Soudain, le commissaire s'approche tout près de lui, se penche, fronce farouchement les sourcils. Et, lui brandissant son index sous le nez, il lâche d'une voix rauque :

« Seulement, il faut savoir s'y prendre : quand agir dans un sens et quand dans l'autre. D-dieu vous garde de vous tromper ! D-d-dieu vous en garde ! »

Viktor n'ose reculer.

« Bon, mon cher, dit le commissaire avec soulagement. À présent, fumons.

— Oui, oui, répond Viktor, dès la fin des manœuvres j'entre dans la réserve.

— Parfait. Et prenez du champ. Ça n'est pas commode de rester dans sa ville. On y a des liens qui peuvent gêner dans l'exercice des fonctions. Tout peut arriver, vous savez.

— Vous avez écrit ? interroge Vavitch.

— Ne vous tracassez pas pour ça. Tout sera fait en son temps. Puisque je le dis, la place vous est acquise.

— Il n'empêche, ce sont des fonctionnaires ? Les policiers sont des fonctionnaires ? demande soudain Viktor.

— Ou-oui, bien sûr ! Les grades sont civils », répond rêveusement l'autre.

À cet instant, de lourdes bottes tapent sur le seuil.

« Qui est là ? beugle le commissaire.

— Goltsov, Vot'Haute-Noblesse !

— Qu'est-ce qui t'amène ? s'enquiert le commissaire à la porte.

— L'Ignatov est en flammes, j'crois ben.

— Quel Ignatov ? De quoi tu parles ? s'alarme le commissaire.

— Paraît qu'il y a le feu chez le droguiste Ignatov.

— Je m'y attendais. Depuis un moment ! Avec le temps qu'il fait, il a choisi son jour. Qu'on attelle, j'arrive ! »

Le commissaire se hâte de boutonner sa tunique. Goltsov glisse son baudrier sous l'épaulette :

« Excusez !… Vous voyez : toujours au poste. Baisez la jolie main d'Agrafena Petrovna ! Plus vite, imbécile, mon chapeau », crie-t-il au sergent de ville.

Viktor bondit sur ses pieds.

« J'ai bien l'honneur », fait le commissaire, sur le seuil, en le saluant.

Devant le perron, le sergent installe le commissaire dans son cabriolet et Viktor l'entend aboyer en réponse :

« Affirmatif ! L'assureur est à la campagne, m'sieur ! »

La pluie

Taïnka va à la pharmacie chercher des gouttes pour sa mère. C'est une soirée triste et douce, l'automne envahit le ciel. Plafond uni des nuages, rares gouttes de pluie, comme des larmes mélancoliques. Taïnka se hâte avant qu'il ne pleuve vraiment, mais elle a choisi une officine éloignée : elle veut voir du monde. Au coin de la rue principale, une colonne avec des affiches. Elle est en bois, renversée en arrière, telle une bonne femme aux vêtements rapiécés qui tend son gros ventre en avant.

Taïnka jette un coup d'œil à une affiche toute fraîche, sur papier jaune.

CONCERT

AU BÉNÉFICE DE L'ORCHESTRE DE LA TROUPE THÉÂTRALE

Taïnka se fige. Quelque chose palpite en elle.

Piano : chef d'orchestre Dnatchek, suite… et quelques mots en français. Violon… voyons, voyons. Flûte : I. Israëlson. Chopin…

La pluie tombe sur le papier en taches sombres et Taïnka s'efforce de déchiffrer les caractères français. Mercredi, salle de l'Assemblée de la noblesse. Taïnka court jusqu'à la pharmacie, elle ne sent pas la pluie qui la mouille, qui goutte sur sa tête découverte et dégouline, lui rafraîchissant la nuque.

Elle repart en courant, se fige de nouveau devant la colonne. Le papier, détrempé, est devenu tout noir, mais Taïnka voit toujours : « Flûte : I. Israëlson. »

Taïnka a mis de côté deux roubles, sans compter le rouble et demi que Viktor lui a emprunté. Taïnka vérifie que l'argent est bien dans la commode. À la maison, elle s'active, prend soin de la malade, fait la poussière, arrose deux fois les fleurs, à croire qu'elle attend des invités, qu'ils vont arriver et que rien n'est prêt.

D'un geste prompt, alerte, elle met le samovar à chauffer dans la cuisine.

Entre Viktor, trempé, les bottes boueuses, la chemise collée à la peau, on le dirait nu. Il entreprend de nettoyer ses bottes, tournant le dos à Taïnka.

« Tu donnes ta parole ? » lance-t-elle d'une voix sonore, comme si elle prenait une brusque décision.

Viktor tourne la tête.

« Un secret ? Je ne le répéterai pas, je te jure. Tu as des secrets, pire qu'une fille de pope.

— Non, donne-moi ta parole d'honneur, tu le feras ?

— Parle d'abord, sinon ce sera comme l'autre fois.

— Qu'est-ce que ça te coûte ? Donne ta parole.

— Bon, sur tout ce que tu veux… »

Viktor jette son chiffon dans un coin et, écartant ses mains sales, fait face à sa sœur.

« Je te donnerai deux roubles… »

Taïnka a un coup d'œil vers la porte.

« … et tu m'en dois déjà un. »

Viktor acquiesce.

« Alors, voilà : achète-moi un billet… pour le concert… au tout premier rang… sans lésiner.

— Ah, c'est donc ça ! »

Viktor a un geste de dédain et se lave bruyamment les mains.

« Tu viendras me voir, ajoute-t-il sans la regarder, et… heu… au théâtre, tu pourras y aller tous les soirs, si ça te chante.

— Qu'est-ce que tu racontes ?

— Ben, quoi ? Rien. Je me fais fonctionnaire. Pas ici, bien sûr, pas dans notre Pétaouchnock.

— C'est une blague ? » dit Taïnka.

Elle secoue la cheminée du samovar et la fumée envahit la cuisine.

« Tu le feras, Vitia, hein ? Mais au tout premier rang. »

Le vieux entre à cet instant.

« Idiote, tu veux enfumer les cafards ? Même pas capables, dans cette maison, de mettre correctement le samovar ! »

Il arrache le tuyau des mains de Taïnka et regarde soigneusement par quel bout il faut le fixer. Taïnka le lui reprend et le remet en place. Viktor va se changer.

Il entend son père bougonner en quittant la cuisine :

« Il te raconte des blagues. Des âneries… Fonctionnaire, tu parles ! Fonctiô-ônnaire ! »

Pompéi

Pour le thé, Viktor a une chemise d'une blancheur de
neige, bien serrée à la taille. Les plis raides lui rebiquent
dans le dos. Une raie sépare ses cheveux mouillés, bien
plaqués. Son visage est grave, un peu hautain même.

Dans son fauteuil, le vieux attend son grand verre et
tartine consciencieusement son pain. Derrière le samovar, Taïnka jette des coups d'œil furtifs à Viktor.

« Non, non, lance soudain son frère en levant la main.
Ne mets pas de sucre, je le ferai moi-même. »

Taïnka s'étonne et lui passe précautionneusement son
verre.

« Je vous remercie infiniment », dit cérémonieusement
Viktor.

Il met un sucre, un deuxième (comme à son habitude)
et entreprend, en grimaçant, de casser le troisième en
deux.

Taïnka regarde, Vsevolod Ivanovitch aussi.

Le vieux boit une gorgée, se brûle et jette un brusque
coup d'œil à Viktor.

« De quels fonctionnaires parlais-tu tout à l'heure ?

— D'aucun, répond calmement Viktor en fixant son
thé. Ce n'était pas une histoire de fonctionnaires. Simplement, je quitte l'active et j'entre dans l'administration. »

Et il défie son père du regard.

Tapie derrière le samovar, Taïnka observe son frère.

« Quelle administration ? interroge le vieux. En tant
que quoi ?

— Fonctionnaire », lâche négligemment Viktor. Puis, se tournant vers sa sœur : « Il n'y a jamais de citron, ici ?

— Tu veux que j'aille en acheter ? propose Taïnka dans un murmure.

— Toi, fonctionnaire ? Tu es un soldat, rien d'autre ! Un traîneur de sabre !

— Fonctionnaire au ministère de l'Intérieur. »

Vavitch essaie d'adopter le ton le plus détaché qui soit.

« Facteur, je ne vois que ça… »

Le vieux souffle sur son thé.

« Alors, dis-le tout net : je me fais facteur parce qu'on ne veut de moi, imbécile que je suis, nulle part ailleurs.

— Parfait, rétorque Viktor qui se penche, fronce les sourcils. Je dis simplement que je deviens fonctionnaire.

— Mais où ? Où ? crie le vieux.

— Dans la police.

— Pchiiiiiou ! »

Le vieux émet un sifflement et, de dessous ses sourcils, regardant Viktor dans le blanc des yeux, articule :

« Donc, chez les argousins ? »

Taïnka plonge le nez dans son thé.

Viktor a un tremblement des lèvres. Il hausse les sourcils et les fronce aussitôt, comme s'il se claquemurait.

« Les argousins, les argousins ! commence-t-il d'une voix forte et résolue. Et pourquoi pas les pharaons ? D'ailleurs, les pharaons ! Qu'il vous arrive quelque chose dans une rue sombre, et tout de suite : sergent de ville ! Aïe-aïe-aïe ! Tenez, supprimez la police un seul instant, vous vous ferez tous égorger ! »

Viktor se lève.

« Facile de rester à l'abri, les stores baíssés ! Et le type, là, qui gèle toute la nuit à faire le planton sous vos fenêtres, c'est un argousin ? Vous braillez : des pots-de-vin ! Oui ? Et au Conseil d'Empire ? » débite Viktor en hurlant.

Taïnka ferme la porte de la chambre de la malade.

« Kouzmine-Karavaïev ? braille Viktor. Mais, une fois ingénieur, votre Kouzmine-Karnavaliev, il se l'écorche, l'entrepreneur ! De première, oui ! Et les arpenteurs ? Par inadvertance ? Hein ? C'est ça ! C'est facile d'en parler sous un chêne séculaire… et de rester bien au chaud dans son fauteuil ! »

Viktor jette un regard mauvais à son père.

« En Angleterre, par exemple, le *policeman* perçoit des émoluments en livres et il est à la première place. Mais si, chez nous, pour le bien commun, un sergent de ville crève de froid au coin de la rue et qu'à l'auberge il s'en jette un dans le gosier pour se réchauffer, c'est tout de suite Sodome et la Pompéi !

— Crétin, va ! La Pompéi ! dit le vieux. Crétin ! Et ça parle comme un fieffé coquin ! »

Dans son fauteuil, le vieux se détourne.

« Oui, hurle Viktor, je ne veux pas de votre pain. Moi, je ne veux pas vivre à vos crochets !

— À mes crochets ! Tu n'es qu'un butor, tranche calmement le vieux.

— Admettons. Un butor. »

Viktor prend la porte.

Le silence s'installe dans la pièce. Taïnka se lève et jette un coup d'œil au samovar.

« Je vous demande un peu, fait le vieux en branlant la tête, d'où est-ce qu'il sort ça ? La Pompéi ! »

Le dernier bis

Taïnka tarabuste Viktor : elle veut à toute force son billet. Elle n'en dort pas la nuit, elle est en feu, ses pensées aussi, elle en a la bouche sèche. Elle pense au concert, à Israël. Au premier rang, elle n'a d'yeux que pour lui. Le voici qui apparaît... Taïnka ne voit que sa haute tignasse noire, la brosse noire de sa moustache ; il porte un vêtement inhabituel, or, rouge, bleu, comme dans un jeu de cartes. Mais un jeu tout neuf, brillant. Il prend sa flûte, tous retiennent leur souffle. Derrière, la salle se fige. Il joue de plus en plus fort, poignant, et se tourne de plus en plus vers elle, Taïnka. À présent, Israël lui fait face et c'est pour elle, pour elle seule, qu'il joue. Derrière, on étouffe un soupir, mais lui est carrément tourné vers elle, les yeux mi-clos, déversant des notes languides. Il joue pour elle seule, elle le sait, mais les autres l'ignorent. Il n'y a qu'eux au monde. Taïnka le dévore des yeux. Elle est devant, juste devant lui. Soudain Israël lève légèrement la tête et la regarde. Alors, Taïnka a le souffle coupé et tout repart, depuis le début...

Viktor apporte le billet. Il coûte deux roubles pour le deuxième rang. Taïnka, presque en larmes, foudroie son frère du regard. Mais Viktor rétorque que les places du premier rang sont réservées.

« C'est pour les huiles, les gradés de la police et autres gouverneurs. »

« Non, le deuxième rang, c'est même mieux : il me remarquera. Il me remarquera de toute façon. » Taïnka glisse le papier bleu dans la bourse qu'elle cache sous son oreiller.

Cette nuit-là, son rêve est plus ardent encore : elle serre son porte-monnaie sous l'oreiller.

Le mercredi seulement, elle se pose la question : comment s'habillera-t-elle et comment ira-t-elle, seule, au concert ?

Taïnka n'a qu'une robe de sortie, marron avec un passement de velours. Elle met le fer à chauffer, essaie de repasser, mais ses mains se hâtent trop, s'empêtrent, et elle n'arrive à rien. Ce ne sont que faux plis. Elle humecte la robe, à deux doigts d'être brûlée. Enfin, elle abandonne. Advienne que pourra.

« Il faudrait que tu passes porter cette lettre chez les Mironovitch, dit Vsevolod Ivanovitch. Laisse ton ouvrage et vas-y tout de suite. »

Il est sept heures et, à huit, à l'Assemblée de la noblesse, commence le concert des solistes au bénéfice de l'orchestre.

Taïnka ne répond rien : elle se mord la lèvre et baisse la tête. Son père pose l'enveloppe sur la planche à repasser et, frappant de son gros doigt :

« Je la mets là, attention ! Ne va pas la chercher ensuite dans toute la maison. »

Et il sort. Taïnka se défait prestement de sa robe d'indienne, saute à pieds joints dans sa robe marron. Elle délaisse planche et fer à repasser, serre dans sa main sa bourse contenant le billet bleu, attrape l'enveloppe et se précipite au-dehors.

Le vestibule, vieillot, dépenaillé, de l'Assemblée de la noblesse est encore vide. Seul un policier est assis sur une banquette rouge râpée et fume, les yeux rivés au plancher.

Taïnka ressort, s'enfonce dans l'obscurité et arpente le trottoir désert, d'un réverbère à l'autre. La lettre pour les Mironovitch fait une bosse dans la poche de sa robe. Mais Taïnka ne va pas chez les Mironovitch, elle longe la façade de l'Assemblée, en comptant ses allées et venues.

« Cent », conclut-elle. Elle passe tranquillement deux fois encore et accélère le pas. Elle entend vaguement les équipages qui commencent à arriver. Le policier crie quelque chose. Sans aller jusqu'au réverbère, Taïnka se hâte. Rouge, haletante comme après une course, elle entre dans le vestibule, dans le brouhaha de la foule, des voix. Elle a les joues en feu, le teint vermeil et elle ne se reconnaît pas dans la grande glace où la foule tourbillonne. Son attention est pourtant attirée par cette gamine, là-bas, rouge, émue, et comme prise dans le carcan d'une robe inconnue. Ce n'est qu'en prenant du recul qu'elle se reconnaît. Au contrôle, on lui détache son coupon et on lui dit d'un air entendu :

« Deuxième rang.

— Peu importe », répond Taïnka et le flot la pousse dans la salle.

Le placeur en uniforme aux galons ternis lui indique sa place ; le deuxième rang est presque vide. Taïnka est mal à l'aise, comme tout à l'heure dans le miroir, à la vue de tous. Elle n'ose pas se retourner, se tasse et s'agrippe à sa chaise. Derrière, la foule bourdonne et Taïnka entend le bruit enfler, pareil à la houle marine. Quand vient s'asseoir près d'elle un gros monsieur qui se met à braquer ses jumelles de tous côtés, elle se calme un peu. « On me prendra peut-être pour sa fille. »

Sur l'estrade des pupitres, plus loin, contre le mur, des contrebasses accotées, face à face, comme des gardiennes qui deviseraient. Un petit bonhomme noiraud dispose les partitions.

Taïnka ne regarde pas la scène, elle ne lève les yeux qu'au moment des applaudissements marquant l'entrée en scène des musiciens. Un grand blond à pince-nez s'avance et salue gravement, cérémonieusement, tel un professeur.

La rumeur de la foule se mêle aux cris des violons qu'on accorde. Taïnka sursaute : brise légère, volette un trille de flûte. À présent, elle regarde, penchée en avant : elle ne le voit pas, le mur des violonistes masque les flûtistes.

Tout se tait. Le chef d'orchestre décrit un moulinet de sa baguette et se fige. Taïnka s'installe plus confortablement et sa chaise piaule à travers la salle.

« Mon Dieu ! se dit-elle. Tout le monde a entendu, lui aussi. Ce qu'il doit être dépité, ce qu'il doit avoir honte à cause de moi ! »

Le chef d'orchestre secoue la tête et agite sa baguette. Les premiers accords de l'ouverture de *Rouslan*[1] fulgurent.

Taïnka regarde le chef. Il lui semble qu'il découpe les sons à même l'air, tandis que les violonistes ne font que bouger absurdement les bras pour le rattraper.

Taïnka a l'impression que de grandes portes se sont largement ouvertes sur un autre monde, peuplé de ces gens beaux, élégants, qu'elle a vus maintes fois sur les images. Ils entrent, s'animent, paradent, tout vole d'un seul élan, harmonieux, et soudain la mélancolie passe dans un sourire. C'est alors qu'une note vive s'empare de Taïnka, puis, triomphante, l'étreint, l'emporte…

Un dernier accord et la salle croule sous les applaudissements. Au premier rang, le chef de la police se tourne à demi pour observer le public.

Pour Taïnka ce n'est qu'un prélude, qu'il est agréable et doux d'attendre Israël ! Elle a oublié qu'elle est exposée aux regards, qu'elle est toute rouge et qu'il n'y a pas d'autre robe marron dans la salle.

Elle applaudit avec gratitude tous les solistes : ce sont des camarades d'Israël, ils lui ouvrent la voie et tous sont bons.

Et voici qu'apparaît, tout noir, Israël, faisant claquer ses hauts talons.

Il porte une courte redingote, son nœud de cravate est de travers. Taïnka, tantôt baisse les yeux, tantôt le regarde. Le souffle lui manque.

Il approche la flûte de ses lèvres. Ses manchettes dépassent de ses manches trop courtes. Il se tient de pro-

---

1. *Rouslan et Lioudmila* : opéra de Mikhaïl Glinka (1842), d'après le poème éponyme d'Alexandre Pouchkine.

fil devant son pupitre, on dirait que son nez recourbé maintient la flûte.

Dans un coin de la salle, des voix bourdonnent. Le flûtiste écarte l'instrument de ses lèvres et, fronçant les sourcils, regarde dans la direction.

Le bruit cesse, seul un profond soupir traverse la salle.

Le piano commence. Soudain, des notes gaies, folâtres, volettent, pareilles à deux papillons clairs s'élevant au-dessus du noir flûtiste, tournoyant, dansant, se croisant et s'entrecroisant, puis palpitant, s'immobilisant en un trille passionné. Le flûtiste soutient le fermato, la salle soupire derechef, la mazurka reprend son essor, effleurant l'air d'une aile légère.

Israël fait jaillir un dernier arpège. Le public se tient coi un instant et, soudain, un hurlement frénétique retentit derrière Taïnka. Elle craint que ces gens ne se jettent sur Israël et lance un regard apeuré en arrière. Elle aperçoit des bras, au fond quelqu'un est monté sur sa chaise et beugle, les mains en porte-voix.

Le chef de la police se dresse; appuyé au dossier de son fauteuil, il se retourne vers la salle, lève le bras. La foule répond par une nouvelle explosion. Il arbore un sourire condescendant.

Israël reprend sa flûte, le bruit cesse. Un silence incroyable s'instaure sur-le-champ.

Israël baisse les yeux et, se balançant légèrement, commence. Alors, comme venu des murs de la salle, naît un son. Impossible de dire quand il est apparu, il semble avoir toujours été là. Israël le capture précautionneuse-ment et le berce.

Le voisin de Taïnka ferme les yeux, ses jumelles soutenant sa grosse joue, et se balance au rythme de la mélodie.

Là-bas, au fond, on se déchaîne de plus en plus et le chef de la police, prenant une mine paternelle et sévère, remonte les rangs vers la porte. Taïnka reconnaît l'air :

Israël, dans sa mezzanine, le jouait pour elle. Sans en avoir conscience, elle se lève et applaudit, tendant vers lui ses bras d'enfant.

Israël salue. Il a un étrange mouvement de la tête, comme s'il voulait libérer son cou de son grand col droit.

Au fond, résonnent des cris déchirants, le scandale va éclater.

Israël cesse brusquement de saluer, agite sa flûte en direction du public, telle une gardienne d'oies son bâton. Le bruit s'apaise.

Près de la porte, quelqu'un pousse un cri étouffé :

« Vous n'avez pas le dr… »

Israël fait face au public. Il pose les mains sur sa flûte. Tous s'immobilisent.

« Ce sera le tout dernier bis », annonce le flûtiste.

Et il adresse aussitôt un signe de tête au pianiste.

Il commence à jouer, les yeux baissés, mais il les relève et Taïnka les voit, noirs, tout noirs, brillants. Le flûtiste la regarde, elle, Taïnka. Elle ne bouge pas, paralysée, serrant contre sa poitrine son mouchoir entre ses mains. Sans ciller, elle fixe Israël, elle lit dans ses yeux : c'est pour elle qu'il joue, pour elle, Taïnka. La flûte dit ce à quoi elle a toujours cru, cela même…

Quand les applaudissements reprennent, Taïnka est incapable de détacher les mains de sa poitrine. Israël, tendant le cou, la salue. Puis il tourne les talons et quitte la scène. C'est alors seulement que Taïnka s'aperçoit qu'elle est debout, alors seulement qu'elle comprend qu'elle était seule à être debout dans la salle pendant que le flûtiste jouait son « dernier bis ».

Elle veut fuir, elle est si rouge que le sang cogne à ses tempes et que les larmes voilent ses yeux. Mais tous, déjà, se sont levés et lui barrent la route : c'est l'entracte.

Taïnka se fraie un passage vers les portes, certaine que tous la dévisagent, elle regarde droit devant elle et rentre précipitamment à la maison.

« Tu as remis ma lettre ? demande le vieux dans l'obscurité.

— Oui, oui », s'écrie-t-elle.

Elle se jette sur son lit et enfouit sa tête sous l'oreiller.

La chambre vide

La nuit est tombée, mais Vsevolod Ivanovitch n'a pas allumé la lumière ; debout, il regarde par la fenêtre. Le vent s'enfile dans la rue, une fichue pluie d'automne flagelle la vitre de ses lanières. Et, au-dessus de la palissade noire, humide, le merisier repousse de ses branches nues les assauts du vent : chagrin, désespoir.

« Se peut-il qu'il parte ? »

Les pensées du vieil homme s'embrouillent.

« Il s'en irait comme ça, d'un coup ? » murmure Vsevolod Ivanovitch.

Il imagine Viktor coiffé d'une casquette de policier, le sabre au côté, le regard sombre, le doigt pointé sur quelque sarrau : « Circulez, circulez ! »

« Pas possible », fait le vieux en secouant la tête, tout en se disant que c'est possible. Et qu'il en sera ainsi. D'abord, cela lui paraît aussi inepte que si Viktor se changeait brusquement en cheval ou Taïnka en soldat à moustaches.

« Où est-ce qu'on les prend, ces policiers ? On doit bien les pondre quelque part, avant qu'ils sortent de leur coquille. Les popes viennent du séminaire, de la fabrique à popes, les docteurs de la pépinière étudiante, mais les policiers ?... Tout de même pas des Vavitch ? Autant dire une chatte qui mettrait bas un coq... Dois-je aller le voir, lui parler ? » Vsevolod Ivanovitch s'écarte de la fenêtre pour s'exécuter, mais s'appuie de nouveau contre la vitre. Tout ce qu'il avait à dire, il l'a dit, semble-t-il. Où est-il, ce mot, ce mot essentiel, à même de contrebalancer la certitude qu'il deviendra, qu'il sera policier ?

« Menacer de le maudire ! » s'avise soudain Vsevolod Ivanovitch. Mais il renonce aussitôt, accablé. « Des gamineries, du roman, du théâtre. » Et il revoit un acteur levant les mains et les secouant comme s'il s'était brûlé, en râlant, les yeux hors de la tête. « Je te mau-au-di-is ! » Il ne trouve pas le mot qu'il faut. Il sent que Viktor est là, dans sa chambre, couché, en train de lire, renfrogné. Il voit son fils comme si ces deux cloisons ne les séparaient pas, comme s'ils étaient dans la même pièce.

Par les vitres grêlées de pluie, Vsevolod Ivanovitch regarde la rue détrempée, changée en boue, en gadoue, et noircie par la nuit.

« Que lui dire ? Serait-ce l'orgueil qui me fait chercher les mots ? songe Vsevolod Ivanovitch, éprouvant tout à coup un picotement à la racine du nez, un frémissement dans la poitrine. Il ne faut rien chercher, aucun mot. Il faut aller le trouver directement et l'implorer : Vitia, Vitia ! Se peut-il qu'il ne comprenne pas ? » Alors, le vieil homme ne cherche plus à retenir ses larmes et s'empresse d'apporter ses sanglots à son fils. Il pousse la porte, les pieds traînant dans ses pantoufles, ses pas lui semblent pitoyables, et c'est ce qu'il veut… D'une saccade, il ouvre tout grand la porte de la chambre. Pas de lumière.

« Vitia, Vitia ! » laisse échapper le vieil homme. Il veut s'élancer vers son fils. « Vitia ! » Dans l'obscurité, il fait un pas en avant, vers le lit.

Tout est silencieux. La chambre est vide. Il veut revenir en arrière et, soudain, s'abat sur la couche de Viktor. Il ne sait pas pleurer et les sanglots l'étouffent, il suffoque. Il a brusquement une telle pitié de lui-même qu'il plonge la tête dans l'oreiller, ramène ses genoux contre son ventre et pleure, pleure à chaudes larmes, comme dans son enfance lorsqu'il était offensé.

« Et Taïnka qui ne vient pas », songe-t-il, pensant à sa fille comme à une grande sœur, et il se sent encore plus dépité.

Sa poitrine est toujours agitée de soubresauts, mais ses pleurs sont plus réguliers et il se serre plus fort contre l'oreiller mouillé.

« O-o-oh ! » geint la vieille dans sa chambre.

Vsevolod Ivanovitch bondit, tend l'oreille. Sans bruit, ses pantoufles à la main, il s'approche de la porte. La respiration de sa femme est paisible, ses yeux sont clos.

« Elle rêve, elle rêve », se dit-il.

Il attend un instant sans bouger, puis entre dans la chambre.

« Une chance que personne ne m'ait entendu ! » songe-t-il dans son fauteuil. Sa poitrine est encore agitée, il se mouche discrètement pour ne pas réveiller la malade.

Le chien lance un aboiement sourd, interrogateur ; un instant plus tard, résonnent les pas de Taïnka. On l'entend piétiner dans la cuisine.

Vsevolod Ivanovitch ferme sa porte à clé et allume la lumière.

Il est là, à fumer, fixant stupidement les ténèbres sous la table.

Il est trois heures du matin. La lampe clignote et grésille dans la pièce enfumée.

Vsevolod Ivanovitch approche soudain son fauteuil de la table et, sur une grande feuille, la seule qu'il ait trouvée, se met à écrire, plongeant à chaque instant sa plume dans l'encrier presque vide. Il trace d'une écriture ronde et lâche :

Vitia chéri,

Reprends-toi, reviens à la raison. Tu veux donc deve-nir un individu méprisable pour le restant de tes jours ? On te couvrira de crachats, mon très cher, et aucune larme ne lavera cet opprobre. Comprends donc, mon petit, vers quoi tu vas. Ne tourmente pas ta conscience, tu ne la feras pas taire avec tous tes Pompéi. Ressaisis-toi. Si tu veux être honnête, ce n'est pas chez les poli-ciers que tu y parviendras. Tu cries : "Il en faut, il en faut !" Sans doute, certains en ont besoin. Pour se pro-téger des voleurs. Toi et moi n'en avons pas besoin. Nous ne volons ni ne tuons. Quant aux canailles, que d'autres canailles les prennent par la peau du cou, mais pas nous. C'est leur affaire. Ce n'est pas la tienne, mon Vitia. Je ne suis pas dans la gêne, je te choierai avec joie, reste avec nous ! Tu peux encore faire des études. Moi-même, je t'apprendrai. Trouve-toi un emploi tran-quille. Regarde, Taïnka pleure aussi. Reprends-toi, mon petit Vitia ! Ne te salis pas définitivement. Je mourrai bientôt, je n'aurai guère à le supporter, mais c'est pour toi… Ne pars pas, Vitia, mon chéri, reste avec nous. Si tu préfères, lance-toi dans la culture ou l'élevage. Tiens, les plantes médicinales, comme on dit, ou les lapins. Tu t'y mettrais avec Taïnka. Je ne peux pas, Vitia, ça, je ne peux pas. Si tu veux, je vendrai la maison et tu monteras quelque affaire. Taïnka et moi sommes d'accord pour tout. Ne pars pas, mon chéri.

Ton père Vs. Vavitch.

Par habitude, il appose son paraphe. Éclaboussures.
Vsevolod Ivanovitch colle l'enveloppe, soupire et, à la lueur mourante de la lampe, distinguant à peine les lettres, écrit :
« Pour Viktor. »

Il repose sa plume. La replonge aussitôt dans l'encrier et ajoute :

« Vsevolodovitch Vavitch. »

Il veut encore peaufiner, parachever son œuvre. Presque à l'aveuglette, il complète, en bas :

« De la part de V. Vavitch. »

Il tourne doucement la clé dans la serrure, se glisse en chaussettes sur le parquet craquant de la nuit jusqu'à la chambre de son fils et place la lettre bien en vue sur la table.

À la croque au sucre

Auparavant, chaque fois que Nadienka prononçait le mot « ouvriers », elle ménageait ensuite une courte pause, comme un soupir. Au travers des livres et des conversations, elle se représentait les ouvriers semblables à ceux qui figuraient sur les bas-reliefs des artistes allemands : le visage intelligent, concentré, tendu, nus jusqu'à la ceinture, poussant des brouettes. Ou encore, le marteau sur l'épaule, le port altier, des hommes d'autres contrées. Elle ne pouvait imaginer que les plombiers qui réparaient la tuyauterie de la cuisine fussent bel et bien des ouvriers. Et si on le lui avait dit, elle aurait pensé : « Oui, mais pas des vrais. »

Elle se voyait debout devant eux assis en rangs sur des bancs, la regardant, une flamme d'espoir dans les yeux. Et elle leur parlait, encore et encore, leurs visages s'embrasaient de plus en plus, elle était une héroïne, elle était Jeanne d'Arc… Après, elle les menait… les conduisait sur les barricades pour la « lutte juste et sacrée ».

Ou encore : on va l'arrêter, elle fait partir tout le monde, elle seule reste ; qu'on la prenne, elle se sacrifie ! La voici enchaînée, mais elle regarde, « hardie et fière ». Elle avait envie d'être arrêtée. On l'interroge et, relevant la tête, elle répond :

« Oui, je l'ai fait et je recommencerai, en dépit de vos sévices et de vos menaces. »

Alors, ils la contemplent, effrayés, troublés, écrasés, avec respect et une secrète admiration. Dans la solitude de ses rêves, elle sent leurs regards enthousiastes, comme lorsque, petite fille, elle se mourait devant la glace de sa grand-mère.

Aujourd'hui, pour sa première réunion, Nadienka a un petit col blanc, des manches blanches à rabats. Qu'on l'arrête, ça la mettra en valeur : la jeune fille et les gendarmes.

Tandis qu'elle suit Vassiliev dans le terrain vague, elle oublie ces préparatifs et ne pense qu'à la manière de commencer son discours.

« Rappelez-vous l'itinéraire », lui dit Vassiliev.

Ils sont dans la Deuxième Rue du Faubourg.

« Faut vous appeler comment ?

— Valia. »

Vassiliev marche à présent à ses côtés, comme un chevalier servant, et lui ouvre le portillon.

Dans la cour, Annouchka s'affaire auprès du samovar dont la grille projette sur le sol la lueur de ses dents rougeoyantes.

« Chauffe, chauffe », lance Philippe à sa sœur.

Dès l'entrée, on entend quelqu'un essayer de jouer une valse à la mandoline, et une jeune voix dire :

« Pas comme ça ! Donne, idiot, que je te montre.

— Oh, ils sont déjà là ! fait remarquer Philippe. Tout droit, c'est tout droit ! »

Il passe devant Nadienka et lui ouvre la porte de sa chambre.

La pièce est envahie de fumée de tabac bon marché. Sur le lit de Vassiliev, deux jeunes gars se disputent une mandoline en riant. Un ouvrier plus âgé est assis à la table et examine attentivement un vieux numéro de *Niva*. Deux autres fument, sur la table devant eux un damier en carton, avec des pions.

Tous se tournent vers la porte pour regarder Nadienka.

« Faites connaissance, dit Philippe d'un ton guilleret. Kouzma ne vient pas ? »

Il se penche vers l'ouvrier plus âgé et lui chuchote quelque chose. Les jeunes gars posent délicatement la mandoline sur la commode et se calment. Un instant plus tard, tous deux gloussent. Ils jettent un coup d'œil à Philippe, se détournent l'un de l'autre, réprimant leur fou rire.

Les joueurs ramassent leurs pions et fixent Nadienka. L'un d'eux, rouquin, avec des taches de son, se hâte de boutonner de ses doigts noueux le col de sa chemise, en clignant des yeux comme s'il se réveillait.

Le plus âgé a un sourire timide et gentil, il multiplie les saluts tout en restant assis.

Nadienka se défait de son paletot de carnaval, elle retire son fichu noir de petite-bourgeoise. Par réflexe, elle cherche des yeux un miroir. Et voici que, dans sa robe de laine marron, avec ses manchettes blanches, elle paraît soudain devant eux en demoiselle. Philippe lui décoche un regard en coin. Il la toise, mais se reprend et dit :

« Donc, on commence sans Kouzma. Camarades, vous avez là la camarade Valia, en remplacement de Piotr. Entendons-nous bien : on s'est réunis pour honorer mon défunt grand-père, la demoiselle est avec nous pour la célébration, il coupait du bois chez eux. »

Philippe plisse les yeux et sourit à la ronde.

« Prenez place », dit-il.

On se jette bruyamment sur les chaises, comme s'il n'y en avait pas assez.

Nadienka s'assied, Philippe se précipite à la porte et on l'entend crier dans la cour :

« Active, bon sang ! Il se fait tard. Ah, bien sûr, comme on dit, pour le crétin, le jour et la nuit, c'est tout un ! »

« De quoi allons-nous parler aujourd'hui ? » commence Nadienka en inspirant profondément.

Tous se penchent vers elle, y compris les jeunots qui font grincer le lit.

« Je compte vous expliquer comment le gouvernement extorque de l'argent au peuple, par quelle ruse il… »

« Je ne m'y prends pas trop bêtement ? » se demande-t-elle en se renfrognant et en rougissant.

« Bien, bien, approuve le plus âgé.

— Vous fumez, par exemple. »

Le rouquin jette à Nadienka un coup d'œil peu amène, puis il regarde le vasistas.

« Non, non, je ne parle pas de la fumée. Simplement, vous achetez du tabac… »

Philippe rentre en coup de vent.

« De quoi, de quoi ? demande-t-il, essoufflé.

— Arrête, l'exposé est commencé, coupe, agacé, le plus âgé.

— Ou bien des allumettes, poursuit Nadienka. Passez-moi une boîte.

— Tenez. »

Un des jeunes gars bondit et tend une boîte d'allumettes par-dessus l'épaule de Nadienka.

Nadienka montre l'étiquette, les jeunes gars se lèvent, tous regardent, comme s'ils la voyaient pour la première fois.

« Ça alors ! Tu m'en diras tant ! » encourage le plus âgé.

Nadienka parle du pétrole, du sucre.

« Le sucre, nous, on le prend à la croque[1], lance le rouquin, les yeux rivés à la table. C'est pas avec nous qu'ils feront leur pelote. »

Ricanements sur le lit. Philippe se retourne : suffit, les morveux ! Puis, se penchant sur la table pour apercevoir le rouquin par-dessus Nadienka, il se lance aussitôt dans une tirade enflammée, comme s'il avait fait provision de chicanes en attendant le moment propice :

« Et alors ? Hein ? Dans les campagnes, ils s'en passent, de sucre, leur reste qu'à se ronger les doigts et baste ! Vous trouvez ça comment ? Juste ? La camarade est en train de t'expliquer qu'on écorche les gens…

— Non, dit Nadienka, c'est là qu'est le problème. Admettons qu'on mange un tout petit peu de sucre, mais tout le monde, tout le monde… Ça fait des millions, des centaines de millions. À eux seuls, les riches ne peuvent en manger autant, qu'ils…

— Qu'ils se pourrissent les dents avec leur sucre ! l'aide Philippe. Qu'ils s'en bourrent le pif, s'ils en ont ras la glotte !

— De toute façon… », poursuit Nadienka.

On marmonne sur le lit. Philippe se retourne, agacé : ça recommence ?

« Quelque chose n'est pas clair ? dit Nadienka. Demandez, je vous en prie.

— Mais non, il raconte des âneries.

— Quoi donc ? Je vous en prie, insiste Nadienka en se retournant vers les jeunots.

— Ça n'a rien à voir, répond celui qui, tout à l'heure, lui a passé les allumettes. Des âneries, c'est ça. »

L'autre jeune gars regarde le plancher, ses mèches rabattues sur le front.

---

1. En Russie, on a coutume de croquer un petit morceau de sucre que l'on garde dans la bouche en buvant son thé.

Nadienka attend.

« Parlez !

— Ben quoi, parle ! » enchérit Philippe.

Le gars relève la tête.

« Savez ce qu'il me dit : demande-lui si y a un Dieu ou pas ?

— Tiens, des dieux, t'en as tout un paquet ! »

Philippe indique de la main le coin aux icônes.

« Emballe celui que tu veux et embarque-le chez toi.

— Ça aussi, nous en parlerons », dit Nadienka.

À cet instant, leur attention est attirée par une voix féminine qui crie dans le couloir :

« Ben alors, vous venez le chercher, ce samovar ? Il bouille, moi, je vous le dis, à en péter ! »

Les jeunes gars bondissent comme des ressorts et se précipitent gaiement dans le couloir.

Philippe apporte le service et les craquelins.

Quand le rouquin entreprend de casser son sucre en petits morceaux, son voisin lance en riant :

« Tu veux la mort du Trésor, ou quoi ? »

Nadienka ne sait si elle doit boire à la croque ou mettre le sucre dans sa tasse.

De sa cuiller, Philippe laisse tomber un gros morceau dans la tasse de Nadienka. Plouf ! La soucoupe en est éclaboussée.

Attaché par une chaîne

Un bras passe devant Nadienka et un des jeunes gars s'esclaffe :

« On aimerait bien deux ou trois petits pains et de… de vos indirects en bouteille. »

139

Tous éclatent de rire. C'est à croire qu'un bouchon a sauté, les conversations partent dans tous les sens. Elles semblent à Nadienka autant d'applaudissements. Modeste et grave, elle boit son thé à petites gorgées.

« Le thé, c'est une chose, dit le rouquin en se penchant sur sa soucoupe. Mais nous autres, c'est du raide qu'on boit… »

Il souffle sur son thé.

« Même qu'on en descend pas mal.

— C'est comme ça que tu refiles ta paie au Trésor, et t'as en échange le gîte gratuit, avec des verrous de sûreté.

— Et t'as droit, par-dessus le marché, à une bonne dérouillée, lance un des jeunes gars sur le lit.

— À quoi bon, camarades, s'en prendre aux pharaons pour des histoires de soûleries ? » réplique Philippe d'une voix forte en se tournant à demi. Il fait de grands gestes et manque heurter Nadienka. « Un pharaon est un pharaon. Ben quoi, t'es pas son filleul ! Mais quand c'est un des nôtres qui te chie sous le nez, là c'est autre chose ! »

Tous regardent Philippe.

« Hé, poursuit-il sur le même ton. Prends un contremaître. Pas besoin de chercher loin : le nôtre, tiens ! Là, c'est pas les indirects, c'est carrément un parasite et une plaie pour le travailleur.

— Le contremaître, le contremaître ! » rétorque le plus âgé en se renversant sur sa chaise et en fixant Philippe.

Il ne sourit plus.

« Le contremaître, tu dis. Mais c'est son boulot ! Tu le supprimes et ça sera, tu sais… Qu'est-ce que tu veux que je te dise ?

— Que tu me dises ? hurle Philippe. Pourquoi il doit nous sucer le sang ? Sa maison, c'est avec nos kopecks qu'y va se la bâtir, non ?

— Les kopecks, c'est pas lui qui les empoche, réplique le rouquin en vidant son énième verre de thé dans sa soucoupe.

— Je vais te dire, reprend le plus âgé. Laisse tomber, mon vieux Philippe. Si tu passais contremaître, la vis, tu nous la serrerais de main de maître, pas moins que l'Ignatovitch. On n'y couperait pas.

— Pour ce que j'en ai à faire, d'être contremaître. Je cherche pas à le devenir. Tu parles d'un fichu cadeau, se vexe Philippe.

— Cadeau ou pas, je vais t'expliquer : t'as été soldat ? »
Le vieux se penche en avant.

« Réponds ! Non ? Et voilà ! Tu sais comment ça se passe ? Tu prends un pioupiou comme les autres, qui en bave et qui encaisse… Qu'on lui file une sardine, une seule ! et le v'là chef. Il te fourre sa botte sous le nez : brique-la ! La veille encore, c'était le petit doigt sur la couture du pantalon devant le chef de section, même qu'il en suait de frousse. Hé oui !

— Je dis…, commence Philippe d'une voix forte en jetant un coup d'œil à Nadienka, du genre : qu'est-ce qu'elle en pense ?

— Ouais, tu dis…, réplique le vieux en se penchant sur son thé.

— Si ! » lance Nadienka. Elle sent qu'elle doit intervenir et que Philippe n'est pas le seul à l'espérer. Elle veut le soutenir. « Si ! Le camarade Philippe a en partie raison, me semble-t-il.

— À la fonderie, notre contremaître, commence le rouquin, n'est pas si mal que ça. On peut pas lui en vouloir. »

Le rouquin déboutonne discrètement son col.

« Ce n'est pas l'homme qui fait problème. Mais, voyez, le camarade Philippe ne veut même pas devenir contremaître. »

Philippe s'empresse d'acquiescer.

« Parce que la condition de contremaître est en elle-même, manifestement, telle que… Elle produit un type particulier.

— Un sacré type, oui ! enchérit Philippe. Un beau salaud, que ça produit !

— Quel que soit l'homme, il n'empêche…

— Pourrait bien être archi-saint… », coupe Philippe en s'agitant.

Il se lève et se met à arpenter la pièce : deux pas en avant, deux pas en arrière.

« Il doit veiller à ce que les kopecks du patron…, s'enhardit Nadienka.

— Des roubles, oui, qu'il gratte ! » Philippe s'immobilise, dominant Nadienka, ses mains dansent au-dessus de la tête de la jeune fille. « Des roubles, la charogne, qu'il tire des hommes, de ses propres frangins ! Les gens, il veut pas les voir, ce monstre : l'a trop peur qu'ils lui demandent une augmentation.

— Celui qui accepte d'être contremaître, reprend Nadienka, sait évidemment à quoi il s'engage. Il s'exclut consciemment de sa propre classe.

— Et il a plus conscience de rien, dit Philippe, saisissant la balle au bond.

— Bien entendu, il devient un renégat. Il y a des professions qui déterminent pleinement…, poursuit Nadienka en s'enflammant. Il y a des professions, camarades… »

Elle se lève, prenant appui sur le dossier de sa chaise. Tous la regardent ; Philippe aussi, les yeux en feu.

« Il y a des professions qui déterminent d'emblée la position de l'homme envers la société tout entière. Dans l'Allemagne ancienne, le bourreau…

— Un bourreau, c'est ça ! Un bourreau craché ! lance Philippe en tapant dans ses mains.

142

— Le bourreau… avait même, à la taverne, son gobelet attaché par une chaîne… Afin que personne ne l'utilise par mégarde. Et personne ne lui adressait la parole.

— Sûr qu'on n'a rien à leur dire, à ces fumiers ! Quelle discussion on peut avoir avec eux ? On leur dit une chose, et eux n'arrêtent pas de…

— Attaché à une chaîne, que vous dites ? »

L'ouvrier roux de la fonderie est fasciné.

Bourdonnement de voix.

À cet instant, la porte s'entrouvre et un homme en veston gris, botté à la russe, se glisse discrètement dans la pièce. Il doit avoir la quarantaine. Il se poste sans un mot près de la porte et du regard embrasse l'assemblée. Philippe ne le remarque pas tout de suite. Puis, l'ayant aperçu, il lance :

« Ah, Kouzma Iegorovitch !

— Continuez, continuez… »

Mais tous se taisent. Le samovar, comme si de rien n'était, fredonne sa complainte.

À la porte, Philippe échange quelques mots à mi-voix avec Kouzma.

« Et pour les impôts indirects…, parvient à distinguer Nadienka.

— C'est fait… Oui, oui, à la place de Piotr… »

Et ils sortent dans le couloir.

Un chien aboie

Nadienka se lève dignement. Elle a déjà enfilé une manche de son manteau quand Philippe bondit dans la pièce et se précipite pour l'aider. Il est tout rouge, souriant, il s'affaire avec gratitude, cherchant le fichu de

Nadienka. Il le passe et le repasse d'une main à l'autre, avant de le lui tendre.

Il fait un signe de tête aux camarades.

« Je l'accompagne. Après, vous vous tirez un par un. »

Nadienka part d'un pas énergique, comme si elle avait encore deux rendez-vous urgents. Philippe marche à ses côtés, tourné et penché vers elle. À présent, ils empruntent directement la Deuxième Rue du Faubourg.

« Je vous l'avais dit, camarade, qu'il fallait parler des contremaîtres. Vous avez vu ? Je connais, allez ! On s'est bien débrouillés, tous les deux, hein ?

— Oui, répond brièvement Nadienka. Mais je pense…

— Vous pensez aux allumettes ? Ça aussi, c'était bien. C'est que je connais ! J'en ai vu… Pour être franc, je m'inquiétais. Ne le prenez pas mal : je me disais, une femme, une bonne femme, excusez, comme on dit chez nous… Elle va nous remonter jusqu'à Mathusalem, nous mener en Amérique, aux cinq cents diables… Mais, maintenant, je sais : que le bon Dieu me croque si les gars ne sont pas en train de se dire : "Le Philippe, il nous a amené une de ces bonnes femmes !" Je vous en fiche mon billet. »

Nadienka lui jette un coup d'œil.

« Tournons ici, c'est plus tranquille. »

Ils s'engagent dans une rue déserte. Les volets clos laissent filtrer, çà et là, des liserés de lumière.

Philippe effleure le coude de Nadienka.

« Marchez au milieu, des fois qu'un chien…

— Vous avez été à l'école ? lui demande-t-elle avec douceur, d'un ton affable.

— Quelle école ? J'ai appris tout seul, vous savez. Tenez, en ce moment, je vais… »

Et Vassiliev raconte qu'il fréquente l'université, celle-là même qu'a fondée un petit vieux, ami des Tiktine.

« J'apprends l'astronomie, comment la Terre est fabriquée. Et là, vous savez, c'est pas des histoires d'Adam et Ève, hop, hop, en deux temps trois mouvements, tout est ficelé. »

À cet instant, tache noire sur la route grise, un chien déboule de l'obscurité, en étouffant un aboi.

D'un geste prompt, Philippe écarte Nadienka et s'en prend au chien.

« Ah, charogne ! »

Il se baisse, à la recherche d'un caillou. Le chien recule, fait quelques bonds dans la poussière et, planté sur ses quatre pattes, se retourne, puis, à deux pas, se met à aboyer furieusement. À tâtons, Philippe cherche toujours sa pierre.

« N'ayez pas peur, crie-t-il à Nadienka en couvrant les aboiements. Je vais le… »

De toutes les cours, les chiens se déchaînent et sonnent l'alarme.

Philippe trouve enfin un pavé et, prenant son élan, le lance. On entend la pierre heurter quelque chose et le chien glapit frénétiquement. Dans les cours, les aboiements s'apaisent un instant, pour reprendre de plus belle.

« Pourquoi faire ça ? » demande Nadienka.

Cliquetis de loquet. Une voix d'homme, rude, braille dans toute la rue :

« Qu'est-ce que t'as, fils de chienne, à faire du ramdam ? Tu veux qu'on te casse la gueule ?

— C'est toi qu'il faudrait mettre à la chaîne, avec ton chien. Pas moyen de passer », crie Philippe.

Une masse blanche se détache d'une clôture noire : un homme s'approche d'un pas lourd.

« Y a longtemps qu'on vous a pas caressé le museau ? lance-t-il, avançant d'un pas vers Vassiliev. Qu'est-ce que vous fichez à traîner dans le coin avec des filles ?… »

Nadienka entend mal à cause des aboiements, elle voit seulement Philippe prendre son élan et flanquer une torgnole, puis une autre. Un coup sourd. La chemise blanche s'étale dans la poussière.

« Filons, filons, c'est le moment », dit Vassiliev, hors d'haleine.

Il saisit Nadienka par le bras, fortement, comme personne ne l'a fait auparavant, il la soulève presque. Elle avance par petits bonds saccadés, et lui à grandes enjambées.

« A-a-h ! » râle derrière eux une voix pleurarde, et une pierre vole, puis roule de côté.

Philippe tressaille, se retourne. Il s'arrête.

« Venez, venez, murmure, haletante, Nadienka.

— En plus, il nous balance des pierres, ce salaud ! siffle Philippe. Des inconscients ! ajoute-t-il après qu'ils ont tourné dans une rue éclairée. J'appelle ça des sauvages, des indigènes ! »

Ils arrivent en ville. Philippe lâche le bras de Nadienka et en a quelque regret. Il marche près d'elle en regardant ses pieds.

« Et vous n'avez pas essayé d'étudier tout seul ? demande-t-elle avec tact et sollicitude.

— Un collègue a commencé à me faire travailler le russe… »

« Un collègue, un collègue, songe aussitôt Nadienka. Hum, un étudiant ! Bien et drôle à la fois. »

« On s'est arrêtés aux diminutifs affectueux, après il n'a plus eu le temps. C'est comme ça que…, conclut Philippe, les yeux rivés au sol.

— Oui, si on n'est pas guidé, c'est difficile, reprend Nadienka. À l'occasion, nous en… »

Nadienka n'est pas loin de la maison où, chez une amie, elle s'est changée.

Elle s'arrête.

« Eh bien, grand merci », dit Philippe en lui secouant énergiquement la main.

La menotte de Nadienka se perd dans la patte solide et brûlante de Philippe : douleur et plaisir.

Comme au tableau noir

Andreï Stepanovitch s'apprête à aller au travail. Dans le vestibule, il dépoussière à la brosse douce son feutre gris. Soigneusement, sans oublier les bords et les coins. Dans le salon, Douniacha, la femme de chambre, passe la brosse sur le parquet verni. On sonne. Elle se précipite. Bachkine est sur le seuil, un paquet sous le bras. Tout sourires, il salue Andreï Stepanovitch. Il reste là à balancer, à sourire, et n'entre pas. Andreï Stepanovitch prend sa mine officielle.

« Je vous en prie ! »

Et, dans un geste d'invite, il décrit un moulinet avec sa brosse.

Bachkine entre.

« J'en ai pour une minute. Je peux ? »

Bachkine continue de saluer, mais son sourire devient légèrement ironique.

« Ayez l'obligeance… », répond Tiktine en reprenant son brossage.

Nadienka s'étonne : qui vient de si bon matin ? Bachkine se répand déjà en saluts sur le seuil de la salle à manger. Au bout de la table, Anna Grigorievna lui répond d'un signe de tête. Lançant maladroitement ses jambes à droite et à gauche, louvoyant, Bachkine finit pourtant par heurter les chaises. La main toute prête, haut levée, pour la tendre à Anna Grigorievna. Il prend place auprès de Nadienka, s'assied au bord de la chaise, serrant ses genoux pointus sur lesquels il a posé son paquet, et commence, en se balançant légèrement :

« Vous vous rappelez, vous m'aviez prié... »

Il fixe Nadienka de ses yeux pénétrants et prend un ton intime, triste :

« Vous m'aviez demandé... »

Anna Grigorievna s'alarme : c'est ainsi qu'on parle des jeunes filles abandonnées et des vieilles femmes malades.

« Il y a de cela environ deux mois, je crois. Vous m'aviez prié de vous procurer une édition allemande de Nietzsche, poursuit Bachkine sur le même ton. Eh bien, j'ai réussi à vous la trouver... La voici... C'est ce livre... »

Bachkine pose sur la table un petit volume enveloppé dans du papier journal.

« Je peux vous proposer du thé ? s'enquiert Anna Grigorievna en prenant la théière.

— Non, je vous remercie, je n'en bois pas, répond-il sans hâte, en s'inclinant au rythme de ses paroles.

— Il y a du café, si vous voulez... »

Anna Grigorievna s'apprête à sonner.

« Non, je vous remercie, je n'en bois pas non plus.

— Que buvez-vous donc ? interroge Nadienka.

— Rien du tout », dit-il doucement, avec componction.

Il plonge dans les yeux de Nadienka un regard profond.

« Je ne prends rien... avant le soir, avant six heures. »

À cet instant, des pas inconnus, lourds, massifs, résonnent dans le couloir. Aliochka Podgorny entre, et Sanka se faufile derrière lui.

« Ah ! s'exclame Bachkine. Quelle joie ! »

Il se lève d'un bond et, de sa démarche saugrenue, les jambes écartées, s'avance vers Podgorny. Prenant gaillardement son élan, il frappe à la volée la paume d'Aliochka.

Ce dernier, retenant la main de Bachkine, salue les dames.

« Prenez place, prenez place, s'affaire Bachkine. Voyez, messieurs dames, s'écrie-t-il d'une voix de bateleur en bombant son torse étriqué, le célèbre naturaliste et athlète ! Il connaît toutes les bestioles par leurs nom et prénoms et il lève à l'épaulé un bœuf entier ! »

Bachkine écarte les bras, tel un saltimbanque.

Aliochka s'assied. Bachkine se laisse tomber sur la chaise voisine, met le coude sur la table et froisse la nappe. Nadienka retient le pot de lait. Bachkine, la tête appuyée sur une main, fourrage hardiment dans ses cheveux et se tourne vers Aliochka.

« Écoutez, vous venez sans doute de ces forêts... profondes ? » Bachkine, de sa main libre, dessine une sphère dans les airs. « C'est ça ? J'ai deviné, hein ? Racontez-nous ces forêts vierges, peuplées de fauves puissants, déclame-t-il.

— Retirez vos pieds, bon sang ! » lance Sanka en trébuchant.

Anna Grigorievna jette un regard de reproche à son fils.

« Ben quoi, maugrée Sanka. Il n'a que deux pieds et on bute partout, tu croirais un mille-pattes... »

Bachkine déplace sa jambe, mais garde sa pose avachie.

« Permettez, vous vous appelez ? dit Anna Grigorievna en se penchant vers lui.

— Bach-kine ! crie-t-il. Semion Bachkine, tout simplement. »

Et il se remet à fixer Aliochka.

« Qu'est-ce que vous avez à brailler ? se rebiffe Sanka. Vous n'êtes pas à l'auberge, bon sang de bonsoir ! »

Anna Grigorievna et Nadienka regardent Bachkine avec des yeux ronds.

« Eh bien, racontez ! insiste Bachkine en tiraillant Aliochka par l'épaule.

— Arrêtez, je vais servir le thé, dit Podgorny, esquissant un sourire.

— Racontez donc ou je pars ! crie Bachkine. Vous ne pouvez pas ? Vous avez perdu votre langue ? »

Il bondit sur ses pieds, bouscule une chaise.

« Je salue la compagnie ! » lance-t-il depuis le seuil.

De profil, il fait un signe de tête et disparaît dans le couloir.

« Voyons, tu l'as offensé ! »

Anna Grigorievna regarde son fils, se lève, jette sa serviette sur la chaise et court derrière Bachkine.

Celui-ci, une manche de son manteau déjà enfilée, se hâte vers la porte. Il voit Anna Grigorievna, mais file. La serrure claque. Avec un soupir, Anna Grigorievna revient sur ses pas. Un coup frappé à la porte l'arrête. Elle ouvre. Bachkine, les yeux fixés au sol, dit :

« Je crois que j'ai oublié quelque chose. »

Et il se met à fouiller sous le miroir de l'entrée.

Anna Grigorievna ne le quitte pas des yeux. Leurs regards se croisent dans la glace et elle aperçoit les larmes de Bachkine.

« Mon petit… Ne nous en veuillez pas, s'il vous plaît. Mon fils est parfois un peu rude. Ce n'est rien, revenez nous voir, je vous en prie, monsieur Bachkine… J'en serai heureuse. Ce sont des bêtises… Ah oui, qu'aviez-vous oublié ? »

Anna Grigorievna regarde autour d'elle.

« J'avais oublié de vous dire adieu », répond-il d'une voix étranglée et, saisissant la main d'Anna Grigorievna, il la presse longuement et fortement contre ses lèvres.

Écarlate, Anna Grigorievna regagne la salle à manger.

Bachkine descend l'escalier quatre à quatre, tout tourbillonne en lui, il ne sait s'il a fait bonne figure, et il marche à toute allure, il court presque. À bout de souffle, il se fige soudain, comme pétrifié, sur le trottoir. Derrière, entraîné par son élan, un passant le bouscule. Bachkine salue, cassé en deux :

« Excusez-moi, par Dieu, mille pardons. Je vous ai heurté. »

C'est alors qu'il remarque que le soleil inonde la rue, que cette artère passante ne retentit pas de son habituel vacarme, qu'elle ronronne gaiement et que là-bas, en face, une fillette saute à cloche-pied, portant un paquet. Elle le tient devant son nez : sans doute l'a-t-on envoyée faire des commissions. La petite s'immobilise pour observer un gamin qui en promène un autre sur un vélocipède d'enfant, tout délabré. Bachkine traverse la rue, rejette son chapeau sur la nuque et sourit.

« Laisse-moi donc faire ! »

Bachkine saisit le guidon et fait rouler le vélocipède sur le trottoir défoncé. Le petit cycliste tressaute et ne sait s'il doit pleurer ou non. L'autre marmot essaie de les rattraper et regarde Bachkine d'un air mauvais.

Bachkine se redresse et demande, hors d'haleine :

« C'est quoi, ton nom ?

— C'est mon vélocipède », dit le gamin en s'emparant du guidon.

Bachkine éclate de rire. L'enfant fait dégringoler son camarade de la selle et tire l'engin à l'écart. Le vélocipède bringuebale sur les pierres. Bachkine reste planté, un sourire forcé aux lèvres. Le gamin se retourne et lui tire la langue. Bachkine tourne la tête. De l'autre côté de la rue, un homme le regarde, paresseusement, sans un sourire. Puis, il se détourne et s'éloigne sans hâte. Il porte un trois-quarts et une casquette : on croirait un commis désœuvré.

« S'il m'a vu, c'est moche… », se dit Bachkine.

Mais, de nouveau, il entend la rue ronronner au soleil, se secoue et, d'un pas joyeux, reprend sa balade.

Il revoit la scène chez les Tiktine et ralentit l'allure.

« Non, non, murmure-t-il, j'aurais pu m'en passer. Laissons cela, les Tiktine et le reste. On peut repartir à zéro. Effacer… »

Et Bachkine promène son bras dans les airs.

« Effacer, comme au tableau. »

Il entend le professeur du lycée, un Français, répéter : « *Effacez ça* !* » Et les élèves effaçaient le tableau.

« Je vais recommencer, repartir de zéro », songe-t-il.

Il ne sait encore comment et poursuit gaiement son chemin.

Il s'immobilise devant la vitrine d'un libraire et examine les livres. Il voudrait acheter quelque chose de nouveau, de sérieux.

«*Étude des organes sensoriels de la lamproie* », lit Bachkine en regardant le reflet des passants dans la vitre.

De nouveau, l'homme en trois-quarts. Bachkine sent une crispation entre les omoplates. Un frisson lui parcourt le dos et il se retourne.

L'homme est posté devant une colonne avec des affiches. Il observe Bachkine, mais détourne aussitôt les yeux vers les annonces.

C. et S.

Bachkine balance entre deux sentiments : « Tous des salauds, les gosses aussi. Brouillasse et bouillasse, tout ça. Je m'en fiche et contrefiche. » Ses lèvres s'affaissent sur son visage morne. « Ou alors, tout reprendre à neuf.

Gaillardement, gaiement, hardiment, avec flamme. »
Bachkine sourit et accélère le pas.

Il a trois leçons, aujourd'hui.

La première, il l'expédie avec morosité. Les deux autres vont tambour battant. Celle de Kolia est même joyeuse et sympathique.

Rentré chez lui, Bachkine plaisante avec sa vieille logeuse. Dans la soirée, il entreprend de consigner ses « Pensées ». Il a très envie de se refaire à neuf. Il espère parvenir à élaborer des préceptes. Des préceptes de vie. Il prend le paquet de cartes postales et décide de s'en débarrasser.

« Je vais les détruire ! Les brûler ! Je jette un dernier coup d'œil et… au feu ! Ah, balivernes ! » se dit-il joyeusement en abandonnant les belles sur un coin de son secrétaire.

Il sort son cahier et, la plume à la main, se plonge dans ses réflexions. Il inscrit le chiffre 1. Précepte n° 1.

« Pas d'inventions, de mensonges ! Premièrement : renoncer aux inventions. »

Mais Bachkine n'ose pas écrire : « Renoncer aux inventions. » Si quelqu'un lisait ? Et il note :

1. R. I.

« Je comprendrai, se dit-il, et les autres n'ont pas à le savoir… Deuxièmement ! Deuxièmement, quoi ? Courage et Sérénité ! » décrète Bachkine.

Et il écrit avec joie :

2. C. et S.

C'est comme si le destin lui offrait une page blanche : tout ce que tu y consigneras t'appartiendra. Il trouve étrange de ne pas y avoir pensé plus tôt : c'est si simple.

Il se demande avidement ce qu'il pourrait encore souhaiter.

Il est plus d'une heure du matin. La pluie tambourine aux fenêtres et la chambre en paraît d'autant plus douillette. Bachkine s'étend sur son lit et pense, le porte-plume au coin de la bouche.

Violent coup de sonnette dans le couloir. Bachkine sursaute. Il se redresse d'un bond. Nouveau coup de sonnette insistant. La vieille gémit derrière la cloison. Bachkine sort dans le couloir, le souffle court. Ses mains tremblent légèrement.

« Demandez, demandez qui c'est, n'ouvrez pas, dit la vieille en montrant le nez à sa porte.

— Qui est là ? s'enquiert Bachkine, la gorge nouée.

— Un télégramme pour Fomina, répond une voix.

— Un télégramme pour vous, explique Bachkine à la vieille.

— Seigneur Dieu ! À c't'heure ! Il est ben tard. »

Bachkine ouvre.

Deux sergents de ville et un inspecteur de quartier s'engouffrent prestement à l'intérieur. Le concierge endormi jette un regard torve à Bachkine. Odeur de capote mouillée.

« C'est vous, monsieur Bachkine ? » interroge l'inspecteur, avançant son visage terne et grêlé.

Désemparé, Bachkine recule vers la porte de sa chambre. L'inspecteur se retourne vers le concierge qui opine du chef.

« C'est bien la chambre à monsieur », confirme-t-il d'un ton morne.

Il s'accote au chambranle et tire sa blague à tabac en chiffe brune.

« Vous voulez jeter un coup d'œil, c'est ça ? » dit Bachkine d'une voix étranglée, en s'efforçant de sourire.

Son porte-plume tremble dans sa main.

« Mandat de perquisition de l'Okhrana[1], répond l'inspecteur d'un ton rogue et las, en essuyant de son mouchoir ses moustaches humides. Asseyez-vous ! »

Il indique le pied du lit.

« Poste-toi là ! » ajoute-t-il, le doigt pointé, à l'intention d'un des sergents de ville.

Celui-ci, d'un pas lourd, se place près du lit.

Retenant sa chemise sur sa poitrine, la vieille montre le nez de loin.

« C'est bon, c'est bon, fait l'inspecteur. Qu'elle s'habille, elle signera le procès-verbal. »

Il se laisse pesamment tomber sur une chaise et rejette sa casquette en arrière. Avec effort, il ouvre le tiroir du secrétaire.

« Tout n'est pas à moi… », lance Bachkine en bondissant.

Le sergent de ville tend la manche noire de sa capote, épaisse comme une poutre.

« Tenez-vous tranquille.

— On fera le tri… là-bas, marmonne l'inspecteur, l'air ennuyé et important, en feuilletant les "Pensées" de Bachkine. Tiiien-ens… »

Il les met de côté.

« Pas d'armes ? demande-t-il sans se retourner.

— Quelles armes ? répond Bachkine. J'ai un canif. »

Il s'empresse de le sortir de sa poche et le lui présente d'une paume tremblante.

« Un revolver ?… Des bombes ? reprend l'inspecteur en examinant les photographies des beautés. On s'intéresse au sexe faible ? »

Ricanement du sergent de ville.

« Où est votre courrier ? »

L'inspecteur se tourne soudain vers Bachkine, d'un mouvement brusque, hargneux.

---

1. Police politique créée en 1866 à Saint-Pétersbourg.

« Les lettres, où sont-elles ? »

Puis, s'adressant à l'autre sergent de ville, sur le seuil :

« Vide la commode. Tous les papiers, ici, ordonne-t-il en tapant sur le bureau. Fais apporter une lampe. »

Bachkine entend la vieille se traîner vers sa chambre. Elle revient avec une lampe qu'elle s'empresse de remettre servilement au sergent.

« Vous pouvez enlever le verre, vous y verrez plus clair. »

Elle jette à Bachkine un regard mauvais :

« Ah, espèce de…, dit-elle assez fort. Et lui qui jouait les… »

Bachkine s'agite sur son lit.

« De quoi me soupçonnez-vous ? Pourquoi fouillez-vous ? glapit-il. Je ne suis pas un voleur. Si vous voulez, je peux tout vous montrer. Monsieur l'inspecteur, laissez-moi vous montrer ! Ce sera beaucoup plus simple.

— Restez tranquille », bougonne l'inspecteur.

La porte d'entrée s'ouvre brutalement, des éperons tintent mélodieusement. Un capitaine de gendarmerie écarte le concierge qui était là à béer. L'inspecteur bondit à sa rencontre en arrangeant sa casquette.

« Alors ? demande le capitaine.

— Je procède à la saisie », se hâte-t-il de répondre en s'écartant du bureau.

Le capitaine, un peu voûté, regarde autour de lui. Les pans de sa capote virevoltent.

« C'est vous, Bachkine ? »

Bachkine se lève.

« Oui, oui, c'est moi. Simplement, je ne comprends pas… Je ne comprends rien… »

Il prend une mine enjouée.

« Pourquoi froisse-t-on mon linge rapporté de la blanchisserie… aujourd'hui même… je veux dire, avant-hier…

— Hum-hum, fait le capitaine sans écouter. Habillez-vous, monsieur Bachkine, vous êtes en état d'arrestation. Ne vous tracassez pas pour vos affaires, tout restera intact… Embarquez-le !

— À vos ordres », répond un sergent.

Il tient le manteau de Bachkine et l'aide à enfiler les manches.

« Par ma foi, je n'y comprends rien de rien », répète Bachkine avec un sourire forcé.

Le capitaine entasse négligemment les livres.

Des hommes nus

Cramoisie, l'air concentré, Anna Grigorievna revient prendre place à la table. Et, comme si elle était ailleurs, elle jette des coups d'œil distraits à Sanka et Nadienka.

Un ange passe.

« Il a un fameux culot, quoi que t'en penses ! » lance Sanka, sans s'adresser à personne en particulier, comme ça, à travers la table.

Il boit une gorgée de thé. Silence général. Anna Grigorievna paraît soudain se réveiller.

« Non, non, commence-t-elle en s'empourprant encore. Il a dû vivre quelque chose… quelque chose d'affreux… Ou bien il a de tristes pressentiments.

— La fatalité ! Tu parles ! réplique Sanka, la bouche pleine.

— Ne fais pas ton malin, je n'aime pas ça », dit Anna Grigorievna.

Nadienka, les yeux plissés, feuillette Nietzsche en silence.

« Pardonnez-moi, que lisez-vous ? s'enquiert Podgorny.

— Nietzsche, un Allemand…, répond Nadienka en le regardant. Dites… Je voudrais savoir… Si on vous posait la question… Des enfants, par exemple… Si on vous demandait comme à quelqu'un qui fait autorité : Dieu existe-t-il ? Non, plutôt : croyez-vous ou non en Dieu ?… »

Sanka observe Podgorny, un sourire aux lèvres, plein d'espoir, prêt à se réjouir. Il ne sait ce que l'autre va dire, mais, d'avance, il est sûr que ce sera chouette.

Plissant toujours les yeux, Nadienka fixe Aliochka. Anna Grigorievna pose son verre avec précaution pour ne pas faire de bruit.

« J'y crois vraisemblablement, répond Aliochka en esquissant un sourire avant de se rembrunir. Parce que je lui en veux et que je l'abreuve d'injures cent fois par jour.

— Et si on vous demandait s'il existe ?

— On me l'a demandé : je ne peux donner de réponse argumentée.

— Hum, bon, fait Nadienka. Dans ce cas, abstenez-vous de répondre. »

Et elle reprend son livre.

« Bien sûr, croire à un Dieu avec une barbe, sur son nuage…, commence Aliochka en rougissant légèrement.

— Ça, je sais, jette Nadienka dédaigneusement, vous m'avez déjà répondu.

— Ah, pour constater et formuler… », intervient Sanka.

Et d'imiter le plissement des yeux et le port de tête de Nadienka.

« Coupe-moi un morceau de pain, dit Nadienka.

— Un morceau prolétarien ou un peu plus bourgeois ? »

Sanka prend le couteau et lui lance un regard moqueur.

« Tu es d'un vulgaire ! »

— Voyez-moi ça : on fait en plein dans la sociale ! Pas touche !

— Je te demande de me couper du pain, réplique Nadienka, revêche.

— Ça y est, la dictature est là, hein ?

— Imbécile.

— Nous, bien sûr, on est des imbéciles. N'empêche que, si on vous envoyait tous sur l'île de Robinson, la première chose que vous feriez, c'est un commissariat de police. Oui, oui, avec un drapeau rouge pour couronner le tout ! Je te le coupe, ton pain, t'énerve pas ! »

Et Sanka lui tend la tartine.

« C'est vrai que vous êtes socialiste ? » demande Aliochka d'un ton déférent et sérieux.

Nadienka lui jette un rapide coup d'œil. Aliochka la regarde avec douceur et sympathie.

« Oui, je partage les idées de Marx, lance Nadienka.

— Toujours la même histoire ! »

Anna Grigorievna soupire et passe dans la cuisine.

« Écoute, Nadienka, enchaîne gaiement Sanka. Raconte-nous un peu ton marxisme. Non, sans chichis. Imagine : la terre originelle, vierge, la forêt primitive, inextricable. Les hommes sont nus – on revient au tout commencement –, donc, ils sont là, assis par terre, nus comme des vers. En rangs d'oignons. Naturellement, le plus costaud va aussitôt…

— Tu ferais mieux de lire, ça t'éviterait de dire des âneries. Avant tout, il faut apprendre à penser en marxiste.

— Apprendre à penser logiquement, je veux bien. Mais, technologiquement, philologiquement ou marxologiquement, ça me dépasse ! »

Sanka regarde Podgorny : c'est vrai, quoi ? Soutiens-moi !

Mais, se tournant vers lui, Aliochka répond à mi-voix, avec le plus grand sérieux :

« C'est pas de l'arithmétique, mon vieux. T'as déjà été amoureux ? Tu sais fort bien que tout, alors, t'apparaît autrement. Ce qui était moche te devient cher…

— Bon, amourachez-vous tant que vous voulez, conclut Nadienka, moi, je dois y aller… »

Elle se lève et, un doigt glissé dans le livre pour marquer la page, elle regagne sa chambre.

La balance

Sanka Tiktine est dans la salle des balances au laboratoire de l'université. Le long des murs, des tables encastrées. Sur des consoles solidement fixées, des trébuchets dans de petites vitrines. Sanka est seul, tout est calme et propre. Derrière leurs vitres, les balances le fixent sévèrement. Elles ne sont pas à lui, d'autres les utilisent. Son trébuchet, qu'il connaît et qu'il aime, l'attend. Et, quand Sanka relève délicatement le petit store de la vitrine et libère le fléau, la balance se met à osciller comme pour le saluer : au travail ! Lentement, tranquillement, l'aiguille se déplace sur le cadran gradué. Une joyeuse quiétude emplit Sanka. Il dépose précautionneusement, à l'aide de pincettes, les poids dorés : la balance s'anime et se donne de la peine. On ne fume pas dans cette pièce, tout est propre, vide, scintillant, on n'y parle qu'en chuchotant, on y marche en faisant attention. Sanka respecte et aime les balances. Il termine des analyses : trois semaines de travail, trois semaines à filtrer, sécher, chauffer, il en est à la dernière détermination et doit arriver à cent pour cent. Mais Sanka a calculé à l'avance et, tout en posant les poids, il jette des coups d'œil inquiets : pourvu qu'il n'y ait pas plus, que ça ne dépasse pas cent pour cent !

Un peu au-dessous, ce ne serait pas un drame. Sanka change les poids, le trébuchet répond : l'aiguille oscille tantôt à droite, tantôt à gauche. Ne reste plus qu'une chose à faire : placer délicatement sur le fléau un fil métallique fin, en petit levier. Sanka déplace soigneusement cette fourchette sur les graduations du fléau. Voici que l'aiguille trouve son équilibre. À travers le petit store baissé, Sanka l'observe. Il s'est trompé sur le poids. Oui, il arrive à cent deux pour cent. Sanka immobilise le trébuchet.

Il recompte ses poids : cent deux pour cent. Sanka est crispé. Cependant, lorsqu'il remet la balance en marche, ses mouvements sont toujours aussi calmes. Comme un lent balancier, l'aiguille glisse vers la gauche, puis, paresseusement, vers la droite. Le trébuchet paraît se renfrogner, il jette un regard torve, sans pouvoir afficher un autre résultat.

Sanka décharge la balance. Avec soin, d'une main contractée, il replace les poids dans leurs niches de velours et part sans un regard. Le trébuchet non plus ne le regarde pas : ça tombe mal, c'est vrai, mais... excusez du peu. Tiktine s'éloigne dans le couloir ; sur l'appui d'une fenêtre, mouillant à chaque instant son crayon, il se lance dans de nouveaux calculs rageurs.

« Sept fois six quarante-deux, murmure-t-il. Je pose deux... »

Il entoure cinq fois le *deux* en appuyant avec force sur le crayon.

« Total : cent deux virgule trois pour cent. Tu parles d'une saloperie ! »

Sanka reprend tout à zéro sur une feuille blanche. Il obtient le même résultat. Il abandonne, roule le cahier et le fourre dans sa poche. Un vieux professeur trottine à sa rencontre sur ses petites jambes. L'air coupable, sans aménité, Sanka le salue. Un petit vieux bien affable pourtant.

Un condisciple arrête Sanka dans l'escalier. Un étudiant de haute taille, portant pince-nez. Sur sa tête anguleuse, la brosse de ses cheveux se dresse, impeccable surface, à croire que quelque chose dépassait et qu'on l'a arasé à la scie, bien plat, bien lisse. L'étudiant a glissé un pouce sous le revers de son veston boutonné de haut en bas.

« Vous n'auriez pas trouvé, par hasard, dans les annales scientifiques, quelque chose sur les travaux de Johannson à propos des cobaltites ? »

L'étudiant pose sur Sanka un regard qui se veut très intelligent.

Sanka sait qu'il fait exprès de l'interroger d'une voix tonitruante sur d'obscurs détails, d'un ton pédant, à la cantonade ; il voudrait, Sanka le sait aussi, que l'interlocuteur prenne à son tour un air intelligent et, avec importance, bredouille quelque chose, comme s'il se souvenait. On peut bien raconter n'importe quoi, pourvu que tous ceux qui passent dans l'escalier l'entendent. Ceux-là, l'étudiant les lorgne avec dédain à travers son pince-nez.

« Ça se bouscule, ici. »

Sanka est écœuré : monsieur joue les docteurs ! Mais tout cela glisse, il n'a devant les yeux que des chiffres et des notes au crayon.

Brusquement, il crie à la face renfrognée de l'autre :

« Et sept ôté de douze ? Sept ôté de douze ? Ça fait cinq, pas six ! »

Puis il part au galop.

C'est que ça change tout ! Quatre-vingt-dix-neuf virgule six ! Il se rappelle qu'il n'a pas rangé la pincette dans la boîte aux poids. Il se précipite dans la salle des balances où le trébuchet lui jette un regard de reproche. Il remet pincette et boîte en place. Sur le seuil, il revient sur ses pas, replace correctement la boîte. Il regarde fièrement les boutons de son veston, verdis par l'hydrogène sulfuré, qui proclament qu'il est chimiste. Il a envie de passer chez le vieux, chez le professeur. « Quel goujat j'ai été, se dit-il, de lui faire la tête, comme si je le boudais ! Je vais aller le voir et lui demander… un conseil de travail. Est-ce qu'on peut titrer ? Non, pas ça, quelque chose d'autre. » Sanka court presque, sur le parquet du couloir, jusqu'au laboratoire du professeur, à l'autre bout.

Le vieux en blouse de toile se tient devant la hotte de verre. Des éprouvettes et des matras sont soigneusement rangés sur une tablette recouverte de papier-filtre. La verrerie, impeccable, étincelle, digne et grave. Une légère et indéfinissable odeur chimique plane dans l'atmosphère.

Sanka entre en coup de vent, puis se fige sur le seuil.

Le vieux fait bouillir quelque chose dans la hotte et, sans s'interrompre, lui adresse un signe de tête amical. Sanka rougit et lui sourit, la main sur la poignée de la porte :

« Dites, Vassili Vassilievitch… de douze… enfin… quatre-vingt-dix-neuf virgule six, c'est bon ?

— En pourcentage, répond en riant le professeur, tout en surveillant la hotte, ma foi… »

Mais Sanka, rouge jusqu'aux oreilles, a déjà tiré la porte.

Il met son manteau en sifflotant, le sourire aux lèvres et, rougissant encore, repense au vieux.

« Sacrebleu, voilà une bonne chose de faite ! »

Il sent qu'il peut s'offrir un peu de bon temps.

« Par exemple… une petite virée bien méritée. »

Le cœur en fête, Sanka sort dans la bruine, la gadoue. Les passants vont, regardant leurs pieds, le pas hargneux comme s'ils partaient en exil. Sanka bondit par-dessus les flaques, choisissant exprès les plus grandes.

La salle du café-chantant brille de tous ses miroirs, de tous ses feux qui jouent sur les carafes, les verres, les couteaux, les coupes de melchior, les oreilles, les boutons de manchettes, les calvities, les épaulettes d'officiers. Un océan de reflets radieux miroite aux yeux de Sanka. Le plaisir, l'attente l'oppressent. Il a toujours son veston aux boutons verdis, qui lui est aussi cher qu'au hussard son shako troué d'une balle ennemie.

Aliochka Podgorny porte son éternelle redingote : il n'est pas repassé chez lui, voici plus d'une semaine qu'il a « plongé » et couche chez les uns et les autres.

Une table proprette. La nappe amidonnée rebique aux angles avec application. Du haut de sa taille, Aliochka la repère aussitôt et se fraie un chemin dans sa direction. Brouhaha, tintement de vaisselle, rumeur excitée planent au-dessus des têtes. La rumeur pénètre Sanka et, quand l'orchestre attaque avec fracas une marche, quelque chose frémit profondément dans sa poitrine, éveillant une note douloureuse et suave. La voix féminine, implorante, d'un violon vogue au-dessus du bruit et du roulement des percussions.

« Une musique effrénée, dit Aliochka en s'affalant sur la table, la tête entre les mains. C'est sans doute en écoutant ça que mon cher papa a bu l'argent du Trésor. »

Un garçon se fraie un chemin devant eux, jonglant avec son plateau étincelant où oscillent bouteilles, coupes et verres ; de l'autre main, il serre entre ses doigts un carafon et une demi-douzaine de petits verres. Il louvoie et sinue entre les chaises, balançant son plateau chargé, comme s'il voulait simplement montrer son adresse.

Au passage Sanka lui commande une entrée de poisson mayonnaise et un carafon de vodka ; l'autre acquiesce et fait virevolter son plateau.

De la carafe embuée, Sanka verse de la vodka pour Aliochka et lui. Alors, ils se sentent bien, joyeux, comme si cette maison était la leur et que, là, dans cette maison, un voyage, une découverte les attendaient.

« Tu comprends, raconte Sanka, je calcule : cent deux virgule trois. Mince, je me dis ! »

Aliochka approuve de la tête, rêveur, et sourit à la musique.

« Je ne suis pas capable de peser correctement, ou quoi ? » poursuit Sanka. Il relate sans se hâter : « Je compte et recompte dix fois : cent deux virgule trois ! »

Il est radieux. Il veut dire des choses agréables, il voit qu'Aliochka écoute à travers la musique l'histoire de ce cent deux virgule trois, que son sourire est doux et triste.

Le dernier accord retentit, on entend à présent les voix et ces cris discordants que l'on pousse pour couvrir un orchestre. Sur le côté apparaît, près du rideau, un panneau avec le chiffre 4. Sanka jette un coup d'œil au programme.

« 4. *La belle** Emilia, l'étoile de Berlin et de Munich. »

Le chef d'orchestre fait étinceler sa manchette blanche dans les airs, un coup de clairon retentit, voix de cuivre tonitruante, pareille à un ordre joyeux. Tous se tournent vers la scène. L'orchestre reprend crânement le signal. Et hardiment caracole le galop de la cavalerie, gai, sautillant.

Le rideau se lève d'un coup, une grande bringue d'Allemande, se déhanchant en rythme, sort des coulisses. À chaque pas, elle esquisse un demi-tour vers le public. Une culotte de cavalier moule ses jambes fortes, d'énormes éperons sont fixés à ses bottes vernies. Sa poitrine bombée est tendue d'un dolman ponceau à brandebourgs jaunes. Le shako coquinement posé sur l'oreille, le monocle étincelant, *la belle** Emilia bat la mesure de son stick.

L'Allemande fait claquer ses éperons et salue militairement. Sa grosse bouille peinturlurée sourit, fate et provocante.

Sanka perçoit, çà et là, des exclamations étrangères, sous la musique enjouée qui s'arrête soudain. Emilia ploie les genoux et hurle de sa voix de rogomme :

« *Kaval-ler-r-ri-ist*[1] *!* »

Dzing ! claquent les cymbales. Et l'orchestre repart, tandis qu'Emilia parade sur la scène, remuant le popotin en cadence.

Nouvelles exclamations, une pause et :

« *Kaval-ler-r-ri-ist !* »

Dzing !

Deux hommes occupent une table à côté. Un gradé aux pattes d'épaule étroites et au collet rouge boit du vin à petites gorgées et regarde la scène en clignant des yeux, comme s'il comptait ou mesurait quelque chose. Son visage gris, à la barbiche grise, pointe au-dessus de son col écarlate comme si ce n'était pas sa tête, mais celle d'un autre. Son voisin, gros, la trogne charnue, couverte de comédons, ronge des os de poulet, les suce, et ses grosses lèvres charnues s'en saisissent, s'y collent, tels des tentacules rouges ; sur sa chevalière en or, une topaze saille en verrue éclatante. Les yeux noirs et humides du gros, tantôt bombardent la scène, tantôt se plissent pour surveiller l'entrée. Soudain, il fait un signe de tête, agite sa serviette et, ayant déchiré un cartilage à belles dents, essuie ses lèvres grasses. Sanka regarde à qui était destiné le signe de tête.

Une femme toute mince, en robe noire moulante, avance à petits pas entre les tables et les dos, retenant le pan de son vêtement, se faufilant précautionneusement dans la cohue sans heurter qui que ce soit. Sur son chapeau, une plume se balance avec grâce, et la femme menue ploie elle-même tel un roseau. Le gros homme essuie une nouvelle fois ses lèvres rouges et lui saisit la

---

1. « Cavalier » (allemand).

main. Elle égrène un rire en frissonnant de ses maigres épaules ; il retire le gant de la petite main fine, le retire avidement, on dirait qu'il la déshabille et se hâte. Elle égrène son rire et se recroqueville comme si elle avait froid. Le gant à moitié arraché, le gros plaque ses lèvres, les colle en ventouse au creux de la paume et Sanka prend peur : lui reviennent en mémoire les os de poulet. Le gradé sirote toujours son vin, le sourcil haussé, on dirait qu'il tente de se rappeler quelque chose.

À cet instant l'orchestre attaque une valse et, sur la scène, émerge des coulisses le panneau : « N° 2. » Sanka lit pour Aliochka : « Zinina Mirskaïa, la célèbre chanteuse russe d'opérettes. » Alors, en robe décolletée à paillettes et à jupe tulipe, costume ordinaire des chanteuses de caf'conc', que l'on porte tel un uniforme, une femme pâle apparaît à contretemps de la musique. Sur le maquillage blanc de son visage, le rouge vif de ses joues brûle comme une plaie. Mais la salle se déchaîne et trépigne pour la saluer. L'orchestre se tait un instant.

« Mirskaïa, braille quelqu'un. *La Machine ! La Ma-chiii-ne*[1] *!* »

Levant bien haut ses coudes nus, Mirskaïa arrange les bretelles de son décolleté et de ses yeux noirs jette au public un regard mauvais. Elle est grande et bien faite. Elle se tient sans afféterie et l'on dirait qu'elle s'apprête à lancer des invectives. Mais, soudain, elle a un sourire bête, insouciant, heureux : on voit qu'elle est ivre. De cette sorte d'ébriété dans laquelle on ne perçoit plus que l'essence des choses, non les choses elles-mêmes.

Le chef d'orchestre agite sa baguette, les violons entament doucement, furtivement, une valse et Mirskaïa,

---

1. Chanson très populaire au début du siècle dans laquelle une ancienne modiste, devenue chanteuse de cabaret, évoque, avec des sous-entendus érotiques, sa machine à coudre.

se balançant en mesure, se met à chanter, emplissant la salle de sa voix profonde, une voix de poitrine. Elle soupire, reprend son souffle, marche d'un pas dansant sur la scène et tout en devient plus triste ; elle s'arrête, perdue dans son ivresse, mais, de nouveau, la musique la pousse en avant. Elle s'approche de plus en plus de la rampe. Sanka ne peut détacher les yeux de ses jambes gainées de bas roses et brillants, violemment éclairées.

« Que, tendre parfum, mes fleurs vous disent toute mon ardeur », chante Mirskaïa.

Soudain Sanka désire qu'elle l'aime, lui, ardemment et qu'avec cette tristesse, cette langueur, elle chante pour lui, cette femme sur laquelle tous les yeux sont braqués, cependant qu'elle ne voit personne, déambulant comme chez elle. Aliochka promène un regard triste sur la scène et retourne brutalement le carafon vide au-dessus de son verre.

Brusque claquement : Mirskaïa, d'un coup de pied, vient de briser une lampe de la rampe. Elle interrompt son chant et, le sourcil levé, regarde à ses pieds. Puis elle se rembrunit, renonce et gagne les coulisses.

La salle applaudit, hurle, de la vaisselle tombe dans un tintement, deux garçons plongent, empressés, sous une table.

Mais le rideau est baissé, l'orchestre joue autre chose, on l'entend à peine dans tout ce bruit. C'est le numéro 8.

Une Française, jaune Colombine, chante d'un air naïf des couplets ambigus, inconvenants, écorchant les mots russes d'une façon charmante.

Sanka et Aliochka commandent des saucisses et une autre carafe. Ils ne peuvent attendre plus longtemps. Surtout Sanka, déjà bien parti et qui veut aller plus loin, plus vite, toujours plus vite. Or, la vitesse est dans le flacon.

Sanka voudrait prendre sous son aile la femme menue assise à la table voisine, l'arracher au gros. Il voudrait aussi l'amour languide et fou de Mirskaïa. Il rêve qu'elle serre sa joue contre lui, l'enlace violemment, se balance au rythme de la valse. Alors, Sanka est prêt à tout donner, tout, et ensuite… lanlaire, le plus effroyable pourrait bien s'abattre sur lui de partout, cela lui serait égal, puissent-ils mourir ainsi, ensemble !

Colombine a de petites mains si gracieuses, elle les tourne et retourne si puérilement que Sacha se dit : « Ce serait bien qu'une fille comme elle gambade dans ma chambre. Puis, quand quelqu'un viendrait, je la rangerais dans le placard, personne n'en saurait rien, mais moi, je sentirais sa présence et, lorsque l'autre partirait, je la relâcherais pour qu'elle reprenne ses gambades. »

Une dame massive, coiffée d'un immense chapeau à longue plume d'autruche, s'ouvre un chemin, tambour battant, entre les tables. Sanka a quelque peine à reconnaître *la belle** Emilia.

Soudain, tous se retournent. Aliochka donne un coup de coude à Sanka.

« Regarde ! Mirskaïa ! »

Elle s'avance, en robe de satin ponceau, le carré de son décolleté dessine une fenêtre blanche, elle n'a plus de rouge aux joues, ses sourcils sont noirs, ses lèvres fardées, une rose pourpre est piquée dans ses cheveux de jais. Ses yeux fixes ne voient pas les chaises qu'on lui propose. Sanka la dévore des yeux. Mirskaïa se tourne brusquement, braque sur lui son regard noir et ivre. Sans marquer le pas, elle se dirige vers les deux étudiants, prend une chaise de la table voisine et s'assied à côté de Sanka. Aliochka s'écarte, Sanka regarde sans mot dire.

« N'aie pas peur, dit Mirskaïa en frappant la table de son éventail d'ivoire. Je ne te ruinerai pas. Commandemoi une bière… rien d'autre. »

Et de crier elle-même à travers la salle :

« Grigori ! Une bière par ici ! Celui-là, faut l'applaudir, enjoint-elle Aliochka. C'est un type bien. »

Sur la scène, un jongleur attrape des lampes allumées.

« Quelle saloperie ils vous servent, à présent, lance Mirskaïa en buvant une gorgée de bière. Goûte. »

Elle tend à Sanka son verre au bord maculé de rouge à lèvres.

Sanka boit la bière mêlée de rouge : « Son rouge à lèvres », songe-t-il.

« Arrête ! » crie Mirskaïa en lui donnant une tape sur la main.

Le verre tombe, éclaboussant la nappe.

« On s'en fiche, on va en commander une autre, conclut-elle. Pourquoi vous êtes venus tout seuls, imbéciles ? Hein ? Vous m'attendiez, c'est ça ?

— Oui », répond Sanka.

Mirskaïa secoue sa tête ivre. Elle s'efforce de scruter Sanka à travers les brumes de l'alcool.

Aliochka fixe la table voisine. La femme menue ne rit plus, elle boude et regarde ailleurs, la tête renversée ; le gros tourne à présent le dos à Sanka. En s'agitant, il heurte Mirskaïa. Il fond sur la fille toute mince, lui chuchote quelque chose à l'oreille, mais elle le chasse de son gant plié, comme un taon, une guêpe importuns.

« Arrête ! lance Mirskaïa en bousculant le gros. C'est quoi, ton nom ? demande-t-elle à Sanka. Mon petit Sanka, commande-moi de l'eau de Seltz. Vite ! »

Tapant de son couteau sur la table, Sanka appelle les garçons qui se démènent dans la salle. L'air est enfumé, le brouhaha se change en un mugissement, jusqu'à atteindre une note tendue, ivre ; tout s'emballe, file à vive allure, sonnailles au vent !

Mirskaïa arrache le siphon des mains du garçon et, se retournant sur sa chaise, balance un jet sifflant dans la nuque grasse du voisin.

Le gros bondit, portant ses mains à son cou, la fille bondit à son tour, le gradé recule sur son siège.

« Salaud ! » hurle Mirskaïa, hystérique.

Le gradé papillote des yeux, il ne sait s'il doit rire ou crier.

« Salaud, toi aussi ! braille Mirskaïa en le gratifiant d'un jet en pleine figure. Salaud ! Bande de salauds ! »

Les gens se lèvent, regardent joyeusement l'esclandre, emplis d'espoir. Les garçons se précipitent, se frayant un chemin entre les tables.

Aliochka saisit le bras de Mirskaïa. Elle semble heureuse de cette lutte, pousse des hurlements, libère la main qui tient le siphon et l'eau, pschitt ! éclabousse les voisins.

« Calmez cette bonne femme soûle ! À quoi on joue, ici ? » lâche une imposante voix de basse.

Des gens applaudissent. Mirskaïa lâche le siphon et se laisse tomber sur la chaise.

Le garçon, la mine grave, lui chuchote quelque chose à l'oreille. Elle l'envoie promener d'un geste et secoue ses boucles d'oreilles en diamant.

« Prenez un cabinet particulier, messieurs les étudiants. Vous savez, c'est gênant…, sermonne le garçon.

— Permettez, c'est un scandale ! »

L'officier s'en prend à Sanka.

« Ééé-cou-tez : vous répondez de votre dame. Vous en rrrépondez, oui ou non ? »

Il est ivre et fixe Sanka de ses yeux rouges, exorbités, en jouant des sourcils.

« Je ne peux pas être mêlé à un scandale, tu comprends ? » murmure Aliochka à l'oreille de Sanka.

Mirskaïa se lève soudain.

« Toi, l'offiçaillon, la ferme ! Tais-toi, Aliochka ! Laisse tomber ! Tu sais quoi ? » Elle agite un doigt en l'air. « Allons chez moi. »

Elle prend Sanka par le bras et, remarquant une réticence, une imperceptible hésitation (Sanka y repensera longtemps par la suite), elle hurle : « Ben quoi, raccompagne-moi » et le tire en avant.

Bras dessus, bras dessous, ils traversent la salle. L'officier recule vers sa table. Aliochka reste pour payer l'addition.

« T'es pas un étudiant, t'es un idiot, chuchote Mirskaïa à l'oreille de Sanka, lui soufflant une haleine brûlante. L'offiçaillon aussi est idiot. Et les autres… tous des salauds… Des salauds ! » s'écrie-t-elle si fort que les tables voisines se retournent.

Mirskaïa habite sur place, à l'hôtel où, dans le vestibule, l'attend sa femme de chambre, enveloppée d'un châle en tapisserie, le visage poudré, hargneux, une mouche sur la joue. Mirskaïa s'arrête dans la pénombre de l'entrée et pose ses mains sur les épaules de Sanka. Elle le secoue, plongeant dans ses yeux ses pupilles ivres et fixes.

Sanka a un sourire contraint, il ne sait quelle mine prendre, se sent de plus en plus timide, mais ne cille pas, tandis que pénètre, s'insinue en lui le regard de la femme ivre. Et Mirskaïa le vrille de plus en plus loin, jusqu'au tréfonds. Sanka sent brusquement comme une piqûre. Elle est au fond et, aussitôt, elle le pousse violemment, au point qu'il tombe presque à la renverse.

« Va ! »

La femme de chambre lance un regard mauvais à Sanka et entraîne sa maîtresse dans l'escalier.

Duraillons

Sanka sort en courant, rouge, le dard planté en lui. Il se hâte de rejoindre Aliochka. Le garçon entasse la vaisselle sur son plateau. Aliochka se lève.

« Allons-y. Ou peut-être vaut-il mieux que je parte seul ? C'est bourré d'espions. Ici on ne me touchera pas, mais dehors… Vas-y d'abord.

— Non, non, on reste ensemble. Je ne te laisserai pas, Aliochka », répond Sanka au bord des larmes, avec fougue et douleur.

Du haut de sa taille, Aliochka lui jette un regard plein de sollicitude.

« Eh bien, allons-y. Tu as de quoi payer un fiacre ? »

Pincement des premières gelées. Craquement et clapotement des flaques sous les pas. Sanka a vingt roubles en poche, l'argent qu'il a mis de côté pour le tailleur. Mais, maintenant, l'essentiel est d'oublier, de ne pas aviver la plaie.

« Fonce tout droit », dit-il au cocher.

Les fiacres ne manquent pas, ils forment une file vernissée le long du trottoir éclairé.

Les fers des chevaux sonnent fièrement sur les pavés gelés. Aliochka jette des regards de tous côtés. Sanka, fébrile, se serre contre Podgorny.

« Quelle heure est-il ?

— Il n'est que dix heures et demie.

— On va où tu veux, n'importe où, pourvu qu'on boive, vite ! » implore Sanka.

Se recroquevillant sous le vent glacial, il se cache derrière l'énorme postérieur du cocher, ballon gonflé en plein devant leur nez.

Ils tournent dans une rue animée et Aliochka tire le cocher par sa ceinture.

« Stop ! »

Sanka lui glisse un billet de trois roubles. Podgorny part d'un bon pas.

« Attends ! »

Il arrête un fiacre à deux sous. Sanka ne connaît pas ces rues-là.

Dans le véhicule cahotant, Sanka dit :

« Elle me met les mains sur les épaules et me berce, avec un regard, tu comprends, un regard… la garce ! »

Aliochka acquiesce. Il n'entend pas tout, mais ne le fait pas répéter.

« Non… elle est bien, cette bonne femme, corrige Sanka, requinqué.

— Tu sais, on aurait eu droit à un scandale avec la police du coin, je me retrouvais au poste, mon vieux, et pour un moment ! glisse Podgorny à l'oreille de Sanka. Sans ça, l'offiçaillon, on aurait pu sacrément le charrier. D'ailleurs, tu me connais, je ne lâcherai pas le morceau…

— Laisse tomber ! C'est pas l'officier qui me… Bah, je m'en fiche ! On va où ? Vite ! »

Aliochka conduit Sanka à *L'Éléphant*, ouvert jusqu'à minuit. On est samedi et il y a foule, non seulement au rez-de-chaussée des ivrognes, mais aussi à l'étage. Le faubourg boit sa paie.

Près de la musique qui joue doucement sont assis deux fonctionnaires des Postes. L'un d'eux, petit et pâle, sur sa chaise, a l'oreille collée à la paroi laquée. Appuyé à l'angle de la boîte, les yeux fermés, il écoute. Le bruit recouvre les gouttes légères qu'égrène la musique et le fonctionnaire qui tient enlacée la petite armoire de bois a l'air plongé dans un sommeil stupide. Un type hirsute se frappe la poitrine et jure quelque chose à son voisin qui, sirotant sa bière, rit et regarde ailleurs.

Aux autres tables aussi on parle, on discute avec ardeur, à attraper des suées, à croire que quelqu'un a lancé une énigme, ardue, embrouillée, et que tous, à l'envi, s'évertuent à en extraire, en extirper le sens torturant. Des mains s'agitent, des poings frappent sur la table, on affirme, on exige et, tout près, résonnent les tirs des billards, pareils à des salves désordonnées.

Aliochka embrasse du regard la salle : pas une table libre. Mais il connaît les lieux et, en un rien de temps, déniche deux places à une table occupée par un ouvrier imposant, à moustache et bouc. Sous son veston apparaît une chemise bleue au col rabattu, avec une cordelière nouée en cravate. Il est seul et boit tranquillement sa bière.

« On peut s'asseoir ? » demande Aliochka.

L'ouvrier le regarde, un sourire ironique aux lèvres, et, après un instant, répond posément :

« Pour le moment, oui. Mais y en a deux qui sont au billard… »

D'un mouvement du menton, il indique la porte.

« Et quand ils reviendront…

— D'accord, on laissera la place, dit Sanka.

— Faudra bien. »

L'ouvrier esquisse le même sourire ironique et, le geste ample, porte sa chope à ses lèvres.

Sanka veut atteindre au plus vite cette ivresse dont il attend qu'elle le délivre de son mal, à croire que Mirskaïa lui a déchiré un morceau de chair vive qu'il faut à présent arracher complètement ou recoller. Il avale sa bière à grandes goulées, comme s'il avait couru sur une verste[1] pour arriver ici, dans cet estaminet. L'ouvrier leur lance des coups d'œil moqueurs. Il est large, le visage large, et Sanka a même l'impression qu'il oscille, gonflé de son importance. Sanka finit au plus vite sa troisième bouteille. Aliochka va faire un tour dans la salle de billard, Sanka reste en tête à tête avec l'ouvrier. Il commence à être agacé : pourquoi ce mépris souverain, cet air ironique, ce silence ? Sanka cherche des yeux une autre table. Mais il se reprend aussitôt. « Pas question ! Il va penser que j'ai craqué, que je me

---

1. Ancienne mesure de distance, équivalant à 1,06 km.

suis taillé. Je dois rester calme. Lui poser une question. Tout simplement. »

L'ivresse, l'offense l'écœurent. Regardant l'ouvrier dans les yeux, il demande :

« Vous travaillez à l'usine ?

— On travaille, répond tranquillement l'autre. On ne se tourne pas les pouces.

— Parce qu'il y en a qui se les tournent ? »

Sanka se penche sur la table.

« Oui, ceux qui ne travaillent pas », réplique posément l'ouvrier en aspirant bruyamment de la bière, d'un air important.

Moqueur, il continue de fixer Sanka. Ses yeux disent :

« Tas de clampins, va ! »

« Selon vous, les étudiants ne travaillent pas ? s'emballe Sanka. C'est ça ? Il y a des étudiants plus pauvres que vous ! Vous pensez qu'il est facile de donner des leçons toute la sainte journée pour gagner sa vie… et d'étudier en même temps ?

— Nos études à nous, on n'y gagnait que des taloches. » Il secoue la tête, sentencieux. « Eh oui ! On ne vous donne pas trois roubles à ne rien faire. Voyez… ces duraillons… »

L'ouvrier lui fourre ses deux paumes sous le nez et les laisse ainsi une bonne minute.

« Les étudiants aussi, commence Sanka. Vous ne pouvez pas savoir… »

À cet instant, un jeune homme, une queue de billard à la main, s'approche. Il se verse un verre de bière qu'il vide d'un trait.

« Oui-i, m'sieur, des duraillons… »

L'ouvrier fourre de nouveau sa main sous le nez de Sanka.

« Qu'est-ce que tu fabriques ? demande le joueur de billard. Tu fais de l'épate ou tu pleurniches ? C'est pas ça, de toute façon, qui te tirera d'affaire. »

Il se verse un verre.

« Donne-moi encore vingt kopecks. J'ai pris une culotte, tu comprends ? Allez, donne, tu les plains ou quoi ? Je te les rendrai sur ma paie… Je te dois combien ? Soixante kopecks ? »

Mais le sentencieux fixe la table en secouant la tête.

« Va te faire voir ! lance le joueur. Tiens, prends cette queue, je ne joue plus. »

Il la tend, une main s'en saisit et l'emporte. Il verse le restant de la bouteille dans son verre.

Sanka complète avec la sienne.

« Qu'est-ce qui te prend d'enquiquiner le monde avec tes durillons ? enchaîne le joueur. Les étudiants, y a qu'eux qui sont pour nous autres. Eux aussi, on les envoie en relégation. Sont pas mieux lotis.

— On te verse à boire et toi, tu déverses des âneries, rétorque le sentencieux.

— Je me contrefiche de tout et… de toi du même coup. »

Il achève son verre et file au billard. Aliochka n'est toujours pas là et Sanka ne peut rester seul avec cet homme dont le regard ironique pèse de nouveau sur lui. C'est au-dessus de ses forces, il ne sait s'il doit pleurer ou lui casser une bouteille sur la tête. Il bondit pour aller rejoindre les joueurs.

« Votre bière, c'est moi qui la paie ? Les bouteilles, on se les aligne, et au revoir ! lance l'ouvrier. Fils à papa, va ! »

Sanka en pleurerait. De toutes ses forces il tape sur la table pour appeler le garçon.

Il se faufile dans la salle de billard. Il y a foule autour du jeu, on bourdonne, on crie aux billes :

« Allez, allez ! Encore un petit effort ! Ah, zut ! Bah, c'est comme ça ! »

Un joueur tente un coup risqué, tous suspendent leur souffle, évaluent ses chances, la bille tombe bruyamment dans la blouse et le vacarme reprend.

« Chapeau ! À présent, la rouge ! Tu nous la joues...
fine.

— Tu vas pas m'apprendre ? »

Sanka essaie de repérer le manteau d'Aliochka. Ce dernier est dans un coin, dans la fumée de tabac, à peine visible parmi la foule. Il est en pleine discussion avec un ouvrier en veston noir. L'ouvrier regarde le sol, il a un sourire joyeux et rusé, il approuve de la tête, une tête ronde aux cheveux ras. Aliochka touche l'ouvrier à l'épaule et se fraie un chemin vers Sanka.

« On y va, on y va, tout de suite, dit-il, plein de sollicitude inquiète.

— Je voudrais boire, boire... à n'en plus pouvoir »,
répond Sanka d'un ton douloureux et rageur, en jetant autour de lui un regard noir de dépit.

Aliochka adresse un signe de tête à l'ouvrier qui ne le quitte pas des yeux, il prend Sanka par le bras et l'entraîne vers l'escalier où l'ouvrier les rejoint.

« Je te présente... Karnaoukh », fait Aliochka.

Karnaoukh a pour Sanka un sourire amical, joyeux, il le fixe de ses yeux vifs, intelligents, comme pour dire : « On va se mitonner ça, ni vu ni connu, aux petits oignons. »

« Vous voulez boire ? À tomber raide ? Rien de plus facile : vous vous zigouillez au zinc en sifflant un centième de seau[1], vous en avez pour cinq kopecks, et la gnole sur la bière, c'est de première ! »

Il ouvre tout grand la porte du rez-de-chaussée. Là, le hurlement est si dru que Sanka a l'impression de ne pas pouvoir franchir ce hourvari, comme si l'air était saturé de cris et qu'il n'y avait plus de place. Tous sont suants, échauffés, rougeauds, tous braillent, la voix éraillée, pour parvenir à s'entendre. Quelqu'un saisit Sanka par sa capote en beuglant :

---

1. Ancienne mesure de capacité, équivalant à 12,3 l.

« Qu'il nous dise, l'étudiant, si c'est de l'injustice ou pas ! Hé, monsieur l'étudiant !… »

L'ivrogne se lève, titube, son voisin le repousse sur sa chaise.

À l'autre bout de l'estaminet, dans la vapeur et la fumée, on distingue un homme, dressé de toute sa taille, échevelé. Il agite sa chapka, la bouche ouverte, mais la muraille de cris empêche d'entendre la chanson.

Karnaoukh leur fraie un chemin vers le zinc et, lorsque Sanka a atteint la nappe humide couverte de restes de concombre et de saucisson, un verre de vodka l'attend, un « sérieux », selon les critères de la maison.

« Jette-toi ça dans le kiki, mon ami », lance Karnaoukh.

Il observe Sanka qui, faute d'habitude, boit sa vodka à petites gorgées comme de la limonade.

« Mangez un bout de concombre », conseille Karnaoukh.

Mais Sanka répugne à se servir dans l'assiette où s'entassent des rondelles malpropres de concombre salé.

À la porte, un suisse d'une taille gigantesque, portant veste et casquette à galon sombre, s'appuie paresseusement au chambranle et crachote sur le plancher des enveloppes de graines de tournesol.

La rue paraît silencieuse comme une tombe, un silence à vous boucher les oreilles. La fraîcheur de l'air semble à Sanka une eau glacée. Aliochka le guide en le tenant par le bras, tout en discutant à mi-voix avec Karnaoukh. L'ivresse s'est abattue lourdement sur Sanka, lui fauchant les jambes. Déjà, il trébuche et Karnaoukh le soutient de l'autre côté.

« Duraillon-ons ! souffle soudain Sanka. Et si moi, j'ai… Aliochka, lâche mon bras ! »

Sanka ouvre sa main et, la bouche en cul de poule, chantonne :

« Duraillon-ons !:... Quel salaud !

— Arrête de brailler, dit en riant Karnaoukh. Quel durillon ? C'est-y qu'il a un cor au pied ? On lui a écrasé les arpions ? »

Tous deux mènent Sanka par les rues sombres du faubourg. Sanka trébuche sur les mottes de terre gelée. Tantôt il est projeté en avant, comme s'il dévalait une pente abrupte, tantôt rejeté en arrière et stoppé. C'est la première fois qu'il est complètement soûl.

Puis il bute contre une marche, s'étale presque et n'a aucune envie de se redresser. Il pend, flasque, entre des bras inconnus. Douloureusement, à lui donner la nausée, une lampe lui vrille les yeux. Sanka s'assied Dieu sait sur quoi, il sent vaguement sa tête entraînée dans la vague tourbillonnante ; alors, tout se déchaîne et tournoie. Sanka serre les paupières, se recroqueville, se ramasse pour tenter de résister à ce vortex ; d'une main engourdie, il relève le col de son manteau. Secoué d'un léger tremblement de froid qui l'écœure, il voudrait se réchauffer, se serrer, il a pitié de lui-même à en pleurer comme un chien dans la pluie d'automne et la boue glacée. Soudain, il croit entendre une voix de femme lui parler ardemment à l'oreille. Et résonne chaudement en lui :

« Que, tendre parfum, mes fleurs... »

Alors l'envie est si forte de se serrer contre cette tiédeur, l'envie que quelqu'un le réchauffe et le plaigne ! Mais ce n'est dans sa poitrine qu'une seconde aiguë : Sanka a sombré dans les ténèbres de l'ivresse.

Blanche zébrure, froide, pure comme l'eau matutinale, sa conscience traverse les brumes d'un sommeil haché. Sans ouvrir les yeux, Sanka écoute le tintement précautionneux de la vaisselle, le mâchonnement sourd des voix. Mais penser lui fait mal et l'écœure : c'est égal, je verrai bien. Sanka cesse de bander son attention et l'eau tiède du sommeil l'inonde.

Enfin, il ouvre les yeux. Droit devant lui, sur la tapisserie sale, une tache de soleil joue avec assurance et gaieté. Le papier pelucheux semble bouger, fumer. Immobile, Sanka contemple franges et taches vives, il entend la voix dense, régulière, d'une cloche, loin de l'autre côté de la vitre.

Claquement d'un loquet, une voix inconnue demande prudemment :

« Il dort encore ?

— Il en écrase sacrément. »

« Où suis-je ? » s'interroge Sanka sans inquiétude, avec un morne intérêt.

Et il esquisse un mouvement.

« Mais non, allez-y, roupillez ! » entend-il au-dessus de lui.

Il redresse sa tête douloureuse et regarde. Une petite chambre parfaitement inconnue, des gens qui ne le sont pas moins. Désorienté, Sanka s'empresse de se remémorer comment il s'est retrouvé ici. Son regard va d'un jeune gars en chemise blanche, immaculée, à rayures, à un autre plus âgé, occupé à retirer son manteau ; ses yeux vifs et joueurs le chahutent.

« Dites, vous ne sauriez pas, par hasard, où je suis ? »

Sanka se met sur son séant. Il a toujours son manteau, avec le col relevé.

Les deux hommes éclatent de rire, le plus jeune se tient les côtes.

Sanka secoue sa tête. On dirait qu'elle va exploser. Une trouble nausée monte en lui.

« La tête ? s'enquiert le plus vieux avec sympathie. On va arranger ça. Le durillon, ça va ? »

Nouveau rire.

Soudain, voici que – vrombissement, boucan – *L'Éléphant*, comme par une fenêtre ouverte, guigne Sanka.

« Et Aliochka ?

— M'sieur Aliochka, il est parti », répond le jeune, échangeant un coup d'œil avec l'autre.

Mais celui-ci est occupé à fouiller les poches de son manteau, de son veston. Tintement de pièces de menue monnaie.

« Tout de suite, on va arranger ça.

— J'ai de l'argent, parvient à dire Sanka en plongeant la main dans sa veste.

— Pas la peine, laissez ! On a l'habitude. Tout de suite !

— Quarante-sept... Il en faut cinquante. Mais je te dis qu'elle recomptera pas, entend Sanka.

— Bon, donnez trois kopecks, si vous les avez, et on n'en parle plus ! »

Sanka veut prendre sa monnaie qui se répand sur le sol.

Le jeune décroche sa chapka de la patère et part au galop.

« Je mets l'eau à chauffer », annonce le plus âgé qui bondit à sa suite, faisant cliqueter le couvercle d'une bouilloire en fer-blanc.

Sanka se laisse retomber sur le lit.

Le ver de terre et la machine

Sanka est à la table, face à la fenêtre, au soleil. Il frissonne dans son manteau jeté sur ses épaules. Assis à côté, Dmitri Karnaoukh verse le thé. Le soleil transperce le jet d'or ; oscillant, tournoyant sans hâte, la vapeur s'élève dans le rayon.

Devant Sanka, une demi-bouteille de vodka et un petit verre épais, à facettes. La vue du thé le réchauffe. Karnaoukh de la tête lui indique la bouteille.

« Prenez-en un deuxième ! Ça ne passe pas ? Ça ne fait rien ! Du culot, bon sang ! Allez, verse ! » crie-t-il au jeune gars.

En grimaçant, Sanka vide son deuxième verre. Il ne savait pas, jusque-là, comment on rince une cuite[1].

« Oui, oui, explique Karnaoukh en posant un verre devant Sanka. Notre Aliochka, on l'a emballé dans du twill, un raglan par-dessus ; moi, je lui ai refilé mon pantalon, le chapeau magique[2]… T'aurais dit le forgeron Vavilo[3] craché ! »

Karnaoukh a un rire sonore.

« Ce qu'on a pu rigoler, ma parole ! Ses papiers ? Du costaud ! À *L'Éléphant*, il me dit : "Faut que je me mette au vert." J'y réponds : "Ramène-toi chez moi et, demain matin, tu vas à pied à Ivanovka." Là, il a mis la gomme. On a des gens à nous, là-bas. »

Le verre de thé réchauffe et brûle les doigts de Sanka.

« Un gars à la coule, déclare le plus jeune en soufflant sur sa soucoupe. Vous faites vos études ensemble ?

— Oui, mais, attendez… », intervient vivement Karnaoukh. Étincelle malicieuse en direction de Sanka. « Voilà, voilà… Le ver de terre…

— Arrête, dit le jeune. On a mal au crâne et tu ramènes ton ver de terre ! »

Et il tend sa tasse à Karnaoukh.

« Ben quoi, qu'il boive tranquillement, pendant que je raconte. » Karnaoukh se penche sur la table. « Voici un

---

1. Les Russes ont l'habitude de faire passer la gueule de bois en avalant, au réveil, un ou deux petits verres d'alcool fort et, souvent, de la saumure.

2. Attribut des contes russes, qui permet au héros de devenir invisible.

3. Il semble qu'il y ait amalgame entre Vavilo, héros d'une célèbre légende populaire de Novgorod, et Vakoula, forgeron qui, dans *Les Veillées du hameau* de Nicolas Gogol (« La nuit de Noël »), trompe le diable.

ver de terre. » Il dresse son index. « Et ce ver, je le mets en terre. » De son autre main, Karnaoukh recouvre son doigt et plaque sa paume contre la nappe. « À présent, à lui de ramper. Hein, qu'est-ce que t'en dis ?

— Laisse tomber, quel pot de colle ! Verse-nous du thé !

— Verse-le toi-même, lance Karnaoukh, sans daigner se retourner, les yeux braqués sur Sanka. Donc, derrière toi, la terre ; devant, la terre ; sur un côté, sur l'autre. Et il doit ramper. S'il avait au moins en réserve un bout de trou vide, il y balancerait la terre et continuerait de creuser son chemin. Hein ? Seulement, si elle est bien, bien tassée… » Karnaoukh appuie de toutes ses forces son doigt contre la table qui en craque. « Est-ce qu'il va ramper ? Non. »

Et de titiller Sanka de ses prunelles pleines de vie.

« Il doit ramper…, tarde à répondre celui-ci.

— Il doit ! s'exclame Karnaoukh en bondissant sur ses pieds. Imaginons que je t'emmure dans de la brique et que tu doives ramper ? Où c'est que t'iras, bon sang ? Ha ! »

Karnaoukh défie Sanka d'un regard joyeux.

« Attends voir, c'est toi qu'on va emmurer, marmonne le jeune gars en tendant le bras vers la théière.

— N'empêche que lui, il rampe, la charogne ! Il perce, un vrai chalumeau ! J'ai fait l'expérience. » Karnaoukh se rassied. « J'ai pris une espèce de petite caisse… » De ses bras il dessine sur la nappe un rectangle. « J'y ai tassé de la terre, j'y ai mis un ver, par-dessus encore de la terre que j'ai mouillée et j'ai bouché avec trois briques. » De la main, Karnaoukh indique la hauteur. « Je lui ai donné vingt-quatre heures. Qu'il se débrouille !

— Allez, avoue que le lendemain matin il avait crevé, maugrée le plus jeune.

— Parlez d'une crapule ! Il a rampé dans un coin, tout au fond, au fin fond, même que j'ai eu du mal à le dénicher.

Cette terre, il la bouffe, ou quoi ? Va savoir ! Vous pouvez m'expliquer comment il a fait son compte ? Hein ?

— Peu à peu, il écarte la terre par petits bouts…, commence Sanka.

— Tenez, v'là un ver. » Karnaoukh se trémousse sur sa chaise, comme s'il en cherchait un dans la pièce. « Vous le prenez, vous lui faites creuser, non pas la terre mais, disons, ce pain, là. Lui, le ver, il est tout ramolli-ramollo, de la gelée tremblotante, seulement, faut le voir ! » Karnaoukh rayonne. « Ramolli, qu'on dit ? Je vous en ficherais, du ramollo !

— Je ne sais pas, répond Sanka en regardant les fronces du soleil dans la soucoupe et dans le thé. Je ne sais pas, je crois que je n'ai rien lu là-dessus. Ça doit se trouver dans des livres…

— Le meilleur des livres, bondit Karnaoukh, le voilà ! » Il prend sur l'étagère un gros volume relié d'où pointent les coins de pages marquées de salive. « Le voilà ! ajoute-t-il en tapant de la main sur le livre. Jules Verne. Jules ou pas, vrai ou pas, un fameux julot, l'écrivain ! Vous avez lu ? »

Sanka ouvre le volume et reconnaît les gravures familières du Capitaine Nemo.

« Ce serait bien de bricoler un truc de ce genre. Prendre des gars, des types comme ça !…, dit Karnaoukh, le pouce dressé. Et partir sous l'eau. Hein ?… Sacrément bien ficelé », ajoute-t-il en regardant dans les yeux Sanka qui tourne les pages.

Il est touchant, ce livre, sur la nappe aux carreaux bleus délavés.

« Aliochka me disait, reprend Karnaoukh, que vous êtes tous dans le même laboratoire. C'est ça ?

— Oui, je suis chimiste, répond Sanka en s'arrachant avec peine aux images défraîchies.

— C'est quoi ?

« — Eh bien, on essaie de savoir de quoi est fait quoi.

— La composition ?

— Oui, oui. On décompose.

— Tiens, une feuille… » Karnaoukh arrache une feuille du géranium sur l'appui de la fenêtre et l'étale sur la nappe devant Sanka. « Ça aussi, on peut savoir de quoi c'est fait ?

— Ça aussi.

— On peut la démonter ?

— On peut.

— La mettre en pièces ? Et après la remonter, pour que ça redonne une feuille ? demande Karnaoukh, enflammé, haletant.

— Non, impossible.

— Ah voilà…, se dépite Karnaoukh qui rejette la feuille sur l'appui de la fenêtre.

— Si… Pour certaines choses, on peut. Par exemple, un parfum. Violette ou muguet. Même si on n'a aucune fleur à cent verstes à la ronde. On fait tout ça dans des petits pots, des éprouvettes.

— Et ça donne vraiment des violettes ?

— Exactement, répond Sanka, réjoui.

— Mince, alors ! » Karnaoukh se rencogne sur sa chaise et se frotte bruyamment les mains ; il regarde Sanka avec un enthousiasme reconnaissant. « Pour les feuilles aussi, on finira par y arriver. On y arrivera ! » Il cherche de nouveau la feuille sur le rebord de la fenêtre. « Tenez, je vais vous montrer…

— Il faut que j'y aille », dit le jeune gars en se levant. Il tend le bras, donne à Sanka une poignée de main énergique et respectueuse. « Pour la clé, mon vieux Dmitri, t'embête pas, laisse-la sous le paillasson. Pour ce qu'on a à voler ! Sans ça, tu me feras une entourloupette à la "Sésame, ouvre-toi" et j'aurai plus qu'à coucher chez les voisins. »

Karnaoukh fouille dans un petit placard peint, accroché au mur dans un coin. Enfin, il revient vers Sanka et pose sur la table une machine. Elle est fabriquée avec finesse et minutie, ses pièces polies étincellent au soleil. Sanka, curieux, l'examine et sent peser dans son dos le regard de Karnaoukh qui demande enfin :

« À votre avis, c'est quoi ? Hein ? »

Sanka reste muet, il détaille manettes et rouages.

« Et comme ça ? » Karnaoukh plonge un doigt dans la machine qui s'anime. « Alors ? Vous ne comprenez pas ? Bon. Elle n'est pas finie. Quand elle le sera, vous viendrez la voir. »

Il reprend précautionneusement la machine et, tout en l'admirant, la replace dans le placard.

Déjà le soleil quitte la table. Sanka se lève pour partir.

Il a eu le temps de tout noter : deux lits étroits, une table, trois chaises, une étagère et un placard mural. Il remarque, au mur, un portrait de Pasteur découpé dans un illustré et, à côté, celui de la princesse hollandaise Wilhelmine.

« Jolie bonne femme, constate Karnaoukh. Dommage que les mouches l'aient un peu abîmée ! Il est temps d'en changer. »

Il arrache Wilhelmine.

Karnaoukh accompagne Sanka jusqu'à l'omnibus.

« Vous avez promis de revenir, alors j'attends. »

Et de broyer la main de Sanka.

La 7

Sur la chaussée déserte et brillante de pluie, Bachkine et le sergent de ville sont ballottés dans le fiacre. Le sergent a pris place sur le côté, lui laissant le siège. Il se retient à l'arrière de la voiture, soutenant le dos de Bachkine. Sa capote mouillée, raide, ligneuse, son bras ferme comme un dossier, son épais cordon rouge, pesant telle une tige de fer, ses bottes humides, que l'on dirait métalliques, tout cela exhale soudain une force dure, celle d'un angle de brique. C'est la première fois que Bachkine se trouve à côté d'un sergent de ville et il se dit, plein de dépit et de crainte respectueuse : « Voilà donc comme ils sont ! »

Méthodiquement, paresseusement, le cocher fouette sa rosse. La pluie glacée et le vent leur arrivent en pleine face. Bachkine a froid et fourre ses mains dans ses manches. Il n'ose pas engager la conversation avec le sergent : non, pour rien au monde celui-ci ne répondrait.

Bachkine ne sait comment se tenir : tantôt il oscille vers l'avant, tantôt il est rejeté sur le bras de l'autre. Enfin, il se recroqueville et rentre la tête dans les épaules, le dos secoué de frissons.

« C'est rien, on n'est plus très loin, on arrive, dit le sergent. Fouette, cocher ! »

Le sergent se mouche et s'essuie le nez à sa manche humide, épaisse comme une poutre.

Le fiacre s'arrête devant une grande bâtisse.

« Je vous en prie », fait le sergent de ville.

Dans le portail de fer, une petite porte s'ouvre devant eux et claque sèchement derrière.

« Tout droit, tout droit, ordonne le sergent dans le dos de Bachkine. Maintenant, à droite. »

Un escalier de pierre : l'entrée de service ordinaire d'une grande maison. En bas, deux gendarmes et des civils, l'air maussade.

« Tout droit, conduis-le tout droit », dit un gendarme, qui transperce Bachkine de ses petits yeux.

Le sergent le pousse dans les reins pour qu'il accélère le pas. Ils vont ainsi au bout d'un couloir. Une porte s'ouvre.

Dans une grande salle au plancher maculé, les banquettes de bois de l'administration courent le long des murs. À un bureau un gros à lunettes, grisonnant, en uniforme de la police, le visage blême, œdémateux. Il regarde à peine Bachkine et se replonge dans ses papiers.

« Je l'amène de la Trinité…, commence le sergent d'une voix enrouée.

— Minute ! » fait le binoclard en furetant dans ses papiers.

Le sergent a un soupir. Bachkine et lui sont debout à la porte.

Deux civils en veston sur leur chemise à la russe, les mains dans le dos, lorgnent Bachkine d'un regard expert, hostile.

« Bachkine ? » demande le policier, s'arrachant à ses dossiers et jetant un coup d'œil dédaigneux par-dessus ses lunettes.

Bachkine, sur le moment, reste coi.

« Ba-bachkine, articule-t-il enfin d'une voix éraillée.

— Babouchkine ? crie le policier à travers la pièce. Je n'entends rien. Approche ! »

Bachkine esquisse un pas en avant.

« Je suis en caoutchoucs, ça ne fait rien ?

— Venez ici, reprend le policier en le dévisageant. Vous êtes qui ? Bachkine ou Babouchkine ? Quelle est votre identité ?

— Mon nom est Bachkine. »

Il retire sa chapka, la tient un instant et la remet.

Le policier trempe sa plume dans l'encrier et écrit.

« Pris en charge. Tu peux y aller », dit-il à l'adresse du sergent.

Celui-ci sort.

Bachkine sent qu'il est maintenant tout à fait seul et il a un regard vers la porte.

« Fouillez-le », ordonne le policier.

Les deux civils s'approchent de Bachkine.

« Déshabillez-vous », reprend le policier, sans cesser d'écrire.

Bachkine enlève son manteau, sa chapka, dont se saisit aussitôt l'un des civils. Sans hâte, celui-ci vide les poches et pose sur le bureau du policier les clés de sûreté de la vieille, un mouchoir sale, le billet du dernier concert.

« Déshabillez-vous ! Complètement ! continue de crier le policier en examinant les clés. Tout, retirez tout.

— Venez par ici », enchaîne l'autre civil d'un ton sévère, professionnel, en lui indiquant là banquette de bois.

Bachkine obéit docilement. Tantôt il pâlit, tantôt le sang afflue à ses joues. Il est à présent en sous-vêtements.

« Ça va, je jette juste un coup d'œil, dit le civil et il le palpe par petites tapes sourdes et dures.

— Je lis et vous signez, reprend le policier. Appréhendé dans la nuit du 11 au 12 décembre, à son appartement, ledit Semion Petrov Bachkine…

— Mon nom de famille est Bachkine, je ne m'appelle pas…

— Mais votre nom usuel ? » coupe le policier.

Bachkine est devant lui en sous-vêtements, en chaussettes sur le sol froid et maculé, ses genoux tremblent d'émotion, de honte, il ne sait que répondre.

« Suffit ! hurle le policier. M'embrouillez pas. »

Et il poursuit sa lecture :

« Était en possession de : un mouchoir portant l'initiale "V"…

— C'est un B français[1], explique Bachkine.

---

1. La lettre *v* en russe s'écrit comme le *b* français.

— Quoi d'autre ? » s'enquiert le policier, levant les yeux par-dessus ses lunettes.

Les civils palpent les coutures, le col du veston, en regardant hargneusement Bachkine.

« Et un rouble quatre-vingt-sept kopecks. Signez ! »

Le policier tourne la feuille et plante un porte-plume dans la main de Bachkine.

« Où ça ? Où ça ? » demande celui-ci en promenant sa plume sur le papier.

Bachkine se rhabille, il a quelque peine à se reboutonner. Le policier sonne : un gardien coiffé d'une casquette, un revolver à la ceinture, franchit le seuil.

« Au secret, à la 7 », lance le policier en indiquant du regard Bachkine.

Le gardien ouvre grand la porte et Bachkine, enveloppé dans son manteau – il a renoncé à le boutonner –, se met en marche. Le sol se dérobe sous ses jambes flageolantes. Il a le corps moulu, il voudrait s'étendre au plus vite et fermer les yeux. Il va là où le pousse le gardien, quelque part en bas, le long d'un couloir souterrain, éclairé par de rares lampes au plafond. À droite et à gauche, des portes ordinaires, avec de gros numéros métalliques, à croire qu'il s'agit d'appartements. Au 7, le gardien s'arrête, déverrouille rapidement la porte, pousse Bachkine à l'intérieur.

L'obscurité est presque totale, un lumignon trouble et sale éclaire à peine la cellule d'une lumière rouge. Bachkine s'affale sur la paillasse et ferme les yeux. Il tire sa chapka jusqu'au nez pour ne rien voir. Il a la fièvre.

« Ah, dormir, dormir ! » songe-t-il.

Il n'y parvient pas. Il sent la moindre parcelle de son corps, palpée lors de la fouille, à croire que sa peau en a gardé les marques.

« Vite, vite, qu'ils fassent de moi ce qu'ils veulent », pense-t-il en serrant les paupières. Et cette pensée se contracte, se fige, puis, quelque part, brasille vaguement, peureusement. Il entend des pas réguliers, monotones, qui se rapprochent dans le couloir de pierre. Ils s'arrêtent devant sa porte. Quelque chose grince. Bachkine serre plus fort les paupières, se tend, se lignifie. Les pas ne s'éloignent pas. Bachkine, tétanisé, attend. C'est alors qu'il sent qu'on l'observe. Il ne le supporte pas, relève la chapka, regarde.

Une ouverture ronde dans la porte. Bachkine la fixe et découvre soudain, dans ce rond, un œil plissé, surmonté d'un sourcil tombant. Caustique, l'œil le regarde en face, comme s'il le visait. Un frisson parcourt l'échine de Bachkine, il ne peut détacher de l'orifice son regard épouvanté. L'œil disparaît, il n'est plus qu'un trou rond, quelque chose crisse, le judas se referme. Paresseusement, les pas s'éloignent. Bachkine comprend que les numéros métalliques des portes masquent ces trous et qu'à chaque instant un œil peut l'y observer. Rien qu'un œil, sans corps, sans voix. Une torture. Une torture qui va croissant, avivant l'offense : tout hurle au fond de lui, il s'assied sur la banquette, pose sa tête sur ses genoux et l'enserre. Un instant, ce geste étouffe sa douleur, mais il lui suffit d'un coup d'œil au judas : on va le voir ! Il bondit sur ses pieds. Le mal qui s'était apaisé se remet à bouillonner, à cogner dans sa poitrine.

« Pris comme une bête, comme une souris », murmure Bachkine, les lèvres sèches. Il veut marcher, heurte de la hanche la table fixée au mur, bute douloureusement contre le tabouret. Là-haut, sous le plafond, le soupirail dessine un carré noir, et la tinette, dans le coin, dégage une odeur nauséabonde. Bachkine fait trois pas, du mur à la porte, devant la table, la couchette.

Personne ne sait où il est, lui-même l'ignore. Dans son trouble, il n'a pas prêté attention à l'itinéraire suivi par le sergent de ville. Personne ne sait, ils peuvent faire de lui ce qu'ils veulent. Au secret ! Quelle heure est-il, quand l'aube viendra-t-elle ? Il cherche sa montre, ne la trouve pas : elle est restée sur le bureau du fonctionnaire. Blessé, il fouille ses poches vides, désespérément vides. Ses mains tremblent, s'affolent. « C. et S. », se remémore Bachkine. Mais les lettres s'évanouissent, telle la guérite aperçue par la fenêtre d'un train, la pensée vacillante s'enfuit, loin, toujours plus loin, en enjambées navrées.

« À quoi cela rime-t-il ? marmonne Bachkine. Une idiotie absolue, une ânerie patentée ! »

Trépignement impuissant.

De nouveau les pas se figent derrière la porte. Bachkine se laisse bruyamment tomber sur la paillasse, tire son manteau sur sa tête.

Il attend le matin, il ne peut dormir, ses pensées s'agitent en vain, galopent, volent. Sous son manteau, il murmure des mots sans suite :

« Identité !… C'est absolument, absolument… Inepties !… Le beau sexe !… Imbécile !… »

Dans son désespoir, il gigote sur le matelas.

Des pas alertes se font entendre, dans le couloir des portes claquent, des serrures cliquettent : on vient le chercher. On ouvre, Bachkine, les yeux exorbités, regarde la porte. Ils sont deux. L'un pose sur la tablette une grande écuelle, recouverte d'une tranche de pain noir, l'autre, portant casquette et revolver à la ceinture, faisant sonner ses clés, s'avance vers Bachkine. Il est petit, trapu. Au-dessus de ses pommettes saillantes, ses petits yeux noirs roulent dans leurs fentes. Il fixe un instant un regard venimeux sur Bachkine et, dans un semi-murmure qui le tourneboule, lui lance en pleine face :

« Avise-toi une seule fois de cogner… »

Il lui agite sa grosse clé sous le nez et, en écho, tinte tout le trousseau.

« Avise-toi seulement, fils de pute, de cogner au mur, et c'est moi qui te cognerai ! C'est pas encore la prison, ici. »

Bachkine est incapable de répondre, d'ailleurs il ne saisit pas tout de suite ce que lui dit le gardien qui, déjà, a gagné la porte, lui jetant un dernier regard depuis le seuil.

« Eh oui, mon gars ! »

Bachkine répugne à prendre le pain.

« Rien, je n'accepterai rien d'eux, je ne mangerai rien, répète-t-il. Je mourrai, je mourrai de faim. »

Il se laisse de nouveau tomber sur la couchette.

C'est le matin. Mais la lumière est la même : celle, trouble, rougeâtre, du lumignon qui, bouton purulent, pointe au plafond crasseux. La lucarne est condamnée de l'extérieur par des planches.

La manche de dentelle

Jusqu'au matin, le vieux Vavitch ne cesse de penser que son fils va rentrer, avec sa mine renfrognée – il sait que Viktor enrage ces derniers temps, qu'il se retient difficilement de claquer les portes, qu'il murmure pour ne pas hurler ; il craquera une allumette et tombera sur la lettre : « Pour Viktor Vsevolodovitch. »

Et il imagine la scène : son fils, le cœur battant, son fils dans la nuit, dans le silence, lisant la lettre et… peut-être, courant frapper à sa porte. À un moment, Vsevolod Ivanovitch a même l'impression d'entendre claquer le portillon, et son cœur s'emballe. Au matin, il s'endort dans son fauteuil. Au réveil, il s'attarde dans sa chambre, entend Taïnka poser bruyamment le samovar sur le plateau, dans la salle à manger. Tout est calme dans l'appartement, on ne perçoit que les bruits étouffés de la vaisselle manipulée par Taïnka. Vsevolod Ivanovitch se montre enfin. Il sort, pâle et défait, comme après un voyage épuisant.

Il boit son thé, sans se résoudre à demander à sa fille si Viktor est là. Une marchande frappe à la cuisine et chantonne d'une voix éraillée :

« Ils sont beaux, mes concombres salés ! »

Taïnka repose brutalement sa tasse sur la soucoupe et se précipite à la cuisine. Traînant ses savates, Vsevolod Ivanovitch va voir si le manteau de Viktor est à sa place. Il n'est pas à la patère. Puis il jette un coup d'œil furtif par la porte de la chambre de son fils. Soigneusement placée au milieu de la table, la lettre lui fait face, à croire qu'elle est pour lui, Vsevolod Ivanovitch : tu m'as posée là, j'y suis, bien que je sache pertinemment que cela ne sert à rien. Et Vsevolod Ivanovitch comprend, même s'il s'en défend, que Viktor ne la verra pas. Il retourne précipitamment à son verre de thé. La hâte, l'émotion lui coupent le souffle, il s'efforce de n'en rien montrer à Taïnka qui revient avec ses concombres.

Après le repas, il somnole, se réveille à la nuit.

« Taïnka ! crie-t-il.

— J'arrive », répond-elle avec retard.

Elle accourt dans la chambre plongée dans l'obscurité. Dès le seuil, Vsevolod Ivanovitch le remarque : elle est habillée pour sortir.

« Toujours pas rentré ? demande-t-il.

— Non, je ne l'ai pas vu. Je-ne-l'ai-pas-vu, chantonne-t-elle d'un ton maniéré en reculant vers la porte.

— Que signifient ces simagrées ? » dit Vsevolod Ivanovitch en se renfrognant.

Il veut crier, rappeler Taïnka. Mais il lui semble soudain qu'on l'a privé de tous ses droits, de toute légitimité, qu'il ne peut pas, qu'il n'a rien à reprocher à sa fille.

Un instant plus tard, il l'entend dévaler les marches du perron, claquer le portillon et rabattre le loquet à la volée.

« Si j'allais la voir ? se demande-t-il en songeant à sa femme. Simplement bavarder de choses et d'autres. Il ne faut pas l'inquiéter. Abandonner ainsi sa mère malade… », se dit-il avec une pensée amère pour Taïnka. Il traverse à pas feutrés les pièces vides. C'est alors que le chien, près du perron, se déchaîne en abois furieux, furibonds.

« Quelqu'un qui n'est pas de la maison », se reprend Vsevolod Ivanovitch. Et il se précipite à la cuisine. Il ouvre la porte sur l'obscurité, l'inquiétude l'oppresse, lui coupe le souffle, il calme un instant le chien, puis entend :

« Recommandé ! »

Vsevolod Ivanovitch descend en courant et, dans le noir, se cogne au facteur. Il perd ses pantoufles dans la boue collante. Il chausse ses lunettes, ses mains tremblent, il cherche longtemps de l'encre, met longtemps à comprendre où il doit signer : sur la lettre qui repose dans le registre ouvert, il reconnaît l'écriture de Viktor, une écriture nette, administrative, avec les fioritures réglementaires. Il se tire enfin d'embarras et, rapportant au facteur le livre et une pièce de vingt kopecks, toujours accompagné des aboiements du chien, il redescend dans la boue visqueuse.

« Voilà… voilà », dit-il en cherchant dans l'obscurité la main du facteur afin de lui remettre registre et kopecks.

Sous la lampe de la salle à manger, Vsevolod Ivanovitch décachette l'enveloppe, il est incapable de lire. Il se frotte les yeux sous ses lunettes, la lettre tremble dans sa main. Il la pose sur la nappe et tente de déchiffrer.

Bien cher papa,

Je pars et dans cette lettre je vous fais mes adieux. J'ai hâte de prendre du service, afin de gagner mon pain sans rien devoir à personne. Nous avons, vous et moi, des opinions diamétralement opposées. J'ose espérer, toutefois, que cette tentative pour voler de mes propres ailes me vaudra plus tard votre considération. Transmettez mon affection la plus profonde à maman. Je l'embrasse très fort : qu'elle ne se tourmente pas, la pauvre chérie, dites-lui que tout se passe au mieux pour moi et que, dès que je le pourrai, je viendrai l'embrasser moi-même. Qu'elle ne s'inquiète pas !

Respectueusement,
Viktor Vavitch.

« Non, je ne l'ai pas ramené à la raison. Je n'ai pas su, murmure le vieil homme. Je l'ai effrayé. » Il fixe la lettre à l'écriture pointue de fourrier, avec son vouvoiement, son « sans rien devoir à personne » et ses « opinions diamétralement opposées ». Noir sur blanc, pour la première fois. Tel un soufflet en pleine face pour Vsevolod Ivanovitch. Qui a donc écrit cela ? Vitia, mon, notre Vitia, Viktor. Comment se fait-il que je n'aie rien vu, rien remarqué, que je n'aie pas saisi le moment où, là, dans cette maison, devant moi, sous mon nez, s'est formé un de ces hommes qui donnent des fonctionnaires de l'état civil, des télégraphistes ? Un soufflet en pleine face. Vsevolod Ivanovitch est assis, droit sur sa chaise, les bras pendant sans force, l'œil rivé au mur. Et ce vouvoiement odieux, ce « bien cher papa », on dirait la lettre d'un gendre de boutiquier. Vsevolod Ivanovitch exhale un soupir.

« Que se passe-t-il ? » demande la malade d'une voix faible, avec effort, depuis sa chambre.

Vsevolod Ivanovitch sursaute. Il se lève et se hâte, dans ses chaussettes humides, d'aller retrouver sa femme.

« C'est Vitia qui nous écrit, ma chérie, débite Vsevolod Ivanovitch. Il est parti, il prend du service. On l'a convoqué d'urgence, tu comprends, on lui propose une place… Il n'a pas eu le temps de nous dire au revoir. Il a trouvé un emploi…

— Merci, mon Dieu ! soupire la vieille femme. Accorde-lui, Seigneur… »

Et elle lève sa main gauche pour se signer.

Son bras droit paralysé est tendu, ombre pâle, sur la couverture, blanc dans la manche blanche du corsage, à la lueur trouble de la veilleuse.

« Accorde-lui, Seigneur…, murmure la malade, accorde Ton soutien à mon petit Vitia. »

Vsevolod Ivanovitch se souvient alors de ce qu'a écrit Viktor : « Qu'elle ne se tourmente pas, la pauvre chérie ! »

« Pour elle, il a su trouver les mots, il a eu du cœur », songe en un éclair le vieillard.

Il se met à embrasser la main blême de la vieille femme. Avec l'ardeur du repentir, comme autrefois, il y a bien longtemps, à sa première trahison, il lui baise la main dans un chuchotement précipité.

« Vitia me demande de t'embrasser… Embrasse-la bien fort, dit-il, la pauvre chérie… Embrasse-la un millier de fois. »

La vieille femme lève avec peine son bras gauche, essayant d'enlacer la tête de son mari, sans y parvenir. Mais lui ne voit pas, il tient sa joue serrée contre la main blanche, inerte, et mouille de ses larmes la manche de dentelle.

Les roues

Viktor est dans le train. Les roues font entendre leurs borborygmes sous le plancher, emplissant le wagon d'un martèlement sourd. Les roues cognent aux aiguillages, emportant Viktor de plus en plus loin, loin de son père. C'est un peu angoissant, mais Viktor se réjouit en secret que la distance se creuse entre eux. Il se charge volontiers des bagages des dames, hisse leurs valises, puis leur dit *merci** et s'incline.

« La fumée ne vous incommode pas ? » demande-t-il en tirant son porte-cigarettes.

C'est un wagon fumeurs, pourtant Viktor sort sur la plate-forme et regarde le paysage.

« Le paternel est en train de lire », songe-t-il à propos de sa lettre. Et elle lui semble longue, il a l'impression d'avoir tout écrit, au point que, s'il fallait le dire de vive voix, une demi-heure n'y suffirait pas. « L'a-t-il terminée ou non ? » Il voudrait qu'il en ait achevé la lecture. À la fenêtre défilent des isbas noires de pluie, glissent des toits de chaume, sourcils tombants et somnolents.

La terre humide, trempée, assoupie, fuit en doux mamelons les rails, s'enfonçant dans les lointains pleureurs et brumeux.

À un arrêt, Viktor bondit sur le quai pour acheter des pommes et en régaler les dames du wagon. Leur en offrir à toutes, comme au salon. Passé le quai commence la gadoue, et dans cette gadoue traînent, dans la boue jusqu'à mi-bottes, des moujiks ivres près de leurs télègues[1], dans leurs cafetans de bure dégoulinants. Au-dessus de ce marché improvisé, pointe la silhouette d'un policier

---

1. Voitures de charge à quatre roues.

sur sa rosse ; la haridelle patauge paresseusement dans la boue gluante.

Viktor n'a jamais vu la campagne à l'automne, il ne connaît que les manœuvres d'été : la compagnie marche dans la poussière des rues de villages, en chantant, en ululant, et les paysannes accourent à ces voix viriles et crânes.

La locomotive siffle, les canassons du marché frémissent.

Il fait chaud dans le wagon, ça sent le gros gris, la caserne, et les dames en paraissent à Viktor d'autant plus avenantes. Il distribue les deux douzaines de pommes qu'il a achetées. Il a la quasi-certitude, cette fois, que son père a lu la lettre, que tout est bien fini, consommé à jamais et que quelque chose de nouveau a définitivement commencé.

Viktor devise avec ses voisines, sans se rendre compte qu'il oriente obstinément la conversation dans un sens, toujours le même, le plus brûlant.

« Voyez, je vous prie, ce marché paysan et ce policier : un Don Quichotte en uniforme et, tout autour, ça s'ivrogne à tout va ! Comment est-ce possible ? Elle est belle, la police !

— Allons donc, quelle police ? Tout ce qu'ils ont en tête, c'est de rafler le plus de pots-de-vin, enchaîne une dame avec un geste de dépit.

— Tout cela parce que les honnêtes gens ne veulent pas entrer dans la police ! Ça les rebute. C'est dur, voyez-vous.

— Quel homme convenable y entrerait ?… Kostia, fait la dame à son petit garçon, donne que je te l'épluche. »

Elle lui reprend la pomme dans laquelle il a mordu.

Viktor intercepte le fruit et entreprend de le peler à l'aide de son canif tout neuf, acheté juste avant le départ.

« Et c'est là l'erreur, reprend-il d'une voix forte. Il faut précisément que tous les gens bien s'engagent dans la police. On ne cesse de se plaindre, mais personne ne bouge. C'est pourquoi nous avons une mauvaise police.

— Pourquoi dites-vous qu'elle est mauvaise ? » demande brutalement une voix éraillée.

C'est un homme du peuple, un artisan. Appuyé au montant de la porte, il épingle Vavitch d'un regard railleur.

Quelqu'un vient s'asseoir sur la banquette près de la fenêtre et une tête bouclée, aux yeux noirs, lorgne d'en haut, d'une couchette.

« Jamais un type bien n'irait tranquillement taper sur la gueule des gens, dit l'artisan.

— Pourquoi, pourquoi cela ? s'échauffe Viktor qui se lève.

— Le moyen de faire autrement ? coupe l'homme près de la fenêtre.

— Et la protection des biens ? reprend Viktor.

— Voleurs et flics, c'est la même clique », tonne le frisé de sa couchette.

Les dames, mécontentes, se retournent à chaque voix qui s'élève. On se presse autour d'eux. Quelqu'un crie de loin :

« Demande-lui voir s'il ne serait pas lui-même un cogne ! »

La dame au petit garçon s'offusque, se lève, prend hargneusement l'enfant par la main et sort en claquant la porte.

À cet instant, entre le contrôleur.

« Vos billets, s'il vous plaît !… Préparez vos billets », répète-t-il en frappant de sa clé les dossiers.

Les voyageurs regagnent leurs places.

Rouge, en ébullition, Viktor tire avidement sur sa cigarette, sans interroger plus avant ses voisines. Il reste muet jusqu'à la fin du voyage. Les dames ronchonnent longuement :

« Tous se sont rameutés, à croire qu'il y avait un scandale ou quelque spectacle. Cela ne ressemble à rien ! »

Viktor ne peut dormir. Il sort sur la plate-forme. Dans la nuit, le train arrive à une gare lumineuse et bruyante. Viktor se glisse au buffet et vide trois petits verres d'affilée. L'écœurement, le cafard, la rancœur à l'égard du wagon tout entier lui brouillent l'esprit. Il se hisse, le dernier, sur sa couchette, quand tous se sont apaisés. Il tâte dans sa poche la lettre du commissaire : il l'a glissée entre deux cartons ficelés en croix. C'est Grounia qui s'en est chargée. Et Vavitch se met à penser à elle.

Au matin, renfrogné, Viktor examine le wagon. Les occupants ont changé, les dames sont parties. On n'entend plus l'artisan à la voix rauque. Viktor jette un coup d'œil aux voisins. L'homme à la nuque bouclée est en train de s'expliquer avec un hareng.

« Je peux paresser encore », se dit Viktor en s'emmitouflant dans sa capote. Il allume une cigarette, s'évertue à penser à Grounia, mais, à la lumière du jour, Grounia ne vient pas le hanter.

« Vivement qu'on arrive ! » songe-t-il et il palpe dans sa poche le pli rêche du commissaire à l'intention du chef de la police.

« Mais je leur montrerai ! pense-t-il à propos des voyageurs. Ils verront ce que peut être un homme bien. Je ferai même quelque chose d'extraordinaire. Un exploit. Je sauverai quelqu'un, une gamine, par exemple. Après, j'aurai mon portrait dans les journaux, avec cette légende : "Un policier héroïque." Non, mieux qu'un portrait, une photographie. Je suis en uniforme, la petite à mes côtés. La fillette sourit, je suis penché vers elle et je la soutiens de la main. Tous liront… "Ah, regardez donc, c'est celui qui a voyagé avec nous ! " »

Et Viktor regarde plus crânement les passagers.

Le martèlement des roues se fait plus sonore, la loco-motive souffle plus fort, les vitres s'obscurcissent, on voit tout de suite qu'on est entré en gare. Les passagers prennent leur ton de la ville et s'entassent aux portes. Viktor embrasse du regard la verrière emboucanée, tel un plafond couvert de toiles d'araignées. On entend la ville bourdonner au-delà. Un bourdonnement autre, tout différent. Un frisson s'insinue dans la poitrine de Viktor.

Du haut perron de la gare, on voit la place, le square avec ses grilles de fonte ouvragées, la longue rue droite qui part au loin, les grands immeubles de pierre, avec leurs affiquets sur les toits. Et le fracas, le fracas roulant sur la ville en vagues bruyantes, comme une ardente et inlassable forge, le fracas roulant des fiacres ferrés sur la chaussée de granit.

Viktor hèle une voiture et les roues s'ébranlent sous lui, déroulant leur trille de pierre.

La manne

Viktor est effrayé par cette ville inconnue. Tous, ici, lui semblent étrangers. Il contemple avec respect les lourdes bâtisses, les enseignes clinquantes. Et les habitants lui paraissent incroyablement imposants : comment, dans la rue, pourra-t-il faire la loi ? Il a même l'impression qu'ils ne parlent pas russe comme tout le monde. Il s'ébaudit lorsque, dans un hôtel bon marché, le portier lui dit dans la langue qui lui est familière :

« Bienvenue, nous avons des chambres libres. Mon-sieur en désire une pas trop chère ? » Il examine Viktor des pieds à la tête et insiste : « Une qui soit bon marché ? »

Dans cette ville, Viktor s'essouffle d'emblée et fait tout à la hâte. Il s'attend à ce que l'affaire capote forcément, il vole vers ce lieu où, immanquablement, se dressera un mur, et alors, stop !

Mais rien ne capote : le chef de la police le reçoit avec un sourire bienveillant, lui dicte aussitôt une demande d'admission et le complimente pour son écriture. Sur le départ, il lui serre la main, en disant :

« Vous pouvez être tranquille. Si vous écrivez, transmettez mes salutations à ceux qui vous envoient. L'affaire est dans le sac. Vous pouvez même vous commander un uniforme. Bonne chance !… J'ai bon espoir…

— Heureux de faire de mon mieux », répond Viktor dans un murmure inaudible.

Ignorant s'il doit sortir à reculons ou tourner les talons à la militaire, il finit par gagner de biais la porte.

Le lendemain, il envoie un télégramme à Grounia. « Commandé uniforme – prière transmettre salutations – baisers… » Mais même l'uniforme n'apaise pas Viktor, il ne peut tenir en place, tandis que, soufflant comme un bœuf, le tailleur, tantôt sur la pointe des pieds, tantôt accroupi, se démène autour de lui.

« La culotte, vous la souhaitez à la bulgare ?

— Faites pour le mieux », murmure Viktor.

Il veut donner un acompte, mais ne parvient pas à dénombrer les billets qui se collent, cependant que les chiffres se brouillent et se confondent dans son esprit.

Viktor galope, commande dans les gargotes des repas qu'il n'achève pas et reprend sa course.

Dans les rues propres, balayées, des sergents de ville sont postés aux carrefours. Grands, mafflus, pleins de prestance, la moustache imposante, sévère. Tous portent des capotes neuves, leurs bottes reluisent. Tous, sans exception. Lorsqu'il leur faut se retourner, ils ne bougent pas la tête, mais pivotent de tout le corps, sans hâte. D'un air important, ils saluent les officiers, et encore, pas tous. Qu'un fiacre vienne à mal se garer, le sergent de ville n'a qu'à émettre un bref coup de sifflet – trruutt ! – pour que le cocher sursaute sur son siège. Un coup de fouet, et en avant marche ! Dans la rue principale au trafic rapide, se tient un policier, du dernier chic et, en effet, avec une culotte à la bulgare. Sacrément enveloppé, le bonhomme ! Entre les équipages qui défilent, Viktor cherche à voir s'il a l'air de se rire du sort. Il en a l'air, et sa jambe, dans la botte brillante comme un miroir, est tendue en avant. Le policier est là, serein et gai, à croire que c'est pour son propre plaisir, tandis que passent et repassent calèches, landaus et fiacres, le contournant telle l'eau la pierre. Et sa casquette est flambant neuve.

Viktor est au centre de la ville, il n'est pas encore allé dans les faubourgs : il ne cesse de tourner, de piétiner là où il y a du bruit, des magasins. Il a toujours à l'esprit sa demande d'admission et, pour que les choses suivent leur cours, il lui semble qu'il doit œuvrer sans relâche, multiplier les démarches, sans trêve ni repos. Il sillonne la ville jusqu'à l'épuisement, jusqu'à avoir mal aux mollets. Le soir, dans sa chambre, il écrit à Grounia, à la lueur d'une chandelle.

Ma petite Grounia, mon bon ange.

Ici, tous les policiers sont beaux comme des officiers de la Garde et les sergents de ville grands comme les soldats qu'on met en avant pour la parade. Les gens sont endimanchés, ils sont innombrables. En particulier les Juifs. Pour ma chambre, je paie soixante-quinze kopecks, la chandelle en sus. J'ai déposé ma demande et n'ai pas de nouvelles. Impossible de savoir quelque chose. Je passe mes journées en démarches, vaines jus-

qu'à présent. J'y pense la nuit. Cela fait trois jours que ça dure. Je ne sais que faire. Peut-être est-ce inutile et, en attendant, l'argent file. J'ai entendu dans un res- taurant deux civils agonir d'injures un commissaire et le monde entier, je suis sorti. Dans le train aussi. J'ai donné trente-cinq roubles d'acompte au tailleur. Peut- être tout cela ne sert-il à rien ? Même s'il m'a dit que c'était sûr…

Ma petite Grounia, si tu revois Taïnka au théâtre, aborde-la – elle est au courant – et demande-lui des nou- velles de maman et de mon vieux. Ensuite, écris-moi au plus vite, ma chérie. Renseigne-toi bien. Je n'ai tou- jours pas acheté les bottes fortes. J'ai le temps. Je suis à l'hôtel du Chemin de Fer. Mon très humble salut à Piotr Savvitch.

J'embrasse très fort ta petite main.

À toi pour toujours,

Viktor.

Viktor cachette l'enveloppe et la pose sur la table. Il mouche aussitôt la chandelle. C'est Sorokine qui a pris sur ses économies pour aider Viktor à s'établir : cela fait beau temps que le gardien épargne le moindre kopeck de son maigre traitement pour Grounia. Dans l'obscurité, Viktor s'étend sur son lit froid. La fenêtre diffuse une pénible lumière nocturne. Viktor fume, il s'inquiète.

Et s'il plantait tout là, s'il décampait ? Partir comme ça, à pied, et se faire embaucher quelque part. Aux Chemins de fer, tiens, puisque c'est le nom de l'hôtel. Ensuite, rembourser Piotr Savvitch. Il calcule mentalement : dans les cinq roubles, sans doute, pour la chambre, le voyage… le tailleur. Écrire à Grounia qu'il a changé ses plans, puis lui envoyer un billet de train et commencer à vivre. Par la suite, devenir chef de gare adjoint. Même s'il faut d'abord être simple aiguilleur. Personne n'en saurait rien, excepté Grounia qui attend.

Viktor veut aussitôt se lever d'un bond, rallumer sa chandelle et ajouter à sa lettre : « Ne t'étonne de rien. Garde le secret, tu auras bientôt de mes nouvelles. Souviens-toi que, jusqu'à la tombe, je… » Mais le résultat ? Et que pensera le gardien ? Pas encore marié que, déjà, il trahit et disparaît ! « Non, se dit Viktor, une fois marié, je ferai à ma guise : je quitterai la police et trouverai un emploi. »

Il jette son mégot sur le plancher, se tourne sur le côté, ferme les yeux et murmure :

« Grounia, ma petite Grounia, ma chérie. »

Il lui semble que Grounia, à coup sûr, l'entend.

Au matin, lorsque Vavitch descend l'escalier, il découvre près du comptoir du portier l'inspecteur du quartier. Ce dernier fait claquer son portefeuille sur le comptoir et tance le concierge :

« Alors, tu les acceptes sans activités déclarées ? Tu dois leur demander de quoi ils vivent. Ils vivent bien de quelque chose. Pas de la manne céleste, hein ?

— Sûrement pas, répond le portier en souriant servilement et en soulevant sa casquette à galon.

— Tous ces gens logés "provisoirement", tu… tu vois ce que je veux dire… »

L'inspecteur referme son portefeuille et le brandit, menaçant. Le portier baisse la tête.

« Tu préviendras le patron que je viendrai lui dire deux mots. »

L'inspecteur aperçoit Vavitch.

« Gare à toi ! » lance-t-il au concierge avant de tourner les talons.

Le portier, gros et malpropre, se précipite pour lui ouvrir la porte.

« Jeune homme, indiquez-moi ce que vous faites dans la vie », enjoint-il sévèrement lorsque Vavitch s'apprête à sortir.

Il a déjà chaussé ses lunettes et griffonne dans le registre.

« Vous ne vivez tout de même pas de manne ? Ayez l'obligeance de m'informer…

— Je suis sous-officier de réserve…

— C'est quoi, ce métier, réserviste ? Tout le monde est réserviste. »

Le portier esquisse une grimace de mépris.

Viktor, vexé, tire la porte et bondit dans la rue.

« Attends, quand je descendrai l'escalier en uniforme, comment que tu me salueras, chapeau bas ! se dit-il. Goujat ! N'importe quelle gueusaille peut vous… Imbécile ! »

Et il se précipite vers les vitrines d'un magasin militaire pour admirer un sabre d'officier.

La princesse Marie

Nadienka a fixé rendez-vous à Philippe dans l'appartement où elle s'était changée avant de se rendre à la réunion. Là vit son amie Tania, avec une domestique, une vieille femme qui lui a servi de nounou et en qui on peut avoir toute confiance. Le père de Tania est avocat, il n'est presque jamais à la maison, quant à sa mère, cela fait un an qu'elle est morte, à Varsovie. Nadienka prend Tania pour une gamine et condescend à lui accorder sa confiance.

« Elle fait sa demoiselle », songe-t-elle en regardant son amie perdue dans la contemplation de ses jambes gainées de soie noire.

« Des jambes toutes neuves, se dit Tania, voyez donc : elles ont poussé d'un seul coup ! Et ces jolis pieds dans leurs escarpins vernis et effilés… »

Un frisson parcourt Tania : de vrais poignards, brillants et pointus.

« Une sotte de dix-huit ans, murmure Nadienka. Elle pourrait, au moins… »

À la dérobée, Nadienka jette un coup d'œil à ses propres bottines anglaises à petits talons.

Tania admire toujours ses jambes, en soupirant. Coup de sonnette dans l'entrée. Tania rabat sa jupe et bondit du divan.

La vieille servante ouvre à Philippe.

« Entrez, mon bon monsieur.

— Venez avec moi », dit Nadienka d'un ton particulièrement sec devant la vieille et elle montre le chemin, faisant résolument claquer ses talons anglais.

Assise sur le tapis au milieu de la pièce, Tania se met à chantonner d'une voix profonde, basse, pleine de sentiment. Elle a caché ses jambes sous sa jupe – ne pas trop les regarder – et se contente, à travers le tissu, de serrer le bout pointu de son douillet soulier verni.

Nadienka installe Philippe à une petite table de jeu déployée pour la circonstance. Philippe sort son mouchoir, s'éponge le visage et les cheveux. Il a un soupir, jette un regard à Nadienka et attend. Elle fait les cent pas dans son dos, fixe le plancher d'un air maussade, puis, relevant la tête, la nuque de Philippe. Au-dessus de son cou robuste et large, courent en laine duveteuse des cheveux gris coupés ras.

« Eh bien, commençons par la lecture, propose-t-elle enfin. Vous lisez… couramment ? »

Elle ouvre devant lui un volume de Tolstoï préparé tout exprès. Philippe se racle la gorge, avale sa salive et entreprend de lire. D'une voix forte, comme on lit à l'école, du fond de la classe. Il hache les mots, les écorche, les accentue de telle sorte qu'on dirait du polonais. Une intonation tambourinante, comme sur du bois. Nadienka comprend à peine ce qu'il débite.

Elle le corrige.

« Prin*cesse* et non *Prin*cesse.

— Ben oui, prin*cesse*, réplique Philippe en se détournant et en criant de nouveau vers le mur. Princesse Marie[1] ! »

« Mon Dieu quelle horreur ! se dit Nadienka en secouant la tête. C'est qu'il ne comprend rien ! » Elle a du mal à supporter ce criaillement stupide. Alors, n'y tenant plus : « Bon, parfait. Ça suffit. »

Mais Philippe murmure, les yeux rivés au livre.

« Laissez ce livre.

— C'est drôlement intéressant. »

Il tourne vers Nadienka son visage rouge, en sueur.

Nadienka passe à la dictée. Philippe, penchant le col comme un cheval, trace les lettres, trempant à chaque instant sa plume dans l'encrier. Le livre à la main, Nadienka le regarde par-dessus l'épaule ; elle voit qu'il sème généreusement les *s*, qu'il s'applique de son mieux, mouille sa plume et accroche des boucles tarabiscotées. Son écriture est toute frisottée.

« Pourquoi deux *s* à traversin ? ne peut s'empêcher d'objecter Nadienka.

— Ben quoi, c'est comme coussin ? Un traversin et un coussin, c'est tout un… »

Elle éclate de rire. Philippe aussi. Il pose sa plume et, haletant comme après une course, s'essuie le front avec son mouchoir de couleur.

Nadienka s'assied à côté de lui. Elle corrige, explique. Que cet homme fort – elle se rappelle qu'en la prenant

---

1. Personnage de *Guerre et Paix* de Léon Tolstoï.

par le bras, il l'avait presque soulevée – acquiesce maintenant avec respect et la regarde docilement, l'émeut. Elle voudrait le réconforter.

« Ça viendra, vous vous y ferez, ne vous tracassez pas, ce n'est rien.

— Le principal, c'est l'habitude, répond Philippe. Et de savoir s'y mettre. Dans notre métier, tenez, vous regardez un type : il fait tout à la va-comme-je-te-pousse, par-dessus la jambe, il n'arrive pas à s'y mettre.

— Bon, vous recopierez cela. »

Nadienka veut qu'il le fasse chez lui. Mais il a déjà saisi la plume, l'a trempée dans l'encre et a pris une grande goulée d'air. Il plante la plume dans le papier avec un tel appétit que Nadienka se dit : « Il s'y est mis », et elle ne l'interrompt pas. Elle le regarde s'appliquer, bouger les lèvres comme un enfant et elle voudrait le dorloter, caresser sa nuque aux cheveux courts.

Vassiliev respire à peine. Dans l'appartement, une horloge sonne onze heures d'une basse mélodieuse.

« *C'est là que je voudrais vi-i-vre* !* » chante Tania, seule dans la salle à manger.

Nadienka bondit vers la porte.

« Il est possible de faire moins de bruit ? On travaille, ici. »

Philippe a recopié sans une faute, sans une rature, mais les frisettes, les bouclettes de ses lignes sont de plus en plus fournies.

Nadienka contrôle, Philippe la dévore des yeux, il attend, retenant sa respiration.

Elle repose le cahier.

« Alors ? » demande-t-il en reprenant haleine. Il est cramoisi, il a un sourire provocant. « Suffit de s'y mettre. » Et il abat sa main sur le cahier.

Nadienka rattrape l'encrier, mais il est trop tard : l'encre se répand sur la table de l'avocat. En un clin d'œil Philippe arrache une page et, du dos du cahier, pousse la flaque vers le papier, la verse prestement dans le pot du palmier. Il se précipite à la porte et Nadienka l'entend commander à la cuisine :

« Oui, un chiffon propre, pourquoi tu me files une vieille guenille ? »

Il revient avec un mouchoir humide.

Il ne reste plus qu'une tache sombre sur le drap vert. Philippe la saupoudre de cendre.

La vieille piétine à côté de lui, la bouilloire à la main.

« Vite, un journal ! » éructe Philippe.

La vieille et Nadienka se précipitent.

Philippe gratte la cendre et la dépose sur le journal qu'il fourre entre les mains de Nadienka, sans même la regarder. La tache humide s'assombrit sur la table.

« Ça va sécher et on n'y verra plus rien », dit Philippe en caressant précautionneusement le drap.

Il se rassied, de nouveau tout contre la table.

« Les *s*, c'est le manque d'habitude, mais si on s'y met… »

Nadienka a du mal à reprendre son ton d'institutrice.

Quand Philippe se lève pour partir, elle regrette déjà et, pour la troisième fois, serine :

« Laissez la grammaire, l'important c'est la mémoire visuelle, la mémoire des yeux. »

Du doigt, elle lui montre ses yeux. Philippe répond par plusieurs clins d'œil.

Nadienka va dire au revoir à Tania. Qu'elle ne reconnaît pas. Elle est fagotée dans une robe de basin, ses cheveux sont lissés en arrière et pointent en chignon humide sur la nuque. Elle porte de gros bas défraîchis et des souliers éculés. Tel un oiseau triste, elle regarde Nadienka.

« C'est quoi, cette nouvelle mascarade ? » demande Nadienka en enfilant son gant dans l'entrée.

Tania, en réponse, remue à peine les lèvres et passe au salon en traînant les pieds.

Le soir, chez elle, Nadienka imagine Philippe, dans la pièce qui lui est familière, en train de faire les exercices qu'elle a cochés dans le manuel d'Evtouchevski[1]. Elle voudrait l'y rejoindre, elle déambulerait dans la chambre et il lui poserait des questions. Elle revoit nettement sa nuque aux cheveux ras, sa main et l'ongle abîmé de son pouce.

Les barbus

« Alors, tu t'y es mis ? » marmonne le garde dans sa barbe, en emportant de la cellule, au troisième jour, la gamelle vide de Bachkine.

Ce dernier se tient face à la fenêtre condamnée, ses mains glacées enfoncées dans les poches. Il en pleure presque de dépit. D'un pas, il gagne l'angle opposé de la cellule où, à l'aide d'un bouton de son manteau, il trace des bâtonnets sur le mur, cochant les jours. On lui apporte sa ration du matin et il ajoute une marque. Il a repéré l'endroit où se trouvera le cinquième bâtonnet et a fait une croix. Cela signifie qu'au cinquième jour il doit mourir de faim. Il aime ce coin, il arpente la cellule en jetant des coups d'œil à cette croix et des larmes chaudes de joie mauvaise lui montent à la gorge. Ils vont venir et il sera étendu, raide, au beau milieu de la pièce. Un orgueilleux cadavre. Ça leur apprendra.

À présent, tout est fichu. Sans même s'en apercevoir, Bachkine, en passant devant sa gamelle, a prélevé un petit bout de pain, à peine une miette. Puis il a égalisé,

---

1. Vassili Evtouchevski (1836-1888), pédagogue et mathématicien, auteur de manuels destinés aux autodidactes.

pour que ça ne se voie pas… Un désespoir sourd s'est installé en lui, boule pesante qui lui écrase l'âme.

Bachkine s'assied sur son tabouret, pose ses coudes sur la table et de ses paumes se bouche solidement les oreilles. Impossible, à présent, de regarder les marques dans le coin, la petite croix lui est un reproche, un tourment. Il est là, immobile, et le cafard, bise froide, hurle en lui.

Il entend soudain la clé dans la serrure, retire ses mains, jette un regard effrayé. Le gardien ouvre grand la porte et crie depuis le seuil :

« Dehors ! »

Bachkine a toujours son regard effrayé.

« Dehors, on te dit. »

Et le gardien, d'un brusque mouvement de tête, lui indique le couloir.

Bachkine ferme son manteau, bondit vers la porte.

Déjà, l'autre garde le pousse dans les reins, en répétant :

« Allez, allez, plus vite !… À droite, à droite, allez, l'escalier ! »

Bachkine a le cœur qui cogne, le souffle lui manque. Il monte les marches deux à deux.

De nouveau un couloir, le garde, par-derrière, d'un geste prompt, lui ouvre une porte. Un escalier d'honneur, avec tapis et, sur le palier, une glace sur tout le mur : Bachkine y voit confusément, comme étrangère, sa longue silhouette réfléchie.

« Attends », dit le garde et il pousse la glace.

Le miroir pivote, laissant apparaître un passage, le garde fait tourner Bachkine par l'épaule et le projette en avant. Bachkine entend la porte se refermer derrière lui. De nouveau, le garde le pousse dans les reins. Ils vont dans un large couloir au parquet ciré.

« Ôtez votre manteau. Votre chapka aussi. »

Bachkine se trouve dans une belle antichambre. Deux gendarmes dardent sur lui des regards secs, acérés. Le garde s'éclipse, Bachkine a le souffle court. Ses genoux le trahissent lorsqu'il essaie de marcher. Il se laisse tomber sur une banquette vernie le long du mur.

« Debout, c'est la place de l'huissier », dit un gendarme.

Bachkine sursaute, se lève, sa tête tourne et il s'agrippe au chambranle de la porte.

« Fais entrer, lance un ténor mélodieux dans le couloir.

— Je vous en prie », enchaîne, d'une voix exagérément forte, le gendarme en claquant des éperons.

Il ouvre une porte et, derechef dans un cliquetis d'éperons, s'immobilise pour laisser passer Bachkine.

Cabinet immense, hautes fenêtres, tapis recouvrant le plancher, fauteuils moelleux. Debout près de la table, un officier de gendarmerie, rasé de près, aux duveteuses moustaches d'un blond roux. Il a un sourire avenant, tel un hôte prévenant.

« Ah, monsieur Bachkine ! Semion… Petrovitch ? Enchanté. Prenez place. »

De sa petite main soignée, l'officier indique un fauteuil recouvert de tapisserie près de la table. Tintement languide des éperons.

Bachkine salue, trébuche et se laisse tomber, s'affale dans le fauteuil bas. Il respire péniblement. Il fixe l'officier d'un regard pleurard, puis s'absorbe dans la contemplation du tapis.

« Vous ne vous sentez pas bien ? s'enquiert l'officier, affable et poli. Nous allons demander du thé. » Et il appuie sur un bouton de son bureau. Une sonnette ouvragée, en melchior. « Sers-nous du thé », ordonnet-il quand apparaît à la porte le gendarme, dans un claquement d'éperons.

L'officier se cale dans son fauteuil derrière le bureau. Bachkine promène son regard flou sur la garniture en malachite, sur la main blanche, chargée d'une chevalière si massive qu'elle la fait paraître minuscule.

« Est-ce si affreux en bas ? demande l'officier compatissant. Mais tout cela n'est sans doute qu'un malentendu que nous allons, ensemble, tenter de dissiper.

— Oui, oui, un malentendu, répond Bachkine en se portant en avant, vers l'officier. Il n'y a absolument rien, je ne comprends pas…

— Pose ça ici », dit l'officier au gendarme en libérant une place sur la table, devant Bachkine.

Le thé brûlant fume, le plateau et les porte-verres en argent brillent.

« Voyez-vous, il y a beaucoup de malentendus aujourd'hui. Et une foule de gens qui n'ont rien à y voir se trouvent mêlés à ces affaires. Vous ne pouvez vous figurer combien ils sont nombreux. Mais buvez votre thé, il va refroidir. »

Bachkine acquiesce de sa tête faible et hirsute.

« Mettez-vous à notre place, poursuit l'officier en rapprochant son verre. Il nous faut nous y retrouver… Vous n'êtes pas socialiste ? Pardon, je n'insiste pas. Personnellement, je partage un peu ces idées-là. Cela vous étonne peut-être. Prenez donc du sucre.

— Non, pourquoi serais-je étonné ? marmonne Bachkine en s'évertuant à saisir un morceau de sucre avec la pince en argent.

— Il est vrai que vous êtes à même de comprendre : n'êtes-vous pas philosophe ? Eh oui ! De par mes fonctions, vous me pardonnerez, j'ai été amené à me familiariser avec nombre de vos pensées. »

Bachkine s'empourpre. Il sent ses oreilles bourdonner et son visage brûler de plus en plus.

« Pardonnez-moi encore, mais, sans que vous le vouliez peut-être, beaucoup de vos jugements m'ont frappé par leur profondeur. Vous ne fumez pas ? »

L'officier tend à Bachkine un large porte-cigarettes en argent.

« Voyez-vous, il y a actuellement tant de gens tout bonnement agités, de jeunes qui, tout bonnement, vivent très difficilement cet âge où l'on a besoin de se déchaîner. Certes, chacun est libre de choisir sa folie, n'est-ce pas ? »

L'officier a un sourire amical. Bachkine s'empresse d'acquiescer.

« Mais il faut en payer le prix. Après tout, ces jeunes gens font ensuite d'excellents procureurs, professeurs, médecins, fonctionnaires… Oui, mon cher. Simplement, en quel honneur autrui devrait-il répondre de vos frasques ? Vous ne saisissez pas de quoi je parle ? »

Bachkine, de tous ses yeux, regarde l'officier, son verre de thé serré contre sa poitrine.

« Je parle de ces gens du peuple qui servent de cobayes pour… dirais-je… vos inventions. Permettez : de jeunes messieurs instruits, des étudiants ! Comment ne pas les croire ? Et le peuple les croit, et nos Robespierre en rajoutent à l'envi. Alors, nos braves barbus chargés de famille commencent, du fond du cœur, à jouer les Proudhon. Pour se retrouver du côté de la Touroukhan[1]. Où voulez-vous qu'on les mette si leur cervelle leur joue des tours ? Pendant ce temps, figurez-vous, nos étudiants déambulent, arborant des cocardes. Puis ils se marient et, sans problème, montent en grade, touchent un traitement. Devant un verre de vin, ils évoquent leurs péchés de jeunesse. En attendant, nos barbus… Vous imaginez bien ce qui se passe ? »

Là, l'officier jette à Bachkine un regard lourd de sens, voire quelque peu sévère, et se met à tourner sa cuiller dans le verre qui tinte.

---

1. Affluent de l'Ienisseï, lieu de relégation depuis le XVIIIᵉ siècle, où Staline, notamment, passa deux ans après la révolution de 1905.

« Oui, mon cher. Ils s'en fichent bien, des barbus, avec toute leur progéniture ébouriffée, leurs Jeannot et leurs Mariette. »

L'officier observe un silence chagrin, les yeux rivés au plancher.

« Il faut bien que quelqu'un pense à eux, à ces gens du peuple, au lieu de jouer avec les cœurs russes sincères et crédules, de jongler avec le destin des honnêtes gens. Mieux vaut faire du chambard au cabaret, si vous avez des forces à revendre. Tenez, nos démocrates maison nous couvrent d'injures, or, croyez-moi, nous autres, gendarmes honnis, sommes peut-être plus proches de… Hum… Oui. Alors, qu'est-ce que vous dites de tout ça, Semion… pardon… ah oui, Petrovitch ? Alors, Semion Petrovitch… »

L'officier se lève et arpente le tapis. Nouveau cliquetis languide des éperons.

« Oui, oui, répond Bachkine. Je partage en partie beaucoup de vos points de vue. »

Il lève un regard intelligent sur l'officier. Il lui est si agréable de voir la lumière du jour, il est si bien dans cette pièce soignée, avec son fauteuil moelleux, son verre propre et cet officier qui lui parle d'égal à égal, cet officier craint par les gendarmes qui le bousculent, lui, Bachkine, et lui hurlent dessus. Il lui semble qu'enfin un Européen raffiné et puissant l'a délivré des sauvages, libéré de captivité. Et les trois jours passés lui paraissent un rêve affreux, comme s'il était tombé accidentellement dans une basse-fosse et qu'il eût à présent retrouvé la lumière. Bien sûr, les autres imbéciles n'y comprennent rien, ils le molestent, tel un bandit de grand chemin.

« Oui, oui, je comprends tout… beaucoup », répète Bachkine avec un hochement de tête reconnaissant.

Il reprend même un peu courage, se renverse légèrement contre le dossier du fauteuil.

« J'espérais bien que vous me comprendriez. C'est pourquoi je me suis montré si sincère avec vous. Donc, pour en
revenir à nos petites Mariette… Il faut bien que quelqu'un
y songe. Il faut bien que quelqu'un s'en charge. Mais on
ne peut le faire de but en blanc. Vous êtes d'accord ? »

Bachkine opine.

« Vous voyez bien. Sans cela, on se retrouve dans des
histoires comme la vôtre. Et à quoi cela nous mène-t-il ?
En l'occurrence, il faut agir au cas par cas… Et débrouiller
l'affaire avant d'intervenir. Vous ne le contestez pas ?

— Non, non. C'est tout à fait juste. »

Bachkine boit une dernière gorgée du thé déjà froid et
repose précautionneusement le verre sur le plateau étincelant.

« Or, nous ne pouvons le faire nous-mêmes, seuls. »

L'officier s'interrompt et, se penchant légèrement vers
Bachkine :

« Nous ne pouvons pas tout seuls, répète-t-il à mi-
voix, en regardant Bachkine dans les yeux. Il y faut un
homme subtil. Vous, vous êtes psychologue. Un fin psychologue. Je l'ai noté avec joie en lisant votre Journal.
Non, non, ne le prenez pas pour un compliment, c'est la
stricte vérité. Des hommes, j'en ai vu beaucoup… »

À cet instant, le téléphone mural fait entendre une sonnerie stridente.

« Vous permettez ? »

L'officier décroche.

« Oui… oui…, répond-il, une impression très, très
sympathique. À vos ordres, Votre Excellence. Tout de
suite, j'arrive… Excusez-moi quelques instants. Je le
regrette, il est si intéressant de parler avec vous. »

Et il se hâte vers la porte.

Bachkine reste seul. Il avale le fond sucré de son verre.
Il est si heureux de demeurer tranquillement dans ce
cabinet où les autres n'oseront pas le toucher, surtout

après que l'officier lui a parlé ainsi, d'égal à égal. Humainement. La porte s'ouvre. Bachkine tourne la tête, souriant à l'avance. Un gendarme, l'œil plissé, le regarde depuis le couloir plongé dans la pénombre. Bachkine se rembrunit.

« Qu'est-ce que vous faites là ? demande le gendarme sur le seuil.

— Eh bien, j'attends monsieur l'officier, répond Bachkine et il se tourne vers les fenêtres.

— Venez un peu ici ! enjoint le gendarme. Sortez ! »
Bachkine se tourne de nouveau vers lui.

« Allons ! crie le gendarme en indiquant le couloir d'un mouvement résolu de la tête.

— Je vous ai dit que…, commence Bachkine en faisant un pas dans sa direction.

— Sortez, sortez, plus vite que ça ! » Le gendarme a un geste impatient. « En avant, marche ! »

Bachkine passe dans le couloir.

« Prenez vos affaires ! »

Le gendarme le pousse vers le portemanteau.

Le garde qui l'a amené de la caserne attend dans le vestibule. De nouveau, Bachkine sent une main rude sur ses reins et marche sans s'arrêter. Il ne reprend ses esprits qu'en reconnaissant le couloir souterrain.

« Il va revenir, il ne me verra pas et ils en prendront pour leur grade », se dit-il, assis sur sa couchette. En haut, l'ampoule trouble rougeoie.

Au matin, on ne lui apporte que de l'eau chaude. Pas de pain.

« Vous avez oublié le pain… »

Le garde se dirige vers la porte, sans se retourner.

« Le pain, vous dis-je… Sans doute ne l'a-t-on pas livré aujourd'hui, reprend aimablement Bachkine.

— T'as peut-être fendu du bois pour avoir le droit de bouffer ? » maugrée le garde en verrouillant la porte.

Au déjeuner, on lui jette un quignon de pain sur la table.

De sa couchette, Bachkine guette, les paupières mi-closes : qu'ils le croient endormi !

L'épingle

Tania s'est réveillée de bonne heure. Soleil matinal qui fait rutiler les stores blancs. Bourdonnement sonore des mouches dans la chambre paisible. Tania se lève d'un bond, tire le store et plisse les yeux. Voici que sa chemise de dentelle est devenue toute rose, légère, diaphane. Tania offre au soleil ses bras nus, les tourne, les baigne dans la lumière rosée. Elle caresse son bras qu'engourdit encore la chaleur du sommeil, le frotte de rose transparent. En bas, le portier expectore et passe mollement son balai sur la chaussée. Tania fait sa toilette, ses mains ne se lassent pas de barboter dans la cuvette de porcelaine, elle ne cesse d'admirer son reflet tendre et léger dans le marbre poli.

Puis, d'un air concentré, elle entreprend de se vêtir, soigneusement, sans hâte. Elle agrafe à sa guimpe sa broche préférée, petite sphère brillante sur son sein blanc. Sous la robe, elle ne se verra pas.

« Mais moi, je saurai », se dit Tania, frissonnant de plaisir et de gêne.

Elle ne jette pas un coup d'œil dans le miroir, elle sait par cœur comment se coiffer.

Elle porte un caraco de soie noire. Les petits boutons rouges à liseré s'écoulent, gouttes de sang cruelles, de l'échancrure triangulaire de son vêtement. Tania les regarde, elle tâte la broche dure sous le tissu, un soupir soulève sa poitrine et se fige. Tania va à la salle à manger d'une démarche aérienne et gracieuse, comme jamais elle n'en eut ; lui plaisent la fraîcheur lustrée de la lingerie de soie et le frôlement soyeux de la jupe sur ses genoux. Cérémonieusement, elle prend le service dans le buffet, place la cafetière sur le réchaud à alcool. Elle s'empare d'un livre français, se pose délicatement dans un fauteuil. Elle tient le livre d'une main élégante ; le sourcil à peine froncé, elle fixe les lignes et l'ongle rose effilé de son pouce. Ses yeux se plissent, elle les sent brasiller sous ses cils. La voici en train de boire son café près du guéridon. Elle a joliment disposé le service et s'efforce de ne pas faire craquer les biscuits sous sa dent.

La ville s'éveille. Au-dehors, sur le trottoir, claquement pressé de talons affairés et brimbalement du premier omnibus : la journée commence.

Tania se relève. Il lui semble que tout son corps darde des flèches flexibles, tendues, acérées. Il lui faut de l'espace. Les traits perçants et durs font autour d'elle comme des ailes. Elle met son chapeau, sa jaquette, enserre ses mains de gants étroits, comme si elle cachait dans un étui ses jolis ongles, en regardant du coin de l'œil dans le miroir : ce n'est pas nécessaire, elle se voit mieux de l'intérieur, sous tous les angles. Elle sait que chaque jour, chaque matin lui est un présent. Elle ne peut rester à la maison, il lui faut porter au-dehors tout ce qu'elle a sur elle ; elle se glisse par la porte et ferme soigneusement le verrou de sûreté. Le portier se roule une cigarette de gros gris, le balai dans le pli du coude. En tirant son bonnet, il laisse échapper des miettes de tabac.

« Bien le bonjour. »

Tania répond d'une lente et grave inclinaison de la tête. Elle ignore où elle va. Elle n'y a même pas songé. Ses petits talons vernis claquent, sonores, sur le trottoir désert. Trois ouvriers, éblouis par le soleil, guettent l'omnibus. Tania s'approche et attend. Les ouvriers interrompent leur conversation pour la regarder.

L'omnibus arrive en brimbalant et s'arrête : c'est une voiture d'été, découverte, avec son alignement de bancs.

Dépassant les ouvriers, il s'immobilise juste devant Tania, comme un carrosse qu'on lui avance. Elle monte et se dirige droit vers le premier banc, altière, sans chercher de place ni regarder autour d'elle. Et l'étudiant, au bout du banc, s'écarte d'un bond, comme s'il avait pris sa place et se hâtait de la lui rendre. L'omnibus s'ébranle. Les passagers ensommeillés, emmitouflés, portant encore la chaleur de la nuit, les passagers qui se laissaient docilement ballotter et se heurtaient mollement aux tournants, battent à présent stupidement des paupières devant la fière et jolie demoiselle. Certains se réveillent pour de bon et se placent de biais pour la mieux admirer. Sanka Tiktine n'a jeté qu'un regard à sa voisine, mais, du coin de l'œil, il perçoit son profil.

Tania fixe obstinément la chaussée baignée d'un soleil d'automne pâle et frileux. L'épaule de Sanka se serre contre le bras de la jeune fille, il choie cet effleurement, le ressent comme une marque chaude. Un cahotement les rapproche encore, ils s'écartent l'un de l'autre, mais Sanka s'ingénie à renouveler l'effleurement.

« La voici, c'est elle ; *cela* existe donc », songe-t-il avec effroi. Et il réfléchit à ce qu'il pourrait bien lui dire, or il ne trouve rien, les mots lui font défaut. Elle n'est pas de celles qui parlent, elle est de celles qui glissent sur des tapis et, depuis les tableaux, vous regardent.

Il lui semble que, quoi qu'il fasse, quoi qu'il dise, rien n'ira. S'il lui jette un coup d'œil, cela ira encore moins. S'il ne la regarde pas, se contentant de fixer le plancher, ce sera également stupide et honteux, et Sanka voudrait disparaître, qu'il ne reste que l'effleurement.

À chaque arrêt, il sent son cœur cesser de battre : si elle descendait ? Une laitière quitte l'omnibus, empaquetée de châles en croix, pareille à un balluchon. Elle se retourne comme pour un adieu à Tania. Sanka devrait s'écarter, mais il ne le peut. Les yeux rivés au plancher, il ne bouge pas. C'est gênant, les passagers lorgnent. Grand bien leur fasse ! Elle va descendre, et tout sera perdu. Si, au moins, demeurait sur son bras cette marque, telle une brûlure, et qu'il la porte éternellement, qu'elle ne s'efface point, il ne le dirait à personne, ne la montrerait de sa vie, cela lui suffirait.

Déjà, la voiture est à moitié vide, l'omnibus dévale gaillardement une rue déserte, dans un brimbalement et l'éraillement discordant des fers des chevaux. « À présent, elle va descendre, c'est sûr », décrète Sanka qui, sans en avoir conscience, se serre plus fort contre sa voisine. Tania a un léger mouvement – le premier ; Sanka s'écarte et il a froid, soudain, comme dans un courant d'air. Tania dégage son bras, arrange ses cheveux sur sa nuque, par-dessous son chapeau.

« Que c'est bien, simple ! » se dit Sanka, ravi par ce coude relevé, par ce geste si féminin, à croire qu'elle est la première à le faire. Sanka est haletant. Grincement des freins de l'omnibus. Le cocher se retourne. Tania se lève ; Sanka, le souffle coupé, ne sait que faire. Il se faufile devant les genoux de Tania et, d'une volte, saute à terre pour lui offrir son bras.

Elle y prend appui et dit :

« *Merci** ».

— Vous vous arrêtez là ? » crie le cocher et il fouette ses chevaux.

Tania revient en arrière et remonte la rue.

Sur le trottoir d'en face, Sanka la regarde marcher. Il lui semble que ce n'est pas elle qui avance mais le trottoir, la rue qui voguent sous elle, se déroulent sous ses pieds. Bousculant les passants, Sanka ne quitte pas Tania des yeux. Il redoute chaque portail devant lequel elle passe : elle va tourner, disparaître. Comme ce type, en face, la dévisage ! Si lui, Sanka, pouvait marcher à sa rencontre, toujours à sa rencontre, et non la suivre comme maintenant ! S'il l'aborde, il aura l'air de l'importuner. Alors, tantôt il ralentit le pas, tantôt la rattrape. Ah, si elle pouvait se retourner !

Il doit y penser très fort, et ça marchera. Donc, il y pense, il y pense obstinément, à en avoir mal aux tempes.

« Retourne-toi, retourne-toi, ma chérie ! Allons, tourne-toi ! Là, tout de suite ! »

Sanka ne s'aperçoit pas qu'il bouge les lèvres.

« Retourne-toi donc ! Retourne-toi, te dis-je ! Allez ! »

Elle ne se retourne pas et va, légère, sa jupe ondule, légère, ondule son ombre d'un bleu diaphane. Et l'ombre, la jupe, la démarche aérienne et triomphante, le fait qu'elle ne se retourne pas, qu'elle regarde sévèrement devant elle, tout cela émerveille Sanka. Comment avait-il pu ne pas remarquer qu'un tel miracle existait dans sa ville ? « La voici, c'est elle ! décrète-t-il pour lui-même. Le bonheur qui va par la ville. Suis-je donc le seul à le voir ? »

Les passants se font à présent plus nombreux. Sanka la suit sans détacher les yeux et, quand la foule la masque, comme s'il la voyait au travers, il sait exactement, malgré tout, où elle se trouve, il aperçoit çà et là le bout du ruban de son chapeau, ses souliers dans le défilé des pantalons et des bottes. Ils sont maintenant dans le centre-ville. Où vogue-t-elle ainsi ? Dieu veuille qu'elle n'entre nulle part ! Et, chaque fois que Tania tourne, Sanka vire de bord.

Les magasins ouvrent, roulement des volets de fer, vendeurs de journaux dont le cri vient vous barrer la route. Sanka se fraie un chemin à travers la foule comme à travers des fourrés, et voit que, de l'autre côté, la jeune fille est portée comme par le souffle régulier d'un zéphyr.

Elle prend à droite, dans leur rue. Voici leur porte d'entrée. Mais oui, la sienne ! Et Sanka traverse la rue en courant, s'engouffre dans le vestibule, puis, retenant son souffle, écoute les pas monter l'escalier. Elle est là, au-dessus de lui. Voici le premier étage : bruit ténu des talons sur le palier. Elle s'arrête, elle s'arrête !

Et résonne, distincte dans l'escalier vide et sonore, la stridence de la sonnette. Sanka n'ose bouger, de crainte de l'effrayer : en haut, une porte s'ouvre, leur porte. Pour claquer aussitôt. Sanka monte quatre à quatre et, retenant sa respiration oppressée, l'oreille collée à la porte, écoute. Le sang bat à ses tempes et l'empêche d'entendre.

« Elle est là, elle est là, la demoiselle. » C'est la voix de Douniacha. « Tout de suite ! »

Sanka ne sonne pas, de peur que ce ne soit pas elle, ici, dans leur maison. Ce n'est pas possible. Posté devant la porte, il attend.

« Tiens, quelle surprise ! Enlève vite ton chapeau ! »

C'est Nadienka qui ordonne, de sa voix d'institutrice. Et ce n'est qu'au moment où des pas résonnent dans le couloir que Sanka se décide à sonner. Prudemment, comme s'il faisait une visite.

Posé sous le miroir de l'entrée, son chapeau. Sanka file dans sa chambre. Il y reste une minute, tel quel, en manteau. Il entend Douniacha passer à la cuisine, puis se glisse à pas de loup hors de la pièce. Il regarde à l'entour. S'approche sur la pointe des pieds du miroir, jette un nouveau coup d'œil prudent et, tout doucement, du bout des doigts, soulève le chapeau de Tania par le bord. Il le tient un instant près de son visage, le repose délicatement, le caresse, l'effleurant à peine.

Une porte grince. Sanka marque le pas devant la patère et, d'un geste rageur, retire son manteau. Recoiffant au passage ses cheveux mouillés, Andreï Stepanovitch pointe le nez dans l'antichambre, regarde son fils et se renfrogne. Sanka a l'impression qu'il y a du reproche dans sa façon de tourner la poignée de la porte.

De retour dans sa chambre, Sanka prête l'oreille. Il entend tinter la vaisselle dans la salle à manger. Douniacha dresse la table pour le thé. Tout résonne. Sanka revient dans l'antichambre et se poste devant le miroir. Il y vérifie qu'il n'y a personne derrière lui et, à tout hasard, prend un air affairé. Le tintinnabulement se poursuit dans la salle à manger.

Sanka saisit l'épingle d'argent par son extrémité en forme de lys, la retire d'un coup sec et l'emporte rapidement chez lui.

Le voici couché sur son lit, appuyant de toutes ses forces sa joue sur l'oreiller et, au-dessous, crispant sa main sur l'épingle. La tête enfoncée dans l'oreiller, les yeux clos, le souffle suspendu, il murmure muettement :

« Ma chérie, ma chérie ! »

Une brise chaude chante dans sa poitrine.

Il entend des pas dans l'entrée et, interloqué, bondit.

« Parfait, parfait ! » C'est la voix de Nadienka. « Que cherches-tu ?

— Mon épingle. Celle de mon chapeau. »

C'est la première fois qu'il entend vraiment sa voix. Il s'approche furtivement de la porte, la bloque de son pied, comme si l'on s'apprêtait à faire irruption, son cœur bat la chamade.

« Douniacha, vous n'avez rien trouvé ? Une épingle a dû tomber par ici.

— Il n'y a rien. Et puis, qu'est-ce que j'en ferais, de votre épingle ? Jamais de ma vie je n'ai porté de chapeau. Il n'y a rien. »

— Ce n'est pas grave. Je me débrouillerai. »

De nouveau, il entend sa voix.

« Si on la retrouve, je te la rapporterai », dit Nadienka.

La porte claque.

Le sabre

Aux essayages, chez le tailleur, le miroir renvoie l'image d'un inspecteur de police en confection : le casaquin vert disparaît sous les fils blancs du bâti comme une maison sous les échafaudages. Viktor regarde à la dérobée, redoutant d'imaginer de quoi il aura l'air dans son nouvel uniforme. Il veut se métamorphoser d'un coup : l'inspecteur de quartier Viktor Vavitch !

« Vous faites de la gymnastique ? » marmonne le tailleur.

Il souffle, exhale une odeur aigre d'étoffe et dessine à la craie sur Viktor, comme sur un panneau de bois. Viktor est au garde-à-vous.

En sortant de chez le tailleur, il va acheter le sabre. Il le voudrait des plus chics, mais craint de ne pas faire sérieux. On le traiterait aussitôt d'« évaporé ».

« La plupart prennent ce modèle. »

Le commis lui tend un sabre tout léger. Le fourreau fleure bon le cuir neuf. Vavitch tire la lame, elle est assez minable, mais la garde, étincelante, vous a un de ces petits airs galants…

« C'est pas pour aller à la guerre, non ? C'est juste pour la parade.

— Pour la parade, oui, répond Vavitch avec une placidité de bon aloi.

— Vous le prenez ? »

Viktor acquiesce. Ce n'est pas le sabre dont il rêvait.

« Je m'y ferai. Et puis, je pourrai toujours en acheter un autre. »

Une « queue de hareng ». Certes flambant neuve, brillante, mais exactement ce qu'ils appelaient, dans son régiment, une « queue de hareng ». Puis il choisit les épaulettes : drap noir, large galon argent. À côté, dans une vitrine, l'or éclatant des épaulettes d'officier. Qu'elles semblent miteuses et lugubres, ces épaulettes de policier, parmi les ors de la gent aristocratique ! Toutes ces petites étoiles de sous-lieutenant et capitaine observent, sous le verre, un silence plein de morgue. « Pas touche ! » se dit Viktor. Un amer sanglot lui noue la gorge.

« Vous en voulez deux paires ?

— C'est égal », répond Viktor d'un ton maussade et il va régler ce qu'il doit.

La rue chasse ses idées noires. Il lui semble que tous le regardent, portant son sabre, et se disent sans doute qu'il est officier. Au moins aspirant de réserve.

Avec son sabre, Vavitch emprunte diverses rues, afin que l'on n'aille pas penser qu'il se pavane. Il déambule ainsi près de deux heures. D'une démarche lasse, il entre dans un parc. Le gravier mouillé murmure sous ses pas. Des feuilles rouges, humides, tombent des érables. Vavitch s'assied sur un banc, le sabre entre les genoux, et allume une cigarette. Le parc est désert. Personne ne passe ni ne regarde l'arme. Vavitch croise les jambes, étend les bras sur le dossier. Un air humide et pur l'enserre, baigne ses mains, son visage.

« Ah, être ici, officier, sous-lieutenant ! » songe-t-il. Ému, il sent déjà ses épaulettes s'étoiler d'or. Il roule légèrement des épaules. Prend appui sur la garde de son sabre, encore enveloppée. Il est sous-lieutenant. Il relève le menton. Bruissement de feuilles, piétinement de pieds nus. Deux gamins surgissent au tournant.

« C'est à moi, maintenant, je ne te le donnerai pas ! »
crie le plus âgé, une main dans la poche.

Le plus jeune court derrière et pleurniche :

« Rends-le-moi, sa-lau-aud ! »

Viktor leur lance un regard sévère et tourne le menton. Ils ralentissent l'allure, se taisent. Viktor remarque qu'ils lorgnent le sabre. L'aîné s'assied au bout du banc. Le col penché, il regarde par en dessous : toujours le sabre. Il gigote, se rapproche. Le petit est planté là, écarquillant ses mirettes pleines de larmes. Viktor leur sourit. Il encourage même des yeux le plus grand. L'enfant le jauge, s'enhardit.

« C'est un sabre ? demande-t-il à mi-voix.

— Mais oui, répond gaiement Vavitch. Un sabre, mon petit.

— Pour de vrai ?

— Un vrai, bien sûr. Un sabre d'officier.

— Vous êtes officier ? En civil ? Hein ? »

Le gamin se rapproche encore.

« Oui, dit Viktor.

— Il est pointu, vot'sabre ?

— Non, mon petit, je ne l'ai pas encore aiguisé. Il est tout neuf. J'en ai un autre, chez moi, un vrai rasoir. En un éclair, couic ! Terminé ! »

Et Viktor fait un moulinet de la main.

Le gamin est maintenant tout près.

« Vous avez été à la guerre ?

— Oui, j'en ai fait une… petite.

— Vous en avez tué beaucoup au sabre ?

— Difficile à dire. Au combat, mon gars, les balles, bing, bing, bing ! Et, quand on passe à l'attaque, on ne fait pas le détail, le premier qui vous tombe sous la main, paf ! paf ! Les soldats, eux, y vont de la baïonnette.

— Paf, paf ! répète le gamin en zébrant l'air de la main.

— Aaf, aaf ! imite le plus jeune.

« — Et d'autres à coups de pistolet, pas vrai ? D'un coup : pan ! » L'enfant fait mine de viser. « Pan ! T'es mort ! Pan, pan !

— C'est vraiment difficile à dire, reprend Viktor.

— On peut toucher ? »

Le gamin tend le bras vers le sabre.

« Tu ne peux rien voir comme ça, mon gars. »

Vavitch déchire le papier. La garde d'or et la poignée noire, vernissée, étincellent.

« Je peux le tenir un peu, m'sieur ? Je vous en prie ! »

Et la petite main du gamin s'agrippe à la poignée.

Viktor vérifie d'un coup d'œil que personne ne le voit.

« Bon, ça suffit, mon gars ! Quand tu seras grand, que tu gagneras tes galons d'officier… Alors… alors, tu sais… Mais ça se mérite, des galons d'officier…, dit Vavitch en enveloppant le sabre. Faut au moins être sous-lieutenant. Eh oui ! »

Viktor lorgne un vieil homme qui ramasse paresseusement les feuilles mortes.

Ce n'est qu'en arrivant à l'hôtel que Viktor se souvient du portier. Il achète pour vingt-cinq kopecks de journaux à un crieur de rue, entre dans la cour et emballe le sabre pour qu'on ne puisse voir ce que c'est.

« Inutile qu'il devine avant l'heure », se dit-il.

Viktor franchit rapidement la porte, grimpe quatre à quatre l'escalier.

« Monsieur ! Hé, monsieur ! Le monsieur de la 29 ! crie le portier dans son dos. Venez un peu ici ! »

Viktor poursuit sa montée.

« Venez, on vous dit, répète le portier.

— Qu'est-ce que c'est ? aboie Viktor par-dessus la rampe. Quoi, encore ? »

Il fusille du regard le portier.

« Rien, encore. Simplement, faut que vous signiez. Une convocation de la police », réplique le portier, sinistre.

Viktor dévale l'escalier et, d'une main incertaine, signe le récépissé. Le portier, chaussant ses lunettes, s'assure que c'est au bon endroit.

Viktor, trébuchant sur les marches, l'épaule frottant le mur, déchiffre l'adresse :

Ministère de l'Intérieur.
Chancellerie du chef de la police de N., nº 2820.
Hôtel du Chemin de Fer.
À l'attention de V. Vavitch.

Il s'enferme dans sa chambre et décachette l'enveloppe, y glisse une main tremblante.

À l'attention de l'inspecteur de quartier V. Vavitch.

Sur décision de sa Haute-Noblesse Monsieur le chef de la police de N., vous êtes invité à vous présenter afin de prendre vos fonctions au commissariat du quartier Saint-Pierre-et-Saint-Paul, le 20 du mois courant.

Le secrét. de la chancel.

Suivent un gribouillis touffu et un paraphe.

Viktor harcèle le tailleur, il y va deux ou trois fois par jour. Maussade, il passe et repasse devant le portier de l'hôtel, ses talons résonnent comme autant d'invectives. Chaque soir, il entreprend d'écrire à Grounia, mais pas un mot ne sort de sa plume. Il mouche la bougie de telle sorte que la cire éclabousse la table, se couche, tire la couverture, s'y enveloppe des pieds à la tête, les poings crispés sur le tissu rêche, serrant les dents, et murmure : « Seigneur, Seigneur ! » Au matin, sans se laver, il court presser le tailleur.

L'uniforme est prêt la veille du grand jour. Viktor le rapporte, enveloppé de papier journal, dans sa chambre.

Il est déjà minuit passé. Il se hâte, se rembrunit, les jambes flageolantes d'émotion tandis qu'il enfile le pantalon neuf. Il agrafe les épaulettes, elles ont un air funèbre : filet d'argent sur fond noir. Le casaquin lui prend bien la taille, Viktor en est requinqué. Mais il a peur de regarder dans le miroir trouble de l'armoire. Déjà, du coin de l'œil, il a remarqué qu'un inconnu s'agitait dans la glace. Tournant le dos au miroir, il glisse le baudrier sous l'épaulette. Martèlement étranger des bottes fortes neuves. Viktor sort du carton sa nouvelle casquette ornée de la cocarde de l'administration et de la plaque d'argent aux armoiries de la ville. Le voici fin prêt. Le silence de la nuit. La maigre chandelle éclaire mal. Viktor se résout d'abord à regarder l'ombre, il sent qu'une énorme masse court dans son dos sur la tapisserie crasseuse. Puis il se retourne carrément et regarde. Étrangère, l'ombre est sur le mur, celle de quelqu'un d'autre. Effrayé, il marche sur elle pour la réduire, pour mieux voir. Les pas étrangers font craquer le plancher. Et Viktor aperçoit en passant qu'un sergent de ville traverse le miroir de l'armoire. Ce sont ses bottes qui grincent.

Viktor se détourne de la glace, revient à son lit en trottinant. Prestement, il retire tous ses vêtements et, en linge de dessous, la bougie à la main, s'approche de l'armoire. Il contemple son visage blême, ses petites moustaches noires tressaillent.

« Viktor, mon pauvre Viktor », dit Vavitch à son reflet. Dans le couloir, une porte claque, quelqu'un traîne ses bottes à l'autre bout. Viktor arbore une mine grave et examine un bouton apparu sur son menton.

« Viktor Vsevolodovitch[1] », déclare Vavitch d'une voix ferme.

---

1. En russe, l'emploi du prénom suivi du patronyme est une marque de respect.

Il repose la bougie sur la table et, prenant une ciga-rette, fait volontairement claquer le porte-cigarettes.

Dans son lit, il fume encore, une boîte entière, et s'endort dans cette tabagie.

Au matin, la casquette flambant neuve, rigide, avec l'insigne de la police, est là, sur la table, qui le zyeute. Viktor en essuie de la manche la visière brillante, la tourne et la retourne entre ses mains et, assis sur son lit, se met à l'essayer.

Un peu plus sur l'oreille. Non, ça fait trop crâne. Pieds nus, il s'approche du miroir. Le soleil déverse ses rais embrumés dans la chambre. En chemise, Viktor arrange la casquette : sur l'oreille, mais raisonnablement. Parfait. Viktor, en souriant, salue.

« Non, faut ce qu'il faut ! »

Viktor se rase, se frictionne les joues avec la serviette jusqu'à ce qu'elles deviennent rouges, se brosse les dents jusqu'à ce qu'elles soient étincelantes et entreprend de se vêtir devant la glace. Le casaquin neuf l'enveloppe amou-reusement, la ceinture de drap à liseré framboise le cha-grine un peu, mais le sabre vient tout arranger. Viktor enfile les gants blancs. Une main blanche qui salue, c'est autre chose ! À présent, l'essentiel : se rire du sort !

« Ah, magnifique ! »

La courtoisie. Il s'incline, ployant à peine la taille, et porte délicatement la main à sa visière. Un sourire. Un claquement de talons : nouveau salut. On reclaque des talons et, esquissant un gracieux moulinet, on porte dere-chef la main blanche à la visière étincelante.

Viktor arrête ensuite le trafic. Le torse légèrement rejeté en arrière, il lève le bras, les doigts à peine écartés. Il tire son sabre, se renfrogne ; dressé sur la pointe des pieds, il se penche : « Approche un peu ! »

« Stop, crapule ! » siffle Viktor entre ses dents.

Là, il songe au portier.

Viktor enfourne ses vieux vêtements dans l'armoire, puis sort dans le couloir. Sans hâte, il fait grincer l'escalier sous ses bottes fortes. En bas, le portier le regarde par-dessus ses lunettes, sourcils levés. Il a un porte-plume entre les dents, à la main un papier qu'il agite pour sécher l'encre. Soudain, le portier fait un bond de côté. Viktor descend et regarde autour de lui d'un air important. Plus personne. Le portier a disparu. Viktor crie :

« Portier ! »

Pas de réponse.

« Portier ! répète Viktor. Viens ici ! »

En haut, un garçon d'hôtel jette un coup d'œil par-dessus la rampe et s'éclipse.

Viktor sort sur le perron et presse de toutes ses forces le bouton de la sonnette.

« Vois-moi cette crapule ! » murmure-t-il.

Derrière la porte vitrée, se profile une casquette à galon.

« Ici ! braille Viktor, cramoisi, et il entre dans le vestibule. Alors ? hurle-t-il en marchant sur le portier. Alors, quoi ? Pourquoi as-tu abandonné ton poste ? Hein, crapule, ton poste ? Hein, gredin… chiennerie ! Enlève ton galurin, salaud ! »

Et Viktor fait le geste de le lui arracher.

Le portier ôte sa casquette.

« C'est quoi, cette position, racaille ! »

Viktor, tout rouge, avance sur lui.

« Sa-a-alaud ! » lui crache-t-il à la face.

Furibond, il reste là à rouler des yeux, puis, lentement, se tourne vers la porte.

« Je vais vous apprendre, moi ! » lâche-t-il en sortant.

Hors d'haleine, il descend les marches du perron, maintenant son sabre de la main gauche, le coude légèrement en arrière.

Sanka s'est enfermé dans sa chambre. Il est à son bureau. Devant lui, l'épingle ornée du petit lys d'argent : il l'a piquée dans le drap vert, semé de taches. Elle s'y tient, droite, étincelante, comme elle. Aussi silencieuse qu'elle. Belle et vive, mais obstinément muette. Sanka ne peut en détacher les yeux. Il ne sait s'il doit l'implorer ou la caresser tendrement, délicatement. Elle reviendra, elle reviendra voir Nadienka.

« Viens, viens », dit-il.

Il lui semble que l'épingle le regarde et baisse les yeux.

« Tout, tout ce que tu veux…, répète Sanka d'une voix entrecoupée. Tiens, tiens… »

Et Sanka, arrachant l'épingle, l'enfonce dans sa main entre l'index et le pouce. Il est heureux de souffrir et, avec volupté, il l'enfonce de plus en plus jusqu'à ce qu'il sente qu'elle lui traverse la main. Il la retire, l'embrasse, la plante dans la poche intérieure de sa redingote. Sa pointe lui pique légèrement la peau. Sanka est en feu, son souffle se fait inégal, profond. Il doit se hâter, agir au plus vite, et tout cela, rien que pour elle.

« Le voilà, le motif ! »

Une révélation.

« Pour elle, rien que pour elle, c'était donc *cela* ! »

Sanka embrasse de nouveau sa chambre du regard : on dirait que tous les objets, le divan, l'armoire, arborent un sourire de petits vieux moqueurs. « Ah bon, tu ne savais pas ? »

« La fenêtre. Du solide. Elle ferme bien. Quelle bonne fenêtre ! Tiens, une mouche est restée coincée. Qu'elle vive, la petite mouche ! Agir. Il faut agir. D'ici que je la revoie, j'en aurai fait, des choses ! Il faut se hâter. » Sanka boutonne sa redingote, caressant l'endroit où il sent l'épingle. « Quelle belle fille est venue voir Nadienka ! Pas à dire, notre Nadienka est bien. Où est-elle, d'ailleurs ? » Il se précipite dans la salle à manger. Assise à la table, sa sœur finit son café. Elle examine des notes au crayon.

Nadienka avale une dernière gorgée, ses jolis doigts rassemblent les papiers.

« Je t'en ressers une tasse, ma petite Nadienka ? »

Déjà, Sanka s'empare de la cafetière.

Nadienka lève les yeux.

« Allez, ma petite chérie, accompagne-moi ! Rien qu'une demi-tasse. Il est encore tôt, allez ! »

Et il la sert.

« Figure-toi que je n'ai pas le temps. »

Nadienka se lève. Sanka l'enlace et la force à se rasseoir. L'épingle l'aiguillonne, et il laisse libre cours à sa force vive. Nadienka fait entendre un rire condescendant mais joyeux.

« Fi, quelle ardeur !

— Allez, bois, bois ! »

Sanka se sert à son tour, tachant la nappe ; il tend le sucrier à sa sœur.

« Je pars avec toi, tu veux ? De toute façon, c'est mon chemin. Arrange ton col. Pas là, laisse-moi faire. »

Pour la première fois, Nadienka sent sur son cou des mains frémissantes, délicates. Elle lève les yeux sur son frère et rougit. Puis elle passe dans l'antichambre. La salle à manger est soudain déserte, pitoyable. Et, de l'entrée :

« Si tu veux, accompagne-moi jusqu'à la place de la Collégiale. »

Sanka se précipite pour enfiler son manteau. Quelle merveilleuse Nadienka nous avons !

« Écoute, ma petite Nadienka, lui chuchote-t-il à l'oreille, ma parole, si tu as besoin d'aide, compte sur moi ! »

Elle lui jette un regard oblique, les yeux plissés.

« Non, c'est sérieux… Quelque chose… Nadienka, ma chérie, c'est que je t'aime terriblement. Idiote, imbécile que tu es, je t'adore !

— Tu sens l'alcool ! Éloigne de moi ton haleine d'ivrogne ! Pouah ! Trouve-moi plutôt *La Dictée par la mémoire visuelle* de Zelinski. Cherche. Et puis, regarde s'il n'y a pas une épingle à chapeau dans l'entrée.

— Quelle épingle ? »

Sanka en a le souffle coupé.

« Avec une tête en argent, comme des petites cornes. C'est une amie qui l'a perdue. C'est gênant, tu comprends, chez nous… Laisse-moi, à présent, je vais mon chemin.

— Eh bien, vas-y, vas-y, ma chérie. »

Sanka voudrait lui donner sa bénédiction pour la route. Il reste figé, à regarder la nuque de Nadienka.

Elle se retourne, souriante, agitant gaiement sa main gantée pour lui signifier de partir.

Sanka descend sur la chaussée qui entoure le square de la Collégiale. Une nourrice s'évertue à hisser un landau sur le trottoir. Sanka bondit, soulève l'avant de la poussette et la fait avancer de deux pas. Il salue la nourrice d'un signe de tête, lui sourit et, à grandes enjambées, gagne la place. Dans le bac à sable, des enfants frais et proprets comme des images s'affairent. Un commis tourne gravement sa tête coiffée d'un chapeau neuf…

« Un original, songe Sanka, probablement un brave type. »

Soudain, un cri rauque :

« Vous n'avez pas le droit ! »

Sanka se retourne. Un ivrogne est assis par terre. Il pend au bras d'un sergent de ville. Celui-ci lui bourre les fesses de coups de botte. Cramoisi, il jure en serrant les dents :

« Ah, on en bave avec toi !… Espèce de charogne ! »

Quelques passants, tous endimanchés : aucun ne vient à la rescousse. Sanka accourt au galop. Le sergent, furieux, fourrage les reins de l'ivrogne avec le fourreau de son sabre.

« On m'assassine ! » braille l'autre.

Les enfants se serrent contre leurs nounous.

Sanka saisit le bras du sergent de ville.

« Que faites-vous ? Ce ne sont pas des façons…

— Il a raison, ça ne ressemble à rien », lancent des voix dans la foule.

Sanka saisit l'ivrogne sous les aisselles, l'épingle pique sa chair. Il crie avec fougue :

« Aidez-moi, bon sang, quelqu'un… »

Deux se précipitent. L'ivrogne est déjà debout, titubant. Il tourne vers le sergent sa tête embrumée.

« Qu'est-ce qui te prend, fils de chienne, anathème !…

— Des injures, à présent. Tu oses m'injurier ! »

Le sergent, fumant, fonce vers l'ivrogne.

« Arrêtez, arrêtez, voyons ! Arrête, te dis-je ! lance Sanka. Je vais l'emmener. »

Et, prenant l'ivrogne par le bras, il se met en marche. Quelqu'un l'aide un moment, puis renonce.

« Faut lui casser la gueule ! » râle le soiffard qui, titubant, essaie de se dégager.

Tous regardent l'étudiant qui entraîne l'homme dépenaillé. Un ouvrier, semble-t-il. Il crache de lourds glaviots, s'emmêle les pieds, donne des coups de tête dans le vide.

« Où habitez-vous ? T'habites où ? » le tarabuste Sanka.

De loin, le sergent suit les événements. Il remet de l'ordre dans sa tenue après l'esclandre.

Sanka fait monter l'ouvrier dans un fiacre.

« Au Faubourg », braille l'ivrogne.

Le fiacre s'ébranle.

« Leu-eur cass-sser la gueu-eule… Leur fffoutre la tête dans l'trou… »

L'ouvrier lève un poing ivre, menaçant. Soudain, il s'amollit, se plie en deux et se met à chialer en branlant la tête.

« De quel droit… »

Sanka lui enserre plus solidement la taille.

« Stop ! Stop ! »

L'ouvrier, en larmes, veut s'échapper.

« Je vais te le…

— Allons, ce n'est rien, on sera bientôt à la maison, le réconforte Sanka.

— T'habites où ? demande le cocher en se retournant.

— Mon vieux, mon camarade… », répète Sanka, prêt à pleurer avec le soiffard.

L'ouvrier, se renfrognant, s'efforce de fixer son regard sur le visage de Sanka.

« T'habites où ? crie le cocher de son siège.

— Saint-Pierre-et-Saint-Paul », lâche l'ouvrier.

Le fiacre brimbale à présent dans une rue poussiéreuse et molle. Ils pénètrent dans le Faubourg. L'ouvrier enlace Sanka et braille une chanson. Soudain, la voiture s'arrête. Et surgit, de derrière les chevaux, un sergent de ville.

« C'est quoi, ce tintouin ? Direction, le poste ! »

Le sergent bondit sur le marchepied, ébranlant le véhicule.

« Écoutez, sergent ! Il habite là, tout près. Je le ramène chez lui. Je vais lui dire de ne plus crier. »

L'ouvrier fixe d'un œil morne le sergent et se tait.

« Arrangez-vous, monsieur l'étudiant, pour qu'il la boucle. Parce que, là, c'est du tapage sur la voie publique. Pour un étudiant… »

Le sergent quitte le marchepied et ajoute :

« Fouette, cocher ! »

À cet instant, l'ivrogne vise la plaque sur la casquette du sergent et, d'un coup, la lui arrache. Le policier parvient tout juste à retenir son couvre-chef.

« Stop ! » rugit-il.

Il saute dans le fiacre et écrase du genou le ventre de l'ouvrier ; il pèse de tout son poids sur lui et l'autre, renversé contre l'arrière de la voiture, hurle et agite dans les airs sa main serrant la plaque.

Les gens sortent des cours. Ils suivent le fiacre, accélérant le pas au fur et à mesure qu'ils se font plus nombreux.

Déjà, un homme court en avant, adressant au cocher des signes de tête.

« Fiche le camp ! crie le sergent de ville. Fouette, cocher ! »

Le cocher fonce, le fiacre tangue dans les ornières, le sergent s'efforce toujours de récupérer sa plaque et la ferraille lui met les doigts en sang. Sanka se démène, essayant de maintenir l'ouvrier ; celui-ci a le visage maculé de sang et le sergent lui fourre dans la bouche un pan de sa capote, en râlant :

« Vas-y, gueule, gueule un coup, mon salaud ! Je vais te faire voir… »

Le fiacre s'arrête devant le commissariat. Le sergent de faction accourt du perron. Les deux policiers tirent d'un coup l'ouvrier de la voiture, le traînent par le collet jusqu'aux portes. L'ivrogne hurle, résiste et, jambes écartées, glisse le long du trottoir. Les sergents le tabassent avec le fourreau de leur sabre. Sanka crie quelque chose. Les sergents et l'ivrogne disparaissent par un portillon. Le cocher tire Sanka par la manche.

« Faut me payer, barine. C'est que ça fait cinquante kopecks. »

Sanka reste un instant interdit, puis fouille dans sa poche.

Le portillon claque, le verrou cliquette, on entend, assourdi derrière les portes, un hurlement d'ivresse et d'humiliation.

Le cocher relève le pan bleu de son vêtement, découvrant une culotte de paysan.

« Il y est pas allé sur ses pieds, il a fallu l'y transporter ! C'était sa destinée, faut croire. » Sans hâte, il referme son manteau. « Quels salauds ! »

Sanka essaie de forcer le portail, puis se précipite sur le perron, grimpe quatre à quatre l'escalier. Une odeur de bottes, de sueur et de papiers moisis plane à l'accueil. Un jeune inspecteur est assis à une table, derrière une barrière. Un autre – le commissaire – passe, de biais, la barrière, en s'efforçant de rentrer le ventre. Le sergent à la casquette sans plaque entre, rouge, hors d'haleine.

« Vot'Haute-Noblesse, il m'a arraché ma plaque, cette brute !

— C'est proprement scandaleux ! crie Sanka. Frapper un homme ivre. C'est…

— Ne criez pas, jeune homme, ordonne sévèrement le chef. Vous n'êtes pas à l'université, ici. Dis-nous ce qui s'est passé, ajoute-t-il en se tournant vers le sergent.

— L'étudiant était avec lui. Tous les deux en fiacre. À faire du scandale dans toute la rue. J'ai voulu les raisonner et ils m'ont arraché ma plaque.

— Lequel des deux ?

— Celui qui a l'air d'un ouvrier. On l'a embarqué.

— Qu'on le bastonne ! enjoint sévèrement le commissaire. Tu peux disposer. Et vous, que désirez-vous ?

— On n'a pas le droit de battre un homme.

— Vous voulez peut-être qu'on lui donne une médaille ?

— J'exige, dit Sanka d'une voix entrecoupée, j'exige…

242

— Vos exigences, vous savez… En attendant, vous devriez avoir honte, jeune homme, de vous soûler avec des ouvriers ! »

Avec simplicité

Taïnka se tient en compagnie d'une amie tout près de la rampe. Derrière s'ouvre le vide de la fosse d'orchestre. C'est l'entracte. On se réinstalle. Les musiciens accordent leurs instruments. Cacophonie. Taïnka est tournée vers la rampe, une main posée sur la balustrade de peluche, elle opine à contretemps aux propos de son amie, tandis que, du coin de l'œil, elle ne voit que lui, Israël. Plus elle le regarde, plus elle rougit. La voici tout empourprée. Haletante, elle répond à son amie, au hasard : « Oui… oui… non… bon… oui… » Soudain, elle n'y tient plus et risque un coup d'œil vers l'orchestre. Israël regarde, les yeux plissés, puis brusquement salue de la tête et sourit, ce qui le fait un instant ressembler à un bon vieillard. Taïnka adresse à son tour un salut vers la fosse et, sans relever la tête, s'enfuit au plus vite, entraînant son amie. Elle est effrayée, à croire que tout, tout s'est accompli : l'impudique, le terrible, le vertigineux aussi. Peu lui chaut que son amie l'ait vue. Elle la tire le long du couloir, lui broie la main.

« Lâche-moi, Taïnka ! »

L'amie se libère.

« Tu es folle ! Ma bague ! J'ai le doigt en sang ! »

Sonnerie. Le public afflue du couloir, mais Taïnka demeure sur la banquette crasseuse, répugnante. Atmosphère suffocante de poussière, de poudre et de tohu-bohu suspendu. Vaste ronde qui tourne en Taïnka : tout est consommé, où aller maintenant ? Elle ne peut guère rentrer chez elle. La maison, tout soudain, n'est plus la maison. Eux, ils y vivent : le vieux et sa mère malade. Un placeur passe, jette un coup d'œil, se penche pour ramasser un papier. Tout à coup, dans le couloir, des voix, des pas. Des voix fortes de maîtres des lieux. Taïnka n'a pas le temps d'esquisser un geste qu'elle voit deux musiciens portant des étuis et, aussitôt après, pressé, lui, Israël, coiffé d'un melon, le col relevé. Il pose un instant son regard sur elle, s'immobilise, fait un pas vers elle et lui dit avec simplicité, comme s'ils se connaissaient depuis longtemps :

« Pourquoi n'entrez-vous pas dans la salle ? Le meurtre est au dernier acte. Vous ne voyez rien, d'ici. Qu'est-ce qu'il y a ?

— Tout de suite, tout de suite, répond Taïnka d'un ton d'excuse.

— Quoi, tout de suite ? Vous avez des ennuis ? Non ? C'est déjà commencé. Cela ne se fait pas. Anton, crie-t-il au placeur, conduisez mademoiselle à sa place. »

Anton s'approche sans hâte.

« À votre service.

— À quoi ça rime de rester là ? Pff ! Senia, attends ! » crie-t-il.

Il porte la main à son melon, salue Taïnka et court, attaquant toujours de son pied gauche, rejoindre son camarade.

Taïnka est dans la salle obscure, mais en elle brûle la flamme de son sang bouillonnant. Son souffle est précipité, elle a peur et honte, pourquoi l'a-t-il reléguée ici ? Où aller ? La lumière se rallume, on applaudit, il faut partir. La rue. Pour la première fois, Taïnka s'interroge : « Quel chemin prendre pour rentrer ? » Elle avance pied à pied. « C'est donc cela, notre rue ? » On dirait qu'elle ne l'a jamais vue. La maison lui semble fermée, butée.

Taïnka s'immobilise un instant près du portillon et se retient de frapper. Puis elle se reprend, appuie sur le loquet et ses pas résonnent, amers, sur les pavés menant au perron.

« C'est toi, Taïnka ? demande le vieil homme.

— Oui, c'est moi, moi, moi, moi ! » répond-elle avec dépit.

« Moi, moi ! » chuchote-t-elle dans sa chambre.

Sans se dévêtir ni allumer de chandelle, elle s'étend sur son lit.

« Moi, moi ! » répète-t-elle et elle ne remarque pas que des larmes tombent sur l'oreiller.

« Bon, c'est moi, et après ? » lance-t-elle grossièrement.

On croirait qu'elle invective quelqu'un. Et elle s'assied sur son lit.

Soudain, en elle monte une houle brûlante, roulent des vagues concentriques, et voici devant elle Israël, tel qu'il était dans le couloir lorsqu'il l'a regardée et qu'il s'est approché. La respiration de Taïnka s'accélère, sa poitrine se soulève, se gonfle, elle regarde la fenêtre tendue de bleu nuit. Dédaignant les vitres, une neige légère sème ses flocons, comme si elle éperonnait le temps. Taïnka contemple ce vol hâtif qui exalte tout depuis l'instant où Israël a posé sur elle, à travers ses paupières mi-closes, la lumière de ses yeux pleins de bonté. Oui, oui, c'est ainsi que cela s'est passé. Il l'a regardée et lui a dit : « Chérie, que fais-tu là ? Je ne veux pas que tu restes seule dans le couloir désert. » Il a voulu lui donner la main. Non, pas devant les gens. Il a gardé ce geste pour plus tard. Il a enjoint Anton de la placer et l'a regardé lui ouvrir la porte de la salle plongée dans l'obscurité.

« C'est interdit. Personne ne peut entrer. Mais il en a donné l'ordre. Peut-être eût-il voulu prendre place à côté d'elle, tout, tout près. Seulement, il était en manteau, avait sa flûte… Et ses camarades regardaient, attendaient. Avec quelle simplicité il s'était exprimé ! Quel amour ! Chéri, chéri… »

Ses pensées se figent, seule la neige blanche, pure, sème sans fin ses flocons devant les vitres, aiguillonnant son émoi. Inlassablement, irrépressiblement, elle la stimule et semble l'emporter sur d'imperceptibles vagues. Taïnka ne détache pas ses yeux de la fenêtre neigeuse, et la neige l'emporte encore et encore. Une joie chaude vient se coller à sa poitrine, Taïnka pose la main sur le rebord de velours, comme alors, au concert.

« Pourquoi tu ne dors pas ? »

Taïnka sursaute. Dans l'encadrement noir de la porte, son père se tient, ombre grise. Tache floue de sa barbe blanche.

« Il est plus de minuit. »

Il tire son oignon de son gilet, on ne voit rien, mais il l'ouvre et en fait claquer le couvercle.

« Qu'est-ce que c'est que ces nouvelles manières ? »

Taïnka regarde son père tout gris mais ne répond pas. Le vieux fait un pas et s'assied sur le lit grinçant. L'odeur familière de tabac qui imprègne sa barbe enveloppe Taïnka. Il se tait, on n'entend que le froissement du papier de la cigarette qu'il roule. À la lueur de l'allumette qu'il craque, Taïnka le regarde. Il se voûte plus que nécessaire sur sa cigarette, tire une bouffée, le bout incandescent jette une étincelle dans l'obscurité. La fenêtre bleu nuit et la neige blanche reculent, le temps retombe pesamment sur la terre.

« Qu'est-ce qu'il t'écrit ?

— Rien, répond Taïnka dans un souffle.

— Allons donc ! La lettre ? Tu l'as pas vue ? »

Le vieillard se lève, abat avec fracas sa main sur la table et agrippe une enveloppe.

« T'as pas vu ? »

Taïnka saisit la lettre d'une main tremblante, tandis que son père allume la lampe en faisant tinter le verre.

« Rapproche-toi de la table ! »

Taïnka regarde l'adresse. Elle ne reconnaît pas l'écriture. Serait-ce une lettre de *lui* ? Elle ne se résout pas à la décacheter.

« Lis ! Ne me fais pas languir. »

Il monte la mèche, la lampe semble ouvrir un œil ensommeillé, éclairant la table et la main frémissante de Taïnka.

« C'est qu'il est inspecteur de quartier, à présent… Notre Viktor !

— Attends, attends ! »

Taïnka pousse un gros soupir, puis, d'une main rageuse, déchire l'enveloppe.

« Lis, lis tout, inutile de faire des mystères. Oh, ces mystères, ces mystères ! »

Et le vieux exhale un soupir ému.

Taïnka est incapable de lire. Elle murmure les mots mais ne comprend rien.

« Allons, donne. Je peux ? » demande son père d'un ton d'amer reproche.

Il a chaussé ses lunettes et lit.

Ma chère Taïnka,

Je me marie avec Agrafena Petrovna Sorokine. Tu sais, Grounia, la fille du gardien de prison. Dans une semaine, c'est-à-dire le 23. Viens absolument. Prépare les vieux. Maman, je sais, ça ira. Mais le paternel est sans doute encore furieux contre moi. Dis-leur combien elle est merveilleuse, ma Grounia, je t'assure ! D'ailleurs, tu la connais. J'ai maintenant un logement, tout est neuf, les planchers et la tapisserie sont magnifiques. Rien que des rayures, comme tu les aimes, du genre de ce qu'il y avait chez les Milevitch, tu te rappelles ? Et des lampes électriques, comme au théâtre. Magnifique ! Viens sans faute. Je t'ai envoyé l'argent pour le voyage. En partant le lundi, tu arriveras à temps. Je vais à présent acheter un tapis. J'en ai repéré un vert, magnifique ! Donc, viens, Taïnka, je t'attends.

Ton Viktor.

Suivent l'adresse et un post-scriptum :

Demande en douce à maman de m'envoyer sa bénédiction. Grounia l'aime déjà. Quant à moi, tu ne me reconnaîtras pas. Un chic du diable !

Puis vient la signature, toute bouclée : « V. Vavitch. »

Peut-être

Au deuxième jour, Bachkine se dit encore : « Voilà, l'officier revient, mais Bachkine a été emmené. Alors, d'un ton abrupt : "Qui s'est permis ? Qui a donné des instructions ?" Et de taper du pied en faisant sonner ses éperons. » Bachkine se fige dans sa cellule, tape du pied, en relevant le menton.

« Peut-être le général l'a-t-il dépêché quelque part ? Il l'a appelé et, aussitôt, l'a envoyé en mission ? C'est la discipline militaire, chez eux. Alors ces scélérats, ces goujats se sont frotté les mains. Du coup, ils me harcèlent encore plus. »

Il écoute avec rage, avec une fureur rentrée, les talons sonner, indolents, volontairement indolents, railleurs, dans le couloir.

« Peut-être font-ils tout cela exprès ? Peut-être tout cela est-il calculé ? » Bachkine s'assied un instant sur sa couchette, les yeux rivés à la tablette et, pour la centième fois, il entend clairement, distinctement la voix de l'officier, si policée, si mélodieuse, teintée de tristesse.

« Ce n'est pas possible, pas possible, pas possible », souffle Bachkine.

Il bondit sur ses pieds et déambule, se serrant étroitement dans son manteau. L'officier ne manquera pas de lui demander : « Pourquoi ne m'avez-vous pas fait appeler, pourquoi n'avez-vous pas insisté ? Il vous aurait suffi de déclarer que… Vous n'avez même pas essayé ! »

« Il faut frapper, simplement cogner à la porte. »

Bachkine fait deux pas vers la porte, deux pas rapides, résolus.

« Il faut frapper, murmure-t-il en repartant dans l'autre sens, frapper et dire : "Je demande… j'exige…" »

Il accélère l'allure, il va de plus en plus vite du coin à la porte.

Les pas s'éloignent dans le couloir.

« Oui, simplement frapper. »

Bachkine ne marche plus, il court vers la porte. Il frappe un coup. Il frappe en prenant son élan, mais cogne mollement et retourne en courant dans son coin.

« Que diable, en effet… Que diable ! » répète-t-il tout haut, d'une voix entrecoupée et, d'un geste peu assuré, il cogne à la porte du dos de la main.

« Que diable, en effet… », s'étrangle Bachkine, en ouvrant son manteau et en reprenant sa déambulation.

Dans le couloir, les pas, à présent, résonnent près de sa porte.

« Qu'est-ce que ça signifie, cette diablerie ? »

Bachkine refait inutilement trois tours dans sa cellule et, sans plus savoir ce qu'il marmonne, frappe à la porte, le poing refermé.

Dans le couloir, les pas se font plus fermes. Bachkine, dans le coin, le souffle suspendu, attend.

Les pas s'arrêtent à la porte. Le judas grince, l'œil caustique, sans sourcil, est là qui cligne. Bachkine, la respiration bloquée, fixe la porte. Tintement d'un trousseau, une clé tourne dans la serrure. Bachkine est pétrifié. Le gardien s'approche sans hâte, braquant sur lui un œil torve. Le voici tout près.

« Je voudrais… dire… pour monsieur l'officier… Je voudrais…

— Alors, on cogne, salope ? » lâche entre ses dents le gardien en lui jetant un bref regard.

Et Bachkine sent que tout peut arriver, tout.

Il a un froid au creux de l'estomac. Aussitôt, le gardien lui flanque un coup bref, sec sur la tempe. Bachkine s'écroule avec un cri étouffé, s'appuyant d'une main tremblante au sol glacial.

« Pouilleux ! Racaille ! » braille le gardien en lui décochant un coup de pied dans la poitrine.

Bachkine se tasse dans le coin et reste là, jambes écartées. Le gardien se penche vers lui, puis, toujours dans un demi-murmure :

« Je t'apprendrai, espèce de chienne, je t'apprendrai ! »

Par deux fois, il lui assène un coup de clé sur le nez.

Bachkine ne sait pas s'il a mal, il ne se protège pas, ses bras pendent, pareils à des chiffons trempés, ses jambes inertes, comme étrangères, sont étalées sur le sol. Un pantalon, des bottes. Tranquillement, le gardien sort. Claquement de verrous.

Bachkine est immobile, il reste ainsi quelques minutes et se met soudain à hurler. À hurler comme un chien. Il s'effraie lui-même d'avoir une telle voix. Puis il sanglote, le corps secoué de tremblements et de hoquets. Il est là, effondré, la gorge comprimée, l'air s'en échappe dans un râle. Il se débat dans son coin et voudrait mourir au plus vite pour ne plus suffoquer.

C'est la première fois de sa vie qu'il a une crise d'hystérie et il ignore qu'on n'en meurt pas.

Une heure plus tard, les sanglots se font plus rares, sa respiration plus libre. Bachkine note avec terreur que la crise passe. Il voudrait que ses spasmes redoublent, mais, comme fatigués, ils se raréfient.

Il embrasse la cellule du regard. Comment ça ? Bachkine se soulève : il n'y a plus de couchette. Plus du tout. Il comprend qu'on l'a emportée, tandis qu'il se débattait sur le sol de pierre.

Bachkine s'efforce de maîtriser ses mâchoires tremblantes, il veut serrer les dents. Elles sautent, s'entrechoquent. Toujours à terre, Bachkine déchire convulsivement sa chemise sous son manteau. Il la lacère sans regarder. D'une poigne solide, d'une main sûre, comme étrangère, il arrache des bandes, les noue, les tresse en une corde. Avec volupté et passion, il dilacère la doublure de sa veste, de son manteau. Il tortille ses vêtements, en fait des torons, les noue entre eux. En surveillant le judas. Il ajuste le nœud, se le passe autour du cou. Quand la corde de tissu enserre sa gorge lasse de sangloter, il ressent chaleur, gratitude, réconfort. Il la serre de plus en plus fort, avec jouissance. Il cherche des yeux un endroit où accrocher le bout de la corde. Ni clou ni saillie sur les murs crasseux. La fenêtre est inaccessible. La table, il y a la table ! Et Bachkine évalue ce qu'il faut encore de corde pour en entourer la tablette fixée au mur.

Il rampe vers elle, la corde au cou, l'enroule prestement et s'y attache. Il est allongé sur le dos et, peu à peu, laisse pendre son corps. Le nœud résiste et serre doucement, suavement. Bachkine s'écarte encore. Il respire convulsivement. Ses yeux sont pleins de larmes. Soudain, il sent qu'il tombe, la corde se déchire, se distend et son

crâne heurte avec fracas le sol de pierre. Au même instant des pas résonnent à la porte. Deux hommes entrent
dans la cellule, dont le petit qui l'avait menacé de son
trousseau de clés.

« Ah, c'est comme ça ! C'est comme ça que tu…,
entend siffler et chuchoter Bachkine. Charogne, tu voulais te pendre ! Te pendre ! »

Bachkine ferme les yeux. Une poigne le saisit par les
cheveux et le soulève. On lui arrache le nœud. Il pousse
un cri, mais des genoux de drap lui enserrent le visage.

« Mets-le à poil ! »

Bachkine se débat, se tord. Le gardien le tient fermement par les cheveux et lui enfouit le visage dans ses
genoux rugueux. L'autre lui arrache ses vêtements, ses
bottes, son linge de corps déchiré.

« Je t'arracherai aussi la peau, gueusaille ! Chiennerie !
La peau ! »

Bachkine glapit : le gardien lui cingle les fesses de ses
clés.

« Je t'apprendrai à vouloir te pendre ! Je t'apprendrai !
La ferme, anathème ! Avec moi, tu la fermes ! »

Il assène des coups de son trousseau de clés sur le
corps nu de Bachkine.

« Rouscaille un peu, et je t'arrache la peau ! » grince
le plus âgé.

Puis il se lève.

Mais Bachkine n'entend pas. Il gît, nu, sur le sol, gémissant faiblement, comme un homme sans connaissance.

Les grelots

Une neige molle et joyeuse tombe du ciel. La première
vraie neige. Le vieux Tiktine coiffe sa chapka de boyard,

qu'il ajuste en jetant un coup d'œil dans la glace, et part au bureau. Dès le seuil de l'immeuble, la rue enneigée vous aguiche de sa blancheur éclatante, joyeuse. D'une lumière neuve, gaie. Tiktine regarde les flocons qui tombent sans hâte, comme pour se faire admirer. Le sable du trottoir crisse allègrement sous ses pas. Un fiacre tout blanc passe, les sabots ferrés cliquettent. Quelqu'un se penche à la portière. Tiktine sourit et porte joyeusement la main à sa chère chapka. La rue est transformée, c'est une autre ville : blanche, coquette, propre, une cité de l'étranger. Au carrefour, des gamins se lancent des boules de neige, puis cessent, le temps que passent la barbe et la toque de castor. Tiktine leur sourit, déjà couvert de flocons. Les pas se font plus sourds, les voix plus sonores. Tout, dans la rue, s'interpelle. Et sonnent, insouciants, les grelots des fiacres dans la neige immaculée.

« Barine ! Barine ! »

Qu'elle résonne la voix de Douniacha qui cherche à le rattraper ! Couverte d'un simple châle, toute rouge, elle saute par-dessus les amas de neige.

« Vous avez oublié votre serviette ! »

Elle a un rire rusé comme si elle l'avait cachée exprès pour lui faire une farce.

« Ah, ma chère ! Ne prenez pas froid. Rentrez au galop !

— Et puis, tenez, y a un billet pour vous », ajoute-t-elle, essoufflée.

Andreï Stepanovitch prend le papier plié comme un sachet de pharmacien.

Écrit en travers, au crayon :

« À l'attention de A. S. Tiktine. »

Tiktine retire son gant et se met à lire en marchant.

Écoute, papa, on me met le couteau sous la gorge : il me faut dix roubles, tu comprends, dix ! Je passerai à ta banque. C'est possible ?

L'écriture de Sanka. Tiktine ne sourcille pas et, contemplant les passants tout blancs, il dit :

« Qui est-ce qui lui met le couteau sous la gorge, je vous demande un peu ? »

« Un petit tour sur la première neige ? »

Un fiacre le rattrape dans un tambourinement de grelots.

« Parole, je vous emmène pour une promenade de santé ! »

De sa moufle, il lui indique le siège.

Andreï Stepanovitch piétine un instant, indécis, puis secoue sa chapka de castor.

« En route ! »

Tintement dru des grelots, neige qui vous colle aux yeux.

« Tu sais au moins où on va ?

— Allons donc, on sait qui on transporte ! À "L'Agraire", c'est ça ? »

« Sapristi ! Même les fiacres sont au courant », songe Andreï Stepanovitch.

Dans le hall de la banque, on est bien au chaud, douillettement à l'abri de la neige molle. Quelque chose de nouveau commence, prometteur. Andreï Stepanovitch sourit aux employés en retard qui passent devant lui, grimpant quatre à quatre l'escalier.

« Eux aussi ont le couteau sous la gorge, sans doute, dit Andreï Stepanovitch. C'est fou ce qu'il y a comme égorgeurs, ces derniers temps ! »

En haut, dans la grande salle, des voix bourdonnent, des bouliers compteurs claquent, précis.

Andreï Stepanovitch passe de l'autre côté de la cloison vitrée. À ses oreilles tintent encore les grelots, ses joues regrettent la neige fraîche. Tiktine continue de sourire et de répondre aux saluts des employés, comme s'il leur souhaitait à tous bonne fête. Le brouhaha se fait plus sonore, les abaques martèlent les comptes, crépitement d'une joyeuse fusillade.

Tiktine s'immerge dans le bruit, et la journée s'enclenche.

La collation suspend l'orbe décrit par le jour : un petit café, des saucisses dodues et de la purée. C'est l'heure où l'huissier interdit à quiconque la porte du bureau d'Andreï Stepanovitch pendant quinze bonnes minutes. Son verre dans une main, Tiktine, de l'autre, étale sur la table un journal fraîchement imprimé, encore poisseux d'encre. Aussitôt, les nouvelles font irruption en un millier de voix, de cris, de bras tendus. Elles se bousculent, se précipitent, s'égosillent à qui mieux mieux. « Pour cinq roubles, préparation de… Achète tout… Cède… J'implore les braves gens… Récompense à qui trouvera… », hurlent en chœur les annonces à la dernière page. Tiktine s'y promène comme dans une antichambre pleine de solliciteurs, puis il ouvre les pages centrales. Les titres l'aguichent de toutes parts : « Mitsevitch de retour », « Rose parfumée sur le fumier », signé « Faust ». Il ne lui reste que cinq minutes et il cherche ce qu'il pourrait lire en fumant sa cigarette. « Le nationalisme agraire… » Tiktine tombe en arrêt. Le nationalisme agraire ? Il redresse son pince-nez qui glisse sur son appendice nasal proéminent.

Certes, tout peut être le fruit du hasard. Peut-on même se résoudre à qualifier de tricheur un homme qui abat dix bonnes cartes d'affilée ? Le hasard… Le hasard peut aussi réunir cent vingt-huit personnes de même confession. Y compris dans une ville multiethnique. De grâce, n'allez pas croire qu'il s'agisse d'une église orthodoxe, catholique ou d'une synagogue… Ce n'est pas non plus une institution gouvernementale ou un commissariat de police ! C'est un établissement commercial… Oh, faites excuse ! un établissement qui prétend représenter la société. Un établissement auquel…

La respiration de Tiktine s'accélère, il saute des lignes.

Comme on dit, tel pope, telles ouailles… Il s'agit de notre « Banque agraire », ce luxueux palazzo… Non, c'est une belle demeure russe, dont le maître, entouré de panetiers et de sous-secrétaires[1], arbore chapka et barbe de boyard. Foin des croyances impures ! Humblement, nous supplions…

« Sacrebleu ! » Tiktine arrache son pince-nez et en frappe le journal. « Quelle saleté ! »

En effet, la plupart des employés de la banque sont russes. Il y a bien quelques Polonais et Allemands, même un Letton, mais pas le moindre Juif[2].

« En quoi est-ce une obligation ? » lance Andreï Stepanovitch au journal.

L'huissier passe précautionneusement sa tête rasée dans l'entrebâillement de la porte.

« Permettez ?

— Un ins-tant ! » crie hargneusement Tiktine.

« Quoi, il faudrait leur faire des courbettes à n'en plus finir ? » Tiktine adresse à la porte close un sourire d'ironique courtoisie et, esquissant un salut : « À vos ordres ! C'est ça ? »

Tiktine se remémore son discours à la douma municipale[3]. Il y avait soutenu la dévolution d'un terrain à

---

1. Ironie de l'auteur de l'article qui reconstitue la hiérarchie administrative de la Russie d'avant Pierre le Grand.
2. Dans l'Empire comme, plus tard, en Union soviétique, il y avait officiellement une nationalité juive.
3. Équivalent du conseil municipal.

une école juive. Il s'était offert le luxe d'être philosémite, en toute clarté et dignité. Quels sourires on lui avait ensuite prodigués dans les boutiques juives, quels saluts lui adressaient des inconnus dans la rue ! *Les Nouvelles* avaient reproduit intégralement son discours.

« Depuis quand le progressisme se jauge-t-il à l'aune de la question juive ? Dites-moi un peu ! Exploiter ainsi l'oppression qu'on subit ! »

Tiktine se lève, replie le journal et le flanque dans son assiette sale.

« Des griefs de ce genre… », lance-t-il à voix haute.

Nouvelle apparition de l'huissier.

« Votre fils, Alexandre Andreïevitch, vous demande… Je le fais entrer ?

— Appelez-moi Dmitri Mikhaïlovitch, le comptable ! »

Tiktine arpente le tapis devant son bureau, choisissant ses arguments.

« De l'arbitraire ? Mais prenez-les, prenez-les, vos droits ! Je vous en prie ! »

Il a envie de balayer tout ce qui se trouve sur son bureau, tout, comme s'il distribuait des droits.

« Je vous en prie, servez-vous ! Par Dieu, prenez, en voilà d'autres ! »

Il voudrait retourner les poches de son pantalon. « Tenez ! Mais après… »

Il a l'impression que dans son dos ballotte une queue, une laisse que l'on peut tirer, comme les tresses d'une fillette que les gamins taquinent.

Il saisit le journal maculé et, se salissant les mains de purée, cherche la signature : « *Homo*[1]. »

« Où est donc Dmitri Mikhaïlovitch ? »

« Dites-moi, Nikitine a racheté les lettres de change ?

— Oui, il a été informé, Andreï Stepanovitch. »

---

1. En latin dans le texte.

Et le comptable jette un coup d'œil amusé aux *Nouvelles*.

« Ah, vous avez lu ? demande Tiktine comme s'il venait seulement de se remémorer l'article. Admirez ! »

Et il lui fourre le journal sous le nez.

« Balivernes ! L'auteur doit avoir un frère sans emploi.

— Excusez-moi, c'est tout de même la presse, ça touche l'opinion publique. »

Tiktine s'avance vers le comptable en tapant du dos de la main sur le journal.

« Du nationalisme ? Ozol, c'est un Russe, peut-être ? »

Il fait une pause menaçante.

« Chmielewski, c'est un Russe ? Je vous le demande ! Et Dzienkiewicz, Müller, Anna Christianovna ? Ne pas voir cela…, dit-il en martelant les mots. Qui fait preuve de nationalisme, hein ? Ceux qui ne voient pas plus loin que leur nation ! Mais pourquoi raconter de telles âneries ? »

Tiktine agite le journal froissé sous le nez du comptable, il en fait une boule qu'il jette résolument sous le bureau.

L'autre rit.

« Je m'échauffe parce que c'est d'une vulgarité, d'une vulgarité totale ! » ajoute Tiktine en reprenant haleine.

Et il donne un coup de pied au journal.

« Demandez donc, réplique le comptable en continuant à rire, demandez-leur s'il y a un seul Russe employé chez Brunstein ou Markus ! Allez voir un peu si vous trouvez un commis russe, tenez, chez Weinstein ! »

« C'est une idée ! » se dit Tiktine et il se sent soulagé.

Puis il reprend d'une voix aimable, posée, comme lasse :

« Excusez-moi, je peux insulter les Italiens, même les haïr ? Mais là, je suis obligé, Dieu sait pourquoi, d'être au garde-à-vous ! »

Il a un haussement d'épaules.

« Laissez tomber, Andreï Stepanovitch, je vous en conjure !

— Ah non ! Bien sûr, on peut laisser tomber. Mais si toute notre opinion est dans ce… »

Il jette un coup d'œil sous le bureau.

« Ainsi, Nikitine est prévenu ? dit Andreï Stepanovitch en se rasseyant. Parfait. »

Le comptable se retire.

« Je fais entrer ? glisse l'huissier.

— Attends. »

Tiktine se lève, contourne le bureau, puis, jetant un coup d'œil vers la porte, ramasse le journal en boule et le met dans la corbeille à papiers.

« Pourquoi est-ce une obligation ? » se dit-il à part lui en quittant son cabinet.

« Votre fils, Alexandre Andreïevitch, est passé, annonce l'huissier.

— Où cela ? Quand ? demande Tiktine en regardant autour de lui.

— Je vous ai prévenu… Vous déjeuniez, vous avez refusé de le recevoir.

— Et alors ? s'enquiert Tiktine, irrité.

— Il a attendu, attendu et il est parti.

— Que c'est bête ! »

Andreï Stepanovitch se rembrunit. Il se rappelle le billet : « On me met le couteau sous la gorge : il me faut dix roubles. »

« Il va m'en vouloir. Merci, il ne me manquait plus que cela, marmonne-t-il. Pourquoi est-ce une obligation ? Diantre ! »

Il secoue les épaules, comme s'il rejetait une pelisse.

Renfrogné, il passe dans la grande salle, jette un coup d'œil aux employés, au dos du comptable et adopte aussitôt une mine insouciante.

« Ne faudrait pas qu'ils croient que je prends ombrage d'une vétille. »

En rentrant chez lui, Tiktine regarde fermement droit devant et, sans hâte, répond scrupuleusement aux saluts. Il va, conscient de son opulente barbe, comme si on lui imposait le port de cette masse pileuse. Sans tourner la tête, il effleure du regard les visages des passants.

« Combien d'entre eux sont juifs, en effet ? » se demande-t-il pour lui-même, sous cape.

Je ne le ferai plus

« Vous venez travailler ? » demande Tania.

Philippe piétine le paillasson, s'essuyant les pieds et fixant la jeune fille debout dans l'entrée plongée dans la pénombre. Elle fait un pas et vogue sur le parquet glissant. Elle tourne l'interrupteur, regarde Philippe dans les yeux.

« Pour travailler, c'est ça ? »

Elle lève les sourcils, à croire que la réponse recèle tout le destin de Philippe.

Dans l'appartement, le calme de l'absence. Philippe jette un coup d'œil à ses pieds et malmène de nouveau le tapis.

« Et alors ? dit-il enfin, reprenant son souffle.

— Répondez clairement : pour travailler ? »

Tania porte une robe de soie noire, brillante, pareille à une armure. Une broche allume une flamme rouge sur son sein. Sur ses manches noires, bien ajustées, la lumière sinue, serpentine.

Philippe s'empourpre.

« Et alors, elle n'est pas là ? Elle ne viendra pas tantôt ? »

Il fixe la chevelure lisse de Tania, d'une égale couleur noisette. Il voit qu'il n'a pas le droit d'y toucher, c'est comme sur les images, ça n'est pas pour lui.

Sans un mot, Tania le regarde rougir, puis elle se détourne et, indiquant la porte du menton :

« Asseyez-vous là et attendez. »

Un demi-tour, et ses talons fins sonnent sur le miroir du parquet où son reflet renversé glisse, torche noire. Elle s'évanouit dans la ténèbre verte du couloir. Philippe passe le seuil obscur, à tâtons il cherche l'interrupteur sur le mur. La lumière jaillit : aussitôt, surgissent les opulents fauteuils, l'étincelante table polie aux pieds sculptés, le divan de satin, et se gonfle le globe de verre de la pendule sur la cheminée.

Philippe est assis au bord du fauteuil, tenant ses mornes livres, et il contemple les palmiers, tranquillement dressés, avec leurs feuilles austères. Il guette les pas de Tania. Mais tout est calme. Cinq minutes passent. Le piano luit magiquement dans un angle, la table, hautaine et fière, pose l'une après l'autre ses quatre pattes ouvragées sur le parquet.

« Tout ça, c'est de la poudre aux yeux ! » se ressaisit Philippe. Il va à la table et se met à feuilleter un gros album. De graves messieurs et dames le regardent sur les pages qu'il tourne avec un peu de crainte. Il cherche, cherche : la voici. De son portrait, Tania le fixe droit dans les yeux, ouvertement et simplement. Philippe installe plus commodément l'album.

« Avec une comme ça… », se dit-il. Puis à mi-voix : « Non, pourquoi travailler ?… Et si je lui demandais à boire ? Ça se fait partout. »

Il se lève, sort dans le couloir et marche bruyamment dans la direction où Tania s'est éclipsée. Il traverse une pièce obscure au bout de laquelle il aperçoit une lueur incertaine. Soudain, de la pénombre, une voix joyeuse :

« Vous cherchez quoi ?

— Quelque chose à boire, répond-il et on sent qu'il sourit.

— Du thé avec de la confiture ? »

Philippe entend le froufrou de la robe de soie. Un froufrou qui répète et dessine les mouvements de Tania dans le ténébreux silence. Les petits talons claquent, légers, comme si les souliers se mouvaient d'eux-mêmes. Et un parfum enveloppe Philippe, un parfum frais, langoureux, telle une suave réminiscence. Dans le noir, tintement d'une carafe, puis d'un autre objet, et voici que tintinnabule, voici que chante la cuiller dans le verre précieux.

« Buvez. Le chemin de votre bouche, vous le trouverez ? Là, là, tenez. »

Philippe saisit les doigts de Tania en même temps que le verre et, à peine – un soupçon de temps –, les retient entre les siens.

À cet instant, dans l'entrée, trilles chevrotés de la sonnette. Tania s'échappe, Philippe virevolte à sa suite et aperçoit sa silhouette dans la pénombre. Elle est troublante, la robe de soie qui jette, au détour, un reflet moiré.

Philippe boit une gorgée, puis, trouvant à tâtons une table, y pose le verre. Cramoisi, il va à la rencontre de Nadienka. Tania a disparu.

« Vous êtes là depuis longtemps ? demande Nadienka en retirant les épingles qui maintiennent sur ses cheveux la petite toque humide. Où sont vos livres ? »

Philippe passe au salon.

« Vous êtes resté à regarder les albums, comme dans la salle d'attente du docteur ? » lance Nadienka, moqueuse.

Puis, plissant les yeux, elle lorgne l'album resté ouvert. Obstinément, les yeux de Tania la fixent. D'un doigt preste, Philippe referme l'album.

Nadienka marche derrière lui d'un pas ferme, sa jupe ne froufroute pas et ses tempes humides luisent gaiement, tandis qu'elle s'assied près de lui.

Elle martèle quelque chose en agitant doucement un livre devant les yeux de Philippe. Il ne comprend pas les mots, bien qu'il répète après elle. Soudain il entend, venue de très loin, une intonation implorante, patiente :

« À la question : "Qu'est-ce qu'il fait ? Il se baigne", on ne met pas de *s* au verbe. On n'en met pas ! »

Philippe termine mentalement la phrase.

« On n'en met pas, mon petit Philippe ! »

Il a honte, soudain, il voudrait appuyer sa tête contre le doux gilet de laine de Nadienka et, la joue contre les boutons gris, dire :

« Je ne le ferai plus, plus jamais ! Je vous le jure : je ne le ferai plus. »

Il se lève et, arpentant la pièce, serine :

« Je n'arrive pas à écrire. Je n'y arrive pas ! »

Nadienka se lève à son tour et s'enquiert, moqueuse, cette fois :

« Qu'est-ce que vous avez, aujourd'hui ? Vous en avez assez, peut-être ? Alors, n'insistons pas, arrêtons… »

Plissant les yeux, elle redresse sa jolie tête.

C'est la gorge sèche qu'elle a proféré : « Alors, n'insistons pas. » Elle le regarde dans les yeux avec sévérité. Sévérité et douleur.

« Peut-être ne faut-il pas insister ? On laisse tomber ?

— Mais il n'y a qu'aujourd'hui que… Comment dire ?… Bon sang ! »

Philippe se force à sourire, il voudrait, là, tout de suite, se rapprocher d'elle. Il ne le peut. À croire qu'un bras s'est tendu, qui le retient. Il n'ose le repousser et reste planté à rouler son cahier, regardant, tantôt le plancher, tantôt Nadienka bien en face.

« Mais il n'y a…, reprend Philippe, assénant sur la table des coups de son cahier froissé.

— Réfléchissez, coupe Nadienka. Nous nous en tiendrons là pour aujourd'hui. »

Elle tourne brusquement la tête, elle veut partir, mais un peigne tombe de ses cheveux et heurte doucement le plancher.

Philippe se précipite pour la devancer. La petite main de Nadienka agrippe le peigne, elle s'en saisit avidement, nerveusement, comme si elle le lui arrachait. Une main menue, jolie, prise dans une manchette immaculée. Les petits doigts remettent le peigne dans la chevelure et l'y ajustent.

Philippe suit Nadienka dans l'entrée. Il ne sait s'il doit sortir avant ou après elle. Ils ne peuvent s'afficher ensemble. Sans un mot, Nadienka boutonne prestement son vêtement, Philippe coiffe sa chapka, il fouille d'un air soucieux les poches de son veston, tout en s'interrogeant :

« Est-ce que je lui demande à quand la prochaine fois ou vaut-il mieux attendre la réunion ? »

Les mains de Nadienka se tendent de daim gris. Elle va partir ! Déjà, elle chausse ses caoutchoucs.

« Faut pas vous vexer, camarade Valia, laisse échapper Philippe d'une voix rauque et basse.

— Bref, vous réfléchissez et vous me tenez au courant. Adieu ! »

Elle ouvre promptement le verrou de sûreté et claque la porte.

Philippe reste dans l'appartement silencieux. Pas un frôlement, rien que le tic-tac ténu de la pendule au salon.

Philippe se représente Nadienka marchant à présent à petits pas fermes, vexés, sur le trottoir crissant de gel, tandis que, dans son dos, il sent émerger des ténèbres muettes… le diable sait quoi. Il jette un coup d'œil derrière lui : trouble glauque de l'obscurité où semble errer sans bruit une ombre noire.

« La rattraper ! » se reprend Philippe.

Il s'élance et dévale l'escalier.

Dehors, le vent déferle, envahit la rue dans toute sa largeur, arrache, emporte, barrant à tous le chemin. Dans le ciel d'un noir compact, clignotent des étoiles que le vent ne tardera pas à souffler.

Philippe glisse les livres sous son manteau et se met à courir contre le vent. Il traverse un quartier par la rue déserte, continue, hors d'haleine.

Elle n'est pas là. Elle a disparu.

« Et puis merde, après tout ! »

Philippe tourne dans une rue traversière. Là, tout est calme, on n'entend que le vent, là-haut, marteler les toits de tôle et hurler dans les fils.

Varvara Andreïevna

Vavitch a briqué ses bottes fortes, les a fait reluire à l'aide d'un chiffon. La journée est claire, du haut du ciel le soleil lorgne la terre et éclabousse de tendres paillettes la tige fine des bottes. Vavitch se rend pour la première fois au poste de police afin de s'y présenter au commissaire. Le sabre qui ballotte à son flanc est aiguayé de soleil. Viktor suit le trottoir, guignant les vitrines. Plus il y plonge son regard, plus son pas devient élastique, élégant. Il s'efface pour laisser passer les dames, lève légèrement la main droite comme s'il voulait les saluer ou les soutenir délicatement. Les sergents de ville le saluent également. Viktor leur répond d'un air affairé, portant son gant blanc à sa visière ; il vogue, entraîné par son pas martial.

Telles des mains qui pagayent, ses semelles fendent doucement le flot ondulant du trottoir dont le sillage se referme souplement derrière lui. Viktor coupe la place de la Collégiale, ses bottes fortes s'empoussièrent légèrement.

Sans dire un mot ni convenir du prix, il se hisse sur le marchepied d'un fiacre. Le cocher se retourne.

« Vous allez où ? »

Plein d'importance, sans un regard, Viktor répond :

« Dans le quartier Saint-Pierre-et-Saint-Paul. »

Et il se dit qu'il s'est montré parfaitement naturel.

Ça cahote. Ses épaulettes tressautent crânement. Viktor étend devant lui sa jambe gauche, ramène la droite en arrière, prend appui de son poing droit sur le siège. Lorsqu'ils entrent dans le Faubourg, Vavitch se sent tout près du but.

« Seigneur, accorde-moi Ton soutien ! implore-t-il. Seigneur, aide-moi, pour l'amour de ma petite Grounia ! » L'envie lui vient de se signer. Par bonheur, l'église Saint-Pierre-et-Saint-Paul lui en donne l'occasion.

Et voici, voici le commissariat avec sa tour de guet[1] ! Un sergent de ville fait les cent pas devant les portes fermées. Pancarte :

COMMISSARIAT CENTRAL DE POLICE
SAINT-PIERRE-ET-SAINT-PAUL

« Ne suis-je pas trop chic ? » se demande soudain Viktor. Il grimpe un mauvais escalier de bois, usagé. Le tambour de la porte gémit. Viktor avance d'un pas et la porte claque grossièrement derrière lui.

---

1. Pour les incendies.

Aussitôt, l'odeur, l'odeur aigre de plancher maculé, de papier moisi et de chair humaine malpropre lui saute à la figure. Un sergent de ville massif, posté à l'entrée, porte la main à sa visière et, fronçant le sourcil, lui jette un coup d'œil.

Viktor lui adresse un bref signe de tête, esquisse un salut de son gant blanc, tout en cherchant des yeux le chef.

Une barrière poisseuse, usagée, coupe la pièce. Tête nue, des individus s'y pressent en foule, chuchotant entre eux. De l'autre côté, au-dessus, pointe une vieille casquette d'uniforme dépenaillée ; une basse éraillée crie de temps à autre :

« Je ne peux pas, ce n'est pas la peine d'insister ! Ne me cassez pas les pieds ! Allez au diable ! »

Un cocher ne cesse de lisser ses cheveux. Dressé sur la pointe des pieds, il braille par-dessus les têtes :

« Laissez-moi repartir ! Qu'est-ce que j'ai fait ?

— Tu devrais être derrière les barreaux ! » crie un inspecteur.

Tous se taisent et, prenant le parti du policier, toisent le cocher d'un air sévère. On s'écarte. C'est alors que Vavitch aperçoit l'inspecteur : une trogne bouffie, des moustaches grises, pendantes, un casaquin élimé, graisseux. Les yeux du policier glissent sur le cocher et s'arrêtent sur Vavitch, ses lèvres esquissent un brusque sourire.

« Vous voulez sans doute voir monsieur le commissaire ?

— Je peux-ty partir ? demande le cocher en avançant d'un pas, sa chapka serrée contre sa poitrine.

— Fous-moi le camp ! » grommelle l'inspecteur. Puis, d'un ton affable, se tournant vers Viktor : « Le bureau à gauche. »

Et sa main décrit un arc vers la gauche.

« Je peux-ty donc partir ?

— Vas-y, file, imbécile ! lui soufflent les autres.

— Conduis-le ! » crie l'inspecteur au sergent de ville.

Viktor claque des talons et salue. Tous se retournent et l'accompagnent du regard.

Il traverse les bureaux : partout, la même puanteur et la tabagie. L'âcre fumée de cigarette lui pique les yeux. Viktor regarde droit devant lui : sur une vitre dépolie, se détache en noir :

CABINET DU COMMISSAIRE

Le sergent s'accroupit, retenant son sabre, et jette un coup d'œil par le trou de la serrure.

« Frappez ! » murmure-t-il à Vavitch.

Ce dernier obtempère et son cœur se met à cogner.

Il va entendre la voix capitale : à quoi ressemblera-t-elle ?

« Et si elle est hargneuse, injurieuse ? Injurieuse, à coup sûr ! s'empresse de décréter Viktor. Elle va se mettre à vociférer. »

C'est alors qu'il entend :

« Qui est-ce ? Entrez. »

La voix est claire, ronde, paisible.

Viktor ouvre largement la porte et avance du pied gauche. Il marche d'un pas sûr et souple, martelant le sol de son talon droit. Il entre résolument et, la main à la visière, se fige devant le bureau. Ce dernier fait face à la porte. Un vieillard massif trône derrière, un énorme fume-cigarette planté dans la moustache. Levant les sourcils, il lance un bref regard.

« J'ai l'honneur de me présenter… », commence Viktor d'un ton martial.

Le vieil homme se lève, retire le fume-cigarette de sa bouche.

« J'ai l'honneur de me présenter. Sur ordre de Sa Haute-Noblesse monsieur le chef de la police, je me mets à la disposition de Votre Haute-Noblesse. »

Le vieillard a un sourire.

« Fichtre ! C'est qu'il est impressionnant !... Vavitch ? Monsieur Vavitch ?

— Affirmatif, Viktor Vavitch », martèle Viktor sans cesser de saluer.

Ça, il le sait, il est sûr de ne pas faire de fausse note.

« Enchanté, enchanté. »

Le commissaire lui tend la main.

« C'est Nikolaï Arkadievitch qui vous envoie ? »

Viktor enlève sa casquette, retire d'un coup sec son gant droit et, serrant la main dodue du vieil homme, claque des talons. Ça s'entrechoque, comme au billard.

« Prenez place. »

Le commissaire se replante le fume-cigarette dans la bouche.

« Vous fumez ?

— Affirmatif, acquiesce Viktor.

— Moi, bon sang, j'essaie d'arrêter ! Ça fait deux mois, bon sang de bonsoir ! Alors, je tète, je tète ce barreau-là, comme un idiot. Mais y a rien à en tirer, sacré bon sang ! déclare le commissaire d'une voix pleurarde. Si encore on m'aidait ! Ces apostats, ils fument exprès sous mon nez ! Tenez, essayons ensemble, hein ? Essayons d'arrêter. Tous les deux. Rien que pour me soutenir, hein ? Ma parole !... Et si on grignotait des graines de tournesol ? Vous aimez ça ? Moi, ça m'enroue. Après, j'ai la voix, tenez, comme quand on passe la brosse sur le crâne d'un chauve... Eh bien, vous êtes marié ? Non ? Alors, vous n'allez pas vous amuser, ici, dit-il en plissant les yeux. Les petites mignonnes, c'est à la capitale qu'on les trouve. Chez nous, vous n'aurez qu'une marchandise laissée pour compte. Il y a longtemps que vous avez vu Varvara Andreïevna ?

— Plaît-il ? demande respectueusement Viktor.

— Varvara Andreïevna ? Madame ? Vous ne connaissez pas l'épouse de monsieur le chef de la police ? Est-ce possible ?

— Je me suis présenté à monsieur le chef de la police à mon arrivée, le 5 août… »

Et il ajoute :

« … de l'année en cours.

— Donc… vous ne la connaissez pas…

— Affirmatif.

— Hum… » fait le commissaire en suçotant son fume-cigarette et en jetant un coup d'œil oblique à Viktor.

Il se replonge aussitôt d'un air affairé dans ses papiers. Viktor se tait, sa casquette sur les genoux.

Soudain, le commissaire relève la tête et, se rembrunissant, regarde la porte.

« Eh bien, allez, à quoi ça sert de rester là ? Le beau profit de rester assis ! Filez chez l'officier de jour… » De sa barbe, il indique la sortie. « Dites-lui que monsieur le commissaire lui envoie du renfort. À l'essai, quoi ! » lance-t-il dans le dos de Viktor.

Vavitch bondit et, tout rouge, plonge dans la fumée des bureaux.

Là, tous le regardent. Apparemment, ils ont entendu le commissaire crier à la cantonade : « À l'essai, quoi ! »

Les fenêtres sont poussiéreuses, sur les appuis s'amoncellent en dépotoir des papiers crasseux. Au mur regarde un Alexandre III barbu. Dans le noir de fumée blanchoie le *kokochnik*[1] de Marie Fiodorovna[2] dans son cadre d'or terni. Vavitch heurte sur le seuil le concierge portant un registre, et il entre dans la salle de service. Il regarde à présent droit devant lui, se fraie au plus vite un

---

1. Coiffe traditionnelle russe en forme de diadème.
2. Épouse du tsar Alexandre III, mère de Nicolas II.

chemin vers l'inspecteur moustachu. Il longe la barrière, cherchant un passage.

« Par ici, par ici ! le hèle l'officier de jour en ouvrant la barrière.

— Envoyé en renfort par monsieur le commissaire », marmonne Viktor.

De l'autre côté, tous le fixent avec curiosité, comme on lorgne, de sa cour, une noce chez les voisins.

« Prenez place, vous pouvez fumer. »

Viktor prend place à une table. La cigarette tremble entre ses lèvres. Il est là, assis, une main dégantée. Il a les yeux rivés au bureau, sans voir les gens qui bourdonnent au-delà de la barrière.

Soudain, un silence. Viktor n'a pas le temps de relever la tête qu'il entend une basse, une voix claire et ronde.

« Encore assis ? À fumer ? Allez au moins demander qu'on avance ma voiture. »

Viktor se précipite. La porte claque. Il dévale l'escalier et, du perron, regarde de toutes parts. Un sergent de ville accourt du portail.

« La voiture du commissaire ! » lance Viktor, hors d'haleine.

Le sergent adresse un signe de tête à Dieu sait qui et Vavitch entend le paisible claquement de sabots ferrés. Sans bruit, sur de souples bandages, une voiture arrive de l'autre bout de la rue. Le cocher, en vert, lorgne sévèrement Vavitch.

En haut, gémissement du tambour et claquement las de la porte du poste de police. Faisant sonner ses éperons, le commissaire descend. Sans un regard pour Vavitch, il agrafe le col de sa capote sous sa barbe et fronce les sourcils d'un air mécontent.

« La voiture de monsieur est avancée ! » lance Viktor en s'approchant de lui.

Déjà, il s'en veut, mais il n'a pu s'empêcher de le dire. Dans la salle de service, à son bureau, il songe :

« Je donne immédiatement ma démission. Le salaud, il me prend pour un bleu ! Et devant les autres, encore ! »

Viktor cherche ce qu'il pourrait faire. Il feuillette des papiers sur la table, ne fût-ce que pour sauver les apparences.

L'officier de jour se tourne vers lui.

« Laissez ces papiers tranquilles. »

Viktor retire sa main, comme s'il s'était brûlé.

Il ne sait plus où regarder.

« Tenir jusqu'au soir. Y arriverai-je ? » Il fixe le porte-plume planté dans l'encrier maculé, échafaude un plan. « Je n'ai qu'à le saisir pour griffonner deux mots, ensuite je file où bon me semble. » Et de regarder la plume comme la détente d'une arme : on appuie, et c'est fini. Il agite même l'encrier : est-il chargé d'encre ? Il repère sur la table une feuille blanche, s'installe tout près, y plaque la main.

« Grounia, ma petite Grounia… », répète-t-il mentalement, au bord des larmes.

Soudain, se déchaînant, une cloche sonne dans la cour, suivie du tohu-bohu de l'alarme. Tous se précipitent aux fenêtres, Viktor aussi : les pompiers poussent leurs chevaux, les harnachent. Émoi, tintamarre, grondement, et la trompette empressée déchire l'air de sa clameur d'alerte.

« Allez, allez ! Prenez un fiacre et foncez rejoindre les pompiers ! Vite, vite, et que ça saute ! »

L'officier de jour saisit Viktor par l'épaule et le pousse.

Celui-ci fonce, tête baissée, dans la rue.

L'incendie se hâte, l'incendie tournoie, fumées noires au-dessus des toits ; la colonne noire tourbillonne en un puissant ronflement. Elle oscille dans le vent, cherchant sur qui s'abattre, et la foule recule, vacillant sur le trottoir. Debout sur le marchepied du fiacre, Viktor harcèle le cocher.

« Fouette, fouette ! Fouette donc, engeance du diable ! »

Devant eux, la voiture des pompiers gronde, carillonne et la voix cuivrée de la trompette taillade l'air. Ça pète, ça pétarade, ça crépite, tout va éclater, voler – tir à mitraille, tambourinement des sabots à l'unisson sur la chaussée. Les passants, effarés, fuient ou restent loin derrière.

Chauffe ! Fonce ! La tonne à eau s'envole. L'échelle, la pompe, les lourds chevaux bondissent, les pierres se cabrent et roulent. La cloche sonne, frénétique.

« Ga-a-are ! »

La voiture prend un virage dans un fracas de tonnerre. Derrière, les noires silhouettes des passants sont balayées comme poussière. Tout afflue là où, ample tourbillon, court la fumée broussailleuse.

Dans une calèche attelée de deux chevaux, le commandant des pompiers dépasse Viktor. Il porte casque et épaulettes. Le clairon est perché en équilibre sur le siège du cocher.

« Fouette ! Fouette ! »

La rosse du fiacre s'arrache d'un bond.

Les pompiers déroulent leurs tuyaux, la pompe à vapeur halète, poussive, et des étincelles volent en gerbe de la cheminée.

« Poussez pas ! Poussez pas, je vous dis ! » braille un sergent de ville, mais la foule se fait plus dense, pareille à un déferlement d'eau noire.

Viktor saute en marche et se précipite vers les sergents de ville.

« Reculez ! Reculez ! Messieurs ! Arrière ! » éructe-t-il, hors d'haleine.

Les sergents de ville se retournent. Tout rouge, tout flamme, Viktor pointe son gant blanc sur les poitrines, sans regarder les visages.

« Arrière ! Poussez pas ! Reculez ! »

Trois sergents de ville, ruant du postérieur, tentent avec zèle de contenir la haie noire des badauds.

« Restez sur le trottoir ! »

Alors, une première flamme, dans un triomphe hargneux, jaillit d'une fenêtre et la foule pousse un « oh ! » prolongé. Pouffements précipités de la pompe, hurlement de femme dominant le tumulte. On jette quelque chose par la fenêtre. Claquement. Écroulement. Au deuxième étage, on brise les vitres qui se répandent en pleurs sur la chaussée. On entend à présent le feu gronder à l'intérieur. Éclair d'un casque dans les hauteurs : un pompier grimpe à l'échelle mobile et tous contemplent l'escalade. Quelqu'un se précipite à un balcon, regarde vers le ciel et rentre en hâte.

Soudain :

« Faites place ! Le chef de la police ! »

Une calèche attelée de deux chevaux. Viktor se met au garde-à-vous et salue.

« Quel désordre ! Dégagez la rue ! braille le chef de la police du haut de sa calèche. Qui s'en occupe ?

— Reculez ! » crie Viktor à la foule d'une voix méconnaissable.

Et il se saisit de son sabre. Les premiers rangs refluent.

« Allez, allez ! »

Des sergents de ville, une douzaine, rouges d'effort, font pression. La foule ne cède pas. C'est alors qu'une longue silhouette, en capote grise ouverte, se déploie au-dessus de Viktor. La foule se tient coite. L'homme ne regarde personne en face, ses yeux, surplombant les têtes, semblent ne rien voir et son poing tape dans le tas. Il cogne, placide, indifférent, comme en passant, mais son poing rouge tombe pile sur une pommette, juste sous l'œil. Sans élan, tranquillement. L'homme est grand, long, et Viktor ne voit pas ses épaulettes. Dans le crépuscule, à la lueur palpitante de l'incendie Vavitch aperçoit son petit visage sec, ses petits yeux aveugles, ses moustaches rousses pendantes. À l'entour, tous chuchotent :

« Gratchek ! Gratchek ! »

Alors la foule, pareille à une meule de foin, cède aux endroits où Gratchek la repousse.

Pas un son ne sort de sa bouche. Ses mâchoires rousses sont serrées. Les sergents de ville se postent en silence le long du trottoir. Gratchek, faisant virevolter les pans de sa capote, se dirige vers les pompiers. Il ne jette pas même un coup d'œil à Viktor lorsque celui-ci le salue.

Le cuivre flamboie sur les harnais, la pompe, les casques. Devant la maison en feu, la calèche du chef de la police brille délicatement. Une jeune dame à petite coiffe de dentelle, sa main gantée en visière, y regarde vers les étages d'où s'échappent par les fenêtres les langues furieuses des flammes.

Du toit tombe soudain une poutre embrasée qui vient s'écraser en crocs de feu sur la chaussée. Les chevaux se cabrent, le cocher tire les rênes, la dame, elle, se soulève, se retenant au rebord de la calèche. Viktor bondit. En un clin d'œil, il est à côté de l'équipage, saisit la bride et s'y suspend. Sa casquette s'envole et roule dans la rue.

« Lâche donc ! » braille le cocher en cinglant ses chevaux.

Vavitch est projeté sur le trottoir et heurte un arbre. La calèche passe devant lui.

Un gamin lui rapporte sa casquette qu'il frotte de sa manche. Brouhaha et rires de la foule.

« Qu'est-ce qui se passe ? » lance une basse familière.

Le vieux commissaire regarde Viktor rajuster sa casquette.

« Encore vous ? » ajoute-t-il en se détournant.

Viktor se fraie un chemin à travers la foule de plus en plus clairsemée. Derrière, la pompe pouffe, le feu crépite, la rue arde ses rutilants soupirs, tandis que Viktor marche, marche, les genoux tremblants, son sabre ballottant et lui battant la jambe.

À l'hôtel, le portier retire son chapeau et le salue bien bas. Viktor ne lui accorde pas un regard. L'autre court après lui dans l'escalier en lui parlant et en s'efforçant de lui remettre quelque chose.

« Écoutez donc, monsieur l'inspecteur ! »

Vavitch s'immobilise et le regarde, hargneux, les dents serrées.

« Un télégramme pour vous, m'sieur l'inspecteur. »

Vavitch s'en saisit et se précipite dans sa chambre.

Viens me chercher demain à 8 h 40. Grounia.

« Grounia, ma petite Grounia, murmure Viktor en pressant le papier contre son visage. Ma petite Grounia, je te raconterai tout. Grounia, ma chérie ! »

Il voudrait s'envelopper de sa chaleur, se fondre dans son corps moelleux, s'en emmitoufler, ne plus rien voir. Et de serrer plus fort le télégramme, et de fermer les yeux.

La chandelle s'est consumée, mais Viktor est toujours là, tout habillé, les bras sur la table, la tête posée dessus, le télégramme sous la joue.

Les réverbères

Andreï Stepanovitch ne rentre pas chez lui par le chemin habituel. Il imagine déjà le repas, la serviette de table. Anna Grigorievna est en face de lui, elle a lu, sans doute. Et puis, Sanka, Dieu sait ce qu'il pense, celui-là. Tiktine n'en a pas la moindre idée. Il s'interroge sur la façon dont il demandera, après la deuxième cuillerée de soupe brûlante : « Vous avez lu ? » Dans le cas contraire, il faudra leur lire. Et Anna Grigorievna s'enquerra : « Est-il vrai qu'il n'y a pas le moindre Juif ? »

Que, dans cette foire, n'importe quel salaud le tire par la barbe et lui enfonce le chapeau jusqu'aux moustaches, cela ne la concerne guère. Et, s'il se rembrunit à sa question, il y aura droit encore une fois. « Je ne comprends pas que tu prennes la mouche. »

Alors, il devra démontrer qu'il ne prend pas la mouche. Au début, en faisant son détour, Tiktine ignorait où il allait. À présent, il le sait et il accélère le pas, regardant les passants avec plus d'assurance. Dans les maisons, on allume les lumières, la rue en paraît plus sombre et, dans le lointain, les réverbères à gaz clignotent, pareils à de petites étoiles, tantôt à droite, tantôt à gauche. Tiktine marche d'un bon pas dans la rue calme. La neige repose en coussinets duveteux, immaculés, sur les appuis des fenêtres, les bouteroues des trottoirs sont coiffées de chapeaux mous, la verrière de la marquise arbore tranquillement une bosse blanche, des ombres paisibles se profilent sur les stores baissés derrière lesquels tout semble tellement douillet : une fête qui doucement brasille. Tiktine s'engouffre dans le passage obscur. À droite, une porte. Il tire de sa pelisse un mouchoir propre, s'essuie soigneusement les moustaches et la barbe, les lisse, les arrange, tape des pieds pour secouer la neige et appuie sur le bouton de la sonnette.

« Mon Dieu ! Andreï Stepanovitch ! »

Il lui baise la main dans la petite entrée proprette. Maria Bronislavovna a un sourire joyeux et content, elle frissonne dans sa mante de crochet à picots. Elle a quarante ans, est toujours souffrante et passe le plus clair de son temps à lire *Le Messager de la littérature étrangère* et *Le Monde du bon Dieu*[1].

D'un coup d'œil, Tiktine constate que sa mante lui va bien, jetée, vaguement provocante, sur ses épaules fuyantes. Et quels yeux intelligents elle a !

« Une femme subtile ! songe-t-il et, avec plaisir, il enlève sa pelisse. Pas bête du tout, c'est sûr ! »

Tiktine est heureux de voir sur une chaise près du divan un cendrier et une grosse revue ouverte.

« Anna Bronislavovna est autrement plus sotte… Très juste, ce que l'on dit des deux sœurs. »

Du genou, Anna Bronislavovna rapproche un lourd fauteuil de la table. Tiktine claque impeccablement des talons, avec toute l'élégance du cavalier d'antan.

Trois couverts sont disposés sur la table ronde. Tiktine sait que le troisième est pour le mari de l'intelligente Bronislavovna et qu'il rentrera tard des Chemins de fer. L'intelligente Maria Bronislavovna glisse quelques mots en polonais à sa sœur qui sort du buffet un nouveau couvert. La petite pièce sent le tabac léger, les parquets frottés sentent la cire. La vaisselle a un tintement charmant et confus entre les mains de l'autre Bronislavovna, la sotte. Et la sotte Bronislavovna se met aussitôt à marcher, à sautiller sur la pointe des pieds, les yeux rivés au plancher, tandis que, sur le divan, l'intelligente Bronislavovna, l'épaule gauche levée, darde ses grands yeux pétillants sur Tiktine. Elle s'installe plus confortablement, prend la pose, secoue artistement la cendre de sa cigarette dans la conque du cendrier.

---

1. Mensuel populaire à caractère éducatif pour les jeunes et les autodidactes (1892-1906). Y étaient publiés des écrivains connus tels que Maxime Gorki, Ivan Bounine, Alexandre Kouprine.

« Eh bien, mon cher, racontez ! »

Maria Bronislavovna s'autorise de ses maux pour replier ses jambes et se rencogner dans l'ombre du divan.

Tiktine prend une mine chagrine.

« Bah, ça n'est pas très gai ! »

Maria Bronislavovna a un froncement de sourcils compatissant.

« Qu'y a-t-il donc ? »

La sotte Bronislavovna quitte la pièce sur la pointe des pieds, on l'entend trépigner contre le chat à la cuisine.

« Les enfants… », soupire Tiktine et, une main soutenant son menton, il fixe un coin de la salle.

Il lui semble tout soudain que ses enfants, Nadienka et Sanka, sont en effet la plaie qui ronge son cœur. Chagrin, il a le regard fixe, mais voit du coin de l'œil Bronislavovna se porter en avant et, aspirant une bouffée de fumée, hocher doucement sa tête aux cheveux courts.

Elle contemple sa cigarette.

« Qu'ont-ils donc ? » chuchote-t-elle ensuite, sans lever les yeux.

Tiktine pivote brusquement de toute sa masse dans son fauteuil, puis, agitant sa main ouverte, jette fougueusement :

« Avec eux, pas une seconde de repos, pas la moindre petite minute, toujours sur des charbons ardents ! Je ne sais absolument pas, mais vraiment pas… » Et, faisant claquer l'ongle de son pouce : « Je ne comprends goutte à ce qui se trame autour de moi. Pas le moindre indice… »

Bronislavovna renverse la tête et ouvre de grands yeux indignés, ses cheveux se balançant au rythme de la main de Tiktine.

« Des messes basses, ajoute Tiktine en se renfrognant, de mystérieuses visites, des nuits passées on ne sait où, qu'est-ce qu'ils fabriquent ?… Non, réellement… décidément, je ne… Et ça me met dans un état… »

Tout rouge, il agite convulsivement ses poings serrés.

« Je peux fumer ? demande-t-il, accablé, reprenant haleine et regardant Bronislavovna dans un froncement soucieux de sourcils.

— Quelle question ! Je vous en prie ! »

Elle lui tend sa boîte de cigarettes fines.

Tiktine tire de la poche de son pantalon son porte-cigarettes en écaille. En silence, il entreprend de se rouler une cigarette.

« Votre fils ? Sanka ? » demande-t-elle à mi-voix.

Il émiette sa cigarette, prend une profonde inspiration et, faisant tournoyer son poing devant sa poitrine :

« Tout est chamboulé. Ça me met à cran.

— Sans compter que vous avez la banque, la bibliothèque populaire, les réunions…, murmure Bronislavovna. J'avoue que, humainement parlant… Je ne comprends pas, ajoute-t-elle rêveusement en haussant une épaule sous sa mante et en exhalant lentement de la fumée vers le plafond. Je ne comprends décidément pas… »

Elle secoue énergiquement sa chevelure, plante à la volée sa cigarette dans le cendrier.

« Il faut dire, songe Tiktine, qu'avec cette campagne par-dessus le marché… » Il voudrait ajouter, ne fût-ce qu'à part lui : « cette campagne des youpins… », mais il ne se résout pas à le formuler même pour lui. Et ce minable des Chemins de fer qui va rentrer, avec ses discussions sur le végétarisme, son foie et ses : « En quel honneur Sarasate prend-il cinq mille roubles par concert ? »

« Bah, et puis, il y a un tas de choses… », poursuit-il avec un geste de renoncement.

Une pause. Bronislavovna se tait.

« Elle n'a pas lu, décrète Tiktine. Inutile d'aborder le sujet. »

La sotte Bronislavovna apporte une assiette de soupe qu'elle pose devant lui.

« En guise d'en-cas. Je vous en prie. C'est de bon cœur. »

Une vapeur brûlante monte de l'assiette, mêlée à une odeur grasse de quenelles et de légumes, odeur d'un monde étranger, d'une autre cuisine, invite tellement insidieuse.

« Je ne vais pas manger seul. Ne vous mettez pas en peine. »

Tiktine se lève à demi ; la table vacille, la nappe est éclaboussée. Mais la sotte Bronislavovna n'est plus là. Et l'intelligente dit :

« Pourquoi ne prendriez-vous pas un peu de repos ? Ne fût-ce qu'un mois… à l'étranger ? On a le droit de penser à soi de temps en temps…

— Un mois ? » s'écrie Tiktine en levant le sourcil.

Bronislavovna attend.

« Un mois ? »

La maison étrangère l'enveloppe d'une vapeur nourricière, douce, accommodante.

« Je n'ai pas u-u-ne seconde à moi ! »

Tiktine se tourne vers son assiette, saisit machinalement sa serviette et la fourre dans son gilet. Il se brûle légèrement avec la soupe odorante, les quenelles fondent obligeamment dans sa bouche. À mi-assiette, il reprend ses esprits mais n'en continue pas moins de se hâter. Il termine, regarde l'heure à la pendule : sept heures vingt.

« *Aneliu !* crie Bronislavovna. *Nie ma pieprzu*[1] ?

— Laissez donc, répond Tiktine en agitant sa main libre. Je dois y aller.

— *Ale tu ten dostateczny*[2] », se vexe la sotte qui se montre à la porte avant de se précipiter dans l'entrée pour répondre au coup de sonnette.

_____

1. « Anelia ! Tu n'aurais pas du poivre ? » (polonais). Anelia, diminutif polonais d'Anna.

2. « Mais il y en a suffisamment » (polonais).

Tiktine s'empresse de pêcher une dernière quenelle. Il entend dans le vestibule le maître de maison tapoter ses caoutchoucs et chuchoter avec Anelia. Il essuie ses moustaches, jette sa serviette sur la table.

Le maître des lieux entre, petit, vêtu d'une longue veste pendante, son pantalon flotte autour de ses jambes grêles. Sous ses lèvres pincées, dédaigneuses, une barbiche poivre et sel s'enroule en copeau de bois jusqu'à la pomme d'Adam.

« Vous venez de terminer votre service ? s'enquiert Tiktine en s'avançant vers lui.

— Oui, on rentre du travail. C'est que nous autres, il nous faut travailler ! »

Et l'homme fixe Tiktine de ses petits yeux délavés. Un regard dédaigneux et mauvais.

Chacun sait qu'il a été relégué à Minoussinsk[1], puis qu'il a cassé du caillou pour faire des routes. Quand on les a présentés, on a chuchoté à Tiktine en catimini : « Il a cassé du caillou. » On le lui a dit avec crainte, à croire que les routes qu'il avait empierrées étaient indestructibles.

« C'est que nous autres, faut qu'on travaille », répète le maître de céans.

« Il a cassé du caillou… », songe Tiktine.

Il entend l'homme se laver les mains à la cuisine et tancer Anelia.

Bronislavovna baisse les yeux et quitte tristement son divan.

« Bon Dieu ! J'aurais dû partir cinq minutes plus tôt. » Tiktine en veut aux quenelles.

« Je vous en prie. C'est de bon cœur… », dit le maître de maison.

Ils mangent en silence. Bruits discordants des cuillers.

---

1. Ville sur les bords de l'Ienisseï, en Sibérie.

« Quelles nouvelles ? » demande le maître des lieux sans lever le nez de son assiette.

Tiktine se hâte d'enfourner une cuillerée de soupe.

« On a écrit quelque chose contre vous, non ? poursuit l'autre en aspirant bruyamment. Maintenant vous allez vous incliner, je veux dire faire amende honorable ? Je me trompe ? »

Tiktine surprend le regard de Bronislavovna et comprend qu'elle a lu. Elle a lu, à coup sûr.

« Pourquoi devrais-je m'incliner ? réplique-t-il en se redressant dans son fauteuil.

— Ils vous entortillent, vous emberlificotent… »

Et de tournicoter sa cuiller dans sa soupe.

« Ils n'arrêtent pas de pleurnicher, mais ils vous emberlificotent avec leur capital, pendant que d'autres travaillent. »

Le maître de céans lui plante son regard en pleine face.

« Il a cassé du caillou… », s'irrite Tiktine.

« Permettez… »

Il voit Bronislavovna le suivre de l'œil.

« Ce qu'on a écrit est d'une trivialité… Des choses vulgaires, il s'en écrit beaucoup, et il s'en dit encore plus… Non, merci, j'ai assez mangé… La plus grande vulgarité est peut-être l'absence de droits dont souffre, Dieu sait pourquoi, toute une partie de la population qui se trouve pieds et poings liés. Et peut-être… »

Tiktine donne à présent de la voix, comme s'il était à la tribune de la douma municipale.

« … peut-être ne faut-il pas grand courage pour cracher à la figure d'un homme ligoté. »

Le maître des lieux déroule dédaigneusement la ficelle humide de sa *sraza*[1], refusant l'aide d'Anelia.

« Quand même, la libre circulation, reprend Tiktine en haussant le ton, ce droit dont jouit tout un chacun…

---

1. Mets polonais : sortes de paupiettes farcies de gruau.

— Comme le droit de se rendre dans la région de Minoussinsk, poursuit l'autre en découpant méticuleusement sa *sraza*, sans daigner lever les yeux.

— Ce voyage-là, vous savez, ne leur est pas interdit à eux non plus », rétorque Andreï Stepanovitch en secouant la tête.

Il se tourne et voit, dans le méchant miroir au-dessus du divan, le reflet tremblé de la tête de son interlocuteur, monstrueuse, grotesque. Il se rembrunit.

« Et si, partout, on vous montrait du doigt : "Youpin ! Youpin !", que vous n'ayez pas figure humaine et soyez contraint d'arborer en tous lieux votre trogne, votre tronche, votre gueule de Juif, vous chanteriez une autre antienne !

— Essayez un peu de lâcher le mot "youpin" à la Bourse, vous verrez…

— Vous voudriez crier : "Youpins !" et qu'ils vous répondent : *"Krzyzem, krzyzem, padam do nog*[1]*"*, qu'ils s'aplatissent devant vous. »

Tiktine n'ose plus regarder Bronislavovna.

« N'est-ce pas trop demander ? » ajoute-t-il d'une voix de stentor en secouant la tête et en foudroyant du regard le maître de maison.

Celui-ci, la main enveloppée dans sa serviette, essuie soigneusement sa barbiche qu'il étire.

Andreï Stepanovitch se lève et sort sa montre de gousset. Il sent à présent des centaines d'yeux juifs braqués sur lui, pleins de gratitude étonnée et de remords pour l'article, et il voudrait aller à leur rencontre. Cela n'a plus rien d'impossible. Il fait bon être ensemble. Et dans la dignité ! Le maître de maison se lève de sa chaise, puis, sans se redresser, comme s'il était toujours assis, quitte la pièce : veste franchissant le seuil.

---

1. « Je crie, je crie et je tombe à vos pieds » (polonais).

« Le tabac est ici », dit Bronislavovna en se levant à son tour.

Chuchotis des petites cuillers qu'Anelia met dans les verres.

« Bon, il faut que j'y aille, lance Andreï Stepanovitch. Je vous remercie », ajoute-t-il en claquant élégamment des talons pour saluer Bronislavovna.

Anelia tend à Tiktine la main qu'elle a essuyée avec la serviette à thé.

« J'ai bien l'honneur. »

Nouveau claquement de talons en direction de la porte où le maître des lieux a disparu dans l'obscurité.

« *Stasiu*[1] ! » appelle Bronislavovna.

Pas de réponse. Tiktine passe dans le vestibule.

« Votre pelisse est glacée, constate Anelia.

— Ça ne fait rien, réplique gaillardement Tiktine. Ça ne fait rien. »

Il cherche ses caoutchoucs.

« Parfait ! » ajoute-t-il gaiement et il coiffe son opulente chapka.

Sur les marches du perron, formant une bosse blanche, on s'enfonce dans la neige jusqu'à la cheville. S'aidant de sa canne, Tiktine descend l'escalier. Son caoutchouc s'engloutit dans la neige égale et duveteuse comme dans l'eau, le bout de sa chaussure est éclaboussé de blanc.

« Qu'il aille au diable ! se dit-il en pensant au maître de maison. Maudites quenelles ! »

Il allonge le pas, ouvrant largement le chemin de sa canne. Il a déboutonné le bas de sa pelisse. Il a fière allure.

La rue est silencieuse et déserte.

Andreï Stepanovitch voudrait croiser quelqu'un. Pas de lumière aux fenêtres, Tiktine ne s'entend pas marcher.

---

1. En polonais dans le texte, diminutif de Stanislas.

Seuls les réverbères dressent leurs têtes lumineuses. Ils mènent leur vie. Les pieds dans la neige. Tiktine ralentit le pas.

« Peut-être que j'ai eu tort pour les enfants… », se dit-il.

Il s'arrête un instant, reprenant haleine.

« Je n'aurais pas dû ! »

Dans la neige profonde, il s'approche d'un réverbère, appuie son front contre le métal gelé. Sa chapka se met de guingois et la fonte rafraîchit sa tempe frisottée.

Ses pensées s'agencent, claires, limpides, flamme réconfortante, vivante, juste. Elles se mettent paisiblement en rang.

Tiktine espère trouver Sanka et Nadienka autour du samovar, engager une dispute chaleureuse et gaie sur la question… nationale ou autre.

Mais fichtre ! Pas le moindre fiacre.

Plein la lampe

Philippe tape à sa porte d'un pied gourd, gelé.

« Comment ça, qui c'est ? C'est moi ! Ouvre, que le diable te réduise en bouillie ! »

Il entend Annouchka fureter de ses mains somnolentes à la recherche du loquet. Silence chaleureux de l'entrée. Odeur de chaud, de chou, de bottes de feutre mouillées. Philippe passe dans sa chambre et, longtemps, de ses doigts gelés, ne peut agripper une allumette. La chambre est toute propre et, sur la nappe à carreaux, l'attend son dîner, recouvert d'une assiette. La lampe grésille et s'allume en ronchonnant. Alors apparaît la commode, morne bloc de glace, avec ses vases d'angélique et ses roses poussiéreuses en papier. Il revoit le piano, sa laque flamboyante et la table où repose l'album.

« Pourquoi n'ai-je pas fauché une photo ? J'avais le temps ! »

Philippe est posté devant le poêle et se chauffe le dos.

« Où est-ce que je l'aurais mise ? »

Il examine la pièce.

Deux chaises paillées se tiennent contre le mur, dociles comme des bûches. Quand il en propose une à Nadienka : « Désolé, ce sont des chaises prolétaires », elle s'y assied avec respect.

Philippe regarde le plancher, l'ombre sous la table. Il lui semble qu'*elle* va venir, vêtue de soie noire, ses talons fins martelant le parquet. *Elle* prendra place sur cette chaise, là, comme ça, ses jolis pieds perchés sur le barreau.

« Pourquoi pas ? Elle parlait bien de confiture ? »

Et la voici sur cette chaise ! La chaise, Philippe ne la regarde pas, pour mieux s'imaginer qu'elle y est vraiment. Ses yeux se plissent, il retient son souffle. Cette fois, elle est là pour de bon. Philippe ferme les yeux à demi. Une légère peur le gagne parce que là, à côté, sur la chaise, se trouve la demoiselle en noir, immobile et muette. Les yeux de Philippe sont clos : elle est tout près, figée, regardant devant elle, ses fins talons retenus par le barreau où elle a posé ses jolis pieds. « Reste, ne pars pas, je ne veux pas t'effaroucher ! » Philippe serre les paupières et ne bouge pas. Le poêle lui brûle agréablement le dos. Le rêve enveloppe, emmitonne sa tête. Le vent siffle dans le carneau, ronronne par les bouchoirs. Philippe a l'impression qu'il voyage, en train peut-être, et qu'elle est avec lui. Soudain, le vent se déchaîne, comme cravaché, le vasistas s'ouvre tout grand, les éléments s'engouffrent, dans la lampe la flamme baisse, se tapit. Gringottement du rideau à l'attache.

« Une idiote qui ne fait rien de ses dix doigts ! »

Philippe se penche par-dessus la chaise, dans le courant d'air frais, pour fermer le vasistas. Les livres qu'il avait glissés contre sa poitrine dégringolent sur la table.

« Réfléchissez ! »

Il se remémore ce que lui a dit Nadienka. Il flanque les livres sur l'étagère et s'assied sur le lit pour se déchausser. Et il revoit la petite main vive de Nadienka, ses doigts toujours en mouvement. Il la revoit, cette main… qui implore.

« Bon, bon, je vais réfléchir ! » se dit-il en se cachant la tête sous la couverture. Il sait que, sur la chaise, il n'y a plus personne.

Il fait encore nuit lorsqu'il se réveille. On entend plus fortement qu'hier le vent se déchaîner, égratigner les murs, et le vasistas gémir sous ses assauts. Annouchka traîne ses bottes de feutre dans le couloir d'où parvient le rai huileux de la lampe. La chambre est déjà froide. Philippe craque une allumette : il est en retard. Il bondit sur le sol glacé et, à tâtons, enfile ses vêtements tout aussi glacés.

Sans boire son thé, il pousse la porte du pied et, d'un pas rapide, se précipite dans la rue sombre. Le vent lui projette dans les yeux une poussière piquante, glaciale, qui s'insinue dans ses manches. Philippe grimace, se voûte, taraude de la tête la tourmente et piétine le trottoir de bois, vers l'usine. Il traverse la rue en courant : reste une place à franchir au pas de course. Ils ne sont plus qu'une poignée, silhouettes noires, devant les grilles et la sirène s'époumone à travers le faubourg, par-dessus le vent, la tempête. Philippe traverse en courant, puis renonce et repart d'un pas détaché : de toute façon, il est en retard. La sirène s'interrompt. La porte est fermée.

« Sapristi ! »

Philippe crache de colère et sacre. Les fenêtres de l'usine flamboient, carrés jaune vif sur fond noir. Dans le ciel sombre, ses yeux cherchent la silhouette noire, familière, de la cheminée.

« Tant pis ! Une demi-journée de perdue, je me rattraperai avec le travail à la pièce ! »

Et il gagne l'atelier par les bureaux. À travers le hurlement de la tempête, on entend vrombir l'usine, la besogne bat son plein, sans lui. Philippe jette par le guichet son jeton de cuivre et ses pas résonnent sur le sol dallé.

À peine a-t-il franchi le seuil de l'atelier qu'il tombe sur l'Ignatovitch.

« Alors ? À ce que je vois, on tire au flanc ? »

Et il s'éloigne en soufflant.

« Canari de bénitier, va ! » lui lance Philippe en se disant que l'Ignatovitch ne l'entendra peut-être pas à cause du bruit.

Philippe enclenche son moteur et les courroies de transmission se mettent à claquer, affairées. L'ouvrage de la veille tourne sur la machine et Philippe, d'une main prompte et ferme, approche sa lame. Un copeau de cuivre se détache en crissant et le métal jette un éclair chatoyant, aux reflets blonds, soyeux. Philippe, plissant les yeux, admire le luisant du cuivre. Comme il brille, bon sang ! La lame a « graissé », il faut arranger ça, mais il ne peut détacher ses yeux du métal : un ruban de soie étincelant qui ne cesse de s'allonger. Il remarque soudain qu'on parle derrière lui. Il jette un coup d'œil : tous voient le directeur adjoint se frayer d'un pas décidé un chemin au milieu des machines, sans regarder quiconque, les sourcils serrés au ras du pince-nez. C'est un Allemand, un sérieux ! Il passe et, tel le vent déferlant sur les arbres, un murmure parcourt l'atelier. Les mains derrière le dos, l'Ignatovitch passe à son tour d'une démarche pesante. Il ne se soucie pas du travail, se contente de ficher son regard droit dans les yeux des ouvriers comme on flanque un poing dans la gueule. Toutes les têtes esquivent.

Un gars des bureaux accourt et trottine derrière l'Allemand. Un cercle se forme autour d'eux, se referme. Haussement d'épaules, gestes de renoncement. L'Ignatovitch avance, on lui cède le passage, mais aussitôt, couvrant le bruit des machines et le claquement des courroies, s'élève une rumeur.

Philippe arrête son tour et va au gré de la rumeur qui enfle.

« À la chaudronnerie ! C'est à la chaudronnerie !

— Un accident ? »

Les hommes parlent fort pour couvrir le bruit des machines.

« Qui a eu un accident ? crie Philippe.

— Mais non, c'est autre chose, lui indique-t-on avec un clin d'œil. Il arrive ! »

Mouvement de tête en direction de l'Ignatovitch. Mais le brouhaha prend le dessus, il envahit l'espace, s'enfle et se fige sur une note aiguë. Tous parlent plus fort et l'on n'entend plus les machines. Peut-être sont-elles arrêtées. Un gamin déboule, c'est Fedka, l'aide de Philippe, et c'est à lui, à personne d'autre, qu'il crie :

« À la chaudronnerie, tout est arrêté ! »

Philippe va à la fenêtre et ouvre le vasistas.

Quelqu'un lève le bras et fait de grands signes. Un instant, le brouhaha retombe, comme plaqué au sol. Tous regardent le vasistas et Philippe. Et celui-ci perçoit nettement qu'à la chaudronnerie où tout, d'ordinaire, n'est que grondement fracassant, règne à présent le silence.

C'est juste : pas un bruit. Il opine du chef. Tous comprennent et la vague du brouhaha renaît, écume, bouillonne au-dessus des têtes. L'Ignatovitch est posté près de sa guérite vitrée et, tel un taureau furieux, il observe les ouvriers. Certains se remettent à l'ouvrage, mais l'effervescence n'a rien perdu de son intensité.

Philippe se penche vers Fedka. Celui-ci secoue la tête et a un petit rire madré. Il se rabat sur le nez sa casquette graisseuse comme une crêpe et file. Il virevolte dans l'atelier, en guignant l'Ignatovitch, et Philippe le voit s'éclipser d'un bond. Philippe regarde derrière lui : l'Ignatovitch darde sur lui ses yeux de taureau. Il le fixe ouvertement, comme s'il voulait le clouer sur place et mugir dans tout l'atelier : c'est lui ! Quelqu'un vient se placer devant Philippe, de manière à le masquer. L'Ignatovitch fait quatre pas pesants et, de nouveau, embroche Philippe du regard. Ce dernier se détourne et s'absorbe dans la contemplation du cuivre : son ouvrage étincelle, serpent de soie chatoyant.

Philippe lance d'une voix forte en direction de l'Ignatovitch, bien qu'il s'entende à peine dans le tumulte :

« J'en ai rien à foutre de toi ! »

Et il quitte l'atelier.

Le vent tourbillonne dans la cour de l'usine, vous arrache la porte des mains et seules les taches claires, carrées des fenêtres sur le sol restent immobiles. Philippe longe le mur aveugle de la chaudronnerie : apparaît un homme et Fedka se carapate.

« Iegor ? » demande Philippe en maintenant sa chapka.

Il se rapproche, le reconnaît et lui redemande malgré tout à l'oreille :

« Iegor ?

— C'est moi.

— Qu'est-ce qui se passe là-bas ? Une provocation ? Pourquoi ils ont cessé le travail ? Ils se sont entendus…

— Entendus, tu parles ! murmure Iegor avec fougue dans la pénombre. Entendus, mon cul ! Samedi, après la paie, une bande de salauds s'est avisée de réclamer un quart de kopeck par rivetage. Ça leur a pris d'un coup !

— Qui ça ?

— Va-t'en savoir qui ! Mais nous autres, qu'ils disent, on va faire grève, crénom de nom ! Pour défendre nos kopecks. Les ajusteurs et les tourneurs, qu'ils braillent, ils s'en foutent plein la lampe. T'as pigé la manœuvre ? Ben oui, mon vieux ! Va les trouver, va, va ! »

On n'y voit goutte, mais Philippe perçoit les gesticulations de Iegor.

« Tous s'en mettent plein la lampe et se fichent pas mal de nous, qu'ils disent. N'empêche que nous, on crève, alors que les tourneurs se paient du beau linge et achètent des bibis à leurs femmes. Va un peu y fourrer ton nez. Tu te prendras un boulon dans la tronche. L'Allemand a annoncé que le bureau refusait catégoriquement. Et si t'es pas d'accord : la porte !

— C'est qui les fumiers là-dedans ? » commence Philippe.

Mais déjà Iegor s'écrie :

« Le genre de merdeux pour lesquels on n'arrêtera pas l'usine. Le résultat, c'est que ça tire à hue et à dia. Entendus… Mon œil ! »

Et Iegor quitte Philippe d'un pas hargneux, on entend claquer au vent son pantalon.

Par la fenêtre de la chaudronnerie, on voit l'Allemand dressé au-dessus d'un ramas d'ouvriers, bouche ouverte, main persuasive. Soudain il s'accroupit et une vitre dégringole bruyamment à côté de Philippe. Celui-ci fait un bond en arrière. Un hurlement jaillit de la chaudronnerie. L'Allemand lève ses deux bras : le hurlement s'intensifie, rauque. L'Allemand bondit et se fond dans la foule. Philippe a les oreilles qui tintent, il tire violemment la porte de la chaudronnerie – un portillon dans un énorme portail – et se rue, se fraie un chemin entre les dos et les épaules. On se retourne, on s'écarte et Philippe se pousse comme s'il cognait. Un tas de bois. Philippe grimpe et s'immobilise, en équilibre sur une poutre. Il arrache sa chapka qu'il agite au-dessus de sa tête avec l'énergie du désespoir, à croire qu'un train fonce sur lui et qu'il doit l'arrêter. Alors, le rugissement se brise un instant. Et Philippe hurle à travers la chaudronnerie :

« Camarades ! Croyez-m'en : c'est une provocation !

— Vous vous en foutez plein la lampe ! » crie quelqu'un dans la foule.

En réponse, éclate le rugissement.

On tire Philippe par-derrière, il bascule.

Le singe

Lorsque Bachkine revient à lui et ouvre les yeux, l'obscurité est totale, comme si on lui avait enveloppé la tête d'un drap noir. Dans son effroi, il ne sent pas qu'il gît, nu, sur le sol glacé. Il bat rapidement des paupières. La terreur se dresse en lui, colonne de glace.

« Je suis aveugle ! Aveugle ! »

Dans son affolement, il se refuse à croire qu'il voit un rai lumineux au ras du sol : la peur lui engoue l'esprit et il tourne la tête en tous sens. Sous le coup, il ne remarque pas qu'il a mal à l'oreille et que les traces laissées par les clés lui cuisent sur tout le corps. Il tente de se relever, se cogne le crâne, se rattrape. C'est la tablette fixée au mur, à laquelle il a essayé de se pendre. Il lâche une plainte et s'assied sur le sol froid. Alors seulement il ressent la brûlure des coups, s'aperçoit qu'il est nu et qu'on a éteint la veilleuse. Il sait à présent qu'il n'est pas aveugle, que le rai de lumière vient de la porte. Et toujours les talons paresseux le long du couloir, comme si de rien n'était. La cellule est glaciale. Un tremblement s'empare de Bachkine, irrépressible : dents, genoux, omoplates. Toute sa peau est prise de convulsions. Il est secoué, il rampe en quête d'un peu de paille, de quelque chiffon. Sur ses genoux tremblants, il se traîne d'un mur à l'autre à même le sol nu. Il marche pour se réchauffer, mais ses jambes flageolent, son grand corps est cahoté comme dans une télègue sur une chaussée défoncée. Malgré l'obscurité, il ne heurte pas le tabouret : il sait qu'il ne peut faire que trois pas. Il s'assied, pose sa tête sur la table et s'efforce de se pelotonner, de se rouler en boule pour arrêter sa tremblote. Il y parvient un instant, puis tout son corps tressaute, tel un ressort qui se détend, et ses genoux heurtent douloureusement la table.

« Br-r-r-r ! »

Bachkine secoue la tête.

Il sursaute quand l'œilleton grince. L'ampoule, au plafond, s'allume et il peut s'en convaincre : c'est bien la même cellule. Dans l'œilleton, un œil plissé l'observe.

« Regarde-moi ce singe ! » lance le gardien dans le couloir et il éteint.

Bachkine a une courte absence et, dans sa somnolence, il entend l'œilleton bouger, perçoit la lumière derrière ses paupières closes, mais garde les yeux fermés. Il entend qu'on ouvre d'autres cellules. Voici que l'on passe devant sa porte, sans jeter un coup d'œil chez lui. Un autre jour commence. Bachkine ne peut plus se tenir assis. Les convulsions lui coupent les jambes, il tente de se lever et retombe aussitôt près du tabouret. Il heurte douloureusement le sol, ses jambes ne lui obéissent plus, ressorts fragiles dansant leur gigue.

« On vient, on vient ! De la lumière ! »

Les deux qui avaient déshabillé Bachkine s'approchent et le plus âgé l'enjoint :

« Mets ces vêtements ! »

Le second jette sur la table des nippes. Bachkine est incapable de se lever, il se traîne à genoux jusqu'à la tablette et, assis par terre, enfile sur son corps nu un pantalon poisseux, usé, qu'il n'a jamais vu.

« On veut se pendre, canaille ! lance le plus vieux au-dessus de lui. T'as hâte de te passer la corde au cou ? On va t'en tresser une de chanvre, aux frais de l'État. »

Bachkine ne comprend pas les mots, le cliquetis des clés le met en transe. Il réussit tant bien que mal à enfiler la chemise crasseuse des détenus.

« Debout ! »

Le plus âgé flanque un coup de genou dans l'épaule de Bachkine qui s'étale. L'autre le relève par les aisselles. Vacillant, Bachkine se met sur ses jambes. Le pantalon lui arrive juste au-dessous du genou, exhibant ignominieusement ses jambes maigres et poilues. Le méchant veston roussâtre est trop court, les manches lui arrivent aux coudes. Mais Bachkine n'en a cure. De ses mains tremblantes, il tire sur les pans de la veste. Du pied, un des gardiens pousse vers lui des chaussures. Bachkine a peur de se pencher et s'effondre sur le tabouret.

« En avant ! » ordonne le plus vieux.

Bachkine n'a pas eu le temps de chausser le second soulier. Le gardien le pousse et, en boitillant, sa chaussure à demi enfilée, il sort de la cellule. De nouveau, cette main dans ses reins. Ça y est : son pied est entré. Bachkine marche d'un pas mal assuré, ses pieds pataugent dans les énormes godillots. Il s'accroche à la rampe dans l'escalier, la tête lui tourne. Un autre couloir, pas celui de l'officier, se dit Bachkine, et cela lui fauche les jambes. Le gardien le soutient par-derrière.

On le fait asseoir dans le couloir plongé dans une semi-pénombre, mais au parquet ciré. Il s'appuie contre le mur et ferme les yeux. Soudain, un discret cliquetis d'éperons. Bachkine sursaute : un officier, son officier, passe devant lui. Bachkine se penche, veut se lever.

« Ah, j'en vois de belles avec vous, vous m'en faites des avanies ! Prenez-vous-en à vous-même… », lance à mi-voix l'officier.

Il s'immobilise un instant et repart, agitant une feuille de papier, comme s'il s'éventait.

Le cœur de Bachkine bat à se rompre, il cogne, incontrôlable, comme s'il ne lui appartenait pas.

Un gendarme s'approche.

« À l'interrogatoire ! »

Bachkine est incapable de bouger, seul son cœur, en réponse, accélère son rythme et bat la chamade.

On le porte presque dans la pièce.

Un bureau recouvert de drap vert. Un colonel chenu, de belle apparence, y trône. Il lui jette un coup d'œil réprobateur, inamical.

À quelque distance se trouve l'officier de Bachkine. Il regarde froidement de biais et ses doigts tambourinent sur une feuille de papier.

« Eh bien, vous ne tenez pas debout ? » dit à mi-voix, méprisant, le colonel.

L'officier lorgne Bachkine, puis se remet à tambouriner en se détournant.

« Une chaise ! » ordonne le colonel.

Le gendarme fait asseoir Bachkine à un pas du bureau.

« Rom-pez… », marmonne le colonel en examinant ses papiers.

Le gendarme sort. Soudain, le colonel passe à l'attaque.

« Nom ?

— Bachkine. Semion, répond Bachkine d'une voix défaillante.

— Le numéro de la pendaison, c'est lui ? s'enquiert le colonel.

— Affirmatif. »

Dans la voix de l'officier sonnent l'offense et le regret.

« Joli coco ! »

Pendant quelques secondes, le colonel dévisage Bachkine.

Ce dernier ne coupe pourtant pas à l'interrogatoire.

« Statut ?

— Bourgeois », répond Bachkine, le souffle court.

Il a toujours eu honte d'être un bourgeois, mais à présent il se sent tout nu, et ça lui est égal. Un bourgeois d'Elizavetgrad[1].

« Âge ?

— Vingt-sept ans, lâche Bachkine dans un souffle.

— Activités ? » enchaîne le colonel avec sévérité.

Bachkine respire bruyamment, sa poitrine pompe l'air, son cœur bat à se rompre.

« Vous ne savez pas ? Ou bien vous ne vous souvenez pas ? »

L'officier griffonne quelque chose.

« Qu'on lui donne de l'eau ! » enjoint le colonel.

L'officier sonne.

« De l'eau ! » crie-t-il au gendarme à la porte.

Bachkine ne peut avaler la moindre gorgée, il s'étrangle. Ses dents s'entrechoquent sur le verre.

« Plus vite ! dit le colonel. Eh bien, à quoi vous occupiez-vous ?

— Je donnais des leçons… particulières, répond Bachkine que l'eau a revigoré.

— Des leçons de quoi ?

— De tout, fait Bachkine en secouant la tête.

---

1. Ville d'Ukraine.

— Comment cela, de tout ? s'esclaffe le colonel. De tout, vraiment ? La doctrine anarchiste, par exemple ?

— Oh non, pas cela ! »

Nouveau mouvement de tête sur le cou faible et tremblant.

« Non, non… »

Bachkine tente même d'esquisser un sourire amusé.

« Comment le saurions-nous ? Vous dites "non", mais ce n'est pas une preuve. "Non !" On peut tuer quelqu'un et, après, prétendre que non.

— Demandez à mes… élèves : l'algèbre, tout simplement, le russe, le latin… Demandez-leur.

— Et vous leur appreniez à se taire ? » interroge le colonel.

Il pose un coude sur le bureau, appuie son menton sur sa main et plisse les yeux, fixant Bachkine.

« Comment cela, à se taire ? Je ne les laissais pas dire… n'importe quelle ânerie… ça non.

— Dans ce cas, nous n'avons rien à leur demander, puisqu'ils savent se taire.

— Ce n'est pas ce que je veux dire ! Seigneur ! Ce n'est pas… »

Bachkine se soulève de sa chaise. Il n'arrive pas à parler, respire difficilement. Il saisit le verre et se met à boire bruyamment.

« Allez-y, buvez, ça ne peut pas faire de mal », déclare le colonel avec un sourire méchant.

L'officier écrit.

« Ce n'est pas mon genre de… Je veux dire que je… C'est tout autre chose… Je pense autre chose… Ce n'est pas comme ça…

— Comment, alors ? »

Le colonel pose ses deux coudes sur le bureau et s'apprête à entendre la suite.

« Que pensez-vous donc ? Hein ? »

Bachkine reprend le verre. Il est vide.

« Je pense…, commence-t-il, mais il ne parvient pas à rassembler ses idées. Monsieur l'officier que voici sait ce que je pense. »

Bachkine s'incline en direction de l'officier. Ce dernier caresse sa main qu'orne une chevalière et braque sur Bachkine des yeux vides et durs.

« Essayez donc de m'exposer ce que vous pensez. Hein ? »

Le colonel mâchonne ses lèvres, faisant bouger ses moustaches qui rebiquent en larges parenthèses.

« Suffit de faire joujou avec l'eau ! coupe-t-il sévèrement en voyant Bachkine tendre la main vers le verre. Quoi, ça vous gêne d'en parler ?

— Je pense qu'il faut proscrire l'anarchie…, dit Bachkine.

— Et pas le socialisme, c'est ça ? »

« Ah quelles sottises, quelles âneries ! Qu'est-ce que je raconte ? » s'interroge Bachkine.

Il se concentre, avale sa salive. Mais ses pensées s'éparpillent et dégringolent comme des billes sur le sol nu. Son cœur cogne et il a soif, soif.

« Non, non, reprend-il en dodelinant de la tête, ce n'est pas ce que je pense.

— Je vous demande bien pardon ! coupe d'une voix forte le colonel en ouvrant largement la bouche sous ses moustaches. Et cela ? »

Il se tourne vers l'officier.

« Si je puis me permettre… »

L'officier se lève à demi et, d'une main courtoise, lui tend un grand cahier. Bachkine reconnaît son album. Poussée irrépressible du sang à son visage. Oreilles qui bourdonnent. Et la voix du colonel qui semble venir de loin :

« Comment allez-vous nous expliquer cela ? »

Le colonel ajuste son pince-nez.

« Là, tenez. Ah, j'y suis ! »

Et il lit :

« "2. C. et S." Eh oui ! Alors, c'est quoi ? »

Par-dessus son pince-nez il jette un coup d'œil à Bachkine.

Ce dernier secoue la tête, il se mord la lèvre comme s'il souffrait et son pied tressaute sur le sol. Il ne se rappelle pas tout de suite ce que signifient « C. et S. ». Mais il les voit écrits et ne peut rien dire. Il balance la tête, lève les sourcils.

« Eh bien ? lance le colonel. Êtes-vous incapable de dénicher un mot commençant par C et un autre par S ? Faites un effort ! Et ceci : "1. R. I." Comment sommes-nous censés le lire ? »

Le colonel ôte son pince-nez et en tapote la page. Bachkine reste muet, tassé sur sa chaise.

« Paralysie subite ? Un peu léger comme explication ! Permettez-moi donc de vous décrypter la chose. »

Le colonel hausse le ton. Sa voix se répand dans la pièce et se suspend au-dessus de Bachkine.

« Permettez-moi de le déchiffrer comme suit : "1. R. I." Révolution Immédiate. Et ensuite : "2. C. et S.", autrement dit : Coup d'État et Socialisme. »

La bouche de Bachkine se tord convulsivement, il bondit de sa chaise, son bras nu jusqu'au coude s'abat sur le bureau. Paf ! Paf ! fait son poing sur le drap vert.

« Non, non ! » lance-t-il dans un aboiement rauque.

Puis :

« Aïe-aïe-aïe ! »

Il n'a pas conscience de crier. Il jette le verre sur le sol et s'effondre sans connaissance sur sa chaise.

Sanka ne tient pas en place. « Monsieur est occupé ! Il est occupé », répète-t-il en singeant l'huissier. Puis, tout rouge, sans regarder personne, il dévale l'escalier de la banque. Il a l'impression que tous savent qu'il repart bredouille. La capote ouverte, il fonce dans la rue, coupant à l'aveuglette dans la neige. La porte fatiguée du mont-de-piété couine et le valet d'huis pneumatique souffle derrière lui. Sanka repère aussitôt le guichet « Objets en or et en argent » et, tout en s'en approchant, détache sa montre. Sur un banc, deux vieilles femmes chuchotent près d'un balluchon. Une dame en manteau de loutre déclame, avec des trémolos dans la voix :

« Ce n'est que pour cinq jou-ours, le temps que mon mari revie-enne.

— J'ai dit trente-deux. »

Et des boucles d'oreilles tintent sur le comptoir. La dame sourit, jette un coup d'œil à la ronde, comme si elle devait franchir une flaque boueuse et attendait que quelqu'un lui tende la main. Sanka reconnaît la femme de chambre de Mirskaïa à son regard mauvais qui pointe sous le sourire.

L'estimateur du lombard visse à son œil le cylindre noir de sa loupe, tandis que Sanka examine la femme de chambre. Celle-ci part dans un coin où une dame en élégant manteau de velours, coiffée d'une petite toque de fourrure discrètement aguicheuse, se lève à sa rencontre. Des yeux noirs, hautains et fantasques. Sanka reconnaît Mirskaïa.

« Quoi, ça ne suffit pas ? lance-t-elle à la cantonade de sa voix de gorge. Porte ça aussi. Il faut bien le tirer d'affaire. »

Et Mirskaïa, remontant sa manche, entreprend de défaire ses bracelets. Tous se retournent pour contempler l'envolée de son bras.

« Tiens, prends ça ! »

Mirskaïa fait tomber les bracelets dégrafés ; les pendeloques, les chaînettes cliquettent. La femme de chambre les cueille au vol, les fourre dans son manchon et rejoint la file d'attente.

« Huit roubles, ça vous ira ? dit l'employé à Sanka.

— C'est bon, donnez ! » répond-il en se ressaisissant.

Il ne quitte pas Mirskaïa des yeux. Jamais il n'eût imaginé qu'elle pût être une vraie dame, à l'élégance austère, sans l'ombre d'une dissonance, hormis sa démarche par trop arrogante et son regard à l'insistance provocante. Et Sanka désire soudain se plonger dans ces yeux. Rien qu'une fois, et passer son chemin. Mirskaïa déambule dans la salle, attendant sa virago. Sanka, muni de son ticket triangulaire, gagne la caisse. Un instant, il se retourne vers la chanteuse et sent tout à coup que les yeux de Mirskaïa, ses yeux, l'ont reconnu. Celle-ci continue de marcher sans hâte, les mains dans son manchon.

Sanka voudrait se détourner, partir. Mais elle lui demande à mi-voix :

« On s'est ruiné en beuveries ? »

Son ton est grave, comme si elle évoquait une maladie.

« C'est pour aider un camarade, se sent-il contraint de répondre.

— C'est comme moi : l'offiçaillon, cet idiot, s'est fait berner aux cartes. Il est chez moi, à pleurnicher. »

Elle s'approche tout près de Sanka.

« Tiens mon manchon. »

Sans le regarder, elle lui tend sa main encore enveloppée de fourrure duveteuse.

La main de Sanka s'enfonce dans la douce tiédeur soyeuse, y palpe une petite bourse et un mouchoir. Mirskaïa, cependant, les bras relevés, renoue sa voilette sur son chapeau.

« Il n'est pas de travers ? s'enquiert-elle en fixant Sanka dans les yeux. T'es amoureux ?

— Oui, répond-il d'un ton ferme et paisible.

— Elle est jolie ? »

Mirskaïa tend sa main vers le manchon.

« Une beauté. »

Sanka opine, mais ne se hâte pas de rendre le manchon. Il la regarde en silence.

« Viens me voir, je te tirerai les cartes. Tu sauras ce qu'il adviendra. Passe dans la journée, vers…

— On nous en donne deux cent quarante roubles, j'ai accepté, coupe la femme de chambre.

— C'est bon », dit d'une voix forte Mirskaïa.

Elle glisse la main dans son manchon, serre celle de Sanka et gagne la sortie. La femme de chambre, depuis le seuil, fusille Sanka de son regard mauvais.

Près de la caisse, on crie dans la file d'attente :

« Le 123, c'est qui ? »

Sanka jette un coup d'œil à son ticket bleu et fonce.

Il a à présent en poche vingt et un roubles, il ne lui en manque que quatre et des poussières pour son envoi. Il doit le faire aujourd'hui ! Du coude, il presse légèrement sa poche intérieure, celle où se trouve l'épingle. Que peut-il vendre ? Il ne lui reste que son manuel de chimie théorique. Tandis que la Mirskaïa, avec ses bracelets… Sanka, hors d'haleine, se précipite chez lui.

« Trouver, coûte que coûte ! se répète-t-il d'une voix saccadée et il court presque sur le trottoir glissant. Elle a dit qu'elle me tirerait les cartes. Mais d'abord… trouver l'argent. C'est bien ce que j'ai décidé : vingt-cinq, il m'en faut vingt-cinq. Pas parce que je l'ai décidé, mais parce qu'il le faut. »

Sanka choisit dans sa bibliothèque ses livres préférés, les meilleurs. Il y en a déjà toute une pile sur le bureau et Sanka, accroupi, en manteau, sa chapka sur la tête, passe un doigt rapide sur le dos des reliures.

« Ce n'est pas vingt-cinq, mais trente, quarante roubles qu'on enverra ! »

Il se relève et, reprenant péniblement haleine, embrasse la pièce d'un regard avide. Dans le coin brille l'icône de l'Annonciation, avec sa châsse d'argent et ses petites couronnes d'or. Sanka ferme la porte à clé, pousse un fauteuil et grimpe sur le dossier. Il décroche l'icône, ôtant aussitôt sa chapka. À l'aide d'une serviette, il dépoussière la petite vitrine-écrin et en retire l'image sainte. Sur les bords tendus de velours, l'épais revêtement est recourbé, fixé par de petits clous. Les mains de Sanka tremblent et il se hâte d'arracher les clous avec son coupe-papier. Alors apparaît l'image, de cette facture italienne, paisible, attendrie ; alors apparaît la Vierge auprès de laquelle, enfant, à genoux près de son lit, il s'ouvrait de toutes ses blessures, pleurait sur lui-même et ses larmes lui réchauffaient le cœur. Il lui semblait qu'elle compatissait, qu'elle le consolait et lui disait qu'il était un bon garçon, qu'elle l'aimait même quand tous se liguaient contre lui parce qu'il avait joué dans la cour avec la ceinture de la robe de chambre de papa et l'avait offerte à ses petits copains.

L'icône, à présent, paraît dévoilée, le cœur à nu, et Sanka aperçoit soudain ce qui fleurit derrière l'ornement comme derrière une armure. Sur le bureau, le revêtement jette le regard aveugle de ses découpures. C'est mieux ainsi, mais cela ne peut demeurer : le charme mystérieux, sacré, semble ne pouvoir supporter ce dénudement.

« Je la rachèterai, décide Sanka. Sans faute ! »

Il replace l'icône dans son écrin, se signe hâtivement et, sans plus regarder la sainte face, la raccroche au mur.

Il empaquette les livres dans un journal, glisse le revêtement d'argent contre sa poitrine et bondit dans l'escalier.

Le lombard ferme à quatre heures, il faut se presser.

La pesante pile de livres sous le bras gauche, Sanka retient du bras droit le revêtement de l'icône. Il dévale l'escalier à toute allure. D'en bas lui parvient une voix. Celle de Nadienka :

« C'est le plus commode pour toi. Précisément parce que tu n'es pas concernée. Une petite demoiselle, et c'est tout. »

Sanka se fige, son cœur aussi...

À sa rencontre montent Nadienka et *Elle*. Elle marche un peu en arrière, juste d'un degré, et sa sœur, tournée vers elle, ne le remarque pas. Tania, en revanche, le fixe droit dans les yeux : noire sur le fond blanc du mur dans la lumière blême de l'hiver et, telle la pointe d'un couteau, la plume aiguë de son chapeau.

Nadienka se retourne brusquement, suivant le regard de Tania.

« Ah ! dit-elle, où tu vas ? »

Sourire condescendant :

« Je te présente... mon frère. »

Tania fait face à Sanka et, un instant, regarde ses yeux éperdus, puis lui tend la main.

Sanka prend cette main gantée de noir, maladroitement, comme s'il saisissait un livre. Le revêtement de l'icône glisse le long de son torse et Sanka serre absurdement son coude contre son ventre. Tania esquisse un petit rire. Elle repart sur les talons de Nadienka, se retourne vers lui depuis le palier. Elle tourne la tête, jetant d'en haut un regard par-dessus son épaule, et soudain Sanka a la vision d'une chose précieuse, offerte, comme s'il était libéré de ce cruel fardeau d'argent. Mais cela ne dure qu'un instant. Sanka est figé dans une pose embarrassée, se tenant le ventre. Le revêtement a glissé et il ne peut bouger, il attend qu'elles s'en aillent. Nadienka ne parvient pas à loger la clé plate dans le trou de la serrure.

« Tout, tout est fichu, se dit Sanka. Jamais elle ne me regardera plus comme cela. Elle m'a fait un don que je n'ai pas su recevoir, elle se repent déjà de m'avoir octroyé un regard. À présent, au travail, et rien de plus ! »

Sanka jette le lourd ballot de livres sur son épaule, part à grandes enjambées et crache. Comme étrangère, l'épingle à tête de lys bouge, capricieuse, lorsqu'il appuie sur le revêtement de l'icône qui pointe sous sa capote. Il est abasourdi et les voix bourdonnent à ses oreilles comme à travers du coton. À la vitrine d'un horloger, Sanka s'aperçoit qu'il est trois heures et demie.

« Tu veux gagner vingt kopecks ? demande-t-il à un fiacre d'une voix grossière de charretier. Et si tu ne veux pas, reste planté là jusqu'au soir ! »

Le cocher lui jette un regard morne, puis, sans un mot, lui désigne le siège de la tête.

Lorsque Sanka sort du mont-de-piété, tout est gris au-dehors. On lui a donné vingt-huit roubles pour l'ornement de l'icône. Sa voix de charretier ne l'a pas quitté et il se prend de bec avec les bouquinistes, claque les portes de verre. Il hurle, en tutoyant :

« Arrête de jouer au con ! Tu crois peut-être que je l'ai volé ? »

Il crache sur le plancher, claque les livres sur le comptoir. Il a déjà plus de cinquante roubles.

« Comment les envoyer ? se demande-t-il de la même voix éraillée. Est-ce que je m'en souviens ? À Golovatchev, Golovliov, Golovine… ou directement au diable, en plein dans les gencives ? » Il n'a pas envie de convenir que c'est à Golovtchenko, le maître d'école Golovtchenko, qu'il doit envoyer l'argent et que celui-ci saura que c'est pour Aliochka. Sanka décide d'aller au Faubourg, de flanquer l'argent sur la table, sous le nez de Karnaoukh. « Envoyez-le vous-même, on s'embrouille avec tous ces Golov quelque chose. » Il relève son col et allume une cigarette. Les mains dans les poches, les épaules levées, il se fraie un chemin à travers la foule dense, qui se déverse en torrents noirs dans la rue blanche.

La vieille mère

Taïnka est à genoux sur la descente de lit, au chevet de sa mère. La chambre est plongée dans la pénombre et, dans la rue, le réverbère dessine sur les vitres engivrées une étoile alambiquée.

« Ma petite maman, murmure Taïnka en redressant l'oreiller de la malade. Ma petite maman chérie ! Viktor se marie, je crois. C'est quoi, ça ? Une punaise ? Non. On aurait dit, pourtant », ajoute-t-elle précipitamment.

Remontant la couverture, elle se déplace à genoux sur le petit tapis moelleux.

« Avec qui donc ? répond tout haut la vieille femme en tournant la tête sur l'oreiller. Avec qui ?

— On ne sait pas encore, marmonne Taïnka. Avec la Sorokine, je crois, Grounia. »

Et Taïnka remarque que la vieille femme s'efforce de soulever sa tête pour la regarder dans les yeux.

« C'est… qui ? Je n'en ai pas souvenir. Elle est d'ici ? »

Taïnka opine.

« Pourquoi ne l'a-t-il pas amenée pour nous la montrer ? C'est bien ça… Tout est comme ça aujourd'hui. »

Et la nuque de la vieille femme s'enfonce de nouveau dans l'oreiller. Taïnka ne s'aperçoit pas tout de suite que sa mère verse des pleurs silencieux. Dans la semi-obscurité, son visage livide paraît immobile, seules deux larmes brillent à la lueur de la lampe.

« Maman ! s'exclame Taïnka, la gorge nouée. Ma petite, ma chérie ! Viktor écrit qu'il demande ta bénédiction. Ma bonne petite maman ! »

Taïnka se met à embrasser les yeux humides de sa mère.

« Elle t'aime déjà, elle est gentille, jolie, généreuse. Grande… comme ça ! »

Taïnka saute sur ses pieds et place sa main une demi-aune au-dessus de sa tête. Sa mère se tourne vers elle et regarde de tous ses yeux.

« Elle t'aime beaucoup…

— Tu parles… »

La vieille femme esquisse un geste de sa main valide.

« Elle ne viendra même pas me voir. Comment peut-on aimer… quelqu'un qu'on n'a pas vu ? Seigneur ! Doux Jésus ! poursuit-elle, les lèvres secouées par les sanglots. Seigneur ! Elle aurait pu venir d'elle-même. Avec mon infirmité… Mon Dieu !…

— C'est pour ton fils chéri ! » Les larmes étouffent Taïnka. « Elle n'ose pas, ma parole ! Elle voudrait… mais elle a peur. Si tu permets, elle viendra. Elle en a très envie ! Fais-le pour ton fils ! »

Taïnka se précipite hors de la chambre, à croire que Grounia attend, dans le vestibule, qu'on l'appelle. Taïnka boutonne en marchant son méchant manteau, s'enveloppe la tête d'un fichu de laine. Les planches gelées des trottoirs crissent. Taïnka remonte la rue presque en courant, traverse la place au galop et c'est alors seulement qu'elle fouille dans sa poche. Une pièce de vingt kopecks est nouée dans un coin de son mouchoir.

« Vingt kopecks pour me conduire à la prison, lance-t-elle à un fiacre.

— Mettez-en quarante de mieux ! » débite le cocher et les mots volent, sonores, dans le gel.

Toute la file des fiacres s'anime, se retourne.

Taïnka remonte la rangée.

« Vous allez où ? »

Mais elle ne dit plus rien et accélère le pas. Soudain, une voix, au-dessus d'elle :

« Il est arrivé quelque chose ? Non ? Sérieusement ? »

Elle tourne vivement la tête : il est là, lui, Israël. Son cœur se met à battre comme jamais.

« Non, je ne plaisante pas, poursuit Israël en avançant sa jambe comme s'il ramait. Un malheur, peut-être, est-ce que je sais ?

— Oh, je dois aller d'urgence…, commence-t-elle, le souffle court, en trottinant de plus belle.

— Où cela ? crie le dernier fiacre.

— Où, à la fin des fins ? »

Israël retient Taïnka par la manche. Elle le regarde, souriante, haletante.

« À la prison !

— Quoi ? »

Israël se penche vers elle.

« Un des vôtres y est enfermé ? demande-t-il dans un murmure. Non, alors quoi ?

— J'y ai une amie. Je vais chez le gardien, chez des gens que je connais », débite Taïnka.

Israël la tire toujours par la manche.

« Je dois faire vite. »

Déjà, elle veut repartir. Mais Israël sourit et ne la lâche pas.

« Par ici ! crie-t-il au fiacre. À la prison et retour pour un demi-rouble ! Quoi ? Et en pourboire une bouteille de vodka et un cornichon salé. Eh bien ?… Montez ! »

Il pousse Taïnka dans le traîneau.

« On s'arrangera. Fouette ! »

Le fiacre s'ébranle. Sur le siège étroit, Israël se serre tout contre Taïnka, la prenant par la taille.

« Il ne fallait pas… Pourquoi ? J'y serais allée à pied, répète-t-elle.

— Quelle différence ? » rétorque-t-il gaiement en la protégeant des armatures du traîneau.

Taïnka baisse la tête et regarde ses genoux. Elle craint de lever les yeux, il lui semble que, de partout, des gens qu'elle connaît affluent des maisons et se tiennent en rang sur le trottoir, l'accompagnant du regard. Elle a l'impression que ces regards l'effleurent, lui cinglent les yeux, telles les branches dans la forêt.

Qu'il est bon qu'Israël la dissimule au moins sur sa gauche ! Taïnka secoue la tête pour que son fichu lui retombe davantage sur le front.

« Cocher ! lance gaiement Israël. Hé, cocher ! Tu connais le chemin de la prison ? Oui ? Ce n'est déjà pas si mal. C'est mieux que de s'y faire traîner. »

Sa voix vibre, joyeuse, dans l'air compact et gelé. Taïnka sourit. Elle fixe la couverture du traîneau, où la neige s'embrase à la lumière des réverbères.

Déjà, le bruit de la ville vogue dans leur dos, léger nuage, et les patins du traîneau se mettent à crisser, à couiner d'une autre façon sur la neige vierge. Une obscurité trouble, neigeuse se coule de part et d'autre. Israël enlace plus fort Taïnka.

« Hé, cocher ! Tu n'as pas peur de conduire des filous ?

— Ce serait bien si les filous allaient d'eux-mêmes en prison, moi, je vous le dis ! Hue donc ! crie-t-il en fouettant son cheval.

— Vous n'avez pas froid sur le côté ? » demande Israël en empoignant le léger manteau de Taïnka, qu'il froisse.

Taïnka sent ses doigts.

« Ça fait de l'air. Vous allez attraper froid…, dit-il sur un ton si effrayé que le cocher se retourne.

— Mais non, ça va, j'ai chaud, c'est très bien, répond-elle.

— À deux on se réchauffe toujours, lance le cocher en tirant les rênes.

— Lâche la bride à ton cheval, cocher, qu'il galope ! Ça te vaudra dix kopecks de pourboire.

— Ça va, ça va, on arrivera à temps ! » chuchote Taïnka.

Israël frictionne vigoureusement et sans hâte le flanc de la jeune fille, en répétant :

« Quelle idée, ce manteau de demi-saison ! Vous n'auriez pas pu en prendre un plus ouatiné ? »

Tels des charbons ardents dans la campagne, rougeoient dans le lointain les fenêtres de la prison. Léger coup de fouet du cocher qui rejette Taïnka en arrière. Israël la retient et la serre plus fort encore. Elle s'appuie un instant contre lui, s'abandonne sans y penser et ferme les yeux dans l'obscurité. Et de ce bras qui l'enlace, de cette patte ferme qui la tient et la réchauffe, manche de drap et épais gant de tricot, Israël la préserve du monde entier. Un instant, un tout petit instant, Taïnka s'abandonne. Pâmoison délicieuse et paisible. Mouvement du chapeau melon, bec acéré du profil, col relevé d'où s'échappe le regard d'Israël. L'espace d'une seconde.

« On prend par où ? demande le cocher en se retournant.

— Par là, par là ! s'écrie Taïnka, le souffle coupé, en faisant un geste vague.

— Si c'est pour le gardien, c'est là-bas ! »

Le cocher pointe le manche de son fouet dans la nuit.

« Courez-y, moi, je reste, je n'ai pas froid. »

Israël dégrafe la couverture. Taïnka, les pieds glacés, se dirige vers le portillon. Elle entend Israël lancer gaiement au cocher :

« Tu fumes ? »

Elle a oublié qu'elle va chez Grounia, elle court pour se libérer de ce qui s'est passé, souffler un peu.

Le métal gelé du portillon couine, le loquet fait entendre derrière elle un claquement sonore. On aperçoit à peine la sente dans la neige blanche et trouble. Soudain, la porte du perron s'ouvre en un carré de lumière vive sur lequel se détache la haute silhouette noire de Grounia.

« Qui est là ? demande celle-ci d'une voix chantante.

— C'est moi ! » répond Taïnka dans un souffle.

Grounia dévale les marches du perron, trouve à tâtons Taïnka, la prend par la main et l'entraîne. Les jambes de Taïnka refusent de lui obéir, elle trébuche, mais déjà la voici dans la cuisine illuminée. Et Grounia couvre de chauds baisers les joues glacées de son amie, elle la serre à l'étouffer.

« Taïnka, mon cœur, mon petit cœur ! »

Puis, la prenant par les épaules, elle la contemple de ses grands yeux humides, le souffle ample, brûlant.

« Viens… viens voir ma mère… Elle te demande d'urgence. Viktor le veut », répète Taïnka d'une voix saccadée, en souriant.

Grounia voit le bonheur qui palpite dans ses yeux.

« Vite, vite ! On nous attend ! » la presse Taïnka pour qu'elle cesse de la regarder.

Grounia prend sa pelisse, la pelisse en renard que portait sa mère, et, la relevant, contourne en courant le jardinet. Elle cogne aux portes de la prison avec ses clés qu'elle glisse ensuite par le guichet :

« Remets-les à mon père, dis-lui que je suis en ville… »

Et, bondissant par-dessus les congères, elle franchit d'un seul élan l'étendue de neige vierge jusqu'au traîneau.

« Bonsoir ! »

Israël soulève son melon et lui tend la main.

« Enchanté ! Qu'est-ce que c'est ? Une évasion ?

— Trois ! Où on va ? C'était pas prévu, grommelle le cocher. Maintenant, me faut un rouble.

— Va pour un rouble ! » réplique Grounia en se hâtant de monter dans le traîneau.

Elle repousse Israël tout au bord, attrape Taïnka et la tasse sur ses genoux.

« Deux roubles ! Fouette ! » commande-t-elle.

Le traîneau gelé s'ébranle. Taïnka presse la main de Grounia et celle-ci lui répond de même. Toutes deux se comprennent. « Pas un mot de tout ça à la maison. »

Un vent léger souffle derrière eux, tout semble paisible. Israël se cramponne au dos de Grounia. Gémissement frileux des patins. Cognement sourd des sabots. Cogne le cœur, cogne, ardent, dans la poitrine de Grounia. Celle-ci serre plus fort Taïnka pour qu'elle ne tombe pas. Sur le côté, Israël se dresse, diable noir, en retrait. Tous sont silencieux. Seuls résonnent les « hue ! » du cocher.

« Et cela, vous connaissez ? » lance soudain gaiement Israël.

Taïnka se retourne. Grounia pousse un soupir brûlant.

« Écoutez ! » poursuit Israël et il prend une profonde inspiration.

Puis il se met à siffler dans l'air glacé. Ça devrait monter plus haut, en *mi* mineur, mais avec la bouche c'est impossible. Seul un dieu y parviendrait.

Ils se taisent un instant.

« Encore ! demande Grounia, reprenant haleine, et elle jette un regard au melon au-dessus du col relevé.

— Quel air ? »

Israël se frotte l'oreille de sa main libre.

« Le même », disent ensemble Grounia et Taïnka.

Israël siffle juste, on croirait qu'il a un instrument aux lèvres.

Une lumière somnolente couvre la ville d'une toque de brume. Des feux jaillissent au détour. Brouhaha chaleureux des rues. Israël s'arrête de siffler.

« J'ai les pieds gelés, c'est affreux ! »

Il saute du traîneau et court à ses côtés.

« Attends, cocher ! crie-t-il. Voici ton rouble. »

Il fourre la pièce dans la mitaine glacée et bondit sur le trottoir.

Taïnka lui adresse un signe de sa tête prise dans le fichu, Israël soulève son melon et, dans un même élan, s'en frappe le bras ; ses cheveux se dressent sur sa tête comme un second chapeau.

Taïnka fixe ses genoux et observe un silence heureux. L'air résonne encore à ses oreilles, palpite dans sa poitrine et il lui semble qu'elles sont là à glisser en traîneau et n'arriveront jamais là où il faut.

« Tu ne crois pas qu'on a été trop loin ? » s'écrie Grounia, et Taïnka sursaute.

Elles passent devant la maison. De la fenêtre de la malade émane une faible lueur rouge.

Grounia fouille en hâte dans son porte-monnaie.

« Descends, cours ! » lance-t-elle à Taïnka.

La neige crisse, le portillon gelé glapit et claque bruyamment derrière. Sans quitter son manteau, Taïnka fait tinter de ses doigts gourds le verre de la lampe et entend bouger, grincer le lit de la vieille femme. Le chien se déchaîne, hurle : manifestement, Grounia lui a jeté de la neige. La lampe sourcille, crépite, mais déjà Grounia s'est engouffrée dans la salle, et Taïnka lui indique la porte de la chambre. Telle quelle, sans enlever sa pelisse, s'avance Grounia, toute parée de gel, et, en une enjambée, elle est à genoux au chevet de la malade.

« Je suis venue, je suis là, dit-elle dans un souffle, en saisissant à tâtons, au jugé, dans la pénombre rougeoyante de la veilleuse, la main de la vieille femme. C'est moi, Grounia. La Grounia de Viktor. »

Et de serrer avec ferveur la main insensible. De la couvrir de baisers, en répétant :

« C'est moi, Grounia, Grounia, la Grounia de Viktor.

— Laisse-moi te regarder… Approche-toi, ma chérie. »

Et la vieille, de sa main valide, attrape Grounia par sa toque humide et de ses lèvres cherche les lèvres.

La chaleur, c'est à la chaleur qu'aspire la vieille femme. Elle ne voit pas le visage de Grounia, elle ne perçoit que son souffle brûlant, bruyant, et ses lèvres pleines qui se pressent contre les siennes desséchées. Grounia ferme un instant les yeux… Davantage est impossible, leurs lèvres se séparent afin que tout soit consommé, leurs lèvres se séparent sans que les deux femmes se soient vues.

Taïnka se tient sur le seuil, la lampe à la main.

« Laisse, pas besoin de lumière… Cela fait mal aux yeux », dit la vieille avec un geste faible de sa main qui retombe, lasse, sur la couverture.

Grounia veut se relever.

« Attends ! murmure la malade. Attends, attends !… Prends ma main droite, prends-la, je ne peux pas. Joins-moi les doigts comme ceci et, avec, fais le signe de la croix sur toi-même. Tu apporteras ma bénédiction à Viktor. Aime-le toujours aussi fort. Va… Sois bonne pour mon vieux mari. Le malheureux… »

Grounia se relève, elle se signe par trois fois devant l'icône et quitte la chambre en refermant la porte.

« Eh bien, ça suffit d'être aux petits soins ! » lance une voix de basse.

Et devant Bachkine se dresse un bureau aux angles aigus et verts.

Un gendarme le secoue par l'épaule.

« Assez d'hystérie ! enjoint le colonel d'un ton maussade et sentencieux. Parlez net ! Eh bien ? crie-t-il à présent en adressant un signe de tête aux gendarmes qui sortent dans un cliquetis d'éperons. "C. et S." ? Alors ? Fini de jouer les femmelettes ! »

Le colonel se lève.

« Debout ! » lui lance-t-il à la face.

Bachkine ne sait quelle force le soulève, mais il se remet sur ses jambes.

« Assez fait l'imbécile ! » braille le colonel.

L'officier est debout lui aussi, à fixer sur Bachkine un regard mauvais, dépité.

« En tant qu'homme d'honneur, il vous est proposé d'œuvrer pour l'État. Compris ? »

Les yeux du colonel le transpercent et, un instant, le clouent sur place.

« Sinon, tu sais ce qui… »

Une étincelle jaillit et un brouillard glacé envahit Bachkine. Un froid intense lui vrille le crâne. Une seconde passe comme un souffle.

« Alors voilà, reprend le colonel plus calmement. Seriez-vous prêt à collaborer à l'ordre public ou bien à y contrevenir ?

— Oui…, répond Bachkine d'une voix légèrement défaillante.

— Oui, quoi ? »

Les yeux du colonel sont rivés sur lui.

« Collaborer ?

— Oui », répète Bachkine en secouant négativement la tête.

Le colonel s'assied. L'officier en fait autant et griffonne quelque chose.

« Si c'est oui, poursuit le colonel qui tient toujours Bachkine sous son regard, si c'est oui, il ne faudra pas collaborer n'importe comment, à votre guise, mais en conformité avec... les visées et l'action de... Épargnez-moi les âneries ! hurle-t-il soudain en se relevant. Ne vous avisez pas de jouer les Sherlock Holmes avec moi et de m'extorquer des liasses de roubles ! Il me faut du sérieux... Du solide, compris ? Asseyez-vous. »

Bachkine reste debout.

« Je ne jetterai pas l'argent par les fenêtres ! lance le colonel en le cinglant du regard. À présent, direction la cellule ! Demain le capitaine vous expliquera tout. Vous êtes à sa disposition. »

Le colonel s'éclipse par la porte latérale en claquant des talons.

L'officier se lève.

« Dégagez ! lance-t-il d'un ton sévère. Et, de grâce, pas d'histoires ! » De sa chevalière, il tape sur le bureau. « Oubliez vos numéros de cirque ! »

Sans un regard pour Bachkine, il roule sa feuille de papier et passe dans le couloir.

« En cellule ! » crie un gendarme depuis le seuil.

Bachkine se secoue. « Chez moi, vite, chez moi ! Là-bas, dans ma cellule, vite ! »

C'est tout juste s'il ne court pas devant le garde.

« La cellule, ma cellule... J'y arrive », murmure-t-il et ses genoux qui tressautent convulsivement le propulsent à travers le couloir. Il brûle d'impatience qu'on lui ouvre la porte. Dans la cellule, il y a une couchette. La paillasse a été changée et elle craque, élastique. Bachkine tapote amoureusement le matelas et se serre contre l'oreiller. Il fixe le mur crasseux. Soudain, ce n'est pas une pensée mais son sang qui, tout entier, lui monte à la tête.

« Qu'est-ce que c'est ? Qu'est-ce que c'est que ça ? » dit-il tout haut en s'effrayant de sa propre voix.

Il presse de toutes ses forces sa main contre sa joue, comme s'il avait une rage de dents, il veut bondir, mais tressaille et retombe sur l'oreiller. Il est hirsute, affamé, la tête lui tourne.

Bachkine sombre dans une semi-inconscience. Quelqu'un le secoue par l'épaule. Il ouvre les yeux : le gardien.

« Mangez d'abord, après vous pourrez pioncer vot'content. »

Et il l'aide à se lever du lit.

« Oui, oui… Je vais manger, répond Bachkine, assis sur sa couche. Je suis très, très… Je vais manger, oui… Merci… Bien sûr… »

De ses doigts il ébouriffe ses cheveux épais, poisseux.

Il parle d'un ton paisible, amène. Titubant, il prend place à la table, le nez frémissant, et le fumet d'un vrai borchtch assaille ses narines de tout son bouquet : chou, tomates, oignons, lard. Bachkine sent tous ces ingrédients ensemble et chacun d'eux en particulier, comme s'ils étaient vivants, comme s'ils lui étaient proches, telle une joyeuse rencontre. Tressautement de la cuiller dans sa main, suave brûlure des lèvres. Avec trois doigts, Bachkine déchiquette la mie du pain de gruau. Il mange et s'enivre de borchtch. Il se renverse dans la bouche le fond de l'écuelle qu'il essuie soigneusement avec le pain. Il mâche et récure le plat avec la croûte. Il est là, hébété, les yeux rivés à l'écuelle vide.

Quand le verrou claque, il tourne son regard embrumé vers la porte, un sourire stupide aux lèvres. Le gardien revient, des vêtements pliés sur le bras.

« Tenez, remettez vos habits, dit-il en les déposant sur la couchette.

— Oui, oui… Je suis très… Bien sûr… », acquiesce Bachkine.

De son ventre une chaleur monte à sa poitrine, ses jambes s'alanguissent, ses paupières se ferment. Bachkine s'affale sur le lit.

« Que va-t-il arriver ? » Cette pensée bat faiblement à ses tempes. « Bah, rien ! Tout est déjà advenu. » Il s'enveloppe dans la couverture. « D'ailleurs, rien n'arrive. Ce ne sont que sottises. » Sa pensée, ivre, vagabonde.

Et Bachkine s'endort. Pour de bon, comme une pierre, le nez contre le mur.

« Allons, habillez-vous, on y va ! Monsieur le capitaine vous attend, fait le gardien au-dessus de lui. Remettez vos vêtements. Parce que la tenue que vous avez, c'est une honte ! À quoi ça ressemble ? On croirait un noyé ou, pour être franc… un singe. »

Il tient une chemise propre que Bachkine a déjà à moitié piétinée.

« Plus vite que ça ! C'est qu'on vous attend ! Et attachez votre col. »

Bachkine, inquiet, s'habille. Ce sont ses vêtements, ravaudés tant bien que mal, à la va-vite. Ils craquent aux coutures, lorsqu'il les enfile au jugé. Le gardien l'aide.

« Où est-ce que je dois aller ? s'enquiert Bachkine, la respiration poussive.

— On va vous emmener. On sait où. Pressons ! Mettez votre manteau et tout. Que rien ne manque ! »

Bachkine le suit à présent. L'escalier est éclairé et les fenêtres sont noires.

En bas, claquement des portes, piétinement des hommes, cri étouffé :

« Redis-moi ça ! »

Bachkine en est éperonné, il accélère le pas. Le gardien le conduit au bureau où il a eu son premier entretien avec l'officier.

« Accrochez votre manteau ici ! fait le gendarme. Je vais prévenir. »

Bachkine prépare en hâte le discours qu'il tiendra à l'officier. « Avant tout, en premier, en tout premier… » Ses pensées se bousculent. « Je refuse d'entrer à votre service. Je n'en ai nul besoin, je ne veux pas servir. » Il replie trois doigts. « Pourquoi le colonel a-t-il peur que je me fasse payer pour rien ? De l'argent, je n'en veux pas, ni pour rien ni autrement… Et de cinq ! » Bachkine serre convulsivement son poing. « Et puis, en admettant même que je partage vos idées, je n'en suis pas capable, je sais très bien que je n'en suis pas capable, je le sais, aussi sûr que cette main a cinq doigts. » Et il déploie sa main libre devant son visage. « C'est pourquoi je ne puis garantir que je serai d'une quelconque utilité et j'estime malhonnête, oui, malhonnête, de promettre quoi que ce soit. » Cela, il doit le lui dévider d'emblée et catégoriquement, un point c'est tout ! D'entrée de jeu ! Bachkine craint d'oublier ses arguments et, de peur d'en omettre un seul, il se hâte de répéter mentalement, comme avant un examen, en remuant les lèvres :

« Primo… Deuxièmement… Et d'ailleurs… D'entrée de jeu ! »

Bref grelottement d'une sonnerie électrique dans le couloir.

« Je vous en prie… »

Le gendarme lui indique la porte de la tête.

Bachkine fait quatre énormes pas, ouvre précautionneusement la porte : et si ce n'était pas la bonne ?

Il ne reconnaît pas la pièce endormie dans la pénombre. Sur le bureau, une lampe sous un abat-jour bas. On ne voit que la culotte bleue de l'officier.

« Eh bien, entrez… Môôôssieur l'amateur de gibet ! » lance celui-ci d'un ton abrupt.

Bachkine referme la porte derrière lui.

« Je voulais vous expliquer… », commence-t-il en avalant une goulée d'air.

Mais l'officier coupe sèchement :

« Qu'y a-t-il à expliquer ? Votre saloperie ! Une saloperie de femmelette ! Vous ne voulez pas, non plus, essayer le vinaigre pour vous empoisonner ? Gonzesse, va !

— Ce n'est pas ça…, tente de nouveau Bachkine.

— Pas ça ? crie l'officier en avançant d'un pas. C'est exactement ça ! Nul et minable ! »

Les jambes écartées, il fait deux pas de plus.

À la porte, Bachkine halète et regarde fondre sur lui, de la demi-obscurité, une lueur rougeoyante de cigarette montée sur deux jambes portant éperons.

« Vous me proposez…, s'empresse de dire Bachkine avant que la lueur ne soit trop près. Vous me proposez…

— Qui vous propose quelque chose ? Qu'est-ce qu'on vous propose ? »

Le bout rouge s'illumine et se rapproche encore.

« Monsieur le colonel propose…, reprend Bachkine d'une voix posée, plus maîtrisée. Le colonel pense…

— Le colonel ne pense rien. Ce sont les imbéciles et les philosophes qui pensent ! Qui vous propose quoi que ce soit ? Si vous êtes là pour débiter encore des âneries, peut-être vaut-il mieux mettre un terme à cette conversation, non ? »

Bachkine se tait.

« Cela ne vous convient pas ? »

Nouvel éclat du bout incandescent, et des yeux surgissent, étincelants.

« Eh bien ? Alors, maintenant, on écoute sans hystérie ni pitreries. »

La lueur de cigarette décrit un arc de feu.

« Sinon, nos entretiens risquent d'être fort brefs. »

« Qu'il parle, ensuite je lui déballerai tout : calmement, avec assurance, mais tout, tout ! » songe Bachkine en hochant la tête dans l'obscurité.

« Bon, asseyez-vous et faites-moi la grâce d'écouter. »

Le capitaine vire brutalement et se dirige vers le bureau, imprimant chacun de ses pas sur le tapis.

« Je ne m'assiérai pas ! » se dit Bachkine.

Le capitaine prend place dans le fauteuil et écrase son mégot dans le cendrier.

« Pour commencer, nous détenons… »

Le capitaine fouille sans hâte dans sa poche et en tire un canif au manche de nacre.

« Nous détenons, disais-je, nous conservons ces… vos… Appelons cela vos exercices. »

Il prend un crayon, qu'il se met à tailler en s'inclinant vers la lampe pour profiter de la lumière. Il tourne complètement le dos à Bachkine.

« Eh oui ! Sans compter ce… Comment dire, bon sang ? »

Il détache soigneusement de menus copeaux.

« Ce… procès-verbal… Aucune importance, vous le signerez plus tard… Ensuite, il se trouve que… nous n'aimons pas plaisanter, ajoute-t-il doucement, comme en aparté, sans abandonner son ouvrage. Nous avons mieux à faire. Vous disposez d'un mois pour vous retourner… Ah, zut ! Je crois que c'est cassé !… Vous pouvez même baguenauder presque un mois, poursuit-il sans hâte, vous payer du bon temps. Vous vous intéressez aux dames, je crois ? Certes, vous avez un goût de barbier de province, mais, après tout, cela vous regarde. Et fourrez-vous bien dans le crâne – il y a assez de place pour cela ?… »

Le capitaine lance un regard à Bachkine, tout en affûtant la pointe de sa mine, un œil plissé.

« Mettez-vous bien dans le crâne que nous aurons connaissance de la moindre ficelle… »

Il jette son crayon sur le bureau et crie brutalement à Bachkine :

« De la moindre entourloupette ! Dans un mois, ordre de vous présenter ici. Vous vous ferez annoncer sous le nom de Cé-èssov – pour nous, vous êtes Cé-èssov, et si vous divulguez votre pseudonyme, vous écoperez de la part des autres, et de nous itou. Ensuite, au rapport toutes les semaines ! Et pas question de nous fourguer des billevesées. »

Le capitaine se lève.

« Ouvrez l'œil, et le bon !

— Je ne peux pas. Je suis incapable… », soupire Bachkine dans un murmure rauque.

Il avance d'un pas, prend place dans un fauteuil, secoue la tête.

« Je ne peux pas. Je ne sais pas le faire.

— Il faut apprendre, coupe le capitaine. Autrement, c'est nous qui vous apprendrons. »

Il avance d'un pas vers Bachkine.

« Quoi ? De nouveau des crises d'hystérie ? Le goût ne vous en est pas passé ? Nous avons, mon cher, à notre disposition des endroits que même les cafards ne trouveraient pas. Com-ompris ? »

Les jambes écartées, se déhanchant, il se penche en avant.

« C'est simple : ou vous rentrez immédiatement chez vous ou… mon vieux, vous ne sortirez jamais d'ici ! »

« Je déguerpirai, je décamperai, songe Bachkine. L'essentiel est de partir d'ici… Je ferai tout, je mettrai ma vie en jeu, je m'enterrerai, me terrerai en Sibérie, dans les montagnes. Oh, je sais à présent… »

Il jette un regard hardi au capitaine.

« J'emploierai chaque seconde pour parvenir à mes fins, avec finesse, acuité… telle une lame d'acier ! »

Bachkine serre les dents.

« Com-ompris ? redemande le capitaine en se penchant encore plus avant.

— Oui, je saisis, répond fermement Bachkine.

— Il était temps. Veuillez approcher, reprend le capitaine avec un signe de tête, ici, au bureau. Où est-ce donc ? Voilà ! Signez là. »

Il passe au bas du papier un ongle effilé et solide.

« C'est le procès-verbal. Nous ne donnons pas suite. Vous y attestez sincèrement que vous n'êtes pas partisan des actes de violence. Je l'ai même formulé d'une façon qui vous est favorable. »

« Peu importe ! se dit Bachkine. Vous en serez pour vos frais avec tous vos papiers ! Idiots ! Brutes épaisses ! »

Il plisse ironiquement les yeux, on ne voit pas son visage, seul est vivement éclairé le bureau où brillent les encriers de cristal et le presse-papiers de bronze.

« B-bon. »

Le capitaine presse le tampon buvard sur la signature de Bachkine.

« Bon, faites-nous une petite visite, dès que vous avez quelque chose. Je dois vous avertir aussi, ajoute-t-il à mi-voix, que si la police vous arrête parce que vous vous serez trouvé, par exemple, au cœur de la mêlée, exigez, dans le pire des cas – il ne faut pas en abuser –, qu'on vous transfère à l'Okhrana. Pour la police aussi, vous êtes un sphinx ! »

Le capitaine lève un doigt.

« Cela, au pire des cas, si vous êtes menacé de mort ou de mutilation. Pour le reste, laissez-vous emprisonner avec les autres. Vous êtes comme les autres et seuls vous et moi sommes au courant de tout. »

En un geste presque amical, il désigne sa poitrine, puis touche l'épaule de Bachkine.

« Ne changez rien à votre mode de vie. Motus sur ces derniers temps ! »

Bachkine secoue la tête.

« Dites simplement que vous avez été arrêté par erreur et que vous avez été en prison. Ce n'est pas rare, ce sont des choses qui arrivent. Mon cher, comme tout homme d'honneur, vous n'avez pas un sou, n'est-ce pas ? Où irez-vous ? Je peux dès à présent vous donner un petit quelque chose. »

Il ouvre vivement un tiroir, en sort une enveloppe où, au crayon rouge, est écrit en grosses lettres : « Trente roubles. » Il la plie en deux et la tend à Bachkine.

« Prenez donc, c'est un petit dédommagement. Il y a également votre passeport[1]. Sans doute avez-vous aussi perdu vos élèves, etc. Nous vous offrons davantage… D'ailleurs, ce n'est pas mon argent. Chez nous, c'est la règle… »

Et, d'un air espiègle, il glisse l'enveloppe dans la poche de Bachkine.

« Griffonnez-moi un reçu. C'est qu'il faut que je rende des comptes. Bougez-vous, prenez place ! Tout est là : écrivez… »

Le capitaine a un sourire madré.

« Signez donc Céèssov, et n'en parlons plus ! Tenez, ici !

— Tout de suite ! Le premier *e* avec un accent aigu et l'autre avec un accent grave ? » demande plaisamment Bachkine, en songeant à part lui : « Parfait pour une fuite ! Les imbéciles, ils me le servent sur un plateau ! Et cet idiot qui ne soupçonne rien ! »

« B-bien ! À présent, ceci : ne vous présentez que de nuit, entre deux et trois heures du matin. Au guichet, vous direz : "Céèssov" et on vous laissera passer. Demandez le capitaine Reihendorf. Et maintenant, filez ! »

Le capitaine regarde la pendule.

---

1. Ici, équivalent de la carte d'identité.

« Oh ! làlà ! Trois heures et demie ! J'espère que nous nous quittons bons amis ? »

Le capitaine lui tend une main calme et ferme et plonge son regard dans ses yeux.

« Écoutez, reprend-il d'une voix douce, vous devriez… consulter un… hydropathe. Regardez de quoi vous avez l'air ! Soyez un homme ! Faites du patinage, je ne sais pas ! Il ne faut pas rester comme ça ! Vos nerfs, votre mine !… »

Il le secoue par l'épaule.

« Bon, allez ! »

Il sonne, Bachkine se dirige vers la porte.

« Donc, dans un mois ici ! lui crie le capitaine d'une voix ferme et sonore. Il est libre, ajoute-t-il à l'intention du gendarme.

— Une sortie ! » crie ce dernier du haut de l'escalier.

Une porte claque sèchement dans le dos de Bachkine. L'escalier est chaud et désert. Un vide profond qui semble guetter sa proie, les barreaux de la rampe qui déroulent leur nasse. Bachkine traîne mollement ses caoutchoucs. Du palier, il regarde la porte. Il a l'impression que celle-ci, l'œil torve, le lorgne. Et il dévale deux à deux les marches. Arrivé à la dernière, il voit un homme coiffé d'un bonnet d'astrakan, les yeux braqués sur lui, comme s'il s'apprêtait à le cueillir avec une fourche. Bachkine ralentit l'allure. L'autre, sans se hâter, tourne la clé, il entrouvre la porte et s'immobilise, la main sur la poignée. Il semble à Bachkine que s'il tente de se faufiler, l'homme va le coincer dans la porte, tel un chat. Bachkine se fige. L'homme lui adresse un signe de tête impératif. Bachkine se glisse comme un serpent et l'air vif et glacé s'engouffre dans ses narines, lui lave le visage. La neige ! La neige ! La vie continue donc… Il a l'impression que des mois se sont écoulés depuis son arrestation.

Mais, surtout, il ne sait pas où aller. Il n'en a pas la moindre idée, à croire qu'on l'a déposé sur le trottoir désert d'une ville étrangère. Il scrute les alentours, ne reconnaît rien. Rentrer chez lui ? Il n'a plus d'appartement : sa logeuse a dû le relouer depuis longtemps… Il est quatre heures du matin.

« Où suis-je ? Où ? » dit Bachkine en regardant autour de lui.

Il traverse la rue en courant, se retourne : le bâtiment de l'Okhrana brille de mille carrés lumineux. Verre uniformément dépoli des vitres. Inaccessible, aveugle. Pas envie de regarder. Bachkine marche, en jetant çà et là des coups d'œil en arrière. Un sergent de ville déambule paresseusement et la neige gelée piaule sous ses bottes de feutre. Parvenu au coin de la rue, Bachkine brandit le poing vers les fenêtres de l'Okhrana, dans le dos du sergent. Bras long et maigre comme une perche, surgissant de la manche du manteau.

« Je vous… je vous… Vous apprendrez à qui vous avez affaire, démons ! Maudits salauds ! Vous apprendrez à me connaître, moi, Bachkine ! »

Le sergent se retourne. Bachkine fourre son poing dans sa poche et se remet en route. Il marche de plus en plus vite et répète, de plus en plus fébrile :

« Qu'est-ce que c'est ? Qu'est-ce que c'est que ça ? »

Il court dans la rue déserte.

« Aïe-aïe-aïe ! » Il secoue la tête. « Trente, trente ! Les fumiers, ils l'ont fait exprès ! Les deniers de Judas. » Et, dans sa course, il abat son poing sur quelque balustre, de toutes ses forces, à s'en faire mal. « En parler, en parler à quelqu'un pour savoir à quoi ça rime ! Maman, maman chérie !… » répète-t-il, hors d'haleine.

« Quoi, c'est le froid ? » lui lance un veilleur de nuit.

Bachkine s'éloigne, toujours haletant.

« Mais à qui ? À qui ? »

De mère, il n'a point. Il est orphelin. Il ne sait où il va. Les rues deviennent de plus en plus désertes. Devant une église, un petit square en demi-cercle où des buissons taillés forment dans la neige une barrière duveteuse.

« Je vais les réduire en charpie ! »

Bachkine s'immobilise, le manteau ouvert.

« Je ferai sauter l'Okhrana… Je viendrai avec une machine infernale… », murmure-t-il.

Déjà, il voit voler lambeaux et pierres en noir feu d'artifice, dans le fracas assourdissant et les grincements de dents. « J'en fais serment ! Je le jure ! »

Il se tourne soudain vers l'église, se signe, en se martelant de ses doigts comme s'il enfonçait des clous. Il s'approche, s'agenouille, ôte son bonnet et plaque son visage contre la neige froide et pelucheuse, l'y presse, comme s'il le plongeait dans l'eau, en murmurant :

« Je le jure !… J'en fais le serment… »

Il se relève, fronçant énergiquement les sourcils afin de ne pas perdre l'idée, de l'enfoncer pour de bon, à jamais. Il reste un instant immobile, aspirant à pleins poumons l'air glacé.

« Ainsi soit-il ! » dit-il en secouant résolument la tête.

Alors, il sent le froid le pénétrer par son manteau ouvert.

Il s'emmitoufle, repart d'un bon pas, le bonnet rabattu sur les yeux, les oreilles disparaissant dans le col.

« Une chambre d'hôtel, voilà ce qu'il me faut ! décide-t-il. Pas de bêtises, tirer tout au cordeau et, tranquillement, tracer son sillon. »

À un carrefour, il demande à un veilleur gelé comment se rendre rue de la Poste. Il a gardé le souvenir de l'enseigne : pension *Mon Repos*[1].

---

1. En français mais en caractères cyrilliques dans le texte.

Sanka tape du poing contre la porte qu'il pousse aussitôt de l'épaule : vlan, elle s'ouvre en grand ! Assis à la table, sous la lampe, plissant les yeux et le front, Karnaoukh braque son regard sur lui. Sans même esquisser un sourire, il bondit.

« Je vous jure ! Fallait te camoufler ! Venir en étudiant ! Alors que le Faubourg grouille de mouchards…, murmure-t-il en refermant prudemment la porte. Eh bien ? T'as l'aubert en fouillouse ?

— Comment ? demande Sanka.

— T'as l'argent, quoi ? Celui qu'on doit envoyer ?

— Cinquante jetons, répond Sanka, vexé qu'on lui reproche d'être venu en uniforme d'étudiant. Les voici. Envoyez-les à votre… Bon Dieu, comment s'appelle-t-il donc ? Votre Golovotruc, votre Rigolomachin ! »

Il pose les billets froissés sur la table.

« Malin, va ! réplique Karnaoukh en lui jetant un regard oblique. Quand est-ce que je pourrais les envoyer, bon Dieu ? Je bosse à l'usine toute la journée. Y a que toi qui peux le faire. L'adresse, je te l'ai donnée : maître d'école Golovtchenko. Qui transmettra à Aliochka. Autant dire qu'on le lui expédie directo… En attendant, chez nous y a du grabuge, oh ! làlà ! »

Karnaoukh adresse à Sanka un clin d'œil joyeux, mais celui-ci, maussade, fixe le plancher en tétant sa cigarette, l'esprit ailleurs.

« T'as entendu parler de rien ? insiste Karnaoukh en penchant la tête pour le regarder de biais.

— Non.

— Pourquoi que tu te hérisses ? interroge Karnaoukh, sérieux. C'est d'avoir trouvé l'argent qui te fâche ? Alors, reprends-le, on n'en a rien à foutre ! » Il repousse la liasse vers Sanka. « On s'en passera.

— Mais non, c'est pas ça. »

Sanka ne sait quoi prétexter et, histoire de dire quelque chose, il ajoute en jurant :

« Simplement, je n'ai pas de chance.

— Qu'est-ce qui t'arrive, mon vieux ? »

Karnaoukh vient s'asseoir à ses côtés sur le lit.

« Une histoire de bonne femme ? »

Il le regarde dans les yeux avec sympathie.

« Oui, répond Sanka en secouant la tête, heureux de s'en être tiré avec autant de naturel.

— Arrête ! Pas de chance, toi ? Eh ben, mon vieux ! Un gars comme toi ! Tu peux toutes les tomber, et y en aura pas un pour se mettre en travers, alors vas-y carrément ! Mais chez nous, tu sais, il s'en pa-asse ! Grands dieux ! Des mouchards, en veux-tu en voilà ! Les chaudronniers ont cessé le travail, pas moyen de les en empêcher ! On fait la grève, qu'ils disent, et baste ! Et si vous nous soutenez pas, on s'en fout ! On les a montés… »

Karnaoukh a un clin d'œil rusé. Sanka lève les yeux.

« Tu saisis ? Les nôtres n'y sont sans doute pas pour rien, murmure-t-il. On parle de provocation. On dit qu'ils vont se faire laminer, tout seuls, ces imbéciles, qu'on va les balayer et leur flanquer la trouille jusqu'à la prochaine glandée. Ceux qui disent ça, c'est parce qu'ils enragent de ne pas l'avoir fait eux-mêmes. Nous autres, on s'en bat l'œil. Suffit que ça s'enclenche, et je te jure bien que toute l'usine s'arrêtera ! D'ailleurs, il faut qu'elle s'arrête. »

Karnaoukh parle de plus en plus fort :

« Il faut qu'elle s'arrête ! Parce que, eux autres, ces putes, ils amassent des forces… »

Il ajoute en riant :

« Ils amassent des sous, ces fumiers, ils se chauffent de bonnes petites places. Je sais de quoi je parle : tant qu'on ne m'a pas foutu sur la gueule, je ne suis pas un homme. C'est vrai, ce que je te dis : ils me font tous peur. Mais suffit qu'on me tape sur la tronche, et je monte au créneau. Ce marécage-là, pas moyen de le faire bouger ! Seulement, t'y balances une caillasse, et v'là que les crapauds coassent. »

Planté devant Sanka, Karnaoukh fait le geste de « balancer » des pierres.

« L'organisation ! poursuit-il en riant. Comment peut-il y avoir une organisation, quand l'occasion ne se présente pas ? Il faut des occasions. Parce qu'à ce moment-là, quand on t'a coincé, qu'on te pressure… et pas avec des trucs du genre : je donne un rouble vingt aux uns, et deux roubles soixante aux autres… Non, quand tout le monde a le même salaire : un coup de crosse dans la gueule… Alors, on démarre comme un seul homme ! Je te le dis : là, Aliochka sera avec nous, et tous, mon vieux, le monde entier ! Ça fumera de partout ! »

Karnaoukh dessine dans les airs un énorme nuage de fumée. Sanka comprend mal ce qu'il raconte mais ses paroles ont une résonance effrayante. Elles le réjouissent et lui font froid au creux de l'estomac.

« On boit du thé ? propose Karnaoukh. Ou, plutôt, vas-y tant qu'il ne se fait pas trop tard, parce que, après, les rues vont se vider, tu te retrouveras dans le collimateur des mouchards et ils t'auront à l'œil. »

Sanka se lève, ratisse l'argent et l'empoche.

« Donc, tu l'envoies à Ountilovka, murmure Karnaoukh. À l'intention du maître d'école Fiodor Ivanovitch Golovtchenko. C'est tout. Écris bien ce que je t'ai dit : "Mania a eu un fils, félicitations !" Et, dans trois jours, Aliochka est là. »

Karnaoukh abat sa paume sur celle de Sanka, puis lui serre la main en guise d'adieu.

Atmosphère paisible, statique. Froufroutement d'étoiles dans le ciel noir. Rue qui se perd dans une blancheur laiteuse. Rares passants qui volettent, ombres noires agitant dans leur course les ailes de leur habit. Sanka marche d'un pas alerte sur le pavement de bois qui résonne comme une caisse. La nuit monte, s'élève, tout apprêtée. Sanka emplit ses poumons de l'air enneigé et le froid suscité par le discours de Karnaoukh annonciateur d'incendie, ce froid lui gonfle le cœur : sous un ciel comme celui-ci, cela adviendra, il ne peut en être autrement. C'est comme au théâtre, lorsque le rideau se lève, que tout est prêt, que s'éteint le dernier bruit et qu'il faut commencer. Là, maintenant. « Si le sang doit couler, songe Sanka, que ce soit sur cette neige pure et blanche, sous ce ciel triomphal ! Et qu'importe alors de mourir, de tomber, là, face aux étoiles ! » Il contemple les cieux et voit deux étoiles côte à côte qui le regardent. Pareilles à des yeux. Et il revoit l'escalier, le regard légèrement sévère qu'*Elle* lui avait offert. Sanka a soudain envie de gésir, mort, sur la neige et qu'*Elle* le regarde. D'être blessé au cœur, ici. Sanka porte doucement la main à sa poitrine. Piqûre de l'épingle, en réponse vive, tel le plus clair, le plus authentique des oui.

« Au diable ! lance-t-il tout haut. Ne pas oublier : Ountilovka, à l'attention de Fiodor Golovtchenko. »

Il quitte le pavement de bois et court rattraper l'omnibus. Hors d'haleine, il se laisse tomber sur une banquette, tandis qu'autour de lui hurle et grince le métal gelé du frêle wagon.

Dans un coin, près des portes, est dignement assis un jeune inspecteur de quartier, en capote flambant neuve.

« Sur un rouble ? J'ai pas, que voulez-vous ! répond le contrôleur en secouant la tête. Je viens de donner ma monnaie. »

Il crie pour qu'on l'entende. Sanka tient devant lui son rouble argent.

L'inspecteur bondit, s'approche de Sanka et, d'une voix sonore et courtoise, propose, couvrant le hurlement du wagon :

« Permettez-moi de vous tirer d'embarras. »

Il flanque sur la banquette sa serviette toute neuve, relève un pan de sa capote et fouille dans la poche de son pantalon. Son sourire est compatissant et déférent. Avec un plaisir manifeste, il tient serré dans son gant blanc un porte-monnaie de cuir neuf, bien garni.

« Ce n'est pas la peine, je vous remercie », répond Sanka, maussade.

Mais le fracas de l'équipage couvre sa voix.

« Gardez la monnaie ! » crie-t-il et il fourre le rouble dans la main du contrôleur.

Ils sont debout, les cahots les jettent les uns contre les autres et ils ne s'entendent pas parler.

Le contrôleur remet le rouble à l'inspecteur qui regarde Sanka, un sourire de reproche aux lèvres. Le policier sort cinq kopecks, les tend au contrôleur, puis tire de sa bourse des piécettes d'argent :

« Je vous en prie : quatre-vingts et quinze nous font quatre-vingt-quinze. »

Sur son gant blanc, comme sur un plateau, il les tend à Sanka. Ce dernier regarde l'inspecteur droit dans les yeux et y lit l'offense et l'aménité.

« Je vous en prie, c'est votre argent, dit-il d'une voix forte. Par Dieu, ne vous mettez pas en peine.

— Merci, répond Sanka en enfournant la monnaie dans sa poche. Je vous en sais fort gré », s'écrie-t-il, craignant que l'inspecteur ne l'entende pas.

Ce dernier salue en souriant, veut claquer des talons, mais un cahot le fait retomber sur la banquette. Sanka est fauché à son tour : tous deux éclatent de rire.

« L'aiguillage, commente la basse éraillée et indolente du contrôleur près de la porte.

— Un peu plus, et ma tête traversait la vitre, lance l'inspecteur.

— Quoi ? » s'écrie Sanka.

Le policier se rapproche de lui et lui hurle à l'oreille : « C'est que, excusez du peu, suffit d'un coup de boule dans la fenêtre, et qui est responsable ? Surtout, si ça ne cicatrise pas avant la noce, n'est-ce pas ? Et que la noce est le lendemain, par exemple… Comme pour moi. »

Sanka lui jette un coup d'œil.

« Vous méprisez peut-être la police ? Mais, pour une femme… »

À cet instant, l'omnibus s'immobilise, les grincements s'interrompent et, dans tout le wagon, retentissent les derniers mots de l'inspecteur : « pour une femme… »

« Arrêt ! » annonce le contrôleur avant de descendre.

Sanka redoute que quelqu'un monte et voie un policier lui parler à l'oreille.

« Vous accepteriez de mourir pour une femme, pas vrai ? Vous accepteriez ? »

Déjà, Sanka s'apprête à répondre : « Plutôt mourir que d'être là… », mais un coup d'œil à l'inspecteur l'en dissuade. Il acquiesce.

« Si elle m'avait dit : "Viktor, deviens officier", j'aurais… »

L'omnibus s'ébranle de nouveau dans un grincement et Sanka n'entend pas la fin, ce qui ne l'empêche pas de continuer à fixer le policier et à opiner du bonnet.

Glapissement des portes. Une bonne femme frigorifiée, protégeant son sac, se glisse par l'ouverture dans un froissement de jupes.

« Permettez-moi de me présenter, dit l'inspecteur en se levant. Viktor Vavitch ! »

Il arrache son gant. Sanka se lève à demi et lui serre la main. C'est alors qu'il se souvient du policier du quartier de Saint-Pierre-et-Saint-Paul.

« Écoutez, ça va bien comme ça ! » dit-il.

Il se lève, se penche tout contre l'oreille de Vavitch et, le retenant toujours :

« Ça va bien comme ça ! Je ne fréquente pas la police. »

De toutes ses forces, il lui broie la main.

Viktor se détourne et, ouvrant brutalement la portière, saute du wagon.

Sanka suit du regard le dos offensé de Vavitch. Des passagers montent, soufflant sur leurs doigts et dansant d'un pied sur l'autre. Sanka voudrait que l'inspecteur revienne : pour faire la paix ? Se battre avec lui ?

« N'empêche que c'est une ordure », lance-t-il dans le fracas de l'omnibus. Puis il se tourne et entreprend de gratter de l'ongle le givre de la vitre.

« C'est peut-être un bon bougre, mais il n'y a pas de raison de faire ami-ami. » Et il se remémore un couplet :

> *Sur un banc y avait mon pote,*
> *Je me suis assis à côté.*
> *Il en a pris plein la hotte,*
> *Il est inspecteur de quartier.*

Sanka sourit et d'un coup d'œil joyeux embrasse le wagon.

Il descend. Après le glapissement de l'omnibus, le grincement des patins de traîneaux, les clochettes des fiacres et les « hue ! » des cochers font à ses oreilles une douce et agréable musique.

Sanka palpe dans sa poche l'argent pour Aliochka et, de nouveau, un petit froid lui serre l'estomac. Il redresse la tête et part d'un pas ferme. Sa poitrine se soulève. « Un coup de crosse dans la gueule… Alors on démarre comme un seul homme ! » Donc, il faut absolument que cela ait lieu. Alors, ça fumera de partout ! Quelque chose de terrible cogne dans sa poitrine et lui coupe le souffle. Une pensée l'effleure soudain.

« Est-ce que, par hasard, j'aurais la frousse ? »

Et de froncer les sourcils.

Boucle-la !

« Anna Grigorievna, c'est pour vous ! »

La bonne lui tend un lambeau de papier maculé, plié en deux.

Anna Grigorievna s'alarme soudain, bondit, faisant glisser de côté la nappe de velours ; elle arrache le billet, le déplie et, retenant la main de Douniacha qui garde les yeux rivés au plancher, elle lit, griffonné au crayon d'une écriture inconnue, sautillante :

> *J'ai trente-neuf de fièvre et on me chasse d'ici. Que dois-je faire, ma très chère ? Conseillez-moi. Pardon pour tout.*
>
> *Bachkine.*

« Il est reparti ? s'écrie Anna Grigorievna.

— On est là », répond une voix calme dans l'entrée.

Anna Grigorievna se précipite.

« D'où cela vient-il ?

— De la pension *Mon Repos*. Bonjour, *madame**. Sûr que c'est pas commode : ça peut s'attraper. Les pensionnaires ont peur. Faut pas oublier que c'est une pension, pas un hôpital. »

L'homme a un hochement de tête sentencieux.

« Y a une réponse ?

— Dites que je viens tout de suite. Cela fait long-temps ? s'enquiert Anna Grigorievna en lui glissant vingt kopecks.

— C'est le troisième jour. »

Anna Grigorievna rougit, porte les mains à sa poitrine, lève les sourcils au-dessus de ses grands yeux. Douniacha claque la porte.

Anna Grigorievna s'habille en hâte. Déjà chaus-sée de caoutchoucs, elle revient plusieurs fois dans sa chambre prendre de l'argent, un thermomètre, de l'eau de Cologne. À tout hasard, elle fourre dans son réticule un flacon d'iode.

Elle arrête un fiacre, se reprend : où faut-il aller ? Elle dit d'une voix incertaine, entrecoupée par la peur d'avoir oublié :

« Monrepas ! »

Le cocher dégrafe la couverture et l'invite à prendre place.

« *Mon Repos*, comprend-elle enfin. Grâce à Dieu, tout… »

« Où est M. Bachkine ? »

La lourde poitrine d'Anna Grigorievna se soulève d'émotion.

Le gaz brûle dans l'escalier plongé dans la pénombre et un garçon d'étage crasseux tape hargneusement un balai-brosse miteux contre le plancher. Le couloir sent l'oignon frit et l'onguent.

« Mon Dieu, mon Dieu ! murmure Anna Grigorievna. Trois jours dans un pareil taudis ! »

Elle halète en grimpant l'escalier raide.

Elle frappe à une porte au bout du couloir et l'ouvre aussitôt. Une chambre exiguë, des papiers peints tave-lés, des vitres couvertes de givre et une couchette. Anna Grigorievna ne voit qu'elle.

« Monsieur Bachkine ? demande-t-elle depuis le seuil. Monsieur Bachkine, je crains de m'approcher, j'arrive du froid. »

Bachkine s'assied dans son lit. Sans un mot, il tend les bras, puis serre ses mains contre sa poitrine et secoue la tête.

« Mon Dieu, mon Dieu ! s'écrie Anna Grigorievna et, sans quitter sa pelisse, elle se précipite vers lui. Mon ami, mon bon, que vous arrive-t-il ? »

Elle enlace sa tête, y dépose des baisers. Bachkine pleure et toute sa douleur s'écoule avec ses larmes. Il s'abandonne sur l'épaule d'Anna Grigorievna, serre sa joue contre le velours. Toujours essoufflée, dans une pose incommode, elle lui arrange les cheveux, dégage son front.

Lui dire, lui avouer, là, maintenant ! L'idée effleure Bachkine. Ce serait si simple, si bien ! Tout, sans réfléchir plus avant, sans choisir les mots, tel quel, d'un bloc, comme la boule qu'il a dans la gorge. Il se voit à distance, en larmes, sa tête reposant sur l'épaule de cette femme. Et il a peur, soudain, qu'elle l'abandonne.

« Anna Grigorievna ! » dit-il.

Sa voix est autre qu'il ne faudrait et profère des mots dont il est le premier surpris. Il sent avec effroi que s'éloigne à tire-d'aile l'instant de l'aveu. Il s'agrippe à l'épaule d'Anna Grigorievna et prend conscience que le moment est à jamais perdu.

« Mon petit, vous êtes mal ! Mon cher, il ne faut pas vous tourmenter. »

Et elle repose délicatement la tête de Bachkine sur l'oreiller.

« Je ne peux, je ne peux pas ! répond-il avec amertume et il enfouit son visage dans l'oreiller, remonte la couverture jusqu'à ses yeux et verse des pleurs acides et grinçants.

— Calmez-vous, calmez-vous ! » murmure Anna Grigorievna, en songeant : « Idiote que je suis ! Je n'ai pas
apporté la valériane. Je voulais, pourtant… »

« Le docteur est venu ? » demande-t-elle lorsque Bachkine s'est apaisé.

Pas de réponse. Elle se lève avec précaution, prend
une chaise. Bachkine mord, serre entre ses dents la taie
d'oreiller.

Sur la pointe des pieds, Anna Grigorievna se dirige
vers la porte.

« Vous partez ? » s'écrie Bachkine.

Anna Grigorievna sursaute et dit :

« Je vous ai inquiété, pardonnez-moi. Que je suis
pataude ! Je reviens, je reviens ! Je ne vous laisserai pas. »

Elle s'élance vers lui, lui prend la main.

« Je reviens, je reviens ! »

Et elle sort.

Bachkine s'abandonne à la fièvre, s'abîme dans la
maladie. Il a fermé les yeux et entend, devant sa porte,
les lames de parquet craquer sous les pas d'Anna Grigorievna ; il entend aussi une voix aiguë de femme crier au
téléphone :

« C'est pas parce que vous êtes dans la Flotte que
vous allez me mener en bateau ! Ben tiens ! Et puis quoi
encore ?… »

Puis c'est Anna Grigorievna qui parle au téléphone,
d'une voix émue, précipitée. Bachkine se couche sur le
dos, les yeux clos, il s'efforce de respirer profondément,
régulièrement et sent avec joie qu'il s'endort.

Sanka ouvre la porte de l'appartement, entre et fait
violemment claquer le verrou. Aussitôt, sur le seuil de
la salle à manger, sa mère l'enjoint de ne pas faire de
bruit.

« Chut, chut, pour l'amour de Dieu ! »

Elle passe dans l'entrée, parlant à mi-voix avec le docteur Bruhn. La mine chagrine, révérencieuse, Douniacha est sur ses talons.

« Qu'est-ce qu'il y a ? » s'enquiert précipitamment Sanka dans un murmure, en retenant Douniacha.

Celle-ci chuchote, les yeux baissés :

« On nous a amené un malade. Une de vos connaissances… Attendez, je vous l'apporte ! ajoute-t-elle en décrochant de la patère la pelisse du docteur.

— N'hésitez pas à m'appeler même de nuit, dit celui-ci. Je viendrai en personne lui mettre des ventouses. Mais, je le répète : il est exténué. »

Anna Grigorievna referme elle-même la porte derrière lui, tirant précautionneusement le verrou.

« Qui a-t-on amené ? demande Sanka. Qui ?

— Bachkine, et c'est affreux, affreux ! »

Anna Grigorievna se hâte, secouant convulsivement la tête.

« Balivernes ! lance Sanka avec colère et dépit à travers l'appartement. Il ment, comme pour son histoire de bras. »

Il jette son manteau sur une chaise et traverse bruyamment les pièces, en criant presque :

« Où est-il ? Où est-il ? »

Il entre dans la chambre d'Anna Grigorievna. L'ampoule électrique est enveloppée d'un mouchoir bleu. Une lueur bleutée embrume la pièce et, sur le vaste lit maternel, sur l'oreiller blanc à dentelles, la tête douloureusement rejetée de côté, gît Bachkine. Assise sur une chaise au pied du lit, Anna Grigorievna ne le quitte pas des yeux.

Sans ralentir le pas, Sanka s'approche et, d'une voix forte :

« Hé, vous !… Encore vos pitreries ! Le bras, peut-être ?

— Chut !… Tu es fou ? bondit Anna Grigorievna.

— Laisse donc, c'est proprement dégoûtant ! »

Sanka repousse sa mère.

« Bachkine ! » crie-t-il.

Celui-ci bouge faiblement la tête.

Anna Grigorievna tente de bâillonner Sanka de sa main et, de toute sa corpulence, le pousse vers la porte.

« Quel culot il a ! » braille Sanka.

Indigné, il quitte la pièce en tapant des pieds.

« Nadienka, Nadienka ! hurle-t-il dans la salle à manger. Viens voir, c'est scandaleux ! »

Il ouvre à la volée la porte de sa sœur et se fige. Immobile sur le seuil, la main sur la poignée, il ravale la goulée d'air aspirée pour crier.

Coiffée de son petit chapeau à plume, Tania est assise au bord de la couchette de Nadienka. Attentive, elle le regarde droit dans les yeux, avec un intérêt joyeux. La lumière vive de la lampe découpe ses traits comme sur un portrait.

Face à la lampe, la silhouette noire, trapue d'un homme sur une chaise. Nadienka, le menton légèrement relevé, jette à Sanka des regards moqueurs.

« Entre, qu'est-ce que tu fabriques ? lui dit-elle comme une sœur aînée aux petits. Je te présente le camarade Philippe. »

Ce dernier se lève. Sanka s'approche, il se redresse de toute sa taille et lui tend solennellement la main. Du coin de l'œil il perçoit que Tania les observe tous deux. Il essaie, à contre-jour, de dévisager Philippe. Les deux hommes se prennent la main sans mot dire, comme s'ils s'éprouvaient l'un l'autre. Deux secondes passent. Philippe est le premier à serrer la main de Sanka, en disant calmement :

« Bonjour. »

Sanka s'incline.

« Enchanté. »

Il a un profond soupir et cherche où s'asseoir dans cette chambre familière. Il finit par prendre place à l'autre bout de la couchette. Silence.

« On peut fumer ? demande Sanka en regardant Nadienka.

— Quels sont ces airs que tu te donnes ? Ne joue pas les snobs, je te prie ! » Nouveau coup d'œil ironique, le menton relevé. « Pourquoi braillais-tu ainsi, dis-moi un peu ?

— Qu'est-ce que c'est que cette histoire ? » commence-t-il d'une voix inhabituelle, comme s'il était en visite.

Tania le regarde en coin, avec curiosité.

« Qu'est-ce que c'est que ces manigances ? Maman a ramené d'on ne sait où ce faux jeton. » Il se tourne vers Tania. « C'est de la comédie, il est même capable de mourir exprès. Pour qu'on lui fasse un bel enterrement. Je n'en crois pas un traître mot. »

Tania le fixe, un léger sourire aux lèvres, et il sait que ce n'est pas pour ses paroles.

« C'est un vulgaire bouffon, poursuit-il, attendant que Tania se prononce. Un type qui ne peut démêler lui-même quand il ment et quand…

— Donnez-moi aussi une cigarette », dit Tania en tendant la main.

Sanka presse du doigt le fermoir de son porte-cigarettes que, dans sa précipitation, il ne parvient pas à ouvrir.

« Tout de même, Bruhn l'a ausculté, intervient Nadienka d'un ton sentencieux. Il a assurément une fluxion de poitrine. Alors, boucle-la.

— Que disiez-vous ? reprend Tania, s'adressant à Philippe, en approchant sa cigarette de l'allumette que lui tend Sanka, sans lui accorder un regard. Vous racontiez quelque chose de fort intéressant.

— Oui… » Philippe passe sa main dans ses cheveux. « On va vous bousiller les vitres de l'atelier à coups de boulons, qu'ils disent, et on vous poussera tous dehors, comme des moutons. Vous savez, c'est l'atelier le plus arriéré, la chaudronnerie. » Il se tourne vers Sanka. « On a beau leur répéter : arrêtez vos âneries, vous êtes manipulés par des provocateurs ! On n'imagine pas à quel point ils sont abrutis ! Non… » Il se lève. « Si encore c'étaient tous des provocateurs, mais ce sont de braves gars, de notre camp, qui croient dur comme fer, les idiots, qu'ils sont entourés d'ennemis jurés : nous, c'est-à-dire l'atelier de mécanique. »

Philippe se penche, en pointant son doigt sur sa poitrine, et s'adresse à chacun à tour de rôle.

« Vous avez essayé de leur expliquer ? demande Tania. Vous dites qu'ils ne comprendront pas, mais qu'en sait-on ? Si tout à coup… »

Philippe a un sourire madré et s'accroupit soudain devant les genoux de Tania.

« Un peu qu'on a essayé ! » Il désigne son front au-dessus du sourcil. « Que voulez-vous dire ? »

Tania se renfrogne dédaigneusement. Philippe demeure à croupetons, le doigt contre le front. Tania lui saisit les tempes à deux mains et lui tourne la tête vers la lampe. Dans son coin, Nadienka, les yeux plissés, la regarde ironiquement. Sanka, l'œil rivé au plancher, cherche fébrilement des allumettes dans sa poche.

« Mais on dirait un emplâtre…, conclut Tania en retirant ses mains.

— Exactement ! triomphe Philippe. Voilà la sorte d'arguments qu'ils avancent : un rivet d'un pouce dans la tête ! »

Il tourne le dos à Nadienka et, toisant Tania, attend.

« Eh bien, reprend tranquillement celle-ci, cela signifie que vous êtes un piètre orateur. Donnez-moi du feu. »

La cigarette aux lèvres, elle s'approche de Sanka.

« Comment ? s'écrie Philippe, vexé.

— Comme ça, réplique Tania en tirant des bouffées de sa cigarette. Parce que ce n'est pas vous qui avez eu le dernier mot, mais eux. Et, apparemment, pas qu'un peu… »

Elle a un petit rire.

Sanka jette un coup d'œil négligent à Philippe et se renverse sur le dossier de la couchette, en soufflant une volute de fumée.

« Assez d'inepties ! dit sévèrement Nadienka. Ce n'est pas pour cela que nous sommes ici. Le problème est que… Toi, Sanka, s'il te plaît, écoute et tiens ta langue… Le problème est que quelques-uns de nos camarades vont venir ici. Des clandestins. Vous comprenez ? »

Philippe se rassied sur sa chaise. Il tapote l'emplâtre rose qu'il a sur le front.

« Ils sont filés, poursuit Nadienka en se tournant vers la couchette où se trouvent Tania et son frère.

— Et alors ? Il leur faut un logement ? Parle net !

— Je parle net. Il ne faut pas seulement un logement, mais des lo-ge-ments. »

Nadienka appuie sa paume sur la table, reprenant un geste paternel.

« Notre appartement sera un de ceux-là, et Tania, je l'espère, nous en procurera un second. Quant aux autres, inutile d'en parler maintenant. Ces camarades changeront souvent d'adresse. Ils ont des passeports. »

Les coudes sur les genoux, le regard rivé devant lui, Philippe rythme de la tête le discours de Nadienka.

« Peut-on savoir… » Friselis moqueur qui court dans les paroles de Tania. « Ces singuliers camarades ont à voir avec ce que vient de dire… l'orateur ? »

Envolée de sa main légère en direction de Philippe. Ce dernier se redresse sur sa chaise et, se tournant, sourit gaiement à Tania.

« Mais comment donc ! Pour cela…

— Oui, ils ont à y voir, coupe Nadienka.

— Bon, d'accord, dit Tania en écrasant son mégot dans le cendrier. J'y vais. »

Elle se lève – Sanka aussi – et rejoint Nadienka dans son coin. Philippe la suit des yeux, en pivotant sur sa chaise. Sanka sort précipitamment et referme la porte derrière lui. « Impossible, absolument impossible de les saluer après des âneries de cette espèce ! » chuchote-t-il dans le couloir. Il entend, dans le salon, Tania quitter Nadienka. Elle est seule, seule !

« Il ne faut pas en rester là », murmure Sanka.

Il s'assied pour souffler et se relève aussitôt. Tania est dans l'entrée.

Il sort de la salle à manger, la voit enfiler son manteau. Sans lui prêter assistance, il décroche brutalement le sien de la patère, saisit sa casquette. Tania se bat avec un de ses caoutchoucs. Sanka s'élance à la rescousse.

« Merci, c'est bon, dit Tania d'un ton amical et tranquille.

— Je vous accompagne », décrète Sanka séance tenante.

Il sait qu'il est cramoisi, que ses paroles ont résonné comme un aboi, mais qu'importe ! Et, la respiration coupée, il contemple Tania.

« Allons ! » dit-elle avec une simplicité joyeuse qui fait paraître encore plus stupide à Sanka son jappement.

Il rougit à en pleurer, son cœur palpite, l'emporte !

« Sanka ! Sanka, appelle dans un murmure Anna Grigorievna de la salle à manger. Si vous sortez, passe à la pharmacie. Dis que c'est pour Bachkine. Tu n'oublieras pas ? Tu as de l'argent ?

— Je n'y manquerai pas. »

Il est si heureux que sa mère ait dit « vous sortez »…

« D'accord, maman, je n'y manquerai pas ! »

Il ne peut réprimer le sourire qui lui tord les lèvres.

Tania à ses côtés, il descend l'escalier, et voici le palier où il serrait contre lui le revêtement de l'icône. Il sent que chaque instant passé avec la jeune femme s'enfuit sans retour. Il faut parler, dire l'essentiel, tout. Mais les pensées l'étouffent et les mots ne viennent pas, trop banals. « Je me tais comme un idiot », s'éperonne-t-il. Il ouvre à Tania la porte de la rue. Elle passe en lui effleurant l'épaule : il lui a laissé si peu de place.

« Tatiana[1]… J'ignore votre patronyme…

— Appelez-moi simplement Tania », répond-elle gravement, sans le regarder.

Sanka l'entend comme un signal, un coup de cloche.

« Je veux vous dire, Tania…, poursuit-il en reprenant haleine. Je veux tout vous dire.

— Dites-moi tout, réplique-t-elle avec la même gravité, en fixant sévèrement le trottoir à ses pieds.

— Vous savez… »

Sanka s'arrête net, il se demande où commence ce « tout », il a peur : et si ce « tout » n'existait pas, si c'était une illusion ?

« Vous savez, Tania, Philippe raconte des âneries. Des âneries !… »

Sanka s'en veut de ne pas dire ce qu'il faut.

« Tout cela est inepte. Vous comprenez, vraiment inepte ! » ajoute-t-il avec véhémence.

Tania lui jette un regard de biais, triste et grave.

« Vous habitez loin ? s'enquiert Sanka.

— Rue de la Noblesse.

— C'est à deux pas. Quel dommage !

— Pourquoi un tel désespoir ? demande-t-elle sans une ombre d'ironie.

―――――――

1. Tania est un des diminutifs affectueux de Tatiana.

— Je n'aurai pas le temps de vous dire… de tout vous dire, vous comprenez ? »

Il se tait et va en réglant son pas sur celui, menu, de la jeune fille.

« Prenons par ici. »

Tania tourne au coin de la rue.

« Vous savez…, tente de nouveau Sanka. (Ils suivent une petite rue déserte.) Vous savez, tout cela est absurde. Parce que… est-ce que vous pourriez mourir pour cela, chère Tania ? »

Il s'effraie un peu de ce « chère Tania » et, pour faire passer son audace, déclare soudain, tout feu tout flammes :

« Mourir, vous comprenez ? On ne peut pas vivre sans savoir pour quoi on est prêt à mourir. Je me pose sans cesse la question : pour quoi ? »

Il la regarde droit dans les yeux. Elle fixe obstinément le trottoir.

« Je veux me la poser jusqu'à ce que tout devienne clair, que tout s'illumine d'une flamme éclatante ! »

Il voit Tania se tourner vers lui, mais poursuit en évitant son regard :

« Que tout s'embrase et que je sache que c'est inouï, que cela n'arrive qu'une fois dans la vie ! Et, alors, mourir avec joie.

— Pourquoi donc mourir ? » interroge Tania, grave et rêveuse.

Sanka ne peut plus s'arrêter.

« Peu importe ! Nadienka pense… Je sais, ma foi, ce qu'elle pense. »

Il se penche vers Tania.

« Elle pense : "Les ouvriers ! Les ouvriers !" Pourquoi forcément les ouvriers ? Pourquoi pas tous les hommes ? Vous comprenez : tous, tous ?… Pourquoi les ouvriers sont-ils le sel de la terre ? Ils sont ouvriers parce qu'ils… ne peuvent pas faire autre chose, sinon ils seraient procureurs, je vous en fiche mon billet, ma chère Tania ! Ça ne va pas, ça ne va pas du tout, c'est un tremblement de terre qu'il faut… Alors, ce sera pareil pour tout le monde… Regardez, les jours de verglas, on se lie avec tout un chacun. J'aime le verglas ou la purée de pois, quand on ne voit rien, quand personne ne voit rien ! »

Il est à présent tout près d'elle, effleurant son épaule, il marche en zigzaguant et en gesticulant.

« Je trouve étrange… parce que je suis sûr de mon fait, poursuit Sanka avec fougue, je trouve étrange, tenez, que, par une douce nuit étoilée où chacun se sent bien et voudrait parler aux autres, tous se taisent, le poil hérissé. Je vous assure… Pourquoi les gens ont-ils peur de parler avec les passants ? Je suis certain que tous en rêvent, en brûlent, que leur âme y aspire…Vous comprenez, c'est là le problème. Je suis incapable d'expliquer…

— Je comprends, répond Tania en lui faisant face.

— Mais ce n'est pas cela, ce n'est pas tout… Je ne peux tout dire, je raconte des sottises. »

Sanka la regarde hardiment et, pour la première fois, leurs yeux se rencontrent vraiment. Tania détourne aussitôt les siens.

« Vous savez, Tania, je me disais… Nous sommes là à parler, mais, l'autre fois, je me suis conduit comme le dernier des idiots. Vous vous rappelez, dans l'omnibus ? »

Elle incline encore un peu plus la tête.

« Chère Tania, je veux tout vous raconter, toute ma vie. » Dans un élan soudain, il lui prend le bras. « Je ne m'en suis ouvert à personne, pas même à moi. Philippe, c'est absurde, l'emplâtre aussi. Le problème n'est pas là. Il mourra peut-être, mais de hargne, de méchanceté, d'envie, pour embêter le monde. Je parle d'autre chose… »

Il sent à travers l'étoffe la chaleur monter du bras de Tania qu'il tient et réchauffe entre ses doigts. Il sait que c'est maintenant, maintenant qu'il faut passer à l'offensive, faire sa conquête ; il ne la connaît pas, il ignore quelles idées la séduisent, il est sûr, en revanche, qu'il ne doit pas rompre le fil qui se tend, se tend…

« Vous comprenez, ma chère Tania…, poursuit-il avec fougue. Figurez-vous, aujourd'hui, dans l'omnibus, il y avait un policier… Un brave type, voyez-vous, une bonne pâte, et moi, je lui ai aboyé dessus. J'ai dit des choses que je ne voulais pas dire. Parce que c'était un policier. Un inspecteur de quartier. Ma chère Tania ! Je n'en peux plus… Je veux tout vous raconter. Allons à l'estaminet. Je boirais bien un coup, ma foi ! Et puis, c'est intéressant…

— Vous ne pouvez pas vous en passer ? » demande-t-elle avec gravité.

Ils sont bras dessus, bras dessous, à l'angle de la rue de la Noblesse, celle-là même où habite Tania.

« Je ne peux pas, soupire Sanka.

— Allons-y, dit-elle. Si vous devez… tout raconter. »

Il la fait pivoter et, d'un pas alerte, joyeux, met le cap sur un estaminet qu'il connaît, *Le Bon Caboulot*, comme les étudiants ont surnommé une digne brasserie allemande où l'on sert de la vodka.

Sanka ne cesse de presser l'allure, tenant fermement le bras de Tania, et elle le suit, légère, sans rompre la cadence. Sanka la sent, souple, gracieuse, à ses côtés. Il ne dit rien. Seulement deux pâtés de maisons à franchir avant la brasserie. Mais les minutes filent ! Sanka mesure, à la seconde près, le laps de temps pendant lequel tout tiendra encore, avant que le fil ne casse, et il ne ralentit pas. Voici le globe en verre dépoli : la lanterne laiteuse, brouillardeuse, et les deux petites marches en contrebas. Un paisible portier s'incline dignement près du vestiaire de bois luisant. Par la porte de la salle ne filtre que le tintement des petites cuillers. Silence comme dans un cabinet de lecture, froissement des pages de journaux. Dans un claquement de talons Sanka s'efface devant Tania. Elle pénètre dans la salle et le tapis élimé, grisâtre reçoit son petit soulier verni. Appuyé au zinc, au-dessus de ses salades, le patron la salue. Dans un coin, un gros Allemand à lunettes lève la tête de l'échiquier, jette un coup d'œil par-dessus ses verres, s'interrompt un instant, puis revient à son jeu en se frottant les genoux. Un garçon s'approche sans bruit et leur propose de s'asseoir à une table sous une gravure boucanée.

Tania traverse sereinement la salle et prend place.

« Que souhaitez-vous ? s'enquiert Sanka en se penchant vers elle.

— Un café, c'est possible ?

— Pour moi, un cognac Martel et de l'eau de Seltz, s'il vous plaît. »

Le serveur s'incline. Sanka le retient par la manche et lui chuchote à l'oreille :

« Et des fleurs, des fleurs, mon très cher, dénichez-moi ne serait-ce qu'une petite fleur ! »

Sans un mot, le garçon tire sa montre et rabat dans un claquement le fermoir d'argent. Il acquiesce. Sanka s'assied à son tour. Le temps est écoulé, l'ultime seconde a sonné. Son cœur bat la chamade : en avant ! Ainsi, lorsqu'il était enfant, ses camarades le poussaient pour qu'il aille se battre. Tania lève les yeux de sa serviette et les pose sur lui, dans l'expectative, sérieuse, comme si elle le regardait à travers une vitre.

« Vous savez, Tania, commence Sanka, le souffle court, il me semble parfois… »

Il ne lui semble rien, mais, déjà, il croit que si…

« Il me semble parfois que, voilà, je vous l'ai dit… mourir bêtement comme ça, dans son lit… Tenez, la mort viendra, je pense même que je la verrai franchir le seuil, moi seul… Ma mort ! Et ce sera inéluctable, il n'y aura pas de sursis, pas la moindre seconde, la mort tout simplement, la plus ordinaire qui soit, comme sur les images : un squelette. Elle marchera droit sur moi, si compétente, bonne même, comme les croque-morts ; ce sont peut-être de braves gens, les fossoyeurs, mais ils creusent votre tombe, vous comprenez ?… Et après moi, dès le lendemain, l'omnibus reprendra son tintinnabulement et la rue son train-train. Comme dans la chanson, vous savez :

Maman va acheter de l'huile de lampe
Et se signe devant le temple…

Et la vie sur la terre continuera cahin-caha. Vous comprenez, la guerre, la paix, tout cela… Plus cela s'éloigne de moi, c'est-à-dire de ma mort, plus cela diminue, s'amenuise dans le lointain du temps, et il ne reste sur les siècles que bosselures, tout s'aligne en une longue route fangeuse. Où peut-elle bien mener ? »

Sanka reprend son souffle. Puis, regardant Tania à laquelle le garçon sert son café, il s'interroge : comment considère-t-elle tout cela ? Est-ce supportable ? Et il se ressaisit : « Des paroles comme ça ? Est-ce que je les supporterais ? Bah, peu importe ! »

« Pourquoi souhaitiez-vous donc, murmure-t-elle, que tout brûle après vous ? »

Il ignore ce qu'elle pense. Peut-être que ce « tout brûle » est plus beau. Un instant, il s'imagine que tout brûle d'une flamme égale, puissante, et, à sa propre surprise, il dit :

« Ce serait encore pire.

— Il me semble, en effet. Ce serait effroyable. Plus d'espoir que les hommes parviennent à quelque chose. Ce serait stupide. Au moins, qu'après nous, nos enfants… »

Elle plonge de nouveau son regard, plus proche, plus impérieux, dans les yeux de Sanka.

Le garçon s'approche sans bruit, pose le siphon et la bouteille, puis, s'inclinant, murmure à Sanka :

« On a envoyé quelqu'un. Dans dix minutes…

— Oui, oui, c'est parfois ce que je pense, reprend Sanka avec le peu d'air que le regard de Tania lui a laissé dans les poumons. Je sais… Aujourd'hui, tenez, l'envie m'est venue de mourir dans la rue, au cours d'un combat. Que l'on me tire dessus, et me voilà, gisant dans la neige. À condition que je sache pour quoi je… Que cela se transmette, que de la terre monte… Que du sang s'élève l'esprit vers les cieux. Et que de moi, de nous, il passe jusqu'à d'autres, comme le vent par la terre, par le temps, comme… Vous savez, ma chère Tania… »

Elle le regarde de ses yeux grands ouverts, si proches…

« Vous comprenez, Tania : que tout s'élève et tourbillonne ainsi que lambeaux de papier, que tout frémisse, frissonne, telles les frondaisons, et bruisse de toutes ses feuilles ! »

En disant cela, Sanka n'est plus sûr de respirer encore. Toutefois, il comprend soudain qu'il a prononcé les mots qu'il fallait. Sans regarder Tania, il se verse, coup sur coup, trois petits verres.

« Offrez-m'en un aussi, demande Tania.

— Mettez-le directement dans votre café. »

Il remplit de nouveau son verre et le renverse dans la tasse de la jeune fille. D'un simple geste, assuré, sans attendre son consentement.

Le garçon pose sur la table un petit vase contenant deux roses, une rouge et une blanche. Fraîcheur des tiges vertes et nues dans l'eau.

Tania porte les fleurs à son visage et, les yeux baissés, chuchote :

« Quel parfum !

— Ma petite Tania ! »

Elle le regarde, il lui semble qu'il a crié.

« Ma petite Tania, je vais vous montrer une chose. De toute façon, je ne la donnerai pour rien au monde. Quoi que vous disiez… Mais vous, dites-moi : "Qu'il en soit ainsi !" »

Il dégrafe prestement sa redingote et en tire l'épingle ornée du lys de Florence.

Tania tressaille, se raidit sur sa chaise, jette un regard de feu à Sanka et baisse les yeux. Ses joues s'empourprent. Les sourcils à peine froncés, elle contemple sa tasse.

« Je peux ? » demande doucement Sanka.

Soudain, elle lève résolument les yeux et il s'aperçoit qu'elle le fixe. Tout se fait silence et, pareilles à des portes ouvertes sur l'éternité, se figent les larges prunelles de Tania devant Sanka qui, un instant, se pétrifie. L'espace d'un éclair, tout s'abîme à l'entour, hormis ces yeux. Parfum de temps et de terre nue. Le souffle manque à Sanka. Orgueil et crainte. L'espace d'un éclair, c'est fini. Tania sourit comme s'éveillant à l'aurore. Et Sanka redissimule soigneusement l'épingle sous sa redingote.

Tout redevient sonore et, derrière lui, une voix de basse, rêveuse, dit :

« *Ganz unmöglich, ganz unmöglich*[1].

— Tout est *möglich*[2], tout, ma petite Tania ! Pas vrai ? »

Et le sourire de Sanka s'épanouit dans sa poitrine, son cœur. Tout rouge, il tend le bras pour choquer son verre contre la tasse de Tania.

« Sortons ! » lance Tania en secouant la tête.

---

1. « C'est tout à fait impossible » (allemand).
2. « Possible » (allemand).

Elle se lève et, d'un geste lent, retire les roses du vase. Elle glisse la blanche dans la boucle de son corsage et pose l'autre sur la nappe devant Sanka.

Le café

Viktor passe les bras dans les manches lisses de la capote neuve : la doublure émet un bienséant froufrou. Il loge tous les boutons dans les brides étroites. C'est un manteau gris d'officier. Allure galante et martiale des bottes fortes étincelantes que les pans laissent entrevoir. Viktor jette un nouveau coup d'œil à la pendule. L'hôtel est encore silencieux. Viktor glisse le baudrier sous l'épaulette, ajuste le sabre. Il enfile ses gants, les tend soigneusement et s'assied sur une chaise. Il est bien trop tôt pour se rendre à la gare.

« Et si les trains marchaient à l'heure de Saint-Pétersbourg ? Impossible qu'il y ait deux heures de différence, mais qu'importe ! »

Il bondit et sort dans le couloir. Le portier, le manteau jeté sur les épaules, fait bruyamment tourner la clé de l'entrée et pousse la porte ensommeillée. Maisons, trottoirs, réverbères sont tendus d'un givre mat, uni, mousseline à l'abri de laquelle dort la rue bleue. L'air somnole encore et attend, immobile, le lever du soleil. Sur la pointe des pieds, Viktor descend le perron et s'engage avec précaution dans la rue tranquille. Au carrefour, un veilleur de nuit, croque-mitaine miniature, dort debout, les manches rembourrées de chiffons, son gros bâton sous le bras.

Dans le dos de Viktor, le clip-clop d'un équipage. Le croque-mitaine se retourne et un sergent de ville émerge de derrière sa guérite, en ajustant sa casquette. Vavitch jette un coup d'œil en arrière.

Levant haut ses jambes, un trotteur gris galope sur la chaussée ; à sa suite tressaute, rebondit telle une balle, une calèche. Le sergent de ville ne regarde même pas Viktor, il rectifie sa tenue, redresse la tête, sans quitter des yeux l'équipage. Lorsque celui-ci arrive à sa hauteur, il se fige au garde-à-vous, la main à la visière, tandis que le veilleur de nuit retire son bonnet. Dans le véhicule, pareille à une haute tour surgie du siège, une silhouette surmontée d'une petite tête.

Vavitch reconnaît Gratchek. Comme à son habitude, il regarde, aveugle, par-dessus l'épaule du conducteur. Vavitch salue. La calèche passe, mais le cocher, avec fracas, fait reculer son cheval. Sans se retourner, d'un geste, Gratchek enjoint Viktor d'approcher. Ce dernier jette des coups d'œil éperdus à l'entour. Le sergent de ville, apeuré, lui indique de la tête l'équipage.

Vavitch accourt en retenant son sabre. Il s'immobilise près du marchepied et salue. Le cocher tire tranquillement les rênes pour amener le cheval à la bonne hauteur.

« D'où tu sors ? demande Gratchek d'une voix sourde, sans un regard pour Viktor.

— De chez moi, monsieur ! répond militairement Vavitch, trouant le silence de la rue.

— Tu mens ! Tu relèves de quel commissariat ?

— Quartier Saint-Pierre-et-Saint-Paul ! lance Viktor.

— Qu'est-ce que tu fabriques par ici, à faire la tournée des pensions ? martèle Gratchek de sa voix sourde, monocorde.

— Je loge ici, à l'hôtel du Chemin de Fer.

— Charynda, approche ! » dit Gratchek sans se retourner ni élever la voix.

Le sergent fonce vers la calèche.

« L'inspecteur, il habite bien dans ton secteur ?

— Affirmatif ! répond le sergent à mi-voix, avec déférence.

— Tu auras affaire à moi, si tu braconnes sur les terres d'autrui », grogne Gratchek.

Mâchonnement des joues couvertes d'un poil roussâtre.

« En route ! » marmonne Gratchek et la calèche s'envole.

« Mon Dieu, heureusement que Grounia n'est pas là ! » chuchote Viktor.

Il marche maintenant à toute allure, pressé d'arriver à la gare.

Au fronton du bâtiment, le cadran engivré de l'horloge darde un œil rond et vide. Aux portes, pas le moindre fiacre.

Viktor jette avec crainte un regard oblique sur le sergent de ville, un colosse : sans doute ne lui prêtera-t-il pas attention, sans parler de le saluer. Mais le sergent rectifie la position et porte la main à sa visière. Viktor s'empresse de répondre et grimpe quatre à quatre l'escalier de pierre. La porte claque dans son dos, résonne dans le hall vide. Un jour gris somnole dans les coins. Le sol dallé, propre, luit d'un éclat trouble. Les aiguilles géantes, sous le plafond, indiquent là-haut, comme pour elles-mêmes, sept heures et quart. D'un pas léger, Viktor passe dans la salle des « Première et deuxième classes ». Une lumière mate d'hiver tombe des immenses fenêtres, des bancs vaquent le long des murs. Viktor jette un coup d'œil prudent aux vieillards peinturlurés qui soutiennent les corniches, et, foulant le parquet jaune, âcre, gagne le coin le plus éloigné. Il rentre la tête dans les épaules, ferme à demi les yeux.

« Je vais rester ici, comme une pierre, une souche, jusqu'à l'arrivée de Grounia. Et si elle ne vient pas…

alors… c'est égal, je ne bougerai pas. » Il se rencogne dans le dossier de la banquette. « Tout, je dirai tout à Grounia, dès que je l'apercevrai ! » Il clôt les paupières pour mieux savourer son arrivée.

Des talons ferrés résonnent pesamment sur les dalles. Soudain, un son mélodieux, un son cristallin, cher, familier s'égrène, doux et caressant. Viktor ouvre les yeux et prête l'oreille. Bien sûr, c'est le bruit des petites cuillers dans les verres. Et ce ne peut être qu'une main de femme qui les dispose. Viktor se lève, retraverse discrètement la salle. Une porte et, derrière, l'éclat de la vaisselle et des nappes blanches du buffet. Au comptoir, près d'un samovar gros comme une machine, une demoiselle blonde pose les cuillers dans les verres. Panache de vapeur, accueillant et chenu, du samovar. Tintinnabulement des huiliers que le garçon, d'une main alerte, distribue sur les tables. Viktor ouvre la porte vitrée et sourit à la demoiselle qui lève les sourcils en le regardant : elle l'a vu quelque part !

« *Mademoiselle**, puis-je vous demander un service ? implore Viktor, l'air empressé. Vous m'obligeriez grandement. Puis-je avoir un petit verre de thé ? C'est possible ? Vous me pardonnerez, peut-être n'est-ce pas encore l'heure ? »

La demoiselle paraît un instant confuse. Viktor sourit, les yeux humides.

« Prenez place, on va vous servir.

— Mais non, je le ferai moi-même, ne vous mettez pas en peine. »

Le verre à la main, Viktor s'installe à la table la plus proche. Il ne quitte pas des yeux les mains paisibles qui, d'un geste habituel, disposent le sucre dans les coupelles. Dehors, halètement d'une locomotive qui ulule et siffle des jurons, agaçant les vitres.

Les portes du buffet claquent, entrent des cheminots qui lorgnent l'inspecteur et avalent à la va-vite leur thé brûlant. À chaque instant, Viktor tire sa montre de sa poche. Claquement répété des portes, irruption du brouhaha et piétinements. Viktor décide de sortir dix minutes avant l'heure du train. À présent, les aiguilles de sa montre semblent s'être arrêtées et il fixe avec effroi celle des secondes : et si elles ne marchaient plus, s'il était en retard et qu'il l'eût manquée ?

Il règle ses quatre verres de thé. Dans sa tête, il sait exactement où se trouve l'aiguille des heures, les secondes s'égrènent au fond de sa conscience. Sans plus regarder l'heure, il se rue presque vers la sortie, dix minutes avant le terme. Ce même quai où Viktor a débarqué un mois et demi plus tôt le regarde aujourd'hui d'un autre œil. Son quai à lui. En hâte, Viktor inspecte tout : plaira-t-il à Grounia ? Les gens relèvent leurs cols, leurs nuques tremblent de froid, leurs pieds s'agitent pour se réchauffer. La respiration de Viktor s'accélère et il ne peut empêcher ses joues de s'enflammer. Il déambule sur le quai, comptant ses pas pour oublier le temps, mais il peut dire sans risque d'erreur combien il en reste et son sang assaille, secoue sa poitrine sans qu'il le sollicite. Soudain, tous s'approchent de la bordure du quai et fixent le lointain.

Viktor aperçoit une haute locomotive noire : à coup sûr, elle transporte Grounia ! La locomotive masque les wagons, afin que nul ne voie qui elle véhicule. Elle grandit, grandit sans ralentir l'allure, passe en grondant sous l'auvent et les fenêtres défilent devant Viktor qui, le souffle court, jette un coup d'œil à chacune d'elles. Derrière les vitres, des yeux inconnus, qui cherchent… et disparaissent. Grounia n'est pas là. Le train s'arrête doucement, s'immobilise.

La foule assiège les wagons, les porteurs se ruent à l'intérieur. À l'écart, Viktor longe le train qui déverse en noire bouillie une masse d'inconnus.

Il revient promptement sur ses pas. La foule dense, les malles, les balluchons inondent le quai, bloquant le passage. Soudain, mouvement familier parmi les têtes. Est-ce la nuque, le chapeau ou le déhanchement ? Viktor ne saurait le dire, il devine plus qu'il ne reconnaît, et il fonce, fendant la foule. Tous se retournent, effrayés, cherchant des yeux qui le policier veut interpeller. Et voici le regard épouvanté de Grounia. D'un coup de genou, Viktor renverse un balluchon, un petit chien glapit sous ses pieds et c'est la joue chaude, douce de Grounia. Viktor ne voit pas la foule partir d'un rire débonnaire et joyeux après l'alerte : les larmes l'aveuglent. Il ne dit mot, retient Grounia de toutes ses forces. Le flot les contourne. Un porteur attend, appuyé sur une malle contre le mur.

« Viens, viens ! »

Vavitch entraîne Grounia et la foule, rieuse, leur cède le passage.

Vavitch emmène Grounia au comptoir du buffet, près du samovar. Cerné par les paniers de Grounia, les yeux brillants, il s'adresse à la demoiselle :

« À présent, du café, du bon café, très, très bon », lui dit-il en se frottant les mains si fort que ses doigts craquent.

La demoiselle sourit.

« Ne prends pas de petits pâtés, mon Viktor, j'ai des gâteaux au fromage. »

La salle entend la voix mélodieuse et forte de Grounia qui adresse joyeusement un signe de connivence à la demoiselle.

En face, à une table, des gamins emmitouflés dévorent Viktor des yeux et se tournent vers leur mère pour l'interroger.

« Comme tu es chic ! » lance Grounia.

Et Viktor, imperceptiblement, rajuste sa casquette qui glissait, sans parvenir à se composer un visage : le sourire

lui étire les lèvres, lui dilate les joues. Tournant légèrement la tête, il prend enfin une pose avantageuse.

Pommes

Quand Tania a refermé la porte derrière elle, Philippe
regarde Nadienka qui, plissant légèrement les yeux, le
fixe à travers la fumée de tabac. Aussitôt, une pensée
tendue comme une courroie enserre la tête de Philippe.
Il se lève, dodeline du col et enfonce ses mains dans ses
poches. Il arpente la pièce, les yeux levés. Nadienka ne
souffle mot.

« Eh bien, mam'zelle ? dit doucement Philippe qui se
fige, les yeux rivés au plancher.

— Quoi, "mam'zelle" ? réplique Nadienka d'une voix
ferme et sonore.

— Il faut trouver une solution, poursuit Philippe
d'un ton rauque.

— Il est grand temps. »

L'intonation de Nadienka est presque hargneuse, mais
elle se fait soudain douce, précipitée, affairée.

« C'est qu'ils peuvent arriver n'importe quand, dès
demain, il faut bien se représenter la situation. » Elle
esquisse un geste plus ample que nécessaire. « On devra
leur proposer une solution, c'est-à-dire ce qu'il convient
de faire dans l'immédiat. Il faut prévoir une intervention,
vous comprenez, Philippe ? Organiser… »

Et Nadienka répète les propos qu'il tenait une demi-
heure plus tôt : organiser un meeting à l'usine, dans la
cour ou à la fonderie, à l'improviste, et donner la parole
aux clandestins.

Elle fixe sur lui un regard grave, persuasif, en continuant de parler. D'en haut, dans la fumée et l'obscurité,

Philippe la contemple : comme elle y va ! Il se demande quand il pourra placer un mot. Et Nadienka de pérorer, de chanter la même antienne sur un autre air :

« C'est le moment ou jamais d'être prêt… »

Philippe n'y tient plus.

« On trouvera des solutions à tout. Aujourd'hui même. Avec les gars. Avec Iegor. Dès que je sors d'ici, je m'en occupe. Ne vous mettez pas martel en tête. »

Elle baisse les yeux, reste coite. Nouvelle tentative, un ton au-dessous :

« Je dis simplement que tout… tout peut arriver. »

Elle se tait et ne quitte plus la table du regard. Philippe tire sur sa cigarette pour qu'elle ne s'éteigne pas. C'est alors qu'il voit que des larmes, des larmes tombent sur le papier bleu ; elles gouttent, douces amères, dans le silence, pareilles à la première petite pluie d'automne tambourinant à la vitre.

« Faire mine de rien ? s'interroge-t-il. Lui demander ce qu'elle a ? Elle se vexera. » Il n'y croit encore qu'à moitié : et si ce n'était qu'une impression ?

Léger coup à la porte qui s'ouvre et, dès le seuil, murmure angoissé d'Anna Grigorievna.

Nadienka se rejette en arrière, dans l'ombre de l'abat-jour.

« Veuillez m'excuser ! Nadienka, je vais à la pharmacie. Sanka a disparu et je ne veux pas réveiller Douniacha. Veille, ma chérie, sur notre malade. Laisse la porte ouverte.

— Permettez que j'y aille, propose Philippe avec fougue en s'approchant d'Anna Grigorievna et en esquissant un salut. Il est tard, voyons… Quelle pharmacie ?

— C'est très aimable à vous, grand merci, murmure Anna Grigorievna. Voici un rouble vingt. Dites que… »

Et elle l'accompagne dans l'entrée.

Lorsqu'elle revient, elle trouve Nadienka au chevet de Bachkine, fixant de ses grands yeux vides ce visage aux grosses lèvres desséchées. Bachkine dort, assommé par la fièvre. Ses sourcils haut levés forment un arc étonné. Sous la lumière bleutée, sa peau semble fine et laiteuse. Sa respiration est fébrile, haletante.

« Quarante virgule trois, je viens de prendre sa température, chuchote Anna Grigorievna.

— C'est affreux ! profère Nadienka, les dents serrées. Et, surtout, c'est tellement bête ! »

Anna Grigorievna lance un coup d'œil oblique à sa fille, ne dit rien et prend sur la table de nuit une fiole qu'elle approche de la lampe.

Bachkine entrouvre les yeux. Ses paupières laissent filtrer un regard aveugle et brillant.

« Il croit peut-être que je suis un rêve, songe Nadienka. Tant mieux. »

Et elle darde sur lui des yeux impérieux, ardents : exigeants. Bachkine, immobile, la fixe un instant, puis il se met à geindre, à bouger la tête. Anna Grigorievna s'empresse.

« À boire ! » dit Bachkine dans un souffle.

Nadienka bondit, saisit un verre. Elle soulève la tête en sueur du malade, colle le verre à ses lèvres.

« Pas trop », chuchote Anna Grigorievna.

Elle remarque avec quelle adresse Nadienka soutient la tête de Bachkine, avec quelle souplesse elle tient le verre. Bachkine avale plusieurs gorgées et lève les yeux. Nadia comprend qu'elle est à présent pour lui bien réelle. Il a un sourire fugace et doux. Il déglutit à vide.

« Je peux avoir une pomme ? J'ai très envie de... pommes », dit-il, souriant à son rêve enfantin.

Bref coup de sonnette à la porte. Anna Grigorievna part en trottinant.

« Je vous remercie beaucoup, entend Nadienka. Ce n'était pas fermé en bas ? »

Et la voix essoufflée de Philippe, triomphante, contente :

« Pile au moment où j'arrivais chez vous, j'entends le portier qui ferme, et la lumière s'éteint. »

Nadienka fait soudain irruption dans le vestibule, rouge, sourcils froncés, bouche entrouverte.

« Des pommes ! Allez immédiatement acheter des pommes ! Immédiatement ! »

Anna Grigorievna la regarde, interloquée, tandis qu'elle lance au visage de Philippe :

« Des pommes, immédiatement ! »

Il la contemple avec effroi. Il sonde un instant ses yeux assombris. Mais voici qu'elle tourne les talons, arrache sa pelisse de la patère, l'enfile prestement et, sans bonnet, s'élance dans l'escalier.

« Inutile, j'y vais ! » bredouille-t-elle sur le seuil.

Anna Grigorievna fourre la toque de Nadienka dans la main de Philippe et, d'un signe de tête effrayé, lui indique l'escalier plongé dans l'obscurité. Sur les marches sonores, les pas de Philippe en rafale.

Nadienka tente d'ouvrir avec sa clé la porte d'entrée. Dans la pénombre, Philippe lui tend sa toque.

« Mettez donc ça… C'est stupide… Il gèle… C'est votre mère qui le veut. Quelle imbécillité ! »

Mais Nadienka, trop pressée, se débat avec la clé.

« Je n'en ai pas besoin… Je n'ai besoin de rien. »

Du coude elle repousse le bonnet.

« Je ne vais tout de même pas le rapporter ! lance Philippe. Mettez-le, un point c'est tout ! »

Et de lui enfoncer la toque sur la tête, solidement, en l'ajustant. Soudain, Nadienka se rejette dans le coin, son dos s'affaisse et cède. Philippe entend qu'elle pleure, pleure, renifle et ravale ses larmes.

« Arrête donc ! C'est idiot, tout ça, idiot, je te jure ! bafouille-t-il en caressant la toque douce et soyeuse.

Arrête, il ne faut pas, qu'est-ce qu'il y a ? Tout va bien », lance-t-il au hasard, tandis que la tête de Nadienka s'incline sous sa main. La jeune fille enfouit son front dans l'épaule de Philippe, il sent qu'elle est secouée de sanglots.

Des pas résonnent au-dehors, des pieds grattent, secouent la neige.

« Ouvrez », chuchote Nadienka en passant sa clé à Philippe qui, en un clin d'œil, l'enfonce dans la serrure et la tourne deux fois.

Andreï Stepanovitch s'efface pour les laisser passer. Incapable de dire un mot, Nadienka salue son père de la tête.

« Tu reviens vite ? lui demande-t-il.

— Je vais juste acheter des pommes, lui crie Nadienka d'une voix théâtrale, forte et tremblée. Venez, ajoute-t-elle doucement à l'intention de Philippe.

— Pourquoi ? Laissez-moi y faire un saut, vous n'aurez qu'à m'attendre. »

En deux bonds, il traverse la rue à l'angle de laquelle une échoppe est éclairée.

Nadienka revient sur ses pas. Abandonnant son père, elle grimpe l'escalier quatre à quatre.

« Où cours-tu donc ? Il faut l'attendre », lance Andreï Stepanovitch d'une voix forte dans l'escalier vide…

« Je n'y comprends rien, dit-il plus tard dans l'entrée, en remettant un sachet de pommes à Anna Grigorievna.

— C'est pour notre malade, répond-elle, la mine grave. Nous avons un malade. »

Et, sur la pointe des pieds, elle emporte les pommes toutes froides à la cuisine.

Comme par un fait exprès, c'est la pleine lune. Pas moyen de la chasser, de l'effacer. Rien pour s'en protéger. La nuit glaciale s'est doucement figée dans le ciel. La neige fragile crisse et grince. Philippe progresse dans la neige jusqu'aux genoux, comme dans l'eau, traversant les arrière-cours et les potagers gelés. Au loin, l'aboi sonore d'un chien solitaire. Philippe franchit à plat ventre un muret crépi. Il frappe sept coups espacés à une vitre enténébrée. Une porte s'ouvre dans un léger grincement, et :

« Philippe ! »

Tabagie dans la pièce, chaises paillées en désordre. Iegor, renfrogné, ébouriffe ses cheveux gras, poivre et sel.

« Ils viennent de repartir. Ils en ont apporté trois cents. »

Et d'indiquer, du pied, le dessous du lit.

« Et alors ? interroge Philippe à mi-voix.

— Alors, alors… »

Iegor lui jette un regard courroucé.

« Alors quoi ?

— Ça marche quand même ? poursuit Philippe en maîtrisant sa voix.

— Ça marche, tout y est, sauf ce dont on a besoin.

— Quoi ? »

Iegor se tait un instant, mâchonnant sa barbe.

« Manque le cri du cœur ! Voilà ce qu'il faut. Y a tout, mais c'est comme dans les livres. Tiens, lis ! »

D'un signe de tête, il lui indique un papier sur la table, où est imprimé en caractères bien lisibles, à l'encre violette :

Camarades ouvriers ! Camarades chaudronniers !

Sachez que la grève de l'atelier de chaudronnerie a été délibérément provoquée par les forces obscures de la réaction, les capitalistes, vos patrons, et leurs fidèles chiens de garde, la police et les gendarmes ! Les provocateurs répandent des bruits, selon lesquels tous les ateliers, tous les ouvriers de l'usine considèrent les camarades chaudronniers comme les derniers des derniers et estiment que leurs malheurs laissent tous les autres indifférents. Ces rumeurs sont reprises par des camarades peu conscients, qui répètent ce que leur souffle la provocation. Les patrons et l'Okhrana savent que les ouvriers concentrent leurs forces et s'organisent pas à pas afin de rejeter, dans un commun effort, le joug de l'esclavage et d'accéder à un sort meilleur. Les hommes de l'Okhrana redoutent que les forces des ouvriers ne grandissent et ils cherchent un prétexte pour les briser avant qu'elles ne s'affermissent, pour semer la discorde, déclencher une grève dans le groupe plus faible des camarades peu conscients et, ensuite, sans pitié, réprimer, écraser, briser et piétiner la jeune pousse du mouvement prolétarien, jeter dans les geôles tsaristes ceux qui sont une menace pour le tsar et les capitalistes. Camarades ! Ne cédez pas à la provocation ! Les grévistes font le jeu des patrons et de l'Okhrana.

Vive l'union des ouvriers !

Vive l'union des prolétaires de tous les pays !

Le Comité du POSDR[1] de la ville de N.

« Tu parles d'un fils de pute ! lance Iegor quand Philippe relève la tête après sa lecture. À présent, ça va être coton pour donner le branle !

---

1. Abréviation de Parti ouvrier social-démocrate de Russie.

— On fait quoi, alors ? demande Philippe, effrayé, en quêtant le regard de Iegor.

— Comment, quoi ? Ça sert à rien d'attendre. Il faut qu'à l'aube ça circule dans toute l'usine. D'une façon ou d'une autre.

— Ça sera fait avant l'aube.

— C'est peut-être prendre des risques pour rien… » Iegor se détourne.

« Donne ! » dit Philippe et il se lève comme un ressort.

Iegor se penche, tire de dessous le lit le rouleau de tracts.

« Comment tu vas te débrouiller ? Fais gaffe ! » Il hoche la tête. « Ils ont des sbires dans tous les coins, qui gardent l'usine pire qu'une prison, c'est d'ailleurs là qu'est leur place, à ces ordures. Gare !

— Bah, je le sais bien, oiseau de malheur ! » Philippe grimace de dépit. « J'y vais !

— Bonne chance ! » marmonne Iegor en le suivant dans le couloir.

En sortant, Philippe scrute les alentours. La même nuit, le même chien qui aboie au loin.

Doux froncis de la neige sous la lune, empreintes de Philippe en gouttes noires depuis le muret. Il le franchit derechef et, mettant ses pas dans les anciennes traces, s'engage dans les terrains vagues. Il marche sans se hâter ni se retourner, et ce n'est que lorsqu'il pénètre dans l'ombre stable d'une ruelle qu'il s'arrête pour repérer les lieux. La neige blanche doucement s'alanguit et semble palpiter, respirer mollement. Philippe tourne brusquement et emprunte d'un pas vif le côté enténébré. On dirait que, dans un claquement, une lucarne se ferme en lui et ses jambes se font plus alertes. « Elle pleurait, là, sur mon épaule… » Un tressaillement s'empare de son épaule droite. Philippe se renfrogne, accélère. J'ai dit : « Ça sera fait avant l'aube. Ce le sera !… On mettra le paquet ! » Le mur de l'usine, celui qui donne sur l'étang, est complètement dans l'ombre. L'autre, vers la place, la lune l'éclabousse et l'enduit de lumière. Fedka est resté dans l'usine, il se terre quelque part, ces diables de gamins sont malins : quand on en a besoin, impossible de les dénicher, ils disparaissent comme par enchantement ! Philippe doit balancer la musique par-dessus le mur, en s'arrangeant pour que ça tombe dans le bon coin ; Fedka récupérera les tracts comme convenu. Il en distribuera, en placardera partout… « Et s'il n'est pas au rendez-vous, s'il dort, le fils de chienne ? » Philippe serre si fort les mâchoires qu'une veinule tressaute sur sa pommette. « S'il foire, le salaud, ce sera la honte, je passerai pour un idiot et un fanfaron. »

Derrière le mur de l'usine, les lampes électriques écarquillent leurs globes blancs. Philippe voit de loin s'agiter le noir petit paquet des sergents de ville et, par la ruelle, contourne la place. Dans la cour, deux chiens s'égosillent, rageurs, ils tentent d'escalader la palissade basse. En un clin d'œil, toute la rue résonne de leurs abois. Philippe s'immobilise dans l'ombre, se pétrifie, les yeux rivés au bout de la ruelle où blanchoie l'étendue neigeuse. Du coin surgissent deux silhouettes noires qui se découpent sur l'espace blanc : des sergents de ville. Une pause, puis ils avancent au beau milieu de la ruelle. Les aboiements des chiens redoublent. Masses rondes, emmitouflées, chaussées de bottes de feutre, les sergents sont à présent à vingt pas de Philippe. Il se rapproche prudemment de la palissade, se met à plat ventre, retire le rouleau qu'il serrait contre sa poitrine et le pose près de lui dans la neige.

« Au cas où, je ferai l'ivrogne », décide-t-il.

Tout à coup, un des molosses franchit la palissade et se jette sur les sergents de ville. L'autre suit. Moulinets des fourreaux de sabre, charivari. Philippe bondit, ramasse le rouleau et, d'un pas léger, avance rapidement, au ras de la palissade. Il dépasse les sergents, sans s'inquiéter de savoir s'ils le voient : son dos sent exactement où ils se trouvent, son ouïe ne peut percevoir le bruit de ses pas, couvert par les aboiements.

« Le voici, le tournant, encore cinq enjambées. »

Il ne court pas, bien que ses jambes le démangent. Il franchit calmement les derniers mètres, son épaule tamponne le mur lorsqu'il passe l'angle. Alors, seulement, il donne libre cours à ses jambes. En trois bonds, il gagne en contrebas l'étang aux rives de neige fondue, à l'eau sale et tiède exhalant un nuage de vapeur. Les brumes graves pèsent sur la surface et se baignent de clarté lunaire.

« Par la rive, file par la rive », s'aiguillonne Philippe.

La cheminée de l'usine pointe au-dessus du coteau, épouvantail noir dans le ciel obscur. « À présent, tout au bout, au bout du mur sombre ! » Il rampe prudemment, scrute de tous ses yeux le mur, véritable trou noir ; si ça se trouve, un sergent de ville y est tapi dans l'obscurité. Ou trois… Une demi-douzaine peut-être…

« Y aller directo : impossible, ils te harponneront. Ils surgiront comme s'ils sortaient du mur et… t'es cuit ! Mais le froid les fera bouger et taper des pieds. Je les entendrai, alors. » Allongé dans la neige, Philippe tend l'oreille, la respiration précipitée ; il n'a pas froid, ne sent pas son corps, il voudrait se faire plus petit pour être invisible, et il fixe obstinément le mur noir.

Le mur est muet.

Dans la ruelle, les chiens continuent de hurler et l'empêchent d'entendre. Le temps passe, Philippe a les yeux qui piquent, qui larmoient. Le mur se tait toujours. « Foncer ? » s'interroge Philippe. Un instant, sa poitrine se serre, ses jambes se raidissent. « Et si ?… Non ! »

Philippe se laisse retomber, reprend son souffle. Puis il repart à pas feutrés le long de la rive, vers l'extrémité du mur dont l'angle est plongé dans l'obscurité. Pas celui dont ils sont convenus avec Fedka, mais l'autre, sur le même mur. Philippe émerge de l'ombre ; à présent, il perçoit toute la longueur du mur, l'aplomb abrupt de l'angle. Une silhouette noire s'y dessine nettement, qui s'avance. Il est clair qu'elle vient vers lui. La voici qui atteint le fameux angle, puis disparaît. Elle a tourné et longe l'autre mur. Philippe a la tête vide, il ne sait s'il respire encore. Il entend nettement la neige crisser sous les bottes de feutre du sergent de ville. Ce dernier peut à tout moment revenir sur ses pas ; pour l'instant, il lui tourne le dos. Le laisser prendre du champ ? Mais soudain Philippe se lève et lui emboîte le pas, sept larges enjambées d'une sajène, puis petit trottinement de souris le long du mur, en direction de l'angle convenu avec Fedka. Avant même d'arriver, il balance le rouleau par-dessus le mur, c'est sa main qui commande, il ne sent pas le poids. Alors, se détournant, il dévale la pente, vers l'étang. Aussitôt, des coups de sifflet stridents déchirent l'air derrière lui, en rafale. Ils résonnent à ses oreilles comme s'ils venaient de loin, sa tête bourdonne. Il file par la rive fangeuse, visqueuse, juste au-dessus de l'eau.

Dans son dos, il entend, éructé dans un souffle effrayé et furieux :

« Halte ou je tire ! »

Philippe court encore un peu. S'arrête un instant. Reprend sa course. Un coup de feu claque comme un bouchon qui saute.

Philippe s'étend sur la mince couche de vase. Roule dans l'eau tiède. Sa vareuse se gonfle en bulle autour de lui. Il s'enfonce à reculons dans l'eau noire. Se couvrant le visage de sa chapka, il se tapit dans l'humidité boueuse.

Des pas crissent, de plus en plus proches. Philippe retient sa respiration, se raidit, seule sa tête sombre de plus en plus dans le limon.

« Tu parles d'un fils de pute ! » lance une voix rauque, essoufflée.

Ralentissement des pas.

Mais les oreilles de Philippe ne veulent rien entendre, elles ne fonctionnent plus et ses paupières se serrent à lui faire mal.

La lame

« Là ! Elle était assise, là », songe Sanka en appuyant sa main sur le siège du traîneau à côté de lui. Il se tient toujours à gauche, en retrait, comme s'ils étaient encore ensemble. « Elle vient de monter l'escalier, elle entre dans son appartement. Seule. »

Sanka la voit traverser les pièces. Sa Tania à lui, son appartement à lui aussi. À lui, oui ! Ne serait-ce qu'un peu. Un sang altier incendie sa poitrine. Il se redresse, ouvre grand sa capote. La rue déroule ses réverbères et ses fenêtres embrumées. Une lune haute est sculptée dans le ciel. Sanka ne sait que faire de son bonheur, il craint d'en renverser la coupe, la tête lui tourne.

« Tout droit ? demande le cocher.

— Oui, oui, va ! »

Et tout, tout s'accorde à l'entour – Nadienka, Aliochka, Bachkine, sa fantasque de mère –, tout forme une couronne… S'il leur disait que Tania, Tania lui a donné sa main à baiser au moment de l'adieu ! Sanka tire la rose de sa boutonnière et l'embrasse. Le vent glacé de la course fouette son visage en feu. Sanka serre plus fort le dossier du siège comme si Tanietchka[1] y était toujours accoudée, impalpable et légère.

Les maisons se font plus rares, et plus grand s'ouvre le ciel de lune.

« Je prends la nartère ?

— Va pour l'artère, fonce ! »

Sanka respire à pleins poumons l'air venu de la lune. Le trotteur file gaillardement, les patins de traîneau zig-zaguent à peine sur la neige tassée. À droite, au loin, les points blancs, brumeux des réverbères de l'usine. Halo des vapeurs opalines qu'exhale l'étang tout proche.

Un coup de revolver claque, sec comme un coup de trique.

« Arrête-toi ! Arrête ! » crie Sanka.

Le traîneau s'immobilise. Nouveau claquement, tel un coup de maillet sur une planche… Puis deux autres, à la suite.

Sanka tend l'oreille. Pas un bruit, hormis le souffle lourd du cheval.

« On tire, reprend Sanka.

— C'est plus loin, répond le cocher. Les gardiens, sans doute. Ou les gars de la fabrique qui font les andouilles.

— Prends par là. »

Sanka lui indique du geste la direction de l'usine.

« Faites excuse, vous y pensez pas, y a une bonne sajène de neige ! Où vous irez, sans route ? Même à pied, on s'enlise. On repart ?

— On revient en arrière, au pas. »

Sanka est aux aguets. Son cœur bat furieusement. Il occupe à présent le milieu du siège.

Le cocher allume une cigarette.

« C'est les gars du Faubourg qui font les andouilles au débit de boissons. La semaine passée, c'était dans le jour-

---

1. Autre diminutif affectueux de Tatiana.

nal… Vous avez lu, p't-êt'? Y en a un qu'a eu le crâne défoncé. Z'êtes pas au courant? L'en est mort. Voilà à quoi s'occupe le populo! Il se soûle la gueule… Remarquez, les messieurs aussi boivent, y a pas de mal à ça. Seulement, eux, je vous dirais, ça les rend gais et ils font pas de grabuge. On en trimballe bien qui s'endorment en route, alors on les remet aux concierges. On revient le lendemain et ils vous payent vot'dû. Même qu'ils vous refilent trois roubles de pourboire. »

Sanka ne dit rien. Le cocher jette son mégot, lance son cheval au trot. De nouveau, le vent de la course siffle aux oreilles.

Sanka guide le cocher en lui tapotant l'épaule, et les rues succèdent aux rues. Une douce crainte étreint Sanka qui, un instant, ferme les yeux : la voilà, la maison de Tania! Il en contemple les fenêtres obscures, il ne sait même pas quel étage il doit scruter : la maison tout entière, avec toutes ses fenêtres, recèle Tanietchka. Sanka regarde autour de lui, jette un dernier coup d'œil : les vitres lancent un éclair de lune blême, pareil à la lame d'un couteau dans la nuit. Alors il se rappelle, un moment, les fumées de l'incendie futur, et un frisson vient lui mordre le cœur.

« Prends à droite! » ordonne-t-il d'une voix forte, en redressant la tête.

Là, dans cette rue animée qui résonne du bruit des équipages et brille de tous les feux des restaurants, là seulement, à la lumière vive des lanternes rondes, Sanka s'aperçoit qu'il a loué un fiacre rapide, que le trotteur pommelé, au dos recouvert d'un filet bleu, a les naseaux qui fument, que les gros boutons argent sur le cafetan du cocher dessinent un élégant feston. Sans discuter le prix, Sanka est monté, en compagnie de Tania, dans le premier traîneau qu'il a vu à la porte du *Bon Caboulot*.

« Bah, je me débrouillerai bien pour payer ! » se dit-il.

Il jette un regard à la rose écarlate, rassurante, sur sa redingote. Puis il tire le cocher par la ceinture. Ce dernier immobilise son cheval. Deux lanternes chuintent près de l'entrée. Le suisse bondit pour dégrafer la couverture, mais Sanka l'a devancé. Un sergent de ville tape des pieds sur le trottoir afin de se réchauffer.

« Je te dois combien ? s'enquiert Sanka.

— C'est à vous de voir. »

Pointant sa barbe, le cocher indique le cheval en nage.

« Allons, fixe ton prix, reprend Sanka en le regardant avec impatience.

— Faut compter dans les vingt-cinq », répond le cocher, les yeux rivés aux oreilles du cheval.

Sanka tire sa liasse de billets, compte vingt-cinq roubles sur l'argent d'Aliochka. Il n'en reste plus que vingt. Sanka a un pincement au cœur, mais il doit continuer, sans perdre de temps. Il se précipite dans le vestibule. Une musique douce lui parvient de la salle et une voix éteinte, comme défraîchie, miaule au rythme de l'orchestre.

« Mirskaïa est dans la salle ? demande Sanka au portier.

— Elle est chez elle, m'sieur. Malade, je crois bien. Je peux me renseigner. »

Sanka prend dans sa poche une pièce de cinquante kopecks qu'il glisse au portier.

« Quelqu'un pour me remplacer à la porte ! lance celui-ci d'une basse profonde au pied de l'escalier. Un instant, je vous prie », ajoute-t-il en souriant à Sanka et en portant la main à la visière de sa casquette à galon.

« Impossible, impossible qu'elle ne me reçoive pas ! se répète Sanka. J'y vais ! »

Et il monte quatre à quatre l'escalier recouvert d'un tapis.

« Essayez vous-même, Madame refuse d'ouvrir, chuchote le portier. Vous savez où c'est ? Je vais vous conduire. La 35 et la 36. Merci, monsieur. »

Le suisse s'éloigne. Sanka frappe à la porte de la 36. Des voix sourdes lui parviennent. Il refrappe avec insistance, fortement. Un laquais passe, voguant sur le tapis, tenant un plateau chargé de vaisselle ; il se retourne, se démanchant le cou, et lorgne Sanka. Celui-ci tape du poing ; il est le premier surpris du scandale, du bruit qu'il provoque dans tout le couloir. Soudain, gratouillis d'une clé qui tourne prestement à la porte voisine : apparaît la tête de la femme de chambre. Elle darde sur Sanka un regard furibond par-dessous sa pointe de dentelle en bataille, et susurre dans un sifflement que Sanka n'a entendu qu'au théâtre :

« Ne faites pas de scandale, jeune homme ! Et ça se dit étudiant ! On ne force pas ainsi la porte d'une artiste ! Drôle d'individu ! crache-t-elle en refermant.

— Permettez », s'oppose Sanka.

Mais la clé tourne, vrille dans la serrure qui claque.

C'est alors que l'autre porte s'ouvre, celle sur laquelle Sanka tambourinait. En négligé de soie bariolée, Mirskaïa paraît, s'accrochant à la poignée. Elle tangue en même temps que la porte. Elle est complètement soûle. Cependant, ses yeux s'agrandissent de joie, elle regarde un instant Sanka et lance à la cantonade :

« Le petit étudiant ! Kolia ! Viens avec nous ! Comme c'est bien ! »

Elle veut faire un pas mais craint de lâcher la poignée.

« Zina, où es-tu partie ? » entend Sanka derrière la porte et l'officaillon, le même qui avait provoqué un scandale dans la salle, se montre à son tour, en chemise. Il saisit Mirskaïa par le bras.

L'offiçaillon détache de la poignée la main de Mirskaïa et l'entraîne dans la chambre. Elle continue de regarder joyeusement Sanka, lève un bras que sa manche légère et soyeuse dénude jusqu'à l'épaule. Elle pivote vers Sanka et l'étreint.

« Kolia, mon chou ! » crie-t-elle en l'enserrant de son bras plein et doux. Elle exhale de capiteux parfums, une senteur de peau fraîche.

Elle attire contre elle la tête de Sanka qui, n'y voyant goutte, trébuche. Elle se laisse choir sur le divan, tandis qu'il tombe maladroitement à ses côtés, rattrapant au vol sa casquette. L'offiçaillon tourne la clé dans la serrure.

« Avec une rose ! s'écrie Mirskaïa. C'est pour moi ? »

Elle tente de s'en saisir, Sanka s'écarte.

« Tu ne veux pas me la donner ? »

Mirskaïa se rembrunit et le regarde par en dessous : sombre menace venue du plus profond des gouffres noirs, menace qui couve, roule, s'enroule. Et lui de penser : « Tout peut arriver. Elle est prête à se jeter sur moi. »

Subitement, Mirskaïa part d'un grand rire, joyeux, madré.

« C'est elle qui te l'a donnée ! Je le sais, je le sais ! » s'écrie-t-elle en claquant des mains.

Du coin de l'œil, Sanka voit l'offiçaillon au milieu de la pièce, campé sur ses jambes grêles en bottes fortes. Il a les poings sur les hanches et balance son torse. Sanka sent qu'il voudrait parler, par deux fois déjà il l'a indiqué du geste.

« Parfait ! » dit enfin l'offiçaillon.

Sanka jette un coup d'œil dans sa direction. Sous le lampadaire rose, en chemise de couleur et col amidonné, se tient un homme d'un blond tirant sur le roux, un homme sans cils ni sourcils, dont le visage, dans cet éclairage rose, rappelle une poupée grossièrement peinte.

« Parfait ! répète-t-il, logeant un pouce sous sa bretelle. On sort de chez une dame… et on vient en visite.
Vous plairait-il que… nous fassions les présentations ? »

L'offiçaillon avance d'un pas hésitant. Ne sachant s'il
va frapper ou lui serrer la main, Sanka se lève, la main
tendue.

« Lieutenant Zagodine ! dit l'offiçaillon. Parfait.

— Il est venu avec une rose ! s'écrie Mirskaïa. Commande du champagne ! » D'une main ivre, elle cherche
la sonnette sur le mur, la trouve, y colle un doigt impérieux. « Tu rougis ? ajoute-t-elle en tirant Sanka par la
manche. Viens que je t'embrasse ! » Elle l'attire à elle, se
plaque contre lui et l'embrasse à pleine bouche.

Le laquais frappe à la porte. L'offiçaillon lui ouvre.

« Du demi-sec ! crie Mirskaïa. À ton bonheur…
buvons ! » De nouveau, elle enlace Sanka. « Kolia, mon
grand bêta !

— Sanka, corrige-t-il.

— Ça te plaît mieux ? dit-elle avec tristesse. Comme
tu voudras, c'est toi qu'on fête. Seulement, faut pas que
tu joues : heureux en amour, malheureux au jeu. J'avais
prévenu Lionka : si tu joues, je ne t'aimerai plus ! Et il y
est allé quand même, le salaud ! Quand il est parti, j'ai
craché pour lui porter la poisse, mais il a gagné ! Sept
cents roubles, à ce qu'il raconte. Il ment, il me cache
quelque chose… ou bien il bluffe. Avoue, Lionka,
combien ? »

Le laquais refrappe discrètement et se décide à entrer.
Il pose sur la table recouverte d'un tapis, par-dessus les
cartes éparpillées, un seau de melchior. Titubations de la
petite tête capricieuse et dorée de la bouteille. Sanka sort
dix roubles et les jette sur la table.

« Ça fait douze roubles », glisse sévèrement le laquais.

Vogue la galère : Sanka fourre cinq roubles supplé-
mentaires dans la main du laquais. Il ne lui en reste plus

que quatre et demi. Tout est consommé. Il s'efforce de sourire. Il voudrait boire au plus vite, mais l'offiçaillon examine la bouteille, puis la remet dans la glace.

« Je l'aime bien frappé. »

Tambourinement de ses ongles sur le seau.

Mirskaïa regarde Sanka et, l'air alarmé soudain, le secoue par l'épaule.

« Qu'est-ce que tu rumines ? Hein, gros bêta ? Tout ira bien. Tiens, je vais te tirer les cartes. Allez, on débarrasse ! » Et de ratisser le jeu étalé sur la table. « Tu m'obliges à redescendre sur terre, déclare-t-elle.

— En effet ! coupe l'offiçaillon, volant au secours de Mirskaïa. C'est vrai, quoi, vous êtes là comme une potiche, à gâcher la fête ! À quoi ça rime, je vous le demande ! On a eu une sale note à l'école, c'est ça ? »

Sanka s'empourpre.

« Excusez-moi, vous êtes ivre ou simplement… crétin ? »

Ce mot de « crétin », il le détache d'un coup de dent, puis il se lève, la mâchoire tremblante.

« Quoi, qu'est-ce que tu-u-u… as dit ? »

L'offiçaillon se dresse, papillotant de ses paupières rousses.

Mirskaïa abandonne les cartes, se rejette contre le dossier du divan et rit, pleure de rire, les yeux au ciel. À la tenture de la porte surgit la tête de la femme de chambre.

« Retire… retire tes paroles ! » perçoit Sanka à travers le rire de Mirskaïa. De plus en plus cramoisi, il ne dit mot.

L'offiçaillon darde sur lui ses yeux clignotants, tandis que sa main se glisse dans sa poche.

« Lui flanquer mon poing dans la gueule ? » se demande Sanka et il sent qu'il ne contrôle plus son bras.

D'un mouvement félin, l'offiçaillon sort un browning qu'il lève lentement.

« Retire tes paroles… »

Déjà, Sanka a le bras prêt à la détente, quand quelqu'un le lui agrippe soudain et pèse de tout son poids. C'est Mirskaïa qui, tel un chat, l'a saisi à la volée. Elle le serre contre sa poitrine et rit silencieusement.

« Pose-moi ça, Lionka ! Pose ! » murmure-t-elle sans cesser de rire. Elle plaque un baiser sonore sur la main de Sanka, comme sur la joue d'un enfant. Elle embrasse sa paume, y appuie son visage. « Pose ! hurle-t-elle lorsque l'officaillon veut rengainer son arme.

— Les désirs de notre hôtesse… sont des ordres, marmonne-t-il en déposant le browning sur la table.

— Kouzminichna, débarrasse ça ! » crie Mirskaïa.

La femme de chambre se rencogne dans la portière.

« T'as peur ? » braille Mirskaïa qui se saisit du revolver et le balance dans un coin.

L'officaillon se détourne et rajuste sa redingote.

Mirskaïa se lève et, d'un pas assuré, traverse la pièce pour rejoindre l'officaillon qui, sans hâte, boutonne son habit devant le miroir.

Haletant, Sanka se perd dans la contemplation des motifs du tapis. Mirskaïa chuchote à l'oreille de l'officaillon.

« C'est bien pour me plier aux ordres de mon hôtesse, répond celui-ci en revenant vers la table au bras de Mirskaïa.

— Débouche la bouteille ! » ordonne-t-elle.

Le lieutenant s'exécute.

« Buvez… en frères, pour faire la paix ! crie Mirskaïa. Fraternisation immédiate !

— Les désirs de mon hôtesse…, bougonne l'officaillon qui, la coupe à la main, enroule son bras autour de celui de Sanka[1]. Écoute : t'es un type bien », ajoute-t-il en lui donnant une bourrade.

---

1. Rite de fraternisation emprunté par les Russes aux Allemands.

Dans la chambre voisine, une voix de femme glapit une chanson.

« Elle a une voix de crieuse de journaux, ricane Mirskaïa, de nouveau grisée. Qu'est-ce que t'as à regarder mes mains ? lance-t-elle à Sanka. Elles sont blanches, hein ? C'est parce que ma mère trayait les vaches. Quant à mon père... Tous les hommes sont des salauds... Et les bonnes femmes, des traînées... Il reste du champagne ?

— Les désirs de mon hôtesse... », répète l'offiçaillon.

Il retourne la bouteille d'où s'écoulent quelques gouttes.

« Mes désirs sont des ordres ? » Mirskaïa, ivre, plisse les yeux, adressant un clin d'œil à Sanka. « Des ordres ? Donne-moi cent roubles. Tout de suite !

— Vo-o-lontiers... vo-o-lontiers... », répond l'offiçaillon en fouillant dans la poche intérieure de sa redingote.

Mirskaïa se penche, appuyant sa tête embrumée contre la table, s'ingéniant à glisser dans son bas un billet de banque.

« C'est à elle qu'il faut demander cinquante roubles, songe Sanka. Je la rembourserai, bien sûr. Je pourrai au moins envoyer l'argent demain, à la première heure. »

Le claquement sec des coups de feu près de l'usine lui revient soudain en mémoire, ainsi que les paroles de Karnaoukh sur l'incendie à venir. Les yeux clos, Mirskaïa sourit. Sans un mot, l'offiçaillon bat les cartes et en tire une au hasard.

« Toujours rien à boire ? » s'enquiert Mirskaïa comme endormie.

Sanka lui verse du champagne de sa coupe et les verres tintent.

« On dirait un baiser, dit Mirskaïa dans son rêve. Qui est-ce ? » Elle ouvre les yeux. « Ah, c'est toi ! On se croirait à Noël. » Elle ferme de nouveau les yeux et, un sourire béat aux lèvres, sirote en tenant sa coupe à deux mains.

« J'y vais », déclare Sanka sur un ton qui le surprend lui-même, un ton décidé et courroucé.

L'offiçaillon lève les yeux au ciel. Éclat roux du regard. Mirskaïa détache vivement la coupe de ses lèvres et lance un coup d'œil alarmé à Sanka, comme si le tocsin retentissait soudain.

Sanka enfile sa capote.

Mirskaïa le suit jusqu'aux portes, sans lâcher son bras qu'elle presse et tire vers le bas. Elle le contemple de ses yeux ivres, brillants, de bon gros chien. Elle ne dit rien et, titubant, marche du même pas dans le couloir.

« Si je lui demandais ? » songe Sanka qui s'arrête un instant. Mirskaïa s'évertue toujours à le regarder dans les yeux. Elle a un brusque froncement de sourcils et se penche, pesant lourdement au bras de Sanka. Peur et joie mêlées, souffle glacé qui le transit : Sanka n'esquisse pas un geste pour empêcher Mirskaïa de fourrager dans son bas. Il glisse un regard cauteleux vers les profondeurs du couloir.

« Tiens », dit Mirskaïa dans un murmure étouffé. Ses yeux noirs le fixent, pesants, dévoués, et se voilent de larmes.

Le bras s'immobilise. « N'accepte pas ! » se répète intérieurement Sanka, mais sa main se tend d'elle-même et prend. Mirskaïa se penche sur la main de Sanka et l'embrasse.

« Va, va, ne me raccompagne pas, mon petit Sanka, murmure-t-elle en le poussant doucement. Va, que Dieu te garde ! »

Sanka dévale l'escalier, se hâtant d'emporter au loin sa tête en feu.

La confiture de plaquebière

Dans le premier traîneau, la montagne des paniers; dans le second, Vavitch, avec Grounia qui porte, sur ses genoux, un carton à chapeaux. Viktor l'emmène chez sa tante, une cousine du gardien Sorokine. C'est une petite bonne femme qui a passé la cinquantaine. Sur l'injonction de Grounia, Viktor lui a rendu visite par deux fois. Elle l'a reçu, chaussée de bottes de feutre et coiffée d'un fichu noir. Elle a réservé un accueil flatteur à l'inspecteur de quartier, frottant d'une main sèche sa jupe et les manches de son corsage de futaine.

« Quand on est dans le duvet, la plume, vous savez, on s'en met partout! Ça colle, me v'là faite comme une poule! À ce train-là, je vais finir par pondre des œufs. »

La vieille femme vend de la plume et des coussins.

Vavitch montre la ville à Grounia.

« Tiens, voici l'hôtel. L'hôtel des riches. Des Juifs, pour la plupart. Regarde comme c'est bien : t'as vu ces rideaux? »

Grounia jette un coup d'œil distrait aux fenêtres et se penche de nouveau pour surveiller ses paniers dans l'autre traîneau.

« Et ça, c'est la demeure du chef de la police », lui susurre Viktor à l'oreille. Il prend une mine grave, presque sévère, et lâche la taille de Grounia. « Son épouse est une femme remarquable, poursuit-il quand ils ont dépassé la maison. Une reine! Et sa calèche! Un jour, ses chevaux se sont emballés. Je me suis précipité, hop! J'ai saisi la bride! Une histoire incroyable!

— C'est Varvara Andreïevna? » s'enquiert Grounia.

De surprise, Viktor se rejette en arrière et lui lance un regard affolé.

« Le commissaire m'en a parlé, opine Grounia. Oh, doucement, doucement ! crie-t-elle, prête à bondir, au cocher du premier traîneau.

— Doucement, espèce de butor ! hurle Vavitch. C'est une vraie chienlit, à présent ! ajoute-t-il en serrant plus fort la taille de Grounia.

— Elle aime la confiture de plaquebière, je le sais. » Et Grounia hoche rêveusement la tête.

« À droite, à droite, là où il y a l'enseigne ! » braille Viktor, fronçant de nouveau sévèrement les sourcils.

Grounia lui jette un regard oblique. Sans hâte, elle prend la main qu'il lui tend et descend du traîneau.

Sur la façade d'une maison basse, une enseigne noire aux lettres bleu clair :

N. PIGEONNOVA
PLUMES ET DUVET

Derrière la porte vitrée, la vieille femme rajuste prestement son fichu noir. Viktor regarde sa montre.

« Va, va, ne te mets pas en retard, dit Grounia. Je me débrouillerai. »

Il se fait tard, en effet. La vieille femme, embobelinée dans son manteau, se montre à la porte dont la clochette tintinnabule.

« Décharge les bagages de la dame ! » crie Viktor au cocher. Puis, se penchant vers elle : « Ensuite, ma petite Grounia, on ira chez nous, je te montrerai les parquets, tout est refait à neuf, c'est superbe ! » Il plisse les yeux et branle du chef. Soudain, lorgnant le cocher, il se renfrogne. « Hé, toi, ne t'endors pas !… Pardonnez-moi, le service m'appelle », ajoute-t-il en saluant la Pigeonnova.

Il remonte dans le traîneau, s'installe confortablement, majestueusement, à croire qu'il a brusquement pris un bon poud et demi supplémentaire.

« Au galop ! À Saint-Pierre-et-Saint-Paul ! »

Le cocher se lève et tire les rênes. Il entend derrière lui la vieille psalmodier :

« Ah, ma toute belle ! Ah, je ne sais plus où… Dans la cour, entre dans la cour ! » lance-t-elle, grincheuse, au cocher qui transporte les bagages.

Viktor se retourne : les paniers lui masquent la vieille et Grounia.

Grounia se change, elle fait un brin de toilette dans une petite pièce basse, l'arrière-boutique.

« J'ai bu du café, je n'ai besoin de rien, Natalia Ivanovna », dit-elle dans un clapotis d'eau.

La vieille l'examine d'un œil inquisiteur, la scrute sous tous les angles, palpe du regard sa lingerie onduleuse.

« On en a du tintouin, avec les affaires ! Les youpins, pour eux, ça marche, on n'a pas de répit ! C'est bien vrai, ce qu'on dit : on finira par leur laisser toutes nos plumes ! Les Juifs, crois-moi… Tu veux aller à l'église ? chantonne la vieille. Eh bien, va, va, ma chérie, quand il faut, il faut ! Et ça, c'est quoi ? Un seau ? C'est lourd, fait-elle en prenant le bras de Grounia pour soupeser.

— Le chemin le plus court, c'est par où ? » s'enquiert Grounia.

Elle est là, toute fraîche, dans sa plus belle robe rose à la ceinture ponceau, et ses courtes manches roses font paraître ses bras roses plus roses encore.

Grounia se rend effectivement à l'église, elle s'agenouille un instant au beau milieu du temple désert. Elle fait trois enclins, cherche l'icône de la Vierge, la baise, puis repart d'un pas alerte et sonore. Une mendiante pousse la lourde porte de son corps guenilleux. Grounia fouille dans ses poches et lui donne une pièce de cinq kopecks. Après une hésitation, elle ajoute trois kopecks.

Elle hèle un fiacre, s'installe, posant à ses pieds le pesant colis dont elle s'est chargée.

À l'aide d'un petit arrosoir, la femme du chef de la police arrose ses fleurs. Elle a ses préférées. Elle aime les plus chétives et leur donne plus d'eau.

« Buvez, mes chéries, buvez », dit-elle doucement, tandis que sa main replète joue de l'arrosoir.

Elle porte une robe d'intérieur verte et une résille de dentelle : hier, elle s'est lavé les cheveux.

Dans le buffet ouvragé, la vaisselle tinte au rythme de ses pas. Un soleil d'hiver dessine des carrés rouges sur les rideaux paille. Varvara Andreïevna s'abîme dans la contemplation de sa main potelée où, sur son petit doigt relevé, flamboie un rubis : l'arrosoir s'immobilise et un filet d'eau coule sans bruit sur le tapis.

Martèlement de talons, entre la soubrette.

« Votre Excellence, y en a une qui vous demande… » L'épouse du chef de la police exige qu'on lui donne du « Votre Excellence », bien que son mari ne soit que capitaine. « Quels sont vos ordres, Votre Excellence ?

— Une dame ? »

Varvara Andreïevna se redresse et regarde la pendule.

« J'saurais pas dire… » La femme de chambre hésite. « Une dame, j'crois bien, seulement, elle insiste. Elle est pas d'ici. Elle a quelque chose à vous remettre… J'sais pas. J'ai dit que…

— Va, je sonnerai. »

Varvara Andreïevna pose l'arrosoir sur la table.

Sur la pointe des pieds, retenant les pans de sa robe, le petit doigt toujours en l'air, elle s'approche furtivement de la porte, l'entrouvre sans bruit et coule un regard dans l'entrebâillement de la tenture.

« Totalement inconnue, songe-t-elle en examinant Grounia. Visiblement quelqu'un de peu. »

Varvara Andreïevna trouve plaisant d'observer cette jeune fille, là, à trois pas, qui se croit seule dans l'antichambre, à attendre. Voyez comme son souffle se précipite ! Voyez comme elle rougit ! Elle regarde droit vers la porte. Et Varvara Andreïevna a un sourire satisfait.

« Je vous ai vue ! Je vous ai vue ! s'écrie soudain Grounia dont le visage fond en un large sourire. Bonjour, madame ! »

Elle marche vers la tenture.

Varvara Andreïevna se rejette en arrière, mais, déjà, Grounia passe la tête et tend la main : « Bonjour ! » répète-t-elle gaiement.

Varvara Andreïevna veut se rembrunir ; toutefois, il lui semble plus judicieux de tourner l'affaire à la plaisanterie et elle serre la main de Grounia.

« Je crois vous reconnaître… », dit-elle en s'empourprant.

Elle s'amuse de s'être fait prendre.

« Impossible, impossible ! Je suis Grounia Sorokine, la fille du gardien de prison », réplique Grounia d'une voix forte.

Elle est au milieu du salon, sur le tapis, en pelisse et chapeau. Dans sa cage, le perroquet se déchaîne et Grounia entend mal la réponse de Varvara Andreïevna.

« Oui, oui, tout de suite ! Vous avez raison… Garder sa pelisse… »

Et Grounia se hâte de retirer son manteau dans l'entrée.

« Nastia, aide-la ! » enjoint Varvara Andreïevna, couvrant les cris du perroquet et désignant Grounia.

Nastia rattrape la pelisse.

Grounia ramasse son paquet et emboîte le pas à l'épouse du chef de la police.

« Ça, c'est pour la salle à manger, hurle-t-elle à l'oreille de la maîtresse de maison.

— Oui… Ici on ne s'entend plus. »

Et, prenant Grounia par la main, Varvara Andreïevna gagne la salle à manger.

« Qu'est-ce qu'elle est drôle, toute rose ! songe la femme du chef de la police. Quand je le raconterai… » Elle claque bruyamment la porte au nez du perroquet. « Pourquoi cette visite, ma chère ? » demande-t-elle, incapable de prendre un air sévère.

Grounia examine les lieux : la nappe blanche, l'arrosoir…

« Un plateau, donnez-moi un plateau, le plus grand que vous ayez. Je vous ai apporté quelque chose…

— Comment cela, un plateau ? s'étonne Varvara Andreïevna.

— Eh bien, un plateau, un simple plateau, sinon ça va couler. »

Varvara Andreïevna éclate de rire, court, légère, vers le buffet, saisit un grand plateau brillant qu'elle place sur la table.

« Devinez ce que j'ai là ! »

Grounia pose son lourd paquet qu'elle recouvre de sa main ouverte. Elle regarde joyeusement Varvara Andreïevna droit dans les yeux.

« C'est sacrément bon ! À présent, il me faut un pot et une cuiller. » Elle entreprend d'enlever le papier journal maculé pendant le voyage. « Je le jette où, où ? » Et de courir elle-même le fourrer dans le poêle.

Varvara Andreïevna se précipite à l'office et revient en toute hâte, munie d'un bocal.

« Vous l'avez rincé ? » demande Grounia qui, avec la cuiller, commence à le remplir de confiture.

Elle fait tomber cuillerée après cuillerée, en jetant des coups d'œil à Varvara Andreïevna.

« C'est un délice ! » répète-t-elle.

De son petit doigt au rubis, Varvara Andreïevna récupère un peu de confiture sous la cuiller et s'en pourlèche.

« Alors ? demande Grounia.

— Comme c'est amusant ! répond l'autre en éclatant de rire, aussitôt imitée par Grounia.

— Et ça, je le garde pour Vitia, dit gravement Grounia une fois le pot rempli.

— Quel Vitia ? s'enquiert, toujours en riant, l'épouse du chef de la police.

— Viktor Vavitch. Mon fiancé. Il est inspecteur de quartier, à présent. Il en raffole, poursuit-elle, rêveuse. Il aime beaucoup la confiture de plaquebière.

— Il est beau ? demande Varvara Andreïevna.

— Un peu qu'il est beau, il est tellement chic maintenant ! répond Grounia comme en aparté, tout en empaquetant avec soin son pot de grès.

— Quel Vavitch ? Je n'en ai pas entendu parler. » La maîtresse des lieux s'assied et, d'en bas, souriante, scrute Grounia. « Il est dans quel commissariat ? C'est un brun ? Et il est très amoureux de vous ? Prenez place. Rappelez-moi donc votre nom, babille-t-elle. Laissez votre paquet, vous finirez plus tard ! Qui vous a dit pour la confiture ? Que vous êtes drôle… ou plutôt, charmante ! » Elle saisit et presse les doigts de Grounia. « Vous l'aimez très fort ? poursuit-elle en plissant les yeux. Il est grand ? Présentez-le-moi, qu'il vienne sans faute, sans faute ! Je vais fumer un peu, mais n'en soufflez mot à personne. » L'épouse du chef de la police sort un petit étui en écaille de tortue et allume une cigarette toute fine. « Allons, racontez-moi comme il vous aime. » Et, en se trémoussant, elle rapproche sa chaise. « Sans doute, il adore vous embrasser ? » Elle fixe les joues de Grounia et l'échancrure de son corsage. « Pourquoi me regardez-vous ainsi ? Vous n'allez pas me faire croire qu'il ne vous a jamais embrassée ? Eh bien, racontez ! » Et Varvara Andreïevna de pointer un doigt sur le coude potelé de Grounia.

Entre la soubrette en robe noire, une petite coiffe blanche sur ses cheveux.

« Votre Excellence, on vous demande au téléphone ! C'est Adrian Alexandrovitch. »

L'épouse du chef de la police bondit. La chaise brutalement repoussée émet un grognement.

« Je file, adieu, ma chérie ! » lance, le souffle court, Varvara Andreïevna en tendant à Grounia une main négligente. Celle-ci se redresse mollement, présente une joue sur laquelle l'épouse du chef de la police dépose un baiser hâtif. Varvara Andreïevna s'arrête sur le seuil, se tourne à demi et, avec un geste de sa petite main, profère, une moue dégoûtée aux lèvres : « Changez-moi cette ceinture ! Elle est impossible ! »

État critique

« Moi, moi ! Je la lui donnerai moi-même ! » crie presque Nadienka en voyant que sa mère s'apprête à peler une pomme pour Bachkine. Anna Grigorievna regarde sa fille dont la mâchoire tremble, secouée de petits soubresauts, et dont les lèvres serrées réduisent la bouche à une fente, un trait. Nadienka épluche et tourne la pomme entre ses doigts vifs, hargneux.

« Le docteur a dit que c'est le moment critique », chuchote Anna Grigorievna.

Nadienka opine et fronce les sourcils. La tête de Bachkine s'agite sur l'oreiller, ses grosses lèvres desséchées bougent, Nadienka y glisse précautionneusement un fin morceau de pomme.

Bachkine l'ingurgite, ouvre les yeux et Nadienka s'aperçoit qu'il a repris conscience et qu'il la voit. « Quels bons yeux clairs il a ! se dit-elle. Des yeux d'enfant sans défense. »

Bachkine a un sourire.

« Encore ! Je peux ? prononce-t-il distinctement. S'il vous plaît ! »

Et Nadienka s'empresse de lui donner un autre morceau. Bachkine se tourne sur le flanc, en chien de fusil, ses mains jointes sous sa joue ; ses genoux pointent sous la couverture en piqué. Il ferme béatement les yeux, les sourcils naïvement haussés. Nadienka se relève sans bruit et, de ses doigts délicats, remonte la couverture.

Près de la fenêtre, Anna Grigorievna heurte le paravent. Nadienka a un geste agacé, elle se retourne, adresse une grimace courroucée à la pénombre bleu nuit où se profile l'ombre maternelle. Celle-ci s'esquive sur la pointe des pieds.

Nadienka reste seule au chevet de Bachkine. Elle a pris place dans le fauteuil bas de sa mère, les coudes sur les genoux, serrant entre ses mains ses joues en feu.

« Laissez-moi y faire un saut ! Vous n'aurez qu'à m'attendre. » En deux bonds, il était parti. Elle se remémore la joie qui portait Philippe, tandis qu'il traversait la rue vers l'échoppe. Elle sent sur sa tête la petite toque de fourrure et la main de Philippe, sa caresse. La caresse d'une main d'homme, pesante. Furibonde, elle secoue la tête. Ce dépit dans sa voix, quand il a dit : « On trouvera des solutions. Ne vous mettez pas martel en tête. » C'est-à-dire : des solutions, sans vous. « Parfait ! » murmure Nadienka, serrant de toutes ses forces son menton entre ses mains. Et elle revoit celles, fines, de Tania se posant sur les tempes de Philippe.

« Ils n'ont pas besoin de moi, eh bien tant pis ! » décrète-t-elle mentalement avec rage. Elle a les yeux rivés au tapis semé de paisibles motifs. Tout est calme, sur la table de nuit la pendulette égrène son tic-tac. Le souffle de Nadienka s'accélère. Elle ne s'aperçoit pas qu'elle pleure, qu'elle verse en silence des larmes parcimonieuses, âpres. Friselis des dessins du tapis, brouillés par ses pleurs. Et cela devient plus poignant, elle se sent plus pitoyable encore, à croire qu'elle tient, appliquée sur son corps, une plaque de fonte glacée, qu'elle la serre de plus en plus, augmentant la pression, la douleur et le froid. Elle ne voit pas entrer doucement sa mère qui, à l'affaissement de ses épaules, devine son chagrin. Anna Grigorievna pose délicatement une main sur la tête de sa fille qui se raidit, sursaute, secoue la tête. Anna Grigorievna aperçoit les larmes, se détourne et va s'asseoir dans l'ombre sur son sofa.

« Il est vraiment malheureux, souffle-t-elle, songeuse, après un silence. Je disais, reprend-elle d'un ton plus vif, il est vraiment malheureux... Mais cela passera, ne t'inquiète pas, Bruhn pense qu'il y a de l'espoir.

— Ce n'est pas l'heure de son remède ? » demande sèchement Nadienka qui se lève à demi pour jeter un coup d'œil à la pendulette.

Elle abaisse son regard sur Bachkine docilement endormi, tel un enfant, les sourcils haussés.

« Va donc te coucher, maman, lance-t-elle d'un ton docte, impatient. Prends ma chambre. À quoi ça sert d'être deux à veiller ? »

Elle secoue le thermomètre, répétant à chaque geste : « Eh bien tant pis !... Tant pis ! » Elle ouvre délicatement la chemise de Bachkine. Se mettant à genoux, elle lui prend le coude pour soulever son bras maigre, léger, et place le thermomètre sous son aisselle. Ce n'est qu'en refermant le vêtement qu'elle remarque, sur sa poitrine, un hématome violacé.

« Mon Dieu ! s'exclame-t-elle dans un murmure. Tu as vu ? Tu as vu ? »

Et de tourner un visage effrayé vers sa mère.

« Oui, il a été roué de coups. Impossible d'en savoir plus. Ne le dérange pas », répond mystérieusement Anna Grigorievna, quittant aussitôt la pièce.

Nadienka reste agenouillée sur la descente de lit. Elle sent sur sa main le souffle régulier, paisible de Bachkine et demeure ainsi, se réjouissant qu'il n'y ait personne d'autre dans la chambre. Avec une attention redoublée, elle veille à ce que le thermomètre ne glisse pas. Dans cette position, elle attend dix minutes avant de le retirer, puis elle effleure la main de Bachkine.

Il se réveille et, de ses yeux attendris, dévoués, fixe le visage de Nadienka juste au-dessus de lui. Il abaisse un instant ses paupières, la contemple de nouveau et Nadienka croit apercevoir des larmes. De sa main, il recouvre doucement celle de Nadienka et, comme à demi conscient, referme les yeux. De sa main libre, Nadienka enlève le thermomètre : 36,8 ! Elle le repose sur la table de nuit, allongeant le bras, sans changer de pose, afin de ne pas bouger la main que tient toujours Bachkine.

Une clé piaule à la grande porte et la serrure de sûreté claque. Nadienka dégage précautionneusement sa main et se relève sans bruit. Bachkine geint doucement. Mais peut-être n'est-ce qu'un gros soupir. Nadienka s'assied dans le fauteuil. Elle entend Sanka se dévêtir dans l'entrée, la visière de sa casquette cogner contre la table. Elle l'entend ensuite venir à pas de loup jusqu'à la porte. Elle le sent, dans son dos, qui regarde, et se retourne, courroucée.

« Pourquoi tu t'occupes de cette sale bête ? s'enquiert Sanka, l'air un peu égaré.

— Tu ferais mieux de te taire ! murmure Nadienka. On t'avait demandé de passer à la pharmacie… »

Sanka hausse les sourcils et lève le nez.

« Il y a ici un malade dans un état critique, sans connaissance ! On peut peut-être, de temps en temps, penser aux autres ?

— Vois-tu… » Sanka avance d'un pas. « La belle affaire ! »

Il s'anime, porte la main à son oreille : la rose balance faiblement sa tête flétrie au bout de sa tige morte.

Nadienka se détourne avec mépris.

« Vois-tu, reprend Sanka en se penchant vers elle, à l'usine de mécanique, il y a eu des coups de feu. J'en ai entendu une demi-douzaine. Je voulais y aller, tu comprends, mais… pas moyen. De la neige haut comme ça : jusqu'à la poitrine. » Par deux fois, il signe rageusement ses paroles en griffant sa redingote d'une épaule à l'autre. « Haut comme ça !

— Chut ! Je t'en prie, dit sévèrement Nadienka en lui jetant un regard impatienté.

— Va au diable ! » réplique-t-il hargneusement.

Puis, renfrogné, il marche bruyamment vers la porte.

« C'était quand ? » interroge soudain Nadienka d'une voix précipitée.

Son frère est déjà sur le seuil.

« J'en sais rien, crénom de nom ! » lâche-t-il méchamment en regagnant ses pénates.

La noce est pour demain

Pas un bruit dans l'appartement. Les stores blancs laissent filtrer une douce lumière. Bachkine écoute et, à travers le faible bourdonnement de ses oreilles, ne perçoit que le diligent tic-tac de la pendulette sur la table de marbre. Sa tête est agréablement vide, lui-même se sent léger, comme tissé de fil.

Il promène autour de lui un regard précautionneux. Nadienka dort, en chien de fusil, sur le sofa. Sa jupe marron est un peu relevée, découvrant une frange de dentelle sur son bas noir. Ingénuité enfantine du motif blanc. La tête de Nadienka repose sur sa poitrine, sur le coussin dur du divan ; dans son sommeil elle serre dans son poing le bout du ruban noué sous son col.

Bachkine prend comme repère un point sur la tapisserie pour suivre la respiration de Nadienka, observer son épaule qui se soulève. Une épaule qui vit, qui bouge. Il peut contempler la jeune fille tout à loisir et il la dévore du regard, cependant qu'elle demeure étendue devant lui, paupières closes.

Il en vient à se dire qu'elle ne dort pas, qu'elle garde simplement les yeux fermés et sait qu'il la regarde. Alors ses yeux embrassent la dentelle, l'épaule, les cheveux. Et il a l'impression de la posséder, tandis qu'elle reste docilement, servilement couchée. Il plisse les yeux, les ferme pour les rouvrir soudain tout grands.

« Je n'ai qu'à l'appeler et elle viendra. Elle se postera près de moi… Je n'ai qu'à dire : "Nadienka !" »

« Nadienka ! lâche Bachkine dans un souffle. Nadienka ! »

Une humble lassitude sommeille sur le visage de la jeune fille. Son col, sa cravate, son petit soulier au bout rond et au talon bas le fixent brusquement, tous ensemble, comme détachés de Nadienka, comme s'ils ne lui appartenaient pas. Une fillette en uniforme d'orpheline, qu'on a privée de repas et qui, après avoir pleuré toutes les larmes de son corps, s'est endormie. « Des pleurs d'orpheline, se dit Bachkine. Ni railleuse ni sévère, murmure-t-il en balançant sa tête sur l'oreiller, non, non… Normale… Simple, comme moi. Oui ! »

Il parle ainsi qu'on le fait dans un semi-délire. Il écoute sa propre voix et y croit. « Je n'ai qu'à l'ap-pe-ler ! »

« Nadienka ! » lance-t-il presque à voix haute et, à tout hasard, il ferme les yeux. À travers ses paupières mi-closes, il la voit qui se soulève sur un coude et papillote des yeux. Il ferme les siens. Sa tête sombre d'elle-même avec bonheur dans l'inconscience, mais sa respiration se précipite. Il entend Nadienka se lever doucement et s'approcher sur la pointe des pieds. Elle est là. Ses jupes froufroutent, elle s'agenouille à son chevet. À travers ses paupières closes, il voit qu'elle le regarde.

« Pourquoi ?… Pourquoi ? » gémit-il comme en délire. Un délire auquel il croit presque. Nadienka lui dégage délicatement le front qu'elle effleure d'une main légère pour vérifier sa fièvre.

« Lui dire, tout lui dire ! songe Bachkine. Alors, de sa jolie main, elle effacera tout, tendrement, simplement. Nous sommes tous deux des malheureux. » Picotement des larmes. « Mon Dieu ! soupire-t-il. Pour quelle raison… m'ont-ils tourmenté ?… »

Il fait osciller sa tête comme en rêve. Si faiblement, si naturellement qu'il finit par se convaincre que c'est ainsi qu'on délire.

« Que leur ai-je fait ? » geint-il.

C'est un cri du cœur, de douleur, d'abattement. Puis Bachkine se fige.

Nadienka pose une main précautionneuse sur sa nuque qu'elle soutient délicatement. Il sent que de cette main déferle une vague chaude de bonheur, qui le parcourt de la tête aux pieds. Il ne bouge pas, ne respire plus. Nadienka entreprend de la retirer doucement. Bachkine renverse la tête en arrière et, d'une main sûre, saisit au vol celle de Nadienka. Il la saisit de sa main moite, la serre, l'attire à ses lèvres et l'embrasse, comme s'il y étanchait sa soif. Il la retourne et en baise la paume, les doigts. Nadienka lui oppose une faible résistance, dans un mol abandon, à croire que sa main a sa vie, sa respiration propres. Bachkine retient cette menotte charmante, docile et coquette, la presse, y pose sa tête, y colle convulsivement, plein d'ivresse, sa joue hirsute. Et la petite main demeure là, qui semble respirer tendrement.

Il serre les paupières avec force, imprime à sa tête un léger tremblement.

« Qu'avez-vous ?… Qu'avez-vous donc ? répète mécaniquement Nadienka.

— Ma chérie ! Ma pauvre ! Ma bonne ! dit Bachkine avec frénésie, détachant les mots à travers ses mâchoires crispées. Je suis le… plus abominable des hommes. Le pire de tous, Nadienka. Pire que Judas. Judas, vous connaissez ? »

Il la regarde soudain de tous ses yeux, dans un mouvement d'exaltation.

Bouche bée, toute rouge, Nadienka le fixe, les yeux écarquillés pour ne rien laisser échapper.

Son regard s'abaisse discrètement sur le torse découvert de Bachkine, sur ses plaies pourpres, et elle s'enquiert muettement, presque mentalement :

« Qu'est-ce que c'est ?

— Ils m'ont battu, battu sans relâche, sanglote Bachkine, mais je me vengerai, je vous le dis, Nadienka, à vous et à personne, personne d'autre ! »

Il fronce les sourcils et secoue la tête.

« Qui ? Pourquoi ? » murmure Nadienka, penchée sur lui, la respiration oppressée.

À cet instant, bref coup de sonnette – dring ! – dans l'entrée, suivi d'un plus long.

Nadia tressaille, libère sa main et, se relevant d'un bond, se précipite dans le vestibule sur la pointe des pieds.

Bachkine l'entend ouvrir précautionneusement le verrou de sûreté. Une voix d'homme dit sur le seuil :

« Bonjour, comment va Viktor Illarionovitch ? »

Et Nadienka de répondre à mi-voix :

« Bien, je vous remercie. La noce est pour demain. »

Puis, sans frapper, elle entre chez Sanka.

Dépité, mélancolique, Bachkine fixe la porte. Nadienka revient en hâte, fourrage d'une main impatiente dans la commode, en retire une serviette et, sans refermer le tiroir, s'empresse de sortir, effleurant à peine Bachkine du regard.

« La noce est pour demain ? songe celui-ci. Quelle noce ? » Et aussitôt : « Pourquoi ce ton si peu naturel ? Comme si elle récitait ? Des paroles vides, sans aucun sens ?… Et moi qui lui ai tout dit, tout ! » murmure-t-il d'une voix de gamin, en levant naïvement les sourcils.

Nadienka passe devant la porte, d'un pas toujours pressé, sur la pointe des pieds. Soudain, elle se tourne vers lui.

« J'arrive tout de suite ! » lance-t-elle en rougissant, toute guillerette, secouant sa jolie tête, comme réjouie par quelque nouvelle.

Bachkine s'agite dans son lit, se dresse sur un coude. Il arrange plus commodément la couverture, enfonce encore sa tête dans l'oreiller et attend. Le temps s'écoule en vagues légères. Bachkine repose, les paupières closes, il sent le temps filer gaiement en lui, puis poursuivre sa course, loin, toujours plus loin, pareil aux sons mélodieux d'une corde qui vibre. Bachkine s'abandonne, heureux, à la cadence, à l'harmonie. Un léger sourire béat aux lèvres, il somnole et les pas de Nadienka bercent son rêve.

Une saloperie

Sanka dort à plat ventre dans son lit, tout habillé, tel qu'il est revenu de chez Mirskaïa. En lui, quelque chose s'agite, se tourne et se retourne, pareil à un chien qui cherche la meilleure place pour se coucher. Il pousse de petits glapissements dans son sommeil, secoue la tête et presse l'oreiller contre sa joue, à croire qu'il a mal aux dents. Il se lève dans le noir, tire de sa poche un catherine II[1] et, au jugé, le fourre dans le tiroir du bureau. Il jette un coup d'œil à la pendule : elle marque trois heures et demie. Nouveau coup d'œil, par la fenêtre cette fois : non, le jour ne se décide pas à se lever. La nuit semble s'être pétrifiée, chape tombée sur la ville. Sanka se rencogne dans l'oreiller et s'oblige à fermer les yeux : à l'entour, tout autour de sa tête, tenace, suave et entêtant, le parfum de Mirskaïa ; sa joue se souvient de l'effleurement de sa peau lisse. Alors il se frotte le visage contre l'oreiller.

« Tout s'arrangera, tout finira par s'arranger, se dit-il. Pourvu, pourvu seulement que vienne au plus vite le matin ! Qu'on passe à l'action ! Et s'il avait tiré ? » Sanka imagine le scandale, Tania mise au courant… « Pouah, quelle honte ! »

Sanka a les yeux rivés au plafond noir et il se représente le visage de Tania apprenant que, cette même nuit, dans les appartements d'une étoile de cabaret, un officier avait tiré sur… Nouveau coup d'œil par la fenêtre : peut-être une amorce d'aube ? Le jour poindra et balaiera tout, comme si de rien n'était. Et l'essentiel sera d'agir sans délai. Déjà, ses jambes se tendent, se ramassent, prêtes à se détendre comme un ressort.

Cependant, le sommeil, noire nuée, tourbillonne au-dessus de sa tête, descend toujours plus bas, l'embrouille, brouille toutes les visions, les pensées et, grise fumée, continue de tournoyer.

---

1. Billet de cent roubles à l'effigie de l'impératrice.

Sanka se réveille, saute à bas du lit : bruits de toilette et pleine lumière. Penché sur la cuvette, un dos inconnu ; rotation paisible de coudes nus.

« Qui êtes-vous ? » s'écrie Sanka.

L'homme se retourne sans hâte, braque sur lui le regard myope de son visage humide.

« C'est votre sœur qui m'a amené », déclare-t-il d'une voix égale, pleine.

« Ah, c'est le… », songe Sanka en le dévisageant avec curiosité.

« Eh oui, je suis le… », acquiesce l'autre d'un air railleur et sentencieux.

Sanka prend aussitôt la mouche et lui jette un coup d'œil hostile. « Voyez-moi ça, on s'essuie tranquillement les mains, on se peigne, on examine son petit bouton dans ma glace ! » N'y tenant plus, Sanka fonce vers la porte.

« Qu'est-ce qu'il y a ? s'alarme Nadienka dans le couloir.

— Rien, se rebiffe Sanka. Juste ton… ton socialo qui est là à se bichonner…

— Ne fais pas d'histoires ! réplique-t-elle en tapant du pied. Pour Douniacha, c'est un cousin de maman, tu entends ?

— Il peut bien être le cousin du diable ! » ronchonne Sanka.

Il fait sa toilette devant l'évier de la cuisine. Il hait ce « socialo », il veut filer tout de suite à la poste, envoyer le mandat télégraphique à Aliochka. Que ce dernier vienne, qu'il en ait le temps, il faut absolument qu'il arrive pour marcher sur les pieds de ce boutonneux qui passe des heures devant la glace à se donner des airs. Sanka est sur des charbons ardents, il ne tient plus en place.

Dans la salle à manger, la pendule marque sept heures et demie, la poste ouvre à neuf. Sanka pousse la porte de sa chambre. Sans un regard à l'autre, il prend le catherine II dans le tiroir et, sans déjeuner, court l'expédier.

« Je fais ça, et terminé ! » murmure-t-il en dévalant l'escalier : il est résolu à attendre pour envoyer son mandat par le premier courrier.

Il marche, hors d'haleine, comme s'il risquait d'être en retard, se précipite à l'entrée de la poste centrale, secoue l'énorme porte, bien qu'il sache par avance qu'elle est fermée. Il regagne la rue pour au moins tuer le temps en marchant, ce temps qui l'ébranle tout entier et le pousse, le pousse en avant. Il fait frisquet dans les rues désertes, mais une petite lampe brûle douillettement dans la crèmerie en face. Une Polonaise replète, au tablier immaculé, s'ennuie et regarde par la porte vitrée. Sanka entre : des tables blanches toutes simples et la paisible Polonaise. Il commande un verre de lait. Par la fenêtre, il surveille l'horloge de la poste. Il se brûle en buvant. Un gamin pointe le nez et dépose le journal du matin sur la première table. En claquant du talon, la maîtresse des lieux tend le journal à Sanka.

« Peut-être… », commence-t-elle, exhalant une odeur de beurre frais.

Par politesse, Sanka parcourt les *Nouvelles de la police.* Ses yeux glissent sur les colonnes encore humides, et soudain :

Avis général aux officiers de police placés sous mon autorité.

Dans certaines manufactures ont eu lieu des tentatives pour inciter les masses ouvrières crédules à cesser le travail et à provoquer des désordres. Il va de soi que sont, au premier chef, responsables de ce qu'il adviendra de ces hommes simples et confiants, les éléments criminels qui dévoient le peuple en lui promettant monts et merveilles s'il interrompt le travail. Quant à la responsabilité du maintien de l'ordre dans notre ville, elle échoit à la police municipale, entre les mains de laquelle notre population pacifique remet sa tranquillité ainsi que la préservation de sa dignité et de ses biens. C'est pourquoi j'estime de mon devoir de rappeler aux officiers de police que chacun devra répondre de la moindre violation de l'ordre public. Subséquemment, la police devra prendre toutes les mesures à sa disposition pour prévenir les attroupements et les mouvements de foule sur la voie publique. Au cas où le recours aux forces de l'ordre se révélerait insuffisant, ne pas oublier que, pour faire cesser les excès, des renforts peuvent être diligentés par la garnison stationnée dans notre ville.

Le chef de la police.

De nouveau, le même froid, ce frisson déclenché par les propos de Karnaoukh, lui mord le cœur. Sanka a l'impression que cet « avis général » lui est directement adressé. La « garnison », cette invincible muraille de capotes grises.

Les troupes, leur pas cadencé sur les pavés de la chaussée. Les soldats s'arrêtent. Le mur gris se fige. Les fusils sont braqués, éclair des baïonnettes acérées au canon… Le cœur battant, Sanka fixe le journal d'un regard aveugle… En joue ! Dans un instant retentira le fracas des salves… Tu tiendras bon ? Tu ne fuiras pas ? Tu dois tenir, tenir !… Et le sang lui cogne aux tempes.

« Vous êtes au courant pour le rassemblement ? » demande soudain la Polonaise.

Sanka sursaute, jette un coup d'œil à la ronde. Les yeux bleus, délavés de la femme fixent la porte, ses mains blanches reposent sur le comptoir, parmi les soucoupes et les pâtisseries.

« Je l'ai entendu dire, des collègues ont parlé d'une réunion. Y en a eu une à l'université.

— Non, non ! répond Sanka en secouant la tête. Je ne sais rien.

— Une saloperie se prépare, déclare la femme.

— Où cela ? »

Sanka tressaille, se retourne, quêtant fiévreusement une réponse du regard.

La porte claque. Entrent deux fonctionnaires des Postes. Oscillations mesurées de la tête de la patronne sur son cou replet. La Polonaise gagne l'arrière-boutique.

Les fonctionnaires parlent à mi-voix en polonais, jetant des regards obliques à Sanka.

La patronne leur sert du lait et dit à son tour quelque chose à voix basse. Tous deux, d'en bas, la regardent bien en face, tandis qu'elle fixe le miroir au-dessus d'eux.

Les fonctionnaires laissent échapper un petit rire de connivence et se réchauffent les mains contre leurs verres. L'un indique du regard les *Nouvelles de la police* sur la table de Sanka, l'autre plisse les yeux, moqueur. Sanka a l'impression que tous sont au courant, qu'ils savent quelque chose d'important, de secret, et qu'il fait figure d'imbécile, qu'il est tenu à l'écart, exclu… Il cherche à saisir quelques mots de polonais, mais ne lui parviennent que « *ale*[1] » et « *doskonale*[2] », cependant que la conversation zonzonne, tel un bourdon à la fenêtre ; elle tournoie, là, à deux pas. Tremblotent les mentons des fonctionnaires. Soudain, ils font silence et, pivotant, fixent la porte vitrée.

---

1. « Mais » (polonais).
2. « Parfaitement » (polonais).

Une grande perche de commissaire arpente tranquillement le trottoir. Battent les pans de sa capote déboutonnée. Au-dessus de ses pommettes rouges, ses petits yeux étrécis regardent au loin.

Une fois qu'il est passé, les fonctionnaires échangent un coup d'œil.

« Gratchek », dit dans un souffle la patronne derrière son comptoir.

Les employés se lèvent. Sanka les voit traverser la rue en courant, l'horloge de la poste indique huit heures et demie. Sanka observe les passants et il lui semble qu'ils marchent bizarrement, d'un pas inhabituel, qu'ils le font exprès pour donner le change et qu'ils ne vont pas là où ils veulent. Un instant, tout paraît mystérieux, tout ce monde se hâte, s'apprête, s'assemble, et voici que s'éloigne au galop un fiacre vide. Sanka n'y tient plus, il bondit, jette quinze kopecks sur la table.

« Portez-vous bien », dit la Polonaise dans le miroir.

La rue se met à défiler, prise d'une fièvre tourbillonnante. Sanka a l'impression que tout déferle, roule, se hâte, s'empresse, comme s'il ne restait qu'une demi-heure pour que chacun prenne sa place ; il lui semble que les braillements des crieurs de journaux sonnent l'alarme… Un sergent de ville est posté au carrefour, arborant une tranquillité de façade, sorte de borne noire, compacte.

Sanka suit le mouvement d'un pas rapide, prêtant l'oreille à l'agitation générale, quand soudain la vague de l'alerte retombe, se dépose en écume ; les boutiques de comestibles, les visages ensommeillés des passants retrouvent leur allure routinière. Un lycéen en retard le double en trottinant. À la collégiale, une cloche sonne par intermittence. Sanka regarde autour de lui : la rue a charrié, emporté… Quoi donc ? Et où tout cela est-il passé ?

À neuf heures, Sanka entre en coup de vent dans la poste. Il rédige deux mandats, l'un pour le maître d'école Golovtchenko, l'autre – Sanka appuie sur la plume qui accroche – de 50 (cinquante) roubles à Zinina Mirskaïa. Au dos, il écrit : « Je solderai ma dette à la première occasion. Merci. » Puis il barre le « merci » et signe : « A. Tiktine. »

Il tape encore vaillamment du talon tant qu'il est à la poste, sur le dallage lisse, mais dehors le froid le saisit. Il s'emmitoufle, relève son col, longe les maisons d'un pas dolent. Il ressent soudain un vide, vague, nauséeux, et plisse les yeux à la lumière. « Avoir son bras, son joli bras, là, sous le mien, ne rien dire, marcher simplement, aller ne serait-ce que jusqu'au coin de la rue. Que faut-il d'autre ? Qu'elle dise seulement qu'elle viendra, que d'un signe elle confirme… ce qui a eu lieu hier. Ne fût-ce que d'une ligne, d'un trait de crayon, rien de plus. » Il marche en se balançant, la tête dans les épaules et les mains dans les poches. Dans la vacuité blême, vibre la corde ténue, presque imperceptible, de l'hier.

Un courrier se tient à l'angle, avec sa casquette rouge et sa plaque de cuivre. Sanka s'arrête et l'homme, détachant ses mains de derrière son dos, retire, puis remet son couvre-chef.

« Service, m'sieur ? Du papier ? »

Et d'en sortir de l'échancrure de son manteau. Il tend à Sanka une « confidentielle », un crayon – tenez, sur le côté, c'est plus commode ! – et Sanka écrit d'une traite :

Chère Tania, griffonnez-moi un mot, une ligne, tout de suite. Quelque chose.

A. T.

Il colle les bords du pli, ajoute : « À l'attention de Tatiana Rjevskaïa », telle rue, tel immeuble.

« À remettre en mains propres ? » Le courrier soulève de nouveau sa casquette. « Il y aura une réponse ?

— Obligatoirement. J'attendrai… au cabaret *Russie*, là, au coin. »

Sanka lui glisse cinquante kopecks. Le coursier s'éclipse. Sanka traverse la rue en courant, tire la porte branlante de l'estaminet et se rencogne près de la fenêtre, à l'abri des dos de cochers de fiacre. Il lichaille le thé clairet directement à la soucoupe, les bruits, le claquement des portes, le tintement de la vaisselle rythment le temps qui déferle à travers lui, en torrent. Il sait que le courrier est déjà là-bas, qu'il revient, à présent. Tout est consommé, ne reste qu'à attendre la réponse. Sanka ne regarde pas la porte. Dans son imagination, tantôt le courrier est à mi-retour, tantôt, pour être plus sûr, Sanka le renvoie vers la maison de Tania, et le courrier fait de nouveau marche arrière.

Sanka ne comprend pas lui-même pourquoi il fixe la fenêtre dégoulinante. Or, voici qu'un homme apparaît sur le trottoir et Sanka ne saisit pas tout de suite qui marche d'un pas si énergique. Puis il bondit, tressaille : « Aliochka ! Aliochka ! Pas possible ! Pourtant c'est bien lui ! » Sanka veut se précipiter, le rattraper, mais il doit payer, et il y a le courrier ! Dans sa détresse, Sanka tape des pieds sur le sol maculé. Il prend sa soucoupe, y verse le bouillant réconfort.

Soudain, levant le nez, il voit le courrier se frayer un chemin entre les tables, s'approcher, s'incliner.

« Je l'ai remis en mains propres. La dame l'a lu devant moi et elle a dit : "Il n'y a pas de réponse." »

Annouchka bondit, tombant presque de sa banquette[1] dans son demi-sommeil, tant on a frappé fort à la fenêtre. Le souffle coupé, elle se précipite dans l'entrée.

« Masque la fenêtre ! La fenêtre de la cuisine ! lance Philippe qui tremble convulsivement de froid. Ne rallume pas la lampe, fais ça dans le noir. Masque la fenêtre, idiote ! Ne traîne pas ! Fixe la couverture avec des fourchettes ! » Il grimpe lui-même sur le lit d'Annouchka. Celle-ci s'active dans l'obscurité, marmonnant Dieu sait quoi. Tintement de fourchettes. « Voilà ! Une, deux, qu'ils en crèvent tous ! »

Il est transi et, quand la lumière jaillit, de petits glaçons se mettent à étinceler sur sa vareuse, pareils à des écailles de poisson.

« Mets la cuisinière en route, et que ça saute ! dit-il en claquant des dents. Débarrasse-moi de cette pelure ! Ne reste donc pas comme une bûche, espèce de grosse vache molle ! »

De ses doigts tors, glacés, Philippe s'extirpe de sa vareuse aussi raide qu'une écorce gelée.

« P-p-passe-moi ça à l'eau, idiote, tel quel ! Tout, tout, mes chaussettes aussi, répète-t-il. Et mets la bouilloire à chauffer. Grouille, la peste te crève ! Oh, Seigneur Dieu ! Gg-grr-grou-ouille… »

Annouchka plonge et replonge dans le baquet la vareuse qui pèse un poud, elle court puiser de l'eau avec son seau.

Philippe commence à se réchauffer, seuls ses pieds glacés le lancent. Il se laisse tomber sur la couche de sa sœur et entend dans son sommeil :

---

1. Dans les maisons paysannes russes, on dormait sur des banquettes en bois fixées le long des murs.

« Il a eu ce qu'il cherchait ! Toujours à traîner ! Ces maudits l'auront attiré dans un trou d'glace… L'avait bien besoin de s'en mêler… Avec toutes ces canailles qu'il me ramène ici… et qui lui montent le bourrichon… »

Dès l'aube, Philippe file à l'usine dans son éternelle vareuse, encore humide. Une poignée de policiers est postée à l'entrée. Philippe s'arrange pour prendre deux jetons métalliques, deux numéros, le sien et celui de Fedka ; il doit les accrocher à deux tableaux différents, de telle façon que le contrôleur ne s'aperçoive de rien.

En un clin d'œil, il suspend son numéro au clou habituel. Reste à ruser pour celui de Fedka. Un embouteillage se forme soudain près du tableau du gamin. Iegor est là, en tête. Il jette un regard à Philippe, lui adresse un clin d'œil, se penche brusquement, buté. Il ahane, cherchant obstinément quelque chose à terre. Le bouchon se fait plus dense dans l'étroit passage. Les jurons fusent.

« Attendez, les gars, éructe Iegor au ras du sol. J'ai perdu une pièce de vingt kopecks ! »

Philippe cherche du regard le clou de Fedka. Il frappe le panneau et accroche le numéro du premier coup.

« Reste pas là planté comme un bœuf, lance-t-il en bousculant Iegor. T'es sourdaud ? »

Et de passer en force.

Il retient sa respiration, jette des coups d'œil à la ronde, lorgne : là, à l'angle, sur la brique sombre, se détache un carré blanc. Philippe fait un léger crochet, se rapproche. C'est elle ! Il remarque tout : que la proclamation est la tête en bas et qu'elle tient par la vertu de la salive gelée de Fedka. Philippe respire. Il respire gaiement et repart d'un pied allègre. Il ouvre le portillon de l'atelier et découvre des gens agglutinés par petits paquets. Il comprend qu'ils sont en train de lire. Il va droit à son établi. Fedka n'y est pas. Philippe balaie du regard l'atelier, en fouaille les moindres recoins : toujours pas de Fedka.

De sa guérite vitrée, l'Ignatovitch, le contremaître, examine tour à tour les petits attroupements. Il les fixe, à croire qu'il veut les disperser d'un coup d'œil.

Chuintement du jet de vapeur dans toute l'usine et hurlement de la sirène. Les vitres engivrées bourdonnent d'impatience et de peur. La sirène mugit longuement de sa voix patronale, et s'interrompt brutalement. Le silence se fait aussitôt. Une première courroie claque et l'atelier reprend son ronron habituel.

L'Ignatovitch sort de sa cage vitrée. Philippe le sent se diriger droit sur lui. Il s'approche, s'immobilise. Philippe s'absorbe dans son ouvrage.

« Il est où, ton apprenti ? s'enquiert l'Ignatovitch au bout d'un moment.

— Bien malin qui peut le dire ! répond Philippe, l'œil plissé sur son travail.

— Il est pas venu ou il est pas à son poste ? lance l'Ignatovitch d'une voix forte pour couvrir le bruit.

— Va savoir ! » crie Philippe avec dépit, en corrigeant le débit de l'eau coulant du réservoir sur la lame.

L'Ignatovitch lui jette un regard oblique. Et Philippe comprend qu'il a eu tort, tort de rectifier l'eau : ce satané ventru a pigé qu'il n'y avait rien à changer.

« Qu'il aille se faire voir ! » ajoute-t-il en se renfrognant.

Il travaille avec zèle et précision, comme à l'accoutumée. Voici bientôt une heure qu'il besogne, sans lever les yeux. Fedka n'est toujours pas là.

Philippe continue une dizaine de minutes encore, mais il n'y tient plus. Il coupe sa machine, prend sa lame et se dirige, en toute légitimité, vers le comptoir d'outillage. Il interroge le premier apprenti qu'il aperçoit.

Il ne le laisse pas finir : le gamin ment. Il ment pour couvrir Fedka.

« Il s'est pas réveillé ? Ou on l'a arrêté ? songe Philippe. Ou encore il a fait le mur, au petit matin, pour rentrer chez lui ? Il aurait pu venir, même sans pointer… Est-ce qu'on l'aurait coincé quelque part ? »

Philippe change sa lame, se renseigne au guichet de l'outillage. Bien sûr, personne n'a vu Fedka. Il repose la question par deux fois en rejoignant son établi : pour ce qu'ils en ont à faire, de son Fedka ! Si ça se trouve, il est venu, crénom !

L'Ignatovitch entreprend une deuxième ronde dans l'atelier. Au passage, il crie à Philippe :

« Toujours rien ? »

Philippe secoue la tête.

« Il sait, ce satané ventru, il sait ! Ça a dû tourner au vilain, cette nuit, faut croire… Alors, pourquoi ils ont pas arraché le tract ? »

L'atelier en met un coup comme jamais, personne ne parle, tous ont l'air collés à leur ouvrage, on les dirait tapis, aux aguets.

Soudain, un piaulement aigu déchire le fracas des machines. Tous sursautent et s'agitent sur place. Puis un énorme rire déferle en cascade.

L'Ignatovitch tire par l'oreille un Fedka qui glapit et se débat, la tête renversée de côté.

Sans lâcher l'oreille du gamin, il s'approche de Philippe d'un pas mesuré.

« Il roupillait, ce fils de chienne, sous une tôle de la chaudronnerie ! Se cacher comme ça dans les coins ! Espèce de filou ! » répète l'Ignatovitch en le secouant.

À ce moment, une houle mugissante, alarmante, vient se briser sur les vitres. L'Ignatovitch s'avance, en continuant de tirer l'oreille de Fedka. Il gonfle les joues et écoute. Plusieurs hommes se précipitent pour ouvrir le vasistas pratiqué dans la fenêtre gelée, le portillon claque, une fois, deux fois. Tous s'entre-regardent, les yeux écarquillés. On arrête les machines, seules battent les courroies distendues.

Brusquement, tous fixent le portillon d'où des voix de la rue, fortes, braillent :

« Sortez ! Sortez ! Tout le monde dehors ! Arrêtez tout ! Laissez tomber ! Sortez tous ! »

Ça crie, les voix cognent, percutent.

« Tous, tous, tout le monde dehors ! »

De l'autre côté, le vacarme enfle, des voix isolées s'écrasent sous les vitres. Quelqu'un émet entre ses doigts un sifflement perçant, strident, juste sous le vasistas. L'effroi traverse l'atelier.

« On y va, les gars ? Hein ? » lance une voix à la cantonade.

Et les hommes esquissent un mouvement. Ils bougent tous ensemble, d'abord doucement, puis de plus en plus vite et vont s'agglutiner près du portillon, masse noire qui gronde. Philippe arrête sa machine et jette son outil dans sa caisse. Tout en marchant, il enfile sa vareuse. L'Ignatovitch file derrière sa cloison pour téléphoner.

Dehors, le temps est détestable, froid, un gruau piquant, tombant du ciel gris, fouette les visages. La fumée de la cheminée s'étire au loin dans les airs en une sente noire. Soudain, comme déchaînée, hurle la sirène de l'usine. Un hurlement chevrotant, inquiet, qui couvre le brouhaha humain. Tous regardent la vapeur blanche filer, s'effilocher dans le vent. La sirène s'interrompt, le silence se fait. De nouveau, des voix éclatent. Les hommes marchent, se bousculent en direction de la large place devant les portes. Des faces blêmes sont collées aux vitres des bureaux. Une vieille chaudière, telle une bosse rouillée, surplombe la foule. Une grappe de gars s'est hissée au sommet. Brusquement, l'un d'eux, barbe noire et lunettes opaques, lève le bras, rejette la tête en arrière et se fige. Seul le vent agite sa barbe noire. Le vacarme dure un moment encore, puis retombe, s'apaise, l'homme est toujours debout, brandissant sa main immobile.

Un instant, on n'entend plus que le hurlement du vent. Et, d'une voix forte, qui résonne à travers la cour, d'une voix de stentor, l'homme lance comme un commandement :

« Camarades ! » Son bras s'abaisse, puis se relève et se tend en avant. « Camarades ! Le Comité du Parti ouvrier social-démocrate de Russie m'envoie vous dire… »

Philippe grimpe sur un tas de charbon, petite montagne grise derrière la chaudière. La cour disparaît sous une masse compacte de chapkas, de casquettes, un pavement de têtes qui, sombre, semble osciller au gré du vent. De là où il est, il entend mal ce que dit l'homme du Comité, ne lui parviennent que des bribes, mais il regarde la foule, les visages, voit les têtes s'agiter, ondoyer, et voici que des cris fusent, comme l'eau qui rejaillit :

« C'est vrai !

— Il a raison, camarades ! »

Et la houle sonore s'élève et gronde en réponse. Elle vient frapper la chaudière, mais l'homme lève le bras et crie :

« Camarades ! Je vous le répète encore une fois au nom du Comité du Parti : le combat est pour bientôt ! Ménagez vos forces ! La provocation infâme vous mène à l'abîme. À bas la grève !

— À bas ?…, gémit la foule. Oh ! làlà !

— À bas, à ba-a-as ! » glapissent des voix juste au pied de la chaudière. Des silhouettes sombres grimpent, escaladent le métal glissant… Philippe, le sourcil levé, dégringole de son monticule, entraînant du charbon avec lui. Tout près, un homme se saisit d'un gros bloc qu'il balance en direction de l'orateur barbu. Philippe le repousse dans le charbon et s'élance vers la chaudière.

Mais d'autres l'ont précédé, qui tentent de saisir par les pieds ceux qui se trouvent sur la bosse métallique.

« À ba-a-as ! »

Au pied de la chaudière, c'est l'empoignade et, tout soudain, ne demeure là-haut qu'un jeune homme pâle, grand, en bottes et manteau court, une visière noire sur son front blanc. Il est là, comme à l'échafaud, comme pour lancer un ultime message.

« Amis ! crie l'homme pâle et sa voix frémit au-dessus de la foule. Nous avons tous froid dans nos frusques minables ! Et qu'est-ce qui nous réchauffe, pourquoi ne tombons-nous ni de froid ni de faim ? Ce qui nous maintient, c'est que nous sommes unis. Que nous formons une muraille de brique, solide, compacte. Voilà pourquoi les salauds embusqués derrière les portes ont peur de montrer le nez. » Et d'indiquer du geste les portes de l'usine. Tous se retournent pour regarder. « Qu'ils essaient seulement, ils savent qu'ils se briseront le crâne contre cette muraille ! Qu'une balle vienne à me faucher, ce ne sera, dans notre mur, qu'égratignure ! Que le plomb me fasse rentrer mes paroles dans la gorge, qu'un scélérat me fracasse la tête d'une pierre !… Camarades ! Nous sommes tous dans la fange, foulés aux pieds dans la gadoue par ces salauds, nous suffoquons, la bouche pleine de boue… Nous devons nous redresser de toute notre taille, et qu'importe si nous tombons jusqu'au dernier, pour notre droit, notre bonheur ! Les chaudronniers n'ont pas supporté ! Gloire aux chaudronniers ! »

Et toujours, toujours cette houle mugissante que Philippe ne parvient pas à comprendre : de la joie ? Une menace ? La houle déferle sur les têtes, tandis que l'homme blême crie :

« Gloire aux chaudronniers ! Ils n'ont pas cédé…

— Hourrrra ! entend Philippe.

— Que les prisons ouvrent tout grand leurs gueules ! » s'égosille l'orateur dans le vacarme.

Un « A-a-a-ah ! » monte de la foule.

« Que frappent les baïonnettes, que glapissent les balles ! » poursuit l'orateur au-dessus des têtes.

Il redresse le menton, avec rage et défi. La houle, le hurlement enflent, enflent et soudain, à l'angle, à l'entrée, transperçant le mugissement et le vent, résonne un cri cadencé… Comme rabattues par le vent, les têtes se tournent dans cette direction. Aussitôt, un chœur puissant :

Quel sera notre sort, nous l'ignorons enco-ore[1] !
[…]
Au combat sacré,
Juste et sanglant[2]…

L'homme blême se tient toujours, pareil à une corde prête à se rompre, sur la chaudière. Quand le chant finit par l'emporter, il consent à descendre. De nombreux bras se tendent pour le recevoir. Un instant, il oscille gauchement au-dessus des têtes, porté par la foule, et s'abîme dans la masse noire.

Un autre lui succède, qui s'agite, la bouche grande ouverte, mais personne ne l'écoute, personne ne l'entend. Le chant se fait plus fort, le motif plus incisif, insistant.

Que du sang la pourpre couvre nos ennemis[3] !

---

1. Quatrième vers du premier couplet de *La Varsovienne*, hymne polonais composé lors du soulèvement de 1863. Traduit en russe en 1897, il deviendra un des chants favoris du prolétariat révolutionnaire.

2. Deux premiers vers du refrain de *La Varsovienne*.

3. Quatrième vers du troisième couplet de *La Varsovienne*.

Brusque coup de sifflet dans l'entrée, des cris. Sifflets appuyés, à l'unisson, ils sont nombreux à s'y mettre. Philippe tente de s'extraire, ballotté par le flot humain, il veut aller là-bas. Il se fraie difficilement un passage du côté où tous regardent, il a du mal à voir qui ils regardent, on dirait qu'il n'y a personne. Soudain, son œil bute sur un visage blême. Qui est-ce ? Il ne le reconnaît pas tout de suite. L'Ignatovitch est au milieu de la foule, apparemment il ne dit rien, se bornant à remuer les lèvres. Philippe sent que les sifflets ne vont pas s'intensifier, que là, tout de suite, ils vont cesser, que l'on va passer à l'action.

Près de lui, quelqu'un s'écrie :

« Faites rouler le ventru, roulez-le comme une barrique ! » Un jeune gars se porte en avant. « Mettez-le sur la panse et roulez ! »

L'Ignatovitch épingle Philippe du regard, ses yeux papillotent, comme s'ils voulaient aspirer la lumière, il suffoque.

« Ils vont le flanquer par terre et… terminé ! » songe Philippe. Il se poste à côté de l'Ignatovitch et lève, dresse le bras.

« Imbéciles ! braille-t-il. On s'y prend pas comme ça ! Une brouette ! Amenez une brouette !

— Une brouette ! Une brouette ! » transmet la foule.

On entend un bruit de tôle, de roues, les gens s'écartent et une brouette métallique qui sert à transporter les copeaux de fer, les déchets, fait son apparition.

« Grimpe ! » crie Philippe.

L'Ignatovitch ne bouge pas. Il se rembrunit soudain, s'empourpre et, ramant d'un bras, avance d'un pas, d'un autre, la tête en avant, puis s'immobilise. Il se fige, le souffle court, le visage décomposé, levant et baissant ses sourcils. Ses bras pendent.

« Chargez-le ! crie-t-on autour. Oh ! hisse ! »

Les sifflets reprennent de plus belle, des mains saisissent l'Ignatovitch, le soulèvent : il tombe lourdement sur le dos au creux de la brouette.

« Hourra-a ! »

Et on embarque l'Ignatovitch.

Au-dessus de la foule, le chant garde la cadence, mais déjà il est couvert par les cris.

« Sortons ! Amenons-le sur la bascule ! Les portes ! Ouvrez les portes ! »

Par les fenêtres des bureaux, on voit que les gens s'agitent.

Renversé sur le dos, l'Ignatovitch, les jambes gauchement repliées, sans bouger, a son visage gris tourné vers le ciel trouble, et le gruau piquant cingle cette face qu'on dirait morte.

On se démène auprès des portes que l'on essaie de forcer.

Les cigarettes Lacto

Viktor n'est plus très loin du commissariat. Il courbe la tête pour que le gruau glacé tambourinant sur la visière de sa casquette comme sur les vitres d'un wagon ne lui cingle pas les joues.

Soudain, un vacarme là devant, une cavalcade tel le piétinement d'un troupeau. Viktor jette un coup d'œil : dans la rue se déversent, en un noir boulet, les sergents de ville ; au pas de charge ils se mettent en rangs, le policier qui était de service hier les rejoint au trot, et la troupe s'ébranle au pas cadencé.

Quelques retardataires déboulent encore. Viktor s'élance, ses jambes le portent toutes seules.

« C'est à cette heure-là que vous arrivez, nom de Dieu ? »

Le commissaire, tout rouge, la capote déboutonnée, braille depuis le perron. Viktor se précipite dans l'escalier. À l'intérieur, des sergents de ville en manteau vont et viennent, les portes claquent, l'adjoint du commissaire hurle au téléphone. Par-dessous ses moustaches noires, ligneuses, les mots durs comme du bois frappent le récepteur.

« Oui. On envoie la rrrréserve ! On s'en occupe… Les ins-trruc-tions sont données. »

Ses yeux noirs lorgnent Vavitch. La porte claque à la volée. Hors d'haleine, le commissaire entre en coup de vent. Il bouscule Vavitch de l'épaule, arrache le récepteur à son adjoint. Celui-ci fusille du regard Viktor qui ne sait que faire. Il ne sait même pas quelle posture adopter et se tient prêt, au garde-à-vous. Le commissaire actionne avec impatience et dépit la manivelle du téléphone.

« Le 8ᵉ du Don ! Le hui-tième ! Que le diable t'embroche, idiote ! » Il tape du pied et secoue sa tête chenue. « Vite !… Ah, la garce !… Dites à l'*essaoul*[1] d'arriver au trot… Depuis longtemps ?… Dites que je le lui demande… Envoyez une estafette au plus vite. Je le demande !… J'insiste !… Putain de Dieu, vous en répondez ! »

Le commissaire jette le récepteur qui oscille, heurtant le mur.

« Ah, les salauds ! » Il jette un coup d'œil à Vavitch. « Et lui qui reste planté comme une andouille ! Poste-toi à la porte, ne laisse entrer personne. Qu'ils aillent tous se faire pendre ! »

Le commissaire décoche une bordée d'injures. Immobile, hors d'haleine, il embrasse du regard le bureau

---

1. Grade chez les cosaques, équivalant à celui de capitaine.

désert. Son adjoint raccroche soigneusement le combiné. Aussitôt une sonnerie retentit.

« C'est pour vous ! s'écrie l'adjoint en lui tendant affablement le récepteur.

— Qui c'est encore, bon Dieu ? J'écoute ! » rugit-il, avant de se répandre en amabilités. Ses moustaches roussies par le tabac esquissent un sourire. « Précisément, Votre Excellence, quelques petits ennuis. Qui cela ?... Précisément, Varvara Andreïevna... Il est chez nous, oui, comment donc... Viktor... C'est cela, Viktor. » Le commissaire marche brusquement sur Vavitch. « Votre patronyme, c'est quoi ? Oui, vous ! Eh bien ?

— Vsevolodovitch ! crie Viktor.

— Viktor Vsevolodovitch, oui, oui, Votre Excellence... Très, très bien... À vos ordres !... J'ai bien l'honneur !... »

Le commissaire raccroche et, le même sourire aux lèvres, se tourne vers son adjoint.

« Vous avez distribué les cartouches ? » demande-t-il du même ton affable. Puis, reprenant son souffle, les yeux exorbités : « Ordre d'en faire usage si nécessaire ! S'ils sortent les drapeaux, ces maudits, on ne lésine pas, on les bloque ! Les cortèges, je vous préviens, je veux pas en voir la couleur !

— Bien sûr, si on en arrive aux défilés..., répond l'adjoint, sinistre, prenant la mouche et regardant ailleurs.

— Mais s'ils sortent les drapeaux, ça veut dire quoi, pour vous ? Je vous le demande ! » Le commissaire, cramoisi, se tourne tantôt vers son adjoint, tantôt vers Vavitch. « Je vous le demande, hein ? »

Compatissant, Viktor cligne des yeux, ne sachant comment montrer qu'il comprend l'anxiété du commissaire.

« Ça veut dire..., répond l'adjoint, qu'on envoie les gars du Don.

— Ça veut dire, ça veut dire que c'est une provocation. Voilà ce que ça veut dire ! Ça veut dire qu'ils nous défient. Avec le drapeau, qui déclenche les hostilités ? S'ils veulent la guerre, ils l'auront ! Mais si on en arrive là… » Il a un soupir de lassitude. « Donne-moi une cigarette, bon Dieu, donne », conclut-il en tendant le bras à son adjoint.

En un clin d'œil, Viktor a plongé la main dans sa poche et, sans un mot, il présente son porte-cigarettes ouvert au commissaire.

« Ça doit être de la cochonnerie, grimace celui-ci, en prenant un air de martyr, tandis que ses doigts s'immobilisent au-dessus des cigarettes.

— Prenez des Lacto, monsieur, je vous en prie. »

L'adjoint ouvre, dans un déclic, un énorme porte-cigarettes en argent, pareil à un coffret, muni d'une mèche à nœud et petit gland, qui retombe en queue de soie bleue.

Le commissaire se sert dans la boîte de son adjoint. Viktor retire son porte-cigarettes.

« Donne, je prendrai aussi des tiennes, t'inquiète pas ! »

De ses gros doigts, le commissaire ratisse les cigarettes de Viktor, tantôt en raflant une dizaine, tantôt n'en gardant que deux.

Le téléphone sonne et c'est l'adjoint qui répond. Le commissaire farfouille encore dans le petit porte-cigarettes de Vavitch, faisant ses provisions et y renonçant tour à tour.

« C'est parti ! » lance l'adjoint depuis le téléphone.

Une dizaine de cigarettes à la main, le commissaire se fige, redressant son torse massif. Le porte-cigarettes sursaute dans la main de Viktor.

« Ils sont tous dans la cour de l'usine…, poursuit l'adjoint à mi-voix. Ils écoutent les agitateurs… Probable qu'ils vont sortir dans la rue… Toutes les mesures sont prises ! jette-t-il dans le téléphone, comme s'il abattait un maillet de bois.

— Mon cher, en route ! gémit le commissaire.

— Ordre de tirer si nécessaire ? s'enquiert l'adjoint, fixant le commissaire de ses grands yeux noirs.

— Où sont ces canailles ? demande son supérieur en se précipitant vers la fenêtre.

— Si les cosaques n'y sont pas, on tire ?

— À votre guise, éructe le commissaire. Mais, pour les cortèges et les drapeaux, bernique !

— À vos ordres ! répond l'adjoint.

— Emmenez celui-là avec vous. Emmenez-le pour l'embuscade. C'est un type bien, ma parole ! » Et de donner une légère bourrade à Vavitch, une bourrade amicale. « Allez ! »

Vavitch dévale l'escalier à la suite de l'adjoint, tandis que le vieux commissaire leur crie d'en haut :

« Prenez mon traîneau ! Ma calèche ! Plutôt mon traîneau. C'est ça, oui, mon traîneau ! »

Quand l'attelage a tourné le coin, à toute vitesse, avec fracas, l'adjoint dit à l'oreille de Viktor, d'une voix ligneuse, comme au téléphone :

« Dans la cour de la Soumatokhina, on en a vingt en réserve, planqués en embuscade. Ceux qui fuient, les encercler immédiatement et les pousser chez la Soumatokhina ! Ensuite, au poste ! On se débarrasse du menu fretin et on se paie les gros poissons.

— À vos ordres ! » répond Vavitch qui fronce le sourcil pour avoir l'air sérieux.

Soudain, il se retourne, alerté par un bruit. Le bruit aigu, précipité d'une cavalcade légère et sonore. Une demi-*sotnia*[1] de cosaques passe dans la rue, chevauchée grise. Leurs montures légères tricotent des jambes. Au-

_____
1. *Sotnia :* unité cosaque correspondant à un escadron et composée d'une centaine de cavaliers.

dessus, dépassant des casquettes bleu sombre à bandeau rouge, rebiquent les hardis toupillons d'un blond roux. Les cosaques vont au trot. Des bonnes femmes, les yeux écarquillés d'effroi, les regardent du pas de leurs portes. Certaines se signent. Un gamin se met à hurler et prend ses jambes à son cou. Des portillons claquent. Taches floues de visages blêmes aux fenêtres.

L'adjoint du commissaire tire le cocher par sa ceinture. Le traîneau s'immobilise. À la tête des cosaques, l'officier se dresse sur ses étriers et, se retournant d'une volte, brandit sa nagaïka. Les cosaques s'arrêtent. Leur sous-lieutenant trotte vivement jusqu'au traîneau, se penche. L'adjoint se lève.

« Postez-vous dans la rue à droite ! Je vous ferai savoir quand le moment sera venu pour vous de passer à l'action. »

Le traîneau repart.

Au passage, l'adjoint se retourne et désigne la rue en question.

Déjà, on aperçoit l'immense place, blanche, enneigée, devant l'usine dont la cheminée, qui ne fume plus dans le ciel gris, semble vouloir crever les nuages maussades en se contorsionnant. À deux maisons de la place, l'adjoint indique des portes du menton en disant :

« C'est là ! Ouvrez l'œil ! »

D'un bond, Viktor, le cœur battant, saute du traîneau. Il frappe un coup au portillon qui s'entrebâille, découvrant un sergent de ville. Ce dernier plisse les yeux, voit Vavitch et lui ouvre.

De nouveau Viktor sent, braqués sur lui aux fenêtres, les regards des visages blêmes où court l'effroi : bouches entrouvertes, sourcils frémissants, haut levés sur les fronts pâles.

Viktor regarde à l'entour. La cour est déserte, il n'aperçoit qu'une capote noire aux portes d'une aile éloignée.

« Vous êtes vingt ? demande-t-il au sergent de ville. Appelez-moi l'adjudant. »

Et il prend une grande inspiration.

Dans la cour de l'usine, on s'agite toujours près des portes. La foule fait pression.

« Un ciseau, passez-moi un ciseau ! Flanquez un coup de masse là-dessus ! »

Et en effet, un instant plus tard, à travers le vacarme de la foule, on entend le valdingue d'une masse, le cri et la plainte du métal. Au-dessus des têtes, massive comme une poutre, une manche de touloupe ; brandissant une clé, le gardien de l'usine tente de se frayer un chemin. On le repousse et la clé reste à ballotter au bout de son bras. La foule s'est tue, tous serrent les mâchoires et écoutent les attaques hargneuses de la masse. Soudain, tintement, roulement, explosion des voix. Les portes tournent sur leurs gonds et s'écartent, la foule dense déferle en mugissant. Les gamins courent devant, et roule la brouette ! La main posée sur les bords, les hommes ne sentent pas l'effort, on dirait que la brouette avance toute seule, qu'elle les entraîne, sautillant doucement sur les mottes neigeuses.

> *En avant, marche,*
> *Peuple ouvrier*[1]...

On distingue à peine le chant dans le charivari des têtes. Tout à coup, déboule d'une rue à l'autre bout de la place un trotteur, attelé à un traîneau léger, qui, hardiment, pique droit sur le rassemblement. Un policier aux moustaches raides et noires vire et s'immobilise perpendiculairement à la foule, à dix sajènes d'elle.

---

1. Deux derniers vers du refrain de *La Varsovienne*.

Le brouhaha a décru tandis que l'attelage approchait, il s'interrompt même lorsqu'il s'arrête, seul le chant persiste.

Le policier se lève dans son traîneau. Il fronce ses sourcils si noirs qu'on les croirait teints. Il lève le bras et crie distinctement, comme un commandement :

« Les gars ! Dis-perrr-sez-vou-ous ! Rentrez calmement chez vous ! À quoi rrrriment ces désordres ? »

Brusque sifflement frénétique, qui semble monter de la terre et s'enrouler en tourbillon. Alors, de la foule, comme soulevée par le sifflement, vole une boule de neige qui vient s'écraser sur le cheval. Une deuxième, puis d'autres zèbrent l'air de blanc. Le policier se protège du coude, le traîneau s'ébranle, vire brutalement, fuit sous les sifflets et les quolibets.

Et le chant va, toujours plus crâne, plus dense, plus incisif, plus incisive aussi la marche du peuple. Tous chantent, mais soudain tous regardent : au milieu de la foule, dominant les voix, jaillit la flamme du drapeau rouge qui, de sa langue de feu, lèche le vent glacé.

Le flux recouvre déjà la moitié de la place.

Un noir paquet de sergents de ville sort d'une rue, forme un cordon ; à un autre angle, encore, encore du noir. Un piètre ruban face à la foule compacte, furieuse, et celle-ci, dans un mugissement unanime, s'émeut, accélère la cadence… Un coup de feu. Un coup de revolver, pitoyable, tel un bouchon qui saute ; on ne l'entend que dans les premiers rangs. Un coup de feu tiré du cœur de la manifestation. Un coup, deux : « Pan, pan ! »

La foule en est cravachée. Elle se fige, vacille : de la rue juste en face fondent les cosaques.

En un clin d'œil, ils se déploient, investissent la foule au galop et on les voit, sans frein, sans le moindre délai, faire tourner leurs chevaux en un rien de temps et s'abattre à fond de train sur les gens, comme en rase campagne.

Les voix se brisent. Instant de silence. Et monte vers le ciel un hurlement inhumain, on dirait qu'il s'élève de la terre elle-même. Ceux de devant s'affolent, se plaquent au sol, couvrant leur tête de leurs bras et fermant les yeux. Dans leur élan, les chevaux enfoncent la foule, piétinent les premiers rangs, du poitrail fauchent les hommes, et les cosaques, la bouche tordue, à tour de bras, de leurs nagaïkas, se mettent à battre comme blé, furieusement, sans regarder, têtes, épaules et mains qui s'élèvent.

Le drapeau oscille, saisi de convulsions, d'effroi. Il se couche et tombe au milieu de la foule. Les gens tentent de fuir, ils se gênent mutuellement, se bousculent, hurlent, et leur hurlement déchaîne les cosaques. Les gens traversent en courant la place, se protégeant la tête de leurs mains, sans regarder, à l'aveuglette, sans s'apercevoir que le sang gicle de leur crâne fendu, ils courent droit sur les sergents de ville, droit à l'étang fangeux, clappant des lèvres, cependant que de leur gorge s'échappe un aboiement haché comme un pleur.

Dans l'appartement de la Soumatokhina, par la fenêtre du premier étage, Viktor contemple la place. Il entend, juste derrière lui, la maîtresse des lieux se lamenter :

« Oh, mon Dieu, c'est parti ! Oh, ils vont tout esquinter !

— Ne vous inquiétez pas, répond brutalement Viktor sans quitter la place des yeux. La police est à son poste… Nous ne les laisserons pas faire.

— Seigneur, Seigneur ! dit la Soumatokhina en traînant les pieds dans ses savates. Ils sont enragés ! C'est une émeute ! ajoute-t-elle en reniflant, tandis que Viktor se rue vers les portes. Vous êtes nos sauveurs ! Dieu miséricordieux ! »

Viktor dévale l'escalier de bois et entend derrière lui la Soumatokhina faire cliqueter le crochet et claquer le verrou.

« Venez tous ! » hurle-t-il dans la cour.

À toutes les portes des bâtiments apparaissent des sergents de ville. Ils soupirent bruyamment, jettent leurs cigarettes roulées à la hâte, leurs visages virent au gris. Ils se rassemblent.

« À vos rangs ! » ordonne Viktor.

De mauvaise grâce, les hommes forment une ligne irrégulière. Le sergent de garde pointe le nez au portillon pour observer la rue. Le souffle court, Viktor le tire en arrière pour regarder à sa place. Il voit la foule noire sur la neige blanche, le drapeau écarlate, et son cœur bat à rompre sa poitrine. Devant, passe en courant sur le trottoir de bois un policier. Un instant plus tard, galop précipité de la cavalerie qui barre la rue, la place. Immédiatement après, une clameur, une course effrénée, un piétinement. Débandade dans la rue. Ils sont quatre ou cinq. Hirsutes, comme aveugles. Ils tombent, poursuivent leur course à genoux, trébuchent, se relèvent d'un bond.

« À la garde ! Là-bas ! » braille Viktor.

Les sergents de ville ne saisissent pas tout de suite et Viktor reste planté, cramoisi, à tenir le portillon grand ouvert. Enfin, se bousculant, les policiers se jettent dans la rue.

« En cordon ! Tenez bon ! crie Vavitch. Rabattez-les ici ! »

Les autres ne résistent pas, ils rentrent la tête dans les épaules, on les pousse dans la cour.

L'adjudant affecte quatre de ses hommes à leur garde, sans regarder Viktor ni rien lui demander.

Il en déboule encore. Un gros court poussivement, secouant sa tête ensanglantée.

« Halte ! » hurle un sergent de ville en le menaçant du fourreau de son sabre.

L'homme s'immobilise tout soudain et lui jette un regard de ses yeux troubles. Un éclair passe sur son visage, l'ébranlant tout entier. Alors, ramassant la masse de son corps, il abat son poing comme une poutre sur le policier qui bascule et tombe à la renverse dans la neige. Puis, il tourne les talons et, avec la pesanteur d'un cheval de trait, s'éloigne au trot.

« Arrêtez-le ! » s'écrie Vavitch d'une voix sauvage qui lui semble étrangère.

Deux sergents s'élancent. Dans l'intervalle, il en passe encore et encore, Viktor en saisit lui-même un par l'épaule.

« Lâche-moi ! » lui jette celui-ci en pleine face.

Viktor le tient solidement par la manche de sa vareuse.

« Lâche, je te dis ! » répète l'ouvrier à mi-voix en le regardant dans les yeux, impérieusement, haineusement.

Un instant, la main de Viktor faiblit. L'ouvrier dégage son épaule et s'éloigne sans même courir.

« Lui ! Lui, là ! » braille Viktor.

L'ouvrier accélère le pas.

« Halte, salaud ! »

Viktor court, les mâchoires serrées.

Deux sergents de ville s'élancent derrière lui.

« Attrapez-le ! »

L'ouvrier s'arrête, se retourne.

« Qu'est-ce que vous me voulez ? » crache-t-il hargneusement.

Les sergents se jettent sur lui. Ils tirent sur sa vareuse qui craque ; l'homme tente de s'arracher à ses vêtements. Viktor s'agrippe à son sarrau et secoue, secoue l'ouvrier. Vavitch a un rictus convulsif, les larmes lui viennent aux yeux, mais il continue à secouer l'autre comme un prunier.

« Viens ! Viens, salaud, quand on te le dit ! Hein, quand on te le dit ! serine-t-il.

— Mais j'ai... à faire... J'habite par ici..., répète l'ouvrier. T'as perdu la boule ou quoi ?

— Quand on te le dit, hein ?... », martèle Viktor, hors d'haleine, en le secouant de toutes ses forces, empoignant un pan du sarrau.

L'adjudant vient à la rescousse.

« On l'expédie au poste ?

— Au poste, oui !... Quand on te le dit !... », hurle Viktor, s'engouant.

Deux sergents emmènent l'homme de force. Viktor voudrait le rattraper et le frapper à tour de bras : le poing lui démange encore. Il s'élance pour faire quelque chose, ne fût-ce que donner des instructions. Crier sa fureur. Brusquement, des maisons là-bas, accourt une femme. Les pieds nus dans la neige. Elle sautille sur le trottoir de bois pour rejoindre le prisonnier.

Viktor l'entend psalmodier d'une voix dolente :

« Oh, mon petit Philippe, mon Philippounet ! Oh, mon chéri à moi ! »

Viktor voit l'ouvrier l'arrêter d'un signe de tête revêche et elle se fige dans la neige.

Viktor s'immobilise à sa hauteur. La femme, qui regarde obstinément les sergents s'éloigner, ne le remarque pas.

Vavitch reste là un instant.

« S'il est innocent, il ne lui arrivera rien, laisse-t-il échapper. Qu'est-ce que vous faites ici, pieds nus ?... »

La femme le regarde, les yeux écarquillés, vides, transparents. Et de se mettre à brailler, avant de partir en courant.

Viktor revient sur ses pas, ses genoux sont agités d'un léger tremblement. De loin, il aperçoit les moustaches noires et ligneuses de l'adjoint du commissaire.

« Vous en avez une pleine cour ! crie celui-ci à la cantonade. Embarquez-les ! ordonne-t-il aux sergents qui, tous, le regardent. Un par un ! Et comptez-les ! On s'en grille une ? » ajoute-t-il à mi-voix à l'intention de Viktor.

Viktor fouille dans ses poches, à la recherche de son porte-cigarettes que sa main ne reconnaît pas.

« Je vous en prie, prenez une Lacto. »

Et l'adjoint de lui tendre d'une dextre ferme son énorme coffret à cigarettes.

La cigarette frémit aux lèvres de Vavitch, tandis que son supérieur tente, d'une main qui ne tremble pas, de l'allumer au bout incandescent de la sienne.

Les corps piétinés forment des taches noires sur la place enneigée. Une grande brouette, à fond métallique gris, demeure au beau milieu du désert devant l'usine. Non loin de là gît un drapeau rouge, presque enfoui dans la neige.

En compagnie de deux sergents de ville, l'adjoint se hâte d'aller le ramasser. Il le secoue, l'examine en le tenant à bout de bras devant lui. Les sergents affichent un air morose.

« Emporte-le tel quel ! enjoint-il en tendant le drapeau à l'un d'eux.

— Y a un homme là-dedans, Votre Haute-Noblesse ! déclare l'autre qui est allé voir la brouette.

— Il se planquait ? »

Et l'adjoint, renfrogné, marche d'un pas résolu vers l'engin.

Il jette un regard et aperçoit un visage gris, bouffi. L'Ignatovitch cligne absurdement de l'œil droit et vagit.

« Tu… tu es qui ? » interroge l'adjoint.

Des gens sortent en courant de l'usine et traversent la place, en veston, coiffés de toques de mouton, pareilles à des soufflés. De loin, ils font de grands gestes.

« Les employés des bureaux, lance un sergent. Ça doit être un des leurs », ajoute-t-il en détournant les yeux de l'Ignatovitch.

Dans une ruelle, les cosaques donnent la chasse à un groupe d'hommes encerclés. Leurs chevaux piétinent les trottoirs de bois, trébuchent, se pressent tout contre les palissades, rencognent les femmes contre les portails. Celles-ci se répandent en lamentations, elles sont là, le foulard en bataille, découvertes en plein froid, et les gosses piaillent à qui mieux mieux. Sans regarder, un sourire crispé aux lèvres, les cosaques, fouaillant de leurs nagaïkas leurs petits chevaux, crient : « Allez, allez ! » Et les gens de s'affoler, de chercher à fuir.

Soudain, un cri. Toute la rue regarde, un instant les cosaques tournent la tête. Un cri éperdu de femme, telle une plainte d'agonie, déchire l'air, ébranle les murs.

« Mon Fedka ! Oh ! Mon petiot ! Pourquoi, mon Dieu ?… Les monstres ! Mon petit Fedka ! »

Deux hommes portent sur un manteau qu'ils tiennent par les bouts un enfant dont le visage livide penche de côté. Dans sa manche épaisse, déchirée, son bras est maladroitement replié sous sa tête, en une pose mortuaire. Les cosaques accélèrent l'allure et dispersent la foule. Sur le trottoir de bois, leur sous-lieutenant, le sourcil mauvais, galope en avant.

L'écharpe

« Je me demande vraiment comment vous allez vous débrouiller tout seul. Mon Dieu, vous ne tenez pas debout ! »

Nadienka fait les gros yeux, mais ses lèvres sourient, elle se joint aux efforts de Douniacha qui aide Bachkine à endosser son manteau. Ce dernier plisse béatement les yeux et titube plus que de raison. Il n'arrive pas à fermer son vêtement, tente péniblement de loger dans le passant un bouton qui s'en échappe aussitôt. Bachkine émet alors un petit rire et laisse retomber son bras sans force.

« Une écharpe ! Une écharpe ! crie brusquement Nadienka. La mienne, Douniacha, en tricot. »

Et Nadienka de se dresser sur la pointe des pieds pour lui emmitoufler le cou de l'écharpe bien chaude. Les lèvres de Bachkine fondent en un sourire d'ivresse, son cou pivote, tandis que les douces mains de Nadienka s'activent, ajustant le cache-nez.

« Attention, pas plus de cinq minutes ! Et ici, devant la maison ! » Elle le menace du doigt. « Sinon j'envoie Douniacha ! »

Le visage de Bachkine est tout plissé de sourire.

« Et prenez garde en descendant l'escalier ! » lui crie-t-elle depuis le seuil.

Bachkine accentue le flageolement de ses jambes et descend quelques marches, comme à la dérive. La porte de l'appartement se referme en claquant. Bachkine fait deux ou trois pas traînants, puis, se penchant sur la rampe et y plaquant le ventre, se laisse glisser jusqu'en bas.

« Et alors ? Je marche avec difficulté, songe-t-il gaiement. Qu'importe si on me voit ! Ça vous dérange, hein ? »

Du doigt, il fait vibrer ses lèvres – « brr ! brr ! » – à la manière des enfants. Il fait bon dans la rue, sans pourtant que la neige se décide à fondre ; l'air est printanier, plein d'un trouble rêveur. Songe impromptu du temps au milieu de l'hiver. L'air enveloppe Bachkine qui se met à marcher, prudent, concentré, sur le trottoir. Il observe un moineau qui picore du crottin fumant au soleil et, tout en picotant, ne cesse de tourner en tous sens sa petite tête.

« Lui aussi…, murmure Bachkine, perdu dans ses pensées, sans pouvoir définir cet "aussi". Quoi, aussi ? Rien, qu'il picore tranquillement ! » se dit-il, vaguement agacé, et il reprend sa marche, se penchant à chaque pas.

Mutisme de la rue dans son nuage tiède. Soudain, à l'autre bout – les yeux myopes de Bachkine voient mal –, un attroupement se forme près d'un mur. Un autre groupe avance rapidement à la rencontre de Bachkine dont la respiration s'accélère. Les gens suivent un petit bonhomme portant un seau.

« Je suis malade, ça ne me regarde pas », se dit sentencieusement Bachkine qui hausse les sourcils et s'arrête devant le mur.

Le petit homme ne vient pas jusqu'à lui, il s'immobilise, aussitôt entouré par les gens. Bachkine fait quelques nouveaux pas prudents, il entend un brouhaha et dans cette rumeur résonne la note aiguë de l'alarme qui plane au-dessus des têtes.

L'homme colle sur le mur un papier blanc et bat péniblement en retraite. Des voix indistinctes lisent alors, comme on dit une prière, sans s'accorder, criant les mots de plus en plus fort. Bachkine se fraie un passage et, penchant son long corps au-dessus des gens, voit, écrit en grosses lettres bien nettes : « Manifeste impérial. »

MANIFESTE IMPÉRIAL
PAR LA GRÂCE DE DIEU, NOUS, NICOLAS II,
EMPEREUR ET AUTOCRATE DE TOUTES LES RUSSIES,
de Moscou, Kiev, Vladimir, Novgorod ; Tsar de Kazan, Tsar d'Astrakhan, Tsar de Pologne, Tsar de Sibérie, Tsar de Chersonèse de Tauride, Tsar de Géorgie, Souverain de Pskov et Grand-Prince de Smolensk, de Lituanie, de Volhynie, de Podolie et de Finlande ; Prince d'Estlandie[1], de Liflandie[2], de Courlande et Semigalie[3], de Samogotie[4], de Bialystok, de Carélie, de

_____

1. Nord de l'Estonie.
2. Nom allemand de la Livonie : nord de la Lettonie et sud de l'Estonie.
3. Est de la Courlande.
4. Partie de la Lituanie.

430

Tver, d'Iougorie[1], de Perm, de Viatka, de Bolgarie[2] et autres, Souverain et Grand-Prince de Novagrad[3] et des Terres-Basses, de Tchernigov, de Riazan, de Polotsk, de Rostov, de Iaroslavl, de Belozersk, d'Oudorie[4], d'Obdorie[5], de Kondie[6], de Vitebsk, de Mstislav et Seigneur de toutes les contrées du Septentrion ; Souverain d'Ibérie, de Cartalie, de Kabardie[7] et des terres d'Arménie ; Souverain et Maître héréditaire des Princes circassiens, des Princes de la Montagne[8] et autres ; Souverain du Turkestan, Héritier de Norvège, Duc de Schleswig-Holstein, de Stormarn, des Dithmarschen et d'Oldenbourg, etc., etc.

À tous Nos fidèles sujets faisons savoir :

Soucieux de préserver la paix chère à Notre cœur, Nous avons mis en œuvre tous Nos efforts afin d'assurer la tranquillité en Extrême-Orient. À ces fins pacifiques, Nous avons consenti à la proposition du Gouvernement japonais de réviser les traités en vigueur entre les deux Empires, relatifs aux affaires de Corée. Les pourparlers initiés à cet effet n'ont cependant pas abouti, et le Japon, sans attendre les ultimes propositions de Notre Gouvernement, a annoncé l'arrêt des négociations et la rupture de ses relations diplomatiques avec la Russie.

Sans avertir que cette rupture impliquait le déclenchement d'opérations militaires, le Gouvernement japonais a donné à ses torpilleurs l'ordre d'attaquer par surprise

1. Au nord de l'Oural.
2. Région des bords de la Volga et de la Kama.
3. Nom historique de Nijni-Novgorod.
4. Dans l'actuelle République des Komis.
5. Actuelle région de Salekhard.
6. Dans l'actuelle région de Tioumen.
7. Ibérie, Cartalie, Kabardie, régions du sud de l'Empire.
8. Correspond aux régions de l'actuel Nord-Caucase.

Notre escadre mouillant actuellement dans la grand-rade de la forteresse de Port-Arthur.

Dès réception du rapport de Notre Gouverneur d'Extrême-Orient à ce sujet, Nous avons ordonné de relever le défi nippon par la force des armes.

En proclamant ainsi Notre volonté, avec une foi inébranlable dans le secours du Très-Haut et le ferme espoir que tous Nos fidèles sujets seront unanimement prêts à se dresser à Nos côtés pour la défense de la Patrie, Nous appelons la bénédiction divine sur Nos vaillantes troupes de l'Armée et de la Flotte.

Donné à Saint-Pétersbourg, le vingt-sept janvier de l'an de grâce mil neuf cent quatre, et de Notre règne le dixième.

Texte original signé de la propre main de Sa Majesté Impériale :

NICOLAS

Des maisons d'en face accourent les gens, sans chapka, resserrant contre leur poitrine les pans de leur manteau. Essoufflés, ils se glissent, se fraient un chemin à travers la foule. Bachkine regarde : la rue se hérisse de petits groupes, d'attroupements, la rumeur enfle et résonne entre les murs, il ne saurait dire si les voix vibrent d'anxiété ou de joie.

Un cocher de fiacre descend de son siège et, telle une femme, retroussant son vêtement, traverse le trottoir d'un pas pesant.

« Non, les gars, c'est-y vrai, c'est la guerre ? Hein ? »

Tous se retournent à cette voix rustique. Bachkine aussi. Il sourit et songe qu'il faudrait leur dire à tous quelque chose de joyeux. C'est alors qu'il remarque dans la foule un homme qui, coiffé d'une casquette de drap, le fixe, les sourcils levés, les yeux écarquillés, et lui ordonne d'un signe de tête de le rejoindre à l'écart.

« Insolent crétin ! » pense Bachkine, mais son cœur bondit, bat la chamade et, malgré lui, il regarde ce visage stupide, puis, transpirant d'émotion, s'en rapproche.

« Venez donc par là que je vous parle ! »

L'homme a un mouvement du menton et s'éloigne un peu, Bachkine le suit.

« Céèssov ? » demande l'autre en lui jetant en pleine face un coup d'œil venimeux.

Bachkine ne comprend pas tout de suite. Tout ce qu'il sait, c'est que cela vient de *là-bas* et sa bouche, sa gorge se dessèchent.

« Faut que t'ailles au rapport.

— Je sais, répond Bachkine d'une voix rauque, offensée. Je sais, j'irai.

— Illico ! Tu te balades, alors que là-bas ils t'attendent. Suis-moi, et on n'en parlera plus. Marche devant ! » L'homme marque le pas. « Où tu vas ? Prends à gauche ! »

Et Bachkine de marcher devant, de bifurquer comme la voix, derrière lui, l'en enjoint. Il marche en respirant poussivement, sans se retourner, à croire que l'homme qui le suit lui enfonce un bâton dans les reins.

« À gauche ! Le portail ! Tu connais pas ? »

On leur ouvre. L'homme est toujours derrière lui, sur ses talons. Dans la cour, Bachkine prend à droite, empruntant la même porte que la première fois avec le sergent de ville. Puis il gravit l'escalier familier, les mêmes marches.

« Tu connais le chemin ? le hèle l'homme, d'en bas. Sinon, je t'accompagne. »

Il se hâte de le rejoindre et de faire pivoter la porte-miroir sur le palier.

Bachkine sent qu'il est cramoisi, que le sang lui brûle les joues. Il a le cœur qui s'emballe, il a l'impression de n'être que ce cœur, que celui-ci vit indépendamment de lui et tourne dans sa poitrine comme dans une cage. Bachkine ne voit rien autour de lui, mais il saisit sans faillir la poignée de la porte.

« Halte ! Où tu vas ? » crie un gendarme au fond du couloir.

Il accourt dans un cliquetis d'éperons. La porte ne cède pas. Le gendarme écarte brutalement la main de Bachkine, la porte frémit, tremble.

« Fous le camp !… Tire-toi… », s'écrie Bachkine, haletant.

La porte s'ouvre de l'intérieur, Bachkine serait tombé si le gendarme ne l'avait retenu. Sur le seuil se tient le capitaine Reihendorf, étincelant de tous les boutons de son uniforme.

« Que se passe-t-il ? Ah, Semion Petrovitch ! Entrez donc ! » Il s'écarte, claque des talons et l'invite du geste. « Vous auriez dû laisser votre manteau au vestiaire… Aide-le ! » lance-t-il au gendarme dans un mouvement du menton. Ce dernier retire le vêtement de Bachkine qui agrippe de toute la force de ses doigts les deux bouts de l'écharpe.

« Retirez vos caoutchoucs », glisse à mi-voix le gendarme.

Bachkine a quelque peine à bouger les jambes.

« Prenez place, poursuit le capitaine en lui avançant un fauteuil. Écoutez, pourquoi nous faites-vous languir ? C'est qu'on vous attend !

— Je suis malade, j'ai été malade », confie Bachkine dans un souffle. Il serre l'écharpe contre sa poitrine. « Je le suis encore… Je ne peux pas… peux pas…

— J'espère qu'on vous a bien traité ? » Le capitaine se penche vers lui avec sollicitude. « Ce sont des gens aisés, n'est-ce pas, et très hospitaliers, semble-t-il. Trop même, peut-être ? Hein ? Qu'en dites-vous ? Ne le sont-ils pas trop ?…

— Je ne sais pas, je ne sais pas », répond Bachkine en secouant la tête.

Il mordille le pli de l'écharpe, les mâchoires crispées.

« Comment cela, vous ne savez pas ? Permettez, vous avez su magnifiquement vous placer. Une situation des plus profitables. J'ai vraiment admiré, quand on m'en a informé. Une idée de génie ! Pardonnez-moi, j'ai même cru que votre maladie était aussi une de vos inventions.

— Ou-ou-ouh ! geint Bachkine, les dents serrées, en dodelinant de la tête.

— En fait, vous avez bien eu une fluxion de poitrine… aux deux poumons. N'est-ce pas ? »

Bachkine, le buste plié touchant presque ses genoux, fixe le plancher sans mot dire. Il sent que les yeux du capitaine sont rivés à sa nuque, il sent même l'endroit précis où ils appuient, métalliques, blancs, brillants comme des boutons d'argent.

« Écoutez voir, c'est que nous savons beaucoup de choses. Vous comprenez bien que nous ne pouvons laisser pareille maison sans surveillance. Nous devons à présent passer à l'action. Toujours le problème que nous évoquions, l'autre fois, avec vous… Vous vous rappelez ? Comment ? Non ? »

Bachkine secoue négativement la tête.

« Ces gens, je l'espère, vous sont chers, ne fût-ce que cette bonne Anna Grigorievna… ou encore… cette Nadejda… Nadejda, c'est bien ça ? Je ne me trompe pas ?… Vous devez ici nous donner tous les fils, afin d'éviter une cruelle injustice. Comme celle, je le confesse, qui vous a été faite. »

Bachkine relève les yeux. Mordillant toujours l'écharpe, il regarde le capitaine de tous ses yeux largement ouverts. Ce dernier se tait. On entend Bachkine respirer bruyamment par le nez. Le capitaine se rembrunit. Ses lèvres se tordent de dégoût et, dans un murmure audible, il profère : « Tocard ! »

« Voyez-vous, reprend-il d'une voix sourde, ses yeux plissés fixant le mur au-dessus de Bachkine. Voyez-vous, la guerre est déclarée. De sorte que l'heure n'est plus aux plai-san-te-ries ! Et il serait cri-mi-nel de notre part de faire des chichis. Nous allons adopter un autre ton avec vous, n'oubliez pas que vous avez signé, monsieur Céèssov ! Quant à ceux-là… » Il fusille soudain Bachkine du regard et débite sèchement : « … nous les écrrraserons jusqu'au derrrnier ! »

Bachkine se renverse contre le dossier de son siège, il baisse de nouveau la tête, les yeux rivés au plancher, mâchonnant l'écharpe.

« Nous devons donc attaquer à la racine. Croyez-m'en, nous n'allons pas briser les vitres, si nous pouvons entrer par la porte. Et cette porte, vous nous aiderez, vous, à la trouver. Eh bien, jeune homme ?… »

LIVRE II

Thémistocle

« *"Themistocles Neocli filius Atheniensis."* Ça se comprend vraiment tout seul ! se dit Kolia en gigotant sous sa couverture et ses draps propres, lisses. *Themistocles* : Thémistocle, *Neocli* : de Néoclès, *filius* : fils, *Atheniensis*, ça veut dire : Athénien. Demain, je serai interrogé et je réciterai sans me tromper, exactement comme en russe : *"Themistocles Neocli filius…"* C'est vraiment une chouette langue ! »

Kolia se signe sous son drap, il se sent bien, heureux comme dans une petite maison. Renversant la tête en arrière, il jette un coup d'œil vers l'icône. Tout là-haut, dans l'angle, l'or brasille encore dans la pénombre et le bon Dieu a l'air si gentil, on dirait qu'Il somnole dans son coin. N'empêche qu'Il voit tout : Il a les paupières mi-closes, et pourtant, par la petite fente, Il voit tout ce qui se passe en bas. Il sait que Kolia a écrit au crayon, sur un bout de mur, une poésie tellement… bébête. Les vers regimbent dans la mémoire de Kolia et défilent au pas, tels des soldats : une, deux ! Une, deux !…

Kolia se frotte la tête contre l'oreiller : et dire que Dieu entend tout ça ! Il le punira pour ses péchés. Mais Kolia n'arrive pas à se sortir ces vers du crâne, ils reviennent sans cesse. Si maman allait mourir ? Il entend le froufrou d'une percaline neuve, il voit sa mère passer dans l'entre-bâillement lumineux de la porte. Elle fait de la couture. Elle est vivante et elle coud. Pour le moment, elle est vivante, mais si, soudain… Il serait là à lui tapoter la main.

« Maman, ma petite maman chérie ! Allons, ma petite maman à moi ! » Les larmes lui montent aux yeux, il ne peut plus respirer. Lui secouer, lui secouer le bras… On a beau l'appeler, elle est muette. Sangloter, plaquer sa tête contre elle et dire : « Maminette, maminette chérie ! »

« Maminette ! »

La voix de Kolia déchire le silence.

Une chaise bouge et sa mère accourt, la percaline à la main, ouvrant tout grand sur la lumière de la salle à manger.

« Qu'est-ce que tu as ? » demande-t-elle en se penchant sur lui.

Kolia serre contre lui la tête, les cheveux de sa maman, convulsivement, de toutes ses forces, tandis qu'elle tient maladroitement sa main de côté.

« Attention, ne te pique pas ! »

Mais Kolia colle ses lèvres à l'oreille de sa mère et murmure :

« Ma petite maman chérie, ne meurs pas, jamais, t'as pas le droit ! Je sais pas ce que je ferais… Surtout, ne meurs pas ! Maman chérie ! S'il te plaît ! » Kolia se fige, son visage humide pressé contre celui de sa mère. Il chuchote : « Je te l'interdis ! Je te l'interdis ! »

Il veut conjurer le sort.

« Aïe, tu m'étouffes ! Ne fais pas le fou ! dit-elle en dégageant sa tête. Je ne vais pas mourir. Si tu ne veux pas que je meure, recouche-toi et dors. »

Elle embrasse ses yeux pleins de larmes.

Mais, lorsqu'elle reprend sa place sous la lampe, un tortillon de pensées désordonnées tournoie au-dessus de sa tête, et elle se pique deux fois le doigt.

Dans le noir, Kolia serre les dents comme s'il avait mal, et murmure une prière qui est aussi une menace :

« Fais qu'elle ne meure pas… Jamais ! Seigneur, je Te préviens, que ça n'arrive jamais ! »

Il ferme bien fort les paupières pour écraser, écrabouiller sa méchante incantation et des taches d'un bleu sombre se mettent à voguer devant ses yeux.

Réveil brutal. Derrière la porte, il entend son père lancer d'une voix étouffée, rauque :

« Je n'arrête pas de te le dire : c'est impossible ! Comment veux-tu, bon Dieu, que je ne les prévienne pas ? Je te le répète : ce sont nos gars, les nôtres, ceux du télégraphe. Pétersbourg m'expédie des signaux, que je déchiffre, bien sûr ! »

La mère de Kolia murmure, il ne distingue pas ses paroles.

Il est tendu comme un arc, son cœur bat la chamade, ses jambes sont paralysées, il allonge le cou, de plus en plus, vers la porte.

Chuchotis hâtif, précipité de sa mère. Brusque coup de poing de son père sur la table : la vaisselle sursaute. Kolia ne respire plus.

« Il y en a qui ont, pas un, mais cinq gosses ! C'est impossible, tu comprends ? Ordre a été donné de ne transmettre aucun message, sauf à qui de droit ! Et pourtant, je le ferai !… Il m'arrivera ce qui arrive aux autres. Aujourd'hui, on a eu une I. S. Oui, oui, là, cette nuit. Tu sais ce que c'est qu'une I. S. ? Ça veut dire : une liaison directe, une Injonction Suprême. Une I. S. à destination de Tiflis[1]… Quoi, moins fort ? Quelle importance ? Eh oui, leur ordre, je m'en torche ! C'est ça, pleure, maintenant, braille tout ton soûl ! »

Maman renifle, papa tourne sa cuiller dans son verre. De plus en plus vite. Il bouge brusquement sa chaise, fait un pas, ouvre grand la porte, entre et, le pied pris

---

1. Ancien nom de Tbilissi, capitale de la Géorgie. Dès 1901, des troubles éclatent en Transcaucasie, notamment à Bakou et Tiflis, annonciateurs de la révolution de 1905.

dans l'ouvrage blanc de la mère, se met à farfouiller sur la table.

« On te fusillera ! » sanglote la mère.

Kolia sursaute, ses lèvres tremblent, il a un hoquet, il est tourneboulé par ce mot, par la voix de maman.

« Rien à foutre ! » hurle son père sur le seuil.

Il referme la porte et balance du pied l'ouvrage de couture dans la salle à manger. Il se couche, le lit grince – grincement qui semble sinistre à Kolia. Son père se tourne et se retourne. Il craque, craque des allumettes, les casse. Il allume une cigarette. À la lueur de la petite flamme, Kolia aperçoit le visage paternel comme sculpté dans une lourde pierre, sa barbe poivre et sel lui paraît plus dure, à croire qu'elle est de barbelés. De nouveau le silence, on entend simplement la mère pleurer, hoqueter.

Kolia a envie de se lever, d'aller trouver sa mère, mais il n'ose pas. Le bout incandescent de la cigarette s'avive, le père s'enveloppe de fumée.

« Vassia, Vassia, Vassia chéri ! » dit la mère, tout près de la porte, d'une voix entrecoupée, pleurarde.

« Se peut-il que papa… », s'interroge Kolia, le corps tendu vers la voix.

Déjà papa a bondi, déjà il a ouvert la porte.

« Allons, Glacha, allons, ma parole ! Il n'y a pas de quoi se mettre dans un état pareil ! »

La mère s'accroche à son épaule, s'agrippe solidement, de tous ses ongles, à une de ses bretelles, en le harcelant de coups de tête.

Le père la retient d'une main tandis que, de l'autre, il tourne le bouton de l'interrupteur. Kolia est à présent assis dans son lit, il contemple la scène et murmure ce que papa doit dire.

Ses parents s'asseyent sur leur lit.

« Comment t'expliquer ? commence papa. Tout de même, je te le répète : demain, les omnibus ne circuleront plus, et, après-demain, les boutiques seront fermées. Ça touchera tout le monde ! »

Là, papa s'adresse à Kolia qui opine afin que maman soit plus vite convaincue et qu'elle cesse de pleurer.

« Le petit, lui, comprend ! »

Maman regarde Kolia de ses yeux éplorés, telle une petite fille qui interroge et veut croire, elle le regarde comme s'il était un grand. Et Kolia approuve de la tête.

« Si on me pose des questions, je répondrai que je ne suis pas différent des autres. Après tout, ils ne peuvent pas noyer toute la population, aucune mer n'y suffirait, tu sais ! »

Papa éclate même de rire.

Alors, maman s'efforce de sourire à travers ses larmes, tout en retenant papa par la manche. Kolia lance gaiement, de toutes ses forces :

« Bien sûr qu'aucune n'y suffirait !

— Dors donc ! » réplique maman et, du geste, elle le renvoie à son lit.

Kolia se recouche aussitôt, prestement, réglementairement : une main sous la joue.

« Cesse de faire le bêta ! »

Cette fois, il y a un vrai sourire dans la voix maternelle.

« Dieu merci, Dieu merci ! » songe Kolia qui plisse les yeux et respire comme s'il sortait de l'eau.

Le saumon

La première fois, c'était il y a longtemps, le samedi qui avait suivi la nomination de Viktor dans son secteur. Il parcourait les rues, tel un propriétaire arpentant son domaine, et glissait un regard sévère sous tous les porches. Les concierges ôtaient prestement de leurs têtes chancies leurs lourdes chapkas qu'ils tenaient ensuite dans leur pogne comme un pot de gruau d'où s'échappait de la vapeur. Viktor examinait chacun, esquissant tout juste un salut de la tête. Il avait lui-même vérifié que le magasin d'État pour les alcools était bien cadenassé, il était entré dans le magasin d'alimentation générale : un éclairage électrique du diable, des murs recouverts de carreaux de faïence, des comptoirs de marbre, des dames qui s'agitaient et, à l'aide d'une pelle miniature, goûtaient le caviar, des poissons d'une demi-sajène dont la tranche rouge reluisait. Les dames lorgnaient Viktor.

Voici que l'une d'elles a enlevé son gant et, de l'ongle de son petit doigt, cueille une noisette de beurre, la goûte, tandis que le commis, une fripouille ventrue, la regarde dans les yeux et lui fait l'article.

« S'il lui refilait je ne sais quelle pourriture et qu'elle, la pauvre dame, elle marche ? Voyez comme il se dépêche d'empaqueter sa marchandise, le scélérat ! Histoire qu'elle ne se ravise pas… »

« Qu'est-ce que tu nous emballes là ? »

La voix de Viktor couvre les autres.

Tous se retournent. Les mains du commis se pétrifient.

« Du saucisson, m'sieur.

— Quelle sorte ? Montre un peu ! Mille pardons, madame ! » Viktor se fraie un passage jusqu'au comptoir. « Peut-être que vous refilez n'importe quelle pourriture aux… habitants… de notre ville ? »

Sans souci pour son gant, Viktor prend le saucisson, le porte à son nez en fronçant les sourcils. Le magasin se tient coi, tous fixent l'inspecteur.

« Coupe-m'en une rondelle !

« — Vous voulez le goûter ici ? demande à mi-voix le commis.

— Et où donc ? Dans la rue ? » s'écrie Viktor.

Le vendeur semble s'envoler, tel un oiseau effrayé, il bat des coudes et : clac ! découpe une fine rondelle qu'il tend au bout de son couteau tremblant. Les yeux rivés sur le rayon du haut, Viktor suçote gravement le saucisson.

« Ça va pour cette fois ! Mais gare ! »

Et de balancer à travers le comptoir la rondelle entamée.

Survient le propriétaire, barbichette, voix douce.

« N'ayez aucune inquiétude…

— Permettez… » Viktor se tourne à demi vers le public. « Il entre dans les obligations de la police de quartier… » Il rougit, a conscience que le sang afflue à son visage. « Il entre dans nos obligations de veiller à la bonne tenue du commerce. Sans cela, c'est que… on se retrouve aussi bien avec des cas d'empoisonnement.

— C'est juste, répond le patron en acquiesçant de tout le buste, tout à fait juste ! Il y a des cas de ce genre, mais pas chez nous. Notre marchandise est de première qualité ! » Et, promenant sa main sur le comptoir, il ajoute : « Goûtez tout ce que vous voudrez. »

Il est persuasif et onctueux. Déjà, le brouhaha reprend. Viktor entend une dame dire :

« En effet, si tout était aussi sérieux… C'est qu'il y a des cas de ce genre ! »

Viktor, la mine grave, se penche sur les bocaux dont le propriétaire soulève les couvercles, comme s'il ôtait son bonnet devant les autorités.

« Un bon petit saumon. Ça vous dit ? »

Viktor acquiesce. La tranche fine et parfumée fond dans la bouche.

« Chez nous, croyez-le bien… »

Viktor opine.

« C'est que…, reprend l'autre dans un murmure, cela sème la confusion parmi la clientèle. De grâce, pourquoi faites-vous du scandale ? »

Viktor le regarde.

« Je ne dis pas, y a des cas… », chuchote le patron.

Il a un soupir offensé.

« Votre saumon est remarquable, ma parole ! Vraiment remarquable ! déclare Viktor.

— Nous n'en avons pas de mauvais », réplique l'autre d'un air guindé, sans le regarder en face et en tambourinant de son couteau sur le marbre.

Viktor prend son mouchoir, s'essuie les lèvres.

« Vous voulez visiter l'établissement ? »

Déjà, d'un mouvement du menton, le propriétaire donne ses directives aux commis.

« Non, une autre fois.

— Comme il vous plaira, monsieur. Sinon, c'est possible. Si vous en avez le temps… Enchanté !

— Au revoir ! »

Tournant à moitié le dos, Viktor salue et se fraie un chemin dans la foule. Il ne regarde pas les dames.

« C'est un honneur ! Enchanté ! J'ai été ravi… », lance le propriétaire dans son dos.

« J'aurais dû me montrer intraitable jusqu'au bout », se dit Viktor, une fois dans la rue. De dépit, il accélère le pas, frappant du talon sur le trottoir. « En fin de compte, je me suis fait posséder, songe-t-il. C'est sans doute ce que toutes ces dames ont pensé. »

Il tire son sifflet de sa poche.

« Trrrr-u-ut ! »

Le doigt bouchant l'ouverture. Son bref, noble, impérieux.

Un sergent accourt du carrefour et se met au garde-à-vous.

« Fermeture de toutes les boutiques à onze heures ! Pas une minute de plus, pas le moindre dépassement, tu m'entends ? » Il ne remarque pas qu'il agite son sifflet en direction de la vitrine étincelante, des saucissons argentés. « S'il y a foule, préviens les gens. Qu'ils se débrouillent comme ils veulent, bon sang de bonsoir, mais à onze heures : rideau et cadenas ! Il faut de la discipline !

— À vos ordres ! répond le sergent. Ça vaut pour tous les magasins ?

— Tous ! hurle Viktor. Tous à la niche ! » ajoute-t-il en repartant.

· Ce soir, Grounia reçoit. De nouvelles relations. Tout est neuf. Dans la cuisine, le balancier de la pendule neuve oscille pour ne pas demeurer inerte quand tout s'agite à l'entour. Grounia est accroupie devant le four, Froska tient une serviette toute prête : les petits pâtés, quand ils sont à point, faut les sortir ! Sur l'étagère, les casseroles semblent vibrer, flambant neuves. La senteur brûlante des pâtés sonne l'alarme.

« Allons-y ! » Grounia s'empare de la serviette, retire, en soufflant parce qu'elle se brûle, la plaque du four. « Froska, Froska, vite ! »

Dans son élan, Froska fait tomber un tabouret. Les pâtés reposent en rangées régulières, exhalant un fumet de brioche.

Grounia, toute rouge, s'accroupit au-dessus de la plaque chaude et se fige dans la contemplation de son œuvre, comme s'il s'agissait de pierres précieuses. Penchée sur son épaule, Froska tend le nez.

Un coup frappé à la porte de la cuisine les fait sursauter. Aussitôt celle-ci, qui n'était pas verrouillée, s'ouvre, livrant passage à un gamin affublé d'un tablier blanc par-dessus sa pelisse. Il porte un plateau sur la tête.

« Une livraison de chez Bolotov. C'est-y là qu'habite l'inspecteur ? »

Et de décharger son plateau. Il y prend un long paquet qu'il laisse tomber lourdement sur la table.

« Qu'est-ce qu'il y a là-dedans ? s'enquiert Grounia en désignant l'emballage.

— Y a m'sieur l'inspecteur qu'est passé, il a dit de le livrer chez vous. Je me demande si ça serait pas du saumon. »

Grounia renifle : le sac sent le froid, le papier, l'épice-rie fine.

« À la revoyure ! »

Le gamin s'apprête à sortir.

« Combien je dois ? lance Grounia.

— C'est réglé ! répond le gosse en lui décochant un sourire joyeux et madré.

— Des pâtés, tu veux des petits pâtés ? » Grounia en saisit deux d'un coup, les fait passer d'une main dans l'autre en criant : « Vite, vite ! Prends-les avec ton tablier, sinon tu vas te brûler ! Comment ça, c'est pas la peine ? Prends ou je lâche tout ! »

Le gamin, en riant, rattrape les pâtés dans son tablier et franchit gaillardement la porte. Les marches résonnent sous ses pas et, de l'escalier, il s'écrie :

« J'vous suis ben reconnaissant !

— Ne les mange pas dans la rue, tu vas prendre froid ! » lui lance Grounia à la porte, avant de se précipi-ter vers le paquet.

Ses doigts impatients déchirent le papier.

C'est de bon cœur

« Il n'y a encore personne ? chuchote Viktor dans l'entrée, enveloppant la brûlante Grounia de l'air frais de sa capote.

— Non. Remonte ma manche ! » Grounia tient à l'écart ses mains grasses et présente à Viktor son coude rosi, béat, joyeux. « Le couvert est mis ! »

De la tête elle indique la porte et s'élance dans le couloir vers la cuisine.

Dans la salle à manger, sur la nappe étincelante, le chœur scintillant des verres, grands et petits, et des couteaux tout neufs. Des filets de hareng, avec les anneaux d'oignon soigneusement découpés. Dans une coupe de cristal, des champignons marinés, comme polis, ont fière et belle allure.

Viktor admire. Il éteint l'électricité, plisse les yeux, rallume pour tout redécouvrir d'un œil neuf. Il fait le tour de la table, rectifie l'alignement des couteaux, des fourchettes, redresse un champignon pour qu'on en voie le chapeau. Il secoue la tête afin que la lumière coure, glisse sur la verrerie et la faïence. L'idée lui vient de promener la suspension au-dessus de la table, et la lumière déferle en vagues devant ses yeux, en un jeu de flux et de reflux.

Les chaises disposées autour de la table attendent les convives.

Coup de sonnette. D'un geste prompt, Viktor immobilise la lampe et court ouvrir.

Sur le seuil, un jeune homme au visage rougeaud, coiffé d'une casquette d'uniforme des Postes. D'un petit doigt mouillé, Froska tient la porte grande ouverte.

« On peut entrer ? lance le jeune homme avec un petit rire rusé.

— File ! glisse Viktor à Froska. Je vous en prie ! s'écrie-t-il en esquissant un geste d'invite.

— Tu te décides, Jouïkine ? » lance une voix par-derrière et l'interpellé, trébuchant sur le seuil, vole littéralement dans l'entrée.

Un autre fonctionnaire, plus âgé, au col relevé, remet soigneusement le verrou de sûreté et braque sur Vavitch ses lunettes embuées.

« Salutissimo ! J'y voyons goutte, malgré que j'portions des bésicles ! lance-t-il, haussant les sourcils sur sa face grêlée.

— Qu'est-ce qui lui prend de jouer les péquenauds ukrainiens ? daube Jouïkine. Il s'appelle Popov[1] et il lui suffit d'une chope de bière pour perdre la boule.

— Ah, on a fait un petit détour, messieurs ? » Vavitch secoue la tête. « C'est vexant, ma foi ! » Il aide ses hôtes à retirer leurs manteaux. « Entrez ! »

Il retient difficilement un sourire d'impatience.

À l'aide d'un mouchoir bleu Popov essuie ses lunettes et zyeute la table.

« Non mais, vise-moi donc ça ! Les Lucullus sont servis ! »

Le visage de Viktor se fend d'un large sourire.

« C'est de bon cœur… »

Jouïkine se frotte les mains, son dos salue la table, les murs. Ses cheveux roux, brosse clairsemée, gominée, son col raide et les boutons de sa veste d'uniforme scintillent.

« Où se cache donc notre aimable hôtesse ? »

Il s'incline de nouveau, claquant légèrement des talons.

« Agrafena Petrovna vous prie de l'excuser, elle en a pour une minute. »

Viktor, à son tour, salue d'un enclin.

Popov détaille à présent la table à travers ses lunettes, puis il palpe le poêle, tourne la tête en tous sens, examine les murs.

« Tu fais l'inventaire, comme un créancier ? s'esclaffe Jouïkine, à croire qu'il vient de se remémorer une bonne blague.

---

1. Nom de famille qui n'a rien d'ukrainien, langue dans laquelle le personnage s'exprime à plusieurs reprises dans le texte.

— Avant, y avait pas d'pendule, réplique Popov en pointant du doigt la nouvelle horloge. Vé, vé ! s'écrie-t-il, le doigt brandi, en ployant un peu plus les genoux à chaque "vé".

— Excusez-moi un instant ! »

Viktor claque des talons et bondit hors de la pièce. On l'entend murmurer distinctement dans le couloir :

« Grounia, Grounia, ma chérie ! Nos invités sont là ! Apporte la vodka, au moins ! »

Il revient, avec un flacon bien glacé. À la surface flottent, petites mouches jaunes, des zestes de citron.

« Je vous en prie, messieurs ! »

Viktor les convie à s'asseoir en reculant les chaises.

« Ah non, pas sans la maîtresse de maison ! » rétorque Jouïkine.

À cet instant résonnent dans le couloir les pas légers, précipités de Grounia. Viktor et ses hôtes sourient en chœur.

« Tant qu'il n'y a pas de dames, s'anime soudain Popov, tant qu'il n'y a pas de dames, messieurs, voici une histoire. Une histoire vraie, je vous le jure ! »

Les trois têtes se rapprochent.

« C'est un Juif qui va chez le docteur… »

Viktor jette un coup d'œil à la porte derrière lui. Popov baisse la voix.

« Il arrive et voilà qu'il dit : "Môôchieu doktor ! Mon femme…" »

Jouïkine a un ricanement.

« Mon femme, répète Popov dans un murmure à peine audible, mon femme, môôchieu doktor, il a… »

Piétinement des petits talons de Grounia.

« Bon, ce sera pour plus tard », lance Popov avec un geste de renoncement.

Tous s'écartent vivement et, pour masquer leur friponnerie, regardent la porte.

Les pas s'éloignent.

« Donc, il lui dit, reprend Popov de sa place : "Mon femme", qu'il lui dit, "ttés fois, il a…" » Il agite son poing serré. « "Ttés fois, il a…" »

Retentissent de nouveau les pas de Grounia. La porte s'ouvre et, toute rouge, hors d'haleine, vêtue de sa robe rose à nœud écarlate, elle fait son entrée.

Au contraire

Jouïkine décrit un demi-tour sur ses talons, il avance d'un pas, se rejette en arrière, salue en se déportant et en bousculant Popov.

« Du fond de l'âme, salutations à notre cordiale hôtesse ! »

Et il se casse en deux.

Sa brosse rousse suscite un sourire joyeux chez Grounia. Jouïkine porte lentement à ses lèvres la main de la dame. Popov piétine en attendant son tour.

« J'vous salue ben, ma bonne dame ! » dit-il avec des hochements de tête.

Viktor regarde, fier et envieux, Jouïkine s'incliner sur la main de Grounia.

Une main que Popov secoue, comme il le ferait pour un vieux camarade. Il ne résiste toutefois pas à lui plaquer maladroitement un baiser bruyant sur le pouce.

« Agrafena Petrovna, nous ne nous sommes pas encore salués ! »

Et Viktor, dans un claquement de talons, de baiser la paume de Grounia.

« Prenez place, voyons, prenez place ! dit Grounia en se dirigeant vers son siège dans un froufrou.

— Mais *iak jé*[1]…, commence Popov. *Tsé vjé*[2]… la Loi, en un mot !

— Qu'est-ce que vous avez ? » Grounia se met à rire. « Vous faites un beau Tarass Boulba[3] ! »

Jouïkine s'esclaffe et tape dans ses mains.

« Je le raconterai ! Je le raconterai ! Je le dirai à tous les collègues. Boulba ! Assis, Tarass !

— Remplis les verres, Viktor ! ordonne Grounia.

— Juste rétribution de nos efforts ! ajoute Popov.

— Figurez-vous qu'aujourd'hui j'ai été contraint de…, rapporte Viktor en versant soigneusement la vodka. Imaginez : une épicerie fine pleine de monde…

— Que l'impur soit banni, que seul demeure l'esprit ardent ! s'exclame Popov en reposant bruyamment son godet sur la table.

— À la vôtre ! »

Tourné vers Grounia, Jouïkine lève son verre.

« Des champignons ? lui propose-t-elle.

— Oui, poursuit Viktor en haussant la voix. Pleine de monde… Une foule, à ne pas mettre un pied devant l'autre ! Pourtant, il faut bien vérifier ce qu'ils proposent pour répondre aux besoins de la population. Et si c'étaient des saletés ? Donc, j'y vais : "Qu'est-ce qu'on fabrique par ici ? je demande. Appelez-moi le patron ! – Le patron ? – Affirmatif ! Qu'on me montre tout !" Tous ont les yeux rivés sur moi. Le patron : "N'ayez aucune inquiétude, Votre Noblesse…" Moi : "C'est qu'on vous connaît, vous autres !"

— Sers donc, Viktor, tout le monde attend ! »

Viktor saisit le carafon.

---

1. « Comment donc ? » (ukrainien).
2. « C'est déjà… » (ukrainien).
3. Héros et titre de l'œuvre bien connue de Nicolas Gogol.

« Oui… "C'est qu'on vous connaît ! C'est du saucisson que vous avez là ? Faites voir ! Du jambon ? Donnez que je goûte !" Et c'est parti : "Cornichons ? Hareng ? Poisson ?…"

— Ah, quelle idiote je suis ! J'ai oublié l'essentiel ! »

Grounia bondit sur ses pieds et, claquant des mains, court vers la porte.

Tous, en souriant, la suivent du regard.

« Incident domestique ! déclare Jouïkine en levant un doigt et en plissant les yeux.

— Oui ! insiste Vavitch en forçant la voix. Alors, je vois… un saumon ! Un sacré morceau. Et s'ils l'avaient depuis cinquante ans ? "Vérification ! – Faites donc…" Je goûte : il vous fond dans la bouche. Une glace à la crème ! Un poisson comme ça !… », ajoute-t-il, joignant le geste à la parole.

À cet instant, entre Grounia. Un sourire énigmatique et joyeux aux lèvres, elle porte un plat oblong. Les regards passent de la maîtresse de maison à la table : où le poser ?

Jouïkine bondit.

« Quand on parle du loup !… »

Il écarte les petites assiettes, fait place nette, veut aider Grounia à loger le plat.

Levant haut ses sourcils qui se tordent tels des vers noirs, Vavitch fixe le saumon. Grounia ne l'a jamais vu ainsi. Un peu pâle, elle le regarde et porte une main à sa poitrine.

« D'où ça sort ? » entend-on dans le silence.

La voix de Viktor est méconnaissable.

« On l'a apporté. Un gamin. Tu pensais le garder pour demain ? demande précipitamment Grounia.

— Au contraire ! » répond-il en une sorte de glapissement.

Elle lui jette un regard soucieux, papillotant des yeux, tandis qu'il serre le poing au-dessus de la table, en faisant craquer ses doigts.

Jouïkine se fend d'un large sourire qu'il adresse tantôt à Grounia, tantôt à Viktor. Les sourcils levés par-dessus ses lunettes, Popov fixe son assiette en pianotant discrètement sur la nappe. Grounia est debout, elle appuie le bord du plat sur la table et a les yeux rivés sur Viktor.

« Tu es d'accord ?

— Oui, oui, répond Viktor en éructant ses mots. Pose, pose, bien sûr… Ça va de soi… »

Grounia s'exécute. Le dos gras du saumon décapité luit de confusion.

Le menton entre les mains, Grounia lance un long regard à Viktor.

« Je vous en prie, dit celui-ci d'un ton courroucé, en indiquant le plat d'un mouvement hargneux de la mâchoire.

— On l'attaque ? enchaîne Jouïkine. Si on boit, c'est à sa santé, et pour la nôtre faut le goûter. Pas vrai ? » ajoute-t-il. Il se tourne vers Popov et s'empare du carafon. « Permettez ? demande-t-il en remplissant les verres. À la santé du saumon !

— Merci… », bougonne Viktor qui siffle distraitement sa vodka.

Grounia ne le quitte pas des yeux.

« Fais servir… Il est déjà tranché », dit-il.

Grounia ne bouge pas.

« Permettez… » Jouïkine dépose dans l'assiette de Grounia une lamelle de saumon. « Laissez-moi vous raconter une histoire et vous me direz, vous surtout, Agrafena Petrovna, si ma réaction était légitime. À mon avis, oui. Imaginez… Encore un coup ? demande-t-il à Viktor qui, soudain, se saisit du carafon, bondit sur ses pieds et fait le tour de la table pour servir, rouge jusqu'aux oreilles. Donc, poursuit Jouïkine, j'ai rencontré au cours de danse une demoiselle, une petite blonde, qui danse magnifiquement le "Pose ton pagne"... C'est ainsi que nous appelons le pas d'Espagne. De fil en aiguille, on papote, patati et patata, et voilà que, figurez-vous, je me retrouve aujourd'hui, comme toujours, aux "Recommandés". On me présente une lettre au guichet... »

Jouïkine jette un regard à la ronde.

« Au guichet, oui..., répète Grounia en détachant ses yeux de Viktor.

— Donc, on me présente une lettre par le guichet. Sur l'enveloppe : "Recommandé. À l'attention de Piotr Nikolaïevitch Jouïkine." J'aperçois une main de dame. Je veux jeter un coup d'œil, la dame a déjà tourné les talons. Je crie : "Madame ! Vous, l'expéditrice !" Alors, quelqu'un dans la file d'attente : "Madame, madame !" On la ramène. Elle s'approche, toute rouge. Je regarde : c'est elle, la "Pas d'Espagne". Je lui dis : "Ce que vous êtes distraite, mademoiselle ! Veuillez prendre la peine d'indiquer le nom et l'adresse de l'expéditeur, la rue, la ville ou la localité, le district du destinataire." Et je lui fourre une plume dans les mains. Tout le monde regarde. Alors, j'ajoute : "Plus deux timbres-poste d'une valeur de sept kopecks." Qu'est-ce que j'étais censé faire d'autre, d'après vous ? »

Et Jouïkine, poings sur les hanches, coudes écartés, de les dévisager tous à la ronde.

« Oui, oui..., acquiesce gravement Viktor. Rien que pour sept kopecks... Mangez ! » ajoute-t-il en désignant le saumon.

On joue au mistigri en buvant de la bière. Viktor enfonce hargneusement le tire-bouchon et, serrant les

dents, arrache le bouchon, se sert en renversant la bouteille dans son verre qu'il remplit à ras bord et vide en
deux gorgées.

« Mmmen-teu-eur ! » siffle-t-il entre ses dents, en abattant ses cartes sur la table.

Cramoisi, en sueur, il est assis de biais. Popov jette
des coups d'œil aveugles à travers ses lunettes et, en
bon ménager, glisse ses gains dans la poche de son gilet.
Viktor, furibond, double ses mises.

« Pique, as, sept : pique-assiette ! » lance Jouïkine
chaque fois qu'il jette des cartes.

Grounia s'approche, pose la main sur l'épaulette de
Viktor. Mais il se tourne brutalement vers la table, se
penche sur les cartes, dégage son épaule.

« Ça, c'est du pipi de chat ? » fait-il en dévoilant son
jeu.

Et de siffler encore et encore la bière froide.

Il est une heure et demie lorsque Viktor tourne deux
fois la clé dans la serrure derrière les invités, puis passe
dans son cabinet de travail. Il entend Grounia faire
tinter la vaisselle en débarrassant la table. Il arpente la
pièce, d'un coin à l'autre. Bruit des couteaux et des fourchettes jetés en paquet par Grounia sur la table. La porte
s'ouvre. Viktor lui tourne le dos.

« Vitia, mon chéri ! » exhale Grounia à pleine poitrine. Elle le contourne, le prend par les épaules.

Hargneux, il lui lance un regard rapide bien en face et,
se rembrunissant, fixe sa cigarette.

« C'est à cause du saumon ? » Les yeux écarquillés de
Grounia se posent sur les paupières baissées de Viktor.
« Mon cœur ! Vitia, mon petit cœur ! Tu ne voulais
pas ? »

Il se retourne, avance d'un pas.

« Je sais ce que je dois faire. »

Il jette son mégot dans un coin.

« Vitia, qu'est-ce que je pouvais ?… Le gamin l'a apporté. J'ai cru que ça venait de toi. J'étais toute contente. C'est ce qu'il a dit : "L'inspecteur a demandé de le livrer chez vous." Vitia !

— Dehors ! hurle Viktor dans tout l'appartement. Dehors, il fallait le chasser, le scélérat ! Lui botter les fesses, à ce fils de chienne ! Au diable ! » Et de taper si fort du pied que tout tinte sur le bureau. « Le renvoyer dans sa niche ! »

Il abat violemment son poing sur la table.

Grounia le regarde de tous ses yeux. On entend dans la cuisine Froska manipuler, laver précautionneusement la vaisselle.

« Tu comprends ? Tu com-prends ? » La voix de Viktor est un murmure rauque et mauvais. « Tu comprends ce que ça veut dire ? Je lui casserai la gueule à cette canaille… demain… dans sa boutique… devant tout le monde. Quel sssa-laud !

— Mais pourquoi ? Pourquoi ? répète Grounia qui éclate soudain de rire. Il fait trois livres, ce saumon, trois et demie tout au plus, y en a… quoi… pour cinq roubles cinquante. On les paiera, ces cinq roubles cinquante. Je vais le peser, on n'a pas mangé plus d'une demi-livre ! »

Déjà, Grounia s'empresse.

« Ma petite Grounia, crie Viktor d'une voix étranglée, ma chérie ! »

Elle s'élance vers lui, lui plaque au hasard un baiser sur le sourcil, puis s'écrie du couloir :

« Attends, attends ! Je l'apporte, on va le peser. »

Telle une baudruche dégonflée, Viktor s'écroule dans son fauteuil. Il répète, haletant :

« Grounia, ma petite Grounia ! »

Il ne s'aperçoit pas que les larmes lui viennent aux yeux.

Grounia, brume rose, apparaît sur le seuil.
Tintement rassurant du peson contre le plat.

Les mains de Grounia

Au matin, Viktor se lève, léger, comme transparent.
Dans l'angle, le poêle ronfle gaillardement et l'on entend
le samovar pouffer dans la salle à manger. Viktor enfile
une chemise blanche, fraîche et nette, il contemple les
motifs dessinés par le givre sur la vitre, tendre et blanc
duvet. Il entend sa chère Grounia placer la théière sur
le samovar ; il imagine sa petite main s'échappant de sa
large et belle manche de dentelle. Il se hâte, s'asperge
d'eau glacée au robinet, s'ébroue.

Voix de Grounia :

« Vitia ! Tu as vu, je t'ai préparé une chemise ?

— Oui, oui ! » crie Viktor, embrouillonné, alors qu'il
voudrait tout mettre au propre d'emblée sur la page de
la neige blanche, s'approcher, lui souhaiter le bonjour,
s'asseoir, chaleureux, pour prendre le thé avec elle, sa
Grounia.

« J'ai de la chance d'avoir Grounia ! » songe-t-il. Il se
rajuste, arrange une nouvelle fois ses cheveux et pénètre
dans la salle à manger.

Pareille à un jardin merveilleux, Grounia se lève à sa
rencontre, vêtue de sa robe d'intérieur bleue à fleurs et
dentelles, son sourire rayonne, tel le soleil, au-dessus de
ce parterre. Ses mains chaudes se posent doucement sur
la nuque de Viktor qui les embrasse comme il peut, au
hasard. Il voudrait que ces mains l'enserrent encore plus,
l'enserrent tout entier.

Grounia lui tend un verre de thé et un soleil rose
jette un éclair sur les vitres engivrées. Rose, une lumière

avive la vaisselle, rose, une vapeur danse coquettement au-dessus du verre. Un instant, tout se tait, Viktor n'ose faire tinter sa cuiller.

« Tu verras, j'ai mis cinq roubles dans ton porte-monnaie. » Grounia indique du menton la poche latérale du manteau que Viktor boutonne. « Tu sais, pour le… », ajoute-t-elle en jetant un regard oblique à Froska.

Mais celle-ci est occupée à passer sous l'épaulette le baudrier de Viktor.

« J'y vais tout droit, chez cette canaille ! lance Viktor en appuyant ses paroles de hochements de tête. Illico !… Prenez donc… Réglons l'affaire, cher monsieur… » Il fronce le sourcil, affiche un air résolu. « Bonne journée ! » La main à la visière, il salue en claquant des talons sur le seuil.

Le porte-documents sous le bras, Viktor quitte la maison. Dehors, les concierges déblaient les trottoirs et les collégiens se hâtent, sautant par-dessus les tas de neige. Là-bas, au mitan de la rue, au-dessus des rails de tramway qui fuient, un soleil rouge est suspendu, comme si, arrivé là, il s'était immobilisé de joie et de curiosité. Viktor a l'impression que tous s'empressent de remonter la rue afin de contempler l'astre. La neige arde frénétiquement, le gel mord méchamment les joues.

Viktor plisse les yeux à la lumière, sourit et répète mentalement : « Combien, le saumon ? B-bon. Veuillez prendre la peine de me faire immédiatement le compte de trois livres et demie… de… du poisson… non, "susmentionné" ne convient pas. De ce poisson ! » décide Viktor en tournant le coin.

Le soleil disparaît.

Dans le magasin, tout reluit de propreté et de fraîcheur. Il n'y a pas de clients. Le commis en chef, le petit doigt levé, retire sa casquette de cuir. Il s'appuie respectueusement sur le comptoir et attend. Viktor s'éclaircit la voix et dit d'un ton sévère :

« Appelez-moi le patron.

— Désolé, monsieur, il est allé chercher de la marchandise.

— Dans ce cas... » Viktor se rembrunit. « Calculez-moi le prix de... trois livres et demie de ce... poisson... du saumon. Tout de suite.

— Sans le patron, c'est impossible, monsieur. Vous voulez que je vous en prépare ? »

Le commis s'empare d'un couteau.

« Hier, on m'a livré par erreur du saumon de chez Bolotov. » Viktor s'empourpre et fronce le sourcil. « Vous n'êtes pas au courant ?

— Je n'en ai pas souvenir ! »

Et les yeux du vendeur de s'égarer sur le comptoir de marbre.

« Quant à moi, hurle Viktor, moi !... » À cet instant, la porte d'entrée s'ouvre bruyamment, tandis que Viktor crie : « Quant à moi, par erreur, je n'ai pas payé ces trois livres et demie du poisson susmentionné ! T'as compris ? Alors, encaisse ! Combien ? »

Une dame en rotonde, un châle en laine sur la tête, jette en coin des coups d'œil effrayés à Viktor.

« Nous ne sommes pas au courant, comment pourriez-vous nous régler ? C'est tout à fait impossible. Il faut voir avec le patron. »

Le commis évite de regarder Viktor et frotte le comptoir avec un linge humide, en s'éloignant de plus en plus. Viktor, lui, tire, extirpe son porte-monnaie de son casaquin.

« Tiens ! »

Mais le commis est penché, à la recherche de bocaux de cornichons, de lamproie, de marinades multicolores.

461

« Au commissariat… je vous convoquerai pour vous le remettre ! hurle Viktor.

— Ça, il faut le voir avec le patron », répond le commis d'une voix sourde.

Viktor sort. Il voit que la rotonde couleur framboise pivote et que la dame le suit des yeux.

« Les autres font ce qu'ils veulent, lâche-t-il une fois dans la rue, mais moi, je n'admets pas les pots-de-vin ! »

Il voudrait rentrer à la maison, raconter à Grounia que ça n'a pas marché. Puis filer au commissariat et envoyer un sergent porter un message. Il y écrirait en lettres furibondes : « Ordre de vous présenter à réception pour… » Pour quoi, au fait ? « Pour vous expliquer, séance tenante… De toute urgence… »

« Tous prennent des pots-de-vin, se répète-t-il mentalement. Pourquoi ? Parce qu'il y a des gens pour en donner ! » La réponse fuse d'elle-même. « Je leur apprendrai à en donner ! Je vais leur en donner, moi ! Les salauds !… Je vous apprendrai, canailles ! »

« Canailles ! lancé Viktor d'une voix forte, en tapant du pied. Quarante-cinq roubles ? Alors qu'un soldat touche quarante-cinq kopecks de solde tous les deux mois, et ne se laisse pas graisser la patte ! On va au bagne pour moins que ça, pour une bande molletière ! Ça vous dirait d'y faire un tour, salauds ? »

La mouche

La rue ombrée de bleu s'étire, les maisons s'alignent, le trottoir est déblayé, le sable gelé crisse sous les semelles rêches. Et la population se hâte de vaquer à ses affaires, sur un trottoir, excusez du peu !… tout propre. La tranquillité des citoyens est garantie par la vigilance de la police de quartier.

« Dans mon secteur, excusez du peu !… tout un chacun peut, en toute quiétude, vaquer à ses affaires, excusez du peu !… sans histoires de saumon… »

« Pourquoi tu restes comme une bûche, espèce de bourrin ? La rue ?… Quelle rue ? Assez lambiné ! C'est écrit noir sur blanc, excuse-moi du peu ! Tu ne sais pas lire ? Demande au factionnaire. La rue de l'Assomption. Répète ! Voilà, c'est ça ! Arrête de bayer aux corneilles ! »

Viktor a écrit son message sur un formulaire, d'une grande écriture ferme, anguleuse.

« Porte ça chez Bolotov. Immédiatement. » Le sergent le fixe dans les yeux, masquant par ce regard sérieux un malin soupçon. « Tu touches combien ? crie Viktor. De traitement, idiot !… Seize ? Roubles, pas kopecks ? Un soldat, lui, touche vingt-deux kopecks ! Ko-pecks ! Et pour une bande molletière perdue, tu sais ce que… Allez, file ! » conclut-il en tapant du pied.

Viktor retire son manteau, s'installe à son bureau et c'est alors, seulement, qu'il voit le soleil pénétrer en paillettes irisées dans l'encrier à facettes qui resplendit comme un buisson de diamants. Une mouche malade se réchauffe sur le couvercle et, d'une patte somnolente, frotte son aile souple.

« Un oiseau, en quelque sorte ! » se dit Vavitch qui observe la mouche et tout le paysage verdoyant de sa table, les combes creusées par les mites, les îles des taches d'encre. Il contemple le drap moussu sous le soleil et l'envie le saisit de disposer sur cette verte prairie des petits soldats de plomb, afin qu'ils brillent à la lumière, que se dessine l'ombre des baïonnettes acérées et qu'ils dégagent leur odeur de jouets laqués. Qu'elle était donc remarquable, cette laque ! Viktor prend un porte-plume verni, l'approche de son nez. Non, ça ne sent rien. La mouche est à présent sur le papier. Viktor voit la feuille se chauffer, paresser au soleil et, tranquillement, sans comprendre, il aperçoit, griffonné au crayon bleu dans un coin :

Enquêter. Affaire à traiter avec le gén. Fiodorov en personne. Me faire rapp., sans lambiner.

Le sens de ces propos le frappe soudain. Il se saisit du papier :

À l'attention de Sa Haute-Noblesse, monsieur le commissaire du quartier de Moscou.

Je me dois d'attirer votre attention sur les désordres tolérés par la police : dans la maison où je vis, la Juive Ziegel se livre nuitamment au commerce de la vodka, avec la complicité du concierge et du veilleur de nuit, lesquels sont constamment ivres. Je compte que des mesures sévères seront prises à l'encontre de ces complaisances délibérées ; dans le cas contraire, j'en référerai personnellement à monsieur le gouverneur de ville.

Gén. major à la retraite, S. Fiodorov

« Sans lambiner, sans lambiner… » Le sang afflue au visage de Viktor, les larmes lui montent aux yeux. « Il m'adresse directement à ce fils de chienne… » Et d'écraser du poing l'annotation au crayon bleu, et de faire tourner son poing de telle sorte que le bureau craque. Alors, surgit devant ses yeux un vieux birbe en capote à la Nicolas Ier, une canne au bout caoutchouté à la main ; il traîne sur le trottoir ses pieds chaussés de caoutchoucs, piétine, zyeutant de droite et de gauche, formant un abominable Y, cherchant à qui bouffer le nez… « Si je ne trouve rien, je lui dirai tout net : "Veuillez prendre la peine, Votre Excellence, de m'indiquer où vous avez constaté des désordres, ainsi que vous avez daigné l'exprimer dans votre lettre. Veuillez avoir l'obligeance de me l'indiquer personnellement. Je vous en prie très humblement, le diable vous encorne, espèce de vieille salope !" »

« Lambiner…, siffle Viktor entre ses dents serrées, en enfilant son manteau. Dire que cette lettre a traîné et qu'une vingtaine de couillons ont pu la lire ! » Viktor claque la porte, la pièce hoquette dans son dos. « On va m'amener Bolotov, tant pis ! Qu'il attende, ce scélérat ! » Viktor jette un coup d'œil en coin au factionnaire : à coup sûr, il sait, la canaille ! Il se tient droit comme un I, fait mine de rien.

Viktor passe le coin de la rue, vérifie que le sergent de ville ne le regarde pas, tire de toutes ses forces la sonnette et, d'un bond, s'engouffre dans la cour. La concierge est là, à clopiner. Apercevant l'inspecteur, elle se met à courir, s'empêtrant dans ses bottes d'homme.

« Il est où, ton cocu ? lui crie Viktor. Ramène-le ! »

La bonne femme s'immobilise en plein galop et secoue sa tête enveloppée de chiffes.

« Il était de nuit, il dort…

— Amène-le ! » aboie Viktor.

La femme détale comme si elle avait le feu au train. Viktor se tape le genou de son porte-documents. « Je vais te le… » Ébouriffé, hirsute, le concierge arrive en enfilant sa pelisse. Derrière, sa femme lui rajuste sa chapka.

« Viens un peu ici, gibier de potence ! crie Viktor, bien que l'autre marche droit vers lui. Qu'est-ce qui se trafique chez toi ? Hein ? Qu'est-ce qui se passe chez toi, charogne ? Je te le demande !... Qu'est-ce que t'as à ribouler des quinquets, face d'ivrogne ? Elle est où, la Ziegel ? La Ziegel, hein ?

— Au *cheize*...

— Passe devant, tu me montreras. »

L'escalier est sombre et désert.

« Fils de chienne, c'est un débit de boissons que tu m'as monté ici ?

— Comment, un débit de boissons, Vot'Noblesse ?

— Comment ? Tu vas voir comment ! »

Et Viktor de lui raboter par deux fois le portrait à l'aide de son porte-documents : une claque sonore, brutale, bien appliquée.

« Quel débit ?... Dieu m'est témoin... », commence le concierge d'une voix rauque, offensée et pleurarde.

Le bras de Viktor se tend pour effacer les soufflets de cette trogne velue, mais l'homme se protège de la main et recule vers la rampe.

« Allez, allez, plus vite que ça ! On va voir...

— Si on va voir, pourquoi se fâcher à l'avance ? dit en reniflant le concierge du haut de l'escalier.

— Attends, ne sonne pas. Je veux le faire moi-même. »

Viktor le rejoint et tire la sonnette. Un hurlement d'enfant lui répond derrière la porte, quelque chose tombe avec fracas.

« Aïe, qui est là ? Qui ? » crie une voix féminine, couvrant les glapissements du marmot. La femme ouvre, un enfant dans les bras. Derrière elle, à demi dévêtue, une vieille zyeute. « Qu'est-ce que vous voulez ? »

La femme, les yeux écarquillés, recule. Une bassine et un tabouret sont renversés dans une flaque d'eau.

« Qui est-ce qui vend de la vodka, ici ? demande sévèrement Viktor.

— Quoi ? De la vodka ? »

La femme hausse les sourcils.

« Pas du kvas, en tout cas, insiste Viktor. De la vodka !

— Du kvas aussi ? » La femme glisse sur le plancher mouillé et manque de tomber. « C'est pas ici, monsieur l'inspecteur, c'est pas chez nous.

— On verra. Je vais fouiller ! »

Viktor enjambe la bassine, entre dans la pièce. Un gamin maigrichon s'écarte d'un bond de la porte, court se jeter sur son lit, plongeant le nez dans l'oreiller sale, et se met à pleurer : un braillement si ténu que Vavitch ne perçoit pas tout de suite cette note aiguë dans le brouhaha qui lui emplit la tête. Devant la fenêtre, une machine à coudre et, sur l'appui, un tas de chutes de tissu. Sur la nappe à fleurs malpropre, un cahier et un flacon d'encre. Des lettres enfantines, soigneusement tracées, fixent paisiblement Viktor qui s'immobilise et se tourne soudain vers la maîtresse de maison.

« Avoue, avoue-le, que le diable t'embroche ! Tu vends de la vodka ? Tu en vends ? Hein ? » Viktor tape du pied et les bougeoirs tintent sur la commode. « Tu vas parler, sale Juive ? hurle Viktor, les larmes aux yeux. Parle, au nom de Notre-Seigneur Jésus-Christ. »

Il avance vers elle. Pétrifiée, elle le regarde et serre plus fort contre elle l'enfant qui crie à suffoquer.

« Aïe, aïe, aïe, qu'est-ce que c'est que ça ?

— Qu'est-ce que c'est ? » répète la vieille dans un souffle, tandis que le gamin, la tête enfouie dans l'oreiller, l'accompagne de son hurlement étouffé.

Viktor voit que la femme va pleurer, éclater en sanglots, se murer dans ses cris, se laisser tomber sur le sol.

« On se calme ! » braille-t-il pour se faire entendre.

Le concierge grommelle quelque chose que son bonnet dilue – il sait qu'on ne saisira pas ses paroles –, quelque chose, peut-être, de séditieux.

« Assez ! Chut, sacré bon sang ! »

Et Vavitch d'asséner de son porte-documents un coup violent sur la table.

Tous se taisent subitement, seul l'enfant continue de vomir sa note nauséeuse.

« Écoutez, si vous n'en vendez pas, dites : "On n'en vend pas !" Ce sera enregistré. Hurler ne sert à rien, on ne vous égorge pas ! » Viktor s'assied et ouvre son porte-documents. Sur son lit, le gamin relève la tête et risque un œil timide par-dessous son coude. « Où est ton porte-plume ? Oui, toi, l'écrivain ! l'enjoint Viktor d'un signe de tête. Donne ! Plus vite que ça !

— *Gicher ! Gicher*[1] *!* Vite ! s'écrie la maîtresse de maison. Puisque l'inspecteur demande, il faut faire *gicher*. Pourquoi tu traînes, Danetchka ? »

Le garçon se laisse glisser de son lit et marche à quatre pattes. Sans se relever, il tend, de dessous la table, un porte-plume vert à deux sous.

« Deux témoins, tout de suite ! » ordonne Vavitch.

Le concierge se précipite, claque la porte.

« Voyez-vous, madame Ziegel, personne ne vous a fait de mal, personne n'a été tué et, si vous avez la conscience tranquille, pourquoi avoir peur de la police ? La police est là pour protéger les couches honnêtes de la population.

— C'est que je ne suis qu'une femme, monsieur l'inspecteur ! Dieu veuille que la vôtre ne connaisse jamais ça !… Mon mari est à l'hôpital. Je lui ai pourtant répété : "Crains Dieu, Ziegel, mets tes caoutchoucs…" Vous ne le croirez pas, monsieur l'inspecteur : ça fait plus de quatre semaines… »

De l'autre côté de la table, le gamin, retenant son souffle, regarde Vavitch écrire énergiquement sur une

---

1. « Plus vite ! » (yiddish).

feuille sans lignes. Il lorgne, tantôt les lettres, tantôt la cocarde.

Dans l'entrée, de lourdes bottes piétinent déjà le plancher mouillé.

« Approchez ! » crie Vavitch en se retournant à demi.

Deux autres concierges s'avancent.

« Où qu'on signe ?

— On ne signe pas sans lire ! Écoutez, je vous fais la lecture ! Il faut toujours savoir… Il faut savoir, avant d'apposer sa signature. Ce sont les généraux à la retraite… qui peuvent se permettre de signer… sans même savoir ce qu'ils écrivent. Écoutez ! »

Vavitch se lève et, le papier entre les mains, se tourne vers son public.

« Procès-verbal, commence-t-il en les dévisageant sévèrement. Ce 13 février, sur ordre de Sa Haute-Noblesse monsieur le commissaire de police du quartier de Moscou de la ville de N., j'ai procédé à une enquête et à l'inspection de l'appartement n° 16, chez Mme Ziegel, 47, rue de l'Assomption, au cours desquelles aucun indice de vente clandestine de boissons alcoolisées n'a été relevé.

— Vous pouvez regarder, vous pouvez vérifier à la cuisine. Pourquoi pas ? Allez-y ! On n'a pas une seule bouteille. Mon mari ne touche pas à l'alcool. Je ne me souviens pas de l'avoir vu boire, sinon, peut-être, à notre mariage », débite Mme Ziegel en secouant le bébé pris de petits hoquets douloureux.

Viktor passe dans le couloir, depuis le seuil il jette un regard à la cuisine froide, aux étagères noires dans la pénombre.

« Vous n'avez rien à craindre, puisque tout est en ordre », lance-t-il.

De ses bras maigres, squelettiques, la vieille femme éponge, à l'aide d'une serpillière, la flaque d'eau savonneuse, promenant ses cheveux gris défaits sur le sol maculé.

Par la grande porte

« Mène-moi au général Fiodorov, ordonne Vavitch au concierge.

— Par la grande porte, monsieur ? demande à mi-voix ce dernier. Ou peut-être par l'entrée de service…

— Par la grande porte, mon cher ! La grande… » Viktor a un sourire. « La toute grande, eh oui !… Parfait ! Je sonnerai moi-même. »

Viktor tient son porte-documents réglementairement, sous son bras gauche, il rectifie son baudrier, appuie brièvement sur le bouton de la sonnette et retient son souffle.

Une soubrette de haute taille, vêtue d'une robe noire, une coiffe blanche posée sur ses cheveux, lui ouvre et interroge, sévère :

« Vous demandez qui ? »

À la patère de l'entrée, la doublure d'un manteau de général arde d'une flamme rouge. Le parquet sent l'encaustique.

« Son Excellence… pour rapport. »

La soubrette n'a pas lâché la poignée, elle incline la tête de côté et se mordille hargneusement les lèvres. Soudain, une porte claque.

« Je vais vous annoncer, inspecteur. » Martèlement des talons aiguilles au long du couloir. Vavitch l'entend dire : « Un inspecteur… J'ignore qui. Il est là, dans le vestibule.

— Qu'il attende ! »

La voix est ligneuse, les mots déchiquetés à coups de dents.

« Venez », propose la soubrette, les yeux rivés au plancher.

Viktor avance à pas timides.

« Essuyez-vous les pieds, vous n'allez pas entrer comme ça ? »

Viktor revient en arrière et la soubrette le regarde faire. Il a honte de frotter encore et encore, mais elle ne relève pas les yeux.

Nouveau coup de semelle énergique sur le tapis et Viktor sent que le rouge lui monte au front.

Alors, sans un regard pour la soubrette, il va, examinant les murs du couloir ; la soubrette ouvre la marche. Le couloir n'en finit pas. Sur la gauche, une porte. Du coin de l'œil Viktor aperçoit le général attablé, une serviette autour du cou. La cafetière nickelée arbore un nez important. La soubrette pousse une autre porte. Dans l'immense office, à demi masquée par un samovar, la cuisinière, une grosse femme, refroidit son thé en soufflant sur sa soucoupe.

« Attendez ici, on vous appellera. »

La soubrette redresse le nez et papillote des yeux.

Viktor fait deux pas dans la pièce. Il jette un coup d'œil à l'horloge à poids décorée. Il se rembrunit et se remet à piétiner.

« Asseyez-vous, vous allez pas faire le pied de grue ? »

La cuisinière essuie de son tablier un tabouret qu'elle installe au milieu de l'office. Viktor acquiesce et, d'une main diligente, ouvre son porte-documents.

« Allez, vous haussez pas du col ! dit la femme en sirotant son thé. Le général a… »

Elle repose bruyamment sa soucoupe.

Un instant plus tard, Viktor entend un martèlement de talons, sec et sourd. La porte s'ouvre toute grande.

Sur le seuil, sa serviette à la main, apparaît un petit vieux, arborant une barbiche grisonnante, taillée en carré.

« Qu'est-ce qui me vaut l'honneur ? » crie le général, braquant ses petits yeux sur Viktor.

Celui-ci porte la main à sa visière.

« Le commissaire m'envoie faire rapport à Votre Excellence pour l'enquête concernant la vodka… la vente de boissons alcoolisées, à la suite de la plainte de Votre Excellence.

— Eh bien ? aboie le général en s'effaçant pour laisser entrer la soubrette qui, les yeux toujours fixés au plancher, l'air important, revient, chargée de vaisselle.

— J'ai mené mon enquête, Votre Excellence. »

Viktor fouille dans son porte-documents.

« Les mesures ! jette, mordant, le général. Vous avez pris des mesures ?

— Rien n'est avéré ! » dit Viktor en sursautant. Et de répéter plus fermement : « Rien n'est avéré au terme de l'enquête !

— Les mesures ! Je vous parle des me-su-res ! » Le général fait un pas en avant et agite sa serviette sous le nez de Viktor. « Les mesures ? Je vous parle russe, non ? Vous êtes sourd ? Ou débile ? Les me-su-res ? »

Viktor a un geste de dénégation.

« Donc, on peut tranquillement, sous mon nez, monter un débit de boissons ? C'est ça ? Je vous le demande ! » ajoute le général en rabattant sa serviette d'un geste brusque.

De ses doigts menus, la soubrette range discrètement les petites cuillers et, paupières à demi baissées, mine sévère, jette des regards obliques à Viktor.

« L'enquête…, reprend fermement ce dernier.

— Ah, c'est comme ça ! s'empourpre soudain le général. Enquêter ! C'est à moi d'enquêter, à présent ! » Il tape du pied. « C'est à moi de découvrir qui m'envoie de pareils imbéciles ! Des crétins ! Reconduis-le ! » ordonne-t-il à la soubrette en trépignant.

Faisant dignement froufrouter sa robe, la soubrette traverse la cuisine et ouvre grand la porte à petits carreaux. Viktor est figé, les yeux rivés à ceux du général, et, sans broncher, attend les coups.

« Dehors ! » braille le général comme s'il tirait au canon.

Viktor ne sent plus le sol sous ses pieds et, propulsé, gagne la porte, puis ses jambes dévalent d'elles-mêmes l'escalier de service. Sans reprendre haleine il traverse la cour. Ses pieds avancent tout seuls, soulevant de la terre, sans aucun souci de l'allure. Viktor ne voit devant lui que le trottoir déblayé et saupoudré d'un sable amer.

Il reconnaît la porte de sa maison, appuie d'un doigt impatient sur le bouton de la sonnette. Ses pieds font du surplace – ils supplient qu'on les laisse entrer – tandis que Froska accourt dans le couloir.

La figue

« Grounia, ma petite Grounia, songe Viktor, avec elle tout s'arrangera aussitôt, tout ira bien. » D'un geste brusque, il se défait de sa capote et de son sabre. D'abord, il n'entend pas la voix de basse, toute en rondeur, qui roule dans l'appartement telle une balle, comme si un énorme matou, de la taille d'un cheval, faisait résonner la maison de son ronron.

« On dirait bien que monsieur est arrivé, perçoit finalement Viktor. C'est on ne peut plus parfait. »

Viktor ne sait à quoi s'attendre et, la respiration coupée, entre dans la pièce.

Du divan, Grounia le regarde, un demi-sourire aux lèvres, les sourcils haussés, tandis qu'un homme replet se lève à sa rencontre. Une barbichette roussâtre, qui ne lui est pas inconnue, et, au-dessous, sur la cravate, brille une gemme, scarabée étincelant.

« Pardonnez-moi, nous sommes en train de deviser fort plaisamment, Agrafena Petrovna et moi. J'ai l'honneur de vous saluer et de vous donner le bonjour. »

Le bonhomme s'incline, la main sur l'estomac.

« Bolotov ! » se retient de crier Viktor, sans rien trouver à dire, ses dents hachant menu le vide. Il contourne de biais la table basse et presse plusieurs fois la main de Grounia, sans la baiser.

« Je te présente…, commence celle-ci, je te présente Mikhaïl Andreïevitch Bolotov.

— Mais nous nous sommes déjà rencontrés, déroule la basse souriante. Une entrevue des plus plaisantes…

— Comment…, lance Viktor que Grounia retient par la main. Comment se fait-il… Je vous le demande…

— C'est un affreux malentendu, Viktor Vsevolodovitch. Pourquoi le prendre tellement à cœur, ce saumon ? J'ai déjà tout relaté à votre épouse. L'affaire est simple. De grâce, nous ne sommes pas des fauves, nous ne vivons pas dans les bois ! Vous vous donnez du mal pour nous. Nous voyons bien cette sollicitude, l'ordre, la propreté, l'agrément…

— Permettez, je ne tolérerai pas…, rauque Viktor, la gorge sèche, râpeuse, et il est pris d'une quinte de toux à en pleurer.

— Nous le savons, tout votre district le comprend fort bien, que vous ne tolérerez pas, qu'il n'est pas question de tolérer… Mais a-t-on le droit d'offenser les gens ? Pour quelle raison, dites-le-moi ? Nous le faisons de bon cœur, parce que nous avons l'agréable sentiment d'avoir affaire enfin à un honnête homme. Et vous voulez nous le retourner d'un coup de savate, pardonnez l'expression, dans la gueule…

— Les pots-de-vin, je… » Viktor se dresse, déglutit, la bouche sèche. « Les pots-de-vin, je… Je ne suis pas général…

— Justement, vous n'êtes pas général. Viendrait-on chez un général de cette façon ? Quelle félicité, chez vous, quelle bénédiction ! Un nid, pour ainsi dire, paradisiaque. Tenez, la charmante maîtresse de maison : plus tendre qu'un petit pain frais ! Comment, dites-le-moi, s'interdire de faire porter dans une telle maison, pour la crémaillère, par exemple, du fond du cœur ?… À l'intention de notre charmante hôtesse ?… Des fleurs auraient peut-être mieux convenu, mais nous sommes gens simples et donnons ce que nous avons…

— Je reviens », lance Viktor en se précipitant hors de la pièce.

Dans la cuisine, il se met à boire directement au robinet.

« Je vais servir le thé, dit Grounia au-dessus de lui. Froska, prépare la table. »

Sans quitter le robinet, Viktor lui adresse de la main un signe incompréhensible, fou. Puis il regagne le salon, criant depuis le couloir :

« Prenez vos cinq roubles, je vous prie, et donnez-moi un reçu. Un reçu ! »

Et, au passage, sans ralentir l'allure, de jeter un billet de cinq roubles sur la table devant Bolotov.

Ce dernier fixe le plancher. Sur le seuil, Grounia, le beurrier à la main :

« Vitia, Vitia ! J'ai expliqué à Mikhaïl Andreïevitch, il a dit que ça ne se reproduirait pas. Il a promis, inutile d'insister. Il ne voulait pas nous offenser, voyons, alors pourquoi le blesser ?

« — Me blesser jusqu'au sang ! Au sang ! » Bolotov se redresse, se tourne vers Grounia et, frappant sa poitrine sonore de son poing rond, massif comme un pavé : « Jusqu'au sang, oui !

— Nous aussi, nous vous enverrons un cadeau, répète Grounia en adressant à Bolotov un sourire à la fois joyeux et rusé. À votre épouse, vous verrez, pour la Sainte-Barbe ! Allons prendre le thé. Allons ! »

Le poing toujours serré contre sa poitrine, Bolotov ne bouge pas, promenant sur les murs ses petits yeux ronds qui évitent Vavitch.

Grounia le saisit par la manche.

« Levez-vous, allons !

— Jusqu'au sang ! » dit Bolotov et ce n'est qu'en passant la porte qu'il retire son poing de sa poitrine.

Le billet gît en souffrance sur la table, tel un malade abandonné. Viktor lui jette un dernier coup d'œil avant de suivre Grounia qui le prend par le bras.

« Il est comme ça, mon homme ! dit-elle en l'entraînant. Ne vous avisez plus d'apporter du saumon, sinon il vous mettra derrière les barreaux ! »

Bolotov sourit à présent au samovar, à Grounia, aux rideaux blancs.

« Encore une fois, si vous m'y autorisez, c'est inexcusable… Ne pas permettre de faire une surprise à une dame ! Monsieur votre mari serait-il à ce point jaloux ? Ce n'est pas bien ! Ce n'est pas bien de refuser des petits plaisirs. Un bellâtre avec une boîte de bonbons, ça, on l'admet ! Qu'on débarque avec un bouquet, ça passe ! Alors, nous autres, on est des rustauds ?… On n'a pas le droit d'avoir des attentions ? On est des boutiquiers, c'est ça ? Vous buvez du thé de Perlov[1] ? ajoute-t-il en avalant une gorgée.

---

1. Célèbre boutique de thé.

— Je vous prierais généralement de..., commence Viktor, les yeux rivés sur le thé.

— Vous, vous me priez ! coupe Bolotov en hochant la tête à l'intention de ses deux hôtes. Mais vous, personne ne vous priera. Vous, on vous donnera des ordres. Une, deux, exécution ! Mandats du juge de paix, et d'un ! La propreté... que les concierges... de deux ! Les vols, les scandales, et de trois ! Dans les théâtres... de quatre ! Les rassemblements de politiques ou d'étudiants, et de cinq ! De vrais martyrs que vous êtes, à nos yeux, à cause de nos péchés ! À nous de pécher, et à vous de vous échiner ! C'est qu'il faut voir notre époque !... » Bolotov baisse le ton, sa voix grave rampe sur la table. « Je ne parle même pas des étudiants ! Mais c'est que les fonctionnaires, à ce qu'on raconte, eux aussi... s'y mettent.

— Se mettent à quoi ? demande Grounia.

— À quoi ? À semer le trouble.

— Qu'est-ce qu'ils veulent ? reprend-elle dans un murmure.

— Des coups de nagaïka, voilà ce qu'ils veulent !... Viktor Vsevolodovitch vous l'expliquera mieux que moi », ajoute-t-il en jetant un regard à Vavitch.

Grounia le fixe aussi, ses lèvres rouges entrouvertes, sa tête penchée de côté, ses sourcils levés, ses doigts serrés sur son verre. Vavitch se rembrunit.

« Certaines couches de la population s'agitent, dit-il sourdement. Il y a des mécontents, c'est incontestable...

— Mécontents de quoi ? Qu'est-ce qui leur manque ? » interroge Bolotov d'une voix qui s'enhardit. Il fixe Viktor en plissant les yeux. « Qu'est-ce qu'il leur faut ? Vous êtes au courant ? Ou c'est un secret ?

— Mais non, répond Viktor en secouant la tête. Chacun a ses griefs.

— Ça ne me dit pas pourquoi les étudiants chantent le même couplet que les ouvriers. Un étudiant, on l'instruit pendant quatre ans, la canaille, et après on le retrouve procureur ou docteur, un monsieur important, quoi ! Mais l'ouvrier ? C'est marteau et boulons, beuveries et accordéon ! Non, vous ne dites pas le fond des choses. Vous le connaissez et vous nous le cachez. »

Soudain, Viktor revoit tous les visages, les yeux croisés dans la rue, autant de fourches pointées sur lui qu'il écartait du fouet de son regard : un coup d'œil cinglant, avant de passer son chemin. Il pousse un soupir.

« Je vais vous dire, enchaîne Bolotov en se penchant sur la table, quel est leur refrain favori : "À bas l'autocratie !" Telle est leur devise !

— C'est ça, bien sûr ! opine gravement Viktor.

— Et à qui notre autocratie rebrousse-t-elle particulièrement le poil ? Hein, à qui ? » Il fixe Grounia qui attend, effrayée. « Aux you-pins ! » Et Bolotov de se redresser sur sa chaise, d'asséner un coup de sa grosse patte sur le bord de la table. « La liberté, qu'ils crient ! La liberté pour qui, maudits démons ? Pour eux ? Pour qu'ils soient plus libres de vivre à nos crochets ? Ils n'ont pas besoin de droits, ils nous pressurent, nous étranglent assez comme ça ! Essayez un peu de trouver un rouble sans passer par les Juifs ! Essayez !… Ils voudraient renverser le tsar ! Mais c'est par le tsar qu'on tient ! Tant que le tsar est russe, l'Empire l'est aussi, il ne leur appartient pas. On ne leur livrera pas le tsar, ils peuvent courir ! Tu la vois, celle-là ? » Et les doigts roux de Bolotov font la figue qu'il vrille, avec des airs de matamore, triomphalement au-dessus de la table. « Tiens, mets-toi ça où je pense ! »

Les yeux écarquillés, Grounia contemple cette figue comme une pure merveille.

Viktor a un rictus condescendant et encourageant.

« Eh oui ! Tout le monde ne se fait pas acheter avec une bouteille de vodka. » Bolotov se rassied, tout rouge. Il respire lourdement. Soudain, il jette un coup d'œil à la pendule. « Sainte Vierge ! Voyez l'heure qu'il est ! Deux heures et demie. Qu'est-ce que je fabrique, mes aïeux ? » Il bondit sur ses pieds. « Chers hôtes, pardonnez-moi si je vous ai manqué en quoi que ce soit. Enchanté d'avoir fait votre connaissance ! Je vous salue bien bas. »

Sécher

Kolia est réveillé par la peur : il a rêvé qu'un chien qu'il connaît bien, un pointer, franchissait la porte, dressé sur ses pattes de derrière, et, tel quel, s'élevait dans les airs, puis se mettait à voleter dans la pièce, comme s'il cherchait quelque chose ; il se rapprochait de plus en plus, inerte, pattes raidies, à croire qu'il était mort, glapissant de plus en plus fort, de plus en plus près. Kolia se réveille, heureux d'avoir à coup sûr, pour de bon, échappé au chien, de s'être réfugié dans une autre contrée. Il fait jour. Son père ronfle légèrement. Derrière la porte, les lames de parquet murmurent leur grincement sous les pas de sa mère et le samovar pose précautionneusement ses pattes sur le plateau. Kolia agrippe ses vêtements et, pieds nus, en chemise, passe dans la salle à manger, refermant doucement la porte derrière lui. Sa mère a l'air triste et grave, comme à l'église. Elle dit à mi-voix :

« Ne reste pas pieds nus, le sol est froid. »

Et, lorsqu'il s'est assis, elle lui caresse brusquement la tête, comme sur les images. Il la regarde bien en face, mais elle se détourne et va à la cuisine.

« Habille-toi ! » lance-t-elle en un retentissant murmure.

Kolia s'habille sans un mot ; sans un mot il se lave au robinet, se force à endurer l'eau glacée. Comme sur les images. Sur les images, on ne demande pas comment est l'eau, elle peut être pire que la glace, elle est toujours bleue, aussi coupante qu'une lame. Il boit aussi son thé comme sur les images : il est assis, bien droit, et étale sur son pain une couche de beurre bien lisse. En partant, il attend que sa mère lui donne une pièce de cinq kopecks pour son goûter, comme chaque fois. Mais elle déambule précautionneusement, à croire qu'elle se meut au milieu d'une boutique de verrerie, et reste muette. Déjà, Kolia a boutonné de haut en bas son manteau d'uniforme ; depuis la cuisine, maman chuchote :

« Ne claque pas la porte, s'il te plaît. »

Kolia répond, tel l'enfant sage comme une image :

« Non, je ne la claquerai pas, maman. »

Impossible de demander cinq kopecks. Trop tard.

Kolia saute les goûters pour économiser et il regrette les cinq kopecks perdus. Demain, il n'osera pas demander le double : le goûter manqué de la veille ne se rattrape pas. À pas prudents, il part vers le collège. En chemin, il est partagé entre le regret de cette pièce et la satisfaction de n'avoir pas réclamé, au risque de tout gâcher. Puis les cinq kopecks lui reviennent à l'esprit et il lui faut de nouveau chasser son dépit. Quand il réussit à ravaler sa déception, son allure n'est plus la même, il marche, renversé en arrière, la tête haute, d'un pas égal.

« Si je fais toujours comme ça, jamais plus je n'aurai de mauvaises notes, tout se passera comme dans les livres d'images. »

Kolia s'imagine écoutant les leçons les unes après les autres, assis bien droit à son pupitre. D'abord le russe, puis le latin, enfin l'arithmétique. Il se rappelle soudain

qu'on est le 15 et qu'il y a interrogation écrite en arithmétique. Le silence se fera, on n'entendra que le bruissement du papier. L'élève de service distribuera les copies
vierges, avant que ne tombe le verdict. Seuls les premiers
de la classe se réjouiront, narguant les autres. Puis, tous
retiendront leur souffle et le maître dictera le problème
à haute et intelligible voix : une histoire de mélange
d'alcools à soixante et trente-huit degrés, et leur prix
de vente. Se morfondre, souffrir sur la feuille blanche et
attendre, le souffle coupé par l'angoisse, attendre jusqu'à
n'en plus pouvoir une aide improbable, en sachant qu'on
aura beau se tenir bien droit sur son siège et faire tout ce
qu'il faut, rien, rien ne vous tirera d'affaire : on écopera
d'un gros 2, au crayon rouge. Et maman dira : « Tu vois
les problèmes qu'on a à la maison et ça t'est égal ? Tu
nous rapportes des 2 ? Tu veux m'achever, c'est ça ? »
Non, elle ne dira pas « achever », mais elle prendra une
voix amère, mourante.

Depuis un moment déjà, Kolia ne marche plus de son
pas régulier. Il bifurque soudain à gauche, glisse son
pouce sous la bretelle de son sac d'écolier et, résolu,
alerte, dévale la rue. Il court presque, haletant, tourne
encore une fois et dégringole la pente aux solides pavés.
En un clin d'œil il passe de la ville paisible, matinale, aux
encombrements d'attelages et à la bousculade. Il dégrafe
la bretelle de son sac qu'il prend sous son bras. Les charretiers fouettent leurs chevaux qui glissent, trébuchent,
peinent dans la montée. Un instant, Kolia est tenté de
reprendre le chemin de la ville, du collège, il n'est pas
trop tard, mais ses jambes l'entraînent toujours plus loin,
afin qu'il n'y ait pas de retour possible, qu'il n'ait plus le
temps. Il a même déboutonné son manteau et continue
de dévaler la pente.

« Allez hop ! Je t'emmène ! » lui crie le conducteur
d'une charrette vide.

L'espace d'une seconde, Kolia hésite. « Alors là, c'est la fin ! » Mais, déjà, ses jambes rattrapent le véhicule, il bondit.

« T'es en retard ? » hurle le cocher.

De la tête Kolia fait signe que oui. Il est secoué, son cartable tressaute, il s'accroche désespérément aux ridelles. Il a encore le temps, l'angoisse lui tord le ventre. Au bas de la pente, c'est l'embouteillage, la charrette s'arrête. Kolia saute à terre et s'engage dans une rue tranquille où règne une boue paisible et morne. Des murs de brique humides, aveugles, défilent de part et d'autre. Une bouteille brisée pointe dans la gadoue. Le fracas des charrettes semble aussitôt lointain. Kolia s'engage avec avidité dans la ruelle. Là, il est sûr de ne pas tomber sur un prof ! C'est qu'un camarade lui a raconté qu'il avait, lui aussi, « séché », quand brusquement un type en civil, avec un chapeau melon, l'avait abordé. « Hé, collégien, attends une seconde ! Pourquoi n'es-tu pas en classe ? » Le gamin s'apprêtait à mentir, mais l'autre : « Montre ta carte ! Allez ! » Et on voyait sous son manteau des boutons d'uniforme. Et on l'entendait à sa voix : un prof ! Il avait fallu obtempérer. Prendre la poudre d'escampette ? Comment, quand sur la carte il était stipulé que l'on pouvait demander le concours de la police ? Ce maudit prof l'avait en plus enjoint de se rendre, séance tenante, au collège, en l'avertissant qu'il téléphonerait pour savoir s'il s'était présenté et quand. Or, sur la carte, tout figurait : le collège, la classe, le prénom, le nom. Le copain avait eu la frousse de retourner à l'école, il avait traîné jusqu'à la sortie, à deux heures de l'après-midi, puis était rentré chez lui comme si de rien n'était. Le lendemain, dès le deuxième cours, le préfet des études avait montré le nez à la porte de la classe et dit au maître : « Excusez-moi, il y a une convocation chez le directeur », en appelant de son doigt replié ledit camarade. Tout rouge, ce dernier s'était levé en tirant sur son veston, toute la classe le regardait. Il avait raconté ensuite que le directeur avait prévenu sa mère, qu'elle était là, en larmes ; le directeur s'était mis à hurler que les petits malins dans son genre n'avaient pas leur place dans l'établissement, qu'il allait l'exclure séance tenante. « Rentre chez toi et ne remets plus les pieds ici ! » Sa mère était tombée à genoux – il n'avait pas de père –, elle avait pleuré, supplié, tandis que le directeur continuait de hurler, en la menaçant, elle aussi, du doigt. À l'idée que sa maman, sa maminette se retrouverait soudain dans cette situation, Kolia part au galop, s'engageant plus avant dans la ruelle. « Dans ce cas-là, qu'est-ce que je ferais ? Je me trancherais la gorge, plutôt que de rentrer à la maison. Et je tuerais le directeur, je le tuerais avant ! Je dénicherais un pistolet, puis je me trancherais la gorge. Je lui tirerais dans la bouche, à ce maudit directeur ! » Kolia ne s'aperçoit pas qu'il patauge dans la boue jusqu'aux mollets. Il est au bout de la petite rue. Ensuite, ça monte, la pente est recouverte d'une herbe d'automne, flétrie, noire, humide. Kolia grimpe, prenant appui sur le sol. Une pluie l'asperge soudain, irrégulière, hargneuse, comme si quelqu'un, puisant l'eau à poignées, la lui lançait au visage. À présent, tout lui est égal, chacun peut lui faire ce qu'il veut : un chien peut bien l'attaquer, il ne criera ni ne lui jettera de pierre, des gamins peuvent bien l'embêter. Kolia franchit une petite barrière, des buissons dénudés, puis s'engage dans une allée mouillée du parc. Il s'enfonce dans ses profondeurs, parvient à une petite aire entourée de buissons dans lesquels il cache son cartable. Il s'assied sur un banc humide, inspecte les alentours : personne ! Il retire sa casquette et, d'une main tremblante, se hâte d'en détacher l'écusson. Tel un officier dégradé, elle le lorgne d'un œil de détenu, de criminel. Il n'est plus collégien. « Je dirai qu'on m'a

renvoyé. Personne n'a rien à faire d'un simple gamin ! »
Kolia aperçoit au bas de la colline l'horloge d'une tour. Il
est huit heures et demie, au collège la prière est terminée
et les cours commencent. Kolia décide de rester sur son
banc, sous la pluie, jusqu'à deux heures, sans bouger.
Et plus ce sera dur, pénible, mieux cela vaudra ! « Le
bon Dieu voit combien je suis malheureux, il sait que je
ne suis pas là pour le plaisir, et tant pis si personne ne
comprend, parce qu'à coup sûr tout le monde dira que
je suis un scélérat et une crapule. »

Des gouttes rampent sur les branches rouges des buissons, elles tombent bruyamment, dans le silence, sur les
feuilles mortes.

« Ils ont de la chance, les buissons, songe Kolia. Ils
n'ont qu'à rester plantés, personne, personne ne leur
dira jamais rien, eux, ils ont le droit... »

Pareille à un œil triste, une flaque, sur le sentier,
reflète les branches noires et le ciel gris. « Et si je ren-
trais en vitesse à la maison ? s'interroge Kolia. Si je fon-
çais d'une traite pour tout, tout raconter à maman ? »
C'est alors qu'il revoit le visage de sa mère au réveil. « À
la maison, ça ne va pas bien, et toi, regarde ce que tu
fais ! Papa, sans doute, sera réveillé, et on ne s'en sortira
pas. » Kolia ne tient plus en place, il se lève et fait le tour
de l'aire. Il va marcher comme ça jusqu'à deux heures.
S'il pouvait parler à quelqu'un, mais non, tous lui passe-
ront un savon. C'est trop facile. Heureusement, le bon
Dieu voit tout, même les choses les plus minuscules. Et
Kolia regarde vers le ciel. Mais point de ciel, rien qu'une
trouble blancheur au-dessus des arbres, d'où tombent
de rares gouttes, comme du plafond d'une étuve. « Dans
le mot d'excuse des parents, mon absence, elle sera pour
demain. Je dirai à maman que j'ai affreusement mal à la
tête, puis je lui demanderai un mot et lui soufflerai ce
qu'elle doit écrire : que je n'ai pas pu aller au collège en

raison d'une forte migraine. Je m'arrangerai pour qu'elle n'indique pas la date, et ça passera. Ça marchera forcément, le bon Dieu fera en sorte. » Kolia a un soupir et il se signe lentement, appuyant douloureusement ses doigts humides sur son front.

Une voix résonne soudain.

« Kolia ! »

Le garçon sursaute et, bouche bée, regarde sans comprendre de qui il s'agit. À trois pas de lui, par-dessus les buissons, un homme de haute taille le contemple avec un sourire.

« Kolia ! Qu'est-ce que tu fabriques là ? Sans ton insigne ? »

Dédaignant le sentier, Bachkine se fraie un chemin vers lui à travers les buissons.

Et vous ?

Kolia s'empresse d'enfouir dans sa poche la main avec laquelle il se signait, il détourne la tête et, de biais, évitant Bachkine, ne cesse de répéter, un sourire torve aux lèvres :

« B'jour… B'jour… »

Mais, déjà, Bachkine, pataugeant dans ses caoutchoucs, le rejoint et lui lance en riant :

« Ben alors, tu ne me reconnais pas ? Je sais bien que tu sèches les cours. Pas vrai ? »

Et de recouvrir l'épaule de Kolia de sa large main, en se penchant pour le regarder en face.

« S'il s'avise de dire qu'il a vu mon signe de croix, je n'ai plus qu'à détaler, à filer n'importe où, au milieu des buissons, en bas de la colline. »

« Mon cher Kolia, reprend Bachkine à l'oreille du gamin, moi aussi j'ai séché les cours. Même quand j'étais en première. Je t'assure ! Et puis ? Je ne le dirai pas, parole d'honneur ! poursuit-il gaiement. Ou, alors, que je me noie dans cette flaque, là ! Allons nous asseoir ! » Et, en camarade, de tirer Kolia par la manche vers le banc. « Prends place, mon petit vieux. En ce moment aussi, tu sais, je sèche. Je ne te raconte pas d'histoires ! »

Kolia relève les yeux.

« Si, c'est le mot : je sèche… Un jour, peut-être, je t'expliquerai… Et toi, qu'est-ce qui t'a fait peur, aujourd'hui ? Le latin ? »

Bachkine est tout près, arborant une mine grave, soucieuse, et coulant son regard sous la visière baissée de Kolia.

« Le latin, je le connais aussi bien que le russe…

— C'est quoi, alors ? Une interrogation écrite ? C'est ça ? Écrite ? J'ai deviné, bien sûr. En arithmétique ? Oui ? Je me rappelle être resté, moi aussi, à cause de l'arithmétique… cinq heures à me geler… dans une sorte de guérite. Je ne suis pas près de l'oublier. En fait, c'est cent fois pire que d'être en classe. Pas vrai ? »

Les yeux rivés sur la flaque devant lui, Kolia ne répond pas.

« Écoute, Kolia, reprend Bachkine d'une voix implorante, écoute, c'est mortel ici, un temps pareil, ça vous donne envie de vous pendre comme un Judas, de vous balancer au bout d'une corde, tiens, à cette branche humide ! Tu sais quoi, on va aller chez moi et je t'expliquerai tout de l'arithmétique. Après, tu viendras régulièrement me voir. Je sais bien que ton papa ne peut plus payer, mais tu diras que je t'invite. J'irai trouver tes parents et leur demanderai de t'autoriser à me rendre visite. Pourquoi pas ? En bons camarades. »

Kolia le scrute à présent, mais reste bouche cousue.

« Pourquoi pas, hein ?… Si j'insiste vraiment ? En attendant, remets ton écusson. Tu l'as dans ta poche, j'imagine ? »

Bachkine plonge une main dans la poche de Kolia et en retire celle du garçon, serrant l'insigne.

« Allez, on va arranger tout ça ! lance-t-il joyeusement. La belle affaire ! Et d'une… et de deux ! » Il prend la casquette de Kolia et refixe habilement l'écusson. « Sois tranquille, avec moi, personne n'osera t'embêter. Je dirai que je suis ton répétiteur et que c'est moi qui t'ai gardé à la maison, voilà tout. Où est ton cartable ? Apporte-le. Un peu de cran, que diable ! Donne-moi ce sac. On achètera un journal au coin de la rue pour l'en envelopper, et hop ! on file chez moi se faire du thé. Ensuite, je te ramènerai, je raconterai que c'est moi qui t'ai entraîné. Tant pis si on me passe un savon !… »

Bachkine empoigne le cartable, s'empare de la main de Kolia et, penché en avant, part à larges enjambées d'une sajène. Kolia est presque obligé de courir à ses côtés.

« Fissa ! crie Bachkine. Au pas de course ! »

Ses énormes caoutchoucs pataugeant dans les flaques de l'allée, il tire Kolia par la main.

« Je t'expliquerai tout tellement bien, poursuit-il lorsqu'ils sont dans la rue, que, mon vieux, tu seras le premier de la classe et, non seulement tu ne sécheras plus, mais tu fileras à l'école en bondissant comme un cabri ! En visite, quoi ! Pour passer le temps. Je t'en donne ma parole ! T'es d'accord ?

— Oui, répond Kolia. Seulement, pourquoi vous…

— Laisse tomber ! Pourquoi, pourquoi ?… Je peux bien t'aimer, non ? » Et Bachkine d'activer plus vigoureusement ses grandes jambes. « Quoi, je n'ai pas le droit d'aimer ? Et si je veux, moi ? Au diable, tout le reste !

Tous font des saletés, n'empêche qu'ils ont le droit ! Le droi-oit d'aimer ! » Bachkine ralentit soudain la cadence. « Tu as déjà dénoncé des camarades ? Hein ? Ne serait-ce qu'une fois ? demande-t-il en se penchant vers le garçon. Rien qu'un tout petit peu ? Pas directement, d'une façon détournée ? »

Kolia le regarde en face, puis se perd dans ses réflexions en contemplant ses pieds.

Bachkine s'est arrêté au milieu du trottoir et le garçon sent son regard peser sur sa nuque.

Kolia secoue la tête.

« Non ? crie Bachkine qui s'est accroupi.

— Non.

— C'est bien, poursuit Bachkine en reprenant sa marche. Et si tu voyais qu'un camarade fauche les livres de ton ami, que c'est un vrai voleur mais qu'il est plus fort que les autres et que vous ne pouvez rien faire ? Si tu savais en plus que ton copain aura droit à une raclée chez lui, que ses parents penseront qu'il vend ses livres pour s'acheter des bonbons et qu'on le bat comme plâtre à la maison, qu'est-ce que tu ferais ? Tu couvrirais le voleur ?

— Alors, ce serait l'affaire de toute la classe, réplique Kolia.

— Vous iriez donc, malgré tout, dénoncer l'autre ? crie Bachkine et il s'arrête de nouveau, en trépignant.

— On irait le dire, oui, ajoute Kolia, les yeux au sol.

— C'est bon. Admettons à présent que je te dise : "Kolia, je vais te confier un secret, ne me trahis pas. Je peux te faire confiance, tu ne le répéteras pas ? – Je ne te trahirai pas", réponds-tu. Parfait. Alors, je te dis : "Cette nuit, j'irai égorger ta mère." Eh bien ? Ah, attends, on a dépassé la maison. »

Bachkine fait un brusque demi-tour et pousse la porte d'entrée vitrée.

À l'intérieur tout paraît calme après le bruit de la rue. Les caoutchoucs de Bachkine foulent souplement les degrés de marbre ; il marche, penché en avant, son visage au niveau de celui de Kolia.

« Eh bien ? interroge-t-il en respirant profondément. Tu me dénoncerais ? Hein ? Tu préviendrais au moins ton père ? Pas vrai ? »

Kolia se tait.

« Peut-être même que tu te précipiterais à la police ? Si je t'annonçais : "Je vais tuer quelqu'un, là, tout de suite", tu foncerais, n'est-ce pas ? À toute allure ? Je ne me trompe pas ? »

Ils sont sur un palier. La haute fenêtre aux carreaux de couleur baigne d'une lumière bleue le visage de Bachkine.

Kolia le regarde, incapable de prononcer un mot.

« Alors, oui ou non ? Réponds d'un signe de tête : oui ou non ? »

Kolia reste coi.

« Donc, tu laisserais ta mère se faire égorger ? reprend Bachkine, irrité. Oui ? »

Kolia secoue la tête.

« Non, bien sûr ! » Bachkine grimpe quatre à quatre l'escalier. « Donc, tu me dénoncerais, un point c'est tout ! » Arrivé à l'étage supérieur, il met sa clé dans la serrure. « Tu me dénoncerais sans barguigner, à toutes jambes encore ! » Bachkine pousse la porte. « Entre, c'est à droite.

— Et vous ? » s'enquiert Kolia.

Bachkine ôte ses caoutchoucs.

« Moi aussi… je vais entrer, dit Bachkine d'un ton satisfait.

— Non, insiste Kolia, je parle de…

— Tu crains peut-être que je raconte que tu as séché ? » Bachkine lui tapote malicieusement la nuque. « Allez, enlève ton manteau ! »

Kolia retire lentement les manches et, sans un regard pour Bachkine, demande en bafouillant :

« Non, mais… si comme… vous le disiez… égorger quelqu'un… »

Bachkine se frotte les mains, il arpente à vive allure le tapis, s'inclinant à chaque pas.

« De quoi tu parles ? criaille Bachkine d'une voix aiguë et surexcitée. Laissons de côté ta mère. C'est une question à part. Tu te figures peut-être que tu ne trahirais pas un simple camarade ? »

Il s'immobilise un instant, fixant Kolia.

« Oh ! làlà ! Mon petit vieux ! s'exclame-t-il en reprenant sa déambulation. Même une broutille, une crotte de rien du tout, tiens, c'est ça : le copain a pissé, simplement pissé là où il ne fallait pas. Et t'as tout vu. On te convoque. Alors ? » Nouvel arrêt. Nouveau trépignement. « Tu resteras bouche cousue ? Tu te feras virer du collège ! Eh bien ? »

Bachkine se voûte et marche sur Kolia, avec un regard mauvais.

Sa comédie tire un sourire à Kolia.

« Alors ? On persiste à se taire ? »

Bachkine semble à Kolia un gigantesque ver de terre. Le gamin ne sait pas s'il se contorsionne vraiment et déforme sérieusement son visage ou s'il le fait pour rire.

Il tente un ricanement.

« Quoi ? On ricane ? On ri-ca-ne ! dit Bachkine, la bouche entrouverte, taraudant Kolia de son regard transformé, insolite, et s'accroupissant presque en sinuant lourdement, comme articulé, annelé. Et si maintenant je te… tant que nous sommes seuls ici… Je vais te… Tu sais ce que je vais te faire… »

Kolia a soudain l'impression que Bachkine est fou, qu'il est vraiment capable de tout. Il se force à esquisser un sourire et se met à reculer vers la porte.

« Stop ! » glapit brusquement Bachkine en fondant sur lui.

Kolia glapit à son tour et en est le premier surpris. De ses doigts visqueux, osseux, Bachkine lui écarte le bras.

« Tu crois que je blague ? lui rauque Bachkine en pleine figure. Que je blague ? Tu sais ce qui va t'arriver ? »

Et de lui tordre lentement le bras dans le dos.

Kolia ne sait toujours pas si c'est pour de bon et s'il peut engager la bagarre. Il regarde Bachkine dans les yeux et ne le reconnaît plus du tout. La pièce lui est inconnue et le visage, là, devant lui, lui semble d'autant plus étranger, terrible, plus terrible encore que la douleur dans son épaule. Il ne le laisse pas s'emparer de son autre bras, mais Bachkine s'accroche. À peine Kolia, épouvanté, tente-t-il une ruade que Bachkine le renverse sur le lit, lui coinçant douloureusement la colonne vertébrale contre le métal. Il l'immobilise et approche lentement son visage qui, au fur et à mesure, se fait plus féroce, plus terrifiant ; ça monte, ça monte, on dirait que là, tout de suite, va exploser ce qu'il y a de plus atroce au monde.

« Tu ne veux pas parler ? crache le visage en un souffle jailli des entrailles.

— A-a-ah ! » hurle soudain Kolia en fermant les yeux.

Il sent qu'on le relâche.

Bachkine, à présent en retrait, dit d'une voix joyeuse :

« Maintenant, je sais qui a pissé. Hein que je le sais ? »

Kolia se relève, se recoiffe et tente de montrer qu'il prend la chose à la plaisanterie.

« Je vais faire du thé, aboie tout à coup Bachkine. Ne t'avise pas de partir, d'ailleurs je garde ton cartable. » Il s'éloigne, balançant le sac par la courroie. « Tu étais à deux doigts de pleurer, non ?

— Des clous ! rétorque Kolia. C'est juste cette maudite ferraille… », ajoute-t-il en se tournant vers le lit dont il saisit démonstrativement un montant.

Dans l'embrasure de la porte, il aperçoit fugitivement le visage satisfait et rigolard de Bachkine.

Kolia parcourt la pièce du regard, le tapis, les tableaux, les pendeloques en verroterie de la lampe électrique. Près d'une table en marbre aux pieds de bambous, pointe un pouf rouge, tel un gros champignon.

« Oui ! lance Bachkine en faisant irruption dans la pièce. Et si on avait rempli à ras bord une baignoire d'eau bouillante et qu'au bout d'une corde on t'ait tout doucement plongé dedans, alors que ton copain, pour sa bêtise, risquait tout au plus d'être privé de dessert ? Hein ? T'aurais fait quoi ? Continué à te taire ? »

Il lui adresse un clin d'œil madré et prend une dégaine canaille.

Il s'assied brusquement sur le pouf, se frotte le visage de ses deux mains en disant d'une voix telle qu'il semble à Kolia que le soir est tombé :

« Franchement, est-ce que ton copain pourrait t'en vouloir de ça ? De l'avoir dit ? De l'avoir trahi ? Tu lui en voudrais, à sa place ? Hein, Kolia ?

— Dans ce cas-là… bon, pas comme ça… si je vois que ça tourne… bref, j'y vais moi-même et je dis carrément : "C'est moi qui l'ai fait."

— Mais si tu ne sais pas, si personne ne sait ni ne saura jamais ce qu'on fait au copain en question, alors personne n'ira se dénoncer. Si le directeur te dit : "Ne t'avise pas de rapporter à qui que ce soit que je t'ai menacé de te renvoyer, sinon je te renvoie effectivement…" »

On frappe, la porte s'entrebâille, apparaît une main tenant une théière.

Bachkine sursaute.

« Grand merci ! Parfait ! Kolia, le plateau, là, donne vite ! »

Et Bachkine de s'affairer joyeusement.

Les idiots

La tête pleine de nouvelles, Andreï Stepanovitch rentre chez lui. Les nouvelles sont bien rangées dans son esprit, elles s'emboîtent, s'articulent. Une habile déduction et, pour le reste, des faits, des faits, rien que des faits. Il est un peu dépité de ne pas les avoir prédits. « Je voulais pourtant le dire, l'autre fois, au dîner, devant tout le monde, et puis j'ai eu peur de raconter des sornettes. C'est presque ce que j'ai annoncé… C'est tout de même rageant ! Je commencerai comme ça : "Écoutez ! Aujourd'hui, à onze heures du matin, on a appris…" » Et, imaginant leur intense attention, tous ces visages tournés vers lui, Tiktine accélère le pas. Il grimpe l'escalier plus vite que de coutume et, seulement dans le vestibule, se fait plus lent, taciturne. Il remarque avec joie deux manteaux inconnus à la patère : qu'ils m'écoutent aussi, ceux-là ! L'instant arrive : Anna Grigorievna sert la soupe.

« Écoutez ! commence Andreï Stepanovitch d'une voix pleine d'autorité et de promesses, qui les rend tous attentifs. Aujourd'hui, à onze heures, aucun train n'a pris le départ en Russie. »

Tous demeurent silencieux, oubliant de manger leur soupe. Andreï Stepanovitch rajuste sa serviette.

« Et d'une !… Depuis cette nuit, pas un seul télégramme n'a été transmis ! Dans toute la Russie ! Et de deux ! »

Il jette un coup d'œil sévère à Bachkine et plante sa fourchette dans son pain.

« On le savait déjà hier après-midi…

— Ah, faites excuse ! » coupe Andreï Stepanovitch. Nadienka se détourne, se renverse contre le dossier de sa chaise, croise les bras et se perd dans la contemplation des moulures du plafond.

« Quant à ce qui se passe à Saint-Pétersbourg, nous n'en avons aucune idée. Mais voici des faits : un quidam, arrivé hier de Moscou…

— Et une qui n'arrive de nulle part, commence Nadienka, les yeux toujours au plafond, est en mesure de t'annoncer une nouvelle réjouissante : l'électricité va être coupée. Par ailleurs, toutes les théières et les pichets de la maison ont été remplis d'eau à ras bord… »

Andreï Stepanovitch voit Nadienka se pencher sur son assiette et manger sa soupe avec un air d'ennui profond. Il est clair qu'elle le fait exprès. Routine de la cuiller qui tinte. Alors Andreï Stepanovitch décide d'asséner un pronostic hardi, sidérant.

« Ça va commencer à…, lance-t-il, sourcils froncés, en écartant une mèche sur son front.

— À mon avis, ça a déjà commencé, rétorque Nadienka, avalant une cuillerée de soupe pour faire passer sa réplique.

— Bien sûr que ça a commencé ! enchérit Bachkine en pétrissant une petite boule de pain sur la nappe. C'est le début de la grève générale : depuis trois mois, on essaie de nous flanquer la frousse avec ça.

— Qui a la frousse ? Vous ? s'enquiert Sanka en donnant ouvertement un coup de coude à sa sœur, qui, mécontente, lui adresse une grimace.

— Le gouvernement a peur, bien sûr ! Moi, pas besoin de chercher à me faire peur, tout le monde me terrifie assez comme ça. »

Tous mangent leur soupe, le silence solennel est depuis longtemps rompu. Andreï Stepanovitch se rejette en arrière et, sans regarder quiconque, lance à la cantonade :

« Les prophètes daigneront peut-être me dire ce que le gouvernement, dans son effroi, s'apprête à faire ? Alors, les prophètes ?…, répète-t-il entre deux cuillerées de soupe. Les prophètes qui… graissent les essieux et font tourner la roue de l'Histoire… Oui, oui : où est-ce qu'elle doit aller, cette roue de l'Histoire ? »

Silence.

« Qui écrasera-t-elle, maintenant, demain ? L'autocratie ou nous ? »

D'un air mauvais, blessé, Tiktine regarde sa fille. On dirait qu'elle va se mettre à siffloter ostensiblement, en examinant le plafond.

« On ne daigne pas me répondre, conclut durement Tiktine. Vous pourrez peut-être, cher monsieur, nous donner quelque éclaircissement ? ajoute-t-il en se tournant vers Bachkine.

— Pour moi… », entonne Bachkine d'une voix aiguë de fausset.

Les sourcils levés, il guette à la dérobée la réaction de Nadienka. Elle le fixe et sourit en plissant les yeux.

« Pour moi, s'enhardit Bachkine, la roue va son chemin, elle roule… » Il décrit un cercle en l'air. « Elle roule, roule et écrasera qui elle doit écraser… » Nouveau coup d'œil du côté de Nadienka. « Elle va et, sans pitié, écrabouille. »

Bachkine a un petit rire.

« Qui ? Qui ? crie sévèrement Andreï Stepanovitch en se redressant sur son siège.

— Les idiots ! »

Sanka repousse sa chaise avec fracas.

« Dehors ! hurle Andreï Stepanovitch. Dehors ! Illico ! »

Bachkine a les yeux hors de la tête, Nadienka regarde le plancher, on ne voit pas son visage.

« Dehors, on vous dit ! »

Andreï Stepanovitch est debout, barbe et cheveux en bataille.

Bachkine se lève et, sans le quitter des yeux, lui faisant constamment face, sort à reculons. On entend haleter Anna Grigorievna. Bachkine tire doucement la porte derrière lui, la poignée pivote lentement. Andreï Stepanovitch est toujours debout. Tous sont muets.

« Ça devient odieux, lance Nadienka qui jette sa serviette sur la chaise et sort d'un pas résolu.

— L'idiote ! s'écrie Andreï Stepanovitch en se rasseyant et en puisant à plusieurs reprises dans son assiette vide.

— Il fallait lui casser la gueule ! » Sanka frappe du poing sur la table. « Lui bourrer la tronche, à ce scélérat !

— Arrête ! » dit Anna Grigorievna d'une voix étranglée.

Sanka s'interrompt tout en écrasant la nappe de son poing.

« Ils se faisaient des signes de connivence… » Anna Grigorievna indique de la tête la chaise vide de Nadienka et, avec un brusque sanglot, pressant sa serviette contre ses lèvres, quitte précipitamment la table.

Andreï Stepanovitch l'accompagne d'un regard peu amène. Sanka est assis de biais à la table et, de sa fourchette, piquette la nappe. Il fronce les sourcils à en avoir le front douloureux.

« Sonne ! » enjoint Tiktine avec la même dureté.

Sanka presse la poire de la sonnette, le lustre massif oscille. Douniacha entre, portant un plat.

« Quelle manie ! grommelle Sanka. Remplir la maison de chiens galeux de tout poil, de chats boiteux… de saletés en tout genre… pour qu'ils te conchient tout l'appartement… C'est beau, la miséricorde !… »

De plus en plus rouge, il se trémousse sur sa chaise, puis veut se lever.

« Mange ! » ordonne Andreï Stepanovitch.

Et tous deux découpent rageusement le rôti dans leur assiette.

Bachkine dégringole l'escalier et claque la porte d'entrée. Il marche d'un pas rapide jusqu'au coin, sans voir la rue qui l'enveloppe soudain, l'entortille d'une grise ténèbre. Il fait un brusque demi-tour et s'avise que la nuit est tombée, qu'il n'y a pas de réverbères, que s'étire une longue file noire martelant le trottoir à coups de bottes, que les entrées d'immeubles s'enflent de petites excroissances humaines où bourdonne la rumeur de la ville. Et lorsqu'un gosse lance un cri sonore, farouche, on lui met le grappin dessus, on le pousse sans ménagement sous un porche. Bachkine traverse la rue et s'arrête face à l'entrée des Tiktine. Il tape des pieds pour se réchauffer, le dos parcouru de frissons.

« Elle va sortir, elle va forcément sortir, se dit-il en songeant à Nadienka. Alors je lui expliquerai, je lui déclarerai avec indignation que la roue, c'était juste pour se payer leur tête. Une simple provocation, rien d'autre ! Je n'essaierai pas, bien sûr, d'aller au fond des choses. Le fond des choses ! C'est ce que je lui dirai : le fond du fond ! »

Dans l'entrée des Tiktine, une lumière jaune : le concierge porte une lampe à pétrole. Derrière Bachkine, les gens défilent toujours, les voix sont saccadées, les gorges sèches. Frissons dans le dos. Des pas lourds à proximité. Bachkine ne comprend qu'au dernier moment : un sergent de ville. Celui-ci s'approche à larges enjambées, comme on évite en forêt de faire craquer le bois mort, une main retenant son sabre. Tout penché en avant, il quitte la chaussée pour le trottoir, tend le cou et accroche Bachkine du regard.

« Circule ! » De son fourreau, il indique la direction, sèchement, impérieusement. « Circule, je te dis ! » éructe-t-il.

Aux portes, les bavardages s'éteignent. Bachkine ne bouge pas, il regarde fixement le sergent en serrant son mouchoir dans sa poche.

« Dégage ! » crie à tue-tête le policier et il pousse Bachkine à l'épaule.

Celui-ci trébuche.

« Comment osez-vous ?

— Et ça veut bavasser ! Tu peux aller te faire mettre, jusqu'à l'os encore ! »

Le sergent le saisit par la manche, se dirige vers un porche, comme s'il tenait un chiot en laisse. De l'attroupement émerge un concierge qui agrippe Bachkine par le coude.

« Emmène-le ! » l'enjoint hargneusement le policier.

Bachkine est soudain propulsé en avant, la douleur qu'il ressent entre les omoplates le fait crier.

« A-a-ah !!!

— Tais-toi ! Tais-toi donc ! murmure le concierge d'une voix éraillée. T'as intérêt, si tu veux rester entier. »

Il le mène promptement par la chaussée, longeant les maisons obscures. Des lueurs craintives apparaissent aux fentes des fenêtres.

Le hurlement glacé d'une sirène d'usine résonne longuement, sans trêve, tel un cri de douleur.

Au poste, de l'autre côté de la barrière, Viktor. En uniforme, casquette, capote, large ceinturon de cuir bien serré, avec l'étui du revolver; un revolver lourd comme une pierre, et deux chargeurs de cartouches. Sans compter le sabre que Viktor sent constamment contre sa jambe. Il entend des voix, un murmure. On amène quelqu'un. Piétinement sourd sur la chaussée boueuse. Soudain, un cri : « Stop, stop ! Arrêtez-le ! » Sifflets déchaînés, brusque cavalcade qui va s'éloignant, nouveau coup de sifflet, le cri… s'étrangle. Hurlement sauvage qui se brise.

« Ils l'ont eu. Faut croire qu'il avait pas la conscience nette pour se carapater comme ça ! dit à mi-voix le sergent posté à la porte. Je leur dis de l'amener par ici ? »

Viktor se renfrogne et sent sa respiration se pétrifier.

« Bon… qu'on l'amène. »

Le sergent entrouvre la porte qui grince et il crie d'en haut :

« Amenez-le par ici ! »

Alors, d'en bas, du perron, on crie :

« À l'accueil ! »

Viktor attend. Soudain, des voix, des injures rentrées, des pas saccadés. On ahane dans l'escalier. Le sergent ouvre grand la porte. On pousse sans ménagement dans la pièce un homme nu tête, vêtu d'un pauvre manteau déchiré. En compagnie de deux sergents, rouges, essoufflés, il foule pesamment le sol maculé.

L'homme tient à peine sur ses jambes. Sa main tremble en s'accrochant à la barrière, son visage est couvert de boue, au point d'être méconnaissable. Viktor franchit la barrière.

« On l'amenait… et le voilà qui veut se carapater, le salaud ! dit un sergent en rajustant sa casquette.

— Pourquoi vouliez-vous… », commence Viktor.

À cet instant, retentit un hurlement fou, désespéré dans la cour. Viktor sursaute, puis, serrant les dents :

« Pourquoi tu voulais t'enfuir, fumier ? Hein ? Tu fuyais quoi ? Parle ! Parle, je te dis ! Fils de pute ! »

L'homme a un mouvement de recul, il plisse les yeux, son visage se ratatine.

« Parle ! » aboie l'un des sergents et, incontinent, de toutes ses forces, il le frappe au visage.

Claquement sourd du poing. L'individu vacille, son nez saigne. Il ouvre la bouche et, sans crier, le souffle coupé, les yeux exorbités, fixe Vavitch.

« Il ne veut rien dire, la charogne ! »

Le sergent lui attrape l'oreille qu'il tord méchamment.

« Aïe, aïe, aïe ! glapit soudain l'homme, qui larmoie et pousse un hurlement aigu, épouvanté.

— Je vais te descendre ! » braille Vavitch.

Il se jette sur lui, sans bien savoir ce qu'il va faire, lorsqu'une voix forte, derrière lui, le cloue sur place.

« Qu'est-ce qui se passe ici ? »

Tous regardent, seul l'individu appréhendé continue d'émettre sa note tremblante en claquant des dents.

L'adjoint du commissaire sort de son bureau. Regard sans aménité de ses yeux noirs.

« Pourquoi il pleurniche, celui-là ? Qui est-ce ? Ton passeport ! Donne ton passeport !

— Il voulait se tirer, lance un sergent.

— Fouillez-le-moi !

— À vos ordres ! » répondent d'une même voix le sergent et Vavitch.

L'adjoint lisse sa moustache dure et noire, puis s'en va. On entend son pas tranquille dans l'escalier. Viktor retourne de l'autre côté de la barrière, les sergents fouillent, palpent l'individu qui renifle ses pleurs. Viktor s'approche de la fenêtre, respire un bon coup. Il s'assied à son bureau, prend son porte-plume qui tremble dans sa main ; il le repose brutalement et se relève.

« Les bras ! Lève les bras ! »

Les sergents houspillent l'homme comme une bête de somme.

Viktor est impatient de le voir emmener. À cet instant, grincement de la porte, que Vavitch perçoit à peine dans le tumulte de ses pensées, et un grand escogriffe fait son entrée, suivi d'un concierge en touloupe mouillée.

« Tu peux me lâcher, à présent ! chantonne le jeune type d'un ton affecté. Je ne vais pas m'envoler ! Mais ne t'éloigne pas, mon cher. »

Et d'adresser au concierge un signe impérieux.

Viktor reprend difficilement sa respiration. Il s'approche de la barrière et bafouille :

« Pourquoi… êtes-vous… ici ?

— Il est resté planté et n'a pas obéi à l'injonction de circuler. Alors, rue de l'Assomption… un sergent de ville…

— Vous connaissez les instructions ? s'enquiert Vavitch en se renfrognant.

— Toutes instructions me sont parfaitement connues, même celles que vous ignorez, mon cher inspecteur, réplique le jeune homme avec un sourire appuyé.

— Vos sourires, je m'en torche ! » Vavitch frappe du poing sur la barrière. « Ça se permet de sourire !… Pourquoi tu ne bougeais pas ?… Si tu connais les consignes…

— Pas "tu", mais "vous" ! Compris ? Pourquoi *vous* ne bougiez pas ? Et ces-sez de crier ! Ce qu'il faut avant tout, c'est du calme… surtout par les temps qui courent. Vous savez, j'espère, ce qui se passe aujourd'hui ? »

Viktor s'empourpre, sa respiration se fait de plus en plus haletante, il fixe les lèvres souriantes et les yeux insolents, avant de crier :

« Passeport !

— Voilà. Voilà qui est parfaitement dans les règles ! Parfaitement dans les règles ! » Et le jeune homme de déboutonner sans hâte son manteau. « Je vous en prie… Et je vous demanderai de me dire : avec qui ai-je l'honneur d'avoir une aussi vive discussion ? »

Viktor lui arrache le passeport des mains.

« Bachkine, lit-il. Condition : bourgeois…

— Bourgeois, et alors ? »

Coup d'œil de Vavitch à Bachkine.

« Eh oui ! Qu'est-ce que ça peut bien vous faire que mon nom soit… Comment, déjà ? Bachkine ! Oui, Bachkine !

— Voilà tout son attirail, à celui-là », intervient un sergent en tendant d'une main à Vavitch un paquet noué dans un mouchoir sale, tout en agrippant fermement de l'autre la manche du prisonnier maintenu d'une poigne solide par un second sergent.

L'individu furète du regard dans la pièce, promenant ses yeux roussâtres, affolés, rougis de larmes. Sanguinolentes, visqueuses, ses lèvres bougent ; hoquetant, il lâche d'une voix rauque :

« Mais je… mais je… »

Bachkine se retourne.

« Monsieur, mon bon monsieur ! crie soudain le prisonnier en plantant ses yeux, tels des crochets, dans le regard de Bachkine. Mon bon monsieur, hurle-t-il en s'élançant vers lui, ils vont me tuer ! Me tuer !

— Permettez ! aboie brusquement Bachkine à travers le bureau. Qu'est-ce qui se passe, ici ? Où est le téléphone ? Le té-lé-phone ! ajoute-t-il en arpentant la pièce à grandes enjambées brutales, sans plier les genoux, couvrant de sa voix toutes les autres. Le té-lé-phone ! »

Tous restent interdits. Mouvements des sourcils broussailleux du concierge, fasciné par la glotte de Bach-kine.

« Le téléphone ! » crie soudain le prisonnier en échappant aux sergents.

Vavitch bondit de derrière la barrière.

« Un téléphone, et puis quoi encore, putain de ta mère ?

— Je connais un numéro ! braille Bachkine comme s'il était sur la place publique. Et tous, ici, vous le connaissez ! Ce numéro, c'est le 2-73 ! Et cet homme, là, je le connais aussi ! » ajoute-t-il en levant un doigt, sa main chétive s'agitant en l'air.

Vavitch remarque que le sergent qui tenait le prisonnier par la manche secoue la tête, sourcils froncés, et lui fait signe d'approcher.

« Restez tranquille ! Cessez de brailler ! » Vavitch secoue l'épaule de Bachkine qui se dégage. « Fermez-la ! » poursuit-il en trépignant.

Tout à coup, Bachkine bondit comme un singe vers le téléphone accroché de l'autre côté de la barrière, près du bureau.

Il décroche promptement et tourne la manivelle. Sans cesser de l'actionner, il crie distinctement :

« Le 2-73 ! »

Vavitch le rattrape, tend le bras mais, déjà, Bachkine hurle :

« Karl Fiodorovitch ! Vous reconnaissez ma voix ? Oui, oui ! C'est cela ! C'est moi ! Moi ! Je suis au poste. Il faut qu'on me libère immédiatement, de même qu'un homme dont j'ai besoin. Ordonnez aussi à ce mousquetaire de me lâcher les basques… Bon ! À cinq heures pile ! Je vous le passe ! »

Et, sans regarder, de flanquer l'écouteur sous le menton de Vavitch, puis de s'écarter d'un pas arqué.

Vavitch entend clairement la voix ferme d'un officier de la Garde.

« Ici le capitaine de cavalerie Reihendorf ! Ordre de relâcher M. Bachkine que je connais personnellement, ainsi que la personne qu'il vous indiquera.

— À vos ordres ! » s'empresse de répondre Vavitch, les talons joints, presque au garde-à-vous devant le téléphone. Il demeure un instant dans cette position, alors que la communication a été coupée. Il raccroche soigneusement, se tourne vers Bachkine, rougit et sent au creux de l'estomac une chaleur lui monter à la poitrine avant de le prendre à la gorge. Il s'assied brusquement à son bureau et dit d'une voix sèche, rugueuse : « Je dois noter… Vos passeports. »

Il saisit son porte-plume, l'écrase entre ses doigts, chuchotant :

« Quel culot !… Le fils de pute… Quel monstrueux culot ! »

Il n'écrit rien, il voudrait planter de toutes ses forces la plume dans le papier, le registre, il ne s'aperçoit pas qu'il serre le porte-plume dans son poing.

« Il n'y a pas à réfléchir, c'est tout simple », dit Bachkine d'une voix chantante.

Il saisit le passeport fripé, posé sur le petit balluchon sale, et, crachant dans ses doigts, l'ouvre.

« Voilà : Kotine Andreï Ivanovitch. Et moi, je suis Bachkine Semion. » Il prend son passeport sur la barrière, puis, le coude haut levé, le glisse dans sa poche. « Notez ! Reprenez vos affaires, mon cher, ajoute-t-il à l'adresse du prisonnier.

— On le relâche ? » grommelle un des sergents.

Vavitch secoue sa tête impavide, en continuant à fixer les lignes du registre.

« Seigneur, qu'ont-ils fait de vous, mon bon ? Un fiacre, un fiacre ! Va chercher un fiacre », demande Bachkine au concierge en le poussant.

Le prisonnier a les mains qui tremblent, il ne peut réprimer le tressautement de son maigre balluchon.

« Allons-y, allons-y ! » débite-t-il dans un souffle en s'accrochant, se suspendant à Bachkine.

Ce dernier le soutient délicatement par la taille.

À l'entrée, le sergent de ville leur ouvre la porte.

Vavitch appuie sur la plume qui crisse en crachotant. Il la manie furieusement, dans un grincement.

« Foutez-moi le camp ! » lance-t-il aux sergents de ville.

Hardi !

Vavitch est assis, il ne perçoit que le sang qui lui bat aux oreilles et la veine qui palpite contre l'agrafe de son col. La porte glapit, claque, il ne daigne pas jeter un coup d'œil, continuant d'écraser le papier de son poing, de sa main brûlante et moite. Il ne redresse la tête qu'au bruit d'un pas de l'autre côté de la barrière. La fureur dans les yeux, il fixe l'inspecteur Voronine, un homme âgé, qui s'assied d'un air las, faisant tinter son vieux sabre émoussé.

« Bah, qu'ils aillent se faire foutre ! » De la manche de sa capote, Voronine essuie son front dégarni. Sa casquette glisse sur sa nuque graisseuse. Les coudes reposant sur des dossiers de chaises, il secoue sa tête ronde aux moustaches grises. « C'est pas ce soir qu'on dormira dans notre lit ! » Et de souffler comme une vache, en regardant le sol. « Non, mes petits amis, c'est pas ce soir… »

Viktor remise soigneusement son porte-plume derrière l'encrier et dit dans un murmure sifflant :

« La loi martiale a été proclamée ?

— Oui, oui… Une loi de bon sang d'imbéciles ! réplique Voronine en secouant la tête. Tout se débine, tout se débobine, et c'est noir, bon sang de bonsoir, noir de monde dans la rue, bon sang de bois ! Et personne pour leur taper sur les doigts, y a pas de poigne ! » Voronine écrase de l'air dans son poing. « Pas moyen d'envoyer un télégramme ! Tout est détraqué… Et la gadoue qui s'y met, bon sang ! »

Il exhibe de sous sa chaise la tige crottée de sa botte.

Stridulation brutale du téléphone. Vavitch bondit, Voronine arrange sa casquette.

« Commissariat du quartier de Moscou, j'écoute ! »

Au bout du fil, une voix sèche lui scie l'oreille tel un grincement. « Un sergent de ville a été tué dans la Deuxième Rue du Faubourg. Envoyer illico sur les lieux un détachement, une vingtaine d'hommes de la réserve. Ordre à tous les hommes en faction de veiller à ce qu'il n'y ait personne dans les rues à partir de neuf heures. Tirer sans sommation sur tout ce qui s'approche. Envoyer des patrouilles d'au moins cinq fusils. En ce qui concerne la protection du commissariat… »

Vavitch a du mal à identifier cette voix sourde dans la friture du téléphone.

« Comment ?

— Exécution ! tonne l'écouteur. Pour la garde du commissariat vous aurez une demi-compagnie à répartir comme suit : la popote dans la cour, le commandant dans le bureau du commissaire. »

C'est maintenant seulement que Vavitch reconnaît la voix de l'adjoint et il revoit mentalement la moustache noire, ligneuse, le regard sombre et dur.

« À vos ordres ! crie-t-il.

« — C'est quoi ? Le patron ? demande Voronine en bondissant.

— L'adjoint, répond Viktor, reprenant haleine.

— Il connaît son affaire. Qu'est-ce qui s'est passé ?

— Un sergent de ville a été tué rue du Faubourg. Après neuf heures, on tire sans sommation, dès que quelqu'un se pointe.

— Paix à son âme ! »

Voronine ôte sa casquette d'une main craintive et se signe.

« Bon sang de bonsoir ! » dit-il hargneusement et ses petits yeux blanchâtres s'enfoncent dans la broussaille de ses sourcils. Il promène à l'entour un regard inquisiteur. « Qu'ils aillent tous se faire tringler, putain de leur mère ! » De la chaîne de son sifflet, il cingle sa capote. « Et jusqu'à l'os, encore !

— Appelez le brigadier ! »

Un sergent de ville passe le nez à la porte, émet un bref coup de sifflet et crie d'une voix de basse tragique :

« Le brigadier, immédiatement !

— Tout à l'heure, on m'a amené un de ces ténias gigotants…, raconte cependant Vavitch d'un ton furieux, précipité.

— Ben alors ! lance Voronine en guettant la porte.

— Il était là à faire l'andouille, puis il s'est jeté sur le téléphone et a appelé la gendarmerie pour qu'on le relâche… avec un autre gars qui avait essayé de s'enfuir, le fumier !

— Ben alors ! »

Voronine frappe la barrière avec son sifflet.

« Je voulais carrément lui casser la gueule…

— Pourquoi tu l'as laissé faire ? aboie soudain Voronine en se retournant. Un type comme ça, je lui aurais flanqué le téléphone dans les gencives, histoire qu'il passe sa soirée à ramasser ses dents. Une saloperie pareille, ça mérite un coup dans la gueule, et au trou ! Ça vient se fourrer dans vos pattes, ces chicaneurs de merde, qu'ils aillent se faire empaler, ces… »

Laissant sa phrase en suspens, Voronine bondit à la rencontre du brigadier qui s'immobilise, muraille massive, la respiration sifflante d'avoir couru.

« Tu pars à vingt gars en patrouille avec des fusils pour prévenir les factionnaires qu'ils doivent tirer sur tout ce qui pointe le nez, putain de ta grand-mère ! lui lance Voronine de bas en haut. Un sergent s'est fait tuer, ils l'ont descendu à son poste, les fumiers, planqués à un coin de rue, les ordures, derrière une palissade, ils l'ont trucidé, les enculés !… À présent, on tape dans le tas, sur tout ce qui bouge ! Fini les salamalecs, les parlotes !… Pour une balle, tu leur en balances trois ! Tu piges ? »

Le sergent acquiesce d'un air grave.

« Exécution ! » éructe Voronine. Il est tout rouge, ses moustaches pendouillent, de travers, comme si elles ne lui appartenaient plus. Il braque sur Vavitch ses yeux exorbités. « Il est quelle heure ? Sept heures et demie ? Attends ! À neuf heures, on aura tout dégagé. Ou-ou-ouste, du balai ! Désert comme un cimetière ! »

Au-dehors, des voix résonnent déjà, des pieds pataugent dans la gadoue, puis tout se fige, et retentit dans toute la rue l'ordre donné par une voix de basse : « En avant, marche ! » S'abat le pas pesant de la troupe.

On pousse quelqu'un par le portillon du commissariat, des injures étouffées chuintent. Voronine se précipite à la fenêtre, ouvre brutalement le vasistas et hurle à se casser la voix :

« Hardi, petit ! Flanquez-leur sur la gueule ! »

Vavitch ouvre la porte à la volée, dévale l'escalier et braille depuis le perron :

« Hardi, hardi ! »

Mais, déjà, le portillon s'est refermé, derrière les portes on n'entend plus que des coups sourds et un hurlement qui n'a rien d'humain, un aboiement, un glapissement de chien.

Quatre à quatre, Viktor regagne le bureau. Voronine est debout à la porte.

« Faudrait pas nous prendre pour des couillons ! Tiens ! » Et il tire un objet de sa manche gauche. « Tiens ! » Il agite un gros câble métallique d'une archine[1] de long, terminé par un nœud solide. « Avec ma ravigote, là, j'en ai fait parler, des voleurs ! Tiens ! » Le câble tressaute convulsivement et souplement en l'air. « Les enragés du revolver, eux aussi, ils vont en tâter ! Donner sa vie pour seize roubles… Et qui l'a descendu en se planquant dans un coin ? Un sale petit youpin, cette engeance du diable ! »

Voronine tire brutalement la porte.

Vavitch fait quelques pas le long de la barrière. À la porte, le sergent de ville soupire bruyamment.

« Tu ne sais pas qui était de service Deuxième Rue du Faubourg ?

— Kandiouk, probable, et plus loin, à côté d'l'église, Sorotchenko. Ça doit être Sorotchenko. De derrière la grille, c'est plus commode. Un coup et… liquidé ! »

Vavitch s'assied à son bureau. Ses mains fouillent les registres et les dossiers. Le sergent le regarde par-dessous sa visière, et Vavitch le lorgne d'un œil.

« Faut prendre des mesures. Mais quelles mesures ? » songe-t-il.

« Pas de courrier ? » s'enquiert-il auprès du sergent, d'un air sévère, affairé.

Appuyé au chambranle, le sergent répond sans hâte, maussade, en s'adressant au mur :

---

1. Ancienne mesure de longueur équivalant à 0,71 m.

« Quel courrier, quand la poste est en grève ? Quoi, vous n'êtes pas au courant ? »

Le rouge monte au front de Vavitch.

« Quand les hommes se font tuer… », dit encore le sergent en regardant Vavitch de biais.

Viktor ne sait que lui répliquer. Il ouvre un registre à la reliure gonflée par un tas d'enveloppes. Il feint de ne pas entendre le sergent, de ne pas voir sa pose arrogante et, comme cela, pour la montre, avec une attention ostensible, il feuillette des lettres arrivées depuis longtemps. Il en met une de côté, la range bien dans la pile et, soudain, aperçoit son nom de famille, qu'il contemple comme on se regarde dans un miroir, sans se reconnaître. Il s'arrête court.

D'une grosse écriture de secrétaire, l'adresse est ainsi rédigée :

> *À l'attention de Sa Noblesse monsieur l'inspecteur de quartier Viktor Vsevolodovitch Vavitch. À remettre en mains propres.*

Le nom du destinataire est souligné deux fois à la règle. Viktor examine la lettre qui n'a pas été ouverte. Une grande enveloppe de mauvaise qualité, d'un quart de feuille.

Viktor la décachette.

L'alignement des caractères a la régularité d'une palissade. Viktor va directement à la signature :

> *Sur ce, je demeure votre affectionné beau-père.*
>
> *Piotr Sorokine*

> *Le sept (7) de ce mois, j'ai été démis de mes fonctions, mis à la retraite sans pension ni rien d'autre, et tout*

cela à cause de scélérats, de quoi je fais serment devant Dieu, parce que j'aurais soi-disant accordé des faveurs à des détenus politiques, alors que je m'en tenais strictement au règlement pour leur entretien et pour les promenades, de même qu'aux consignes relatives au statut des prévenus. Il apparaît nonobstant que je ne fais plus l'affaire, bien qu'en vingt-deux ans de service je n'aie pas eu une seule évasion ni une seule révolte, Dieu merci ! Et voilà qu'il a fallu trouver un scélérat pour prétendre que je me débrouillais mal rapport au temps, que je leur serrais pas assez la vis. Ouiche ! Pourquoi je devrais leur taper sur la gueule, alors qu'ils sont pas encore déchus de leurs droits, et où sont les règles, s'ils sont tous des messieurs et des jeunes gens instruits et qu'il faut d'abord passer par l'instruction et le jugement, avant de les flanquer au cachot avec des gnons, surtout qu'ils portent encore leurs vêtements de particuliers ? Je t'écris à ton bureau, faut pas effrayer Agrafena Petrovna, peut-être qu'elle est déjà grosse, et Dieu nous préserve d'un malheur ! J'ai assez de sous jusqu'à la Noël, vu que j'habite chez ma sœur, dans la corridore. Déniche-moi, Viktor Vsevolodovitch, une place en rapport avec mon âge, tu sais bien que j'ai pas de métier et je voudrais pour rien au monde être à votre charge le restant de mes jours.

Sur ce, je demeure votre affectionné beau-père.

Piotr Sorokine

Est ajouté en bas de la lettre : « J'ai jamais été un mauvais homme. »

« Est une de mes vieilles connaissances », confie Bachkine à Kotine.

Ce dernier vacille sur ses jambes flageolantes et ne cesse de renifler.

« Une vieille, vieille connaissance. Très ancienne, un général, Karl Fiodorovitch, vous comprenez ? Un Allemand[1] tellement sympathique ! » Bachkine se penche vers Kotine en continuant à lui flatter le dos comme s'il s'agissait d'un enfant. « Il est si gentil que je…

— Allons dans une ruelle, ça rime à rien de rester en pleine lumière, on va se faire canarder. » Entraînant Bachkine, Kotine bifurque brusquement, traverse la rue sombre et s'engage dans un passage obscur entre des immeubles. « Pppar ici, pppar ici, fffaut raser les murs, chuchote Kotine avec aigreur.

— Moi, ils m'ont bêtement pincé dans la rue, raconte Bachkine à mi-voix en trottant derrière lui. Peut-être qu'ils me guettaient. Moi aussi, ils m'ont cogné. Le sergent m'a frappé dans le dos… Au visage, il n'a pas pu, j'ai esquivé. C'est que je connais…

— Moins fort, pour l'amour du ciel ! Tais-toi. Faut se débiner, se débiner, et prendre un air plus guilleret. »

Kotine accélère le pas.

Bachkine ne connaît pas ce quartier. Les réverbères sont éteints, les maisons obscures regardent de leurs fenêtres mortes. Un ciel trouble grisaille au-dessus de leurs têtes. Personne, pas âme qui vive devant les portes closes. Kotine court presque, trébuche, répète inlassable-

---

1. En fait, un de ces Allemands ou Baltes installés depuis des générations en Russie, particulièrement nombreux dans le gouvernement, l'administration et l'armée.

ment le même juron qu'il débite comme un exorcisme, en un murmure épouvanté. Bachkine lui fait écho, reprenant le même mot. Soudain, plus d'habitations : une place s'ouvre, masse de gris, et dans la grisaille apparaît, lourde ténèbre, une église dont le clocher se perd dans le ciel enfumé.

« Attends ! » Kotine retient Bachkine. « Ne fais pas de bruit avec tes pieds, y a un pharaon en face. Prends à droite, à droite, on va le contourner. » Et, tirant Bachkine par la manche, il marche avec mille précautions. Il l'entraîne de l'autre côté de la rue, vers un autre coin. Un coup de feu éclate. Kotine agrippe douloureusement le bras de Bachkine et se colle contre un mur. « Ne bouge plus ! » chuchote-t-il.

Tous deux se figent. Des pas se font entendre, de plus en plus proches, ils bondissent, alertes, sur la chaussée empoissée, l'homme semble porté par le vent. À trois pas, il leur apparaît soudain, vire brusquement à l'angle et, dans son élan, bigorne de plein fouet Bachkine. Tous deux s'effondrent sur le trottoir. Bachkine s'est raccroché à l'homme, et le voici par terre, cramponné au manteau de l'autre qui tente de se relever, le repoussant, le saisissant à la gorge. Kotine se précipite pour les séparer.

« Lâche-moi ou je te tue ! » jette l'homme, dans un chuchotement, à la face de Bachkine qui, les yeux pleins d'effroi, le reconnaît.

Un pied. C'est Kotine qui marche sur le coude de Bachkine d'un pied tremblant. Mais ça fait mal, sacrément mal ! Bachkine relâche l'autre qui se dégage, se relève et s'éclipse dans l'obscurité.

Le silence règne sur la place, on entend à peine le vent se promener dans les cimes dénudées des peupliers de l'enclos de l'église.

« Qu'il aille se faire voir ! On file, qu'il aille se faire voir !… Tu passes par la droite, moi par la gauche, et à

Dieu vat ! » murmure Kotine d'une voix tremblante, tantôt repoussant, tantôt tirant à lui Bachkine, sans cesser lui-même de marcher, traînant les pieds de faiblesse.

Les épaules de Bachkine tressautent, sa tête s'agite frénétiquement. Tout est calme. Une rue part de la place, à droite.

« Allez, on y va, on y va ! chuchote Kotine. Qu'il aille se faire pendre ailleurs ! » Il respire avec difficulté et, comme en transe, tient à présent solidement Bachkine par le bras. « Là, j'habite là, rabâche-t-il. Le mur, là. Il ne faut pas frapper à la porte, sinon on va se faire remarquer. Faut escalader le mur. »

Le mur est de la taille de Bachkine qui palpe la pierre brute, rugueuse.

« Fais-moi la courte échelle, mon vieux », gémit Kotine dont les jambes se dérobent. Il sautille sur place. « Et mon balluchon ? demande-t-il tout à coup, presque dans un cri. Mon balluchon ? répète-t-il, au désespoir, quasiment à haute voix. « Tu l'as pas ? Tu l'as pas ? Oh, tu l'as laissé tomber là-bas ! Oh, putain de ta garce de mère ! C'est toi qui le portais !… Oh, que t'ailles griller en enfer ! Ils vont le trouver ! »

Bachkine se palpe les flancs, fouille sa poche, déboutonne même son manteau.

« Va le chercher, rapporte-le ici, fonce ! Rapporte le balluchon ! Sinon ils vont le trouver et ils vont me coincer, je te jure ! Que t'ailles griller en enfer, pourquoi il a fallu, bon Dieu, que tu me colles au train ? Vas-y ! »

Et de secouer le coude de Bachkine.

« Pourquoi ce serait à moi d'y aller ? demande Bachkine presque à haute voix.

— Parce que j'te le demande, j'te le demande ! » Kotine s'approche de lui, le serre de près, colle son visage au sien. « J'te donnerai ce que tu veux, ma parole, par le Vrai Christ !… »

Kotine fait un rapide signe de croix.

Il se signe, répétant dans un chuchotement :

« Par la Vraie Trinité… Par le Dieu saint, je t'implore, je te supplie… Je te demande, je te prie… » Il martèle du poing sa maigre poitrine. « Je te donnerai tout ce que tu veux, je te vénérerai comme un père.

— Chiche ! » dit soudain Bachkine à voix haute.

Il tourne les talons et s'éloigne.

Kotine fait quelques pas derrière lui et s'arrête.

Bachkine relève son col, enfonce ses mains dans ses poches et adopte une démarche régulière, chaloupée.

« Bon, bon, en cas de rencontre : "Qui êtes-vous ? – Semion Bachkine. Je vous en prie, expédiez-moi chez les gendarmes, si cela vous chante. Oui, oui, directement chez les gendarmes, et si cela ne vous chante pas, allons au commissariat de quartier. Pourquoi ? C'est clair : il y a eu un coup de feu, je suis allé voir, comme tout citoyen. Mais oui, pour porter secours. Et si je viens de cette rue, c'est qu'il m'a semblé que le criminel s'y dissimulait ou que l'homme qu'il visait s'y était réfugié. Je n'ai vu personne…" S'ils vont jeter un coup d'œil, ils trouveront l'autre devant son mur… Non, je dirai plutôt que je revenais du commissariat et que j'accompagnais l'autre. Je leur dirai carrément la vérité. Après tout ! » Les pas de Bachkine ralentissent, deviennent plus courts et il lui faut à présent un effort de volonté pour mettre un pied devant l'autre. Dans le noir, là-bas, apparaît l'église, avec, peut-être, un traquenard : ils vont se jeter sur lui. Bachkine revoit brusquement le visage furieux de l'homme qui lui a lancé dans un chuchotement : « Lâche-moi ! Lâche-moi ! » Bachkine s'arrête presque. Jusqu'à maintenant, cependant, il a marché à découvert, aussi se force-t-il à ne pas ralentir l'allure. « Bah, je vais mon chemin, c'est tout ! Mais, bien sûr, c'était ce fameux colosse ! » Et, dans un recoin secret de sa tête, il se dit :

« Podgorny ! » De nouveau, ses épaules tressaillent de froid. Il traverse à présent la place sombre, au milieu de la chaussée, droit sur le coin où l'autre, le fuyard, l'avait fait tomber. En douce, dissimulé par son col, Bachkine inspecte les alentours. Il s'attend à ce qu'ils surgissent, s'emparent de lui, et les jambes lui manquent à chaque pas. Il les force pourtant à avancer l'une après l'autre et progresse comme à contre-courant. Voici le coin. Une tache blanchâtre le fixe. Bachkine se penche vers elle, feignant d'avoir trouvé quelque chose par hasard. C'est tout juste s'il ne tombe pas en se baissant, sa main ne sent pas l'objet, à croire qu'elle est recouverte d'un gant épais. Immobile, Bachkine examine le balluchon, puis il fait un brusque demi-tour et repart. Il accélère le pas et retrouve la rue en vitesse. Il serre le paquet sous son bras et sent contre son aisselle quelque chose de dur. Il plonge la main à l'intérieur, palpe : ses doigts rencontrent un gros couteau pliant de paysan. Il le garde un instant dans la main, puis le fourre prestement dans sa poche.

Kotine longe le mur à sa rencontre et traverse à petits pas la rue. Il marmonne :

« Ah, t'es un ami, laisse-moi t'embrasser, t'es vraiment bien ! Mon propre frère ne l'aurait pas fait ! Non, non, je t'assure ! »

Il serre le balluchon contre son cœur.

Bachkine lui fait la courte échelle pour franchir le mur.

« Chut, chut ! murmure Kotine. Allons dans la remise, il y fait bon, c'est là que je dors quand j'ai bu un coup de trop, on n'y est pas mal. Même à deux, y a d'la place ! »

Kotine gratte et jette des allumettes, à tâtons il étale quelque chose sur un grand coffre.

« 'Seyez-vous, 'longez-vous, à vot'guise. J'ai un logement, une pièce à moi. J'suis loufiat, j'veux dire serveur, garçon d'auberge. *L'Ancre d'Or*, par exemple, vous connaissez ? Ben voilà ! dit à mi-voix Kotine, excité. Les gars des fabriques y font toujours la noce après la paye. J'suis en bas, dans la grande salle, pas celles des messieurs. Vous n'y êtes pas allé ? Couchez-vous, je vais donner de la lumière. » Il craque des allumettes. « 'Longez-vous ! Tout vient de là. Des gars des fabriques. Vous savez ce que c'est, les beuveries, ça crée des liens. Et puis, qu'on le veuille ou non, on les entend causer…

— Et pour causer, ils causent ! approuve gravement Bachkine.

— Pour sûr ! D'ailleurs, je les comprends… Les étudiants, ils compatissent, moi aussi… Dans le temps, j'ai été arpète à la fabrique. Je suis encore de la famille, même maintenant. C'est comme ça qu'ils m'ont refilé ce paquet, en me disant : "Planque-le, cache-le quelque part !" Pourquoi pas ? Y a pas plus facile. J'l'ai collé dans la machine à musique… » Kotine a un rire discret. Il est couché près de Bachkine, tous deux se réchauffent, serrés l'un contre l'autre. « J'sais d'quoi il retourne, allez ! Des gens, j'en ai vu ! Dans not'métier, c'est par centaines qu'on les compte, des messieurs et d'toutes sortes, j'ai repéré tout de suite que vous étiez un genre d'étudiant déguisé ou quelque chose comme ça…

— Et comment vous vous êtes fait pincer ? C'est horrible comme ils vous tabassaient ! Je n'ai pas supporté que, devant moi…

— Ah ça, ils m'auraient tué, Dieu m'est témoin ! » Kotine se redresse légèrement sur son coffre. « Ils m'auraient tué, je serais plus là à c't'heure ! Vous m'avez, comme qui dirait, tiré des flammes. Oh, mon Dieu ! » Il se frotte le front contre la poitrine de Bachkine. « Je leur aurais bien fait la peau, à ces ordures ! Et c'est pas des paroles en l'air ! Donnez-moi un *levolver*, et je vous en transforme une douzaine… en passoires. J'peux en dégoter un, d'*levolver*. » Il lui chuchote à l'oreille : « Je peux vous en donner un, je vous jure ! Vous voulez ? Suffit de le dire. » Il se redresse de nouveau. « Y en a dans les ateliers. J'sais bien où ils les planquent, j'peux en faucher un pour vous… même trois ! Tout ce qui vous fera besoin. C'que vous voulez… N'avez qu'à dire… Demain, tiens ! Pour vous, n'importe quand. »

Il ne peut se calmer et se met à embrasser Bachkine qui ne sait s'il doit répondre à ces démonstrations. Bachkine a envie de pleurer. Il reste muet et enlace les épaules de Kotine.

« Je l'ai sauvé, se dit-il, gagné par l'émotion. Il est à moi. En Inde, je crois, un gars comme lui serait mon esclave. Mais je n'ai besoin de rien. De rien ! »

« Je n'ai pas besoin de revolver, mon vieux, répond-il d'un ton pénétré. Je me refuse à tuer. Il ne faut pas de sang, pas de meurtres. »

Il voudrait ajouter qu'il faut sauver son prochain, même le premier venu, mais il s'abstient. Des larmes coulent de ses yeux en un torrent chaud, continu.

Jamais de la vie !

Le vieux Vavitch recolle son étui à lunettes. Il le tient à bout de bras au-dessus de la lampe et presse de son gros doigt la fine bande de papier.

« Dis-moi un peu, espèce de saloperie ! Engeance du diable ! » Mais le papier se colle à son doigt, et non à l'étui que le vieux, en colère, balance en criant : « Au diable ! »

« Qu'est-ce qu'il y a ? geint sa femme. Après qui tu en as, Vsevolod ? Hein ? »

À cet instant, quelqu'un ouvre et on entend des voix dans l'entrée. C'est Taïnka. Elle rit. Elle n'est pas seule.

Vsevolod Ivanovitch se montre, tenant ses mains collantes éloignées de lui, scrutant l'obscurité.

« Bonsoir ! lance une voix gutturale. Je dis que, manifestement, même les poules se sont mises en grève. Ma parole, impossible, au marché, de dénicher un œuf ! »

Taïnka a un rire confus et provocant.

« Je n'y vois goutte ! dit Vsevolod Ivanovitch. Pardonnez-moi, monsieur, vous savez, je n'y vois rien.

— C'est parce qu'il fait noir.

— C'est Israëlson », lance Taïnka.

Mais Israël s'est avancé vers le vieil homme et, plissant les yeux à la lumière, il tend la main.

« Pourquoi vous me regardez comme ça, je suis pas un bandit ? commence-t-il en souriant. Je suis flûtiste.

— Excusez, répond le vieux en levant les bras. J'ai les mains poisseuses.

— Sur moi la colle ne prend pas. Bonjour, monsieur Vavitch. »

Et d'agripper, de ses doigts secs et fermes, la grosse main de Vsevolod Ivanovitch. Il le regarde comme une vieille connaissance qu'il n'aurait pas vue depuis longtemps.

« J'ai promis, poursuit Taïnka du cellier, de lui trouver une douzaine d'œufs. Ilia Grigorievitch en cherchait… J'ai proposé…

— En réalité c'est moi qui l'ai demandé. Je sais que vous êtes une aimable demoiselle. »

Vsevolod Ivanovitch est figé, les bras levés. Il regarde Taïnka, leste, alerte, couroter, aller et venir du cellier à la cuisine et, entrechoquant les lampes, allumer promptement la lumière.

« Je vous en mets deux douzaines ? Ça vous va ? »

« Quelle voix amène, inhabituelle elle a ! Comme ses yeux brillent, lorsque, tenant entre deux doigts la lampe de la cuisine, elle regarde Israël ! » songe Vsevolod Ivanovitch.

« Qui est là ? Qui est-ce ? »

Dans sa chambre, la malade tente depuis un moment de se faire entendre.

« J'arrive, j'arrive ! crie Vsevolod Ivanovitch à son adresse.

— Vsevolod ! » reprend la vieille sur le même ton.

D'un pas furieux, Vsevolod Ivanovitch entre dans la chambre plongée dans la pénombre et débite en un murmure :

« C'est juste un type, là... Il est venu... pour une douzaine d'œufs ou quelque chose comme ça.

— Qui c'est ? s'enquiert sa femme, effrayée.

— J'en sais rien. C'est Taïnka qui l'a amené. »

Et de quitter la pièce. Il est déjà dans la salle à manger quand la vieille femme lui crie :

« Pourquoi il reste sur le seuil ? Fais-le entrer !

— Entrez, propose Vsevolod Ivanovitch, morose.

— Pourquoi donc ? répond Israël en haussant les sourcils. Je suis aussi bien ici.

— Entrez ! crie la vieille en s'étranglant.

— Bon, d'accord, j'accepte », s'empresse d'acquiescer Israël. Passant devant Vsevolod Ivanovitch, il dit d'une voix forte : « Voilà, je suis entré ! Vous vouliez entendre ce que nous racontons ? Eh bien, nous sommes là. Il ne faut pas vous faire de mauvais sang, voyons ! Reposez-vous tranquillement, madame. Je n'en ai pas pour longtemps, crie-t-il vers la porte de la chambre.

— Mais non, réplique la vieille femme en reprenant sa respiration. Asseyez-vous donc ! »

Vsevolod Ivanovitch tente de rouler une cigarette : ses doigts poisseux entortillent et froissent le papier. Confus, il se hâte.

« C'est ça que vous recolliez ? » Israël prend l'étui sur la table. « Il faut du fil. Vous en avez ? »

Avec le plus grand sérieux, il examine l'étui.

« Je sais, je sais, grommelle Vavitch dans sa barbe, tout en faisant tomber du tabac sur la nappe et dans une soucoupe.

— J'ai du fil ici… sur la commode. »

Et on entend la main de la malade agiter une boîte d'allumettes.

« Passez-moi du fil ! Pourquoi vous donner de la peine ? Avec un bout de fil, c'est si simple !

— Donne-lui-en, voyons ! » crie la vieille.

Vsevolod Ivanovitch retourne dans la chambre en traînant les pieds.

« Où est ce foutu fil ? Je n'en sais rien ! Où est votre fil ?… »

D'une main furieuse, il tapote la commode jusqu'à ce qu'une bobine tombe et se mette à rouler. Il pousse un soupir de colère, la rattrape et, sans un regard pour Israël, la lui tend à l'aveuglette.

Taïnka est à présent assise dans la salle à manger et regarde Israël bander l'étui recollé, l'entourer soigneusement de fil.

« Appuyez ici », enjoint-il sans quitter l'étui des yeux.

Taïnka bondit et, le petit doigt écarté, maintient le fil de son index, tout en regardant par en dessous Israël droit dans les yeux. Lui, sourcils froncés, fait un nœud solide.

« Vous n'avez qu'à passer dessus un linge humide et, demain matin, vous pourrez retirer le fil. » Israël repose délicatement l'étui sur la nappe. « On en est où pour les œufs ? » ajoute-t-il, sourcils levés, à l'intention de Taïnka qui s'empresse.

« Bonne nuit, madame ! crie Israël comme un sourd à travers la porte. Et, surtout, ne vous faites pas de souci !

521

lance-t-il joyeusement en sortant. Au revoir, monsieur Vavitch ! »

Il secoue sa tignasse et referme derrière lui.

« Je vous accompagne, propose Taïnka de la cuisine. À cause du chien… » Enfilant son gilet de laine, elle fait un geste si brusque que, par mégarde, elle éteint la lampe. « Ce n'est rien, je vais m'y retrouver, inutile de craquer des allumettes ! »

À tâtons, elle saisit la casserole avec les œufs et bondit dans le couloir.

« Non, non, vous les casseriez, dit-elle en refusant de lâcher le récipient. Vous nous feriez une belle omelette ! »

Ils franchissent le portail. Le vent rabat les jupes de Taïnka, elles l'entravent, gênant sa marche. Dans le dos d'Israël, Taïnka lorgne les fenêtres : derrière le rideau se profile la silhouette de son père qui se déplace silencieusement sur le fond rougeâtre des vitres.

« Écoutez, dit Israël, votre papa est un brave vieux, je vous jure ! Un brave, brave vieux ! Attention, vous allez tomber ! »

Il la saisit par le bras.

« Et vous, vous avez votre père ? demande Taïnka qui s'évertue à faire des pas de plus en plus menus au fur et à mesure qu'ils s'approchent de la maison d'Israël.

— Mon père ? dit-il. Je l'ai encore, il travaille toujours. Il est horloger. Il voulait que je sois photographe, mais mon oncle, qui est violoniste, a déclaré : "Le gamin a de l'oreille." Et puis, pour la photographie, il faut pas mal d'argent : les appareils, les produits et tout le tralala… Alors, on m'a fait apprendre la flûte. Donc, merci tonton ! »

Comme pour éviter la gadoue, Taïnka se serre contre le bras d'Israël. Et de se représenter le père du jeune homme, son petit établi devant la fenêtre, et, vissé à son œil, le rond avec la loupe. Un petit vieux rudement gentil, à n'en pas douter.

« Vous aimez la musique, c'est ça ? demande soudain sérieusement Israël.

— Oui, dit doucement Taïnka. J'aime.

— Et qu'est-ce que vous aimez ? »

Taïnka ne répond rien.

« Je vous demande ce que vous aimez. En musique, quelle sorte de musique ? reprend-il en haussant le ton, presque en colère. La musique, la musique. Eh bien ?

— La musique, la musique, eh bien ? singe une voix de gamin dans l'obscurité, imitant l'accent d'Israël.

— Youpine et youpin, fric et fifrelins ! chantonne un autre tout près.

— Et toi, y a longtemps que t'es russe ? » Israël se penche vers la palissade. « Hein ? T'as quoi, huit ans ? À peine ? »

Les gamins essaient de prendre la tangente.

« Qu'est-ce que t'étais avant ? lance Israël dans leur dos en souriant. Rien ? Tu sais lire ? Ça se dit russe ! Et le russe, tu sais le lire ? Non ? Viens un peu ici, que je t'apprenne ! »

Les gamins filent, pataugeant dans la boue.

« You-pin-in ! crient leurs voix fluettes qui se perdent dans l'obscurité.

— Quels idiots ! dit à mi-voix Taïnka. Petites vermines ! »

Israël est devant sa porte.

« Bah, ce sont des gosses, ils répètent ce qu'on leur a appris. On leur raconte qu'à Pâques les Juifs attrapent des gamins russes et les croquent. Ils y croient, bien sûr !

— Pouah ! s'écrie Taïnka avec un geste de répulsion.

— Je connais un type instruit qui m'a déclaré qu'il n'était malgré tout pas sûr que ce ne soit pas la vérité, poursuit Israël en riant. Je vous jure ! C'est un avocat !

— Oh non, non ! répond Taïnka en agitant la main, et les œufs ballottent dans la casserole. Non, jamais de la vie ! Jamais ! Pour rien au monde ! » répète-t-elle comme une incantation.

Un chien jappe derrière la porte.

« Allons, rentrez chez vous, dit Israël.

— Non, jamais de la vie ! » répète inlassablement Taïnka.

Israël prend délicatement la casserole qu'elle serre convulsivement contre elle, en continuant d'agiter son autre main.

« Non, pour rien au monde !

— Venez une autre fois, dans la journée. Je vous jouerai quelque chose. Là, il est vraiment tard. »

Taïnka s'immobilise soudain. Elle lui remet la casserole.

Et baise la main d'Israël. Un rapide baiser, telle une morsure. Et de s'enfuir au galop sur le trottoir de bois.

« Mets la gomme, Mitka ! » glapit un gamin.

Devant, martèlement de pas effrayés. Taïnka pousse le portillon.

« You-pi-ne ! Lapine ! » scandent les gosses à deux voix.

Maria Ivanovna

Israëlson ne saisit pas tout de suite ce qu'a voulu faire la demoiselle. Puis il frotte énergiquement sa main contre le drap rêche de son manteau en marmonnant :

« C'est pas bien, ça ! Il ne faut pas ! Quand même, elle est chouette, la demoiselle… »

Et de frotter de nouveau sa main. Taïnka, brise légère, lui trotte dans la tête, tandis qu'il monte l'escalier en colimaçon et que se fait entendre à l'unisson, léger, aérien, le craquètement des degrés. Israëlson tâtonne jusqu'à sa table. Il allume une chandelle, souffle l'allumette et se met aussitôt à siffler doucement, égratignant à peine le silence.

Sur le mur froid au-dessus de son lit, une photographie de son père et de sa mère. Son père, barbe blanche et redingote, trône, les genoux écartés. À ses côtés, sa mère porte un châle de dentelle noire. Papa plisse un œil, comme s'il se préparait à recevoir un coup, mais regarde droit devant lui ; maman a l'air effrayé, le regard pitoyable, comme si elle voyait quelque chose d'horrible. Israëlson a l'impression de découvrir cette photographie. Il saisit la chandelle sur la table et l'approche tout près. Il cesse de siffloter.

« Alors, les vieux ? lance-t-il avec un mouvement du menton en direction de la photo. Vous avez peur que votre Ilia se fasse baptiser ? dit-il en hébreu. C'est ça ? »

Il tend l'oreille : grincement précautionneux des marches.

« Si c'est elle, s'alarme Israëlson, je la ramène immédiatement chez elle. Une chance que je n'aie pas encore enlevé mon manteau ! »

Il tend le bras vers son melon. La porte s'ouvre lentement, apparaît une tête enveloppée d'un fichu.

« Un billet pour vous, marmotte la vieille. Depuis ce matin qu'il est arrivé, et j'ai pas pensé à vous le dire ! C'est qu'avec tout ce qu'on a à faire, on finit par perdre la boule ! »

Elle lui tend un papier plié.

Israëlson a un soupir de soulagement.

Ilia, mon vieux, on a un truc à te proposer. Viens, on passera un moment. Sema sera là, il amènera M. I. Viens, je t'en conjure !

Nathanson

« Je vois que vous avez trouvé des œufs », dit la vieille d'une voix insidieuse.

Israël s'est déjà planté son melon sur le crâne.

« Prenez-en une demi-douzaine et mouchez la chandelle. Vous savez le faire ? Non ? Avec un arrosoir ! »

De ses doigts osseux, la vieille ratisse les œufs et rit complaisamment.

Les talons d'Israëlson martèlent joyeusement les marches. Il sifflote un air guilleret dans le vent et va, ramant de sa jambe droite.

La petite chambre du violoncelliste Nathanson est enfumée, sur une étagère une lampe à pétrole, sans abat-jour, éclaire crûment. Charivari de voix hardies autour du bureau :

« Je double ! Bah, pour dix kopecks… », cascade une voix d'acteur.

Rire en roulades d'une fille que deux hommes serrent de près sur le canapé.

« Maria Ivanovna ! Vous êtes chanceuse ? Je peux couvrir la carte ? s'écrie quelqu'un.

— Maria Ivanovna ! On vous demande si on peut vous couvrir ! disent les voisins de la jeune femme en lui donnant du coude. Ce n'est pas nous, c'est lui qui le demande !

— Ilia ! » salue le maître de maison.

Mais, derrière Israëlson, un homme grand et sec fait son entrée.

« Hourra ! Poznanski ! »

Tous bondissent d'enthousiasme.

Mâchonnant ses joues sèches et glabres, Poznanski se contente d'abord de lever muettement le bras, sans ôter son chapeau. Puis :

« Votre attention, messieurs ! »

Il enveloppe l'assemblée d'un regard étincelant.

Les visages se figent dans l'attente d'un bon mot.

« Messieurs ! reprend sévèrement Poznanski. Aujourd'hui, à l'instant, un homme est arrivé d'Iekaterinoslav. »

Les visages aussitôt s'éteignent.

« Il a pris le dernier train. Il n'y en aura plus. C'est ce qu'il a dit : à Iekaterinoslav, ça a déjà commencé… »

Les visages se font inquiets, même si quelques-uns espèrent encore une bonne blague.

Poznanski ménage une pause.

« Qu'est-ce qui a commencé ? s'enquiert, agacé, le maître de maison en haussant les épaules.

— Plus rien ne marche ! proclame Poznanski. La ville est plongée dans les ténèbres. Les cosaques sillonnent les rues. La troupe occupe le télégraphe. Les dragons sont à la gare. Des meetings se tiennent au théâtre. On disperse les foules à coups de nagaïka. Dans les faubourgs, ça tire. Une vraie fusillade, messieurs ! »

Poznanski s'interrompt et promène un regard triomphal de visage en visage.

« Ici aussi, on fait la grève ! déclare le maître des lieux qui tient un tire-bouchon déjà enfoncé dans une bouteille de bière.

— Ici, on joue aux cartes ! »

Poznanski a un geste théâtral et se tourne vers la porte.

« Écoute, laisse tomber ! »

Le maître de maison le saisit par son manteau. Les hommes allument frénétiquement des cigarettes. Les joueurs sont assis de profil, la paume plaquée sur leur argent.

« Qu'est-ce qu'on doit faire ? demande Maria Ivanovna presque en criant. Que faut-il faire ? » répète-t-elle un ton au-dessous.

Brouhaha angoissé.

« Il faut faire quelque chose, messieurs ! lance Poznanski en déroulant son cache-nez.

— Nous ne pouvons pas tirer, nous ne savons pas tirer ! réplique l'acteur, et son visage prend une mine offensée.

— Chut ! Ne criez pas ! » coupe le maître des lieux dans un chuchotement inquiet, en posant un doigt sur ses lèvres.

Et ce chuchotis couvre et rend muettes les voix.

« C'est vrai, pourquoi on braille ? reprend Poznanski en s'assurant que la porte est bien fermée. Messieurs ! dit-il à mi-voix. Messieurs ! Tous, tous sans exception… Des gens meurent, sont prêts à risquer leur vie, leur tête… S'il arrive quelque chose, on nous demandera : "Où étiez-vous ?"

— Et alors ? » murmure-t-on de toutes parts.

Le maître de maison pose sur la commode la bouteille avec le tire-bouchon.

« C'est que nous sommes tous des artistes, intervient Israëlson d'une voix forte. Si nous nous mettons en grève, qui s'en souciera ? La belle affaire ! »

Poznanski lui jette un regard dédaigneux.

Tous se mettent à chuchoter, en fixant le flûtiste.

« Per-mettez ! Permettez ! coupe Poznanski. On peut faire une réunion, pas tous évidemment, adopter une résolution, puis la porter à… »

Maria Ivanovna ajuste son bibi avec des épingles en se mirant dans le verre d'un tableau.

« … la remettre au Comité local. Il doit bien y en avoir un, non ?…

— Qui me raccompagne ? chantonne Maria Ivanovna, les yeux toujours braqués sur le tableau.

— Cela confine au ridicule ! proteste Israëlson. Au ridicule, vraiment ! »

Sans avoir eu le temps d'ôter son manteau, le melon à la main, il franchit la porte. Un instant plus tard, il revient sur ses pas et passe la tête par l'entrebâillement.

« Une collecte, ça se comprendrait encore !... Ça, je suis d'accord ! »

Tous l'invitent à refermer la porte.

« Les gens veulent avoir de quoi manger, non ? »

Israëlson claque la porte et s'en va.

La croix blanche

Piotr Savvitch Sorokine se réveille sur son coffre. Au bout du corridor, trouble somnolence des vitres bleu nuit.

Avec mille précautions pour éviter les grincements, Piotr Savvitch cherche du bout du pied ses bottes de feutre. Dans la cuisine, la froide cuisine, il se livre à de furtives ablutions, sans se racler la gorge, sans éructer bruyamment, puis, à pas de loup, regagne le sombre couloir et se poste militairement à la fenêtre. Il dit ses prières dans le jour naissant : de là-bas, de là-haut dans les cieux, la divine volonté déverse sa lumière. Murmurant, sans rien omettre, ses prières matinales, il scande frénétiquement les mots, appuie fermement et douloureusement ses doigts contre son front et exécute le signe de croix selon toutes les règles, comme un maniement d'armes. Pressant ses doigts contre son front, il songe : « S'il plaît au Seigneur de me foudroyer, que Sa volonté soit faite ! Quant à moi, je n'ai pas failli. »

Puis il s'assied sur son coffre et attend le matin. Il respire à petits coups pour ne pas déranger ses hôtes.

Quand sa sœur se met à tousser dans sa chambre, il va à la cuisine emplir le samovar. Sans faire de bruit, il fend du petit bois.

Il est neuf heures. Sorokine frappe chez le commissaire.

Celui-ci, encore en chemise de nuit, est assis devant son samovar éteint. Sur une assiette, des restes de nourriture. Le commissaire se cure rêveusement les dents. La casquette à la main, Sorokine se tient sur le seuil. Froncement de sourcil du commissaire, touche huileuse de son regard distrait.

« Eh bien, qu'est-ce que tu racontes ? demande-t-il en se triturant les dents tout au fond de la bouche.

— Bonjour ! » répond Sorokine avec un sourire qui le rend méconnaissable.

Le commissaire lui jette un nouveau coup d'œil et se rembrunit.

« Je t'ai déjà dit… hier, poursuit-il en s'essuyant les lèvres de sa serviette, je t'ai déjà dit… Où veux-tu aller ? Tu ne peux même pas être pompier. Tu es incapable de grimper. Ce mur, là, tu l'escaladerais ? »

Et, sans regarder, d'indiquer le haut de la cloison.

Sorokine grimace un nouveau sourire.

« Bien sûr…

— Quoi, bien sûr ? éructe le commissaire qui repousse bruyamment son fauteuil et se lève. Quoi, bien sûr ? Tu grimperais, bien sûr, ou bien sûr tu ne grimperais pas ?

— Mais non ! »

Sorokine tente un petit rire.

« Eh ben voi-là ! reprend le commissaire en détachant les syllabes. Mais non ! Tu ne grimperais pas. »

Le commissaire s'assied sur son lit et entreprend d'enfiler ses bottes. Longue et étroite comme une cheminée de samovar, la botte refuse le pied, elle se tortille et son propriétaire grimace furieusement.

« Permettez que je vous vienne en aide… »

Sorokine se débarrasse prestement de sa casquette sur une chaise et se précipite. Il tente de guider la botte.

« Laisse donc !… Ah, diable ! » Le commissaire gigote, s'efforçant de faire glisser le cuir. « Ah, maudite engeance ! Tudieu ! »

Il jette des regards hargneux dans la pièce, en ahanant.

Sorokine part à reculons vers la porte.

Il est déjà dans l'entrée, lorsqu'il s'immobilise soudain. Le commissaire cesse de fulminer et tend l'oreille. D'un pas décidé, Sorokine revient dans la pièce, s'approche du lit.

« Qu'est-ce que j'ai fait de mal ? » crie-t-il.

Le commissaire se lève, chaussé d'une seule botte, tenant l'autre par la bride.

« Qu'est-ce que j'ai fait de mal ? répète Sorokine plus fort encore.

— Ce n'est pas à moi d'en juger, pas à moi, que Dieu te garde ! s'empresse de débiter le commissaire.

— Tu ne peux pas me le dire ? Hein ? tonne Sorokine d'une voix toute militaire. Dans ce cas, pourquoi tous ces dénigrements ? À quoi ça rime ? »

Le commissaire rougit.

« Qui a pris des pots-de-vin ? » Sorokine avance d'un pas en tapant du pied. « Pas moi ! Tiens, sur la croix et l'icône… » Il agite sa casquette en direction des images saintes. « Ce n'est pas moi qui ai mis le feu aux poudres, c'est toi, toi et personne d'autre !…, halète-t-il. C'est toi… Tu sais bien, fils de chienne, qui est le fauteur… Non ? Tu veux que je te le dise ? Attends que je t'envoie deux détenus : ils te noieront dans un glaviot, fumier ! Devant monsieur le procureur ! Quoi ? Tu vas grimper au mur, crois-moi, charogne ! Espèce d'ordure ! »

Sorokine agite frénétiquement sa casquette.

Le commissaire, cramoisi, les yeux fous, brandit sa botte qui rebondit sur son épaule solide en claquant. Sorokine le bouscule. Il tombe assis sur son lit qui pousse un couinement. Sorokine pèse de son genou sur la grosse cuisse du commissaire qui, crachant les mots, hurle :

« Et ton gendre ? Ton gendre ? Qui l'a... Hein ? Qui ? »

Sorokine pousse un énorme soupir ; les yeux exorbités, il fixe le commissaire.

« Qu'est-ce que c'est que ça ? braille celui-ci en se relevant. Et tu voudrais me foutre sur la gueule ? Ga-a-rdes ! »

Sorokine a les larmes aux yeux.

« Dehors ! » beugle de toutes ses forces le commissaire.

Il balance sa botte qui fauche l'encrier sur le bureau.

Sorokine se précipite vers la porte, deux sergents de ville sont déjà plantés dans l'entrée. Sorokine enfonce sa casquette sur sa tête.

« Jetez-le dehors ! » hurle le commissaire.

La botte vole à travers l'entrée. Un des sergents claque la porte derrière Sorokine qui d'une traite dégringole l'escalier.

Dans la rue, ses jambes le portent toutes seules, il s'engage dans une ruelle, tourne encore à gauche, sans regarder personne, fuyant la foule. Il se sent balayé, poussé dans le dos comme par une bise glaciale. Et voici qu'il foule la lourde et bonne terre, buissonnent les buissons dénudés, frissonnent les branches mouillées. Sorokine ne reconnaît pas le parc municipal, à croire qu'il a posé le pied dans une contrée inconnue, et ce n'est qu'après être passé par trois fois devant la guérite condamnée qu'il s'aperçoit qu'il tourne en rond. Il s'assied sur un banc, brise une tige, la mâchonne, la mordille en se mordant les lèvres. Il se relève brusquement et, sans reprendre l'allée, coupe à travers les buissons. Mais point d'issue : une grille noire dresse soudain ses barreaux derrière lesquels passent des gens… qui regardent ! Sorokine revient sur ses pas, accrochant ses vêtements aux épines, il quitte le jardin, traverse la place en diagonale, s'engage dans une rue perdue qu'il descend d'un pas vif. C'est alors que retentit dans son dos :

« Piotr Savvitch ! »

Il accélère l'allure, rentre la tête dans son col, jusqu'aux oreilles.

« Peut toujours me courir après, je fais mine de rien ! décide-t-il. Je joue les idiots, comme si ce n'était pas moi… »

« Piotr Savvitch ! »

Elle le dépasse en courant, lui fait face. Une inconnue… lui sourit.

Piotr Savvitch fronce les sourcils, sans la reconnaître.

« Eh bien, vous ne me remettez pas ? Taïnka Vavitch, ça ne vous dit rien ? » Elle continue à trottiner à reculons, en le regardant dans les yeux. « Ce n'est pas chez nous que vous allez, Piotr Savvitch ? Je vous emmène… Quelle importance que vous ne soyez jamais venu ? »

Sorokine s'immobilise soudain et la reconnaît. Aussitôt, son visage gris s'empourpre. Il fait un geste vague devant lui.

« Par là, je vais par là… C'est mon chemin. »

Taïnka a l'air dépité.

« Où cela ? demande-t-elle en un murmure inquiet.

— Là-bas… au diable ! »

Et Sorokine de repartir résolument, martelant de ses lourdes bottes le trottoir de bois. Il arrive dans un endroit dégagé. À l'écart se dresse une forge noire où résonnent les coups redoublés du marteau. Une rosse étique est à l'attache, immobile comme un cheval de bois. Piotr Savvitch oblique sur la gauche, s'enfonçant dans la boue jusqu'aux chevilles.

« Je le dirai au gouverneur. J'irai le trouver et je lui dirai : "Votre Excellence… tout ça, c'est de la calomnie…" » Puis il revoit la botte. « Nulle part ! Je n'irai nulle part ! Tu n'as plus qu'à marcher comme ça, bougre d'âne, songe-t-il, à marcher jusqu'à ce que tu crèves. Les nuages, là, ils avancent eux aussi. Ils vont bien quelque part, chez eux. Et l'église, elle est à sa place, elle sert à quelque chose… Toi, tu n'as qu'à marcher, marcher, un point c'est tout ! s'aiguillonne-t-il. Va, va vers nulle part, bougre d'âne ! Tu n'as rien fait de mal, mais y a la botte ! »

Il s'aperçoit qu'il a pris la direction de l'église, blanche sur le fond gris du ciel. Le voici dans le cimetière, il suit une allée glissante, regarde les croix lasses, moroses. L'une d'elles, en fonte ajourée, lui est familière. La tombe de sa femme. La croix se dresse, paisible et triste, ouvrant ses bras blancs.

« Ma petite Seraphima ! » dit Sorokine en ôtant sa casquette.

Le vent froid lui rafraîchit agréablement la tête. Il fixe la croix blanche, il a l'impression que Seraphima est là, devant lui, immobile, surgie de la terre, et que, sans yeux, elle le regarde. « Qu'est-ce que tu as, lui demande-t-elle, mon pauvre malheureux ? »

Sorokine s'assied sur le bord de la tombe et il lui semble soudain qu'il est seul, que Seraphima n'est plus là, que simplement se dresse une croix de fonte dont la peinture blanche est écaillée. Il est assis de biais et contemple la boue de l'allée. Il revoit Seraphima à la maternité, enveloppée d'un drap blanc. Il se rappelle l'y avoir transportée, de douleur elle serrait sa main en répétant : « Piotr, Piotr, mon chéri… » Alors, du coin de l'œil, il perçoit de

534

nouveau les bras blancs, ouverts : qu'il s'approche et ils se refermeront sur lui. Les larmes lui montent aux yeux, il ne voit plus l'allée, il n'y a que, là, tout près, les bras de sa chère Seraphima.

Le samovar

« De toute façon, ce ne sont pas des faits ! » déclare Philippe en jetant son mégot dans un verre. Nadienka est assise devant lui, les yeux rivés au plancher, elle n'a pas enlevé son manteau trempé. « Ce genre de parlotes, j'en ai jusque-là ! » Il se lève, se passe un doigt sur la gorge, accompagnant du geste ses propos. « Jusque-là ! »

Il traverse la pièce et, sans nécessité, s'essuie énergiquement les mains à la serviette.

« Des morts ! Des morts ! tonne sa basse ironique. Imagine que je sorte maintenant... ou toi, par exemple... On peut se faire tuer tranquillement ! On nous comptera parmi les tués, mais ce sera quoi ? Un fait ? Et il y aura toujours un imbécile pour brailler, comme tantôt : "C'est une insurrection armée ! Les cadavres jonchent les rues ! Les barricades !..." Un gars comme ça, faudrait lui coller une balle entre les deux yeux ! Un provocateur, que c'est ! Et, tout bêtement, un cré-tin... Doublé d'un filou. »

Nadienka continue de fixer le sol. Elle se tait. Sa chaise grince.

« Bien sûr, c'est pas avec un revolver qu'on se battra contre la troupe..., concède-t-elle d'une voix terne.

— C'est bien pour ça, enchaîne Philippe, c'est bien pour ça que ça ne sert à rien de bavasser ! Ni de brailler !

« — Mais je ne dis rien, rétorque Nadienka en haussant les épaules.

— Tu ne dis rien, personne ne dit rien, crie Philippe, et le résultat, c'est que tout le monde braille, que tous les crétins s'éclatent la glotte, et toute la racaille après eux : "Ils nous massacrent !"

— Tout de même, les soldats… Tiens, à Iekaterinoslav, ils ont tiré en l'air…

— Et la foule s'est débandée ? » Philippe se rassied, les bras écartés. « C'est ça ? Alors pourquoi, sacré bonsoir, leur tirer dessus, s'il suffit d'un pétard pour les effaroucher ? Ils ont tiré en l'air ! Et les cadavres ? C'est de trouille qu'ils sont morts ? Hein ? »

Nadienka monte la mèche dans la lampe. La flamme crépite, faiblit.

« J'y vais, dit-elle dans un soupir et elle se lève.

— Tu vas où ? T'as vu l'heure ? » Philippe désigne la pendule accrochée au-dessus du lit. « T'es folle ou quoi ? Neuf heures et demie ! Tiens ! » Philippe décroche la pendule et l'approche de la flamme mourante. « Tu vois ? Neuf heures vingt-sept. Pas question de sortir. Allez, terminé ! Tu restes ici jusqu'à demain matin.

— Ça ne regarde que moi. Et après ? Au pire, je passerai la nuit au poste. »

Nadienka se dirige résolument vers la porte.

« Écoute, laisse tomber ! Camarade Valia ! Je te jure ! Je suis obligé de te retenir de force. » Il lui barre le passage. « On va alimenter la lampe et mettre le samovar. Sûr ! Je suis blanc comme neige, personne ne me recherche. Laisse tomber, bon sang ! »

Et de la repousser doucement par l'épaule.

Elle se dégage, l'écarte et retourne à la porte.

« On ne va pas aligner les cadavres ! » lance soudain Philippe, hargneux, et il la tire si brusquement par l'épaule qu'elle tourne deux fois dans la pièce, puis, emportée par l'élan, se retrouve assise sur le lit.

Elle le regarde, les yeux écarquillés, bouche bée. Tout à coup, le visage furibond de Philippe s'illumine d'une multitude de petits sourires, il se fait tout sourires. Philippe s'assied à côté de Nadienka.

« Nadienka, ma chérie ! Je ne peux pas ! Je ne peux pas accepter ça ! Mon Dieu ! Non, je ne peux pas… à cette heure… C'est que j'en réponds ! Vraiment, Nadienka ! »

La flamme de la lampe crépite une ultime fois, lance des étincelles. Philippe, tantôt enlace les épaules de Nadienka, tantôt retire son bras. Il bondit vers la lampe, remonte la mèche et se rassied près de la jeune femme qui n'a pas le temps de se relever.

« Reste un peu avec moi ! Ou bien ça veut dire que tu me prends pour une telle canaille que tu préfères encore le violon ?… C'est ça ? Ça veut dire que tu n'as pas confiance en moi ? Alors que moi, faut voir comme j'ai confiance !… »

Et de serrer le bras de Nadienka juste au-dessus du poignet. Elle étouffe un cri.

« Mais toi, pas du tout, si je comprends bien ! Nadienka, tu m'entends ? Nadienka ! » Il lui secoue fortement l'épaule. « Tu n'as qu'à me dire : "Cours à l'autre bout de la ville, mon petit Philippe, rapporte-moi… un simple caillou", et je foncerai pour toi, pieds nus, je passerai entre tous les pharaons, je traverserai l'enfer ! Tu veux ? Là, maintenant ? Ma main au feu ! » Il s'écarte brutalement comme pour se lever. « Quand je te vois, mon Dieu, te tracasser, te tracasser, ma pauvre chérie, et pour quoi, pour qui ? Qu'est-ce que ça peut te faire, à la fin ? Où tu veux aller ? Enlève-moi ce manteau, bon sang ! » Dans la pénombre, il fait sauter les boutons de leurs brides, les lui arrache presque, bondissant comme une toupie. « Attends que je regarde la jauge de la lampe ! Une minute… Une toute petite minute… » Dans un bruit de métal, il s'accroupit dans un coin pour effectuer l'opération. « Ah, Nadienka, ma Nadienka ! » dit-il à mi-voix. La lampe brûle de nouveau entre ses mains. « Et voilà le travail ! » Il essuie la lampe, on l'entend se rincer les doigts dans la cuvette, près de la porte. « Retire donc ce manteau ! »

Nadienka n'a pas bougé, des yeux elle suit la scène comme en rêve. Elle voit cet homme tourbillonner tel un magicien, tout ce qu'il touche se met en place de soi-même, elle ne comprend pas les paroles qu'il prononce.

« Donne-le-moi, dit-il, enrobant ses mots et, déjà, le manteau pend au clou. On va mettre le samovar à chauffer… » Il s'éclipse dans le couloir, et le voici qui revient, portant le samovar, puis, avec l'adresse d'un chat, ratisse des braises chaudes dans le poêle. « Passe-moi la collerette du samovar, vite, vite, là, sur la table ! Ah, je te jure ! » Il tire la clé, fixe la cheminée du samovar, referme la grille. « Et voilà, le tour est joué ! À présent, devine ce que j'ai ! »

Rire des yeux de Philippe qui plongent dans ceux de Nadienka. Elle a l'impression que, dans ses pupilles, tout tournoie, tourbillonne. Un gamin espiègle.

« Il n'y a plus un quignon de pain dans la ville, hein ? Et ça, c'est quoi ? » Et de sortir de derrière son dos une miche. « D'où ça vient, ça ? Hop ! Prends des tasses sur l'étagère. »

Nadienka obtempère : les tasses sont comme neuves, aussi légères que du papier ; regards bleus de leurs petites fleurs féeriques, babil de leur son cristallin. Tel un soufflet de forge, Philippe attise les braises, et des étincelles, en crépitant, jaillissent du foyer. Il tisonne prestement le poêle, saisit à main nue des charbons ardents.

« Voilà ! Comme on dit par chez nous, à Saratov, et voili et voiça ! chantonne-t-il en ajoutant du charbon.

Coupe du pain, fais comme chez toi, là, sur l'étagère, y a un couteau et tout l'attirail. »

Nadienka saisit le couteau comme si elle venait de le reconnaître, comme s'il lui appartenait.

Anna Grigorievna frappe à la porte.

« Andreï, tu dors ?

— Qui est-ce ? Qui est là ? Entrez, entre ! » se hâte de répondre Andreï Stepanovitch.

Anna Grigorievna ouvre doucement la porte. Son mari est debout sur la table, un pied sur l'appui de la fenêtre. Il prend une mine grave et fait un geste de la main.

« Chut, pour l'amour du Ciel ! J'écoute. »

Et de se coller à la croisée, l'oreille dressée vers le vasistas ouvert.

L'air humide, paisible, envahit tranquillement la pièce. C'est cet air de la rue que tente de capter Andreï Stepanovitch.

« Andreï…, murmure Anna Grigorievna.

— Chut, te dis-je ! » siffle-t-il, agacé.

Elle se fige. Voici qu'un son lointain tombe tel un grain de sable sur une feuille de papier.

« Tu as entendu ? chuchote Tiktine. Ça recommence… Deux à la suite. »

Prudemment, sur la pointe des pieds, il entreprend de descendre de la table.

Anna Grigorievna lui tend la main. Il la repousse sans un mot et saute lourdement sur le tapis. Il fait un pas, se retourne soudain et, la regardant bien en face :

« On ti-re dans la ville ! »

Il se poste de biais.

« Je te dis que Nadienka n'est pas là. Elle n'est pas rentrée. Il est plus de onze heures. »

La voix d'Anna Grigorievna tremble.

« Bon sang ! Tout ça est révoltant ! » lâche Tiktine. Soudain, il lève les sourcils et, désemparé : « Comment ça, pas rentrée ? Pourquoi n'est-elle pas là ? Elle n'est pas là ? Vraiment ? »

Il se dirige à larges enjambées vers la porte, examinant coins et recoins. Dans la salle à manger, il trouve Sanka en train de fumer.

« Où est Nadienka ? » s'écrie Andreï Stepanovitch.

Sanka tourne lentement la tête.

« Si elle n'est pas rentrée, on ne la reverra pas avant le matin. Il y a le couvre-feu à partir de neuf heures. » Il se détourne et ajoute, comme s'il parlait à la table : « Ça veut dire qu'elle passe la nuit ailleurs…

— Où ? hurle Tiktine.

— Mon Dieu, comment je le saurais ? Elle n'est pas assez bête pour risquer de tomber sur une patrouille.

— C'est vrai, c'est stupide, enchérit Tiktine en s'adressant à sa femme. Elle n'est pas idiote, en effet. »

Et d'entrer dans la salle à manger d'un air imposant.

« Si je savais où elle est, j'irais immédiatement…, dit Anna Grigorievna en s'élançant dans le couloir.

— Maman, mais qu'est-ce que c'est que ces bêtises ? »

Au-dehors, giboulée de pas martelant leur cadence. Tiktine et Sanka se ruent à la fenêtre : une compagnie d'infanterie défile en bon ordre dans la rue déserte : bruit de bottes qui s'abattent en grenaille.

« Contre qui envoie-t-on… la troupe ? »

Tiktine voulait prendre un ton ironique, mais sa voix est sifflante.

« Ils vont tendre une embuscade du côté du commissariat, répond Sanka dont les sourcils se rapprochent.

— Va la voir, dit Tiktine en indiquant du chef la chambre d'Anna Grigorievna.

— D'accord », accepte Sanka à contrecœur.

Il ne cesse de contempler la chaussée par où sont passés les fantassins.

Le samovar chante sur une note ténue.

« Allez, Nadienka, encore une lampée ! »

Philippe se frotte vigoureusement le genou.

Nadienka le regarde aspirer le thé directement de la soucoupe, un morceau de sucre entre les dents.

Philippe pose sur elle un œil qui s'émerillonne. Elle ne sait pas comment s'y prendre pour boire et, tantôt se penche vers la table, tantôt se rejette contre le dossier de sa chaise.

Soudain Philippe éclate de rire, s'engoue avec son thé, bat des mains, tousse un bon coup.

« Ah, bon sang !… Ah, 'cré bonsoir ! Peste ! Tu sais ce que je viens de me rappeler ? Mon Annouchka, cette idiote ! Peste de peste ! Une nuit, voilà qu'elle fait : "Oh, saints du ciel, on tue des gens !" Elle déboule en chemise de nuit dans la cour et tape du poing à ma fenêtre. "Philippe, qu'elle me crie, on tire ! – Sur qui ? que je crie. – Sur moi !" qu'elle crie. Toute la maison est sens dessus dessous. Tu comprends, les voisins débarquent dans la cour, habillés à la va-comme-je-te-pousse. "Où c'est qu'on tire ? – Chez nous, dans la cuisine, qu'elle braille, plus morte que vive. Y a eu un coup de feu, je me suis ensauvée." Je fonce à la cuisine. On apporte une lampe et je vois qu'un voisin est déjà dans l'entrée, avec une hache. Tu parles d'une rigolade ! Tu sais ce que c'était ? Une bouteille ! Ah, choléra ! Une bouteille de kvas qu'avait pété dans un coin. Ah, misère de misère ! » Philippe rit en secouant la tête et cogne son verre vide contre la soucoupe. « Ah, l'idiote ! L'idiote à roulettes ! »

Nadienka sourit. Puis elle se dit : « Après tout, c'est peut-être vraiment drôle ! »

« C'te bouteille, je la sors… » Philippe donne une bourrade à Nadienka. « Je la porte dans l'entrée, tu comprends, et je dis : "Le v'là, ton canon, crénom de nom !" La trouille qui nous a pris, avant de savoir ! Ah, quelle pinte de rigolade ! »

Nadienka rit à son tour en regardant Philippe écroulé, le visage tout plissé, les yeux pleins de larmes.

« Ressers-moi, bon sang de bonsoir ! »

Philippe pousse son verre vers Nadienka.

Soudain, le samovar interrompt son chant.

Nadienka comprend aussitôt qu'ils sont désormais seul à seul. Philippe cesse de rire.

« Où est Annouchka ? » demande-t-elle à mi-voix, promenant son petit doigt sur le bord de la soucoupe.

Philippe reste muet. Il se rembrunit.

« La classe ouvrière !… Pour la classe ouvrière !… Des parlotes, tout ça ! »

Le doigt de Nadienka s'immobilise.

« Pourquoi donc ? Pourtant, les gens vont…

— C'est ça, ils vont… » Philippe se relève. « Allez, va plutôt laver la vaisselle ! »

Il s'éloigne d'un ou deux pas, se détourne et entreprend de rouler une cigarette.

Nadienka ne bronche pas. Philippe sent que le temps file, creuse un fossé entre eux. Il se retourne brusquement.

« Qu'est-ce qui t'arrive, mon petit pigeon ? » De ses bras il entoure le dossier de la chaise, le secoue si fort que Nadienka vacille sur son siège. « Quoi, mon petit cœur ? Je disais ça comme ça, des façons de bonshommes ! T'as tout de même pas cru… Ma parole, on s'en fout, de cette vaisselle ! Je vais te la casser, moi ! »

Nadienka esquisse un sourire.

« Ma parole ! » s'écrie joyeusement Philippe.

Il se saisit d'une tasse et la flanque par terre. Son bras se tend vers une autre. Nadienka l'arrête.

« Laisse ! Voilà comme je suis, moi ! » rétorque-t-il en lui agrippant l'épaule, à travers son gilet, de ses doigts brûlants.

Il a des mains singulières, d'une force de bête. Une angoisse inconnue transperce la poitrine de Nadienka, sa respiration se suspend un instant. Elle ne comprend rien de ce que dit Philippe, comme s'il parlait une langue étrangère. Elle s'accroche des deux mains à sa rude poigne, tandis que ses lèvres ne cessent de murmurer :

« Il ne faut pas… Il ne faut pas… »

Une main se glisse sous ses genoux, et la voici dans ses bras, il la tient comme un enfant, la serre contre lui. Nadia ferme les yeux.

Le pas cadencé

L'infanterie défile dans la rue vide : il n'y a que les réverbères éteints. Grenaille régulière des pas qui s'abattent sur les pavés. Un aspirant de réserve mène sa compagnie le long des maisons aux portes closes que lorgnent les soldats. L'officier descend du trottoir et marche aux côtés de ses hommes. Le martèlement des bottes se fait de plus en plus léger, la compagnie marque le pas : un bruit sourd succède au tambourinement de la grenaille. Les baïonnettes s'entrechoquent, les soldats promènent autour d'eux des regards inquiets. L'officier redresse la tête, se retourne et lance sèchement :

« Ann, deux !… Ann, deux !… Ann, deux ! »

La compagnie lui répond en raffermissant son pas.

« La cadence ! » crie l'aspirant dans la rue morte. Les pas s'abattent une fois, deux fois, derechef un piétinement sourd, les hommes marchent sans marquer le rythme.

« Ann ! » hoquette une dernière fois l'officier et il renonce à compter.

Quelque part à droite, un coup de revolver éclate comme une bulle. Les pas de la compagnie s'assourdissent. Soudain, des tirs de fusils claquent à la file, pareils à des coups de marteau sur une planche : bang ! bang ! bang-bang ! Un cri lointain s'engouffre dans les rues, la compagnie avance sans un bruit. Le cri se rapproche, on entend sur la droite un piétinement dans l'obscurité, puis, à droite encore, le long de la rue :

« Arrêtez-le ! Arrêtez-le !

— Tcha-ac ! »

S'égrène un coup de feu venu du côté droit.

« Halte ! Halte ! » crie l'officier.

La compagnie s'immobilise. Les autres cavalent, leurs cris et leurs piétinements éclairent la rue obscure.

« Arrêtez-les ! » lance l'aspirant.

Des pas précipités trébuchent dans le noir. Bruit de chute, et le piétinement reprend. D'une rue parviennent des pas lourds, en giboulée. Claquement de culasse. Une voix rauque :

« Qui est là ? Mais qu'est-ce que vous fichiez, salauds ? Il s'est enfui ! Vous l'avez laissé échapper ! Bande de veaux !

— Quoi ? T'es qui, d'abord ? Approche ! »

À larges enjambées, l'officier longe le rang et monte sur le trottoir.

Dans l'obscurité, les pas s'éloignent. Et devant la compagnie, à l'oblique, retentit un coup de feu.

L'officier défait l'agrafe de son étui, il en sort son nagant[1], tire dans la direction du coup de feu, en visant exprès une archine trop haut. À cet instant, un homme arrive en courant lourdement au coin de la rue.

---

1. Revolver inventé par l'armurier belge du même nom. En usage en Russie au début du XXᵉ siècle.

« Stadnitchouk, arrête-le ! braille l'aspirant. Premier peloton, avec moi ! »

Quarante pieds s'arrachent.

« Donne ton fusil ! Donne, fumier ! crie le soldat.

— Je suis sergent de ville, les gars ! Vous êtes mabouls ?

— Tu es en état d'arrestation ! rugit l'officier en arrachant le fusil des mains du policier. Tu viens avec nous, en avant, marche ! Premier peloton, formez les rangs ! Compagni-ie ! En avant… 'arche ! »

Les pas s'abattent, la compagnie repart gaillardement.

« Bande de salauds, vous nous injuriez, vous insultez l'armée, hein ?… De quel commissariat ? crie l'aspirant dans l'obscurité. Nous autres, on va à celui du quartier de Moscou. Ton matricule, fumier ! »

Scansion saccadée des pas.

« Tu mériterais qu'on t'embroche sur nos baïonnettes, tu sais ? »

Un bruit joyeux parcourt la compagnie.

Les rues sont vides et les soldats perçoivent de nouveau leur marche. Comme prêtes à l'assaut, les maisons sombres dressent leurs redans noirs et, encore une fois, l'allure de la troupe faiblit.

Sans attendre le commandement de l'aspirant, les hommes se déversent en un magma informe par les portes du commissariat dans la cour sombre. Les deux fanaux à pétrole qui brûlent sur un mur de l'entresol semblent épaissir encore les ténèbres, et les soldats, au sous-sol, n'osent élever la voix ni taper des pieds.

« Ayez l'obligeance de m'accompagner. »

Dans le noir, Vavitch porte la main à la visière de sa casquette et a un geste d'invite que l'officier ne voit pas.

« Qui est-ce ? » s'enquiert ce dernier à mi-voix.

À cet instant, une voix rauque, où perce une hargne pleurarde, s'écrie :

« S'il vous plaît, monsieur l'inspecteur, faudrait m'relâcher, puisqu'on m'a arrêté indûment dans l'exercice de mes fonctions. Hé, arrête de me tirailler, je porte une capote d'uniforme, moi aussi !

— Oui, dit l'aspirant en s'éclaircissant la voix. Ce fumier-là, il nous a injuriés, il a insulté l'armée. Et c'est un sergent de ville ! Il est de chez vous ? Sinon, je le remets au commandement.

— Ah, c'est comme ça ! hurle Vavitch. Ah, le salaud ! Amenez-le !

— Avance ! » ordonne l'officier.

Viktor marche devant avec l'aspirant, suivi du sergent et de deux soldats.

« La ferme ! crie Vavitch en se retournant, bien que le sergent ne pipe mot entre les deux soldats. J'ai pas de leçons à recevoir ! » répète Viktor avec fougue.

L'aspirant trébuche dans le noir et jure dans sa barbe.

« On monte, c'est ça ? » demande-t-il avec dépit.

Le précédant, Viktor grimpe l'escalier quatre à quatre. « Eh oui, j'aurais pu, moi aussi, amener ma compagnie comme ça ! C'est comme s'il prenait en main tout le poste de police. » Il se retourne pour regarder l'officier et, à la lumière de l'escalier, son œil affûté découvre une épaulette à une étoile et, surtout, son visage !

« Un pékin ! Un petit monsieur », décrète aussitôt Viktor.

Il ouvre la porte d'un coup d'épaule et ne la tient pas pour laisser entrer l'autre.

« Un professeur de géographie, je suis sûr », grommelle Viktor.

L'adjoint du commissaire est là, moustaches noires.

« Eh bien ? lance-t-il à Viktor.

— Il arrive ! »

Et Viktor d'indiquer la porte d'un mouvement de tête négligent.

« Aspirant Anissimov, je suis avec ma compagnie et j'ai appréhendé ce gaillard, explique l'officier en désignant du pouce le sergent derrière lui. Un des vôtres ? »

L'adjoint rabat ses sourcils.

« Je n'y comprends goutte ! dit-il en plissant les yeux. C'est un Japonais ? Vous avez fait prisonnier un Japonais, si je puis me permettre ? »

L'aspirant rougit, lève les sourcils, retrousse ses lèvres, découvrant ses dents.

« Je vous déclare officiellement, monsieur, et vous prie d'écouter…

— Je sais, mon bon ! Je sais tout ! répond l'adjoint en déchiquetant les mots. Des déclarations officielles, alors que ça canarde partout !… »

Il tourne le dos et quitte la pièce en tapant fermement des talons, traverse le bureau sans lumière. Claquement lointain de la porte de son cabinet, tintement des portes vitrées. Puis on entend se déchaîner la sonnerie du téléphone.

« Emmenez-le et gardez-le dans la compagnie ! braille l'officier à ses soldats. Qui commande, ici ? Appelez-moi le commissaire ! ajoute-t-il à l'intention de Vavitch.

— Il n'est pas là », rétorque sourdement celui-ci, puis, se détournant vers la fenêtre, il voit soudain une foule et entend du vacarme. Il sort d'un pas affairé en heurtant légèrement l'aspirant. « Pardon, permettez… »

Et de franchir d'un bond le seuil.

Dehors, un cordon de sergents de ville pousse vers le portillon des gens pris au cours d'une rafle.

« Comptez-les ! hurle Vavitch pour montrer qu'il commande.

— C'est les côtes qu'il faut leur compter, réplique le sergent le plus proche. Y en a deux qu'avaient des revolvers. De beaux salauds !

— Ceux-là, tu me les mets à part… ici…

— Non, ceux-là, on les a amenés direct chez Grat-chek… Hé, toi, tu vas où ? »

Le sergent menace de sa crosse un homme qui se rencogne prestement dans la foule.

L'aspirant descend le perron.

Vavitch inspecte le demi-cercle des sergents en lorgnant l'officier du coin de l'œil. « Tu peux attendre, mon coco ! » Sans hâte, il monte les marches du perron.

« Vavitch ! Va-vitch, bordel de merde ! Mais où tu es ? » crie de l'étage Voronine, hors d'haleine.

Vavitch grimpe l'escalier au galop.

« Deux ! J'en ai attrapé deux, de ces enfants de salauds… Des enragés du revolver !… Moi et personne d'autre ! Je te les ai pris, de cette main-là, par la peau du dos, comme des chiots… Le bon Dieu m'a aidé… C'est Sa volonté… Par la Sainte Croix… » Voronine se signe. « Tiens, regarde ! » Il écarte le pan de sa capote. « T'as vu ? Traversée de part en part ! Mais moi, tel que tu me vois, le Seigneur m'a sorti de là ! C'est que le chien, il me tirait dessus, il tirait ! Bon sang, je te le dis, c'est la volonté du Seigneur, je vois que ça ! »

Vavitch écoute respectueusement.

« T'as toute une ville… » Voronine du geste indique la fenêtre. « Autant chercher un pou dans une peau de mouton !

— Comment vous avez fait ? »

Voronine tend le cou et, par trois fois, se frappe le nez du plat de la main.

« Le pif ! Et la volonté de Dieu.

— Qui ils sont ? On ne sait pas ?

— Ça, ils le diront… » Voronine s'assied sur le rebord de la fenêtre. « Chez Gratchek, ils le diront forcément, ajoute-t-il doucement. Donne-moi une cigarette. Il s'y entend… que Dieu le juge… il ferait parler une bûche !

Oui, mon vieux, poursuit-il en baissant la voix. Y en a un qu'on a blessé, eh ben, plutôt que de l'envoyer à l'hôpital, Gratchek a demandé qu'on l'amène directo chez lui… Avant que… Crédieu, qu'est-ce qu'elle a, cette foutue cigarette ?… avant qu'il crève, quoi ! »

Voronine se tait, soupire pesamment en crachant de la fumée devant lui.

Par le vasistas ouvert parvient soudain, dans le silence lointain, le roulement d'un fiacre. Tous deux tendent l'oreille, évaluant la distance. Et pleuvent en gouttes parcimonieuses les coups de feu sur la ville.

Soudain, distinctement, comme si les sons se réveillaient, une calèche tourne le coin avec fracas ; à la lumière des lanternes du perron, on voit descendre un officier trapu. Du côté opposé, un autre, plus mince, saute et contourne l'équipage.

« Un capitaine ! » lance Vavitch qui, le premier, a vu l'épaulette.

Un minable pékin

D'une démarche dégagée de voyou, l'adjoint du commissaire passe devant l'aspirant. S'essuyant le nez avec un mouchoir immaculé, il marche droit sur la porte et descend d'un pas alerte.

On entend des gens s'arrêter dans l'escalier, et retentir deux voix égales, sonores : celle de l'adjoint et une autre, éraillée, pareille à des coups de marteau sur un chaudron :

« A-ah !… A-ah !… Bien ! Bien… »

L'aspirant ne cesse d'arranger son ceinturon tandis que les voix tambourinent dans l'escalier. Son cou tournicote dans son col.

La porte s'ouvre toute grande, le capitaine franchit le seuil d'un pas martelé. Il mordille ses moustaches et ses yeux plissés dévisagent l'aspirant. Celui-ci porte la main à sa visière. Tous sont muets. L'adjoint du commissaire se met en retrait près de la barrière et observe l'aspirant. Le jeune officier se tient derrière le capitaine et ses petits yeux roussâtres clignotent, railleurs.

« Un offiçaillon, chuchote Voronine à Vavitch en indiquant le plus jeune des deux militaires d'un léger mouvement du menton.

— Je vous écoute ! crie soudain le capitaine à la face de l'aspirant.

— 5ᵉ compagnie du 52ᵉ de Lublin… »

Le capitaine ne répond pas à son salut, il ne le laisse pas faire son rapport, il est posté, jambes écartées, les poings posés sur ses hanches épaisses, le menton pointé.

L'aspirant s'empourpre aussitôt, à croire qu'un rayon rouge est braqué sur lui.

« Monsieur le capitaine, ayez l'obligeance d'écouter mon…

— Môôssieur l'aspirant ! braille le capitaine. Ayez l'obligeance de venir par ici, je vous prie ! »

Et le capitaine de brandir sa main en direction du bureau du commissaire dont la vitre dépolie luit d'une lumière trouble.

« Conduis-le ! » dit l'adjoint du commissaire avec un hochement de tête.

Vavitch se précipite et ouvre grand la porte du cabinet.

L'aspirant avance résolument, le capitaine martèle le sol de ses talons. Vavitch referme la porte derrière eux. Il veut s'éloigner, mais il entend soudain le crissement familier du cuir neuf, suivi d'un « chlac ! » – le rabat d'un étui de revolver qui se referme. Vavitch se fige près de la porte, dans l'obscurité. Aussitôt, retentit la voix éraillée du capitaine :

« Qu'est-ce que c'est ? Qu'est-ce que ça signifie ? Silence ! » Choc mordant du métal contre la table. « Écoutez-moi ! Alors, on trahit ? On se met du côté des étudiants, c'est ça ? Et le serment ?

— J'ai fait toute la guerre, commence l'aspirant avec, dans la voix, un trémolo de ténor. Toute la guerre…

— Silence ! » mugit le capitaine comme s'il était sur la place publique.

Dans la salle du commissariat, on passe au chuchotement.

Et l'on entend s'abattre, sifflants, les mots les uns après les autres et cogner le revolver contre la table. Les mots sont crachés, telle une lave brûlante.

« On lève deux doigts ! On se tourne vers l'icône et on répète après moi…

— Je ne le tolérerai pas ! J'ai prêté serment, vous n'avez pas le droit…, grince l'aspirant, un déchirement dans la voix.

— Je vais te descendre. Te des-cen-dre ! »

Puis, le silence. Dans les oreilles, le bourdonnement du temps qui passe.

Vavitch retient son souffle, se penche en avant. Claquement du cran de sûreté.

« Ré-pè-te ! Je fais le serment… Répète ! Je m'engage… Plus haut, les doigts ! Je promets… par le Dieu tout-puissant… »

On n'entend pas le murmure de l'aspirant.

Sur la pointe des pieds, Vavitch rejoint la salle. L'adjoint du commissaire n'est plus là. L'offiçaillon allume sa cigarette à celle de Voronine, en répétant :

« Ma foi… il l'a pas volé ! Il l'a pas volé, ma foi ! On a enrôlé un tas de ces petits messieurs… » Il lâche une volute blanche de fumée et un gros soupir méprisant.

« Des statisticiens de tout poil. Non, décidément, c'est à n'y rien comprendre ! »

Il est là, adossé à la barrière, les coudes posés dessus, les bras pendant comme des ailes.

À cet instant, la porte du cabinet s'ouvre et le capitaine lance d'une voix forte :

« Non, non ! Veuillez avancer ! »

L'offiçaillon sursaute et jette sa cigarette.

La mine sombre, cramoisi, l'aspirant sort, suivi par le martèlement sonore des pas du capitaine qui, tout en marchant, referme l'étui de son arme.

« Monsieur le lieutenant prend à présent le commandement de la compagnie ! Inspection des effectifs ! »

Le capitaine se dirige vers la porte que lui ouvre un sergent de ville. Tous saluent. Le lieutenant lui emboîte le pas.

L'aspirant avance dans la pénombre des bureaux, les yeux au plafond, piétinant dans l'obscurité.

« Un minable pékin ! dit Voronine avec un mouvement de la tête dans sa direction.

— Je l'aurais descendu, lance Vavitch à mi-voix. Là, sur-le-champ !

— Le descendre, tout de même… Après tout, il a fait la guerre, tandis que nous, on était bien au chaud ici… Mais, maintenant, c'est pour nous que ça chauffe, avec ces couillons !

— C'est le capitaine que j'aurais descendu, poursuit Vavitch, à haute voix cette fois. Comment ose-t-il, contre le règlement, exiger le serment ?…

— Qui l'a exigé ? »

Venant des bureaux, l'aspirant a avancé de deux pas et s'est tourné brutalement vers les fenêtres. Réagissant aux paroles de Vavitch, il a jeté un regard farouche et martelé le sol de toutes ses forces.

Vavitch ne dit plus rien, il le regarde, Voronine, lui aussi, le dévisage.

« Salauds ! » s'écrie l'aspirant avant de prendre la porte.

Voronine et Viktor se précipitent à la fenêtre : il a disparu.

La ville est calme, seul, çà et là, claque un coup de feu léger, comme si on débouchait une petite bouteille.

Sumatra

Bachkine marche aux côtés de Kolia sur le trottoir mouillé. La rue est presque vide. Seules des ménagères pressées se faufilent ici ou là, tournant en tous sens leurs têtes emmitouflées.

Une bruine s'égrène sans hâte du ciel gorgé d'eau.

« Ton col, relève ton col ! dit Bachkine en se penchant vers l'enfant pour, d'une main leste, le lui remonter. Attends, je vais te raconter. Ça te sera utile, vous étudiez bien les îles de la Sonde, en ce moment ? »

Toujours incliné vers Kolia, il lui saisit le bras au niveau du poignet et le tient fermement.

« Voilà : Sumatra, Bornéo, Java, Célèbes… Tu n'as pas froid ? Oui, ça se trouve exactement sur l'équateur, qui vient les couper. » Bachkine fait un large geste de sa main libre. « Écoute bien, tu retiendras tout sans t'en apercevoir. Je veux te rendre service… Hier, déjà, j'ai rendu service à quelqu'un… Sumatra est une île immense. » Il décrit un cercle dans les airs. « De la taille de la France, avec plein de forêts tropicales et, dans ces forêts, vois-tu, des gorilles. C'est un genre de gros singe qui se moque de tout, qui n'a peur de rien ni personne, qui n'en fait qu'à sa tête et se fiche du monde. Il est là, peinard, sur son arbre, à se bâfrer de pommes, sans personne pour le surveiller. Attends, mon petit Kolia, écoute ! Assieds-toi ici, dans le jardinet. »

Ils se trouvent près d'une église.

Un banc mouillé parmi les plumeaux des buissons.

« Tu n'auras pas peur ?

— Peur de quoi ? Je vais grignoter des graines de tournesol.

— Grignote, grignote, seulement reste là, je reviens tout de suite. J'en ai pour une minute. » Bachkine libère Kolia et part à grandes enjambées en pataugeant dans les flaques. « Pour le singe, je te raconterai tout, sans faute ! » dit-il en se retournant brusquement.

Kolia lui répond en lui faisant un signe de son poing plein de graines de tournesol.

Bachkine passe le coin de la rue, ralentit le pas, jette un regard circonspect, s'approche rapidement des portes de fer et place son visage au niveau du guichet. Les portes s'entrouvrent. Le col relevé, Bachkine traverse la cour au plus vite.

Dans le couloir plongé dans la pénombre, on s'agite. Bachkine quitte ses caoutchoucs et, serrant son col contre sa joue, se fraie un chemin.

Des portes s'ouvrent, on emmène quelqu'un en le soutenant sous les bras. Bachkine serre encore plus son col.

« T'as mal aux dents ? demande un gendarme près du vestiaire.

— Les dents, les dents, c'est ça, gémit Bachkine qui part presque au pas de course.

— J't'ai annoncé, ajoute l'autre. T'attendras pas beaucoup. »

Brusque sonnerie en écho. Le gendarme fonce vers la porte et dit aussitôt d'une voix tendue :

« Je vous en prie ! »

Bachkine entre de biais et, immédiatement, s'assied sur le divan en appuyant sa joue contre le dossier.

De son bureau, le capitaine Reihendorf lui crie :

« Par ici !

— J'ai mal aux dents, répond Bachkine qui obtempère en titubant.

— On n'est pas dans une pharmacie, coupe Reihendorf. J'ai cinq minutes : à quoi rime votre coup de téléphone d'hier ? Hein ?

— Pour le moment, je ne peux pas…, réplique Bachkine de derrière son col. Pour le moment…

— À cause de vos dents ? Cessez vos simagrées ! C'est l'état de siège, ne l'oubliez pas. À quoi jouez-vous ? » Reihendorf se penche et tire Bachkine par la pointe de son col. « Eh bien ?

— Je ne peux pas, je ne suis pas encore sûr, je n'ai pas moi-même élucidé… Vous comprenez…

— Assez de mensonges ! crie Reihendorf. Et, s'il s'agit d'une mystification, chez nous, mon cher, ce genre de choses…

— Simplement, un garçon…

— Suffit de tourner autour du pot ! »

Le capitaine frappe impatiemment de son porte-cigarettes sur le bureau.

« Je vous dis… un garçon parce qu'il est garçon… d'auberge, et fort précieux. Il sait plein de choses, mais peut-être qu'il ment. Tout le monde ment.

— Et qu'est-ce qu'il raconte comme mensonges ?

— Eh bien, que les ouvriers parlent beaucoup. Le problème, c'est qu'il mélange tout. D'ailleurs, qu'est-ce qu'il sait exactement ?

— Quelle auberge ? Son nom ?

— Peut-être qu'il n'a pas dit son vrai nom.

— Arrêtez de faire la mijaurée ! Comment s'appelle-t-il ? »

Reihendorf prend un petit crayon en argent et le tient au-dessus d'un bloc-notes blanc étincelant.

« Attendez, ça va me revenir. »

« Il faut que je m'évanouisse… Il faut mentir, mentir encore et encore. Non, perdre connaissance ! » pense Bachkine.

Il roule des yeux blancs et fait tourner sa tête.

Brusquement, le capitaine tape du pied.

« Arrête tes finasseries, morveux ! crache-t-il en le menaçant du geste.

— Kotine, Andrioucha Kotine de *L'Ancre d'Or* dans le Faubourg. C'est ce qu'il a dit, mais peut-être que tout ça… Il raconte un tas d'âneries… »

Reihendorf note.

« Des âneries ! Quelles âneries ? demande-t-il en frappant son bloc-notes. Eh bien ?

— Une histoire d'armes, de l'artillerie presque, à l'entendre, un délire. »

Reihendorf note toujours et, de l'autre main, appuie sur le bouton d'une sonnette.

« Appelez-moi Kovryguine ! crie-t-il sans se retourner quand un gendarme pointe le nez à la porte. M-oui ! Quant à vous, mon coco… » Le capitaine lance un regard torve à Bachkine. « … vous allez déguster ! À quoi ça ressemble ? On fait des cachotteries ? On y va du bout des lèvres ? Ne jouez pas au plus fin avec moi… Surtout quand nos imbéciles ébranlent les murs… entre lesquels ils se trouvent. Si ça s'écroule, soyez tranquille, ils seront les premiers à prendre une brique sur le crâne ! De l'étranger, on les chauffe, tenez, avec ce genre de piment… » D'une main ferme, il saisit sur sa table de minces feuillets imprimés qu'il fourre sous le nez de Bachkine. « Vous ne reconnaissez pas ? Ben tiens ! Oui, oui, c'est l'*Iskra*[1]. Faites attention : vous serez les pre-

---

1. « L'étincelle. » Premier journal clandestin, fondé par Lénine et publié de 1900 à 1903 ; repris ensuite par les mencheviks jusqu'en 1905.

miers à griller, bande de jacassins ! On vous fera passer le goût des manigances ! »

Bachkine retend son col sur sa nuque. Il ignore comment les choses vont tourner. Et si le capitaine envoyait chercher le garçon d'auberge pour, ici même, séance tenante, organiser une confrontation ? Il faut qu'il parte, qu'il parte au plus vite, à tout prix. Qu'il demande à aller ne serait-ce qu'aux toilettes, et qu'il file, qu'il file ! Ensuite, advienne que pourra !

« Karl Fiodorovitch, il y a un gamin qui m'attend sous la pluie. Je vais aller lui dire de rentrer chez lui, il va attraper froid, le pauvre !

— C'est quoi, encore, cette histoire de gamin ? » Reihendorf se rembrunit soudain. « C'est bien le moment de se balader avec des gosses, alors qu'on a les mains dans le cambouis ! Vous n'avez toujours pas compris ?

— M-mais…, bafouille Bachkine qui s'empourpre et se lève. Mais vous, vous ne comprenez pas, sans doute, monsieur le capitaine, vous ne comprenez pas que ce petit garçon est peut-être plus important, plus important que vous et moi ! Oui ! Plus important que tout. »

Le capitaine dresse l'oreille et, sans ciller, le fixe en fronçant les sourcils.

« Plus important que quoi ? »

Le capitaine pointe la tête en avant, comme s'il assénait un coup sec. De son regard il pèse sur Bachkine qui, debout, titube.

« Je veux dire… pour moi, pour nous, n'est-ce pas ? reprend-il d'un ton plus hésitant. Un enfant est plus simple, plus droit.

— Vous vous occupez de lui ? coupe Reihendorf. Quel intérêt y avez-vous ? C'est le fils de qui ?

— Peu importe… Je veux dire que, dans le cas présent, il est essentiel de… »

À cet instant, entre un fonctionnaire en veste d'uniforme.

« Vous m'avez appelé ? »

Le capitaine arrache un feuillet de son bloc.

« Qu'il soit là dans deux heures », ajoute-t-il en soulignant un nom de son ongle.

En quelques pas étouffés par l'épais tapis, Bachkine est arrivé près de la porte.

« Hé ! crie le capitaine. Vous, là, Céessov ! Où est-ce que vous… Revenez un peu ici ! »

Bachkine s'approche, décrivant un cercle.

« Les gens bien élevés saluent avant de partir, fait remarquer le capitaine en secouant la tête. Et puis, ce gamin… Hein ? En quoi est-il si important ?

— Si, si ! grommelle Bachkine, vexé. C'est un gamin très important. Il faut le mettre sur la bonne voie et…

— Qui sont ses parents ?

— C'est un collégien. Son père est fonctionnaire.

— Vous lui apprenez à jouer aux osselets ? Par les temps qui courent ? C'est ça ?

— Pas aux osselets… Vous verrez bien…

— Ce ne serait pas Kolia ? demande brusquement le capitaine. Son père est dans les Postes ? Mazette ! » Reihendorf émet un sifflement en arpentant le tapis. « Alors là, mon petit père, vous aurez l'obligeance de vous présenter ici après-demain, même heure et, en deux temps trois mouvements, nous ferons parfaitement le tour de la question. En attendant, dégagez ! » Il s'immobilise et indique clairement la porte. « Demain, à cinq heures ici !

— Au revoir », maugrée Bachkine dans le couloir.

Sans regarder, il enfile ses caoutchoucs et fonce, tête baissée. Il ne voit pas la cour, s'élance presque au galop sur le trottoir, tantôt relevant son col, tantôt le rabaissant, et murmurant : « Kolia, mon petit Kolia, mon garçon, mon cher petit garçon ! Mon Kolia… avec ses graines de tournesol ! »

« Kolia ! crie-t-il dès qu'il tourne le coin. Kolia ! »

Il fait presque nuit, Bachkine patauge dans les flaques sans y prêter attention, il marche exprès dans la boue : quelle importance, à présent ?

« Kolia, mon chéri ! »

C'est lui !

Anna Grigorievna n'a pas fermé l'œil de la nuit, des terreurs l'assaillant sans relâche. « Nadienka gît, transpercée de balles, sur la chaussée souillée. Elle est morte… Non, elle vit, elle vit encore ! Elle se tord, rampe, a peur de laisser échapper un gémissement, et le sang coule, coule… Il faudrait se précipiter, la panser… » La poitrine d'Anna Grigorievna se soulève, ses jambes la démangent : elle voudrait courir. Elle se retient : courir où ? Ses yeux, pourtant, voient parfaitement et la rue, et le trottoir maculé où est tombée Nadienka, et l'obscurité, et l'angle de la maison, là, là-bas… Anna Grigorievna pourrait le montrer du doigt à travers la cloison : là-bas !

« Mais non, elle a dû rester dormir chez quelqu'un. Oui, chez des camarades… Une rafle à présent, des sergents de ville. C'est qu'ils cognent, cognent, elle a vu de ses yeux un cocher de fiacre se faire tabasser publiquement par un sergent… Sans parler de ce qu'ils peuvent faire à une jeune fille ! »

« Seigneur ! » s'exclame-t-elle en branlant du chef.

Elle se lève, passe dans le vestibule, comme si Nadienka allait sonner à l'instant et venir à sa rencontre.

« M'man, qu'est-ce que tu fabriques ? »

Anna Grigorievna sursaute.

La cigarette de Sanka brille dans l'obscurité.

« M'man ! Crois-moi, elle est maligne, tu verras, elle aura passé la nuit chez Tania. J'irai dès qu'il fera jour, je te promets !

— Cette enfant est stupide, stupide ! pleurniche presque Anna Grigorievna. Aussi bête, tiens… » Elle avance le bras. « … qu'une bûche. Elle fonce droit devant elle, comme un soldat.

— Elle m'a souvent dit qu'en cas de problème… c'est chez Tania qu'elle serait le plus en sécurité, je te le jure ! »

Sanka s'approche de sa mère, la prend par les épaules et l'embrasse sur la tempe.

Anna Grigorievna secoue la tête, ses cheveux chatouillent la joue de Sanka, comme ceux des demoiselles, au bal, pendant la valse et, un instant, la torpeur gagne l'esprit du jeune homme.

L'appartement est calme, seul, dans son cabinet, Andreï Stepanovitch tourne des pages si bruyamment qu'on dirait des feuilles métalliques. Il pousse un profond soupir, écoute par le vasistas ouvert les coups de feu lointains, rares, pareils à des appels qui se répondent paisiblement. Ce faisant, il parcourt l'*Histoire de la Révolution française* de Lavisse et Rambaud[1], sur papier glacé. Il voudrait y trouver des points de comparaison avec ces détonations qu'il entend, et il feuillette hâtivement, craignant de manquer la solution.

« Le 9 Thermidor. » Allons donc, ça n'a rien d'un thermidor ! Et une voix qui lui semble étrangère confirme : « Aucune ressemblance. » Il tourne de nouveau les pages, revient en arrière. « Les Montagnards », « Le tiers état », comme si, à la veille d'un examen, il avait oublié un passage essentiel.

---

1. L'un des douze volumes de l'*Histoire du IVᵉ siècle à nos jours* d'Ernest Lavisse et Alfred Rambaud, publiée de 1893 à 1900.

« Nous assistons à un phénomène social d'une extrême importance, se dit-il et, en silence, il esquisse un geste sentencieux. Il faut, dès à présent, se tenir prêt à toute éventualité. »

Andreï Stepanovitch veut se redresser, se lever, faire barrage de sa poitrine à ces balles, ces coups de feu, ces nagaïkas. Il lui semble qu'il va trouver une idée forte, parfaitement logique, civique, honnête, et qu'elle édifiera en lui comme une colonne de fer. Il sent dans ses jambes une cadence, dans ses pieds une démarche, ferme, sûre, dans sa voix des notes énergiques, toutes prêtes. Alors, regardant le danger en face, plein de respect pour lui-même et la cause qu'il sert, il prend un air grave, les pages figées dans ses mains.

« Considérons encore une fois les choses, se dit-il. Que se passe-t-il ? Une explosion de protestation de la part de l'opinion, et d'une ! De la part du gouvernement, une manifestation de l'instinct de conservation, et de deux ! » murmure-t-il en contemplant les gravures dans un angle. L'une d'elles figure le Christ assis sur une pierre dans le désert, qui regarde devant lui et médite. « De deu-eux ! » répète rêveusement Tiktine. « Lui, il a pris sa décision, pense-t-il, enviant le Christ. Il s'est décidé et a agi. Sans attendre une quelconque occasion. Il a fini… sur la croix. Une croix que l'on trouve à chaque coin de rue. Mais ce n'est pas pour cela qu'il l'a fait », se dit-il soudain, courroucé.

Il tourne brutalement son fauteuil vers la table, y pose ses coudes, appuie ses poings contre ses tempes.

À cet instant, une sonnette électrique tinte dans la cour, au-dessus, semble-t-il, de la loge. Insistante, hargneuse, insolente dans le silence. Choc métallique contre le fer de la grille.

Tiktine entend sa femme et Sanka courir aux fenêtres, puis dans la cuisine, pour mieux voir.

Il se lève, prend une longue inspiration et, d'un pas tranquille, va les rejoindre.

Une couverture sur la tête, la cuisinière furète sur la plaque du fourneau, se débat avec les allumettes.

« N'allumez pas », lance Tiktine de sa paisible voix de basse, en se vidant les poumons. Son cœur bat follement. Sa respiration devient pénible, saccadée. Pardessus l'épaule d'Anna Grigorievna, il regarde la cour à demi plongée dans les ténèbres. Une lumière apparaît à une fenêtre d'en face, et s'éteint aussitôt. Traînement de savates du concierge, tintement de ses clés dans sa course.

Sanka ouvre prestement le vasistas en grand. L'air déferle dans la pièce en vagues de terreur. Voix grossières, criardes, venant de derrière le portail.

« Chut ! » enjoint Tiktine, retenant son souffle.

On entend le concierge faire claquer hâtivement la serrure et tirer le verrou ; le portillon glapit. Piétinement. Des pas résonnent sous le porche.

« Conduis-nous ! »

Et le concierge de débouler, suivi de quatre silhouettes noires. Des sergents de ville. Où vont-ils ?

Sanka a carrément passé la tête au-dehors. À cet instant, sonnerie dans l'entrée, accompagnée de coups frappés à la porte.

Sanka se précipite.

« Une perquisition !

— Seigneur, protège-nous ! »

Anna Grigorievna se signe et court ouvrir.

« *Attendez, attendez* * ! s'écrie Andreï Stepanovitch.

— Bah, quelle importance ? » rétorque Anna Grigorievna sans s'arrêter.

Andreï Stepanovitch entend la porte. Il gagne résolument le vestibule, mais déjà on frappe à la cuisine.

« C'est qui ? crie la cuisinière à travers la porte.

562

« — Faites entrer, ordonne Tiktine.

— D'accord, mais faut que je m'habille avant », lui répond-elle.

Sanka voit la porte s'ouvrir à la volée, en grand. Aussitôt s'engouffre un inspecteur de quartier. Anna Grigorievna recule, sans s'écarter, à croire qu'elle veut lui barrer le chemin. L'inspecteur se rembrunit, regarde sévèrement par-dessus Anna Grigorievna.

« Il déboule comme dans une boutique, un estaminet. » Sanka sent qu'il est tout rouge, et ce devant un inspecteur. Alors, il crie : « Qu'y a-t-il pour votre service, monsieur ? »

Soudain, il le reconnaît.

« C'est lui ! » Celui qui, dans l'omnibus, lui avait fait la monnaie d'un rouble... « "Pour une femme, monsieur..." »

Vavitch reste un instant médusé à la vue de Sanka, puis il lève les sourcils et lance brusquement d'une voix sèche, mauvaise, criant presque :

« Qui est ici Tiktina Nadejda Andreïevna ?

— Vous pouvez vous dispenser de crier, intervient Andreï Stepanovitch en arpentant dignement le couloir. Dans cette maison, personne n'est sourd. Vous avez un mandat ? »

Il s'arrête et, se retournant sans regarder Vavitch, tend une main. De l'autre, il tire lentement son pince-nez de sa poche latérale.

Un instant, Sanka admire son père, puis, d'un pied nerveux, il fait demi-tour et s'éloigne dans le couloir.

« Ne bougez pas ! enjoint Vavitch. Arrête-le ! » Un sergent, derrière lui, se faufile et s'empresse. Anna Grigorievna lui court après. « *Madame*[1] ! Halte ! » crie Vavitch.

---

1. En français mais en caractères cyrilliques dans le texte.

Déjà, un sergent déboule par la porte de la cuisine et, bras écartés, lui barre le passage.

« C'est interdit ! Arrière, arrière !

— Il ne veut pas venir ? Je vous l'amène ? braille le sergent du fond du couloir.

— Surveille-le-moi ! hurle Vavitch.

— J'aurai tôt fait de le persuader et il reviendra. Laisse-moi passer ! Oh, qu'il est insupportable ! dit Anna Grigorievna.

— *Arrêtez et taisez-vous** ! intervient Tiktine.

— Pas de conciliabules ! braille Vavitch qui essaie de se frayer un chemin.

— Le man-dat ! » répète obstinément Tiktine.

Il lui barre la route, tendant toujours une main exigeante.

Vavitch la regarde. Elle est là, suspendue, comme détachée, pareille à celle de son vieux lorsqu'il criait : « Vitka ! Le marteau ! »

Vavitch ouvre son porte-documents sur son genou et sort enfin le papier.

« Voici. Sur réquisition de…, commence-t-il en pointant du doigt le mandat.

— Permettez », l'interrompt Tiktine et il lui prend le document des mains.

« Quel idiot je suis de le lui avoir donné ! se morigène Vavitch. J'aurais dû le lui lire, ç'aurait été fait dans les règles. »

Tiktine chausse son pince-nez et lit à mi-voix :

« … de procéder à une perquisition dans les locaux occupés par Tiktina Nadejda Andreïevna. »

« Ah ah ! Eh bien, veuillez me suivre dans les locaux occupés par Tiktina Nadejda Andreïevna ! »

Vavitch reste muet un instant et, s'empourprant, veut refermer son porte-documents mais, les yeux rivés sur Tiktine, il ne trouve pas le fermoir.

« J'vous prierai de ne pas m'apprendre mon métier ! beugle-t-il dans tout l'appartement. Reste auprès de lui, qu'il ne bouge pas d'un pouce ! » ajoute-t-il en désignant Tiktine.

Un sergent se poste à ses côtés.

« Concierge, venez ici ! ordonne Vavitch en longeant le couloir. Tu la connais de vue ?

— Comment donc !

— Je vous dis qu'elle n'est pas là ! » répète Anna Grigorievna derrière lui.

Vavitch, accompagné d'un sergent et du concierge, arpente l'appartement. Le sergent prend la lampe d'Andreï Stepanovitch et emboîte le pas à Viktor.

« Le mandat ! maugrée celui-ci. On tire sur les gens et, lui, il veut son mandat ! Ce n'est pas avec des papiers, je pense, qu'on tire sur ceux qui font… leur devoir. Vous avez des armes ? » aboie-t-il depuis la chambre d'Anna Grigorievna.

Personne ne répond. Viktor ressort dans le couloir, rectifie la position et lance avec autorité, sur un ton de commandement :

« Vous avez des armes ? Si on en découvre au cours de la perquisition, vous aurez à en répondre selon les lois martiales.

— Mais non, aucun de nous n'a d'armes. Sanka, tu n'as pas d'armes, bien sûr ?

— Pas de conciliabules ! braille Vavitch. Donc, vous déclarez que vous ne détenez pas d'armes.

— Je vous conseillerai, une nouvelle fois, de montrer plus de discrétion, dit Andreï Stepanovitch. Eh oui ! Là encore, eu égard aux lois martiales… »

Le sergent qui se tient aux côtés de Tiktine se rapproche de lui.

« Faites venir les domestiques et les témoins ! ordonne Vavitch.

— Écoutez, jeune homme, intervient Anna Grigorievna, vous n'êtes pas ici dans un repaire de brigands, pourquoi être aussi belliqueux ? Je veux bien que cela entre dans vos obligations, mais vous voyez que vous avez affaire à des gens convenables. »

Vavitch se détourne et, de la chambre de Nadienka, grogne :

« La gendarmerie ne s'intéresserait pas à des gens convenables. C'est sa chambre ? demande-t-il à la domestique. Son armoire ? Qu'on l'ouvre ! Procure-toi les clés, sinon on forcera la serrure. Jette un coup d'œil sous le lit », crie-t-il au sergent.

Les témoins, des concierges du voisinage, sont sur le seuil, chapka à la main.

« On peut fumer ? s'enquiert l'un d'eux auprès de Vavitch dans un murmure.

— Pourquoi pas ? se déchaîne Viktor. Fumez, fumez, qu'ils aillent au diable ! D'ailleurs, je n'ai pas le droit de vous contraindre, vous, les témoins. Fumez votre content ! Regardez sous le lit, sous le matelas aussi… », ordonne-t-il.

La femme de chambre, d'une main tremblante, s'efforce d'ouvrir la petite armoire de Nadienka. Mais, impossible : Nadienka a gardé la clé.

« Donne-moi ça ! » Vavitch arrache le trousseau des mains de Douniacha. Il essaie les clés les unes après les autres, aucune ne convient. « Il y a un serrurier parmi vous ? » crie-t-il aux concierges en balançant les clés sur l'appui de la fenêtre.

Les témoins réclament un couteau et, méticuleusement, enlèvent la planchette. C'est du solide : du noyer !

« Du noyer, et alors ? criaille Vavitch. C'est moi qui vais vous briser les noix, si vous continuez à lambiner ! »

Pressé de chambouler l'ordre de ce nid virginal pour le réduire en un chaos anonyme, Vavitch, sans nécessité, arrache les taies d'oreiller, soulève les tableaux qu'il laisse de guingois. Il tire les livres des rayonnages, en secoue les pages et en fait un tas informe sur le sol. Il se voit, un instant, dans la glace ancienne et est content de sa silhouette, active, efficace : il ressemblerait presque à l'adjoint du commissaire. Il redouble de zèle afin de conforter cette image et enlève carrément les tiroirs du bureau. « Elle doit bien avoir des lettres, se dit-il, entourées d'un ruban comme celles de Taïnka. » Mais de lettres, point. Des cahiers, en revanche. Vavitch en approche un de la lampe. Une langue étrangère et, en face, du russe. « Tiens, elle apprend des langues. Les confisquer ? » se demande-t-il avec angoisse.

« Appelez-moi la vieille, enjoint-il à mi-voix. Écoutez, *madame**, on n'en a pas encore fini », lance-t-il en tapotant le cahier de Nadienka.

Anna Grigorievna jette un regard rapide, effrayé, et lit, griffonnés au crayon, ces mots qu'elle ne comprend pas, qu'elle ne peut comprendre : « *cladbishenskaia vosem*[1] » et, en face : « À nettoyer, à lessiver. »

« On n'en a pas fini, répète Vavitch en tapant le cahier du dos de la main. Pardonnez-moi, où est son linge ? »

— Là, dans la commode. »

Et, relevant sa jupe, Anna Grigorievna se met à genoux devant le meuble.

« Ne vous donnez pas cette peine, *madame**, nous nous en chargerons. Bah, à votre guise ! Après tout… Eh

---

1. Russe transcrit en caractères latins : « 8, rue du Cimetière. »

bien, aidez-nous ! crie Vavitch aux sergents et il s'accroupit à côté de la maîtresse de maison.

— Je comprends que vous répugniez à fouiller dans des… choses qui ne vous appartiennent pas. Ce sont vos fonctions qui vous y obligent.

— On tue nos hommes, madame, on les tue dans l'exercice de leurs fonctions. Vous n'êtes pas juifs, n'est-ce pas ? Eh bien, à cause des Juifs, vous devez supporter cela. Il se peut fort bien que votre fille soit complètement innocente. Nous ne tarderons pas à le savoir et les innocents n'ont absolument rien à craindre. »

Anna Grigorievna sort le linge soigneusement plié de Nadienka. Chaque fois qu'elle y plonge la main, ses doigts, sur leurs gardes, redoutent de froisser quelque papier. Mais il n'y en a pas.

« Elle range ici ses tenues d'été. »

Anna Grigorievna se relève. Elle ne cesse de penser au cahier.

« Mon Dieu, quelle idiote ! Des adresses !… »

Ce cahier, elle le sent constamment là, derrière elle.

« Et, ici, vous avez le linge de toilette et ses mouchoirs, dit-elle en s'efforçant de prendre un ton naturel de maîtresse de maison.

— Bon, répond Viktor, ce n'est pas notre affaire. » Il passe ses mains le long des parois d'un tiroir et sent quelque chose de froid, de ferme. « Qu'est-ce que c'est que ça ? » demande-t-il en se renfrognant.

Il tâte, Anna Grigorievna, retenant son souffle, scrute son visage et y lit que ce « ça » est une broutille, rien de grave. Serviable, elle s'empresse aussitôt d'extirper le rouleau serré d'une serviette.

« Non, non, on va le sortir, on verra ce que c'est, répète-t-elle. Allons, tirez, tirez ! Un flacon de parfum, sans doute, qu'est-ce qu'elle pourrait garder là, cette petite sotte ? Pouah, il y a une mite », ajoute-t-elle en agitant les bras.

Elle bat des mains, tente de l'attraper, progressant par petits bonds dans la chambre, l'œil aux aguets.

« Parlez d'une saleté ! » s'écrie-t-elle en claquant des mains au-dessus du bureau. D'un geste maladroit, elle renverse l'imposant encrier de travail de sa fille. « Mon Dieu, qu'est-ce que j'ai fait ! » Et de se saisir en hâte du cahier, de s'en servir pour essuyer soigneusement la table. « Elle va me tuer, c'est sûr, cette maniaque de la propreté ! Ah, quel malheur ! Donne-moi vite quelque chose ! crie-t-elle à Douniacha. Pourquoi restes-tu plantée là ? »

Anna Grigorievna continue son nettoyage, arrachant au cahier de nouvelles feuilles, les malaxant, les froissant en boules.

« Nous n'y sommes pour rien, dit Vavitch.

— Que je suis donc bête ! répond-elle, les larmes aux yeux.

— Écoutez, madame, vous ferez cela plus tard, reprend Vavitch d'un ton affairé. Dites-nous plutôt où est sa correspondance. Elle reçoit bien des lettres, non ? Où sont-elles ?

— Toutes ses affaires sont ici, je ne la surveille pas.

— C'est le tort que vous avez, ma petite dame, réplique Vavitch qui secoue la tête et se détourne. Les feuillets qui sont dans ce porte-documents, nous les emportons avec nous. Ces brochures étrangères aussi. On triera plus tard.

— Il faut farfouiller sous le bureau, glisse un sergent à l'oreille de Vavitch. Les gens cachent des choses dans les mobiliers, les sièges… Allons, libérez-moi ce fauteuil, ajoute-t-il en hochant la tête.

— Voilà qui est parfait ! Ensuite, portez ce fauteuil à mon mari qui est toujours debout. Votre père doit être âgé aussi, n'est-ce pas ? »

Anna Grigorievna regarde Viktor dans les yeux et branle du chef comme si elle le connaissait un peu.

« S'agit bien de ça, madame, quand on tire sur nos hommes à tous les coins de rue !… Seulement, dès qu'on ouvre la bouche, on nous rétorque : "Un mandat, vous avez un mandat?" singe Viktor. De vrais gosses, ma parole !

— Je l'emporte ? » interroge le sergent.

Il tient maladroitement par un pied le fauteuil renversé de Nadienka, il le tient par une patte comme un cabot qui pourrait s'échapper. Vavitch acquiesce.

« De vrais gosses, ma parole ! répète-t-il en dodelinant de la tête.

— Les nôtres, vous savez… », commence Anna Grigorievna en le regardant de nouveau bien en face.

Le visage de Viktor s'éclaire un instant, puis ses yeux se détournent et, attentifs, examinent les murs.

« De qui est-ce le portrait ? Qui est-elle ? » Vavitch découvre soudain un regard un peu narquois : c'est la photographie de Tania dans son cadre ovale d'acajou, accrochée sous le portrait d'Engels. Vavitch se tourne vers Anna Grigorievna et, dans son dos, il sent le regard le transpercer. « Je dois savoir qui elle est, maugrée-t-il en scrutant la photographie d'un œil maussade. Elle est belle, se dit-il, mais c'est une teigne. Une sale teigne ! »

Et, fixant méchamment les genoux d'Anna Grigorievna : « Qui est-ce ?

— Sans doute une amie de collège, répond-elle en haussant les épaules.

— Vous ne la connaissez pas ? bougonne-t-il. On va se renseigner. » Il décroche le portrait de son clou. « Bon, reprend-il en s'asseyant, le procès-verbal !

— Il vous faut de l'encre ? Douniacha, va en chercher dans le cabinet de travail, et ne la renverse pas comme je l'ai fait.

— Bien, dit Viktor en appliquant sur la feuille un petit tampon buvard de dame. Bien… et aussi un cliché photographique d'un individu non identifié de sexe féminin. Le cadre, d'ailleurs, on peut le laisser ! décide-t-il soudain. On n'en a pas besoin. »

Il en arrache la photographie, feuille de carton blanc qui glisse comme un sabre de son fourreau, et la loge prestement entre les carnets de Nadienka.

Les témoins se penchent vers le bureau et apposent leur signature en soufflant laborieusement.

« Bon, excusez le désordre, m'dame, ne nous en tenez pas rigueur… » Vavitch referme son porte-documents tout neuf. « J'ai bien l'honneur de vous saluer. »

Il incline le buste : la courtoisie, toujours ! Tous sortent dans le couloir.

Andreï Stepanovitch est debout à côté du fauteuil, adossé au mur, les mains derrière le dos, regardant droit devant lui.

« Pourquoi ne pas vous asseoir ? » lance Viktor d'un ton amène en s'engageant d'un pas léger dans le vestibule.

Andreï Stepanovitch le fusille du regard. Vavitch s'immobilise.

« Monsieur l'inspecteur, nous reparlerons de votre comportement ! Mais avec qui de droit…

— Parler ? éclate Viktor, furibond. Discutez-en avec le diable, si ça vous chante ! À votre aise ! Pendant ce temps-là les enragés du revolver courent toujours ! Que deux hommes prennent position ici ! Gorbatchev et Chvets, braille-t-il aux sergents. Ne laissez personne quitter les lieux et, pour les visiteurs, retenez-les jusqu'à nouvel ordre. Un de vous dans la cuisine, l'autre ici. À vos postes ! Exécution ! Et à neuf heures au commissariat ! » Il pousse violemment la porte. Sur le seuil, il se retourne et lance à l'un des sergents : « Assieds-toi dans le fauteuil et fume tranquillement ! »

Dans l'escalier, il beugle à la cantonade : « Un mandat ! »

Fichtre !

Tania est assise dans l'angle du balcon. Elle est emmitouflée dans son vieux manteau préféré, celui au douillet col de fourrure, contre lequel elle frotte doucement sa joue. Elle voit la ligne droite de la rue disparaître au loin, lourde masse grise qui dort encore, paupières closes. L'aube s'avance, rétive, et semble se figer pour rebrousser chemin. Tania tient juste au-dessus de sa tête un parapluie ouvert. Le parapluie, la fourrure, une cigarette... qu'on est bien ! On dirait que la terre s'est ébranlée et que Tania est du voyage, qu'elle a sa place près de la fenêtre, dans le compartiment. Le ciel trouble s'empanache de blanches nuées et des gouttes malencontreuses s'écrasent sur le sol, sur le parapluie de Tania. Elle a l'impression que le voyage s'achèvera à l'aube, il faut patienter en regardant le paysage. Une fusillade de plus en plus dense, proche. Le train s'y engage... Non, il passe à côté. Le feu décroît, s'apaise. Et voici des pas. Nombreux. Tania relève son parapluie. Martèlement de bottes dans la rue déserte. Cela vient du coin. Une capote grise précède des sergents de ville. Un frisson de curiosité parcourt les omoplates de Tania. « Ils parlent, mais ils ne me voient pas. »

« C'est pas ben loin, à présent, à l'angle, là, au 7, la maison Khotovitski », fait une voix rauque, ensommeillée.

Ils sont maintenant juste sous le balcon, Tania se penche, son parapluie oscille. Ils s'immobilisent soudain. La capote grise lève le nez, recule au milieu de la chaussée pour mieux voir. Les sergents de ville l'imitent.

« Y a quelqu'un là-haut ? crie l'inspecteur.

— C'est moi ! répond paresseusement Tania.

— Holà, madame, ou bien mademoiselle, vous ne connaissez pas les instructions ? Toutes les fenêtres doivent être fermées.

— Holà, monsieur, réplique Tania en relevant son parapluie, les miennes le sont !

— Certes, reprend l'inspecteur de quartier en tournant la tête en tous sens. C'est égal, il est interdit de sortir la nuit. Il faut rester chez soi.

— Je ne suis pas en visite, je suis chez moi. »

Tania prend plaisir au son chantant de sa voix où perce une note souriante.

« Ne plaisantez pas, madame, j'exige que vous quittiez ce balcon…

— En sautant ? Non, ne me demandez pas une chose pareille, je ne le ferai jamais ! » répond en riant Tania.

Il lui semble qu'elle est arrivée à destination, que les autres poursuivront leur voyage et qu'elle pourra leur tirer la langue au passage.

« Je vous le répète une fois de plus, s'écrie l'inspecteur. Vous feriez mieux d'aller vous coucher, mademoiselle. Et si… Oh, assez plaisanté !… Sonne le concierge ! » lance-t-il à l'un des sergents.

Et Tania l'entend lui dire à mi-voix :

« Peut-être qu'elle fait des signaux ou quelque chose de ce genre, bon sang ! »

Le sergent tire frénétiquement la sonnette qui tressaute, gémit, et un pernicieux effroi taraude la rue grise.

« Concierge ! Qu'est-ce qui se passe chez toi ? Viremoi toutes ces balconnesses ! »

S'agrippant à sa chapka, le concierge chuchote quelques mots.

« Et alors ? réplique l'inspecteur d'une voix forte. La fille de l'avocat Rjevski, et puis ? Il n'est pas permis de rester planté sur un balcon la nuit. Dis-lui de dégager, que

l'inspecteur de quartier Vavitch l'or-don-ne. Compris ?
Et demain on tirera ces balconnades au clair ! En avant,
marche !… Stop ! T'as bien dit : Tatiana Alexandrovna
Rjevskaïa ?… Madame Rjevskaïa ! crie-t-il en prenant
une voix des plus officielles. Rjevskaïa Tatiana ! Évacuez
immédiatement le balcon et présentez-vous demain au
commissariat du quartier de Moscou, vous vous expli-
querez !

— De toute façon, vous ne comprendrez rien »,
rétorque Tania d'un ton à la fois triste et moqueur.

En entendant sa voix, Vavitch se dit qu'elle est probablement jolie, très jolie même.

« Conduis-moi ! » enjoint-il le concierge.

« T'as beau être jolie, pense-t-il, je t'apprendrai à nous
en mettre plein la vue avec ta beauté, ma cocotte ! La loi
martiale est proclamée ! »

« La loi martiale est en vigueur ! dit-il à haute voix
en suivant le concierge. Tes locataires, il faut les avoir à
l'œil, ajoute-t-il rapidement avant de le dépasser. C'est
ici ? Sonne ! »

Haletant, Vavitch écoute. Une porte claque, celle du
balcon sans doute, des pas légers résonnent. Ah ah !
Elle ouvre. Mais la porte ne fait que s'entrouvrir et une
chaînette nickelée barre le passage. Un visage rieur le
contemple, que Vavitch ne voit qu'en partie. Il reconnaît
les yeux. Ah, c'est elle ! La hargne et la joie embrasent sa
poitrine. Tania décèle une onde de gaieté qui balaie le
visage de l'inspecteur.

« Je ne vous laisserai pas entrer, dit-elle en s'éloignant
de l'entrebâillement. Je suis toute seule. Et, si vous
employez la force, je téléphonerai à Grigori Danilovitch.
Ce n'est pas bien de vouloir, la nuit, forcer la porte d'une
jeune fille seule ! »

Elle lui assène en pleine face un coup d'œil moralisa-
teur.

« Et… une jeune fille qui fume des cigarettes sur un balcon ?… Demain, ce ne sera pas la même chanson ! » Il tire brusquement de son porte-documents un rouleau de papier, arrache la ficelle et lance à Tania des regards rapides et furieux. « Voilà donc…, poursuit-il en déroulant la photographie, voilà donc, savez-vous, où traînent vos portraits ! Une lanterne ! enjoint-il le concierge.

— Mon portrait ? »

Tania plisse les yeux.

Vavitch agite la photographie dans l'entrebâillement.

« Ne vous avisez pas de vous vanter que je vous l'ai offert ! » dit Tania en refermant.

La serrure de sûreté claque sèchement, d'une façon si définitive que Vavitch en reste coi.

« Celle-là, tu me la tiens à l'œil ! » ordonne-t-il au concierge en désignant de son pouce la porte de Tania.

Le concierge ouvre la marche en balançant sa lanterne.

« Éteins-moi ça, crétin ! Il fait presque jour. Qu'est-ce que t'as à faire des moulinets ? »

« Qui est ce Grigori Danilovitch ? s'interroge-t-il. Je n'en connais aucun. Le chef de la police ? Lui, c'est Danil Grigorievitch. Bon Dieu !… » Il s'arrête, tape du pied. « De toute façon, elle ne pouvait pas téléphoner, le téléphone est coupé, sacrebleu, sauf pour nécessités de service ! »

Mais il a déjà franchi le portail. Les sergents qui étaient assis sur le bord du trottoir se lèvent.

« C'est rien ! lance-t-il tout haut. Une petite traînée, une idiote qui choisit bien son moment pour attirer le chaland ! Du tintouin, pas autre chose ! Fichtre ! »

Et, à l'appui de ses paroles, il crache.

Les sergents de ville marchent en silence.

Tania a reconnu le portrait, la dédicace aussi, au bas, en travers dans le coin : « Pour toi, en souvenir de moi. »

Pardon, monsieur!*

Il est déjà onze heures du matin et Viktor n'a pas encore eu le temps de faire un saut chez lui. Il est assis sur le coin du bureau, dans sa capote mouillée. Il fume, jette ses mégots dans un verre où il reste du thé. Depuis une heure, tout est calme au commissariat, on dirait que la ville, à contrecœur, se retient de gronder trop fort. Viktor ne sait si le pire est passé ou si, là, après une accalmie, quelque chose va éclater… du côté du Faubourg. Ou de la gare. Les soldats sont sur le qui-vive. Viktor sent constamment la présence, dans la cour, des fusils en faisceaux et de la sentinelle qui les surveille en faisant les cent pas. C'est une journée sans soleil. Pareil à une vitre trouble et sale, le ciel est couvert aujourd'hui.

« Bah, c'est pas le moment… », soupire Viktor en fixant le sol.

Un sergent de ville entre prudemment et, à mi-voix, commence à débiter quelque chose au factionnaire.

Viktor l'entend et dresse l'oreille.

« On les a mis dans des cercueils, à la chapelle, à l'hôpital municipal. Sorotchenko, c'est ben triste à voir, il est tout blan-anc… Par ici que ça lui est entré, et c'est ressorti par là… »

Viktor s'approche.

« Qu'est-ce que tu racontes ?

— Bah, on vient d'me r'lever ! C'est qu'on leur a fait une garde d'honneur…

— Sorotchenko. Et qui est l'autre ? » demande Viktor à mi-voix en appuyant un coude au chambranle, une main soutenant sa joue.

Le sergent est petit, trapu, il s'agite beaucoup, gesticule.

« L'autre, c'est Kandiouk. L'était encore vivant quand on l'a ramené. "J'en aperçois un, qu'il a dit, qui vient droit sur moi. J'lui crie : 'Qui va là ? C'est quoi, ton nom ?' Et qu'est-ce que je vois ? Un autre, sur le côté." » Vif comme un gardon, le sergent se tourne. « J'lui crie, à çui-là : "Halte !" Mais lui, vlan, un coup de revolver et il se carapate, l'autre sur ses talons. Moi, j'lui tire dans le dos – bing ! bing ! – et là je sens que la douleur, elle m'prend sur le côté. J'veux donner un coup d'sifflet, qu'il dit, mais v'là que du coin de la rue le gars m'tire dessus encore une fois : bang ! J'm'assis, j'me tâte, y a ma capote qu'est toute mouillée et l'sang qui pisse. C'est là que j'vois, qu'il dit, qu'c'est moi qu'est foutu, et qu'y a personne, personne que j'peux appeler avec mon sifflet, vu qu'j'ai peur qu'ils r'viennent me finir. » Demi-tour du sergent. « "Non, qu'il dit, siffler, j'peux même pas." »

— Et alors ? demande Vavitch dans un souffle.

— Alors, y a une patrouille qu'entend les tirs. Elle y fonce tout droit et, pile, elle tombe sur un gars qui geint. Qui c'est ? Ils r'gardent, l'type est par terre, les bras comme ça... » Le sergent ferme les yeux et écarte les bras. « Il est par terre et il geint tout doucement.

— En ce moment, être de service la nuit..., commence le factionnaire.

— Et le jour, alors, leur faut longtemps pour te descendre ? » Le petit sergent regarde Vavitch. « Ils nous tirent comme des lapins. T'es là qu'tu marches, tranquille... En plus, ça vaut pour tout l'monde : aussi bien toi que moi ou, tiens, monsieur l'inspecteur... »

Vavitch acquiesce en silence, la mine grave.

« Il a beaucoup souffert ? demande-t-il.

— N-non… Il a raconté, et pis, à ce qu'on dit, il a demandé à boire. Il voulait du kvas, seulement va en trouver, toi, la nuit !… Ça fait qu'il l'a pas bu, son kvas… Là, le commissaire est à la chapelle. Y a Voronine qu'est passé, aussi.

— Il faut, il faut absolument rendre les honneurs à ce camarade tombé à son poste ! » déclare Viktor en se redressant.

« Non, ça n'est pas fini, se dit-il, pas fini du tout ! »

Viktor ne peut pas attendre midi, la fin de son service, il veut aller au plus vite voir Sorotchenko. Il n'arrive pas à se rappeler vraiment comment était Sorotchenko. « Blanc, tout blanc, il gît comme s'il nous reprochait d'être mort pour nous tous. Il est là, à présent, devant nous tous, devant le chef de la police, aussi, et nous devons nous incliner. Je m'approcherai de lui et son visage inerte me fixera… » Le cœur de Viktor bat aussi fort que s'il devait se présenter à un chef sévère. Il étouffe dans sa capote mouillée, tandis que le petit sergent mouline.

« Il s'est fait descendre, et puis ? On l'a tué, et terminé ? Comme si c'était normal, c'est ça ? On va le laisser pourrir ? Oui ? »

Il ne cesse de jeter des coups d'œil à Vavitch qui, à la fenêtre, fume par le vasistas ouvert. Le petit sergent s'en va. Le factionnaire, en deux enjambées, se retrouve derrière Vavitch, il soupire et, dans un chuchotement rauque, sifflant :

« Vous savez pas si le type qu'a tiré, c'était un de ces youpins ? »

Vavitch garde le silence. Le factionnaire regagne sa place.

« On ne sait pas », répond Vavitch après un instant.

En sortant du commissariat, Viktor se rend directement à la chapelle. Un vent humide envoie des taloches maussades aux cimes mouillées des arbres, fait tomber des gouttes sur le sol et sur la casquette de Vavitch. Le vent pousse des passants à la rencontre de Viktor, personne ne le regarde en face, ils vont droit devant eux comme s'ils craignaient de s'égarer. « Ça se donne des airs affairés, faut voir ça ! se dit Viktor en accompagnant des yeux le dos d'un étudiant. Il a relevé son col, mais c'est peut-être lui qui a tiré cette nuit. Le jour, ce sont tous des agneaux. » Et Vavitch de se déporter volontairement vers la gauche pour marcher sur ces deux autres, là. « Des yyyoupins ! » siffle-t-il entre ses dents, en passant au milieu d'eux telle une lame. De nouveau, il se représente Sorotchenko, une nausée glacée lui monte à la gorge, le froid de la mort s'insinue dans sa poitrine, sa tête est vide, épouvantée, il ne voit plus les passants et ce n'est que sur l'allée de bois menant à la chapelle qu'il reprend son souffle. Un sergent de ville est posté à l'entrée. Il porte sans hâte la main à sa visière, tout son visage est muet, ses yeux alentis. Vavitch lui rend poliment son salut, pénètre dans la chapelle, cherchant aussitôt du regard le visage de Sorotchenko.

Les deux cercueils sont côte à côte sur un catafalque. Le voici, tout blanc, les sourcils froncés, les yeux creusés, la lèvre inférieure en avant, on dirait qu'il demande quelque chose, à boire, ou peut-être ne sait-il pas lui-même ce qu'il réclame. Ses moustaches rousses, comme fausses, reposent sur son visage blême. Viktor regarde à peine l'autre défunt. Le prêtre célèbre l'office des morts, à l'entour on se signe, des visages consternés suivent la liturgie, seul un des défunts avance toujours sa lèvre, à croire qu'il va se mettre en quête d'une chose toute simple, là, près de lui. À boire, peut-être ? Vavitch commence à multiplier les signes de croix. Mais il n'en tire aucun réconfort, il ne peut détacher les yeux du visage livide.

Soudain, Viktor sent un regard posé sur lui. Effrayé, il tourne la tête à droite, les doigts encore serrés contre son front[1] : une dame, le menton levé, le dévisage ouvertement, puis se retourne vers le prêtre. Nouveau regard qui jaillit sous les doigts portés au front, et la dame de se signer lentement d'une main chargée de bagues. Alors seulement, Viktor aperçoit à ses côtés le chef de la police. « Varvara Andreïevna ! » se dit-il en haussant les sourcils.

« Car Tu es la Résurrection et la Vie… »

Le prêtre reprend haleine. À cet instant, on entend une femme sangloter dans un coin et élever son murmure noyé de larmes :

« Matioucha ! Mon Matioucha !… »

Piétinement de l'assistance, comme si l'on vacillait, multiplication des signes de croix hâtifs, le prêtre ne retrouve pas tout de suite le ton juste.

Varvara Andreïevna se tourne discrètement et se dirige vers le coin. Elle se fraie un chemin, passe devant Viktor qui s'écarte, mais elle l'effleure de son coude en chuchotant doucement :

« *Pardon, monsieur*[*] ! »

Et l'arôme suave de son parfum enveloppe Viktor d'une brume mélancolique. Il a l'impression que ce n'est pas elle, mais ce parfum qui a prononcé ces paroles.

Le cierge

Viktor relève la tête, ses yeux avides, durs, fixent l'icône haute, la lumière rose, ondée de la veilleuse, et

---

1. Les orthodoxes russes se signent en joignant trois doigts.

il se signe avec résolution en gage de fidélité, comme s'il se chargeait d'une croix de fer perpétuelle, offrant sa vie en sacrifice au nom de ce défunt. Sa poitrine se gonfle de l'inspiration insufflée par l'orgueilleux parfum. Et Viktor de serrer fort, telle une arme, le cierge dans sa main gauche. La petite flamme frémit.

Le chœur, en un délicat soupir :

Mémoi-oire éternelle…

Vavitch entend une voix pleine, féminine, une voix de poitrine se joindre à l'ensemble. Le chef de la police se signe, cependant que Varvara Andreïevna se porte légèrement en avant, le visage en feu : elle chante. Bruit de bottes par-derrière, deux sergents de ville se fraient un chemin avec une grosse couronne de fleurs blanches fraîches. Varvara Andreïevna arrange les rubans, Viktor déchiffre les lettres noires, brillantes : « Aux victimes du devoir. »

On s'attroupe à la sortie. À la table où l'on vend les cierges, on peut s'inscrire pour la collecte. Viktor joue des coudes, il se retrouve juste derrière Varvara Andreïevna, la voit signer d'une petite écriture régulière, puis tendre fermement vingt-cinq roubles. Elle jette un regard à Viktor par-dessus son épaule, les bords de son chapeau lui effleurent la tempe, et elle lui tend le crayon. Viktor se tâte. « Vingt ou trente ? Trente, c'est gênant, j'aurais l'air de me hausser du col. » Varvara Andreïevna s'attarde et, se retournant, regarde le papier. Le geste ample, Viktor écrit comme on crie : « Vingt-cinq. »

« Cela fait honneur à votre cœur », déclare Varvara Andreïevna d'une voix assez forte.

Et d'acquiescer, souriante, puis de suivre le chef de la police.

Vavitch cherche du regard les icônes pour se signer avant de partir. Sur les marches sombres au pied du cercueil, une femme est tassée, elle se serre contre le catafalque, son fichu tremble sur sa tête.

Viktor emprunte l'étroite allée de bois, devant lui des policiers marchent vers les portes de l'hôpital, à la queue leu leu afin de ne pas dépasser le chef de la police. Aux portes, Varvara Andreïevna embrasse la file du regard, Vavitch la voit fureter des yeux en le cherchant, puis elle salue de la tête, de l'air de s'adresser à tous. Beaucoup lui répondent. Viktor a, un instant, le souffle coupé, tandis qu'il porte la main à sa visière. Il s'empourpre, rougeur d'ivresse qui lui monte au visage. Il rajuste sa casquette pour, de sa manche, dissimuler ses joues.

L'inspecteur Senkovski, petit bonhomme malingre, boutonneux, vacillant, le rattrape, le frappant de son porte-documents sur l'épaulette.

« Vous êtes au courant ? Vous savez ? » Il chuchote, nasille et souffle dans l'oreille de Vavitch : « Y en a un qui est mort chez Gratchek, sans rien avouer, vous imaginez ? Rien de rien ! Il est à l'identification. Les gars de l'Okhrana s'en chargent. À votre avis, on saura qui c'est ? Peut-être que c'est pas quelqu'un du coin, hein ?

— Tout à fait…, commence Viktor.

— Tout à fait, c'est à voir. Mais le second parlera. Ça, c'est tout à fait sûr, dit-il en marchant contre l'épaule de Vavitch. Gratchek s'est enfermé avec lui. Pensez s'il s'en occupe ! »

Viktor s'écarte d'un pas, regarde Senkovski dans les yeux, des yeux qui ne semblent pas appartenir à ce visage, comme si au fond se trouvait un autre homme qui le fixait par les fentes des paupières ; de petits yeux gris où la pupille est réduite à un point et qui ne cessent de papilloter, à croire qu'on s'est trompé en les plaçant là. Et ce visage stupide, boutonneux, cette lèvre tordue qu'on dirait postiche ! Senkovski tapote le bras de Viktor de son porte-documents et, d'un mouvement du menton, indique un endroit à l'écart.

« Allons au *Méridional*, par l'autre entrée… Une petite demi-heure. Je vous raconterai. Juste un verre… Faut pas que j'abuse, je suis crevé, c'est que j'ai pas dormi de la nuit… On y va ? »

Et de se diriger vers les portes, sans un regard en arrière.

Viktor le rattrape pour lui dire qu'il n'ira pas :

« Il faut que je rentre, allez-y sans moi. »

Senkovski se retourne, papillote des yeux en le regardant et, brusquement, la rage s'empare de Viktor. « Qu'est-ce qu'il a à me faire des clins d'œil ? Je vais te le… » Il lui donne une bourrade. « Montre le chemin, bon Dieu ! »

Dans la cour, il prend les devants.

Par l'entrée de service, passant devant les cuisines, ils traversent le couloir des cabinets particuliers du *Méridional*. L'un d'eux est tranquille et vide, le jour sale y pend, telle une toile d'araignée. Ils s'installent sur un canapé maculé, recouvert de peluche.

« Une banquette qui en a vu de belles ! » dit Senkovski en se glissant derrière la table et en entraînant de son ventre la nappe malpropre. Un garçon est posté, son regard peureux erre de Vavitch à Senkovski. « Apporte une chandelle, un carafon, du hareng et baisse le store, là !… Et que ça saute ! »

La bougie, fine, blanche, se dresse, solitaire au milieu de la nappe et, paresseusement, inaugure sa lumière par un pétale bleu sombre. Les deux hommes observent un instant le processus, la bougie semble élever sa flamme vers les cieux en une ultime prière.

« Eh bien ! lance Viktor avec un hochement de tête en direction de Senkovski dont il ne voit pas les yeux. Allez, déballe ce qui se passe là-bas, croasse-t-il d'une voix forte.

— Je dis, à quoi ça sert de s'agiter, à quoi ça sert de fouiller dans tous les coins ? Quand t'en tiens un, qu'est-ce que ça peut faire que ce soit par la tête ou par la queue ? Admettons que j'en attrape un par la queue, encore faut-il savoir s'y prendre, mon vieux ! Savoir le coincer ! » Une main au-dessus de la table, Senkovski presse le gros ongle plat de son pouce contre l'articulation de son index. Tel un outil, le gros ongle plat pénètre la chair, à croire qu'il va la trancher et que le sang jaillira. « Ça, c'est si je le tiens par la queue. Mais s'il tourne la tête vers moi, hein ? Pour me mordre ou me lécher la main ? S'il tourne la tête, hein ? Pas possible, vous croyez ? »

La bougie éclaire à présent et Viktor voit les yeux qui, tour à tour, clignent, s'immobilisent et le fixent.

Le garçon frappe à la porte, entre avec précaution et pose sur la table un carafon de vodka et du hareng. Il contourne habilement Viktor, dresse le couvert sans un bruit, sans un cliquetis. Au milieu de la vaisselle, il place délicatement une rose blanche dans une coupe.

« Bon ! tente de nouveau d'intervenir Viktor.

— Tiens, tu te planques sous le divan… » Les yeux se remettent à papilloter, la lèvre arbore un sourire torve. « Imagine que tu aies juste un pied qui pointe, ça me suffit amplement, c'est même très bien, hein ? »

Senkovski éclate de rire.

Viktor évite de le regarder et emplit les verres.

« Même si t'as qu'un doigt de pied qui dépasse, et que je l'attrape, hein ? Que je te l'attrape, mon vieux, que je te le tienne !… Crois-moi, tu seras pas à la fête !

— Et après ? dit Viktor pour entendre au moins le son de sa voix.

— Tu seras là à te tortiller dans tous les sens, et moi, mon vieux, par cet orteil je te récupérerai tout entier. »

Senkovski plie son doigt en crochet et lui fait décrire un demi-cercle autour de la bougie ; la flamme s'incline, s'écarte, vacille.

Senkovski détourne les yeux, les plisse pour regarder la rose. La fleur serre frileusement ses pétales dans la flûte à champagne. Ses petites feuilles vertes s'appuient contre le bord étincelant.

Senkovski secoue les cendres de sa cigarette dans son assiette et, visant soigneusement, brûle une des feuilles par en dessous. Celle-ci se recroqueville légèrement.

« Ça lui plaît pas ! » ricane-t-il.

Il retire sa cigarette et l'applique de nouveau. La feuille s'enroule comme pour s'emparer de la cigarette.

« Ah ah ! Ça lui fait de l'effet ! » lance Senkovski qui transperce une autre feuille.

Vavitch lève les yeux de son assiette.

« Arrête !

— Ça te fait pitié ? »

Les yeux réduits à une fente, Senkovski regarde maintenant Vavitch. Il ranime le feu de sa cigarette et la plaque contre une feuille, en se tournant légèrement vers Viktor pour lui décocher un coup d'œil à travers le filtre de ses cils.

Vavitch lui donne un coup sur la main, la cigarette vole et tombe sur le tapis. Le garçon s'empresse de la ramasser et de la jeter dans un cendrier sur la table voisine.

« Qu'est-ce qui te prend ? dit Senkovski en entrouvrant les yeux. T'es sérieux ?

— Va te faire foutre ! »

Vavitch se tourne sur sa chaise. Les musiciens accordent leurs violons et on entend, à travers la porte, des voix dans la salle.

« Tu devrais passer une journée chez nous, reprend Senkovski en étirant les syllabes. Ou plutôt une nuit, rien qu'une nuit… Pff ! » siffle-t-il. Il prend un cure-dents et se met à farfouiller dans sa bouche. « Génia ne viendra pas, de toute façon. N-non ! Au diable cette rose, embarque-la ! crie-t-il au serveur en poussant la coupe que l'autre rattrape au vol. Va-t-en ! braille-t-il. Fous le camp ! »

Le garçon s'éclipse.

Le son d'une valse leur parvient. Senkovski bat le rythme de la tête.

« Et toi, t'es qu'un veau ! »

Il balance son cure-dents sur la table.

Vavitch se tourne de nouveau vers son assiette, reverse de la vodka, vide son verre, puis mâchonne une tranche de pain noir.

« Et tu bâfres comme un veau. »

Vavitch lui jette un regard mauvais. Senkovski, en réponse, braque les yeux sur Viktor qui a l'impression, une fois encore, que, tapi derrière ces prunelles-là, quelqu'un d'autre l'observe.

« Mais non, mon vieux : t'as un type qui veut pas parler, même pas dire son nom ! Comment tu fais sauter le verrou, hein ? » Senkovski penche la tête de côté et plisse de nouveau les yeux. « Avec la youpine, là, la trafiqueuse, comment tu t'es débrouillé ? »

Vavitch saisit une serviette.

« Pas la peine de rouler des quinquets ! Je suis au courant. Elle est où, ta youpine ? Hein ? Moi, je me suis pointé tout bêtement, une nuit, comme si j'avais un coup dans l'aile et je suis allé trouver le gardien. "Hé, bonhomme, tu pourrais pas me dégoter… Hein, bonhomme ?" Et, pour cinquante kopecks, le bonhomme m'y a conduit. Il a ouvert la porte et là, hop, je suis allé à dame ! lance Senkovski en tapant sur la table. "Aïe, aïe,

aïe, mari juif, aïe, aïe, aïe, vie chère, misère, nous rien à manger ! " »

Vavitch, tout rouge, ne répond rien, il vide son verre, est pris d'une quinte de toux.

« Ben quoi, ça te reste en travers du gosier ? Et vous, ceux que vous avez attrapés ? Vous les avez pris, normal, ils vous tiraient dessus ! Vous nous les avez amenés. Mais qui sont-ils ? Qui ? » Senkovski se lève à demi. « Eh bien ? »

Et d'approcher ses yeux plissés jusque sous le nez de Viktor.

« C'est l'affaire de la Sûreté, des services de l'Okhrana, répond Vavitch en époussetant ses genoux avec sa serviette.

— C'est une affaire de doigté, pas de Sûreté, tête de veau ! »

Viktor garde un silence hargneux, ses lèvres bougent sans proférer un son.

« Tu dis tes prières, ou quoi ? »

Senkovski approche son oreille de Viktor.

Vavitch a envie de cracher de toutes ses forces dans cette oreille. De la saisir entre ses dents, de la mordre violemment, de la ronger jusqu'à l'os.

« Qu'est-ce qui te prend de grincer des dents ? Il faisait comme toi, l'autre, hier, chez Gratchek. Il grinçait, le fumier, t'aurais cru une meule, on l'entendait toutes portes fermées… Et moi, tu m'en verses un coup ou tu bois tout seul ? »

Senkovski vide lentement son verre à petites gorgées.

« À ton avis, qui est-ce qui fait tourner la baraque ? Le chef de la police ? Mon œil ! »

Senkovski trempe son pouce dans la sauce et, sous la table, fait la figue qu'il montre à Vavitch. Il agite son pouce au gros ongle plat.

Vavitch contemple le hareng.

« Bois donc ! lance-t-il presque en criant.

— Vous m'avez demandé ? » interroge le garçon en pointant le nez.

Senkovski se lève, contourne la table.

« Oui, oui-i ! dit-il d'un ton traînant, comme à contre-cœur. Mais non, pas toi ! » aboie-t-il à l'intention du serveur.

Celui-ci referme prestement la porte.

« Prends ta fourchette, bats le rythme contre ton assiette et chante quelque chose. Vas-y, je te dis, tu vas voir ! »

Vavitch s'exécute et fredonne :

« La-la-la, lanlaire… »

Silencieusement, sur le tapis, Senkovski longe la cloison. Brusquement, il tire la porte et lance la jambe en avant. Bruit sourd d'une chute dans le couloir. Viktor se soulève d'un bond : le serveur, affaissé sur ses genoux, se tient le visage à deux mains. Senkovski referme doucement la porte.

« Directo dans la blouse, la bille ! » Senkovski reprend son verre sur la table. « Hein ? On n'écoute pas aux portes ! Ou, alors, on risque de se flanquer la gueule par terre ! Garçon ! crie-t-il. Garçon !

— Laisse tomber ! dit Vavitch. Ça t'amuse ?

— Ben quoi ? se défend Senkovski en papillotant des yeux. J'aime pas qu'on me prenne pour un imbécile. J'aime pas. Hein ? Garçon !

— J'y vais, tu sais », annonce Viktor. Il lui semble qu'il l'a dit trop bas, alors il enfle sa voix, regarde Senkovski dans les yeux et braille : « Tout de suite ! » On a l'impression qu'il répond comme si on l'avait sonné. « Tout de suite ! tente-t-il de nouveau avec le même résultat, à ceci près qu'il est déjà à la porte.

— Attends, attends, j'arrive ! » Senkovski le retient par son baudrier. « Un dernier pour la route, et on file ! »

Vavitch recule d'un pas. Un jeune serveur, le sourcil haut levé, se tient dans l'encadrement.

« Où il est passé, celui qui nous servait ? Ah bon, il se débarbouille ? Et Génia, elle est là ? Non ? Bon, dégage !

— Finis ton verre ! » intervient Vavitch en regardant une gravure sur laquelle une jeune fille, dans une barque, trempe dans l'eau sa jambe nue.

Ses yeux se fixent sur le gros orteil.

« On repassera dans la soirée, reprend Senkovski qui vide godet sur godet sans rien manger. Y a une youpinette, dans le coin… Génia. Une petite, tu sais, drôlement délurée ! Tu aimes les youpinettes ? Non ?… Ça veut dire que tu comprends rien. Que t'es… une chiffe molle, un chapeau mou… Attends ! On s'en jette un dernier. »

Vavitch ne le regarde plus en face, ses yeux quittent la gravure pour se poser sur la porte. Il est le premier à sortir dans le couloir. Il se hâte.

Faut pas te fâcher !

Nadienka s'abîme un instant dans le sommeil et, lorsqu'elle rouvre les yeux, un jour gris embrume déjà la chambre. La tête de Philippe pèse lourdement sur son bras, et son souffle régulier réchauffe son poignet engourdi. Nadienka se retient de bouger pour ne pas le réveiller. Sans déplacer son bras, elle se tourne légèrement et sent qu'elle n'est plus la même, que son corps a changé. Elle frotte doucement une jambe contre l'autre, tout son être gémit, tout est devenu autre. L'effroi et la joie affluent de ses jambes à ses seins, à sa tête, des larmes lui viennent aux yeux qui, peu à peu, s'écoulent en un flot régulier. Et joue le jour gris dans la joaillerie des pleurs…

Que doux est l'abandon, si soudain ! Elle se tourne vers Philippe : voici sa nuque, la paisible toison de ses cheveux – « elle est à moi ! ». Nadienka chasse ses larmes pour la mieux voir.

« Mon petit Philippe ! » murmure-t-elle. Elle dit « mon » et il lui semble que la tête de Philippe repose sur son bras à lui, que la douleur qu'elle ressent n'a rien à y voir. Elle jette un coup d'œil à la pendule accrochée au-dessus du lit et ne parvient pas à lire l'heure. Elle referme les yeux pour les rouvrir aussitôt et regarder le jour s'installer. Elle caresse délicatement la nuque de Philippe qui, dans son sommeil, secoue la tête comme s'il chassait une mouche. Brusquement, Nadienka se rappelle qu'elle devra s'habiller ; d'un regard distrait, elle cherche ses vêtements épars. Elle renverse la tête en arrière : le samovar est froid, les tasses sommeillent encore sur la table, mais, déjà, leur miroitement annonce leur réveil. Nadienka entend le pas traînant de pieds nus dans le couloir, un lavabo tinte dans les profondeurs de l'appartement. Elle entreprend de retirer doucement son bras de dessous la tête de Philippe.

Il grogne et tourne son visage vers elle.

« Qu'est-ce qui se passe ? » dit-il encore endormi.

Nadienka attend un instant, puis se lève sans bruit, s'habille face au poêle. Le grincement du lit la fait se retourner. Philippe, dressé sur un coude, l'observe de ses yeux curieux.

Nadienka s'empourpre.

« C'est défendu ! Défendu ! »

Il sourit, les yeux plissés. Nadienka se tortille sur sa chaise, se cache derrière sa jupe.

« Détournez-vous ! Tout de suite !

— Tu fais ta pudique ! »

Philippe rit, sans quitter le lit il allonge le bras jusqu'à la chaise et la tire vers lui.

« Quelle goujaterie ! » crie presque Nadienka en se défendant du pied.

Philippe retire sa main.

« Bon, d'accord ! dit-il en se retournant vers le mur. D'accord, mais t'en faneras pas pour autant, ma toute belle ! »

Nadienka se hâte, cramoisie, et se pique avec une épingle.

« Alors ? Ça y est ? » demande Philippe d'une voix rieuse, de dessous la couverture.

Nadienka reste muette sur sa chaise.

Philippe risque un coup d'œil. Nadienka est devant la table, la tête posée sur ses bras repliés. Philippe essaie de comprendre. « Elle pleure ? Elle est fâchée ? Ou bien c'est pour ne pas regarder ? M'approcher d'elle ? Lui faire des câlins ? Si ça se trouve, ça la mettra encore plus en colère. Ou alors je me lève et je m'habille ? »

Philippe choisit cette solution. Il enfile ses vêtements en tournant le dos à Nadienka qu'il tente de raisonner.

« Faut pas te fâcher ! Qu'est-ce que ça peut faire, puisque je t'aime ? Si je t'aimais pas, qu'est-ce que j'en aurais à foutre ? C'est vrai, quoi ! J'ai dit ça comme ça, je voulais pas te vexer. Hein ? Ma petite Nadienka ! » Tout habillé, il se retourne et s'approche d'elle. « Si ça te plaît pas, je le ferai plus. »

Alors il voit le dos de Nadienka secoué de spasmes.

« La voilà qui repleure ! »

Le dépit s'empare de Philippe.

Il s'assied près d'elle, la serre fort dans ses bras, en maître.

« Ben quoi ? On s'entend pas bien, tous les deux ? Arrête de pleurer, regarde-moi un peu. Maintenant, t'es la patronne, ici. T'as qu'à me dire : "Philippe, sors immédiatement !" Je sortirai, et terminé ! Ma parole ! Apprends-moi ce qu'il faut faire et tout ira bien. Bref, t'es la patronne ! »

À ce mot, Nadienka relève la tête et, en larmes, dévisage Philippe comme si elle le voyait pour la première fois. Il se tait et l'observe qui l'embrasse du regard. Il est figé sur sa chaise.

« Tu t'es boutonné de travers ! » lance-t-elle avec un sourire forcé et elle lui défait son col.

Ses doigts exultent.

Philippe bombe le torse, renverse la tête, présente son col et sent les doigts menus courir allègrement sur les boutons, tels de facétieux lutins. Pour finir, Nadienka assène une tape sur le col, en disant :

« Voilà ce qu'il faut faire, mon cher monsieur ! »

« Elle y va de bon cœur », songe Philippe qui sent encore l'empreinte des petits doigts sur sa poitrine.

Philippe saisit le samovar, le porte à Annouchka, redoutant de laisser paraître que tout en lui rayonne. Il le pose bruyamment sur le seuil de la cuisine et grommelle en regardant le plancher :

« Mets-le à chauffer ! Et que ça saute ! »

Lorsqu'il se redresse, il voit Annouchka qui, la tête couverte d'un fichu, tournée vers le coin aux icônes, se signe minutieusement, multipliant les enclins. Pardessus l'épaule, elle jette un vague coup d'œil à son frère. Philippe revient en toute hâte et, dans le couloir, s'interroge : « Elle est là, c'est bien vrai ? Je vais ouvrir la porte et elle sera là ? » Ses lèvres s'élargissent en un sourire, ses épaules s'épanouissent, ses phalanges craquent dans son poing serré. Il ouvre la porte à la volée : elle est là ! Là ! Qui l'accueille de son regard franc ! À présent, que tous ces pignoufs ne s'avisent pas de pointer leur museau !

« C'est lequel qui te plaît le plus, de nos gars ? Des camarades, s'entend ? »

Nadienka le regarde, le menton appuyé au dossier de la chaise, elle sourit et le suit, tandis qu'il déambule, piétine dans la petite chambre, d'un pas incertain. Elle sourit.

« Lequel ? » répète-t-il, enrobant le mot d'un sourire. Il fait un brusque demi-tour. « T'es ma femme, un point c'est tout ! C'est comme ça ! » Il se penche vers elle, marque une pause et lui plaque à la volée un baiser sur le menton. « Bah, qu'il aille se faire foutre ! ajoute-t-il en se secouant. Je boirais bien un coup ! Qu'il aille au diable, on verra plus tard ! Attends ! Je veux te montrer quelque chose. »

Il se laisse tomber, s'accroupit devant le lit, sort un petit coffre vert, une clé de sa poche, d'un coup, comme on tire son sabre au combat. Il fouille dans le linge, les papiers.

« Voilà ! Seulement, jure-moi que tu ne riras pas ! J'ai écrit une poésie. Ça parle un peu de toi. »

Il feuillette un gros cahier d'écolier.

« Tiens, ça commence là ! »

Nadienka prend le cahier. De l'ongle, Philippe indique fermement le début du poème.

Des nuées d'orage courent dans la hauteur,
À donner notre vie nous voici déjà prêts,
Jamais ne trembleront nos mains de travailleurs,
Nous regardons la mort sans qu'elle nous effraie.

Qu'ils pointent contre nous leurs sabres, leurs canons,
Qu'ils lancent la horde cosaque et ses armes !
Le sang nous verserons, nos torses dresserons,
Nous les faucherons tous, popes et gendarmes.

La sirène, un beau soir, l'alarme sonnera,
À l'heure de minuit nous irons au combat,
Foule immense, nous marcherons d'un même pas
Et une jeune fille à nos côtés sera.

Suivent deux traits tirés à la règle. Nadienka lève les yeux. Dans l'attente, Philippe la regarde, tout rouge, son discours est prêt.

« C'est de vous… C'est de toi que je parle. Relis-le donc encore une fois ! » Il se rassied à côté d'elle, regarde le cahier qu'elle tient entre ses mains et lit dans un murmure.

Il n'a pas le temps de finir que des pieds nus se font entendre dans le couloir. Il se lève. Entre Annouchka. Depuis le seuil, elle jette un coup d'œil à Nadienka, puis, les paupières baissées, traverse la chambre et pose sur la table du pain tranché.

« Pourquoi que tu dis pas bonjour ? » gronde la voix de basse de Philippe.

Annouchka regagne à pas menus la porte, en s'essuyant le nez de la pointe de son fichu, et, prestement, referme sans bruit derrière elle.

« Fais pas attention, elle est idiote ! Une bouseuse, en un mot. »

Philippe fixe hargneusement la fenêtre. Puis il bondit.

« Arrête, arrête ! Il ne faut pas ! s'empresse de chuchoter Nadienka.

— C'est juste, faut pas. Qu'elle aille au diable ! répond Philippe. C'est pas grave, elle s'y fera. Mais, bouge pas, je vais chercher le beurre. »

Philippe en trouve dans le cellier et, du haut de son tabouret, il lance à travers la cloison :

« On frappe avant d'entrer ! On frappe d'abord, on n'entre qu'après ! Quand on te dit : "Entrez !", alors tu entres ! »

Annouchka souffle sur le samovar et ne répond rien.

« Préviens, quand le samovar sera prêt ! maugrée Philippe dans le couloir.

— Un moment ! N'entre pas ! » dit Nadienka derrière la porte.

« Des affaires de femme ! » pense Philippe qui attend, l'assiette à la main.

« Je peux ? demande-t-il un instant plus tard.

— Le samovar, tu le prends-ty ? Ou ben faut qu'je te l'porte ? hurle Annouchka depuis le cellier.

— J'arrive ! Tout de suite ! Ça sert à rien de brailler ! Tu peux parler normalement, non ? »

« Voyez-vous ça, elle boude ! murmure Philippe au sujet d'Annouchka. On la matera. »

« Entre ! » lance Nadienka.

Philippe pousse la porte. De la paume Nadienka enfonce des épingles dans ses cheveux.

Philippe essaie de voir ce qui a changé en elle, ce qu'elle a pu faire.

Nadienka a lavé les tasses et préparé la théière. Le samovar lance de joyeux panaches de vapeur sur la table, on a l'impression qu'il tricote de ses petites pattes.

« Faut pas te fâcher contre elle, répète-t-il.

— Pourquoi donc ? Je n'y songe pas un instant. Je trouve qu'elle est brave.

— C'est vrai, elle est pas méchante. Y a le choléra qui lui a emporté son mari et ses deux gosses en une semaine. On peut guère lui en vouloir. Une idiote, une bouseuse, en un mot. »

Philippe regarde Nadienka verser le thé, en songeant : « Mettons que le Iegor se pointe, qu'elle soit là, chez moi, à servir le thé et qu'elle lui dise : "Vous en voulez ?", y aura pas besoin de dessin pour qu'il pige qu'il y a quelque chose entre nous. »

Et de la détailler pour voir l'effet produit de l'extérieur.

« Drôlement bien ! dit-il en reposant sa tasse et en jetant un coup d'œil à la pendule.

— Tu dois t'en aller ? chuchote Nadienka.

— À huit heures pétantes, je dois retrouver Iegor, rue des Jardins. »

Nadienka ne manque jamais de corriger Philippe lorsqu'il dit « pétantes ». Il veut se reprendre mais, cette fois, elle s'abstient.

« Alors, on partira ensemble, poursuit-elle en murmurant.

— Faut pas. Pourquoi montrer aux gens… que quelqu'un a passé la nuit chez vous ? J'serai là à dix heures, t'as qu'à m'attendre. C'est vrai, quoi, où t'as besoin d'aller ? » Il se lève. « À neuf heures et demie, même, j'serai là ! » Il n'a pas envie de quitter la table et les tasses si gaies, ni que Nadia décide soudain de partir. « Ne t'en va pas sans moi ! »

Il enfile prestement sa vareuse, plaque la casquette sur sa tête et sort dans le couloir. Il revient brusquement, serre Nadienka de toutes ses forces dans ses bras, l'embrasse sur la bouche et file.

Nadienka reste seule. Le samovar continue à bouillonner, à fumer. Elle s'installe sur le lit et appuie sa joue contre l'oreiller. Ses pensées s'élèvent en tourbillons, flottent un instant, puis d'autres leur succèdent, déferlent sans cesse, formant une dentelle irisée dans sa tête, tandis que ses épaules ressentent encore l'étreinte de Philippe, une étreinte forte, ferme jusqu'à la douleur. Son père, Anna Grigorievna voguent, tout petits, dans ses pensées, ils s'agitent, telles des fourmis, et Nadienka a l'impression de les observer de loin, de très haut. Ils n'ont même pas l'air vrai.

Quant à tout ce qu'il y a ici – Nadienka embrasse la pièce d'un regard rapide –, toutes ces petites choses de Philippe, elle voudrait les emporter, larguer les amarres, voguer, voguer, comme sur une île... et œuvrer. Nadienka s'assied bien droite, redresse les épaules. Des pieds nus s'approchent de la porte et s'immobilisent.

« Entrez, entrez donc ! » dit Nadienka de sa nouvelle voix, ferme, persuasive.

Annouchka apparaît, elle jette un coup d'œil à Nadienka et baisse aussitôt les yeux.

« Je viens prendre le samovar, moi aussi je veux boire le thé, murmure-t-elle.

— Asseyez-vous, prenez-le ici, je vous en prie ! » Nadienka se lève. « J'insiste. Asseyez-vous donc ! »

Annouchka se pose sur le bord d'une chaise. Elle lève un instant les yeux, lance un regard aigu, comme pour se rappeler la route à suivre, et se remet à fixer ses pieds nus.

Nadienka rince une tasse et y verse du thé.

« Je vous en prie. Voici du sucre. »

Annouchka se lève et se dirige droit vers la porte qu'elle ne prend pas le temps de refermer derrière elle. Nadienka l'entend faire deux pas rapides dans le couloir et détaler.

Annouchka réprime difficilement son rire, pouffe dans sa course, hennit littéralement à la cuisine. Nadienka l'entend s'étrangler de rire, puis étouffer ce rire, sans doute dans un oreiller.

Les lointains

« Vitia ! Vitia ! » crie Grounia sur le seuil, avant d'étreindre la tête de Vavitch. La casquette glisse et roule sur le sol. Viktor n'a pas le temps de regarder sa femme, déjà elle lui a incliné, tiré la tête vers elle pour la presser au plus vite. L'enserrant toujours, elle entraîne Viktor dans l'appartement, tel quel, en capote, il la suit d'un pas hésitant, de crainte de lui marcher sur les pieds.

« C'est vrai ? C'est vrai ce qu'on dit ?... », chuchote-t-elle.

Sans lui donner la possibilité de répondre, elle l'embrasse sur la bouche.

« Tout va bien, Dieu merci ! réussit à articuler Viktor. Ben quoi ?...

— C'est vrai qu'il y a eu deux morts ? » reprend Grounia. Et Viktor voit de grosses larmes dans ses grands yeux. Elle le regarde bien en face : « C'est vrai ?

— C'étaient des sergents de ville, la rassure Viktor. Des sergents en faction. »

Grounia semble ne pas l'entendre, elle le dévisage, guettant de son regard inquiet quelque indice, tandis qu'il répète avec une douleur lancinante :

« Des sergents, deux sergents de ville.

— Mon petit Viktor ! »

Le cri monte, jailli des entrailles.

Il tressaille. La joue de Grounia s'abat sur la capote humide, ses bras enserrent les épaules de Viktor qui se rappelle la lamentation à la chapelle : « Matioucha ! »

« Allons, allons ! répète-t-il en tentant de se libérer. Ma petite Grounia ! Allons ! Tout ça va se calmer. On a pris des mesures. On a envoyé la troupe ! »

Grounia pleure doucement, la tête sur la poitrine de son homme. Froska traverse le couloir sur la pointe des pieds. Grounia se redresse, essuie furtivement ses larmes de sa manche.

« Je sers le dîner ! lance-t-elle en s'éloignant. Là, là, tout de suite ! »

Viktor jette son porte-documents et s'empresse de se dévêtir, déboutonnant sa capote à la va-vite.

« C'était très solennel, poursuit-il à la cuisine en se passant le visage sous l'eau glacée, en le frictionnant, en ébouriffant ses cheveux. Ce qui était bien, c'est qu'il y avait tout le monde, même le chef de la police et madame… Y a eu une collecte… Moi aussi, j'ai souscrit… Y aura une pension, ça va de soi. On a coincé les deux types… » Grounia lui tend une serviette, sans cesser de le fixer, à croire qu'elle n'entend pas ses paroles. « Y en a un qui a été blessé quand on l'a arrêté… »

Le regard de Grounia entrave son discours.

« J'écoute, j'écoute, assure-t-elle. Y a un blessé.

— Bref, on le tient. »

Viktor lui rend la serviette et se détourne.

« Il faut parler d'autre chose, songe-t-il en se changeant. Mais de quoi ? Quelque chose de plus gai… »

Sur la table, des hors-d'œuvre, un carafon de vodka. Grounia retire le couvre-cafetière.

« Ah oui ! lance Viktor en prenant place dans son fauteuil. Une lettre de ton vieux est arrivée. Il a quitté son poste. Ça le rebutait, qu'il dit. Sans doute qu'il en a eu assez…

— Ça alors ! » Grounia a failli tacher la nappe. « Et puis ?

— Il avait des ennemis, à ce qu'il raconte, et il a tout envoyé promener. Faut dire que cette place-là n'est guère enviable. Et la ville, c'est à cracher dessus !

— Et puis ? » Grounia repose la cafetière, scrute Viktor avec insistance. « Elle est où, cette lettre ?

— Tu comprends, je l'ai oubliée au commissariat », ment Viktor qui rougit.

Machinalement, il se met à étaler du beurre par-dessus son toast au caviar. Il s'en aperçoit et s'empresse de plier sa tartine en deux.

« Donne-moi cette lettre ! Cherche-la ! éclate Grounia. Elle est peut-être dans ta capote. »

Elle fait mine de se lever. Viktor bondit, se précipite dans l'entrée, piétine près du portemanteau, tire la lettre de son porte-documents. Une grande photographie le contemple dans la pénombre de la sacoche.

« J'ai trouvé ! crie-t-il en reposant délicatement son sac sur le sol. J'avais bien besoin de ça ! » grommelle-t-il. Il reprend son porte-documents et, d'un pas assuré, regagne la pièce, puis, d'un air sombre, tend l'enveloppe à Grounia. « Tiens, je t'en prie, lis toi-même. »

De ses doigts agiles, Grounia sort la lettre. La tasse de café noir s'embrume de vapeur, Viktor mâche énergiquement ses toasts, à croire que ce sont des biscuits rassis.

« Ce n'est rien, soupire Grounia en agitant la lettre comme pour la refroidir. Ce n'est rien, on lui trouvera une place ici, n'est-ce pas, Vitia ? »

Pour la première fois, elle sourit. Vavitch sourit à son tour, on dirait qu'il se réveille et que le soleil brille à la fenêtre.

« Écoute…, commence Grounia, je m'en chargerai moi-même. Je sais comment. Oh, mon Dieu, ton café ! Attends, je vais t'en servir un autre. Je sais, je sais ce qu'il faut faire. » Elle secoue joyeusement la tête. « Oui, oui, oui ! »

Elle se tait, sa tête s'immobilise. Le silence s'installe, pas un son ne parvient de la cuisine. Grounia regarde fixement Viktor, qui la regarde à son tour, effrayé. Elle se lève soudain, se précipite vers lui, entraînant la nappe. Cliquetis d'un couteau qui tombe. Grounia saisit fortement, douloureusement Viktor par les deux oreilles et presse ses lèvres contre son front, à la racine du nez.

« Ne recommence plus ! murmure-t-elle. Vitia, il ne faut pas ! Ce n'est pas bien ! »

Et de plaquer de nouveau sa bouche si violemment qu'il sent ses dents. Puis elle reprend sa place en respirant lourdement, le regard rivé au mur.

Viktor tente de sourire, il veut bouger les lèvres, lorsqu'il s'aperçoit que Grounia murmure quelque chose en silence.

Il arrange la nappe, saisit sa tasse.

« Eh oui ! Tu comprends…, commence-t-il, c'est les… les postiers qu'on connaît… »

Grounia ramène sur lui ses yeux écarquillés.

« Nos deux postiers… »

Grounia acquiesce.

« Je passe tantôt rue des Jardins, je vois un petit groupe près de la poste. Je les aperçois, je lève la main pour les saluer, et eux, les fils de chienne, ils se détournent ! Tous les deux ! Pourtant, ils m'ont vu, c'est sûr ! Tu comprends ?

— Je comprends, approuve Grounia de la tête, tout en le regardant, méfiante.

— Des grévistes ! lance Viktor, raffermissant sa voix et se rencognant dans son fauteuil. Ils ont honte de connaître un inspecteur de quartier… Mais, pour s'enfiler de la vodka, ils sont les premiers à rappliquer, ces foutus blagueurs ! jette-t-il, le sourire mauvais.

— Mon petit Vitia, je suis enceinte », annonce Grounia.

Pour la première fois, Viktor voit ses yeux, il perçoit ce qu'il y a là-bas, par-delà la joie : des ténèbres ardentes, d'infinis lointains. À cet instant, Viktor n'aperçoit que ces lointains béants. Il se pétrifie, puis s'empourpre soudain, passe la main sur la table, trouve celle de Grounia, la porte à ses lèvres, la colle contre sa joue. Elle semble inerte, lourde. Il sent le regard de Grounia peser sur sa nuque. Il baise encore et encore cette paume et comprend que le choc est passé. Les yeux humides, il contemple Grounia, mais les larmes lui masquent les lointains. Grounia se penche pour ramasser le couteau.

« Ça fait longtemps ? » murmure Viktor en se précipitant pour la devancer.

Cette couleur, Tania l'a vue dans une vitrine. Cette couleur l'a fixée si intensément qu'elle lui a semblé se cacher tout exprès dans l'amoncellement des tissus déployés, se tapir pour l'attendre, la guetter, l'apercevoir et la dévisager de telle sorte qu'elle lui a fait palpiter le cœur. C'est elle ! Sa couleur ! Une couleur que l'on peut porter une fois, une unique fois, définitivement.

Une fois pour toutes, pour l'éternité ! Elle songe avec émotion à ce lé de soie : il se posera en col autour de son cou, s'abîmera en revers effilés entre ses seins. Elle est entrée, alors, dans la boutique, l'a tenu entre ses mains, sans oser l'approcher de son visage et s'admirer dans le miroir. Ce n'était pas nécessaire. Elle savait que c'était sa couleur. Impossible de s'amuser à cela sous les yeux des vendeurs ! Elle a acheté deux archines de ruban dont elle n'avait aucun besoin.

La voici, à présent, qui se hâte vers le magasin où le tissu l'attend dans la vitrine. Il est brun, satiné, avec une sorte de flamboiement intérieur. Tania est certaine que, si elle en sertit son visage, apparaîtra ce qui est invisible aux autres, et qu'elle sait être elle-même. Elle a peur que tout ait été vendu et, se rembrunissant, elle chasse son dépit d'un mouvement de tête. Elle n'a pas pris l'omnibus, sachant qu'elle ne tiendrait pas en place. Elle s'est fait souffler, là, à dix pas, un fiacre libre. Elle se hâte, redoutant de rencontrer quelque connaissance.

Et voici la vitrine ! Flamboie le tissu, plus ardemment encore. Tania entre dans la boutique, déserte au matin. Les commis interrompent leur conversation ; les mains appuyées sur le comptoir, ils se penchent en avant. Mais le patron, vêtu d'une ample veste, le pince-nez au bout du nez, s'avance.

« Je vous souhaite le bonjour ! »

Les cheveux grisonnants et souples s'inclinent, puis se rejettent en arrière.

« Vous avez de la soie ? Dans les bruns ? » demande Tania qui sent qu'elle s'empourpre.

Deux commis prennent aussitôt chacun un rouleau sur une étagère et, les tenant appuyés sur un bras, les déploient en vagues sur le comptoir.

« Ce genre-là ? »

Le patron la scrute respectueusement, relevant la soie en éventail serré.

Tania fait mine d'examiner le tissu, plisse les yeux.

« N-non. Non ! »

La couleur, cependant, la fixe depuis le rayonnage, dans une attente fiévreuse. « Tu te décides ? » semble-t-elle murmurer, impatiente.

« Montrez-moi celui-ci ! » Tania pointe le doigt vers le haut. « Non, non ! Plus à droite ! crie-t-elle, s'en prenant presque au commis qui, tourné vers elle, ne trouve toujours pas ce qu'il faut. Là, là ! » halète Tania.

Déjà, le tissu est sur le comptoir et ses vagues sereines recouvrent victorieusement tous les autres chiffons. Il ne prête plus attention à Tania, s'étale, fixant le plafond. Le patron ne le dispose pas en éventail pour le montrer, il regarde, par-dessus son pince-nez, le visage tendu de Tania. Les commis déploient soigneusement le rouleau.

« Il vous en faut combien ? » demande le patron au bout d'un instant. Il pose la question avec douceur, d'un ton pénétré, comme s'il comprenait l'importance de ce qui s'accomplit. « Vous en voudriez pour un corsage ? » murmure-t-il d'un air complice et mystérieux.

Il n'en faut qu'une demi-archine, et toute cette agitation devient soudain gênante, ces trois hommes, le patron, rien que pour une demi-archine !

« Trois archines, s'il vous plaît ! »

Un commis tend la règle au patron. Tania paie sans marchander. Le paquet souple sous son bras, elle quitte le magasin.

Des passants, en petits attroupements, lisent des affiches sur les murs. Deux cosaques à cheval vont au pas sur la chaussée. Deux étudiants dépassent Tania à vive allure, en parlant d'une voix forte, dans une langue gutturale. L'un est coiffé d'une *papakha*[1]. « Celui-là va forcément se retourner. »

Il se retourne en effet, sans cesser de crier quelque chose à son compagnon. Tania regarde ailleurs et aperçoit le reflet de sa silhouette dans une vitrine ; elle détourne les yeux, rajuste imperceptiblement son chapeau.

La couturière n'aura besoin que d'une demi-archine, elle n'a pas fini de la harceler : pourquoi en avoir pris autant ? Tania décide de passer d'abord chez elle pour couper le superflu. Elle accélère l'allure. Elle remarque soudain que les gens marchent tous dans la même direction, comme elle, et que tous regardent, méfiants, devant et sur la droite. Certains renoncent, traînent des pieds et s'arrêtent sur les marches des entrées d'immeubles. Tania distingue à travers les voix de la rue le bourdonnement régulier d'une foule. Elle regarde vers où se tendent les visages des passants, quand soudain la rumeur de la foule enfle. Le souffle sonore enveloppe Tania, dont la poitrine se soulève et les yeux s'emplissent d'anxiété. Ah, c'est là ! Des dos en capote hérissent la chaussée, des crânes à toupillon ondulent en vagues ; un instant plus tard, Tania aperçoit des croupes de chevaux. Alors, une voix forte lui crie presque à l'oreille :

« Arrière, arrière, on vous dit ! Prenez à gauche ! »

Un inspecteur de quartier s'agite au bas du trottoir. Il la heurte et, faisant pivoter d'une bourrade un pas-

---

1. Haut bonnet caucasien en peau de mouton.

sant, fonce droit devant, agitant son sifflet au bout d'une chaînette. Noir cordon de sergents de ville dont les dos drossent les quidams vers les maisons. Tania grimpe sur un perron, un monsieur trébuche, perd son pince-nez sur les marches, on le bouscule. Tania distingue à présent derrière les cosaques une multitude d'étudiants, avec leurs casquettes à bandeau bleu. Jamais elle n'aurait pensé qu'ils soient si nombreux. Ils emplissent le quartier devant le long bâtiment de l'université. La façade d'un jaune grisâtre, tel un visage aux yeux mi-clos, a un air peu amène et, pareil au trait d'une bouche de vieillard, un balcon la coupe d'un bout à l'autre, avec la denture clairsemée de sa ferronnerie.

Sur le petit perron sans balustre, s'est réfugiée une poignée de gens en compagnie de Tania. Elle respire irrégulièrement, péniblement à l'instar de ses voisins, et ne détache pas ses yeux de la foule.

« Là, là, celui aux moustachés noires… c'est le commissaire du quartier de Moscou… Il est à cheval à présent…

— C'est l'adjoint, pas le commissaire », corrige quelqu'un d'une voix subitement glacée.

Soudain, les hautes portes ébarouies du balcon sont ébranlées, elles résistent, puis cèdent d'un coup, s'ouvrent en grand, laissant apparaître un étudiant en manteau d'uniforme. Il a beau avoir l'air de s'égosiller, on n'entend rien dans le ressac grondant de la foule. Brusquement, toutes les têtes se tournent, le visage de la multitude vire au sombre. Tout se tait. Un instant seulement, on perçoit le raclement des sabots ferrés sur le pavé.

« Camarades ! crie l'étudiant d'une voix claironnante de ténor, qui, d'en haut, souffle sur Tania un vent de terreur. Camarades ! répète-t-il. Aujourd'hui, toute la Russie laborieuse… les ouvriers des fabriques, tous les Chemins de fer, tout le peuple… comme un seul homme… »

Tania ne saisit que des bribes et l'accent guttural, caucasien, qui semble rendre les mots plus tranchants. La voix sabre les têtes, l'étudiant ne cesse de se tourner de droite et de gauche.

« … comme un seul homme, s'est levé… contre le tsar et ses laquais. Camarades ! L'heure est proche… »

L'orateur se redresse pour reprendre haleine, et c'est alors qu'une autre voix, abrupte, lance au-dessus de la foule :

« Assez fait joujou ! À vos fouets ! »

L'adjoint du commissaire lève une main gantée de blanc.

Tania voit encore l'étudiant, bouche ouverte sur le balcon, puis le hurlement frénétique de la foule déchire la rue. Elle voit les cosaques brandir et agiter leurs nagaïkas, comme si ce mugissement hystérique les enrageait, comme s'ils étaient pressés d'écraser, de fouler ce cri. Elle en est soulevée, elle est emportée par cet ouragan de clameurs et dévale le perron pour foncer là-bas à toutes jambes. Ses voisins veulent l'en empêcher, elle tente de leur échapper. Le monsieur qui avait perdu son pince-nez la pousse dans l'entrée de l'immeuble, claque la porte et fait barrage. Tania cogne au carreau avec son réticule, son poing. Par la vitre brisée fait irruption, redoublant de force, le beuglement déchaîné de la foule qui lacère Tania. Elle se débat, frappe l'homme qui se protège de sa manche et ne la laisse pas atteindre la porte. Tout à coup, une pression s'exerce de l'extérieur : tête baissée, des gens tentent en masse de forcer le passage, ils déferlent, s'écrasent les uns les autres, grimpent quatre à quatre l'escalier, entraînant Tania au premier étage. Elle entend des voix tremblantes autour d'elle. « Ils vont tirer ! Tirer ! » Roulement de tonnerre au-dehors : tous se taisent, le cœur battant. Cependant, un nouveau roulement indique clairement qu'on a baissé brutalement les rideaux métalliques des magasins.

Quelqu'un descend précipitamment : claquement de la serrure de la porte d'entrée. Tania, en larmes, tourne la tête en tous sens et, coincée de tous côtés, ne cesse de répéter, les dents serrées :

« Laissez-moi passer ! »

Le coup de sifflet strident d'un policier perce et vrille, là, tout près de la porte : « Halte ! », suivi d'une cavalcade sonore. Le sifflet emporte plus loin ses trilles. L'escalier respire. En haut, une porte s'entrouvre. Toutes les têtes se lèvent dans cette direction. Mais la porte claque violemment et l'on entend l'écho d'une clé hâtive : un tour, deux tours !

La clameur sauvage résonne toujours en Tania qui ignore que la rue est calme à présent, comme si c'était la nuit.

« On n'a pas le droit ! Pas le droit ! C'est impossible ! » Tania court presque sur le trottoir, ressassant ces mots et secouant vigoureusement la tête. Elle ne voit rien, ses jambes la portent toutes seules. « Ils sont plantés là, ces maudits, à badauder… et puis ils se sauvent ! »

Un instant, elle lorgne furieusement les passants honnis et, de nouveau, secoue la tête. Elle s'engouffre dans l'escalier des Tiktine et ne reprend ses esprits que devant leur porte. Elle presse alors violemment, par saccades, le bouton de la sonnette. Douniacha vient ouvrir. Tania la bouscule à la faire tomber, elle écarte un fauteuil inoccupé et aperçoit le visage épouvanté d'Anna Grigorievna qui, bouche bée, semble prête à recevoir le choc.

« On n'a pas le droit, c'est inconcevable ! » murmure Tania.

Ses lèvres frémissent, fouettent les mots. Elle passe au salon sans prendre la peine de se dévêtir et se met à arpenter le tapis. Anna Grigorievna la regarde, les sourcils en accent circonflexe.

Tania s'assied brusquement dans un coin du divan, la tête entre les mains.

« Qu'y a-t-il, ma chérie ? Qu'y a-t-il ? » La vieille femme s'agenouille et s'efforce de saisir son regard. « Qu'y a-t-il, mon petit ? »

Tania secoue la tête, enferme son visage plus solidement dans ses mains.

« Et ma Nadienka ? Elle est chez vous ? Nadienka ? »

Tania retire ses mains, se redresse et Anna Grigorievna aperçoit ses yeux méchants, furieux, haineux, et des traînées sanglantes laissées par ses doigts sur ses joues.

Anna Grigorievna s'attend à ce que Tania lance soudain un crachat qui sera mortel. Elle le guette comme un coup de feu qui va claquer, sans cesser de la regarder dans les yeux.

« Qu'ils aillent se… »

Sans achever, Tania pivote d'un bloc pour enfouir sa tête dans le large dossier du divan. Anna Grigorievna voit ses épaules tressauter et se relève.

« Douniacha, de l'eau ! crie-t-elle.

— Partez ! » hurle Tania dans tout l'appartement.

À ce cri, Anna Grigorievna sursaute, se précipite hors de la pièce. Un verre à la main, Douniacha accourt à sa rencontre.

« Chut, chut ! murmure Anna Grigorievna, le souffle court. Posez-le tout doucement sur le guéridon à côté de la demoiselle. Mon Dieu, qu'est-ce qui se passe ? » s'inquiète-t-elle en faisant les cent pas de la fenêtre à la table. Elle entend alors des râles et des spasmes. « Une crise d'hystérie ! »

Anna Grigorievna retourne au salon.

Tania a toujours la tête enfouie dans le divan. Anna Grigorievna veut lui effleurer la nuque, mais Tania tressaille comme sous l'effet d'une décharge électrique. Soudain, elle braque un regard intense sur Anna Grigorievna en mordant sa lèvre gonflée. Elle se redresse. Détourne les yeux. Rajuste son chapeau. Tire sur les pans de sa jupe et, respirant par saccades :

« Par-don-nez-moi… »

Elle tente de rasséréner son visage, de calmer sa main qui tient le verre dont elle a bu la moitié. Anna Grigorievna regarde ses mains en sang, ses gants lacérés.

« Vous voulez quelque chose ? » demande-t-elle.

Elle s'empresse, mais Tania secoue la tête, lentement, posément.

« Je vous remercie. Je vais partir. Ne vous inquiétez pas.

— Vous avez du sang, là, dit Anna Grigorievna en montrant son propre visage.

— Ce n'est rien ! »

Tania est presque calme, à présent. Elle tire son mouchoir de son petit sac, le mouille de salive et se frotte la joue.

« Vos mains, vos mains ! »

Mais Tania les écarte prudemment, sans les lui confier.

« Je ne sais malheureusement rien de votre Nadienka. Je ne l'ai pas vue depuis une semaine environ. »

Elle prend une profonde inspiration.

« Tania, pourquoi ce ton, mon petit ? implore Anna Grigorievna dans un cri.

— Je ne sais rien de Nadienka, reprend Tania d'un ton égal.

— Avez-vous perdu la tête, ma petite Tania ? Qu'est-ce qui vous arrive ? Le malheur s'abat sur nous tous, et vous… Tania ! » Anna Grigorievna se penche vers elle et la secoue violemment par l'épaule, comme pour la réveiller. « Ça ne fait pas une heure que le sergent de ville est parti. On a eu une perquisition. »

Tania lève les yeux.

« Ils cherchaient Nadienka. Ils avaient tendu une embuscade. Mon petit ! » Il y a des larmes dans la voix et les yeux d'Anna Grigorievna. « Ma chérie ! » sanglote-t-elle et, voyant qu'elle peut prendre Tania dans ses bras, elle la serre de toutes ses forces contre elle et laisse couler l'irrépressible flot de son chagrin de pauvre femme.

Tania caresse sa vieille tête, dégage de son front les mèches grises, humides.

« Je n'en peux plus, je n'en peux plus, hoquette Anna Grigorievna, je suis à bout, ils m'ont tous poussée à bout ! Sanka a fichu le camp. Où ça ? » D'un battement de cils, elle chasse ses larmes afin de mieux scruter le regard de Tania. « Où ? » Elle interrompt ses pleurs, maintenant ses yeux dans ceux de la jeune fille qui tres-saillent, s'ouvrent un instant, comme s'ils allaient par-ler. « Dites-moi où ! » Anna Grigorievna secoue Tania. « Vous le savez, vous le savez ? Ne me tourmentez pas ! » Et elle lui baise l'épaule.

Tania détourne les yeux.

« Je vous en donne ma parole : je ne sais pas. Il ne va rien lui arriver ! »

Elle se lève. Du divan, Anna Grigorievna l'interroge encore de son regard éploré. « C'est vrai ? Il ne lui arri-vera rien ?

— Je voudrais me laver les mains », dit Tania en se forçant à les examiner.

Anna Grigorievna bondit.

« Oui, oui ! Je ne pense à rien ! Comment avez-vous fait cela ?

— Ce n'est pas grave, répond Tania en souriant. J'étais furieuse et j'ai cassé une vitre. C'est que je suis très colérique, pérore-t-elle en retirant ses gants lacérés, collés par le sang.

— Doucement, doucement ! répète Anna Grigorievna en humectant les mains de la jeune fille. Vérifiez qu'il ne reste pas de bouts de verre. Attendez, je vais chercher une bande. Il faut faire un pansement… Nous sommes tous pareils, poursuit-elle en entourant d'un bandage les mains soignées. Tous les mêmes ! Non, laissez, je m'en occupe ! » Elle emmitoufle adroitement les petits doigts. « Vous verrez, quand vous aurez des enfants… On est tous pareils, tous logés à la même enseigne… Tant qu'on n'en a pas, c'est différent… », conclut-elle en nouant résolument la gaze autour du menu poignet.

Elle va ranger le reste de la bande et revient, les yeux embrumés. Elle ne regarde pas Tania et soliloque en secouant doucement la tête :

« Ah, quel souci je me fais pour Nadienka !

— Merci. Au revoir », dit Tania.

Anna Grigorievna, le regard ailleurs, hoche la tête. Tania gagne l'entrée, elle a déjà la main sur le verrou, quand elle est hélée par la maîtresse de maison :

« Attendez, attendez ! Vous avez oublié quelque chose ! » Et de couroter à sa suite. « Ça ne peut être qu'à vous ! »

Elle lui tend le paquet où se trouve *la couleur*.

De sa main bandée, Tania s'en saisit maladroitement.

« Ah, *merci** ! » fait-elle en poussant la porte.

Elle descend une marche et s'immobilise sur le palier. Elle n'a soudain pas la force de s'en aller, à croire qu'il n'y a plus rien, qu'elle n'a plus où aller. Elle est figée, elle fronce les sourcils pour réfléchir. Mais les sourcils se relâchent, seul le sang bat vainement à ses tempes.

En bas, la porte claque violemment, retentissant dans l'escalier vide. Des pas se font entendre, alertes, montant quatre à quatre. Tania est aussitôt sur ses gardes, elle tressaille, regarde vers le bas : mais oui ! Sanka Tiktine, le col de travers, la capote ouverte, respire bruyamment comme s'il avait couru : la reconnaîtra-t-il ?

« Bonjour ! lance-t-il, hors d'haleine, la saluant sans enlever sa casquette.

« — Vous en venez ? » demande Tania dans un murmure et elle le fixe sévèrement.

Il acquiesce, appuyé à la rampe, haletant, mais le regard toujours lointain.

« Raconte à ta mère que tu as vu Nadienka ! lui dit-elle en s'approchant et en le tutoyant pour la première fois. Dis-lui que tu l'as vue avec un camarade, ou quelque chose de ce genre. Et toi, arrange ta mise avant d'entrer ! »

De sa main bandée elle remet en place le col de Sanka. L'aplatit d'une tape. Elle détaille une dernière fois le jeune homme d'un œil sévère et descend l'escalier.

Sanka entend ses pas s'estomper et la porte d'entrée se refermer avec un son de basse.

Péter le feu !

Philippe aspire goulûment l'air matinal. Il s'en emplit les poumons et expire par le nez en s'ébrouant.

L'automne semble faire une pause : le temps est calme et sec.

« Elle est là, chez moi, à m'attendre ; je vais rentrer, elle sera là », songe-t-il. Il accélère le pas. « Et si elle partait avant ? Ah, crénom ! Si j'avais pensé, si on m'avait dit… Jamais je ne l'aurais cru ! » Il sourit et chasse l'idée d'un hochement de tête. « Défendu ! » Ce cri qu'elle a poussé ! Il la revoit se cacher pudiquement. « Ah, ma chérie ! » Et son sang bat chaudement dans sa tête au rythme de ses pas ; tantôt rapide, tantôt alenti, il afflue à ses yeux : Philippe ne voit plus à qui il cède le passage. Les pas qui sonnent sur le trottoir de bois familier, il ne les entend pas. Ce n'est que près de la fabrique de bouchons que cette chaleur l'abandonne. Un sergent de ville l'interpelle :

« Prends par la chaussée et vire à droite ! »

Philippe jette un regard : trois sergents armés de fusils vont et viennent sous les fenêtres de l'usine. Philippe risque un coup d'œil à l'intérieur : tout a l'air calme, immobile, c'est la grève. À la dernière fenêtre, il aperçoit une lumière, comme si quelqu'un se déplaçait avec une lampe à pétrole. Mais impossible de rester là. Philippe lance un dernier regard à l'entour.

« Circule, circule ! » crie dans son dos un des sergents.

Et voici la câblerie, basse, tout en longueur. Philippe marche au milieu de la chaussée, les fenêtres grillagées sont tavelées de petits carreaux. Lueur trouble, furtive, dans l'usine, de nouveau apparaissent des capotes noires et des fusils, de vieux berdans[1]. Tiens, une baïonnette tordue comme une fourche !… Les sergents de ville suivent Philippe du regard. Passé le coin, brouhaha. Ah oui ! Un attroupement devant le portail. Là-bas, la capote grise d'un inspecteur de quartier. C'est bien ça : un peu plus loin encore, des gens. Pas moyen d'entrer dans l'usine. Mince alors ! Et l'inspecteur qui y va au galop, les cognes sur les talons.

Philippe s'immobilise un instant.

Un sergent s'avance, le fusil à la main.

« Cirrrrcccule !

— Ben quoi ? »

Philippe lève le menton.

« N'essaie pas de baratiner, salopard, ou tu vas trinquer. »

Le sergent fait encore deux pas. Claquement de culasse.

---

1. Fusils et carabines à un coup, inventés par l'Américain Hiram Berdan en 1859 ; fabriqués en Russie à partir de 1866.

L'attroupement, au fond, se disperse, Philippe voit une pierre voler.

« Tire-lui dessus ! » braille un sergent aux portes de l'usine.

Philippe tourne les talons. À peine a-t-il fait cinq pas que, derrière lui, retentit une détonation. Il regarde : un sergent a tiré dans la direction du groupe qui s'enfuit. Pas possible ? Philippe jette un nouveau coup d'œil : une maigre fumée s'échappe furtivement de la cheminée basse de la fabrique.

« Les salauds ! Quels sont les salauds qui… Des femmelettes ! » Dernier regard à la cheminée. « Je vais raconter ça à Iegor, je vais savoir, tout savoir de ce qui se passe dans le coin. »

Il accélère l'allure. À présent, c'est la ville, la foule est plus dense sur le trottoir et les fiacres passent avec fracas sur la chaussée. Philippe se fraie un chemin, déchiquetant à coups de dents des morceaux de sa cigarette, aussitôt recrachés.

« Vous avez du feu ? »

Philippe ne reconnaît pas immédiatement Iegor : coiffé d'un bonnet de mouton, il paraît plus grand.

« Crétin, va ! lance Iegor, furieux.

— Pourquoi crétin ? Tu sais ce qui se passe du côté de la câblerie ? »

Philippe lui jette un regard sévère.

« À quels conneaux t'as été refiler les tracts, idiot ? Hein ? reprend Iegor.

— Ben quoi ? »

Philippe hausse le sourcil, s'arrête presque.

« Avance, avance, bougonne Iegor. Quoi ? Je vais te le dire ! Ils les ont paumés ! Les neuf cents ! Voilà, quoi !

— Merde ! s'exclame Philippe, les yeux rivés au sol.

— Celui qu'est dans la merde, c'est toi. Démerde-toi à présent ! Ils les avaient planqués à l'estaminet, dans la machine à musique, ils comptaient sur le loufiat, et lui, il a cassé le morceau. Je te l'avais dit, crétin : si tu peux pas, t'en charge pas. Mais lui, il n'en démordait pas. "C'est moi, c'est moi qui m'en occupe !" Moi, moi ! Je t'en ficherais…

— T'inquiète, je vais tout de suite t'en mettre d'autres en route. T'inquiète, je m'en occupe, moi…

— Moi ! Moi ! » singe Iegor en crachant de rage.

« J'y vais de ce pas, je rapporte l'hectographe et, avec Nadienka, on s'y met ! » Déjà, Philippe s'imagine Nadienka et lui à l'ouvrage, le rouleau débite les tracts à la volée, si bien qu'il n'y en a pas neuf cents, mais tout de suite quinze cents. « Tiens ! Dès ce soir, tu les auras sous le nez ! » Elle va bien trouver un moyen… Philippe voudrait tellement que Nadienka puisse faire ses preuves. « Oh, avec elle, ça va péter le feu ! »

« Tu viens tantôt… » Iegor jette un regard circonspect. « … au même endroit, un peu plus près du champ de tir, tu débarques et tu dis à tout le monde : "C'est moi qui suis un crétin." »

— Tu attiges ! » s'emporte soudain Philippe.

Il tourne brutalement les talons et revient sur ses pas, bousculant les passants. Il ramène sa casquette sur son front, attrape sa moustache d'un mouvement de lèvre et la coince entre ses dents.

« Faut mettre la gomme, quitte à en crever, mais que ce soit prêt ce soir ! Tenez, les v'là, vos quinze cents ! » Il voit déjà Iegor hocher la tête, tandis que les gars du Comité regardent tous, mauvais et sentencieux. Tu parles, comme s'ils pouvaient faire mieux ! Alors, sans un mot, Philippe leur balance le paquet. « À votre service ! » Et de leur dire : « Y en a qui sont champions pour perdre leur temps en crêpage de chignons, pire que des bonnes femmes ! » Il devra ajouter un truc encore plus malin… « Faudra que je demande à Nadienka. »

Philippe manque de faire tomber un collégien, il tourne le coin et, malgré lui, ralentit l'allure : toute la rue est figée. Les gens sont collés aux maisons. Deux dames passent devant lui : petit trot malhabile et sonore des talons. Soudain, la rue reflue tout entière, recule comme si on tirait la chaussée sous ses pieds. Vite, plus vite ! Les plus proches marchent encore d'un bon pas, regardant derrière eux, mais les autres, devant, à l'angle, courent de plus en plus rapidement. Dans la rue le silence enroule ses volutes, de plus en plus serrées, de plus en plus hautes. Brusquement, à l'angle, surgissent les cosaques. Ils vont au trot sur la chaussée et le trottoir, ils sont cinq. Immobile, Philippe regarde : les gens se bousculent, se pressent sous les porches. À mi-rue, les cosaques s'arrêtent. L'un d'eux décrit des moulinets de sa nagaïka. Il est rougeaud, il rit. Signe de tête de sa part : ils font demi-tour, redescendent la rue au pas. Deux d'entre eux se postent sur la chaussée ; les autres, au galop, disparaissent à l'angle.

« Pourquoi t'es planté là ? Circule ! » Philippe regarde derrière lui. Mais un sergent de ville l'a déjà saisi par l'épaule, il le fait pivoter et lui décoche une bourrade. « Circule, on te dit, charogne ! »

Philippe rebrousse chemin. L'un après l'autre, les sergents s'ébranlent. Claquement des sabres contre les tiges des bottes.

« Arrière, arrière ! »

Philippe se colle contre un mur, s'égratignant l'épaule à la façade : vite, vite, fausser compagnie aux cognes !

Il entend derrière lui deux brefs coups de sifflet. Il lorgne par-dessus son épaule : bah, ça ne lui était pas adressé ! L'inspecteur de quartier interrompt la marche des sergents qui barrent la rue à quelque cinq pas. Philippe entreprend de rentrer chez lui, au Faubourg, en faisant un crochet : la rue est déserte. « Oh ! làlà ! Pourvu qu'il n'y ait pas un autre cordon devant ! »

Philippe accélère, il va à toute vitesse, quand soudain la rue entière, derrière lui, devient noire de monde et résonne d'un guilleri réitéré. Philippe est contraint de se colleter avec le magma.

Une vieille coiffée d'un fichu se faufile, cherchant une issue ; elle agrippe Philippe par la martingale de sa vareuse.

« Pardon, pardon, fiston, sors-moi de cette mélasse du diable ! Ou les chevaux vont me piétiner… Ils sont tous enragés ! »

Philippe fulmine, il ne ralentit pas, la vieille trébuche, vient donner contre son dos, sans lâcher la veste.

« Où donc que le démon les mène tous ? crache-t-elle comme pour chasser les passants. Seigneur ! répète-t-elle, parlant au dos de Philippe. Et faut voir le Faubourg, là-bas, au marché-en-rond ! J'ai été m'y fourrer, pauvre idiote que je suis ! Affreux ! » Elle lâche enfin la martingale de Philippe, clopine à hauteur de sa manche, craignant de se laisser distancer. « Ils ont plus leur tête à eux, plus du tout !… Mettre un omnibus sur le flanc !… Un omnibus, que je vous dis, sorti des rails ! Et les pavés… Ils creusent carrément la chaussée… Je vous jure… Ils la retournent ! »

Philippe retient ses pas, se penche vers elle.

« Et alors ? »

La vieille est hors d'haleine.

« Ce qui fait que… je vais à l'autre marché… Où tu veux que j'aille, fiston ? Y a des soldats, là. »

La peur saisit Philippe, il ne sent plus ses jambes, son corps, il n'est plus qu'une tête qui fonce dans la rue. Ses yeux, rapides et précis, calculent le chemin le plus sûr. « Qui diable a combiné tout ça ? On a provoqué les gens ? Ou alors ça s'est déclenché tout seul ? » Ses yeux le tirent vers le tournant à gauche. « Non, ce n'est pas la bonne rue, les étals sont fermés, il n'y a pas un chat.

Bon Dieu, celle-là aussi est dans la ligne de mire ! Filons plus loin ! »

Un fiacre bringuebale sur la chaussée. Oh, il le pousse drôlement, son cheval, pourtant il roule à vide et fonce au triple galop ! À gauche, dans cette rue ! Là-bas, près d'un portail, des gens, l'air tranquille, grignotent des graines de tournesol. Philippe ralentit : au coin, près d'un kiosque, la masse noire d'un sergent de ville. « Maintenant, droit sur lui ! » Et Philippe, d'un pas affairé, dépasse le kiosque. Le policier le suit des yeux, se tourne vers lui. Philippe sent le regard dans son dos.

Fin des pavés. Des maisonnettes biscornues bordent la rue. À présent, à droite : une descente. Derrière les maisons pointe la flèche rouillée d'un clocher. C'est là qu'est le marché-en-rond. Le cœur battant à se rompre, la respiration saccadée, Philippe se met à courir. Deux gars surgissent d'un porche et partent en sautillant. Philippe les rattrape. L'un porte un manteau court, il a les mains dans les poches, il jauge Philippe du regard par-dessous sa casquette. L'autre, long cou émergeant d'un lourd manteau, tourne la tête. Le plus jeune décoche à Philippe un sourire dentu.

Philippe marche de l'autre côté de la rue. Pour contourner, il faut prendre à gauche.

Les deux hommes vont dans la même direction et jettent un coup d'œil à Philippe qui les suit. Il voit des gens sortir des porches, inspecter hâtivement la rue et descendre rapidement vers le marché. Soudain, il tourne la tête – ou, plutôt, elle pivote d'elle-même : des soldats arrivent d'un pas soutenu. Philippe dévale la pente. S'empêtrant dans son vêtement, le dentu se met aussi à courir.

« Par ici, par ici, à gauche ! » fait-il signe à Philippe.

Le type à la casquette vire à son tour. Devant, c'est le sauve-qui-peut : tous fuient. L'un se réfugie sous un porche, un autre le rejoint.

« Bon Dieu ! » Philippe fonce droit devant dans la descente, dépasse des gens, criant en chemin : « Vite ! Dégagez ! Déguerpissez ! »

Il voit des fuyards prendre sur la droite, le clocher rouillé apparaît sur le côté ; là-bas, vu d'en haut, un noir attroupement, plus loin un amoncellement de poteaux télégraphiques abattus, avec leurs têtes en T et leurs isolateurs en porcelaine blanche.

L'homme qui précède Philippe s'arrête un instant devant un porche sur la gauche et le hèle d'un geste. Philippe s'engouffre à sa suite, escalade un poulailler, franchit une clôture. Un jardin dépouillé – glaise molle et collante –, une autre palissade, Philippe traîne péniblement ses semelles crottées. « Oh, il est lourd, le gars ! Ça passe quand même ! » Il s'approche d'un bond, s'accroche à une clôture : en bas, on met la gomme, brouhaha, cris, craquements, un arbre agite ses branches nues, on pousse en masse pour le renverser, bruit de la scie qui se hâte, la foule est si dense qu'on n'y voit plus rien.

« Aaah ! » mugit-elle et elle s'écarte. L'arbre penche, vite, vite, Philippe se rejette sur le côté. L'arbre s'affaisse doucement de toutes ses branches et a un tressaillement.

« Roulez-le ! Roulez-le, dépêchez-vous ! »

« Des gamins », constate Philippe en regardant autour de lui.

« Casse-la, ramène-la par ici ! »

Philippe aperçoit le dentu en train de défoncer à la barre à mine une baraque du marché. Les gens arrachent les planches qui craquent et grincent frénétiquement.

Philippe tente d'avancer vers l'endroit où, faisant la chaîne, on se passe les planches et où, avec des ululements, on roule l'arbre. L'omnibus fracassé pointe d'un tas de débris, sans vie, ses roues inertes.

Philippe se hisse au sommet de l'amoncellement que quelques gamins s'efforcent d'aplanir. À l'autre bout de la place la police montée forme une ligne noire. Philippe voit des ouvriers tendre des fils télégraphiques devant la barricade. Il ôte son bonnet et l'agite au-dessus de sa tête.

« Camarades ! » crie-t-il de toutes ses forces.

Brusque fracas sur la droite, telle une explosion, tel un coup de canon.

Philippe regarde : on vient d'ajouter au tas les lourds vantaux de fer d'un portail.

Bref silence de la foule.

« Camarades ! reprend Philippe. Les soldats, l'infanterie arrivent !... Je les ai vus... »

Mugissement de la multitude :

« O-o-o-o-ooh !... »

Soudain, un autre son vient s'y ficher.

Coup d'œil circulaire de Philippe : un peloton de cavalerie charge.

Geyser des sabres brandis. Philippe voit que des gens sont restés de l'autre côté de la barricade, devant, près des maisons. Le noir peloton déferle, mais eux ne fuient point, et Philippe leur crie à tue-tête :

« En arrière ! En arrière ! »

Il ne peut en détacher les yeux. Les gens s'accroupissent, se tassent contre les maisons. Les chevaux grossissent, grossissent, on distingue leurs têtes, leurs regards, leurs bouches tendues sous l'effort, plus près, encore plus près, les jambes de Philippe sont de plomb, il ne peut fuir, le cœur lui manque : les chevaux vont le percuter. Brusquement, les hommes s'arrachent des maisons, bondissent et, en un clin d'œil, un cheval s'abat sur le flanc, son cavalier est projeté, la tête la première, sur les pavés, sa chapka roule... Un autre... Et encore ! Plein ! Coup sur coup, des chevaux culbutent et s'écroulent. Grêle noire par-dessus la tête de Philippe, le ciel est aussitôt zébré de pierres. Hurlement sauvage de la foule, rugissement déchaîné, accompagnant les projectiles.

Philippe s'accroupit, se couche. Un homme sans chapka balance d'en haut, à deux mains, des pavés en braillant à tue-tête :

« À mort ! Qu'on les saigne ! »

Une pierre l'atteint dans le dos, il tombe à côté de Philippe, sans cesser de crier :

« Crevez-les ! Foutez-les dans l'trou, charretées de bordel de Dieu ! »

On s'efforce d'escalader le tas, de se hisser au sommet, on balance des pierres le plus loin possible en prenant son élan, les paletots ont disparu, on est en manches de chemise. En face, les chevaux se débattent, tentent de se relever, les cavaliers se cachent derrière leurs montures et fuient, avec ou sans elles. L'un d'eux sautille longtemps, un pied pris dans l'étrier, tandis que son cheval l'entraîne au galop. Là-haut, les autres ululent et visent l'homme avec des pierres. Il s'agrippe au trousequin, reste suspendu, sans bonnet. Un cheval, la jambe cassée, essaie de se redresser et retombe, naseaux fumants.

Un filin d'acier, qu'on a entortillé avec des barres de fer autour des réverbères, tire son impeccable ligne droite à une archine au-dessus du sol. Philippe regarde : d'où ça sort ?

Devant, des gars roulent sur la chaussée une nouvelle bobine, déroulent le filin qu'ils accrochent à un portail. Ils ne reviennent pas en arrière.

Philippe voit émerger du tas de débris un ouvrier de son atelier, tout rouge, débraillé.

« Philippe ! T'as vu comment on l'a tendu, ce câble ? Hein ? lui hurle-t-il tout contre l'oreille. À une archine de haut, et hop ! On tire, et eux, patatras ! T'as vu ça ? C'est nous ! »

L'ouvrier se frappe la poitrine de son poing qu'il abat comme une pierre.

Philippe est figé, ses bras levés tremblent, ses mains se crispent d'impatience. Un instant, le vacarme retombe.

« Camarades ! crie Philippe. L'infanterie, les soldats ! Ils vont tirer ! Cribler de balles la barricade ! On va se faire ratatiner comme des mouches ! »

« On va tous y passer », veut-il ajouter.

« Hourra-a ! » braille la foule.

Hourvari, cohue, bousculade des voix en mille éclaboussures. Philippe brandit sa casquette au-dessus de sa tête.

« Hourra-a-a-ouh ! »

Le cri s'élève encore plus haut, telle une flamme d'incendie.

De son poste d'observation, Philippe voit qu'on enfonce des barres dans la chaussée : on prépare les pavés.

Derrière, un cheval pousse un gémissement sonore. Philippe sursaute, se retourne : l'animal est tombé d'une masse, il veut se relever, et ses yeux fous suivent le vol des pierres.

Quelqu'un descend de la barricade, on lui montre à grands gestes l'animal, en criant. Il sort un revolver de sous sa chemise, Philippe se détourne. Il entend à peine le coup de feu dans le rugissement de la foule.

Soudain, les voix s'éteignent comme si le vent avait soufflé la flamme du son. Un grondement sourd monte, tout semble s'assombrir.

À l'autre bout de la place s'avancent silencieusement, venant de la rue, des capotes grises.

« En arrière, camarades ! On va se faire tuer pour rien ! » lance Philippe qui, solitaire, se dresse de toute sa taille sur la barricade.

Il voit les rangs lointains des manifestants s'éclaircir, tandis que la rue, de l'autre côté, est noire de peuple qui, déjà, cède du terrain.

« Vous voulez, camarades… qu'on nous écrase comme des poux ? »

Grondement houleux dans les premiers rangs. Trois gars se hissent, Philippe remarque que l'un d'eux se campe, armé d'un fusil de chasse de Toula[1]. Le grondement enfle, on ne distingue plus les voix ; derrière, la rue est noire de monde, un grouillement sombre sur lequel oscille la rumeur étouffée, unie.

Un homme se faufile dans les premiers rangs, vêtu d'une vareuse, les mains dans les poches, et Philippe le reconnaît. Ses yeux noirs regardent droit devant, il trébuche, s'enfonce dans les bris de planches, s'appuie sur une longue perche. La foule réfrène sa voix, lorsqu'il se dresse de toute sa taille sur la barricade. Il déploie brusquement un drapeau rouge sur la perche qu'il plante au milieu des débris, redresse et cale avec des planches.

« Aaah ! » Le bruit parcourt la foule, pareil à l'eau jetée sur le feu.

L'homme se redresse et ses yeux noirs, immobiles, contemplent la foule. Puis il redescend à pas prudents. Le drapeau pend dans l'air calme, à croire qu'il est gêné de se retrouver seul au sommet.

Philippe regarde, le sourcil mauvais : une salve ne va pas tarder à retentir derrière lui. Il doit s'emparer du drapeau, le brandir et crier :

« Arrière ! Arrière, maudits ! »

Un officaillon inspecte la troupe. Les soldats ont l'arme au pied et suivent le lieutenant du regard.

---

1. Ville située à environ 200 kilomètres au sud de Moscou, célèbre notamment pour ses fabriques d'armes.

« Des gueules pas très nettes », se dit l'officier qui s'immobilise et crie soudain sèchement, furieux : « Fi-ixe ! » Sans refermer la bouche, il les embrasse tous du regard. « Il y en a par ici qui défoncent les portes des braves gens, des salauds de tout poil qui renversent des wagons et les entassent !... Fix-ixe ! hurle-t-il de nouveau comme un coup de fouet, testant toutes ces trognes du regard. Ils lancent des pavés sur la troupe. Des ennemis de l'intérieur, des fumiers ! La pire des racailles ! »

Il fait un brusque demi-tour et remonte l'alignement.

« Ta bedaine, rentre ta bedaine ! dit-il en tapant sur la boucle de ceinturon d'un soldat. Com-pagnie ! crie-t-il. En avant, 'arche ! »

La troupe s'ébranle. L'allure n'est guère martiale. Les soldats font une dizaine de pas. Sur la barricade, le drapeau rouge flotte sur sa longue hampe. Ils ne comprennent pas tout de suite ce que c'est.

« Halte ! enjoint l'offiçaillon. Sonne la charge ! » ordonne-t-il au clairon qui emplit ses poumons.

Couac de l'instrument. Demi-tour furieux de l'offiçail-lon. Le clairon rougit, gonfle ses joues, et le signal élève sa voix impérieuse et cuivrée, aussi inflexible qu'une barre de fer.

« Feu à volonté ! Compagnie ! » Les soldats mettent en joue. L'offiçaillon voit les baïonnettes osciller. « Feu ! »

L'air reflue, l'écho résonne, vole à travers les rues. Claquement cacophonique des culasses. Les maisons autour de la place observent une immobilité de mort. Au sommet de la barricade, un homme agite les bras. Impossible de voir où il regarde. Deux petits nuages de fumée montent de conserve. Détonation des tirs qui font retentir leur basse sinistre :

« Rrran ! Trrran ! »

« Com-pagnie ! s'écrie l'offiçaillon, d'une voix de faus-set, dans un ébranlement de tout son corps. Feu ! »

La salve éclate dans le désordre. L'officier cherche des yeux celui qui agitait les bras sur la barricade.

Il n'y est plus.

« Pou-ouf ! »

Petit nuage bouffant et mou provenant de la barricade.

« Arme à la main ! En avant, 'arche ! » commande l'officier.

Tout en marchant, il sort son revolver, le tient serré dans son poing. La barricade est muette.

La hampe du drapeau se dresse, paisible. Les soldats se rapprochent de plus en plus, déjà ils distinguent quelques détails de l'amoncellement : l'invraisemblable tas sur lequel ils ont tiré observe un silence total. Un pas encore et, en face, le brouhaha reprend, il enfle à chaque avancée, les soldats accélèrent l'allure ; un hurlement s'élève derrière l'entassement, les soldats ne se réfrènent plus.

« Au pas de course ! »

Ils n'entendent pas le commandement, ils courent déjà. Un adjudant tranche de son sabre le câble près d'un réverbère. Les soldats voient des gens franchir les palissades en une mélasse noire.

« Hourra-a-a ! »

Et de commencer l'escalade en s'aidant de leurs crosses ; quelques pavés volent de travers, au hasard, comme si on voulait s'en débarrasser.

« Hou… a-a ! » parviennent encore à crier les soldats.

De l'autre côté de la barricade, tout est désert, seuls trois hommes gisent sur la chaussée défoncée, l'un d'eux couché sur le flanc, comme s'il dormait. Les hourras des soldats déclinent, retombent. Et celui qui tempêtait là-haut, sur les planches, arrête un instant sa course.

Bachkine ôte ses caoutchoucs dans l'entrée sombre, en tonitruant :

« Kolia est là ? Kolia ! » Il arrondit particulièrement les *o*. « Kôôlia ! »

La mère du garçon attend qu'il déroule son écharpe. Bachkine n'écoute pas ce qu'elle dit, se contentant de répéter gaiement :

« Il est à la maison, Kolia ?

— Entrez, je vous en prie », répond-elle.

Ses lèvres tremblent. Dans la pénombre trouble de la pièce, Bachkine voit son visage figé sur lequel passent, légères, les rides de son chagrin.

« Qu'avez-vous ? »

Bachkine hausse les sourcils, se penche, la scrute et, sur sa figure, croit apercevoir une balafre.

« Ah, je ne sais trop… »

Elle se détourne, part dans sa chambre, se mouche, revient avec son mouchoir.

« Dites-moi ce qui est arrivé ! »

Bachkine est planté au milieu de la pièce, un doigt sur les lèvres en un geste enfantin.

« Vassia a disparu… Kolia est allé se renseigner… Je ne sais pas. Ces assemblées…, commence-t-elle en déplaçant bobines et petites boîtes sur la table, tout en regardant ailleurs.

— Pourquoi le laissez-vous faire ? Pourquoi, ma bonne ? criaille Bachkine. Oh, il ne faut pas, il ne faut pas ! » Sa voix monte encore d'un ton, il trépigne dans la petite pièce. « Chère, ma chère ! » Il la prend par les épaules. « Il ne faut pas ! glapit-il douloureusement en la secouant et en plongeant ses yeux dans les siens. Il n'arrivera rien, rien ! » ajoute-t-il soudain, la tête renversée vers le plafond.

Elle renifle de plus en plus fort dans son mouchoir.

« Il n'arrivera rien ! » crie Bachkine comme une incantation adressée au plafond.

À cet instant, la porte d'entrée s'ouvre à la volée.

« C'est moi-oi ! » prévient Kolia.

Sa mère tressaille, mais, déjà, Bachkine s'est précipité dans l'entrée.

« Eh bien ? lance-t-il.

— Rien…, marmonne le garçon d'un air affairé en se débarrassant prestement de son manteau. J'arrive !

— Tu l'as vu ? Tu l'as vu ? » chuchote sa mère.

Kolia entre dans la pièce, s'affale sur une chaise et, les yeux rivés au plancher, fronce les sourcils.

« Alors ? crie sa mère.

— Là-bas, un type qui sortait m'a dit… qu'ils en avaient pour la soirée.

— Papa y est ? insiste-t-elle en tapant du pied.

— Mais oui ! » crie Kolia en colère.

Il se lève et, d'un pas résolu, va à la cuisine. On l'entend se rafraîchir au robinet. Sa mère le rejoint.

Bachkine écoute. Kolia s'ébroue en criant par intermittence :

« Je ne sais pas !… C'est ce qu'on m'a dit, là-bas.

— J'y vais ! lance Bachkine en s'engageant dans l'entrée.

— Attendez ! Je viens avec vous », s'écrie Kolia.

Les mains encore humides, il enfile son manteau, puis, sans le boutonner, devance Bachkine d'un bond et l'attend dans la rue.

« Ramenez-le-moi ! » implore la mère.

Bachkine se retourne en soulevant son bonnet. Dehors, il fait un signe de la tête à Kolia et traverse la chaussée à larges enjambées. Le gamin court derrière. Ils franchissent ainsi un pâté de maisons. Bachkine tourne à un angle et ralentit aussitôt l'allure. Avec un sourire finaud, il prend Kolia par le bras.

« C'est chouette, non ? dit-il gaiement en clignant de l'œil.

— Que non ! réplique l'autre, essoufflé. Qu'est-ce que… Mon Dieu… Qu'est-ce que je pourrais lui dire ?… Et elle qui pleure ! Mon Dieu !

— Ce n'est rien, reprend Bachkine d'un ton sentencieux, calme, doux comme une caresse. Ce n'est rien. On va réfléchir et décider de ce qu'on va faire. On va décider tranquillement. »

Kolia lève la tête pour le regarder bien en face, puis acquiesce vigoureusement.

« Oui, oui !

— Cherchons un endroit où il y a moins de monde.

— D'accord. »

Kolia accélère le pas, tout en essayant, de sa main libre, de boutonner son manteau.

Ils se dirigent vers le parc où Kolia avait fait l'école buissonnière. Une pénombre humide masque le bout de la rue, et les passants qu'ils croisent ne flânent guère. L'endroit est de plus en plus désert, ils n'entendent que le bruit de leurs pas. Seul un sergent de ville se détache, silhouette noire, au coin.

« Bon, commence Bachkine à mi-voix. Je vais te dire… mais, je te préviens, sous le sceau du secret le plus absolu… » Il pivote de tout son corps pour regarder derrière lui. « Oui, sous le sceau du secret le plus total… »

Kolia dresse la tête et le fixe.

« Que ton papa… Non, que, à propos de ton papa, on raconte qu'il lui faut… » Bachkine se penche vers le garçon. « Gaffe ! » Et de lever un doigt menaçant. « Bref… qu'il se fasse porter pâle ! lui murmure-t-il à l'oreille. Qu'il tombe malade ou carrément… »

Kolia regarde devant lui, sans ciller.

« Qu'il meure ? enchaîne-t-il dans un souffle à peine audible.

— Mais non ! » s'exclame Bachkine en se redressant.

À cet instant, un petit bonhomme malingre traverse la rue en courant, coupant la route à Bachkine qui le suit du regard.

« Lui ? s'écrie le petit bonhomme. Je ne me trompe pas ! » Il s'immobilise, se démanche le cou. « C'est bien lui ! » Et de se précipiter vers Bachkine. « Tu me remets pas ? Non ? » Il écarte Kolia d'un geste, saisit Bachkine par les revers de son paletot. « Non ? Kotine ! C'est moi, Kotine, pardieu ! Alors ? »

Bachkine rejette le buste en arrière et le toise.

« T'es bien Bachkine ? Bachkine, Seigneur Dieu, dans quelle mouise tu m'as fichu, sacrée ordure ! braille Kotine comme s'il pleurait. Fumier, qu'est-ce que t'as trafiqué, maudit sois-tu ! »

Bachkine continue d'avancer, mais l'autre s'agrippe à sa manche, l'oblige à se tourner vers lui, prend les devants en sautillant, le tarabuste, le tire.

« J'te cours aux trousses dans toute la ville ! C'est que j'ai pas où passer la nuit, ils vont me zigouiller dans le Faubourg, aïe-aïe-aïe ! » Kotine pleure et, d'une main hargneuse, tiraille la poche de Bachkine à la déchirer. « Où c'est qu'j'irai, satanée canaille ? » Il s'arrête, bien campé sur ses jambes, secoue Bachkine : un bouton vole ; Kotine continue de s'accrocher à ses basques. « Où c'est qu'j'irai, où ? beugle-t-il par toute la rue.

— Écoutez, reprenez vos esprits, bon Dieu ! » crie Bachkine. Puis, jetant un coup d'œil vers Kolia : « Il y a un enfant, ici, ajoute-t-il en baissant la voix et en se penchant.

— Allez vous faire voir dans la soue aux cochons, toi et tes gamins ! hurle Kotine en tirant un pan du manteau avec une énergie redoublée. Suffit qu'un gars du Faubourg me remette, et j'me fais suriner ! Toi aussi, saloperie de mouchard, t'inquiète, tu crèveras ! T'inquiète, toi aussi, tu sens le sapin ! N'essaie pas de t'escamper… »

Bachkine tire son manteau d'un coup sec, Kotine trébuche, vole à deux pas sans lâcher prise, manque de le renverser, roule à terre.

« T'escampe pas… Je te… je te lâcherai pas, je vais pas trinquer tout seul. »

Kolia tente de lui arracher le bout du manteau, lui donne des coups de botte sur les mains. Kotine finit par renoncer, Bachkine fait un bond en arrière.

« Sergent de ville, à moi ! hurle-t-il et son glapissement court à travers la rue vide.

— Je t'en foutrai, du sergent de ville ! »

Kotine bondit sur ses pieds, prend son élan et se jette brusquement sur Bachkine qui recule, vacillant. Maladroitement porté, le coup l'atteint au-dessus de l'oreille, sa tête résonne, son bonnet tombe à terre.

Bachkine fait des moulinets de ses longs bras, désespérément, au hasard. Kotine, lui, vise soigneusement.

« Aïe ! » crie Kolia qui fonce, tête baissée, dans le ventre de Kotine.

Ils tombent.

« Sergent de ville ! Police ! glapit Bachkine en essayant de les séparer. Partons, partons… », marmonne-t-il.

Il attrape Kolia par une manche, l'entraîne et, au pas de course, tourne dans une rue transversale. Kolia laisse soudain échapper un sanglot, se libère et part au galop. Bachkine entend son cri vibrant de fureur se perdre dans le lointain.

Un coq !

Vavitch est en service commandé devant la collégiale où l'on célèbre l'office des morts. À l'intérieur se trouvent tous les gradés et Sorotchenko, livide. Le cercueil n'est sans doute pas encore fermé, Sorotchenko doit regarder de ses yeux clos, comme s'il s'efforçait de soulever ses paupières, en vain. Tiens, quelqu'un là-bas… Un de ces noirauds… Aha ! Qui regarde ses pieds. Pourtant, les flaques ne sont pas si grandes. Et Vavitch suit d'un œil torve le passant qui choisit soigneusement son chemin pour traverser la place.

« Assassins ! Sssalauds ! » Vavitch vérifie à l'entour que les sergents de ville sont bien à leur poste. Derrière les arbres dénudés stationnent les montures des cosaques. À l'entour bourdonnent sourdement les voix des cavaliers. « C'est pas le lieu ! » se rembrunit Vavitch qui émet un bref coup de sifflet. Un sergent se précipite aussitôt.

« Dis au lieutenant qu'il est prié d'enjoindre ses hommes de baisser d'un ton ! » lance Viktor en indiquant les cosaques d'un mouvement du menton.

À cet instant, Voronine déboule de la collégiale, remettant à l'aveuglette sa large casquette.

« Ils vont sortir », indique-t-il du geste à Vavitch qui vérifie qu'il n'y a pas d'individus suspects dans les parages.

« En selle ! » commandent les officiers cosaques.

Des passants commencent à s'arrêter.

Et voici que, oscillant au-dessus des têtes, émerge par les portes sombres un premier cercueil blanc.

Rythme lent, vacillant, égrotant.

La foule entoure le corbillard. Un second cercueil se balance bientôt au-dessus des porteurs. Vavitch jette un regard aux passants attroupés. « Assassins, vous admirez votre œuvre ? »

Pression du sang qui lui monte à la tête. Il traverse la chaussée, d'un pas décidé, vers le trottoir où s'agglutine la masse noire des badauds. Il serre de toutes ses forces son sifflet dans son poing droit, sa mâchoire tressaute, prête à crier. Crier quoi ?

« Découvrez-vous ! » croasse-t-il et il balaie l'air comme si, d'un revers, il faisait sauter tous les bonnets. Les premiers rangs portent la main à leurs chapkas.

Trottinement tremblé des trompettes cosaques qui s'avancent.

Garde-à-vous impeccable de Vavitch qui porte la main à sa visière : les corbillards s'ébranlent.

« Qui est-ce qui tient la croix en tête du cortège ? » Vavitch ne peut s'empêcher de jeter un regard en coin. Quel air digne ! C'est Bolotov ! Bolotov lui-même qui porte frénétiquement la croix comme s'il fendait l'air pour la procession. Rumeur trouble de la foule. Dans les hauteurs, tintement ténu d'une cloche, on dirait qu'on a laissé tomber et se briser quelque objet précieux. Vavitch fixe le premier cercueil. À l'intérieur, sans doute, Sorotchenko implore toujours. Un accord d'airain, soudain, résonne, et c'est la fin. Tout est fini, fini, Sorotchenko est mort, bien mort. Il le sait sûrement lui-même. La main de Viktor tremble à sa visière. Qu'on rouvre le cercueil, les lèvres sont muettes, les yeux ne regardent plus.

Une demi-*sotnia* de cosaques armés de lances emboîte le pas à la musique. Hérissement de pointes dominant la foule.

Quelqu'un heurte le coude de Viktor. C'est Voronine, les yeux humides et courroucés.

« Les sergents sur deux rangs ! Exécution ! »

Vavitch se hâte de donner des ordres.

Les sergents commencent à se déployer le long du trottoir pour faire barrage.

« À deux pas ! Deux pas ! Gardez les distances ! »

Vavitch les regarde défiler devant lui.

Il jette un coup d'œil : là-bas, derrière un des cercueils, le chef de la police, en compagnie d'une vieille dame, coiffée d'un foulard. Elle a les yeux baissés, sans doute n'y voit-elle pas. Il la tient par le bras. Et soudain apparaît, comme saillant, sculpté dans la masse humaine, un visage : Varvara Andreïevna. Ses plumes noires d'autruche semblent adresser à Viktor un bref salut – à peine le temps d'un éclair –, puis elle regarde droit devant, marchant solennellement au rythme de la musique.

« Veille bien, Vavitch, putain de ta mère, veille à ce qu'aucun juivaillon ne s'en mêle, ne vienne semer la merde, putain ! » bougonne Voronine au passage.

Puis il s'éloigne d'un pas fatigué en claquant lourdement des talons.

Viktor laisse passer le cortège, rectifie, à petites tapes, l'alignement des sergents. Et monte en lui une sensation d'étouffement, due à la musique, à la voix pesante des cuivres, à la blancheur des corbillards, aux chevaux caparaçonnés de blanc, aux plumets plantés sur leurs têtes. Tout cet austère cérémonial se mélange, se confond. Lui n'a qu'une envie : aller de l'avant ! Il coupe le cortège et d'une démarche rapide part vérifier le cordon de l'autre côté, au bas du trottoir… Toujours en avant ! Il aperçoit Varvara Andreïevna derrière lui et, alors seulement, ralentit l'allure.

« Les distances ! Gardez les distances ! » maugrée-t-il.

Il est déjà à la hauteur de Varvara Andreïevna.

« Qui est-ce qui tient son joli bras ? Regardez-moi ce paon ! Un capitaine de la gendarmerie… Et que je te tortille des basques ! Nous autres, on cavale, on surveille, et eux, ils font des effets de basques ! »

Soudain, on murmure, on s'agite sur le trottoir. Viktor fonce, écartant brutalement les badauds.

Deux types en civil attaquent de front un jeune gars et le poussent sous un porche. L'un d'eux l'empêche de crier, le bâillonnant de sa large main. Le gars trébuche, recule. Les passants s'agglutinent, quelqu'un tire le civil par une manche.

« Circulez ! Dissspersez-vous ! »

Viktor repousse un homme d'un coup de poing.

« Sous le porche ! »

Le jeune gars muselé hurle. On l'engouffre par le portillon devant lequel se poste Vavitch.

La tête dans les épaules, prêt à charger la foule, il promène son regard sur les visages. Des visages flous, des yeux réduits à une fente.

« À quoi ça vous avance de prendre ce type à la gorge ? » Un de ces hommes au regard fendu hoche la tête, il affronte Viktor par le flanc. Brusquement, tous reculent, s'entre-regardent, vacillent : les pans d'un long manteau virevoltent, Gratchek fend la foule sans regarder quiconque. Au passage, il cueille le contestataire au collet et, sans ralentir, bousculant Vavitch, l'enfourne par la porte métallique qui claque à la volée. Deux sergents de ville se fraient un chemin. Cliquetis d'un verrou.

« Circulez, circulez ! »

Les sergents repoussent les badauds et continuent d'avancer.

Viktor se retrouve seul près du portail. La musique s'éloigne, les équipages roulent au pas, c'est la fin du cortège.

Gratchek ressort par l'entrée principale et fait un signe imperceptible à Viktor.

« Pourquoi t'étais planté là ? Pour provoquer une émeute ? » grommelle-t-il sans s'arrêter.

Il s'engage sur la chaussée, capote au vent, s'efforçant de rejoindre l'enterrement.

Vavitch le suit.

« Je voulais éviter les attroupements, dit-il dans le dos de Gratchek, éviter qu'un salopard… »

Gratchek ne se retourne pas, il zigzague pour contourner les équipages.

« S'il y avait eu un pépin… c'est moi qu'on aurait accusé, murmure Viktor avec un rictus mauvais. Mais, quand ça se passe bien, tous les autres sont des imbéciles, y a que toi qu'es intelligent, bien sûr ! »

Viktor se glisse au milieu des équipages, de manière à ne voir personne.

Des fois que ce crétin de Senkovski ait été témoin de la scène…

Gratchek est de nouveau devant lui. Il marche près d'une voiture, se tenant à la fenêtre ouverte. Il y a quelqu'un à l'intérieur. Une sacrée belle voiture, avec des pneus, des ressorts, qui danse, légère.

« Bavardez, bavardez tout votre soûl ! Pendant ce temps-là, on galope ! Vous voulez peut-être qu'on aboie, par-dessus le marché ? »

Et Vavitch de jeter un regard furieux à Gratchek.

Comme bousculé, celui-ci lui rend son coup d'œil.

Il a un mouvement du menton. Son doigt en crochet ne fait pas seulement signe à Viktor, il le tire littéralement à lui. Vavitch s'empresse de se détourner.

« Je n'ai rien vu ! »

Il avance de deux pas, on dirait qu'une épingle lui a transpercé le dos. Il accélère, vire brusquement sur la gauche et fonce.

« Le fils de pute ! » lit-on sur les lèvres de Viktor qui fixe Gratchek droit dans les yeux.

Mais celui-ci regarde de nouveau vers la portière. Il a soudain une grimace qui plisse sa face en mille rides, tel du papier réglé.

« Il sourit, ou quoi ? » se demande Viktor qui aperçoit alors, par la fenêtre de la calèche, *son* visage – un collage sur fond d'obscurité.

Varvara Andreïevna est tout sourires et balancement de plumes.

« C'est moi qui vous ai fait appeler ! »

Gratchek est à présent légèrement en retrait, le regard perdu vers les hauteurs et les lointains.

« Écoutez, Vavitch, poursuit-elle, vous êtes occupé ?

— Oui, madame. On surveille. Le service… On ne sait plus où donner de la tête… Je me dépêche. »

Viktor n'entend même pas ce qu'il dit.

« Oh ! làlà ! Quel zèle ! » s'écrie-t-elle en agitant sa petite main.

Viktor se retourne.

« Il faut être partout ! »

Hochant la tête, Varvara Andreïevna répond d'un ton mi-sentencieux, mi-froissé :

« Eh bien, allez, allez ! »

Viktor marche aux côtés de la voiture, précédant de peu Gratchek. Il ne quitte pas *son* visage des yeux, tente d'en déchiffrer les mimiques qui se succèdent et guette la suite.

« Bouge-toi donc ! maugrée Gratchek au-dessus de sa tête en le poussant par-derrière.

— Permetteeeez !… »

Et Viktor de faire volte-face en heurtant du coude, dans son élan, Gratchek. Celui-ci perd le pas, sa longue silhouette chancelle. Varvara Andreïevna hausse un sourcil ravi. Un instant, ses lèvres se retroussent et ses dents blanches ont l'air de se planter solidement dans quelque objet.

« Ah, le joli coq ! » Elle bondit sur son siège souple. « Venez, venez ici ! De ce côté ! Tout de suite ! Immédiatement ! »

Elle se jette vers l'autre portière dont, en un clin d'œil, elle baisse la vitre. Vavitch contourne en courant la calèche. Il s'accroche à la fenêtre, comme Gratchek. Un instant, Varvara Andreïevna pose sa main gantée de noir sur celle de Vavitch, un instant seulement, puis elle lui donne une petite tape.

« Eh bien, allez ! » Elle lui susurre : « Tout ira bien, mais en voilà assez ! »

Et de pointer un petit doigt noir.

Vavitch papillote des yeux, ravale sa salive, comprenant soudain qu'il est affreusement, honteusement, rouge. Il part droit devant lui, jouant des coudes, sans distinguer son chemin.

Les maisons se font plus basses et plus rares, les trompettes cosaques chantent comme en campagne et, du haut des chevaux, à tour de bras, s'abattent implacablement les cymbales, tels des sabres sur des gamelles. Les trottoirs sont déserts. Le cortège accélère l'allure. Aux portes, zyeutent des faces noiraudes, une vieille se signe au passage des cercueils et des bannières.

Viktor voit le chef de la police se diriger vers sa calèche. La vieille femme marche, se retenant d'une main noueuse à l'arrière du corbillard.

Vavitch s'arrête au bord du trottoir, promène un regard sévère sur les sergents qui défilent en désordre. L'un d'eux cache une cigarette dans sa manche en lorgnant Viktor. Ce dernier le menace du doigt. Le sergent lui tourne le dos. Le cortège contourne une butte de terre, des restes de murs écroulés se dressent, pareils à de vieux chicots, au-dessus d'une pente glissante. Viktor sait que *sa* voiture le dépasse maintenant : peut-être le regarde-t-elle, de là-bas, de la portière noire. Il détourne ses yeux soucieux – image même du sérieux, de la vigilance –, jette un coup d'œil, par-dessus les têtes, vers le sommet de la butte. Soudain, une silhouette noire jaillit sur une saillie des ruines. Sans même se dresser de toute sa taille, l'homme brandit, à deux mains, au-dessus de sa tête, une sorte de paquet noir.

« Halte ! » beugle Viktor.

Mais l'autre a déjà balancé son ballot en bas et, rejeté en arrière par l'élan, se replie à l'abri du redan.

La musique se déglingue. Les fers des chevaux cosaques crissent.

Tout se fige.

Viktor s'ouvre un chemin entre les sergents de ville, en un clin d'œil il a atteint la pente et, dérapant, entame l'escalade. Un instant plus tard, trois cosaques, lancés au galop, encerclent la butte.

Viktor continue de grimper, s'accroche à pleines mains à la boue.

« Je vais le mettre en charpie ! » siffle-t-il dans un souffle brûlant, les dents serrées en un rictus.

Voici le redan. Viktor franchit les pierres sur lesquelles cogne son sabre. Personne ! Ses yeux furibonds explorent les lieux. Il bondit de l'autre côté des ruines. Personne ! Il en fait le tour en courant. Des larmes mauvaises lui humectent les yeux. En bas, les corbillards prennent presque le trot, les bannières s'inclinent et flottent, telles des basques. Sur la route gît le paquet noir. Tout autour, l'anneau des sergents cerne le vide. Les équipages ont disparu, sauf un.

D'en bas, on regarde Vavitch.

Il entreprend de redescendre. Ses talons s'enfoncent dans la boue, il s'efforce d'adopter une allure dégagée, véloce, pour dévaler la pente glissante : par la portière ouverte de la calèche, c'est peut-être *elle* qui le contemple. N'empêche qu'ils reluquent tous ! « Y a pas de quoi se réjouir, je l'ai pas eu, remballez vos compliments ! Il est de mon devoir d'inspecter les lieux… C'est le devoir de tout fils loyal de sa… »

« … putain de mère ! » lâche-t-il tout haut.

Il tourne le dos à la calèche, continue de biais sa descente.

« Vous avez la trouille ? Vous avez reculé d'une bonne dizaine de pas ! Et Gratchek ? Pourquoi il la ramasse pas, Gratchek, hein ? Ça pourrait lui péter au nez ! »

Il relève les yeux et embrasse du regard l'anneau des sergents.

« Vous trouvez ça drôle, peut-être ? » murmure-t-il. Il n'y a plus personne près de lui. « Tiens, ça aussi, c'est drôle ? »

D'un pas résolu, il s'engage sur la route. « Ça vous fait rire ?… » Et de foncer vers la bombe.

Elle est tapie sur les pierres, à croire qu'elle s'apprête à bondir. Viktor ne la lâche pas des yeux de peur qu'elle ne s'échappe.

Soudain, on le tire par la manche.

C'est Varvara Andreïevna, essoufflée, cramoisie.

« Grand fou ! chuchote-t-elle en le fixant de ses yeux ronds et joyeux. Que fais-tu ? » lui souffle-t-elle au visage.

Vavitch se tient de profil, un pied fermement en avant.

« Inspecteur ! éclate une impérieuse voix de ténor. Reculez ! En arriè-re ! »

Viktor regarde autour de lui. Le chef de la police décrit de la main des cercles autour de sa tête, des festons dans les airs.

« Arrièèèè-re ! »

Vavitch se retourne.

« Par ici ! »

Viktor lui fait face, allure martiale, main à la visière.

« Vous êtes artilleur ? Non ? Alors, ayez l'obligeance de regagner votre place ! »

Vavitch obtempère de mauvaise grâce.

« Attendez ! crie le chef de la police. Prenez des sergents de ville et raflez-moi un homme dans chacune de ces maisons, là, ordonne-t-il en montrant du pouce les immeubles derrière lui. Au hasard, même les gamins. Exécution ! »

Vavitch effectue un demi-tour sur place en faisant claquer ses bottes, et met une jambe en avant.

On s'agite déjà près des maisons : Voronine, en sueur, patauge dans la cour fangeuse.

« Il est pas là ? T'iras à sa place », crie-t-il à une femme.

Trois sergents attendent : l'embarquer, ou quoi ?

« T'as rien fait ? On verra ça. En route ! » Voronine ne regarde même pas les sergents s'emparer d'elle. « Ah, Vavitch ! Fonce de l'autre côté ! crie-t-il, s'efforçant de dominer les glapissements des gosses. Plus vite que ça, fils de pute ! »

Les portes franchies, il retire sa casquette et de sa manche éponge sa calvitie.

Les cosaques à cheval referment le cercle. Vavitch regarde : des hommes sans visage tournent en rond à l'intérieur. Impossible de repérer le sien parmi ceux qu'on a raflés. C'est qu'il y en a sept !

« Qu'on les emmène sous bonne garde à la prison ! » ordonne le chef de la police depuis le marchepied de sa voiture.

Les cosaques s'écartent et repoussent les prisonniers sur le côté.

Dans un fiacre, deux officiers d'artillerie, dont le plus jeune, pâle, est assis de biais et ne cesse de rajuster sa casquette. Le fiacre se fraie un chemin, au pas, parmi la foule.

Ben voilà…

« Bon Dieu, on aurait pu crever ! » De toutes ses forces, Philippe se donne une claque sur le genou. Nadienka le fixe, bouche bée. « Le démon ! » s'écrie Philippe comme s'il voulait mordre l'air.

Il pivote avec sa chaise.

Nadia ne s'aperçoit pas qu'elle serre ses poings contre sa poitrine.

« Ah, le salaud ! Y a toute une racaille qui s'en mêle, qui monte les gens, c'est vraiment pain bénit pour eux autres : tiens, bouffe ! Bande de crétins ! » braille Philippe qui lance son genou et claque de la semelle sur le plancher. Les tasses émettent un cliquetis réprobateur. « Non, je te jure… » Philippe se lève, se tourne à demi vers Nadienka, écarte les bras. « Si t'avais vu… Si t'avais été là… C'était carrément le… Faudrait les écrabouiller, les ratatiner, putain de leur mère ! Comme des foutus provocateurs…

— Et toi…, commence Nadienka d'une voix rauque.

— Et toi ! Et toi ! » coupe Philippe. Il fait un pas vers un coin de la pièce et tape du pied. « Et toi ! Et toi, quoi ? » ajoute-t-il en affrontant Nadienka. La peau de ses joues gonflées remonte ses yeux, impossible de savoir s'il va pleurer ou frapper. « Tu ne connais pas les directives ? » Il porte son visage en avant. « Les directives disent : si ça démarre, prévu ou pas, on doit prendre les choses en main. Et c'est juste ! C'est ce qu'il faut ! Oui ! » Philippe se détourne, détache d'un coup de dents un morceau de sa cigarette, qu'il recrache dans un coin de la pièce. « Et toi ! Et toi ! Je t'en ficherai du "Et toi" ! Y en a trois qui sont restés sur le carreau ; dans les rues voisines, les coups de nagaïka vont tellement pleuvoir que les gens ne voudront pas redescendre dans la rue… même si on les ensoufre pour les faire sortir de chez eux !… Oui, oui… Pourquoi tu me regardes comme ça ? Même avec du soufre !… Qu'ils aillent se faire enculer ! Les nôtres, je veux dire, les gars du Comité ! Où il est, ton Comité ? Où ? Où il était ? Ton Comité, tu dis ? Qu'est-ce qu'il fabrique ?

— Je n'ai rien dit… »

Nadienka, les yeux écarquillés, suit les gestes de Philippe.

« Si t'as rien dit, tais-toi !… Y a rien à dire ! »

Philippe se tourne brutalement vers la porte et sort.

Une main appuyée sur la table, Nadienka contemple la nappe aux petits carreaux bleus. Sa tête est muette, le souffle lui manque pour faire entendre sa voix.

« Des millions d'excès sont possibles, à présent », songe-t-elle, pesant soigneusement chaque mot afin de se montrer calme et persuasive quand elle les prononcera devant Philippe. Qu'il discute normalement, qu'il lui explique, ensuite, comment lui-même a… « Si j'avais su, poursuit Nadienka en fronçant le sourcil, j'y serais allée sans faute ! » La fièvre envahit sa poitrine. « Qu'ils tirent, c'est ce qu'il faut ! Et, quoi qu'il arrive, se hisser au sommet ! N'allez pas croire que je n'ai pas peur, mais mes paroles sont fermes ! » Sa poitrine se gonfle, ses yeux se durcissent. Son poing serré pèse sur la nappe.

Elle n'entend pas le bruit des pas, ne se retourne qu'au grincement de la porte. Philippe détourne aussitôt le regard. Nadienka comprend cependant qu'il a vu, tout vu en un clin d'œil.

« Tu comprends, commence-t-il à mi-voix, avec un imperceptible sourire, tu comprends, je leur crie : "Arrière, couillons ! Arrière ! Vous allez tous vous faire canarder, bon Dieu de bon Dieu ! Foutez-moi le camp d'ici !"

— Et toi, Philippe, toi ?

— Moi, je suis là-haut, tout là-haut… » Il se fige un instant, remarque que Nadienka s'est empourprée. « Oui, tout en haut, j'agite ma casquette pour les chasser comme des oies, mais voilà qu'un crétin se pointe, et que je te plante un drapeau ! Le temps que je regarde, on nous fonce déjà dessus, les sabres… tiens ! » Il lève le poing, le brandit. « Tiens !… »

Un frisson parcourt les épaules de Nadienka.

C'est alors qu'un coup est discrètement frappé à la fenêtre. Philippe sursaute.

« File à la cuisine ! » enjoint-il en tapotant le coude de Nadienka.

Elle se précipite sur la pointe des pieds.

« Prends ça ! »

Et, dans le couloir sombre, il lui fourre entre les mains son manteau et son chapeau.

Annouchka, qui fait la lessive devant la fenêtre, jette à Nadienka un coup d'œil par-dessous son bras. Nadienka ne sait où poser ses affaires.

Philippe traverse rapidement le couloir et ferme soigneusement la porte de la cuisine. Nouveau regard par en dessous d'Annouchka, qui s'absorbe aussitôt dans la contemplation de la vitre embuée. Plantée devant la cuisinière, serrant contre elle son manteau, Nadienka tend l'oreille.

« Eh bien, entre, entre ! » dit à mi-voix Philippe sur le seuil.

Nadienka écoute, mais Annouchka se met à plaquer plus fort le linge dans l'eau du baquet.

« Y aura Iegor. Qui encore ? » La voix de Philippe ne lui parvient que par bribes. « Bon ! Ça ira… »

Nadienka voudrait se faufiler vers la porte, mais Annouchka saisit son baquet en soufflant, la repousse sur le côté, puis vers la fenêtre, et déverse bruyamment l'eau savonneuse dans le conduit.

« D'accord, à la revoyure ! » entend-elle.

Et le verrou claque.

Philippe regagne sa chambre. De nouveau, ses pas résonnent, lourds cette fois, fermes. Il ouvre la porte de la cuisine : il a son bonnet sur la tête, mâchonne sa cigarette fichée au coin de la bouche, ses sourcils dansent au-dessus de ses yeux.

« Amène-toi, murmure-t-il en indiquant de la tête le couloir. Ben voilà, Nadienka… Y a un type qu'est venu… Faut plonger jusqu'à nouvel ordre !

— Qu'est-ce qu'il y a ? Un pépin ? Où ça ? »

Le murmure de Nadienka est soudain grave, affairé, il lui raffermit l'âme.

« Ben, un gars du Comité qui s'est fait... C'est que je suis suppléant... »

Nadienka jette un regard derrière elle, en direction de la cuisine où tout est absolument calme.

« Laisse ! chuchote Philippe. Elle est idiote. Bref, j'y vais ! » ajoute-t-il en marchant vers la porte.

Nadienka pivote dans l'étroit couloir et enfile rapidement une manche. La main sur la poignée de la porte, Philippe se retourne.

« Oui, dit-il, le visage froncé, louchant sur sa cigarette dont il tire des bouffées. Ben voilà, toi aussi, tu... Ici, c'est pareil, on risque d'avoir des pépins. Vaudrait peut-être mieux que tu files chez toi. »

Nadienka enfonce brutalement son petit chapeau sur sa tête.

« Moi, si y a quelque chose, marmonne Philippe d'une voix profonde, je te le ferai savoir... par cette... comment, déjà ?... Chez qui on allait pour les leçons ?... Tania. Je t'enverrai un gars chez elle. »

Nadienka tape des pieds pour chausser ses caoutchoucs. Sans un mot, elle regarde Philippe dans la pénombre.

« Nadienka, je voulais te... »

Philippe s'approche d'elle, mais à cet instant la porte de la cuisine s'ouvre toute grande et, dans la lumière grise, apparaît Annouchka, portant du linge sur un bras.

« Tu rentres bientôt ? C'est que je vais à vêpres. Faut que je verrouille la porte ? » clame-t-elle dans tout l'appartement.

Philippe jette à sa sœur un coup d'œil maussade.

« Ben oui, je vais t'attendre jusqu'à la nuit, ou quoi ? »

De son linge mouillé, Annouchka repousse Philippe dans un coin et ouvre la porte d'entrée.

Nadienka se faufile prestement et dévale, la première, les deux marches qui mènent dans la cour.

Tout de suite !

Sanka s'avance vers sa table, il veut se mettre au travail, son poing serre un gros crayon. Il bondit presque aussitôt de sa chaise, se cogne au bureau, casse son crayon.

« C'est ce qu'il faut ! Exactement ce qu'il leur faut, à ces maudits salauds ! » Il reprend son souffle et parcourt la pièce d'un regard haineux. « Faut faire comme Kipiani ! » Il revoit le hall de l'université : Kipiani, petit, coiffé d'une énorme papakha velue, et ses yeux, attention ! Ses paupières ont du mal à baisser le rideau. À un moment, son manteau s'ouvre : il a un poignard long jusqu'aux genoux. « Ils vont nous cogner dessus, et nous, on va rester là, à bêler comme des moutons ? » Et de crier dans tout le hall : « Bê-ê-ê ! » en secouant sa papakha. Tous se sont retournés pour regarder.

« Sous le cheval, bing ! Un geste – on n'a pas le temps de voir sa main – bing ! » Sanka transperce l'air de son crayon. « Et le cosaque qui s'en donne à cœur joie : autour, c'est le sauve-qui-peut, mais il n'en rate pas un, sa nagaïka frappe à tour de bras. Les gens fuient en se protégeant le visage, tandis que ses yeux jouent gaiement. C'était le moment ou jamais de lui balancer quelque chose dans la gueule ! Vlan ! Là, il aurait rigolé ! »

Sanka reprend de nouveau sa respiration.

Un instant, il aperçoit sa chambre, ses livres et, au mur, la classification de Mendeleïev. Le cosaque s'immobilise et, bras écartés, fait un vol plané. Le souffle de Sanka se précipite. Derrière la cloison, le bruit des talons de sa mère. Direction la fenêtre ; puis ils s'arrêtent et recommencent leur martèlement. Un piétinement, et Anna Grigorievna se met à courir. On a sans doute sonné. De sa porte, Sanka scrute les profondeurs du couloir. Dans sa hâte sa mère se bat avec la serrure. Douniacha pointe le nez derrière elle.

« Sanka… je veux dire, Alexandre Andreïevitch est là ? »

Sanka aperçoit le haut d'une casquette d'étudiant. Pétrifiée, Anna Grigorievna s'agrippe à la porte.

« C'est pour moi, laisse ! » dit Sanka qui accourt dans le vestibule.

Sur le seuil, sa mère jette à l'étudiant un regard dépité, effrayé, lorsqu'il se faufile devant elle. Par-dessus sa tête bandée, il maintient une casquette d'uniforme gauchement posée.

« Bonjour, Anna Grigorievna ! » dit un second étudiant en la saluant et en attendant qu'elle lui cède le passage.

Anna Grigorievna écarquille les yeux, ses lèvres esquissent un bredouillement indistinct.

« Fais-les donc entrer ! » crie Sanka.

Anna Grigorievna sort rapidement et examine le palier. Elle se penche par-dessus la rampe, regarde le bas de l'escalier et descend pas à pas les marches.

« Maman, maman ! crie Sanka qui court après elle. Arrête tes bêtises ! » Il la tire par le bras : « Assez de folies, s'il te plaît ! Laisse tomber tout ça, je t'en prie ! »

Anna Grigorievna s'accroche fermement à la rampe : elle veut voir ! Elle sursaute quand la porte d'entrée s'ouvre. Sanka la force à lâcher prise et, la tenant par le bras, sans regarder derrière lui, la tire vers l'appartement ; puis, poussant la porte d'un coup, il la claque derrière eux.

« Quelle idiotie ! » crie-t-il, hors d'haleine.

Les étudiants piétinent près du portemanteau.

« Venez, venez ! » Il les pousse vers sa chambre. « Bon Dieu, tout le monde perd la boule ! Ils sont complètement ahuris ! Venez chez moi !… Ah, mon vieux, c'est sacrément bien ! Mazette, Kipiani ! s'écrie-t-il, enthousiaste, en contemplant avec envie le pansement blanc qui, tel un heaume de chevalier, encadre le visage et barre le front d'une ligne droite.

— J'ai perdu ma papakha, répond Kipiani avec un geste d'indifférence. Il m'a coincé, la salope, avec son cheval contre une palissade. Je me suis faufilé dessous. »

Kipiani s'accroupit, ses yeux lancent un éclair noir à Sanka qui a un mouvement de recul : tendu, le ressort est prêt à se détendre.

« Mon bonnet tombe, le cosaque y va de sa nagaïka, et moi, d'en dessous son cheval, bing ! La bête s'affaisse. » Kipiani s'affale sur le sol en continuant de fixer Sanka. « Et c'est là que… » Il se relève, soufflant comme un bœuf, embrasse du regard ses camarades. « C'est là que… » Du tranchant de la main, il s'assène une claque au niveau des jarrets.

Ils restent un instant silencieux tandis que leurs têtes résonnent encore du récent vacarme. Brusquement, un cri aigu de femme, telle une flamme brutale. Sanka reconnaît les voix, se précipite.

Au fond du couloir, dans l'entrée, Anna Grigorievna tient quelqu'un comme si elle avait attrapé un voleur. Sanka aperçoit le petit chapeau de Nadienka.

Par-dessus l'épaule de sa mère, Nadienka étire son regard jusqu'à l'autre bout du couloir, un de ces regards que l'on jette à travers la vitre du wagon lorsqu'on part et qu'on ne peut plus lancer les derniers mots d'adieu.

Sanka s'arrache d'un bond, mais, soudain, Nadienka libère son cou de l'étreinte maternelle.

« Laisse, ça suffit ! Je suis là, saine et sauve. »

Et elle tourne les talons pour gagner aussitôt sa chambre, sans se dévêtir.

« J'arrive ! » crie Sanka à ses camarades.

Dans un martèlement de talons qu'il veut insouciant, il rejoint Nadienka.

Elle est assise sur son lit, en manteau, coiffée de son chapeau.

Anna Grigorievna se tient devant elle, penchée en avant, ses poings serrés sous son menton. Ses lèvres bougent et des larmes gouttent sur le sol.

Nadienka lève les yeux vers Sanka.

« Je suis rentrée ! Il ne m'est rien arrivé d'extraordinaire, dit-elle. Mon Dieu, on est en plein mélodrame !… Et toi, tu t'en mêles aussi ? » Nouveau coup d'œil à Sanka. Elle se lève d'un bond, passe dans l'entrée. « Laissez-moi faire tranquillement un brin de toilette ! jette-t-elle en tirant de dépit sur son manteau.

— Elle n'a rien, donc ça va ! lance Sanka d'un ton guilleret. Et toi, ajoute-t-il à l'adresse d'Anna Grigorievna, ne reste pas là, telle une Niobé, sers-nous plutôt du thé ! »

Anna Grigorievna tourne son regard vers son fils : doit-elle sourire ? Une ébauche de sourire se dessine sur son visage et se fige. Le verrou claque à la porte de la chambre de Nadienka, devant laquelle Anna Grigorievna piétine.

« Seigneur ! se fâche Sanka. Fais préparer le samovar, ça ne sert à rien de rester plantée là. »

Anna Grigorievna se rend à la cuisine.

« C'est réglé ! » crie Sanka.

Il entend un cri fougueux. Kipiani ne daigne pas se retourner quand la porte s'ouvre : il marche, bille en tête, sur son camarade et après chaque phrase relève le front comme s'il donnait des coups de cornes.

« Pourquoi, Rybakov ? Pourquoi un social-démocrate n'en serait pas capable ? » Kipiani encorne l'air. « Un social-démocrate n'a aucune chance avec les paysans ? Hein ? Pourquoi, Rybakov ? Réponds !

— Je t'ai déjà expliqué. » L'autre se détourne, furieux. « Ah ! reprend-il soudain à l'adresse de Sanka, on est venu te dire…

— Tu dis des âneries !… »

Kipiani tire Rybakov par le revers de son manteau.

« Oui, poursuit celui-ci en s'approchant de Sanka, demain, à une heure, au réfectoire, on a un meeting impromptu. Il y aura un…

— Un…, reprend Kipiani en le singeant. Tu sais qui ? Batine ! ajoute-t-il doucereusement, comme une menace. Tu connais ? » Il lance à Sanka un coup d'œil madré, se rembrunit et brandit le poing. « Ça, c'est un bonhomme ! poursuit-il d'une voix sourde, puis il relève soudain la tête et un sourire illumine son visage. Je te parlerai de lui. Rybakov, Rybakov, si t'avais vu ça ! Les paysans, tu dis ? braille-t-il. Tous les deux, écoutez un peu ! » Il entraîne Rybakov et le plante à côté de Sanka. « Écoutez ! Dans un village, vous comprenez, il s'est fait scribouillard. Secrétaire de district. Personne n'est au courant… Vous saisissez ? »

Kipiani les dévisage tour à tour.

« Et alors ? »

Rybakov lâche, impavide, un nuage de fumée qu'il regarde se dissiper.

« Alors ! s'écrie Kipiani, renfrogné. Ça rime à quoi, tes "Et alors" ? Il tra-vail-le, entends-tu ? Il… »

On frappe à la porte, fort, avec insistance. Tous trois s'entre-regardent.

Sanka ouvre : Andreï Stepanovitch apparaît dans l'encadrement. Il a une mine sévère, il ne franchit pas le seuil.

« Je peux ? » Il incline légèrement la tête et avance d'un pas. « La douma municipale vient de se réunir. »

Rybakov opine du chef.

« Ah, je vois…

— Un conseiller… » Andreï Stepanovitch hoche sa tête penchée. « … a posé une question, en dehors de l'ordre du jour, concernant les événements ou, plus exactement, le tabassage – cela a été formulé en ces termes – des étudiants devant l'université. Il a été proposé d'envoyer sans délai une députation au général-gouverneur.

— Va au moins frapper à sa porte ! » La voix pleurarde d'Anna Grigorievna fait soudain irruption. « Peut-être qu'elle t'ouvrira ! Seigneur, quel tourment ! »

Andreï Stepanovitch regarde un instant sa femme et hausse les sourcils.

« Tout de suite ! répond-il sèchement et, le visage grave, il se tourne vers les étudiants. Au général-gouverneur… Tout de suite, tout de suite ! » crie-t-il, irrité.

Tapant des talons, il quitte les lieux.

Kipiani s'assied sur le lit de Sanka, les yeux rivés au plancher ; on voit une tache rouge sur le pansement blanc de son crâne. Une main tendue au niveau de sa tempe, il ne regarde personne.

« Une dé-pu-ta-tion… » Et d'agiter deux doigts en l'air, mimant des jambes qui se meuvent. « Et alors ? » Il relève soudain la tête, écarte les bras. « On y va ! »

Il bondit sur ses pieds, tente de rajuster sa casquette malgré le bandage.

« Deux mots ! dit Rybakov en touchant l'épaule de Sanka. Écoute, lui chuchote-t-il, je ne pourrais pas t'emprunter un rouble ? Seulement, je ne sais pas quand je te le rendrai. »

Sanka est déjà dans le couloir pour aller voir son père planté devant la porte de Nadienka.

« Allons, Nadienka ! répète Andreï Stepanovitch en frappant doucement. Montre-toi donc !

— Tout de suite ! Juste le temps de me donner un coup de peigne ! répond Nadienka.

— Bien, bien ! reprend Tiktine d'une voix joyeuse, avant de se retourner vers Sanka.

— Tu peux me donner un rouble ? Un rouble, rien qu'un, dit ce dernier, tandis que son père tire son porte-monnaie des profondeurs de sa poche.

— Tout de suite, tout de suite ! répond Nadienka en entendant leurs voix dans le couloir.

— Ton père, tu le…, commence Rybakov en riant sous cape.

— Laisse tomber, il n'est pas sur la paille ! Tiens, prends ! réplique Sanka en lui fourrant le rouble dans la main et en l'entraînant vers sa chambre. Kipiani, lui, je le comprends. »

Les yeux écarquillés, il fixe sur Rybakov un regard lourd de reproche.

Celui-ci hausse les épaules et grimace.

« Des âneries, tout ça !

— Et toi, tu l'aurais fait ?

— À quoi bon ? Ça a quel sens, tu peux me dire ? »

Rybakov secoue sa main ouverte comme s'il pesait quelque chose.

« Qu'est-ce que le sens a à voir dans l'histoire ? Tu l'aurais fait ? Parle !

— Il serait capable de se jeter sur une locomotive, armé d'un canif, je ne le conteste pas. Mais le sens de tout ça ? »

Nouveau geste de pesée.

« Qu'est-ce que t'as à agiter la main ? braille Sanka. Le sens ! Le sens ! Des sens, je t'en trouve une flopée ! N'empêche que t'aurais pas pris le risque… Moi non plus, d'ailleurs ! poursuit-il en tapant du pied. Pour agiter la main, raille-t-il en imitant Rybakov, ça, on est forts, mais si tout le monde était comme Kipiani…

— Il se passerait quoi? demande Rybakov en plissant les yeux. Alors, ce ne seraient plus les nagaïkas, ce seraient les canons.

— Alors… à califourchon sur tes canons, on détalerait, oui, oui, devant le moindre lièvre… » Sanka, jambes écartées, imite une chevauchée. « Pourquoi tu ris? ajoute-t-il en riant lui-même. C'est pas vrai? » Et il poursuit, la bouche tordue par le rire. « Franchement, bon Dieu, t'appelles ça de l'action? On nous demandera : "Qu'avez-vous fait?" Et nous : "C'est que… voyez-vous… on nous a battus!" » Et de claquer des talons devant Rybakov. « On nous dira : "Vous n'avez pas eu votre compte? Eh ben, encaissez!" » conclut Sanka d'une voix contrefaite.

Rybakov sourit en lâchant des bouffées de fumée.

« On savait qu'ils cogneraient! On le savait, non? » Sanka se rembrunit et fixe sur Rybakov un regard inquisiteur. « On y est allés quand même. Pourquoi?

— Pourquoi, à ton avis? rétorque Rybakov, les yeux toujours plissés, en rejetant la tête en arrière.

— Tu me le demandes à moi? reprend Sanka, roulant des yeux. J'y suis allé, lance-t-il dans un souffle, parce que, figure-toi, j'ai la frousse des cosaques et de leurs nagaïkas…

— Et moi, parce que j'ai pensé que les autres aussi y allaient… Toi également, vois-tu… », commence Rybakov sur un ton calme et posé, avant de se retourner brusquement vers la porte.

Nadienka est là, sur le seuil.

« Je voudrais juste savoir ce qu'il a à beugler comme ça. Je peux? »

Rybakov s'incline.

« Seigneur, j'ai simplement envie de les écouter! s'écrie-t-elle en s'adressant à Anna Grigorievna qui se tient derrière elle. Je veux passer un moment avec eux. Pourquoi restes-tu là comme un fantôme ?... Personne ne m'a mangée ni ne me mangera... » Nadienka s'assied de biais sur une chaise, appuyant un coude sur le dossier. « Sur quoi porte ce bruyant débat ? s'enquiert-elle en jetant un regard malicieux à Rybakov qui lui sourit affablement. Eh bien ? » Elle regarde sa montre, croise les jambes et braque sur lui un regard impérieux. « Eh bien ?

— Qu'est-ce que t'en as à foutre ? proteste Sanka en farfouillant dans son tabac. Voyez-moi cette institutrice ! On passe un examen, c'est ça ?

— En fait, on a déjà l'énoncé, ajoute Rybakov, un léger sourire aux lèvres, en désignant Sanka d'un mouvement du menton.

— En fait ou pas en fait, qu'est-ce que t'en as à foutre ? »

Sanka craque et casse les allumettes les unes après les autres.

« Pourquoi tu te hérisses comme ça ? » raille Nadienka. Elle s'empourpre soudain. « Bah, allez vous faire voir ! »

Elle se lève d'un bond, envoie promener sa chaise. Elle franchit la porte d'un pas décidé, bousculant au passage Anna Grigorievna qui demande dans un murmure pleurard :

« Où vas-tu, Nadienka ? Où ? Nadia, Nadia ! Nadienka, réponds ! »

Sanka passe le nez à la porte et voit sa sœur, en manteau, traverser d'un pas énergique le vestibule. La porte claque.

Anna Grigorievna s'élance à sa suite.

« Attends, attends ! crie Andreï Stepanovitch en enfilant prestement son manteau. J'arrive !

— Elle était en larmes, toute malheureuse ! poursuit Anna Grigorievna. Va, va donc ! Mon Dieu, laisse ces caoutchoucs !

— Tout de suite ! » crie Andreï Stepanovitch qui ne parvient pas à les chausser.

Au diable !

Andreï Stepanovitch dégringole l'escalier, il a tout juste le temps de fermer le bas de son manteau, le boutonne de travers, si bien que le vêtement bouffe sur sa poitrine. Dans ses oreilles résonne encore la voix pressante d'Anna Grigorievna :

« Vite, vite, pour l'amour du Ciel ! »

Tiktine regarde à droite et à gauche, mais, déjà, l'agitation de la rue emporte tout dans son flot : dos, chapkas, cols… Andreï Stepanovitch tourne à droite et, avec dépit, répond mentalement à son épouse : « Que veux-tu, elle s'est envolée ! » Cela pour le cas où il ne la rattraperait pas.

Il marche à grandes enjambées, écartant sa canne et la posant énergiquement. Il va, droit devant lui, dispersant du regard les passants qui le précèdent, scrutant les moindres recoins : tiens, là-bas, un dos familier se dandine, long, on dirait un manteau sur un balai.

Andreï Stepanovitch accélère l'allure pour le rejoindre, sans remarquer qu'il s'essouffle.

« Ah, bon sang, c'est comment votre… »

Tiktine lui porte un léger coup de canne à l'épaule.

Le passant se retourne.

« Ah oui, Bachkine, c'est ça ? » Andreï Stepanovitch prend une mine impatiente. « Vous n'auriez pas vu notre Nadienka ?

— Pourquoi, vous l'avez perdue ? ricane Bachkine, l'air aussitôt inquiet et serviable. Quoi, elle est sortie, là, maintenant ? Vous la cherchez ?... Non, je ne l'ai pas vue... En tout cas, elle n'a pu aller que par là, ajoute-t-il en tendant le bras, sinon je l'aurais croisée. Si je la vois, je vous l'envoie ?

— Oui, oui ! » Andreï Stepanovitch va de l'avant, sans plus le regarder. « Si vous la rencontrez, dites-lui qu'elle rentre immédiatement... Sa mère et moi...

— Oui, ce n'est pas bien, je comprends, je comprends. Je la retrouverai », poursuit Bachkine, chemin faisant.

Il prend de l'avance, de sa démarche chaloupée.

Un instant encore, Andreï Stepanovitch aperçoit sa tête au-dessus de la foule. Au carrefour suivant, Tiktine s'arrête, la respiration oppressée.

« Où je vais, à présent ? se demande-t-il en examinant les alentours. C'est absurde ! Il n'y a pratiquement aucune chance..., songe-t-il en donnant un coup de canne sur le sol. Diantre ! lance-t-il avant de repartir d'un pas plus tranquille. Et si je prenais un fiacre ? Quelle idée j'ai eue d'arrêter cet imbécile ! » maugrée-t-il contre Bachkine.

Andreï Stepanovitch monte dans le premier fiacre venu, sans convenir du prix.

« Tout droit ! » ordonne-t-il en reprenant son souffle.

Il s'aperçoit alors que son manteau gode, se reboutonne correctement, coince sa canne entre ses jambes et y pose ses deux mains.

Il examine les trottoirs, regarde loin devant lui. Il bruine. Andreï Stepanovitch rabat les bords de son chapeau.

« Et cet idiot, là, murmure-t-il à propos de son fils, qui se conduit chez nous comme un locataire, un étranger ! » Des larmes de dépit lui montent aux yeux à l'idée que Sanka n'a pas bondi, ne s'est pas précipité à la recherche de sa sœur. « Je serais allé d'un côté, lui d'un autre. Et elle qui perd la tête... »

« À droite ! » hurle hargneusement Andreï Stepano-vitch au fiacre, faisant se retourner quelques quidams sur le trottoir.

Il fronce les sourcils. Jette un coup d'œil à sa montre. Quatre heures et demie. À six heures, il doit être chez le général Miller, le général-gouverneur et commandant de la région militaire.

« Autrement dit, il faut être à la douma à cinq heures et demie. Plus tôt, même. J'aurai posé la question, énonce mentalement Tiktine avec vigueur, accompagnant ses mots d'un hochement de tête. Ce sera peut-être sans effet, mais nous sommes dans l'obligation d'épuiser toutes les ressources légales. Ensuite, nous aurons les mains libres. »

Andreï Stepanovitch secoue la tête et regarde hardi-ment le faîte des maisons.

« Attends ! Où tu vas ? Fais le tour ! »

Le cocher arrête son cheval. Le fracas des roues s'in-terrompt, une rumeur confuse monte. La circulation est interdite sur la place de la Collégiale. Andreï Stepano-vitch se soulève sur son siège. Dans la lumière grise, à travers le brouillard, il aperçoit la place, tout en gris.

« On va où ? » demande le cocher en se retournant. Et il ajoute, baissant la voix : « Y a la cavalerie, là-bas.

— Contourne par la rue des Jardins. »

« Où aller ? » s'interroge Tiktine en se rejetant en arrière et en fronçant les sourcils.

Soudain, il crie au fiacre :

« Rue de la Noblesse ! »

« Il n'y a que cette Tania qui puisse me renseigner. Sinon, ça n'a aucun sens… »

Il hausse les épaules.

Sans les baisser, il s'engage dans l'entrée principale.

« Ça ne peut être qu'ici, en admettant que ça ait un sens. C'en est presque comique. »

Il esquisse un sourire en sonnant à la porte de Tania.

« Bonjour, et pardonnez-moi pour l'amour du Ciel ! dit-il en continuant à sourire dans l'entrée. Je... vous comprenez... »

Tania ne lâche pas la main d'Andreï Stepanovitch. Elle se recule et, un instant, examine attentivement le visage de son visiteur. Celui-ci perd contenance, la regarde, désemparé. « Qu'est-ce qu'elle a ? » Brusquement, elle l'attire violemment à elle, passe son bras libre autour de son cou, lui pose un baiser énergique sur la tempe et libère sa main. Andreï Stepanovitch lève les sourcils, puis les abaisse.

« Enlevez donc votre manteau ! » l'enjoint Tania.

Réprimant un sourire, elle quitte le vestibule.

Andreï Stepanovitch reste seul, la canne en l'air.

« Par ici, venez par ici ! » le hèle Tania du salon.

Il tressaille, s'empresse.

Tania est assise, jambes repliées, au bout du divan.

« Ici ! » Elle tapote le siège à ses côtés, comme si elle appelait un chien. « Ici ! »

Cependant, ses yeux sont graves, sévères, ses épaules sont secouées d'un frisson. Tiktine prend place.

« Vous m'excuserez... » Il fouille dans sa poche. Tania suit ses gestes d'un regard sans concession. « Voici ce qui m'amène... » Il sort un mouchoir immaculé. « Nadienka est revenue...

— Alors la vieille dame s'est calmée... Je veux dire Anna Grigorievna, réplique Tania en le fixant.

— C'est que ma fille, poursuit Tiktine en se frottant la barbe et en haussant de nouveau les épaules, a redécampé une demi-heure plus tard. »

Tania acquiesce.

« Et Anna Grigorievna est folle d'inquiétude. C'est que Nadienka a découché... »

Tania acquiesce de nouveau gravement.

« D'ailleurs… » Tiktine se perd dans la contemplation de ses genoux. « Elle aurait pu au moins inventer une raison. On ne se conduit pas ainsi ! Anna Grigorievna n'a plus quinze ans… »

Il s'efforce de se rembrunir et de sonder Tania du regard, mais celle-ci continue à le fixer dans les yeux, les sourcils légèrement froncés.

« Et ?

— Elle m'a envoyé à sa recherche. C'est pour cela que je suis chez vous. »

Tania ne bronche pas.

« Quant à moi, bon sang ! dans une heure je dois être chez le général-gouverneur pour cette affaire de tabassage des étudiants. »

Il voit la lèvre de Tania se retrousser et son visage s'empourprer de plus en plus.

« Nous… c'est-à-dire la douma… » Se tournant vers un angle de la pièce, Tiktine prend un ton solennel, ferme. « Nous demanderons qu'on veuille bien nous expliquer… »

Il sent un regard furieux, incandescent, se poser sur lui.

« Une pierre, une pierre !… » Tania brandit son poing serré. « Une pierre… » Sa bouche vomit les mots en un murmure. « Une brique sur son crâne, voilà ce qu'il faudrait… En plein sur sa calvitie… » Son poing tremble. « Vlan ! »

Andreï Stepanovitch se rejette en arrière, contemple la lèvre qui se retrousse, les dents blanches qui se crispent. Il sent qu'un regard fond sur lui et il rassemble ses forces pour ne pas reculer. Il lui semble, un instant, que sa tête est vide, que jamais il ne trouvera les mots. Avec terreur, il en traque d'ultimes, les plus simples qui soient encore à sa disposition.

« Ce…, commence-t-il, heureux de pouvoir proférer un son. Ce…, répète-t-il d'un ton plus assuré. Ce n'est pas l'affaire… » Il fixe le plancher, sourcils froncés. « … d'une députation.

— Et si on avait arraché les yeux de votre fils à coups de fouet ? » Tania tient ses bras fortement serrés contre sa poitrine. « Si on lui avait écrabouillé la cervelle ?…

— En l'occurrence, il n'est pas question de mon fils, répond Tiktine d'un ton morne.

— Si, si ! De lui comme des autres ! s'écrie Tania. Ceux que les sabots des chevaux piétinent. » Elle bondit. « Ceux qu'on frappe… » De la main elle sabre l'air. « … à coups de nagaïka aux lanières garnies de plomb. Oui ! Des gens désarmés !

— Mais qui est d'accord avec cela ? »

Tiktine se lève à son tour.

« Ce sont vos enfants ! lui hurle Tania au visage.

— De nouveau, vous…

— Les vôtres ! Pas des Chinois ! crie-t-elle. Il y a un mois, cent Chinois ont été empalés ! Quoi ? Vous ne saviez pas ? Je l'ai lu. Pardonnez-moi… »

Tania quitte la pièce.

Tiktine regarde la porte.

« Je ne vois pas la logique…, lance-t-il tout haut dans le salon déserté. Diable ! Qu'est-ce que je fais, maintenant ? »

Avec une moue de dépit, il tire sa montre de gousset.

Une vieille femme court péniblement répondre à un coup de sonnette, dans l'entrée.

Au passage, elle lance un coup d'œil mauvais à Tiktine.

« C'est moi, moi ! Ouvrez ! »

Tiktine perçoit une voix de femme à l'extérieur. Il tend l'oreille.

Nadienka entre d'un bond.

« Tiens donc ! dit-elle depuis l'entrée en abattant son bras avec irritation. C'est toi qui as dit à cet imbécile de me chercher ? C'est ça ? lance-t-elle sur le seuil. J'ai eu toutes les peines du monde à me débarrasser de lui. Quelle idiotie ! » Elle se détourne, entreprend de retirer ses caoutchoucs, pesant d'un pied sur l'autre. « De la pure idiotie ! »

Sans regarder son père, elle gagne les appartements, passant devant la vieille femme.

Celle-ci range les caoutchoucs sous le portemanteau, puis elle emboîte le pas à Nadienka, jetant un nouveau coup d'œil à Andreï Stepanovitch et pinçant les lèvres.

« Pouah ! » s'exclame Tiktine qui sort résolument dans le vestibule, tenant toujours sa montre à la main.

Par petites saccades, il glisse ses bras dans les manches de son manteau. Craignant de claquer la porte, il se retourne prudemment pour la refermer.

Du seuil de sa chambre, Tania le suit du regard.

« Ne vous avisez pas de nous en vouloir ! » crie-t-elle en tapant du pied.

Andreï Stepanovitch remarque qu'elle a les larmes aux yeux. Il réussit à la saluer de la tête et claque la porte.

Le visage de Tania le poursuit tandis qu'il descend l'escalier silencieux. Il lui semble qu'elle continue de lui parler, que ses yeux sont brillants de pleurs : elle le sermonne et, de toutes ses forces, réprime ses larmes. D'un palier, il jette un coup d'œil à sa porte et s'immobilise un instant. Il entend un raclement de pieds au-dessous. Il se penche par-dessus la rampe : un visage renversé le regarde d'en bas dans l'étroite volée de l'escalier. Des yeux plissés, attentifs. Andreï Stepanovitch ne reconnaît pas tout de suite Bachkine.

« Mais oui, c'est lui ! »

Tiktine se détourne, rembruni. Le visage est à l'aplomb, au-dessous de lui. Andreï Stepanovitch a soudain envie, comme un enfant, de lui expédier un crachat bien ajusté. Il se borne pourtant à tousser intentionnellement dans l'escalier sonore et reprend sa descente d'un pas pressé, affairé. En bas, plus personne ! Tiktine sort et inspecte d'un air courroucé les alentours : un coup à droite, un coup à gauche ! Rien.

La petite pluie sème à l'aveuglette, sans espoir.

« Cocher ! » lance Tiktine d'une voix ferme à travers la rue.

Des roues résonnent alors paresseusement dans le lointain. Andreï Stepanovitch traverse le trottoir d'un pas résolu et se poste sur le bord. La rue grimace sous la pluie fine. Un fiacre active de son fouet une rosse mouillée.

« À la douma ! Cinquante kopecks ! »

Le cocher tire les rênes et clappe des lèvres. Le cheval ne bronche pas. Le conducteur le fouette, alors l'animal bouge les jambes avec indolence, feignant d'avancer.

« Fouette, cocher ! » crie Tiktine en jetant soudain un regard aux fenêtres : peut-être l'observe-t-elle, ce serait le comble du ridicule !

Andreï Stepanovitch descend du fiacre et, à larges enjambées, entreprend de remonter la rue.

« Je vais être en retard ! Ça va faire scandale ! »

Il accélère l'allure. Il entend le fiacre bringuebaler derrière lui : le cocher le rattrape au galop.

« Au diable ! crie Tiktine en foulant le trottoir humide d'un pas rageur. Au diable ! » Et de décrire des cercles toujours plus larges avec sa canne. Il n'a jamais vu en face ce général-gouverneur. Après tout, ça n'est qu'un général ! « Qu'il aille au diable ! À quoi ça rime, tout ça ? Une brique sur le crâne, c'est vraiment ce qu'il faudrait ! Je le dirai… » Il aspire l'air à pleins poumons, l'air se fait pierre dans sa poitrine, une pierre qui contient tous les mots. « Ça, je le dirai ! »

Et de sentir, là, dans sa poitrine, tous les mots réunis.

Hors d'haleine, Andreï Stepanovitch arrive aux portes vitrées de la douma qu'il pousse résolument. Les membres de la députation s'habillent, le portier, derrière sa barrière, leur tend leur manteau. Sur la rambarde, deux lampes à pétrole ; morne reflet dans le lustre électrique en cristal, morne chuchotis des voix.

Un murmure étouffé parvient aux oreilles d'Andreï Stepanovitch.

« Nous qui pensions…

— Allons-y ! » lance Tiktine à la cantonade, comme s'il commandait, la main toujours posée sur la poignée de la porte.

Le suisse se retourne à cette injonction, un manteau sur ses bras tendus. Brusque sursaut des épaules grasses du maire qui penche la tête de côté.

« On est prêts ? demande celui-ci avec précaution, à croire que quelqu'un dort dans la pièce voisine ou qu'on y veille un mort. Les quinze de la délégation ? ajoute-t-il, embrassant du regard le vestibule plongé dans la pénombre.

— Ce n'est pas un peu tôt ? Il n'y a que la place à traverser… », intervient, d'une voix tendue, un petit vieux terne à lunettes qui, aussitôt, sort un mouchoir et se mouche consciencieusement.

Quelques-uns tirent leur montre de gousset, l'approchent des lampes.

« Je suggère… », commence Tiktine d'un ton protocolaire…

Mais, à cet instant, l'horloge de la douma fait entendre sa sonnerie métallique.

« Il serait malséant d'être en retard, messieurs, enchaîne le maire, réprobateur et cependant badin, comme s'ils partaient pour une visite de courtoisie.

— Allons-y ! » assène Tiktine en tirant violemment la porte.

Il marche en tête. Le maire, trottinant, le rattrape.

« Nous nous sommes concertés…, lui dit-il à l'oreille. Nous vous avons attendu… Il a été décidé que c'est moi qui parlerai. »

Andreï Stepanovitch acquiesce, sombre et résolu.

« Une formule bien sentie, des plus brèves, poursuit le maire en le regardant bien en face. Ce sera bref, mais digne et ferme.

— Quelle formule ? répond Andreï Stepanovitch qui force l'allure.

— Dispersez-vous, messieurs ! » entend-il soudain derrière lui.

Le maire se retourne brusquement, revient en hâte sur ses pas. Andreï Stepanovitch s'arrête et le suit du regard : près du petit paquet sombre des édiles se tient une capote grise. Lentement, Tiktine s'approche. Brouhaha de voix.

« Peu m'importe où vous allez… Qu'est-ce que c'est que ce cortège ? braille l'inspecteur de quartier.

— Je suis le maire. »

Et de déboutonner prestement son manteau pour découvrir son collier étincelant.

« Je vous demande une fois encore, hurle l'inspecteur à la face du maire, de ne pas interférer dans les dispositions de la police.

— Votre nom ! » crie Tiktine en fonçant droit sur le policier qu'il reconnaît alors, malgré l'obscurité, comme l'auteur de la perquisition.

Il lui décoche un regard noir.

« Pas de nom qui tienne, dispersez-vous ! » L'inspecteur se tourne vers le petit groupe des édiles. « Marchez par deux ! »

Trois sergents de ville pressent, séparent, tranchent de leurs manches noires, péremptoires.

« Exécution ! lance l'un d'eux en repoussant Andreï Stepanovitch. Sinon, tout le monde au violon !

— Force nous est d'obtempérer, messieurs ! déclare le maire d'une voix sonore. Puisque tels sont les ordres... »

Ils sont déjà trois paires à traverser rapidement la place. En face, les portes du palais du commandant de la région militaire jettent un éclat vif à travers la pluie. Le maire prend Andreï Stepanovitch par le bras.

« Il veut mon nom, en plus ! entend Tiktine derrière lui. Pour me provoquer en duel, je présume ! »

Andreï Stepanovitch se retourne brusquement. Lui serrant vigoureusement le bras, le maire l'entraîne.

« Laissez, laissez !

— Butor ! » crie Tiktine à la cantonade.

Pas précipités dans l'obscurité. Andreï Stepanovitch résiste, mais le maire lui fait traverser la place presque au galop. Et voici deux plantons près de leurs guérites, un gendarme ouvre la porte qui se referme derrière les députés, laissant à l'extérieur le coup de sifflet impérieux du policier.

Imposant tapis sur les degrés de marbre. Murmures étouffés des édiles près du portemanteau, tintement respectueux des éperons. Des gendarmes prennent poliment manteaux, chapeaux et parapluies.

Des candélabres éclairent *a giorno*. L'escalier d'une blancheur immaculée vient buter sur un gigantesque miroir, puis se sépare gracieusement en deux volées, tels des bras en un geste d'invite.

En haut, un vénérable laquais en livrée se tient devant la glace et, d'un regard furtif, toise les redingotes.

« Annoncez une députation de la douma ! » lance le gendarme vers les hauteurs.

Le laquais tourne sans hâte les talons. Les édiles rajustent leur habit, plongeant leurs mains dans leurs poches sans rien en retirer. Comme pour tester leur allure, ils s'avancent de biais vers le miroir, se passent la main dans les cheveux. Andreï Stepanovitch arpente hardiment les dalles de marbre, les yeux rivés au sol, les sourcils froncés par la concentration.

Les gendarmes sont figés à leur poste le long des murs du vestibule.

Cinq minutes s'écoulent ainsi.

Le vieux député cesse d'essuyer ses lunettes à l'aide de son mouchoir. Une dernière fois, les yeux plissés, il vérifie ses verres à la lumière. Le laquais tarde à revenir.

« Comment faites-vous donc, mon cher, pour l'électricité ? » s'enquiert à mi-voix le maire auprès d'un gendarme.

Celui-ci chuchote une réponse que l'on n'entend pas et le maire a un hochement de tête approbateur.

« O-oh, je vois, vous avez votre groupe électrogène de campagne ! C'est fort bien pensé ! »

Les édiles forment peu à peu un cercle autour du maire.

« Oui, dit celui-ci à haute et intelligible voix, un générateur complètement autonome. »

Andreï Stepanovitch s'immobilise soudain au milieu du vestibule, tire sa montre de son gousset et adresse un signe de connivence au maire.

Ce dernier se contente de hausser les épaules.

« Il me semble, déclare Tiktine d'une voix forte, que nous devrions nous renseigner. Peut-être attendons-nous en vain. »

Et, du dos de la main, il frappe sa montre.

Le maire a une grimace désolée. Tiktine se retourne et reprend sa déambulation.

« Suivant ! » lance d'en haut le laquais, comme on appelle un numéro.

Sur le coup, personne ne comprend. Les députés commencent à gravir prudemment l'escalier. Du geste, le laquais leur indique la droite.

Dans la salle d'audience, ils se figent, groupe informe. Les trois lampes du lustre éclairent faiblement les hauts murs et les portraits de militaires dans leurs opulents cadres d'or. Le maire rajuste son collier sur sa poitrine, émet un toussotement afin de s'éclaircir la voix. Il tourne un visage sérieux, affligé vers la porte où le général-gouverneur doit paraître. Tous sont silencieux. Un léger tintement leur fait soudain dresser l'oreille : des éperons ! Le son se rapproche. Frémissement des édiles qui regardent la porte. Un jeune officier s'avance de deux pas sur le parquet, claque des talons, incline le buste, sourit.

« Sa Haute-Excellence vous prie de patienter un instant, messieurs. » Embrassant d'un sourire les délégués, il sort en traversant la salle. « Prenez un siège », ajoute-t-il, en se retournant depuis le seuil, avec un hochement de tête.

Personne ne bouge. Effacement des éperons. On n'entend plus à présent que le roulement des calèches au-dehors, derrière les longs stores blancs.

« Je suggère… », commence Tiktine d'une voix douce mais ferme.

Tous se tournent craintivement vers lui.

« Je suggère que, dans cinq minutes, nous quittions tous les lieux. Il est sept heures moins cinq. »

Et l'on entend distinctement ses ongles claquer sur le verre du cadran.

Brise d'un murmure parmi les édiles.

« En tout état de cause, je pars d'ici dans cinq minutes exactement… »

À cet instant résonnent des talons assurés, accompagnés d'un ferraillement obtus d'éperons. Aussitôt, le général fait son entrée d'un pas affairé. Il les toise de toute sa taille, la tête légèrement renversée en arrière.

Il ne leur laisse pas le temps de le détailler.

« Général Miller ! En quoi puis-je vous servir ? » dit-il comme s'il frappait du plat de la main. Il est là, devant eux, une jambe en avant, à croire qu'il est pressé de repartir. « Eh bien, messieurs ? »

Et de retrousser ses moustaches grisonnantes.

Les députés restent cois. Le maire fixe les yeux pâles, vaguement plissés, du général. Il avance d'un pas.

« Votre Haute-Excellence !… »

Le général arbore un visage impatient.

« Nous tous, membres de la douma municipale, avons été profondément choqués par les événements… je veux dire, les incidents survenus devant l'université…

— L'histoire des étudiants ? coupe, agacé, le général, avec un mouvement du menton.

— Oui, lâche le maire dans un ultime souffle, avant de relever la tête. Nous…

— Vous feriez mieux, l'interrompt le général, au lieu de gaspiller mon temps avec vos représentations de toutes sortes, vous feriez mieux d'aller tous en chœur trouver vos étudiants et, en députation… votre députation… » De la main, il semble tous les sabrer. « … les persuader de ne pas s'attrouper dans les rues, de ne pas brailler un tas d'insanités, mais de s'occuper de leurs affaires ! J'ai bien l'honneur ! »

Sans saluer, le général tourne les talons et sort, martelant le parquet. Ses éperons cliquettent comme s'il marchait sur une plaque de fer.

Genig[1] !

Vsevolod Ivanovitch dort dans la salle à manger, couvert de sa vieille robe de chambre. Il a laissé tomber un vieux journal sur le sol. Il rêve de vers gluants, grands, gros, longs d'une sajène, de l'épaisseur de la main, munis de têtes. Ils rampent en quête d'un bout de peau nue, leurs mâchoires sans dents s'accrochent telles des sangsues à son corps, près de sa manche, à son poignet. Vsevolod Ivanovitch tente de les saisir, de les arracher, mais la tête reste, émet un clappement bruyant en regardant de ses petits yeux malins, et suce de plus belle. Ils sont de plus en plus nombreux à ramper, roses, gras, visqueux, à échanger des coups d'œil vifs, à attaquer au hasard, derrière l'oreille, dans le cou. Vsevolod Ivanovitch en arrache à poignées, il est couvert de têtes qui clappent bruyamment, s'incrustent toujours plus profondément. Personne à l'entour, et il ne cesse d'en arriver de nouveaux. Vsevolod Ivanovitch veut crier, mais une des têtes est accrochée à sa joue et, gloutonne, le dévore avec des bruits de succion. Soudain, un martèlement. Vsevolod Ivanovitch se réveille aussitôt : dans la rue, sous sa fenêtre, le trottoir de bois résonne. Des voix. Vsevolod Ivanovitch bondit. Dehors, un cheval galope, monté par un homme qui crie :

« Pousse-moi ce bétail, plus serré ! »

Les vitres tintent. Le cavalier masque la rue. Vsevolod Ivanovitch se précipite à une autre fenêtre, se colle au carreau. Clapotement des pieds d'une foule dans la boue, des cris :

« Où tu vas ? Où tu vas ? Avance, avance ! »

---

1. « Assez ! » (yiddish).

Et gronde, roule la houle humaine, les vitres en tremblent d'effroi.

Vsevolod Ivanovitch court dans l'entrée, chausse à la va-vite ses caoutchoucs et, tel quel, fonce dans la cour. Le chien enchaîné aboie frénétiquement, empêchant d'entendre. Vsevolod Ivanovitch le menace d'un geste dans l'obscurité et, d'une main experte, tire le verrou. Le vent ébranle, ouvre grand le portillon. Une foule dense chemine au milieu de la rue. Un sergent de ville longe au pas de course le trottoir de bois ; sa main pointée semble tenir un revolver.

« En tas, en tas, tous ! braille-t-il. Verrouille ! hurle-t-il dans l'oreille de Vsevolod Ivanovitch qui le voit lever sa crosse sur lui. Ferme ! »

D'un bond, Vsevolod Ivanovitch recule dans la cour.

« Le verrou, bordel de merde ! »

Coups de boutoir du vent dans le portail, Vsevolod Ivanovitch pèse de toutes ses forces sur le portillon. Soudain, quelqu'un entre en boulet de canon par l'entrebâillement. Le chien se déchaîne. Dans une dernière poussée, Vsevolod Ivanovitch claque le portillon et enclenche le loquet.

Et voici qu'on le saisit par la manche, une petite poigne l'agrippe.

Il sursaute, tressaille.

« C'est moi ! Moi, Taïnka ! »

Il ne l'a pas reconnue dans l'obscurité, ne l'a pas entendue dans le vacarme et les aboiements.

« Mets ça, mets ça, lui crie-t-elle en lui fourrant sur les épaules sa maigre pelisse au col duveteux.

— Tais-toi, chut ! » crie Vsevolod Ivanovitch au chien, en se précipitant vers lui, menaçant.

L'animal rentre dans sa niche.

À présent, on entend les cris.

« Hé, où tu vas, toi ? Arrière ! »

Et un grondement assourdi.

« Tu as vu ? Tu as vu ? murmure Taïnka, à bout de souffle, en pointant sa main blanche vers le bas du portillon.

— Et alors ? réplique Vsevolod Ivanovitch d'une voix sourde. Et alors ?… Quelqu'un…

— J'ai peur. »

Taïnka saisit le bras de son père.

« Il est déjà parti, la rassure le vieil homme. Il n'est plus là ! Il a sauté la palissade, il est passé par les arrière-cours… Qu'est-ce qu'il ferait ici ? »

Sa voix chevrote : à cause du froid ? du vent ?

« Prenons Polkane et allons voir. Prenons-le vite, je t'en prie ! » le presse, le secoue Taïnka, qui tremble, toute blanche dans ses vêtements de nuit.

Dans toutes les cours, les chiens s'en donnent à cœur joie. Polkane se déchaîne de nouveau.

« Tu vois, il veut aller là-bas, reprend Taïnka en désignant l'obscurité.

— Bon, bon ! lui hurle Vsevolod Ivanovitch dans l'oreille.

— Quoi ? crie Taïnka.

— Arrête de brailler ! » Il la secoue par l'épaule et la pelisse tombe. « Tu m'embêtes à la fin ! »

On frappe au portillon. Taïnka agrippe le coude de son père, à lui faire mal.

Vsevolod Ivanovitch se dirige vers le portail.

« C'est moi ! Que vous arrive-t-il ? C'est moi, Israëlson. »

Taïnka tire le verrou. Le portillon s'ouvre, manque la renverser. Le vent pousse dans la cour Israëlson qui retient son chapeau.

« J'étais dehors, moi aussi. J'ai entendu des cris chez vous. Que se passe-t-il ? Tout est en ordre ? Je ne vois rien… Fermez donc, il y a un de ces courants d'air ! »

670

Il retient le portillon. « Tais-toi, crie-t-il au chien. Vous allez prendre froid, rentrez ! Allez ! » Il pousse le dos blanc de Taïnka. « Vous savez, au faubourg des Cochers, ils ont arrêté tout le monde. Sans faire le détail. C'est eux qu'ils poussaient en troupeau. Pas plus compliqué que ça !

— À l'instant, quelqu'un… » Taïnka claque des dents et hache les mots. « … est entré… par le portillon…

— Chut ! coupe Israëlson. Silence, silence ! » Dans l'obscurité, il plaque maladroitement sa main sur la bouche de Taïnka. « Silence !

— Elle a peur, cette idiote ! intervient Vsevolod Ivanovitch.

— Je ne vais pas fermer l'œil, je vous assure ! »

Elle est secouée de frissons.

« Balivernes ! S'il est encore ici, je vous le ferai déguerpir, moi ! »

Et il avance dans le noir. Vsevolod Ivanovitch voit le dos de Taïnka blanchoyer à sa suite. Il se penche, cherche à tâtons la pelisse dans la boue.

« Rentrez au chaud ! crie Israëlson contre le vent. Vous allez attraper du mal, je vous assure !

— J'ai peur ! » Taïnka le rejoint en courant. « J'ai peur, peur ! »

Elle le saisit par une manche, le tirant vers le bas, ses mains tremblent de froid.

« Rentrez ! »

Israëlson s'immobilise. Son manteau flotte dans le vent.

Taïnka appuie son front contre l'épaule du jeune homme.

« J'ai peur ! Peur !

— Je vais vous raccompagner chez vous.

— Non, non, j'ai peur ! »

Et elle se serre contre lui.

« C'est stupide, voyons, je vous assure ! crie-t-il en maintenant le chapeau melon sur sa tête.

— Venez, venez, le pousse Taïnka. Oh, il est là, là ! »

Et sa manche blanche d'indiquer un point dans l'obscurité.

Dans le noir, au jugé, Israël se dirige vers un angle de la cour. Il craint d'écraser les pieds de Taïnka et patauge dans la boue.

« C'est une grange ouverte ? » demande-t-il. Il se penche sur Taïnka. Les cheveux de la jeune fille, que mêle le vent, lui balaient le visage. « Non ?... Alors, où est la porte ? »

Taïnka est secouée de frissons, en silence elle le tire vers la droite. Cela sent l'étable, le chaud, et l'on entend le portail gémir au vent. Israël tend le bras. Les mains tremblantes de Taïnka se cramponnent : voici le passage, à tâtons il trouve les battants.

Plus de vent.

« Hé, écoutez, camarade ! lance Israël à mi-voix. Je vous jure que je ne suis pas de la police ! Les sergents de ville sont partis. Vous pouvez sortir tranquillement, camarade ! »

Littéralement collée contre Israël, Taïnka s'apaise un instant. Elle attend. Puis elle se remet à trembler, ses dents s'entrechoquent.

« Écoutez, c'est ridicule ! »

Israël retire son bras et s'agite dans le noir. Taïnka comprend qu'il enlève son manteau.

« Il ne faut pas », murmure-t-elle, mais ses paroles sont inaudibles dans la tourmente.

De son manteau Israël lui couvre les épaules.

Sans un mot, Taïnka s'écarte, elle tâtonne dans l'obscurité, cherchant à lui rendre au plus vite son vêtement afin qu'il se protège du froid.

« On ne va pas se bagarrer, quand même ? dit Israël à voix haute. Profitons-en plutôt tous les deux ! »

Il jette son manteau sur ses épaules et prend Taïnka sous son aile. Elle passe son bras autour de lui, se blottit contre son flanc, pose sa tête sur sa poitrine et cesse de trembler.

« Eh bien, camarade, on se décide ? crie-t-il dans les profondeurs de la grange. On se décide ? Voyez, la demoiselle, elle a peur, elle est tout affolée, et vous nous craignez ? Hein ? »

On entend le frottement rugueux d'une vache contre la cloison.

« Où pourrait-il se cacher encore ? » demande Israël en se penchant vers Taïnka qui se colle à lui de toutes ses forces.

Elle lui serre le bras et dit :

« Ici, ici !

— Arrêtez donc ! réplique-t-il. Cherchons ailleurs !

— Non, non, surtout pas ! répète-t-elle. Ne t'en va pas ! Surtout pas ! Mon bel ami… »

Soudain, elle éclate en pleurs. Israël l'entend hoqueter, sa poitrine est secouée de sanglots.

« C'est que… j'aime… Je t'aime ! Je t'aime ! »

Et elle le tire par le pan de son veston, l'agrippant au hasard.

« Du calme, du calme ! » la rassure Israël.

Le manteau glisse et tombe à terre.

« Mon Dieu, qu'est-ce que j'ai dit là ? » s'écrie brusquement Taïnka.

Elle s'enfuit, heurte bruyamment le battant. Froufroutement le long du mur, puis le silence se fait dans la grange.

Israël entend cliqueter les gonds de fer, grincer le portail. Il ramasse le manteau à ses pieds et l'enfile.

« À quoi ça rime ? C'est stupide ! »

Il s'emmitoufle, relève son col.

Jour bleu et trouble du passage pratiqué dans le portail. Contrarié, Israël fait un pas dehors et le vent, comme s'il le guettait, arrache son melon qui disparaît dans les ténèbres insondables de la cour. Israël lâche un juron sonore en yiddish. Pataugeant dans la boue, il se dirige au jugé vers la sortie. Le chien aboie, tire sur sa chaîne. Carré lumineux d'une porte qui s'ouvre dans la maison, s'y encadre la silhouette floue du vieil homme.

« Vous l'avez trouvé ? lui crie de loin Vsevolod Ivanovitch.

— Je l'ai perdu, répond sur le même ton Israël en s'approchant. Je veux dire, mon couvre-chef, je l'ai perdu ! Au diable, mon melon et le reste ! Surtout, n'allez pas vous faire des idées, je vous expliquerai demain. »

Il passe devant le chien, se dirigeant donc vers le portail. Le vent, les aboiements furieux l'empêchent d'entendre les pas de Vsevolod Ivanovitch sur les marches du perron. Les doigts d'Israël trouvent prestement le loquet ; il referme brutalement le portillon derrière lui et rabat la clenche.

« Bon Dieu, quelle histoire ! » répète-t-il en marchant au petit bonheur sur les trottoirs défoncés.

Dans sa chambre, il fait froid. Il étend son manteau par-dessus la couverture, respire un bon coup et s'emmitoufle jusqu'aux oreilles.

« Qu'il soit maudit ! Une fois, deux, trois, sept, et même cent sept fois ! » serine-t-il.

Il ramène ses genoux sous son menton et sent soudain qu'il redoute de heurter sa tête – sa tête à elle – dont il éprouve encore la présence à l'endroit où elle s'est blottie et a appuyé son front.

« Fiche-moi le camp, fiche-moi le camp ! » murmure-t-il sous la couverture.

Et de se frotter la poitrine, de s'épousseter, comme pour balayer des impuretés.

« Elle pleure sans doute, à présent ! songe-t-il. Je ne dois plus la revoir. »

Il serre fort les paupières, déplie ses membres, poussant ses pieds dans les draps froids. Étendu de tout son long, il la sent à présent tout entière collée contre lui, comme elle l'était dans la grange. Il se tourne sur le côté et se met en chien de fusil.

Le vent siffle dans les combles. On dirait qu'il garde la même note que d'autres accompagnent, tantôt plus hautes, tantôt plus basses, elles s'enroulent, s'entrelacent autour du ton majeur. Israël s'endort, les sons se mêlent à son souffle paisible, et voici qu'ils s'élèvent, s'interrompent sur un huitième de soupir et déferlent soudain en un accord parfait ; la flûte zigzague, tel l'éclair à travers les nuées, et monte ; vibre la musique dans les hauteurs. Israël, endormi, presse sa tête contre l'oreiller. Sa joue, les larmes, le vent, la remontée dans le temps, de nouveau les ténèbres de basses assourdies, de nouveau, ainsi que le vent avive la braise court l'arpège de la flûte, brûlante fulgurance, puis un autre file et vrille, palpitent les trilles, immobiles dans la nue, pareils à l'aile de l'alouette, et sur la terre vrombit l'orchestre, incandescente moisson dont les vagues ondulent... Frémissement, tremblement de la flûte, blanches mains agrippées à la veste, lente, lente chute et sanglot. Sa tête, si petite, d'un si bel arrondi, sa chevelure si arachnéenne...

Et cette tête se blottit, la musique se brise ; dans l'oreiller, la tête d'Israël s'abîme.

Il se réveille en sursaut : le vent cogne contre les vitres, mauvais, furieux, toujours sans pluie, s'acharnant sur la tôle de la toiture. Frétillement tremblotant du jour blafard sur les choses. Les aiguilles de la montre se sont arrêtées à trois heures et demie, comme désemparées. Israël sent sur sa joue une chaleur étrangère et passe une main sur sa barbe naissante. Il fouille les poches de son manteau, en tire une boîte d'allumettes et deux cigarettes. Volutes de fumée en douillet manchon.

« F-fff ! » Israël crache une bouffée, de sa main gauche il serre de plus en plus fort son manteau contre sa poitrine. « Bon ! décrète-t-il brusquement. Il faut y aller dès ce matin, retrouver ce melon et baste ! *Genig !* » dit-il. Déjà, ses pieds sont sur le sol froid. « Sornettes ! »

Il jette un coup d'œil furtif à la photographie, mais ses parents ne sont pas encore réveillés. Ils ont l'air endormi dans la pénombre de leur portrait – tous deux, côte à côte.

Israël sort, tête nue, dans la rue. Le vent disperse la lumière matutinale entre les maisons.

La rue est déserte, le trottoir de bois maugrée sous les pieds d'Israël qui marche d'un bon pas, le col remonté au-dessus des oreilles. Sans un regard, il longe le mur des Vavitch, lorsqu'un coup l'oblige à se retourner.

Quelque chose blanchoie à la fenêtre, on n'aperçoit qu'une manche de dentelles.

Israël secoue la tête.

« Fiche-moi le camp, fiche-moi le camp ! » dit-il et toute la chaleur de la nuit vient se coller à lui, des mains, une centaine de mains, petites, frémissantes, enserrent son dos, sa manche, s'agrippent au revers de sa veste.

« Arrière ! » ordonne-t-il mentalement. Emporté par l'élan, il fait encore deux pas, puis se prépare à passer le coin de la rue, quand claque la clenche d'un loquet devant lui, et Taïnka surgit au portillon, sa maigre pelisse à moitié enfilée. Tout en marchant, elle s'entête à mettre l'autre manche, n'y réussit pas. Un demi-sourire aux lèvres, elle accourt, lui saisit la main, comme s'il lui appartenait, comme si elle l'avait deviné. Le même petit sourire aux lèvres, elle le conduit vers le portail. Elle ne se retourne qu'une fois, toujours silencieuse – à croire qu'ils sont tombés d'accord –, et le mène d'une main chaude et quiète.

« Je viens récupérer mon melon, dit-il en franchissant la marche au bas du portillon. Il est là, quelque part. » Il ne la regarde pas, les yeux tournés vers l'autre bout de la cour. « Écoutez, qu'est-ce que vous voulez ? C'est stupide, à la fin, il faut arrêter ! Je me tue à vous le répéter : *ich bin a Jid*[1]. Vous savez ce que ça signifie ? jette-t-il sans la regarder. Vous savez bien que *ich bin a Jid*, je suis un Juif. Alors ? De quoi peut-il être question ? »

Il la précède d'un pas rapide… Le voici, son melon, plaqué contre la palissade. Israël traverse la cour boueuse, le ramasse, essuie les bords de sa manche. Il s'en coiffe hâtivement, se retourne et jette à Taïnka un regard courroucé. Elle est là, à trois pas, sa pelisse sur les épaules, par-dessus sa chemise de nuit et son jupon blanc. Croisant les mains, elle retient les revers de son manteau et, la respiration coupée, contemple son Israël au melon.

« Voilà, reprend-il, ça suffit à mon bonheur, m'en faut pas plus ! » Il secoue la tête. « Pas plus ! »

Il lève un instant l'index et part soudain à grandes enjambées, droit vers le portail.

« Il l'a retrouvé, son chapeau ? » crie Vsevolod Ivanovitch.

Taïnka ne répond pas. Il l'entend regagner sa chambre.

« Qu'est-ce qui se passe ? »

C'est la vieille femme qui parle.

« Rien ! » répond Vsevolod Ivanovitch de sa voix rauque, encore ensommeillée. Une quinte de toux le saisit. Toussant, il enfile ses pantoufles et va expectorer dans la cuisine. « Bigre ! lance-t-il. J'arrive, j'arrive !

---

1. Yiddish.

ajoute-t-il en se tournant vers la porte, certain que sa femme le réclame. Hier, son melon… un coup de vent l'a emporté… »

Il peine à reprendre son souffle.

« Tire les rideaux, ouvre ! Mais non, il n'est pas trop tôt ! » La vieille femme scrute le visage de son mari à la lumière du jour. « Qu'est-ce qui s'est passé, hein ? » Elle s'efforce de se dresser sur un coude. Ses yeux, qu'elle protège de sa main valide, clignent. « Seva[1], Seva, parle !

— Je ne sais pas s'il l'a retrouvé. » Vsevolod Ivanovitch se baisse pour ramasser un papier près de la porte. « Je n'en sais rien, demande à Taïnka, bon sang ! »

Et de quitter la pièce en traînant les pieds.

« Seva ! crie sa femme.

— Je te dis que je ne sais pas ! » réplique-t-il, immobile sur le seuil.

Il a un geste de renoncement, se rembrunit.

« Taïnka ! Taïnka ! s'écrie la vieille, et sa voix paraît se briser.

— Vas-y, voyons, ta mère t'appelle, tu n'entends pas ? » lance Vsevolod Ivanovitch vers la chambre de sa fille.

Taïnka sort d'un pas vif, à croire qu'elle a un long chemin à parcourir, sa pelisse sur les épaules. Vsevolod Ivanovitch ne la reconnaît plus : ses yeux ont changé, elle est comme une étrangère. Il la suit du regard. Elle s'empresse d'aller rejoindre sa mère et s'arrête au milieu de la chambre, tenant toujours sa pelisse. Le vieil homme tend l'oreille : toutes deux sont muettes. Tout est silence dans la maison, on se croirait au cœur de la nuit : personne n'est levé, Taïnka, vêtue de sa pelisse, semble un rêve.

---

1. Un des diminutifs affectueux de Vsevolod.

Vsevolod Ivanovitch attend : rien, pas même un chuchotement ; du coin de l'œil, il voit que sa fille ne bouge pas. Il lorgne la fenêtre : on dirait que tout s'est obscurci, que l'aube a rebroussé chemin. Nouveau coup d'œil du côté de Taïnka : le temps, semble-t-il, ne passe plus, elle est toujours immobile.

Il ne voit pas sa femme : que fait-elle ? Dévisage-t-elle muettement sa fille ? Cherche-t-elle les mots ? Quels mots ? Elles s'y entendent, ces bonnes femmes, à les trouver ! Il attend, figé dans une pose inconfortable.

« Taïnka ! » murmure soudain la vieille.

Vsevolod Ivanovitch cesse de respirer.

« Rappelle-toi ce que je te dis : il reviendra ! Il reviendra de lui-même ! C'est sûr ! »

Un instant encore, Taïnka semble inerte, puis elle se précipite vers sa mère. Une chaise tombe avec fracas. Vsevolod Ivanovitch se hâte de s'éloigner en traînant les pieds : les voilà parties dans leurs histoires de bonnes femmes, le moulin à paroles est enclenché ! Il s'agite, piétine dans la cuisine glaciale, entreprend de préparer le samovar, jette une bûche dans la cuisinière, fouille les étagères. Un oignon : il le garde un instant dans sa main, le tourne, le retourne et finit par le fourrer dans sa poche. Pleurer un bon coup tant qu'il est seul ?

Les Renommée

« Vitia, mon petit Vitia, ça fait deux nuits que tu ne dors pas ! »

Grounia tourbillonne dans le couloir, son ample robe de chambre brassant l'air.

Dans l'entrée, Vavitch bat de ses paupières gonflées, suspend son sabre, traîne péniblement ses pieds en feu.

« Je lui en ferai voir, moi, à ce môôssieur, maugrée-t-il d'une voix éraillée. Me traiter de butor ! Dans l'exercice de mes fonctions !… Espèce de rave barbue !… Une salope comme ça, avec l'état d'urgence !… À coller au mur !…

— Dépêche-toi de manger et va te coucher ! » lui crie Grounia de la salle.

Tintement énergique des assiettes.

Les jambes lourdes, voûté, Vavitch pénètre dans la pièce. Il jette à Grounia un regard mauvais.

« Une… sssalope pareille !

— T'en as après qui ? »

La main de Grounia s'immobilise, un morceau de beurre tombe du couteau sur la nappe.

« Bah ! » Viktor a un geste de dépit. « Un crétin à barbe.

— Il t'a fait des avanies ? »

Haussement de sourcils de Grounia.

« À coller au mur !… » Viktor balance un coup de poing sur la table, brusquement, brutalement. La vaisselle proteste. « Qu'il aille au diable ! » Il s'attable, se prend les tempes entre les mains et ferme les yeux.

« Avale vite quelque chose et va dormir ! »

Viktor secoue la tête. La fumée monte du café, lui enveloppe le visage, la chaleur du sommeil s'insinue en lui.

« Mange, mange ! insiste Grounia en lui tapotant l'épaule.

— Grounia chérie ! » À l'aveuglette, il lui saisit la main qu'il tire vers ses lèvres. « Tu sais, Gratchek aussi… je l'ai traité de butor, on a failli se battre ! Le scélérat… Et la femme du chef de la police… »

Il sent ses méninges lui lancer des signaux d'alarme : la femme du chef de la police… motus !

« Plus tard, plus tard ! entend Viktor comme dans un songe. Bois donc, ça va refroidir. Un bon café tout frais ! Oh, à propos : les draps ! »

Et Grounia part au galop, heurtant au passage la chaise de Viktor.

« Peuh ! » soupire-t-il. Puis il prend une inspiration, se met d'une main pesante à tourner sa cuiller dans son verre. Il dodeline de la tête et, dans un murmure, débite comme une prière un chapelet de jurons. « Que Dieu nous protège et ait pitié de nous ! » conclut-il en repensant à la bombe.

Il entend Grounia manipuler des draps frais dans la chambre.

Ensommeillé, il mâchonne, puis boit le café brûlant à petites gorgées.

« … nous protège, bon Dieu, et ait pitié de nous ! » murmure-t-il. Il sursaute soudain : un coup de sonnette, sec comme un coup de trique, a retenti dans l'entrée. « Zut ! Quel foutu casse-pieds s'amène ? »

Il tressaille, secoue la tête.

« Il est là, entrez ! »

Il entend le babil de Froska et perçoit le choc d'un sabre contre le chambranle.

« Qui c'est ? rauque-t-il à travers l'appartement.

— Eh bien, héros, qu'est-ce que t'as à brailler, sacré bon sang ? » retentit une voix de ténor.

Viktor se lève, essuyant de la main la vapeur du café sur sa joue.

« Monsieur est tellement connu à présent qu'il ne reconnaît plus personne ! »

Senkovski déboule dans la salle à manger, tire une chaise et s'assied.

« Vitia, Vitia ! appelle Grounia de la chambre. Qui c'est, celle-là ? » Elle apparaît, apportant la photographie saisie par Viktor lors de la perquisition. « Hein ? Elle est mignonne, drôlement mignonne ! Hein ? »

Les lèvres entrouvertes, Grounia le fixe.

« Une vraie calamité ! répond-il en pointant de l'ongle le visage de Tania. C'est… c'est pour la gendarmerie. Une petite youpine. Remets ça à sa place ! »

Assis de biais, Senkovski tire des bouffées de sa cigarette. Une grosse cigarette, comme Viktor n'en a jamais vu.

« C'est quoi ? » s'enquiert-il en la désignant.

La cendre dégringole sur la nappe immaculée. Viktor prend une inspiration pour la chasser, mais Senkovski se retourne et l'écrase de sa manche.

« Chez nous, tout le monde fume ça. Des Renommée. Gratchek aussi. Tu m'offrirais pas un petit coup ? » Senkovski tourne la tête en tous sens, examinant la table. « Dans le placard ? Bouge pas, je m'en charge ! » Il se lève bruyamment, ouvrant les portes les unes après les autres. « Voilà ! » Il se saisit d'un carafon. Le buffet en est bouche bée. « T'inquiète, je vais m'en verser une rasade, reste assis ! » Et Senkovski se sert un demi-verre de vodka. « Bon ! Tu sais ce qui m'amène ? »

Viktor jette un regard somnolent aux portes du buffet et secoue la tête.

« Comment je le saurais, sacrebleu ?

— Crétin ! Gratchek te demande chez nous. Il veut te transférer au commissariat de la Collégiale. »

Vavitch porte ses yeux las, ses paupières lourdes sur son interlocuteur.

« Mais, fils de pute, tu saisis ce que je te dis ? » Senkovski tire Viktor par les parements de son uniforme. « Arrête de fumer cette saleté ! » Il lui arrache sa Lacto, la jette sur le parquet verni et l'écrase d'un coup de talon. Il lui met sous le nez son porte-cigarettes en argent massif, avec ses grosses Renommée. « Crétin !

s'écrie-t-il en écarquillant les yeux d'où semblent jaillir ces paroles tonitruantes. Sacré filou ! T'as une veine de cocu, espèce d'abruti ! Tu sais ce qui se passe en ce moment ? Il est où, votre commissaire, le vieux birbe ? On l'a envoyé se faire foutre ! » Et d'accompagner ses propos d'un ample moulinet. « C'est son adjoint qui le remplace. »

Senkovski abat sa main sur la table, comme s'il claquait un couvercle.

Derrière lui, Grounia est figée sur le pas de la porte. Avec une expression d'effroi, elle examine la table, le dos de Senkovski. Viktor a vers elle un mouvement agacé de la tête.

« Y a quelqu'un ? » demande Senkovski en se retournant.

Grounia a déjà disparu.

« Bah, c'est ma femme ! répond Viktor.

— Ah ! fait Senkovski en lâchant une bouffée. Tu seras le dernier des idiots si tu t'obstines à rester au commissariat du quartier de Moscou pour coincer les youpines qui vendent de la vodka en douce. Tu fais de la gratte avec les épiciers ? Oui ? Cornichon, va !

— Ça demande réflexion…, répond Viktor en haussant les sourcils.

— Réflexion ! le singe Senkovski. Tu te prends pour qui ? Triple andouille ! Dès demain, crois-moi, t'as quatre bombes qui vont péter, et tout le monde t'aura oublié, bon sang ! Qu'est-ce que t'as à me zyeuter ? Pourquoi je me décarcasse, à ton avis ? » Soudain, plissant les yeux, il regarde Viktor et s'interrompt. « Et puis y a un petit avantage ! » reprend-il en détachant les syllabes et en continuant à fixer Vavitch.

Il finit son verre, cherche à tâtons le pain sur la table, en attrape un morceau qu'il mâchonne sans quitter Viktor du regard.

Ce dernier baisse les yeux et, la bouche en cul de poule, tire des bouffées de sa cigarette.

« Alors, ça te va ? demande Senkovski après un instant.

— Qu'est-ce que je devrai faire ? répond Viktor, les yeux rivés à la nappe.

— Ce qu'il faut. Comme tout le monde. Tu t'imagines qu'en restant de service dans la rue par tous les temps, tu arrangeras tes affaires ? Avec nous, tu seras à bonne école, mon vieux ! »

Viktor voudrait regarder Senkovski en face, mais il détourne les yeux. Le buffet bâille, la panse ouverte ; la tache grise sur la nappe est là, obsédante, la petite cuiller de la confiture gît, renversée dans une flaque rouge. De la cigarette de Senkovski monte une épaisse fumée qui lui fend le visage en deux. Vavitch se tait. Grounia ne se montre plus.

« Bon, si tu y tiens, continue à faire le malin et à casser les gueules ! » Senkovski se lève. « Dommage, j'avais encore un petit truc à ajouter ! Oui ! poursuit-il avec un claquement de langue. Donc, je dis que c'est pas assez payé et que tu refuses ? C'est ça ? Tu veux être adjoint du chef de la police, ou quoi ?

— J'ai jamais prétendu que c'était une question d'argent ! » Viktor se lève à son tour. « Qu'est-ce que le fric a à voir là-dedans, bon sang ? Je m'en fous et je demande pas à être adjoint !

— Alors, ta réponse ?

— Je m'en bats l'œil ! Je m'en contrefiche ! crie à présent Viktor. Je ne réclame rien ! Non ! Et je ne refuse rien ! T'as pigé ? C'est toi, l'andouille !

— Donc, tu ne refuses pas. Je transmettrai. Qu'est-ce que t'as à brailler ? Y a pas, t'es un vrai coq !

— Quoi ? » hurle Viktor et le sang qui lui monte à la tête lui donne le vertige.

Il fourre son visage sous le nez de Senkovski. Son poing serré tremble, prêt à frapper.

Alors, du bout de ses lèvres minces, Senkovski déclare :

« Elle a demandé que tu viennes demain à midi exactement. »

Tout en souriant, il esquisse un salut du menton par-dessus la tête de Vavitch.

Viktor se retourne brusquement. Grounia se tient derrière lui, livide. Le regard de Vavitch croise ses yeux écarquillés.

« Eh bien, j'y vais ! »

Viktor ne s'aperçoit pas du départ de Senkovski.

« Je te crie : "Vitia ! Vitia !" mais toi, tu n'entends rien ! Qu'est-ce qui t'a pris ? Tu voulais le frapper ? Mon petit Vitia, qu'est-ce qu'il t'a dit ? »

Grounia le saisit par les épaules.

Vavitch respire difficilement, la poitrine oppressée, son cœur bat la chamade.

« Qu'est-ce qu'il te racontait ? »

Grounia le vrille du regard.

« Bah, ça n'en vaut pas la peine ! » réplique-t-il en se rembrunissant.

Il s'ébroue et se hâte de gagner sa chambre. Au passage, il heurte et renverse un fauteuil.

Viktor se laisse tomber sur le lit et entreprend d'enlever ses bottes, s'aidant de la main et de l'autre pied. La botte commence à glisser et ballotte. Il la cogne hargneusement, stupidement, contre le plancher.

« Une andouille, une andouille, lui aussi !

— Vitia, laisse-moi faire ! »

Grounia s'accroupit. Comme s'il ne la remarquait pas, Viktor continue de frapper le sol avec sa botte.

« Froska, Froska ! » appelle Grounia.

Froska accourt, elle dévisage avec curiosité, tantôt Grounia, tantôt Viktor.

« Ça rime à quoi, ce bordel ? hurle Vavitch qui, grimaçant, a les yeux rivés au plancher, évitant de regarder les deux femmes. Eh bien ? Laissez-moi tranquille ! On ne peut plus retirer une botte sans que l'appartement soit sens dessus dessous ! Qu'est-ce que vous avez à rester là plantées comme des piquets ? »

Grounia sort sans bruit, refermant doucement la porte. Tout habillé, sa botte à moitié enlevée, Viktor s'allonge sur la couverture repliée qui laisse apercevoir le drap blanc. Âcreté de la fumée dans sa poitrine.

« Qu'ils aillent se faire foutre ! » dit-il à voix haute. Et sa tête tourne à vide. « Les andouilles ! murmure-t-il. Tous... Andouilles et Renommée ! »

L'oreiller

Kolia prend son thé. Quand sa mère se détourne, il lève les yeux pour la regarder à la dérobée, en s'efforçant de boire dans la soucoupe sans faire de bruit. Sa mère a les yeux rougis et, quel que soit le sujet qu'on aborde, elle pleure. Puis son regard s'immobilise, la bouche entrouverte elle fixe la fenêtre comme si elle ne voyait rien et se signe.

« Y a un garçon qui m'a dit..., commence Kolia en se bourrant de pain pour se donner un ton plus naturel. Un de ma classe. Eh ben, son père aussi... » Il se penche sur sa soucoupe, boit une gorgée. « Deux jours, qu'ils l'ont attendu ! Et il a fini par rentrer, un soir, très, très tard. » Kolia se tourne vers la fenêtre. « On a eu une assemblée, qu'il a dit... Ensuite... » Kolia prend un nouveau morceau de pain. « Ensuite, il a dit : "Servez-moi du thé, vite !" Il en a bu cinq verres, et au lit ! Faut voir ce qu'il a dormi !... »

Kolia se bourre derechef la bouche de pain, plonge le nez dans la soucoupe.

Sa mère a un sanglot et sort. Kolia se redresse, la suit du regard. Il bondit sur ses pieds. Dans la chambre, sa mère pleure, la tête dans l'oreiller.

« Je te jure que c'est vrai ! dit-il. Je te le jure ! Pourquoi il mentirait ? Okhremenko, il s'appelle. Un bon gars. Maman ! »

Sa mère, la tête dans l'oreiller, est secouée de sanglots.

« Voyons, maman ! Ma petite maman ! » Kolia veut lui découvrir le visage, mais elle s'enfouit de plus en plus profondément, à croire qu'elle cherche à s'enterrer vivante. « Bon, j'y cours, j'y cours ! Ils sont toujours à siéger, j'arriverai bien à me faufiler, je t'assure ! » crie-t-il en se précipitant.

Il arrache son manteau de la patère, sort et franchit le portail.

Il ignore où se tient l'assemblée. C'est Alexis, le gardien du bureau de poste, qui lui a dit, pas plus tard que la veille, qu'ils étaient toujours en réunion. Et papa n'est pas rentré, hier soir. Kolia tantôt ralentit, tantôt accélère le pas : vite, vite, à la poste, pour voir Alexis ! Les passants sont peu nombreux, il est aisé de courir. Puis la foule se fait plus dense : Kolia bouscule les grandes personnes sans les voir. Il passe le coin de la rue, et voici la poste centrale, avec son triple perron. Gros attroupement au carrefour. Kolia se fraie habilement un chemin, il est hors d'haleine, et sa maman, là-bas, qui s'enfonce toujours plus dans son oreiller... Tout à coup, un espace libre, la chaussée est déserte devant la poste centrale.

Kolia court désespérément.

« Halte ! Où tu vas ? »

Coup de sifflet.

Kolia tente de s'enfuir. Devant le triple perron sont postés trois soldats armés de fusils. L'un d'eux s'avance pour lui barrer la route et l'enjoint d'un signe de tête :

« Déguerpis ! »

Bref coup de sifflet dans son dos, quelqu'un se rapproche. Kolia se retourne : un inspecteur de quartier arrive. Le voici tout près. Kolia s'immobilise, jette un coup d'œil à l'entour : là-bas, au carrefour, comme élaguée, une foule s'agite, gronde. Devant, des capotes noires de sergents de ville.

« Halte ! Qu'est-ce que tu fais ici ? Qu'est-ce que tu veux ? Pourquoi t'as essayé de t'enfuir ? »

Le policier le saisit par l'épaule, froissant la manche de son manteau.

« Une lettre…, répond Kolia d'une voix étranglée. Une lettre à poster…

— Quelle lettre ? Donne-moi ça ! »

L'inspecteur le toise d'un air sombre en lui secouant l'épaule. Grondement de la foule.

« Pourquoi vous me tiraillez ? regimbe Kolia.

— Donne-moi la lettre !… Non ? Alors, sssuis-moi ! »

Le policier, le tenant par l'épaule, l'entraîne vers la foule, vers les sergents de ville.

« Il a attrapé un Pougatchev, vocifère quelqu'un dans la foule. Qu'on lui mette les fers !

— Dis-per-sez-vous ! »

L'inspecteur se tourne vers la poste et siffle brièvement trois fois. À son tour, sur le perron, un soldat saisit le sifflet qu'il porte en sautoir et siffle trois fois. Kolia regarde alternativement les soldats et la foule. On le tient solidement par son manteau. Soudain, les soldats, dans un ferraillement, dévalent le perron. Apparaît un officier. Kolia repère une place libre dans la foule. Il voit un homme dépenaillé, en veston, s'éloigner en brandissant le poing. Les soldats forment les rangs.

« Embarque-le pour vérification ! » crie l'inspecteur en poussant Kolia vers un sergent de ville, avant de rejoindre l'officier.

À son tour, le sergent saisit le gamin par l'épaule.

« Où vous m'emmenez ? Où ? » s'écrie Kolia.

Le policier marche à grandes enjambées, tenant au bout de son bras Kolia qui s'emmêle les pieds, trébuche. Le gamin en pleurerait : que va-t-il arriver ? Cette fois, c'est certain, maman va mourir pour de bon. Elle va se jeter à l'eau ! Kolia examine les trottoirs déserts. Il n'y a plus que l'autre, là-bas, qui lève le poing. Pourquoi il fait signe de la tête et montre qu'il enlève son veston ? Il se moque ou bien il est fou ? Subitement, Kolia comprend : il doit se débarrasser de son manteau, et foncer ! Pour le manteau, dommage, papa aura encore un an de retenues sur sa paie. De nouveau, il revoit sa mère : elle va s'étouffer, à coup sûr, avec l'oreiller. Kolia en est glacé ; il sent son estomac se nouer, il a l'impression que sa tête explose, tandis que ses doigts déboutonnent discrètement son manteau. Tout soudain, plus de tête, il n'a plus que ses pieds et ses mains. Il louvoie et se précipite dans une rue adjacente. Des coups de sifflet hachés lui coupent les jambes et c'est au pas, flageolant, qu'il passe le coin. Il ouvre en hâte la porte d'une boutique. Jappement d'une maudite sonnette qui retentit et semble ne jamais devoir s'arrêter. De derrière le comptoir, dans la pénombre, un Juif barbu, en manteau, le regarde en haussant les sourcils.

« Du saucisson… », demande Kolia d'une voix tremblante, à peine audible.

Le Juif ne bouge pas. Depuis l'arrière-boutique, une Juive le fixe.

« Tru-ut ! Trr ! Trr ! Trr ! » Coups de sifflet qui se rapprochent.

Kolia est figé, ses lèvres bougent sans émettre un seul son.

« Oh ! *Kimm, kimm*[1] ! » lui chuchote distinctement la Juive.

Elle soulève rapidement la planche du comptoir, le tire vers la porte. Elle le pousse plus loin dans l'obscurité. Il entend derrière lui des enfants pleurer et le Juif crier quelque chose dans sa langue. Il avance à tâtons. La femme le pousse dans le noir sur des sacs et il perçoit, malgré les battements de son cœur :

« *Scha*[2] ! *Scha* ! »

Une porte se referme avec un bruit mou. Kolia entreprend d'escalader les sacs à l'aveuglette, sa main tendue heurte une boîte de fer-blanc qui résonne. Il se fige. Tout est silence. Alors, dans un froissement à peine perceptible, il s'installe plus confortablement. Il écoute le silence, il est tout ouïe et des bribes de sons lui parviennent : un lointain pleur d'enfant qui se dilue. Et ce maudit cœur qui bat, l'empêchant d'entendre. Une odeur d'amandes, paisible et joyeuse, lui emplit les narines et plane, suave nuage, dans les ténèbres. Là, à côté, ça sent tout simplement le pétrole. Kolia renifle plus fort, plus loin dans les profondeurs : ça sent bêtement le pétrole, et pas autre chose. Kolia se penche pour repérer l'endroit où l'odeur est la plus tenace, s'orientant au flair. Soudain, son cœur s'arrête, plus question de pétrole ! Ses oreilles perçoivent la sonnette de l'entrée. De nouveau son cœur se fait assourdissant, il lui devient difficile de distinguer les sons lointains. On dirait une rumeur. Puis, Kolia entend clairement le cri de la Juive.

« Qu'est-ce qui vous prend d'effrayer les enfants ? Quel gamin ? Vous en avez un, là, de gamin, mais il n'a pas mis le pied dehors !… Il tousse… Comment pourrait-il sortir par ce… »

---

1. « Viens ! Viens ! » (yiddish).
2. « Chut ! Chut ! » (yiddish).

La voix se reperd dans l'épaisse rumeur. Un second coup de sonnette, comme si quelqu'un frappait la clochette de l'entrée avec un bâton. Kolia réentend les pleurs d'enfant, un tumulte de voix lointaines, mais le silence revient peu à peu. Kolia cligne des yeux, il sent qu'ils sont pleins de larmes. Machinalement, sa main gauche triture un sac; son doigt accroche la ficelle, il tire : elle scie la peau, mais ça ne fait rien ! Une amande se retrouve par hasard entre ses doigts. Il la porte à sa bouche et mord de toutes ses forces. Il en croque une, une autre, une troisième… Bruits de pas : on vient ! Une lumière apparaît dans les interstices, la porte s'ouvre. Kolia grimace, ébloui par la lampe à pétrole; la Juive plisse les yeux et scrute l'obscurité.

« Vous êtes là, jeune homme ? » murmure-t-elle.

Kolia se laisse glisser du sac. Il veut répondre, mais s'aperçoit qu'il a la bouche pleine d'amandes. Il renverse la tête en arrière, les avale d'un coup. La Juive l'observe attentivement.

« Tu voulais des amandes ? Prends-en quelques-unes… »

Kolia rajuste sa veste. La Juive tend sa main libre vers le sac, en saisit une poignée.

« Allons dans la pièce. Eh bien, viens ! Y a plus personne. »

Tout rouge, Kolia fixe le sol.

« N'aie pas peur ! Le sergent de ville est parti se coucher. »

Dans le couloir, se démanchant le cou, un gamin dévore Kolia de ses yeux noirs, craintif et curieux à la fois.

Du fond de l'appartement, le Juif pose une question dans sa langue.

« Mon mari demande : c'est-y que vous avez disparu ? »

Kolia se montre. La maîtresse de maison marche devant, portant la lampe, le gamin lève le nez, dévisage Kolia qui prend un air sérieux.

« Qu'est-ce qui vous est arrivé avec le sergent ? s'enquiert son hôte dans un demi-murmure en se penchant vers lui. *Scha !* enjoint-il à la gamine.

— Je me suis sauvé. Il me tenait par mon manteau, et moi, je le lui ai laissé entre les mains. » Et de montrer comment il s'est échappé. « Mon manteau, lui, est resté, et moi j'ai filé.

— Aïe, aïe, aïe ! fait le maître de maison en secouant la tête. Tss, tss, tss ! »

Tous les regards sont braqués sur Kolia.

« Pourquoi il vous avait mis le grappin dessus ? Vous stationniez ? Vous marchiez ? » L'hôte décrit un large mouvement, tantôt descendant presque jusqu'au sol, tantôt s'éloignant de côté. « Peut-être que vous alliez simplement à l'école ? Hein ?

— Je voulais juste mettre une lettre à la poste », réplique Kolia en se rembrunissant.

Tous se taisent.

« De quelle poste parlez-vous ? reprend précipitamment le Juif. La poste ? Y a un moment qu'elle est en grève et que des soldats l'occupent. Quoi ? Vous ne saviez pas ? Vous, un jeune homme instruit ? Je me trompe ? Un collégien ! » Il hausse les épaules et, de biais, s'approche de Kolia. « C'était peut-être pour autre chose, ajoute-t-il doucement. Dans ce cas, je ne demande rien. Mais la lettre ?… La lettre, poursuit-il à voix haute, la lettre, balivernes ! De quelle lettre peut-il être question ? Pas la peine de regarder là-bas ! » Il a un mouvement du menton en direction de la porte sombre de la boutique. « C'est fermé. »

Sa femme égrène tranquillement la poignée d'amandes sur la toile cirée, les yeux rivés à la table. Le Juif échange avec elle quelques mots dans sa langue, tout en déplaçant des bocaux sur l'appui de la fenêtre. Seul le gamin sur le seuil de la boutique regarde Kolia en face.

« On a arrêté mon père ! » lance soudain celui-ci.

Tous se retournent à cette voix.

« Mon père est fonctionnaire des Postes. Maman est chez nous, elle ne sait rien, elle pleure. J'ai voulu me renseigner, mais l'inspecteur…

— Ta-ta-ta ! Hum ! opine le Juif. Aïe, aïe, aïe ! Ce que les gens doivent endurer ! Oh ! làlà ! »

Il pousse un profond soupir.

« C'est pour ça que le sergent est passé, enchaîne la Juive. C'est pour ça qu'il a demandé après vous ! Moi, je lui dis : "Vous êtes pas fou, des fois ?"

— Et le manteau ? Il est perdu ? Y a des choses dedans ? » Sourcils froncés, le Juif rapproche son visage de Kolia. « Dites-le-moi ! Des choses importantes ?

— Le manteau, le sergent ne l'avait pas avec lui », coupe la maîtresse de maison.

Le gamin se met à genoux sur une chaise et, par-dessus la table, dévisage Kolia avec étonnement.

« Y a rien dans le manteau…

— Et votre mère, où qu'elle est ? demande la Juive en secouant Kolia par l'épaule. Votre maman, elle est où ? Elle sait pas ce que vous êtes devenu. Où donc que vous habitez, où ? *Wu woint Ihr ?* dit-elle en yiddish.

— Là, tout près, avenue Elisabeth, répond Kolia en faisant un geste de côté.

— Qu'est-ce que tu veux ? Qu'est-ce que tu veux ? s'en prend-elle soudain à sa fille. Ah, *nimm*[1] ! » Et elle jette des amandes sur le sol. « Faut que vous y alliez. Très vite ! »

Échange rapide avec le mari.

« J'y vais ! dit Kolia en s'ébranlant.

— *Halt ! Halt !* »

---

1. « Prends » (yiddish).

La Juive lui barre la route, saisit son châle sur le lit et s'élance dans le couloir.

« Elle va regarder si des fois on surveille », explique le Juif en la suivant des yeux.

Tous se taisent, tendent l'oreille. On entend seulement la petite qui croque des amandes sous la table.

« Il a pas battu toi ? » demande le garçon dans un souffle.

Kolia fait non de la tête.

« Non ? »

Et le gamin se laisse glisser de sa chaise.

Explique-toi !

Sanka craint que l'accès au réfectoire ne soit interdit : on va le fermer « jusqu'à nouvel ordre » et un peloton de cosaques à cheval y effectuera des rondes de surveillance. C'est le restaurant de la Société de secours, dont la présidente est la femme du gouverneur.

Le matin, Sanka fait une toilette rapide : il brûle d'aller voir si c'est fermé ou non, s'il y a les cosaques. Il entend qu'Andreï Stepanovitch prend déjà son thé dans la salle à manger et se mouche bruyamment. Pourvu qu'il ne s'avise pas d'engager la discussion et de tenir ses raisonnements, avec ses questions, ses silences ! Partir tout de suite, sans déjeuner ? Au passage, il aperçoit son père, seul, comme abandonné, qui lui jette un coup d'œil : donc, si Sanka renonce au thé, ce sera délibéré, or le regard d'Andreï Stepanovitch, quoique digne, est plein d'espoir. L'air affairé, Sanka entre en trombe dans la salle à manger, il prend un verre, va au samovar, s'assied sur un coin de chaise, genre : je suis pressé ! Son père ne souffle mot, se bornant à le scruter. Sanka tourne énergiquement sa cuiller dans son verre. Il verse du thé dans la soucoupe, souffle dessus.

« Où cours-tu comme ça ? » s'enquiert prudemment Andreï Stepanovitch.

On lit un reproche dans ses yeux, un reproche désolé.

« Il y a… une assemblée, au réfectoire, répond Sanka en aspirant une gorgée de thé brûlant.

— Ah ! » Tiktine entreprend de se servir en beurre. « De quoi s'agit-il ? De protester publiquement ? » Sans hâte, il tartine son pain. « D'adopter des résolutions ?

— Y en a un qui doit prendre la parole… »

Sanka ne regarde pas son père. Il reverse du thé dans la soucoupe.

« Hier, vois-tu… » La voix de Tiktine adopte un ton officiel, il se détourne et semble s'adresser au buffet. « Hier, vois-tu, y en a un, aussi, qui a pris la parole… et quinze qui n'ont pas bronché. Quinze larbins ! » s'écrie-t-il soudain, revenant à Sanka.

Penché sur sa soucoupe, celui-ci jette par en dessous un regard aux sourcils froncés, aux moustaches frémissantes, aux narines qui palpitent d'une amertume haineuse. Il le fixe sans esquisser un geste.

« Des larbins ! hurle Tiktine comme s'il incendiait son fils. J'ai l'honneur de t'en présenter un ! » ajoute-t-il en portant une main à la poitrine et en s'inclinant au-dessus de la table.

Sanka se redresse, prend une mine grave, circonspecte.

« Oui, oui ! tonne Tiktine. Tu as devant toi quelqu'un qui fait partie des vrais larbins de Son Excellence. »

Anna Grigorievna entre en peignoir, elle lorgne tantôt Sanka, tantôt Andreï Stepanovitch, évalue la situation : qui en a après qui ?

La femme de chambre passe dans le couloir sur la pointe des pieds.

« *Fermez la porte** ! » intime Andreï Stepanovitch.

Sanka bondit, obtempère et regagne sa place.

« Tu parles de ce qui s'est passé hier ? s'enquiert doucement Anna Grigorievna.

— Je parle de ce qui se passe aujourd'hui ! tonne de nouveau Andreï Stepanovitch. Aujourd'hui, comme hier et comme il y a trois siècles[1] ! Là-bas… » D'un pouce hargneux, il désigne ce qu'il y a derrière le mur. « Là-bas, des crétins coupent la langue aux vaches des propriétaires terriens ! »

Le regard d'Anna Grigorievna est rivé au plateau.

« Pourquoi t'écarquilles les yeux ? braille Andreï Stepanovitch. Oui, oui ! Et ils incendient les moissons ! Ils brûlent les maisons ! Le coq rouge est lâché[2] ! Tout vole en éclats ! » Il embrasse la table d'un regard furibond, reprend sa respiration. « Et, ici, ces mêmes idiots… » D'un mouvement du menton il indique la porte. « Ces mêmes crétins portent des capotes de soldat et sont capables de vous défoncer le crâne à coups de crosse.

— Il paraît qu'à Nikolaïev[3] ils n'ont pas tiré, lance Sanka qui voit soudain son père s'étrangler littéralement.

— Il paraît ! » Cramoisi, Tiktine fouille hâtivement sa poche. « Tiens ! Des témoins oculaires ! » Et de fourrer sous le nez de Sanka, par-dessus la table, une feuille de papier dépliée. « Je t'en prie ! »

Sanka la prend, parcourt le texte aux lettres violettes, délavées.

« Lis tout haut ! ordonne Tiktine.

---

1. Allusion au Temps des Troubles qui commence en 1603 et s'achève dix ans plus tard par l'élection du premier Romanov.

2. « Coq rouge » : métaphore usuelle pour désigner les incendies allumés volontairement par les paysans en révolte.

3. Port de la mer Noire, aujourd'hui ville d'Ukraine sous le nom de Mykolaïev.

— "Camarades ouvriers ! Hier, le 11, sur la place Ronde…"

— Bref, coupe Andreï Stepanovitch, barricade, fusillade et trois sur le carreau ! Rends-moi ça ! » Il tend le bras, arrache le feuillet des mains de son fils. « Et quand un scélérat à épaulettes de général te tire les oreilles et te flanque à la porte… » Il reprend bruyamment son souffle. « … tu sais, en effet… ce qui t'attend. »

La femme de chambre entrouvre la porte.

« Alexandre Andreïevitch, quelqu'un pour vous. »

Tous regardent, Sanka bondit sur ses pieds, mais à cet instant on frappe.

« Entrez ! ordonne Tiktine d'une voix forte.

— C'est que je ne suis pas habillée ! » proteste Anna Grigorievna.

Sanka a déjà ouvert. Planté sur le seuil, en manteau, se dressant de toute sa taille : Bachkine. Droit comme un piquet, les bras collés au corps, la tête rejetée en arrière. Tenant la poignée de la porte, Sanka se rembrunit et décoche un coup d'œil impatienté au visiteur.

Un instant de silence. Figé dans un garde-à-vous impeccable, Bachkine regarde droit devant lui.

« Que signifie cette posture ? ne peut se retenir de crier Tiktine en renversant la tête.

— Vous m'avez prié vous-même, se met à criailler Bachkine, de retrouver votre fille Nadejda.

— Mais maintenant…, coupe Tiktine d'une voix de stentor.

— Mais maintenant…, reprend Bachkine un ton au-dessus, maintenant elle n'est plus là où vous croyez.

— Bon ! » Anna Grigorievna se lève soudain, bousculant sa chaise qui va cogner contre le buffet. Elle serre sur sa poitrine son verre à moitié plein. « Alors, alors ? »

Elle tente, à petites goulées, de reprendre sa respiration.

« Est-ce à dire…, attaque Andreï Stepanovitch, que vous nous espionnez ? »

Il fronce les sourcils et fusille Bachkine du regard.

« Vous parlez de l'escalier ? » Bachkine, toujours au garde-à-vous, fait son rapport, aboyant. « Je l'ai suivie à votre demande instante, mais je n'ai pas mes entrées dans cette maison-là. Si cela ne vous convient pas, continue-t-il de criailler, je m'en vais. »

Et de faire demi-tour.

« Attendez, attendez ! » jaillit la voix d'Anna Grigorievna.

Sanka bondit, il tire Bachkine par l'épaule ; celui-ci, s'arc-boutant, est propulsé dans la pièce et s'agrippe à la table pour ne pas tomber.

« C'est ignoble ! crie Sanka.

— Seigneur ! Seigneur Dieu ! s'exclame Anna Grigorievna en courant vers Bachkine.

— Taisez-vous, tous ! »

Andreï Stepanovitch tape du plat de la main sur la table. Un instant, tout est calme. Bachkine reprend son équilibre. Andreï Stepanovitch le saisit solidement par les revers de son manteau.

« Pouvez-vous parler sans simagrées ni singeries ? demande-t-il en le secouant sèchement.

— Lâchez-moi, je vous prie, proteste Bachkine d'un ton offensé. Je n'ai aucune intention de parler. Veuillez lâcher mon manteau, je désire quitter ces lieux. En vérité, ce sont là de curieuses manières !

— Laisse-le, dit Anna Grigorievna, dans un murmure étranglé, en écartant la main de son mari. Venez avec moi, venez ! »

Et d'entraîner vivement Bachkine hors de la pièce, puis à travers le couloir en le tirant par la manche. Elle le pousse dans la chambre de Nadienka et claque machinalement la porte.

« Pour l'amour du Ciel, dites-moi vite ! » Ses yeux se portent vers Bachkine, elle s'efforce de lui extirper tout ce qu'il sait avant même qu'il ne l'exprime. Elle s'insinue toujours plus profondément dans le regard du jeune homme qui ne peut plus détourner les yeux. « Eh bien ? lance-t-elle dans un souffle.

— On l'a arrêtée, avoue-t-il d'une voix dépitée.

— Où est-elle ? »

Anna Grigorievna ne lâche pas les yeux de Bachkine.

« Je ne sais pas, répond-il en détournant le regard pour contempler tristement, rêveusement, le plafond.

— Où ? » Elle le tient par les revers de son manteau, tente de se hisser jusqu'à lui. « Où ?

— Sérieusement, je ne sais pas ! Dans un commissariat quelconque, lance Bachkine en direction du plafond. Peut-être l'a-t-on conduite à la prison. Allez savoir, avec eux !

— Comment se renseigner ? Parlez, Bachkine ! Je vous en supplie ! Eh bien ?

— Eh bien, ma chère... » Il hausse les sourcils et arrondit les lèvres. « Voyons... Qui pourrait quelque chose ? Ses camarades, sans doute. Ils sont au courant de tout... Ils ont toutes sortes de contacts... Oui, ses camarades, ses camarades ! »

Son regard est plein de bonté ; il opine doucement du chef.

« Mais qui, qui ? C'est que je ne les connais pas ! » Anna Grigorievna secoue convulsivement la tête. « Je ne sais rien d'elle, absolument rien ! Parlez, parlez donc ! chuchote-t-elle, fixant les yeux de Bachkine dans lesquels un océan de bonté déroule ses vagues compatissantes et chaudes. Parlez ! » s'écrie-t-elle soudain, faisant redescendre Bachkine de ses hauteurs.

À ce cri, des pas lourds se hâtent dans le couloir. Bachkine se dégage. Sur le seuil, il croise Andreï Stepanovitch, morose.

« Que se passe-t-il ? » interroge celui-ci, agacé.

Léger claquement de la porte d'entrée.

« Nadienka a été arrêtée, dit Anna Grigorievna qui, à son tour, veut se précipiter dans le couloir.

— Explique-toi clairement ! » exige Tiktine et il tente de la retenir.

Elle cherche Bachkine des yeux.

« Vas-tu t'expliquer, à la fin ? reprend Andreï Stepanovitch en la forçant à se tourner vers lui.

— Sanka ? Où est Sanka ? » Elle regarde de tous côtés, tombe sur la patère : ni le manteau ni le bonnet de son fils ne s'y trouvent. « Va, pars sur-le-champ ! enjoint-elle en trépignant. Va donc ! ajoute-t-elle en le poussant méchamment. Tout de suite ! Va, je te dis ! »

Elle tourne brusquement les talons et court vers la patère d'où elle décroche son propre manteau. Sourcils levés, Andreï Stepanovitch piétine à ses côtés.

« Pour l'amour du Ciel, explique-toi un peu !…

— Va-t'en ! » réplique-t-elle en le bousculant.

Rompez !

Viktor se réveille au milieu de la nuit : son col lui scie douloureusement la peau. Il a rêvé que quelqu'un l'enlaçait, lui serrait le cou et qu'il ne pouvait s'échapper. Dans l'obscurité, il pose les pieds par terre et sa botte à demi retirée frappe le plancher. Préoccupé, il se rembrunit. Puis ses yeux sondent les ténèbres. Il revoit les petites dents pointues, régulières. On dirait qu'elle les a plantées et que, maintenant, tout à sa joie, elle le tient ! Dans le noir, Viktor a un rictus, il crispe les mâchoires et grince. Brusque mouvement de la tête, comme s'il arrachait un morceau de chair. Il saisit un bourrelet de peau sur sa hanche et le pince de toutes ses forces, le tord, à en avoir mal. Il ne s'aperçoit pas que ses dents crissent.

« Ah, saleté ! » lâche-t-il dans un souffle.

Il enfouit sa tête dans l'oreiller, remonte ses jambes sur le lit. Aussitôt, son corps las se colle à la couche, sa tête est emportée dans un brûlant vertige, le sommeil le berce et le baigne d'une eau tiède.

Coup de sonnette bien réel. Ça alors ! Viktor dresse la tête. On frappe à la cuisine, Froska va ouvrir. Viktor bondit, claudique jusqu'à la porte, cherche à tâtons l'interrupteur. En un clin d'œil, la lumière dispose tout dans la pièce, replace le bureau et le porte-documents.

« Qui est là ? Qui ? » demande à mi-voix Froska à la porte.

De toutes ses forces, Viktor remet sa botte en place. Déjà, Froska ouvre. Vavitch risque un coup d'œil. Un léger manteau jeté sur ses épaules, Froska s'efface devant un lourd sergent de ville.

« Mes respects ! dit-il doucement, d'une voix de basse.

— Que se passe-t-il ? » murmure Viktor d'un ton rauque.

Les sourcils du sergent se lèvent et s'abaissent tour à tour.

« Ordre… ordre à tous les inspecteurs de se rassembler immédiatement chez monsieur le commissaire ! souffle-t-il au visage de Viktor.

— Pourquoi ? T'es au courant ? s'enquiert à mi-voix Vavitch.

— Comment je le saurais ? J'ai des ordres, c'est tout. À ce qu'on raconte, y a du grabuge du côté de la gare. » Le sergent hoche la tête. « Du grabuge, quoi ! Je sais pas au juste… »

Et de reculer d'un pas.

« Attends, j'arrive ! »

Viktor décroche sa capote du portemanteau. Le sergent s'empresse de l'aider à l'enfiler. Viktor voit au fond du couloir sombre blanchoyer le visage et les épaules de Grounia. Il l'entend l'appeler :

« Vitia ! Vitia !

— Allons-y, allons-y ! lance-t-il d'une voix forte en enfonçant ses pieds dans ses bottes, tandis que le sergent lui ajuste son baudrier.

— Vitia ! crie Grounia.

— Quoi ? Je n'ai pas une minute, faut que je file ! » répond-il en se détournant.

Il se bat à grand bruit avec la serrure et ouvre la porte. Galopade étouffée des pantoufles de Grounia dans son dos.

Viktor déboule presque dans la rue et part d'un bon pas le long du trottoir. Le sergent suit à distance respectueuse.

« Pourquoi ils sont si pressés ? s'enquiert Viktor, hors d'haleine. Y a le feu ?

— Le temps que les autres arrivent, vous y serez ! » Le sergent remonte à sa hauteur. « Il est dans les quatre heures. Tout le monde ne sera pas rassemblé avant six heures.

— Attends ! crie soudain Viktor en s'immobilisant. Mon porte-documents ! Je l'ai oublié sur mon bureau. » Il fait un pas en arrière. « Non, fonce le chercher ! Tu me rattraperas… »

Retenant son sabre d'une main, le sergent part d'un lourd galop et s'enfonce dans l'obscurité. Viktor marche à vive allure. La rue est complètement noire, seule la chaussée forme une tache blanchâtre. Vavitch n'entend que ses pas et son sabre qui cliquette en cadence.

« À présent, songe Viktor à propos du sergent de ville, il va aller raconter Dieu sait quoi, cet idiot ! J'aurais dû lui dire de la boucler. »

Il tape d'un pied rageur et s'immobilise. Tend l'oreille. Prend une cigarette, fouille ses poches, ne trouve pas ses allumettes, détache d'un coup de dents l'embout cartonné de la cigarette, qu'il recrache. Au loin claque un portillon métallique, des pas résonnent. « Il n'a pas eu le temps de bavarder », se rassure Viktor.

« Allons, pressons ! » lance-t-il dans l'obscurité.

Écho sourd de sa voix qui retombe comme une pierre dans la rue.

Les pas s'accélèrent.

« Voilà, m'sieur ! » Le sergent lui présente le porte-documents. « Et y a un petit mot de votre épouse. J'ai ordre de vous le remettre. »

Tache blanche du papier que Viktor saisit et fourre dans la poche de sa capote.

« Tu n'as rien été raconter ? demande Viktor un instant plus tard.

— Sûrement pas ! Qu'est-ce que j'aurais dit ? J'avais rien à dire. »

Les fenêtres du commissariat jettent une lumière jaune, ce sont les seules à être éclairées dans la rue. Deux sergents arpentent le trottoir et on entend claquer des portes à l'étage. Viktor tempère son allure, gravit le perron d'un pas ferme.

En haut de l'escalier, il entend à travers la cour une bordée d'injures. Il ouvre une porte. Le commissaire – l'ancien adjoint –, aux moustaches raides et noires, est planté, écarlate, au milieu de la salle de jour ; devant lui, Voronine et un nouvel inspecteur, un gringalet binoclard. Le commissaire les incendie du regard.

« Alors d'après vous, bougres d'imbéciles, braille-t-il, c'est ce qu'il fallait faire ? Oui ? Je vous le demande ! » Et de taper du pied comme si de son talon il enfonçait un clou. « Dans ce cas, faut flanquer tout le monde dehors. Nous tous, putain de votre grand-mère ! La troupe ! Et vous, vous êtes quoi ? Des pouffiasses mal lavées ? Ça ressemble à quoi, une police qui crie : "Au secours !" ? » Il va pour quitter la pièce, mais fait brutalement demi-tour. « Voilà ce que je veux ! » poursuit-il dans un murmure éraillé. Il brandit le poing et le fourre sous le nez de Voronine, puis du maigrichon. « Voilà ce que je veux, moi ! » Et le commissaire, cramoisi, de s'approcher pareillement de Viktor pour lui agiter frénétiquement son poing devant la figure. « Voilà, putain de bordel de merde ! Siffle-creux de mes deux ! Je vous fous tous au rancart ! Va falloir ravaler les geigneries ! hurle-t-il. Que tout soit prêt dans cinq minutes ! Exécution ! »

Il tourne les talons et traverse à grands pas la salle pour gagner son bureau.

« Pouah ! » crache Voronine en ajoutant un juron bien senti.

Viktor s'approche prudemment.

« Qu'est-ce qui se passe ?

— Allez tous aux cinq cents diables ! Pouah, qu'on le crève avec un croc, qu'on lui creuse un bordel de Dieu de caveau !… »

Voronine sort en claquant la porte. Le gringalet papillote des yeux sous ses bésicles, il remue ses lèvres festonnées d'un poil roux et lui emboîte le pas.

« Attendez ! murmure Viktor en le retenant par la manche.

— Je suis seulement détaché ici, piaille l'autre d'une voix de bonne femme. Alors, je ne sais pas… Faut intervenir, qu'il dit… »

Et, l'air offensé, il indique de la tête le bureau du commissaire, la lumière à la vitre dépolie. En parvient soudain le bruit de la manivelle du téléphone, et le gringalet ouvre précipitamment la porte qui donne sur l'escalier.

Viktor le suit, il entend au passage :

« Au dépôt, ils ont pris des armes… Tous ont des revolvers… C'est la troupe qui devrait y aller, mais lui veut que ce soit nous. Ça canarde là-bas… Ça fauche à tout va, à ce qu'on dit ! »

Dehors, dans la cour sombre, bourdonnement sourd des voix. On entend brailler Voronine :

« Tous ceux de la réserve, amenez-les ici ! Tous, charretée de bon Dieu ! »

Vavitch se glisse entre les sergents de ville, cherchant à repérer la capote grise de Voronine, qui virevolte confusément parmi les sergents tout noirs.

« Où je les emmène ? lui demande-t-il en le saisissant par la manche. Si tu veux, je vais former les rangs… »

Voronine s'interrompt brusquement, s'efforçant de le scruter dans l'obscurité.

« Qu'est-ce qui te prend ? De quoi tu te mêles ? T'es nommé ailleurs. Dans le quartier de la Collégiale, tu sais bien ! » Avec un geste de renoncement, il se détourne. « Tout le monde dehors ! On se comptera dans la rue ! Allez, allez, fils de putes, plus vite que ça ! Glouchkov, Glouchkov ! T'es où ? »

Le gringalet pointe le nez, il ne parvient pas à suivre Voronine.

« Je suis là, là !

— Là, là, c'est quoi cette voix de merlan ? » ronchonne Voronine.

Sur la chaussée les sergents s'alignent, sans un mot, sur deux rangs, et près de chaque tête oscille la baïonnette coudée d'un berdan. Deux inspecteurs de quartier dévalent encore le perron. Voronine passe en traînant ses bottes devant la noire formation, comptant les hommes d'une voix sourde. Derrière lui s'ébranle la masse sombre du sergent de ville en chef.

De dépit, Viktor vrille le trottoir de son talon. « Ah, si je pouvais !… » Il voudrait crier, déjà il s'éclaircit la voix. « Com-omptez-vous… dans l'ordre !… Premier, deuxième rang… Com-omptez-vous ! »

Voronine interrompt sa revue, marche vers le perron, s'immobilise, tourné vers Vavitch. Puis, d'un pas rapide, il le rejoint.

« Rentre chez toi, crétin ! File, fils de pute, le commissaire va se pointer ! murmure-t-il. File, ça va chauffer !… On sait jamais ce qui… »

Sur un geste de renoncement, il repart vers le perron.

Les sergents sont figés. Pas le moindre chuchotement.

Noire palissade des dos noirs. On entend alors comme un crépitement de brandon : au loin, au cœur du silence enténébré, une fusillade brasille et s'éteint.

Viktor hausse les épaules. À l'étage, des portes claquent, les dos noirs frémissent. Des pas retentissent dans l'escalier.

« Il arrive, il arrive ! » songe Viktor dont la respiration s'accélère.

Les pas cessent. Viktor ne se retourne pas. Une seconde passe.

« Qu'est-ce que c'est que ce gommeux ? » La voix du commissaire ébranle les airs. « Rejoins le rang ! Pourquoi t'es planté là ? »

D'un bond, Viktor quitte le trottoir.

« Fixe ! » commande le commissaire.

Les sergents se figent, tassés les uns contre les autres.

Seul parvient le grelottement frêle de la sonnerie du téléphone par le vasistas ouvert de la pièce d'en haut. Saccadé, insistant, alarmant. Tous dressent l'oreille.

« En colonne ! » ordonne le commissaire.

C'est alors qu'un bruit de bottes se fait entendre, non pas une course mais une dégringolade fracassante au bas du perron. Déboule un sergent.

« Que se passe-t-il ? braille le commissaire.

— Monsieur le chef de la police vous demande d'urgence au téléphone », crie, hors d'haleine, le sergent.

D'un pas furieux, le commissaire regagne le bâtiment. Les hommes s'animent, un bourdonnement léger survole les têtes. Voronine s'approche du perron, s'y poste de biais, l'oreille aux aguets. De sa manche grise, il intime le silence.

« J'écoute ! Pardonnez-moi, comment dites-vous ? Seulement la réserve ? » entend-on par le vasistas.

Dans le rang, on se met à murmurer, une rumeur sourde monte, seuls fusent, par la fenêtre, des exclamations, des mots incertains.

Du geste, Voronine enjoint les hommes de la fermer pour écouter la suite. Mais les voix poursuivent leur incessant brouhaha.

« Fixe ! » hurle Voronine.

Le bourdonnement s'interrompt. On ne perçoit pas pour autant les mots de là-haut. Voronine attend. Les hommes se sont tus. On entend de nouveau la fusillade crépiter dans le lointain et, tout près, cascader, glapir un coup de feu. Le sergent-chef s'approche à pas prudents, comme s'il marchait sur des sables mouvants, puis, s'arrêtant à distance respectueuse, il regarde Voronine qui tend toujours l'oreille vers le vasistas.

Quatre ou cinq minutes passent. Voronine ne bronche pas.

Soudain :

« Rompez les rangs ! »

On croirait qu'un « ah ! », tombé des hauteurs, est venu se briser en mille éclats. Les hommes sont pétrifiés. Instant de silence.

« Allons voir ! » dit sourdement Voronine.

Remontant les pans de sa capote, il gravit deux à deux les marches du perron, Vavitch sur ses talons. Il pousse la porte d'entrée et, à la même allure rapide, se dirige vers la vitre dépolie, éclairée, du bureau du commissaire. Saisissant la poignée, il grommelle :

« Permettez ?

— Foutez-moi le camp ! » lâche en rafale le commissaire.

Voronine retire sa main comme s'il s'était brûlé.

« Qu'est-ce que c'est que cette..·. connerie ? » chuchote-t-il en scrutant Vavitch dans la pénombre.

Va !

Hors d'haleine, Sanka déboutonne sa capote pour marcher plus commodément. Et voici le petit perron, le réfectoire. Pas de sergents de ville à l'horizon, semble-t-il. Personne ne va au restaurant : ou bien il est en retard ou bien c'est fermé. Sanka gravit au galop le perron, encore quelques marches, encore une porte. Qui résiste… Non, mais c'est dur. Elle s'entrouvre. Une papakha regarde dans l'entrebâillement. On le laisse entrer. C'est plein à craquer. Là, dominant la marée humaine qui lui arrive aux genoux, accoudé à une colonne, tête appuyée sur la main, un type à lunettes, Batine, sans doute. Il fronce le sourcil et ses verres sombres – c'est peut-être voulu – scrutent sévèrement la foule. Ses cheveux raides lui retombent à l'oblique sur le front. Sans hâte, il professe d'une voix de basse fatiguée :

« Demain, camarades, il se peut que je ne sois plus parmi vous. » Sa main balaie son front, il rejette ses cheveux en arrière et promène ses lunettes austères à la ronde. « Je vous le dis tout net : l'heure de la victoire n'est pas proche et ce n'est pas à mains nues que l'on remporte le combat. Il n'est pas de triomphe sans sacrifices, comme il n'est pas de bataille sans que le sang ne coule. L'aurore a point, l'horizon est sanglant. L'autocratie ne tombera pas si aisément. » D'un mouvement de tête, il renvoie de côté une mèche jaunâtre. « Non, camarades ! Faire grève les bras croisés, en restant tranquillement chez soi, alors que là-bas… » Il tend le bras au-dessus de l'auditoire et pointe en avant une main tremblante. « … là-bas, des hommes qui n'ont plus rien à perdre que la vie se dressent face aux baïonnettes, prêts à mourir, à s'immoler pour un sort meilleur. » Il s'interrompt un instant. « Ils périront et nous répondrons de leur mort. »

Un souffle tendu bruit au-dessus de l'assemblée, volant vers Batine.

« Mais, déjà, les baïonnettes vacillent… »

Avec un froid d'acier verdi, le mot tombe sur les têtes. Batine s'éclaircit la voix. Braqué sur lui, un millier d'yeux.

« Camarades, reprend-il d'une voix changée, forte, nous nous sommes engagés sur la voie de la révolution et avons tendu la main… » Il lève le bras. « … à la classe ouvrière ! » Relâchement des sourcils, seuls ses verres brillent sur son visage. « Dès demain, nous devrons être au combat… Sans reculer d'un pas », ajoute-t-il sourdement. Un silence. Coup d'œil circulaire sur l'assistance. « Adieu, camarades », conclut-il presque dans un murmure.

Il redescend au niveau de la foule où sa tête est bientôt noyée parmi les autres. Tous se taisent et l'on entend alors un remue-ménage à l'entrée. Brusque déferlante de voix. Tous regardent les portes qui s'ouvrent largement, livrant passage à quelques étudiants. Debout sur le rebord d'une fenêtre d'où il voyait Batine, Sanka secoue la tête.

« Parlez d'un héros ! murmure-t-il. Après tout, c'en est peut-être un… » Et l'envie afflue à sa poitrine, à son visage, comme un sang brûlant. « Il faudrait faire un coup fumant… et ensuite lui tirer la langue ! Non, simplement ne pas lui prêter attention. »

Il descend de son perchoir. Dans le brouhaha, quelqu'un crie d'une voix perçante :

« Libération des détenus…

— … jusqu'à la Constituante… »

Sanka se fraie un chemin vers la sortie.

Il dévale les marches du perron en regardant ses pieds, vire brutalement à gauche, s'éloigne à vive allure.

« Et ce veston qu'il a !…, songe-t-il. Par-dessus sa chemise russe ! Ces cheveux, ces lunettes… Une gravure ambulante ! "Vous ne voulez rien sacrifier !" Sans doute que lui, il en a consenti un, de sacrifice et, à présent, il nous fait la morale… » Les pieds de Sanka labourent le sol de plus en plus fougueusement. « Les gars qu'on a arrêtés, ce sont des héros en prison. Quand ils sortiront, ils seront reçus partout et tous leur témoigneront de la déférence. Ah, quel homme, tu imagines ? Ah, il nous honore de sa visite ! Le héros, lui, reste discret pour que les gens se figurent Dieu sait quoi ! Alors qu'il a été raflé par hasard au coin d'une rue… » Sanka fonce droit devant lui. Et le ténor puissant, aigu, résonne encore à ses oreilles. « "Grève jusqu'à la Constituante !…" Il nous a asséné ça comme un diacre… » Sanka fait un brusque demi-tour, repart presque en courant vers le réfectoire. Les étudiants déferlent, flot compact, du perron. Tout rouge, le front en sueur, les mâchoires serrées, Sanka se glisse le long de la balustrade, à contre-courant de la masse. Il force la porte, bondit sur une chaise, ses lèvres tremblent légèrement : peu importe ! L'œil mauvais, hors d'haleine, il embrasse du regard la salle : tous le fixent et l'on voit l'angoisse s'emparer des visages.

« Camarades ! » s'écrie Sanka.

Tous font silence ; à l'entrée, le flot se fige.

« Vous avez… Je veux dire, nous tous… », lance Sanka de toutes ses forces et il s'aperçoit que les têtes se tendent vers lui, vers l'urgence, l'alarme de son cri. « Tous ont levé la main et voté la grève jusqu'à la Constituante. Pas vrai ? »

Il regarde l'assistance et, un instant, règne un silence de mort.

« Alors pourquoi vos papiers restent-ils à l'université ? Pourquoi ne pas les reprendre à l'administration, ces documents ? »

Charivari de voix.

« Ben quoi ? braille hargneusement Sanka. Si on est sérieux, si on ne se paie pas de belles paroles, pourquoi les laisser là ? Si c'est en attendant la Constituante, de toute façon, après, tout le monde sera repris. En priorité ! »

Les vagues du brouhaha montent, redoublent. Sanka s'empresse d'achever.

« Et si vous ne retirez pas vos dossiers, c'est que tout ça, c'est de la blague ! Des fanfaronnades ! » Il se déchire la voix, tout en sachant qu'il ne couvrira pas la foule. « Des finasseries ! Oui ! Bande de lâches ! Vantards ! Pouah ! »

Sur ce, il crache par terre et saute à pieds joints de sa chaise. Il est aspiré par le flot qui, de nouveau, s'écrase contre la porte. Il évite de regarder les gens, il sait qu'avec la gueule qu'il a en ce moment, tout le monde lit sur son visage.

« Allez vous faire foutre, zyeutez-moi, si ça vous chante, jusqu'à l'Assemblée constituante ! »

Il s'arrache à la foule, passe aussitôt du côté opposé. Il n'a pas conscience de marcher, comme s'il était privé de jambes. Il prend une autre rue où les étudiants sont plus rares et s'arrange pour les éviter. Un sergent de ville se détourne, puis jette un coup d'œil oblique. Là-bas, un inspecteur dans l'encoignure d'une porte. Sans se montrer, il observe, sourcils levés. Sanka suit à présent la rue de la Noblesse. Il ralentit le pas, boutonne sa capote, bien qu'il soit en sueur. Il contrôle sa respiration. S'aperçoit qu'il se dirige vers l'immeuble de Tania, s'oblige à le dépasser. « Lui tomber dessus comme ça, au débotté, tu parles ! » Déjà, il a atteint le coin de la rue, lorsqu'il rebrousse brusquement chemin et, d'un pas rapide, se dirige droit vers la porte d'entrée.

« Dans quoi je m'embarque, je me le demande ! » murmure-t-il, le souffle court, en montant quatre à quatre l'escalier. Sur le palier, il s'immobilise, s'évertuant à reprendre haleine. « Je reste un moment devant sa porte, et demi-tour ! » Il fronce les sourcils, les yeux rivés au seuil. Soudain, un léger bruit derrière la porte. Claquement de la serrure. La porte s'ouvre aussitôt et Anna Grigorievna le heurte presque. Elle murmure hâtivement quelque chose en regardant derrière elle et, là, il y a les yeux de Tania, des yeux fixes, qui ne cillent pas, à croire que la jeune femme sait qu'il est là. Quelle mine sérieuse elle arbore, quel air ferme !

Anna Grigorievna se retourne.

« Ah, c'est toi ? Comment est-ce possible ? Oui, oui ! Tu sais que… »

Sanka acquiesce, il comprend qu'il est aussi arrivé quelque chose à Nadienka. Tania ne sort pas de l'appartement, elle se rembrunit légèrement. Sanka écarte sa mère, il n'a pas le temps de s'empourprer que, dans l'entrée, Tania l'agrippe par le revers de son manteau ; plongeant ses yeux dans les siens, elle lui déclare calmement et distinctement, comme à un homme qui émerge du sommeil :

« Nadienka a été arrêtée. On ne sait rien. Trouve Philippe et essaie de savoir ce qu'il en est ! Va ! »

Et, toujours par le revers, de le faire pivoter vers la sortie.

Sanka passe devant sa mère. Ses jambes le portent d'elles-mêmes dans l'escalier. Il ne jette pas un regard en arrière, il sait qu'on l'observe. Sa poitrine se gonfle, mais ce n'est que dans la rue qu'il respire largement. Il sent la main de Tania imprimée sur le revers de son vêtement, là où elle le tenait, là où elle serrait son petit poing. Sanka ne touche pas son manteau, il ne le referme pas, il baisse la tête et regarde en catimini. *Sa* main, la vraie, non gantée !... Cette main, Sanka la porte avec lui, il évite les passants afin qu'ils n'effleurent pas la précieuse marque, qu'ils ne l'effacent ni ne la meurtrissent. Il se dirige droit vers le Faubourg. Il ne distingue pas les visages qu'il croise, ombres noires qui défilent, pareilles aux arbres vivants de la forêt ; évitant les heurts, il suit une sente qui sinue au milieu des fûts. Humide et frais, l'air vient de lui-même à son visage – on dirait qu'il œuvre pour la première fois, attentif et caressant. Déjà, le pavement de bois résonne sous les talons. À bonds légers, Sanka cède la route aux passants. L'église est là-bas, tapie dans les peupliers dénudés, son long clocher lorgne à travers les branches. Un quidam le fixe, maussade, près de l'enclos. Sanka sent que l'autre le palpe des yeux, avant de se détourner, de plonger une main dans sa poche pour en retirer une blague à tabac et s'ébranler doucement. Sanka ne quitte pas du regard son dos voûté, il traverse la place, tandis que l'homme se roule une cigarette en longeant la palissade. Lorsque Sanka est à trois pas de lui, il s'arrête, promenant à l'entour ses yeux mauvais et craintifs à la fois.

« Il faut inventer quelque chose… »

Sanka se hâte de fouiller les poches de son pantalon. Il voit plusieurs personnes s'immobiliser sur le trottoir de bois et guetter, cependant que l'homme, la tête dans les épaules, se rejette légèrement en arrière et braque son regard sur lui, en pointant sa cigarette. Sanka tire son porte-cigarettes de sa poche et les passants s'éloignent.

« Vous avez du feu ? »

Sanka sort une cigarette. Sans le quitter des yeux, l'homme tend des allumettes. Son visage, tel un poing prêt à frapper, est rivé sur Sanka. Sans un mot, il lui carre la boîte sous le nez, on dirait qu'il le repousse. Sanka craque une allumette et, la cigarette entre les dents, marmonne à chaque bouffée :

« Tu ferais mieux de rentrer… au lieu de rester là, à tous vents, planté comme un échalas !… Tout le monde te repère. Tiens, reprends tes allumettes ! dit Sanka à voix haute. Indic, va ! »

L'homme ne répond pas. De ses doigts courts, il tente de se saisir des allumettes, tout en regardant par-dessus l'épaule de Sanka. Celui-ci se retourne. Quatre ou cinq types sont massés derrière. L'homme se met en route.

« Attends ! s'écrie l'un des gars. Nous aussi, on veut du feu ! Je savais bien que ça marcherait ! dit-il à Sanka en appuyant ses paroles d'un coup de menton. Hé, toi, où tu te tires ? » crie-t-il dans le dos de l'autre.

Un sergent de ville traverse lentement la place pour les rejoindre. Les types prennent la tangente. Sanka pousse plus loin. « Où vais-je donc ? » Il entend les pas du sergent, plus fermes, plus amples. Une cloche sonne brusquement au-dessus de sa tête, un coup, deux, trois. Il franchit le portail de l'enclos et s'engouffre dans l'église. Celle-ci est presque déserte ; seules deux vieilles mendiantes se signent devant l'iconostase, il y a aussi deux fichus blancs et, là-bas, un homme, à droite près du chœur. Sanka reconnaît aussitôt ce dos voûté. Le sacristain lorgne de derrière son comptoir à cierges. Sanka fait le signe de croix et, la mine grave, fixe les icônes. Les cloches se taisent. Le bedeau entre, chuchote à l'oreille du sacristain. Sanka se signe largement par trois fois et sort discrètement sur le parvis. À sa gauche, une petite porte qui, sans doute, mène au clocher. Après un coup d'œil circonspect, Sanka la franchit sans bruit. Un escalier de pierre. Sanka grimpe jusqu'au tournant. Il regarde en bas, en se dissimulant. Il lève un bras, saisit le pan de son manteau.

« C'est pas le moment de s'endormir ! »

Et de taper des pieds contre les degrés de pierre. Le son se répercute dans l'escalier étroit, les jambes de Sanka se détendent, il dévale les marches, puis quitte l'enclos sans un regard.

« Au diable ! lance-t-il tout haut. Qu'ils aillent aux cent mille diables ! »

Plus de sergent de ville sur la place. Sanka prend une autre rue et, sans se retourner, promène méticuleusement ses doigts sur le revers de sa capote, une fois, deux fois. « J'y vais, j'y vais ! »

Sans se donner la peine de frapper, il tire la porte de Karnaoukh et, dès le couloir, entend une discussion animée. Il entre : Karnaoukh et deux autres sursautent, tous trois se taisent, les yeux rivés sur lui.

« Bon Dieu, tu m'as fichu la trouille ! » Karnaoukh a un bref sourire, tel un éclat de lumière, mais il se renfrogne aussitôt, agacé. « Crénom, pourquoi que t'es attifé comme ça ? T'as donc pas d'habits civils ? Tu vas nous faire repérer !

— J'en ai pour une minute…, rétorque Sanka. Je dirai que j'avais besoin d'un… mécanicien… Pour une machine à coudre… J'inventerai quelque chose, allez ! Dis-moi plutôt : tu ne sais pas où est Philippe ? demande-t-il de biais, la main sur la poignée de la porte.

— Vassiliev ? » Karnaoukh plisse les yeux. « Pourquoi ? Tu le trouves pas ? On l'a pincé, lui aussi ? »

Il chuchote à présent, s'approche tout près de Sanka. Les deux autres baissent le nez et lorgnent l'étudiant par en dessous.

« J'en sais rien, s'empresse de répondre celui-ci. Ma sœur, elle, oui, et pas moyen d'avoir des renseignements ! Philippe doit être au courant, c'est lui qu'il me faut.

— À l'heure qu'il est, camarade, lance d'un ton posé et sentencieux un ouvrier assis sur une chaise, personne ne vous indiquera où se trouve celui... que vous cherchez...

— Va, va, à présent ! lui murmure Karnaoukh à l'oreille. Va, attends-moi quelque part !... Tiens, près de l'église ! J'en ai encore pour une heure, attends-moi. Bon Dieu, j'arriverai bien à faire un saut. File dare-dare !

— Là-bas... », commence Sanka.

Mais Karnaoukh opine du chef et bat des paupières, renfrogné, avant de lui adresser un geste impatienté.

« Va, va, ne traîne pas ! »

Sanka sort rapidement, s'éloigne en hâte du perron, inspecte les alentours. La rue est déserte. Une femme transportant des seaux tente soigneusement de ne pas marcher dans la boue.

« Ah, quelle bêtise ! Quelle foutue bêtise ! murmure Sanka. J'en viens, et faut que j'y retourne. Alors qu'il y a un mouchard. Apparemment, je l'ai fait partir. Mais le sergent de ville... En voilà une ânerie ! Et pourquoi est-ce que je cavale comme ça ? »

Il ralentit l'allure, traverse la place d'un pas mesuré.

Un vieillard marche à sa rencontre sur le parvis, traînant bruyamment ses bottes. Il fait une pause, mâchonne, remuant sa barbe. Sanka est immobile, il se signe frénétiquement devant l'icône au-dessus de l'entrée. Le vieux a fini de se traîner, on l'entend aborder les marches du perron. « Allez, grouille-toi ! » Sanka se retourne d'un coup et, du coin de l'œil, voit le bonhomme attaquer la deuxième marche en sondant du pied le sol. Sanka bondit par la petite porte sur la droite et monte en trombe jusqu'au tournant de l'escalier où il se fige. De nouveau résonnent dans son dos les bottes qui raclent les dalles de pierre. Le vieux ouvre la porte, bouchon qui saute, et la tire derrière lui.

« Il vient voir où je suis passé ! se dit Sanka. Ah, bon Dieu ! Tout s'en mêle ! »

Karnaoukh en a encore pour un moment, mais Sanka fixe malgré tout le bout de sol qu'il aperçoit d'en haut. Quelque cinq minutes passent. Nouveaux bruits de porte et de bottes. Sanka grimpe lestement le sombre petit escalier, et voici le jour, voici la sortie : quelle énorme cloche, vivante coupole suspendue dans les airs ! Son lourd battant lorgne par en dessous. Et voici l'échelle de bois dressée, avec, là-haut, une échappée. Longeant la cloche, Sanka monte rapidement les barreaux. Des cordes descendent du plafond. Sanka atteint le passage. Des cloches plus petites sont suspendues au sommier, dominant, aux fenêtres, la balustrade de pierre. Des pigeons s'envolent bruyamment, et tout se tait. Sanka prête l'oreille : personne ne vient. Les cimes des peupliers se balancent doucement au niveau des fenêtres, une douce brise souffle, Sanka a bientôt l'impression que le clocher vole, léger, et lui avec, que les cloches regardent et fendent l'air. Au loin se dessinent le clocher et la coupole d'argent de la collégiale, Sanka et les cloches s'y dirigent tout droit, en un vol égal. Sanka s'accroupit à l'abri des balustres de pierre et jette un coup d'œil par l'ouverture : l'enclos, tout proche ; dans l'enclos, des bancs… Alors le vol s'interrompt brutalement, le clocher se pétrifie sur place. Là-bas, le vieux transporte ses pieds dans l'allée qui mène aux portes.

« Il va se retourner ! »

Sanka s'écarte de la balustrade. Il fixe la place devant l'église pour ne pas manquer Karnaoukh.

De loin il guette le moindre passant. Tous se hâtent, aucun ne s'arrête. La longue rue tourne vers le bas et l'on aperçoit, au bout, dans une cour, une femme qui étend son linge, morne penderie de mouchoirs.

« Fous-moi l'camp, maudit ! »

Sanka regarde : dans l'enclos, le vieux est assis sur un banc et tente de chasser un chien. À travers les branches, Sanka le voit se pencher et jeter une pierre. Le chien glapit, alors un autre quidam apparaît et s'écrie :

« Ça a beau être vieux, ça réfléchit pas mieux ! Qu'est-ce qu'il t'a fait, ce chien ? Il va pas bouffer ton bon Dieu ? Hein ? »

Sanka reconnaît la voix : Mitka Karnaoukh ! Et il se précipite dans l'escalier. Déjà Karnaoukh a saisi la poignée de la porte. Sanka laisse échapper :

« Mitka ! »

Karnaoukh se retourne.

« Allons ! »

Posté près de son banc, le vieux accompagne les deux hommes d'un regard venimeux.

« Sont de mèche », dit-il d'une voix sifflante en se retournant et en hochant la tête, tandis qu'ils contournent l'enclos.

Sanka presse le mouvement.

« Filons ! »

Soudain, Karnaoukh rebrousse chemin, longe la grille, y passe la tête pour affronter le vieillard.

« Tiens-toi tranquille, putain de ta belle-mère ! Tant que t'as encore tous tes abattis, tiens-toi tranquille ! »

Puis il fonce vers les portes.

Le vieux retombe littéralement sur son banc.

« Qu'il crève de sa sale mort ! lance Karnaoukh à Sanka. *L'Ancre d'Or*, tu connais ? L'auberge ? Prenons par cette ruelle ! En avant ! Vot'Nadienka, son arrestation, ça tient pas debout ! Elle a passé la nuit chez le Philippe, je viens d'y faire un saut… Quoi ? Après ?… Après, j'sais pas. Le Philippe y est pas… chez lui, je veux dire. À part ça, ils en ont arrêté tellement qu'ils savent plus où les mettre. » Karnaoukh débite ses informations et ne cesse d'accélérer le pas. « Ça a rudement chauffé, c'te nuit, du côté du dépôt, tu peux me croire ! Onze gars ! » Il pile soudain. « Onze sur le carreau ! Raides morts ! Les fumiers aussi, ils ont dégusté, et pas qu'un peu, ces enculés de putain de ta mère de merde ! » Et de serrer convulsivement son poing au niveau de sa ceinture, et, tout rouge, de regarder furieusement Sanka, comme s'il lui plantait deux poignards dans le front. « Ils ont encerclé le meeting, cette nuit, au dépôt. Dès que nos gars ont commencé à bouger, les autres se sont mis à les canarder. On a fait une percée, et en arrière toute ! Ça tire dans le tas, nous, on rend la monnaie, prenez ça dans la tronche ! » Karnaoukh assène des coups de poing dans le vide. « Y a aussi un étudiant à vous qu'a été blessé, t'es pas au courant ? »

Sanka secoue la tête.

« Un noiraud, reprend Karnaoukh qui se renfrogne en fixant Sanka. Un qui passe pas inaperçu, un Caucasien ! Un sacré malin ! Ça te dit rien ? Bah, peut-être que… C'est ta sœur que tu cherches ? ajoute-t-il en détournant les yeux vers la palissade. On sait rien. » Il hausse les épaules. « Elle est pas par chez nous. Eh ben, continue à chercher ! » lance-t-il soudain d'une voix forte, avec un mouvement de tête dubitatif. Il tourne les talons et revient vers la place. Au bout de cinq pas, il s'arrête et regarde en arrière. « Aliochka, lui, il est en taule. Au violon ! Si on découvre le pot aux roses, alors… »

Et de se passer un doigt en travers de la gorge.

Renfrogné, il regarde un instant Sanka.

« Bon, dégage ! »

Il s'éloigne à grandes enjambées.

Coupe !

Sur les talons de Voronine, Viktor regagne la salle de jour. En les voyant, Glouchkov et deux autres inspecteurs cessent de chuchoter. Sans regarder personne, Voronine va à sa table de travail, s'y assied, s'affalant littéralement, la visière de sa casquette presque dans l'encrier ; il se fiche une cigarette dans la bouche, la fait passer d'un coin à l'autre de ses lèvres et reste muet. Viktor prend discrètement appui sur le rebord de la fenêtre. On entend le sergent en faction à la porte exhaler un soupir. Viktor jette à la dérobée un coup d'œil à Voronine, assis, immobile, sa cigarette éteinte pointant au coin de sa bouche. Soudain, tous sursautent : le téléphone sonne chez le commissaire.

« Quartier de Moscou, j'écoute ! Rien ! Absolument rien ! répond le commissaire d'une voix hargneuse, tendue comme un ressort, et on l'entend raccrocher sèchement.

— Incompréhensible, constate Glouchkov dans un murmure, en embrassant du regard ses collègues, avant de se fixer sur Voronine, les yeux toujours braqués sur son bureau. Parce que moi, messieurs, j'ai entendu dire… », poursuit-il doucement en se tournant vers Vavitch.

Ce dernier lui jette un regard négligent et se perd de nouveau dans la contemplation du vasistas.

« On a vu débarquer le chef de la police du district de N., carrément en houppelande de moujik, reprend Glouchkov à voix très basse, et coiffé d'un bonnet de mouton. Il paraît que, chez eux, ça…

— Arrête ! crie brusquement Voronine. Guerassimenko, va vérifier ce qui se passe à la porte et plus loin… au coin. »

Sortie du sergent.

« Devant qui tu racontes ça ? lance Voronine à Glouchkov, et Vavitch s'aperçoit que la face de Voronine n'a plus rien d'un oreiller fripé, qu'elle est dure comme le roc et que, derrière les pommettes grisâtres, les yeux mitraillent. Triple buse ! » braille Voronine. Le cou de Glouchkov se dresse tout entier hors de son col, sa tête pivote, sa casquette tremblote. « Semer comme ça la panique avec ton imbécile de chef de district !

— C'est que…, balbutie Glouchkov. Je vous jure, il a pris la poudre d'escampette ! Sûr, un imbécile !

— Comme ceux qui ont la langue trop bien pendue ! rétorque Voronine en tapant du pied.

— Seulement, reprend Glouchkov en s'adressant à tous, quand les gens se rebellent comme un seul homme, qu'ils brûlent et tuent… Pour tous ces gardiens de l'ordre… de province… bref, ces chefs de district, c'est le sauve-qui-peut. Et les autres qui sortent les fourches, les gourdins ! On va marcher sur la ville, qu'ils disent ! À ce que racontait l'autre, ils arrivent, ils y viennent tout droit… »

Voronine bondit de sa chaise, puis, de toutes ses forces, balance une torgnole à Glouchkov qui, dégringolant en même temps que son siège, s'agrippe à la barrière.

« Dehors ! hurle Voronine. Dehors, salaud ! Jacasseur pouilleux ! »

Glouchkov s'empresse de prendre la porte.

Voronine est planté au milieu de la salle, soufflant comme un bœuf et fusillant les autres de ses yeux furibonds. Debout, Vavitch fronce les sourcils, le regarde bien en face, gravement, sévèrement.

« Sacrée chienne de pute ! »

Voronine expédie un vigoureux crachat devant lui et sort. La porte claque comme un coup de feu, tremble longuement.

Viktor contourne la barrière. Les inspecteurs de quartier le suivent du regard en silence. Il fait les cent pas entre le bureau et la salle de jour, une main glissée sous son revers. Cinq heures sonnent à la pendule. Le sergent de ville est de retour, en faction devant la porte.

« Eh bien ? demande doucement Viktor.

— Tous à leurs postes, qu'ils sont… Ça tiraille juste encore un peu du côté du Faubourg… Mais point trop.

— Point trop ? demande Viktor, la mine affairée, en refermant la porte.

— Qui est de service ? s'enquièrent d'une même voix les deux inspecteurs.

— Moi, je ne suis plus d'ici, réplique tranquillement Viktor. En fait, je suis rattaché au commissariat de la Collégiale. »

Il prend encore le temps de les regarder hausser les sourcils, relever la tête, puis se tourne vers la porte.

Il sort sur le perron, y demeure quelques instants, rajuste son baudrier et, sans hâte, descend les marches. D'un pas mesuré, il s'engage sur le trottoir, disparaît dans l'ombre de la rue. Il traverse le quartier. « Aller au commissariat de la Collégiale ? Appeler Senkovski ? » Il secoue la tête, accélère le pas dans la rue déserte. Les vitres des immeubles ont des reflets troubles et semblent, en catimini, le suivre du regard.

« Rien à foutre ! » murmure-t-il.

Il passe le coin et arrive aussitôt à un petit perron : les chambres meublées. Il imprime des coups saccadés au bouton de la sonnette. Immédiatement, une lueur fuse, puis court sur la porte vitrée. Une bouille endormie jette un rapide coup d'œil. Une clé tourne, empressée. « Veuillez entrer ! » Regard effrayé, expectatif. Viktor prend son temps, jauge.

« Le portier ?

— Pour vous servir ! »

La lampe tremble dans la main.

« Tu n'acceptes personne sans autorisation de séjour ? Gare à toi ! On connaît la chanson : "Au grand jamais !" Et puis après… Allez, donne-moi une chambre ! Et, attention, sans punaises ! »

Le portier, manteau jeté sur sa chemise de nuit, décroche une clé du tableau.

« Veuillez me suivre ! »

Deux chandelles s'allument dans le trumeau peint. Le portier court chercher des draps. Viktor se regarde dans la glace : un coup d'œil de biais. « Je comprends qu'il ait la trouille, y a de quoi ! » Nouveau regard appuyé dans le miroir. Il s'approche. Se passe la main sur le menton. Le portier glisse l'oreiller dans une taie toute propre.

« Réveille-moi à neuf heures. Le barbier ouvre quand ?… Après neuf heures ? Bon, disparais !

— Faut-y vous envoyer une demoiselle ? lui glisse le portier.

— Moi, ici, avec des demoiselles ? Crétin ! Disparais ! Et que ça saute ! »

Viktor entreprend de se déshabiller. Il vide les poches de sa capote : son browning – à mettre sous l'oreiller, on ne sait jamais ! Tiens, un billet : « Ah oui, celui de Grounia ! »

Sourcils froncés, bouche entrouverte, il s'approche d'une chandelle.

Vitia, je me tourne les sangs. Envoie de tes nouvelles par un sergent de ville.

Au crayon bleu, écrit en hâte. Viktor froisse en boule le billet, le jette dans l'encrier sec, sur la table. Il s'enveloppe dans une couverture et souffle énergiquement la chandelle. Un instant plus tard, il cherche à tâtons des allumettes et, tandis que la mèche de la bougie s'enflamme, il court à la table, retire le message de l'encrier ; pieds nus, il s'approche du portemanteau et replace le papier dans sa capote.

« Pas la peine de l'alarmer, elle dort sans doute, à cette heure. Quelles nouvelles ? Il est plus de cinq heures du matin ! Quant au rendez-vous de midi, c'est un ordre, tout comme ! »

Viktor se tourne sur le flanc, tire la couverture sur sa tête.

« Ses petites dents ! Ça n'a peut-être rien à voir… Si ça se trouve, c'est du sérieux… qui concerne le commissariat de la Collégiale ou Dieu sait quoi encore… quelque affaire secrète… »

Il fronce les sourcils, ferme les yeux.

Vavitch sort de chez le barbier. Froid du vent humide sur son menton rasé de frais. Tout en marchant, il s'assure, par un mouvement de reins, que son casaquin lui enserre parfaitement la taille. Viktor se transporte comme dans un étui précieux. Ses bottes fortes – le portier n'a pas ménagé sa peine ! – lancent des étincelles. Elles vont sécher en chemin. « Elle est bien capable d'envoyer Froska se renseigner au commissariat ! Et, de là, on expédiera cette idiote à celui de la Collégiale ! Lui écrire un mot ? » Il accélère le pas : devant la collégiale, au coin, les coursiers se pressent toujours. Il faudrait qu'il déniche un de ces crétins. Sous un porche, il tire de sa serviette un lambeau de papier.

« Je suis sain et sauf, écrit-il. Attends-moi… » Il faudrait ajouter : « Ma petite Grounia », mais il a du mal… Lentement, il finit par l'écrire en grosses lettres et précise : « … vers quatre heures. »

Il le ferme en cornet, inscrit l'adresse. Tiens, là-bas, un bonnet rouge ! Viktor court presque pour ne pas se faire devancer.

« Fissa ! Pas la peine d'attendre la réponse. Tu le remets et tu files, sans bavardages. Tiens ! »

Il lui fourre le billet dans la main avec une pièce de vingt kopecks.

Viktor arrive à la maison du chef de la police, la mine affairée, révérencieuse. Il rajuste une nouvelle fois sa capote et appuie brièvement sur la sonnette : il est midi pile.

Il entend de petits talons légers accourir, la porte s'ouvre toute grande : Varvara Andreïevna est là, vêtue de soie vaporeuse rose et jaune ; une ceinture marron, dont les larges extrémités se balancent au rythme de ses pas, enserre sa taille fine.

Viktor salue en claquant des talons et en portant la main à sa visière, puis s'incline.

Varvara Andreïevna tient la porte ouverte, elle arbore un sourire joyeux et madré. Viktor rougit.

« Eh bien ! lance Varvara Andreïevna avec un signe de tête impérieux. Vite ! »

Viktor franchit le seuil. Elle le tire par son ceinturon.

« Par ici, par ici ! Essuie-toi bien les pieds, là ! Il se promène sans caoutchoucs ! Quel gandin ! »

Viktor, cramoisi et souriant, se frotte les pieds. Varvara Andreïevna prend du recul, lui jette en coin un regard brûlant. Et, soudain, l'éclair des petites dents ! Elle fond sur Viktor, l'embrasse à pleine bouche comme si elle le croquait, puis s'écarte d'un bond vers la portière.

« Non, ne retire pas ton manteau ici, murmure-t-elle gaiement. Allons chez moi ! »

Elle le prend par la main et, sur la pointe des pieds, l'entraîne, levant haut les genoux, telle l'enfant qui s'approche à pas de loup ; la soie ample et légère volette, ondule autour de ses jambes, dans un froufroutement et un soupçon de parfum. Le silence règne à l'entour, le tapis tresse ses motifs, Viktor contemple l'escarpin à talon aiguille qui s'enfonce dans un dessin, un autre ;

l'air, empreint de parfum, est impalpable comme le vent d'un pays inconnu. Elle, pareille à une petite fille, le tient par la main, et elle tricote bellement des gambettes ! Ils entrent dans la salle à manger. Varvara Andreïevna se fige un instant, examine rapidement les lieux, à croire qu'elle s'introduit subrepticement dans une maison étrangère ; elle adresse à Viktor un sourire furtif, foule sans bruit le parquet brillant où courent les longs reflets d'autres jambes galbées, celles des chaises. Alignées contre les murs, elles semblent détourner le regard.

La voici qui trotte menu vers un couloir plongé dans la pénombre. Brusquement, elle fait pivoter Viktor vers une petite porte ouverte sur la droite. Alors, dans la grande glace de l'armoire, il la voit et, derrière elle, surplombant son épaule de soie jaune, son propre visage et sa casquette d'uniforme. Il s'en étonne, comme s'il ignorait qu'il en est coiffé. Il se voyait une tout autre tête. Varvara Andreïevna se tient un moment devant le miroir, se contemplant joyeusement. Puis elle se tourne vivement.

« Ferme la porte à clé ! Donne-moi la clé ! »

Et de la cacher dans les plis de sa robe.

Vavitch reste planté, examinant les meubles roses à fleurs, le paravent chinois aux oiseaux.

Varvara Andreïevna se laisse choir sur le divan. La soie légère de la robe se gonfle. Le temps d'un éclair, Viktor entrevoit les longs bas rose et jaune, les jarretelles de soie.

« Eh bien, déshabille-toi ! » lance en riant Varvara Andreïevna.

Viktor retire son sabre et entreprend de déboutonner son manteau.

« Là, là, mets-le au crochet ! Ton sabre est coupant ? C'est un vrai ? Sors-le ! Oh ! làlà ! Apporte-le-moi ! Et essuie cette graisse ! »

Viktor tire de sa poche un mouchoir tout propre, nettoie le sabre qui se met à briller d'un éclat austère, tel un œil mi-clos, aux aguets.

« Allons, donne ! » Varvara Andreïevna entrouvre les lèvres, découvrant ses petites dents, et son regard se concentre sur l'arme. De son petit doigt, elle en éprouve le tranchant, la pointe.

« Oh ! làlà !… », murmure-t-elle avidement.

Viktor suspend son manteau. Sous ses yeux, Varvara Andreïevna retourne la pointe du sabre vers sa poitrine, vers le creux de l'échancrure triangulaire, et l'y appuie doucement. Elle est assise toute droite, coule un œil rond dans le miroir. Puis, debout, elle lève haut le bras. Viktor la voit, dans la glace, respirer et frémir, tandis qu'elle glisse le sabre dans son décolleté, jusqu'à la garde de cuivre étincelant.

« Que faites-vous ?… »

Viktor s'approche par-derrière, tout près, et la sent frissonner, fondre sous la soie.

Elle se tourne violemment vers lui.

« Coupe ! Coupe la robe ! ordonne-t-elle à travers ses dents serrées, découvertes en un rictus, et elle écarte les bras, rejetant la tête en arrière. Cou-oupe ! » répète-t-elle en secouant sa chevelure.

Viktor s'empare de son sabre par la garde : la chaleur des seins se répand dans sa main.

« Tourne la lame… vers la robe… comme ça ! Et coupe ! »

Viktor se met à manier délicatement le sabre, il entend la soie craquer, les boutons voler. Il ne peut plus retenir sa main, ses dents se serrent, comme celles de Varia[1], et il tire à lui le sabre.

« Aaaah ! »

Varia se cambre et ferme les yeux. La robe tombe, fendue.

---

1. Un des diminutifs affectueux de Varvara.

Varvara Andreïevna s'asperge le visage au-dessus du lavabo de marbre, tandis que son pied actionne la pédale.

« Pouah, qu'est-ce que j'ai à t'aimer comme ça, dit-elle à travers les éclaboussures d'eau, mon idiot chéri ? Parce que, idiot, tu l'es ! » Et d'éclater de rire, de regarder Viktor de tout son visage joyeux, mouillé. « Ma parole, tu peux me croire : un i-diot ! Franchement…, poursuit-elle en clapotant. Franchement, un idiot comme on en fait peu ! Il fallait te voir te précipiter vers cette bombe ! Oh ! làlà ! Tu y allais de bon cœur ! Seulement la bombe, sais-tu, ce n'était pas une vraie ! Bien sûr, une bombe est un engin effroyable… » Elle agite ses mains humides. « … bourré d'explosifs, mais celle-là ne risquait pas d'éclater, les officiers l'ont dit : on pouvait tranquillement y enfoncer des clous… C'est que Gratchek est intelligent… Senkovski est plus bête. Enfin, ça dépend… Quant à toi… Alors là ! "Le troisième, lui, était tout à fait nigaud[1]." Hourra !

— Gratchek est un gredin, lance Viktor qui se rembrunit.

— Et toi ? » réplique-t-elle en pointant vers lui son minois comiquement barbouillé de savon.

Viktor rougit, ses tempes battent, il détourne les yeux, lorgne la porte.

Varvara Andreïevna a passé une robe de velours noisette, à taille haute et dentelles blanches, elle sent le savon frais et parfumé.

« À présent, je vais prendre du café ! Du café ! Du ca-fé ! Du ca-café ! » chantonne-t-elle et Viktor l'entend ouvrir la porte avec la clé.

---

1. Les contes russes évoquent souvent trois frères, dont le dernier, Ivan le Nigaud, finit toujours par l'emporter.

Il est plus de trois heures lorsqu'il boutonne sa capote et ajuste son sabre.

« Ce bonbon-là, tu le mangeras chez toi. » Et de saisir dans une coupe un berlingot qu'elle glisse tout au fond de la poche de Viktor. « Aïe, aïe, aïe ! Qu'est-ce que c'est que ça ? Une petite boule de papier ! »

Viktor tressaille, a un sourire torve. Varvara Andreïevna bondit légèrement en arrière, esquisse un pas de danse et ses doigts agiles défroissent le billet.

« Hum ! fait-elle en secouant la tête. De ta femme… »

Viktor veut lui reprendre le papier, mais elle le serre contre sa poitrine en le regardant gravement.

« Elle est enceinte, sans doute ? demande-t-elle à mi-voix.

— Oui, répond Viktor, maussade. Et puis… on a des soucis.

— Des soucis ? Ne raconte pas de bêtises ! » Varvara Andreïevna lui jette un regard sévère. « Quels soucis ? Parle ! Un problème d'argent ?

— C'est son père. Il est vieux…

— Bien sûr qu'il est vieux ! Qu'est-ce que tu me racontes ?

— On l'a mis dehors. Il était gardien de prison et, à présent… Alors ça fait du souci.

— Idiot ! Sottises ! On arrangera cette vétille ! Rentre chez toi ! Ou plutôt non : va d'abord te présenter au commissariat de la Collégiale. »

Viktor ne bouge pas.

« Eh bien ?… Ah oui ! Tiens, reprends-le ! »

Et elle lui tend le billet froissé comme un bout de chiffon.

« À quoi ça ressemble ? Qu'est-ce que ça veut dire ? » répète Viktor dans la rue. Et de secouer si énergiquement la tête que sa casquette en tressaute. « Le diable sait... à quoi ça rime. »

Il se fige soudain près d'un banc. Se détournant des passants, il s'assied, jambes croisées, s'empresse d'allumer une cigarette dont il tire avidement des bouffées de plus en plus frénétiques.

« Et si je racontais tout à Grounia ? Non, il ne faut pas, elle est grosse, je n'ai pas le droit de l'inquiéter. Elle est assez troublée comme ça. Seigneur ! Je le lui dirai plus tard. Ou... petit à petit. »

« O-oh ! » s'exclame-t-il en exhalant un nuage de fumée. C'est alors qu'il voit une auréole rouge sur sa main droite : une morsure. Viktor entreprend de l'effacer, de la presser de sa main gauche. La marque rutile. Il frotte avec effroi, désespoir, mais la vapeur légère d'une langueur monte en lui, noyant la peur. Il tire son gant de sa poche, le bonbon tombe à terre, à ses pieds. Viktor le voit du coin de l'œil, tandis qu'il enfile et tend soigneusement le gant de daim blanc. Il jette autour de lui un regard furtif, ramasse le berlingot. Le fourre dans sa poche. Quatre heures sonnent à l'horloge de la collégiale.

« Comment faire en sorte..., marmonne Viktor, s'agitant sur son banc. Comment faire pour que cela n'ait pas eu lieu ? Ce moment... Comment, diable, l'isoler... Hop ! hop ! » Du tranchant de la main, il sabre l'air. « Hop, et hop ! On n'en parle plus ! Il n'y a rien eu. »

C'est alors qu'il se rappelle la morsure sous le gant.

« Tu te bats avec qui ? »

Viktor sursaute. Il ne prêtait pas attention aux passants qui défilaient devant lui. Senkovski est planté près du banc, arborant un sourire torve. Viktor le regarde, sourcils haussés, bouche entrouverte.

« Tu en viens ? Ou tu t'y rends ? Allons-y ! » propose Senkovski en montrant d'un signe de tête la direction de la Collégiale.

Vavitch se lève et lui emboîte le pas.

« C'était comment ? » Les yeux plissés, Senkovski lui jette un regard oblique et sourit. « Tu seras vraiment idiot… » Il le saisit vigoureusement par la taille et le secoue. « Tu seras le dernier des idiots si tu n'en profites pas pour te faire de la gratte… Seulement, ne va pas t'en vanter, parce que là, ça chaufferait ! » Tout son visage se plisse, se fronce autour de son nez, sa tête est agitée de menues convulsions. « Là, mon vieux… »

Vavitch bouscule les gens au passage, ses sourcils se lèvent et s'abaissent tour à tour. Et ce n'est qu'au moment où Senkovski pousse les portes vitrées aux vergettes de cuivre que Vavitch songe à sa figure et adopte une contenance déférente et grave. Il s'engage d'un pas mesuré dans l'escalier aux degrés blancs.

« Dépêche, on va expédier ça ! dit Senkovski qui le précède au pas de course.

— Ah ! » Vavitch s'immobilise soudain. « Une dépêche ! Il faut que je lui expédie… Je peux la faire envoyer ? »

Respirant lourdement, il jette un regard prudent à Senkovski.

« Je voulais simplement dire : grouille-toi ! »

Senkovski le tire par la manche. Viktor écarte brutalement, hargneusement le bras.

« Laisse-moi ! » Il se renfrogne, le visage en furie. « Ça suffit comme ça ! J'en ai jusque-là ! » lance-t-il en devançant Senkovski et il entre le premier dans la salle d'accueil. La barrière est vernie et, au mur, deux chouettes portraits du tsar et de la tsarine sautent aux yeux. « Puis-je voir monsieur le commissaire ? demande-t-il d'une voix forte au policier de service, qui bondit, se précipite.

— Monsieur Vavitch ? » Il ajoute doucement : « Le commissaire est occupé avec un prévenu. Voyez son adjoint. »

Senkovski salue le policier par-dessus la barrière.

« Toujours pareil, chuchote celui-ci à son intention. Il est toujours avec le même gaillard.

— Et alors ?

— Muet comme une carpe, le gars ! »

Et de glisser quelque chose à l'oreille de Senkovski, qui se penche, affalé sur la barrière :

« Autrement dit, il n'en tire que des beuglements ? Tu ne sais pas s'il a essayé son… truc ?

— Si, c'est là que l'autre a beuglé.

— Allons-y, s'anime Senkovski. On va écouter. Arrête de faire des yeux ronds ! Ce n'est que la salle d'apparat… »

Il entraîne Viktor par le bras. Les deux hommes traversent de nouvelles pièces, puis s'engagent dans un long couloir.

« Chut ! » avertit Senkovski qui se met à marcher sur la pointe des pieds.

Un sergent de ville est posté à droite d'une porte ; le dos appuyé, penché tout contre le battant, il tend l'oreille. Il jette un regard circonspect à Senkovski et s'écarte respectueusement. Senkovski a un mouvement interrogateur du menton. Le sergent met deux doigts en fourchette qu'il rapproche de ses yeux. Senkovski opine, fait signe de l'index à Viktor et colle son oreille contre la porte. Sourcils haussés, il a la langue qui lui sort entre les dents. Il attire Vavitch près de lui et l'invite à l'imiter. Vavitch se penche légèrement. Il n'entend d'abord qu'un souffle bruyant. Soudain, un son inarticulé le fait sursauter, venu des entrailles, étouffé, vibrant comme le cri d'une bête furieuse.

« Mmeu-eu-a-a-a ! »

Senkovski lève un doigt.

« Tu parleras, tu parleras ! » Viktor reconnaît la voix de Gratchek. « J'ai tout mon temps. Moi, je ne me fatigue pas. Et comme ça ? »

De nouveau, le même son. Viktor s'écarte vivement de la porte. Senkovski brandit derechef son doigt et sa langue pend encore plus. Viktor, dodelinant de la tête, recule discrètement d'un pas dans le couloir. Il retire sa casquette qu'il se met à lisser de la manche. Senkovski se hâte de le rejoindre sur la pointe des pieds.

« L'idiot !… L'autre est en train de lui enfoncer les yeux, murmure-t-il. Le gars n'y tiendra pas, tu verras, il va se mettre à beugler comme un bœuf ! »

Et de rappliquer vers la porte où le sergent a déjà repris la place de Viktor.

Sa casquette à la main, Viktor avance doucement, pas à pas, dans le couloir. Passé le coin, il entend un brusque rugissement ; le cri est si fort qu'il semble être à l'étroit dans la gorge et la lacérer en lambeaux sanglants. Viktor se sent comme poussé dans le dos. Il accélère l'allure, fonce droit devant lui, voici la porte blanche, avec son valet d'huis pneumatique – on dirait que le cri résonne encore, même à travers le battant ; Viktor respire profondément et gagne la salle de jour. Sur une banquette recouverte de toile cirée, une dame. Elle pleure ? Des gens qui se pressent à la barrière, un sergent de ville au crâne dégarni, une médaille à son uniforme, et, les dominant tous, dans l'opulence des ors, le souverain dans son dolman rouge de hussard, à brandebourgs, souriant d'un air bienveillant, la souveraine à ses côtés, toute de blanc vêtue, telle une fiancée. Et tous attendent si convenablement, un seul se permet de tapoter la barrière avec sa petite clé. Tous se retournent sur Viktor qui se hâte de passer son chemin, vite, vite, laissant derrière lui le public, la barrière, se dirigeant vers le trio, là-bas : le policier de service, un autre de la maison, un troisième, en manteau, coiffé d'une casquette de fonctionnaire. Lui aussi se retourne sur Viktor, tiens-tiens, c'est quelqu'un de la chancellerie du gouverneur. Et les gens de se remettre à chuchoter. Faut-il donc qu'il s'en mêle ? Le fonctionnaire tape du doigt sur un papier. C'est alors que l'homme de service saisit le regard de Viktor et lui adresse un signe d'invite. Viktor claque des talons, le fonctionnaire secoue la tête en tapotant toujours son feuillet.

« C'est un fait ! Un fait ! Et motus jusqu'à demain ! » Il jette un coup d'œil au public de l'autre côté de la barrière. « On verra, on verra bien !... »

Il sourit, plisse les yeux, le doigt sur son papier que le policier de service indique à Viktor d'un mouvement du menton. Celui-ci n'arrive pas à lire, à cause du doigt...

« ... en uniforme dans les rues... de poster des gardes à l'extérieur... de quartier... pour instructions... »

« Tu as lu ? demande le policier d'une voix forte.

— Tenez ! »

Le fonctionnaire se tourne vers Vavitch et lui tend le papier.

Tapé à la machine, en lettres espacées :

Demain, 18 octobre, dès le matin, interdiction de se présenter en uniforme dans les rues et de poster des gardes à l'extérieur jusqu'à nouvel ordre. Consigner les effectifs dans les locaux des commissariats. Ordre à tous les commissaires de quartier de se présenter à moi, aujourd'hui, à 23 h pour instructions ! Libérer, à 3 h du matin, toute personne interpellée et détenue dans les commissariats. Signé : Le chef de la police.

Vavitch relit chaque mot, puis encore une fois, en murmurant :

« Les voyous aussi ?

— Chut ! » Le fonctionnaire se plaque l'index sur le nez. « Vous n'avez pas compris ? » Il se penche brusquement vers l'oreille de Vavitch et, masquant sa bouche de la main : « La *lipperté*[1] ! » ajoute-t-il avec un clin d'œil à la ronde, en trottinant vers la sortie.

Le policier de service se précipite à la barrière.

« Veuillez m'excuser, messieurs ! Je vous l'ai déjà expliqué : aucun laissez-passer, ni pour les médecins ni pour qui que ce soit ! Ce n'est pas nous qui les délivrons, c'est le commandant de la ville… Si l'effervescence se calme, alors… à votre service ! »

Viktor reste avec un inspecteur qu'il ne connaît pas : un visage de soldat, marqué par la petite vérole, et, dans les fentes de ses yeux, les prunelles qui vont et viennent, pareilles à deux cafards.

« Qu'est-ce que c'est ? » s'enquiert Vavitch en levant précautionneusement le feuillet.

L'inspecteur hausse une épaule ; il est de biais et fixe le sol.

« Comme si vous ne le saviez pas ! Surtout vous !

— Mais qu'est-ce qu'il racontait, l'autre ? » reprend Viktor en indiquant de la tête la porte par laquelle est sorti le fonctionnaire.

L'inspecteur lui lance un regard oblique.

« Il a dit : bouche cousue ! » réplique-t-il d'une voix égale, sourde, les yeux rivés au plancher, avant de lui jeter un nouveau coup d'œil.

Viktor regagne la salle de jour.

« Qui ? Qui ça ? demande le policier de service en tendant l'oreille. Non, l'adjoint du commissaire est parti,

---

1. Parodie de l'accent yiddish.

vous arrivez trop tard… Demain ? Oh, vous savez, demain… » Moue de la lèvre inférieure, haussement des sourcils. « Désolé ! »

Et de se retourner vers le public.

Viktor passe de l'autre côté de la barrière.

« Prenez à droite, crie derrière lui l'homme de jour en indiquant de la main une porte basse. On vous y renseignera peut-être. »

Viktor entre dans une petite pièce sans meubles, au plancher maculé. En face, une autre porte, munie d'un valet d'huis à ressort. Elle s'ouvre en glapissant et Vavitch se retrouve dans un escalier de pierre aux rares balustres de métal. Il entend aussitôt monter des jurons et un ahanement familier. Il regarde par-dessus la rampe : deux sergents de ville poussent sans ménagement un homme vers le haut.

« Mes bras, mes bras ! Pourquoi que vous me tordez les bras, fumiers ? Laissez-moi, j'irai bien tout seul, démons ! » crie l'individu.

Il se débat, s'agite, donne des coups de sa tête dénudée. Les sergents continuent de lui tordre les bras et de le propulser sans un mot. L'un d'eux lève les yeux, aperçoit Vavitch et, cramoisi, essoufflé, lui jette un coup d'œil plein de hargne et de reproche. Alors, Viktor dévale l'escalier et, de toutes ses forces, agrippe les cheveux de l'homme, ses mèches en broussailles – han ! –, les entortille et le tire vers le haut comme un sac, en serrant les dents de plus en plus fort, à les faire grincer. D'un coup de reins, il ouvre la porte que lui indiquent les sergents. Un couloir de pierre et des veilleuses au plafond. Viktor lâche les cheveux. L'homme pousse toujours la même plainte folle et, en réponse, s'élève dans le couloir un brouhaha, un vacarme, le couloir tout entier bascule dans le charivari, on se met à cogner à toutes les portes et les visages se pressent aux judas. Un sergent passe en courant, agitant ses clés, on n'entend pas ce qu'il crie. Il bouscule Viktor et fonce vers la sortie. Vavitch s'élance à sa poursuite, mais, déjà, l'autre dévale l'escalier. Il traverse rapidement la cour, fait signe à un pompier posté devant les portes ouvertes d'un hangar.

« Grouille-toi ! crie le sergent. Ça recommence ! »

Viktor voit les pompiers dérouler en hâte le tuyau d'incendie, le tirer, le hisser dans l'escalier. Reprenant son souffle, il regarde, mais les pompiers l'écartent, le rejettent sur le côté. Viktor cherche la sortie. Un sergent, armé d'un fusil, est posté près des portes. Il ouvre le verrou du portillon et laisse passer Vavitch.

Viktor aperçoit le gros adjoint du commissaire qui saute en marche d'un fiacre devant le commissariat et, au galop, traverse le trottoir, la capote en bataille.

Viktor marche à toute vitesse, sans savoir encore où il va.

Un coup de sonnette

« Oui, oui, oui, j'y ai été ! répète Andreï Stepanovitch. J'ai été à la prison, j'ai été chez le chef de la police. »

Il fait demi-tour dans l'angle de la pièce et repart dans l'autre sens.

Dans son fauteuil, Anna Grigorievna fixe la porte sombre, sourcils haussés. Comme si elle souffrait d'une rage de dents, elle balance la tête.

« Et même dans deux commissariats… »

Nouveau demi-tour, dans le coin opposé.

Les coudes sur les genoux, Sanka est assis sur le divan, les yeux rivés au sol.

« Il faudrait… », laisse échapper Anna Grigorievna d'une voix rauque.

Sanka relève brusquement les yeux : va-t-elle se remettre à pleurer ?

« Bien sûr qu'il le faut, tranche Tiktine. Personne ne dit le contraire.

— Semion Petrovitch… » La voix d'Anna Grigorievna est éteinte, elle égratigne à peine l'atmosphère. « … fait des démarches. Il l'a promis. Pas en son nom propre, s'entend…

— On en a déjà parlé vingt fois ! répond Sanka en écrasant sa cigarette éteinte dans le cendrier et en se levant. Sept heures et demie, bon sang ! Sept heures et demie du matin !

— Ce que je voulais dire, s'anime soudain Anna Grigorievna, c'est que seuls ses camarades peuvent savoir quelque chose. Je me suis rappelé une adresse que j'ai apprise lors de la perquisition : rue du Cimetière, et un numéro. Semion Petrovitch s'y est rendu, mais cela n'a rien donné du tout.

— Quel Semion Petrovitch ? demande Sanka en tapant du pied. Bachkine ? Ce salopard ? Comment as-tu osé ?… » Il bondit sur place, furieux. « Ce damné… Quelle idiotie !

— Que faire, alors ? » Anna Grigorievna s'arrache de son fauteuil, elle joint les mains qu'elle agite devant son menton. « Que faire ? répète-t-elle en marchant sur Sanka.

— Donner des adresses à des Bachkine ? braille Sanka, bafouillant de fureur. C'est ça ? Allez au diable ! »

Il quitte la pièce, claquant la porte derrière lui. Le piano en résonne.

Anna Grigorievna a le regard rivé sur la porte, les mains toujours jointes devant elle. Andreï Stepanovitch reste un instant immobile, puis se dirige d'un pas résolu vers le couloir.

« Andreï ! »

Anna Grigorievna s'accroche à son bras, s'y suspend et s'effondre. Tiktine a tout juste le temps de la retenir.

« Sanka ! » crie-t-il sur une note aiguë.

Son fils ouvre brutalement la porte.

« Attrape-la par ici ! » commande-t-il.

Et de soutenir sa mère sous les bras, d'indiquer de la tête à son père de la soulever par les genoux.

Sanka passe fébrilement en revue les petites fioles sur la coiffeuse. Andreï Stepanovitch tente de glisser des coussins sous les jambes de sa femme.

« La tête… le plus bas possible. Le plus possible, répète Andreï Stepanovitch, le souffle court. Et un courant d'air frais…

— Alors, ouvre le vasistas ! » crie Sanka, furieux.

Andreï Stepanovitch relève soudain la tête.

« Tu peux être fier de toi ! »

D'un doigt accusateur, il montre Anna Grigorievna.

« Ne vous disputez pas ! »

Tous deux tressaillent et regardent la vieille femme.

Andreï Stepanovitch entend la domestique passer en traînant ses pieds nus, il l'enjoint de mettre aussitôt le samovar en route : de toute façon, il faudra certainement de l'eau chaude… pour des bouillottes. Déjà, sa femme murmure quelque chose à Douniacha. Tiktine va se rouler une cigarette dans son cabinet de travail. Il entend Sanka entrer. Absorbé par sa tâche, il ne se retourne pas.

« Elle va mieux, dit Sanka d'un ton las. On lui a trouvé ses gouttes et elle est avec Douniacha. Elle se déshabille.

— Hum…, grogne Andreï Stepanovitch qui entend son fils prendre place dans un fauteuil.

— Qu'est-ce qui te met en rogne ?

— C'est lui qui me le demande ! » coupe Andreï Stepanovitch.

La pièce est plongée dans la pénombre, seule la lumière du salon découpe un vague carré sur le bureau.

« Arrête ! De toute façon, c'est une idiotie ! »

Sanka craque une allumette, se met à fumer.

Andreï Stepanovitch se rembrunit.

« Oui, poursuit Sanka en regardant droit devant lui, une idiotie due à cette abnégation maternelle tant vantée ! Alors que des centaines de milliers de personnes sont arrêtées, quel cirque on fait, dites-moi, pour notre Nadienka !…

— Fiche-moi le camp ! répond distinctement son père en articulant chaque syllabe, comme s'il s'y était préparé.

— Magnifique !… Mille mercis ! »

Sanka bondit sur ses pieds et sort.

Andreï Stepanovitch traverse le rai de lumière et revient à son bureau. Il s'immobilise, redresse la tête.

« Il a parfaitement raison ! lance-t-il en acquiesçant vivement. Oui ! »

Il s'essouffle à chercher ses pantoufles, délace ses chaussures. Sans bruit, mais d'un pas appuyé, il traverse le couloir et se retrouve près de la porte d'Anna Grigorievna : derrière, on chuchote, il reconnaît la voix de Sanka. Il fait demi-tour, repart du même pas appuyé, en regardant fermement devant lui. Déjà, le matin grisonne à la fenêtre. Andreï Stepanovitch tire le cordon du store et sursaute : à croire qu'il a tiré celui de la sonnette, car dans l'entrée on sonne effectivement. Il lâche le store et sort dans le couloir. Douniacha va ouvrir, la lampe de la cuisine à la main.

« Qui est-ce ? » demande-t-elle.

Andreï Stepanovitch observe, sur ses gardes. Douniacha claque la porte.

« Qu'est-ce que c'est ? » lui crie Tiktine.

Elle s'approche de lui sans un mot. Il attend, sourcils froncés, prêt à reculer.

« Un genre de livreur de journaux. »

Douniacha lui tend un feuillet. Andreï Stepanovitch se porte en avant.

« Voyons… », murmure-t-il.

Il prend précautionneusement le papier et, les jambes flageolantes, passe au salon. Il s'approche de la lampe, chausse son pince-nez. Il entend Sanka marcher à pas vifs, bruyants. Andreï Stepanovitch saisit la lampe, retourne dans son cabinet de travail, en pousse la porte.

Il examine la feuille : « Numéro spécial des *Nouvelles* », « Manifeste impérial », lit-on en grosses lettres fermes. La respiration d'Andreï Stepanovitch s'accélère et, dans sa tête, telles des pages feuilletées, les pensées fusent, se bousculent, désordonnées. Ses yeux errent sur la feuille : ça alors ! Il ne parvient pas à se fixer d'un coup sur l'essentiel, son regard part à la dérive.

« Pouah ! Je dois me ressaisir ! »

Il s'assied lentement dans un fauteuil, rajuste son pince-nez, croise les jambes et se remet à lire. « Surtout, ne pas aller trop vite, ne pas se précipiter ! » s'enjoint-il.

PAR LA GRÂCE DE DIEU, NOUS, NICOLAS II,
EMPEREUR ET AUTOCRATE DE TOUTES LES RUSSIES,
Tsar de Pologne, Grand-Prince de Finlande, etc., etc., etc.

Les troubles et l'agitation dans les capitales et en de nombreux points de Notre Empire emplissent Notre cœur d'une immense et pesante affliction. Le bonheur du Souverain de Russie est indissociable du bonheur du peuple, et la tristesse du peuple est la Sienne. Les troubles qui éclatent aujourd'hui peuvent engendrer de profondes dissensions dans le peuple et menacer l'intégrité et l'unité de Notre puissance.

Le serment que Nous avons solennellement prêté, Notre devoir de Tsar Nous commandent, par toutes les forces de la raison et de Notre pouvoir, de faire en sorte que cessent au plus vite ces troubles si périlleux pour l'État. Ayant enjoint les autorités compétentes de prendre toutes mesures pour éliminer les manifestations directes de désordres, d'excès et de violences, afin de protéger la population pacifique, soucieuse de remplir tranquillement le devoir qui incombe à chacun, Nous avons jugé nécessaire, afin d'assurer le succès des mesures par Nous prescrites en vue de pacifier la vie de notre État, d'unifier l'action du gouvernement suprême.

Nous confions au gouvernement la tâche d'exécuter Notre inflexible volonté :

1. Octroyer à la population les libertés civiques fondamentales sur la base des principes suivants : inviolabilité effective de la personne, libertés de conscience, de parole, de réunion et d'association.

2. Sans retarder les élections prévues à la Douma d'Empire, faire participer à l'Assemblée, dans la mesure du possible, dans le bref délai imparti jusqu'à la convocation de ladite Douma, les classes de la population actuellement privées de tout droit électoral, laissant ensuite au Pouvoir législatif nouvellement instauré le soin de développer le principe du suffrage universel.

3. Établir comme règle immuable qu'aucune loi ne pourra entrer en vigueur sans l'approbation de la Douma d'Empire et que les élus du peuple auront la possibilité d'être associés au contrôle de la légalité des actions menées par les autorités que Nous avons nommées.

Nous appelons tous les fils loyaux de la Russie à ne pas oublier leur devoir envers la Patrie, à prêter mainforte afin que cessent ces troubles inouïs et à unir leurs efforts aux Nôtres pour le rétablissement de la quiétude et de la paix sur la terre de Nos pères.

Donné à Peterhof, le dix-sept octobre de l'an de grâce mil neuf cent cinq, et de Notre règne le onzième.

NICOLAS

Andreï Stepanovitch interrompt sa lecture, se contentant de parcourir les dernières lignes. Mais son esprit ne suit plus. Il a le souffle court, il contemple le feuillet comme une merveille : et si c'était un faux ? Il serre plus fort les doigts pour bien sentir le grain du papier. « La Constitution ! » Il a la Cons-ti-tu-tion entre les mains ! Non, ça n'est pas possible ! Pas possible ! La voici donc… Sa tête déborde aussitôt de pensées qui se chevauchent, comme si toutes voulaient parader, s'imposer ; il en est tant, tant d'autres qui affluent, et un bonheur à nul autre pareil palpite entre ses mains.

« Sanka ! crie-t-il en bondissant de son fauteuil. Alexandre ! Viens donc, bon sang ! » Il déboule de son cabinet dans le salon, en retenant son pince-nez. « Aniouta ! Anna ! Qu'est-ce que vous fabriquez, bon Dieu ? »

Dans sa hâte, il renverse une chaise dans la salle à manger : il est bien question de chaises ! Elles volent gaiement en tous sens, soudain vives et lestes.

« Non mais regarde-moi ça ! »

Anna Grigorievna se redresse sur sa couche, ses yeux brillent d'une joie craintive et clignotent.

« Quoi ? Quoi ? Qu'est-ce que tu as ? »

Andreï Stepanovitch tapote le feuillet du dos de la main.

« C'est la Constitution ! »

Et de sourire : son visage s'épanouit largement, réduisant ses yeux à deux fentes brillantes.

Anna Grigorievna perçoit son bonheur et lui tend ses deux mains : comme il est heureux ! Il se précipite vers elle, et elle le prend par le cou, embrasse ses douces moustaches, sa barbe.

« Ma petite Anna, réfléchis, imagine un peu… Tu comprends, je n'en crois pas mes yeux ! » Il s'assied sur le lit. « Non, ma parole, je n'y crois toujours pas ! Je te jure, c'est absolument fantastique ! » Il bondit de nouveau. « C'est tellement… Que te faut-il ? Je te l'apporte tout de suite ! » Il est plein de vivacité, léger. « Attends, je te l'apporte ! Non, vraiment, c'est extraordinaire ! Regarde ! » Il se rassied. « Regarde-moi comment tout ça est tourné ! Franchement… » Il fourre le papier sous le nez de sa femme. « Tu imaginais vivre jusqu'à la Constitution ? En Russie ! »

De ses yeux pleins de joie, Anna Grigorievna contemple le bonheur qui transporte son mari, et approuve de la tête.

« Permets-moi… » Tiktine est planté au milieu de la pièce, retenant son pince-nez. « Ce Manifeste, c'est une capitulation ! Une capitulation, mes agneaux ! Non, écoute la suite…

— Donc, on va relâcher Nadienka, continue d'approuver Anna Grigorievna qui, sur sa couche, esquisse un sourire, comme si, des lointains, voguait vers elle une barque radieuse.

— Ah, Seigneur ! s'écrie Andreï Stepanovitch, renversant la tête en arrière. Cela ouvre des… Ouf ! soupire-t-il. Comprends donc… Mon Dieu ! Tu ne saisis pas ? » Et de lui adresser un sourire persuasif en écartant les mains, l'une tenant le pince-nez, l'autre le papier. « C'est incroyable ! »

Il fait les cent pas dans la pièce, de la fenêtre à la porte, secouant la tête, les mains et le feuillet dans le dos. Il s'immobilise brusquement à la croisée.

« Regarde, regarde ! Viens ici ! » Sans se retourner, il l'appelle d'un geste énergique. « Vite ! Comme tu es ! »

Il jette un coup d'œil par la fenêtre, s'appuie à la vitre, dans le coin. « Vois donc ! » Toujours sans regarder sa femme, il la saisit par la nuque et oriente sa tête. « Là-bas ! Là derrière ! Cette foule ! »

Et la rumeur, les « hourra ! » font tinter les vitres.

« Regarde les lycéens ! »

Andreï Stepanovitch bondit sur l'appui de la fenêtre, ouvre le vasistas d'une main impatiente.

En parvient un vacarme ébouriffé, joyeux. Des voix fluettes, discordantes :

« Hourra-a !

— Hourra ! » croasse Andreï Stepanovitch qui se dresse sur la pointe des pieds pour atteindre le vasistas, tout là-haut.

Anna Grigorievna tressaille, éclate de rire, elle parcourt du regard la rue, comme si elle s'éveillait enfin et que, derrière la vitre, lui fussent apparues ces riantes contrées étrangères, plus belles que dans tous ses rêves.

« Sanka ! Il faut appeler Sanka ! crie Andreï Stepanovitch en se retournant.

— Il a déjà filé ! » Anna Grigorievna agite une main amollie. « Ça fait un bou-out de temps ! »

Andreï Stepanovitch saute de l'appui de la fenêtre, léger comme une balle bondissante.

« Tu comprends tout ce qu'on peut faire ? » Il la saisit par l'épaule, la tourne vers lui, la contemple un instant. Anna Grigorievna sourit : il a des yeux pareils à des perles de verre. « Tu ne comprends rien ! » Andreï Stepanovitch dépose un rapide baiser sur sa joue et regagne son cabinet. « Mes bottes ! Mes bottes ! Où les ai-je fourrées ? La Constitution ! C'est pas de la roupie de sansonnet ! » répète-t-il en se hâtant.

Sanka ne sait plus quel jour on est – une journée superbe, comme ensoleillée ; au coin d'une rue, des collégiens et collégiennes lui crient « hourra ! » et il les salue au passage en agitant sa chapka. Un concierge devant son portail se fend d'un sourire ironique en indiquant les jeunes gens d'un mouvement de sa barbe, l'air de dire : « Voyez-moi ça ! » Puis les fonctionnaires des Postes grimpent en bande bruyante sur le perron de leur administration, ils parlent, font de grands gestes ; il est tôt, mais il y a un monde ! Déjà, du haut du perron, quelqu'un pérore, clame, et là, en bas, ils sont tout un paquet, une foule qui, avant même que Sanka n'arrive, se met à pousser des « hourra ! ». De son perchoir, l'autre brandit son bonnet, bouche ouverte, veines du cou gonflées, tel un chanteur d'opéra : « Hourra ! » Tous d'acquiescer, de se sourire comme s'ils se connaissaient, on se presse près des petits crieurs de journaux, tous se parlent soudain. Sanka se fraie un chemin jusqu'à l'un de ces gamins qui serre un rouble entre ses dents, tandis qu'il fouille sa poche en quête de monnaie.

Un Juif :

« Mais vous, monsieur l'étudiant, vous n'en avez pas besoin ? Pas la peine de lui vendre un journal, il était déjà au courant hier ! Ah, si c'est un document historique, d'accord ! » Il rit, puis se penche vers Sanka. « Alors ? On les aura, nos droits ? Oui ? Vous devez le savoir… »

Sanka opine :

« Oui, oui ! On aura tout. »

D'une fenêtre en hauteur, retentit une *Marseillaise* au piano. Quelqu'un entonne n'importe comment, sans suivre la cadence :

« *Allons, enfants de la-a** … »

Personne ne reprend le chant. Les voix rivalisent de gaieté. Sanka croit entendre le couloir du collège avant la sortie mais, non, ici le ton est plus fougueux, il monte, de plus en plus puissant. Et l'on ne disperse pas la foule ! Sanka s'aperçoit soudain qu'il n'a pas vu l'ombre d'un sergent de ville, il n'y en a pas non plus près de la poste.

Sanka se saisit de deux journaux d'un coup pour ne pas avoir à s'embêter avec la monnaie.

« Est-elle sortie ou vais-je la trouver chez elle ? » songe-t-il en balançant les journaux au rythme de ses pas.

Dans son élan, il dépasse presque le palier, lorsque la porte s'ouvre d'elle-même.

« Je vous ai vu du balcon courir comme un possédé, en agitant vos journaux. »

Tania est là, devant lui, maintenant sur sa poitrine sa robe d'intérieur noire et rouge.

« Ma petite Tania ! » Dans sa fougue, il veut l'embrasser, mais elle a un mouvement de recul. « Tu as vu ? Tu as vu ? »

Et Sanka de brandir ses journaux.

« Quoi donc ?

— La Constitution !

— Peuh ! Je pensais qu'on avait au moins assassiné le tsar, réplique-t-elle en se rembrunissant.

— Y a pas un sergent dans la rue ! reprend-il en sabrant l'air.

— Et alors ? Les *sergents de ville** ? »

Tania passe au salon.

« Mais c'est la liberté ! » poursuit-il depuis l'entrée en la voyant écarter le rideau et arranger méticuleusement les pots de fleurs.

Il ne sait plus quoi dire, tout dégringole, tout dévale la pente, rouleau silencieux qu'il voudrait retenir, arrêter au plus vite, il ignore comment, par quel mot, par quel geste. Tout va s'engouffrer dans une brèche et disparaître pour longtemps, pour toujours.

« Tania ! » dit-il.

Dans le salon, elle lui tourne le dos, penchée sur ses fleurs.

« C'est encore pire, songe-t-il. M'en aller ? Elle ne me rappellera sans doute pas, autant dire que ce sera fini à tout jamais. Que lui ai-je donc fait ? »

Soudain, de désespoir, il trépigne sur le parquet et, en manteau, la chapka sur la tête, écarte le rideau du salon.

« Tania, pardonnez-moi !… Allons, qu'est-ce que tu as ? »

Il lui saisit le coude. Elle retire son bras. Elle farfouille encore un peu dans ses fleurs, puis se redresse.

« On ôte son manteau et sa chapka avant d'entrer. » Elle le regarde sévèrement, droit dans les yeux, comme on lance d'ultimes paroles avant la séparation. « Allez, enlevez-les ! »

Sanka obtempère, mais il voudrait défoncer le parquet à coups de talon. Il entreprend de retirer son manteau d'uniforme, puis, brusquement, renfile sa manche, tourne la clé dans la serrure et bondit dans l'escalier.

« Au diable ! Au diable ! » répète-t-il, martelant les mots, descendant les degrés quatre à quatre. Il franchit la porte principale, vire sur la gauche : tourner vite, au coin le plus proche, pour ne pas jeter, quoi qu'il lui en coûte, un seul regard en arrière vers le balcon ! Un instant, il n'entend plus la rue, il n'a pas encore passé le coin que la voix s'engouffre dans ses oreilles, la voix de la ville entière, elle monte d'abord en une haute colline, puis se répand de toutes parts et, de nouveau, enfle, on dirait qu'elle transperce la terre. La voix s'élève en tempête, la joie agite, anime chacun. Là-bas, c'est la bousculade aux portes du *Bon Caboulot*, chez l'Allemand. Sanka joue des coudes, derrière le comptoir le patron sourit et fait à chacun le présent d'une chope de bière. Tous restent debout, parlent et, là-bas, ça s'embrasse, ça s'embrasse, à croire que les gens viennent de se réconcilier, on voit des larmes dans les yeux.

« Nous aussi, nous aussi on en a enduré, dit un monsieur, serrant sa chope contre sa barbe. On s'est sacrifiés autant qu'on a pu. Moi, tenez, on m'a viré de l'université en quatrième année !… Comme j'ai pu… Avec mes moyens… » De sa main libre, il saisit un fonctionnaire des Postes par le revers, l'attire vers lui. « C'est arrivé ! Seigneur ! »

Quelqu'un salue Sanka en levant sa chope, un type tout petit, perdu dans la masse. « Mon vieux prof ! » Sanka entreprend de le rejoindre, muni de sa chope, arrosant les gens au passage, mais eux se bornent à trinquer, acquiesçant de leurs moustaches humides :

« C'est arrivé ! Écoutez ! Vous trouvez ça remarquable ?… Seulement, allez savoir ce qui va se passer, à présent !…

— Figurez-vous, j'étais en chemin, enchaîne une voix de basse enjouée, et toujours pas un seul sergent de ville, comme rayés de la carte, je n'en croyais pas mes…

— Trinquer avec vous ! Ah, pardieu ! Tout va changer, ma parole ! On reprend tout à zéro ! »

Sanka tend sa chope vers le vieux professeur qui lui adresse un signe de tête. On ne distingue pas ce qu'il dit, des paroles sans doute joyeuses, madrées, de bonnes paroles, sûrement pleines de subtilité. Sanka ne peut arriver jusqu'à lui, il le salue de loin, rit et boit une gorgée de cette bière, pour ainsi dire communautaire, un gage en quelque sorte, va savoir !… En tout cas une bière du tonnerre !

« Je donnais des cours à un public populaire : rien que des ouvriers ! Parfait pour l'agitation. Et ça aussi, ça a joué… Si, si, ça n'est pas rien ! »

749

Grisonnant, vêtu d'un macfarlane, le chapeau rejeté sur la nuque, l'homme pointe une cigarette ébouriffée, en tire des bouffées, quand soudain retentit d'en haut une voix de héraut, qui semble familière à Sanka :

« De toute façon, tôt ou tard... Ça devait se produire... Inévitablement ! La ca-pi-tu-la-tion ! »

Et Bachkine d'agiter sa chapka au-dessus de l'auditoire.

« Hourra ! crie-t-on dans un coin.

— Hourra ! crie Bachkine en agitant son bonnet.

— Hourra-a ! » s'écrient-ils tous en fixant gaiement les yeux brillants, heureux de Bachkine.

Nouveau moulinet du chapeau comme pour déclencher une salve, et ça pète, telle une détonation : « Hourra ! » Tous attendent la troisième rafale sans quitter Bachkine du regard.

Sanka commence à faire retraite.

« Mon ami, mon immense ami ! lance Bachkine en lui saisissant et lui secouant la main. J'en ai à te raconter ! Je viendrai te voir et je te dirai tout ! »

Sa voix est pleine d'émotion, d'attente joyeuse, à en pleurer. Sanka lui rend sa poignée de main et finit par libérer son bras. Dans la rue la lumière du soleil flotte à travers les nuages, tantôt enflant, tantôt pâlissant ; Sanka a l'impression que, d'un instant à l'autre, elle va percer, resplendir dans un fracas de joie, et que Bachkine est tout simplement un malade, avec, de temps à autre, une petite lueur, ça lui arrive... Oh ! Des gens qui marchent devant, avec un étendard, une foule entière sur la chaussée ! Sanka accélère le pas. On dirait qu'ils chantent. Sanka se hâte à leur suite. À cet instant, du coin de la rue, crépite, allègre, la grêle d'un fiacre, c'est Andreï Stepanovitch qui se penche gaillardement au tournant, agitant son chapeau gris à l'adresse de quelqu'un sur le trottoir, rejetant sa chevelure en arrière et replantant son couvre-chef d'un geste crâne. Et de saluer, saluer encore et encore, tandis que le cocher fouette hardiment son cheval. Voici Tiktine à la hauteur du drapeau, il se dresse dans la voiture et multiplie les salutations.

Sanka plonge dans la foule dense sur la place de la Collégiale, il a perdu de vue l'oriflamme, il ne l'a pas rattrapée, tant pis ! Ils vont tous là-bas, à la douma municipale dont l'immense place est noire de monde.

Avec des « ho ho ! », tous regardent en l'air, au-dessus de l'horloge où, sur le Neptune de plâtre, se tient une petite silhouette noire, près de la flèche du mât.

« Hourra-a-a ! » crie-t-on.

Et voici que l'homme lève le drapeau rouge et tente de ficher la hampe. Ça coince. Rumeur de la foule. L'homme s'active et, soudain, d'un seul coup se déploie l'étendard qui flotte solennellement.

« Aaah ! » braille la foule et l'on dirait que ce hurlement fait claquer plus fort l'oriflamme.

Le calme s'instaure peu à peu, quelqu'un agite un couvre-chef comme pour chasser le cri. Venant du côté de l'entrée principale de la douma, là-bas, au loin, une voix troue le silence, déversant des mots. Lesquels ? Impossible de les saisir. Une main au-dessus de la tête, l'homme brandit un feuillet. Et de se remettre à mouliner des paroles :

« Ce jour est… »

Sanka n'en entend pas plus. Nouvelle salve de « hourra ! ». Brusquement, sur le socle du monument en face du perron, l'orateur retire sa casquette qu'il agite. Les têtes se retournent : que la foule est drue autour de la statue ! L'homme remet son couvre-chef – une casquette d'étudiant. Sanka le reconnaît : c'est Batine !

Batine promène son regard sur la foule, tourne deux fois la tête, et le silence se fait un instant.

« Camarades ouvriers ! » La voix de Batine déferle sur la place. « C'est au peuple ouvrier tout entier que je m'adresse ! À quoi bon ces "hourra !", à quoi rime cette liesse ? Le tsar ! Les capitalistes ! Les propriétaires ont été pris à la gorge et, dans l'affolement, le monarque nous a jeté cet os à ronger. » Et de jeter à son tour le feuillet froissé. Rumeur de la foule en réponse. « L'ouvrier en retirera quoi ? Des nèfles ! » Brandissant un bras à la manche retroussée, Batine fait la figue. « L'Assemblée des hobereaux et des popes n'intercédera pas pour nous. Pourquoi avons-nous versé notre sang ? En rester là, c'est vendre la révolution ! »

Une houle monte des derniers rangs et, du perron de la douma, une nouvelle voix entre dans la danse. « Hourra ! » crie-t-on à l'autre bout de la place.

Haletant, le débit de Batine déchire l'air en éclats.

« Les cognes se planquent, l'armée est sur le pied de guerre... »

Ici ou là, on entonne déjà :

Du passé faisons table rase !

Et roule par toute la place l'écho des hourras ; surnagent des bribes de mots :

« Ce cadeau que les maîtres nous consentent nous coûtera la peau... » On voit à présent Batine ouvrir grand la bouche, lever le poing, et Sanka distingue à peine : « Ça n'est pas fini ! »

À cet instant, un drapeau se dresse au milieu de la foule, tous s'ébranlent dans un balancement de têtes, et le flot dense, derrière l'étendard, se déverse dans l'artère principale de la ville.

D'une haute fenêtre d'hôtel, le cuivre ténu d'un cornet à pistons joue *La Marseillaise*. En tête du cortège, agitant son bonnet et criant quelque chose, marche le tailleur de Sanka, Soloveïtchik. « Je lui dois cinquante-sept roubles », se souvient Sanka. Mais le tailleur est si bien emporté dans le mouvement que Sanka se dit : « Même s'il m'aperçoit, il ne bronchera pas. » À un balcon, une demoiselle fait de grands saluts avec une écharpe, serpentin multicolore juste au-dessus des têtes. On applaudit. Là-bas, des baïonnettes oscillent, dominant la foule. Des soldats.

« Hourra ! » leur crie-t-on.

Un collégien accroche un ruban rouge à la baïonnette de celui qui ferme la marche. Les soldats ont un sourire gêné : ils sont simplement de garde à la banque. « Hourra ! »

« Hourra ! » lance-t-on à la cantonade.

Posté près du trottoir, un vieil inspecteur de quartier, dans son uniforme impeccable, sourit et, de la tête, approuve les « hourra ! ».

Étendard et foule font le tour de la place de la Collégiale, un instant le soleil semble couler un regard par une fente, alors s'embrase le drapeau, il s'empourpre de sang au-dessus des têtes, zébrant le ciel, foudre vivante. Le cœur de Sanka cesse de battre : le drapeau affirme, haut et fort, l'inéluctable nécessité du sang.

« Et Batine qui est encore sur son perchoir ! »

Sanka a l'estomac qui se noue. Mais voici qu'on porte quelqu'un en triomphe, il est balancé, ballotté sur la vague humaine comme un bouchon dans l'eau en ébullition. Et de nouveau : « Hourra ! » À un endroit, une partie du cortège tourne dans la rue des Jardins, il en arrive encore et encore, le torrent emporte Sanka. Il ne reconnaît plus les rues, la cour de l'université : la foule déferle dans l'amphithéâtre de médecine, des étudiants, formant une chaîne, contiennent les gens.

Je le tuerai !

Nadienka est à sa place habituelle à la table de la salle à manger ; à côté, sous la nappe, Anna Grigorievna s'est emparée de sa main, elle la garde, la serre, relâche sa pression pour l'augmenter soudain à en trembler, fermant presque les yeux.

Tenant un verre de thé froid, Andreï Stepanovitch arpente la pièce ; il louche sur sa fille qui, de sa main libre, tartine maladroitement son pain. La femme de chambre débarrasse la vaisselle inutile qu'elle rassemble sur un plateau.

« Douniacha ! lance Andreï Stepanovitch en la regardant gaiement dans les yeux. Douniacha ! Vous avez une idée de ce qui se passe au village, chez vous ?

— Je crois qu'on a sonné, intervient Anna Grigorievna, aux aguets. Ne bougez plus, ne faites pas de bruit de vaisselle !

— On sonne ! » confirme Tiktine en secouant résolument la tête.

Déjà, Douniacha est allée ouvrir. À peine tire-t-elle le verrou que la porte s'ouvre à la volée, manquant de la renverser. Bachkine fait irruption dans le vestibule, arrache sa chapka, la colle sur le guéridon, se dépouille allègrement de son manteau qui atterrit sur le sol. Sans un regard, il franchit le couloir à pas de géant. Anna Grigorievna l'attend sur le seuil de la salle à manger.

« Ma chère, ma bonne amie ! s'écrie-t-il. Tous mes compliments ! » Anna Grigorievna est éberluée, Bachkine la serre, l'enserre dans ses bras. « Mes compliments pour la liberté et pour votre Nadejda ! Andreï Stepanovitch, mon précieux ami ! » Bachkine salue Tiktine par un enclin comme à l'église, on dirait qu'il va se signer. « Nadejda Andreïevna ou tout simplement Nadienka ! Nadienka, ma toute chérie ! » Et de se plaquer bruyamment sur la main un baiser qu'il envoie à la jeune fille. « Moi, tel que vous me voyez…, poursuit-il en pointant un long doigt recourbé sur sa poitrine. Moi, messieurs, je m'éjouis plus que tout autre ! Vous ne pouvez comprendre ! Je suis le plus libre de tous ! braille-t-il. À en marcher la tête en bas ! » Et d'éclater de rire, de plisser les yeux, comme ébloui par le soleil. « La tête en bas, je vous jure ! »

Il se met à quatre pattes, envoie une ruade tel un jeune veau et, soudain, à l'étonnement de tous, ses gigantesques jambes se lancent vers le plafond, sa longue veste se retourne, et tout dégringole par terre. Un des pieds accroche la table, un verre et une soucoupe tombent dans un tintement. Anna Grigorievna se précipite, Bachkine se remet sur les mains, de travers.

« Rien, rien du tout ! dit-il, heureux, hors d'haleine. Rien ! » Il se redresse sur ses pieds. « Rien de rien : plus aucun sergent de ville, plus d'Okhrana, plus de gendarmes, bon Dieu !… » Et, assénant un coup de poing sur la table : « Plus de capitaines !

— Asseyez-vous donc ! lui crie Anna Grigorievna.

— Ouf, je vais enfin vivre ! reprend-il en parcourant la pièce au galop. Je ne sais franchement pas, je ne peux vraiment pas dire comment je vais vivre, à présent ! Ce que je vais faire ? Tout ! C'est fou ce que je peux !… » Il se poste sous le nez de Tiktine, se met à hocher la tête. « Pas vrai ? Je peux en faire beaucoup ! Terrible, ce que je peux faire ! » Et de reprendre sa déambulation. « Ce gamin, Kolia… un chouette gosse, je vous l'amènerai, Andreï Stepanovitch, n'est-ce pas ? » Il se plante de nouveau devant Tiktine, le fixe effrontément. « Je suis un type bien, halète-t-il sans le quitter des yeux.

— Arrosons cela ! » propose Andreï Stepanovitch. Il se détourne, tend le bras vers une bouteille sur la table. « À la nouvelle vie, et à la vôtre tout particulièrement ! »

Il cherche un verre propre. Douniacha, qui ramasse les débris de la vaisselle cassée, sursaute soudain : on sonne de nouveau ! La bouteille à la main, Andreï Stepanovitch fixe la porte. Sanka se tient sur le seuil, en manteau, coiffé de sa casquette d'uniforme dont le bandeau bleu sombre s'orne d'un « 52 » inscrit à la craie.

« Que signifie cette marque ? s'enquiert Anna Grigorievna en louchant sur la casquette.

— Me voici sergent de ville, à présent ! »

Sanka applique une claque sur le numéro et fait un brusque demi-tour. Andreï Stepanovitch approuve, souriant :

« Parfait ! C'est nous qui avons réclamé un Comité de sécurité publique. »

Anna Grigorievna veut rejoindre son fils, mais elle se ravise à la porte et s'empresse de revenir sur ses pas. Elle s'approche de Nadienka, lui prend la main et jette aussitôt un coup d'œil à Bachkine. Nadienka retire sa main, sa mère se penche pour la reprendre. Nadienka cache ses deux mains. Anna Grigorievna rougit et quitte précipitamment la pièce.

Les lèvres pincées, Nadienka regarde, tantôt son père qui remplit les verres, tantôt, d'un œil maussade, la nappe. Bachkine la lorgne en coin. Il tient son verre, tandis que Tiktine vise pour ne pas verser à côté.

« Vos yeux sont devenus plus sombres ! lance soudain Bachkine en se tournant vers Nadienka. Si, si ! Ils se sont assombris. On sent plus de force en vous ! »

Andreï Stepanovitch attend, son verre en main, pour trinquer.

« De la force, il en faut… aujourd'hui, répond distinctement Nadienka en jetant par en dessous un regard rapide et sévère à Bachkine.

— Il va nous falloir… », commence Tiktine d'une voix de stentor.

Bachkine se tourne brusquement vers lui et éclabousse la nappe.

« Oui, oui ! Quelque chose s'est passé, dit-il à l'adresse du maître de maison. Quant à moi, c'est terrible ce que je vous aime tous ! Vrai, je vous aime affreusement, et vous pouvez ne pas m'aimer, d'ailleurs ça n'est pas nécessaire. Ne riez pas, parce que je…

— Buvez donc, vous allez tout renverser ! » Andreï Stepanovitch choque son verre contre celui de Bachkine. « Je dois y aller. » Il pose son verre, regarde la pendule. « Le Comité est de permanence toute la nuit.

— Moi aussi, j'y vais ! lance Nadienka en se levant.

— Je voulais vous dire… » Bachkine se soulève de sa chaise, hausse un sourcil à l'intention de Nadienka. « Je voulais vous dire le plus important pour moi.

— Ce n'est pas le moment. » Nadienka quitte la table. « Je ne suis pas en état de vous écouter. »

Elle baisse les yeux, chasse les miettes de sa robe.

« Vous partez ? » entend Bachkine. C'est la voix d'Anna Grigorievna dans le couloir. « Sanka a déjà filé, il n'a même pas… »

Bachkine ne distingue plus ce qui se dit dans l'entrée. Il saisit la bouteille, en verse le fond dans son verre et l'avale d'un trait. Au bruit des pas d'Anna Grigorievna, il s'essuie les lèvres avec sa manche.

« Écoutez, vous pourriez manger quelque chose, nous venons de dîner… Elle ne risque plus rien, n'est-ce pas ? C'est la liberté, on ne va plus rafler les gens dans la rue, j'espère ? » demande Anna Grigorievna avec un haussement d'épaules.

Bachkine secoue la tête.

« Non, non, il n'en est plus question ! »

Il marche soudain vers la porte, l'entrouvre, jette un coup d'œil dans le couloir et referme soigneusement.

« Anna Grigorievna ! » Une note inquiète perce dans sa voix. « Pour l'amour du Ciel, donnez-moi votre parole d'honneur que personne ne saura jamais ce que je vais vous dire ! »

Anna Grigorievna s'assied, braquant sur lui un regard effrayé.

« Bien sûr… Pourquoi irais-je le répéter ? À personne ! À personne, si vous l'exigez. » Tout en le dévisageant, elle joue avec ses bagues. « Non, bien sûr, si tel est votre désir…

— Anna Grigorievna, ma très chère ! » Bachkine se laisse tomber sur une chaise au bout de la table. « Anna Grigorievna ! » Il lui immobilise les doigts, les recouvrant de sa main. « Pensez-vous que je sois le plus vil des hommes ?

— Allons donc !

— Si ! lance Bachkine d'une voix forte. Trêve de balivernes ! Je n'irai pas par quatre chemins : le scélérat fini que je suis a commis des vilenies. Il se peut, crie-t-il en se levant, que j'aie tué un homme ! »

Écarlate, Anna Grigorievna le fixe, les yeux ronds.

« Dix ! Douze hommes ! » hurle Bachkine, le visage tendu à l'extrême, la lèvre tremblante. Il s'affaisse soudain sur sa chaise, saisit la main de son hôtesse, l'attire à lui et semble, du regard, se blottir tout contre elle. Elle avance déjà son autre main pour lui caresser les cheveux, mais il se raidit, bondit. « J'en tuerai encore un, braille-t-il, aujourd'hui même, peut-être ! Là, tout de suite ! Je le jure par la Croix ! » Et de se signer résolument. « Je le tue-rai ! »

Il fonce, tête baissée, hors de la pièce, saisit manteau, chapka et s'enfuit.

Il dévale l'escalier à toute allure : chapka plaquée hâtivement sur le crâne, manteau enfilé à la va-vite, la doublure se déchire. Il tire la porte de toutes ses forces, s'élance dans la rue. Formidable claquement du lourd vantail. D'un pas décidé, Bachkine emprunte le trottoir de droite. Il a l'impression que le visage épouvanté d'Anna Grigorievna le poursuit. Au coin, il aperçoit dans le crépuscule un petit attroupement autour d'un étudiant de haute taille. Ah oui ! Voici le numéro d'un blanc crayeux sur la casquette. Les gens n'ont ni manteau ni bonnet, des riverains apparemment. Gargouillement des échanges à mi-voix.

« Que dites-vous là, monsieur l'étudiant ?..., entend Bachkine. Puisque quelqu'un en vient, qu'il l'a vu de ses yeux : le saccage a commencé !

— Je vous assure, ils saccagent tout ! » s'exclame soudain une femme.

La voix fait sursauter Bachkine qui s'arrête à trois pas et s'aperçoit que tous se mettent soudain à parler fort, qu'une note d'angoisse, d'effroi, vibre au-dessus du groupe, de plus en plus haute, de plus en plus puissante.

« Tss-tss ! Chut ! » dit l'étudiant en agitant la main.

Bachkine avance encore un peu.

« Voici les instructions du Comité. » L'étudiant approche un papier de ses yeux, mais, manifestement, il sait le texte par cœur, car il fait trop sombre pour qu'il puisse le lire. « Le Comité de sécurité près la douma municipale a pris sous sa responsabilité le maintien de l'ordre public dans la cité et demande à la population d'y contribuer par une stricte observance des règles en vigueur. 1) Ne pas sortir de chez soi à la nuit tombée, afin d'éviter tout excès de la part des éléments criminels... Donc, mesdames et messieurs, je vous prie de rentrer chez vous. Le Comité, je vous l'assure... » L'étudiant se penche, serrant son papier contre sa poitrine. « Le Comité en sait beaucoup plus que ce monsieur et il prend des mesures... »

Les gens s'écartent lentement.

Seul un homme s'approche, il maintient fermés les bords de sa veste.

« Qu'entendez-vous par "mesures"... » Il lève les yeux vers le visage de l'étudiant. « ... quand, là-bas, on saccage, on tue ? Je le sais. Et si, là-bas, il y a un autre étudiant avec son papier, qu'est-ce que ça change ?

— Il y a un service d'ordre de volontaires étudiants, un détachement complet, vous comprenez ? »

L'étudiant se détourne. L'homme à la veste se dirige vers Bachkine qui lui murmure à l'oreille :

« Dites, dites, où est-ce ?

— Au Faubourg ! chuchote distinctement l'autre. Au Faubourg on met à sac les boutiques juives. »

Il agite un doigt vers une rue sur la droite. Bachkine tourne aussitôt les talons et s'engage dans cette direction, vers le Faubourg et l'obscurité. Il passe à larges et vives enjambées cinq pâtés de maisons. Là-bas, un étudiant est posté au carrefour et Bachkine, du même pas, s'avance vers lui.

« Savez-vous ce qui se passe ? commence-t-il avant même de le rejoindre, et il y a dans sa voix un franc reproche, de l'indignation. Au Faubourg, on saccage les boutiques ! Celles des Juifs !

— C'est vrai ? »

L'étudiant vient presque se coller à lui.

« Par là, là-bas ! »

Bachkine agite du côté du Faubourg un doigt furieux que l'étudiant suit du regard.

« Oh ! » fait celui-ci, les jambes flageolantes.

Bachkine lève les yeux : une faible lueur d'incendie dilue le bas du ciel.

Tous deux, un instant, la regardent palpiter.

« Eh bien ? On y va ou vous allez rester planté, alors que, là-bas ?…

— Ma place est ici…, coupe l'étudiant.

— Allez vous faire voir ! s'écrie Bachkine en s'éloignant. Allez au diable, répète-t-il, chez les salauds de votre espèce ! »

Il passe le coin. Soudain, résonne la plainte ténue d'une corne d'ambulance, à vous glacer le sang. Crépitement précipité des fers de l'attelage, et voici que les lanternes de l'équipage coupent la rue. De nouveau la corne, le son funeste serre le cœur. Fléchissement dans l'allure de Bachkine.

La monnaie de leur pièce

« Tout est sens dessus dessous… Va comprendre ! » Sans veste, en bretelles, Viktor se tient de biais sur le seuil de la salle à manger. Avec une grimace de dépit il regarde la pendule et met sa montre à l'heure. « Zut ! À force de la remonter, je l'ai bloquée. Qu'elle aille au diable !… Je te l'ai expliqué hier : ce sont des porcs ! Qui foutent tout en l'air ! Tout ça pour quoi, nom de Dieu ?… » Et d'agiter la montre dans son poing en regardant Grounia d'un air mauvais, excédé. « J'en sais rien ! »

Il quitte la pièce et Grounia l'entend s'affairer, balancer quelque chose et flanquer un coup de pied dans une chaise.

Des cris dans la rue. Pas des hurlements, plutôt un chant profond. Grounia bondit, jette un châle sur ses épaules, se précipite. Froska lui emboîte le pas.

« Où tu cours, comme ça ? »

Le cri de Viktor s'abat sur son échine, tel un gourdin.

Recroquevillement de Froska qui masque de son foulard la moitié de sa frimousse et se tortille.

« File à la cuisine ! braille Viktor en s'engageant dans le couloir. Qu'est-ce que tu cherches, idiote ? Qu'est-ce qu'il te faut ? »

Froska hausse une épaule.

« Ah, on rue dans les brancards ? Voyez-moi cette rueuse ! Il ne leur manque plus qu'elle, là-bas ! »

Froska se tourne vers la fenêtre.

« Mes bottes !…, hurle Viktor. Depuis hier qu'elles traînent, idiote ! »

Froska va ramasser une des bottes.

« J'aime mieux ça ! »

Viktor regagne sa chambre, mais à cet instant la porte s'ouvre à la volée et Grounia fait irruption, toute rouge, le visage en fête, hochant la tête, on dirait qu'elle prépare une joyeuse surprise.

« Mon petit Viktor, il y a un monde ! Ça chante, ça défile comme à la procession de Pâques. Oh, tu verrais, y en a un qui est drôle !… »

De la cuisine, la botte enfilée sur son bras, Froska pointe le nez.

Viktor est de profil.

« Les salauds ! Ils beuglent, ces fumiers ! » s'écrie-t-il.

Grounia hausse les sourcils.

« Ils ont vendu le tsar aux youpins ! » éructe Viktor qui retourne dans sa chambre, claquant la porte, mais pas trop fort.

Il s'assied sur une chaise au milieu de la pièce, guette le pas de Grounia. Elle ne vient pas.

« Pff ! »

De toutes ses forces, il crache sur la tapisserie. Il se relève, passe dans la salle à manger, fouille les poches de sa capote, l'œil aux aguets. D'une main toujours hargneuse il en tire son mouchoir, ses doigts palpent le bonbon qu'il fourre, avec le mouchoir, dans sa poche de culotte, au plus profond. Et il retourne chez lui.

L'appartement est silencieux, on n'entend que des voix qui s'élèvent dans la rue.

« Pip-pip, hourra ! » Viktor imite Senkovski singeant les Juifs. « À bas l'autocratie et la zone de résidence[1] ! »

---

1. Provinces de l'Empire russe où les Juifs étaient assignés à résidence, principalement à l'ouest et au sud-ouest.

Il joint les mains en croisant les doigts. Une vague de volupté le fait se cambrer sur sa chaise, tête renversée sur le dossier, et ses lèvres exhalent un soupir à peine perceptible :

« Cou-oupe ! »

Il se retourne brusquement au bruit des pas de Grounia, bondit, ouvre la porte et arbore un visage maussade.

« Au fait, tu sais, on peut caser ton père. J'en ai parlé là-bas… J'ai vu la femme du chef de la police, je lui ai demandé, elle a promis. »

Viktor regarde Grounia droit dans les yeux, il la sonde, la teste.

« Hum-hum ! fait Grounia en suspendant le sabre de Vavitch au dernier cran.

— Ah, dis aussi à Froska qu'elle brosse ma capote !… Qu'elle retourne les poches… C'est plein de saletés… »

Nouveau coup d'œil de Viktor à Grounia qui s'absorbe dans la contemplation de son propre manteau qu'elle entreprend de brosser.

« Ça pourra servir à Piotr Savvitch… », commence Viktor en louchant sur sa cigarette dont il tire des bouffées.

Il se dit que Grounia l'observe ou bien qu'elle va quitter la pièce, quand la sonnette tinte au-dessus de sa tête.

Viktor se rue vers la porte en bousculant Grounia.

« Qui est là ? Qui ? demande-t-il, la main sur la clé.

— N'ouvre pas, je t'en prie », chuchote Grounia derrière lui.

Mais Viktor a déjà tourné la clé, il ouvre la porte d'un coup et heurte un homme.

« Tu perds la boule, ou quoi, espèce de démon ? »

C'est un civil. Viktor se rembrunit, scrute l'importun. La voix lui est familière.

« Bougre d'animal ! » s'exclame Viktor.

Il cède le passage au visiteur coiffé d'un petit bonnet de mouton, pareil à une galette plate collée de guingois sur son crâne.

« Eh oui, Senkovski ! » murmure l'autre en se faufilant devant Vavitch. Déjà, ses yeux ont agrippé Grounia et il se déporte vers elle dans le coin le plus exigu de l'entrée. « Il est pas beau, le monsieur ? » l'interroge-t-il en prenant un air de parfait idiot.

Elle tourne calmement les talons et gagne la cuisine.

« Elle est fière ou elle a la fringale ? » s'enquiert Senkovski dans l'entrée.

Viktor referme la porte en jetant un regard circonspect.

« T'as vu ? » Senkovski hoche la tête en direction de l'extérieur, son bonnet tressaute. « T'as des vêtements civils ? demande-t-il depuis le salon. Non ? Alors là, mon vieux !... » Et d'agiter un doigt sous le nez de Viktor. « Les ordres, vieux, c'est d'en avoir. Débrouille-toi pour en trouver ! J'ai des trucs à te raconter. » Il ôte son méchant manteau à la propreté douteuse, le jette, avec son bonnet, sur le divan, sur le coussin où Grounia a brodé un chat. « T'as de la vodka ? Sans ça, pas moyen d'y voir clair ! »

Senkovski passe dans la salle à manger où la table n'a pas été débarrassée.

Viktor contemple le veston, les manches courtes, la chemise bleu sombre et ne reconnaît toujours pas Senkovski.

« *Madame*[1] Vavitch ! crie Senkovski vers le couloir. Veuillez vous joindre à nous, j'ai une surprise pour vous !

— Grounia, Grounia ! C'est vrai, quoi, viens ! On a absolument besoin de toi ! » enchérit Vavitch.

Froska traîne ses savates dans le couloir.

---

1. En français mais en caractères cyrilliques dans le texte.

« Madame demande ce que vous voulez. »

Et de pouffer : elle a reconnu Senkovski.

« Sers-nous de la vodka, répond celui-ci. Arrête de ricaner, idiote ! »

Il lui fait une grimace.

« Oui, oui, de la vodka ! Et que ça saute ! enjoint Viktor.

— Et appelle le concierge ! ajoute Senkovski en s'emparant d'un verre. Va donc, bougre d'idiote ! Voilà l'affaire qui m'amène… » Il referme soigneusement la porte derrière Froska. « T'as vu la merde que les youpins nous foutent ?

— Et alors ? »

Viktor le regarde lamper de la vodka.

« Alors, cette nuit, on leur rend la monnaie de leur pièce ! À Kiev, ils ont arraché notre blason, notre emblème russe. Pourquoi tu fais des yeux ronds ? » Senkovski cogne son verre vide contre la table et expédie un épais glaviot sur le plancher. « Pour parler clair : faut flanquer une raclée aux youpins ! Ce sont les ordres, compris ?… Les ordres de qui ?… Crétin ! De qui ? Les miens.

— Comment ça ?

— Comme ça : faut les étriller si bien qu'ils s'en souviendront dans cent ans. Les youpins… et les youpines. »

Senkovski se verse un second verre et fait claquer un ongle sur le carafon vide.

« T'es de la partie ?… Les youpines, tu peux leur crever la panse, tiens de là… à là ! » Et, de haut en bas, il se biffe du doigt tout le corps. « Leurs boyaux, tu peux te les enrouler autour de la main… »

Son poing tourne comme une bobine.

À cet instant, la porte s'ouvre en grand : Grounia surgit, se fige et, les yeux exorbités, blême, fixe Senkovski, ses lèvres ouvertes frémissent, pas un mot ne sort de sa bouche.

« Quoi ? Tu as dit quoi ? lâche-t-elle enfin dans un souffle rauque qui semble envahir la pièce.

— Ah, on écoute aux portes ? Ça fait mal, hein ? » D'en bas, affalé sur sa chaise, son verre serré contre sa poitrine, Senkovski la regarde. « Y a aussi des femmes qui mordent. Jusqu'au sang, pire que des brochets ! Demandez donc à… »

Et d'indiquer Viktor d'un signe de tête.

Grounia vire d'un coup à l'écarlate. Viktor ne reconnaît plus son visage, comme peint de rouge.

« Salaud ! » crie-t-elle et elle crache à la figure de Senkovski.

Il tressaille, renversant un peu de vodka.

« Grounia, ma chérie ! dit Vavitch en se précipitant vers elle. Il blague, il raconte des histoires ! »

Grounia le repousse et s'enfuit.

« Pour les youpines, je t'assure qu'il raconte des blagues ! marmonne Viktor dans le couloir. Ma petite Grounia ! »

Elle entre en coup de vent dans la cuisine, encore toute rouge, se poste près de la cuisinière, soulève et claque bruyamment les couvercles des casseroles, prend les allumettes pour les reposer aussitôt.

« Grounia ! Ma Grounia ! murmure Viktor. Grounia chérie, écoute-moi, ma petite Grounia, je vais tout t'expliquer ! Écoute ! »

Clignant de ses yeux immenses, elle fixe le dessus de la cuisinière.

« Voyons, Grounia ! »

Viktor la secoue par l'épaule.

La porte de service claque.

« Voilà, j'ai amené le concierge ! » dit Froska qui entre dans la cuisine, tandis que le concierge piétine à la porte pour décrotter ses bottes.

« Par ici, viens par ici ! crie Senkovski de la salle à manger. Amenez-moi le concierge ! »

Viktor bondit.

« On arrive ! »

Le concierge enlève son bonnet, ses bottes martèlent le couloir.

Senkovski ferme la porte derrière lui.

« Voilà, tu as, disons… » Il pointe du doigt la pendule. « … une demi-heure pour dénicher des habits de pékin, une casquette, un pantalon, un sarrau ou un genre de paletot, et les apporter à monsieur l'inspecteur. Compris ? » Senkovski marche sur le concierge. « Et gare, fils de pute, tu la boucles, sinon… » Il projette brusquement son visage en avant, le concierge recule en titubant. « Sinon, je t'écorche vif ! Allez, file ! »

De biais, le concierge bat en retraite vers la porte fermée.

« Tête de piaf ! glapit Senkovski qui l'agrippe par les cheveux, par la nuque et lui cogne la tête contre la porte. Secoue-toi les méninges, t'as intérêt à trouver ! »

Il se tourne brusquement vers Vavitch en agitant le carafon vide.

« Froska ! appelle Vavitch qui se dirige vers la cuisine mais rebrousse chemin. Ça vient, ça vient ! » bougonne-t-il, tournant en rond dans la pièce. Puis, s'arrêtant devant Senkovski : « Non, sérieusement, ce sont les ordres ?

— Tu voudrais quoi, crétin ? Un papier officiel ? Avec tampons, c'est ça ? Et en-tête ? Paraphé, et tout et tout ? » Senkovski fait tournoyer un doigt en l'air. « Certifié conforme ?… Triple crétin !… Alors, on va attendre longtemps ? poursuit-il en tapotant son verre sur la table. Tu sais que cette nuit… » Sa voix se change en un chuchotement rauque, il hausse un sourcil, son front se barre de rides obliques. « … le général Miller a dit que les cœurs russes ne pouvaient qu'être transportés d'indignation… oui… qu'ils ne pouvaient… que les cœurs russes saignaient quand les youpins de notre Patrie foulaient aux pieds les droits du Souverain de toutes les Russies… Que celui qui regardait cela sans bouger, celui qui… bref… restait les bras croisés… celui-là était une charogne… Que tous les fils loyaux de la Mère Patrie devaient, comme un seul homme… Que l'indignation… Qu'il fallait que les youpins et tous ces salopards… "Face au ramas des youpins, qu'il a dit, vous devez vous dresser en un solide rempart…" Alors, on fonce !… Et on tape dans le tas ! » Il parle à présent à tue-tête. « Balancer de l'encre sur Son portrait ! Comment tu trouves ça ?

— Le portrait de l'Empereur ?

— Ben oui ! Tu le savais peut-être pas ? Un juivaillon avec un encrier : vlan ! Après ça, on n'irait pas leur casser la gueule ?… Un peu qu'on ira ! Un peu qu'on leur cassera la gueule ! Ah, youpinets mes minets, les morts, vous allez les envier ! Fumiers, c'est vivants qu'on vous enterrera ! »

Froska jette des regards craintifs à Senkovski et pose prudemment un nouveau carafon de vodka sur la table.

« Va pas croire…, reprend-il, d'une voix ensommeillée, en se servant d'une main pesante. Va pas croire qu'il n'y a que nous deux. Y a du monde ! Tout est bien préparé. On a relâché la racaille, non ? Eh ben, voilà !… Et puis j'ai mis dans le coup quelques types, fais-moi confiance ! Des gars de chez nous… » Et d'abattre un poing d'ivrogne en plein milieu de la table. « Des gars comme ça !… Écoute ! File-moi quelque chose à bouffer ! » Il semble se réveiller soudain. « Rassemblement à sept heures ! Hé, mon petit père, c'est que chez nous, on fait pas joujou ! Non-on ! » Il secoue la tête et plisse les yeux. « Alors, tu me files à bouffer ou pas ? dit-il en s'énervant. Ou bien t'envoies ta rouspéteuse chercher quelque chose à l'estaminet ? »

« Tu ferais mieux de dormir, pense Viktor. Tu ferais mieux de te soûler un bon coup et de roupiller. »

Mais Senkovski frappe la table du plat de la main.

« À bouffer, bon Dieu ! Envoie-la ! »

Viktor sonne.

Bon début…

« Allez, enfile ça ! insiste Senkovski en tirant Viktor par le col. Voilà, comme ça ! Ton col, attends, je te le relève ! »

Viktor se contorsionne, joue des coudes dans son trois-quarts noir. Les revers sentent l'oignon et l'aigre. Viktor secoue la tête.

« Eh ben, toi ! » Senkovski s'accroupit, entourant ses genoux de ses bras. « T'es impayable ! » Il éclate de rire en branlant du chef. « Va te montrer à ta femme, un vrai cocher, ma parole ! Un palefrenier qui fréquente une dame ! Pouah, va te faire… » Il lui enfonce la casquette jusqu'aux oreilles, puis pointe le nez dans l'entrée et s'écrie en riant à gorge déployée : « Hé, la patronne, venez donc admirer votre époux !… Il est avec une dame, pardi, qu'est pas la sienne ! »

Viktor le tire en arrière.

« Arrête !… Je comprends pas ce que… Elle est grosse, mon vieux, pour elle c'est difficile…

— Sûr qu'elle est pas facile ! Bah, qu'elles aillent toutes se faire voir ! Ton revolver, prends ton revolver, crétin ! On sait pas ce qui peut se passer. »

Viktor ôte sa casquette, la jette sur la table. Il regarde le rideau.

« Qu'est-ce qui t'arrive ? demande Senkovski en le faisant pivoter par l'épaule. Tu viens ? » Et, lèvres en avant,

l'air maussade, il le fixe en plissant les yeux. « Non ?
Alors, dans mon rapport, je mets que t'es pour les youpins ? Et tant pis s'ils crachent à la gueule du tsar ? »

Viktor lui jette un regard noir.

« Bah, ta princesse… Laisse tomber, tu sais… Mais le
service, c'est le service… Passe le cordon de ton revolver
autour du cou, des fois qu'on essaie de te le faucher !
Alors, t'es prêt ? »

Senkovski ouvre la porte. Grounia est dans le couloir,
elle le regarde, bouche entrouverte. Viktor sort de la
pièce.

« Vitia ! N'y va pas, je te l'interdis ! s'écrie-t-elle.

— Le service commande, madame ! réplique Senkovski avec un hochement de tête sentencieux. Ordre
de se présenter en civil !

— Vitia ! »

Grounia s'avance d'un pas et tend la main.

« On fait juste un tour, histoire de voir. » Senkovski
pousse Viktor dans le dos. « On sera bientôt de retour. »

Vavitch obtempère sans un mot, en remuant les
épaules.

« Ben quoi, y a du monde dans ton rase-pet ? » Senkovski empoigne le dos du manteau et frotte l'échine de
Viktor. « Tu veux que je te gratte ? »

Il fait noir, on n'a pas allumé les réverbères. Çà et là,
devant les portes des maisons, bourdonnent de sombres
attroupements.

« Le type en faction… » Senkovski heurte le coude
de Viktor et, d'un mouvement du menton, lui indique
un étudiant posté au milieu de la chaussée. « … on le
relève ? » Il jette un regard circonspect. « Ou c'est trop
tôt ? »

Viktor se contente de secouer la tête.

Ils s'engagent dans des rues désertes : aux fenêtres,
lumières chaudes, douillettes, on chante en chœur dans

une maison. Viktor se tourne vers les lumières, vers les chants, pose un regard caressant sur la fenêtre.

« Tout à l'heure, ils vont chanter une autre chanson ! » Senkovski enfonce douloureusement son pouce dans les côtes de Viktor. « Ho, c'est parti, bien parti ! chuchote-t-il soudain, haletant. Bon sang, on a perdu un temps du diable avec toi… Et merde pour le diable ! »

Senkovski dévale la rue au trot. Viktor s'aperçoit maintenant qu'ils sont dans une autre rue au bout de laquelle une lueur rouge se débat comme si elle voulait s'échapper et appelait à l'aide. Il a un soupir, on dirait qu'il mord dans le vide, et il s'élance pour rattraper Senkovski.

« Messieurs, messieurs ! crie d'une voix désespérée, presque efféminée, une sorte de grand flandrin. Messieurs, vous allez là-bas ? On rosse les Juifs ! Je vais à leur secours, moi aussi. » Et l'échalas de courir à leur suite à larges enjambées. « Messieurs ! »

Une voix familière. Vavitch ne se rappelle pas où il l'a entendue. Détestable.

Il n'a pas reconnu Bachkine.

Senkovski s'arrête soudain.

Bachkine, tout essoufflé, arrive à leur hauteur.

« Messieurs, hâtons-nous ! Peut-être que nous…

— Vois-moi cet enjuivé ! »

Et Senkovski le frappe, de toutes ses forces, à la tempe.

Bachkine se prend la tête à deux mains et s'écroule sur Vavitch.

« Attrape ! » crie Senkovski.

Chargeant son bras de tout son ressentiment, Viktor plante son poing dans le flanc de Bachkine qui tombe, les bras en croix.

« Parfait ! approuve Senkovski. Bon début ! En route ! » Et de tirer, d'entraîner Viktor par la manche. « Au pas de course ! Regarde : ça y est, c'est parti !… »

À cet instant, une flamme s'élève en buisson ardent et souffle son reflet rouge dans la rue noire. Senkovski s'immobilise : puissant grondement d'une tonitruante explosion, suivi du hurlement strident de la foule au lointain.

« Au pas de course ! » braille Senkovski en dévalant la rue.

Ils traversent au galop une place déserte. Déjà, aux fenêtres, des lueurs craintives tremblotent, déjà claquent des portes, on n'entend que piétinements et fuites éperdues dans les sous-sols.

« C'est la débandade… chez les cafards ! » s'éperonne Senkovski d'une voix haletante.

Il gravit pesamment la pente. Viktor entend, à travers cris et crieries, ronfler la rumeur derrière les palissades basses des cours et, telles des langues de feu, s'élever les aigus des femmes, dominant le vacarme.

« Ouh ! Elle grouille, elle grouille, la vermine… »

Senkovski prend une goulée d'air et déglutit, quand soudain…

Dzing ! Bris de vitres, là devant, qui sonne en eux jusqu'aux tréfonds, comme un signal. L'enfer est à nous ! Pulvérisé, envolé tout le bien amassé ! À mort ! Et Viktor de serrer les poings. Là-bas, on court, bon Dieu ! Avec une torche : un pied de table au bout duquel brûle une natte de tille.

« À bas les youpins, putain de leur mère !… »

Ailleurs, d'un formidable coup de barre à mine – bang ! –, un bonhomme descend une vitrine. Une enseigne : « Épicerie. »

Voici que le pieu aigu d'une note hystérique, désespérée, se fiche dans l'air, tout se tait un instant – et soudain se déchaîne un hourvari rugissant, des portes craquent, couinent. Viktor voit trois gars qui tentent d'en faire sauter une à l'aide d'une barre, un tuyau arraché à une canalisation ; il accourt à la rescousse, le rugissement l'envahit, il tire la barre, ici, ici ! et l'enfonce sous un gond. Oh hisse ! Lueur rouge furtive qui estompe les ombres, odeur âcre de pétrole, allez, encore un effort, han !

Hop ! La porte cède et pend maintenant de travers au-dessus du perron.

« Arrachons-la ! » gueule Viktor.

Il tire, ne ménage pas ses efforts. Tout à coup, une femme, une vieille, s'élance au-dehors et se fige en haut des marches, échevelée, les vêtements déchirés, les yeux exorbités. Elle lève les bras, les tend vers le ciel comme pour s'y abîmer, sa bouche s'ouvre – elle crie ou quoi ? –, sa tête s'agite en tous sens.

« Nn-o-on ! » entend Viktor qui tient la porte et regarde les lueurs barbouiller effroyablement le visage de la vieille. Soudain, une voix aboie : « À mort ! » La barre frappe à la volée la femme par-derrière, la vieille s'écroule, face contre terre sur les marches, comme une poupée de son.

« À mort ! Ha-a ! »

Des choses volent par les fenêtres sous les yeux de Viktor qui, d'un coup de botte, envoie promener des bocaux, tandis qu'à l'intérieur on s'élance, on s'écrase, on tape des pieds, et vole de nouveau quelque chose dans un fracas de verre. Long hurlement sur une seule note. Là, on crie vers le haut :

« Hardi, les gars ! Balancez-le ! »

Viktor lève la tête : une torche danse sur le toit, des ombres courent.

« Attrapez-le, attrapez-le ! vocifère Vavitch. Tenez bon, tenez ! »

Il se précipite dans la cour.

« O-o-oh ! » soupire la foule.

Viktor comprend qu'ils l'ont eu. Dans l'obscurité, il bute contre une ferraille : par les arrières, fissa ! Comment on monte au grenier, sur le toit ?

De la rue jaillit en vrille un cri, tel le trille d'un rire.

Viktor revient en hâte sur ses pas, vers le portail, la tête renversée il observe le toit. On tient un corps par les pieds, par les bras, qu'on balance tout au bord en cadence, les pans de l'habit pendouillent et volettent.

D'en bas, on glapit :

« Hé-é ! Il gigote, il gigote. Regarde-moi ça, il rejingue ! Tenez-le !

— Envoyez, envoyez ! » crient les spectateurs.

Et hop ! À la une, à la deux, on l'expédie dans les airs et il va à valdingue dans le vide. Un instant, la foule se tait.

« Oh, *tatele*[1] ! » Cri strident d'une femme dans le dos de Viktor. Il tressaille, il en a le souffle coupé. En un clin d'œil, la femme s'engouffre par le portail, bousculant Vavitch au passage.

« O-o-o-oh ! »

Plainte saillie autant de la voix que des entrailles.

Rugissement affouillant la foule et recouvrant tout.

Viktor bondit dans la rue. En face, un halo rouge : un toit flambe, les flammes dansent dans le vent, décochant des langues de feu.

« Oh, laissez-moi passer ! Où est papa ? Laissez-moi passer ! »

La voix perce le rugissement. Là-bas, un petit groupe s'active. Vavitch se dirige vers le cri, quand passe en un éclair Senkovski, le galure enfoncé sur le crâne. Il manque de renverser Viktor et fonce dans le tas. Vavitch est projeté sous une fenêtre, une lourde caisse le heurte à l'épaule – on l'a balancée de là-haut – et vole en éclats.

« Des crochets ! Aboulez ! Là, par la Croix ! »

_____

1. « Papa ! » (yiddish).

Viktor a tout juste le temps de faire un bond de côté : un gros sac dégringole par la fenêtre.

« Allez, allez ! » crie-t-on près du portail. Et toujours cette note suspendue, ce cri écœurant de femme, qui lancine. De nouveau Senkovski. Hop ! Vif comme l'éclair, il fait tomber quelqu'un, l'empoigne et le relève.

« Attendez, attendez ! » braille-t-il en direction du portail.

Le cœur battant la chamade, Viktor tente de se frayer un passage vers l'endroit où crie une jeune fille.

« Oh, ma sœur, oh, ne la tuez pas ! Faut pas ! Elle est malade ! »

Elle se met à glapir et le stylet de sa voix poignarde le vacarme.

Viktor est maintenant tout près, il s'obstine, ne parvient pas au cœur de la mêlée, il ne voit pas ce qu'on y fait, il n'entend que des chocs, les vantaux du portail gémissent.

« Passez-moi un crochet ! Aboulez, bon sang de bois ! »

Braillements soudains, vociférations percutantes, et les chocs redoublent, les coups se précipitent.

« Un crochet !… Écartez-lui… Écartelez… ! » entend Viktor.

Glapissement.

« Ah… Oh ! làlà ! » braille-t-on au-dessus de Vavitch, depuis le perron où des gens, le visage en feu, regardent par-dessus les têtes, vers le portail. On zyeute, on se bouscule. Un type atterrit au bas des marches.

« Qu'est-ce qui se passe, hein ? » le tarabuste Viktor. L'attrapant par le col, il lui crie dans l'oreille : « Hein ?

— Au portail… Une Juive… Ils l'ont clouée ! Ils l'esquintent sacrément ! »

Le son cuivré d'une corne retentit brusquement au-dessus de la foule. Vavitch sursaute, rentre la tête dans les épaules.

« Merde ! Les pompiers ! »

Les torches s'immobilisent, fumantes, formant barrage : pas moyen de passer ! Le toit d'en face s'écroule dans un énorme fracas. Fléchissement de la flamme, souffle ardent des étincelles, et de nouveau jaillit le feu dans le ciel.

« Hourra-a ! A-a-ah ! hurle la foule.

— À mort, les youpins, putain de leur sang ! À mort ! éructe une voix avinée près de Viktor. À mo-o-o-ort ! »

Viktor s'élance. Un petit gars se faufile à l'abri d'un mur, brandissant deux lampes de cuisine au-dessus de sa tête ; alors la foule se porte à sa rencontre, tressaille. Vavitch entend au milieu des cris un coup sec, les cris retombent un instant et deux détonations résonnent distinctement. Des coups de feu claquent, nets, implacables.

« Les youpins tirent ! A-a-ah !... »

Le vent d'un hurlement strident se lève et court sur la foule.

« Où ça, où ça ? » s'écrie Viktor qui se précipite en longeant le mur, croisant des fuyards trébuchants ; devant, le terrain est dégagé, lueur d'un éclair et pan ! Puis encore et encore, d'un autre côté.

Viktor sort son nagant, le serre solidement dans son poing. Nouvel éclair, Viktor appuie sur la détente, non, il la presse d'une main fébrile.

« On vous crèvera tous ! » marmonne-t-il.

Soudain, une détonation derrière lui. Il se retourne. L'incendie se déchaîne. Quelqu'un le rattrape au galop.

« Sous le perron, imbécile ! » La voix halète. « Il en vient d'autres ! »

Senkovski et Viktor tirent deux fois de suite devant eux, dans l'obscurité. Des coups de feu claquent en rafales, un éclat de pierre se détache du perron.

« Saloperie de youpins ! » dit Viktor en grinçant des dents.

Il est debout, tire et, au jugé, recharge son arme.

« Arrière, arrière, crétin ! » Senkovski le tire par-derrière. Dans leur dos, on se regroupe. « Arrière ! » L'attrapant par la manche, il le fait brutalement pivoter.

« Pan ! Pan-pan ! »

Pluie d'éclairs dans l'obscurité.

« Monsieur l'inspecteur, la ruelle à gauche ! »

Viktor s'obstine, mais on le tire par le coude et Senkovski lui souffle son haleine avinée au visage. « Au pas de course ! »

Viktor trébuche contre un tas de débris, des caisses, jette un brusque coup d'œil de côté : le même portail et, suspendue, tenant comme par miracle, bras et jambes écartés, comme épinglée... Vision furtive : pieu noir pointant de la paume, le crochet.

« Au pas de course ! Filons ! »

Et Senkovski d'entraîner Viktor.

Maudit soit...

Tania arpente la pièce, du piano à la porte en passant devant le trumeau. De la salle à manger parvient une lumière et la glace, par intermittence, ne reflète que la jeune femme. Tania passe et repasse, lorgnant vers le miroir : la couleur, cette couleur unique, souligne son cou, l'encadre et jette sur ses joues la lueur, quelque peu effrayante, d'un feu inconnu.

« Il n'en est pas question ! » murmure-t-elle et, après de longs pas glissés sur le parquet, elle s'immobilise, s'approche tout près du trumeau, y colle son visage ; d'un œil noir, furieux, elle se contemple droit dans les yeux, regards soudés qui ne peuvent se séparer.

« Il... n'en est pas... ques-tion ! lance-t-elle d'une voix forte en se détournant. Grand-mère ! crie-t-elle et elle passe dans la salle à manger. Grand-mère, que diable !

— Quoi donc ? Y a quelque chose qu'est tombé ? »

Bruit de savates et de pas précipités.

« C'est du thé que je parle, il n'a pas été servi !

— Mon Dieu, mais il est là, le thé, on n'a pas idée de crier comme ça... J'ai cru qu'on égorgeait quelqu'un. Le voilà, le thé ! Ça braille avant d'avoir vu !...

— Alors, asseyez-vous et buvez ! Asseyez-vous, je vous dis, là, tout de suite ! Eh bien ? Je vais vous servir.

— Faut pas, faut pas me houspiller, proteste la vieille femme avec un geste de lassitude.

— Tenez, de la confiture ! Mettez-en dans la soucoupe ! C'est rien, vous l'avalerez bien ! Je vous en sers une pleine soucoupe. Voilà !... Ce que vous allez en faire ? La manger ! »

Tania s'assied, sa chaise miaule.

« Pourquoi autant ? »

La vieille femme secoue la tête, cependant que ses lèvres sourient à la confiture.

« Grand-mère ! » Tania crie comme si elle s'adressait à une sourde. La vieille la regarde, de petits plis courent sur son front desséché. « Grand-mère ! Qu'est-ce que vous diriez si votre mari, ou votre promis, vous apportait en cadeau de noces un journal ?

— Comment ça, un journal ?

— Mangez votre confiture ! tempête Tania. Un journal, oui ! Avec des nouvelles passionnantes ! Comme quoi on a tué le tsar. »

La vieille femme secoue la tête et plonge le nez dans sa tasse.

« Illustré, il est vrai. Un journal comme ça ! » Tania écarte et arrondit les bras, dans son dos une ombre agite aussitôt ses ailes noires, la vieille femme tressaille. « En cadeau de noces ! Hein ? » Tania se lève et la regarde intensément. « Qu'est-ce que vous dites de ça ?

— Que j'y comprends rien… Un journal ? Pour quoi faire, un journal ?

— Je vous le demande ! s'écrie Tania. À part le lui jeter à la figure… » Et d'abattre son bras dans le vide. « Journaleux, va ! C'est avec le cœur, pas avec… »

Elle repousse sa chaise d'un coup de pied retentissant, passe au salon où elle se laisse tomber sur le divan. Elle jette un coup d'œil dans le miroir et aperçoit la table de la salle à manger, la vieille femme qui, sans bruit, plonge sa cuiller dans la confiture. Ses yeux se fixent sur un coin sombre.

« Oh, s'écrie la vieille, on dirait bien qu'on frappe à l'entrée de service ! »

Dans la glace, Tania la voit se précipiter.

« On frappe, on frappe en effet. »

Tania se lève et va à la cuisine.

La vieille femme ouvre déjà. Le concierge franchit le seuil et s'immobilise, retenant la porte derrière lui.

« Qu'est-ce que vous complotez comme ça ? » Les talons de Tania résonnent fermement dans le couloir. « Qu'est-ce qui se passe ?

— Il dit, chuchote la vieille femme en se balançant au rythme de ses paroles, que demain il faut, à ce qu'il dit, mettre les icônes aux fenêtres. » Et de mimer la chose avec ses mains. « Pour qu'on sache qu'on est orthodoxes, qu'il dit… » Le concierge, les yeux rivés à la nuque de la vieille, sourit et approuve du chef. « Pour que…

— C'est bien vrai ! » Le ton du concierge se fait sentencieux. « Une pierre, vous savez… c'est vite lancé…

— Pourquoi ça ? »

Tania s'avance vers lui, mais, déjà, il part à reculons, un sourire entendu aux lèvres – qu'est-ce qu'on y peut ? –, et referme la porte.

Tania s'élance, saisit la poignée.

« Chut ! » La vieille femme retient la porte. « Il dit, mademoiselle… » Son murmure est à peine audible. « … que demain y a une grève… C'est les Russes qui la font… Ils vont tous s'émeuter, à ce qu'il dit.

— Pourquoi des icônes ? demande Tania à pleine voix.

— Les icônes… »

Mais impossible d'entendre, la sonnette électrique se déchaîne, stridule dans la cuisine, à la porte d'entrée on sonne avec insistance, par saccades. Tania se précipite pour ouvrir, une inquiétude l'oppresse. Dans son dos, la sonnette ne cesse de vibrer nerveusement. Tania découvre sur le seuil une dame enveloppée d'un châle tricoté, elle arbore un sourire contraint, comme si elle avait une requête.

« Pardonnez-moi, je n'en ai que pour un instant, juste deux mots. » La dame promène un regard circonspect dans l'entrée. « J'habite au-dessous. Mme Leibovitch. Venez. » Elle entraîne Tania au salon. « Écoutez, je vous en supplie, chuchote-t-elle, vous êtes une personne cultivée…

— Asseyez-vous donc !

— Oh, ma chère, je ne peux pas ! Vous savez… » La voix de la visiteuse se brise soudain, s'enroue, sa gorge devient sèche. « Donnez-moi quelque chose à boire. »

Tania voit dans la pénombre le châle trembler sur sa tête. Elle bondit à la salle à manger, s'empare de sa tasse à laquelle elle n'a pas touché. La tasse que Mme Leibovitch tient entre ses mains tremblantes cogne contre ses dents ; la visiteuse avale une gorgée avec difficulté et repose son thé sur le piano.

« Je vous en supplie, reprend-elle d'une voix plus normale, prêtez-nous jusqu'à demain une ou deux icônes, seulement jusqu'à demain. Vous comprenez bien ?... Juste pour les exposer. Vous savez ce qui se passe au Faubourg ? Oh !... » Elle joint ses mains et s'en frappe le front. « J'ignore s'il y a un Dieu, mais comment peut-il regarder tranquillement ce que les hommes... ce dont l'homme ne peut supporter la vue. Seigneur Dieu ! » Elle lève convulsivement ses mains serrées. « Et ce sont des chrétiens ! Des Russes ! Des orthodoxes qui massacrent ! Ils tuent des vieillards... quant aux femmes... enceintes... » Elle s'étrangle et se laisse soudain tomber sur une chaise, enserrant sa tête dans ses doigts. Puis, se relevant brusquement : « Maudit soit... maudit soit ce pays ! hurle-t-elle d'une voix hystérique. Pff ! » Et de feindre de cracher sur quelqu'un devant elle, avant de se rasseoir et de se prendre de nouveau la tête à deux mains, de s'arracher les cheveux. Toute recroquevillée, elle martèle de plus en plus fort le sol avec son pied.

« Écoutez, écoutez... » Tania se penche vers elle, lui tapote l'épaule. « Qui fait cela, qui ?

— Mais tous ! Tous ! Des gredins ! lance Mme Leibovitch.

— Voyons, ça n'est pas possible ! Écoutez, je vous le dis : on ne les laisserait pas faire.

— Quand ? Quand n'a-t-on pas laissé faire ? On ne nous laisse pas vivre ! »

Elle s'interrompt soudain et lève sur Tania des yeux immenses, exorbités. Elle entrouvre la bouche, comme si elle suffoquait. Tania attend, et de cette bouche ouverte s'échappe tout à coup un hurlement, à croire que, du fond de la gorge, quelqu'un crie à tue-tête, hurlant tel un loup.

« De l'eau, de l'eau ! » Tania court chercher un verre. Dans sa hâte, elle entend confusément la grand-mère ouvrir la porte d'entrée. « La valériane ? Où est la valériane ? » répète-t-elle d'une voix forte en passant en revue les flacons dans l'armoire à pharmacie.

Elle repart en courant. Un homme est auprès de Mme Leibovitch. Une lampe à la main, la vieille se tient sur le seuil du salon, une grimace aigre sur le visage. L'homme, manifestement, ferme de sa main la bouche de la visiteuse, et la note, écrasée, résonne sourdement.

« Pardonnez-moi, dit-il par-dessus son épaule, je suis le mari, je l'ai entendue... d'en bas. Chut, chut, Fanietchka ! Il ne faut pas. Le petit Iacha est tout seul... »

Mme Leibovitch secoue sa tête, que son mari maintient contre le dossier de la chaise.

« Il faut qu'elle boive... », insiste Tania en tendant le verre.

Mais la visiteuse se lève.

« Qu'est-ce qui se passe ? ne cesse-t-elle de répéter, la respiration haletante, en balançant la tête. Oh, qu'est-ce qui se passe donc, Naoum ? »

Elle se tient, échevelée, les yeux écarquillés.

« Scha ! » Naoum a un geste agacé. « Doucement ! » Puis, se tournant vers Tania, il la prend par le coude et l'entraîne rapidement dans la salle à manger. « Vous comprenez, il y a un pogrome. Oui, oui, un véritable pogrome ! Je suis le dentiste d'en dessous. Alors, voilà, je vous demande... Nous sommes au rez-de-chaussée... Je me présente : Naoum Mironovitch Leibovitch... J'ai des enfants. À tout instant..., murmure-t-il. Enfants ou pas, ils ne font pas le détail...

— Installez-vous chez moi. Là, tout de suite, au plus vite !... »

Elle n'a pas le temps de finir sa phrase : déjà, Naoum Mironovitch s'apprête à partir. Il s'immobilise soudain, revient sur ses pas.

« Et la vieille ? Je dis : la vieille, je vois bien quels sentiments l'animent. Elle ira le rapporter... au concierge... J'en suis sûr ! Il faut verrouiller l'autre entrée. »

Tania secoue la tête. Elle va à la cuisine : la vieille femme se lève de son tabouret et la regarde d'un air inquiet, fâché. Tania se dirige vers la porte, tourne deux fois la clé et la glisse dans son décolleté.

« Grand-mère, filez dans ma chambre ! » Tania tend une main impérieuse. « Immédiatement ! Si vous en sortez, je vous tue ! »

Elle la fait passer devant elle sans abaisser son bras.

« Ne fermez pas la porte ! lui glisse Naoum Mironovitch dans l'entrée, nous viendrons un par un, sans faire de bruit. Dis-crè-te-ment ! »

Il porte un doigt à son oreille, Tania voit trembloter sa moustache rousse au-dessus de sa lèvre et tressauter son pince-nez.

Elle jette un coup d'œil dans le salon.

« Ma femme est déjà descendue », dit-il en s'engageant prudemment dans l'escalier sombre, comme s'il entrait dans l'eau.

Tania passe la tête dans l'embrasure. Mme Leibovitch cherche les marches du bout du pied et Tania l'entend distinctement chuchoter :

« Mon petit Iacha, tiens-toi à moi, accroche-toi, mon garçon ! Là, on va être bien, très bien, mon trésor !

— Chuttt ! » souffle Naoum Mironovitch.

Et Tania perçoit le bruit de petits pieds butant sur les marches de pierre.

« 52 »

Sanka Tiktine est à son poste, dans la rue principale, en face du jardin public. Il arpente d'un pas régulier la chaussée noire, asphaltée. Le noir bitume s'enfonce dans l'obscurité, entre les trottoirs figés et déserts. Sanka tend l'oreille : le silence, un silence de mort, semble avoir balayé tous les sons des rues sombres, et l'on dirait que les réverbères enténébrés ont rendu l'âme. Sanka déambule en face du Grand Hôtel de Moscou : deux fenêtres sont encore éclairées au quatrième étage. Sanka lève les yeux : il n'y a plus qu'une lumière.

« Vas-y, éteins-toi, toi aussi, tu crois que j'ai peur ? Je vais faire un tour dans cette ruelle, là, et il ne m'arrivera rien ! »

Il fronce les sourcils ; d'un pas ferme, il s'engage dans la rue aussi étroite qu'une fente et marche jusqu'à l'angle. Les maisons se dressent, pétrifiées, sans rien d'hospitalier ; au coin, un balcon avance une lippe hargneuse. Sanka tourne sur le trottoir. La dernière lumière de l'hôtel s'éteint et la façade obscure braque les orbites de ses fenêtres là-haut, au loin, au-delà du jardin public. Une bruine sème en douce ses gouttelettes à petites pincées, mouillant l'asphalte.

Sanka jette un coup d'œil à la pendule saillant sur la console d'une boutique d'horlogerie : il est trois heures et demie. Sanka entreprend de déchiffrer les enseignes de verre brillantes ; les mots le fixent stupidement, sans rien de racoleur, pareils à ceux d'un abécédaire : argent, pierres... Sanka regarde autour de lui et envoie un crachat sur un panonceau.

« Pff ! Et voilà pour tous les chichis et autres simagrées : "On n'entre pas sans se découvrir, non, m'sieur !" On sort, en revanche, la tête couverte d'une casquette, que l'on garde pour monter la garde ! »

Et Sanka sort de sa ruelle pour se poster au milieu de la chaussée... On vient ! Sanka entend un martèlement lointain, de plus en plus net, de plus en plus fort : des chariots, dans la ruelle. Sanka part à leur rencontre. Les chevaux s'arrêtent à l'angle. Quelqu'un saute à terre et tire la sonnette d'un portail. Sanka s'approche.

« Bah, vous inquiétez pas, monsieur l'étudiant ! »
L'homme a l'accent juif. « Je suis gérant. Si vous vou-
lez, je peux vous montrer les papiers… La joaillerie, là.
D'ailleurs, voici le concierge, il n'a qu'à vous le dire. »

Déjà, le concierge tourne la clé.

« C'est le gérant de Brechtchanski ? » demande Sanka
en affermissant sa voix.

Le concierge ne répond rien, il se contente de faire
entrer le gérant et les charretiers.

« Je vous demande…, crie Sanka, si l'homme qui vient
d'entrer est le gérant.

— Je sais qui je laisse passer », maugrée le gardien et
il claque la porte.

Sanka se met à tirer frénétiquement la sonnette.

« Dites-moi immédiatement qui est entré ! braille-t-il.
Je vais en référer, séance tenante, au Comité, nom de
Dieu ! »

Et de continuer à sonner furieusement.

« Chut, chut, cessez ce boucan ! » Le gérant ressort
précipitamment, Sanka lâche la sonnette. « Andreï,
Andreï ! » hèle l'homme. Le concierge s'avance à contre-
cœur. « Dites à ce monsieur qui je suis. Parlez ! Eh bien ?
Est-ce si difficile ?

— Ben… on lui a déjà dit : le gérant ! Et lui, il est
qui ? Il a qu'à nous l'expliquer !

— Chut ! » Le gérant s'accroupit, porte sa main
en cornet à l'oreille. Il prend brusquement Sanka par
le bras. « Écoutez, tout peut arriver. On m'a prévenu.
Bref, je dois transférer une partie de la marchandise au
dépôt. Et il faut faire ça discrètement, sans tambour ni
trompettes.

— Pourquoi en cachette ? » demande Sanka en s'immobilisant.

Ils sont au coin de la rue.

« Oh ! soupire le gérant qui ôte son chapeau melon et
s'essuie le front. Je suis étonné que cela vous surprenne.

Je ne peux pas vous donner les détails. Venez, je vais vous montrer un papier, je vous assure que je n'ai pas de temps à perdre : la marchandise n'attend pas. Vous comprenez de quelle marchandise il s'agit ? En moins de deux, ça s'empoche ! Et je le sais : ça va chercher dans les mille roubles ! »

De nouveau il entraîne Sanka vers le portail.

Déjà, les charretiers transportent des caisses fermées, qu'ils chargent sans bruit sur les chariots près desquels s'affairent des hommes portant chapeau. Les véhicules s'ébranlent au pas, sans ferrailler, aux portes se tient le concierge, muni d'une lampe. Sanka observe les opérations depuis le coin de la rue.

« Bon Dieu, et si c'étaient des voleurs ? Demander à voir les papiers ? Évidemment ! »

Sanka veut franchir le portail.

« Où que vous allez ? »

Le concierge le saisit par la manche. Il se dégage.

« Dis donc !…

— Chut ! *Scha !* Pour l'amour du Ciel ! » Le gérant accourt. « Qu'y a-t-il ? Que vous faut-il ? Les papiers ? » Il fouille en hâte sa poche. « Les voici ! »

Et de brandir sous la lampe son passeport au nom de Goldenberg.

« Pourquoi vous faites du zèle, crénom ? Parlez d'un inspecteur ! C'est vous qu'on devrait flanquer au violon…

— Chut ! fait Goldenberg en agitant les mains.

— Cinquante-deux ! dit le concierge en passant le badigeon d'un rai de lumière sur le front de Sanka. Vous croyez que vous faites le poids ? grogne-t-il.

— Pas d'esclandre, c'est tout ce que je vous demande ! » chuchote le gérant et il se précipite vers une porte éclairée au fond de la cour.

Le jour point lorsque s'ébranle le dernier chariot. Adossé à un mur, Sanka voit le concierge soulever son bonnet pour saluer le gérant. Puis, se tournant vers Sanka, il le regarde, les yeux plissés, en le menaçant en catimini de sa grosse clé comme d'un bâton. Goldenberg bondit soudain du chariot, accourt en retenant son melon sur sa tête. Il saisit Sanka par la main.

« Bonne nuit ! Je dis : allez vous coucher ! Allez dormir, cher étudiant. Pour l'amour du Ciel, allez vite ! Je vous le dis en toute amitié. »

Il tourne les talons et, à petits pas pressés, rattrape le convoi.

Le jour venu, les enseignes se réveillent, les mots parlent de nouveau. Un portier apparaît à la grande porte de l'Hôtel de Moscou. Grimaçant, il jette un coup d'œil vers le ciel, puis ses yeux se posent sur Sanka.

« Vous faites le sergent de ville ? » lui crie-t-il à travers la rue et il sourit tandis que Sanka confirme de la tête : oui, oui, il fait le sergent de ville ! Le portier, un veston par-dessus sa chemise de nuit, coiffé de sa casquette à galon, se dirige vers lui et s'immobilise au bord du trottoir. Sanka s'avance.

« Eh bien, la nuit a été calme ? » De froid, le portier se ratatine et fourre ses mains tout au fond de ses poches. « Calme, sans doute : y a eu assez de bagarre dans la journée. Viens te réchauffer, poursuit-il en lui indiquant la porte d'un mouvement du menton. Ou c'est-y que t'attends que tes chefs te contrôlent ? Dans ce cas, t'auras qu'à passer plus tard. »

Il retourne au trot vers les portes.

Sanka se remet à arpenter d'un pas vif l'asphalte mouillé, marchant en plein dans les flaques. Tiens, un type à pince-nez courote sur le trottoir, il a l'air pressé et ne cesse de tourner la tête en tous sens. Là, un gamin passe presque au galop. Sanka le suit du regard. Le gamin jette un coup d'œil circonspect – c'est un petit Juif. Il lui crie quelque chose en regardant derrière lui.

Incompréhensible ! Sanka lui adresse un sourire approbateur et un salut. Il lui fait un signe de la main : cours, cours, petit ! L'enfant s'éloigne, coudes au corps. Un chariot traverse la rue avec fracas, le cocher fouette énergiquement son cheval qui se met à tricoter de ses jambes au long poil. Il est huit heures, Sanka attend la relève. En voilà d'autres qui accourent. En suivant le trottoir. Quatre ou cinq. Ils viennent par ici. Sanka se fige, les regarde arriver. Ils agitent les bras et, hors d'haleine, lui crient quelque chose. Ils passent le coin, sans cesser de crier à son intention et de lui faire des signes. Soudain, tout au bout de la rue, des drapeaux ; une foule en bon ordre barre la chaussée, elle marche, marche, des petites gens, semble-t-il. Ils avancent d'un pas résolu, pressé, déjà Sanka entend leurs voix, leurs exclamations. Au milieu de la rue, il les regarde sans détacher les yeux. En tête, un barbu fait tournoyer un bâton, et tous, tous ont des gourdins.

« Qu'est-ce que c'est que ça ? »

Quelqu'un se jette de côté, court par le travers, tandis que, devant, pas plus gros qu'une souris, fuit... le gamin !

La foule pousse un « ah ! » : il va l'avoir, il va l'avoir ! Sanka se précipite, les yeux rivés au garçonnet ; il voit son visage convulsé. Éclair du gourdin, et l'enfant vole littéralement devant Sanka, un flot de sang jaillit de sa tête, laissant une traînée rouge sur l'asphalte noir.

« À mort ! À mort l'étudiant ! »

Aussitôt, ils sont nombreux à bondir, Sanka voit leurs yeux : tous, tous sont prêts, tous ont cette joie vivifiante de la violence imminente.

Sanka interrompt sa course, un autre le rattrape, s'arrête à un pas de lui ; il brandit dans son dos une barre de fer, garrotte Sanka du regard... Suspens... Il se recule, prend un élan démesuré : c'est qu'elle est lourde, cette barre arrachée à un volet ! D'autres viennent à la rescousse. Brusquement, le pied de Sanka décoche une ruade et atterrit dans le ventre du type à la barre de fer. Sanka ne sent pas la violence du choc qui lui fait faire une volte-face ; il est emporté, propulsé, à croire que ce ne sont pas ses jambes qui le portent, mais qu'il vole, plus rapide que l'air, que le vent, les oreilles lui sifflent, tandis que l'épouvante glapit derrière lui.

« À mort, à mort les Juifs ! »

Devant, Sanka ne voit que le portier de l'hôtel qui semble l'inviter de la main. Sanka est comme projeté dans le vestibule, comme hissé au deuxième étage. Il entend l'épouvante gronder à l'entrée, quelqu'un court dans l'escalier, des portes apeurées claquent dans les couloirs. Un militaire passe au pas de course en boutonnant sa tunique.

« Par là, par là ! » On hèle Sanka à l'autre bout du couloir, et il fonce : une porte est ouverte, sur le seuil une femme, une dame, elle s'efface pour le laisser passer. « Par ici ! » entend-il comme un son lointain.

Il s'assied sur un divan, regarde la dame et toute la pièce, se frotte les mains, et l'on dirait que cette femme l'observe depuis un siècle, elle l'examine, sourcils froncés. Elle parle. Il ne comprend pas. N'entend pas.

« Votre capote, enlevez votre capote ! Votre casquette, ici ! »

Elle la lui ôte elle-même, Sanka se défait de son manteau, il détache les manches de ses bras, telle une seconde peau qu'il abandonnerait pour la première fois de sa vie.

« Une chance que vous soyez en civil ! »

Sanka tourne la tête en tous sens, ses yeux ne se lassent pas de fureter.

La dame suspend le manteau dans une armoire.

« Mon mari est sapeur, lieutenant-colonel, personne n'aura l'audace… Asseyez-vous, asseyez-vous là ! »

Le prenant par l'épaule, elle l'entraîne vers une chaise.

De la rue, un cri vient heurter la fenêtre. La dame tourne prestement la poignée, ouvre le balcon, sifflets et hurlements jettent le trouble dans la pièce.

« Ils sont passés, ils s'en vont ! s'écrie la dame, les balayant du geste.

— Je n'en peux plus ! » lance soudain Sanka qui, tel quel, sans casquette, se précipite hors de la chambre.

Il dévale l'escalier ; penché sur la balustrade, un lieutenant-colonel du Génie dit d'une voix forte, en soufflant comme un bœuf :

« Et ne laisse sortir personne non plus !... Absolument personne... N'ouvre pas la porte ! Compris ? »

Il relève la tête, aperçoit Sanka, a un froncement de sourcils.

« Donne-moi plutôt la clé !... La clé ! Donne ! »

Le portier le rejoint, retroussant devant lui les pans de sa livrée.

Tout est bouclé ! Une joie secrète au ventre, Sanka descend lentement les dernières marches pour s'immerger dans le bruit sourd des voix qui bourdonnent dans le vestibule ; les gens parlent tous en même temps, leur débit est précipité, ils ont jeté en hâte des vestes sur leurs chemises de nuit. En peignoir de bain, un gros au visage d'acteur fait trembler ses bajoues grises et répète :

« Un pogrome, un pogrome, comme celui de Kichinev[1]...

— Que fait la police ? Où est-elle ? » Une dame tire Sanka par le bras, en retenant sa robe d'intérieur sur sa poitrine. « Ne voit-elle donc rien ? »

Les hommes se pressent contre la porte vitrée, ils se baissent, la tête dans les épaules.

---

1. Ville de Bessarabie où un effroyable pogrome eut lieu en 1903, marquant durablement les esprits.

« Ne poussez pas ! » intervient le portier soudain réapparu. Il les écarte, plaquant une main sur leur poitrine, et ils reculent, sans pouvoir détacher de la rue leurs yeux écarquillés. « Suffit que quelqu'un balance une pierre, et alors… »

Le portier se retourne brusquement au bruit d'une cavalcade derrière la vitre.

« Les cosaques ! Les cosaques ! » crie-t-on dans son dos.

Le portier entreprend de fermer à double tour la deuxième porte, Sanka l'aide à repousser les gens et à verrouiller, bien que ce ne soit pas nécessaire. Le portier tourne la clé, jette un coup d'œil à Sanka et, avec un hochement de tête, lui glisse :

« Cinquante-deux ? »

Nouveau signe d'invite.

Sanka lui emboîte le pas, un air vicié s'insinue dans sa poitrine, une brume envahit sa tête, ses jambes, transformées en ressorts, semblent ne plus lui appartenir. Le portier décroche une clé du tableau et s'engage dans l'escalier. Sanka monte à ses côtés, levant le pied avec effort à chaque marche. Le portier ouvre une chambre inoccupée, froide, et voici la porte qui donne sur un balcon d'angle.

« De là, on voit bien », dit doucement le portier.

De son abri du premier étage, Sanka observe, le portier près de lui.

« Ils enlèvent un banc du jardin, oh, Sainte Mère ! »

Les cosaques se tiennent prêts de l'autre côté du jardin public, leur officier retient son cheval qui piaffe. En face la foule est dense, et voici qu'un banc oscillant, hissé à bout de bras, lourd, gris, la fend : quatre hommes le portent vers un magasin, la bijouterie Brechtchanski. Les vitres de la chambre d'hôtel vibrent sous les hurlements.

« Regarde, regarde ! » Le portier se dresse sur la pointe des pieds. « Aïe ! Et d'une ! »

« Boum ! » fait le rideau métallique de la vitrine. Sanka voit les quatre types prendre leur élan avec le banc, le projeter tel un bélier, d'autres insérer des barres de fer au pied du rideau. Les visages sont rouges, enragés, on se presse, on s'acharne contre la vitrine.

« Ils vont la casser, par la Croix du Christ, ils vont la casser ! chuchote le portier. Bande de forts à bras !… Seigneur, ils vont la démolir ! »

Une pierre déglingue l'horloge de la boutique dont le verre dégringole en tintant. Par une sorte de magie, une baguette jaillit de la pendule éventrée. Un bout de tuyau vole dans l'horloge dont la foule s'est écartée, une grêle de pierres s'abat encore, puis tous, comme un seul homme, foncent sur la vitrine.

« Je l'avais bien dit qu'ils l'auraient ! crie le portier. À présent, c'est la ruée ! »

« Qu'est-ce que je pourrais faire ? Que faire ? » Sanka trépigne, ses jambes s'énervent et le bousculent. « Bon Dieu ! » Il s'éloigne de la fenêtre, puis, après quelques pas, retourne brusquement à son poste d'observation.

« Faut que j'y aille ! dit-il à voix haute. Y a une sortie ? » demande-t-il en secouant le portier par l'épaule.

Celui-ci contemple la rue.

« Pourquoi ?

— Une sortie ! Un escalier de service ! Quelque chose… Je n'y tiens plus, tu comprends ?

— Ça t'avancera à quoi ? » Le portier papillote des yeux. « Où tu veux aller ?

— Viens ! »

Sanka le saisit par le bras.

« À quoi ça sert ? Faut pas… »

Ils débouchent dans l'escalier. Lourde rumeur qui monte, cris, hoquets aigus d'une femme qui pleure et renifle.

À la suite du portier, Sanka fonce au milieu de l'attroupement, traversant hurlements et paroles, négligeant cette plainte de femme.

« Là, là, à deux pas, au marché-en-rond, on massacre ! balbutie un homme livide. Allez dans ma chambre ! indique-t-il en levant la tête vers les étages. De là, on voit tout ! »

Un froid s'abat sur Sanka, mais il continue de courir sur les talons du portier.

« Laisse-moi donc faire ! » Dans l'étroit couloir, le portier glisse un doigt fébrile sous son col dur que Sanka tente d'arracher, de détacher avec la cravate.

Une pause. Puis Sanka s'attaque aux manchettes.

« Une minute ! La casquette, je te l'apporte tout de suite ! Ne bouge pas ! »

Le portier repart en courant. Sanka sent ses mains, tantôt faiblir, tantôt griffer l'étoffe comme du papier. Déjà, le portier lui met sa casquette sur la tête.

« Relève ton col ! T'as bonne mine, comme ça ! »

Le portier entrouvre une petite porte – une marche à monter et on se retrouve dans une courette. Derrière une palissade, une ruelle et un grand immeuble, des gens, en haut, sur un balcon, s'agitent au troisième étage. Sanka s'avance vers le portail et, dans la hauteur, le petit groupe le happe, le dévore des yeux. Ensuite, il y a le concierge, avec sa plaque.

« Qu'est-ce que c'est ?

— Laisse-moi sortir, j'ai à faire, j'ai des ordres ! » Il est portier, donc il doit crier. Il ne voit que le portail, une colonne d'air froid lui obstrue la gorge. Le concierge glisse au jugé la clé dans la serrure, le regard braqué sur lui pour le retenir. « T'affole pas, je suis des vôtres ! »

Le portail s'entrouvre à peine, Sanka s'avance dans la ruelle. À cet instant, du balcon d'en face : « Bang, bang ! » Des coups de revolver claquent. Sanka aperçoit un homme accroupi tout près de la balustrade, qui tire de biais à travers la grille de fer forgé. Il vise le jardin municipal où se trouvent les cosaques. La foule reflue jusqu'au coin de la rue. Sanka fait quelques pas en longeant un mur, quand soudain, dans la ruelle, retentissent, éclatent avec fracas des coups de feu. Sanka se colle contre le mur d'une maison. Du coin de l'œil, il voit les cosaques à cheval balayer de leurs tirs les fenêtres, là-haut, tout le long de la rue. Il voit aussi le portail d'en face. Un vieux Juif à la barbe chenue, aux doigts maigres et blancs, griffe, racle convulsivement de ses ongles la fente entre les vantaux métalliques, il secoue la tête et plante obstinément un doigt qu'il tourne comme une clé dans le trou de la serrure, en s'agitant sur place, le corps plaqué contre la porte, à croire qu'il veut passer au travers. Cliquetis de sabots, un cosaque s'approche, fusil en main, c'est sûr, il va le voir ! La nuque écrasée contre la pierre, Sanka regarde le vieillard qui se fige, face contre le portail.

« Qu'est-ce que tu fabriques ici ? T'es un youpin ou quoi ? crie le cosaque à Sanka en levant son fusil. Fais le signe de croix, putain de ta mère, si t'es pas juif ! »

Sanka fixe le cosaque, à dix pas il distingue, comme s'ils étaient tout près, les yeux gris, avec leur raillerie.

« T'es un youpin ? »

Sanka se signe. Il ne sent plus sa main, la croix semble s'esquisser d'elle-même. Le cosaque fait pivoter sa monture, le regard toujours braqué sur lui, et repart au trot. Sanka jette un coup d'œil au portail, et c'est à peine s'il perçoit, sur le fond sombre du vantail, une tache noire, immobile.

Sanka suit des yeux le cosaque. La foule est de nouveau là, qui barre la ruelle. Un officier fait le faraud sur son cheval, dominant les têtes. On lui apporte, à présent, on lui fourre sous le nez quelque chose qui brille, une sorte de gros réveil. L'officier s'en saisit, puis, à la volée, balance l'objet au loin.

« Hop ! » Le cri parcourt en vague la foule fascinée par l'officier. Sanka se détache du mur et, mains dans les poches, s'éloigne dans la ruelle. Son dos capte le moindre son derrière lui – « gagner le coin, le tournant ! » dit sa tête, quant à ses yeux, ils savent déjà lequel de ses pieds passera l'angle le premier.

Sanka est près du but, encore quatre enjambées ! Alors, d'un coup, un cri, un rugissement à gosier lacéré vient de là-bas, de l'autre côté, frapper non son oreille mais tout son corps, et le pied de Sanka bronche. Brusque piétinement saccadé. Un homme, tête nue, les yeux comme encastrés dans les orbites, surgit à l'angle. Sanka l'entrevoit à peine, car sur ses talons, en masse, en pagaille, on déboule, on déferle, avec force sifflets. Sanka se détourne et s'empresse de passer son chemin. On jette d'un balcon des choses qui s'entassent, en bas on braille, on sautille – qu'est-ce qu'ils ont tous à sauter à cloche-pied ? Ce sont des pantalons qu'on lance de la boutique de confection et qu'on enfile en sautant sur un pied. Les yeux de Sanka tombent soudain sur le bord du trottoir, à l'écart : un homme gît, magma de viande sur le pavé. Sanka cherche le visage : de la pâte sanglante pointent des poils – la barbe ; là, une main livide émerge d'un tas de haillons. Les yeux de Sanka voudraient rentrer en eux-mêmes, se détacher de tout ce sang, mais ne le peuvent. Quelqu'un arrive en titubant, tout tordu, les jambes arquées sous le

poids : c'est qu'il a un sacré chargement de pantalons !
Le bonhomme s'immobilise brusquement au-dessus
de la « chose ». Sanka voit son visage instantanément
déformé par la haine.

« Hein, face de youpin ? La youtrerie, faut la saigner !
À mort l'engeance ! » Et d'abattre à deux mains un tuyau
métallique dans la bidoche sanglante qui fut une tête,
de la piler, faisant gicler du rouge et tressauter le corps.
« Crève donc, salope ! »

Sanka cherche du regard par où s'échapper, sa main,
qui tient son col, tressaute sous son menton.

« Attends ! Où t'as trouvé tes frusques, hein, entrou-
fignonné ? »

Quelqu'un le tire par la manche. Sanka ne se retourne
pas, il libère son bras et marche, marche, obliquant vers
la rue, là-bas, qui part du marché-en-rond, et ses jambes
s'activent, à foulées redoublées. Non, ça bloque, impossible de passer ! On est massé près d'une boutique, on
gesticule, on hurle, quel mugissement ! On se bouscule
devant une vitrine brisée. Sanka tente de s'arracher à la
foule, sueur brûlante, suffocante, à l'entour, cri rauque
à son oreille :

« Ah, on s'en paie une tranche ! Y en a un qu'a flanqué des juivaillons, des gosses, dans un baquet ; il est là
qui les pile carrément, dans le baquet aux choux, deux
youpinets !

— Non, trois ! C'est du boulot, hein ! Et va que je les
pilonne, que je les pile ! » braille quelqu'un devant.

Soudain, tous vacillent, on crie d'en haut, on siffle,
tous refluent. Sanka prend ses jambes à son cou, derrière lui quelque chose de noir traverse les airs. Sanka
a le temps de voir un piano. Fracas dans son dos, telle
une explosion, cris et sifflements frénétiques dans la
foule, craquement, vitrerie qui hoquette et sanglote sur
la place.

« Ne pas courir, ne pas courir ! s'admoneste Sanka. Surtout ne pas courir, mais fuir au plus vite ! »

La barbe pointant du magma sanglant flotte en bandeau devant ses yeux et, dans la rue vide, complètement vide, sur le trottoir déserté, ses jambes se meuvent, de plus en plus véloces, tandis que sa main semble définitivement coller, adhérer à son col. « Qui sont ces gens ? Qui sont-ils ? » Ils ont passé le coin et marchent à sa rencontre. « Des étudiants ? Mais oui ! Des fous ! » Le pied de Sanka dévie, prêt à traverser. Ils avancent rapidement, à la file, par deux, par trois. Sanka s'immobilise. « Que leurs visages sont rouges ! Tiens, le premier, là, en capote déboutonnée, le regard tendu droit devant, avec, dans sa main, un revolver, un énorme revolver, qui pend, à toucher le sol !… »

Sanka crie :

« Rybakov ! »

L'étudiant jette un coup d'œil, il ressemble comme deux gouttes d'eau à Rybakov, mais il est si rouge et ses yeux sont si… Rybakov a un mouvement de tête en arrière, ses yeux, pourtant, demeurent fixés vers l'avant.

« Y a les cosaques, là-bas, près du jardin municipal », dit Sanka qui ne reconnaît pas sa propre voix. Sa gorge éructe les mots qui craquent sèchement, telles des allumettes.

Sanka marche avec les étudiants, tous se taisent, ils vont là d'où il vient.

Ils sont tout rouges, à croire qu'ils ont couru. Ils passent le coin. En rafale viennent les souffleter craquements infernaux, sifflets, mugissements, bris de verre. Rentrant la tête dans son col relevé, Rybakov part soudain de biais et traverse la rue. On voit déjà que tout s'agite, que tout gronde comme l'incendie qui se déchaîne. À la suite de Rybakov, les étudiants forment une ligne oblique à travers la rue. Rybakov lève à présent la main : il va faire feu. Prêt ! Une fumée légère s'échappe du revolver. On n'entend pas la détonation dans le fracas. Tous se mettent à tirer droit sur la foule, sur le gueulement et tout le tremblement. Peine perdue : le tumulte paraît s'amplifier encore.

« Badaboum ! » Quelque chose de lourd choit d'un balcon et s'écrase. On continue, encore et encore, à jeter des objets. On les a repérés ! On a repéré les étudiants ! Quelques-uns dans la foule prennent leurs jambes à leur cou. Et toujours les petites fumées des détonations. Deux hommes s'effondrent. Soudain, une voix s'élève dans la foule : ils vont attaquer ? Sanka est figé, comme rivé à la chaussée. Claquements répétés, saccadés des coups de feu, qui couvrent le mugissement, frappent, dominant les cris auxquels succèdent des hurlements, des plaintes plus ténues. Devant, il n'y a plus personne. Sanka respire. Non, Rybakov s'élance de nouveau vers l'angle, vers la place, les étudiants sur ses talons. L'un s'arrête, pointe son arme, la recharge ; Rybakov, lui, a déjà passé le coin. Sanka s'ébranle et le rejoint d'un bond. Rybakov est sous un balcon, sur un amas de débris, de planches. Sanka ne comprend pas ce qu'il fabrique ; emporté par son élan, il le bouscule, Rybakov fait un vol plané, dégringole du haut de son tas ; derrière, un miroir glapit et tombe en miettes. Rybakov bondit sur ses pieds, regarde autour de lui. Soudain, un cri rauque : « Les cosaques ! » Les voici sur la place, débouchant de la ruelle – impossible pour leurs chevaux de fouler les débris.

« En arrière ! »

Rybakov agite la main. À cet instant, des coups de feu se déchaînent, tonnent, vont se perdre dans les maisons. Rybakov fait signe de reculer, les étudiants foncent vers la rue, tournent à droite. Ils croisent des gens chargés de montagnes de couvre-chefs, Sanka les voit à peine. À gauche à présent ! Les étudiants, tout en marchant, dissimulent leurs revolvers, une main dans l'échancrure de leur manteau. Qu'est-ce que c'est ? Rybakov, qu'est-ce qu'il a ? Le bandeau bleu de sa casquette est tout noir dans la nuque : du sang ! Ça ne fait rien, il avance, il marche en tête, d'un bon pas. Derrière, on entend les fers des chevaux résonner sur la chaussée. Au pas de course ! Passé le coin, c'est la place de la Collégiale, des tas de gens y déambulent.

« C'est lui, lui ! » crie quelqu'un.

Sanka se retourne et reconnaît Andreï, le concierge de la bijouterie vidée durant la nuit. Il est là, à le pointer du doigt, il se fraie un chemin dans la foule, sans cesser de jeter des regards en arrière. Rybakov passe en courant sur le trottoir d'en face, tous le suivent, fendant la masse, les voici de l'autre côté. Sanka voit les gens se regrouper derrière eux.

« À mort ! À mort, les youpins ! »

Rybakov sort son revolver, donne le signal, tous l'imitent et se mettent à reculer – tout recule avec eux ; les étudiants, à reculons, se rapprochent des maisons. Mais pourquoi, au lieu de les regarder, eux, les gens regardent-ils sur le côté ? Sanka aperçoit des capotes grises qui accourent de la place et s'immobilisent brusquement. La foule fait un écart. Les soldats mettent en joue. Les étudiants ont filé. Où sont-ils, où ? Sanka les cherche des yeux et se précipite vers la maison derrière lui, s'engouffre entre les vantaux du portail, à l'abri d'un ressaut. Une porte. Un homme en blouse blanche tire Sanka par la manche, le pousse à l'intérieur, l'entraîne dans l'obscurité. Sanka ne comprend pas où il l'emmène.

« Par ici, par ici ! » chuchote l'autre.

Enfin, de la lumière ! Une salle. Des pots, partout le long des murs. Des femmes, en blanc elles aussi, font des pansements à tous ceux qui sont là. Sanka respire difficilement, mais l'homme le jette sur un tabouret, déjà on lui enroule précipitamment une bande autour de la tête. Il ne comprend pas ce qu'on lui dit, c'est trop rapide, ce n'est pas du russe, du polonais ou quoi ? L'homme en blanc a les yeux qui lui sortent de la tête, ils se posent sur lui, comme s'ils s'enfonçaient.

« Je suis où, où ? demande Sanka, la gorge sèche.

— À la pharmacie Lozinski. C'est une pharmacie, ici. Couchez-vous directement sur le plancher, à l'abri de la cloison, vite ! »

Une demoiselle en blanc, écarlate, l'air soucieux, conduit Sanka d'une petite main ferme vers un coin.

Sanka s'étend sur un drap blanc. À cet instant, claquent deux coups de feu.

« Ils ne tirent pas sur la pharmacie ! dit l'homme en blanc, secouant la tête. Non ! Ils veulent juste faire peur. Ils savent jusqu'où ils peuvent aller. Ne bougez pas ! » s'écrie-t-il avant de sortir.

Aux côtés de Sanka, un homme en civil, la tête comme une boule, couverte de pansements. Il geint, tout son corps est agité de tremblements. Il bondit soudain tel un ressort, se met à gigoter comme dans un sac et – ouah ! ouah ! – il pousse des cris perçants qui vrillent les oreilles. Tous sursautent, le pharmacien en blouse blanche accourt, tente de le ceinturer, mais l'autre lui échappe, il fait des bonds d'une demi-archine en battant des bras. Sanka s'élance. Avec une force incroyable, l'homme se tortille, pareil à un énorme poisson que l'on maintient hors de l'eau, cinq personnes le maîtrisent à grand-peine.

Sanka secoue la tête pour se débarrasser de ce hurlement et, de désespoir, ses mains serrent de plus en plus fort le malade.

Taïnka sort de la grange et traverse la cour boueuse. Pouah ! Chaussée de grosses bottes russes, elle lorgne du côté du portillon : s'il venait, qu'il la voie comme ça, la tête enveloppée d'un foulard – un vrai ballot de linge ! Et de galoper, de patauger dans la gadoue jusqu'au perron ; une de ses mains serre au fond de sa poche un rouble et soixante kopecks, tandis que l'autre balance le seau à traire qui, au bout de son anse, se tortille, glapit.

Vsevolod Ivanovitch est assis près du samovar, il attend qu'elle lui serve son thé et prenne place en vis-à-vis. À chaque fois qu'elle boit à la soucoupe, ses cheveux s'échappent et retombent dans le thé. Qu'on le lui fasse remarquer et, de sa main fine, elle les rejette en arrière, exactement comme sa mère autrefois, ses petits doigts légers plongeant, hop ! dans la délicate chevelure.

« C'est toi, Taïnka ? Grouille-toi ! » Vsevolod Ivanovitch cogne la soucoupe avec sa cuiller. Il entend sa fille retirer ses bottes dans l'entrée et faire tinter la cuvette. « Qu'est-ce qui se passe ? On est venu chercher du lait ? »

Pourquoi est-elle toute rouge ? Ces derniers temps, elle rougit pour un rien, comme échaudée par un jet de vapeur.

« Il leur faut du lait frais, tu dis ? Et pour le paiement ? Ils ont déjà plus d'une semaine de retard… Où est-ce que tu vas ?… Mais le beurre est là ! Sur la table ! Le beurre est là ! crie-t-il en se penchant dans son fauteuil en direction de la porte. Le beurre est ici !… Elle a décampé ! » ajoute-t-il à mi-voix.

Taïnka revient, pâle, battant des paupières. Vsevolod Ivanovitch l'observe à la dérobée : il se passe quelque chose… et plus vite ça lui passera, mieux ce sera ! Il approche discrètement son grand verre du samovar. Taïnka garde les yeux baissés sur son couvert, ses mains tremblotent tandis qu'elle verse le thé. Son père se tourne vers la fenêtre.

« J'ai l'impression qu'il y a du monde… Je dis : y a du monde, aujourd'hui…, répète plus fort Vsevolod Ivanovitch. Tiens, en voilà encore un ! » D'un mouvement du menton il indique la fenêtre. Taïnka suit son regard. « Y a du monde, je te dis ! insiste-t-il en la fixant.

— Je t'ai déjà expliqué… » Les yeux de Taïnka explorent nerveusement la table. « Il y a une matinée exceptionnelle au théâtre… On donnera lecture des nouvelles dispositions… comme quoi… c'est la liberté… Y aura un concert… »

Elle s'assied et mord dans un morceau de pain.

« Quelle matinée ? Quelles dispositions ? Qui t'a raconté ça ? Et ce concert, qu'est-ce qu'il a à voir là-dedans ? » Vsevolod Ivanovitch fixe la tête de Taïnka, obstinément baissée sur la soucoupe, presque appuyée contre la table. « La liberté ? Pour qui donc, tout d'un coup ? »

Taïnka se redresse brusquement, elle a les larmes aux yeux. Détournant le regard, sans même finir son pain, elle gagne sa chambre.

« Ma petite Taïnka ! »

La jeune fille claque la porte derrière elle.

Dans sa chambre, la vieille s'agite.

« Seva, bougre d'âne ! Ce soupir désespéré qu'elle a eu ! » Vsevolod Ivanovitch veut se lever, mais pour aller où ? Ni vers l'une ni vers l'autre. « Quand on est bête, c'est pour longtemps ! grommelle-t-il en tournant bruyamment sa petite cuiller. Tu ressembles à ton fils, pardi, à Viktor !… Ça, pour lui ressembler… Aussi futé que lui ! » Il verse si abruptement du thé brûlant dans la soucoupe qu'il éclabousse la nappe. « Si j'étais si malin, reprend-il plus doucement, jamais je n'aurais mis au monde un policier !... Ah, le bon Dieu m'a gâté dans Sa grande sagesse, le Dieu Sabaoth, le Père, le Fils et le Saint-Esprit ! Un bel imbécile que je suis ! crie-t-il. Or, on n'adresse pas la parole aux imbéciles ! »

Il se lève, repoussant de toutes ses forces son fauteuil, et regagne sa chambre, abandonnant son thé dans sa soucoupe. Esseulé, le samovar postillonne furieusement par les trous de sa grille.

Taïnka se laisse tomber sur une chaise, pose ses coudes sur le drap maculé de son secrétaire. À travers ses larmes, les taches d'encre se rident, se désagrègent. Les plus familières d'entre elles l'observent prudemment. Taïnka essuie ses yeux et, du doigt, redessine les contours de ces éclaboussures.

« Je suis la plus malheureuse du monde ! murmure-t-elle, les lèvres tremblantes. J'ai des cheveux jaune filasse, et raides ! » Elle se tire violemment une mèche humide. « Toutes les filles qui ont des cheveux comme des baguettes sont de pauvres idiotes ! » Elle a un sanglot, appuie sa tête sur ses bras repliés et ferme les yeux... « Et si j'étais près de la rampe ? Les musiciens sont dans la fosse, le théâtre bourdonne de voix, des voix qui font la claque... Lui, est là, en retrait, il regarde ses partitions et répète, la petite brosse de sa moustache au-dessus de la flûte. Le motif caracole, tel le vent frais sur le monde, tel le vent dans les arbres du jardin, il palpite, puis s'envole vers les hauteurs. » Taïnka exhale l'air qui oppresse sa poitrine. « Le voici qui bavarde en compagnie d'un camarade, mais on n'entend rien, pas une bribe. Et si, tout soudain, il levait les yeux et me voyait ? Avoir au moins le temps de lui adresser un signe ! » Taïnka redresse la tête, son regard se perd au bas de la fenêtre, cependant qu'Israël se détourne, plaisante avec son ami et qu'aux oreilles de la jeune fille résonne, exaltante, la voix de la foule. Taïnka se lève, se change sans quitter des yeux l'angle de la fenêtre. « Et le regarder, le regarder de telle sorte qu'il saisisse tout ! Tout ! Qu'il chuchote à mon oreille : "Ma Taïnka !" »

« Ta-aïnka », dit-elle à haute voix. Elle s'en effraie, promène son regard autour d'elle. Elle est résolue. Elle jette un coup d'œil dans le miroir : pouah ! Elle est toute rouge, une gamine qui a trop couru ! Des yeux brillants, à croire qu'elle vient d'attraper un grillon et qu'elle saute de joie comme une idiote. À petites touches sèches, elle se poudre le visage, déjà il est tout crayeux, mais elle continue de tapoter à méchants coups de houppette son nez, son menton, semant de la poudre sur sa robe. Lorgnant la porte, elle tire discrètement de sa blouse le rouble et les soixante kopecks qu'elle serre dans sa petite bourse. Elle époussette sa robe. En un clin d'œil elle a quitté la chambre, en un clin d'œil, enfilé son manteau. Sa mère l'appelle, semble-t-il. Taïnka tape volontairement des pieds, chausse ses caoutchoucs, part en claquant la porte et, passant devant le chien, se dirige d'un pas rapide vers le portillon.

En effet, il y a affluence, tous vont vers le centre-ville ; Taïnka s'empresse de se fondre dans la foule, des fois que son père se mettrait à hurler dans toute la rue, depuis le pas de sa porte : « Taïnka ! »

Elle dépasse tout le monde, sans regarder qui sont ces gens, sans se retourner.

« Et, après, je me fiche à l'eau ! » lance-t-elle à mi-voix au vent qui vole à sa rencontre.

Une mèche jaune lui bat le front : quelle importance ? La joie est dans ses cheveux qu'elle secoue en marchant.

« Si j'étais une actrice célèbre ou une ballerine, et que tous me regardent... » Elle rejette bravement la tête de côté, rajuste son bibi sur ses cheveux, et revoici ces fichues larmes ! Ah, les maudites ! Taïnka est déjà sur la place, elle secoue ses pleurs : vite, vite au jardin municipal, que personne ne la voie !... Elle ne s'aperçoit pas que la foule est de plus en plus dense. Non sans peine elle franchit les grilles du parc d'ordinaire désert : aujourd'hui, il y a du monde, plein, plein de collégiens... Au moins, ils ne la dévisagent pas. Tous les yeux sont braqués ailleurs. Taïnka sort son mouchoir, s'essuie le nez et en profite pour sécher discrètement ses larmes... Que se passe-t-il ? Une silhouette se dresse, un lycéen, sans doute grimpé sur un banc. Tous le fixent. Voyez-moi ce monsieur ! Et ses mains, voyez comme il gesticule ! Mais on fait pression par-derrière : oh, les séminaristes aussi sont de la partie, ainsi que les collégiennes, petites pestes rieuses ! Taïnka redoute qu'elles ne remarquent ses pleurs et sa poudre en déroute. Mais l'autre, qu'est-ce qu'il raconte ?

« Que nous offre le pouvoir tsariste ? » Taïnka entend une voix haut perchée, qui perce l'air épais et humide. « Il nous propose, non pas l'Assemblée constituante, laquelle... »

Taïnka le reconnaît soudain.

« Kouznetsov ! Seriojka Kouznetsov ! L'amoureux de la Lioubimtseva-Raïskaïa : pour célébrer sa gloire, il lance sur la scène des fleurs qui dans la fosse finissent leur trajectoire ! On prétend qu'il s'est fait renvoyer du collège... »

« Qu'est-ce qui se passe ? Qu'est-ce qui se passe ? » demande Taïnka à voix haute.

Aussitôt une collégienne lui intime de se taire. Ah, la vipère ! Et mauvaise, avec ça ! Comme à l'église, s'ouvrant prudemment un chemin du taraud de son épaule, Taïnka essaie de s'extraire de la foule.

« C'est commencé, j'en suis sûre ! »

Impossible de se faufiler jusqu'à l'entrée, des gens arrivent d'en face, qui poussent, poussent, refoulent et, piétinant sans distinction pelouses et buissons, foncent droit devant. On crie là-bas. Taïnka se retourne : un barbu a succédé à Seriojka. Peuh, elle ne l'avait pas reconnu : le docteur ! Le docteur Selezniov. Et tous d'applaudir. Taïnka se rue vers les grilles. Ouf, enfin ! On respire mieux sur la place... Quelle bousculade devant le théâtre ! Ça ne fait rien, il y a l'entrée des artistes. Avec un pompier, bien sûr, mais il la connaît, il la laissera passer. Et de franchir en courant cet espace demeuré libre. Elle tire la porte : fermée ! Nouvelle tentative : on vient ! Le pompier est déjà coiffé d'un casque, donc ça a commencé, sinon il aurait une casquette à bandeau bleu et cocarde. Il lui parle de derrière la vitre, elle n'entend rien.

« Laissez-moi entrer ! Rien qu'un instant, pour l'amour du Ciel ! crie-t-elle, la bouche collée à la vitre sur laquelle tambourinent ses petits doigts. S'il vous plaît ! Je vous en supplie, vous serez un ange, un amour ! »

Ça y est, il ouvre ! Non, il a juste entrouvert la porte.

« Mademoiselle, glisse-t-il à travers la fente, il ne faut pas, rentrez chez vous. Ça n'est pas le moment !

— Bah, rien qu'une minute, après je retourne à la maison ! Pour l'amour du Ciel !... Vous serez un ange ! »

Elle saisit le battant, agrippe l'entrebâillement, tant pis si elle se fait pincer les doigts !

Ça y est !

« Juste une minute ! lance-t-il dans son dos. Hé !... »

Elle monte quatre à quatre l'escalier. Voici le couloir, Dieu soit loué, il est désert ! Voici la porte et sa serrure de sûreté ; derrière, la houle gronde, roule, faut croire qu'il y a du monde ! Taïnka tourne le verrou, elle pousse difficilement le vantail : éclatantes éclaboussures des voix qui lui sautent à la figure et lui compriment le front.

Taïnka claque la porte derrière elle : une cohue, une foul-titude, comme jamais ! Même pour la Vialtseva[1], on n'a pas connu ça ! En plus, ils sont tous debout au parterre ! Et les loges, donc ! Elles débordent littéralement ! Au cœur de la bousculade, Taïnka est en nage, cramoisie. Dans la salle les gens ont gardé manteaux et bonnets de fourrure. Taïnka se fraie un chemin jusqu'à la rampe devant la fosse. Qu'est-ce que c'est que ça ? Là aussi, c'est plein à craquer de chapkas, de chapeaux, de cas-quettes, toutes les têtes s'agitent, pivotent, et pas un seul musicien ! Taïnka est poussée, pressée contre la rampe, elle scrute les têtes en contrebas : et s'il était là, au milieu des chapeaux ? Elle se livre à une inspection minutieuse, en quête du melon de son Israël, comme elle chercherait un kopeck sur un tapis. Brusque ovation. Taïnka voit le rideau se lever.

Sur la scène, une table recouverte de drap rouge ; des hommes y siègent, on croirait un jury d'examen. Les voici qui se mettent debout. Tonnerre d'applaudisse-ments. Quelqu'un, derrière Taïnka, crie d'une voix surai-guë, en détachant les syllabes qui crépitent :

« À bas l'au-to-cra-tie ! À bas ! »

À la table un des hommes lève le bras ; le silence se fait quasi instantanément et le premier glapit de nouveau :

« À bas l'au-to-cra-tie ! »

L'autre, de la scène, lui adresse un sourire indulgent et joyeux.

« Messieurs ! crie-t-il en abaissant son bras. Messieurs ! J'estime de mon devoir de commencer par porter à la connaissance publique l'acte… je veux dire le manifeste, accordé le 17 octobre…

---

1. Anastassia Vialtseva (1871-1913), soprano, chanteuse d'opé-rettes et de variétés très populaire ; célèbre pour ses interpréta-tions de chansons tsiganes.

— Tout le monde est au courant ! » braille le piailleur derrière Taïnka et la salle se met à hurler.

Un bruit fantastique !... Décidément, pas de melon à l'horizon ! Pour l'instant en tout cas... Le calme revient.

« Messieurs ! » reprend l'homme sur la scène.

Qui est-il ? Taïnka jette un coup d'œil : le visage lui est connu... Mais oui, il est au Conseil du zemstvo[1] ! Quel est donc son nom ? Ah, c'est le statisticien ! se rappelle-t-elle.

« Mes-sieurs ! Je déclare le meeting ouvert ! La parole est au camarade Kountsevitch. »

Un grand maigre avec une petite barbiche quitte la table et s'avance.

« Plus fort, plus fort ! » hurle la salle.

Le gars rougit. Qu'est-ce qu'il a ?

« Liberté d'association !... entend Taïnka. La liberté d'union... »

Là ! Un melon, là-bas, derrière ce chapeau gris ! D'un coup sec Taïnka tente de forcer le passage sur la droite, le long de la rampe.

« Où elle court, celle-ci ? Restez à votre place ! »

Elle est écrasée, immobilisée, la voix rauque de Kountsevitch s'éraille juste devant elle.

« Nous avons exigé le règne du peuple ! Le gouvernement du peuple !... Le tsar... le gouvernement... »

Taïnka voit bien que c'est lui, là-bas, lui, Israël : elle a aperçu un petit bout de sa joue entre les têtes. C'est lui, lui ! Dans sa trajectoire elle télescope un gros... Si elle pouvait passer par-dessus ! Elle ne quitte pas des yeux Israël.

---

1. Zemstvos : assemblées territoriales, créées en 1864, peu après l'abolition du servage, pour gérer les intérêts locaux des provinces et des districts.

L'électricité vacille, une fois, deux fois, la lumière s'éteint presque, le temps de compter jusqu'à trois. Qu'est-ce qu'on crie, là-haut ? Sur la scène, on lève le nez vers le poulailler, quelqu'un fait de grands gestes : tous semblent fauchés par cette voix et se retournent ; un instant, on n'entend plus qu'un murmure... De nouveau, le cri éclate d'en haut :

« Au jardin municipal les gardes à cheval cognent ! Ils frappent les gamins à coups de nagaïka ! »

La houle d'un soupir monte dans le théâtre, bientôt couverte par le cri :

« La police est sur la place ! Les gendarmes à cheval ! Le théâtre... Ils veulent l'in-cen-dier ! »

L'homme crie à tue-tête. Aussitôt, un hurlement emplit l'espace, il se rue, se cogne contre le dôme. Taïnka a l'impression que l'énorme lustre ne va pas résister, qu'il va se rompre et s'écraser, elle a l'impression que le cri a fait tressaillir et trembler la lumière. Elle voit les gens se débattre en bas, dans la fosse d'orchestre, virer à droite en masse sombre et, s'engouffrant dans les portes étroites, asphyxier, étouffer un homme, dos au chambranle. Il secoue la tête, bouche ouverte, yeux exorbités. Taïnka balaie l'espace du regard. Où est Israël ? Que se passe-t-il ? Israël surplombe les autres, juste sous la rampe, grimpé sur... une chaise ? Debout, son étui à flûte sous le bras. À cet instant, Taïnka est projetée tout contre la rampe qui lui entre dans le corps, encore un peu et elle sera coupée en deux ! Israël la fixe, sourcils levés, il lui fait des signes de la main, une sorte de zigzag. Elle veut, elle veut lui sourire. Israël dit quelque chose ; elle n'entend rien. Seules bougent lèvres et moustaches, mais c'est à elle qu'il parle, à elle, Taïnka ! À elle qu'il donne des indications de la main. Oh, quelle autorité ! Papa tout craché !... Soudain, derrière elle, la pression se relâche. Taïnka s'ébranle, ses jambes ankylosées, comme coupées, répondent malgré tout. De profil, elle se hisse sur la rampe et bascule. Alors, à sa suite, de gauche, de droite, de partout, les gens grimpent, s'élancent, à croire que s'ouvre, se découvre une voie de salut. Ils se jettent dans le vide, droit sur les têtes, sur l'inextricable magma, gigotant dans les airs, puis sombrant en agitant les bras comme autant de noyés. Taïnka s'accroche à la rampe, du pied elle repère la corniche ; de l'autre côté, il y a Israël qui, du bras, de la main et de son étui, la repousse. On dirait que, par-delà les airs, par-delà les hurlements sauvages, il la presse, la colle contre la rampe. Et il lui parle, lui parle d'abondance : « Vite, vite ! » clame sa bouche. Taïnka le regarde, s'agrippe à lui par le regard, il tend les bras comme s'il la retenait, l'empêchait de tomber. Les mains de Taïnka sont paralysées, une botte lui a écrasé les doigts. Un colosse, tête nue, se débat dans la fosse ; ses énormes battoirs lacèrent le visage de ses voisins, il tente de se frayer un passage vers la porte étroite de l'orchestre : un cou rouge, rougeaud, charnu. Il agite la tête, puis lance les bras en l'air et se met à se frapper le crâne de toutes ses forces, frénétiquement. Brusquement, l'obscurité se fait, à croire que la lumière n'a pas tenu, qu'elle a cédé. Un instant, les cris s'apaisent… Ultime explosion d'un rugissement assourdissant. Les mains de Taïnka se mettent à trembler. Elle fixe dans l'obscurité le point où était Israël, elle regarde de tous ses yeux, afin de ne pas s'égarer. Elle ne sent plus ses mains devenues dures comme du bois, pourtant ses mains résistent. En bas c'est un chaudron qui bout, le feu gronde… « Je vais lâcher… C'est la fin… Dégringoler dans la fournaise… » Mais là, de l'autre côté, il y a Israël, et il lui semble qu'elle le voit retenir l'air, à bout de bras, afin qu'elle ne tombe pas.

Vsevolod Ivanovitch ne veut pas sortir ni quitter son fauteuil. Elles sont enragées, ces bonnes femmes : quoi qu'on fasse, ça ne va jamais, on a toujours l'air d'un imbécile ! Alors, allez-y, débrouillez-vous sans l'imbécile, sans le vieil idiot ! Ne vous gênez pas !

Il croise les jambes en signe d'indépendance et ramasse un livre sur la table : lequel ? Il ne sait pas, il a oublié. Pressé d'entamer sa lecture, il époussette la reliure contre le bras du fauteuil. Sans lunettes il ne voit rien et fixe la page ouverte au hasard, les caractères d'imprimerie forment un brouillard gris. Il la fixe, fronçant le sourcil d'un air important. Ses lunettes sont restées dans la salle à manger. Des yeux il explore la table. Ah ! Sa loupe : grande, presque un quart d'archine, avec sa monture et son manche en bois. Vsevolod Ivanovitch détaille les énormes lettres et le papier pelucheux : « "C'est en suivant ladite ligne que les perpendiculaires ont été abaissées…", relate, dans son mémoire, le premier corps d'arpenteurs de Russie sous le règne de… »

La porte d'entrée claque.

« La voilà partie ! Eh bien, bon vent ! Tu as raison, laisse tomber le vieil imbécile ! » dit Vsevolod Ivanovitch à mi-voix. Il repose le livre sur la table, entreprend de rouler une cigarette, sans se hâter, amer. Il l'enduit soigneusement de salive, la redresse et la visse dans son fume-cigarette. « Hé, quoi ! On a le droit d'être un ours mal léché. Qu'on lui fiche la paix, à cet animal ! poursuit-il à voix basse en cherchant ses allumettes dans sa poche. Bien sûr, il n'y en a pas sur la table ! Il faut toujours qu'on me fauche la dernière boîte. Qu'ils aillent au diable ! Elle a claqué la porte et déguerpi. Pfut ! Envolée, la Belle de Grenade ! » Soudain, son cœur se serre. Aussitôt, les larmes lui montent à la gorge. « Elle cherche, la pauvrette ! Elle cherche les câlins, le bonheur, un bonheur à deux sous, un bonheur de pacotille… Ça la met à la torture ! Petite, elle voulait une poupée, avec des cheveux pour qu'elle puisse les coiffer. Une poupée pour la prendre dans ses bras, la serrer fort contre son cœur, l'aimer à en pleurer. Et j'ai fini par la lui acheter. Comme elle a rougi alors, comme elle l'a saisie sans regarder et s'est enfuie, cachée ; impossible de la retrouver, elle ne voulait pas qu'on la voie ! Là, dans son coin, elle l'a dorlotée, sa poupée, elle la langeait, la peignait… » Vsevolod Ivanovitch tape du poing sur la chaise, faisant sauter un bout de cire à cacheter et un compas estropié. « Comment l'aider ? Elle court toute seule, à présent. Pff, quel imbécile je suis maintenant, ce que j'ai la larme facile ! Seigneur, que Ta volonté soit faite ! » Pour la première fois depuis cinquante ans, il se signe dans la solitude de sa chambre.

Et le temps assaille Vsevolod Ivanovitch. Les yeux grands ouverts, il fixe le mur, le temps siffle à ses oreilles, à grand bruit, à grands cris. À l'époque, au cours d'une partie de chasse, il avait voulu se brûler la cervelle. C'était l'automne, il était à son poste d'affût. Il voulait se loger dans la tête une décharge de chevrotine. Il était plein de vigueur, l'air humide sentait la feuille morte. Tension de ses épaules… Brusque piétinement sur les pavés de bois, on dirait d'énormes talons lancés à toute allure. Vsevolod Ivanovitch sursaute : un martèlement sauvage, affolé, encore et encore, un piétinement comme un cri. Vsevolod Ivanovitch bondit, ouvre violemment la porte, fonce à la fenêtre de la salle à manger : des gens courent, fuient à toutes jambes en contrebas, la boue vole, des gamins, des collégiens filent comme des dératés. Et, derrière, au galop sur son bourrin…

« Ah, le fumier de garde à cheval ! Il fonce droit sur les gosses, et ça y va, la cravache ! Oh, la gamine ! Il l'a cinglée en pleine figure ! »

Sans égard pour ses vitres, Vsevolod Ivanovitch se met à cogner au carreau.

« Qu'est-ce que tu fais, ordure ? »

Puis il se précipite au-dehors, ouvrant le portillon à la volée.

Maintenant sa monture au milieu de la rue, le garde tente de flanquer des coups de cravache aux fuyards.

« Qu'est-ce que tu fais, scélérat ? braille Vsevolod Ivanovitch qui, en courant, perd ses pantoufles dans la boue. Qu'est-ce qui te prend, salopard ? »

Tête nue, barbe au vent, Vsevolod Ivanovitch saisit le cheval par la bride et, de tout son corps pesant de vieillard, le tire violemment sur le côté.

« Lâche ça ! crie le garde, le visage écarlate, tordu en un rictus, et il brandit sa nagaïka. Lâche, salaud !

— Gibier de potence ! Bandit ! S'en prendre à des enfants ! » s'égosille Vsevolod Ivanovitch en entraînant le cheval vers le portail.

Le garde découvre des dents de rat, il bondit en avant pour attraper le vieil homme, quand une chose noirâtre vient s'écraser sur son visage, un énorme paquet de boue qui l'aveugle ; sa casquette tombe. Vsevolod Ivanovitch jette un coup d'œil : un gamin à gapette ratisse la gadoue à pleines mains dans l'ornière fangeuse ; à l'entour, c'est le sauve-qui-peut, quelqu'un dans son élan renverse Vsevolod Ivanovitch qui, à grand-peine, se remet sur ses jambes. Et voici que du haut de la rue la foule déferle en hurlant. Vsevolod Ivanovitch se hâte de regagner sa cour, franchissant péniblement le portillon ; puis il fait irruption chez lui : sa femme se tient debout à la fenêtre de sa chambre, tirant sur l'espagnolette. Vsevolod Ivanovitch ne s'étonne même pas de la voir levée, à croire que sept années se sont soudain envolées comme par magie. Ses mains maculées de boue glissent, il essaie d'ouvrir, de décoller les fenêtres, et tout se détache sous ses doigts, tel un carton qui cède. Il se hâte de rejoindre sa femme, la repousse, débloque un des châssis, donne un coup de pied dans l'autre : la fenêtre s'ouvre toute grande.

« Par ici, par ici ! » crie-t-il en brassant l'air, avant de se précipiter dans la chambre de Taïnka pour, là aussi, tout ouvrir en un clin d'œil. Il n'entend même plus sa voix : la rue n'est qu'un cri. Ils sont deux à franchir la fenêtre. Vsevolod Ivanovitch s'élance pour les aider : vite, vite ! Il ne distingue pas les visages, tente de saisir des mains, les tirant à lui. Mais qu'est-ce que c'est ? Les gens refluent, butent les uns contre les autres, de la masse monte un mugissement, un pleur. En face, quelqu'un tente d'escalader la clôture, lâche prise et, aïe-aïe-aïe ! redégringole. On a fermé le portail.

« Cassez les vitres et entrez ! crie Vsevolod Ivanovitch. Cassez les vitres, là-bas ! »

Les hurlements masquent sa voix. Il s'écarte brusquement, les gens affluent par les fenêtres, se chevauchant, s'embardouflant, s'entremêlant, s'embrelicoquant dans la chambre de Vsevolod Ivanovitch : ce ne sont plus des visages, mais leurs envers, avec des yeux et des bouches secoués de tics. Impossible de démêler les jeunes des vieux, tous sont identiques. Vsevolod Ivanovitch se fraie un passage jusqu'à la fenêtre : c'est fini, il n'en vient plus. Le vieil homme repousse les gens derrière lui en commandant d'une voix forte :

« Allez dans le couloir, dans la cour ! »

Dans la rue les cris faiblissent, puis cessent. Le garde à cheval gesticule, menace de sa nagaïka Vsevolod Ivanovitch à sa fenêtre.

« Racaille ! hurle celui-ci, et sa voix se brise. Scélérat ! s'égosille-t-il, et la voix lui manque. En plus, il a le culot de me menacer ! » Vsevolod Ivanovitch déglutit. « Glacha, mon fusil ! » On l'entend à peine. « Passe-moi mon fusil ! » Il a la gorge en feu.

Le scélérat s'éloigne sur sa monture. Vsevolod Ivanovitch fonce dans sa chambre, décroche son fusil à deux coups, puise dans sa cartouchière une poignée de douilles vides qu'il jette par terre :

« Nom de Dieu ! »

La porte s'ouvre brusquement, livrant passage à un sous-officier cosaque, l'air mauvais, oh ! làlà !, la gueule hérissée.

« C'est donc toi qui... »

Il hésite à entrer, il redoute le fusil. Alors, Vsevolod Ivanovitch retient son souffle, se fige un instant, lance avec force son arme sur le sol, s'empare de son fauteuil, son fauteuil en chêne, le brandit tel un gourdin. Et, comme parfois dans les rêves, le poids en est aboli au point que, d'une main, il le balance sur le cosaque, sans en attendre plus d'effet que d'une boulette de papier. Puis il risque un coup d'œil à la porte : plus de cosaque !

Glacha, Glafira Sergueïevna, sa femme, est là, toute de blanc vêtue, comme dans un linceul. Vsevolod Ivanovitch n'entend pas ce qu'elle dit, le sang bat à ses tempes, bourdonne à ses oreilles. Le fauteuil est à la porte, en travers du couloir et... plus de cosaque !

Glacha lui tend des bras suppliants. Il s'aperçoit soudain qu'il halète, il veut de l'air, plus d'air, vite !

« Glacha ! lâche-t-il dans un souffle. Ce n'est rien, ce n'est rien... Va-t'en ! »

Du geste, il l'enjoint de s'éloigner.

Il se tourne vers la table, s'y appuie des deux poings, se penche et aspire l'air à grandes goulées. Sans changer de position, il entend sa femme s'agiter, bouger le lourd fauteuil, essayer de franchir la porte et partir en traînant ses pieds nus. Il est là qui pompe l'air de plus en plus avidement, imprimant à son torse un puissant mouvement. « Rester immobile, tenir ferme comme un taureau, et respirer ! Si je bouge, je crève ! » se dit-il en entendant le sang battre dans tout son corps.

« Bois, bois ! »

Glacha lui fourre un verre sous le nez : que sa main est blanche, que ses doigts sont secs !

Vsevolod Ivanovitch secoue la tête, tandis qu'elle lui colle le verre contre les lèvres.

Chapeau bas !

Piotr Savvitch est dans la foule, tous se serrent, se pressent les uns contre les autres, mais impossible d'aller jusqu'au théâtre. Il se porte en avant, là où les gens font cercle : qui sont-ils ? Des gars du Faubourg, ou quoi ? Tous sont armés de gourdins. Il en reconnaît deux : ils étaient dans la cellule nº 5. Trognes rougeaudes. Sifflets. Là-bas, de la fumée s'échappe du théâtre. Les salauds ! Ils font brûler de la paille au pied du mur de pierre, sous les fenêtres. Les pompiers sont à côté. Et personne ne lève le petit doigt ! Tiens, les gardes à cheval, là, plantés comme des épouvantails ! Tu crois qu'ils bougeraient ?

« Ah, maudits ! rugit Piotr Savvitch de sa voix éraillée, faisant se retourner deux porteurs de gourdins.

— Tu serais-ty un fumier de statisticien[1] ? À nous deux ! » dit l'un en le secouant par l'épaule.

Piotr Savvitch se dégage brutalement, lui balance une mornifle et se fond dans la foule. Soudain, ça braille de toutes parts, deux hommes sortent en courant du

---

1. Équivalent, à l'époque, de « technocrate », « intellectuel », souvent assimilé à « Juif » et « marxiste ».

théâtre et tentent de forcer l'encerclement. Les portes en vomissent d'autres qui se déversent en petits paquets sombres pour se disperser aussitôt.

« Mort aux statisticiens, ces galeux de youpins ! »

De nouveau, Piotr Savvitch se porte en avant et manque être renversé par le flot. Tous prennent la tangente, la horde des gardes à cheval fonce dans le tas.

« À quoi ça ressemble ? Vous vous en prenez à qui ? Aux bonnes gens ? Maudits salopards ! » hurle Piotr Savvitch, mais nul ne l'entend. Glapissements, hourvari, tourbillon assourdissant. Et les cris les plus forts proviennent de l'encerclement. Piotr Savvitch se retourne malgré lui : bon sang, une colonne de fumée monte du théâtre ! « Sainte Mère de Dieu, qu'est-ce qui se passe ? Qu'est-ce qui se passe donc, Seigneur ? murmure-t-il. C'est la fin, tout est sens dessus dessous… Crétins ! » se remet-il à brailler, quand une borne sur le trottoir lui scie douloureusement un pied. Sorokine s'assied, quelqu'un dans son élan lui râpe la figure d'un coup de genou ; Piotr Savvitch protège sa tête avec ses coudes, les doigts croisés sur la nuque. « Faut disparaître ! La Russie est fichue ! » Il a beau se boucher les oreilles, il perçoit un cri éperdu ; il a beau plisser les yeux, il a l'impression de voir le ciel tournoyer, vibrionner, siffler, et il n'essaie pas d'esquiver lorsque des genoux, des bottes viennent heurter sa tête. Massif, un type s'abat sur lui, l'écrase. Piotr Savvitch s'effondre, sans pourtant desserrer l'étreinte de ses mains autour de sa tête. Il bascule, raide comme un bout de bois, c'est la fin, la fin de tout, que tout aille au diable… et que Dieu soit loué !

Piotr Savvitch reprend ses esprits. Dans un premier temps, il ne sent pas la douleur, juste des secousses. On lui martèle le postérieur. Il ouvre les yeux. Un policier lui botte le train avec ardeur, en criant :

« T'es soûl ou t'as perdu la boule, hein, bestiau ? Putain de garce de ta mère ! »

Les yeux de Piotr Savvitch papillotent, s'écarquillent. À l'autre bout de la place désertée, le théâtre est méconnaissable, avec sa façade noircie par la fumée. Piotr Savvitch ne peut en détacher les yeux. Il cherche à tâtons sa casquette, la trouve, toute piétinée ; c'est bien elle, sa casquette de gardien de prison, à liseré bleu.

« Dégage ! » braille le policier en lui décochant un dernier coup de botte.

Piotr Savvitch se relève, enfonce sa casquette sur son crâne, le policier le pousse à l'épaule. « Ouste, ouste ! »

Les pieds fourbus de Piotr Savvitch cherchent la chaussée à tâtons, tandis qu'il continue de fixer le théâtre.

« Se peut-il que ce soit partout comme ça ? Que les choses tournent de cette façon ? »

Il se traîne, sans cesse de lorgner l'édifice. Soudain, il voit du sang par terre, une banale petite flaque, à croire qu'on vient d'égorger un chevreau. Et une autre, plus loin. Dans la rue morte marche Piotr Savvitch. Il n'y a pas âme qui vive. Tous ont trépassé. Sa Grounia aussi, sans doute… Les chiens eux-mêmes n'aboient plus. Piotr Savvitch marche seul dans la boue au milieu de la rue, sans savoir où il va. Demander son chemin ? Il y a bien des survivants ! Crier ? Crier fait peur. Là, sur la droite, un portail béant, découvrant une cour vide, comme après quelque pillage. Piotr Savvitch s'immobilise dans la gadoue. Les fenêtres sont ouvertes.

« C'est leur maison, leur maison à eux autres ! Celle de l'arpenteur. Ouverte à tous les vents ! »

Piotr Savvitch oblique vers le portail, le chien, aussitôt, aboie. Clignant des yeux, étirant ses lèvres en un rictus, Piotr Savvitch contourne l'animal : si ça se trouve, ils sont en vie ? Ses pieds gourds, boueux le conduisent prudemment jusqu'au perron. Il pousse la porte. Un couloir et, au fond, bien vivant, l'arpenteur en personne, ce brave vieux Vavitch ! Sorokine pointe le nez, avance d'un pas, hoche la tête sans un mot.

Le vieil homme le fixe, l'observe, et brusquement éructe :

« Dehors ! »

Sous le coup Piotr Savvitch fait un bond en arrière, redescend sans bruit les marches en clopinant, accompagné des aboiements déjà lointains du chien. Il franchit de nouveau le portail, la rue vogue, s'embrume, il ne sait pas que des larmes lui brouillent la vue. Et de soupirer :

« Seigneur, qu'est-ce qui nous arrive ? Qu'est-ce qui se passe, Seigneur ? »

Il fait encore quelques pas, rien que pour s'éloigner, quand retentissent des voix, on dirait un chant. Il se frotte les paupières, regarde vers le haut de la rue : voilà du monde, en effet ! Ils sont nombreux, ils marchent en foule, avec des drapeaux. Piotr Savvitch est figé près d'une clôture humide, il n'en croit pas ses yeux : ce sont les mêmes que tout à l'heure ; deux bonnes femmes portent un portrait du tsar : où est-ce qu'elles l'ont déniché, raflé ? Et les drapeaux… Ça chante n'importe quoi, ça gesticule, ça cogne à coups de bâton sur les palissades. « Où donc qu'ils emportent le tsar, qu'est-ce qu'ils veulent en faire ? » Piotr Savvitch se blottit contre la clôture. « Si ces bandits me reconnaissent, ils me le feront payer cher… Bah, peuvent bien me tuer, de toute façon tout est fichu ! » Et Piotr Savvitch de se signer.

« Chapeau bas ! » braille un morveux qui, devançant la foule, se précipite vers lui.

Piotr Savvitch ne bronche pas. Le cortège arrive à sa hauteur.

« Tu te découvres, espèce d'abruti ? »

Quelqu'un lui assène un coup sur la nuque et fait voler sa casquette. Sorokine se baisse pour la ramasser sous les pieds qui défilent. Une botte envoie le couvre-chef à valdingue. Tête nue, Piotr Savvitch repart à l'aveuglette. Comment se retrouve-t-il chez sa sœur, assis sur le coffre du petit couloir ? Il ne saurait le dire.

Taïnka ne sent plus ni ses doigts ni ses mains, à croire qu'elle n'en a pas. Il lui semble même qu'elle n'a pas besoin de s'accrocher, qu'elle est rivée, debout, sur le rebord de la rampe. Le temps n'est plus, il s'enroule, écheveau de hurlements, de grondements, il piétine, entravé. Soudain, une lueur, là devant, juste à l'endroit que Taïnka fixe de tous ses yeux ! Et voici Israël, une allumette à la main, son étui à flûte sous le bras. En bas, plus personne. Israël l'invite du geste ; aussitôt, l'allumette s'éteint. Taïnka veut desserrer ses mains pour sauter le rejoindre, mais elle n'a plus de mains, pas moyen de se détacher. C'est alors qu'il la saisit par les pieds. Elle a un sursaut d'effroi et se laisse choir. Il la rattrape au vol ! La voilà sur pied, Israël la pousse, la tire dans l'obscurité. Une porte étroite. Taïnka trébuche contre des marches d'escalier, mais Israël la pousse, pousse, la tire vers le haut. Elle ne peut s'agripper, ses doigts tordus ne se détendent pas. Dans le noir, elle s'écorche les pieds, sans sentir la douleur. Le bruit, pourtant, a décru et elle entend, sans la reconnaître, sa propre voix :

« Chéri, chéri, mon chéri ! »

Israël craque une allumette et s'engage, seul, dans un couloir de pierre. Le long des murs, un tas de vieilleries. Israël revient, l'allumette tremblote dans sa main, il dit quelque chose d'incompréhensible parce que inaudible. Il repart, Taïnka court à sa suite, à l'aveuglette. Nouvelle allumette. Une porte qu'Israël ouvre d'un coup de pied. Taïnka bat l'air de ses mains engourdies. Soudain, les ténèbres se mettent à tourner, une lumière vive passe devant ses yeux. Taïnka s'affaisse sur le sol comme sur un lit de plumes, un souffle suave s'exhale de son sein et dissout sa raison.

Mamikanian

Sanka a omis de retirer le bandage qui lui ceint la tête, il l'a encore lorsqu'on le transporte à la clinique de l'université. Là, il se met aussitôt à l'ouvrage avec une douloureuse ardeur : il veut à toute force récupérer un brancard pour un blessé. Sur le seuil de la salle d'opération un professeur à la mine renfrognée écarte les bras. Sanka veut au plus vite refouler, rencogner son troublant malaise.

« Je n'ai pas fui, pas fui, pas fui ! » ressasse-t-il, soucieux de se racheter en faisant le brancardier. Soudain, Rybakov grimpe quatre à quatre l'escalier, lui donne un coup dans les côtes. « On continue à se prendre pour un scaphandrier ? » demande-t-il en désignant le pansement. De toutes ses forces, à deux mains, Sanka arrache, déchire les bandages. On le zyeute, quand, tout à coup, tous se ruent vers les portes, les fenêtres – tous ceux qui se trouvent dans le vestibule, même les patrons du lieu, les médecins en blouse blanche. Sanka entend :

« Visez-moi ça ! Les volontaires de la Défense juive amènent des sergents de ville ! »

Sanka fonce à l'étage et, du palier, voit une vingtaine de bonshommes blêmes, entourés de types noirauds, des gars qui ne rigolent pas, armés de revolvers. Quand ils tournent la tête, on croirait qu'ils mitraillent de droite et de gauche. Là-bas, des étudiants avec des fusils, cinq ou six, semble-t-il. Ils mènent, emmènent les sergents à la cave ! À la morgue ! Et les volontaires de franchir les portes à la queue leu leu. Nouveau pincement au cœur de Sanka : je ne pourrais pas, je ne pourrais pour rien au monde faire comme eux. Il redescend, lèvres pincées : écœurants, ses genoux faiblards qui ont la tremblote !

« Cela ne se reproduira pas ! » Il effleure la marche d'un pied hésitant, en s'ébrouant. « Cela ne se reproduira plus, juré ! » Et ses genoux tressautent.

De nouveau la sirène stridente d'une ambulance.

« Pas besoin d'aide, je vais y arriver ! » dit, en tentant de se libérer du geste, l'homme qu'on amène au rez-de-chaussée. Il est tête nue, le visage en sang, et parle sans arrêt.

Sanka ne le lâche pas des yeux. Qui est-il ? Qui ?... Philippe ! Le Philippe de Nadienka ! Sanka dévale les dernières marches. Philippe l'aperçoit et, le regard fébrile :

« Ah, écoute voir ! C'est quoi ton nom, déjà ? Sanka, c'est ça ? Tu comprends, le type qu'était devant... » Philippe gesticule au milieu des étudiants. « Je te l'attrape... Laisse-moi te raconter ! Je lui en flanque un... À ce moment-là, le costaud sur la droite me balance un coup de ferraille... Moi, comme si de rien n'était, je remets ça... Lui, tu comprends, le type... Je le... Arrêtez de me tirer, les gars, où est-ce qu'on va ? Où vous voulez qu'on aille, à présent ? » Il les balaie tous du regard. « Laissez-moi raconter !... »

Fasciné, Sanka ne le quitte pas des yeux. Soudain, il sent qu'on le pousse.

« Vous, emmenez ce blessé ! Emmenez-le donc !

— Oui-oui, tout de suite ! Qu'est-ce que tu disais ? demande-t-il en prenant Philippe par le bras.

— Je disais, tu comprends, que le fumier qu'était devant, je lui ai flanqué un... Et le v'là qui renâcle !... »

Sanka l'entraîne subrepticement vers la salle d'opération. Sans cesser de discourir, les yeux rivés sur son guide, Philippe entre. Il ne s'aperçoit pas que le professeur lui palpe le crâne et, d'une poussée, le fait asseoir ; il ne sent pas qu'un étudiant, en hâte, lui rase la tête.

Sanka ferme les yeux lorsque le professeur se met à percer la boîte crânienne.

« Ce n'est rien, ce n'est rien, continuez à lui parler, il ne sent rien !... Pas besoin de chloroforme, répète le professeur en tapant de plus belle. Au diable le chloroforme !... Il est sous le choc, et vous, poursuit-il entre les coups, vous voudriez le chloroformer ! »

Sanka est incapable de regarder, comme si le brouillamini s'échappant des lèvres de Philippe lui levait le cœur. Il sort dans le couloir et c'est alors qu'un cri perçant, un « a-a-a-ah ! » éclate, se répercute dans la cage d'escalier. Aux portes, c'est la cohue des brancards.

La nuit est tombée et, dans le couloir plongé dans la pénombre, dans le couloir de pierre désert, des voix bourdonnent près de la fenêtre. Des étudiants arméniens. Les mots, tantôt montent jusqu'au plafond enténébré, tantôt reviennent se terrer dans leur coin. Sanka s'approche lentement : incompréhensible ! Ils parlent en arménien. Dehors, la rue est vide, réverbères éteints, seule luit la noirceur de la boue en face de la clinique.

« Il en viendra peut-être d'autres, et j'irai avec eux. J'irai sans faute... peut-être, murmure Sanka. Si j'avais vu Rybakov partir avec les volontaires, j'aurais... Je les ai bien aperçus dans la cour, j'aurais pu les rattraper... En courant, je les aurais rejoints dans la rue... »

Il tape du pied, secoue la tête et fait demi-tour. À cet instant, le groupe des Arméniens s'ébranle, deux d'entre eux dépassent Sanka. L'un marche en tête, vêtu d'une *bourka*[1], l'autre tente de le saisir par l'épaule en parlant avec force. Soudain, une voix russe jaillit de la pénombre à leur rencontre : Rybakov !

---

1. Longue cape de feutre caucasienne.

« Je vous jure, vous ne pourrez pas passer ! J'arrive du Faubourg, croyez-moi : c'est patrouille sur patrouille ! Il y a des barrages de l'armée, les soldats tirent sur tout ce qui bouge. Ils protègent… ils protègent les pogromistes. Là, au coin, j'ai failli me faire descendre, deux fois ils m'ont tiré dessus, le temps que je m'amène ici. Non, non, vous ne passerez pas ! Ils saccagent tout à la Barrière de Moscou. Quelqu'un a de quoi fumer ? »

Sanka s'empresse de fouiller dans sa poche, il donne à Rybakov sa dernière cigarette, redoutant que les autres ne le devancent.

« Mamikanian ! Mamikanian ! »

Deux étudiants courent derrière leur camarade en bourka.

Rybakov se retourne.

« À Bakou, les Tatars ont égorgé sa mère, alors il veut y aller, expliquent les étudiants en désignant Mamikanian.

— C'est idiot ! crie Rybakov. Crever pour peau-dezébie ! » En tirant sur sa cigarette, il rattrape Mamikanian, le force à se tourner vers lui. « Mais pourquoi ? Pourquoi ? »

Tous se taisent.

« Je ne peux pas faire autrement. Il le faut. Je le dois…, répond l'autre d'une voix étranglée et il bouge quelque chose sous sa bourka.

— Il a une carabine… »

Les étudiants indiquent du doigt la cape de feutre en jetant des coups d'œil à Rybakov.

Mamikanian libère son épaule et repart, martelant d'un pas vif le sol de pierre. On le laisse s'éloigner, puis, l'instant d'après, on se précipite à sa suite. Sanka court avec le groupe, il entend dans l'obscurité la rapide cavalcade : tenir la cadence ! Ne pas se laisser distancer ! En bas, une porte claque, Sanka accélère encore l'allure avant de franchir le seuil pour se propulser d'un seul élan, éjecter au plus vite ce moi qu'il maudit.

La rue respire le calme et l'humidité. Sanka ne ralentit pas, il voit à la lueur de la lanterne du portail la bourka noire tourner à droite. Trois étudiants le rejoignent. Ils longent silencieusement les murs. Mamikanian avance bruyamment au milieu du trottoir. À l'angle, une lumière, un globe trouble au-dessus d'une entrée. Et voici les soldats : cinq ou six troufions.

Sanka se colle contre le mur.

« Mamikanian ! » appelle une voix rauque en arrière.

Le silence se fait, on n'entend que le pas régulier de Mamikanian qui marche sur les soldats. Le souffle coupé, Sanka regarde devant lui. Les soldats ont repéré l'Arménien, l'un d'eux se penche pour zyeuter.

« Qui va là ?… Ton nom ! Halte ! ordonne un soldat, le fusil pointé. Halte ! »

Mamikanian s'immobilise.

« Tu es armé ? » Les soldats l'entourent et s'efforcent de tirer, de lui enlever ce qu'il cache sous sa bourka. « Halte ! Là, dans son machin !… »

Mamikanian est figé, noir madrier.

« Il ne va tout de même pas… ? »

« Mamikanian ! » hurle Sanka, à déchire-glotte, dans toute la rue.

À cet instant éclate une détonation, suivie d'une autre. Sanka voit Mamikanian s'effondrer. Alors le sang lui monte au cerveau, il se rue en avant pour foncer dans le tas, les mettre en charpie ! Soudain, son pied bute. Emporté par son élan, Sanka vient donner de l'épaule contre le trottoir. Les ténèbres envahissent peu à peu sa tête. Et s'éclipse la lumière.

LIVRE III

Les vélocipèdes

Dans un cabinet particulier du *Méridional* – porte verrouillée et store baissé – Viktor est assis sur un divan. Il a ouvert son casaquin et l'on voit sa chemise blanche à fines rayures roses. En face, à la table, Génia lorgne la chemise, elle mord dans un bonbon fourré et la liqueur goutte sur sa robe.

« Oh, tout ça, c'est de votre faute ! » s'écrie-t-elle en bondissant de sa chaise.

Senkovski roule sa serviette en boule et se met à frotter, à écraser les seins de la jeune femme.

« Hi hi ! » Au bout de la table, Bolotov avale de travers, il porte les mains à sa bouche tout en se balançant : « Ah, c'est que… vous savez vous y prendre avec le beau sexe… En vrai militaire !

— Hé, on a fait pire ! » Senkovski jette sa serviette sous la table, s'assied. « À l'occasion… » Il menace Génia du doigt. « … on sait aussi se les épingler…

— Les épingler ? » Bolotov plisse les yeux. « Coquin, va !

— Oui, les clouer… avec des clous ! »

Senkovski rapproche son visage de Génia. Elle lui jette un coup d'œil, puis son regard glisse sur la nappe et s'arrête sur Viktor qui se met à tortiller sa moustache.

« C'est les petites youpines qu'on cloue ! braille Senkovski à l'intention de Génia. Les youpins aussi. Attendez voir ! Les morts, vous allez les envier ! »

Et de tapoter d'un doigt sur la table.

« J'en suis une, de youpine, pourquoi donc que vous les fréquentez ? Feriez mieux d'aller chez des Russes ! C'est-y que les Juives seraient plus sucrées ?

— Des bonbons fourrés ! lance Vavitch en avançant les lèvres.

— Fourrés à la moutarde ? » Bolotov se couche presque sur la table en regardant, tantôt Senkovski, tantôt Viktor. « Hein ? » Et de barrir tout seul, de se renverser sur son siège, de s'étrangler. « Pouah !... Mais nenni ! À présent, fini vos roueries ! À présent, nous aussi, on est devenus futés ! Les youpins se serrent les coudes, faut voir comme ! Même le feu peut pas les séparer. À présent, nous aussi, on forme une union ! » Bolotov brandit son poing serré. « Une union ! » Il se lève. « L'Union du Peuple russe[1]. Du peuple ortho- doxe ! » Il pose lourdement son poing sur la table et branle du chef. Abattant sa paume, tel un rouleau, sur la nappe, il ajoute : « Verse, Vitia ! Verse-nous de cette eau-de-vie du diable ! À elle aussi ! Qu'elle boive ! À s'en étouffer ! »

Un demi-verre échoit à Viktor.

« Demandes-en d'autre ! braille Bolotov. Quant à vous, bon sang de bois... » Il agite un doigt sous le nez de Génia. « ... vous n'auriez pas pu vous tenir tran- quilles ? Y aurait pas eu de problème ! On vous aurait pas touchés ! Seulement, avec vos grèves !... Ben quoi, il l'apporte ou pas ? hurle-t-il à la porte. Parce que je connais un gars d'Ekaterinoslav, un Ukrainien... La grève, je lui demande, ça s'est passé comment, chez vous ? La grève, qu'il me dit, on l'a bricolée de telle

---

1. Organisation de masse nationaliste et antisémite, fondée à Saint-Pétersbourg en octobre 1905 par A. Doubrovine et V. Pourichkievitch. Elle comptait de nombreuses filiales en pro- vince.

830

façon qu'il n'est pas resté un seul Juif ! Pas un seul, qu'il me dit !… Chapeau, le gars : deux carafons d'un coup, fallait y penser ! »

D'un coup sec du plat de la main sur le cul de la bouteille, il fait sauter le bouchon.

« Où tu cours comme ça ? Attends ! » Senkovski essaie de retenir Génia. « Assieds-toi donc ! Ta copine ? On va l'envoyer chercher. Sonne ! » enjoint-il de la tête Viktor, tout en broyant les doigts de Génia.

Celle-ci s'échappe, fait prestement le tour de la table et s'assied sur les genoux de Vavitch en s'agrippant à sa chemise, sous l'uniforme.

« Qu'est-ce qu'il a à à me tordre les doigts ? Nina, Nina ! » s'écrie-t-elle.

Dans l'encadrement de la porte se tient une grande blonde aux sourcils outrageusement fardés, massive. Sa lippe peinturlurée esquisse une moue dédaigneuse. Elle hausse une épaule.

« Pour le Tsar, la Patrie et la Foi orthodoxe ! clame Bolotov qui, debout, lampe son verre de vodka. Raide ! éructe-t-il en secouant la tête. Dieu protège…, entonne-t-il. Debout, debout, tout le monde debout ! Dieu protège notre Tsa-a-ar ! »

Et d'agiter la main comme s'il caressait un matou.

Dans la salle, l'orchestre met une sourdine, Viktor enchaîne d'une voix de ténor, mais à contretemps.

« Hourra ! » braille Bolotov. Debout, il plante sa fourchette dans un hareng, comme s'il le harponnait. « Et voilà ! Maintenant, j'y vais ! J'y vais, les gars, je ne peux pas rester plus. Laisse-moi t'embrasser ! » Et d'attirer Vavitch à lui par-dessus la table. « Amusez-vous bien ! Ben quoi ? Vous êtes jeunes ! Moi, ma chère épouse est dans une position aussi intéressante qu'imminente. Alors, je file. »

« Gare, Senkovski !… » Viktor titube et lui donne un coup d'épaule. « On a fait la noce ensemble, interdiction de cafarder ! »

Il s'immobilise sur le trottoir humide, un doigt levé. Senkovski lui jette un coup d'œil par-dessus son épaule.

« Allons-y ! » Et de tirer Viktor par la manche. « Soiffard ! »

Il s'arrête sous un réverbère.

« M'en veux pas pour Génia ! hoquette Viktor.

— Adieu, file ! Je m'en bats l'œil.

— Que tu t'en battes l'œil… Non, c'est pas ça. » Viktor s'immobilise de nouveau et secoue Senkovski. « C'est à *elle* qu'il faut pas cafarder… » Il cherche le regard de son compagnon. « C'est à Varia, à Var-va-ra qu'il faut pas… Elle aime pas, moi je te le dis, qu'on fraye avec des…

— Elle a peur que tu lui refiles une saloperie. »

Senkovski balaie Viktor du regard. Il tourne les talons et le plante là.

Brefs coups de sonnette, quatre fois de suite. Sanka sursaute et va ouvrir. Il boitille encore de sa jambe transpercée par la balle, plus par habitude et plus encore pour en préserver le précieux souvenir. La femme de chambre l'a devancé et dans l'encadrement de la porte apparaît tout d'abord une roue de vélocipède dont le souple pneumatique rebondit, léger, sur le seuil ; derrière se faufile un individu aux yeux noirs : Sanka ne voit que ces yeux qui le transpercent, le traversent, l'agrippent. Il a un mouvement de recul. Puis les yeux le libèrent et il s'aperçoit que l'homme n'est pas très grand, qu'il est fort bien vêtu. Avec goût, mais sans afféterie. Un autre l'accompagne, tenant, lui aussi, un vélocipède : Aliochka Podgorny.

« Salut ! On peut ? »

Déjà, Aliochka pousse sa bicyclette dans le couloir.

« Tout droit, tout droit ! » dit Sanka en s'effaçant pour leur céder le passage.

Les visiteurs passent dans la chambre que Sanka, une fois entré, ferme à clé, les yeux rivés sur le nouveau venu. Celui-ci carre soigneusement son vélocipède propre comme un sou neuf contre l'étagère de livres.

« Je te présente… » Aliochka reprend son souffle. « … Kneck. »

Le dénommé Kneck retire prestement son gant – et quel gant ! On le dirait huilé… –, il tend une main, petite mais drôlement solide, qui vous écrase les doigts comme dans un étau !

« Asseyez-vous ! propose Sanka en avançant des chaises.

— Voici ce qui nous amène…, commence Aliochka et il jette un coup d'œil à Kneck.

— Une grosse affaire », enchaîne celui-ci.

Sanka est tout ouïe, il veut élucider le mystère de cette voix. L'homme a un accent. Mais lequel ? Il articule avec soin les mots, comme s'il les imprimait.

« Une grosse affaire, urgente qui plus est. »

Kneck plonge la main dans la poche de sa confortable veste, en tire une enveloppe. Sanka ne la quitte pas des yeux : elle est bien pleine. Avec deux doigts, Kneck en extrait un carré métallique noir d'environ un quart de pouce d'épaisseur et, le saisissant par une extrémité aussi aisément qu'une feuille de papier, le tend à Sanka.

« Vous voyez, là, on a voulu faire un trou. » De son auriculaire, Kneck montre un léger creux au milieu, une petite rainure. « Le foret ne mord pas. C'est du métal trempé, un alliage, sans doute. Ça marcherait peut-être à l'acide. Vous êtes chimiste ? »

Aliochka jette des coups d'œil à Sanka en se triturant les doigts.

« Bref, achève-t-il de sa voix sonore qu'il s'efforce de contenir, c'est un coffre-fort. Il faut pratiquer un trou comme ceci. » Et de tracer du doigt un carré en l'air. « Le tout, en un quart d'heure maximum. Alors, dis-nous… Fais l'essai et dis-nous si l'acide convient ou non. »

Sanka porte les yeux, tantôt sur le carré de métal, tantôt sur Aliochka, butant à chaque fois contre le regard de Kneck, pareil à un barbelé.

« C'est donc Kneck ! » songe Sanka qui s'empourpre.

Il en entend parler depuis un moment. La toute première fois remonte à la venue d'Aliochka en civil, avec une barbiche d'un blond roux, Aliochka qui à présent se fait appeler Sergueï Nekhorochev.

Pour compenser sa rougeur, Sanka fronce les sourcils, s'efforce de prendre un air important et savant. Il examine la rainure du métal, se penche à y poser le nez.

« Bien. Je vais essayer. Il y a une bonne probabilité… »

Kneck se lève.

« Trois jours vous suffiront ? »

Et de secouer la main de Sanka, de la retenir dans la sienne en le fixant dans les yeux. Sanka acquiesce.

Kneck lui libère la main.

« Enchanté de vous avoir rencontré », dit-il en cabrant son vélocipède pour le tourner vers la porte.

Tania monte l'escalier des Tiktine. Sur le palier, un jeune homme avec un vélocipède lui cède le passage, se collant contre le mur et soulevant habilement la roue avant.

« *Merci** », dit-elle en lorgnant du coin de l'œil : un autre, un grand gaillard, soulève carrément la bicyclette, à croire qu'il s'apprête à la lancer sur elle. Tania se baisse et fait deux petits pas rapides.

« Ils ne viennent pas de chez vous, les deux, là…, demande-t-elle à Sanka. Les deux aux vélocipèdes ?

— Non…, répond-il avec un sourire de conspirateur.

— Si ! reprend-elle en hochant lentement la tête.

— Admettons qu'ils viennent de chez nous, et alors ? »

Que Tania n'ait pas reconnu Aliochka amuse Sanka.

« Alors, rien. L'un des deux, le plus petit…

— Ses yeux, c'est ça ? »

Sanka opine, l'air de dire : j'ai deviné, non ?

« Pas ses yeux… Simplement, il est très beau. Un visage extraordinaire. Je n'en ai jamais vu de tel. »

Sanka s'écarte, comme pour se rapprocher du cendrier, en boitant avec plus d'assurance que jamais.

« Votre jambe ne vous fait plus mal ? » Et Tania se tourne vers Anna Grigorievna. « Vous comprenez, Anna Grigorievna…

— Je boite quand je veux », répète Sanka en traînant la patte. Il craque rageusement une allumette et fume. « Qu'est-ce que ça peut vous faire ? »

Il retourne dans sa chambre, pose bruyamment une chaise devant sa table, s'assied, entreprend d'examiner le lourd carré métallique de Kneck. Il plisse les yeux, souffle. Tania ne le rejoint pas. Il entend des voix dans la salle à manger : ils sont à table, ou quoi ? Sanka fourre le carré dans la poche de son veston, passe dans l'entrée, enfile son manteau. Voix de Tania :

« Non, c'est imprimé noir sur blanc : pour assurer la sécurité d'un sergent de ville, il faut cinq résidents d'un quartier donné. Enfin, "donné" n'est pas le terme, mais c'est quelque chose d'approchant… »

Sanka coiffe sa chapka et pousse la porte du pied. Tania l'entend claquer la porte de l'entrée.

« Stupide ! poursuit-elle doucement en regardant par la fenêtre.

— Que dites-vous ? »

Anna Grigorievna sonde le visage de Tania.

« Je dis que c'est stupide, ce qu'ils ont imprimé. » Elle s'anime. « Qui, en fin de compte, assure la sécurité de qui ? Le sergent de ville celle de la population ou la population celle du sergent de ville ?

— Est-ce vraiment formulé ainsi ?

— Oui, oui, je confirme ! C'est vraiment imprimé tel quel ! lance Tiktine en sortant de son cabinet de travail. Mes respects ! » Il salue Tania en claquant des talons. Une de ses mains, rejetée de côté, tient un feuillet, dans l'autre étincelle son pince-nez qu'il brandit et agite. « Un instant ! »

Tania le regarde, Anna Grigorievna détourne la tête. Un de ses peignes s'échappe et elle retient son chignon sur sa nuque.

Tiktine s'installe en face de Tania et se met à lisser son papier devant lui.

« Qu'est-ce que c'est ? s'enquiert Anna Grigorievna qui, cambrée, replace les épingles de sa coiffure.

— *Pardon* !* » Andreï Stepanovitch plaque sa paume sur la feuille et chausse son pince-nez. « Aussi étriquée que soit la Constitution, commence-t-il d'un ton sévère, elle n'en demeure pas moins l'unique fait incontestable.

— Et la sécurité des sergents de ville ? coupe Tania en plissant perfidement les yeux.

— Nous y viendrons, déclare Andreï Stepanovitch d'un ton docte, en rejetant de son front une mèche de cheveux. Donc… » Et d'asséner une tape sur son document. « … il convient de mettre à profit cette Constitution. Pour ce faire, une organisation doit être en place au moment des élections, à savoir des partis susceptibles d'être élus, insiste-t-il, des partis dotés d'un programme, de principes, etc. À présent, je requiers votre attention ! » Il retire sa main du feuillet et rajuste son pince-nez. « Pour l'instant, ce n'est qu'un projet. » Il jette un coup d'œil à Tania par-dessus ses verres. « Voici, mesdames : la souveraineté du peuple… Non, pardonnez-moi : le pouvoir légitime du peuple…

Du peuple la volonté
Et la félicité
Ont pour priorité
Lumière et liberté.

Du Balmont[1]... Quand sont garantis les droits fondamentaux du citoyen et que, de cette façon, est assuré le respect de la légalité au sein de l'État, le pouvoir du peuple est instauré de droit, ainsi que sa souveraineté dans l'édiction par lui-même de ses propres lois, en d'autres termes, c'est le pouvoir lé-gis-la-tif. »

Tiktine regarde tour à tour son épouse et Tania.

« Et alors ?... »

Coup de talon de Tania, sous la table.

« Les lois qui définissent le mode de gouvernement, les droits des autorités, des institutions, leurs obligations et leurs rapports mutuels, sont dites fondamentales, en un mot, elles sont la Constitution. Celle-ci est établie pour de longues années et toutes les autres lois doivent en découler. Ainsi, tout État libre... » Tiktine accentue fortement le dernier mot. « ... doit être un État de droit et, par conséquent, un État cons-ti-tu-tion-nel. »

Et de taper du plat de la main sur son papier.

« Bon, bon, mais ensuite ? Ensuite, il y a quoi ?

— La liberté de parole... et de presse... » Tiktine épingle Tania du regard. « ... est la conséquence directe de la reconnaissance de la liberté de conscience.

— Écoutez ! Passons plutôt à côté, propose Anna Grigorievna. Ici, on ne va pas tarder à mettre le couvert.

— On ne peut pas attendre un peu ? se renfrogne Tiktine, dépité.

---

1. Constantin Balmont (1867-1942), poète symboliste décadent, célèbre pour sa virtuosité. Émigre en France à partir de 1920.

— Mais regarde tout ce qu'il te reste ! réplique Anna Grigorievna en effleurant la liasse de feuilles.

— D'accord, c'est bon... »

Tiktine lâche son pince-nez, rassemble les feuillets, puis, sans regarder personne, passe dans son cabinet de travail et s'y enferme.

« Eh bien, j'y vais... » Tania se lève. « Non merci, je viens de prendre mon thé, je vous assure. »

Comme une ablette

Viktor chancelle et bouscule Froska.

« Elle dort ? La lumière brûle, tu dis ? »

Froska l'aide à retirer sa capote.

« Le papa ? Quel papa ? Ah ! Il a débarqué ? »

D'une démarche chaloupée, Viktor s'engage dans le couloir, ouvre hardiment la porte, avance d'un pas, vacille, se retient à la poignée.

Piotr Savvitch est assis près du lit de Grounia, les jambes ramenées sous sa chaise, les doigts sagement entrecroisés sur la poitrine.

Il contemple un instant Viktor et, sans un mot, opine du bonnet en souriant.

« Bbb'jour ! »

Viktor redoute de lâcher la porte.

Piotr Savvitch se lève et, les bras tendus, s'approche.

« Bonjour, bonjour ! J'ai reçu ta lettre, et me voilà ! »

Il prend une main de Viktor sur sa paume et la claque avec force. Il veut à tout prix l'embrasser, mais son gendre, déséquilibré, bascule en arrière. Raté ! Grounia sort de son lit. En robe d'intérieur jaune. À la dérobée, elle regarde Viktor, son père.

« D'où tu arrives ? » Piotr Savvitch lâche enfin la main de Viktor. « On a fait la noce ? »

Il recule d'un pas.

« Tu veux du thé ? demande Grounia, fixant obstinément le mur, tandis qu'elle passe devant Viktor.

— Assssurément… Sans… sans faute. Avec grand plaisir… J'étais en compagnie de mes chefs…, répond Vavitch une fois Grounia sortie, et il a un mouvement de sourcils significatif.

— Oui, oui, s'empresse d'acquiescer Piotr Savvitch d'une petite voix. Je sais ce que c'est ! Qu'est-ce qu'on y peut ? Impossible de refuser ! Là, bien sûr, pas moyen d'y échapper !

— Quand on veut servir, lâche soudain Viktor d'une voix forte, et permettre à d'autres de le faire… » Il ferme les yeux, penche la tête. « … alors… » Coup d'œil sévère au vieil homme. « … on ne re-fu-se pas ! conclut-il en brandissant un doigt sous le nez du beau-père et en lui donnant même une légère chiquenaude. Il faut savoir servir », répète-t-il, renversé dans un fauteuil de la salle à manger. Il se risque soudain à regarder Grounia. À l'autre bout de la table, de derrière la théière de cuivre, elle le fixe d'un regard lourd. « Ben quoi ? jette-t-il en avançant le menton dans sa direction. Par les temps qui courent, mon très cher, faut savoir s'y prendre, et pas être une chiffe molle… »

Piotr Savvitch se balance sur sa chaise, frottant en rythme ses genoux. Il observe Viktor en papillotant des yeux.

« Bois ton thé et va te coucher, ça vaut mieux, enjoint Grounia d'un ton lugubre. À force de servir, voilà ce que t'as gagné ! »

Elle rajuste sa robe jaune, se lève et quitte la pièce.

Piotr Savvitch hausse les sourcils, se démanche le cou pour suivre sa fille du regard et s'empresse de revenir à Viktor. Il se penche vers lui.

« Les femmes n'y entendent rien, murmure-t-il.

— À quoi on en arrive ? braille Vavitch. C'est très simple ! T'as cinq types pour protéger un sergent de ville. Et moi, je veux être seul… tout seul. » Il s'assied de biais dans le fauteuil. « Pourquoi y a besoin de protection, c'est clair ! On a réclamé des sergents à cor et à cri : on nous pille, on nous égorge ! Aïe, aïe, aïe, *gewalt*[1] ! hurle-t-il. Ben quoi, ça vous plaît pas ? Vous vouliez des sergents de ville, en v'là, tâchez d'en prendre soin ! On se fait cogner dessus comme des moutons à tous les coins de rue, et les gens regardent sans broncher ! Quand les Juifs se sont fait tabasser, ç'a été des "oï-oï-oï, où est la police ?" ! Les sergents de ville, faut qu'ils servent de rempart à tout le monde contre tout le monde ! » Il écarte les bras. « Seulement, quand ils se font tirer dessus, les gens trouvent qu'ils ne l'ont pas volé ! Qui est-ce qui soutient la police ? » vocifère-t-il.

Il se relève. Derrière lui, Froska ferme la porte du couloir.

« Elle doit dormir, on l'aura dérangée, chuchote Sorokine.

— Dormir ? On va demander ! »

Et, de biais, Viktor frappe à la porte de Grounia.

La chambre est plongée dans l'obscurité.

« On te dérange ? Je te demande : on t'empêche de dormir ? » tonitrue-t-il avec fracas.

Pas de réponse.

« À ton aise, madame ! »

Viktor revient sur ses pas, tire la porte qui résiste. Il s'obstine à la fermer. À cet instant, Piotr Savvitch, dans un souffle :

« Moi aussi, après le voyage… je… j'ai comme envie de dormir. »

Viktor tire une nouvelle fois la porte.

---

1. « À l'aide » (yiddish).

« À votre aise, mon cher ! »

Il reprend sa place. Piotr Savvitch n'est plus là.

« À votre aise, mon cher ! » répète à mi-voix Viktor, seul dans la salle à manger.

Il sort de son porte-cigarettes une grosse Renommée. Ses oreilles bourdonnent.

« Et merde ! » lance Viktor dans la pièce vide. Il attrape le carafon entre deux doigts, renverse la moutarde et gagne sa chambre en laissant la lumière. « À votre guise, ça n'est pas mon affaire ! »

Il allume dans sa chambre, essaie de caser le carafon sur le bureau, lorsqu'il aperçoit une lettre. L'adresse est tracée d'une écriture inconnue, étirée en fils. « Encore une solliciteuse ! Qu'elle aille au diable ! » Il s'enfonce dans son fauteuil. « Ah, la Génia ! » Il a essayé de la coincer sur le divan, mais elle : comme une ablette, hop, elle lui a filé entre les pattes ! « C'est pas les nôtres qui le pourraient, nos vaches russes ! »

« Juste bonnes à traire ! dit-il tout haut. Quand c'est le moment ! »

Et de se rappeler la démarche lourdaude de Grounia dans sa robe jaune. « Mais toi, comme une ablette... », murmure-t-il. Il prend peur, soudain : et si Senkovski ne tenait pas sa langue ? La lettre, c'est peut-être d'*elle* ? Il saisit l'enveloppe qu'il décachette en hâte.

Le feuillet est couvert de caractères réguliers, grands et fins.

Cher Viktor, Vitia, mon enfant chéri,

Ne t'étonne pas, c'est maman qui t'écrit. Un malheur est arrivé. J'ai quitté mon lit, mais Taïnka a dû s'aliter à son tour. S'aliter, d'ailleurs, n'est pas le mot, c'est bien pis : elle est présentement à l'hôpital du zemstvo, l'hôpital psychiatrique, dans la deuxième section pour femmes. Je vais la voir tous les jours, c'est à cinq verstes d'ici, tu le sais. Tantôt on me dit : c'est nerveux, tantôt : c'est psychique, suite à un ébranlement. Au théâtre municipal, on a rossé les statisticiens et même les collégiens. Notre police est vraiment au-dessous de tout ! Taïnka s'y trouvait. Tous ont failli brûler, elle n'a été sauvée que par… rappelle-toi… Ilia Solomonovitch, le musicien, M. Israëlson. Maintenant, je ne sais ce qu'elle va devenir. Ton père ignore que je t'écris. C'est affreux, ce qu'on a vu ici. On a ouvert les prisons et lâché tous les bandits sur les gens. Il y a beaucoup de victimes innocentes. Et il ne veut plus entendre parler de toi. Elle, à ce qu'on dit, ne cesse, dans son délire, d'évoquer ce musicien. Seulement, il est juif. Et puis, qui voudrait de ma pauvre folle, de ma petite Taïnka malade, de ma pauvre chérie ? Il est très bien, ce garçon, et je le cite en exemple à tous nos Russes. Nous devons prier Dieu pour lui, notre vie entière. Un docteur, Guérassimov, tu t'en souviens peut-être, un petit vieux, prétend qu'elle pourrait se rétablir si elle se mariait. Qu'il y a eu des cas… L'amour déclenche parfois un choc chez les gens sensibles, ensuite ça passe, si tout va bien. On ne me laisse pas la voir, je ne l'ai aperçue qu'une fois de loin, ma pauvre chérie ! Ah, Vitia, si tu étais resté avec nous, tout ça ne serait peut-être pas arrivé. Je t'embrasse bien fort, mon enfant. Et si tu abandonnais, si tu revenais travailler, par exemple, à la poste, il te pardonnerait… Il est tellement bon !

Ta maman.

Comme ma guérison est amère !

Viktor suffoque en lisant la lettre. Il regarde craintivement autour de lui : si quelqu'un le voyait ? Sur la pointe des pieds, il regagne la salle à manger, éteint la lumière, verrouille la porte et se remet à lire pour mieux *entendre* les lettres tracées par la main maternelle.

La rainure

Sanka isole d'un liseré de cire la rainure sur le carré de métal. Une rainure en forme de T. « Si on me pose des questions, je dirai que c'est une plaque fantaisie pour une porte, que j'y grave des lettres. » Il verse de l'eau régale dans la rainure. Sa main est prise de tremblements tandis que coule l'acide. Il voit en imagination la nuit, des lanternes furtives, on chuchote, c'est effrayant, mais ils n'en ont cure, une volonté supérieure les porte, impossible de fuir, il a les jambes en coton comme, alors, dans l'escalier menant à la salle d'opération. Rien de criminel là-dedans, rien de criminel, bien sûr, puisque Aliochka est de la partie. Rien de criminel, donc, on peut percer. Les voleurs ont des spécialistes, des perceurs de coffres, des crocheteurs. « D'ailleurs, pourquoi me demanderait-on de participer ? Il est vrai que je n'oserais pas refuser… » Sanka se représente parfaitement la scène, Aliochka lui disant : « Tu nous files un coup de main, hein ? » Et, forcément, il répondrait avec une indifférence feinte : « Bah, pourquoi pas ? » Seul un pleutre pourrait refuser, car tout ça, c'est pour servir la révolution.

Sanka espère et redoute à la fois que l'acide ne donne rien. Il laisse reposer cinq minutes, puis rince. Pour vérifier l'effet produit dans ce laps de temps. Personne ne s'approche de la hotte de verre, personne ne regarde ce qu'il fabrique.

Il est encore tôt, la salle est presque vide, seul Tadeusz, le garçon de laboratoire, passe, en chantonnant, les matras neufs sous le robinet. Ils sont gais, ses petits couplets ! Sanka va à la grande fenêtre pour évaluer, mesurer, là-haut, par-dessus les immeubles, la portion de ciel visible, à croire qu'il le voit pour la première fois. Les nuages printaniers roulent en boules, montent en vols intrépides à l'assaut du ciel qui, la mine réjouie, joue à cache-cache avec eux. Tadeusz, cependant, s'essaie à une mazurka :

> *Mowię, panienko,*
> *Co teraz będzie*[1].

Sanka est soudain plein d'allant.

> *Niech pochowają,*
> *Księdza nie trzeba*[2] !

Et Sanka, joyeux brigand, l'œil plissé, lorgne la rainure, comme s'il avait affûté une lame et l'essayait. Il adresse un coup d'œil complice aux nuages, puis reprend avec Tadeusz en refrain :

> *Niech pochowają,*
> *Księdza nie trzeba !*

L'acide a mordu, mais peu, trois quarts de millimètre.

Sanka enveloppe le carré de métal dans du papier-filtre, fourre le tout dans sa poche et entonne, à la manière de Tadeusz :

---

1. « Je dis, demoiselle, / Ce qui adviendra » (polonais).
2. « Pour l'enterrement, / Pas besoin de prêtre » (polonais).

« Ça n'a pas marché,
On va recommencer ! »

Il a envie de se retrouver dans la rue, de promener sur chacun un regard renouvelé. Au passage, il donne une bourrade à Tadeusz.

« On va recommencer !

— Mais qui va nous aider ? » demande Tadeusz en riant et en secouant ses mains mouillées.

Sanka dévale l'escalier intérieur, marquant, du poing sur la rampe, la cadence de la mazurka.

Niech pochowają,
Księdza nie trzeba !

Il prend un brusque virage sur le dernier palier, sans prêter attention à l'homme qui monte et qui lui met soudain la main sur l'épaule. Emporté par son élan, Sanka dévale encore deux marches, continuant à chanter mentalement :

Księdza nie trzeba !

C'est Kneck.

« Je venais vous voir. »

Dans un froncis de sourcils, Sanka s'efforce de paraître sérieux.

« Vous vous êtes mis au travail, or, ce n'est plus la peine. On se débrouille autrement, c'est très facile. Merci.

— C'est que j'avais... »

Sanka plonge la main dans sa poche.

Kneck lui retient doucement le bras.

« Ne vous tracassez pas ! » Et il entreprend de redescendre l'escalier. Les voici à la porte. « Dites à Bachkine... » Un instant, Kneck regarde Sanka bien en face. « … que je le tuerai où que je le trouve : dans la rue, à l'église, au théâtre. Dites-lui que le camarade Korotkov a été pendu. La nuit dernière. »

Kneck soulève son chapeau, un chapeau si doux, presque caressant.

Le sourire de Kneck est si courtois, si franc que Sanka est heureux de le voir ainsi, confiant et respectueux, tout en comprenant que leurs voies sont différentes.

« C'est un vrai, un vrai !… », songe-t-il. Et il adopte l'allure qui fut la sienne, autrefois, en quittant le collège, muni de son attestation de fin d'études, souriant à tous les passants, courtois et condescendant. « Il le tuera probablement, il zigouillera ce Bachkine au premier coin de rue… » Sanka en a le souffle coupé. « Un homme a été pendu… » Il veut retrouver l'air qu'il fredonnait, en vain.

Il marche, jambes flageolantes, manque bousculer une dame. S'approchant d'une vitrine, il fixe sans les voir des bretelles qui pendent, et se rembrunit. Il entre dans une cour inconnue, déniche des cabinets, jette un coup d'œil à la ronde et balance le carré de métal dans le trou.

« Ah non, dans ce cas-là, emprunte ! crie Philippe à Nadienka. Va emprunter à la vieille ! Ben quoi, pourquoi tu restes plantée ? Ça t'est si difficile de demander un demi-rouble ? »

Un demi-rouble pour de la vodka. Il en reste, pourtant, un peu moins d'une demi-bouteille. Philippe va sombrer dans l'hébétude, il ne fera plus que cracher dans les coins et graillonner. Beugler et graillonner. Puis il s'effondrera d'un coup, s'endormira, sans même éteindre sa cigarette.

« Mon petit Philippe ! T'as mal à la tête ? »

Nadienka voudrait qu'il réponde avec une tendresse

plaintive que, sûr, il a mal! Elle s'emmitoufle dans son châle.

« Mais vas-y donc! »

Philippe se détourne, maussade.

Nadienka sort dans la cour humide et sombre, dans le vent joyeux qui court et vous entreprend. Au vent brimbale la gamelle vide suspendue à la porte des voisins. Nadienka frappe.

« C'est pas fermé! Entrez! Qui c'est? » demande la vieille qui, dans l'obscurité, en grimaçant, se détourne de sa cuisinière. Elle fleure l'oignon frit.

Nadienka adopte un ton simple, avenant.

« Bonsoir.

— Vous faut quoi? »

La vieille fixe sa poêle et, du couteau, mélange, racle les oignons.

« Vous n'auriez pas un demi-rouble jusqu'à demain? »

La vieille ne se retourne même pas.

« Demain matin, ajoute Nadienka. Peut-être n'en avez-vous pas? demande-t-elle d'un ton compatissant en s'apprêtant à repartir.

— Pourquoi que j'en aurais pas? J'l'ai, vot'demi-rouble. J'ai même un rouble. » Et de gratter avec son couteau. Puis, lui faisant face : « Mais je vous l'donnerai point, la belle!

— Dites-moi ce qui...

— Faut te parler comment? T'es qui, toi? Une roulure! »

Nadienka tourne les talons. Elle ne parvient pas tout de suite à ouvrir la porte, se débat avec le loquet.

« Va, va pleurer auprès de ton barbeau! Pouah! L'oignon t'empoisonne, traînée!... »

Nadienka claque la porte derrière elle.

« Je t'apprendrai, moi, à balancer les portes des autres! Bande de grévistes! »

Nadienka, les jambes en coton, traverse le couloir. Dans la chambre, deux voix bourdonnent. Elle ouvre la porte à la volée. Philippe se retourne, sans cesser de déambuler.

« Alors ? »

Le visiteur, sur sa chaise, dévisage Nadienka avec curiosité.

« Je ne peux pas ! »

Nadienka arrache son châle qu'elle jette sur le lit.

« Pff ! » crache violemment Philippe, comme s'il frappait le sol.

Nadienka reprend son châle et sort précipitamment.

« Attends donc ! lui crie Philippe. Qu'est-ce que t'as ? »

Nadienka accélère l'allure, franchit en courant les carrefours, tandis que le vent déroule son châle qui lui bat le visage et triture les pans de son manteau ; mais Nadienka ne le sent pas, se contentant de taper plus fort du talon quand il lui souffle à la figure.

« T'as vu ? Tout ça parce que je l'ai envoyée chercher un demi-rouble, dit Philippe qui pointe son pouce derrière son dos. Bon, ça n'a pas marché, faut aller voir ailleurs ! Tu parles ! La belle affaire.

— Sacrément nerveuse, dit l'autre en faisant tourner sa casquette entre ses mains.

— C'est pas qu'elle soit nerveuse, mais quand on veut vivre comme nous, les ouvriers, faut s'aligner sur le prolétaire ! Nous autres, comment qu'on se dépatouille ? Ça se comprend que l'autre ait refusé, ajoute-t-il après une pause. Tout le monde sait, par ici, que j'ai perdu mon gagne-pain. »

À cet instant, grincement de la porte d'entrée et pas rapides de femme dans le couloir. Philippe et son visiteur sont aux aguets. La vieille voisine fait irruption dans la chambre et, du seuil, s'écrie :

« Ça se permet encore d'envoyer valser les portes ! À cause de vous, salauds, à cause de vous, mon Grichka, il pourrit en prison, à c't'heure ! À cause de qui ? Vous l'avez entraîné, chiens du diable, et à présent la v'là qui claque les portes ! Pas vrai ? Dis-lui, dis-lui à ta sangsue que… ta roulure, je te la…

— Et moi, sale chienne, je vais te… » Philippe se précipite sur elle. Son visiteur le retient par la manche. Philippe s'immobilise et dégage son bras. « Que tu crèves dans ton trou à rats !

— Je montrerai à tout le monde, à tout le monde quelle engeance de salopards vous êtes », braille la vieille déjà dans le couloir.

Et de claquer la porte à toute volée.

Éprouvettes

Kneck est assis à la table, presque aplati sous la lampe. Les yeux plissés, le front ridé, il examine à la lumière une éprouvette à l'extrémité soudée, contenant un liquide et, au fond, une balle ronde.

Il se redresse, saisit la lampe et manque balayer au passage le mauser posé sur le coin droit.

« Non, ça ne colle pas, Anelia ! »

Anelia s'accroupit et, d'en bas, regarde tantôt le visage de son mari, tantôt le tube.

« Il y a eu une surchauffe du verre. Je l'ai laissé tomber à plusieurs reprises d'une hauteur d'une archine, et il n'aurait pas dû se fendiller. Tiens, regarde ! »

Kneck met l'éprouvette sous le nez de sa femme et, de son ongle solide, soigné, lui indique une minuscule fissure.

Anelia acquiesce.

« Non mais, regarde, il y en a une autre ! » L'ongle de Kneck se déplace. « Un homme va à la mort, sa bombe doit être plus sûre que la mort elle-même. Qu'est-ce que t'en dis, Anelia ? Et, en levant les bras, si je la lâche sans effort, elle doit voler en éclats. Obligatoirement, à coup sûr ! L'une des trois, en tout cas. Fiable comme la détente d'une arme. Voilà. »

Il pose le tube sur la table et se saisit promptement, sur l'appui de la fenêtre, d'un gros volume, épais comme un dictionnaire.

« Il y a là cinq livres de dynamite. Or, si je le laisse tomber maintenant sur le plancher, rien de catastrophique ne se produira. »

Kneck fait un pas vers le milieu de la petite pièce. Il tient le livre-bombe, le dos au creux de sa main dirigée vers le bas. Anelia s'approche, lui pose une main ferme sur l'épaule et, se penchant vivement vers lui, lève derrière elle une jambe légère. Elle plisse les yeux.

« Voilà ! » dit Kneck et le livre-bombe frappe lourdement le sol. La main d'Anelia tressaute. « Et si je le lance de cette hauteur… » Kneck se baisse, ramasse le volume, le brandit au-dessus de sa tête. « Si je le lâche à présent, cette fois, presque à coup sûr, il ne restera rien. Rien de rien ! »

Anelia, la mine grave, lève les yeux vers le livre ; Kneck le repose délicatement à sa place.

« Il faut augmenter la résilience des tubes. Je m'en charge. Mets la bouilloire à chauffer, Anelia. »

Qu'il me tue !

Dès l'entrée, Bachkine sait qu'il y a du monde dans la salle à manger des Tiktine – bruits de voix que domine la basse d'Andreï Stepanovitch.

850

« Je le répète encore une fois… Je le répète… »

Au coup de sonnette, Anna Grigorievna et Sanka pointent le nez dans le couloir. Ce dernier s'approche d'un pas vif et, comme pour saluer Bachkine, lui prend la main et le conduit dans sa chambre. Il tourne l'interrupteur et ferme la porte.

Bachkine fait les cent pas, inclinant le buste en cadence. Il se mouche.

« Que de mystères ! » dit-il, le nez dans son mouchoir, en jetant un regard en coin.

Sanka est assis sur son lit, genoux écartés, un coude durement enfoncé dans sa cuisse, les doigts occupés à mutiler une cigarette.

« Simplement… » Il fixe le plancher. « … quelqu'un m'a prié de vous faire savoir qu'il vous tuera à la première occasion. »

Et Sanka de lui jeter un rapide coup d'œil. Bachkine interrompt sa déambulation.

« Me tuer ? »

Ses sourcils se lèvent, sa lèvre frémit.

« Korotkov a été pendu », ajoute Sanka.

Les mots s'abattent et roulent sur le sol, Sanka tète sa cigarette.

Bachkine reprend sa marche d'un pas rapide, comme s'il voulait fuir le plus loin possible.

« Korotkov ? Mais, moi… je… là-dedans, je… Qu'il me tue… Qu'il essaie ! braille-t-il à plein gosier au-dessus de la tête de Sanka, à croire qu'il appelle au secours. Pourquoi tu me dis ça ? demande-t-il, passant soudain au tutoiement, puis repartant de plus belle, les yeux braqués sur les murs. Qu'il vienne et qu'il me tue ! Là, tout de suite, qu'il tire ! »

Il s'immobilise un instant en ouvrant largement sa veste sur sa poitrine.

« Si ça lui fait plaisir, qu'il ne se gêne pas ! » Il accélère encore l'allure. « Qu'est-ce qu'il veut dire par là ?

Que je suis un traître ? » Le visage marbré de rouge, il se fige devant Sanka qui, peu à peu, le regarde par en dessous, à travers la fumée de sa cigarette. « C'est ça ? » Bachkine s'avance vers le lit. « Alors pourquoi il transmet ce genre de... de... d'attaques ? Après tout, lui aussi, je peux le trahir... au point où on en est... Du banditisme pur et simple : il menace de me tuer ! Ah, le joli... » Il déambule de nouveau. « ... le joli cadeau, diable !... Donc, il n'a pas peur que j'aille le cafarder. Malgré des menaces de mort... Ça ne tient pas debout. Quant à Korotkov... c'est peut-être totalement faux. Qui t'a raconté ça ? »

Bachkine, immobile dans un angle, l'œil plissé, lorgne Sanka.

« Bref, c'est comme ça... », conclut ce dernier.

Il se lève et quitte la pièce sans daigner le regarder.

« Dites-moi qui... je-vous-en-prie ! tonitrue Bachkine en passant dans le couloir. Je m'expliquerai avec lui ! »

Dans la salle à manger, Bachkine salue de la tête, hochement hostile.

« Bonjour ! »

Dans le bruit, seule Anna Grigorievna lui répond.

Un inconnu, un barbu, fait les cent pas dans la pièce. Bachkine se rembrunit, traverse la salle, le visage hargneux, heurte le quidam au passage et va s'asseoir sur le rebord de la fenêtre. Il bouge les lèvres, comme s'il mâchonnait un brin de paille.

« Voilà le peuple ! clame le barbu. Voyez un peu : le peuple a parlé ! » Et de tourner sa barbe vers Tiktine, de claquer des talons en s'inclinant avec un geste d'invite. « Voyez ! Le peuple rrrrus-se ! Ce ne sont pas des Français ! Des pogromistes, me direz-vous ? En service commandé ?

— Oui, oui, en service commandé ! » s'écrie Bachkine. Andreï Stepanovitch a un sursaut effrayé et se retourne. Bachkine est à présent debout près de la fenêtre. Tous les regards sont braqués sur lui. « En service commandé ! » Il tend un long bras par-dessus la tête d'Andreï Stepanovitch, en pointant le doigt sur le barbu. « Je sais, je sais de source sûre que tout ça a été spécialement préparé ! Qu'on les a armés ! craille-t-il. C'est tout juste si l'artillerie ne les couvrait pas ! Toute la racaille criminelle ! Pas la peine d'agiter la barbe… je veux dire, la tête… j'ai des preuves.

— Et dans les villages ? Les domaines ? Les économies[1] ? » L'inconnu lorgne Bachkine par-dessus ses lunettes. « Ça aussi, la police l'a organisé ?

— Vous bluffez ! hurle Bachkine. Vous êtes un tricheur, monsieur ! Hé, quoi ? Vous ne me faites pas peur ! Vous allez tirer ? » Bachkine fixe le barbu en fermant à demi les yeux. « Allez-y, tirez, je vous en prie ! »

Et, du même geste qu'un instant plus tôt, il ouvre largement sa veste.

Il demeure figé quelques secondes dans cette attitude, puis se rassied brusquement sur le rebord de la fenêtre.

« Donnez-moi une pomme », demande-t-il, la gorge sèche.

Sa voisine s'empresse. Il croque bruyamment le fruit, se lève et, pomme en main, sort sans regarder personne.

Un silence.

« Il…, commence Tiktine d'un ton morne.

— C'est un malade, un malade, intervient rapidement Anna Grigorievna. Excusez-le. Il est complètement… »

L'invité barbu contemple sans un mot, par-dessus son épaule, la porte par laquelle est sorti Bachkine.

---

1. Vastes domaines dans les steppes du Nord-Caucase.

« Le contradicteur s'est éclipsé. Parfait… » Il prend une cigarette et, l'allumant : « Il n'y a donc plus personne pour faire des objections.

— Mais si ! » Andreï Stepanovitch repose bruyamment sa fourchette sur la table. « Vos propos…

— Je parlais du langage que tient le peuple. Dans les villes comme dans les villages, c'est le même. Voilà… poursuit-il en hochant le chef. C'est la prétendue voix du peuple ! »

Il tourne les talons et regagne son coin.

« Dans les campagnes, on désarme, on tabasse les gardiens de l'ordre ! lance Tiktine d'une voix de stentor. Ça aussi, c'est la voix du peuple ? demande-t-il, la barbe en bataille. Eh bien, cette voix-là, on s'y entend, pour sûr, à l'étouffer ! »

Il se soulève de son siège.

« Tout comme les statisticiens, les membres du zemstvo, approuve un binoclard dans un coin.

— Oui, ceux-là, on les tabasse ! Avec la bénédiction et le concours des autorités ! Des autorités, messieurs ! clame Andreï Stepanovitch, debout à présent. Quant aux gardiens de l'ordre, pardonnez-moi, leur cas est à part !

— Et les médecins, en pleine épidémie de choléra ? Les médecins ! Des cas tout à fait à part, eux aussi ! » L'invité barbu a une révérence hargneuse en avançant son visage sous le nez d'Andreï Stepanovitch. « Les médecins, mon cher !

— Nous ne parlons pas des mêmes choses ! crie Tiktine.

— Moi, je parle du peuple russe ! » Le barbu se place de profil et, les mains dans les poches, remonte son pantalon. « Vous, je ne sais pas…

— Moi, c'est du gouvernement. » Tiktine s'assied, puis, s'adressant à sa femme : « Du gouvernement qui a organisé des massacres dans les villes.

854

— Et dans les villages, qui est-ce ? Dans les domaines ? Les économies ? C'est venu tout seul ? C'est l'esprit… du peuple ?

— Je vous demande bien pardon ! » Tiktine jette un regard sévère à son hôte. « Je vous demande bien pardon, Ivan Kirillovitch ! Dans ces conditions, je me refuse à poursuivre la discussion ! Oui, oui ! Je m'y refuse ! »

Il se tourne vers la table et, de sa cuiller, remue son thé.

Cependant Anna Grigorievna se détourne pour fixer la porte ouverte sur le couloir ; elle fait un signe de tête. Elle emplit un verre de thé, a quelque peine à manier la pince à sucre.

« Veuillez m'excuser ! » murmure-t-elle en quittant la pièce, le verre de thé à la main.

« Laisse, Douniacha, laisse, je le porterai moi-même », dit Anna Grigorievna à la bonne et elle s'empresse de gagner la chambre de Nadienka.

Celle-ci est assise sur son lit, ses bras enserrant ses genoux. L'abat-jour est baissé mais Anna Grigorievna voit bien que sa fille se mordille la lèvre inférieure. Elle pose le verre sur le bureau de Nadienka, un bureau délaissé depuis quelque temps : le couvercle poussiéreux de la machine à coudre trône au beau milieu.

Anna Grigorievna s'assied aux côtés de sa fille. Nadienka garde les yeux en l'air et continue de se mordiller la lèvre.

« Bois au moins un verre de thé ! »

Anna Grigorievna saisit précautionneusement la soucoupe.

« Ah, ferme-moi cette porte, même ici on entend toutes ces saletés ! » s'écrie Nadienka en secouant douloureusement la tête.

Anna Grigorievna sort sur la pointe des pieds, puis revient.

« Qu'avait donc ce butor à brailler ? Tirer sur qui ? Quelles sornettes ! »

Nadienka martèle méchamment son genou de son poing menu.

« C'est un malheureux, lui chuchote Anna Grigorievna.

— Un malheureux, oui ! » Nadienka, la nuque appuyée contre le mur, aspire convulsivement l'air. « Un malheureux, un malheureux, répète-t-elle en fixant le plafond sombre et en branlant le chef. Il a des douleurs à la tête, depuis ce fameux coup. Il a des absences… "On est tous devenus des moutons", répète-t-il. Et lui ne peut que travailler, travailler encore et encore. » Nadienka hoquette, ravalant ses pleurs. « Au lieu de brailler de vulgaires platitudes !… », sanglote-t-elle en se détournant de chagrin.

Anna Grigorievna veut poser une main sur sa tête ; Nadienka la repousse avec une brusquerie pleine de dépit.

« Je ne peux pas ! Je suis une idiote ! Une idiote ! » s'écrie-t-elle en se prenant les tempes et en se cognant la nuque contre la tête de lit.

Anna Grigorievna bondit, se précipite dans le couloir.

« Douniacha, de l'eau ! » lance-t-elle dans un murmure angoissé.

Cependant, une basse profonde martèle dans l'entrée :

« Ha ! Pendu ! Mais, à sa place, mon vieux, ça n'est pas dix, c'est cent que vous auriez envoyés au gibet ! J'en suis vraiment surpris, ma parole ! J'en viens presque à le respecter. Je ne parle pas du système, je parle de l'homme… »

Tenant un verre sur une soucoupe, Douniacha se hâte ; ses talons claquent. Andreï Stepanovitch se retourne, inquiet, et ne voit pas la main que lui tend son hôte.

« *Qu'est-il arrivé** ? Oh, pardonnez-moi ! »
Et de saisir en hâte la main de son visiteur.

Ce n'est pas pour ça !

Piotr Savvitch passe la nuit dans une chambre pour lui
nouvelle ; dans un angle il a accroché son icône. L'image
sainte fixée, il se signe et, désormais, considère les murs
de plâtre comme siens. Idem pour les cafards. Il n'est pas
logé au dortoir de la caserne, on lui a fait l'honneur de
lui octroyer une pièce à part, comme s'il était chargé de
famille. Visiblement, son gendre a le bras long. Mieux
vaut, en fin de compte, ne pas trop faire appel à lui. Piotr
Savvitch se rappelle que Viktor a dit à Grounia : « Je
m'en donne, du tintouin, pour ton vieux ! Un poste de
gardien à la prison régionale, ça se… » Et Sorokine de
détailler la pièce en plissant les yeux, de froncer le nez en
contemplant l'ampoule au plafond. Il remise sa malle sous
le lit, défait son balluchon, met les draps. Il s'assied sur sa
couche, prend appui sur ses mains écartées, fixe le plancher. Et les souvenirs s'échappent en volutes de fumée au-
dessus de sa tête. Il revoit Grounia, toute chagrine, qui a
l'air de lui en vouloir. « Je n'ai besoin de rien, absolument
besoin de rien, pas même de cette prison de province.
Dénicher un coin tranquille où je tresserais des chaussons
de tille, où j'irais taquiner le goujon… J'en prendrais bien
une petite dizaine… Je me vois déjà au bord de l'eau dès
potron-minet, sous un saule, quand il n'y a personne…
Je suis là, sans penser à mal, l'eau est claire au matin et le
poisson – hop ! – qui plonge et fait des ronds… »

Piotr Savvitch relève les yeux et embrasse du regard le
plâtre grisâtre. « À quoi ça ressemble ? Me voilà comme

un prisonnier. Dans une cellule, on dirait… » Il en est bouche bée, sa tête dessine un arc et le plâtre gris se pétrifie en un mur qui l'emprisonne.

Piotr Savvitch se lève, tourne l'interrupteur, se glisse à l'aveugle sous le lit, en retire sa malle, l'ouvre à tâtons, y fouille sans bruit tel un voleur, repère une bouteille – une des nombreuses attentions de Grounia –, lorgne du côté de la fenêtre aux carreaux troubles et entreprend de retirer le bouchon.

Bachkine rentre chez lui en fiacre. Il est onze heures et demie du soir.

« Du thé ? Non, merci. » Puis, un instant plus tard, il crie à travers la porte : « Finalement, si ! Du café, s'il vous plaît ! Beaucoup. » Et d'arpenter la pièce d'un pas alerte. « Ne plus sortir de chez moi ? Ou suivre le trottoir comme s'il était bordé de chausse-trappes à loups ? Un vrai Rinaldo[1] ! » hurle-t-il à travers la pièce.

Et il se représente un croisement de rues animé, des passants, des omnibus, quand soudain – les yeux ! Ses jambes sont un instant paralysées. Et les yeux, tels deux canons, prêts à lui brûler la cervelle !

« Maria Sofronovna, accompagnez-moi !… Vous êtes en peignoir ? La belle affaire ! Regardez, j'ai de la confiture ! De Kiev ! Et une bonne petite miche ! »

Bachkine s'élance vers le placard.

« Réveillez-moi, demain matin, Maria Sofronovna ! De bonne heure ! C'est l'Annonciation, non ?… Maria Sofronovna, des bandits veulent me tuer.

— Qu'est-ce que vous dites là ? »

---

1. Héros de l'opéra éponyme de G. F. Haendel (1711), adapté de *La Jérusalem délivrée* du Tasse.

La logeuse en lâche la cafetière sur le plateau.

« Si, si, par la Sainte Croix ! »

Bachkine se signe.

« Des bandits, à présent ? Seigneur ! Quelle horreur ! Courez à la police !

— Vous savez ce que la police, la police elle-même, m'a dit ? » Bachkine se lève d'un bond et reprend son manège à travers la pièce. « Une huile… bref, un gradé, m'a répondu : "Et nous, vous croyez qu'on n'essaie pas de nous tuer ? Surtout qu'on est toujours en uniforme, c'est à croire qu'on cherche les coups ! Et vous voulez partir ? Ne vous avisez pas de bouger !"

— C'est elle qui vous interdit de bouger… la police ? »

La logeuse en est interloquée.

« Oui, ordre du… gouverneur en personne. Il a dit : "Quand ils vous auront occis, on les attrapera !" Et si je partais quand même ? Si, demain, je partais brusquement ? Tôt, le matin ? »

Haletant, Bachkine dévisage la logeuse qui baisse les yeux.

« À quoi songez-vous, Semion Petrovitch ? En pleine nuit ! Voyons ! Y a quelque chose qui ne tourne pas rond ! C'est la nuit, je l'ai lu, que des jeunes gens inconnus parcourent les rues, avec des matraques. Alors, ne sortez pas la nuit !… Mais non, vous me faites marcher !… »

La logeuse agite un biscuit qu'elle trempe dans le café.

« Réveillez-moi, demain, à sept heures… non, six. À six heures ! » Bachkine tape du pied. « Maria Sofronovna, s'il vous plaît ! crie-t-il. Passez-moi le journal ! Celui d'aujourd'hui ! »

La logeuse s'empresse.

« Je vous l'apporte ! »

Bachkine claque prestement la porte derrière elle, décroche le combiné du téléphone et tourne fiévreusement la manivelle.

« Une !… Deux !… Trois !… », compte-t-il, hors d'haleine, avant de raccrocher brutalement.

Il s'éloigne de l'appareil, s'immobilise un instant et se précipite de nouveau vers le téléphone. Mais, à ce moment, la logeuse réapparaît.

« Tenez, je l'ai ! » s'écrie-t-elle en lui glissant le journal entre les mains.

Bachkine le serre dans son poing comme une serviette de table.

« Répondez sans réfléchir : c'est du lard ou du cochon ? lance-t-il.

— Bah, ça revient au même, répond-elle en haussant les sourcils.

— Pour vous, bien sûr, c'est la même chose ! Pour tout le monde, ça revient au même ! hurle Bachkine. Fichez-moi le camp ! »

Il déchire le journal plié et le jette dans le dos de la logeuse.

À six heures du matin, Maria Sofronovna frappe à sa porte. Puis elle risque un œil : Bachkine s'est volatilisé. Le lit n'est pas défait.

« Ce n'est pas pour ça ! Pas pour ça ! répète Aliochka. Le plus important… »

Mais Sanka n'entend pas ce qui est le plus important, car une boule de billard tombe avec fracas dans la blouse. Trois billards sont pris, la foule des « metteurs de bleu » s'exclame, pousse des cris à chaque carambolage, et la rue bourdonne par la fenêtre ouverte.

« De mal en pis ! » entend Sanka.

De sa chope de bière, Aliochka tape sur le marbre de la table.

« Ne me presse donc pas ! » Il se penche au-dessus du guéridon, presque à s'y coucher. Sanka est tout ouïe. « Le calme, une existence tranquille, cela veut dire que le gars qu'on a écrabouillé ne regimbe plus, qu'il se contente de gémir doucement… »

Nouvelles exclamations et claquements de billes qui couvrent les paroles d'Aliochka.

« À la petite semaine… Ils se ligotent eux-mêmes, se plombent, se mettent des scellés… Ils ont peur de leur ombre… Quoi ? »

Sanka n'a rien dit.

« Alors l'idéal, c'est la fourmilière ? On n'y chante plus ! Catilina dans la fourmilière ! s'écrie Aliochka. Le reste n'est que convulsions d'effroi : dès qu'on entonne une chanson de brigand, on se plaque une main sur la bouche et on tient sa poche bien fermée ! » Il frappe la table de sa chope vide. « L'addition ! On y va ! »

Le garçon ne se montre pas.

« Tout cela, je le vois on ne peut plus clairement, poursuit Aliochka, les yeux rivés à la table. Tout est cloisonné par cette peur invisible. » Et de délimiter, sur la table, des espaces avec la main. « C'est l'esprit du siècle… Il fulgure et chacun, à l'abri de son enclos, a le cœur qui bondit… Qu'il fulgure seulement… "Ô, Sand, sur l'échafaud tes jours succombent, mais la gloire de la vertu[1]…" On peut finir ses jours coiffé d'une casquette à cocarde… ou sans cocarde…

— C'était qui, Sand ?… Sand, je te demande !

---

1. Karl Ludwig Sand (1795-1820), jeune patriote allemand qui assassina, en 1819, son compatriote le dramaturge August von Kotzebue, appointé par la Russie. Pouchkine lui consacra, en 1821, un poème intitulé « Le Poignard » dont voici l'avant-dernier quatrain : *Ô, Sand ! Martyr de liberté qu'un sort élut, / Sur l'échafaud tes jours succombent / Mais la gloire de la vertu / Sanctifie à jamais ta tombe…* (Traduction de Robert Vivier, *in* Alexandre POUCHKINE, *Œuvres poétiques*, vol. I, « Classiques slaves », Lausanne, L'Âge d'Homme, 1981, p. 30.)

— Je ne sais pas. Y a longtemps que je veux regarder dans le *Brockhaus*[1]... Cette flamme-là domine tout. »

Aliochka jette un regard à son ami, son visage, soudain, se condense dans ses yeux, jamais Sanka ne lui a vu ces yeux-là qui vous crochent le cœur et transpercent toute chose. « Il est lancé, cette fois ! songe-t-il. Il s'ouvre sans peur au monde. Ce n'est pas comme moi qui attends toujours que quelque chose se dévoile, à l'instar de l'amour qui vous tombe dessus. » Sanka continue de fixer Aliochka dans les yeux, bien que le regard de celui-ci ait déjà perdu de son intensité.

« Qu'est-ce que t'as à me zyeuter ?... Je louche un peu... depuis que l'autre m'a enfoncé les yeux... mais j'y vois encore mieux qu'avant. » Aliochka se détourne. « Alors, vous venez encaisser ? »

La porte de la salle de billard claque, la fumée de tabac s'envole vers la fenêtre.

« Garçon ! crie Aliochka.

— Rien ne vous presse. »

Sanka sursaute en entendant cette voix égale.

Kneck se découvre et leur serre la main.

« J'ai transmis le message ! dit Sanka, debout, et il rougit légèrement.

— Je vous en suis très reconnaissant. » Kneck a un petit claquement de talons, il remet son chapeau sur sa raie soignée, gominée. « Asseyez-vous, asseyez-vous !

— Non, je dois partir. Vraiment ! » Sanka sent qu'il est à présent tout rouge. Il tire sa montre. « Effectivement, je suis en retard. »

Et de se frayer un passage jusqu'à la porte.

Un air joyeux enveloppe Sanka dans la rue. Des paillettes de soleil éclairent les passants, le trottoir

---

1. Dictionnaire encyclopédique de Brockhaus et Efron, paru entre 1890 et 1907, en quatre-vingt-six volumes.

humide brille, les petits crieurs de journaux font la course sur la chaussée, on s'arrache les feuilles que l'on paie prestement.

Voix sonore d'un gamin qui chante :

« Édition spéciale ! »

Sanka lui glisse cinq kopecks ; il aperçoit les gros titres :

EFFARANT CAMBRIOLAGE
DE LA BANQUE D'AZOV ET DU DON !

Puis, ce chiffre, en gras : « 175 000. »

Sanka replie le journal : il a peur de le lire ici, à proximité de la salle de billard. Il poursuit son chemin, le souffle court, entend derrière lui et à côté : « Figurez-vous qu'on ne les a pas pincés... », « Ils ont percé à l'autogène. À l'américaine ! » Il est surpris : des intonations joyeuses ! Il revoit sans cesse ce premier étage qu'il vient de quitter et, dans la fumée près des billards, ces hommes-là qui écoutent les gens parler autour d'eux. Tous, sans doute, sont en train de lire la nouvelle. Sanka cache le journal dans sa poche. Rentré chez lui, il s'enferme dans sa chambre et, la respiration suspendue, relit à quatre reprises l'édition spéciale.

Au déjeuner, son père déclare :

« Non, aucun doute, ce ne sont pas des malfrats ! C'est indiscutable. »

Puis il regarde Sanka, Anna Grigorievna, et se redresse sur sa chaise.

« À présent, je me pose une question ! » Il s'assène un coup sonore sur la poitrine. « Dois-je ou non tirer ? »

Anna Grigorievna le regarde, les yeux exorbités.

« Oui, oui ! Imaginez qu'on se présente à ma banque, des hommes cagoulés. "Haut les mains !" J'ai un revolver au bureau. Oui, oui ! crie presque Andreï Stepanovitch. Ce sont les instructions, on en a distribué à tout le monde. Eh bien, sur qui vais-je tirer ? Sur quelqu'un comme lui, peut-être… »

Tout rouge, il désigne Sanka par-dessus la table. Sa main reste un instant suspendue.

« Quoi qu'il en soit…, commence Anna Grigorievna.

— Non, non, non ! coupe Andreï Stepanovitch en secouant la tête. En l'occurrence on ne peut absolument pas savoir ! » Il se penche sur son assiette. « Absolument pas ! martèle-t-il, bien que nul n'objecte. Absolument pas ! »

Nadienka marche, hors d'haleine, sur le trottoir de bois, s'écartant d'un bond pour ne pas perdre le rythme ni être gênée par ceux qui viennent à sa rencontre ; elle trébuche, ne sent pas combien ses jambes flanchent, harassées. Voilà, voilà, elle y est : mais sera-t-il là ? Oh, s'il pouvait être chez lui !

« Mon petit Philippe ! murmure-t-elle. Et tant pis s'il est soûl, qu'il soit comme il voudra, qu'il sacre à tout va, je le serrerai aussitôt dans mes bras, je le serrerai de toutes mes forces… » Sous son châle, ses coudes tressaillent, se lèvent. Elle l'entend encore répéter : « J'irai seul, j'irai de mon propre chef trouver les débardeurs. Ils peuvent bien me tuer, je leur parlerai ! » Elle le revoit, debout, de profil, tournant hargneusement la tête et abattant son poing sur la chaise, le dossier, le côté, douloureusement. « Mon Philippe ! » soupire-t-elle en chemin.

Elle franchit le portillon et traverse la cour au galop. La porte d'entrée n'est pas fermée. Annouchka bloque obstinément le couloir.

« Ah, te voilà, toi ! » siffle-t-elle entre ses dents. Jamais elle n'a adressé la parole à Nadienka. « Tu as causé sa perte, et te voilà ! »

Le souffle de Nadienka se fige, ses yeux se glacent. Immobile, elle fixe Annouchka qui, les mains sous son tablier, dodeline de la tête.

« Va, va admirer ton œuvre ! » dit-elle en faisant retraite vers sa cuisine.

Nadienka ne se rappelle pas comment elle a pu franchir d'un bond le couloir. Elle pousse la porte : un homme invraisemblable, tassé, gris, se lève doucement de sa chaise, la tête dans les épaules, s'efforçant d'ajuster son regard. Nadienka écarquille les yeux. Un instant, elle revoit Philippe tel qu'il était auparavant. Qu'est-ce qu'il a changé ! Elle a un mouvement de recul.

« Ne bougez plus ! Où vous allez, ma petite dame ? »

Nadienka se précipite dans le couloir. À la place d'Annouchka, se dresse la masse sombre d'un sergent de ville.

Nadienka s'appuie contre le mur, enfouit son visage dans ses mains.

Il repousse du goulot

C'est l'anniversaire de Varvara Andreïevna. À midi, Viktor sonne à sa porte. La soubrette prend la carte de visite tandis qu'il attend dans l'entrée, serrant contre sa capote une corbeille de fleurs enveloppée avec soin, commandée trois jours à l'avance.

« Viendra ? Viendra pas ? » tente-t-il de deviner en prêtant l'oreille.

La soubrette réapparaît.

« Posez cela ici », dit-elle.

Et elle indique un guéridon dans le salon.

Sur la pointe des pieds, Viktor s'avance et dépose délicatement la corbeille. Il s'efforce de le faire avec grâce : peut-être l'observe-t-elle en catimini, elle aime cela.

« Vous êtes convié pour ce soir, à neuf heures », ajoute la bonne, tandis que Viktor, renfrogné, récupère sa casquette. Le regard de la soubrette balaie le plancher, on dirait bien que cette teigne ébauche un petit sourire. Puis elle reprend un air impavide et lui lance à la face : « Vous êtes attendu pour le thé », avant de lui ouvrir la porte.

« *Elle* a sans doute eu vent de quelque chose », songe Viktor, et l'escalier, le tapis rouge, ces maudits, lui paraissent soudain hostiles.

« Je n'y mettrai pas les pieds ! » répète Viktor, furieux. Il rabat la porte derrière lui de toutes ses forces… sans pourtant la claquer. « Cette canaille m'a cafardé », se dit-il en pensant à Senkovski.

Au commissariat, Gratchek l'épingle aussitôt, le prend par l'épaule et l'entraîne sans un mot, par la manche, vers la fenêtre ; là, il lui demande d'une voix sourde :

« Tiktina Nadejda, tu connais ? Tu pourrais l'identifier ? »

Et de regarder par-dessus sa tête, de regarder de biais. Mouvement des pommettes.

« Je pourrais, oui.

— Elle t'a déjà vu ?

— Oui. »

Demi-tour de Gratchek, dans une envolée de manteau.

« Mais c'est la vieille, la vieille Tiktina que je connais ! Nadejda était absente, qu'est-ce qui me prend ? » se ressaisit soudain Viktor. Trop tard : Gratchek a déjà regagné son cabinet. Vavitch ne va tout de même pas lui courir après comme un gamin. « M'sieur, je vous ai menti, je me suis vanté ! » Qu'elle aille au diable ! Il crache par terre, veut retirer et suspendre sa capote, quand Senkovski, du fond du couloir, l'appelle d'un geste pressant. Viktor s'avance, la mine boudeuse : le cafard, le salaud !

« Ordre du patron, allons-y ! Tu verras, il y a un œilleton dans le verre dépoli. T'auras qu'à regarder. Elle sera juste en face. Si c'est elle, explique Senkovski en chuchotant tandis qu'ils cheminent, frappe deux coups à la porte. Sinon, tape trois fois. Dans les deux cas, il te criera : "N'entrez pas, attendez !" Compris ? Tu t'en iras aussitôt pour qu'elle ne t'aperçoive pas. »

Viktor acquiesce, maussade.

« Chut ! murmure Senkovski. C'est là, regarde ! » De la main, il oriente la nuque de Viktor qui se libère brutalement.

Vavitch aperçoit une jeune fille de profil, la scrute. « Première fois que je la vois ! » enrage-t-il.

« Et celle-là, vous la connaissez, Mme Koudriavtseva ? Non ? » Viktor entend la voix de Gratchek, il distingue sa manche et le papier rigide d'une photographie. Aussitôt, la jeune fille se tourne vers le cliché, Viktor, à présent, la voit *de face** et reconnaît… le vieux Tiktine ! Elle fronce les sourcils en regardant la photo. Il ne lui manque que la barbe, et c'est Tiktine craché ! Ce vieux qui l'a traité de butor ! Alors, sans ménager ses doigts, Vavitch frappe deux coups sur le cadre de la porte.

« Attendez ! » crie Gratchek.

Tapant des pieds, Viktor regagne la salle de jour. Senkovski se tient près de la barrière.

« Quitte le commissariat pour une bonne heure ! Ordre du patron. »

Furieux, Viktor évite de regarder Senkovski. Il fait mine de n'avoir pas entendu, mais se dirige vers la sortie et ferme violemment la porte derrière lui.

« On n'est pas au Moscou, ici ! » lui crie d'en haut Senkovski.

Viktor claque plus fort encore la porte extérieure. Les vitres immaculées de la façade tremblent.

« Putain de ta gueule de mère ! »

À neuf heures et demie, Viktor arrive en fiacre à la maison du chef de la police ; hors d'haleine, il grimpe quatre à quatre les degrés. Le voici devant la porte. Il piétine un instant sur le paillasson et rebrousse chemin. Il redescend à demi l'escalier, revient sur ses pas, déboule devant la porte et presse violemment le bouton de la sonnette.

Dans le vestibule, il perçoit des voix, un cérémonieux tintement de vaisselle. Il entre : il y a là le chef de la police, Gratchek, Senkovski, des fonctionnaires du département, des dames fort élégantes. Vavitch s'empresse d'aller baiser la main de Varvara Andreïevna.

Elle est debout, elle tient une théière et lui adresse, de loin, un petit signe de sa main libre.

« Ce n'est pas poli d'arriver en retard ! dit-elle avec un hochement de tête sentencieux. Faut-il y voir de l'orgueil provincial ? »

Elle lui tend sa main gauche, le regard fixé sur les tasses.

La soubrette place Viktor à côté d'un petit garçon en costume marin.

« Monsieur Vavitch, veuillez prendre soin de votre voisin ! Vous n'êtes pas dans un cabinet particulier, ici ! » lance Varvara Andreïevna à l'autre bout de la table.

Viktor rougit à en pleurer. Senkovski, de l'autre côté, le regarde en plissant les yeux.

« Oui, mesdames et messieurs ! martèle Gratchek. Celle de l'enterrement, la prétendue bombe, *ma* bombe, comme vous dites, n'était qu'un signal, un avertissement.

— Tu vois, enchaîne Varvara Andreïevna, Adam Frantsevitch sait toujours tout à l'avance… Un vrai sorcier ! »

Elle adresse un signe et un sourire affables à Gratchek qui s'incline et fond en mille petites rides.

« Donc… » Le chef de la police se renverse contre le dossier de sa chaise et, regardant les dames : « Donc, le temps des vraies bombes est venu !

— Voui, voui, voui ! » Gratchek cherche quelque chose sur la table, sa voisine lui tend du fromage. « Voui, si Dieu le veut, on en aura bientôt un petit échantillon.

— Quelle horreur ! » s'exclament les dames en embrassant du regard l'assemblée.

Le chef de la police a un sourire satisfait qui semble désigner Gratchek à l'attention des dames. Celui-ci se confectionne un canapé au fromage, les yeux rivés à la table.

« Et celle d'aujourd'hui ? »

Le chef de la police jette un coup d'œil aux dames, l'air de dire : écoutez, cela vaut la peine !

« Laquelle ? »

Le canapé est prêt.

« Mais la demoiselle paysanne, comment s'appelle-t-elle, déjà ? Avec un châle et des bottines de chez Weiss…

— La Koudriavtseva ? »

Les sourcils de Gratchek se tournent vers Vavitch qui, d'une main tremblotante, enfourne dans sa bouche une part de cake.

« Est-ce bien son nom ? s'enquiert le chef de la police avec un gros rire.

— Vraisemblablement. Une sotte, pardonnez-moi, bonne à ravauder des chaussettes. Je l'ai relâchée. Il n'y a rien à en tirer. Nous ne sommes pas un asile.

— Ha, ha, ha, un asile ! »

Le chef de la police, la tête rejetée en arrière, est secoué de rire. Aussitôt, les fonctionnaires l'imitent, pas trop fort, juste ce qu'il faut.

« Versez donc du cognac dans votre thé ! propose Varvara Andreïevna. Mon petit Donat, sers du cognac à Adam Frantsevitch ! »

Le chef de la police approche le carafon.

« Non-non ! répond Gratchek en posant la main sur son verre. Pas d'alcool, je vous prie !

— Voyons, à la santé de la petite fille qui vient de naître ! » insiste Varvara Andreïevna en inclinant la tête de côté.

Lorsque Viktor fait ses adieux, elle lance assez fort :

« Quant à votre beau-père, je me suis laissé dire qu'il… hum… levait volontiers le coude. »

Et de hocher la tête d'un air entendu.

Viktor en reste bouche bée. Il veut répondre, mais, déjà, un fonctionnaire s'avance vers la main de l'hôtesse et repousse Vavitch.

De retour chez lui, Viktor enjoint Froska :

« Sers le dîner ! »

Mais le repas attend, bien au chaud sous des assiettes retournées. Froska donne de la lumière et regagne d'un pas traînant sa cuisine. Viktor, bruyamment, déplace les chaises, laisse tomber un couteau : Grounia ne se montre pas.

« Agrafena Petrovna ! lance enfin Viktor d'une voix forte. J'ai deux mots à vous dire ! » Il ouvre la porte de la chambre de Grounia et crie : « C'est très important, nous avons à parler, et non à… »

Il s'interrompt, entend le lit grincer dans l'obscurité et Grounia s'agiter. Elle sort de la pièce, plisse les yeux à la lumière et, vêtue de sa sempiternelle robe jaune, piétinant dans ses souliers délacés, s'assied en face de lui.

« Eh bien ?

— Eh bien voilà, commence Viktor en imprimant à ses sourcils un mouvement ascendant-descendant. Eh bien voilà, il se trouve que votre cher papa, hum… » Et de pencher la tête vers son épaule en se donnant une chiquenaude sous la pommette[1] : tchac ! Le bruit claque, cingle. « Oui, ma chère ! On me l'a dit : il re-pous-se-du-gou-lot ! »

Viktor clappe des lèvres à plusieurs reprises et transperce Grounia du regard.

Celle-ci, maussade, a les yeux fixés sur ses genoux.

« Tu as reçu une lettre de ta maman ? demande-t-elle en posant sur lui un regard ensommeillé.

— Ben oui, sursaute Viktor.

— Elle m'a écrit à moi aussi. Elle me propose de venir accoucher chez eux.

— Et alors ? »

Viktor la regarde méchamment, elle, son visage bouffi, sa chevelure froissée, désordonnée, plumetée.

« Quoi, alors ? réplique-t-elle d'une voix égale. Je te pose la question !

— Qu'est-ce que tu veux que je… »

Un instant, Viktor est saisi d'effroi, puis, soudain, un éclair d'espoir le foudroie : il sera seul ! Ces yeux, là, ces yeux qui le scrutent, inquisiteurs… Il pourrait leur balancer une assiette à travers la table. Pouah ! Elle est encore capable de deviner qu'il est content ! Alors, Viktor braque un regard soucieux sur le plancher et sent que Grounia sonde son front, qu'il pourrait en palper l'endroit.

« À ta guise, ma chérie ! » dit-il après un instant en la lorgnant par en dessous.

Grounia se relève lentement et, renversée en arrière, regagne sa chambre en faisant résonner ses talons. Elle referme soigneusement et doucement la porte.

---

1. Geste traditionnel pour indiquer qu'un homme boit.

Il est très tôt. Kolia se lève le premier et se brosse les dents, sans faire de bruit, sous le robinet. Soudain, on sonne. Au fond, il s'y attendait. Il pose sa brosse et va ouvrir sur la pointe des pieds.

Bachkine s'engouffre de biais par la porte.

« Kolia ! crie-t-il d'une voix canaille.

— Chut ! » Kolia lève un doigt mouillé et, avec un signe de tête en arrière : « On dort ! »

Mais dans l'appartement on bouge déjà.

« Viens, viens ! chuchote Bachkine en entraînant le garçon dans la cuisine : Kolia, j'ai un service à te demander, un très grand service. » Bachkine piétine, va de la fenêtre à la cuisinière : « Kolia, accompagne-moi à la gare. Tout de suite ! Je pars tout de suite. Peut-être pour toujours, à jamais, comme si j'étais mort. Définitivement ! »

Et de ponctuer ses paroles du pied, en regardant par la fenêtre.

« Faut que j'aille à la messe, répond à mi-voix Kolia. On pointe les absents. »

Il reprend sa brosse à dents.

« Mais je t'en supplie ! » Bachkine s'avance vers lui et, avec force, lui plaque ses mains sur les épaules, les serre, les secoue convulsivement. « Tu ne seras pas en retard, mon cher enfant, le train part à sept heures et demie. » Il tire sa montre de sa poche et la fourre sous le nez de Kolia, au risque de la mouiller sous le robinet. « Il faut, il faut absolument que tu viennes !

— Peut-être qu'on part, nous aussi ? Rejoindre papa. En Sibérie. Et qu'on vend tout ? »

La voix de Kolia est étrangement basse, il s'efforce de faire tenir la brosse dans le gobelet et ne lève pas les yeux sur Bachkine. Sans hâte, il referme la boîte de poudre dentifrice, le regard constamment rivé au sol.

« Je ne peux pas rester ici une minute de plus », reprend Bachkine qui se remet à trépigner. Il saisit sur la cuisinière une cuiller en bois, la serre contre son cœur en regardant par la fenêtre. « Kolia, il y a un Dieu, non ? lâche-t-il soudain. Un Dieu… juif ou autre ? »

Kolia essuie son visage renfrogné à l'aide d'une serviette. Bachkine est toujours planté devant lui, penché en avant.

« Le petit Salomon a été tué, son papa aussi. Les gens de cette boutique où je m'étais caché… Tués pour de bon. »

Kolia jette la serviette sur son épaule et quitte la pièce.

« Kolia, Kolia ! glapit presque Bachkine qui s'élance à sa suite.

— Qu'est-ce que c'est ? Que se passe-t-il ? » La mère de Kolia, à moitié vêtue, tente en plissant les yeux d'identifier Bachkine. « Ah ! » Elle se rejette en arrière. « J'entendais bien quelque chose, mais je n'arrivais pas à comprendre avec qui il parlait.

— Je ne veux pas aller avec lui ! » Bachkine perçoit la voix de Kolia dans la pièce voisine. « Il va encore me faire rencontrer des… De toute façon, je dois aller à l'église. On est dimanche.

— Je peux ? Je peux ? demande Bachkine en frappant à la porte.

— Entrez ! »

Bachkine fait irruption, tel quel, avec sa chapka, son manteau, ses caoutchoucs.

« Kolia, nous prendrons un fiacre. Il n'y aura personne. Et l'autre est en prison, je te jure ! Il est en prison ! C'est un fou et un gredin, c'est tout ! Là-bas aussi, il doit raconter des saletés sur moi… toutes sortes de saletés. Kolia ! Je te paierai le fiacre pour le retour, je t'en donne ma parole ! Mon petit Kolia !

— Qu'y a-t-il, Semion Petrovitch ? Que se passe-t-il ? J'arrive ! » dit la mère de Kolia à travers la porte.

Elle a sans doute des épingles à cheveux dans la bouche, elle s'habille.

« Ma chère…, commence Bachkine avec fougue, mais il s'interrompt brusquement et se laisse tomber sur le divan. Bah, ça ne fait rien ! » reprend-il d'une voix soudain joyeuse. Il se penche en avant, pose ses coudes sur ses genoux. « Et moi qui garde ma chapka, comme un idiot ! » Il la retire, la tient un instant, souriant, puis la projette au plafond, la rattrape maladroitement, l'écrase entre ses mains telle une mite. « Pff ! »

Il se laisse de nouveau aller contre le dossier, lance une jambe en avant.

Ses grosses lèvres s'étirent en un sourire, il a un grognement amusé et d'un long doigt se cure le nez.

« Tu crois peut-être, dit-il en riant, que j'ai tué ton petit Salomon ? »

Kolia va rejoindre sa mère.

« C'est peut-être moi qu'on va tuer, à présent. Pa-an, pa-an ! » lance Bachkine d'une voix traînante et narquoise. Il entend grincer la poignée de la porte et bondit sur ses pieds. « Oh, allez au diable ! »

Il tourne brusquement le dos, voit, du coin de l'œil, la mère de Kolia entrer et, d'un pas mollasse, promène ses caoutchoucs jusque dans le vestibule, puis ouvre la porte d'un coup d'épaule.

Au dia-ble !

chantonne Bachkine sur le seuil.

Au diable vert,
Diable
Vauvert !

Il marche en marquant le rythme du pied.

Il passe la porte et jette un coup d'œil à l'entour. À larges enjambées, il se dirige vers un fiacre, sans cesser d'accélérer le pas.

« Par ici, par ici ! » s'écrie-t-il et il saute dans la voiture sans même convenir du prix.

« Comme tu voudras », dit Aliochka. Sanka sent qu'il le regarde soudain avec une tendre sollicitude. « On trouvera un douzième. Réfléchis ! »

De nouveau, le même regard.

« Se peut-il qu'ils aient, entre eux tous, la même tendre sollicitude ? se demande Sanka. Alors que la mort rôde parmi eux… C'est peut-être à cause de cela, de la mort, qu'ils sont si attentifs. Il faut que tout soit vrai, le mieux possible. Parce que c'est peut-être la dernière fois. C'est parce qu'ils doivent mourir ensemble qu'ils savent comment il faut vivre. »

Sanka passe un bras par-dessus le dossier du banc et se tourne vers Aliochka.

Derrière le banc, un lilas pousse ses petites feuilles au bout de ses rameaux tout neufs, et la fraîcheur baigne le buisson. Sanka se dit que, s'il doit mourir, ce lilas frais, joyeux demeurera à jamais et que, si l'on y pense, dès cet instant il sera éternel, éternel puisque telle est la dernière image que l'agonisant emportera. Lentement, il aspire l'air à pleine poitrine. Un air éternel. Une minute qui lui semble suave, une minute d'éternité. On peut alors dire la vérité nue. Et tout devient plus pur, plus serein.

« Ça se passera comment ? s'enquiert-il en s'étonnant lui-même de sa voix égale, limpide.

— Décide-toi d'abord, après on parlera. »

Aliochka ramasse un caillou sur l'allée détrempée, le fait sauter sur sa paume, sans cesser de fixer un regard amène sur le visage de Sanka.

« J'ai déjà décidé, répond Sanka en réprimant un soupir, tandis qu'une vague de chaleur déferle en lui.

— Réfléchis encore, non ?

— Non, non ! »

Sanka secoue la tête et s'agrippe au dossier du banc.

Aliochka parcourt du regard les buissons dépouillés. Le parc est vide.

« À douze heures trente, un train part pour Kiev, un rapide. Dans le wagon à bagages il y aura une caisse métallique contenant trois cent quatre-vingt mille roubles de la Banque d'État. » Aliochka se rapproche encore. « Il y aura, dans le même wagon, un employé et un gendarme. Le train compte sept voitures de voyageurs. Dans chacune d'elles, nous aurons placé un homme à nous. »

Sanka sent l'émotion le tenailler. Il ne veut pas qu'Aliochka s'en aperçoive.

« Tu monteras dans le train. À peu près dix minutes plus tard, il y aura un pont... »

Sanka ne distingue plus très bien ce que lui dit Aliochka. Il se voit déjà dans le wagon, à feindre de regarder, impavide, par la fenêtre, attendant l'instant ultime où le pont grondera sous les roues...

« Qu'est-ce que tu dis ? » demande-t-il dans un souffle.

Aliochka embrasse du regard les environs. Sanka veut prendre une cigarette mais renonce : il craint que sa main ne tremble en l'allumant.

« Je dis que tu tourneras aussitôt la poignée de frein. Il y en a deux : une dans le wagon, l'autre sur la plateforme. Tu vois où ? »

Sanka acquiesce.

« Tu ne bouges pas du wagon. Si un fumier s'en mêle...

— Oui, approuve Sanka d'une voix dont l'intensité semble lui échapper. Si un officier s'avise de vouloir

jouer les héros, un type avec la croix de Saint-Georges[1]
ou...

— Alors, je te lui en collerai une, de Saint-Georges ! »
Et Aliochka de brandir la main comme si elle tenait un
revolver. Ses yeux se glacent soudain, ses sourcils frémissent. « On te fournira..., poursuit-il à voix basse...
une arme. Sers-t'en ! Si on s'avise de te tirer dessus par la
fenêtre, réplique ! Tu partiras avec nous. Je te donnerai
des vêtements civils. Mets-toi un pince-nez et colle-toi
des favoris. Les favoris postiches, c'est indécelable.

— Faisons quelques pas », propose Sanka dans un
murmure.

Il se détourne pour allumer une cigarette, bien qu'il
n'y ait pas un souffle de vent.

Sois...

Sanka retourne chez lui. Il lui semble que la rue tinte
et tonne, des gens se hâtent en fiacre ; voici que, soufflant,
la nuque en sueur, agitant la tête en quête d'air, un vieux
passe. Cohue sur les trottoirs, les hommes sont aveugles,
on dirait qu'on a jeté sur eux un voile, ils se débattent
tels des hannetons sous un chiffon qui leur masque les
cieux. Soudain, une main arrache le voile, hop ! Un
instant, tous se figent, tous découvrent le ciel et s'aper-
çoivent que tout est vétilles, billevesées, chaos, vaine
agitation. Sanka a l'impression d'être différent de ces
gens ; en étranger, en sage et bon pérégrin, il contemple
leurs trémoussements. Il s'efforce de retenir cette sensa-

---

1. La plus haute décoration militaire russe, qui comprend
quatre classes. Elle donne le droit de porter une arme d'honneur.

tion, cette allure – une allure à présent alentie, paisible. Et, dans cet état d'esprit nouveau qui est le sien, il veut tout, tout revoir. Revoir Tania... Alors, de ce même pas de promeneur un peu las, il se dirige vers la rue de la Noblesse. Il monte tranquillement, régulièrement l'escalier et presse lentement le bouton de la sonnette.

Une soubrette qu'il ne connaît pas, vêtue de noir, lui ouvre.

« Qui demandez-vous ?

— Tatiana Alexandrovna », veut répondre Sanka, quand Tania sort du salon, silhouette sculptée dans une robe noire étincelante dont les reflets évoquent l'eau ; un allègre petit col de dentelle enserre son cou.

Tania a un rire piquant, si accueillant, elle prend son élan, se laisse glisser sur le parquet.

« Sanka ! »

Un monsieur la suit, grand, solide, s'efforçant de réprimer un rire. Il porte une veste grise, souple, comme placide.

« Je te présente..., s'écrie Tania, mon papa ! »

Et, sans laisser à Sanka le temps d'ôter son manteau, elle l'entraîne vers le salon.

« Enchanté ! Rjevski. » Le père de Tania secoue la main de Sanka. « Très heureux, car, excusez-moi, nous sommes, Tania et moi, en pleine discussion, nous nous disputons même. Peut-être..., ajoute-t-il, dans le vestibule cette fois et tandis que Sanka accroche sa capote, peut-être nous départagerez-vous. Nous vivons un drame », conclut-il en prenant sa fille par la taille.

Sanka se ressaisit, il a l'impression que tout esprit l'a abandonné, qu'il n'y a plus de place en lui pour la moindre pensée.

« Nous parlions du fameux cambriolage. Vous êtes au courant de l'affaire de la banque d'Azov ? J'ai lu cela dans le train. Prenez un siège ! »

D'un signe de tête Rjevski lui indique le divan.

« Non, non ! »

Tania donne un coup de son joli poing sur le bras de son père.

« Inutile de dire non ! Reconnais simplement, mon petit cœur, que l'audace te séduit. Quelle jeune fille n'a rêvé de brigands, n'est-ce pas ? N'oublie pas, ma chérie : les tournois ne tiennent que par le regard des dames. Et nous autres, comme des idiots, on est tout contents de s'embrocher mutuellement.

— Ce sont des â-ne-ries ! répète Tania qui se détourne de son père, s'approche des fenêtres, effectuant un demi-tour en cadence à chaque pas. Des â-ne-ries !

— Ce ne sont pas des âneries, réplique Rjevski, c'est une compétition de nature sexuelle. Vous n'êtes pas naturaliste ? demande-t-il en se penchant de tout son corps vers Sanka.

— Non, il n'est pas naturaliste ! lance Tania en se retournant brusquement. Voyez-moi cet air bonasse qu'on arbore à présent !

— Mais, bien sûr ! rétorque gaiement Rjevski. Seulement, une fois à cheval... » Il fait un pas de côté, lève le poing. « ... le glaive à la main, les yeux lançant des flammes, le mufle bestial... » Il prend une mine sauvage. « Dure est notre condition... » Il donne à Sanka une légère tape sur l'épaule. « Vous fumez ? » Il s'assied aux côtés du jeune homme, sort un porte-cigarettes en écaille.

« Des â-ne-ries, chantonne Tania.

— La politique est une chose, les tournois, ma chère, les gladiateurs sont *altera pars*[1].

— Bon, mais ce n'est pas la politique, ce n'est pas ce qui l'anime ? »

---

1. « Autre chose » (latin).

Sanka s'effraie aussitôt : n'aurait-il pas lâché une bourde ? Et de trancher : « Ça ne fait rien, c'est ce qu'il faut, même si c'est une bêtise ! »

Immédiatement, il voit : de la fenêtre Tania le regarde, une main portée à son menton.

« Savez-vous… » La bouche en cul de poule, Rjevski louche sur sa cigarette. « Savez-vous, lorsqu'on dit : "La sentence a été exécutée", chacun… moi, en tout cas, je suis saisi d'une nausée glacée… Il en est de même pour la plupart… Cela aussi, savez-vous, anime, à sa manière, la politique. »

Et, dans un soupir accablé, Rjevski souffle une bouffée de fumée.

« Oui, s'écrie Tania, il n'empêche que cela a lieu, plutôt quatre fois qu'une ! C'est de la politique au centuple ! Oui, oui, oui ! »

Elle frappe du plat de la main sur le piano.

« C'est que j'ai été procureur, confesse à mi-voix Rjevski, dans la juridiction de Kiev. Mes fonctions m'y ont obligé. Cela s'effectuait publiquement… Il m'avait demandé de me placer de telle sorte qu'il pût me voir et que je pusse le regarder jusqu'au dernier instant. Naturellement, j'avais promis. Et il regardait, s'accrochait à moi des yeux, sans les détacher un instant, il les vrillait comme des tiges de fer… Transpercé… Il n'entendait pas la sentence, je n'entendais rien non plus, je n'étais qu'un regard. Un visage livide, une barbe qui semblait soudain incongrue, il n'y avait que les yeux qui déversaient en moi ce qui se passait en lui. Le bourreau a rabattu la cagoule. J'ai cessé de respirer, continué à le fixer dans les yeux, ou plutôt à regarder dans la direction où devaient se trouver les yeux, je ne pouvais m'en détacher. A-ah ! »

Rjevski secoue la tête, contemplant obstinément le plancher.

Tania, accoudée au piano, détourne le regard.

Rjevski se lève, va vers le trumeau et jette son mégot dans le cendrier.

« Que Dieu soit avec lui !... Écoute, demande qu'on apporte le thé, dit-il en traversant la pièce.

— Pendant ce temps-là, nous, on joue au whist ! lance Tania en un souffle et, les yeux rivés à la porte, elle quitte les lieux.

— Vous comprenez, commence à mi-voix Rjevski en arpentant le parquet. Qu'est-ce que nous y pouvons ? Qu'il y en ait un, deux, trois, qu'il y en ait mille ! Armés de gourdins ou de glaives ! Et, dans ce domaine, on sait y faire... Que tous les gladiateurs... Alors, dites-moi... Que croyez-vous que..., tonne-t-il soudain en se campant devant Sanka. Admettons, Spartacus apparaît et triomphe. Eh bien, dès le lendemain... » Rjevski se penche vers Sanka. « ... dès le lendemain, nos gladiateurs se retrouveront sur les gradins du cirque, à regarder messieurs les sénateurs se faire déchiqueter par les fauves. Vous pouvez m'en croire ! Vous n'êtes pas d'accord ? Ils seront les plus fidèles mainteneurs de l'ordre établi. Je vous en fiche mon billet !

— Il est bien possible que tout commence par là », répond Sanka, histoire de dire quelque chose.

« Le visage livide, les yeux, la barbe soudain incongrue », tout cela pèse comme une stèle sur lui, et il suffoque de se taire et de penser.

« C'est non seulement possible, mais je vous en fiche mon billet ! » Rjevski reprend sa déambulation. « Ce ne sont pas les hommes qu'il faut anéantir, mais l'ordre en vigueur, et l'anéantir dans la tête des hommes. »

« Si Tania était là, à comparaître, moi aussi, je la regarderais, je la regarderais dans les yeux », songe Sanka en fixant le piano près duquel, un instant plus tôt, se tenait la jeune fille.

« Reste à savoir comment ! poursuit Rjevski, écartant les bras en un geste d'impuissance. En tout cas, pas en jouant les funambules au-dessus des chutes du Niagara... Elle l'apporte, ce thé ?

— Pardonnez-moi, je dois partir. »

Sanka se lève.

« Tania, Tatiana ! crie Rjevski à la porte. Visiblement, elle s'est évaporée. Sincèrement enchanté d'avoir fait votre connaissance ! »

Et de sourire en donnant une vigoureuse poignée de main à Sanka.

Dans le vestibule, il lui tend lui-même son manteau.

Sanka n'a qu'une envie : regagner au plus vite sa chambre, et il dévale l'escalier.

Sanka veut s'enfermer à clé, rester seul, retrouver ce qu'il a ressenti dans le parc et tout au long du chemin, le retrouver tel quel et, comme alors, respirer librement, décupler son souffle. Il gravit les marches quatre à quatre, se débarrasse prestement de son manteau dans l'entrée. On parle dans la salle à manger. Parfait, grand bien leur fasse ! Soudain, il sursaute : la voix de Tania !

« *Rien qu'une provocation* ! crie-t-elle. Je suis sûre... pour ces idiots de conspirateurs, sapristi !... Le commissaire lui disait*...* à cette idiote... »

Les voix s'assourdissent, des portes claquent.

« Ça se passe au salon, maintenant ! » Sanka s'y précipite. Tania est debout, empourprée, Anna Grigorievna est assise sur le divan, sourcils levés, et d'en bas elle regarde Tania.

« Voilà ! » La jeune fille s'avance vers Sanka. « En fait, quand je suis allée demander le thé, aussitôt, à l'entrée de service, j'ai trouvé une espèce d'idiote avec ce billet. » Et de le lui tendre résolument : « Un genre de rapport. Tu comprends… » Son murmure ardent ne s'adresse qu'à Sanka. « Nadienka est allée chez son *ouvrier*[1] et, là, elle est tombée dans une embuscade. Elle prétend que le commissaire l'a relâchée parce qu'elle a donné un faux nom stupide : Koudriavtseva. Elle en est sûre ! À présent, elle ne songe plus qu'à sauver ce Philippe. Elle va, cette sombre imbécile, entreprendre des démarches et, aussi bien, écrire partout. Elle a toute une meute d'espions à ses trousses. Une dizaine ! Par douzaines, on les lui envoie ! Sombre idiote ! Pauvre crétine !

— Que faire ? Que faire ? se lamente Anna Grigorievna en dodelinant de la tête.

— Ce qu'il faut faire ? Je vais vous le dire, ce qu'il faut faire, à présent ! » De ses deux bras tendus, Tania montre à Sanka sa mère. Elle la lui montre comme à un allié, et le visage en feu du jeune homme s'offre à elle. « Il faut lui mettre la main dessus et l'expédier sous bonne garde au diable vauvert… "Chez la vieille tante, à la campagne", que sais-je ? Sur une île déserte. Cette idiote va griller tout le monde ! Oui, oui ! Cette idiote ! jette-t-elle à la face d'Anna Grigorievna, en criant à tue-tête.

— Je sais, je sais…, murmure douloureusement Anna Grigorievna. Mais il faut la trouver !

— Comment ? Tu peux, toi ? » Tania regarde Sanka droit dans les yeux, comme s'il lui appartenait, comme si elle lui était plus proche qu'une sœur, qu'une femme, comme si à elle il pouvait tout dire. Il a l'impression que son âme a jailli de sa poitrine et qu'elle est là, devant lui, que Tania n'a plus qu'à s'en emparer, la saisir tel un paquet, sans même regarder, en passant. « Tu vas la trouver ou non ? » lui crie-t-elle.

---

1. En français mais en caractères cyrilliques dans le texte.

Sanka a peur que les deux femmes ne se détournent de lui, et il se hâte de répondre :

« C'est peut-être ton Bachkine…

— Mais oui ! s'exclame Anna Grigorievna. Bachkine !

— Ce sont des Bachkine qui la filent ! jette Sanka qui défie Tania du regard.

— Pas forcément des Bachkine… », réplique-t-elle doucement en baissant les yeux.

Soudain, tous deux regardent Anna Grigorievna : elle verse des larmes presque en silence, son mouchoir contre sa joue, voûtée, telle une petite vieille qui s'apprête à pleurer longtemps.

Sanka fait un pas, ignorant quelle sera la réaction de Tania. La voici qui se jette à genoux devant Anna Grigorievna et lui prend les mains.

« Écoutez, ma chérie, ma douce, ma toute gentille ! » D'un mouvement léger, elle lui passe un bras autour du cou. « Je vous le promets, nous retrouverons Nadienka aujourd'hui même et nous la cacherons au fin fond du pays, à la campagne ! M'amie, ma chérie ! J'en parlerai à papa, il ferait n'importe quoi pour moi ! » Et de coller son visage contre sa tempe grise qu'elle embrasse, puis de lui baisoter l'oreille, comme pour un enfant, à petits bisous répétés. « Papa a tellement de relations, il le fera, je vous le promets ! »

Anna Grigorievna contemple Tania de ses yeux éplorés, elle a le regard d'une enfant qui ne sait pas si elle doit se consoler, qui hésite à sécher ses larmes.

« Ma petite frimousse ! »

Et Tania, en riant, de plaquer un baiser sur le nez d'Anna Grigorievna.

Anna Grigorievna sourit. Assis aux côtés de sa mère, Sanka lui caresse le dos, la nuque, effleurant parfois – par hasard, bien sûr, jamais il ne se permettrait !… – les mains douces, câlines de Tania, dérobant ainsi de petites miettes de tendresse. Si ces mains sont là pour toujours, peut-on connaître le chagrin ? Sanka est fier : sa mère pense sans doute que Tania lui appartient... enfin, un peu... que les mains de Tania sont à lui.

La jeune femme se relève. Anna Grigorievna continue, souriante, de fixer sur elle un regard trouble. Elle entreprend soudain d'épousseter de son mouchoir la jupe de Tania et fait entendre un petit rire presque heureux.

« Votre appartement est surveillé, penses-y ! dit Tania tandis que Sanka l'aide à enfiler sa veste.

— J'y pense », répond-il.

Elle est près de la porte et, de biais, le regarde attentivement dans les yeux, d'un air circonspect et méditatif. Puis elle lui tend lentement la main.

« Bon, sois... », lance-t-elle dans un souffle.

Elle l'attire à elle avec force et, les yeux clos, l'embrasse fougueusement sur la bouche. Elle tourne les talons. L'instant d'après, elle a poussé la porte, l'a claquée derrière elle.

Il est plus d'une heure du matin. Viktor est à son bureau, les mains sur les tempes, les yeux rivés à une feuille blanche : comment, comment tourner cela ? Et d'avaler une gorgée de thé froid.

« B-bien ! » lâche-t-il en se redressant pour prendre une cigarette. Il fume, fronce les sourcils pour mieux réfléchir. La feuille est là, paisible, sur le papier buvard.

« Savoir si elle ira chez mes parents ou pas, se demande-t-il à propos de Grounia. Elle leur en racontera de belles ! »

« Oh, la barbe ! » s'exclame-t-il en saisissant sa plume.

Ma petite maman chérie,

*Je suis très occupé en ce moment, j'ai du travail par-
dessus la tête et de nombreuses occasions se présentent,
de sorte que j'ignore si Grounia viendra ou non. Peut-
être ou peut-être pas.*

Il est littéralement couché sur le papier. Effectivement : comment le saurait-il ? Et elle, la salope : « Vous
n'êtes pas dans un cabinet particulier, ici ! » Puis l'autre
qui rigole en s'envoyant de la vodka ! « Je ne l'ai pas
volé… Devant tout le monde, elle a dit ça. Je suis un
crétin d'y être allé ! » Viktor assène un coup sur la table,
faisant tomber de la cendre sur la feuille. « Une belle
saleté, en plus… grince-t-il en chassant la cendre. Une
vraie salope ! À présent, ils vont m'en faire baver… » Et
de s'imaginer renvoyé au commissariat du quartier de
Moscou. « Là, j'ai pas fini d'en voir !… Marre ! » Viktor
écrit si vigoureusement que la plume crache.

*J'en ai marre, marre de ce service ! La poste, oui,
mais je ne recherche pas les honneurs et me contenterai
d'une place de commis dans un dépôt de marchandises,
ça m'est égal de prendre n'importe quel travail que
Dieu fait. Comme ça, je te verrai… C'est un miracle,
ce qui t'est arrivé, je n'arrive pas à comprendre. Et puis
les choses seraient toutes simples avec Grounia, ça marcherait comme sur des roulettes. Parce que, là, je vois
qu'elle a des doutes, je ne sais pas trop pourquoi. Pour
ce qui est des Juifs, j'en connais qui sont pareils que les
Russes, ils ne prennent pas la mouche, ils sont les premiers à dire : "Je suis un youpin" et ils rigolent. Y en
a des chouettes. Y en a aussi qui se convertissent, du
coup ils sont tout à fait comme des Russes, même qu'ils
couvrent d'injures les leurs. Quant à Taïnka, c'est peut-*

*être une bonne chose… On réglera ça quand je viendrai.
On cherchera une place.*

Viktor repose la plume pour souffler. Il s'imagine de
retour chez lui, sa mère est sur ses jambes, son père le
voit en civil… Et le voici dans la ville, vêtu d'un long
manteau. Tout le monde sait qu'il a été inspecteur. « Ils
l'ont renvoyé », diront les gens. Et plus il essaiera de les
détromper, puis se gausseront de lui. Pourtant, l'autre
fois, avec la bombe : « Grand fou ! Que fais-tu ? » Tout
juste si elle ne lui avait pas couru après !… Il faut agir !
Viktor se tortille dans son fauteuil, sa main se crispe sur
l'accoudoir. Il faut en attraper un, le plus dangereux !…
Tous prennent la poudre d'escampette, mais Vavitch est
là ! Ni une ni deux ! L'autre lui tire dessus : raté ! Il le saisit par le collet – hop ! –, le plaque contre le sol comme
un chiot. L'accoudoir craque sous la pression. Alors ce
sont des « oh ! », des « ah ! »… Non, m'dame, allez au
diable !

« Grand fou !

— C'est bon, on vous connaît, madame ! Baste !
Sachez ceci : je pars ! Où cela ? Au diable ! »

Et Viktor de parcourir la pièce d'un regard mauvais.

« On vous donnera une médaille ! »

Viktor s'incline et, assassin :

« Grand merci ! »

Le chef de la police le reçoit dans ses appartements.

« Qu'est-ce qui vous prend ? Pourquoi ? »

Elle est là, bien sûr, qui fixe sur lui ses yeux de chienne.

« Parlons un instant.

— Nous ne sommes pas dans un cabinet particulier,
ici ! Qu'avons-nous à nous dire, chère madame ? »

Viktor reste longtemps, les yeux rivés aux rideaux.
Varvara Andreïevna verse des larmes coupables, sup-
pliantes. Avec sa petite tête en avant, comme ça !

« Il fallait y penser plus tôt ! » lance Viktor à voix haute.

La lettre gît, morne, sur le bureau. Comme si ce n'était pas Vavitch qui l'avait écrite. La déchirer ? Il en froisse le haut dans son poing. Il lâche le papier, le défripe, le fourre dans le tiroir, puis se déshabille en hâte.

C'est donc ça !

Avec ses favoris, son pince-nez au petit cordon noir, son chapeau chic, noir aussi, son élégant manteau de civil, Sanka sent aussitôt qu'il n'est plus lui-même et que, dans ce costume, il doit inlassablement œuvrer à la réalisation de ce pour quoi tout cela a été préparé. Exactement comme si, soldat, on lui avait d'emblée passé un uniforme. Il a l'impression de se trouver dans un coupé ou dans un caisson et de regarder par le fenestron comme par une meurtrière. Il hèle même un fiacre d'une voix qui n'est plus la sienne, étrangère. Au plus profond, un froid l'a saisi dont il ne peut se défaire, et il lui faut à présent parcourir ce chemin, que tout finisse au plus vite. Il lui semble qu'il dévale une pente glacée, il a pris son élan, sa course a commencé, il vole de plus en plus vite, plus rien ne peut le retenir, il ne reste plus qu'à tenir bon et attendre. « Au pire, je me brûlerai la cervelle », se dit-il en palpant sa poche alourdie par la masse dure d'un browning. Il le pense sérieusement. Sourcils froncés.

Sa valise n'est pas très grande, en cuir, de fabrication étrangère. Sanka a le sentiment de n'être pas lui-même, un autre a pris sa place, avec ses manières importées, un étranger qui parle en nasillant, qui demande, sans que Sanka y ait la moindre part :

« *Meussieur* le chef de wagon, la place 11, où est-elle ? »

Et au cœur de cet homme il y a, figé, glacé, le véritable Sanka qui guette ce qu'il adviendra de celui qui porte pince-nez et gants de daim gris.

Il traverse le couloir du wagon. Le départ est dans cinq minutes. L'autre, son double, détient sa montre, à croire qu'il la lui a dérobée. Il a pour voisin de compartiment un officier. Un capitaine d'infanterie. Le cœur de Sanka fait un bond. Quelques battements et, de nouveau, cette sensation de poids au creux de l'estomac, telle la pression d'un corset. Il repère aussitôt la poignée de frein, elle est là, avec son extrémité rouge. Il sort fumer sur la plate-forme : l'autre poignée est bien en place. Avec le petit plomb au bout de son fil de métal. Il occupe le troisième siège dans le compartiment. Il y a aussi deux dames, dont l'une a un enfant, une fillette d'environ six ans. La petite s'est installée confortablement, elle habille son ours en peluche, babille et, prenant des poses coquettes, jette des regards furtifs au jeune homme portant pince-nez. Les trois coups de cloche[1] résonnent en lui. Jamais un son n'a ainsi retenti au tréfonds de lui-même. Il sait plus qu'il ne perçoit que le train, déjà, a sifflé et s'est ébranlé. Sanka se recroqueville intérieurement, il plisse les yeux et se fige, tandis que l'autre, l'étranger, reste esseulé, comme vide.

Sanka retourne sur la plate-forme. L'officier fume dans le couloir. De la plate-forme, Sanka jette un coup d'œil : oui, il est toujours là ! Dans dix minutes et trente secondes, le pont. Il ne lui reste que huit minutes et demie. Feux qui défilent à la fenêtre, étrangeté des lieux. Le train roule à toute vapeur. Sanka doit faire passer son browning de son pantalon dans son manteau. Même

---

1. Le troisième coup de cloche annonce le départ du train.

heure à sa montre et dans sa tête, toutes deux sont à l'unisson et l'aiguille égrène les secondes dans son crâne. Son souffle se suspend et, à cet instant :

« Tatatoum, tatatoum, tatatoum ! » Le pont !

La main de Sanka tire la poignée du frein et ne sent pas le fil se rompre.

Ferraillement, grincement sous les pieds. Brusque ralentissement du train. Sanka doit regagner le couloir. L'officier se dirige d'un pas vif vers l'autre plate-forme. Des gens bondissent hors des compartiments.

« Qu'est-ce qui se passe ? Qu'est-ce qu'il y a ? »

Un monde fou dans le couloir. Il doit s'approcher de l'officier. Pff, il a du mal à respirer ! Qu'importe ! L'émoi est général, à la porte du compartiment la dame tient solidement la petite fille. Étrangement, tous se précipitent vers l'autre plate-forme. Le chef de wagon, lui, tente de se frayer un chemin vers celle où se trouve le frein. Il faut faire vite. Déjà, Sanka est sur la plate-forme. En un éclair, il redresse la poignée. La plate-forme est envahie. Difficile de s'extraire pour aller vers l'officier. Il semble que le train soit immobile.

« Messieurs dames, laissez-moi passer, ne vous entassez pas dans le tambour ! » s'écrie le chef de wagon qui, tenant sa lanterne au-dessus des têtes, se faufile vers la porte.

Soudain, violente apostrophe venue de l'extérieur, de l'obscurité. Malgré le brouhaha et les portes fermées, on entend clairement l'injonction :

« Que personne ne sorte ou nous n'hésiterons pas à tirer ! En cas de résistance, nous ferons sauter le train ! »

Sur la plate-forme, le silence s'instaure d'un coup. Au-dehors résonnent des cris, des voix :

« Numéro 5, par ici ! »

Puis ce hurlement dans le couloir :

« Espèce de salopard ! Je vous préviens, je vais tirer ! »

Sanka se précipite.

L'officier martèle de coups de pied la porte du compartiment. Les deux dames tentent de le retenir.

« Je vous en supplie ! Ils vont nous faire sauter ! J'ai un enfant ! »

Et, dominant le tout, le cri de la fillette.

Un homme braille :

« Vous n'êtes pas seul ici, vous n'avez pas le droit ! N'ouvrez pas, n'ouvrez pas ce compartiment ! »

Une foule compacte neutralise l'officier qui, cramoisi, beugle :

« Chef ! Chef !

— Le chef de wagon ne pourra pas passer. De toute façon, c'est verrouillé.

— Donnez-moi ma capote ! ordonne l'officier en jouant des coudes pour écarter les voyageurs.

— Il a un revolver dans sa capote ! crie quelqu'un devant Sanka. Vous n'avez aucun droit… »

Pas de chef de wagon en vue. Sanka passe sur la plateforme. Personne là non plus. Tous ont reflué, se sont éloignés des portes.

« Oh, vous avez entendu ? Deux coups de feu ! » murmure un passager près de Sanka. Puis, levant un doigt, il poursuit, un ton au-dessus : « Nous devrions, messieurs dames, regagner nos places. »

Sanka rejoint son compartiment. La dame, livide, serre de toutes ses forces la fillette contre elle.

« Ils vont faire le tour des wagons. Ce n'est rien, mon trésor, ce n'est rien, ils ne nous toucheront pas, ils ne veulent pas de mal aux petites filles, mon cœur !

— Non, non, rien à craindre, enchérit soudain Sanka en caressant le dos de l'enfant, rien à craindre, ma chérie !

— Tu entends ce que dit le monsieur : le monsieur ne les laissera pas te faire du mal. »

Les épaules de la petite sont secouées de sanglots.

« Bien sûr que non ! »

Sanka craint d'en dire plus, sa voix dérive, s'emballe, tressaute. Ne manquerait plus qu'il se cache derrière cette enfant : alors, tout, tout serait fichu ! Il tend l'oreille, son être entier s'efforçant de capter les sons au-dehors.

Des hommes se pressent près de la porte. Quelqu'un répète d'une voix rauque :

« Nous ne vous permettrons pas !... Arrêtez-nous... Ensuite, à votre guise !... »

Sanka reprend le couloir en direction de la plate-forme.

Le premier voyageur lui barre le passage.

« Restez ici, murmure-t-il d'une voix tremblante. Je vous en conjure ! Tout peut arriver... Vous allez aux toilettes ? Je crois que c'est occupé. »

Vite, vite ! Encore une minute, une minute et demie, et Sanka risque de n'y plus tenir : il craint d'ouvrir la porte et de prendre ses jambes à son cou.

« Ils essaient de casser quelque chose. C'est un bruit de métal, chuchote le voyageur. Donnez-moi une cigarette, je ne sais pas où j'ai fourré les miennes. Ouf ! » souffle-t-il, reprenant haleine.

Sanka entend soudain un léger sifflement, d'abord prolongé, puis intermittent. La lumière s'éteint dans le wagon.

« Ils partent ! Qu'est-ce qu'on fait à présent ? »

Sanka parcourt au jugé une portion du couloir : onze fois, il va de l'officier au voyageur, un homme entre deux âges.

« Je veux aller aux toilettes ! » dit-il en passant devant lui.

Les cabinets sont fermés. Sanka sort dans le tambour.

« Psitt, psitt ! le hèle le voyageur. Ne craquez pas d'allumettes ! Et tenez-vous loin des fenêtres, lance-t-il dans un chuchotement rauque.

— Peut-être qu'il n'y a plus personne ? » rétorque Sanka, retrouvant sa fichue voix, la sienne !

Il ouvre la portière, entend le passager traîner les pieds derrière lui. Il saute du marchepied : le train se dresse, muraille sombre dans la nuit que seul éclaire le rougeoiement de la terre à l'avant, près de la locomotive.

« C'est donc ça ! »

Sanka contemple le train muet dans la steppe. Plus de retour en arrière. Une peur subite s'empare de toutes les fibres de son corps. Ses jambes l'entraînent. Il reconnaît la voix de l'officier qui se laisse pesamment tomber sur le remblai.

« Bon sang de bonsoir… Vous êtes là ?

— Moins fort, murmure Sanka qui entend des gens parler à mi-voix au-dessus de sa tête.

— De toute façon, je n'irai pas plus loin. Je retourne chez moi à pied. Le diable sait ce que tout cela…

— Moins fort, pour l'amour du Ciel ! »

Une lanterne se déplace le long du convoi.

Sanka voit dans l'obscurité l'officier se pencher et passer par-dessus les tampons. En haut, une porte claque. Sanka s'éloigne de quelques pas à l'abri du remblai. Il reconnaît le chef de wagon, muni de son fanal.

« Oh, on a bien cru que c'étaient eux ! s'écrie l'officier.

— Oui, on a eu chaud ! réplique Sanka, et peu importe que sa voix tremble comme celle des autres.

— Chef ! » hèle l'officier.

Les voyageurs se mettent à sauter du train, et aussitôt s'abat sur le chef de wagon un ramas de voix enrouées, cassées. Des portières claquent dans les autres voitures. Sanka s'ouvre un chemin dans la foule en quelques secondes et fait deux grands pas vers l'obscurité. Il les fait sans effort, dans l'herbe putride, vite, plus vite, il s'abandonne à la peur et ses jambes l'emportent dans la steppe, n'importe où, le plus loin possible.

À deux heures du matin, Sanka, ayant retrouvé son uniforme d'étudiant, tente d'introduire la clé dans la serrure de la porte d'entrée, sans y parvenir, vacillant sur ses jambes. Une bonne chose, d'ailleurs, que ce vacillement, comme s'il rentrait de quelque estaminet. Sanka examine la rue tandis qu'il tourne la clé. Un gardien de nuit déambule paisiblement sur la chaussée déserte. Il arrive à sa hauteur, lui jette un coup d'œil, repart dans l'autre sens.

« Alors, demain, on aura de la pluie ou pas ? » ne peut s'empêcher de demander Sanka.

Le gardien renverse la tête en arrière.

« Non, on devrait pas. »

Sanka grimpe en titubant l'escalier sombre et vide. Il titube encore dans l'appartement, seul dans sa chambre. Il entreprend de se dévêtir, passe soudain, pieds nus, dans la salle à manger, ouvre sans bruit le buffet et, à tâtons, se saisit du carafon. Sa main tremble tandis qu'il boit au goulot, avidement, vite, vite ! Il ne ressent pas l'effet de la vodka, elle descend comme de l'eau. Ensuite, il se couche sans quitter son pantalon. Puis bondit sur ses pieds. Sort de sa poche son browning. Regarde autour de lui dans la pénombre. Il s'approche de l'armoire sur la pointe des pieds, veut déposer son arme sur le dessus, se ravise au bout d'une seconde. Il examine la chambre et finit par fourrer le browning sous son oreiller. Alors, il se déshabille et se couche. La tête sur l'oreiller, il entend soudain clairement le même sifflement ténu, perçant, et éloigne son oreille.

Nouveau grincement du lit.

Au matin, Sanka file directement à l'université, sans prendre son thé. Jamais il n'a autant dévisagé les gens. Son regard s'accroche littéralement, il veut, en un clin d'œil, d'un seul élan, leur arracher la peau, les mettre à nu, savoir qui ils sont. Des espions ? Par moments, il lui semble que, dans la touffeur humaine, les mouchards pullulent, essaim de mouches le harcelant de toutes parts. Il ralentit le pas, se rapproche des vitrines. Au laboratoire de l'université, il sifflote gaiement et bavarde, bavarde même avec ceux qu'il n'aime pas.

« Non, tout est comme d'habitude. » Sanka redouble de gaieté. Mais le temps avance par à-coups. Sanka a l'impression qu'il est au moins trois heures, alors qu'il n'est sans doute même pas midi. Il quitte précipitamment l'université et, emporté par son allégresse, passe deux pâtés de maisons. « Je me fais des idées, je ne suis pas suivi. » Il n'empêche que ses jambes accélèrent l'allure. Sanka avance sans se retourner. Au milieu de l'escalier des Rjevski, il marque une pause. Il attend une minute : personne.

Tania prend son petit déjeuner en compagnie de son père. Elle règne en maîtresse de maison et Sanka ne parvient pas à comprendre pourquoi seul son visage rayonne, comme auréolé. Elle se lève et rajuste imperceptiblement son col : c'est la « couleur », et Sanka la voit sur elle pour la première fois.

Rjevski l'accueille d'un sourire, il retire sa serviette glissée dans son revers, le salue.

« Vous tombez à pic ! Prenez place ! » Il lui offre une chaise et appuie sur la poire de la sonnette. « Mais qu'est-ce qu'elle fabrique ? Elle dort ? »

Et, à petits pas rapides, il quitte la pièce.

« Tania, dit Sanka dans un souffle, tu sais, je dois… »

Tania le regarde dans les yeux, elle retient un instant sa respiration, puis, avec un geste de dénégation :

« Ne dis rien, mon chéri, ne dis rien à personne, pas même à moi ! Tu entends ? »

Rjevski apparaît de nouveau, la soubrette sur les talons.

« Pourquoi n'as-tu pas mis un couvert ? Tu me fais une belle maîtresse de maison ! lance-t-il. Vous avez lu l'édition spéciale d'aujourd'hui ? »

Il s'assied, sans cesser de regarder Sanka.

« Je suis la maîtresse de maison, réplique Tania, et je ne veux pas entendre parler d'édition spéciale ni de politique. » Et de ponctuer ses paroles en cognant son couteau contre son assiette : « Des choses gaies, je vous prie ! »

Sanka s'aperçoit que Tania veille à ce qu'il mange. Quatre tranches de pain reposent sur la nappe, à sa main.

« Édition spéciale, ça veut dire que toute la ville, tout le monde est au courant », songe-t-il. Et il ne remarque pas ce qu'il mange.

« 287940 »

« Tu le vois ? Alors, pas de boniments ! crie Gratchek. Tu le vois ? Regarde-le bien ! »

Et de fourrer un poing rouge et osseux sous le nez de Vavitch qui recule. Ils sont seuls dans le cabinet de Gratchek.

« Parle ! T'avais quoi, comme tuyaux ?… Eh bien ?… Une impression ?… Je vais t'en donner, des impressions, que t'en verras trente-six chandelles ! » Gratchek s'approche de la fenêtre, sans regarder Vavitch. « Son revolver, pourquoi tu l'as porté chez le chef de la police, et pas directement ici ? Hein, gros malin ? Peut-être que tu mens quand tu dis qu'il porte le numéro 287940 ? »

Sans daigner répondre, Vavitch, tantôt fixe le plancher, tantôt jette des coups d'œil noirs à Gratchek qui, lui, regarde le mur.

« Bon, comment t'as fait ?

— Je l'ai filé jusqu'à ce que je trouve un sergent en faction… »

Viktor ne cesse de tourner la tête.

« Je suis au courant. Tu lui as tordu les bras dans le dos, tu l'as immobilisé en lui plaquant ton genou sur le cul, le factionnaire l'a fouillé et… miracle ! Un browning ! Trouvé dans sa poche, à travers sa capote ? grommelle Gratchek en direction du mur. Tu l'as reniflé, sans doute ? Et moi, qu'est-ce que j'ai dans la poche ? Eh bien ? interroge-t-il en tapotant son manteau. Tu lis dans le marc de café ?… Qui d'autre l'a fouillé ?… Personne ? Tu déconnes ! Attends ici. »

Gratchek sort en tapant des pieds. Viktor l'entend dire derrière la porte :

« Ne le laissez pas filer ! Et n'entrez pas ! »

« Rien à foutre, fumier ! murmure Viktor. J'en référerai à Miller en personne. » Pour se donner du cœur au ventre, il se met à arpenter le cabinet. Soudain, la porte grince, la tête de Senkovski apparaît.

« T'es un crétin ! lâche-t-il à mi-voix, en jetant des regards incessants derrière lui. Le vieux, le sacristain de l'église Saint-Pierre-et-Saint-Paul, est ici, dans l'antichambre. » Nouveau coup d'œil en arrière et le débit se précipite. « Il dit qu'il l'a vu au Faubourg, qu'il a grimpé au clocher… qu'il manigançait quelque chose… Alors, de quoi tu causes ? » Senkovski lui tire la langue, sa tête disparaît soudain ; sans bruit, il pousse légèrement la porte, avant de réapparaître. « Si c'est le numéro, tu ferais mieux de le dire ! »

Et de claquer brusquement la porte.

Vavitch entend Gratchek crier dans le couloir :

« Et après tu reviens ! »

Des pas lourds se rapprochent. Entre un sergent de ville, un géant, le plus grand de tous.

« Suivez-moi, le chef de la police vous demande. »

Il ouvre largement la porte et attend.

« Suivez-moi ! » répète-t-il en éructant dans son poing.

Vavitch sort d'un pas furieux. Senkovski est là, qui piétine.

« Pas de couac ou tu le sentiras passer ! lui lance-t-il tout haut.

— Butor ! » réplique Vavitch.

Il marche rapidement et, rembruni, regarde droit devant lui ; hostiles, les murs du commissariat défilent.

Vavitch crache dans l'escalier.

Le sergent est sur ses talons.

« Qu'est-ce qui se passe ? Il me convoie ? Comme un détenu ? »

Viktor fait mine de ne pas le remarquer.

La maison du chef de la police est toute proche. Vavitch ouvre à la volée la porte de l'escalier.

« J'ai ordre de vous mener à la chancellerie, m'sieur ! dit le sergent dans son dos.

— A-ah ! »

Vavitch lâche la porte qui claque. Celle de la chancellerie est juste à côté. Vavitch grimpe à l'étage d'un pas délibérément alerte. L'autre souffle comme un bœuf derrière lui.

« Directement dans son cabinet ! enjoint cependant le sergent à mi-voix, puis il frappe à la porte.

— Entrez ! » La voix tout en rondeur du chef de la police déroule le mot. « Ah ! »

Il répond au salut de Vavitch en hochant lentement la tête. Le sergent reste à l'extérieur.

« Qu'est-ce qui vous a pris, mon cher ?… » Le chef de la police se renverse contre le dossier de son fauteuil, plaquant ses doigts croisés contre sa poitrine. « Qu'est-ce qui vous a pris, tantôt, de raconter ces… de poser au héros ?

— Moi, je… », commence Vavitch d'une voix forte. Puis il crie d'un ton résolu : « Moi !… »

Mais le chef de la police lève la main.

« Je peux ? J'ai oublié mes clés chez toi. » Vavitch redoute de se retourner en entendant la voix de Varvara Andreïevna. Elle marque le pas, jette à Viktor un regard narquois et entreprend aussitôt d'ouvrir les petits tiroirs du haut semainier. « Où les ai-je donc fourrées ?

— Il en ressort que vous m'avez tous menti, reprend le chef de la police, un ton au-dessus. Vous n'avez rien flairé ! Eh oui, mes chers ! Il ressort que c'est un vieil homme, M. Fomitchev, qui vous a mis sur la piste !… »

Varvara Andreïevna décoche à Viktor un bref coup d'œil.

« Sacristain de l'église Saint-Pierre-et-Saint-Paul et tenancier d'un estaminet de deuxième catégorie. Taisez-vous ! crie brusquement le chef de la police. Tenez, prenez connaissance, criaille-t-il à présent. Il a déjà fait une demande… » Et de brandir une feuille d'épais bristol. « Voici sa requête, il réclame une récompense… » Le chef de la police pose violemment le papier sur le bureau. « Pas pour toi, bien sûr ! Le sergent en faction aurait pu arrêter ce type. Hein, héros à la manque ?

— Mais le revolver ! Tout de même ! Il en avait un ! aboie Viktor.

— Il avait quoi ? demande le chef de la police en se portant en avant. Quoi ? Le revolver de Sorotchenko ? Qui s'est fait tuer ? Hein ? Qui l'a dit ?… Le numéro de l'arme ?… Ça reste à vérifier, mon bonhomme !… Après tout, peut-être…, ajoute-t-il, se radoucissant.

— Écoute, intervient soudain Varvara Andreïevna, fais-les chercher, elles sont bien quelque part !… Tu n'as pas la monnaie de dix roubles ? ajoute-t-elle en fouillant dans son porte-monnaie.

— Oui, m'sieur…, poursuit le chef de la police qui plonge sa main dans la poche de son pantalon. Et quel besoin avais-tu de livrer l'individu au commissariat du quartier de Moscou ? Tu ne pouvais pas l'amener jusqu'ici ? Tu avais capturé un tigre ? Tu parles ! » Il sort son porte-monnaie. « Quant au revolver, bien sûr, tu n'as pas pu t'empêcher de me le remettre personnellement ! » Et de jeter un coup d'œil à Vavitch. « Comment suis-je censé comprendre ces fantaisies ? » demande-t-il en tendant des billets à Varvara Andreïevna. Elle les glisse dans l'ouverture de son gant et se dirige vers la porte sans gratifier Viktor d'un regard. « Oui ! À quoi riment ces entourloupettes ? » poursuit entre ses dents le chef de la police. Il se lève et se met à tambouriner d'un doigt sur son bureau. « Quoi ? Tu avais peur qu'on le relâche au commissariat de la Collégiale ? À quoi ça ressemble ? Où croyez-vous serrr-vir ? »

Viktor craint que ses larmes ne jaillissent, des larmes de rage.

« Où croyez-vous servir ? » Le chef de la police se lève derrière son bureau et marche sur lui. « Sortez ! » lui crache-t-il presque au visage.

Soudain Viktor le fusille du regard, on dirait qu'il lui jette des pierres ; il se penche en arrière, une jambe en retrait, dans une pose des plus libres et insolentes. Le chef de la police renverse la tête, ses sourcils bondissent.

« Les ordres… » La voix de Vavitch sonne, tel un marteau sur du fer. « … de Sa Haute-Excellence le général-gouverneur et général de cavalerie Miller stipulent très exactement qu'il faut conduire les individus appréhendés au commissariat le plus proche ! Quant aux armes découvertes lors des fouilles et perquisitions, il convient de les remettre à la chancellerie du chef de la police ou au bureau du commandant. Pour ma part, je sers Sa Majesté Impériale Nicolas II Alexandrovitch. J'ai prêté serment ! »

Et Viktor de tourner les talons.

Sans reprendre haleine, il traverse tous les bureaux. « Je vais chez le général, ensuite je me brûle la cervelle ! »

« Votre Haute-Excellence ! Les ordres de Votre Haute-Excellence étant en parfaite conformité avec la loi, je m'y soumets entièrement. » Viktor se voit déjà figé dans un garde-à-vous impeccable : l'autre comprendra tout de suite qu'il est un militaire et le considérera avec une sévérité bienveillante. Vavitch dévale l'escalier d'un pas résolu, déjà il saisit la poignée de la porte, quand, d'en haut :

« Inspecteur ! Vavitch ! »

Viktor veut feindre de ne pas entendre, il passe la porte, puis jette un coup d'œil en arrière : un employé de la chancellerie, bardé de médailles, tambourine des talons dans l'escalier.

« Monsieur le chef de la police vous demande. Il vous prie de revenir. »

L'homme est essoufflé, il a couru. Viktor, tendu comme un ressort, rebrousse chemin.

« Vous avez pris la mouche, semble-t-il ? » Le chef de la police sourit. « Asseyez-vous donc. Asseyez-vous et parlons un peu. »

Viktor obtempère, tournant la tête en tous sens.

« Nous commettons tous des impairs dans le service, comment faire autrement ? Il ne faut pas toujours prendre les choses à cœur. Vous savez sans doute ce qu'est ce numéro... Lequel déjà ?... »

Le chef de la police fouille son bureau des yeux.

« 287940 ! lance Viktor.

— Ce numéro était bien celui de Sorotchenko ? Alors, c'est le bouquet ! Songez seulement : il y a là un dénommé Tiktine et un de ces... »

Vavitch acquiesce, les yeux obstinément rivés au vasistas.

Viktor est assis sur un banc du boulevard, tantôt les jambes allongées et le buste déjeté, tantôt les bras fermement croisés et une jambe sur l'autre. Il fait un saut pour déjeuner au *Méridional*, commande ce qu'il y a de plus cher. Il rentre chez lui vers onze heures du soir.

« On vous attend depuis huit heures », murmure Froska dans l'entrée en lui indiquant le bureau de la tête.

Mais déjà la porte s'entrouvre, Senkovski apparaît dans l'entrebâillement.

Viktor retire sa capote, feignant de ne pas le voir.

« Ah, c'est toi ! Qu'est-ce qui t'amène ? »

Viktor, debout, se frotte les mains et, sans aménité, toise Senkovski.

« Trois heures que j'attends, sacrebleu, j'ai failli m'endormir ! Quant à ton épouse... C'est quoi, chez vous, l'état de guerre ?

— Si t'es pas content, c'est pareil, je t'ai pas sonné, rétorque Viktor qui, s'approchant de la table, ouvre un pot de tabac.

— Pas de couac, mon vieux ! murmure Senkovski. Je me serais passé de cette visite, tu me les casses, à la fin ! » Il se poste sous le nez de Vavitch. « *Elle* t'ordonne de venir. *Elle* t'attendra jusqu'à une heure, tu entends ?

— Hum ? beugle Viktor en surveillant le bourrage de l'embout de sa cigarette qui, une fois prête, est éjectée de la petite machine.

— *Merci**, m'sieur ! dit Senkovski qui attrape la cigarette au vol.

— Pose ça ! crie Vavitch.

— Une vraie mitrailleuse ! » Senkovski repose la cigarette sur la table. « Tu sais quoi ? Va te faire foutre, je file ! Et toi, je te conseille d'éviter les couacs, sinon, je te le dis tout net, mon gars, t'es cuit ! » Il a un rictus, puis, écrasant ses paumes l'une contre l'autre : « Pfuit ! siffle-t-il. Ton compte est bon !

— J'en référerai au général Miller, réplique posément Vavitch en craquant une allumette.

— Va à tous les diables ! »

Senkovski passe résolument dans l'entrée. Viktor l'entend dire : « Te brûle pas les doigts », avant de claquer la porte.

Je vais vous en débarrasser

Assise sur la couverture du lit de Nadienka, Anna Grigorievna dispose les cartes. Que de fois elle les a tirées sur la dame de cœur, et toujours c'étaient des « voyages », encore des « voyages » !… On sonne dans l'entrée. Anna Grigorievna sursaute et s'empresse de cacher le jeu sous l'oreiller. Elle jette un coup d'œil dans le couloir. Bachkine est là, le chapeau au niveau du visage, il demande à Douniacha dans un murmure :

« Il n'y a personne ? Pas de visites ?

— Je suis seule, toute seule, Semion Petrovitch ! » s'écrie Anna Grigorievna en se dirigeant vers lui.

Bachkine la rejoint, il marche doucement, regarde autour de lui.

« Anna Grigorievna, vous n'êtes pas au courant ? commence-t-il en chuchotant. Allons chez vous ! Je descends du train, j'habite maintenant à la campagne. Venez, venez ! »

Il la prend par la main. La sienne tremble et il serre fort celle d'Anna Grigorievna.

« Asseyons-nous ! » poursuit-il en chuchotant. Il ferme soigneusement la porte. « N'allumez pas, on y voit assez ! »

Il s'installe en face d'elle.

« Vous savez, votre fils a été arrêté. »

Anna Grigorievna fait un bond et se mord la lèvre, comme si elle avait mal.

« Et arrêté dans des conditions parfaitement scabreuses. » Bachkine ne peut la regarder en face, il détourne les yeux. « Il a été appréhendé dans la rue par un inspecteur de quartier qui a trouvé sur lui un revolver. » Bachkine entend trembloter le fauteuil d'Anna Grigorievna. « Ce n'est rien, ce n'est rien ! dit-il d'un ton implorant. Mais l'inspecteur Vavitch, qui l'a arrêté, prétend que le revolver en question… » Sa voix se fait à peine audible. « … appartenait à un sergent de ville qui a été tué. »

Anna Grigorievna porte soudain ses mains à son front, abaisse sa tête jusqu'à ses genoux et l'y cogne encore et encore, en trépignant à un rythme insensé.

« Mais qu'est-ce que c'est ? Mais qu'est-ce que c'est ? Mais qu'est-ce que c'est ? répète-t-elle de plus en plus fort.

— Anna Grigorievna, il ne faut pas ! Il ne faut pas ! crie presque Bachkine d'un ton ferme en lui secouant l'épaule. Il faut agir d'urgence ! Agir ! »

Elle fixe sur lui des yeux écarquillés, fous.

« Dès ce soir, ils peuvent venir perquisitionner. Il faut tout, tout vérifier dans sa chambre. Sans perdre un instant ! »

Anna Grigorievna se lève.

« Mon Dieu, mon Dieu ! soupire-t-elle en s'empressant de suivre Bachkine.

— Douniacha ! crie celui-ci en direction de la cuisine. Ne laissez entrer personne, sauf votre maître !… Je passerai tout en revue et vous rangerez derrière moi, chuchote-t-il.

— Mon Dieu, mon Dieu ! » répète Anna Grigorievna, plantée au milieu de la pièce, ses paumes pressant ses tempes, ses coudes largement écartés.

Bachkine allume les deux lampes de la chambre. Les uns après les autres, il sort les tiroirs du bureau, trie leur contenu qu'il examine avec une hâte convulsive.

« Rangez ! » commande-t-il ensuite, avant de passer au tiroir suivant.

Les yeux toujours dilatés, Anna Grigorievna replace soigneusement stylos, pinceaux, tubes à essai, sans cesser de soupirer :

« Mon Dieu, mon Dieu ! »

Avec des gestes de singe, Bachkine fait valser les livres sur les étagères. Arrivée tout en haut, sa main en trouve un, volumineux, empaqueté, par-dessus les autres. Il s'en saisit, l'approche précipitamment de la lampe, arrache ficelle et papier. L'ouvrage est recouvert d'une reliure de la Bible, amovible ! Les doigts de Bachkine rencontrent aussitôt du métal. Il regarde prudemment autour de lui et approche ses yeux myopes.

Délaissant sa tâche, Anna Grigorievna l'observe en retenant son souffle.

Soudain Bachkine pose précautionneusement, soigneusement le livre métallique sur le lit.

« Qu'est-ce que c'est ? chuchote Anna Grigorievna.

— Je vais vous en débarrasser ! » répond-il.

Elle regarde Bachkine, la porte.

« Quoi ? Vous avez peur qu'ils viennent maintenant ?

— Et alors ? s'écrie Bachkine. Qu'ils viennent ! Je dirai que c'est moi qui l'ai apporté. Oui ! Je vais l'emballer... » Il saisit un rouleau de papier bleu sur le bureau. « Voilà ! » Il en entoure le livre. « Et je vais marquer : "Semion Bachkine." Je vais signer, tout simplement ! »

Du verre renversé sur la table, il prend un crayon de couleur, écrit en lettres rouges : « S. Bachkine » et appose son paraphe.

« Visez-moi un peu ça ! » À deux mains, il tend prudemment l'objet à Anna Grigorievna. « C'est une bombe ! lui déverse-t-il dans le conduit de l'oreille. Je vais la mettre sous la table de l'entrée. Oui ! En la recouvrant de mon chapeau. »

Sans un mot, Anna Grigorievna le suit du regard.

Elle l'observe toujours, figée, tandis qu'il revient du vestibule, et ses lèvres murmurent des mots inaudibles.

« Comment ? Comment ? demande Bachkine en tendant l'oreille.

— C'est l'autre, sans doute, qui l'a laissée ici… Aujourd'hui, un de ses camarades est venu, seul.

— Je vais vous en débarrasser, l'emporter loin d'ici ! » Bachkine s'élance vers le lit, le matelas plie. « Seigneur ! Seigneur ! Pourquoi n'ai-je pas de mère ? Pourquoi faut-il que ce soit moi qui n'en aie pas ? » Il rejette frénétiquement les oreillers. « Pour en avoir une, un instant, un seul instant, je donnerais tout ! Le moindre coquin en a une ! Ah, si… maintenant… Non, non ! Vous êtes sa mère, mais il aurait dix mille fois mieux valu que vous m'ayez pour fils, fût-ce avec une dizaine de bombes, plutôt que lui avec un unique revolver. Non, non ! Ce n'est pas ça ! Ce n'est pas pour ça ! crie-t-il en jetant sur le lit le pardessus de Sanka. Avec moi, rien ne serait arrivé ! » Assis, il débite, s'étranglant : « J'aurais pensé à elle, moi ! Vous savez, j'en ai rêvé, cette nuit, elle était en train de mourir, les yeux clos, elle ne respirait plus. Je me précipitais vers elle. "Maman !" Elle a eu un sursaut, m'a saisi par le cou et a collé ses lèvres sur les miennes en un baiser. Sa bouche, déjà, était cadavérique. Je me suis dominé et l'ai embrassée. Alors, de son unique dent, elle m'a mordu les lèvres. Une douleur épouvantable : je me suis réveillé, conclut-il en portant une main à sa bouche. Finissons notre ouvrage ! » Il se lève et se met à trier les serviettes de toilette. « Voilà ! Voilà ! répète-t-il, excité. Quant à votre fils, il risque la cour martiale. Si ça se trouve, cette nuit, lui aussi vous mordra la lèvre… »

Anna Grigorievna le regarde, tétanisée.

« Vous, vous, Anna Grigorievna, vous le croyez : je suis votre ami, n'est-ce pas ? »

Elle lui tend lentement les bras.

Bachkine saisit la poignée de la porte. Anna Grigorievna est toujours là, les bras tendus.

« Il y a la Varvara ! Vous savez, cette maudite femme du chef de la police ? Elle couche avec Miller, reprend-il dans un chuchotement clair et distinct, le menton pointé en avant. Pensez-y ! »

Et il sort, laissant Anna Grigorievna clouée sur place.

Dans sa chambre plongée dans la pénombre, Anna Grigorievna est agenouillée devant l'icône de saint Nicolas le Thaumaturge qui, une main dressée, semble la repousser : non, non, ne me demande rien ! Elle tord douloureusement ses doigts, de ses mains nouées frappe le plancher.

« Fais un miracle ! Je t'en implore ! Je t'en supplie ! Prends ma vie, prends-la ! »

Et de cogner son front contre le sol.

Sur la pointe des pieds, Douniacha entre dans la salle à manger et, sans un bruit, pose sur la table le samovar en ébullition.

« Fais-le fléchir ! » murmure Anna Grigorievna. Sa tête oscille de désespoir, ses dents serrées grincent. « Fais-le fléchir ! »

Elle sait qu'en cet instant son mari est chez le général-gouverneur.

« Fléchis-le ! »

De toutes ses forces, elle voudrait qu'en guise de sacrifice son âme s'envole dans ce soupir et que le saint abaisse son implacable dextre.

« Que voulez-vous dire par là ? »

Le général Miller jette à Tiktine un regard raisonnable et sévère. Il semble braquer sur lui sa poitrine qu'orne, en sautoir, l'austère Ordre de Saint-Vladimir[1], avec les aiguillettes convenables, soignées, et la paisible étoile. De chaque côté du bureau pointent dignement, telles des lances, les couvercles en melchior de deux encriers. De sa douillette et verte efficience, la lampe soutient gravement la voix égale, assurée.

Andreï Stepanovitch prend une grande goulée d'air, embrasse d'un rapide regard l'imposant cabinet et, du mur, dans la pénombre, lui répond le portrait en pied du grand-duc Nicolas Nikolaïevitch[2] qui le toise, sa main gantée de blanc posée sur son sabre de cavalerie.

« Je ne conteste pas que, de votre point de vue, vous ayez raison sur le fond, dit Andreï Stepanovitch en un intelligent froncement de sourcils. Mais vous admettez bien un millier de ces cas particuliers… des cas qui peuvent entraîner une fatale injustice. »

Et de braquer sur les yeux bleus étincelants un regard grave, appuyé.

« Pardonnez-moi… » La voix tout en rondeur résonne, ferme et pleine de respectabilité, dans la gigantesque pièce. « Je suis un militaire et, en tant que tel, je dépends… Mais oui !… » Miller pose sur son bureau une main molle, aux ongles solides, ornée d'une chevalière

---

1. Ordre créé en 1782 par Catherine II, le deuxième dans les distinctions russes. L'étoile indique la troisième ou la quatrième classe.

2. Oncle de Nicolas II, né en 1856. Futur commandant en chef des armées impériales d'août 1914 à août 1915. Il mourra en émigration en 1929.

avec ses armoiries et une pierre bleue. « … les affaires que je traite relèvent en permanence de la cour martiale. Je m'en remets personnellement à elle. Comment pourrais-je…

— Mais un étudiant n'est pas un militaire, pardonnez-moi ! Vous m'objecterez que la loi martiale oblige tout un chacun à… Cependant, il faut aussi prendre en compte la jeunesse et toute cette atmosphère… » Tiktine se penche par-dessus le bureau. « … ces jeunes gens seront plus tard des figures publiques, des hommes d'État… »

Tiktine sent sur lui un regard qui semble venir de la décoration, de l'étoile, un regard franc, digne, ferme, brillant du même éclat ; tout, dans le général, le fixe de ces yeux-là. Tiktine rejette sa chevelure en arrière.

« Ce n'est encore qu'un étudiant ! »

Et d'agiter la main au-dessus du bureau. Un bouton de manchette tinte avec quelque insolence à son poignet empesé. Tiktine se rappelle soudain les sanglots d'Anna Grigorievna dans le vestibule. « Ils vont le pendre, ils vont pendre notre Sanka, lui ôter la vie ! Andreï ! »

« Ce n'est pas même une cour martiale ! » Tiktine hausse le ton. « Ce sont des tribunaux militaires de campagne où toute la cruauté est masquée par une hâte absolument gratuite et injustifiable ! À seule fin de couvrir des exactions et basses vengeances indignes d'un État. Après tout, nous ne sommes pas en guerre ! »

Tiktine se lève.

« Pardonnez-moi… », reprend fermement Miller comme s'il posait un pavé solide et lourd. Les mots se glacent dans la poitrine d'Andreï Stepanovitch. « Pardonnez-moi ! Ce n'est pas la guerre, dites-vous ! À votre avis : pouvez-vous garantir ma sécurité, si, mettons, je décide, là, de vous raccompagner chez vous ? Nous sortons : atteindrai-je à pied votre domicile ? Et reviendrai-je sain et sauf ? »

Tiktine ne répond rien. Il est immobile, le poing crispé contre sa poitrine.

« Eh bien, mon cher ? Pourquoi donc exiger que nous soyons des anges ? Pardonnez-moi, le royaume de Dieu n'est pas encore advenu pour que les anges gouvernent l'État ! »

Miller se renverse contre le dossier de son siège et ouvre le tiroir central de son bureau. Tiktine le regarde en sortir un gros câble terminé par du fil de fer barbelé.

« Cela vous plaira peut-être… Avec ce machin-là, ils – vos enfants, j'en ai peur – nous règlent notre compte. Sans autre forme de procès. » Miller se lève et tient le bout du câble sous la lampe. « On l'a saisi sur l'un d'eux. » Et d'accompagner ses paroles d'un hochement de tête édifiant. « Sans cela, vlan ! Terminé ! Et, pour un tel acte, j'aurais à comparaître devant quel tribunal, permettez-moi de vous le demander ? »

Miller est figé, son câble à la main, fixant Tiktine dans les yeux. Les deux hommes restent un instant silencieux.

« Alors, voyez-vous… » Miller se rassied, il pose sur le bureau le câble au-dessus d'un tas de papiers bien rangés. « Je m'engage à prendre toutes les mesures en mon pouvoir pour garantir le respect de la légalité. Mais si une décision judiciaire… Écoutez-moi… » Sa voix se fait profonde. « Vous n'êtes pas venu, n'est-ce pas, exiger de moi quelque entorse à la loi ? Et si cet individu est votre fils ?… Chacun, savez-vous, a ou a eu un père… » Il écarte un bras et se donne une légère tape sur la cuisse. « Eh bien, espérons que tout cela n'est qu'un malentendu », ajoute-t-il vivement, puis il contourne son bureau et tend la main à Tiktine.

Réfléchissez !

Piotr Savvitch a pris la douce habitude d'aller, le dimanche, boire le thé en ville. Déjà, on le connaît et on s'accoutume peu à peu à lui emplir discrètement sa théière de vodka. Que l'on teinte à l'aide de quelques feuilles de thé, « pour le *blaisir*[1] ». Et Piotr Savvitch, le sourire aux lèvres, de tourner tranquillement sa cuiller dans son verre : grâce à Dieu, ce n'est pas l'estaminet ici ! Il ne manquerait plus que quelqu'un le voie ! On cancane assez comme ça ! Il brise de petits morceaux de craquelin qu'il mâchonne sans se hâter. Il regarde les gens qui soufflent sur leur soucoupe : soufflez, soufflez, mes mignons ! En voici deux qui entrent, des gars plus jeunes, seulement y a plus de place.

« Vous permettez qu'on s'asseye ?

— Comment refuser ? C'est de bon cœur, allez ! »

Les deux jeunes commandent du thé.

« Vous arriverez bien à vous loger, mon Dieu ! D'ailleurs, je ne vais pas tarder à partir. »

L'un d'eux dit quelques mots.

« Qu'est-ce que vous... » demande Piotr Savvitch, souriant à ce qu'il imagine être une plaisanterie.

Le second, plus petit, noiraud :

« Écoutez, il y a un détenu politique chez vous. »

Piotr Savvitch remballe aussitôt son sourire, il a tout juste le temps de se renfrogner.

« Bah... pas qu'un seul ! rétorque-t-il en s'empressant de vider son gobelet.

— Alors voilà : il va falloir que l'oiseau s'envole. N'ayez pas peur, personne n'en saura rien. Vous pou-

---

1. En français *(sic !)* transcrit en cyrillique.

vez organiser ça, il se trouve au bâtiment 3. Dites-nous : vous voulez combien de mille ?

— C'est pas rien… Des mille ? »

De dessous ses sourcils Piotr Savvitch vrille ses yeux dans ceux du noiraud.

« Monsieur Sorokine, poursuit celui-ci d'une voix égale, nous pouvons vous donner en échange de quoi partir définitivement, à l'étranger si ça vous chante. Nous vous fournirons un passeport et vous pourrez vivre où vous voudrez, comme vous voudrez. Vous pourrez vous aménager à la campagne un petit *mayentakh*[1], bref, une petite bicoque. De toute façon, vous allez perdre votre emploi, nous le savons. »

Et de continuer à parler en se versant du thé, tandis que son compagnon, le plus grand à la barbiche rousse, demande de la confiture. Piotr Savvitch reste sans mot dire, à fixer le noiraud d'un air courroucé.

« Qui sont ces types, bon sang ? » se dit-il en se rappelant que son revolver est resté dans sa chambre, dans son étui accroché au mur blanc.

« Vous serez entièrement libre et pourrez aider votre fille. On ne sait jamais, vous comprenez. Elle va avoir un enfant. Et votre gendre… »

Piotr Savvitch bondit.

« Quoi, mon gendre ?…

— Inutile de crier. On peut s'expliquer calmement, dans la bonne humeur. Votre gendre est une ordure, il ne vous reçoit même pas… »

Piotr Savvitch secoue soudain tristement la tête. L'ivresse, qui allait se dissiper, lui monte brusquement

_____

1. Mot yiddish, composé de *mayen* (« source ») et *takh* (« étang »). L'expression évoquerait donc une eau vive, symbole de vie facile.

au cerveau. Il rougit, se met à transpirer et grommelle en branlant du chef :

« Et voilà, tout le monde le sait, que c'est un salaud ! Pour un salaud, c'en est un beau ! Vous avez trouvé le mot : une sacrée ordure !

— Or, pouvez-vous prendre votre fille avec vous ? intervient le barbichu de sa voix de basse. Non ! Vous-même serez bientôt réduit à faire les veilleurs de nuit ou pire. Parce qu'on va vous renvoyer d'ici un mois, deux à la rigueur. On vous a peut-être déjà transféré à la caserne ? »

Piotr Savvitch n'écoute guère le barbichu. Les yeux rivés aux taches graisseuses de la nappe, il s'imagine s'amenant, comme ça, chez son gendre. « Bon, et si Grounia venait chez moi ? En visite ? Allez, prépare-toi ! » L'autre : « Quoi ? Où ça ? – Chez son père ! En visite ! » Et pourquoi pas ? Quoi de plus naturel ? Puis, au moment de revenir : « Vas-y, vas-y, tu peux toujours la rappeler ! T'as pas été capable d'en prendre soin, alors va te faire voir ! »

Et Sorokine, de ses gros doigts, fait la figue, puis tape vigoureusement le rebord de la table.

« Vous refusez ? s'enquiert le noiraud. Vous avez peur ?

— Peur, moi ? réplique Piotr Savvitch en se redressant. Moi ? Qu'il aille se faire embrocher par tous les diables de l'enfer ! Cet inspecteur qui se prend pour un général !

— Si vous êtes d'accord, combien ? »

Les yeux du noiraud vrillent Piotr Savvitch qui, dans un battement de cils, tente de rassembler ses esprits.

« Cinq mille, ça vous irait ? »

Piotr Savvitch se met soudain de biais sur sa chaise, abat une lourde paume sur la table.

« Dix ! » Il regarde ailleurs, continue de battre des paupières, la bouche en cul de poule. « Écoutez, les petits gars, reprend-il soudain en se penchant vers la table, tout sourires, les yeúx plissés, comme éblouis par le soleil. Filez-moi un mille… Non, je blague ! Donnez-moi simplement cinq catherine, et je suis prêt à vous rendre un autre petit service. Il me faut pas beaucoup, j'ai pas besoin de construire une maison. Hein ? Non, vraiment, je vous assure ! Allez, je m'en vais ! »

Sorokine veut se lever, mais le noiraud lui coince une main contre la table.

« Vous sortirez après nous. Et réfléchissez ! Demain, à six heures, vous pouvez vous trouver dans le parc. Nous saurons bien vous dénicher. Seulement, si jamais vous tentez quoi que ce soit… Bah, vous savez à qui vous avez affaire. » Le noiraud découvre ses dents blanches en un large sourire avenant. « Réfléchissez, dit-il. Vous êtes un vieil homme, notre camarade, lui, est jeune, peut-être aura-t-il besoin de… Eh bien voilà ! » conclut-il en tapotant la main de Piotr Savvitch qui, sans savoir pourquoi, ne cesse de sourire pendant qu'ils règlent la note.

La vue de Sorokine se trouble, les visages à l'entour lui semblent apparaître et disparaître comme s'ils défilaient derrière une palissade.

« Il ne viendra pas, répète Aliochka tandis qu'ils s'éloignent du salon de thé.

— Mais, s'il veut dix mille roubles, on les prendra où ? Tu en as parlé à Liovka ? répond Kneck qui regarde ses pieds et évite soigneusement les flaques.

— Il a dit : "Mille, pas plus ! Ce sera ma contribution, je ne fais pas de politique, je gagne de l'argent et, quand j'en aurai assez, j'irai étudier, à Zurich peut-être…"

— Les Géorgiens sont partis ?

— Hier. Tu comprends, ils sont tous retournés chez eux.

— Mais c'est pas possible ! On va pas laisser pendre quelqu'un pour une histoire de cinq mille roubles ! chuchote Kneck. Ça se peut pas ! De toute façon, je lui ferai savoir que les camarades œuvrent pour lui. Il faut que demain on ait trouvé cinq mille de plus.

— Si on demandait à son père ? propose soudain Aliochka en s'immobilisant. Si le vieux de la prison ne venait pas au rendez-vous ? »

Kneck le tire par la manche.

« Ne t'arrête pas ! Au fait, où est le livre qu'on avait remis à Sanka ? Il faut absolument savoir ce qu'il en est. »

Cette chère Varvara

Anna Grigorievna ouvre elle-même la porte et des yeux interroge son mari. Tout en retirant son macfarlane, Andreï Stepanovitch laisse errer son regard sur le mur.

« Mais ils vont le pendre ! Le pendre ! s'écrie Anna Grigorievna en lui secouant les épaules. Sanka, Sanka, mon Sanka ! »

Elle saisit brusquement sur le guéridon son chapeau, ses gants, décroche son manteau de la patère.

Elle court presque à travers la ville, bouscule les passants, descend sur la chaussée pour aller plus vite, trébuche. Les gens se retournent sur elle, cherchent des yeux qui elle peut bien poursuivre. L'idée ne l'a pas effleurée de prendre un fiacre. Hors d'haleine, elle crie au sous-officier à travers la porte vitrée de l'antichambre du général-gouverneur :

« Laissez-moi entrer, mon petit, laissez-moi entrer ! »

Le soldat la dévisage, balance derrière la vitre :

« Qui êtes-vous ? Qui demandez-vous ?

— Mme Tiktine. Je veux voir Miller ! Vite, mon petit ! »

Tambourinement léger de ses doigts sur la vitre, tel un battement d'ailes de papillon.

Le soldat s'éloigne. Elle voit un vieux valet de chambre galonné l'écouter et disparaître.

« Mon Dieu, aide-moi ! Aide-moi, mon Dieu ! » chuchote-t-elle distinctement.

Immobiles, les deux sentinelles devant leur guérite, de part et d'autre de la porte, la regardent en silence. Au désespoir, Anna Grigorievna agite la tête, l'épaule collée à la vitre. « Il vient, il vient ! Je l'entends ! » Le sous-officier dévale l'escalier.

« Il refuse de vous recevoir ! lui crie-t-il à travers la porte, en l'observant, sourcils froncés.

— Laissez-moi entrer ! Laissez-moi passer ! hurle Anna Grigorievna en martelant le verre de ses poings séniles.

— Retenez-la ! » braille le sous-officier.

Une sentinelle s'avance et, maintenant son fusil, écarte brutalement Anna Grigorievna de la porte.

« Lâchez-moi ! » dit-elle en s'efforçant de lui échapper.

Bref coup de sifflet derrière elle. Quelqu'un la saisit par la taille et la tire en arrière : c'est un inspecteur de quartier.

« Je ne partirai pas ! Je ne m'en irai pas ! »

Elle s'arrache à son étreinte, son chapeau cahote sur sa tête, ses cheveux lui tombent dans les yeux. Elle se débat, mais lui tient bon, ne cède pas.

« Ne faites pas de scandale, madame ! Allons, allons, pas de scandale, sinon, ma parole, vous passerez la nuit au poste, je vous en fiche mon billet !

— Lâchez-moi ! »

Anna Grigorievna lutte de toutes ses forces. Coup de sifflet de l'inspecteur. Le concierge accourt.

« Emmène-la ! »

Le gardien la saisit fermement, douloureusement par un coude et la pousse d'un coup d'épaule, en répétant :

« En avant, en avant, en avant ! »

Anna Grigorievna abandonne toute résistance, elle trottine à présent, soumise, devant le concierge qui la conduit sur la chaussée. Ils ont déjà franchi un pâté de maisons.

« Va, va, grand-mère, ou tu vas te retrouver derrière les barreaux ! Va ! »

Le gardien la pousse d'une chiquenaude. Il reste à regarder dans quelle direction s'engage la vieille femme.

Elle marche longtemps sur la chaussée, puis monte sur le trottoir. Chemin faisant, elle remet de l'ordre dans ses cheveux qu'elle ramène sous son chapeau. Dans une entrée d'immeuble, elle rajuste son manteau, se recoiffe ensuite devant la vitrine d'un magasin. À un coin de rue, elle prend enfin un fiacre.

« Place de la Collégiale », dit-elle d'une voix égale.

« Quel est donc son patronyme ? » se demande-t-elle. Elle tire le cocher par sa ceinture.

« Arrête-toi ! » Elle descend d'un bond. « J'ai une course à faire, attends ! »

Elle se faufile entre les passants et entre dans une librairie. Les commis la reconnaissent, la saluent.

« Le livre d'adresses, vite, pour l'amour du Ciel ! »

On le lui fourre sous le nez.

« On ferme, madame Tiktine ! Il est onze heures moins cinq ! »

« Andreïevna ! Andreïevna ! » murmure Anna Grigorievna en repartant.

Elle arrête son fiacre près de la maison du chef de la police.

Un sergent de ville déambule devant la porte illuminée.

D'un pas tranquille, Anna Grigorievna se dirige vers l'entrée.

« Mon petit ! » De sa voix la plus amène et la plus mondaine, Anna Grigorievna hèle le sergent de ville qui s'approche, résolu. « Mon petit ! Annonce que Mme Tiktine désire voir Varvara Andreïevna ! »

Et de lui glisser discrètement un rouble argent qu'il dissimule aussitôt dans son poing.

« Je ne peux pas m'éloigner des portes, m'dame. Ayez la bonté de sonner vous-même et de monter. »

« Il pleut, il pleut ! se réjouit Anna Grigorievna. Quand j'ai passé mon premier examen de phonétique, il pleuvait aussi, et tout s'est magnifiquement terminé ! » Elle se remémore un instant le trottoir mouillé de la Dixième Ligne[1], son émotion qui lui donnait des ailes. Elle s'envole le long du chemin d'escalier et appuie, en se signant, sur le bouton de la sonnette.

« Pourrais-je voir Varvara Andreïevna ? Annoncez Mme Tiktine ! » demande-t-elle doucement à la soubrette qui s'exécute.

S'assurant d'un regard qu'elle est bien seule, elle fait un nouveau signe de croix. À cet instant, voix de la domestique à la porte :

« Madame vous attend. Suivez-moi ! »

Anna Grigorievna s'avance en terrain inconnu : parquet, meubles luisants, buffet... Elle brûle de savoir comment elle est, cette épouse du chef de la police. Ses narines aspirent les odeurs de l'appartement, elle sent, dans le petit couloir, un capiteux parfum. La soubrette frappe à une porte.

« Entrez ! »

---

1. Rue du quartier de l'université à Saint-Pétersbourg.

Anna Grigorievna entend une voix énergique, avec un brin de coquetterie. Et ce qu'elle découvre est à l'unisson.

Une jolie femme au teint vermeil lui jette un coup d'œil amusé et curieux depuis un divan. Elle ne fait pas mine de se lever, regarde de tous ses yeux sa visiteuse, dans l'attente manifeste de sensationnel.

« Asseyez-vous ! propose Varvara Andreïevna en désignant d'une tape sur le divan une place à ses côtés. Ainsi vous êtes la mère de l'étudiant arrêté par Vavitch ? Eh bien, racontez, racontez ! » Et l'épouse du chef de la police de s'installer plus confortablement. « Dites-moi, est-il exact qu'il a tué Sorotchenko, le sergent Sorotchenko ? »

Elle arrondit sa petite bouche comme pour faire « oh ! ».

Le souffle suspendu, Anna Grigorievna la contemple, elle reste un instant silencieuse et se jette soudain à genoux sur le sol.

« Mon Dieu, si vous êtes une femme, si vous avez un cœur, un cœur de femme... Je suis une mère et je vous jure sur tout ce que j'ai de plus cher, je vous jure sur ma vie qu'il n'est pas un assassin ! Mon fils n'est pas un assassin, il n'a tué personne, je vous le jure sur tout ce que vous voulez ! »

Anna Grigorievna se tord les mains, les serre contre sa poitrine, ses doigts craquent.

Varvara Andreïevna se rejette en arrière et, les yeux brillants de curiosité, attend la suite.

« Il est impossible, impossible que mon fils..., s'étrangle Anna Grigorievna, soit pen... pendu. Non, ce n'est pas possible ! » Ses mains jointes viennent s'abattre sur les genoux de Varvara Andreïevna. « Varvara ! Chère Varvara ! » s'écrie-t-elle.

Et soudain elle s'effraie. « Je suis en train de tout gâcher, mais tant pis ! »

« Il ne faut pas… Jamais…, reprend-elle en secouant la tête.

— Non, il ne faut pas…, enchaîne brusquement Varvara Andreïevna. Asseyez-vous donc ou je crains… que vous ne vous sentiez mal. »

Son bras se tend vers la sonnette.

« Non, je vous en supplie ! »

Anna Grigorievna lui saisit la main et la porte à ses lèvres, la couvrant passionnément de baisers bruyants.

« Asseyez-vous, asseyez-vous ! répète Varvara Andreïevna sans retirer sa main, tandis que, de l'autre, elle tapote le coude de sa visiteuse. Votre fils fait du droit ? Que ne…

— Non, non, il est naturaliste ! C'est un bon, un gentil garçon. Un enfant qui étudie…, débite d'une voix entrecoupée Anna Grigorievna, tout éplorée.

— Un enfant ?… Et l'autre qui se prend pour un héros ? Figurez-vous…, l'interrompt Varvara Andreïevna, qu'il est venu raconter qu'il avait capturé un bandit du Caucase ! Mais… le revolver ?

— Non, non ! proteste de la tête Anna Grigorievna. Le revolver n'est…

— Peut-être le revolver est-il aussi une invention de l'autre ? s'exclame Varvara Andreïevna en se redressant brusquement. Il le lui aura glissé à son insu. Oh, c'est très gra-a-ave ! chantonne-t-elle, saisissant Anna Grigorievna par les épaules et la tournant vers elle. Il en est bien capa-a-a-ble ! L'in-so-ooolent ! »

Anna Grigorievna n'y comprend plus rien.

« Non, non, c'est un garçon timide…

— Pas votre fils, l'autre, Vavitch, l'inspecteur de quartier ! Doublé d'un imbécile ! Ah, quel idiot ! Mais je sais, je sais !… » Elle bondit, se met à trépigner, à tourner sur le tapis et à taper des talons. « Je sais ! » répète-t-elle en claquant des mains.

Anna Grigorievna la suit du regard, médusée par sa joie ; elle quête du secours auprès des choses autour d'elle, mais celles-ci, indifférentes, demeurent obstinément à leur place et semblent sourire à l'unisson de leur propriétaire. Les lèvres d'Anna Grigorievna frémissent, aucun son ne s'en échappe ; elle voudrait de nouveau se mettre à genoux, quand la femme du chef de la police l'attrape par la tête, se penche et lui glisse rapidement quelques mots à l'oreille.

« Oui... Il en a un..., marmonne en réponse Anna Grigorievna. Je crois... Je suis presque sûre... que c'est un browning.

— Simplement, chut ! lui intime du doigt la femme du chef de la police. Il faut le faire aujourd'hui. Tout de suite ! » Elle jette un coup d'œil à la petite pendule de porcelaine sur l'étagère. « Oh, il est moins le quart ! Après minuit, interdiction de sortir ! Un sergent... Non ! J'ai des laissez-passer. Nastia, ma Nastia vous accompagnera. Simplement..., répète-t-elle dans un murmure plein de mystère. Simplement, soyez discrète ! Enveloppez-le discrètement... Non, mieux vaut une boîte ! Un genre de carton à chapeau. Et plein, plein de papier autour ! »

Ses mains triturent d'invisibles papiers qu'elles entassent dans une boîte imaginaire.

Une prière dans ses yeux de chien battu, Anna Grigorievna tente de saisir le regard de la femme du chef de la police, mais celle-ci, absorbée par quelque stratagème, se perd dans la contemplation des papiers peints.

« Et mon fils... mon fils... », murmure la visiteuse.

Varvara Andreïevna regarde soudain la vieille femme bien en face et son sourire se fige un instant. Elle se penche vivement, dépose un baiser énergique sur sa joue.

« Tout va s'arranger, ma chérie, je vous en donne ma parole ! C'est parfait ! assure-t-elle avec un sourire madré. Mais allez-y, allez-y ! la presse-t-elle en la prenant par le coude pour l'obliger à se lever, avant d'appuyer sur le bouton de la sonnette. Nastia ! Nastia ! Coucou ! » crie-t-elle à la porte.

D'un pied sur l'autre

« Je vous garantis, dit Rjevski à Nadienka, je vous garantis formellement que personne ne nous suit. »

Il s'assied plus confortablement dans le fiacre et agrippe plus solidement la taille de la jeune femme. Elle se tourne vers lui, lui balayant le visage des plumes de son chapeau.

« Pardonnez-moi !

— Il n'y a pas de mal. Voyez quelle dame élégante vous faites ! Et… accompagnée de quel imposant cavalier ! » Rjevski éclate de rire en relevant le menton. « En cours de route, ce chapeau, vous le balancez par la fenêtre. Ça, dans la valise, et vous voici transformée en bécassine ! Vous allez chez le docteur Kadomtsev. Là, douze verstes en carriole. Pour être infirmière à l'hôpital. Et, je vous en prie : ne changez pas de nom ! S'il vous plaît ! De toute façon, sur place, il n'y aura pas un rat pour vous… Ensuite… tout se tassera, vous savez. Quant aux messages et aux lettres, soyez sans inquiétude. »

Un instant, Nadienka se sent rassurée. Avec lui, tout s'arrondit, tout devient lisse comme sa voix qui, égale, ronde, déroule les mots sans à-coups.

Le fiacre tressaute doucement sur ses roues à pneumatiques.

« Mais, pardonnez-moi… » Rjevski rapproche légèrement son visage de l'oreille de Nadienka. « Se peut-il que ces gens-là vous plaisent ? Non, non, je comprends, en dépit des différences de culture, on peut tomber amoureuse d'un bandit, s'éprendre, diantre, d'un quelconque pirate !... Voire, ma foi, d'un toréador... En l'occurrence, toutefois... »

Nadienka se tourne brutalement vers lui et, le regardant droit dans les yeux :

« La classe ouvrière vous répugnerait-elle ? Le prolétariat ? »

Elle se dégoûte brusquement de s'être sentie rassurée un instant, de recourir aux bons offices de cet avocat à la voix de velours.

« Ma chère... » Rjevski serre, avec douceur et prudence, la jeune taille. « Parlons plutôt d'esclaves. Une classe ? Mais cette classe d'esclaves a aussi ses côtés déplaisants. Oui, oui, en raison même de son esclavage... Nous parlons bien de classe... Et si cette classe-là vous plaisait... À gauche, cocher !... Si ces esclaves étaient à votre goût, déploieriez-vous tous ces efforts pour qu'il n'y en ait plus ?

— Plus d'esclavage ! proteste Nadienka.

— Écoutez-moi : sans esclavage, plus d'esclaves...

— Ils changeraient.

— Je me demande seulement s'ils vous plairaient encore. Après tout, vous les aimiez esclaves, et il ne resterait rien... de cette classe qui vous était si... Oui, oui ! À la gare ! crie encore Rjevski. Je vous accompagne jusqu'à Ivanovka, j'y tiens, j'y tiens absolument ! » chuchote-t-il sur le quai.

De nouveau, Nadienka éprouve de la quiétude et son bras de la légèreté, de la douceur, ainsi logé sous celui de Rjevski.

Dans le compartiment, Rjevski lui étend un plaid.

« Tania a prévu des confiseries pour vous, régalez-vous ! »

Nadienka sort les bonbons.

« Je vous en prie ! » Rjevski lui présente adroitement la boîte. « Oui, ma chère, ajoute-t-il en jetant des coups d'œil vers la porte. Bien sûr, l'héroïsme de la lutte vous séduit…

— Cessez donc ! réplique Nadienka en jetant avec irritation la boîte de bonbons sur la tablette. Ils se battent, oui, pour la cause du prolétariat.

— Pas si fort ! dit à mi-voix Rjevski. Bien sûr, ils se battent pour leurs intérêts. Tout le monde lutte pour ses intérêts, le gouvernement comme mes clients. Nadejda Andreïevna, ne m'en veuillez pas de mon inculture ! »

Il la regarde avec une telle sincérité, une telle franchise qu'elle croit voir, un instant, les yeux de Tania.

Nadienka a un sourire ; confuse, elle se détourne, ouvre la boîte de bonbons et s'en fourre un dans la bouche.

Rjevski la contemple, une moue enfantine aux lèvres.

« Eh oui ! lance gaiement Nadienka. Qui ne se bat pas pour ses intérêts, ceux de sa classe ? »

Le petit rire débonnaire qui agrémente sa remarque la surprend elle-même.

« Cependant l'intelligentsia, dont je n'ai pas l'audace de me réclamer, reprend Rjevski en se penchant vers elle, se meurt pour les intérêts d'une autre classe.

— L'intelligentsia n'est pas une classe ! rétorque tranquillement Nadienka en suçotant son bonbon.

— Elle n'est pas non plus la classe ouvrière ! Et, si elle ne se rattache à rien, que ne s'abstient-elle de lutter et de risquer la potence ? »

Le train s'ébranle.

« Nous ne sommes que tous les deux ? s'étonne Nadienka.

— Les places ont été réservées, mais les passagers ne seront pas du voyage, répond Rjevski en souriant. Écoutez, en fin de compte, on peut même se battre pour qu'une classe cesse de l'être. Après tout, de quelles classes peut-on parler sous…

— Dites, c'est mon père qui vous a demandé de me faire cette propagande, ou c'est une manigance de Tania ? »

Nadienka, au fond, est ravie que son ton soit aussi moqueur, mondain.

« Eh bien, je ne vais pas tarder à vous quitter. Vous avez un billet jusqu'au terminus. Vous descendrez à l'embranchement, après Pavlovka. Ce Kadomtsev est un vieil homme à l'âme pure. Voilà l'intelligentsia de souche ! Trente-cinq ans dans un trou perdu, alors qu'il est un chirurgien hors pair ! Sa femme est de la même trempe, elle est institutrice ou aide-médecin… Bon, je ne vais pas tarder. Allons, donnez-moi votre jolie main ! »

Nadienka résiste, tire sa main vers elle pour que Rjevski ne puisse la baiser. Mais son compagnon ne la lâche pas.

« Vous trouverez sans peine une carriole. Marchandez un peu, cela n'en paraîtra que plus naturel. »

Tandis que Nadienka l'écoute, il en profite pour s'incliner et lui faire le baisemain.

« Eh bien, bonne chance ! lance-t-il en la saluant de son chapeau, à la porte du compartiment.

— Répugnant ! Absolument répugnant ! » murmure-t-elle alors que le train poursuit sa course. Elle arrache son chapeau, tente d'ouvrir la fenêtre, finit par le tasser à coups de pieds sous son siège. « Au diable !… Le chattemiteux ! jette-t-elle hargneusement dans le martèlement des roues, tout en fourrant son manteau à dentelles noires dans sa valise. Et cette façon qu'il a de miauler : "Esclââvâage, esclâââve" », raille-t-elle.

Elle se rencogne dans la paroi. Mains solidement nouées, jambes croisées, de toutes ses forces elle se renfrogne pour se délivrer de l'impression cuisante d'avoir, tantôt, devant Rjevski, dansé d'un pied sur l'autre et minaudé comme une coquette.

« Dieu sait ce qu'ils lui font, là-bas ! se dit rageusement Nadienka. Et moi, on me prie aimablement… » Elle se redresse sur la banquette. « … de rentrer chez moi en envoyant tout promener ! » Elle bondit. Elle se souvient des camarades importants, des chefs mêmes, de leurs consignes. « C'est un échec, faut renoncer, se replier dans une autre ville. » Au désespoir, elle fait deux pas vers la porte et retour, plantant vigoureusement ses talons dans le linoléum.

« Vous aimez la classe ou-ouvrière ? singe Nadienka. Dire que j'ai discuté avec lui ! Triple crétine ! »

Et d'asséner son poing sur la tablette.

Le matelas

« Alexandre Vassilievitch Voronine, inspecteur de police au commissariat du Quartier de Moscou », parvient à déchiffrer Vavitch sur la porte, dans l'escalier sombre. Jamais il n'était venu au domicile de Voronine : un escalier raide, étriqué, une rampe comme des barreaux de prison. Au plafond, une ampoule sale dispense une vague lueur rouille, d'un piètre secours. Vavitch a envie de rebrousser chemin, quand soudain le cafard s'abat sur lui, épais, poisseux, à croire que le ciel gris envahit son âme, qu'un vent humide vole à sa rencontre et qu'une route fangeuse se déroule indéfiniment sous ses pieds, tandis que crachote une petite pluie : une route qui de toute façon ne peut mener qu'en un lieu désolé.

« Sonner ? » Viktor lève une main, reste un instant, le doigt posé sur le bouton. « Il va encore me passer un savon », se dit-il, furieux contre Voronine.

Coup de sonnette : Viktor n'a pas remarqué que, de rage peut-être, il a appuyé.

« Arrête de brailler, Sachka ! » La voix de Voronine retentit dans l'appartement. « Tais-toi donc ! »

Le maître de maison entrebâille lui-même la porte.

« Allez, décampe, décampe ! » La porte s'ouvre toute grande. « Taisez-vous, petits démons ! » crie Voronine par-dessus son épaule. Des voix d'enfants s'éloignent dans un concert de hurlements, galopades et glapissements.

Vavitch retire sa capote et entre dans la salle. Une femme pousse un landau vers une autre pièce. Elle fait un signe de tête sans regarder Viktor.

« Bonjour, bonjour ! Alexandre, aide-moi donc, au lieu de rester comme une souche !

— Ma petite famille, tu vois, commence Voronine lorsqu'ils se retrouvent seuls. Y en a plein la maison, bordel ! Qu'est-ce que t'as à me fixer comme une bûche ?

— Vois-tu, je suis venu chercher une attestation. »

Vavitch s'assied sur le divan. Il voudrait montrer une certaine gravité, déjà il croise les jambes et c'est alors que... zut !... il retire de sous son postérieur une quille oubliée par un des enfants.

« Flanque-la par terre, c'est rien ! dit Voronine qui entreprend de rassembler les jouets épars sur le siège loqueteux. De quoi s'agit-il ? poursuit-il et il prend place à ses côtés.

— Écoute, commence Vavitch en fixant le plancher et en se renfrognant. Tu attesteras par écrit que le revolver trouvé sur ce type que je vous ai amené... comme tu l'as dit toi-même... » Viktor grimace et jette un coup d'œil à son interlocuteur. « Tu l'as dit toi-même… qu'il appartenait à Sorotchenko. Alors, tu attesteras, soussigné, que c'était bien le revolver de Sorotchenko. Tout simplement : j'atteste qu'il portait le numéro 287940 ?

— Ben oui… Enfin, je me souviens plus très bien, j'avais vérifié, ce jour-là… Où est passé le récépissé de Sorotchenko, celui de son revolver ? C'est quoi, le problème ?

— Rien d'autre ! » Viktor secoue la tête en fixant le plancher. « Certifie seulement que le revolver trouvé lors de la fouille… Que, lors de la fouille au corps de l'étudiant appréhendé par l'inspecteur de quartier Vavitch, a été découvert…, débite Viktor comme s'il dictait, un revolver de type browning, marque FN, numéro de fabrication 28 79 40. Écris ça !

— Pour quoi faire ? » Voronine s'empresse de prendre une cigarette et craque une allumette. À travers la fumée, il grommelle précipitamment en regardant par terre : « C'est pour quel usage ? Tu veux la produire où, cette attestation ? Le revolver, tu l'as remis ? »

Et de lâcher une bouffée de fumée.

« Même si je l'ai remis, qu'est-ce que ça te coûte de l'écrire ? C'est la vérité, non ? Ça te coûte tellement ? Tu l'as assez crié, qu'il fallait que Sorotchenko ait un browning, et pas un nagant ! Que le poste était dangereux ! Tu te rappelles ? Alors ?

— Le revolver, tu l'as remis à qui ? À Gratchek ? Qu'est-ce qu'il y a ? Un autre numéro ?

— Tu me le feras, ce papier ? braille Viktor, dépité.

— Ils sont tous devenus fous ou quoi ? » Voronine se précipite vers la porte. « Vous allez vous calmer, Seigneur Dieu, bande de petits démons ? Lâche-moi cette cloche, imbécile ! »

Vavitch l'entend donner la chasse aux gamins.

« Un salaud, lui aussi ! murmure-t-il en décroisant et recroisant les jambes dans un claquement de semelles sur le plancher.

— Quoi ? T'as des ennuis avec Gratchek ? demande Voronine en refermant la porte derrière lui. Écoute, vieux, j'ai pitié de toi et je ne te conseille pas, oh, non !… je ne te conseille pas… ni à toi ni à personne… de le… Laisse tomber, vieux ! » Il arpente la pièce, prend sur une chaise le couvercle d'une machine à coudre, le remet à sa place, l'ajuste, emporte la machine vers la fenêtre. « Non, vieux, non, mon petit vieux ! Non, mon cher ! Je te le dis tout net : laisse tomber une fois pour toutes ! » Il pose bruyamment son fardeau sur le rebord de la fenêtre. « Je te déconseille vraiment… » Il se tient de profil. « Je ne te recommande pas, bordel !… En tant qu'ami, je… comment… Je te préviens…

— Bref, tu ne signeras pas ? »

Viktor se lève.

« Oh, non, vieux ! répond Voronine en secouant la tête. Et toi aussi : laisse tomber ! »

Viktor regagne l'entrée, remet sa capote, sans regarder Voronine.

« Qu'est-ce que t'es allé te fourrer au commissariat de la Collégiale ? » le sermonne Voronine dans un murmure.

Viktor s'engage dans l'escalier. Il se retourne soudain. Voronine est là, qui le suit d'un regard craintif, agrippé à la poignée de la porte.

« Prends garde, avorton de ta putain de maquerelle de mère ! » Viktor découvre en un rictus ses dents serrées et brandit le poing. « Tu me le paieras ! »

Voronine claque la porte.

« Attends un peu, charogne, chien galeux ! marmonne Vavitch dans la rue. Attends, je te ferai valser, ordure ! » Et de mouliner l'air de son poing crispé. « Tu te traîneras à mes pieds, roulure ! » Il claque de la botte sur le trottoir comme s'il envoyait promener Voronine. « T'as reniflé le coup fourré et tu gares tes fesses ! »

Devant sa porte, Vavitch tente vainement de glisser sa clé plate dans la serrure de sûreté.

Il ne sonne pas, préfère marteler l'huis du poing.

« Ouvre ! » crie-t-il à la bonne.

D'une main, Froska serre des chiffons contre son ventre. Des journaux froissés traînent dans le couloir.

« Qu'est-ce que c'est que ce bazar ? braille Viktor en gagnant la cuisine. Je veux juste me laver les mains ! » Il entrevoit de la lumière dans la chambre de Grounia et regarde du coin de l'œil. Les deux lampes sont allumées, la penderie est grande ouverte. Un léger froid s'insinue sous sa poitrine. Toujours renfrogné, Viktor se passe le visage et le cou sous le robinet. « Madame a dîné ? demande-t-il en se brossant les dents.

— Quoi ? dit Froska en accourant.

— Je veux savoir si madame a dîné, crie Vavitch.

— Madame est partie », esquive Froska.

Viktor se colle au robinet qu'il ouvre à fond.

« Il y a à peine deux heures que madame est partie, entend-il à travers le bruit du jet, tandis que cette maudite Froska fait tinter la vaisselle pour se donner une contenance. Madame a demandé un fiacre pour la gare. »

Viktor quitte la pièce. Froska ferme le robinet qu'il a laissé tel quel.

Aussitôt, il semble à Vavitch que ses pas sonnent dans le vide de l'appartement. Pis, on dirait que le son en est lugubre.

Plus un flacon sur la coiffeuse de Grounia. Sur le lit, le matelas nu darde ses rayures bleues.

« Et alors, le revolver, qu'est-ce que ça fait ? crie Tania. Après tout, il n'a tiré sur personne. Et puis, ça reste à prouver, non ? »

Rjevski voit une flamme, une flamme sombre, danser dans les yeux de sa fille.

« Oui, ma chérie, seulement tu sais que, dans des circonstances exceptionnelles, la détention et le port d'armes sont également interdits.

— Mais toi…, proteste Tania sur le même ton.

— Moi, j'ai une autorisation. » Et de tirer de sa poche un étui de daim, de la taille d'un porte-monnaie. « Je l'ai toujours sur moi, tiens, constate ! » Il sort un papier d'une pochette à l'intérieur de l'étui. « Et voici le revolver ! dit-il en faisant tourner un petit browning de dame. Ça se comprend, je détiens et transporte des documents concernant mes clients. C'est pour ma protection. N'empêche qu'avec ça on peut abattre quelqu'un. Donc, sans permis, il est clair que…

— Ils les torturent, là-bas ! Les scélérats, ils leur font de ces choses… À des gens qui sont pieds et poings liés !…

— Voyons, voyons ! coupe Rjevski en l'arrêtant du geste. Ils savent parfaitement à qui ils ont… »

Et de se détourner, puis de s'efforcer de marcher d'un pas tranquille vers la bibliothèque où, du bout du doigt, il tire un livre.

« Ils leur écrasent les yeux, les leur enfoncent. Ils les ligotent et… Qu'est-ce que tu me chantes ? » Tania bondit. « Un camarade de Sanka, un étudiant, le lui a raconté. Lui-même en a été victime ! À la police ! Et Dieu sait ce qu'ils inventent encore !

— Je ne le nie pas, réplique Rjevski en se balançant d'une jambe sur l'autre tandis qu'il examine les dos des reliures. Bien sûr, se retrouver dans ces geôles... C'est que le pouvoir se défend... » Il se tourne vers Tania, esquisse un geste d'impuissance. « Toutefois, il est dans une prison, et non dans un commissariat. C'est tout ce que j'ai réussi à savoir », ajoute-t-il d'une voix douce et sourde qui met Tania sur ses gardes.

Elle dévisage son père, mais n'aperçoit pas ses yeux : la mine triste et grave, il fixe l'angle de la pièce.

« En fait, j'ai appris, en admettant que ce soit vrai, naturellement... », poursuit-il d'une voix forte. Il jette un regard ferme à Tania. « ... que ce fameux revolver était bien ennuyeux...

— Quoi ? C'est celui du sergent de ville qui a été tué ? » demande Tania.

Rjevski acquiesce tristement, lance à sa fille un coup d'œil par en dessous : elle comprend qu'il la sonde.

« Qui dit cela ? » s'écrie-t-elle en marchant sur son père qui ne peut éviter de l'affronter.

Ses yeux se font vitreux, comme sur une photographie.

« Vois-tu, il est difficile de s'y retrouver dans cette affaire. Il semble malgré tout que le numéro du revolver ne corresponde pas à celui que possédait le défunt sergent et que... comment s'appelle-t-il donc ?... » Rjevski, renfrogné, détourne son regard de sa fille. « Ah, comment ?... » Il fait claquer ses doigts. « Celui qui a arrêté Sanka, cet inspecteur de quartier... Vavitch !...

— Quoi ? Quoi ? » Les genoux de Tania viennent heurter ceux de son père et ses yeux plongent dans les siens. « Quoi, Vavitch ? »

Elle le regarde exactement comme l'avait fait sa femme autrefois, quand il avait dû lui annoncer – pourquoi devait-il toujours se charger de tels messages ? – que son père avait péri dans un accident de chemin de fer. Il n'était resté du vieil homme qu'une bouillie informe, on l'avait identifié à ses boutons de manchettes, ah, Seigneur !

« Il se trouve, soupire Rjevski, que... l'autre affirme qu'il s'agit bien du même numéro. Il prétend pouvoir le prouver...

— Et alors, qu'est-ce qui se passera ? »

Est-il sûr de rester impassible ? Sa femme l'avait ainsi pressé de questions, tandis qu'il était hanté par l'image d'une cervelle écrabouillée.

« Eh bien, manifestement, il passera en jugement.

— Mais ils vont le prouver ? Fournir la preuve ? » insiste Tania en le tirant par son veston.

Le regard de Rjevski se fait fuyant.

« Hein, si cet inspecteur apporte la preuve ?

— Je ne lis pas dans le marc de café, ma chérie ! »

Une note d'impatience résonne dans la voix de Rjevski.

Tania s'écarte de lui et, les mains derrière le dos, se met à arpenter la pièce, les yeux rivés au plancher.

Exactement comme sa mère ! Rjevski se lève, entoure de ses bras les épaules de sa fille.

« Tania, ma petite Tania ! » répète-t-il en l'embrassant sur la tempe.

Elle lui jette un regard : il a les larmes aux yeux.

« Vraiment ? s'écrie-t-elle. Il n'y a vraiment aucune issue ? Nous, nous sommes libres de nos mouvements... » Elle se met à faire de grands gestes. « ... alors que lui est ligoté ! » Ses épaules tressaillent, un frisson semble convulser son visage. « Et on aura beau cogner, cogner contre les murs, lance-t-elle en battant l'air de son poing, ils seront toujours là ! Papa ! Papa, fais quelque chose ! » crie-t-elle en secouant son père par la manche, comme si, désespérée, elle tentait de réveiller un mort.

Andreï Stepanovitch Tiktine entend du remue-ménage. Est-ce à la cuisine, ou serait-elle de retour ? De son cabinet de travail, il jette un coup d'œil dans le couloir. La lumière est toujours allumée dans l'entrée. Non, ce n'est pas elle. Andreï Stepanovitch reprend sa place sur le divan de cuir et, de nouveau – pour la énième fois –, s'évertue à reconstituer le sol sous ses pieds, non pas le sol mais des jalons épars, réguliers et solides, pareils à des lattes de parquet polies, or ils ne cessent de se dérober sous ses pas. Et Andreï Stepanovitch d'essayer inlassablement de les rassembler, cependant qu'ils s'obstinent à s'échapper, comme des lames de plancher posées sur une glace lisse. Tiktine est à la torture, quand rejaillit une pensée. « Oui, oui ! Androuchevitch ! Il est apparenté aux Reihendorf, bon sang !… Il est tard. Impossible de le déranger maintenant ! Mais il ne faut pas oublier ! Surtout pas ! Androuchevitch ! »

Et, pour mieux s'en souvenir, il lance à voix haute :
« Androuchevitch ! »

« Aller trouver les professeurs de Sanka ?… Seigneur Dieu, c'est absurde ! »

Pour la vingtième fois, il répond à Miller ce qu'il aurait dû répliquer. Ah, quel idiot ! Voilà ce qu'il fallait dire ! Il imagine Miller désarçonné. « Permettez, Votre Excellence, je ne vois pas la logique ! Vous n'avez rien contre la logique, n'est-ce pas ? Nous raisonnons au niveau de… » Andreï Stepanovitch se jette sur son bureau : il doit écrire, séance tenante, à Miller, lui écrire à ce sujet, avec précision et fermeté. « Quel idiot je fais, je lui ai permis de détourner la conversation ! »

« Votre Haute-Excellence, commence-t-il sur une grande feuille de papier. Hier, en évoquant le cas de mon fils, nous avons, me semble-t-il, commis une série de… »

Qui est là ? Ça vient de la chambre ?

Andreï Stepanovitch repose la plume, jette un coup d'œil à la porte.

« C'est moi, moi ! J'arrive ! » crie sa femme dans l'obscurité de la salle à manger.

Tiktine se rassied sur son divan : d'où vient-elle ? Elle a dû passer par l'entrée de service, sans sonner. Il l'attend, respirant lourdement. Elle ne vient pas.

Andreï Stepanovitch traverse l'appartement et se dirige vers la chambre de son épouse. Il veut ouvrir la porte : tiens, elle s'est enfermée ! Elle doit prier. Tiktine pousse un soupir et regagne son cabinet de travail.

Il comprend qu'il n'a cessé, au fond de lui-même, d'espérer qu'Anna Grigorievna… Mais que peut faire Anna Grigorievna ? Rien, bien sûr, absolument rien ! Si, prier…

La cage

Viktor se trouve dans l'arrière-salle d'une petite cave à vin. Du sol en terre battue émane une humidité aigre, vineuse. Une lampe à pétrole crépite, s'étiole, sa lumière danse sur le bois blanchi à la chaux.

Viktor est seul, le Grec n'aura pas l'audace de laisser entrer quiconque. D'un quart[1] en zinc, Vavitch verse du vin rouge pour compléter son verre, et le breuvage fait adhérer solidement tout son corps à la chaise paillée, à la table noire et humide. Il prend une nouvelle bouchée de *brynza*[2].

---

1. Ancienne mesure russe de capacité, équivalant à un huitième ou un dixième de seau (un seau correspond à environ 12 litres).
2. Fromage de brebis que l'on trouve notamment en Bulgarie et dans le sud-ouest de l'Empire russe.

« Qu'est-ce que ça peut faire ? marmonne-t-il. Rien à foutre que ce blâme qui frappe la police vienne d'une… bonne femme, d'une garce, d'une roulure ! Une roulure ! braille-t-il.

— Vous m'avez demandé ? répond en écho le Grec derrière le panneau de la petite porte.

— Va te faire voir ! éructe Viktor. Un blâme d'une catin, d'une pisseuse, d'une rombière, de cette foutue engeance enjuponnée ! ronchonne-t-il. Mais moi, j'irai au procureur, au procureur des armées… Je ferai consigner tout ça ! »

Et d'abattre son poing sur les flaques de vin.

Ultime goutte de lumière déversée par la lampe, les planches de la cloison s'illuminent de flèches de feu.

Les yeux ivres de Viktor contemplent les traits enflammés, il lui semble soudain que les ténèbres règnent à l'entour, envahissant le monde entier, qu'au cœur de ces ténèbres il est enfermé dans une cage ardente, dont les barreaux de flammes se dédoublent et l'enserrent plus étroitement.

« A-a-ah ! » gueule-t-il soudain en cognant frénétiquement le quart de zinc sur la table. Puis il le jette, se saisit de son revolver et tire en l'air, au jugé.

Aussitôt, la porte s'ouvre toute grande, un flot de lumière en jaillit, le Grec zézaie :

« Monzzieur l'inzzpecteur, qu'ezzt-zze qui zze pazze donc ?

— Combien je dois ? » demande Vavitch d'un ton maussade.

Il tape son browning contre le bord de la table et se lève pesamment. « Où aller à présent ? » s'interroge-t-il. Qu'indique-t-elle, la pendule chancie du Grec, au-dessus du comptoir ? « Seulement dix heures ? M'en contrefiche ! » Viktor se fraie un passage, heurtant les tables, renversant deux chaises. Le Grec l'accompagne jusqu'à l'escalier, l'aide à grimper les marches glissantes.

« Aha ! » s'exclame Vavitch. Il reste un instant immobile sur le trottoir, les jambes flageolantes.

Le vent frais tiraille les pans de sa capote, les plaque contre la tige de ses bottes. Viktor a un hoquet.

« Hou, ça fait du bien ! »

Et de marcher contre le vent, pour l'avoir en pleine face ; par bonheur, c'est le chemin de sa maison.

Viktor donne un coup de pied dans la porte. Un autre, de toutes ses forces.

« Alors ? Tu dors ? Froska ! Elle s'est tirée, la salope, chez ses coquins ! Des sauteurs qui lui tournent autour, ça, elle en manque pas ! »

Il écarte péniblement le pan de son manteau, tente d'attraper, de ses doigts ivres, sa clé plate, trifouille dans la serrure, finit par trouver le trou – tu vas-ty entrer ou faut qu'j'te crève à mort ? – et ouvre tout grand la porte.

Dans l'entrée brûle une lumière trouble, le couloir s'étire en un long trou noir. Viktor se détourne pour ne pas voir le vide et s'empresse de se réfugier dans son bureau. Il tâtonne : vite, vite, trouver l'interrupteur ! Mais qu'est-ce que c'est ? Qu'est-ce que c'est ? Viktor a la cervelle en ribote : dans l'encadrement de la fenêtre, surgit une ombre. Une femme, ou quoi ? Serait-ce Grounia ? Non, non ! Viktor ne quitte pas des yeux la silhouette, ses doigts, telles des pattes d'araignée, cherchent hâtivement le commutateur derrière lui. Elle avance, elle marche sur lui sans un bruit. Viktor a la gorge nouée. Il saisit dans sa poche son revolver, le serre dans sa main. Elle est tout près, à présent. Viktor ressent un choc dans la poitrine ; les bras dressés, il glisse le long du mur et s'affaisse sur le sol.

À papa

Les doigts de Tania tournent lentement, sans un bruit, la clé de sûreté. Elle les regarde faire, extraire la clé de la serrure sans que la porte grince, refermer de l'intérieur et pousser le verrou d'un mouvement aérien. Elle entend son père marcher dans la salle à manger et, épousant le rythme de ses pas, sur la pointe des pieds, se faufile dans sa chambre. Dans l'obscurité, elle se défait de son manteau, de son chapeau, les range à tâtons dans la penderie, au son léger des talons de la femme de chambre qui, sans doute, met le couvert pour le souper. Tania respire à peine. Elle s'étend doucement sur son lit, enfouit aussitôt sa tête dans les oreillers. Au même instant, une fièvre parcourt son corps et lui monte au visage. Tania avale de prestes et brèves gorgées d'un air étouffant, quand soudain ses dents s'entrechoquent dans un claquement irrépressible.

« Mais le manteau neuf de mademoiselle est ici ! entend-elle, comme du fin fond d'une immense demeure. Jamais mademoiselle n'sortirait sans d'manteau ! Ou alors pour aller chez les Juifs du dessous… Vous voulez que j'y fasse un saut ? »

Bruit de la serrure de la porte d'entrée. Des pas se rapprochent, ceux de papa. Tania s'enfonce encore dans l'oreiller. Déclic du commutateur.

« Tu es là ? »

Rejetant l'oreiller, Tania bondit.

« Tiens, prends ! » Elle fourre dans la main de Rjevski le petit browning de dame. « Prends donc ! Ce Vavitch, je l'ai tué. À l'instant. »

Rjevski veut demander : « Quoi ? », mais pas un son ne s'échappe de ses lèvres. Bouche bée, il s'approche en hâte, comprend qu'elle dit vrai, s'assied sur le lit et esca-

mote le browning dans sa poche. Il saisit les mains de sa
fille, la serre contre lui et lui chuchote précipitamment
à l'oreille :

« Quelqu'un t'a vu ? Hein ? Où est-ce ? Vite !

— Personne, personne, répond-elle, les lèvres sèches,
en secouant la tête. Je l'ai attendu chez lui. La domestique est partie. Il est rentré. Il était seul.

— Tu es sûre qu'il est mort ? » interroge-t-il dans un
souffle.

Tania acquiesce. Aussitôt, Rjevski sent un tremblement léger parcourir les mains de sa fille, avant de faire
vibrer tout son corps. Il la serre de toutes ses forces, lui
baise les joues, les yeux, les oreilles, la presse de plus en
plus contre lui. C'est alors qu'on sonne à l'entrée principale.

« Tu es malade ! » lance Rjevski en rejetant Tania sur
le lit.

Et il va ouvrir.

« Elle est bien ici, l'entend dire Tania. Évidemment
qu'elle ne répondait pas, elle est malade. Mais nous
sommes à la maison. Il doit être moins de dix heures.
Courez chez Berg, vous le trouverez sans doute. Tenez,
voici de l'argent pour le fiacre ! »

Tania entend encore la femme de chambre mettre son
manteau en hâte et la grand-mère sortir de la cuisine en
traînant les pieds.

Comment papa a-t-il dit ? « Il doit être moins de dix
heures. » Tout cela lui trotte fébrilement dans la tête.

Fermer les yeux, à présent : la vieille lui palpe le front.
« Du vinaigre », dit-elle. Tania voudrait hurler dans un
glapissement assassin : « Dehors ! »

« Déshabillez-la, grand-mère, je vais vous aider !

— Papa, papa ! » répète Tania.

Comme c'est bien qu'il lui tienne la tête, qu'il la
caresse, la tapote ! Comme c'est bien qu'il puisse tout

faire ! Tania a peur que papa ne desserre, ne fût-ce qu'un instant, son étreinte.

Tard dans la nuit, Rjevski s'enferme dans son cabinet de travail. Il se hâte de nettoyer le browning. Une cartouche manque dans le chargeur. Il en glisse une nouvelle. Graisse l'arme. L'essuie. Il retrouve l'étui, petit porte-monnaie fripé, au fond de sa poche. Il y range soigneusement le pistolet, referme le bouton-pression et replace le tout dans la poche de son pantalon.

« Je demande Androuchevitch ! » crie Andreï Stepanovitch Tiktine d'une voix éraillée, affaiblie par cette nuit. Et de frapper un coup prudent à la porte. Il tend l'oreille. « Je demande Androuchevitch », répète-t-il, un ton au-dessous, en s'éloignant de la porte. Il lui semble avoir entendu : « Bon, bon… »

« Je l'ai sans doute réveillé, c'est stupide. »

Tiktine voit soudain ses mains comme s'il les découvrait, tandis qu'il prend sa canne, ses gants : il a de gros doigts, pareils à des gamins, de gentils enfants qui lui font pitié. Alors, il enfile tristement et soigneusement ses gants.

« Anna Grigorievna, je crois qu'il y a un mot pour vous, insiste Douniacha à la porte de sa maîtresse, fermée depuis la veille. Une espèce de lettre, c'est une jeune fille qui l'a apportée. »

Et de tapoter précautionneusement le coin de la petite enveloppe solide contre le battant.

La porte s'ouvre : chevelure grise en désordre d'Anna Grigorievna. Les stores sont baissés, plongeant la pièce dans la pénombre ; seule, dans le coin supérieur, brille la fleur rose de la veilleuse d'icône. Douniacha n'ose regarder les yeux gonflés et troubles de la vieille dame.

« Un billet, annonce-t-elle en baissant la tête. On m'a demandé de vous le remettre. »

Anna Grigorievna fixe Douniacha, on dirait qu'elle tente de se remémorer quelque chose, elle cligne des yeux, sans saisir l'enveloppe que la soubrette tient par une extrémité. Déjà, Douniacha veut tourner les talons, mais sa maîtresse lève la main et, comme en rêve, prend le message – exactement comme dans un rêve –, puis se retire, laissant la porte ouverte.

Anna Grigorievna tourne l'interrupteur, parcourt le petit billet bleu et, tout d'abord, n'y comprend goutte.

Décision administr. Viatka[1]. Je vous embrasse. Varv.

Douniacha écoute à la porte, sur le qui-vive.

« Oh, elle vient, je crois ! J'ai entendu ses pantoufles ! »

La soubrette s'écarte d'un bon pas et se penche, feignant d'arranger le paillasson.

« Douniacha ! Ma petite Douniacha ! » La vieille femme a des sanglots dans la voix, on ne saurait dire si quelqu'un est mort ou si elle déménage. Douniacha se redresse craintivement, mais voici que sa maîtresse lui saute au cou. Toute en pleurs, elle l'embrasse, l'embrasse à n'en plus finir. « Ma petite Douniacha ! Ma chérie !… Chère Varvara qui a pris Sanka sous son aile !… »

Et de la serrer, de la serrer, à l'étouffer, ma parole !

Sur les doigts !

Piotr Savvitch s'est fait taper sur les doigts devant tout le monde : c'est l'adjoint du directeur qui, d'un coup,

---

1. Ville de relégation.

l'a obligé à pivoter ; bourrade à l'épaule : demi-tour à droite ! « Là, là ! braillait-il. Par là ! C'est par là qu'il fallait regarder ! » Et de le pousser devant lui, le long du couloir, jusqu'au contrôle. « C'est là que les listes sont affichées ! À force de licher, t'as plus les yeux en face des trous... »

Piotr Savvitch a bien failli partir à l'heure du déjeuner. N'importe où, droit devant lui. Quel salaud ! Devant tout le monde, encore ! Aurait plus manqué qu'il lui tire les oreilles.

À la fin de son service, plein de ressentiment, transi (tous le regardent sauvagement, l'évitent comme s'ils avaient peur de se salir à son contact, sauf pour lui lancer des piques de temps en temps), il va chercher consolation auprès de sa bien-aimée vodka, qui ne le trahit pas, le réchauffe de l'intérieur ; alors, il s'abandonne en versant des larmes amères.

Il n'est pas six heures, mais ses jambes l'ont porté toutes seules, pas ses jambes d'ailleurs, ses bottes ont traversé la ville : de toute façon, il n'a nulle part où aller, et le voici au jardin municipal !

« Peuvent bien venir, après tout, pourquoi ne pas bavarder un peu ? On voit tout de suite que c'est des messieurs, des politiques ! Eux, à quoi ça leur servirait de m'offenser ? » se dit-il en déambulant lentement par les allées humides du soir.

Il s'assied sur un banc à l'écart. Il regarde le soleil lancer son adieu, descendre sur l'allée, les flaques, comme s'il se rembrunissait. Les moineaux en mettent un coup : un vacarme à tout casser ! Le soleil épuise de langueur les yeux de Sorokine. Ah, rester ainsi... quelque part ailleurs ! Piotr Savvitch brise un petit rameau et en suce la fraîche amertume. Il s'accoude, se rejette en arrière, les bras étalés sur le dossier, les oreilles pleines du gazouillis des oiseaux, et peu à peu le sommeil le fait dodeliner.

Le sable crisse. « Non, c'est une femme, portant un balluchon, du linge peut-être... Tiens, elle est grosse ! On dirait Grounia... Je ne lui ai pas raconté, lorsqu'elle est partie, que l'arpenteur m'avait mis à la porte. Si je l'avais fait, chez qui aurait-elle fui son gredin de mari ? » Le chagrin, le dépit lui brouillent soudain la vue, ses yeux s'emplissent de larmes. Il se tourne de biais, sectionne le rameau d'un coup de dent et le recrache. Il n'a plus la force d'arranger les choses. « Tu ferais mieux d'ouvrir l'œil, va ! Pleure tout ton soûl, mais reste aux aguets ! »

Soudain, quelqu'un lui tape sur l'épaule par-derrière. Piotr Savvitch se retourne et jette un regard courroucé : qui est-ce ? Le gars d'hier, oui, oui, celui avec la barbiche. Sorokine détourne craintivement la tête.

« Une bonne chose, vieux, que tu sois venu ! Te tracasse pas, y a personne ! Une bonne chose que tu sois venu recta ! »

Piotr Savvitch continue d'écarquiller furieusement les yeux.

« Seulement, c'est plus la peine. »

Immobile, Sorokine le fixe avec effroi et gravité.

« Ça s'est arrangé tout seul ! déclare Aliochka en lui donnant une tape sur le genou. Tiens, voilà un catherine pour le dérangement ! » Il le lui fourre dans la poche de sa capote. « Allez, porte-toi bien, vieux ! De toute façon, ils vont te jeter dehors. Mais ce ne sera pas de notre faute, tu le sais. »

Sorokine a toujours les yeux braqués sur Aliochka qui se tait un instant, puis, le regardant bien en face :

« T'es un bon vieux, ma parole ! »

Il prend la main qui reposait sur les genoux de Sorokine et la secoue vigoureusement.

Piotr Savvitch suit du regard Aliochka qui s'éloigne. Fumée pourpre des nuées ardentes à travers les branchages. Le parc est à présent solitaire, glacé. Piotr Savvitch se lève, referme les pans de sa capote. Dans son esprit, rien n'est résolu, sa tête semble soudain s'immobiliser, pareille à une meule qui ne moud ni ne bouge. Alors, Sorokine s'en retourne vers la prison, la caserne. Là, il s'allonge sur son lit de camp, sans quitter ses bottes. Avant le dîner, le surveillant en chef vient le trouver et, campé dans le couloir, lance à la cantonade :

« Quant à toi, Sorokine, eh bien... L'ordre a été donné, on nous l'a lu à la chancellerie : tu es renvoyé. Alors, faut que tu... »

Et, d'une main preste, de balayer l'air pour accompagner ses paroles.

Sortez !

« Ne laissez entrer personne, j'arrive ! crie Senkovski au téléphone et il raccroche violemment. Un sergent de ville a appelé d'une pharmacie... » Il parle en hâte, enfilant prestement sa capote : « Vavitch a un pépin. Tu préviendras Gratchek. J'y vais. »

Le policier de garde hausse les sourcils, accompagne Senkovski du regard.

Celui-ci saute dans un fiacre, en compagnie de deux sergents. Ils ralentissent près d'un immeuble, un des sergents saute en marche.

« Dis au juge d'instruction qu'il vienne immédiatement ! Je serai sur place. »

Le fiacre reprend sa course.

Devant l'appartement se pressent quatre ou cinq hommes qui parlent d'une voix sourde. Senkovski tire brutalement la porte d'entrée, les conversations cessent, les regards se tournent vers lui. Il secoue la poignée.

« Bon ! C'est fermé !

— Y a une petite chez le concierge…, lui indique-t-on.

— Poste-toi ici ! Ne laisse entrer personne jusqu'à l'arrivée du juge, enjoint-il le sergent de ville. Là, devant la porte ! »

Et de partir au galop. Déjà, le concierge accourt.

« Votre Haute-Noblesse…

— Où est-elle ? crie Senkovski. Conduis-moi. »

Le portier le précède. Lorsque Senkovski franchit le seuil, il découvre Froska qui, assise sur un tabouret, hurle à pleine voix.

« Tout le monde dehors ! » braille l'inspecteur.

La femme du concierge tire son gamin par la main, cherche précipitamment son châle.

« Plus vite que ça ! » la presse son mari qui claque la porte derrière lui.

Froska continue de hurler.

« Silence ! » gueule Senkovski.

Froska renifle, respire la bouche ouverte.

« Qu'est-ce qui s'est passé ? T'étais où ? »

Froska masque ses yeux de sa manche et reprend ses beuglements. Senkovski lui écarte brutalement le bras.

« Tu vas parler, idiote ? Sinon, tu vas le sentir passer ! Où t'étais ?

— Ce matin, j'arrive, hoquette Froska, et je vois monsieur étendu dans son cabinet, avec les bras comme ça… O-o-oh ! »

Et de mugir de plus belle.

Senkovski tape du poing sur la table.

« Il était rentré quand ? Hier ?

— J'étais pas là, je vous le jure, j'étais allée chercher du bleu de lessive ! Y a aussi une jeune dame qu'est venue… Elle a attendu.

— Et tu l'as laissée seule ? T'es partie ?

— J'en avais que pour une minute ! »

Froska, manifestement, décide de lâcher les grandes eaux, afin de se mettre à l'abri.

Senkovski se lève, jette un coup d'œil aux rideaux de la fenêtre et frappe habilement Froska sur la nuque. La soubrette se tait instantanément.

« Comment as-tu osé, garce, la laisser entrer, alors que tu partais ? Et si c'était une voleuse ? Rien que pour ça, tu mérites qu'on t'écorche vive ! » chuchote Senkovski, penché tout contre le visage de Froska.

La servante se risque à le regarder dans les yeux.

« Mais je… mais je…, bafouille-t-elle.

— Tu aurais dû, d'abord, la faire sortir, ensuite tu pouvais aller aux quatre cents diables. Tu ne l'as pas mise à la porte, n'est-ce pas ? On me la fait pas, à moi !

— Mais si… je vous jure… j'ai voulu la faire sortir. Même que je lui ai ouvert la porte ! » Et de mimer le geste. « Sortez, que je lui ai dit, sortez ! ajoute-t-elle, repoussant de la main l'intruse.

— Donc, tu l'as d'abord mise dehors, puis tu es allée chercher ton bleu, conclut Senkovski d'une voix forte.

— Sortez, sortez, que je lui répétais ! répond Froska dans un souffle, avec la même mimique.

— Et qu'est-ce que t'as raconté comme mensonges au concierge, hein ? demande Senkovski en lui pointant un doigt sous le menton, l'obligeant à lever haut la tête. La femme qu'est venue, c'est une ribaude ? Une petite youpine ? »

Froska le regarde, les yeux écarquillés, et acquiesce. Il jette des coups d'œil par la fenêtre. Le sergent et le juge d'instruction traversent la cour d'un pas martial. Senkovski tire Froska par le bras.

« Donc, cette ribaude de youpine…, reprend-il lorsqu'ils sont dans la cour. Cette youpine, cette Juive, autrement dit, tu l'as mise à la porte et tu es allée chercher du bleu de lessive. Ensuite ?… »

Viktor gît sur le sol, près de la porte, ses moustaches noires semblent collées sur sa face blême. Le juge d'instruction ramasse un browning rejeté à quelques pas.

« L'arme a servi… Les balles… Il en manque une dans le chargeur. Notez : à une archine de la main droite de la victime a été trouvé un pistolet de type browning… »

Senkovski contemple longuement le visage livide. On dirait que l'œil gauche est entrouvert. Le sabre gît de travers, balourd, inerte, comme le défunt.

« Crétin ! » murmure Senkovski, avant de passer dans l'entrée.

L'exemplaire

Bachkine file à grands pas dans la rue. Il est une heure de l'après-midi. Les passants sont nombreux. Bachkine les esquive, décrivant de larges enjambées, il ne se retourne pas, ne se soucie pas d'être filé.

« Je vous en prie ! Hop, en moins de deux, c'est réglé ! À votre service ! murmure-t-il en arborant un sourire crâne, torve, railleur. À votre service ! »

Il serre fort son porte-documents contre son flanc, sentant à chaque instant le livre métallique à travers son manteau.

« Quels sont les ordres ? Eh bien, dites ! marmonne-t-il. Se présenter sur-le-champ, accompagné du porteur de ce message… Je me présente, je me présente ! » profère-t-il à voix haute, lançant énergiquement ses jambes en avant. Les passants se retournent. « Le mouchard, là-bas, il peut bien cavaler ! Accompagnez-moi, c'est votre affaire ! Votre affaire, cher monsieur ! "Ils sont rudement en colère, tu sais, ça va chauffer pour ton matricule !" m'a-t-il laissé entendre. Mais peut-être que je ne vais pas remettre "l'exemplaire" ? Pas à vous ! "Vous comprenez, j'ai commencé à avoir la frousse de le transporter et je l'ai porté... dans un autre lieu ! À la fin, qu'est-ce que vous me..." » Les pieds de Bachkine martèlent le trottoir. « Je lui ai dit que je l'en débarrasserais... Chère ! Pourquoi ne pas m'avoir embrassé ?... Votre fils ?... Votre fils se balancerait, gigotant, au bout d'une corde. Votre charmant fils... Et qui sait s'il ne gigotera pas bientôt ? » Bachkine secoue la tête en cadence. « Vous n'y croyez pas ?... Mais si je passais le rapporter chez vous ? Alors ?... Franchement, je ne sais pas quoi en faire. » Il hausse les sourcils et avance les lèvres. « Et ensuite ? » Il bat modestement des paupières, on croirait qu'elles clappent. « Ensuite, Gratchek s'en mêlerait, pas nous, pas ceux de mon service, mais Gratchek, cette véritable ordure !... Et vous, capitaine Reihendorf, Karl Fiodorovitch, ne m'avez-vous pas menacé, moi aussi, de Gratchek ? Ça va chauffer pour mon matricule ? Eh bien, je vais porter la chose à Gratchek ! »

Il tourne en direction de la place de la Collégiale. Il entend derrière lui :

« Psst, psst !

— Essaie de me rattraper, mon mignon ! »

Bachkine avance, écartant les gens, il a l'impression d'avoir la tête nue, les cheveux en bataille. Bah, rien à foutre ! Tout est égal, rien à foutre de rien ! D'elle non plus, la maman, la salope ! Tous pleurent quand on leur marche sur les doigts, mais ils écrasent tranquillement ceux des autres. Tous ! Y compris les gamins, les Kolia, tous ces petits chéris. Et tous ces fumiers de petits papas ! »

Bachkine fonce.

« Halte ! Écarte-toi ! »

Un sergent de ville lui plaque une main sur la poitrine, le repousse. À cet instant, la porte du commissariat s'ouvre, un courrier chauve sort en courant, relève le tablier de la voiture, et Gratchek apparaît. Il claque la porte, s'engage sur le trottoir, dans le passage désert qui mène au véhicule. Paupières rougies, petits yeux invisibles qui ne regardent personne, se perdent dans les hauteurs.

Bachkine se précipite.

« Monsieur Gratchek ! » aboie-t-il.

Toujours sans un regard, Gratchek détend le bras et Bachkine, titubant, recule. Brusquement il s'élance, brandit son porte-documents qu'il jette avec fracas dans le dos de Gratchek.

« Salauds ! » a-t-il le temps de crier.

Mais il n'entend pas l'explosion.

Immense clameur de l'air, les maisons semblent cracher leurs vitres, tous sont fauchés à l'entour, ceux qui le peuvent encore s'enfuient à toutes jambes avant qu'on ne les arrête, et, longtemps, longtemps ils demeurent, la bouche ouverte, incapables de dire un mot, à rouler des yeux fous.

Six morts. Le surlendemain, on retrouvera les deux jambes de Gratchek sur le toit de la collégiale.

À la vue de ces chairs sanglantes, le capitaine Reihendorf se refusera à identifier Bachkine.

Au bout de trois semaines, on finit par dénicher l'adresse des vieux parents. On leur fit parvenir un inventaire : « Vous pouvez vous présenter afin que vous soient remis les biens et effets personnels du défunt... » et un procès-verbal : « Rentrant à son domicile, sis 28, rue Nicolas, le 28 avril de l'année en cours vers 10 heures du soir, en l'absence de la domestique, le défunt – ainsi que l'a montré l'autopsie –, en état d'ébriété – selon les conclusions de l'enquête –, s'est tiré une balle dans le cœur, ce qui a entraîné une mort instantanée. » « Pièce n° 18. Lettre trouvée dans le bureau du défunt... »

En face de Glafira Sergueïevna, Grounia allaite le bébé. On attend Israël : les visites à Taïnka sont autorisées, peut-être essaiera-t-il de la faire revenir. On apporte un paquet.

« C'est pour toi, ma petite Grounia », dit Glafira Sergueïevna en le lui remettant et en se chargeant de l'enfant.

Grounia l'ouvre, lit, bondit soudain, se saisit de son fils qu'elle arrache des bras de sa belle-mère pour le serrer contre son sein. Et la vieille femme voit : elle va finir par l'étouffer ! Pressant le bébé contre elle, Grounia ne cesse de crier :

« Vitia ! Vitia ! »

La vieille a tout compris. Vsevolod Ivanovitch ramasse le paquet sur le sol. « Attendez, attendez ! Que se passe-t-il ? » Il tâtonne pour trouver ses lunettes. Le papier tremble dans sa main, les lettres maudites dansent devant ses yeux. Soudain, il repose les feuillets à l'envers sur la table, s'empresse de sortir, décrochant au passage sa casquette de la patère. Il se dirige vers le portail ouvert, s'arrête à côté du chien qui cherche à fourrer sa truffe dans sa paume et remue frénétiquement la queue.

« Polkane, mon cher, mon pauvre Polkane ! » répète Vsevolod Ivanovitch en flattant la tête de l'animal.

Puis il a un geste de renoncement et franchit rapidement le portail.

Vers le 19 mai, Tania arrivait à Viatka.

Table

LIVRE II

LIVRE III

Composition réalisée par ASIATYPE

Achevé d'imprimer en avril 2010, en France sur Presse Offset par
Maury-Imprimeur - 45330 Malesherbes
N° d'imprimeur : 155037
Dépôt légal 1ʳᵉ publication : mai 2010
LIBRAIRIE GÉNÉRALE FRANÇAISE - 31, rue de Fleurus - 75278 Paris Cedex 06